Aus meinem Leben, Dichtung und Wahrheit

괴테 자서전

나의 인생, 시와 진실

Aus meinem Leben, Dichtung und Wahrheit

괴테 자서전

나의 인생, 시와 진실

요한 볼프강 폰 괴테 지음 | 이관우 옮김

우물이 있는 집

† 일러두기

1. 이 책은 크리스티안 베그너 출판사의 괴테 전집 중 제9권과 제10권에 수록되어 있는 『나의 인생, 시와 진실 Aus meinem Leben, Dichtung und Wahrheit』을 번역한 것이다.
2. 본문의 각주는 역주, 편집자주의 구분을 하지 않았다. 독자의 이해를 돕기 위해 낯선 인물이나 용어, 개념에 대해 주를 달아 설명했다. 이것은 원본에는 없는 것이다.
3. 꼭 필요하다고 생각되지 않는 저서명, 인명, 지명은 가급적 원문을 병기하지 않았다.
4. 분량이 너무 방대하여 전체 내용의 대강을 파악하거나 관심 부분을 쉽게 찾아볼 수 있도록 세부 내용 색인을 부록으로 실었다.

| 차 례 |

1

매질없는 가르침은 없다

머리말

아마 다른 어떤 작품에서보다 더 그럴싸하게 쓰고 싶은 지금의 이 작품에 대한 머리말로 한 친구의 편지를 대신한다. 늘 회의하고 망설여온 내게 이 편지는 바로 이 작품의 창작을 시도하게 된 동기가 되었다.

소중한 친구여, 이제 그대의 문학작품 12권을 모두 갖게 된 우리는 그것들을 읽어나가면서 널리 친숙한 작품과 함께 많은 낯선 작품을 발견하고 있다네. 정말이지 잊혀진 많은 작품들이 이 모음집을 통해 다시 생생하게 살아나고 있네. 하나의 체제를 갖추어 우리 앞에 놓인 이 12권의 작품은 전체로 연결 지어 관찰하지 않을 수 없네. 그렇게 함으로써 기꺼이 작가와 작가의 재능의 면모를 그려보고 싶어 한다네. 하지만 작가로서 작가인생을 처음 시작했던 왕성한 활력에 비한다면 그 후 오랜 세월동안 출간된 책이 12권이니 너무 적다고 느껴지는 걸 부인할 수 없네. 또한 하나하나의 작품들을 보면서 숨길 수 없는 사실은 대체로 특별한 동기가 이 작품을 나오게 했고, 그때그때의 분명한 도덕적 미학적 기준과 신념이 작품 속에 적잖이 존재하며, 외적인 특정 대상은 물론 내적인 교양수준 또한 작품에서 확실히 드러나게 된다는 것이라네. 그러나 전체적으로 보면

이 창작물들은 서로 연관성이 없네. 때로 우리는 이 작품들이 정말 같은 작가가 쓴 것인지 거의 믿지 못하곤 한다네.

자네의 친구들은 그동안 탐구를 포기하지 않아왔네. 자네의 생활방식과 사고방식을 좀 더 자세히 알아서 많은 수수께끼와 문제를 풀려고 노력하고 있다네. 그들은 자네에 대한 오랜 애정과 오랜 관계가 있기에 어려움이 닥쳐도 어느 정도 매력을 느끼기도 한다네. 이따금씩 자네가 우리의 우정 어린 생각을 뿌리치지 말고 도움을 준다면 기분 좋은 일이 될 걸세.

우리가 자네에게 이렇게 부탁하는 첫 번째 이유는 자네가 새로운 판본에서 어떤 내적 관계에 따라 문학작품들을 연대순으로 정리하고, 소재에 맞는 생활 상태와 정서 상태는 물론 자네에게 영향을 준 사례를, 또한 그에 못지않게 자네가 따랐던 이론적 원칙들을 일정한 관계 속에서 털어놓을 수 있기 때문이라네. 자네가 좁은 영역에서 이런 노력을 해준다면 아마 더 넓은 영역에서도 만족스럽고 유익한 어떤 것이 탄생하게 될 것이네. 작가는 멀리 떨어져 있어도 늙어 죽을 때까지 자신에게 애정을 품고 있는 사람들과 서로 이야기를 나눌 수 있다는 장점을 포기하면 안 되네. 또한 어떤 해에 예기치 않게 막강한 영향력이 있는 작품을 새로이 무대에 내놓는 일이 누구에게나 부여되는 것이 아니라면 전에 창조해낸 것을 다시 소재로 다루어 마지막까지 다듬는 일은 인식력이 좀 더 완전하고 의식이 더욱 분명한 바로 이 시기에 하는 것이 퍽이나 재미있을 것이고 새로운 생기를 느끼는 일이기도 할 것이네. 이 일은 전에 예술가인 자네와 더불어 자네 곁에서 교양을 쌓았던 사람들에게는 다시금 교양이 되기도 할 것이네.

이러한 무척이나 우정 어린 요구는 내게 곧장 그 요구를 따라야겠다는 마음을 불러일으켰다. 왜냐하면 우리가 젊었을 때에는 열정적으로 자신의 길을 걸어가고, 빗나가지 않으려고 다른 사람들의 요구를 거침없이 거절하지만, 나이가 들어서는 누군가의 관심이 우리를 자극하고 애정 어린 마음으로 새로운 활동을 하도록 이끌어주는 것이야말로 더없이 갈망되는 일이기 때문이다. 그리하여 나는 곧장 우선 12권으로 된 작품을 분류하고 이것들을 발표 연대순으로 정리하는 일부터 착수했다. 나는 작품들을 발표한 시기와 상황을 더듬어보려고 했다. 이 일은 바로 어려움에 처했는데, 이미 알려진 것 사이의 공백을 메우기 위해서는 자세한 안내와 설명이 필요했기 때문이다. 무엇보다도 내가 처음에 습작했던 모든 것이 사라진데다가, 시작해놓고 완성하지 못한 많은 것도 없어진 탓이었다. 완성된 많은 것도 나중에 완전히 개작되고 다른 형식으로 변형되어 그 외형이 완전히 사라져버렸다. 이외에도 내가 학문과 다른 예술 속에서 어떤 노력을 해왔으며, 혼자서는 물론 친구들과 협력하여 낯선 분야에서 한편으로는 조용히 습작하고, 또 한편으로는 공공연히 발표해온 것이 무엇이었는지에 대해 생각해 볼 필요도 있었다.

나는 이 모든 것이 내게 호의적인 사람들에게 점점 만족을 주는 것이기를 바랐다. 바로 이러한 노력과 관찰이 나를 계속 앞으로 나아가도록 이끌었다. 나는 그런 매우 신중하게 생각해낸 요구에 나 스스로 합당한 사람이기를 바라면서 내적 자극과 외적 영향, 내가 밟은 이론적 실제적 단계들을 차례대로 서술하려고 노력했다. 그리하여 나는 내 좁은 개인적 삶으로부터 나와 넓은 세계로 뛰어들게 되었고, 멀리 혹은 가까이에서 내게 영향을 준 많은 소중한 사람들의 모습이 나타났다. 따라서 동시대의 모든 민중들과 마찬가지로 내게 가장 큰 영향을 끼친 일반적인 정치적 상황의 어마어마한 움직임이 우선적으로 고려되어야 했다. 왜냐하면 사람을 그가 처한 시대상황 속에서 묘사하고, 전체 세계가 그에게 얼마나 반감을 가졌으며, 그를 얼마나 총애했는지를 보여주고, 그런 가운데 세계관과 인간관을 그가 어떻게 형성했는지, 그가 만약 예술가나 시인이나 작가라면 그것을 어떻게 다시 밖으로 반영시켰는지를 나타내는 것이야말로 자서전의 핵심과제라고 생각했기 때문이다. 그러나 여기서 한 개인이 자신과 자신의 세기를 알아야 한다는 거의 하기 힘든 일이 요구된다. 모든 상황에서 다분히 공평하게 유지되어 온 세기는 순응하는 사람이든 저항하는 사람이든 간에 개인을 이끌고, 규정하고, 형성하여 사람이 10년만 일찍 태어나거나 혹은 늦게 태어나도 자신의 교양과 외부에 끼치는 영향에 있어서 완전히 다른 사람이 된다고 말할 수 있을 정도다.

이런 방법으로, 이 같은 관찰과 시도에서, 이러한 회상과 숙고에서 지금의 이 기록이 이루어졌다. 이 기록은 이러한 성립의 관점에서 비로소 가장 즐겨 읽히고, 이용되며, 가장 손쉽게 평가될 수 있을 것이다. 그밖에 특별히 반쯤은 문학적이고 반쯤은 역사적인 어떤 것에 대해서는 이야기가 진행되는 가운데 여러 번 언급할 기회가 있을 것이다.

제1장

1749년 8월 28일에 나는 프랑크푸르트암마인에서 낮 12시를 알리는 종소리와 함께 세상에 태어났다. 하늘의 별자리는 아주 좋았다. 태양은 처녀자리에 떠서 한낮의 정점을 이루고 있었다. 목성과 금성은 정겹게 태양을 바라보고 있었고, 수성도 싫어하지 않았다. 토성과 화성은 무심히 움직였다. 막 만월이 된 달만이 태양에 맞선 미광의 위력을 더욱 더 발휘하면서 동시에 행성으로의 시간을 마감했다. 달은 그렇게 함으로써 자신의 시간이 끝나기 전에 내가 탄생하지 못한 것에 항의했다.

그 후 점성가들이 내게 매우 높이 인정해 주었던 이 좋은 별자리들은 내 목숨을 건지는 근원이 되었던 것 같다. 왜냐하면 나는 산파의 서투름 때문에 거의 죽은 상태로 세상에 나왔다가 사람들의 많은 노력 덕에 겨우 세상의 빛을 볼 수 있었기 때문이다. 내 가족을 커다란 곤경에 빠뜨렸던 이때의 상황은 오히려 주민들에게 이득이 되었다. 시장이었던 나의 외할아버지 요한 볼프강 텍스토는 이를 계기로 산파를 고용하여 산파교육을 실시하거나 재교육을 시켰던 것이다. 이것은 그 후에 태어난 많은 아이들에게 도움이 될 수 있었다.

까마득히 어린 시절 우리가 마주했던 일이 무엇인지를 기억해내려고 하면 우리는 종종 다른 사람들에게서 들은 것과 실제로 우리 스스로가 보고 체험하고 간직하고 있는 것을 서로 혼동하게 되는 경우가 있다. 해봐야 아무 것도 얻지 못할 엄밀한 탐구 없이도 나는 우리 가족이 본래 무너진 두 채의 집으로 된 낡은 주택에 살았다는 것을 알 수 있다. 탑처럼 뻗은 계단이 서로 어긋나 있는 방들로 이어져 있었고, 어긋나 있는 층은 층계에 의해 고르게 이어졌다. 우리 아이들, 즉 누이동생과 나는 아래층의 넓은 현관을 가장 좋아했는데, 현관 대문 옆에는 커다란 나무 들창문이 있어서 이곳을 통해 직접 거리와 바깥공기를 접할 수 있었다. 많은 집들에 있었던 그런 새장 같은 곳을 사람들은 게렘스라고 불렀다. 여자들은 그 안에 앉아 바느질과 뜨개질을 했고, 식모는 샐러드를 다듬었으며, 이웃집 여자들도 그곳으로 얼굴을 내밀고 서로 얘기를 나누었다. 그곳을 통해 보이는 거리는 좋은 계절에는 남국의 모습을 띠었다. 사람들은 이웃과 친해지면서 자유로움을 느꼈다. 아이들 또한 이 게렘스를 통해 이웃과 만났는데, 맞은편에 사는 작고한 시장의 아들 옥센슈타인의 세 형제가 나를 아주 좋아하게 되어 여러 가지 놀이를 하고 장난을 쳤다.

식구들은 온갖 장난 이야기를 즐겨 했고, 평소에는 점잖고 말이 없던 사람들도 그런 이야기로 나를 자극했다. 이 장난들 중 한 가지만 소개하겠다. 마침 도자기시장이 열리고 있을 때였다. 사람들은 앞으로 부엌에서 사용하기 위해서 뿐만 아니라 우리 아이들이 방안에서 작은 그릇들을 가지고 놀 수 있게 그것들을 샀다. 어느 맑은 오후, 집안이 온통 조용할 때 나는 게렘스에서 내 접시와 단지들을 가지고 이리저리 돌아다녔다. 그런데 더 이상 아무런 재미있는 일도 없어서 나는 접시 한 개를 길에 내던지고는 그것이 통쾌하게 깨지는 걸 보면서 기뻐했다. 내가 그 모습을 보고 기뻐서 손뼉을 치고 즐거워하는 모습을 본 옥센슈타인네 형제들이 "또 해봐!"라고 소리쳤다. 나는 망설이지 않고 단지 한 개를 내던졌고, 계속하여 외치는 "또 해봐!"라는 소리에 따라 작은 접시와 냄비와 주전자들을 차례차례 몽땅 길거리로 내던졌다. 이웃사람들이 계속 박수를 쳤고, 나는 그들에게 즐거움을 준다는 것이 너무나도 기뻤다. 내가 가지고 있던 그릇은 모두 동났는데도, 그들은 계속해서 "또 해봐!"라고 외쳤다. 그래서 나는 곧장 부엌으로 달려가 질그릇 접시들을 가져왔다. 그것들이 깨질 때는 두말할 나위 없이 더 경쾌한 소리가 났다. 나는 이리저리 뛰어다녔고, 찬장 위에 있는 접시들을 손에 닿는 대로 차례차례 가져왔다. 그래도 그들이 성에 차지 않는 것 같아 나는 끌어낼 수 있는 그릇은 모조리 끌어내 와 똑같은 식으로 내던져 깨뜨려버렸다. 나중에서야 누군가가 나타나 나를 저지하고 막았다. 불행한 일은 일어났지만 사람들은 그 많은 그릇들을 깨버린 대가로 적어도 흥겨운 이야기 하나는 가지게 되었다. 특히 그 짓궂은 장난을 부추긴 자들은 죽을 때까지 그 이야기로 재미있어 했다.

우리와 한집에서 같이 살았던 할머니는 현관 바로 옆에 있는 큰 방에서 뚝 떨어져 살았는데, 우리는 할머니의 소파까지, 편찮으실 때는 할머니의 침대까지 가서 놀곤 했다. 나는 할머니를 정령과도 같은 존재, 아름답고 호리호리하며 늘 하얗고 깨끗하게 옷을 차려입은 여인으로 기억하고 있다. 부드럽고, 다정하고, 마음씨 고운 분으로 할머니는 내 기억 속에 남아있다.

우리는 우리 집이 있는 거리를 사슴구덩이라고 부르는 얘기를 들었다. 그러나 우리는 구덩이도 사슴도 볼 수 없었기 때문에 왜 이런 이름이 생겼는지 설명을 듣고 싶어 했다. 그러자 사람들은 우리 집이 서 있는 곳은 예전에는 도시의 외곽이었으며, 지금 도로가 나 있는 곳에 전에는 구덩이가 있었고, 그 안에서 많은 사슴들이 사육되었다고 설명해 주었다. 사람들이 여기에서 이 동물들을 보호하고 키운 것은 오랜 관습에 따라 시의회에서 해마다 공식적으로 축제일에 사슴 한 마리를 잡아서 먹었기 때문이라고 했다. 만약 도시의 영주와 기사들의 사냥이 위축되고 방해받거나 적들이 도시를 봉쇄하거나 포위할 경우에도 늘 그 축제일에 잡아먹을 수 있도록 이곳 구덩이에 사슴을 키워두었다는 것이다. 우리는 이런 이야기가 무척 마음에 들었다. 우리는 그런 길들여진 야생의 동물을 우리 시대에서도 볼 수 있었으면 좋겠다고 생각했다.

우리 집 뒤쪽은 특히 위층에서 보면 거의 끝없이 넓은, 도시의 성벽까지 맞닿아 펼쳐져 있는 무척 아늑한 이웃집 정원들의 전망을 갖추고 있었다. 그러나 유감스럽게도 전에 이곳에 있던 관할지역사무소 마당이 정원으로 바뀌면서 길모퉁이를 향해 있었던 우리 집과 다른 몇몇 집들은 크게 줄어들게 되었다. 반면에 로스마르크트 쪽의 집들은 넓은 뒤채와 커다란 정원을 가지게 되었다. 우리는 우리 집 마당을 에워싼 높은 담벼락 때문에 가까이 있는 이 천국과도 같은 정원들과 차단되었음을 알게 되었다.

3층에는 정원실이라고 부르는 방 하나가 있었는데, 그렇게 부른 것은 창 앞에 몇 가지 식물을 놓아두어 없는 정원을 대신하려 했기 때문이다. 그곳은 자라면서 내가 가장 좋아하는, 슬프다고는 할 수 없어도 동경어린 거처가 되었다. 정원들을 넘어 도시의 성벽과 담 너머로는 회히스트 쪽으로 아름답고 기름진 평야가 뻗어 있었다. 그 방에서 나는 여름철에는 보통 학과목들을 공부했고, 폭풍우를 기다렸으며, 해가 지는 쪽으로 나 있어 창문으로 지는 해를 한없이 바라볼 수 있었다. 동시에 거기에서 이웃

사람들이 정원을 거닐며 꽃을 손질하고, 아이들이 뛰놀며, 사람들이 모여서 흥겨워하는 모습을 보았으며, 볼링공이 구르고 핀이 쓰러지는 소리를 들었다. 그리하여 이런 것들이 내 마음속에서 일찍이 고독과 그로부터 솟아나는 동경의 감정을 불러일으켰다. 이런 감정은 천성적으로 내 마음속에 자리하고 있던 진지하고 예감에 찬 성향과 합쳐져 그 영향이 곧장 나타났으며, 날이 갈수록 그것은 더욱 뚜렷해졌다.

집이 낡고, 구석지고, 어둠침침한 곳이 많으면 어린아이의 정서 속에 두려움과 공포를 일으키기에 안성맞춤이다. 불행하게도 사람들은 아직 아이들에게서 예감이나 보이지 않는 것에 대한 모든 공포심을 일찌감치 없애버리고 두려움에 익숙해지게 하려는 교육원리를 갖고 있었다. 그래서 우리 아이들은 혼자서 잠을 자야 했다. 무서워서 잠이 오지 않으면 슬그머니 침대에서 빠져나와 하인이나 하녀를 찾아 나섰는데, 그럴 때면 아버지는 우리가 알아보지 못하게 잠옷을 뒤집어 입고 완전히 변장한 채 도중에 나타나 우리를 깜짝 놀라게 하여 다시 침대로 쫓아버렸다. 이런 행위가 주는 악영향에 대해서는 누구나가 생각할 수 있을 것이다. 이중의 공포 안에 갇힌 자가 어떻게 공포에서 벗어날 수 있겠는가? 언제나 쾌활하고 흥겨우며 다른 사람도 그렇기를 원하는 어머니는 좀 더 나은 교육방법을 찾아냈다. 어머니는 보상을 통해서 목적을 달성할 수 있다는 것을 알았다. 복숭아가 한창인 계절이었는데, 어머니는 우리가 밤에 무서움을 이겨내면 아침마다 복숭아를 충분히 먹을 수 있게 해주겠다고 약속했다. 이 방법은 성공했고, 어머니도 우리도 모두 만족해했다.

집안에서 내 시선을 가장 많이 끈 것은 아버지가 응접실에 꾸며놓은 일

피라네시의 건축물 판화

련의 로마 풍경화들이었다. 이것들은 피라네시*와 같은 몇몇 노련한 선배들에 의해 만들어진 동판화들이었는데, 그들은 구성과 원근법에 이해가 깊었고 그들의 필치는 매우 분명하고 찬양할 만했다. 여기서 나는 날마다 포폴로 광장, 콜리세오, 베드로 광장, 성 베드로 사원의 내부와 외부, 엥겔스부르크와 다른 많은 것들을 보았다. 이 모습들은 내게 깊은 인상을 주었다. 평소에는 말이 별로 없는 아버지도 때때로 그림 속의 대상들에 대해 친절하게 설명해주곤 했다. 이탈리아어와 이탈리아에 관련된 모든 것에 대한 아버지의 애착은 대단했다. 아버지는 가끔 이탈리아에서 가져온 조그만 대리석과 암석 수집물을 우리에게 보여주었다. 또한 아버

* 이탈리아의 건축가이자 장식가이며 동판화가, 예술이론가인 조반니 바티스타 피라네시(1720~1778)를 말함. 피라네시는 고대 로마와 로마의 풍경을 묘사한 대형 판화작품을 남겨 로마의 명성을 높였다. 고전 고고학의 성장과 신고전주의 미술운동에 이바지했다는 평가를 받는다.

지는 자기 시간의 대부분을 이탈리아어로 쓴 여행기를 손수 옮겨 쓰고 편집하고 권별로 천천히 정확하게 작성하는 데에 보냈다. 지오비나치라는 한 늙고 쾌활한 이탈리아인 언어학자가 아버지의 일을 도왔다. 그 노인은 노래도 제법 잘 했다. 어머니는 날마다 그 노인과 자신의 노래에 맞춰 피아노 반주를 해야만 했다. 그리하여 나는 "솔리타리오 보스코 옴브로소(Solitalio bosco ombroso, 쓸쓸하고 어두운 숲)"*라는 가사를 뜻을 이해하기도 전에 외워버렸다.

아버지는 천성적으로 가르치기를 좋아했다. 일을 마치고 한가하면 자신이 아는 것, 할 수 있는 것을 다른 사람들에게 전해주고 싶어 했다. 그리하여 아버지는 결혼 초 몇 년 동안은 어머니에게 열심히 글을 가르치고, 피아노와 노래도 가르쳤다. 어머니는 그러면서 이탈리아어에 대한 어느 정도의 지식과 꼭 필요할 때 쓸 수 있는 정도의 숙련이 필요하다고 느꼈다.

우리는 보통 노는 시간에는 늘 할머니한테 갔다. 할머니의 넓은 거실에는 우리가 놀 수 있는 장소가 충분했다. 할머니는 여러 가지 자잘한 물건들로 우리와 함께 놀았고, 온갖 맛있는 먹을 것들로 우리를 기쁘게 해주었다. 어느 크리스마스 날 저녁, 할머니는 우리에게 베푼 최고의 선행이라 할 인형극을 보여줌으로써 낡은 집안에 새로운 세계를 창조해 냈다. 이 생각지도 못한 인형극은 어린이들의 마음을 강력하게 사로잡았다. 무엇보다도 소년들에게 매우 강한 인상을 주어 오랫동안 커다란 영향을 끼쳤다.

무언의 인물들이 등장하는 이 작은 무대는 처음에는 우리에게 보여주기만 했지만 나중에는 우리 스스로 연습하여 활기찬 연극무대를 만들어나갔

---

* 이탈리아의 시인이자 18세기 유럽에서 가장 인기 있었던 오페라 세리아(정가극) 대본작가인 메타스타시오의 가사에 코리가 곡을 붙였음.

다. 그것은 착한 할머니가 마지막으로 남겨준 유물로 우리 아이들에게는 값진 것임에 틀림없었다. 할머니는 그 후 곧 병세가 심해져 우리의 눈에서 멀어졌고 죽음으로 우리와 영원히 헤어졌다. 할머니가 돌아가신 뒤 우리 집안의 상태가 완전히 변화했기 때문에 할머니의 죽음은 큰 의미가 있었다.

할머니가 살아계시는 동안 아버지는 집안을 조금이라도 고치거나 새로 꾸미려 하지 않았다. 그러나 우리는 아버지가 집을 개축할 준비를 하고 있음을 알고 있었으며, 그 일은 곧장 실행되었다. 오래된 다른 도시들처럼 프랑크푸르트에서도 목조건물을 지을 때에는 공간을 넓게 확보하기 위해 2층만이 아니라 그 이상의 층들도 앞으로 튀어나오게 짓는다. 이 때문에 가뜩이나 좁은 거리가 더욱 어둡고 음산한 분위기를 띠었다. 마침내 터를 닦아 집을 새로 짓는 자는 2층은 1층보다 앞으로 돌출되게 지을 수 있지만, 그 이상의 층들은 1층과 수직으로 지어야 한다는 법령이 시행되었다. 아버지는 3층의 돌출공간을 포기하지 않으려고 건축기법상의 외관에는 별로 신경을 쓰지 않고 내부의 훌륭하고 편안한 시설에만 관심을 두어 이미 많은 사람들이 그랬던 것처럼 집의 상층부를 받쳐 놓고는 아래로부터 차례로 떼어내면서 새로운 것을 끼워 넣는 방법으로 법망을 피해갔다. 결국에는 옛 모습은 아무 것도 남아있지 않은데도 그 건물은 신축이 아닌 개축으로 인정받을 수 있었다. 부수고 세우는 공사가 차츰 진행됨에 따라 좀 더 잘 감독하고 지시하기 위해 집밖으로 나가지 않기로 마음먹었다. 아버지는 건축 기술에 아주 조예가 있었던 것이다. 그러면서 아버지는 가족 역시 나가지 못하게 했다. 이 새로운 시기는 아이들에게는 무척 놀랍고도 신기한 때였다. 자주 갇혀서 별로 좋아하지도 않는 공부와 일로 고통 받았던 방들, 뛰놀았던 복도, 지금까지 그토록 조심

조심 깨끗하게 유지하려고 애썼던 벽 등 모든 것이 벽돌공의 곡괭이와 목수의 손도끼 앞에서 무너져 내리는 것을 볼 수 있었으며, 그러는 동안 위쪽에 받쳐져 있는 발코니는 공중에 둥실 떠 있는 것 같았다. 그런 가운데에도 여전히 일정한 수업과 정해진 공부는 계속되었다. 이 모든 것은 어린 아이들의 머릿속에 좀처럼 해소되기 어려운 혼란을 불러왔다. 그렇지만 아이들은 별로 불편함을 느끼지 않았다. 왜냐하면 그들에게는 지금까지보다 더 많은 놀이공간과 발코니에서 그네를 타고 판자 위에서 몸을 흔들며 놀 수 있는 많은 기회가 주어졌기 때문이었다.

아버지는 처음에는 자신의 계획을 단호하게 관철시켜 나갔다. 그러나 마침내 지붕도 부분적으로 헐리고, 뜯어낸 기름종이 벽지를 펼쳐 위를 가렸는데도 불구하고 비가 침대까지 떨어지게 되자 아버지는 내키지는 않았지만 전에 이미 부탁해 놓았던 친한 친구들에게 당분간 아이들을 맡겨 공립학교에 보내기로 결심했다.

이런 변화에는 많은 불편한 점들이 따랐다. 지금까지 집안에 따로 격리시켜 비록 엄격하기는 하지만 순수하고 고결하게 길러 온 아이들이 거친 소년들의 집단 속으로 떠밀려 들어가게 되면서 아이들은 천한 것, 추악한 것, 비열한 것들로 인해 전혀 예기치 않았던 고통을 당해야 했던 것이다. 아이들은 그런 것들을 방어할 아무런 무기도 능력도 없었기 때문이다.

나는 이 무렵 내가 태어난 도시를 처음으로 제대로 알게 되었다. 나는 점점 더 자유롭게 마음대로 때로는 혼자서, 때로는 쾌활한 놀이친구들과 함께 시내를 이리저리 돌아다녔다. 이 엄숙하고 품위 있는 주변 환경이 내게 준 인상을 어느 정도 전하려면, 나는 여기서 내가 태어난 이곳이 여러 부분에서 어떻게 발전되었는지 설명해야 하겠다. 나는 커다란 마인 강

다리 위를 가장 즐겨 산책했다. 그 다리는 길이와 견고함, 훌륭한 외관으로 주목받을 만한 가치가 있는 건축물이었다. 그것은 예전에 시 당국이 시민들에게 마련해 준 거의 유일한 기념물이기도 하다. 이 아름다운 강은 아래위쪽으로 내 시선을 끌었다. 그리고 다리에 있는 십자가 끝의 황금닭이 햇살에 반짝일 때면 나는 언제나 즐거운 느낌이 들었다. 그런 다음 나는 보통 작센하우젠을 지나 산책을 했고, 1크로이처*를 내고 배로

샤를마뉴 대제

강을 건너는 것을 기분 좋게 즐겼다. 거기서 나는 다시 이쪽으로 건너와서 바인마르크트로 걸어갔으며, 화물들이 하역될 때면 기중기의 기계설비에 감탄했다. 특히 화물선들의 도착은 우리를 즐겁게 했는데, 거기에서는 다양하고 이따금 기묘한 모습을 한 사람들이 내리는 것을 볼 수 있었다. 그리고 시내로 걸어 들어가면 언제나 잘호프 동상에게 공손히 인사를 했는데, 그것은 샤를마뉴 대제**와 그의 후계자들의 성이 있었다고 전해지는 바로 그곳에 서 있었다. 그러고는 오래된 상점가로 접어들었고, 특히 장날이면 바르톨로모이스 교회 주변에 몰려든 혼잡한 사람들 속으

* 남부 독일, 오스트리아, 스위스에서 사용된 소액의 돈.

** 742경~814. 샤를 1세, 카를 1세라고도 함. 스페인의 아스투리아스 왕국과 이탈리아 남부 및 브리튼 제도(諸島)를 제외한 서유럽의 모든 그리스도교 지역을 하나의 초강대국으로 통일했다.

로 즐거이 빨려 들어갔다. 이곳은 옛날부터 장사꾼들과 잡상인들이 마구 몰려들어 땅을 차지하는 바람에 근래에는 더 이상 넓고 밝은 시설을 할 장소를 쉽게 찾을 수 없게 되었다. 이른바 파르라이센의 노점들은 우리 아이들에게는 매우 의미 있는 것이었는데, 우리는 금색 동물들이 인쇄된 알록달록한 색종이 뭉치를 사기 위해 많은 동전을 가지고 그곳으로 갔다. 그러나 비좁고 사람들로 가득 차 있는 더러운 시장광장을 지나서 가려고 한 적은 거의 없었다. 나는 거기서 언제나 기겁을 하며 좁고 불결한 정육 판매대를 피해 달아났던 기억도 난다. 뢰머베르크는 훨씬 더 아늑한 산책 장소였다. 노이에크레메 거리를 통과하여 신시가지로 가는 길은 늘 상쾌하고 흥겨웠다. 우리는 다만 리프프라우엔 교회 옆에 차일 가(街)로 통하는 도로가 나 있지 않아 늘 하센 골목이나 카타리넨 문을 지나 멀리 돌아가야 하는 것이 무척이나 싫었다. 그러나 아이들의 관심을 가장 많이 끈 것은 도시 안의 많은 소도시들, 성곽 속의 성곽들, 성벽으로 둘러싸인 수도원 구역, 오랜 옛날에 지어져서 아직도 남아있는 성채 비슷한 형태를 띤 곳들이었다. 즉 뉘른베르크호프, 콤포스텔, 브라운펠스, 슈탈부르크가의 종가, 후대에 주택과 작업장으로 개조된 많은 요새들이었다. 당시 프랑크푸르트에는 건축상 뛰어난 건물은 아무 것도 찾아볼 수 없었다. 모든 것이 도시와 주변지역을 지나간 오래 전의 매우 불안했던 시절을 보여주고 있었다. 옛 도시의 경계를 표시한 문과 탑들, 나아가 새 도시를 에워싸고 있는 문, 탑, 성벽, 다리, 담, 참호 등 모든 것들은 불안한 시절에 공동체를 안전하게 보호하려는 필요에 따라 만들어졌음을 분명하게 말해주고 있었다. 또한 새로 만들어진 넓고 아름다운 것들까지 포함하여 모든 광장과 도로는 단지 우연과 임의로 만들어진 것이지 결코 일관된 정신을 갖고 이루어진 것은 아님을 말해주고 있었다. 소년인 나는 고대적인 것에 대해 적지 않은 애착을 갖고 있었는데, 특히 오래된 연대기와 목판화들, 예를 들면 그라베*의 〈프랑크푸르트 포위〉 같은 작품이 그것을 키우고 부추겼다. 동시에 그 이상의 흥미나 미에 대한 욕구를 떠나서, 그저 다양성과 본성적인 인간의 상태를 파악해보고 싶은 또 다른 욕구가 생겨났다. 그래서 우리가 가장 좋아하는 산책 중 하나인 도시성벽의 안쪽 길을 1년에 두서너 번은 산책하려고 했다. 정원, 마당, 별채가 성의 외벽 앞길까지 이어져 있었다. 수많은 사람들이 가정적이고 검소하며 외부와 차단되어 은둔적인 모습을 보여주고 있었다. 아름답게 꾸며진 부자들의 정원에서부터 시민들이 이용하는 과수원으로, 거기서 또한 공장과 표백장, 이와 비슷한 시설물들로, 심지어 묘지에 이르기까지—도시의 내부에는 하나의 작은 세계가 놓여 있었기 때문에—발길을 떼어놓을 때마다 너무나도 다양하고 신기한 볼거리들이 지나쳐갔기 때문에 호기심에 찬 우리 아이들은 끝없이 기뻐했다. 왜냐하면 정말이지 친구를 위해 밤중에 마드리드의 지붕들을 벗겨버린 저 유명한 절름발이 악마**라도 여기 넓은 하늘 아래 밝은 햇살 속에서 우리 앞에 펼쳐진 것보다 더한 것을 보여주지는 못했을 것이기 때문이다. 이런 산책길에서 많은 탑과 층계와 문을 통과하려면 열쇠를 사용해야 하는데, 그것들은 병기창 계원이 가지고 있었다. 우리는 그들의 부하들에게 최선을 다해 아첨하는 것을 잊지 않았다.

* 네덜란드의 목판화가 한스 그라베를 말함.

** 스페인의 시인이며 극작가인 벨레스 데 게바라가 당시의 사회상을 그린 풍자소설『절름발이 악마』(1641)를 말한다. 이 작품 속에 등장하는 악마는 시인에게 마드리드시의 모든 지붕을 벗겨내어 집안을 들여다보게 해준다. 프랑스의 극작가 알랭 르사주가 각색해 널리 알려졌다.

우리에게 더 중요하고, 다른 의미에서 더 유익한 것은 뢰머라고 불리는 시청 건물이었다. 그 건물 아래층의 둥근 천장이 있는 홀에서 우리는 너무나도 즐겁게 놀았다. 우리는 넓고 무척 소박한 회의실로 들어갔다. 그곳은 일정한 높이까지는 나무판으로 되어 있었고, 그 외에는 벽과 둥근 지붕이 모두 흰색이었으며, 통틀어서 그림이나 조각 같은 것은 흔적조차 없었다. 단지 가운데에 있는 벽 위쪽에 다음과 같은 짧은 글귀가 쓰여 있을 뿐이었다.

한 사람의 연설은
다른 어떤 사람의 연설도 아니다.
두 사람의 말을 공평하게 들어야 한다.

옛날부터 내려온 방식에 따라 이 회의 구성원들의 좌석은 나무벽 옆에 둥글게 자리하고 있었으며, 바닥보다는 한 단 높았다. 거기에서 우리는 우리 의회의 서열이 왜 좌석별로 구분되어 있는지를 쉽게 알 수 있었다. 왼쪽 문에서부터 맞은편에 있는 모퉁이까지는 제1석에 배심원들이 앉았고, 그 끝에는 시장이 앉았는데, 그의 앞에만 유일하게 작은 탁자가 있었다. 시장의 왼쪽으로는 창문 근처까지 제2석에 의원들이 앉았으며, 창문 옆에는 제3석이 놓여 있어 수공업자들이 그곳에 앉았다. 홀 중앙에는 기록원이 사용할 책상이 한 개 놓여 있었다.

뢰머 안에 들어갈 때면 시장을 접견하려는 혼잡한 사람들 속에 우리 또한 섞였다. 그러나 황제의 선거와 대관식에 관련된 모든 것은 더 큰 매력을 주었다. 우리는 열쇠관리자의 배려로 벽화가 그려져 있는 밝고 새로운, 평소에는 철창으로 잠겨있는 황제의 계단을 올라갈 수 있었다. 자주

색 벽지와 으리으리하게 장식된 금테두리로 치장된 황제 선거실은 우리에게 경외감을 불러일으켰다. 우리는 어린 아이들이나 천재들이 황제의 예복을 입고 제국 훈장을 달고 있는, 경이로운 모습이 그려진 문 위의 그림들을 매우 열심히 관찰했으며, 한 번은 꼭 눈으로 대관식을 보고 싶다고 생각했다. 우리가 한 번 넓은 황제실에 들어가게 되면 우리를 다시 끌어내는 일은 여간 힘든 일이 아니었다. 우리는 좀 높은 벽 위에 빙 둘러 그려져 있는 모든 황제들의 흉상을 보고 그들의 업적에 대해 설명해줄 수 있는 사람이야말로 우리의 가장 참된 친구일 거라고 생각했다.

우리는 카를 대제에 대한 동화 같은 이야기를 많이 들었다. 그러나 우리에게서 처음으로 역사적 흥미를 일으킨 것은 강인한 남성적 성격으로 큰 혼란을 종식시킨 루돌프 폰 합스부르크였다. 카를 4세도 우리의 주목을 끌었다. 우리는 이미 그의 금인칙서(金印勅書)*와 형사재판 규정에 대해 들었으며, 프랑크푸르트 시민들이 반대편의 고귀한 황제인 귄터 폰 슈바르츠베르크를 추종했는데도 벌하지 않았다는 얘기를 들었다. 우리는 막시밀리안이 인류와 시민의 친구로 칭송을 받고, 자기 스스로 독일 가문 출신의 마지막 황제가 될 것이라는 예언을 했다는 얘기를 들었다. 불행히도 그의 예언은 적중하여 그가 죽은 후 황제 선거는 스페인 왕 카를 5세와 프랑스 왕 프란츠 1세 사이의 대결로 행해졌다. 사람들은 심각하게 덧붙여 말하기를 이제 예언이라기보다는 어떤 전조가 나돌고 있다고 했다. 왜냐하면 황제의 초상화를 걸어놓을 공간이 단 한 곳밖에 남아있지 않음이 분명하기 때문이라는 것이었다. 비록 우연한 일 같지만 그것은 애국심에

* 1356년 신성로마제국의 황제 카를 4세가 공포한 제국 법령. 이 법령은 교황이 독일 정치문제에 간섭하는 것을 막고 선제후들의 입지를 확고하게 만드는 데 목적이 있었다.

찬 사람들을 온통 걱정스럽게 만드는 상황이라는 것이었다.

시내를 돌아다닐 때면 우리는 대성당으로 가서 친구에게는 물론 적으로부터도 높이 추앙받은 귄터의 묘지를 빠짐없이 찾았다. 전에 묘 위에 놓여 있던 진기한 묘석은 이제 성당 안에 세워져 있었다. 바로 그 옆의 교황선거실로 통하는 문은 오랫동안 잠겨 있었지만 마침내 우리는 상급 관리인을 통해 이 의미 있는 장소에 들어갈 수 있게 되었다. 그러나 우리는 지금까지처럼 그곳을 상상으로 그려보았더라면 더 좋았을 뻔했다. 왜냐하면 우리는 교황선출과 같은 중요한 일을 다루기 위해 막강한 군주들이 모이곤 했던 독일 역사상 무척이나 중요했던 이 공간이 치장이 아주 볼품없을 뿐더러 대들보, 서까래, 비계와 그밖에 치워버리고 싶은 차단물들로 엉망진창인 모습을 보았기 때문이다. 그런 만큼 그 후 얼마 지나지 않아 시청에서 몇몇 외국 귀빈들에게 금인칙서를 관람시키는 자리에 참석할 수 있도록 허락을 받았을 때가 우리의 상상력이 더욱 자극되고 가슴이 뛰었다.

다음으로 소년인 내가 나이 든 친척들과 친지들에게서 몹시도 열심히 들었던 것은 연달아 열렸던 대관식 이야기였다. 그들이 그토록 자주 이야기를 들려준 것은 어느 정도 나이가 든 프랑크푸르트 시민들이라면 이 두 사건이 수반한 일들을 자기 일생의 정점으로 여기지 않을 사람이 아무도 없기 때문이었다. 카를 7세의 대관식은 프랑스의 사절들이 비용과 장식품을 들여 훌륭한 연회를 베풀어 주는 등 무척 화려했지만 선량한 이 황제의 말로는 그 만큼 더 비참했다. 그는 자신의 본거지인 뮌헨을 고수하지 못하고 자신의 제국도시인 프랑크푸르트의 시민들에게 손님으로서의 대접을 간청해야만 했던 것이다.

프란츠 1세의 대관식은 카를 7세처럼 특별히 화려하지는 않았지만 황후 마리아 테레지아*의 참석으로 빛이 났다. 카를 7세의 진지하고 근엄한 자태와 푸른 눈이 여자들에게 감명을 준 것처럼 그녀의 아름다움은 남자들에게 큰 감명을 주었다. 남자건 여자건 사람들은 모두 주의를 기울여 듣고 있는 소년에게 그 두 인물의 가장 큰 장점을 전해주려고 열심히 경쟁을 벌였다. 이 모든 설명과 이야기들은 밝고 평온한 기분으로 행해졌다.

귄터의 묘석

왜냐하면 아헨 평화조약**으로 모든 싸움이 잠시 끝났으며, 그리하여 지나간 전쟁과 데팅겐 전투***에 대해서는 물론 지난 시절의 특별한 사건들이 초래했던 엄청난 일들에 대해서도 대관식 같은 축제의식에 대해 말하듯 편안한 마음으로 말할 수 있게 되었기 때문이다. 평화가 정착된 후에는 늘 그렇듯이 모든 중대한 사건과 위험한 일들은 행복하고 걱정 없는 사람들에게 흥밋거리를 주기 위해 일어났던 것처럼 보였다.

---

* 오스트리아의 대공, 헝가리와 보헤미아의 여왕(1740~80 재위), 신성로마제국의 황제 프란츠 1세(1745~65 재위)의 황후, 신성로마제국의 황제 요제프 2세(1765~90 재위)의 모후. 매력적인 자연스러움을 가진 왕녀로서 합스부르크 왕가의 통치자들 가운데 가장 유능한 인물 중 하나였고 "합스부르크 왕가에서 가장 인간적인" 인물이었다고 평가받기도 한다.

** 엑스라샤펠 조약이라고도 함. 영국과 프랑스를 주축으로 한 유럽 열강들이 오스트리아 왕위계승 전쟁(1740~48)을 매듭지은 조약(1748. 10. 18).

*** 오스트리아 왕위계승전쟁 중 1743년 6월 27일 바이에른의 데팅겐에서 영국, 하노버 및 헤센과 연합한 오스트리아가 프랑스 군을 섬멸하였다.

그런 편협한 애국적 생각 속에서 거의 반년쯤 지났을 때, 1년에 한 번 열리는 장이 섰는데, 그것은 그 당시 모든 아이들에게 엄청난 흥분을 일으켰다. 많은 상점들이 세워지면서 도시 안에 순식간에 생겨난 새로운 도시, 인파와 혼잡, 상품을 내리고 포장을 푸는 일 등이 그것을 처음 알게 된 순간부터 억제할 수 없이 호기심을 용솟음치게 했고 유치한 물건에 대한 끝없는 소유욕을 불러일으켰다. 소년인 나는 자라면서 이 소유욕을 이런저런 방식으로, 내 작은 돈지갑의 능력이 허용하는 범위에서 충족시키려고 애썼다. 동시에 세상이 만들어내는 것이 무엇이며, 세상이 무엇을 필요로 하며, 세상의 각기 다른 지역에 사는 주민들이 서로 무엇을 교환하는지에 대한 생각도 생겨났다.

봄과 가을에 등장하는 이 거창한 시기는 특이한 행사를 통해 알려졌다. 이 행사는 옛 시절부터 우리에게 전해져 온 풍습을 생생하게 재현함으로써 더욱 값진 것이었다. 군주가 행차하는 날에는 모든 시민이 걸어서 파르가세 쪽으로, 다리 쪽으로, 작센하우젠 너머까지 몰려들었다. 하루 종일 아무 특별한 일도 없었는데도 구경꾼들이 창문을 모두 차지하고 있었다. 군중들은 그저 몰려들기 위해, 구경꾼들은 사람들을 서로 관찰하기 위해 있는 것 같았다. 왜냐하면 정말로 중요한 일은 한밤중에야 일어났고, 사람들은 눈으로 보는 것보다는 오히려 마음속으로 믿었기 때문이다.

모두들 제멋대로 나쁜 짓을 저지르거나 기분 내키는 대로 정의를 내세우던 옛날의 불안한 시절에는 1년에 한 번 열리는 이 시장으로 가던 상인들이 여러 혈통의 노상강도들에게 괴롭힘과 고통을 당했다. 그리하여 군주들과 권력층 사람들은 자기네 상인들을 무장한 호위병들에게 프랑크푸르트까지 데려다 주게 했다. 그러나 프랑크푸르트 시민들은 자신들의 영역을 조금도 침해당하려 하지 않았다. 그들은 도착하는 사람들에게 다가가 맞섰다. 거기에서 호위병들이 어디까지 와도 되는지, 혹은 도시로의 진입이 가능한지 아예 불가능한지에 대해 이따금 분쟁을 벌였다. 이런 분쟁은 상거래와 이 시장에서만 일어나는 것이 아니라 전시와 평시를 막론하고 특히 황제선거일에 고위층 인물들이 시내로 들어올 때도 일어났으며, 하인이 주인을 모시고 시내로 들어가고자 할 때 도시 사람들이 막을 경우에는 자주 몸싸움까지 벌어졌다. 그래서 그 후 이 문제에 대해 여러 차례 협상이 벌어졌고, 양측이 계속 유보하기는 했지만 많은 타협이 이루어졌다. 그리고 사람들은 그토록 오랫동안, 자주, 매우 격렬하게 분쟁을 벌어지게 했던 시장시설이 거의 쓸모없는 것으로, 적어도 과다한 것으로 여겨지자 수 세기 동안 계속돼 온 분쟁을 마침내 해결하고자 하는 희망을 버리지 않았다.

그런데 그날은 시 기병대가 각각 분대장을 앞세운 채 여러 분대로 나뉘어 여러 성문을 빠져나갔는데, 어떤 곳에서는 호위를 받을 자격이 있는 의회의원들의 몇몇 기병이나 경기병들이 눈에 띄었다. 의원들은 자신들의 호위병들과 함께 환영받고, 접대를 받았다. 시 기병대는 저녁 무렵까지 머뭇거리고 있다가 기다리고 있던 군중들의 눈에 거의 띄지 않고 시내로 들어왔다. 많은 시민 기병들은 말을 다루는 것은 물론이고 말에 탄 제 몸도 제대로 추스를 줄 몰랐기 때문이다. 브뤼켄 문으로 가장 성대한 행렬이 들어왔기에 그쪽으로 사람들이 몰려 가장 혼잡했다. 마지막으로 밤이 깊어 똑같은 식으로 호위를 받은 뉘른베르크 우편마차가 도착했다. 관례에 따라 어김없이 한 늙은 부인이 그 안에 타고 있을 것이라는 말이 나돌았다. 그리하여 거리의 악동들은 마차 안에 타고 있는 사람들을 전혀 구별할 수 없는데도 고래고래 고함을 질러대곤 했다. 이 순간 브뤼켄 문을 통해 몰려들어와 그 마차로 달려드는 군중의 혼잡은 상상을 초월했고, 정말로 정신이 혼미할 정도였다. 그리하여 그 부근의 집들은 구경꾼들이 가장 많이 찾는 곳이 되었다.

훨씬 더 진기한 또 하나의 축제는 대낮에 군중을 흥분시킨 악사(樂士) 재판이었다. 이 의식은 중요한 상업도시들이 상업과 수공업의 발달과 더불어 늘어나게 된 세금을 면제는 아니더라도 최소한 감면해줄 것을 요구해 온 지난 시절을 상기시켰다. 상업도시들이 필요했던 황제는 자신의 재량에 따라 세금을 면제해 주었지만 보통 1년간으로 국한했으므로 매년 면제허가를 갱신해야만 했다. 상징적인 예물을 증정하면 면제되었는데, 예물은 바르톨로모이스 연시가 열리기 전에 황제가 임명한, 가끔 세무서장도 겸하는 시장에게 운반되어 왔으며, 예의범절을 중시하여 시장이 배심원들과 함께 법정에 앉았을 때 증정식이 거행되었다. 훗날 시장이 더 이상 황제에 의해 임명되지 않고 시에서 자체적으로 선출되었을 때에도 시장은 여전히 이 특권을 가지게 되었다. 도시들의 세금면제는 물론 보름스, 뉘른베르크, 알트밤베르크의 의원들이 오랜 전통의 이 특전을 고마워하는 자리인 이 행사는 오늘날까지 이어져 내려왔다. 성모 마리아 탄생일 전날 공개 개정일이 고지되었다. 넓은 황제실 안을 칸막이로 막고 배심원들이 높은 자리에 앉았고, 한 단 높은 곳 가운데에 시장이 앉았다. 정당들로부터 전권을 위임받은 대리인들은 아래쪽 오른편에 앉았다. 법원서기가 이날을 위해 미뤄두었던 판결문들을 큰 소리로 낭독하기 시작했다. 대리인들은 사본을 요구하고, 항소를 제기하고, 기타 필요한 일들을 찾았다.

갑자기 신비로운 음악이 울려 마치 지나간 세기가 다시 도래했다고 알리는 듯했다. 음악 연주는 세 사람의 악사가 했는데, 한 사람은 나무피리를, 한 사람은 콘트라베이스를, 세 번째 사람은 포머*나 오보에를 불었다. 그들은 금테 장식의 외투를 입고 있었고, 소매에 악보를 매달고, 머리는 감싸고 있었다. 그들은 정각 10시에 여관을 나와 사절과 그 수행원들이 뒤따르는 가운데 본토박이 사람들과 외지인들의 경탄을 받으면서 홀 안으로 들어서는 것이었다. 재판은 중지되고, 악사와 수행원들은 저지선 앞에 멈추고, 사절이 들어와 시장과 마주선다. 오랜 전통에 따라 엄격하게 요구되어 온 예물은 보통 그것을 바치는 도시가 가장 중요하게 거래해 오는 상품으로 되어 있었다. 후추는 모든 상품에 견줄 만한 가치가 있었고, 그리하여 이번에도 사절은 후추가 가득 담긴 아름답게 세공된 나무잔을 가져왔다. 나무잔 위에는 특전을 허용하고 받아들인다는 표시로 비단으로 누비고 술을 단 멋지게 갈라진 장갑 한 켤레가 놓여 있었는데, 황제 자신도 경우에 따라 장갑을 이용하여 특전을 표하기도 했다. 그 옆에는 흰색의 작은 막대가 있었는데, 이것은 전에는 법률적인 재판상의 심리에 있어서 없어서는 안 되는 것이었다. 또 작은 은화 몇 닢도 덧붙여 있었다. 보름스 시는 낡은 펠트 모자 한 개를 가져왔는데, 지금껏 가져왔다가 계속 그것을 다시 가져갔으므로 똑같은 모자가 몇 년 동안 이 의식의 증인이 되어왔다.

사절은 인사말을 하고, 예물을 전달하고, 시장으로부터 특전의 연장에 대한 보증서를 받은 다음 닫혀있던 홀을 떠났고, 악사들은 악기를 연주했

* 보통 봄바드라고 불리며 숌 계(系)에 해당하는 2개의 리드를 갖고 있는 목관악기를 말한다. 봄바드라는 이름은 14세기 활의 이름에서 유래했다.

고, 행렬은 올 때와 마찬가지로 떠나갔다. 법정은 두 번째와 마지막 세 번째 사절이 들어올 때까지 심리를 계속했는데, 두 번째와 세 번째 사절은 서로 약간의 시차를 두고 들어왔기 때문이다. 그것은 한편으로는 군중의 즐거움을 더 오래 이어지게 하기 위함이었고, 다른 한편으로 악사들이 고풍에 통달한 사람들이었고, 뉘른베르크 시가 자기 시와 이웃 시들을 위해 유지하고 있으며 매년 이 식장에 이들을 참가하도록 위임받고 있기 때문이었다.

우리 아이들은 이 의식에 특별히 흥미를 느꼈는데, 그런 명예로운 자리에 앉아있는 우리 할아버지를 보는 것이 매우 즐거웠기 때문이다. 또한 우리는 보통 그날 아주 공손하게 할아버지를 찾아가 할머니가 후추를 양념통에 쏟아 옮기기라도 할 때면 술잔과 조그만 막대, 장갑 한 켤레나 옛 은전 한 닢을 날쌔게 손에 받아 넣는 것이 습관이 되어 있었기 때문이다. 흡사 고대의 모습을 주술로 불러내는 듯한 이 상징적인 의식은 지난 세기로 되돌아가지 않고는, 또한 우리의 옛 선조들의 풍속과 관습과 감정에 대해 알지 못하고는 설명할 수 없었다. 그런데 그런 것들이 다시 부활한 악사와 사절들에 의해, 또한 우리가 쉽게 접할 수 있고 소유할 수 있는 예물에 의해 신비롭게도 재현되었던 것이다.

그 같은 고대숭배의 의식에 이어 좋은 계절에는 우리 아이들을 위한 좀 더 즐거운 축제가 교외에서 열렸다. 성문에서 30분 정도 걸리는 마인 강 하류 쪽 오른편 강변에는 주변이 깨끗하게 정돈되고 오래된 보리수나무로 둘러싸인 유황온천수가 솟아나고 있었다. 거기서 멀지 않은 곳에 '착한 사람들의 집'이 있었는데, 전에 이 온천수 때문에 세워진 요양원이었다. 마을목장에서는 매년 하루를 정해 이웃의 소떼를 불러 모았고, 목동들은 여자친구들과 함께 춤과 노래, 여러 가지 오락과 장난으로 시골 축제를 즐겼다. 도시의 반대편에도 역시 온천수와 더 아름다운 보리수나무들로 꾸며진 좀 더 큰 마을목장이 있었다. 우리는 오순절에는 그쪽으로 양떼를 몰았고, 동시에 창백하게 질린 가련한 고아들을 담을 넘겨 들판으로 나가게 해주었다. 언젠가는 세상을 스스로 헤쳐 나가야 할 그런 버려진 피조물들을 비참한 상태로 품는 대신 일찌감치 세상과 연결을 맺게 해주고, 곧장 일과 인내에 익숙해지게 하며, 어려서부터 육체적으로나 정신적으로 강하게 할 필요가 있다는 생각을 뒤늦게나마 하게 되었기 때문이다. 늘 산책을 하고 싶어 했던 유모와 하녀들이 아주 어려서부터 우리를 그런 곳에 빼놓지 않고 끌고 다녔기 때문에 이 시골 축제들은 내가 기억할 수 있는 최초의 인상들 중 하나라 할 수 있다.

집 수리는 그러는 동안 꽤 짧은 시일 안에 끝났다. 모든 것을 치밀하게 생각하여 준비하고 필요한 돈도 마련하였기 때문이다. 우리는 모두 다시 모이게 되었고, 안락함을 느꼈다. 왜냐하면 깊이 생각해서 세운 계획이 완수되었을 때에는 목적을 이루기 위한 수단에 불쾌한 점이 있었더라도 모든 것을 잊어먹게 마련이기 때문이다. 집은 개인주택으로서는 충분히 넓었으며, 매우 밝고 상쾌했고, 층계는 확 트였고, 현관방들은 아늑했으며, 여러 창문들을 통해 정원 너머의 경치를 편안하게 즐길 수 있었다. 내부설비 작업과 마무리, 장식하는 일은 서서히 완료되었는데, 그것은 분주하면서 동시에 즐거웠다.

가장 먼저 정리해야 할 것은 아버지의 장서였다. 그 중에서 가죽이나 반 가죽으로 장정된 최고급 책들은 아버지의 사무실 겸 서재의 벽을 장식하도록 되어 있었다. 아버지는 라틴어 작가들의 화려한 네덜란드 판본을 소장하고 있었는데, 외형을 맞추기 위해 애써 모두 4절판으로 된 것을 구했다. 그리고 로마의 고미술품과 좀 더 세련된 법률학에 관련된 책들도 있었다. 이탈리아 작가들의 가장 탁월한 작품들도 빠짐없이 있었는데, 아버지는 타소*에 커다란 호감을 보였다. 가장 훌륭한 최신의 여행기들도 있었는데, 아버지는 카이슬러와 네마이츠의 책들을 바로잡고 보완하는 데에서 즐거움을 얻었다. 아버지는 가장 필요한 참고서적, 여러 언어들로 된 사전, 백과사전을 두루 소장하고 있어서 필요에 따라 언제나 도움을 얻을 수 있었으며, 그밖에 실용과 오락을 위한 책들도 많이 있었다.

제목들이 매우 아름답게 쓰여 있는 깨끗한 양피지본 장서의 나머지 절반은 특별한 다락방 안에 진열되었다. 아버지는 새 책들을 제본하고 배열하는 일을 매우 차분하게 차근차근 해나갔다. 여기에서는 이런저런 작품들의 특별한 장점들을 써놓은 학술 신문들이 아버지에게 큰 영향을 주었다. 아버지는 법률학 논문도 수집하여 매년 몇 권씩 늘어 갔다.

그 다음에는 지금까지 옛집 여기저기 흩어져 걸려 있던 그림들을 모두 한데 모아 금테 장식의 검은 액자에 넣어 공부방 옆에 있는 한 아늑한 방의 벽에 서로 어울리게 걸어 놓았다. 아버지는 다분히 편견에 따라 평가를 하게 되는 죽은 대가들에 관심을 돌리지 말고 살아있는 대가들에게 몰두해야 한다는 원칙을 자주 열정적으로 말하곤 했다. 그는 그림은 완전히 라인 포도주 같은 것이어서 연륜이 포도주에 뛰어난 가치를 부여해 주기는 하지만 매년 전년과 똑같은 우수한 것이 나올 수 있다는 견해를 가지고 있었다. 새 포도주도 어느 정도 시간이 지나면 마찬가지로 오래된, 어

* 르네상스 후기 가장 위대한 이탈리아의 시인. 제1차 십자군 원정 당시의 예루살렘 점령과정을 다룬 영웅 서사시 『해방된 예루살렘』(1581)으로 유명하다.

쩌면 더 값지고 맛좋은 포도주가 된다는 것이었다. 아버지는 특히 많은 옛 그림들이 대부분 더 검어지고 색이 바랬다는 이유로 애호가들에게서 큰 가치를 얻고 있는 것처럼 보이는 것이며, 그렇게 조화를 이룬 그림의 색조가 칭송을 받는 것이라고 말함으로써 자신의 견해를 뒷받침했다. 아버지는 이에 반해서 새 그림들이 나중에도 검어지지 않을까봐 걱정은 절대로 하지 않는다고 말했다. 아버지는 그것들이 검어지지 않음으로써 가치가 높아진다는 데 대해서 인정하려 들지 않았다.

이러한 원칙에 따라 아버지는 여러 해에 걸쳐 프랑크푸르트의 모든 화가들에게 일을 시키고 있었다. 화가 하르트는 떡갈나무 숲과 너도밤나무 숲과 이른바 전원적 풍경에 가축을 잘 조화시켜 그렸다. 렘브란트를 전형으로 삼아 폐쇄된 공간에서 빛과 반사광을 통해 불타는 듯한 열정을 인상 깊게 표현했던 트라우트만은 렘브란트의 그림들에 견줄 수 있는 작품을 그려줄 것을 요구받은 적도 있다. 또한 자흐트레벤의 화법에 따라 라인지방을 열심히 그린 쉬츠도 있었고, 꽃과 과일과 정물과 조용히 일하는 인물들을 네덜란드 선배화가들의 기법에 따라 아주 순수하게 묘사한 융커도 빼놓을 수 없었다. 이제 집이 새롭게 정돈되고, 아늑한 공간도 갖게 되었으며, 더욱이 노련한 어떤 화가도 알게 되면서 아버지의 그림에 대한 도락은 다시 새로워지고 생기를 띠게 되었다. 이 화가는 브링크만의 제자이며 다름슈타트의 궁정화가인 제카츠였는데, 그의 재능과 개성에 대해서는 앞으로 차차 더 자세히 이야기하게 될 것이다.

나머지 방들도 각각의 분위기에 따라 계속 이런 식으로 치장을 마무리했다. 전체적으로 깨끗함과 정돈이 지배적이었다. 특히 새집은 커다란 유리창들 덕에 완벽한 채광이 이루어졌다. 옛집에서는 여러 원인이 있었

리스본의 지진(1755)

는데, 무엇보다도 대부분 원형 유리창이어서 채광이 좋지 않았다. 아버지는 모든 것이 잘 이루어졌기 때문에 밝아 보였다. 언제나 일꾼들이 아버지의 요구만큼 부지런하고 꼼꼼하지는 않아서 이따금 유쾌한 기분이 손상되지만 않았더라면 더 이상의 행복한 삶은 생각할 수 없을 정도였다. 게다가 많은 좋은 일들이 때로는 가족 내에서 일어났고, 때로는 밖에서도 흘러들어왔다.

그러나 어마어마한 세계적 사건으로 소년의 평온한 정서는 처음으로 속속들이 뒤흔들리게 되었다. 1755년 11월 1일 리스본에서 지진이 일어나 평화와 안정을 구가하며 지내던 세계에 온통 엄청난 충격을 안겨준 것이다. 거대하고 화려한 거주지인 동시에 교역과 항만의 중심인 도시가 불시에 끔찍한 불행을 당하게 되었다. 땅은 흔들렸으며, 바다는 솟아오르고, 배들은 서로 부딪혀 부서지고, 집들은 무너져 내리고, 그 위에 교회와 탑들이 주저앉고, 왕궁의 한 쪽은 바닷물에 잠겼다. 갈라진 땅은 화염을 토해내는 듯했는데, 폐허 속 어디서나 연기와 불길이 솟구치고 있었기 때문이다. 방금 전까지만 해도 편안하고 아늑하게 지냈던 6만 명의 사람들이 한꺼번에 죽어버렸다. 그 중에서 이 불행에 대해 더 이상 아무 느낌도 생각도 가질 수 없는 자야말로 가장 행복하다고 할 수 있었다. 화염은 계속 타올랐고, 이와 함께 지금껏 숨어있었거나 이 사태로 해방된 범죄자들의 무리가 날뛰었다. 살아남은 불행한 사람들은 약탈과 살인과 온갖 악행들에 노출되어 있었다. 이렇게 자연은 사방에서 한없는 횡포를 부렸다.

지진발생 보도에 앞서 이미 광범위한 지역에 걸쳐 재앙의 전조현상들이 퍼졌었다. 많은 곳에서 약한 진동이 감지되었으며, 많은 온천들, 특히 치료효과가 있는 온천들에서는 이례적으로 온천수가 멈춰 나오지 않는 것이었다. 지진에 대한 보도의 영향은 점점 더 커졌다. 처음에는 일반적인 내용이 전해지다가 하나하나의 끔찍한 사례들 소식이 급속히 퍼져나갔다. 이에 따라 신을 받드는 자들은 깊은 명상에 잠기고, 철학자들은 위안의 토대를 찾고, 승려들은 설교하는 일을 잊지 않았다. 그렇게 한동안 세상의 관심은 온통 이곳에 집중되었다. 이 지진참사의 광범위한 영향에 대한 점점 더 상세하고 많은 보도들이 도처에서 전해지자 먼 곳의 불행으로 흥분됐던 마음들은 자신과 가족에 대한 걱정으로 점점 더 불안해졌다. 아마도 공포의 악령이 이토록 재빠르고 막강하게 전율을 세상에 퍼뜨린 경우는 아직 한 번도 없었을 것이다.

이 모든 일들을 몇 번이고 반복해서 들어야 했던 소년은 적잖이 놀랐다. 천지의 창조자이자 유지자이며 신앙강령 제1조의 설명에 통해 그토록 지혜롭고 자비롭게 소개되었던 신은 올바른 자들과 부정한 자들을 똑같이 파멸에 빠뜨림으로써 결코 아버지 같은 존재를 보여주지 않았던 것이다. 어린 소년의 마음은 이런 인상을 떨쳐버리려고 노력했지만 소용이 없었다. 그것은 현자들과 율법학자들조차 그런 현상을 어떻게 볼 것인지에 대해 의견을 일치시키지 못하는 터에 하물며 어린 아이로서는 더더욱 불가능한 일이었다.

그해 여름 구약성서가 누누이 가르쳐주고 있는 분노한 신에 대해 직접적으로 알 수 있는 좀 더 손쉬운 기회가 왔다. 돌연 우박이 쏟아지고 천둥과 번개가 치면서 집 뒤쪽의 서쪽으로 난 새 유리창들이 무자비하게 깨졌으며, 새 가구들이 상했고, 몇 권의 귀한 책들과 값진 물건들이 훼손되었다. 완전히 정신을 잃은 하인들이 아이들을 어두운 복도로 끌고 가서 신의 노여움을 가라앉힌다고 무릎을 꿇은 채 큰 소리로 외치고 울부짖자 더욱 더 무서워졌다. 그러는 동안 아버지는 정신을 차리고 아주 침착하게 창문틀을 열어젖혀 뜯어냈다. 이렇게 하여 아버지는 많은 유리창들을 보호하기는 했지만 우박에 이은 폭우가 텅 빈 창으로 쏟아져 들어와 마침내 기운을 차리고 보니 현관과 층계에 물이 흥건히 고여 있었다.

그런 사건들이 전체적으로는 방해가 되었지만 아버지가 우리 아이들에게 계속 진행하려고 계획했던 수업에는 거의 영향을 미치지 않았다. 아버지는 청소년기를 코부르크 김나지움에서 보냈는데, 이 학교는 독일의 학교들 중 최고 명문이었다. 그는 거기에서 어학과 기타 학문적 교육에 필요한 훌륭한 기초를 닦았으며, 그 후 라이프치히에서 법학을 열심히 공부했고, 마지막으로 기센에서 학위를 받았다. 진지하게 열심히 노력하여 쓴 논문 『상속 시점에 관한 고찰』은 아직도 법학자들에 의해 칭찬을 받으며 인용되고 있다.

자신이 이루지 못한 것을 자식들에게서 실현시켜 보려는 것은 모든 아버지들의 경건한 소망이다. 이것은 마치 세상을 다시 살아간다면 첫 번째의 인생 경험을 정말로 제대로 이용하고 싶어 하는 것과 거의 비슷하다. 지식에 대한 느낌, 진정한 인내심에 대한 확신, 당시의 교사들에 대한 불신 속에서 아버지는 아이들을 직접 가르치고자 했으며, 다만 필요하다고 여겨질 경우에만 몇 시간씩 특정 분야의 전문교사에게 맡기려고 했다. 교육적인 무능현상이 이미 전반적으로 나타나기 시작했다. 공립학교에 근무하는 교사들의 고루함과 침체성이 그 첫 번째 원인이 될 만했다. 사람들은 무언가 좀 더 나은 것을 찾았지만 전문적인 일을 하는 사람들에 의해 이루어지지 않는 모든 수업이 얼마나 결함이 많을 수밖에 없는지를 망각했다.

아버지에게서 자신의 인생행로는 그때까지 어느 정도 소원대로 이루어졌다. 나도 똑같은 길을 가야 했지만 더 편안하고 넓은 길이었다. 아버지는 자신에게 부족했던 나의 타고난 재능을 더욱 값지게 여겼다. 그는 모든 것을 오로지 엄청난 근면과 끈기와 반복을 통해서만 이루었기 때문이다. 아버지는 전에도 나중에도, 진지하게 혹은 농담으로 자신이 나 같은 소질을 갖고 태어났다면 완전히 달리 행동했을 것이며, 소질을 그렇게 소홀히 낭비하지 않았을 것이라고 내게 늘 단호하게 말했다.

빠른 이해와 응용과 파악으로 나는 아버지와 다른 전문교사들이 가르쳐 준 수업내용을 매우 빨리 통달했지만 왜 그런 수업을 받아야 하는지 의문이 들었다. 문법은 임의적인 법칙으로만 보여 마음에 들지 않았고, 규칙들은 많은 예외들로 쓸모없게 되어 모든 예외들을 다시 특별히 배워야 했기에 우스꽝스럽게 여겨졌다. 운율을 다루고 있는 라틴어 책이 없었더라면 나는 나쁜 결과를 빚었을 것이다. 나는 이 책을 손가락으로 두드리면서 혼자서 즐겨 노래를 불렀다. 우리는 암기구절이 들어있는 지리 책 한 권도 가지고 있었는데, 그 속에서는 지극히 재미없는 운율들이 암기해야 하는 것을 가장 잘 기억할 수 있게 해주었다. 예를 들면 이렇다.

오버이셀에는 습지가 많아
좋은 땅을 망쳐 놓는다.

나는 언어형식과 용법들을 쉽게 이해했다. 또 어떤 사물의 개념 속에 들어 있는 것이 무엇인지도 재빨리 알아냈다. 발음장애로 인해 뒤쳐지는 일도 있었지만 수사학적인 문제와 작문 같은 분야에서는 어느 누구도 나를 앞지르지 못했다. 그런 작문들은 아버지를 특별히 기쁘게 했다. 아버지는 작문을 잘한 대가로 어린 아이에게는 과하다고 할 수 있는 많은 돈을 주었다.

아버지는 내가 셀라리우스*를 외워야 했던 바로 그 방에서 누이동생에게 이탈리아어를 가르쳤다. 나는 과제를 빨리 끝내고 조용히 앉아있는 동안 책 너머로 귀를 기울였는데, 들려오는 그 소리가 라틴어의 변형이라는 생각이 들자 곧장 이탈리아어를 알아들을 수 있었다.

그 외에도 내 기억력과 추리력에 있어서의 조숙성은 일찍이 그것으로 명성을 떨친 아이들과 비슷했다. 그래서 아버지는 내가 대학에 들어갈 때까지 도저히 기다릴 수가 없었다. 벌써부터 아버지는 자신이 무척 호감을 갖고 있는 라이프치히 대학에서 나도 자신처럼 똑같이 법학을 공부하고, 그

* 언어학자이며 바이마르 대학교 총장(1638~1707)이었다.

런 다음 다른 대학에서 학위를 받으라고 말했다. 두 번째 대학은 내가 어디를 선택하든 아버지에게는 상관없었다. 이유는 모르지만 아버지는 괴팅겐 대학에 대해서만은 약간의 반감을 가지고 있었는데, 그것이 내게는 유감이었다. 나는 바로 이 대학에 많은 믿음과 큰 희망을 걸어왔기 때문이었다.

아버지는 더 나아가 나에게 베츨라르와 레겐스부르크로, 또한 빈으로 가서 다시 이탈리아로 가야 한다고 설명했다. 그러면서도 이탈리아를 보고 오면 어떤 것을 보아도 흥미가 없어지므로 파리를 먼저 보아야 한다고 되풀이해서 말했다.

장차 나의 청년기 인생에 대한 이런 이야기를 나는 몇 번이고 되풀이하여 들었으며, 그것은 특히 이탈리아에 관한 이야기와 나폴리에 대한 설명까지 이어졌다. 아버지는 평소 엄숙하고 무미건조한 성격이었지만 이런 이야기를 할 때는 언제나 풀어져서 생기를 띠는 듯했다. 그리하여 우리 아이들의 마음속에서는 그런 천국에 가보고 싶다는 열렬한 소망이 생겨났다.

점점 더 늘어간 개인교습 시간을 나는 이웃 아이들과 함께 했다. 이 공동수업은 내게 도움이 되지 못했다. 교사들은 그들의 낡은 방식을 고집했고, 내 동료들의 버릇없는 행동과 불손한 태도는 알맹이 없는 수업시간에 소란과 불만과 방해를 가져왔다. 수업을 유쾌하고 다채롭게 만드는 고전문학선집들은 아직 우리가 접할 수 없었다. 어린 아이들에게는 무척 딱딱한 코르넬리우스 네포스*, 너무 평이하고 설교와 종교수업으로 진부해진 신약성서, 셀라리우스와 파소르** 등은 우리에게 아무런 흥미도 주지 않

---

* 키케로와 카툴루스의 친구인 고대 로마 역사가(BC 99~22). 그리스와 로마의 저명한 정치가・문인들의 짧은 전기를 모아놓은 『위인전』의 「해외명장전」이 현존하는 작품 중 꼽힌다.

** 신학교수인 게오르크 파소르(1570~1637).

았다. 이와는 반대로 당시의 독일 시인들의 시를 읽음으로써 확실한 운율과 시구에 대한 열의가 우리를 사로잡았다. 내가 과제를 수사학적으로 다루는 것으로부터 시적으로 다루는 것으로 전환하는 데에 흥미를 느끼기 이전에 이미 그러한 열의는 나를 사로잡았다.

우리 아이들은 일요일마다 모임이 있었고, 여기에서 모두가 자신이 쓴 시를 제출하도록 되어 있었다. 그런데 여기서 나는 매우 오랫동안 나를 불안에 빠뜨린 놀라운 일과 맞닥뜨리게 되었다. 나는 항상 내 시들이 어떤 것이든 남의 시들보다 더 낫다고 여기지 않을 수 없었다. 그러나 나는 곧 아주 불완전한 시들을 제출했던 내 경쟁자들이 자신들의 시가 결코 더 나쁘지 않다고 생각한다는 사실을 알았던 것이다. 내가 더욱 심각하게 여긴 것은 내가 좋아하던 마음씨 착한 소년이 시를 쓰는 데에는 전혀 능력이 없는데도 가정교사에게 대신 시를 쓰게 하고는, 그 시를 가장 우수한 것으로 여길 뿐만 아니라 그것을 자기 자신이 쓴 것으로 확신하고 있다는 사실이었다. 그는 나와는 아주 친했기 때문에 늘 나에게 모든 것을 솔직하게 말해 주었다. 이 같은 과오와 망상을 눈앞에서 똑똑히 보았기 때문에 어느 날 나는 혹시 나도 그런 경우에 있지 않은지, 그 시들이 정말로 내 시들보다 더 낫지 않은지, 그들이 나에게 어리석게 보이듯 나도 그 아이들에게 어리석게 보이지는 않을까 하는 생각이 밀려왔다. 이러한 생각은 오랫동안 나를 무척 불안하게 했다. 왜냐하면 나는 진실의 외적인 표시를 도무지 발견할 수 없었기 때문이다. 나는 시 쓰는 일을 중단하기까지 했다. 그러나 마침내 경쾌한 마음과 자신감과 우리의 장난에 주의를 기울이게 된 교사들과 부모들이 즉석에서 지어내도록 한 습작이 나를 안심하게 해주었다. 나는 이 습작을 훌륭하게 해내 모두의 칭찬을 받았다.

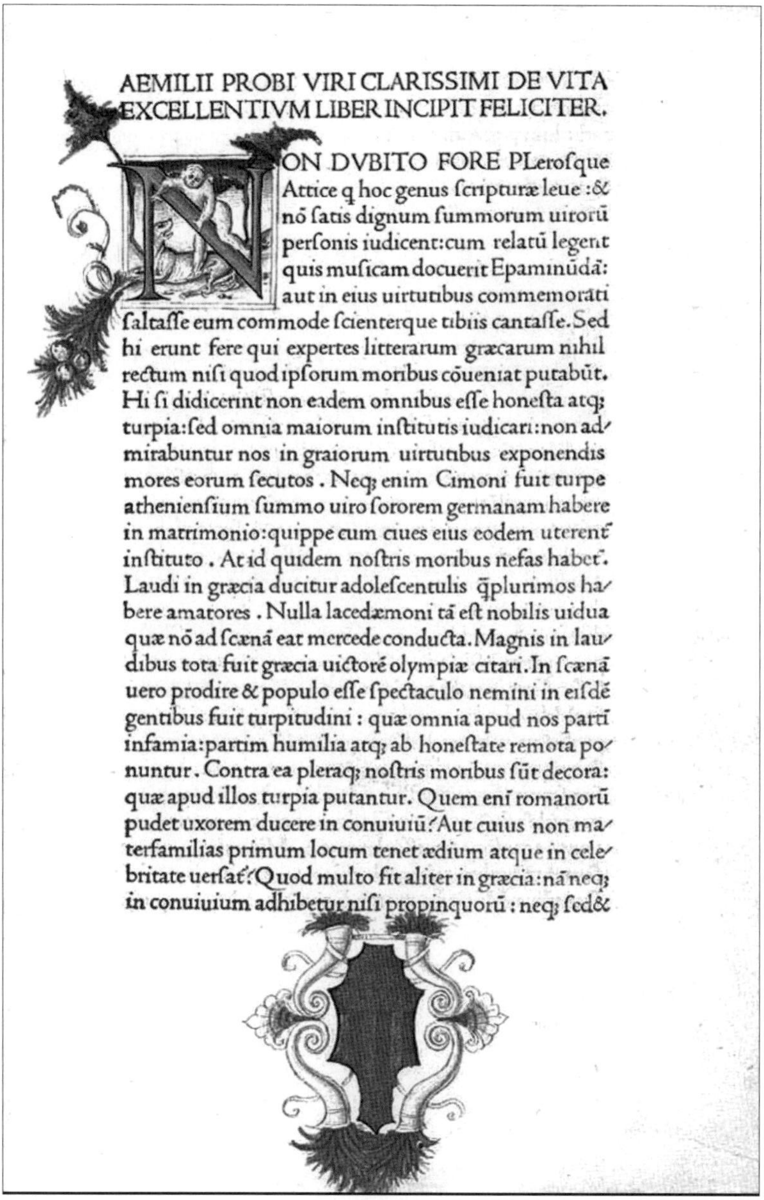
AEMILII PROBI VIRI CLARISSIMI DE VITA
EXCELLENTIVM LIBER INCIPIT FELICITER.

NON DVBITO FORE PLeroſque
Attice q hoc genus ſcripturæ leue :&
nõ ſatis dignum ſummorum uirorũ
perſonis iudicent:cum relatũ legent
quis muſicam docuerit Epaminũdã:
aut in eius uirtutibus commemorati
ſaltaſſe eum commode ſcienterque tibiis cantaſſe. Sed
hi erunt fere qui expertes litterarum græcarum nihil
rectum niſi quod ipſorum moribus cõueniat putabũt.
Hi ſi didicerint non eadem omnibus eſſe honeſta atq;
turpia:ſed omnia maiorum inſtitutis iudicari:non ad-
mirabuntur nos in graiorum uirtutibus exponendis
mores eorum ſecutos . Neq; enim Cimoni fuit turpe
athenienſium ſummo uiro ſororem germanam habere
in matrimonio:quippe cum ciues eius eodem uterent
inſtituto . At id quidem noſtris moribus nefas habet.
Laudi in græcia ducitur adoleſcentulis q̃plurimos ha-
bere amatores . Nulla lacedæmoni tã eſt nobilis uidua
quæ nõ ad ſcænã eat mercede conducta. Magnis in lau-
dibus tota fuit græcia uictoré olympiæ citari. In ſcænã
uero prodire & populo eſſe ſpectaculo nemini in eiſdẽ
gentibus fuit turpitudini : quæ omnia apud nos partĩ
infamia:partim humilia atq; ab honeſtate remota po-
nuntur. Contra ea pleraq; noſtris moribus ſũt decora:
quæ apud illos turpia putantur. Quem enĩ romanorũ
pudet uxorem ducere in conuiuiũ? Aut cuius non ma-
terfamilias primum locum tenet ædium atque in cele-
britate uerſat? Quod multo fit aliter in græcia: nã neq;
in conuiuium adhibetur niſi propinquorũ : neq; ſed&

코르넬리우스 네포스의 책 일부

아모스 코메니우스

그 당시에는 어린이들을 위한 책이 아직 없었다. 어른들 스스로가 어린이 같은 마음을 갖고 있었으며, 자기 자신의 교양을 후손에게 전해주는 것을 기분 좋게 여겼다. 아모스 코메니우스*의 『그림의 세계』를 빼고는 우리가 접할 수 있는 이런 종류의 책은 아무 것도 없었다. 그러나 우리는 메리안**의 동판화가 담긴 커다란 2절판 성서를 자주 들춰 보았다. 역시 대가 메리안의 동판화가 담긴 고트프리트의 『연대기』는 우리에게 세계역사상 가장 중요한 사건들을 가르쳐주었다. 『아세라 필로로기아 Acerra philologica』***에는 온갖 우화, 신화, 기담들이 곁들여 있었다. 그리고 나는 곧 오비디우스****의 『변형담』이라는 책을 알게 되었고, 특히 그 책의 첫 장들을 열심히 읽곤 했다. 그리하여 내 어린 머리는 곧장 많은 그림과 이야기들로 가득 찼고, 중요하고 놀랄 만한 인물과 사건들로 채워졌다. 나는 이렇게 습득한 내용을 가공하고 되풀이하고 끌어내는 데 늘 분주하여 결코 지루함을 느낄 수 없었다.

---

* 체코의 교육개혁가이자 종교지도자(1592~1670). 『열려진 언어의 문』(1631)이라는 저서에서 혁신적인 라틴어 교수법을 제시한 것으로 유명하다.

** 17세기 독일의 대표적인 삽화가이자 판화가(1593~1650).

*** 1637년 해부학자이며 식물학 교수인 라우렘베르크가 출판한 고대 사화집. 메리안이 삽화를 그렸다.

****로마의 시인(BC 43~AD 17?). 『변형담』외에도 유명한 『사랑의 기술』이 있다.

페늘롱*의 『텔레마크』는 이따금 거칠고 모험적인 다른 고전작품들보다 좀 더 경건하고 도덕적인 영향을 주었다. 나는 이 책을 노이키르히의 번역판을 통해 처음 알게 되었는데, 무척 허술하게 옮겨지기는 했지만 이 책은 내 정서에 아주 감미롭고 유익한 영향을 미쳤다. 때마침 『로빈슨 크루소』가 끼어든 것은 당연한 일로 여겨진다. 『펠젠부르크 섬』도 빼놓을 수 없었던 것으로 생각된다. 앤슨 경의 『세계여행』은 사실의 품격과 동화의 환상영역을 결합했는데, 우리는 상상 속에 이 훌륭한 선원을 따라가면서 저 멀리 온 세상으로 끌려 나갔고, 지구의 위를 손가락으로 짚어가며 그를 따라가고자 했다. 나는 많은 책들에 빠져들면서 좀 더 풍요로운 수확을 눈앞에 두게 되었다. 그 책들은 있는 그대로의 외형으로 보면 훌륭하다고 할 수 없었지만 내용은 우리에게 이전 시대의 많은 업적에 대해 소박한 방식으로 자세히 전해주고 있었다.

프랑수아 페늘롱

훗날 '통속 작품', '통속 서적'이라는 명칭으로 알려져 유명해진, 책들을 찍어내던 공장이라고 해야 더 어울릴 출판사가 바로 프랑크푸르트에 있었다. 이 책들은 엄청난 매출로 인해 매번 똑같은 활자를 지극히 형편

* 프랑스의 대주교이며 저술가. 정치와 교육에 관한 자유주의적 시각과 신비적 기도의 본질에 관한 논쟁에 개입하여 국가와 교회의 공격을 받았다. 『텔레마크』는 그의 대표적 교육소설임. 이 책은 아버지 율리시즈를 찾아 나선 텔레마크의 모험을 다루면서 그의 정치적 기본이념을 상징적으로 표현했다.

없는 압지 위에 거의 읽을 수 없을 정도로 인쇄했다. 우리 아이들은 고서점 문 앞의 작은 탁자 위에 놓인 이 같은 귀한 유물들을 날마다 찾아내어 몇 크로이처를 주고 우리 것으로 만들 수 있는 행운을 누렸다. 『오일렌슈피겔』, 『하이몬의 네 아이들』, 『아름다운 멜루지네』, 『옥타비아누스 황제』, 『아름다운 마겔로네』, 『포르투나투스』와 『영원한 유대인』에 이르기까지 모든 작품들은 우리가 갖고 싶은 생각이 들기만 하면 언제든 군것질을 하는 대신 곧장 우리 손에 넣을 수 있었다. 여기서 가장 큰 이점은 우리가 읽다가 책이 찢어지거나 손상되어도 그것을 곧 다시 구입해서 새로이 탐독할 수 있다는 점이었다.

마치 여름에 가족 산보여행이 갑작스런 소나기로 인해 짜증나게 방해를 받고, 즐거운 상태가 극도로 불쾌하게 바뀌듯 소아병 또한 예기치 않게 유년기의 가장 아름다운 계절에 나타난다. 내게도 예외는 아니었다. 내가 작은 지갑과 요술모자가 있는 『포르투나투스』를 샀을 때 불쾌감과 열이 나를 엄습했는데, 그것은 증세로 보아 천연두임을 알 수 있었다. 독일에서 천연두 접종은 여전히 문제가 있다고 간주되었다. 유명한 문필가들이 이해하기 쉽고 설득력 있게 권하는데도 불구하고 독일의 의사들은 예방접종이 자연을 침해하는 것이라고 여겨 시행을 주저했다. 그리하여 투기적인 영국인들이 대륙으로 건너와 어마어마한 보수를 노리고 부유하며 편견이 없는 사람들의 아이들에게 접종을 해주었다. 그러나 여전히 대다수가 이 예부터 내려온 오래된 질병 앞에 방치되어 있었다. 이 병은 가족들을 온통 혼란에 빠뜨리고, 많은 아이들을 죽이고 흉한 모습으로 만들었다. 이미 다양한 성과를 통해 치료에 도움이 되리라는 것이 증명되었는데도 대부분의 부모들은 감히 그 종두라는 수단을 택하려 하지 않았다.

이 나쁜 병은 이제 우리 집에도 닥쳐 나를 아주 극렬하게 공격했다. 두창이 온 몸뚱이에 피어났고, 얼굴을 뒤덮었으며, 나는 며칠 동안 눈도 뜨지 못한 채 엄청난 고통 속에 누워 있었다. 식구들은 가능한 한 증세를 완화시키려고 노력했으며, 내가 얌전하게 있으면서 비비거나 긁지 않고 병을 더 악화시키지 않는다면 꿈같은 일을 해주겠다고 약속했다. 나는 꾹 참고 그렇게 했다. 그러나 사람들은 일반적인 편견에 따라 가능한 한 환자를 따뜻하게 보호했기 때문에 병은 더 심해질 뿐이었다. 마침내 처참한 날들이 흐른 뒤 얼굴에서 마스크 같은 것이 떨어져나갔는데, 피부에는 눈에 띌 정도의 흔적은 남지 않았다. 하지만 내 모습은 두드러지게 달라져버렸다. 나는 다시 햇빛을 보게 되었고, 더러운 피부반점도 점점 사라져서 기뻤다. 하지만 다른 사람들은 내게 무자비할 정도로 지난날의 상태를 자주 떠올리게 했다. 특히 전에 나를 우상처럼 좋아했던 무척이나 활달한 숙모는 몇 년이 지난 후에도 나를 보기만 하면 항상 "이런 빌어먹을! 얘가 왜 이렇게 보기 싫게 변했담!"이라고 외치곤 했다. 그런 다음 숙모는 전에 나와 얼마나 재미있게 놀았는지, 나를 데리고 다닐 때면 사람들의 관심을 얼마나 많이 끌었는지에 대해 자세히 이야기 해주었다. 그리하여 나는 일찌감치, 사람들이란 우리가 그들에게 준 기쁨에 대해 흔히 신랄하게 대가를 내린다는 것을 깨닫게 되었다.

홍역도, 수두도, 어린이를 괴롭히는 병이라는 병은 모두 나를 가만 놔두지 않았고, 사람들은 매번 이 병이 이제 영원히 지나가버렸을 테니 다행이라고 말했다. 그러나 유감스럽게도 뒤에 숨어있던 다른 병이 또 다시 닥쳐오곤 했다. 이 모든 병들은 나의 깊은 사색의 성향을 키워주었다. 나는 이미 초조함의 고통을 떨쳐버리기 위해 늘 인내하는 연습을 해왔기 때문에 스토아 철학자들에게서 찬양받는다고 알고 있던 인내의 미덕은 본받을 만한 최고의 가치가 있다고 생각했다. 기독교적 인내의 가르침을 통해 비슷한 것이 권장되고 있어 더욱 그렇게 생각했다.

가족들의 고통을 말하는 이 기회에 같은 병에 걸려 적잖이 고생했던 나보다 세 살 아래 동생을 기억해보고자 한다. 동생은 여린 심성을 지녔고, 조용하며 고집이 세었다. 그런데 우리는 결코 형제로서의 친밀한 관계를 갖지 못했다. 동생은 유년기를 넘기지 못하고 죽었다. 역시 오래 살지 못한 여러 여자 형제들 중 나는 무척 귀엽고 명랑했던 누이동생 하나만을 기억한다. 이 아이 역시 곧 죽었다. 그리하여 몇 년이 흐른 뒤에는 나와 누이동생 하나만이 살아남아서 우리는 서로 더 친밀하고 아끼는 사이가 되었다.

그런 질병과 그 밖의 성가신 장애들은 결과적으로 고통을 두 배로 해주었다. 왜냐하면 아버지는 확실한 교육일정표와 수업일정표를 만들어 놓았던 듯 병 때문에 생긴 모자람을 즉각 다시 회복시키려 했고, 병이 나은 우리에게 두 배의 학습량을 부과해 주었기 때문이다. 그것을 하는 일은 어렵지 않았지만 그것이 이미 방향이 정해져 있던 나의 내적 발달을 막고 어느 정도 후퇴시킨 것은 가슴 아픈 일이었다.

우리는 이런 가르침과 교육의 압박에서 벗어나려고 보통 외할아버지* 집으로 달아났다. 외할아버지의 집은 프리트베르크 골목에 있었는데, 전에는 그곳에 성이 있었던 것 같았다. 왜냐하면 가까이 가보면 거기에는 양편으로 두 채의 이웃집과 맞닿아 있고, 흉벽이 있는 커다란 문밖에 없

---

* 요한 볼프강 텍스토를 말함.

었기 때문이다. 안으로 들어가면 좁은 길을 통해 마침내 꽤 넓은 뜰에 이르게 되는데, 이 뜰은 불규칙한 건물들에 둘러싸여 있었으며, 이 건물들은 모두가 통합되어 하나의 주택을 이루고 있었다. 우리는 보통 건물 뒤쪽으로 꽤 길고 넓게 펼쳐져 있는 매우 잘 가꿔진 장원 안으로 곧장 달려 들어갔다. 길들은 주로 포도넝쿨로 담이 쳐져 있었고, 정원의 일부는 야채밭, 일부는 꽃밭으로 이용되고 있었으며, 꽃들은 봄부터 가을까지 여러 종류로 바뀌면서 모판과 화단을 장식했다. 남쪽을 향해 있는 긴 담은 잘 자란 복숭아나무들을 지키는 데 이용되었고, 복숭아나무에서는 우리가 따먹을 수 없는 금단의 과실이 여름내 먹음직스럽게 익어갔다. 그러나 우리는 여기에서는 먹고 싶은 욕구를 충족시킬 수가 없었으므로 이곳을 피해 맞은편으로 방향을 돌렸다. 거기에는 많은 요하네스딸기나무와 구즈베리나무가 열을 지어 서서 여름부터 가을까지 우리의 식욕을 충족시켜 주었다. 이것들 못지않게 우리에게 중요한 것은 오래되고 키가 큰, 가지를 넓게 펼치고 있는 한 그루의 뽕나무였다. 그것은 열매 때문이기도 했지만 누에들이 그 잎을 먹고 자란다는 얘기를 들었기 때문이다. 이 평화로운 구역에서는 저녁마다 외할아버지가 좀 거친 일은 정원사에게 맡기고 편안한 마음으로 손수 세심하게 과수와 화초를 돌보는 모습을 볼 수 있었다. 외할아버지는 아름다운 카네이션 화단을 지키고 늘려나가기 위해 필요한 여러 가지 노력을 결코 아끼지 않았다. 그는 열매를 더욱 잘 키우기 위해 손수 세심하게 복숭아나무의 가지들을 부채모양으로 지주에 당겨 맸다. 할아버지는 튤립이나 히아신스, 기타 유사한 식물의 뿌리를 분류하고 보존하는 일은 남에게 맡기지 않았다. 또한 나는 할아버지가 쉬지 않고 여러 종류의 장미들을 접목하는 일에 몰두하던 것을 기억하고 있다. 이 일을 할 때 그는 장미가시에 찔리지 않기 위해 고대 풍의 가죽장갑을 끼었는데, 이 장갑은 해마다 악사재판 때 세 켤레씩 받았던 것이기에 부족해 본 적은 없었다. 그는 언제나 제복 같은 잠옷을 입고, 머리에는 주름진 검은 비단모자를 썼으므로 알키노오스와 라에르테스*의 중간 인물을 연상시켰다.

이런 모든 정원 일들을 외할아버지는 자신의 공무와 마찬가지로 규칙적이고 엄밀하게 해나갔다. 그는 정원으로 내려오기 전에 늘 다음날 처리할 제안 목록을 정리하고 서류들을 읽었다. 그는 아침에 시청에 나가고, 돌아와서는 식사를 하고, 그런 다음 안락의자에 앉아 졸았는데, 모든 것이 날마다 이런 식으로 진행되었다. 그는 말이 적었고, 결코 과격한 모습을 보이지 않았다. 나는 그가 화를 내는 모습을 본 기억이 없다. 그를 둘러싼 모든 것은 고대 풍이었다. 나는 그의 판자벽으로 된 방을 한 번도 새롭게 고치는 것을 보지 못했다. 그의 장서는 법률서적 외에는 최초의 여행기들, 항해기들, 대륙발견기들뿐이었다. 나는 이처럼 확고부동한 평화와 영원한 지속의 느낌을 주는 상태는 다른 어디에서도 맛본 기억이 없다.

그러나 우리가 이 존경하는 노인에게서 느끼는 외경심을 최고로까지 높여준 것은 그가 무엇보다도 자기 자신과 자신의 운명에 대한 예언의 능력을 지니고 있다는 확신이었다. 하지만 그는 외할머니 외에는 아무에게도 확실하고 자세하게 털어놓지 않았다. 그러나 우리 모두는 그가 의미 있는 꿈들을 통해 무슨 일이 일어날지를 알게 된다는 것을 알고 있었다. 예를 들자면 그는 아직 젊은 시의원이었을 때 다음번에 배심원석이 공석

---

* 호메로스의 『오디세이아』에 나오는 왕 알키노오스와 오디세우스의 부친인 라에르테스. 전자를 연상시키는 것은 잠옷이고, 후자를 연상시키는 것은 모자임.

이 될 때는 그 빈 자리를 자기가 차지하게 될 것이라고 외할머니에게 단언한 일이 있었다. 그리고 그 후 얼마 안 되어 실제로 배심원 중 한 사람이 졸도하여 숨졌고, 그러자 그는 선거일이자 구슬뽑기*의 날에 집에서 남몰래 손님들과 축하객들을 맞을 만반의 준비를 해놓도록 미리 지시했었는데, 그날 결정적인 황금구슬을 정말로 그가 뽑았던 것이다. 외할아버지는 자신에게 이것을 예고해 준 간단한 꿈에 대해 외할머니에게 이렇게 얘기해 주었다. 즉 그는 꿈속에서 평상시와 전혀 다름없는 의원총회에 참석하고 있었고, 모든 것이 관례대로 진행되었다는 것이다. 그런데 갑자기 지금은 타계하고 없는 배심원이 자기 자리에서 일어나 내려오더니 외할아버지에게 공손하게 인사를 하고, 비어 있는 자기 자리를 맡아주기 바란다고 말하고는 문 밖으로 나가버렸다는 것이다

시장이 사망했을 때도 이와 비슷한 일이 있었다. 이런 경우 이 자리를 메우는 일은 오래 끌지 않았는데, 사람들은 황제가 시장을 임명하는 과거의 권한을 언제 다시 들고 나올지 두려워했기 때문이다. 이번에는 한밤중에 법원급사를 통해 다음날 아침에 특별회의가 있다는 것이 통고되었다. 급사는 등불이 꺼지려고 하자 길을 계속 가기 위해 양초도막 한 개를 청했다. 외할아버지는 "온전한 것으로 한 개 주시오"라고 외할머니에게 말했다.

"저 사람은 바로 나를 위해 수고하고 있소."

이 말은 결국 들어맞았다. 외할아버지는 정말로 시장이 되었던 것이다. 여기서 특히 놀라웠던 일은 구슬뽑기에서 외할아버지의 대리인이 마지

---

* 세 사람의 후보자를 선출한 후 세 후보자에게 세 개의 구슬이 든 주머니 속에서 한 사람씩 구슬을 뽑아내게 해 황금구슬을 뽑는 자를 당선지로 결정하는 선거방식.

막 세 번째 차례였는데도 앞서 은구슬 두 개가 먼저 뽑힌 다음 황금구슬은 외할아버지를 위해 주머니 밑바닥에 남아있었다는 사실이다.

우리에게 알려졌던 그 밖의 꿈들도 지극히 무미건조하고 단순했으며, 환상적이거나 기이한 모습은 띠고 있지 않았다. 그밖에도 나는 어렸을 때 외할아버지의 책과 일기장들을 들춰내어 무엇보다도 그 안에 적혀있던 정원 가꾸는 일에 관련된 메모들을 찾아냈던 기억이 있다. “어젯밤 N. N이 내게 와서 말하기를…” 이름과 비밀스런 내용은 암호로 쓰여 있었다. 혹은 같은 방식으로 이렇게 적혀 있었다. “어젯밤 나는 보았는데…” 그 나머지는 내용을 알아내는 데 아무 도움도 되지 않는 접속사와 기타 어휘들을 제외하고는 다시 암호로 적혀 있었다.

여기서 주목할 만한 일은 지금까지 예감능력의 징후를 나타내지 않던 사람들이 외할아버지와 함께 지내면서 일시적으로 그런 능력을 얻어 어느 정도 동시에, 그것도 멀리에서 일어난 질병과 사망사건들인데도 불구하고 감각적 징후를 통해 그것들을 예감할 수 있었다는 사실이다. 그러나 외할아버지의 자식들과 손자에게는 그런 능력이 유전되지 않았다. 오히려 그들은 대부분 활달한 사람들로 삶을 즐기고 현실적인 것에만 매달렸다.

이 기회에 나는 내 어린 시절 내게 많은 호의를 베풀어 준 데 대해 감사하면서 그 사람들을 기억해 보기로 한다. 예를 들면 우리는 잡화상인 멜버와 결혼한 외할아버지의 둘째 딸을 방문할 때면 여러 가지 것들에 몰두하며 재미있게 놀았었다. 그녀의 집과 가게는 시내에서 가장 번화하고 혼잡한 중심부의 시장광장 옆에 있었다. 여기에서 우리는 빨려 들어갈까봐 두려워했던 혼란과 혼잡을 창문을 통해 즐거워하며 내다보았다. 그리고 처음에는 가게 안의 그 많은 상품들 가운데 감초와 그것으로 만든 갈색 글자가 찍힌 동그란 과자에만 관심을 두다가 점점 가게에서 사고파는 많은 상품들을 알게 되었다. 이 이모는 자매들 중 가장 활달한 분이었다. 젊었을 때 어머니는 깨끗한 옷을 입고 여성적인 우아한 일이나 책 읽는 데에 몰두한 반면 이모는 한동안 나를 돌봐주었던 것과 마찬가지로 이웃을 돌아다니면서 소외된 아이들을 보살피고, 함께 놀아주고, 머리를 빗겨주고, 여기저기 데리고 다니곤 했다. 이모는 대관식과 같은 공적인 축제 때에는 집에 붙어 있지 않았다. 어린 아이였을 때 이모는 이미 축제에서 뿌려지는 돈을 긁어모았는데, 이런 이야기도 있다. 그녀가 한번은 많은 돈을 긁어모아 그것을 손바닥 위에 올려놓고 좋아하며 바라보는데 누군가가 그 손을 쳤고, 그리하여 주웠던 많은 수확물을 한꺼번에 잃어버렸다는 것이다. 이모가 무척이나 자랑하는 일이 있다. 이모는 카를 7세 황제가 통과해 갈 때 군중이 모두 침묵하고 있는 동안 차량진입 방지석 위에 올라서서 황제의 마차를 향해 큰 소리로 만세를 외치자 황제가 그녀 앞에서 모자를 벗고 용감하게 관심을 보여준 데 대해 공손히 감사를 표했다는 것이다.

이모의 집에서는 이모를 둘러싼 모든 것이 움직이고 활력 있고 쾌활했으며, 우리 아이들은 이모 덕분에 많은 즐거운 시간을 갖게 되었다.

성 카타리나 교회에 소속된 목사 슈타르크와 결혼한 둘째 이모는 자신의 천성에 맞는 조용한 환경에서 지냈다. 이모부는 자신의 성향과 신분에 걸맞게 매우 조용하게 살았고, 훌륭한 장서를 소유하고 있었다. 이 집에서 나는 번역된 산문을 통해 처음으로 호메로스를 알게 되었다. 그것은 뢴 씨가 편찬한 7부작 『가장 신기한 새 여행기 모음집』 안에 '호메로스의 트로이제국 정복기'라는 제목을 달고 있는 것이었으며, 프랑스 연극풍의 동판화들이 담겨 있었다. 이 그림들은 나의 상상력을 손상시켜, 나는 오랫동안 호메로스의 주인공들을 단지 이 그림 속의 모습들로밖에 생각해낼 수 없었다. 작품 속의 사건들 자체는 더할 나위 없이 마음에 들었다. 나는 다만 이 작품이 트로이의 정복에 관한 내용은 전하지 않고 헥토르의 죽음으로 맥없이 끝맺는 것에 대해 비판하지 않을 수 없었다. 내가 이모부에게 이 같은 비판을 말하자 이모부는 내게 베르길리우스*를 읽으라고 알려주었고, 베르길리우스는 내 요구를 완벽하게 충족시켜 주었다.

우리 아이들이 다른 수업시간들과 더불어 지속적으로 종교수업을 받았던 것은 자명한 일이다. 그러나 우리에게 전달된 교회의 신교주의는 사실 일종의 무미건조한 도덕에 불과했다. 재기발랄한 강의는 생각할 수 없었고, 교리는 영혼도 마음도 울리지 못했다. 그리하여 합법적인 교회로부터 분리된 많은 종파들이 생겨났다. 분리주의자들, 경건주의자들, 헤른후트파, '시골의 고요', 그밖에 흔히 입에 오르내리곤 하는 종파들이 그것이다. 그러나 이들은 모두 공적인 종교의 형태 아래에서보다는 오직 그리스도를 통해 신에게 더 가까이 접근하고자 하는 의도를 지니고 있었다.

소년인 나는 끝없이 이러한 종파들이 의견과 생각을 말하는 것을 들었다. 왜냐하면 성직자는 물론 속인들도 찬반으로 갈라져 있었기 때문이다. 소수의 다소 독특한 사람들도 늘 존재했지만 이들의 정신자세는 독창성, 진실성, 끈기, 독립성으로 사람들의 마음을 끌어당겼다. 이 같은 덕성과 발언에 대해서는 많은 이야기가 전해졌다. 특히 한 경건한 함석세공장의 답변은 잘 알려져 있다. 그의 동업자 중 한 사람이 모욕을 주려고 생각하고는 그에게 고해신부가 누구인지를 물었다. 이에 함석세공장은 명랑

---

* 로마의 위대한 시인((BC 70~BC 19)으로 영문학에 지대한 영향을 끼쳤다. 국민서사시 『아이네이스』가 가장 유명하다.

하게 자신의 선한 마음에 믿음을 가지고 대답했다.

"내겐 매우 고귀한 분이 있소. 그 분은 다름 아닌 바로 다윗 왕의 고해신부*요."

이와 같은 이야기들이 깊은 인상을 주어 내가 비슷한 생각들을 갖도록 했던 것 같다. 나는 위대한 자연의 신에게, 천지의 창조자이자 유지자에게 직접 다가가려는 생각을 하게 되었다. 이전에 겪었던 그가 표현했던 분노는 세상의 아름다움과 그 속에서 우리에게 주어지는 여러 가지 은혜로 인해 이미 오래 전에 잊었다. 그러나 신에게로 가는 길은 매우 특별한 것이었다.

나는 전적으로 신앙강령 제1조를 신봉해왔다. 자연과 직접적으로 결합되어 있으며, 자연을 자신의 작품으로 인정하고 사랑하며, 인간은 물론 다른 모든 것들과도 좀 더 정확한 관계 속에 설 수 있고, 인간은 물론 별들의 움직임, 시간과 계절, 식물과 동물들까지도 돌봐주는 신이야말로 본질적인 신으로 여겨졌다. 복음서의 몇몇 부분들이 이런 것을 말해주었다. 그러나 나는 이 존재에 어떤 형태를 부여할 수는 없었다. 그러므로 나는 신을 내 작품 속에서 찾으려 했고, 구약성서적인 방식으로 신에게 계단을 쌓아올리고자 했다. 내 작품 속에서 자연물들로 세계를 비유적으로 표현하고 그 위에 불꽃을 태우고 창조자에 대한 인간의 갈망하는 마음을 나타내야 했다. 이제 나는 가지고 있던, 또 우연히 점점 늘어난 광물수집물들로부터 가장 좋은 토대와 표본들을 찾아냈다. 그러나 이것들을 어떻게 분류하고 쌓아야 할지는 힘든 일이었다. 아버지는 빨간 칠이 되어 있

* 다윗 왕의 고해신부는 하느님을 가리킴.

고, 금박 꽃으로 장식한 아름다운 악보대를 가지고 있었다. 그것은 여러 단으로 네 면이 피라미드 형태를 하고 있었다. 4중주곡을 연주하는 데에는 매우 편리했지만 최근에는 거의 사용된 적이 없었다. 나는 이것을 가지고 자연의 대표들을 계단식으로 차례차례 쌓아올렸다. 그것은 아주 경쾌한 동시에 무척 의미심장해 보였다. 이제 아침 해가 떠오를 때 첫 예배의식을 올리면 되는 것이었다. 다만 젊은 사제가 어떤 식으로 불꽃을 들어 올려 동시에 불꽃에서 좋은 향기를 내뿜게 할 것인지만 결정되지 못했다. 마침내 나는 이 두 가지를 해결할 수 있는 생각을 해냈다. 나는 불꽃이 타오르지는 않지만 반짝이면서 아주 그윽한 향기를 풍기는 작은 향초들을 가지고 있었던 것이다. 바로 이 약한 불빛과 연기야말로 타오르는 불꽃보다 마음속의 정서를 더 잘 표현할 것 같았다. 해는 이미 오래 전에 떠올랐는데도 이웃집들이 동쪽을 가리고 있었다. 마침내 해가 지붕 위에 나타났다. 나는 즉시 집광렌즈를 집어 들고 아름다운 도자기접시 안에 우뚝 세워져 있는 향초들에 불을 붙였다. 모든 것은 뜻대로 이루어졌고, 예배의식도 완벽했다. 이 제단은 새 집에서 내게 마련된 방의 특별한 장식물로 남아있게 되었다. 누구나 그 제단을 깨끗하게 정돈해놓은 광물수집물로밖에 보지 않았다. 그러나 나는 침묵하며 숨기고 있는 것 이상으로 더 잘 알고 있었다. 나는 그 의식의 재현을 갈망하고 있었다. 불행히도 해가 가장 적당히 솟아올랐을 때 도자기접시가 옆에 없었다. 나는 향초들을 직접 악보대 꼭대기에 세워놓았다. 향초에 점화가 되었고, 예배에 너무 몰입한 나머지 사제는 자신의 제물이 손을 쓸 수 없을 정도로 많은 피해를 일으키는지 알지 못했다. 향초들은 빨간 옻칠과 아름다운 금박 꽃들을 무참하게 태워버렸고, 마치 악마가 사라져버린 자리처럼 지워지지 않는 검은 발자국을 남겼던 것이다. 이로 인해 젊은 사제는 극도로 당황하게 되었다. 그는 이 손상부위를 가장 크고 화려한 광물계단으로 가릴 수는 있었지만 새로운 제물을 바칠 용기는 잃고 말았다. 그리고 이 우연한 사건은 이런 식으로 신에게 다가가려는 것이 얼마나 위험한 일인지에 대한 암시와 경고로 보아도 될 것이다.

제2장

지금까지 한 모든 이야기는 나라가 오랜 평화 속에 있던 행복하고 안락했던 상태를 나타내고 있다. 그러나 그런 좋은 시대를 아주 아늑하게 누릴 수 있는 곳은 자체적인 법률에 따라 살아가고, 수많은 시민을 수용하기에 충분히 넓으며, 상업과 교류로 시민을 부유하게 만드는 도시들뿐이었다. 외지인들은 도시에 드나들면서 이득을 찾았으며, 이익을 얻기 위해서는 이익을 가져다 줄 필요가 있었다. 이런 도시들은 결코 넓은 지역을 관할하지 않는 만큼 더욱 더 내부의 풍요를 기할 수 있었다. 왜냐하면 이 도시들은 외부에 대한 관계에서 비용이 많이 드는 계획과 참여의 의무를 지지 않았기 때문이다.

이런 식으로 나의 소년시절 동안 프랑크푸르트 시민들은 몇 년간의 행복한 세월을 만끽했다. 그러나 1756년 8월 28일 내가 막 일곱 살이 되자마자 저 세계적으로 유명한 전쟁*이 일어났고, 이 전쟁은 그 후 7년 동안의 내 삶에 커다란 영향을 미쳤다. 프로이센의 왕 프리드리히 2세가 6만

* 1756년부터 1763년까지 프로이센, 영국과 오스트리아, 러시아, 프랑스 및 기타 맹방들 사이에 북아메리카와 인도를 둘러싼 패권경쟁을 했던 7년전쟁을 가리킴.

병력을 이끌고 작센을 침공했던 것이다. 그는 미리 선전포고를 하는 대신 손수 작성했다고 전해지는 선언문을 발표했는데, 그 속에는 그가 그런 엄청난 전쟁을 시작하게 된 원인과 정당성이 담겨있었다. 관객으로서 뿐만 아니라 심판자로서의 역할 또한 요구받는 상황에 처한 세계는 두 파로 갈라졌고, 우리 가족은 거대한 전체 세계의 한 축소판이었다.

프랑크푸르트 시의 배심원으로서 프란츠 1세의 머리 위에 대관식 휘장을 둘러주었으며, 황후로부터 그녀의 초상화가 담긴 값진 금목걸이를 받았던 할아버지는 몇몇 사위들, 딸들과 함께 오스트리아 편에 서 있었다. 카를 7세로부터 황실고문관에 임명되었고, 이 불행한 전제군주의 운명에 흔쾌히 동참하고 있던 아버지는 절반이 안 되는 일부 가족들과 함께 프로이센 쪽으로 기울었다. 몇 년 전부터 일요일마다 끊이지 않고 이어져 온 가족모임이 곧 지장을 받았다. 인척들 사이에 흔히 있는 불화가 이제 서로에게 노골적으로 표출되는 지경이 되었다. 서로가 다투고, 사이가 나빠지고, 말을 하지 않고, 욕설을 퍼부었다. 평소 밝고 조용하고 느긋했던 할아버지는 성급한 모습으로 변했다. 여자들이 불을 끄려고 애썼지만 소용이 없었다. 몇 번의 불쾌한 장면들이 벌어진 후 아버지가 먼저 모임에서 이탈했다. 이제 우리는 집에서 거리낌 없이 프로이센의 승리에 대해 기뻐했는데, 이 승리의 소식은 보통 앞서 얘기했던 그 열정적인 이모의 일대 환호성과 함께 전해졌다. 다른 모든 관심사는 이에 묻혀버렸고, 우리는 그 해의 나머지를 끝없는 흥분 속에서 보냈다. 드레스덴의 점령, 전쟁 초기의 왕의 자제, 느리지만 착실한 진군, 로보지츠에서의 승리, 작센인들의 포로화는 우리 편이 이룬 큰 승리들이었다. 반대편에 이익을 초래할 수 있는 것은 모조리 부정하거나 무시했다. 반대 입장에 선 가족들도 똑같이 행동했으므로 서로가 거리에서 마주치면 언제나 『로미오와 줄리엣』에서처럼 싸움을 벌이곤 했다.

나는 어떻든 프로이센, 더 정확히 말하면 프리츠 편에 섰다. 도대체 우리에게 프로이센이 무엇이기에 그랬던지. 모든 사람들의 정서에 영향을 준 것은 프리드리히 대왕의 인격이었다. 나는 아버지와 함께 우리의 승리를 기뻐했고, 즐겨 승리의 노래 가사들을 베껴 썼으며, 상대편에 대한 조롱의 노래들 또한 베꼈는데, 그것은 몹시 유치했다.

장손이자 세례자로서 나는 어려서부터 일요일마다 할아버지 집에서 식사를 해왔다. 내게는 그때가 일주일 중 가장 즐거운 시간이었다. 그러나 내가 받들던 영웅을 무참하게 비방하는 얘기를 듣자 더 이상 어떤 음식도 맛이 없었다. 이곳에서는 내 집에서와는 다른 바람이 불었고, 다른 소리가 울렸다. 할아버지에 대한 나의 애착과 존경심은 줄어들었다. 나는 부모 앞에서는 할아버지에 대한 얘기를 할 수가 없었다. 말을 하지 않은 것은 내 스스로의 감정에 따른 것일 뿐 아니라 어머니가 내게 경고를 했기 때문이기도 했다. 이로 인해 나는 나 자신에게로 물러섰고, 6살 때 리스본의 지진 때문에 신의 은혜에 대해 얼마간 회의를 느꼈던 것처럼 이제 프리드리히 2세 때문에 세간의 정의를 의심하기 시작했다. 내 정서는 천성적으로 공경의 경향이 있었으며, 어떤 존경스런 것에 대한 내 믿음을 흔들어놓기 위해서는 커다란 충격이 있어야 했다. 우리에게는 유감스럽게도 선량한 풍습과 예의바른 행동이 그 자체를 위해서가 아니라 세상 사람들을 위해서 장려되었다. 언제나 입에 오르내린 것은 세상 사람들이 무슨 말을 하느냐는 것이었다. 그래서 나는 세상 사람들이 틀림없이 올바른 사람들일 것이며, 모든 것을 제대로 평가할 줄 안다고 생각했다. 그러나

프리드리히 2세

나는 이제 그 반대의 것을 경험했다. 가장 위대하고 두드러진 업적들이 비난받고 적대시되었으며, 최고의 행위들이 부인은 되지 않을지라도 최소한 왜곡당하고 과소평가되었다. 그리고 분명 다른 모든 동시대인들보다 더 고상하며, 날마다 자신의 능력을 증명해 보이고 실행하는 바로 그런 사람에게서 파렴치한 부정이 생겨났다. 이런 일은 서민층에서가 아니라 할아버지와 이모 같은 내가 훌륭하다고 생각했던 사람들에게서 일어났다. 당파가 존재할 수 있고, 어느 한 당파에 속한다는 것은 소년인 나로서는 이해할 수 없는 일이었다. 나는 나와 함께 나와 같은 생각을 가진 사람들이 마리아 테레지아의 아름다움과 훌륭한 성격을 높이 평가하고, 프란츠 황제에게서는 그의 보석과 금전에 대한 소유욕을 나쁘게 여기지 않으므로 내 말이 좀 더 올바르며 내 생각이 더 훌륭하다고 말해도 될 것으로 믿었다. 다운 백작*이 자주 게으름뱅이이라고 불린 것도 우리는 변명할 여지가 있다고 믿었다.

그러나 지금 좀 더 엄밀하게 생각해 보니 나는 여기서 민중을 무시하고 멸시하는 성향이 싹텄음을 알게 된다. 그런 성향은 일생 동안 나를 따라다녔고, 훗날에 가서야 통찰과 교양으로 그것을 조절할 수 있었다. 어쨌든 당시에 일찍이 파당적인 불공정을 알게 된 것은 소년인 내는 매우 언짢은 일이었으며, 사랑하고 존경하던 사람들로부터 멀어지는 데에 익숙해진 것은 해로운 일이었다. 연이어 일어나는 전쟁과 사건들은 당파인들에게 안정도 휴식도 주지 않았다. 우리는 상상해 낸 불행과 마음대로 그려낸 싸움을 늘 새롭게 다시 자극하고 날카롭게 다듬는 데에서 역겨운 쾌감을 느꼈다. 이렇게 우리는 계속 서로를 괴롭히면서 지냈고, 몇 년 후 프랑스인들이 프랑크푸르트를 점령하여 우리의 가정에 진정한 불행을 가져왔다.

대다수의 사람들은 먼 곳에서 진행되고 있는 이 중대한 사건을 단지 열렬한 흥밋거리로만 여겼지만 시대의 중대성을 통찰하고, 프랑스의 참전에 의해 우리 지역도 전쟁의 무대가 될 수 있다고 우려하는 사람들도 있

---

* 프리드리히 대왕에 대항한 오스트리아의 총사령관으로 늘 지나칠 정도로 신중하게 행동하여 게으름뱅이로 불림.

었다. 사람들은 우리 아이들을 전보다 더 집에 가둬두었고, 여러 가지 방법으로 우리를 돌보며 즐겁게 해주려고 애썼다. 마침내 돌아가신 할머니가 남겨놓은 인형극이 다시 마련되었다. 관객은 나의 다락방에 앉고, 연기자와 연출자, 그리고 무대는 옆방에 자리 잡았다. 특별한 호의로 이런저런 소년들이 관객으로 입장을 허가받아 나는 처음으로 많은 친구들을 얻게 되었다. 그러나 그들은 아이들이 갖는 초조감 때문에 참을성 있는 관객으로 오래 머물러 있지 못했다. 그들은 연기를 방해했고, 그래서 우리는 유모와 하녀들이 질서를 잡을 수 있는 더 어린 관객들을 찾아야 했다. 우리는 처음에는 인형들이 내보일 대본을 외워서 그것만을 공연했다. 그러나 우리는 곧 싫증이 났다. 그래서 우리는 의상과 장식을 바꾸고, 이런 작은 무대에는 너무나 거창한 여러 가지 작품들을 공연하고자 했다. 우리의 이런 과도한 행동은 실제로 우리가 할 수 있었을지도 모르는 것을 위축시키고 완전히 파괴하기까지 했지만, 이런 어린아이 같은 오락과 작업은 여러 가지 방법으로 내게 탐구력, 표현력, 상상력과 어느 정도의 기술을 연마하고 촉진시켜 주었다. 아마 다른 어떤 방법으로도 그토록 짧은 시간 안에 그토록 좁은 공간에서 그토록 적은 비용으로 그런 효과를 낼 수는 없었을 것이다.

나는 일찍이 컴퍼스와 자를 사용하는 법을 배웠으며, 기하학 수업시간에 배운 모든 것을 곧장 실제에 응용하여 판지 공작에 몰두할 수 있었다. 그러나 나는 기하학적 몸체나 작은 상자 같은 것들에 만족하지 않고, 벽기둥과 옥외계단, 납작한 지붕으로 잘 꾸며진 우아한 별장을 만들 궁리를 했다. 그러나 그런 것을 완성한 적은 거의 없었다.

반면에 내가 더 끈질기게 매달렸던 일은 전문재단사인 우리 집 하인의 도움을 받아 우리의 희극과 비극 공연에 이용할 소품실을 꾸미는 것이었다. 인형극에 싫증이 난 후 우리는 그런 연극들을 스스로 공연하고 싶었던 것이다. 내 놀이친구들도 나름대로 소품들을 만들어서 그것들을 내 것 못지않게 멋진 것으로 여기고 있었다. 나는 나 한 사람의 필요를 충족시키는 것으로 끝내지 않고, 내 작은 단체의 많은 사람들을 여러 가지 소품으로 치장해 주었으며, 그리하여 나는 우리의 작은 집단에서 점점 더 꼭 필요한 인물이 되었다. 그런 놀이들이 편 가르기와 싸움과 구타를 가르치며, 보통 격투와 분풀이로 역겹게 끝난다는 것은 쉽사리 생각할 수 있다. 그런 경우 보통 자주 편이 바뀌기는 했지만 어느 정도 정해진 친구들이 내편을 들었고, 다른 친구들이 반대편을 들었다. 내가 필라데스*라 부르고자 하는 단 한 소년만이 다른 아이들의 부추김으로 단 한 번 내편을 떠났다. 그러나 그는 나와 적대적으로 맞서는 것을 단 1분도 견뎌내지 못했다. 우리는 많은 눈물을 흘리며 서로 화해했고, 오랫동안 함께 친하게 지냈다.

나는 이 친구와 그밖에 나를 좋아하는 아이들에게 동화를 들려줌으로써 그들을 매우 기쁘게 해줄 수 있었다. 특히 그들은 내가 1인칭 화자로 이야기해주면 좋아했고, 자신들의 친구인 내가 그런 놀라운 일들을 경험할 수 있었다는 데 대해 무척 기뻐했다. 그들은 내가 얼마나 바쁘며 어디를 드나드는지를 꽤 잘 알고 있었기 때문에 어떻게 해서 내가 그런 모험을 할 시간과 장소를 찾을 수 있었는지 도무지 알아낼 수 없었다. 사건의 장소로는 아주 다른 세계는 아니더라도 다른 지방일 필요가 있었는데, 내

---

* 그리스 신화에 나오는 미케네 왕 아가멤논의 아들 오레스테스의 사촌동생이자 절친한 친구. 그는 오레스테스의 복수를 도왔다.

이야기 속에서는 모든 것이 바로 오늘이나 어제 일어난 것으로 되어 있었다. 그래서 내가 그들을 우롱했다기보다는 그들 스스로가 속았다고 해야 옳았다. 그리고 내가 이런 가공의 이야기와 허풍을 내 천성에 따라 점차 예술적인 표현으로 다듬어나가는 것을 배우지 않았더라면 그 같은 허풍에 찬 출발은 내게 꽤 나쁜 결과를 남겼을 것이다.

이러한 충동을 아주 엄밀하게 관찰해 보면 그 속에는 작가 자신이 전혀 사실적이지 않은 것을 억지로 얘기하고, 어떤 식으로든 창작자가 모든 사람들에게 진실한 것으로 여겨질 수도 있도록 만든 것을 진실로 인식하도록 요구하는 불손함이 있음을 알아낼 수 있다.

여기서 일반적이고 관찰적인 방식으로만 설명된 것은 하나의 실례인 표본 작품을 통해서 더 알기 쉽고 구체적인 것이 될 것이다. 그리하여 나는 그런 동화 한 편을 덧붙이고자 한다. 이 동화는 내가 친구들에게 자주 되풀이해 들려주었기에 아직도 상상력과 기억 속에 고스란히 떠다니고 있다.

신(新) 파리스*

최근 나는 오순절 일요일 전날 밤에 거울 앞에 서서 부모님이 축제날 입으라고 만들어 준 새 여름옷을 입는 데 열중하는 꿈을 꾸었다. 그 차림새는 너희들도 알고 있듯 은으로 된 큰 굽이 달린 깨끗한 가죽구두를 신고, 부드러운 면양말에 비단바지를 입고, 금단추가 달린 녹색 양털 웃옷을 입고 있었다. 게다가 금실을

* 그리스 신화에서 트로이의 왕자 파리스가 제우스신으로부터 헤라, 아테네, 아프로디테 등 세 여신 중 가장 아름다운 신에게 황금사과를 주라는 위임을 받은 것을 토대로 지은 이야기.

넣은 천으로 만든 조끼는 아버지의 결혼식 조끼를 잘라 만든 것이었다. 나는 이발을 하고 분을 발랐으며, 내 곱슬머리는 마치 작은 날개처럼 내 머리에 달라붙어 있었다. 그러나 나는 옷 입는 일을 끝낼 수가 없었다. 왜냐하면 나는 계속 옷을 바꿔 입었고, 두 번째 옷을 입으려고 하면 먼저 입었던 옷이 몸에서 흘러내리곤 했기 때문이다. 이렇게 내가 몹시 어쩔 줄 몰라 하고 있을 때 멋진 젊은 남자 한 사람이 내게 다가와 아주 다정하게 인사를 했다. 나는 "아, 어서 오십시오! 여기서 뵙게 되어 무척 기쁩니다"라고 말했다. 그러자 그 남자는 "자네는 나를 아는가?"라고 웃으면서 답했다.

"어찌 모를 수가 있겠어요? 당신은 메르쿠르 씨지요. 나는 그림에서 당신을 자주 보았어요."

나는 곧장 웃으면서 대답했다.

그러자 그는 이렇게 말했다.

"그게 바로 나지. 신들이 중요한 임무를 맡겨 나를 자네에게로 보냈다네. 여기 사과 세 개가 보이지?"

그는 손을 내밀어 내게 세 개의 사과를 가리켰다. 그것들은 그의 손으로 잡을 수 없을 만큼 크고도 무척이나 아름다웠다. 한 개는 빨간색, 또 한 개는 노란색, 세 번째 것은 녹색이었다. 그것들은 과일 모양의 보석들처럼 보였다. 내가 그것을 잡으려고 하자 그가 뒤로 물러서서 말했다.

"자네는 우선 이것이 자네 것이 아니라는 것을 알아야 하네. 자네는 이 사과들을 도시에 사는 가장 멋진 젊은이 세 사람에게 가져다주어야 하네. 그러면 그들은 각자의 선택에 따라 자신들이 원하는 대로 신부를 찾게 될 거라네. 어서 이것을 가지고 가서 자네의 임무를 잘 마치도록 하게!"

그는 떠나면서 이렇게 말하고, 내 벌린 두 손에 사과들을 건네주었다. 사과는 더 커진 것처럼 보였다. 사과들을 높이 들어 올려 불빛에 비춰보니 그것들은 온통 투명했다. 그러나 그것들은 곧장 위로 길게 늘어나더니 적당한 크기의 인형만한 어여쁘고도 어여쁜 아가씨들로 변했고, 그들의 옷 색깔은 조금 전의 사과 색깔과 같았다. 그녀들은 살며시 내 손가락에서 빠져나가 위로 날아올랐고, 내가 한 아가씨만이라도 붙잡으려고 손을 위로 뻗었지만 이미 멀리 하늘 높이 떠올라 나는 그저 멍하니 바라볼 수밖에 없었다. 나는 온통 어리둥절하여 돌처럼 굳은 듯 서서 공중에 뻗친 채 무언가가 보이기라도 하는 듯 손가락들을 바라보았다. 그랬더니 갑자기 내 손가락 끝에서 너무나도 귀여운 소녀 하나가 빙빙 돌며 춤을 추고 있는 모습이 보였다. 그녀는 앞의 세 아가씨들보다 작았지만 너무나도 귀엽고 쾌활했다. 그녀는 앞의 아가씨들처럼 날아가 버리지 않고 머물면서 이 손가락 끝에서 저 손가락 끝으로 춤을 추며 옮겨 다녀 나는 그녀를 한 동안 신기해하며 바라보았다. 그녀가 무척 내 마음에 들어서 나는 그녀를 잡을 수 있으리라 믿고 재빨리 그녀를 붙잡으려고 생각했다. 하지만 바로 그 순간 머리를 한 대 얻어맞은 듯한 느낌이 들면서 나는 완전히 정신을 잃고 주저앉았다. 정신을 차리고 깨어나 보니 옷을 입고 교회에 갈 시간이었다.

예배 중에 나는 자꾸만 조금 전의 그 모습을 그려보았다. 할아버지 집 식탁에서 점심을 먹을 때도 그랬다. 오후에 나는 몇몇 친구들을 방문하려고 했다. 새 옷을 입고, 옆구리에 모자를 끼고, 허리에 칼을 찬 내 모습을 보여주고 싶었고, 그들을 꼭 방문해야 할 필요도 있었기 때문이다. 친구들은 아무도 집에 없었고, 그들이 정원으로 나갔다는 말을 들은 나는 그들을 따라가서 저녁시간을 즐겁게 보내려고 생각했다. 내가 가는 길은 성벽 쪽으로 나 있었다. 언제나 유령이 나올 것만 같아 '불길한 성벽'이라고 불리는 곳으로 들어섰다. 나는 천천히 걸어가면서 세 여신들을 생각했다. 특히 그 작은 요정을 생각하고는 손가락을 이따금 높이 들어 올려 그녀가 다시 내 손가락 위에서 춤을 추기를 바랐다. 나는 이런 생각을 하며 앞으로 걸어가다가 왼쪽 성벽 안에서 지금까지 본 기억이 없는 작은 문을 발견했다. 그 문은 낮아 보였지만 문 위의 둥근 아치는 큰 남자도 통과시킬 수 있을 것 같았다. 아치와 벽은 석공과 조각가에 의해 매우 정교하게 다듬어져 있었으나 정말로 내 주의를 끈 것은 바로 문이었다. 거의 장식이 없는 아주 오래된 갈색 나무문에는 고상하면서도 심오하게 가공된 청동 띠가 박혀 있었고, 나뭇잎 모양의 조각 위에는 실물과 똑같은 새들이 앉아 있어 나는 한없이 경탄할 뿐이었다. 그러나 내가 가장 기이하게 여긴 것은 열쇠구멍도, 손잡이도, 문두드리개도 없었다는 점이다. 그리하여 나는 이 문은 안에서만 열 수 있을 것이라고 생각했다. 내 생각은 틀리지 않았다. 왜냐하면 내가 장식들을 만져보려고 문에 가까이 다가가자 안쪽에서 저절로 문이 열리더니 길고 넓은 기이한 옷을 입은 남자가 나타났기 때문이다. 위엄 있는 수염이 턱을 감싸고 있어 나는 그가 유대인이 아닐까 생각했다. 그러나 그는 마치 내 마음을 알아내기라도 한 듯 성호를 그어 자신이 선량한 가톨릭 신자라는 것을 알려주었다.

"여보게 젊은이, 어떻게 여기까지 왔소, 여기서 뭘 하는 거요?"

그는 친절한 목소리와 태도로 말했다. 나는 "이 문의 장식에 감탄하고 있습니다. 이런 것은 본 적이 없어서요. 이것은 애호가들의 수집미술품들 속에 있는 소품임에 틀림없을 테지요"라고 대답했다. 내 말에 그는 이렇게 답했다.

"당신이 이런 장식을 좋아한다니 기쁘구려. 이 문은 안쪽이 더 멋지다오. 괜찮다면 안으로 들어와 보시오."

나는 썩 들어가고 싶지는 않았다. 이 문지기의 기이한 옷차림과 외딴 곳이라는 점, 그리고 무언지 알 수는 없지만 공중에 떠 있는 듯한 어떤 것이 나를 불안하게 했다. 그래서 나는 외부를 좀 더 관찰하겠다는 구실을 대고 벽 아래에 그대로 서 있었다. 그리고 내 앞에 정원이 열려 있었으므로 몰래 그 안을 들여다보았다. 문 바로 뒤에 그늘진 넓은 공터가 보였다. 일정한 간격을 두고 서 있는 오래된 보리수나무의 나뭇가지들이 빽빽하게 뒤얽혀 그곳을 완전히 덮고 있어 아주 더운 날에는 그 아래에서 많은 사람들이 쉴 수 있을 것 같았다. 나는 이미 문턱을 넘어섰고, 그 노인은 계속 한 걸음씩 나를 유혹했다. 나도 거부하지 않았는데, 왕자나 황제는 그런 경우 절대로 위험한지 어떤지를 물어서는 안 된다는 말을 늘 들어왔기 때문이다. 나는 더욱이 허리에 칼까지 차고 있었다. 만약 그가 적대시한다고 해도 그런 노인쯤이야 해치울 수 있지 않을까? 그래서 나는 안심하고 안으로 들어갔다. 문지기가 문을 닫았는데, 너무 조용해서 거의 알아들을 수 없었다. 그리고 그는 안쪽에 치장된 정말로 훨씬 더 정교한 장식들을 보여주고 설명해주면서 내게 각별한 호의를 베풀었다. 그리하여 나는 이제 완전히 안심하고 둥글게 뻗은 성벽 옆 나무가 울창한 곳에서 계속 앞으로 나갔다. 성벽에서는 경탄할 만한 많은 것들을 볼 수 있었다. 조개, 산호, 금속조각들로 정교하게 장식된 벽감(壁龕)들은 해신 트리톤*의 입에서 흘러나오는 풍부한 물을 대리석 수조로 흘러내리고 있었다. 그 사이에는 새장들이 놓여 있었고, 여러 우리들이 있었는데, 그 안에서는 다람쥐들이 깡충깡충 뛰어다니고, 모르모트들이 이리저리 달리고, 지금까지 보고 싶어 했던 온갖 귀여운 동물들이 있었다. 우리가 앞으로 걸어가는 동안 새들은 소리를 지르고 노래를 불렀다. 특히 찌르레기들이 가장 바보 같은 말을 지껄였다. 한 놈은 계속하여 "파리스, 파리스"라고, 또 한 놈은 "나르치스, 나르치스"라고 외쳤는데, 학교에 다니는 아이가 발음하는 것만큼이나 또렷하게 들렸다. 새들이 이렇게 외쳐대고 있는 동안 노인은 계속 진지하게 나를

* 그리스 신화에 나오는 인어로, 바다의 반신(半神). 바다의 신 포세이돈과 그의 아내 암피트리테 사이에서 태어났다. 트리톤은 소라고둥을 불어 파도를 일으키거나 가라앉혔다.

바라보는 것 같았다. 그러나 나는 모르는 척했는데, 정말이지 그에게 주의를 기울일 여유도 없었다. 왜냐하면 나는 우리가 둥글게 돌아서 걸었던 이 그늘진 공간은 커다란 원으로서 그 안에 다른 더 중요한 원이 포함되어 있다는 것을 알았기 때문이다. 우리는 다시 그 작은 문으로 돌아와 있었고, 노인은 나를 밖으로 내보내려는 것 같았다. 그러나 내 두 눈은 이 기이한 정원의 중앙을 둘러싸고 있는 듯 보이는 황금 울타리에 쏠려 있었다. 노인은 나를 계속 중앙에서 꽤 떨어진 성벽 옆으로만 데리고 다녔는데 나는 걸어 다니는 동안 이 황금 울타리를 충분히 볼 기회가 있었다. 그가 막 그 작은 문을 향해 걸어가자 나는 그에게 몸을 숙여 인사를 하며 말했다.

"당신은 저를 너무도 친절히 대해 주셨습니다. 그래서 당신과 헤어지기 전에 한 가지만 더 부탁을 드리고 싶습니다. 이 큰 원 안에 있는, 정원의 가운데를 둘러싸고 있는 듯한 저 황금의 울타리를 좀 더 가까이에서 볼 수 있을까요?"

그는 "좋소. 그러나 그러려면 몇 가지 조건을 지켜야 하오"라고 대답했다. 나는 "어떤 조건인데요?"라고 급히 물었다.

"당신은 모자와 칼을 여기에 남겨놓아야 하며, 내가 당신을 데리고 다니는 동안 내 손을 놓으면 안 되오."

나는 노인의 이 말에 "물론 그렇게 하겠습니다!"라고 대답하고는 모자와 칼을 가장 가까운 돌 벤치 위에 올려놓았다. 그는 곧장 오른손으로 내 왼손을 꼭 붙잡고 나를 제법 힘껏 앞으로 끌고 갔다. 우리가 울타리 옆에 왔을 때 나의 놀람은 경탄으로 바뀌었다. 나는 그런 것을 한 번도 본 적이 없었다. 어느 높은 대리석 받침 위에 뾰족창과 양날창들이 나란히 열을 지어 놓여 있었고, 특이하게 장식된 창끝들이 한데 모여 하나의 완전한 원을 이루고 있었다. 나는 틈새를 통해 들여다보았는데, 바로 그 뒤쪽에 양쪽이 대리석으로 막힌 가운데 조용히 흐르는 물이 보였다. 맑은 물속에서는 많은 금붕어와 은붕어들이 때로는 천천히 때로는 빠르게, 때로는 한 마리씩 때로는 떼를 지어 이리저리 움직이고 있었다. 그때 나는 정원의 가운데가 어떻게 되어 있는지 궁금해 물길 너머를 바라보고 싶은 생각이 들었다. 그러나 실망스럽게도 건너편도 물이 울타리로 둘러싸여 있었다. 더욱이 교묘하게도 이쪽의 틈새가 저쪽의 뾰족창이나 양날창, 그 밖의 장식물들에 가려져 있어 어떤 곳에 있어도 들여다볼 수가 없었다. 게다가 노인이 나를 여전히 꼭 붙들고 있었기 때문에 방해가 되어 자유로이 움직일 수도 없었다. 그러는 사이 나는 내가 본 모든 것에 대해 호기심이 점점 더 커졌다. 나는 용기를 내서 노인에게 저쪽으로 건너갈 수 없느냐고 물었다. 그러자 노인이 대답했다.

"안 될 리가 있겠소? 하지만 한 가지 조건이 있소."

내가 무슨 조건이냐고 묻자 그는 내게 옷을 갈아입어야 한다고 알려주었다. 나는 그 조건에 매우 만족했다. 그는 나를 다시 성벽 쪽의 작고 깨끗한 방으로 데리고 갔다. 그 방의 벽에는 여러 가지 옷들이 걸려있었는데, 모두가 동양 의상에 가깝게 보였다. 나는 재빨리 옷을 갈아입었다. 그는 분을 뿌린 내 머리털을 내가 깜짝 놀랄 정도로 힘껏 털고 나서 머리에 울긋불긋한 망을 씌워주었다. 이제 나는 큰 거울 앞에서 변장한 내 모습을 보고 매우 멋지다고 느꼈고, 딱딱한 풍의 나들이옷을 입었을 때보다 더 마음에 들었다. 나는 연례 시장의 극장에서 보았던 무용수들처럼 몇 가지 동작과 뜀뛰기를 해보았다. 이렇게 하면서 거울 속을 들여다보다가 우연히 거울에 비친 내 뒤의 어떤 벽감을 보게 되었다. 벽감의 하얀 바닥에는 세 개의 녹색 끈이 달려있었는데, 모두 각각 다른 식으로 꼬여 있었다. 멀리에 있던 나는 뚜렷하게 알아볼 수가 없었다. 그래서 나는 급히 돌아서서 노인에게 벽감과 끈에 대해 물어보았다. 그는 매우 기꺼이 끈 한 개를 끌어내려 보여주었다. 그것은 꽤 질긴 녹색 비단 끈이었는데, 양쪽 끝은 두 개의 구멍이 뚫린 가죽에 꿰어 있었고, 모양새로 보아 그다지 바람직스럽지 못한 용도에 쓰이는 도구 같았다. 나는 그 물건이 마음에 걸려 노인에게 그것이 무슨 의미를 지닌 것인지 물어보았다. 노인은 침착하고 친절하게 대답해 주었다. 그는 이 끈은 여기서 선사해 준 믿음을 남용하는 사람들을 위해 있는 것이라고 말했다. 노인은 그 끈을 다시 제자리에 걸어놓고 곧장 자기를 따라오라고 했다. 그는 이번에는 나를 붙잡지 않았으며, 그래서 나는 옆에서 자유롭게 걸어갔다.

이제 나의 가장 큰 호기심은 울타리를 건너고 물길을 건너기 위한 문들이 어디에 있고, 다리들이 어디에 있느냐는 것이었다. 왜냐하면 나는 지금까지 그런 것들을 발견하지 못했기 때문이다. 그래서 나는 황금 울타리 쪽으로 우리가 급히 달려갔을 때 그것을 자세히 관찰했다. 그 순간 눈이 보이지 않았다. 왜냐하면 갑자기 뾰족창, 투창, 도끼칼, 양날창들이 요동치고 흔들리기 시작했기 때문이다. 이 기이한 움직임은 마치 창으로 무장한 고대의 두 전투대가 서로 상대를 향해 돌진하려는 것처럼 모든 창끝들이 서로를 향해 내려지자 끝났다. 눈을 어지럽히는 혼란과 귀를 찢는 소음은 거의 참을 수 없을 정도였다. 그러나 창끝들이 완전히 내려지고 둥근 물길을 덮어 상상을 초월하는 멋진 다리를 만들었을 때, 그 광경은 너무나도 놀라운 것이었다. 이제 내 눈앞에는 너무도 다채로운 정원이 놓여있었던 것이다. 그것은 서로 얽힌 화단들로 나뉘어 있었고, 전체적으로 보면 미로로 장식되어 있었다. 화단들은 모두 내가 본 적이 없는 키가 작고 녹색이며 솜털이 자라나는 식물들로 둘러져 있었고, 역시 키가 작고 바닥에 붙어있는 온갖 다채로운 색깔의 꽃들이 있어 미리 정교하게 설계하여 만든 것임을 쉽게 알 수 있었다. 햇살을 가득 받으며 즐긴 이 화려한 광경은 내 시선을 완전히 붙들어 맸다. 그러나 나는 발을 어디로 떼어 놓아야 할지 거의 알 수 없었다. 구불구불한 길들은 더없이 깨끗한 푸른 모래가 깔려 있었고, 모래는 어두운 하늘을, 아니 물속에 비친 하늘을 땅위에 만들어놓은 것처럼 보였기 때문이다. 그래서 나는 땅을 바라보면서 잠시 동안 안내자와 나란히 걸어가다가 마침내 이 둥근 화단의 중앙에 실측백나무 아니면 포플러 종류의 나무들로 된 커다란 원이 서 있다는 것을 알게 되었는데, 땅에서 맨 아래의 가지들이 솟아올라 있는 듯하여 그 안을 들여다볼 수는 없었다. 안내자는 나를 다음 길로 똑바로 가게 하지 않고, 곧장 그 중앙으로 데리고 갔다. 그래서 나는 높은 나무들의 원 속에 들어서서 하나의 정교한 정원별장 현관을 보게 되었는데 얼마나 놀랐는지 모른다. 그 정원별장은 어느 쪽이나 비슷한 모양을 하고 비슷한 입구가 있는 듯했다. 그러나 이 건축예술의 표본보다도 나를 더 매료시킨 것은 그 건물에서 흘러나오는 신성한 음악소리였다. 그것은 라우테* 소리 같기도 했고, 하프 소리처럼 들리기도 했고, 치터** 소리인 듯도 했으며, 때로는 이 세 악기 중 어느 것에서도 나올 수 없는 어떤 울림으로 여겨지기도 했다. 우리가 걸어가 도달한 문은 노인이 살며시 손을 대자 곧장 열렸다. 그런데 밖으로 나오는 문지기 여인이 꿈속에 내 손가락 위에서 춤을 추었던 그 귀여운 소녀와 똑같은 것을 보고 나는 얼마나 놀랐는지 모른다. 그녀는 마치 우리를 잘 알고 있는 듯한 태도로 인사를 하고는 내게 들어오라고 청했다. 노인은 뒤에 남았고, 나는 그녀와 함께 둥글고 아름답게 장식된 짧은 복도를 지나 가운데 홀 쪽으로 걸어갔다. 홀에 들어서면서 멋진 돔 양식의 천정이 시선을 끌면서 나를 감탄에 빠뜨렸다. 그러나 내 눈은 이 홀에 오래 머물 수 없었는데, 그보다 더 매력적인 광경에 유혹 당했기 때문이다. 원형 천장 바로 아래 중앙의 양탄자 위에 세 명의 여자가 삼각형을 이루어 세 가지 각각 다른 색깔

* 가장 오래된 현악기.

** 고대의 현악기로 평평한 목제 공명상자 위에 30~45개의 현이 달려 있다.

여러 종류의 라우테

의 옷을 입고 앉아 있었던 것이다. 그들은 각각 빨강, 노랑, 녹색의 옷을 입고 있었다. 의자는 금으로 되어 있었고, 양탄자는 온통 꽃밭이었다. 그들의 팔에는 내가 밖에서 구별하며 들었던 세 가지 악기가 놓여있었다. 그들은 내가 들어오자 방해가 되어 연주를 중단했던 것이다. "어서 오세요!"라고 가운데 여자가 말했는데, 그녀는 빨간 옷을 입고 하프를 든 채 얼굴을 문 쪽으로 향하고 앉아 있었다.

"당신이 음악을 좋아하시는 분이라면 알레르테 옆에 앉아 들으시지요."

나는 그제야 저쪽 앞에 좀 작고 긴 걸상이 있는 것을 보았는데, 그 위에는 만돌린이 놓여 있었다. 그 점잖은 소녀는 만돌린을 집어 들고 앉아서 나를 옆으로 끌어당겼다. 이제 나는 내 오른쪽의 두 번째 여자도 관찰했다. 그녀는 노란색 옷을 입고 있었고, 손에 치터를 들고 있었다. 하프를 연주하는 여자는 용모도 빼어나고, 얼굴도 고상하고, 태도도 정중했는데, 치터를 연주하는 여자는 애교 있고 쾌활한 성격임을 알 수 있었다. 이 여자는 몸매가 날씬하고 금발이었는데, 앞의 여자는 암갈색 머리를 하고 있었다. 나는 이들의 다양하고 조화로운 음악에 관심을 기울이면서도 녹색 옷을 입은 세 번째 여자의 아름다움을 관찰하지 않을 수 없었다. 이 여자의 라우테 연주는 감동적이고 독특한 무언가를 지니고 있었다.

이 여자가 내게 가장 큰 관심을 기울이면서 나를 위해 연주를 해주고 있는 것 같았다. 다만 나는 그녀의 성향을 파악할 수가 없었다. 왜냐하면 그녀가 표정과 연주를 변화시키면, 내게 때로는 사랑스럽게, 때로는 기이하게, 때로는 솔직하게, 때로는 고집 센 듯이 생각되었기 때문이다. 그녀는 때로는 나를 감동시키려는 것처럼, 때로는 나를 놀리려는 것처럼 보였다. 그러나 그녀가 어떤 모습을 보이려 해도 거의 내 마음을 사지는 못했다. 왜냐하면 나와 팔꿈치를 맞대고 내 옆에 앉아 있는 나의 작은 여인이 완전히 나를 차지했기 때문이다. 그리고 이 세 여자들이 내가 꿈속에서 보았던 그 요정들이고 사과의 색깔이 옷 색깔과 똑같다 해도 그녀들을 붙잡을 이유는 없다는 것을 알았다. 꿈속에서 그녀가 나에게 일격을 가했던 일이 떠오르지만 않았더라도 나는 그 작은 여인을 붙잡았을 것이다. 그녀는 그때까지 만돌린을 들고 아주 조용히 앉아 있었다. 그녀의 여주인들이 연주를 멈추고 그녀에게 흥겨운 노래 몇 곡을 연주하라고 명했다. 그녀는 춤곡 몇 곡을 열정적으로 연주하더니 높이 뛰어오르며 춤을 추었다. 나도 똑같이 춤을 추었다. 그녀는 연주도 하고 춤도 추었다. 나는 그녀의 스텝을 따라하느라 정신이 없었다. 우리는 일종의 짧은 발레 공연을 했고, 두 여자는 그것에 만족해하는 듯 보였다. 왜냐하면 우리가 끝내자마자 그녀들은 작은 아가씨에게 저녁식사가 차려져올 때까지 뭔가 놀거리로 나를 즐겁게 해주라고 명했기 때문이다. 나는 이 낙원 외에 다른 어떤 세상이 있다는 사실을 완전히 잊고 있었다. 알레르테는 즉시 내가 들어왔던 복도로 다시 나를 데리고 갔다. 그녀는 옆쪽에 잘 꾸며진 방 두 개를 가지고 있었다. 그녀는 자기가 살고 있는 방에서 내게 오렌지, 무화과, 복숭아, 포도를 내놓았다. 나는 낯선 나라의 과일들과 철 이른 과일들을 충분히 먹었다. 사탕도 얼마든지 있었다. 그녀는 수정을 깎아 만든 긴 잔을 거품이 솟아오르는 포도주로 채웠다. 그러나 나는 과일을 실컷 먹어서 포도주를 마실 생각이 없었다. 그녀는 "이제 우리 놀아요"라고 말하더니 나를 다른 방으로 데려 갔다. 그곳은 마치 크리스마스 시장 같은 모습이었다. 그러나 이토록 진귀하고 훌륭한 것들은 크리스마스 가게에서는 결코 볼 수 없는 것들이었다. 거기에는 온갖 종류의 인형과 인형 옷, 인형 도구가 있었고, 부엌, 거실, 가게들을 비롯하여 갖가지 장난감들이 수없이 많았다. 그녀는 나를 이곳저곳의 모든 유리 장식장들로 데리고 다녔다. 이들 유리장 속에는 아주 정교한 온갖 장식품들이 보관되어 있었다. 그녀는 처음 몇 개의 장들을 금방 다시 닫고는 말했다.

"제가 잘 아는데 이건 결코 당신이 볼 것이 아니지요. 그러나 이쪽에서는 성벽, 탑, 집, 궁전, 교회, 큰 도시를 세우기 위한 건축 재료들을 볼 수 있어요. 하지만 그런 것들은 제게 흥미가 없어요. 당신과 나 둘 다 재미있는 다른 무언가를 하도록 해요."

이렇게 말한 다음 그녀는 몇 개의 상자를 끌어냈다. 상자 안에는 작은 병정들이 층을 이뤄 차곡차곡 쌓여 있었다. 나는 그처럼 멋진 것은 본 적이 없다고 바로 고백할 수밖에 없었다. 그녀는 하나하나씩 더 자세하게 관찰할 시간을 주지 않았다. 그녀가 상자 한 개를 옆구리에 끼었고, 나는 다른 상자를 집어 들었다.

"우리는 황금다리로 가는 거예요. 거기가 병정놀이하기에는 가장 좋은 곳이지요. 병사들을 어떻게 대치시켜야 하는지 창들이 그 방향을 알려 주지요."

우리는 흔들리는 황금다리 위에 도착했다. 내가 무릎을 구부리고 병사들의 전열을 정비하는 동안 아래쪽에서는 물이 흘러가고 물고기들이 퍼덕거리는 소리가 들렸다. 병정들은 모두가 기병들이었다. 그녀는 아마존의 여왕을 자신의 여군 지휘자로 갖고 있는 것을 자랑했다. 이에 대해 나는 아킬레우스*와 매우 훌륭

* 그리스 신화에 나오는 인물로, 미르미돈족의 왕 펠레우스와 바다의 요정 테티스의 아들. 트로이 전쟁 때 아가멤논의 군대에서 가장 용감한 전사였다.

한 그리스 기병대를 내세웠다. 양쪽 군이 서로 맞선 모습은 그렇게 멋질 수가 없었다. 그것들은 우리가 흔히 가지고 있는 납작한 납 기병들이 아니라 사람과 말이 아주 통통하고 체격 좋고 무척 정교하게 만들어져 있었다. 그것들은 발판이 없는데도 혼자 서 있었는데 어떻게 균형을 유지하고 있는지 좀처럼 이해할 수 없었다.

우리는 이제 대단한 자기만족을 느끼며 각자의 군대를 바라보았다. 그때 그녀가 나에게 공격을 선언했다. 상자들 속에는 대포도 있었다. 즉 그 상자들은 매끄럽게 잘 다듬어진 작은 마노(瑪瑙)* 알들로 가득 차 있었다. 이 마노 알들로 우리는 서로 일정한 거리를 두고 싸웠다. 하지만 여기서 철저한 제약이 따랐는데, 인형들을 쓰러뜨릴 만한 정도 이상으로 세게 던져서는 안 된다는 것이었다. 어떤 인형도 망가지면 안 되기 때문이었다. 서로를 향해 포격이 시작되었고, 처음에는 양쪽 모두를 만족시켰다. 하지만 내가 그녀보다 더 잘 맞히고, 결국 쓰러지지 않고 남아있는 인형의 수로 결정되는 승리를 내가 차지할 것임을 알아차리자 내 상대 여인은 더 가까이 다가와서 부드럽게 던지고도 바라던 뜻을 이루었다. 그녀는 나의 많은 정예부대원들을 쓰러뜨렸고, 내가 저항을 심하게 하면 할수록 더 격렬하게 던졌다. 마침내 나는 화가 나서 나도 똑같은 방법을 쓰겠다고 선언했다. 나는 더 가까이 접근해 갔을 뿐만 아니라 화가 나서 훨씬 더 세차게 던졌다. 그리하여 금방 그녀의 조그만 여군 인형 두어 개가 부서져 버렸다. 그녀는 너무 열중한 나머지 이 일을 곧바로 알아채지 못했다. 하지만 부서진 인형들은 저절로 다시 봉합되어 여군과 말이 다시 하나가 되고, 동시에 완벽하게 살아 움직이게 되어 황금다리에서 보리수나무 아래로 달려가 앉았다가 빠른 속도로 이리

---

* 평범한 준보석의 실리카 광물로 다양한 색과 투명도의 줄무늬가 있는 옥수의 변종이다.

저리 뛰어다닌 다음 마침내 감쪽같이 성벽 쪽으로 사라졌다. 그때 나는 화석이 된 것처럼 그대로 서 있을 수밖에 없었다. 아름다운 내 상대 여인은 이 일을 알아차리자마자 큰 소리로 통곡하면서, 내가 자신에게 회복시킬 수 없는 이루 말할 수 없을 만큼 큰 손실을 입혔다고 외쳤다. 그러나 이미 격분해 있던 나는 그녀를 괴롭히는 것이 좋았다. 나는 아직 남아있던 몇 개의 마노 알을 닥치는 대로 힘껏 그녀의 병정들 속으로 던졌다. 불행히도 나는 이제까지 놀이 규정에 따라 제외시켰던 여왕을 맞혔다. 여왕은 부서져버렸고, 옆에 있던 부관들도 산산조각 났다. 그러나 그것들은 재빨리 다시 원래상태로 복원되었고, 앞서의 것들과 마찬가지로 달아나서 흥겹게 보리수나무 아래를 말을 타고 달리다가 성벽 쪽으로 사라졌다.

나의 상대 여인은 나를 비난하며 욕을 퍼부었다. 그러나 나는 일단 일은 벌어졌기에 몸을 굽히고 금으로 만든 창 옆에 뒹굴던 몇 개의 마노 알을 주워 올렸다. 격분한 나의 소원은 그녀의 전 병력을 몰살시키는 것이었다. 이에 대해 그녀는 지체 없이 달려들어 머리가 멍해질 정도로 내 따귀를 때렸다. 여자의 따귀에는 거친 키스가 제격이라는 말을 늘 들어온 나는 그녀의 귀를 붙들고 연거푸 키스를 했다. 그러나 그녀가 너무나도 크게 고함을 질러 나는 깜짝 놀랐다. 나는 그녀를 놓아주었다. 그런데 그것은 다행스런 일이었다. 왜냐하면 그 순간 나는 내게 무슨 일이 일어났는지도 모르고 있었기 때문이다. 발밑에서 땅이 흔들리고 소리를 내기 시작했다. 나는 짐승우리들도 움직이는 것을 재빨리 알아챘다. 그러나 나는 생각할 시간도 없었고, 도망치기 위해 발을 떼어놓을 수도 없었다. 나는 창에 찔릴까봐 줄곧 두려웠는데, 세워져 있던 양날창과 도끼가 이미 내 옷을 찢어놓았기 때문이다. 어쨌든 나는 내게 무슨 일이 일어났는지 알지 못했고, 들리지도 보이지도 않았다. 솟아오르던 짐승우리가 나를 보리수나무 아래에 내동댕

이치는 바람에 나는 깜짝 놀라 마비상태에서 깨어났다. 동시에 나의 분노도 살아났다. 맞은 편 땅에 나보다 가볍게 떨어진 듯 보이는 상대 여인의 조롱 섞인 웃음소리가 건너편에서 들려오자 나의 분노는 더 격해졌다. 그래서 나는 벌떡 일어났고, 솟아오르던 짐승우리가 나와 함께 내동댕이쳐졌던 몇 안 되는 병정들이 지휘관 아킬레우스와 함께 내 주위에 흩어져 있는 것을 보고 먼저 그 지휘관을 집어 나무를 향해 던졌다. 그가 복원되어 도망치는 모습은 나를 전보다 더 유쾌하게 했다. 왜냐하면 나는 세상에서 가장 절묘한 모습을 보고 피해를 입히면서 느끼는 악의적인 기쁨을 맛보았기 때문이다. 내가 모든 그리스 병정들을 그의 뒤를 따르게 하려고 마음먹었을 때 갑자기 쏴쏴하는 물이 사방에서, 돌과 성벽과 땅바닥과 나뭇가지들에서 솟아나왔다. 어느 쪽으로 몸을 돌려도 여기저기서 나에게 물이 쏟아졌다. 내 얇은 옷은 순식간에 완전히 젖어버렸다. 옷이 이미 찢어져 있었기 때문에 나는 지체하지 않고 옷을 모두 벗어버렸다. 신발도 벗어던졌고, 몸에 두른 것은 모두 차례차례 벗었다. 마침내 나는 따뜻한 날 일광욕을 즐길 수 있게 되어 무척 기분이 좋았다. 나는 벌거벗은 몸으로 나를 환영하는 물속을 이리저리 뽐내며 걸어 다녔고, 오랫동안 그렇게 지낼 수 있으면 좋겠다는 생각을 했다. 분노는 가라앉았고, 나는 내 작은 상대 여인과 화해하는 것 외에는 바라는 것이 없었다. 그때 돌연 물이 그쳤고, 나는 축축한 몸으로 물에 젖은 땅위에서 있었다. 느닷없는 노인의 출현은 내게는 결코 환영할 만한 일이 아니었다. 나는 몸을 숨기지는 못할망정 최소한 가릴 수만 있어도 좋겠다고 생각했다. 부끄러움과 추위와 몸을 조금이라도 가리려는 노력이 나로 하여금 지극히 가련한 모습을 하게 했다. 노인은 이 순간을 이용해 나를 크게 꾸짖었다.

"내가 녹색 끈 하나를 잡고 그걸로 그대의 목은 몰라도 등을 내려치는 것은 어렵지 않은 일이네!"

노인이 외쳤다. 나는 이 위협이 몹시 불쾌했다. 그래서 나는 이렇게 소리쳤다.

"그런 말은 물론 그런 생각조차도 삼가시오. 그렇지 않으면 당신과 당신의 여주인들을 없애버릴 테니!"

노인은 "당신이 어떤 자이기에 그런 말을 내뱉는가?"라고 대담하게 물었다. 나는 말했다.

"신이 아끼는 사람이오. 저 여자들이 훌륭한 남편을 만나 행복한 삶을 살아가느냐, 아니면 마법의 수도원에서 근심으로 야위어 늙어죽느냐 하는 것은 오로지 내 손에 달려 있소."

노인은 몇 발짝 뒤로 물러났다. 노인은 "누가 당신에게 그런 것을 알려주었소?"라고 놀라면서 걱정스러운 듯 물었다. 나는 "세 개의 사과, 세 개의 보석이오."라고 말했다. 그는 "어떤 대가를 원하오?"라고 외쳤다. 나는 대답했다.

"무엇보다도 나를 이런 저주스런 상태로 몰아넣은 저 작은 사람을 원하오."

노인은 땅이 아직 물에 젖어 축축하고 진흙투성이인데도 아랑곳하지 않고 내 앞에 주저앉아 무릎을 꿇었다. 그러더니 그는 전혀 젖지 않은 상태로 일어나서 친절하게 내 손을 잡고 나를 앞서의 그 홀로 데리고 들어가 재빨리 옷을 입혔다. 나는 곧 다시 몸을 씻고 머리를 단장하여 전과 같이 말쑥한 모습이 되었다. 문지기는 더 이상 아무 말도 하지 않았다. 그러나 그는 내가 문턱을 넘어 나가기 전에 나를 붙들고는 길 건너 성벽 옆에 있는 몇 가지 것들을 가리켰다. 동시에 뒤쪽 작은 문도 가리켰다. 나는 그의 뜻을 알아차렸다. 그는 내 뒤에서 아무도 모르게 닫힌 그 작은 문을 나중에 더 확실하게 다시 찾을 수 있도록 하기 위해 주변의 것들을 머릿속에 기억시키고자 했던 것이다. 나는 내 앞에 서 있는 것들을 잘 기억해 두었다. 높은 성벽 위로 늙은 호두나무 가지가 뻗쳐 있었고, 그 일부가 성벽이 끝나는 곳의 돌림띠를 덮고 있었다. 나뭇가지들은 돌로 만든 한 벽판까지 뻗어 있었는데, 나는 그것을 장식한 테두리는 잘 알아볼 수 있었지만 그 안의 글씨를 읽을 수는 없었다. 이 벽판은 한 벽감의 석대 위에 서 있었고, 벽감 안에는 인공적으로 만든 분수가 있어 물이 이 수반 저 수반을 거쳐 큰 수조 안으로 흘러내렸다. 마치 작은 호수를 이룬 듯한 수조 안의 물은 땅으로 흘러들어 사라졌다. 분수, 글씨판, 호두나무가 모두 차례로 위를 향해 수직을 이루고 서 있었다. 나는 이것들을 본 대로 그려두고 싶었다.

내가 그날 저녁과 그 다음 며칠 동안을 어떻게 보냈는지, 또한 나 자신도 거의 믿을 수 없었던 이 이야기를 얼마나 자주 되풀이했는지는 쉽게 짐작할 수 있을 것이다. 나는 기회가 닿기만 하면 다시 그 '불길한 성'으로 가서 최소한 기억 속에 있는 특징들을 새롭게 일깨우며 그 훌륭한 작은 문을 바라보곤 했다. 그러나 놀랍게도 모든 것은 변해 있었다. 호두나무들은 성벽 위로 뻗어 있었지만 서로 나란히 서 있지는 않았다. 벽판도 벽에 붙어있기는 했지만 나무에서 훨씬 오른쪽에 있었고, 장식도 없었으며, 글씨는 읽을 수 있게 쓰여 있었다. 분수가 있는 벽감은 훨씬 왼쪽에 있었고, 내가 보았던 것과는 전혀 비교할 수 없는 다른 것이었다. 그래서 나는 이 두 번째 모험도 첫 번째 모험처럼 거의 꿈이라고 믿을 수밖에 없었다. 왜냐하면 작은 문은 전혀 흔적조차 찾을 수 없었기 때문이다. 다만 내게 유일한 위안이 된 것은 그 세 가지가 계속 위치를 바꾸고 있는 듯이 보였다는 점이다. 즉 내가 그것들을 찾아갈 때마다 호두나무들이 서로 약간 더 가깝게 붙은 것처럼 보였고, 벽판과 분수도 마찬가지로 가까워진 것처럼 보였던 것이다. 아마도 이 모든 것이 다시 합쳐지게 되면 문들도 다시 보이게 될지 모르고, 그러면 나는 다시 모험을 하기 위해 가능한 모든 준비를 할 것이다. 내가 너희들에게 앞으로 계속 겪게 될 일을 이야기해 줄 수 있을지, 아니면 그것이 철저히 금지될지에 대해서는 나도 뭐라고 말할 수 없다.

이 동화는 큰 갈채를 받았다. 내 친구들은 그 진실성을 확인하고자 무척이나 노력했다. 그들은 모두 나나 다른 사람들에게 얘기하지 않고 혼자서 그 동화 속에 암시된 곳을 찾아갔다. 그들은 호두나무, 벽판, 분수를 발견했지만 언제나 그것들은 떨어져 있었다고 마지막에 가서 털어놓았다. 그 나이 아이들은 비밀을 감춰두기가 쉽지 않기 때문이다. 그러나 여기서 싸움이 일어났다. 한 아이는 그것들이 제자리에서 이동하지 않고 늘 서로 똑같은 거리를 유지하고 있다고 단언했다. 두 번째 아이는 그것들이 움직였으며, 서로 멀어져 갔다고 주장했다. 이와 함께 세 번째 아이는 움직였다는 점에서는 같은 생각이지만 호두나무와 벽판과 분수는 더 가까워진 것 같다는 의견이었다. 네 번째 아이는 더 이상한 모습을 보았다고 주장했다. 호두나무들은 가운데에 있고, 벽판과 분수는 내가 얘기한 곳의 반대쪽에 있는 것을 보았다는 것이었다. 작은 문의 흔적에 대해서도 아이들은 의견이 분분했다. 그래서 그들은 내게, 인간은 아주 간단하며 쉽게 설명될 수 있는 일에 대해서 극히 상반되는 견해를 가질 수 있고 주장할 수 있다는 좋은 실례를 보여주었다. 내가 이 동화의 속편 얘기를 완강히 거절하자 아이들은 이미 했던 이야기를 다시 들려달라고 졸랐다. 나는 상황을 크게 변경시키지 않도록 주의하면서 형식상 처음 했던 이야기와 일관성을 유지하면서 줄거리를 조금 변모시켜 듣는 아이들의 마음속에 진실성이 느껴지도록 했다.

그런데 나는 거짓말과 위선을 싫어했고, 결코 경박한 성격도 아니었다. 오히려 일찍부터 나 자신과 세계를 관찰했던 내적 진지함이 외모에서도 나타나고 있었고, 내게서 드러나는 어느 정도의 위엄 때문에 나는 자주 호감도 샀지만 조롱도 많이 당했다. 좋은 친구들이 없지 않았지만 난폭한 행동으로 우리에게 싸움 거는 것을 즐기고, 내가 고안하고 친구들과 함께 하는 동화적이고 자기만족적인 꿈속에 도취해 있는 우리를 자주 무자비하게 깨워버리는 자들에 비하면 그들은 언제나 소수에 불과했기 때문이다. 그래서 우리는 부드러운 것과 환상적인 즐거움에 몰두하기보다는 오히려 불가피한 재앙을 견뎌 내거나 그것에 대항하기 위해 스스로를 단련할 필요가 있다는 것을 깨닫게 되었다.

그리하여 내가 소년으로서 가능한 한 엄격하게 수련을 한 금욕주의 훈련과정 중에는 육체적 고통을 견디는 것도 포함되어 있었다. 선생님들은 자주 우리를 구타와 매질을 하며 매우 불친절하고 부당하게 다루었는데, 이에 반항하거나 대항하는 것이 철저히 금지되었기 때문에 우리는 더욱 더 강인해졌다. 아이들의 아주 많은 놀이가 그런 인내의 경쟁에 바탕을 두고 있다. 예를 들면 두 손가락이나 손바닥 전체로 서로 주고받으며 사지가 마비될 때까지 때리는 것, 또는 어떤 놀이에서 패하면 벌로 얻어맞는 것을 어느 정도 태연하게 참는 것, 레슬링과 격투를 할 때 반쯤 지다시피 된 사람이 할퀸다 해도 당황하지 않는 것, 장난으로 가해진 아픔을 참는 것, 어린아이들이 서로에게 몹시 잘하는 꼬집기와 간지럼 태우기까지도 아무렇지도 않게 대하는 것 등이다. 이런 것들을 통해 우리는 다른 사람에게 그렇게 쉽사리 패하지 않는 커다란 이익을 얻게 된다.

나는 그런 고통을 이겨내는 일에 달인이 되다시피 했으므로 다른 사람들의 괴롭힘이 커져갔다. 분별없는 무자비함은 한계를 몰라서 나는 그것을 참을 수 없는 지경에까지 이르렀다. 많은 것들을 제쳐두고 한 가지 사건만 얘기하겠다. 선생님이 한 시간 오지 않은 적이 있었다. 우리 아이들이 모두 함께 있을 때는 서로 아주 얌전히 얘기를 나누었다. 그러나 내가 좋아하는 아이들이 선생님을 기다리다 못해 밖으로 나가고, 나와 내가 싫어하는 세 아이만 남게 되자 그들은 나를 괴롭히고, 모욕하고, 쫓아내려 했다. 그들은 잠시 나를 방에 남겨두고는 빗자루를 잘라 급히 만든 회초리를 들고 돌아왔다. 나는 그들의 의도를 알아챘지만 수업시간이 곧 끝날 때가 되었다는 생각에 종이 울릴 때까지 저항하지 않기로 마음먹었다. 그들은 곧 내 다리와 장딴지를 사정없이 때리기 시작했다. 나는 꼼짝하지 않고 있었으나 곧 내가 잘못 판단했다는 것을 느꼈다. 그런 고통은 시간을 매우 길게 느껴지게 한다는 것을 깨달았다. 참고 있으면서 분노는 커졌고, 첫 시간 종이 울리자 나는 가장 인정사정없었던 놈의 뒷머리를 휘어잡아 곧장 바닥에 쓰러뜨리고 무릎으로 등을 짓이겼다. 뒤에서 내게 달려든 그놈보다 더 어리고 약한 놈은 팔로 머리를 끌어당겨 내 몸에 짓눌러서 거의 죽일 뻔했다. 이제 마지막 한 놈이 남아 있었다. 그놈은 가장 약한 놈도 아닌데다가 내게는 방어용으로 왼손밖에 남아 있지 않았다. 그러나 나는 그놈의 옷을 붙잡고 재치 있게 몸을 돌려 그놈이 허둥대는 사이 그놈을 쓰러뜨려 얼굴을 바닥에 처박았다. 그들은 물고, 할퀴고, 발길질을 했다. 그러나 내 머릿속과 몸에 남아있는 것은 복수심밖에 없었다. 나는 유리한 상황에서 그들의 머리를 연거푸 서로 부딪혔다. 마침내 그들이 처절한 고함을 질러댔고, 우리는 곧 집안사람들에게 에워싸여 있음을 알았다. 주변에 흩어져 있는 회초리와 양말을 벗어버린 내 두 다리가 나를 위한 증거가 되어 주었다. 벌은 보류되었고, 나는 집에서 풀려났다. 그러나 나는 앞으로는 어느 놈이건 조금이라도 모욕을 준다면 그놈을 죽이지는 않더라도 눈알을 빼버리고 귀를 잘라버리겠다고 선언했다.

아이들 세계의 일들이 흔히 그렇듯 이 사건도 곧 다시 잊히고 웃음거리가 되었지만 그것 때문에 공동 수업시간이 더 줄어들고 마침내 완전히 중단되었다. 나는 다시 전처럼 집에 더 많이 붙어 있게 되었다. 그리고 나보다 겨우 한 살 적은 누이동생 코르넬리아를 점차 마음 맞는 좋은 친구로 여기게 되었다. 그러나 나는 친구들로부터 얼마나 많은 불쾌한 일들을 당했는지 몇 가지 이야기를 더 하지 않고는 이 주제를 끝내지 못하겠다. 왜냐하면 이런 도덕적 이야기의 교훈은 인간은 어떤 일이 다른 사람들에게서는 어떻게 하여 일어났으며, 인생에서 무엇을 기대해야 하는지를 경험하는 것이며, 또한 무슨 일이 일어나든 그것은 인간으로서의 자신에게 일어나는 것이지 특별히 행복한 사람 혹은 불행한 사람으로서의 자신에게 일어나는 것이 아니라는 것을 깨닫게 하는 것이기 때문이다. 이러한 지식은 재앙을 피하는 데에는 큰 도움이 되지 못한다 해도 우리가 처한 상태를 파악하고, 그것을 견뎌내며, 극복하는 것을 배우는 데에는 매우 유익한 것이다.

적절한 또 한 가지 일반적인 현상을 언급하자면 품위 있는 가문 출신 아이들의 성장과정에는 매우 큰 모순이 나타난다는 점이다. 여기서 내가 말하는 모순은 이 아이들이 부모와 교사들로부터 적절하고 사려 깊고 이성적으로 행동할 것과 아무도 방종이나 오만으로 괴롭히지 말 것과 자라나기 쉬운 모든 바람직하지 않은 충동을 억제할 것을 교육 받는다. 그런데 반대로 이 어린아이들은 다른 아이들한테 자신들에게는 비난되고 철저히 금지되어 있는 것으로 괴롭힘 당하는 훈련에 열중하는 것이다. 이로 인해 이 가련한 존재들은 자연 상태와 문명 상태 사이에 비참하게 끼여 잠시 동안은 견뎌낸다 하더라도 성격에 따라 음험해지거나 난폭해지기도 하는 것이다.

폭력은 폭력으로 물리치게 되어 있다. 그러나 마음이 착하고 사랑과 동정심이 많은 아이는 조롱과 악의에 거의 대항할 줄을 모른다. 나도 내 친구들의 폭행은 어느 정도 저지할 수 있었지만 그들의 놀림과 욕설은 막을 수가 없었다. 그런 경우에 스스로를 변호하는 자가 언제나 패하기 마련이기 때문이다. 나는 이런 종류의 공격이 분노를 일으킬 정도가 되면 물리적인 힘으로 물리쳤다. 그 공격들은 이상야릇한 생각을 일으키거나 내 마음속에서 오래도록 영향을 끼쳤다. 나를 싫어하는 친구들은 나의 우월한 조건, 그중에서도 내가 시장인 외할아버지의 가게에서 태어났다는 사실을 뽐내는 것 또한 시샘했다. 할아버지는 동료들 가운데 제1인자였으므로 이런 점이 가족들에게도 적지 않은 영향을 주었던 것이다. 한번은 악사재판이 끝난 후 할아버지가 배심원석의 중앙에 다른 사람들보다 한 단 높은 황제 초상화 밑에 마치 황제관을 쓰고 앉아있는 것처럼 보였다고 뽐낸 적이 있다. 그러자 소년들 중 한 아이가 놀리면서, 바이덴호프의 여관 주인이었고 황제관이나 왕관은 생각지도 못했을 친할아버지를 공작새가 자신의 다리를 내려다보듯 자상한 조상의 측면에서 바라보아야 한다고 말했다.* 그래서 나는 우리 도시의 훌륭하고 숭고한 점이 모든 시민이 서로 평등하게 살아갈 수 있고, 모두가 각자의 방식에 따라 하는 일들이 모두에게 유익하고 명예로울 수 있는 것이기 때문에 내가 그렇게 뽐내는 것을 결코 부끄러워하지 않는다고 대답했다. 나는 그 훌륭한 할아버지가 오래 전에 돌아가신 게 유감스러울 뿐이라고 말했다. 나는 할아버지가 어떤 분이었는지 개인적으로 무척 알고 싶어 해왔으며, 그의 사진을 수없

---

* 친할아버지 프리드리히 게오르크 괴테의 둘째 부인이 소유하던 여관 얘기를 하는 것.

이 들여다보았고, 그의 무덤에 가서도 조그만 묘비에 새겨진 글에서나마 오늘날 나를 있게 해준 옛날 할아버지의 존재를 느끼며 기뻐했다고 말했다. 내가 싫어하는, 모든 아이들 중 가장 악질적인 녀석이 처음에 말한 녀석을 옆으로 데려가 무언가 귓속말을 했다. 그러면서 그들은 여전히 나를 조롱하듯 바라보고 있었다. 이미 내게서는 분노가 끓어올랐다. 나는 그들에게 큰 소리로 얘기하라고 말했다. "그래 어쩌겠다는 건데?"라며 첫 번째 녀석이 말했다.

"네가 알고 싶다면 말해주지. 얘가 말하기를 넌 오랫동안 헤매고 돌아다녀야만 네 할아버지를 찾을 수 있을 거라고 말했어."

나는 더 자세하게 얘기하라고 그들을 더 심하게 위협했다. 그러자 그들은 자신들의 부모한테서 들었다면서 한 가지 얘기를 해주었다. 나의 아버지는 어느 귀족 남자의 아들인데, 착한 시민이었던 할아버지가 표면상 아버지의 아버지 위치를 대신해주기로 기꺼이 나섰다는 것이다. 그들은 뻔뻔스럽게도 온갖 증거들을 다 들이댔다. 예를 들면 우리 집의 재산은 오로지 할머니에게서만 물려받은 것이고, 프리트베르크나 다른 곳에 사는 나머지 친척들은 마찬가지로 재산이 없다는 것이었다. 그들은 그밖에도 악의적으로 받아들일 때만 중요성을 띨 수 있는 다른 근거들을 댔다. 나는 그들의 예상과는 달리 훨씬 더 침착하게 들었다. 그들은 내가 그들의 머리를 휘어잡을 기미라도 보이면 곧바로 일어나 달아날 태세를 갖추고 있었던 것이다. 그러나 나는 아주 태연하게 그들의 말이 옳을 수도 있을 것이라고 대답했다. 나는 삶은 참으로 아름다운 것이어서 누구에게서 물려받았든 관계없이 존중할 수 있는 것이며, 그 이유는 삶은 궁극적으로 신에 의해 정해지고, 신 앞에서는 우리 모두가 평등하기 때문이라고 말해

주었다. 그들이 아무런 이의도 제기할 수 없었으므로 이번 일은 좋게 끝났다. 우리는 계속해서 함께 뛰놀았다. 놀이는 아이들 사이에서는 언제나 바람직한 화해의 수단이다.

그러나 이런 악의적인 말로 내게서는 일종의 도덕적인 병이 싹텄으며, 그것은 조용히 커져갔다. 비록 합법적으로는 그렇지 않다 하더라도 내가 어느 귀족 신사의 손자라는 것이 불쾌한 일은 아니었다. 그러나 내 육감은 뿌리를 추적해갔고, 상상력이 자극받고, 예리한 감각이 곧추섰다. 나는 그 아이들이 말해준 내용을 조사하여 새로운 사실적 근거들을 찾아냈다. 옛 집 응접실에는 할아버지의 초상화가 할머니의 초상화와 함께 걸려 있었는데, 나는 새 집을 지은 다음 이 두 장의 초상화가 위층 방안에 보관되어 있다는 얘기 외에는 할아버지에 대한 얘기를 거의 들은 적이 없었다. 할머니는 틀림없이 매우 아름다운 부인이었고, 할아버지와 나이가 같았다. 나는 할머니의 방에서 별과 훈장이 달린 제복을 입은 한 멋진 신사의 작은 그림을 보았던 기억이 나는데, 그 그림은 할머니가 돌아가신 후 집수리를 하면서 모든 것을 뒤집어 놓았기 때문에 다른 많은 물건들과 함께 없어져버렸다. 나는 이런저런 많은 일들을 내 어린 머릿속에 한데 모아 일찍이 현대적인 시적 재능을 충분히 훈련시켰는데, 그것은 인간 삶의 중요한 상황들을 흥미진진하게 결합하여 온 문화 세계의 관심을 불러일으키는 것이었다.

그러나 나는 그런 일을 아무에게도 알리지 않고, 간접적으로나마 물어보려고도 하지 않았으므로 가능한 한 핵심에 좀 더 가까이 접근하려면 남모를 노력을 해야만 했다. 나는 아들이 아버지나 할아버지를 똑같이 닮는다고 확실하게 주장하는 것을 자주 들었다. 우리 가족의 친구인 시의원 슈나이더를 비롯한 많은 친구들은 인근의 모든 군주들이나 귀족들과 사업상 관계를 맺고 있었다. 통치자든 후계자든 이들은 라인 강과 마인 강변에, 또한 두 강 사이에 땅을 꽤 소유하고 있었는데, 그들의 충실한 관리인들에게 이따금 자신들의 초상화를 선사하는 영광을 베풀곤 했다. 어려서부터 벽에 걸린 초상화들을 자주 보아온 나는 이제 훨씬 더 많은 주의를 기울여 아버지나 나와 닮은 초상화가 있는지 꼼꼼히 관찰했다. 그러나 그런 것들이 너무 자주 발견되어 어느 것이 확실한 것인지 판단할 수 없을 정도였다. 때로는 이쪽 초상화의 눈이, 때로는 저쪽 초상화의 코가 나와 어느 정도 친척관계에 있음을 암시하는 것 같았던 것이다. 그리하여 이런 특징들은 나를 이리저리 현혹시켰다. 이에 따라 나는 그 아이들이 했던 비난은 완전히 황당하게 꾸며낸 이야기로 여길 수밖에 없었지만 내 머릿속에는 여전히 강한 인상이 가시지 않고 남아 있었다. 그래서 나는 초상화들로 내 환상 속에 뚜렷이 남아 있는 모든 귀족들을 침착하게 검토하고 조사하는 일을 포기할 수가 없었다. 인간에게서 내면적으로 자부심을 강화하고 은밀한 허영심을 만족시키는 모든 것은, 그것이 나름대로 명예에 이르게 하는 것이든 치욕에 이르게 하는 것이든 모두가 갈망하게 된다는 것은 사실이다.

그러나 여기서 엄숙한 비난조의 관찰을 끼워 넣는 대신 나는 그 아름다운 시절들로부터 시선을 돌리려 한다. 어린 시절의 충만함에 대해 제대로 얘기할 수 있는 사람이 누가 있겠는가! 우리들 앞에서 뛰노는 어린아이들을 우리는 그저 기쁨과 감탄으로밖에 바라볼 수 없다. 왜냐하면 그들은 대부분 지키는 것 이상을 약속하기 때문이다. 그리고 자연이 우리에게 거는 짓궂은 장난들 중에서도 특히 이런 경우에는 특별히 우리를 조롱하려는 의도가 있는 듯이 보인다. 자연이 아이들을 세상에 내보낼 때 함께 딸려 보내는 최초의 기관들은 인간의 가장 가깝고 직접적인 상태에 적합하게 되어 있다. 아이들은 그것을 아무런 기교나 요구 없이 아주 능숙한 방법으로 가장 가까운 목적에 사용한다. 아이는 그 자체로만 관찰해보면 친구들 사이에서나 자신의 능력에 적합한 관계 속에서나 더할 나위 없이 사려 깊고, 이성적이고, 온화하고, 명랑하고, 총명하여 더 이상 어떤 교육도 시킬 필요가 없는 듯이 보인다. 만약 아이들이 자신들이 암시하는 대로 자라기만 한다면 그들은 모두 천재가 될 것이다. 그러나 성장이 발달인 것만은 아니다. 하나의 인간을 형성하는 여러 가지 유기적 체계들은 서로 어우러져 생겨나고, 서로 나란히 이어지며, 서로 변화하고, 서로 배척하고, 서로 소진시킴으로써 어느 정도 시간이 지나면 많은 능력과 힘의 표출은 거의 흔적도 찾아볼 수 없게 되는 것이다. 인간의 소질은 전체적으로는 하나의 결정적인 방향을 지니고 있기는 하지만 가장 위대하고 경험 많은 전문가라 할지라도 그 소질을 정확하고 확실하게 미리 알아내기는 어렵다. 그러나 나중에 가서는 미래의 일을 예시했던 것이 무엇이었는지를 깨달을 수 있다.

그리하여 나는 결코 책의 처음 부분에서 어린 시절 이야기를 완전히 끝내려는 생각은 없으며, 오히려 나중에 가서 나도 모르게 어린 시절을 뚫고 지나갔던 많은 실마리들을 끌어내어 이야기를 이어가려고 한다. 여기서 나는 전쟁의 사건들이 점점 우리의 사고와 생활방식에 무척 큰 영향을 미쳤다는 것을 밝혀야만 하겠다.

침착한 시민은 세계적인 대사건과 묘한 관계에 놓여 있다. 이런 사건들은 이미 멀리서 그를 자극하고 불안하게 한다. 그는 사건들과 직접 접촉하지는 않을지라도 판단을 내리고 관심을 가지는 일마저 피할 수는 없다. 그는 자신의 성격이나 외부 요인이 정해주는 바에 따라 재빨리 어느 한 정당을 택한다. 거창한 운명이나 중대한 변화가 닥쳐오면 그에게는 많은 외적 불편과 함께 내면적인 불안 또한 자리하게 되고, 대체로 불행은 배가되고 첨예화되어 아직 가능한 행복마저 파괴한다. 그러면 그는 자기편에서나 적에게서 정말로 고통을 당하는데, 적보다는 자기편에게서 자주 더 많은 고통을 당한다. 그리고 그는 어떻게 해야 자신의 성향과 이익을 지키고 지킬 수 있을지 알지 못하게 된다.

우리가 시민으로서의 완전한 평온 속에서 보낸 1757년은 그럼에도 불구하고 커다란 감정의 격동 속에서 지나갔다. 아마 이 해보다 사건이 많았던 해는 없었을 것이다. 승리, 위대한 행동, 재난, 복구가 연달아 이어졌고, 서로 얽혔으며, 사라져버리는 듯도 했다. 그러나 언제나 프리드리히 대왕의 모습과 그의 이름과 명성이 곧 위로 떠올랐다. 그를 숭배하는 자들의 열광은 점점 더 커지고 격렬해져갔고, 그를 적대하는 자들의 증오는 점점 더 극심해져갔다. 가족까지 갈라놓은 견해의 차이는, 그렇지 않아도 여러 가지로 서로 분열된 시민들을 더욱 고립시키는 데에 적잖은 기여를 했다. 왜냐하면 세 개의 종교*가 시민들을 세 개의 서로 다른 집단으로 갈라놓고, 지배계급 출신이라도 소수의 사람들만이 정치에 참여할 수 있는 프랑크푸르트와 같은 도시에서는 은퇴하여 연구나 취미 활동을 하며 자신만의 고립된 생활을 해나가는 부유하고 학식 있는 사람들이 많을 수밖에 없었기 때문이다. 그 당시의 프랑크푸르트 시민의 특성을 나타내

* 그 당시 프랑크푸르트에는 루터 파, 캘빈 파, 가톨릭으로 종교가 나뉘어 있었다.

려면 오늘날은 물론 앞으로도 이런 점을 반드시 언급해야만 할 것이다.

아버지는 여행*에서 돌아오자마자 자신의 기질에 따라 시에 봉사하기 위해 하급 관직을 하나 얻으려 했고, 그 직을 투표를 하지 않고 넘겨받는다면 무보수로 일할 결심을 했다. 그는 자신의 기질로 보나, 스스로에 대해 갖고 있는 생각으로 보나, 자신의 선량한 의지에 대한 감정으로 보나 법이나 관습을 떠나 특별한 대우를 받을 수 있다고 믿었다. 그래서 신청이 거부되자 아버지는 화가 나고 불만에 가득 차 앞으로는 어떤 자리도 받지 않겠다고 맹세했다. 아버지는 자리 받는 것을 불가능하게 하기 위해 시장이나 원로 배심원들이 특별 명예칭호로 갖고 있는 궁중고문관이라는 칭호를 얻었다. 이로써 아버지는 최고지위자와 같은 직위에 올랐고, 더 이상 하급직에서부터 시작할 수가 없게 되었다. 같은 목적으로 아버지는 시장의 큰딸에게 청혼을 했고, 그럼으로써 그의 의도대로 시의회로부터도 의원이 될 수 있는 자격을 박탈당하게 되었다. 이제 아버지는 은퇴자에 속하게 되었는데, 이들 은퇴자들은 결코 서로 사교활동을 하지 않았다. 이들은 서로 간에 뿐만 아니라 전체 세상으로부터도 고립되어 있었고, 이런 격리상태 속에서 각자의 성격은 점점 더 날카로워져갔다. 아버지는 여행을 통해 넓은 세상을 보아왔기에 보통의 동료 시민들보다는 더 우아하고 자유로운 생활방식을 터득한 듯했다. 그는 여행에서 선배들이나 동료들을 찾기도 했다.

우펜바흐라는 이름은 잘 알려져 있다. 당시 배심원 우펜바흐는 좋은 평판을 받고 지냈다. 그는 이탈리아에서 지낸 적이 있는데, 특히 음악을 좋

---

* 괴테의 아버지는 1739년부터 1741년까지 이탈리아를 여행했다.

아하여 우아한 테너 음성으로 노래를 불렀고, 훌륭한 악보들을 많이 수집해 왔으며, 그의 집에서 연주회나 종교음악회가 열리기도 했다. 그럴 때면 그는 스스로 노래를 불렀다. 그리고 그는 음악가들을 총애해서 사람들은 그것이 그의 품위에 어울리지 않는다고 여겼고, 초대받은 손님들은 물론 그 밖의 동향인들도 그의 그런 행위에 대해 한마디씩 꼬집곤 했다.

나는 또한 부유한 귀족이었던 헤켈 남작도 기억하고 있다. 그는 결혼했지만 자식이 없었는데, 안토니우스 거리에 있는 멋진 집에서 우아한 생활에 필요한 온갖 시설을 다 갖추어 놓고 살았다. 그는 좋은 그림, 동판화, 골동품, 그밖에 수집가들이나 애호가들이 즐겨 모으는 많은 물건들을 소장하고 있었다. 그는 이따금 지역 인사들을 오찬에 초대했다. 또한 그는 자신만의 독특한 방식으로 선행을 베풀었다. 즉 자신의 집에서 가난한 사람들에게 새 옷을 입히고는 헌 누더기 옷은 남겨두게 한 다음, 그 얻어 입은 새 옷을 입고 매번 깨끗하고 단정한 모습으로 나타난다는 조건으로 매주 한 번씩 그들에게 자선을 베풀었던 것이다. 나는 그를 친절하고 교양이 많은 사람으로 희미하게만 기억하고 있다. 좀 더 분명하게 기억나는 것은 그가 행한 경매이다. 나는 때로는 아버지의 명령에 따라, 때로는 내 스스로의 욕구로 처음부터 끝까지 경매에 참여하여 많은 물건들을 구입했다. 그것들은 아직도 내 수집품들 가운데에 남아 있다.

내가 직접 만나본 적은 없지만 요한 미하엘 폰 뢴은 문단에서나 프랑크푸르트 시에서 일찍부터 상당한 명성을 얻고 있었다. 그는 프랑크푸르트에서 태어나지는 않았지만 그곳에 정착하여 린트하이머 가문인 내 할머니 텍스토의 여동생과 결혼했다. 그는 궁정 세계와 국사(國事)에 정통했으며, 신흥귀족의 지위를 누리면서 교회나 국가에서 벌이는 여러 가지 운동에 과감하게 참여하여 이름을 떨쳤다. 그는 교훈적인 소설 『리베라 백작』을 썼는데, 이 소설의 내용은 부제인 '또는 충직한 궁정인'에서 분명하게 드러나고 있다. 이 책은 그때까지 총명함만이 존재하던 궁정에 대해 도덕성을 요구했으므로 긍정적으로 받아들여졌다. 또한 그의 작품은 그에게 갈채와 명성을 가져다주었다. 이에 반해 그의 두 번째 작품은 그에게 매우 위험한 것이 되었다. 그는 『단 하나의 참된 종교』를 썼는데, 이 책은 특히 루터파와 캘빈파 사이의 관용을 촉구하는 의도가 있었다. 이에 따라 그는 신학자들과 논쟁을 벌이게 되었고, 특히 기센의 베너 박사는 그를 반박하는 글을 썼다. 폰 뢴은 응수했고, 논쟁은 격해져서 인신공격에까지 이르렀다. 그리고 이로부터 생긴 불편한 상황은 이 책의 저자로 하여금 링겐의 한 장관 자리를 차지하게 했다. 이 자리는 그가 깨어있는 자이며, 프랑스에서 이미 널리 성공을 거둔 개혁*을 꺼리지 않는 편견 없는 자라고 믿고 있던 프리드리히 2세가 내려준 것이었다. 그가 혐오하며 버리고 떠난 프랑크푸르트 시민들은 링겐 같은 곳은 프랑크푸르트와는 비교도 할 수 없을 것이므로 그는 거기서 결코 만족할 수 없을 것이라고 말했다. 아버지도 장관직이 괜찮을지에 대해 회의적이었고, 바로 숙부였다면 왕과 관계하지 않는 쪽으로 더 잘 처신했을 것이라고 말했다. 왜냐하면 왕이 남다르고 특별한 인물이긴 하지만 그와 가까이하는 것은 위험하기 때문이라는 것이었다. 아버지는 저 유명한 볼테르가 그토록 총애를 받고 왕의 프랑스 문학에 관한 스승으로 알려져 있었지만 프로이센의 총독 프라이타크의 소환명령에 의해 얼마나 치욕적으로 프랑크푸르트에서

* 계몽주의 운동을 가리킴.

체포되었는지 모두 다 알고 있는 일이라고 말했다. 궁정 일과 국왕을 거드는 일의 위험을 경고하는 관찰이나 사례들을 접할 기회가 적지 않았는데도 프랑크푸르트 출신 사람들은 도무지 이에 대해 이해하지 못하고 있었다.

나는 뛰어난 인물이었던 오르트 박사의 이름을 상기해 보고자 한다. 나는 공적 있는 프랑크푸르트인들의 기념비를 세우려는 게 아니라 그들의 명성이나 인격이 어린 시절 내게 어느 정도 영향을 주었기에 그 점만을 언급하려는 것이다. 오르트 박사는 부자였으며, 지식이나 식견으로 보아 충분히 자격이 있었는데도 불구하고 결코 정치에 참여하지 않은 사람들 중 한 사람이었다. 독일, 특히 프랑크푸르트의 고대사는 그의 덕을 많이 입었다. 그는 이른바 『프랑크푸르트 개혁』에 대한 주석을 펴냈는데, 이 책 속에는 이 제국도시의 규약들이 수록되어 있다. 나는 이 책 속의 역사 서술 부분을 어린 시절 열심히 공부했었다.

내가 앞에서 우리 이웃이라고 얘기했던 세 명의 형제들 중 맏형인 폰 옥센슈타인은 은둔생활을 하고 있어 살아있을 때에는 그다지 알려지지 않았지만 죽은 후에 더 많이 알려졌다. 그는 자기가 죽으면 이른 아침에 조용히, 뒤따르는 행렬도 없이 일꾼들이 묘지로 옮기게 해달라는 유언을 남겼다. 일은 그대로 행해졌으며, 이런 장례식은 화려한 장례식에 익숙해 있던 이 도시에서 커다란 주목을 끌었다. 예전부터 전통적으로 화려한 장례식으로 돈벌이를 해온 사람들은 모두 이 새로운 장례식에 반대했다. 그러나 그 과감한 귀족가문은 모든 계층에서 뒤를 따르는 지지자를 찾았다. 그 같은 장례식이 이른바 옥센 장(葬)이라고 조롱당하며 불렸지만 많은 가난한 집에서는 이를 최선의 장례식으로 받아들였으며, 화려한 장례식은 점점 자취를 감추게 되었다. 내가 이런 상황을 소개하는 것은 이것이 겸손과 평등에 관한 사고의 초기 징후들 중 한 가지를 제공해주고 있기 때문이다. 이 겸손과 평등의 사고는 앞 세기 후반에 상류층으로부터 다양한 방식으로 나타나 예상치 않은 결과를 초래했었다.

골동품 애호가들도 없지 않았다. 그림 소장가, 동판화 수집가들도 있었지만 특히 향토의 진품들이 열심히 탐사되고 발굴되었다. 인쇄물이건 책자건 그때까지 한 번도 수집 작업이 이루어진 적 없는 제국도시 프랑크푸르트의 옛 규정들과 법령들이 철저하게 발굴되어 시대 순으로 정리되었고, 법률과 전통에 있어 향토의 보물로 소중하게 보존되었다. 또 무수히 많았던 프랑크푸르트 시민들의 초상화들도 한데 모아져 보관실의 특별한 구역을 차지했다.

아버지는 그런 사람들을 주로 표본으로 삼았던 것 같다. 아버지에게는 올바르고 명망 있는 시민적 특성이 갖춰져 있었다. 그는 집을 수리하고 난 다음 모든 종류의 자기 소유물들을 정돈해 놓기도 했다. 솅크의 훌륭한 지도 수집물들과 당시 유명했던 다른 지도들, 앞서 말한 규정과 법령들, 초상화들, 오래된 총들이 들어있는 장, 진귀한 베네치아 유리그릇과 술잔과 긴 잔이 든 장, 광물, 상아제품, 청동장식, 기타 수많은 물건들이 정리되고 진열되었다. 그리고 나도 갑자기 열리는 경매가 있을 때마다 기존에 갖고 있는 수집품을 늘이기 위해 몇몇 물건들을 신청하곤 했다.

나는 또 하나의 유명한 가족을 떠올리지 않을 수 없다. 나는 어렸을 때부터 이 가족한테서 특별한 이야기를 많이 들었고, 몇몇 식구들한테서는 아주 기이한 것을 직접 체험했다. 바로 젠켄베르크 가족이었다. 아버지는 부유한 사람이었는데, 그에 대해서는 내가 얘기할 만한 것이 별로 없다. 그에게는 아들 셋이 있었는데, 이미 어렸을 때부터 모두 별난 아이들로 주목을 끌었다. 그런 별난 행동은 좋은 일이건 나쁜 일이건 눈에 띄는 일을 해서는 안 되는 좁은 도시에서는 그다지 좋게 여겨지지 않았다. 별명이나 기억에 오래 남는 기이한 이야기들은 대부분 그런 별난 특성의 결실이다. 아버지는 하젠가세*의 모퉁이에 살고 있었는데, 세 마리는 아니지만 한 마리의 토끼가 그려져 있는 그 집의 표지판에서 이 거리 이름이 생겨났다. 그리하여 사람들은 이 3형제를 그저 세 마리 토끼라고 불렀고, 이 별명은 오랫동안 없어지지 않았다. 그런데 커다란 장점들이 어렸을 때는 자주 기이하고 엉뚱한 짓으로 나타나듯이 여기에서도 그런 일이 일어났다. 큰아들은 나중에 명성이 자자한 젠켄베르크의 궁정 고문관이 되었다. 둘째아들은 시청 간부로 기용되어 탁월한 재능을 발휘했으나 그 재능을 오용하고 악용함으로써 시에 손실을 입히지는 않았지만 결과적으로 적어도 동료들에게는 해를 입혔다. 셋째아들은 의사이면서 무척 정직한 사람이었다. 그는 가끔 귀족의 집에만 진료를 나갈 뿐 거의 진료를 하지 않았고, 나이가 들어 죽을 때까지 변함없이 기이한 외모를 유지했다. 그는 언제나 매우 단정한 옷차림을 했으며, 길에서는 예외 없이 구두와 양말을 신고, 곱게 분으로 단장한 가발을 쓰고, 옆구리에 모자를 끼고 다녔다. 그는 걸음이 빨랐지만 기이하게 비틀거리며 걸어가, 이쪽으로 갔다 저쪽으로 갔다 하면서 지그재그로 걸었다. 놀리기 좋아하는 사람들은 그가 그렇게 비틀거리며 걸어서 그를 똑바로 따라오는 망령들을 피해가려 하며, 악어 앞에서 도망치는 사람의 흉내를 내고 있다고 말했다. 그러나

---

* 독일어의 'Hasengasse'로 '토끼골목'이라는 의미임.

이런 온갖 조롱과 우스개 소문들은 그가 에센하이머 골목에 있는 자신의 훌륭한 집을 뜰과 정원과 모든 부속시설과 함께 의료재단에 헌납하자 그에 대한 존경으로 바뀌었다. 거기에는 프랑크푸르트 시민들만 이용하도록 규정된 병원시설과 함께 식물원, 해부실, 화학실험실, 훌륭한 도서관, 병원장의 주택이 마련되어 있어 어떤 대학병원에 비해서도 손색이 없을 정도였다.

인격 못지않게 이웃에서의 활동과 저술을 통해 내게 매우 중요한 영향을 준 또 한 명의 뛰어난 사람은 카를 프리드리히 폰 모저였다. 그는 우리 집 인근에서 사업을 했으므로 우리는 늘 그의 이름을 들을 수 있었다. 그는 철저히 도덕적인 성향을 지녔는데, 이따금 그에게 나타난 인간 본성의 결함이 그를 이른바 경건주의자로 이끌었을 것이다. 그래서 그는 폰 뢴이 궁중생활에서 그랬던 것처럼 사업적인 삶에 있어서도 보다 양심적으로 처신하고자 했다. 독일의 작은 궁정들 대부분은 일단의 군주와 신하들로 이루어져 있었는데, 군주들은 무조건적인 복종을 요구했고, 신하들은 대부분 자신들의 신념에 따라 활동하고 봉사하려 했다. 그리하여 끊임없는 갈등과 잦은 변전과 폭발이 일어났다. 왜냐하면 무절제한 행동의 영향은 넓은 범위에서보다 좁은 범위에서 훨씬 더 빨리 눈에 띄고 해가 되었기 때문이다. 많은 궁정들이 빚을 졌고, 황실 채무위원들이 임명되었다. 다른 궁정들도 조만간 같은 길을 걸었다. 이때 신하들은 비양심적으로 이득을 얻거나 혹은 양심적으로 행동하여 불편을 겪거나 증오를 느꼈다. 모저는 정치가이자 사업가로서 활동하고자 했다. 여기서 유전적으로 타고난, 대가 수준에 이르는 그의 재능이 그에게 결정적인 이득을 가져다주었다. 그러나 그는 동시에 인간이자 시민으로서 행동하여 자신의 도덕적 품위를 가능한 한 잃지 않으려 했다. 그의 『군주와 신하』, 『사자굴 속의 다니엘』, 『성유물』은 모두 그가 고문을 당하는 정도는 아니라 하더라도 늘 압박을 느끼는 상황을 묘사하고 있다. 이 책들은 전체적으로 화해할 수도 없고 벗어날 수도 없는 상황에 처한 인간의 초조감을 나타내고 있다. 그는 이런 식으로 생각하고 느낌으로써 당연히 여러 번 다른 직무를 찾아야 했는데, 어느 직무에서건 그의 위대한 재능이 발휘되지 않은 곳은 없었다. 나는 그를 편안하고, 활동적이며, 부드러운 사람으로 기억하고 있다.

멀리서부터 클롭슈토크*라는 이름 또한 이미 우리에게 큰 영향을 주었다. 우리는 처음에는 그토록 뛰어난 사람이 어떻게 그런 이상한 이름을 가지고 있을까 의아하게 여겼다. 그러나 곧 그 이름에 익숙해져 더 이상 그 이름의 철자에 대해 중요하게 생각하지 않게 되었다. 내가 지금까지 아버지의 장서 속에서 발견한 것은 단지 과거의 작가들, 특히 아버지 시대에 점차 부상하여 유명해진 작가들뿐이었다. 이 모든 작가들은 각운에 맞춰 썼는데, 아버지는 각운을 시적인 작품에 있어서는 필수적인 것이라고 생각했다. 카니츠, 하게도른, 드롤링거, 겔러트, 크로이츠, 할러가 아름다운 가죽 장정 상태로 나란히 꽂혀 있었다. 이것들과 더불어 노이키르히의 『텔레마크』, 코펜의 『해방된 예루살렘』과 그 밖의 번역물들이 있었다. 나는 이 모든 책들을 어렸을 때부터 부지런히 통독하고 일부는 외우기도 하여, 사교모임의 대화에 자주 불려갔다. 이와는 반대로 아버지에게는 그가 시로 여기지 않은 클롭슈토크의 『메시아』 시구들이 대중의 경

* 18세기 전반의 오성적(悟性的) 계몽주의에 편중되었던 독일 문학에 조국애의 정신을 시로 써서 주입시킴으로써 새로운 장을 개척한 근대 독일 국민문학의 선구자(1724~1803)이다. 횔덜린과 릴케에게도 영향을 끼쳤다. 대표적인 작품으로 『취리히 호수』(1750), 『봄의 제전』(1759), 『얼음 지치기』(1764) 등이 있다.

탄의 대상이 되자 유쾌하지 않은 시기가 시작되었다. 아버지 자신은 이 작품의 구입을 피했다. 그러나 우리 가족의 친구인 시의원 슈나이더가 그 작품을 몰래 사서 어머니와 아이들에게 읽도록 해주었다.

책을 별로 읽지 않는 이 사업적인 사람에게 『메시아』는 출간과 동시에 막강한 영향을 미쳤다. 그토록 자연스럽게 표현되고 고상하게 다듬어진 경건한 감정, 호감을 주는 언어는 비록 그 작품을 조화로운 산문으로 간주하게도 했지만 이 메마른 사업가의 마음을 사로잡았다. 그리하여 그는 핵심적인 부분으로 여긴 첫 10편의 노래를 가장 훌륭한 기도서로 간주했으며, 매년 모든 일에서 벗어나는 부활절 주간이면 혼자서 조용히 그 부분을 통독하고는 1년 내내 활기를 얻었다. 그는 처음에는 자신의 느낌을 오랜 친구인 아버지에게 전하려고 생각했다. 그러나 그는 아버지가 내용과는 무관하게 여긴 외적 형식 때문에 그런 훌륭한 내용의 작품에 대해 엄청난 반감을 갖고 있다는 걸 알고는 깜짝 놀랐다. 쉽게 짐작할 수 있겠지만 이 문제에 대해서는 줄곧 서로 대화가 오갔다. 그러나 양측은 서로 점점 더 멀어졌고, 과격한 장면들도 있게 되었다. 그리고 그 온순한 사람은 마침내 오랜 친구와 맛있는 일요일의 수프를 한꺼번에 잃어버리는 일을 당하지 않기 위해 자신의 애독서에 대해서 침묵하기로 했다.

개종시켜 자기 종파로 끌어들이는 것은 모든 사람들의 자연스런 바람이다. 우리 집의 친구인 그는 자신의 성자에 대해 아버지 이외의 다른 식구들이 열린 마음을 가지고 있음을 발견했을 때 은근히 얼마나 만족해했는지 모른다. 그는 그 책을 해마다 1주일 동안만 이용하고 나머지 기간에는 우리에게 넘겼다. 어머니는 그 책을 감춰두었는데, 우리 남매는 그것을 찾아내 언제든 틈나는 대로 구석에 숨어 가장 인상적인 부분들을 외웠다. 특히 가장 부드러운 부분들과 격정적인 부분들을 가능한 한 빨리 머릿속에 넣었다.

우리는 서로 내기를 하면서 『포르티아의 꿈』을 암송했다. 우리는 홍해에 빠진 사탄과 아드라멜레히 사이의 거칠고 절망적인 대화를 나누었다. 가장 포악한 사탄 역은 내가 맡고, 좀 더 가련한 아드라멜레히 역은 누이동생이 맡았다. 서로에게 퍼붓는 섬뜩하지만 카랑카랑하게 울리는 저주의 말들이 입에서 술술 흘러나왔다. 그리고 우리는 기회 있을 때마다 이 잔악한 말로 인사를 나누곤 했다.

어느 해 겨울 토요일 저녁이었다. 아버지는 이 시간이면 늘 일요일에 교회에 갈 때 옷을 편하게 입을 수 있도록 등불 옆에서 면도를 했다. 우리는 난로 뒤의 의자에 앉아 이발사가 비누칠을 하고 있는 사이 버릇이 된 그 저주의 말을 아주 나지막하게 중얼거리고 있었다. 그런데 아드라멜리히가 강철 손으로 사탄을 잡는 부분에서 누이동생은 나를 힘차게 움켜잡고는 아주 조용하지만 점점 격정적인 목소리로 낭송했다.

> 도와주오! 그대에게 간청하며, 그대가 원한다면
> 괴물이여, 그대를 숭배하리다! 저주받은 사악한 죄인이여,
> 도와주오! 나는 복수하는 영원한 죽음의 고통을 당하고 있소!
> 전에는 불타오르는 무서운 증오로 그대를 증오할 수 있었소!
> 이제 나는 그럴 수 없다오! 이 또한 가슴을 찢는 슬픔이라오!

여기까지는 모든 것이 그런대로 잘 지나갔다. 그런데 누이동생은 이어지는 말을 소름끼치는 목소리로 크게 외쳤다.

오! 내가 어찌 이다지도 산산조각 나버렸는지……!

이발사는 깜짝 놀라 아버지의 가슴에 비눗물을 쏟고 말았다. 그래서 큰 소동이 일었고, 무엇보다도 면도 중이었다면 얼마나 큰 사고가 일어났을 것인지도 고려한 엄한 조사가 이루어졌다. 짓궂은 장난을 했다는 혐의를 벗기 위해 우리는 악마 역을 했었다고 자백했다. 그리고 그 6각운의 시가 초래한 사고였음이 너무나 명백하여 그 시는 또다시 욕을 먹고 추방당했다.

이와 같이 어린이들이나 민중은 위대한 것과 숭고한 것을 유희로, 즉 소극(笑劇)으로 변화시키곤 했다. 그들이 그렇게 하지 않는다면 어떻게 그런 것을 유지하고 보존해 나갈 수 있겠는가!

제3장

그 당시 새해 첫날에는 보통 사람들이 인사를 하러 다니느라 도시는 매우 활기를 띠었다. 평소에는 집에서 쉽사리 나오지 않던 사람이 도움을 받은 사람이나 친구들에게 잠시 다정하고 정중하게 인사를 하기 위해 가장 좋은 옷을 입고 나섰다. 우리 아이들에게는 무엇보다도 이날 할아버지 집에서 열리는 연회가 가장 기대되는 즐거움이었다. 손자들은 군악대, 시립악단, 그 밖의 사람들이 북, 오보에, 클라리넷, 나팔, 칭켄을 연주하는 것을 들으려고 아침 일찍 모였다. 아이들이 하층계급의 하객들에게 봉인되어 글이 적힌 새해 선물을 나누어주었고, 시간이 지날수록 귀빈들의 수가 늘어났다. 처음에는 친한 사람들과 친척들이, 다음에는 하급관리들이 나타났다. 시의회 의원들도 시장에게 인사하는 것을 빼놓지 않았고, 그중 선택된 일부 인사들은 저녁에 일 년 내내 거의 닫혀있던 방에서 향응을 받았다. 아이들에게서는 쇼트케이크, 비스킷, 아몬드 과자, 달콤한 와인이 가장 큰 매력을 끌었다. 시장과 두 성주는 몇몇 단체로부터 매년 은으로 만든 물건을 받았는데, 그것은 일정한 등급에 따라 손자들과 대자(代子)들에게 선물로 나누어졌다. 이 잔치에는 사소한 것까지 모두 갖춰져 있어 명망 있는 최고의 인사들을 영광스럽게 하곤 했다.

1759년의 새해가 다가왔는데, 우리 아이들에게는 지난해처럼 기대되고 즐거운 날이었으나 어른들에게는 걱정스럽고 불길한 예감에 가득 찬 날이었다. 사람들은 프랑스군의 통과 행군에 익숙해져 있었고, 자주 행해졌지만 지난 연말에는 그것이 가장 빈번했다. 오랜 제국도시의 관습에 따라 중앙탑의 탑지기는 군대가 진군해올 때마다 나팔을 불었는데, 올해에는 나팔소리가 그칠 줄을 몰랐다. 그것은 대부대가 여러 방면으로부터 진군해오고 있다는 신호였다. 정말로 이날 많은 병력의 부대가 도시를 통과해 갔다. 사람들은 부대가 지나가는 것을 보려고 달려 나갔다. 사람들은 이제까지는 부대가 소규모로 통과해가는 것에만 익숙해져 왔다. 그러나 이번에는 점점 더 규모가 커져서 사람들이 저지할 수도 없었고, 저지하려고도 하지 않았다. 1월 2일에는 1개 행군단이 작센하우젠을 통과하여 다리를 건너 파르가세를 지나 콘스타블 초소에까지 이른 다음 멈춰서 초소를 지휘하는 작은 사령부와 초소를 점령하고는 차일 강을 따라 내려갔다. 미미한 저항 끝에 중앙초소도 항복할 수밖에 없었다. 한 순간에 평화로운 거리들이 전쟁터로 변한 것이다. 부대는 숙소로 정규 숙영지가 마련될 때까지 거기에서 야영하며 지냈다.

이런 예기치 않은, 오랫동안 겪어보지 못한 고통이 평화로운 시민들을 심하게 압박했다. 그런데 그런 고통이 아버지만큼 심했던 사람은 없었다. 그는 겨우 개축을 끝낸 집에 낯선 군인들을 거주시켜야 했고, 평소에는 거의 열어놓지도 않았던 접견실을 그들에게 내주어야만 했으며, 그토록 꼼꼼하게 정돈하고 관리해온 것들을 낯선 사람들의 뜻에 내맡겨야 했다. 프로이센 편이었던 아버지는 자신의 방에서 프랑스 군인들에 의해 포위되어 있는 자신을 바라보아야만 했다. 이런 일은 아버지의 생각을 따르면 맞닥뜨릴 수 있는 가장 비참한 일이었다. 아버지는 프랑스어를 잘 했고, 품위 있고 우아하게 행동할 수도 있었으므로 만약 일을 좀 더 쉽게 받아들일 수 있었더라면 자신과 우리들에게 침울한 시간을 많이 덜어주었을 것이다. 왜냐하면 우리 집에 숙박하게 된 사람은 군정장관이었으며, 비록 군인 신분이었지만 군인과 시민 사이의 싸움, 부채 문제, 분쟁과 같은 민사 사건들을 조정하는 일을 했기 때문이다. 그는 앙티브에서 가까운 프로방스의 그라스 태생인 토랑 백작이었다. 그는 키가 크고, 깡마르고, 진지한 모습이었다. 얼굴은 천연두 자국으로 얽었으며, 이글거리는 검은 눈에 온통 위엄 있는 태도를 갖추고 있었다. 그는 우리 집에 들어오자마자 가족들에게 좋은 인상을 주었다. 내주어야 할 방과 가족들이 그대로 써야 할 방에 대해 이야기가 오갔는데, 백작은 화실이 있다는 얘기를 듣자 밤인데도 불구하고 잠깐만이라도 촛불을 켜고 그림을 보게 해달라고 곧바로 청했다. 그는 이 그림들을 보고 엄청나게 기뻐했으며, 자신을 안내해준 아버지에게 최고로 정중한 태도를 보였다. 그리고 그는 대부분의 화가들이 아직 살아 있으며, 프랑크푸르트와 인근 지역에서 활동하고 있다는 말을 듣자 최대한 빨리 그들과 알게 되어 그들에게 그림을 그리게 하는 것 말고는 더 바랄 게 없다고 분명하게 말했다.

그러나 이 같은 미술을 통한 접근도 아버지의 마음을 변화시키거나 성격을 꺾지는 못했다. 아버지는 자신이 어떻게 할 수 없는 일은 그대로 내버려두고 멀리서 별 수 없이 지켜보았지만, 자기 주변에서 일어나는 특별한 일만은 아주 사소한 일까지도 참지 못했다.

그러는 동안 토랑 백작은 모범적인 행동을 했다. 그는 새로 바른 벽지를 손상시키지 않으려고 벽에 못을 박아 지도를 거는 일조차 하지 않았다. 그의 부하들은 세련되고, 정숙하고, 질서가 잡혀 있었다. 물론 백작은 온종일, 그리고 밤까지 조금도 편히 쉴 틈이 없었다. 민원인들이 연이어 찾아왔고, 구금자들이 끌려 들어오고 끌려 나갔으며, 모든 장교들과 부관들이 방문했던 것이다. 게다가 백작은 날마다 손님들에게 식사를 대접해야 했으므로 비록 모든 일이 매우 절도 있고 진지하며 엄숙하게 진행되기는 했지만 한 가족을 위해 지어진 계단으로 모든 층을 오르내려야 하는 그다지 넓지 않은 집안은 마치 벌집처럼 어지럽고 소란했다.

날이 갈수록 우울증으로 괴로워하는 불만에 찬 집주인과 마음씨는 좋지만 매우 엄숙하고 정확한 군인 손님 사이에는 다행스럽게도 중재자로서 상냥한 통역관 한 사람이 있었다. 그는 잘 생기고, 뚱뚱하며, 쾌활한 사람으로 프랑크푸르트 시민이면서 프랑스어를 잘 했고, 모든 일을 재치 있게 잘 처리했으며, 사소하지만 불쾌한 많은 일들은 농담으로 받아넘겼다. 이 통역관을 통해 어머니는 남편의 정서 상태 아래에서 생활하는 자신의 상황을 백작에게 얘기해주도록 했다. 통역관은 사정을 아주 현명하게 설명하여 아직 완전히 꾸며지지 않은 집, 집주인의 천성적인 은둔적 성격, 가족의 교육에 대한 열의, 그 밖의 모든 것들을 고려해 달라고 말했다. 그리하여 자신의 지위상 최고의 공정성과 청렴과 명예로운 행동을 가장 큰 긍지로 삼고 있던 백작은 여기에서도 숙영자로서 모범적으로 행동하겠다고 다짐했고, 실제로 그가 머문 몇 년 동안 많은 상황이 벌어진 가운데에서도 그 다짐을 굳게 지켰다.

어머니는 이탈리아어를 조금 할 줄 알았고, 가족 중에서도 이탈리아어에 낯선 사람은 없었다. 어머니는 그리하여 곧장 프랑스어도 배우기로 결심했다. 어머니는 혼란한 사건들이 일어나는 가운데 통역관 아이의 대모가 되었고, 통역관 또한 우리 집의 대부로서 더 많은 관심을 가졌다. 통역관은 프랑스어를 가르쳐줄 목적으로 어머니에게 틈나는 대로 늘 시간을 내주었고—그는 우리 집 맞은편에 살고 있었다—어머니에게는 무엇보다도 백작에게 개인적으로 설명하는 데 필요한 상용구들을 가르쳐주었다. 그 결과는 좋았다. 백작은 가정주부가 그 나이에 배우려고 노력하는 데 대해 기쁨을 느꼈다. 그는 좀 멋없는 친절을 베풀기도 했지만 천성적으로 활달하고 감정이 풍부했으므로 어머니와는 최선의 관계가 이루어졌고, 끈끈하게 연결된 통역관과 어머니는 그들이 뜻하는 것을 모두 이룰 수가 있었다.

이미 말한 대로 아버지를 기분 좋게만 할 수 있었다면 이런 변화된 상황은 거의 아무 걱정도 할 필요가 없었을 것이다. 백작은 사심 없이 엄격하게 행동했다. 그는 자신의 지위에서 받아도 좋은 선물까지도 거절했고, 뇌물과 유사하다고 볼 수 있는 것은 아무리 사소한 것이라도 화를 냈고 처벌까지 하면서 물리쳤다. 그는 부하들에게 엄하게 명령을 내려 집주인에게는 한 푼의 비용도 들지 못하도록 했다. 반대로 그는 우리 아이들에게는 많은 간식들을 나누어주었다. 이 기회에 나는 그 시절에 얼마나 천진난만하게 지냈는지를 알리기 위해 한 가지 얘기를 꺼내야만 하겠다. 어느 날 어머니가 백작의 식탁에서 우리에게 보내준 얼음과자를 쏟아서 버림으로써 우리를 극도로 슬프게 했던 것이다. 어머니는 비록 설탕으로 버무려진 것이긴 하지만 우리의 위가 그 차디찬 얼음덩이를 소화해낼 수 없으리라 여겼기 때문이다.

우리가 점차 아주 맛있게 먹고 소화도 잘 시키게 된 이런 먹거리 외에도 우리 아이들에게는 정확한 수업시간과 엄격한 훈육으로부터 어느 정도 벗어난 것이 얼마나 즐거웠는지 모른다. 아버지의 불만은 커져갔고, 불가피한 일도 받아들이지 못하게 되었다. 아버지는 오로지 백작만을 내보내려고 자신과 어머니, 대부, 시의원들, 모든 친구들을 얼마나 괴롭혔던가! 지금 같은 상황에서는 백작 같은 사람이 집에 있는 것이 진정한 혜택이며, 백작이 숙소를 옮긴다 해도 그에 따라 장교건 사병이건 계속 바뀔 뿐이라고 아무리 설득해도 소용이 없었다. 아버지는 이런 주장들을 아무 것도 받아들이려 하지 않았다. 현재의 상태가 너무도 견딜 수 없는 것이라고 여겼기 때문에 자신의 불만이 앞으로 더 나쁜 상황으로 이어질 수 있다는 사실을 알아차릴 수 없게 했다.

평소에 주로 우리에게 향했던 아버지의 행동은 이런 식으로 절름발이가 되어갔다. 아버지는 우리에게 부여했던 과제를 더 이상 전처럼 엄밀하게 요구하지 않았고, 우리는 가능한 한 집안에서뿐만 아니라 거리에서도 군사적인 일이나 그 밖의 공적인 일들에 대한 호기심을 충족시키려고 했다. 우리 일은 생각보다 훨씬 쉬웠는데, 집의 문들은 밤낮없이 잠그지 않고 열어둔 채였으며, 보초들이 지키고 있었는데, 그들은 소란을 피우는 아이들이 드나들어도 내버려두었기 때문이다.

군정장관인 백작의 판결로 조정이 된 많은 사건들은 그가 자신의 판결에 재치 있고, 감정이 넘치며, 명쾌한 어법을 띠고 있다고 자체평가를 덧붙임으로써 더욱 특별한 매력이 있었다. 그가 명하는 것은 엄격하고 정확한 것이었다. 그러나 그가 그것을 표현하는 방식은 재치 있고 신랄했다.

그는 오수나 공작*을 모범으로 삼고 있는 것 같았다. 통역관은 우리와 어머니를 즐겁게 해주려고 오수나 공작의 판결에 관한 이런저런 일화들을 얘기해주지 않는 날이 없었다. 이 쾌활한 공작은 그런 솔로몬적인 판결들을 모은 작은 사례집을 만든 적이 있었다. 그러나 나는 대체적인 인상만을 기억할 뿐 특별한 것은 기억할 수가 없다.

백작의 기이한 성격은 점점 더 많이 알려지게 되었다. 이 사람은 스스로도 자신의 특성을 분명하게 인식하고 있었다. 그리고 그는 일종의 불쾌감, 우울증, 혹은 악령이라고 불러야 할 어떤 것에 사로잡히는 때가 있었다. 이따금 그런 일이 며칠 동안 이어질 때에는 자기 방에 들어앉아 시종 외에는 아무도 만나지 않았고, 긴급한 경우에도 손님들을 접견하려고 하지 않았다. 그러나 그에게서 악령이 사라지자마자 전과 같이 온화하고, 명랑하고, 열성적인 모습으로 그는 다시 나타났다. 그의 시종인 작고 깡마른, 쾌활하고 착한 생장의 말에 의하면 백작은 젊었을 때 그런 기분에 사로잡혀 큰 사고를 낸 일이 있어서, 세계의 시선을 끄는 아주 중요한 위치에 있는 지금 그와 비슷한 실수를 저지르지 않으려고 굳게 마음먹고 있다는 것을 알 수 있었다.

백작이 집에 오자마자 처음 며칠 동안에 히르트, 쉬츠, 트라우트만, 노트나겔, 융커 등 모든 프랑크푸르트의 화가들이 그에게 초대를 받았다. 화가들은 자신들의 완성된 그림들을 보여주었고, 백작은 팔겠다고 하는 그림들을 샀다. 지붕 밑의 내 밝고 멋진 다락방은 치워져서 이내 전시실 겸 화실로 변했다. 왜냐하면 백작은 모든 화가들에게, 특히 자연스럽고

* 풍부한 기지로 유명한 나폴리와 시칠리아의 부왕(1579~1624).

순수한 묘사가 무척 마음에 든 다름슈타트의 제카츠에게 오랫동안 일을 시키려 했기 때문이다. 그는 그리하여 형이 멋진 건물을 소유하고 있다고 하는 그라스에게 모든 방과 진열실의 규격을 재게 했으며, 화가들과 벽의 분할에 대해 상의했고, 이에 맞춰 제작할 유화들의 크기를 결정했다. 이 그림들은 액자에 넣지 않고 벽지그림으로 벽에 붙여놓게 되어 있었다. 일은 부지런히 진행되었다. 제카츠는 시골풍경을 맡았는데, 그림 속의 노인들과 어린이들은 실물을 보고 그린 것이어서 아주 훌륭했으나 청년들은 그만큼 잘 그려지지 않아 대부분 너무 말랐고, 부인들은 반대로 그려져 만족스럽지 못했다. 이 화가는 키가 작고 뚱뚱하며 마음은 곱지만 우아하지는 않은 여자를 부인으로 데리고 살았는데, 그녀가 자기 외에는 아무도 모델로 삼지 못하게 하여 결코 마음에 드는 그림이 될 수 없었던 것이다. 게다가 그는 인물들의 크기를 확대할 필요가 있었다. 그가 그린 나무들은 사실성을 띠고 있었지만 작은 나뭇잎들의 집합체였다. 그는 작은 정물화들의 필치에 있어서는 전혀 손색이 없는 브링크만의 제자였다.

풍경화가인 쉬츠가 이 일에 있어서는 가장 적임자일 듯했다. 그는 라인 지방을 아주 대담하게 화폭에 담았으며, 아름다운 계절 속에 태양이 생동하는 색조를 능숙하게 다루었다. 그는 큰 규격으로 작업을 하는 데에도 익숙했으며, 정밀성과 명암의 조화도 갖추고 있었다. 그는 매우 밝은 그림들을 그렸다.

트라우트만은 신약성서의 몇몇 부활의 기적들을 렘브란트 풍으로 그렸는데, 그 옆에는 불타는 마을들과 물레방앗간들을 그려 넣었다. 내가 방들의 설계도면에서 알아낸 바로는 그에게도 자신의 전시실이 배정되어 있었다. 히르트는 몇 점의 훌륭한 참나무 숲과 너도밤나무 숲을 그렸다. 그가 그린 가축들은 칭찬받을 만했다. 가장 정밀한 네덜란드파 화가들을 모방하는 데 익숙한 융커는 적어도 이 벽그림 양식에서는 적합하지 않았다. 그러나 그는 많은 보수를 받고 꽃과 과일들로 여러 부분을 장식하는 데 만족했다.

나는 이 모든 사람들을 어려서부터 알고 있었고, 작업실로 그들을 자주 방문했었으며, 백작도 나를 자기 옆에 두고 싶어 했으므로 과제를 주고 상담을 하고 주문을 하거나 그림을 인도할 때에는 나도 그 자리에 있었다. 특히 스케치나 데생들을 인도할 때에는 내 의견을 발표하기도 했다. 나는 이미 일찍이 그림 애호가들에게서, 특히 내가 열심히 참여했던 경매장에서 역사적인 그림이 소개되면 그것이 성서에서 유래한 것인지 일반 역사나 신화에서 유래한 것인지를 곧장 알아맞힐 줄 안다는 평판을 받았다. 그리고 만약 내가 비유적인 그림들의 의미를 늘 알아맞히지는 못한다 해도 그 자리에 나보다 더 잘 이해하는 사람은 드물었다. 그래서 나는 화가들에게 이런저런 테마를 소개할 수 있었고, 그런 이점을 늘 즐겁고 애정 어린 마음으로 이용했다. 나는 지금도 요셉의 이야기를 묘사한 12점의 그림을 꼼꼼하게 설명한 작문을 썼던 기억이 나는데, 그 그림들 중 몇 점은 누군가가 가져가버렸다.

어린아이로서는 틀림없이 칭찬받을 만한 일들을 얘기했으니 이제 나는 이 화가들 사이에서 겪었던 수치스런 일 한 가지를 언급하고자 한다. 나는 하나하나 그 방으로 옮겨진 모든 그림들을 잘 알고 있었다. 내 어린 호기심은 어떤 것도 보지 않고 탐구하지 않은 채 내버려두지 못했다. 한번은 난로 뒤에서 작고 검은 상자 한 개를 발견했다. 나는 그 속에 무엇이 숨겨져 있는지 알아내고 싶어 오래 생각할 겨를도 없이 뚜껑을 열었다.

그 속에 들어있는 그림들은 물론 아무에게나 함부로 보여줄 수 있는 것들이 아니었다. 나는 곧 다시 뚜껑을 닫으려고 했지만 재빨리 닫아놓을 수가 없었다. 그때 백작이 들어와 나를 붙잡았다.

"누구의 허락을 받고 이 상자를 열었느냐?"

그는 군정장관의 근엄한 표정으로 말했다. 나는 대답할 말이 없었고, 그는 즉시 매우 엄숙하게 벌을 내렸다.

"너는 일주일 동안 이 방에 들어올 수 없다."

나는 허리를 굽혀 절을 하고 밖으로 나갔다. 나는 이 명령을 정확하게 지켰다. 그리하여 그 방에서 일하고 있던 제카츠가 몹시 언짢아했는데, 그는 나를 자기 옆에 두고 싶어 했기 때문이다. 나는 약간 짓궂은 생각을 하며 명령에 충실히 복종했는데, 내가 늘 그에게 날라다주던 커피를 문턱 위까지만 가져다 놓았던 것이다. 그래서 그는 일하다가 일어나서 커피를 가져가야 했으며, 그것을 무척 불쾌하게 느껴 나에게 화를 낼 정도가 되었다.

이제 내가 그런 사건들을 겪으며 배운 적도 없는 프랑스어를 어떻게 손쉽게 익혔는지에 대해 자세하게 밝히고 이해시킬 필요가 있는 것 같다. 여기에서도 내게는 한 나라 언어의 음향과 선율, 율동, 강약, 어조와 그 밖의 외형적인 특징들을 파악하는 타고난 재능이 도움이 되었다. 나는 라틴어에서 많은 말들을 알게 되었다. 이탈리아어는 더 많은 말들을 중개해 주었다. 짧은 기간 동안에 나는 하인들, 군인들, 보초들, 방문객들에게서 많은 말들을 귀담아 들었다. 그리하여 나는 회화에 낄 수는 없었지만 적어도 간단한 문답 정도는 할 수 있게 되었다. 그러나 이 모든 것은 극장이 내게 가져다 준 이점에 비한다면 별 것 아니었다. 나는 할아버지에게서 무료입장권을 받았으며, 아버지의 반감에도 불구하고 어머니의 도움으로 날마다 그것을 이용했다. 나는 극장 안에서 외국의 낯선 연극을 공연하는 무대의 앞자리에 앉았고, 무대 위에서 말하는 내용을 거의 또는 전혀 이해할 수 없어 배우들의 동작이나 표정, 말투에 더욱 주의를 기울였다. 그래서 나는 몸짓과 말의 음조로만 연극을 즐길 수 있었다. 내가 가장 이해하기 어려웠던 연극은 희극이었다. 왜냐하면 희극은 말이 빨랐고, 하층민들의 삶의 문제를 다루고 있어 표현이 낯설었기 때문이다. 비극은 공연되는 일이 더 드물었는데, 적당한 속도와 6각운의 박자, 표현의 보편성 등으로 모든 면에서 내가 이해하기가 더 쉬웠다. 나는 그 후 얼마 안 되어 아버지의 장서에서 찾아낸 라신*을 손에 넣었고, 내 청각기관과 이와 관련된 발성기관을 동원하여 연극적인 기법과 방식으로 그 작품을 무척 생동감 있게 낭송했지만 전체적인 대사의 맥락은 이해할 수 없었다. 나는 많은 부분을 외워서 훈련된 앵무새처럼 낭송했다. 그것은 전에 아이인 나로서는 좀처럼 이해하기 어려웠던 성서 구절들을 외워서 개신교 목사의 음조로 낭독했던 것보다 쉬웠다. 운문 형태로 된 프랑스 희극은 당시 무척 인기가 많았다. 데투슈**, 마리보***, 라 쇼세****의 작품들이 자주 공연되었고, 나는 아직도 개성 있는 많은 배우들을 기억하고 있다. 나는 프랑스의 희극작가인 몰리에르*****의 작품들을 다른 작품들보다 별로 좋게 여기지

---

* 프랑스의 극시 작가이며 프랑스 고전주의 비극의 대가(1639~1699).

** 프랑스의 극작가(1680~1754)로 영국 왕정복고시대의 연극에서 받은 영향을 프랑스 고전주의 희극에 도입했다.

*** 프랑스의 극작가, 소설가, 언론인(1688~1763). 마리보의 희극은 오늘날 프랑스의 극장에서 몰리에르의 희극 다음으로 자주 공연되고 있는 레퍼토리이다.

**** 눈물을 자아내는 장면과 항상 행복하게 끝나는 결말을 결합한 운문희곡 형식 '코메디 라르무아양트'(최루 희극)를 창안했다(1692~1754).

***** 라신과 함께 프랑스 고전극의 대표자(1622~1673).

필리프 데투슈

피에르 마리보

않았다. 나에게 가장 큰 인상을 준 것은 르미에르*의 『휘페름네스트라』였는데, 이 작품은 신작으로서 공들여 상연되었고 여러 번 무대에 올랐다. 『마을의 예언자』, 『장미와 목걸이』, 『아네트와 뤼뱅』이 내게 가장 좋은 인상을 주었다. 나는 리본으로 치장한 소년 소녀들과 그들의 동작을 아직도 기억해낼 수 있다. 얼마 지나지 않아 내게는 극장 자체를 살펴보고 싶은 욕구가 일었고, 그럴 수 있는 많은 기회가 생겼다. 나는 작품을 끝까지 듣고 있을 만큼 참을성이 없어서 종종 복도에서, 날씨가 포근한 계절에는 극장 문 앞에서 내 또래 아이들과 여러 가지 놀이를 했다. 그러던 중 한 예쁘장한 소년이 우리와 함께 어울리게 되었다. 그 애는 극단에 소속되어 있었는데, 나는 그 아이가 임시이긴 했지만 많은 단역을 하는 것을 본 적이 있었다. 나는 프랑스어를 그 애에게 적절히 사용할 수 있었기에 그 아

* 프랑스의 극작가(1723~1793).

이와 가장 잘 통할 수 있었다. 그 아이는 극단이나 주변에 자기 또래나 자기 나라의 아이가 아무도 없었으므로 나와 더욱 더 가까워졌다. 우리는 연극이 상연되는 시간 외에도 함께 다녔고, 공연 중에도 그 아이는 나를 가만히 놔두는 적이 드물었다. 그 애는 아주 귀여운 허풍선이였으며, 상냥하게 끝없이 지껄여댔다. 그는 자신의 모험, 싸움, 그 밖의 특별한 것들에 대해 많은 이야기로 나를 더없이 즐겁게 해주었다. 나는 그 아이에게서 언어와 언어에 의한 의사전달에 관련된 것을 4주 동안에 상상 이상으로 많이 배웠다. 그리하여 무슨 영감이라도 받은 것처럼 내가 갑자기 외국어에 능숙해지게 되었는지를 아는 사람은 아무도 없었다.

우리가 서로 알게 된 지 며칠 지나지 않아 그 아이는 나를 극장으로 데려가 남녀 배우들이 막간에 쉬면서 의상을 갈아입는 휴게실로 안내했다. 이 극장은 본래 연주 홀을 무리하게 극장으로 꾸며놓은 것이었다. 그래서 무대 뒤에 배우들의 특별실이 없어 편리하지도 아늑하지도 않았다. 그리하여 남녀 배우들은 대부분 전에 연주자들이 사용했던 커다란 옆방에서 함께 있었고, 우리들 앞에서는 물론 서로 간에도 거의 부끄러워하지 않고 그다지 예의도 차리지 않은 채 의상을 걸치거나 갈아입었다. 나는 이런 일을 한 번도 상상해보지 않았는데, 늘 그곳을 방문하면서 곧 익숙해져 그것이 아주 자연스럽게 여겨졌다.

얼마 지나지 않아 내게는 특별한 관심거리가 생겨났다. 내가 계속 친구로 지낸, 드로느라고 부르고 싶은 그 아이는 허풍을 빼고는 예의바르고 아주 얌전한 소년이었다. 그 아이가 자기 누나를 소개했다. 그녀는 우리보다 두어 살 더 많은 우아한 소녀였는데, 체격 좋고, 교양 있고, 갈색 피부에 검은 머리, 검은 눈동자를 하고 있었다. 그녀의 모든 행동은 어딘가 조용하고 슬픈 면이 있었다. 나는 모든 방법을 다해 그녀의 마음에 들게 하려고 노력했다. 그러나 나는 그녀의 주의를 내게로 끌게 할 수가 없었다. 젊은 아가씨들은 자기들보다 나이 어린 소년들에 대해 자기들이 훨씬 성숙하다고 생각하며, 젊은 청년들을 찾으면서도 자기들에게 첫사랑의 감정을 보내는 소년에게는 아주머니 같은 태도를 보인다. 나는 그 아이의 남동생과는 아무 접촉도 없었다.

때때로 그 아이의 어머니가 연극 연습이나 모임에 나갔을 때면 우리는 놀거나 얘기를 하려고 그 아이의 집에서 만났다. 나는 그 집에 갈 때마다 늘 꽃이나 과일, 혹은 다른 어떤 것이든 가져가 그 어여쁜 소녀에게 전해주었다. 그녀는 언제나 매우 예의 바르게 받았고, 아주 정중하게 고마움을 표했다. 그러나 나는 그녀의 슬픈 시선이 밝아지는 것을 한 번도 보지 못했다. 그리고 그녀가 나한테 관심을 가지고 있다는 흔적도 전혀 찾지 못했다. 마침내 나는 그녀의 비밀을 찾아냈다고 믿었다. 그 소녀이 내게 우아한 비단 커튼으로 장식한 어머니의 침대 뒤에 걸려있는, 파스텔로 그린 어느 잘 생긴 남자의 초상화를 보여주고는 곧장 잘난 체하는 표정으로 설명해주었던 것이다. 그 아이는 그림 속의 남자가 친아버지는 아니지만 아버지나 마찬가지라고 말했다. 그 아이는 남자를 추켜세웠고, 자기 버릇대로 과시하면서 많은 것을 자세하게 얘기해주었다. 그리하여 나는 그 딸은 이 남자의 아이이고, 다른 두 아이는 다른 남자에게서 태어났을 것이라고 믿었다. 나는 그녀의 슬픈 모습을 이해하고는 그녀를 더 좋아하게 되었다.

나는 이 소녀에 대한 애착이 강해 동생의 한도를 넘는 거짓말도 참고 들을 수 있었다. 나는 자주 그 아이가 다른 아이를 해칠 뜻도 없이 가끔 두

들겨 패주었다는 장황한 자랑을 참고 들어야만 했다. 그 아이는 그런 행동이 모두 명예 때문에 일어난 것이라고 말했다. 그 아이는 언제나 상대방을 무장해제 시킨 다음 용서해 주었다고 했다. 그 아이는 상대의 칼을 쳐서 떨어뜨리는 것을 잘 해, 한 번은 상대의 칼을 쳐서 높은 나무 위로 올라가는 바람에 쉽게 다시 찾을 수 없어서 크게 난처해 한 적이 있었다고도 말했다.

내가 극장에서 매우 손쉬웠던 것은 내 무료입장권이 시장의 손에서 나온 것이어서 어떤 자리든, 무대 앞쪽 좌석에도 앉을 수 있었던 일이다. 무대는 프랑스식으로 매우 낮고 양쪽이 좌석들로 에워싸여 있었다. 이 좌석들은 낮은 차단막으로 앞을 막아놓고 뒤쪽으로 여러 열을 지어 배치되어 있었는데, 첫 줄의 좌석들은 무대보다 약간 높은 정도였다. 이곳의 모든 좌석은 특별 귀빈석이었다. 배우들의 옆 자리는 모든 환상까지라고는 할 수 없지만 어느 정도 쾌감이 줄어드는 곳이긴 하다. 보통 프랑스 장교들만이 차지했는데 그 자리를 이용하거나 악용하는 것에 대해 볼테르*도 강한 비난을 했었는데, 바로 그것을 나는 직접 눈으로 보고 경험했다. 극장이 만원일 때나 군대가 통과하는 시기에는 고급 장교들이 귀빈석으로 몰려들어 보통 일찍 자리가 차게 되었고, 그러면 무대 위까지 벤치와 의자들이 몇 줄 더 배열되었다. 그래서 남녀 배우들은 군복과 계급장들 사이의 좁은 공간에서 그들의 비밀을 털어놓을 수밖에 없었던 것이다. 나도 『휘페름네스트라』가 이런 상황에서 공연되는 것을 보았다.

---

* 프랑스의 작가이며 사상가(1694.~1778). 계몽주의 시대를 대표하며 18세기 유럽의 전제 정치에 저항하고 진보의 이상을 고취한 인물로 유명하다.

볼테르

드니 디드로

막과 막 사이에도 막이 내려오지 않았다. 나는 착한 독일 소년인 내게 예술에 어긋나는 것이기에 도저히 참을 수 없었던, 무척 별나게 생각한 이상한 관습 한 가지를 언급하겠다. 극장은 가장 신성한 곳으로 간주되었으며, 그곳에서 일어나는 방해 행위는 관객의 존엄에 대한 최대의 범죄로서 즉시 처벌되어야 마땅했던 것 같다. 그리하여 희극이 상연될 때마다 두 명의 근위병이 공공연히 막의 맨 뒤쪽 양편에 총을 들고 서서 관객들 내부에서 일어나는 모든 것의 증인이 되었다. 이미 말한 대로 막과 막 사이에 막이 내려지지 않았으므로 음악이 울리면서 다른 두 명의 근위병이 와서 교대를 했다. 그들은 무대 뒤에서 먼저 서 있던 근위병들 앞에 일직선으로 걸어 나왔고, 근무를 마친 근위병들도 똑같이 정확한 걸음걸이로 물러갔다. 이러한 조치는 극장에서 환상이라고 부르는 모든 것을 깨버리는 데 지극히 안성맞춤이었다. 더욱 더 의아스러운 것은 이러한 조치가 디드로*의 원칙과 사례에 따라 무대에서 있는 그대로의 자연스러움이 요구되고, 완벽한 환상이 연극예술의 본질적 목표로 제시되었던 바로 그 시대에 취해졌다는 점이다. 그러나 비극 공연에서는 그러한 군대식 경비 조치가 취해지지 않았다. 고대의 주인공들은 스스로를 지킬 권리가 있었고, 앞서의 근위병들은 무대 뒤에 숨어 있었다.

내가 또 소개하고자 하는 것은 디드로의 『가장(家長)』과 팔리소**의 『철학자』를 보았던 일이다. 『철학자』에서 철학자 역의 배우가 네 발로 걸어 다니며 날상추 꼬리를 씹어 먹는 모습이 아직도 내 기억에 선하다.

그러나 연극의 이런 온갖 다양한 모습들이 우리 아이들을 항상 극장 안에 묶어둘 수는 없었다. 우리는 날씨가 좋은 날에는 극장 앞이나 근처에서 놀았다. 우리는 온갖 바보 같은 짓들을 다 저질렀는데, 이런 짓들은 특히 일요일이나 축제일에는 우리의 옷차림과는 어울리지 않았다. 왜냐하면 나와 내 친구들은 저 동화에서 본 것처럼 차려입고, 모자를 옆구리에 끼고, 자루가 큰 비단 리본으로 장식된 조그만 칼을 차고 나타났기 때문이다. 한번은 우리가 오랫동안 장난을 치고 있는데 무슨 생각이 들었는지 드로느가 우리에게 끼어들어 내가 자기를 모욕했으니 결투를 벌여 명예를 찾겠다고 선언했다. 나는 그가 무슨 이유로 그러는지 알 수 없었지만 도전을 받아들여 칼을 빼려고 했다. 그러나 그는 이런 경우에는 일을 좀 더 손쉽게 끝낼 수 있도록 한적한 장소에 가는 것이 관례라고 단호히 말했다. 그리하여 우리는 몇 동의 창고가 서 있는 뒤편으로 가서 적절한 결

---

* 프랑스 계몽주의의 백과전서파 철학자(1713~1784). 1745~72년 계몽주의 시대의 주요 저작물인 『백과전서』의 편집장을 맡았다.

** 백과전서파를 공격한 프랑스의 작가(1730~1814).

투자세를 취했다. 결투는 연극을 하는 것처럼 벌어졌다. 칼날이 부딪혀 소리를 냈고, 찌르는 것이 빗나갔다. 그런데 불꽃 튀는 열전 중 그가 자신의 칼끝으로 내 칼의 리본을 찔렀다. 칼끝은 리본을 뚫고 나갔고, 그는 나에게 완벽한 복수를 했다고 선언하고는 연극에서처럼 나를 껴안았다. 우리는 아몬드 우유 한 잔을 마시며 감정의 동요를 가라앉히고 오랜 우정을 더욱 굳게 다지기 위해 가까운 카페로 들어갔다.

나중이긴 하지만 역시 극장 안에서 내가 겪은 또 하나의 모험을 이 기회에 이야기해야겠다. 나는 내 친구 한 명과 함께 무대 앞자리에 조용히 앉아서 우리 나이쯤 되는 한 귀여운 소년이 추는 무척 날렵하고 우아한 춤을 구경하고 있었다. 그는 유랑공연을 하는 한 프랑스 무용단장의 아들이었다. 무용가들 식대로 그 소년은 꼭 끼는 빨간 비단 조끼를 입고 있었다. 그것은 짧은 속치마 같았고, 파발꾼의 앞치마처럼 무릎까지 내려와 펄럭였다. 우리는 이 햇병아리 예술가에게 모든 관객과 함께 박수를 보냈다. 그때 왜 그런지는 모르지만 도덕적인 성찰을 해야겠다는 생각이 내게 떠올랐다. 나는 함께 간 친구에게 말했다.

"저 소년은 참으로 아름답게 단장하고, 참으로 훌륭하게 자신을 드러내고 있어. 하지만 저 아이가 오늘 밤 어떤 누더기를 입고 잠을 자게 될지 알 게 뭐람!"

이미 모두가 일어섰고, 군중들에 막혀 우리는 앞으로 나갈 수가 없었다. 그런데 내 옆자리에 앉아 있었던, 이제는 바로 내 앞에 서 있게 된 어떤 부인은 우연히도 그 어린 예술가의 어머니였다. 이 부인은 내 성찰의 말을 듣고 심한 모욕감을 느꼈다. 불행히도 이 부인은 내 말을 알아들을 정도의 독일어 지식을 갖추고 있었고, 꾸짖는 데 필요한 만큼은 독일어를 할 줄도 알았던 것이다. 그녀는 나를 호되게 꾸짖었다. 그녀는 내가 어떤 놈이기에, 무슨 이유로 그 어린아이의 가정과 부에 대해 의심할 수 있냐고 말했다. 그녀는 또 어떤 경우에도 자신은 그 애를 나 못지않게 훌륭하다고 여기고 있으며, 그 아이의 재능은 내가 꿈도 꾸지 못할 정도로 그 아이에게 행운을 가져다 줄 수 있을 것이라고 말했다. 그녀가 내게 이런 질책을 계속 퍼부어대자 주변에 서 있던 사람들의 주목을 끌었고, 그들은 내가 무슨 무례한 짓이라도 저지른 것처럼 의심했다. 나는 사과를 할 수도, 그녀에게서 달아날 수도 없어 참으로 어쩔 줄 몰라 했다. 그리고 그녀가 한 순간 말을 멈춘 사이 나는 아무 생각도 없이 이렇게 말했다.

"이 무슨 소란이십니까? 오늘의 영화는 내일의 멸망!"

이 말에 그 부인은 할 말을 잊은 것 같았다. 그녀는 나를 바라보다가 어느 정도 통로가 트이자 나가버렸다. 나는 내가 한 말을 더 이상 생각해보지 않았다. 나는 그 후 얼마 지나 그 소년이 다시 무대에 나타나지 않고 병이 들어 매우 위독해졌을 때에야 내가 했던 말을 떠올렸다. 그가 죽었는지 어쨌는지는 알 수가 없다.

때를 잘못 맞춰 무례하게 내뱉은 말에 의한 그 같은 예언은 고대인들에게는 중요하게 여겨졌던 것이다. 그리고 신앙과 미신이 어느 민족, 어느 시대에서나 똑같은 형태로 존재해 왔다는 것은 너무나도 놀라운 일이었다.

우리 도시가 점령된 첫날부터 특히 어린이들과 젊은이들에게는 오락거리가 끊임없이 이어졌다. 연극, 춤, 열병식, 군대 행진 등이 여기저기서 우리의 관심을 끌었다. 특히 군대 행진은 점점 더 늘어갔고, 군인들의 생활은 우리에게 무척 유쾌하고 즐겁게 보였다.

군정장관이 우리 집에 묵고 있어 우리는 프랑스 군대의 중요한 인물들을 차례로 모두 볼 수 있었다. 특히 그 명성이 우리에게도 이미 알려진 최고위급 인사들을 가까이에서 관찰할 수 있는 이득을 누렸다. 그래서 우리는 층계나 연단에서 장군들이 우리 옆을 지나가는 것을 마치 극장 관람석에서처럼 매우 편안하게 바라보았다. 나는 그중에서도 특히 수비스* 왕자를 멋지고 상냥한 신사로 기억하고 있다. 그러나 내가 가장 뚜렷하게 기억하고 있는 사람은 그보다 더 젊고, 키가 크지는 않지만 체격이 좋고, 활달하고, 감정이 풍부한 눈빛을 지닌, 민첩한 브롤리오** 원수였다.

그는 여러 번 군정장관에게 왔는데, 우리는 중요한 문제들이 논의되고 있음을 알았다. 프랑스군이 숙영한 지 3개월이 되어 우리가 겨우 이 새로운 상황에 익숙해질 무렵 어두운 소식이 퍼졌다. 즉 연합군이 진군해오고 있으며, 브라운슈바이크의 페르디난트 공이 프랑스군을 마인 강에서 격퇴하기 위해 달려오고 있다는 것이었다. 별다른 전승을 거두지 못했던 프랑스군에게 사람들은 큰 기대를 걸지 않았으며, 로스바흐 전투 이후에는 프랑스군을 무시해도 된다는 생각을 하게 되었다. 사람들은 페르디난트 공을 크게 신뢰했고, 모든 프로이센파 사람들은 지금까지의 억압으로부터 해방되기를 열렬히 기대했다. 아버지는 조금 밝아졌고, 어머니는 근심에 잠겼다. 어머니는 지금의 작은 사건이 곧 큰 재앙으로 변하리라는 것을 현명하게 통찰했던 것이다. 왜냐하면 프랑스군이 페르디난트 공을 향해 진격하지 않고, 시 외곽에서 공격을 기다릴 것임이 분명하게 드러났기 때문이다. 프랑스군의 패배, 도주, 퇴로를 확보해주고 다리를 지키기

---

* 7년전쟁 당시 프랑스군 사령관.

** 프랑크푸르트 주재 프랑스군 지휘관.

위한 도시의 방어, 포격, 약탈 등 모든 상황들이 자극받은 상상력 속에 연상되었으며, 양 당파에 모두 근심을 안겨주었다. 모든 것을 참을 수 있어도 근심만은 참을 수 없었던 어머니는 통역관을 통해 자신의 근심을 백작에게 전했다. 어머니는 그런 경우에 항상 주어지는 상투적인 답변만을 들었다. 안심해도 되며, 조금도 두려워할 것이 없고, 침착하게 있으면서 아무와도 이 사태에 대해 얘기하지 말라는 것이었다.

여러 부대들이 도시를 통과해 지나갔다. 그 부대들이 베르겐 부근에서 멈췄다는 소식이 들렸다. 사람들이 오가고 말들이 달리는 일이 점점 늘어갔으며, 우리 집도 밤낮없이 소란에 휩싸였다. 이 무렵 나는 가끔 브롤리오 원수를 보았는데, 그는 여전히 쾌활했고, 행동과 태도가 다른 때와 똑같았다. 나중에 나는 오랫동안 아주 좋은 인상을 남겨준 이 사람이 역사에서 유명하게 언급되고 있음을 알고는 기뻤다.

이렇게 마침내 불안한 부활절 앞 주가 지나고 1759년의 부활절 금요일이 다가왔다. 깊은 적막이 가까이 다가온 폭풍을 예고하고 있었다. 우리 아이들은 집밖에 나가는 것을 금지 당했다. 아버지는 안정을 찾지 못하고 외출했다. 전투는 시작되었다. 나는 옥상으로 올라갔는데, 거기서는 주변지역이 보이지는 않았지만 대포의 포성과 소총의 집단포화 소리는 아주 잘 들을 수 있었다. 몇 시간 후 우리는 열을 지은 트럭들에서 전투가 벌어졌다는 최초의 징후를 보았다. 불구가 되어 갖가지 고통스런 몸짓을 하는 부상병들을 태우고 트럭들은 야전병원으로 변해버린 리프프라우엔 수도원으로 옮기기 위해 우리 집 옆을 조용히 지나갔다. 즉시 시민들의 자선활동이 전개되었다. 맥주, 와인, 빵, 돈 등이 아직 받을 힘이 남아 있는 부상병들의 손에 쥐어졌다. 그 후 얼마 안 되어 이들 부상병들 중에 다쳐서 포로가 된 독일인들이 있다는 사실이 알려지자 동정심은 한없이 커져갔다. 다들 실오라기 하나라도 갖고 있는 것은 모두 꺼내어 고통 받는 동포를 도우려는 듯이 보였다.

그러나 이 포로들은 연합군에게 불리한 전투의 증거였다. 당파성에 빠져 연합군이 승리하리라 확신하고 있던 아버지는 패배한 프랑스군이 틀림없이 자신을 짓밟고 퇴각할 것임은 생각지도 않은 채 흥분에 들떠 무모하게도 승리자로 기대한 독일군들을 마중 나갔다. 그는 먼저 프리트베르크 문 앞에 있는 자신의 장원으로 갔는데, 그곳은 온통 적막하고 평온했다. 그래서 그는 과감하게 보른하임 평원까지 나갔다. 거기서 그는 곧 여기저기 흩어져 있는 낙오병들과 수송병들을 발견했는데, 그들은 경계석에 총을 쏘며 장난을 하고 있어 튀어나온 총알이 궁금하여 돌아다니는 아버지의 머리 주위로 핑핑 소리를 내며 날아갔다. 아버지는 돌아가는 것이 좋겠다고 생각했다. 그는 포화의 울림으로 이미 확인했어야 했건만, 몇 차례 물어본 결과 모든 것이 프랑스군에 유리하며 프랑스군의 퇴각은 생각지도 못할 일이라는 것을 알게 되었다. 불만에 가득 차 집에 돌아온 아버지는 부상을 입고 포로가 된 동포들을 보고는 불안감에 빠졌다. 그도 역시 지나가는 병사들에게 여러 가지 기부금품들을 주었지만 독일인들만 받도록 했다. 그러나 운명은 우리 편과 적을 함께 차에 실었기에 아버지의 뜻대로 될 수는 없었다.

이미 전부터 백작의 말을 신뢰하여 어느 정도 편안한 날을 보내온 어머니와 우리 아이들은 무척 기뻤으며, 어머니는 그날 아침 바늘을 찔러 물어보는 자신의 '보석함'의 예언이 지금은 물론 미래에도 매우 길하다는 답변을 해주자 더더욱 안심을 했다. 우리는 아버지에게 우리와 똑같이 믿고 똑같이 생각해 달라고 청했고, 우리가 할 수 있는 일을 하게 해달라고 알랑거렸으며, 온종일 먹지 않고 물리친 식사를 권했다. 그러나 아버지는 우리의 응석과 모든 음식을 거절하고 자기 방으로 가버렸다. 그렇다고 우리의 기쁨이 방해받지는 않았다. 일은 결판이 났던 것이다. 군정장관이 평소와는 달리 이날은 말을 타고 집으로 돌아왔는데, 그가 집에 있는 것이 전보다 더 필요했던 것이다. 우리는 그에게 뛰어가서 손에 입맞춤을 하고 우리의 기쁨을 표했다. 그는 매우 만족한 것 같았다. 그는 평소보다 더 친절하게 말했다.

"좋아! 나도 너희들 때문에 기쁘구나, 사랑스런 아이들아!"

그는 즉시 우리들에게 사탕, 달콤한 와인 등 가장 맛있는 것을 주라고 명령하고 자신의 방으로 갔는데, 곧장 긴급한 용무가 있는 사람들과 청원자들로 에워싸였다.

우리는 맛있는 간식을 먹었는데, 그 자리에 참석하기 싫어한 아버지를 아쉬워하여 어머니에게 아버지를 모셔오라고 졸라댔다. 그러나 우리보다 현명한 어머니는 이런 대접이 그에게 얼마나 불쾌한 일인지를 잘 알고 있었다. 그러는 동안 어머니가 저녁식사를 마련해 놓았기에 방으로 가져다줄 수도 있었다. 하지만 아버지는 식당이 아닌 방에서 하는 그런 무질서한 식사는 아무리 특별한 경우에도 용납하지 않았다. 그래서 우리는 달콤한 간식을 다 먹어치운 다음 아버지에게 식당으로 내려오라고 얘기하기로 했다. 마침내 아버지는 마지못해 응했다. 하지만 우리는 아버지와 우리에게 어떤 불상사가 준비되어 있는지 예상하지 못했다. 층계는 집 전체의 모든 방들을 지나게 되어 있었다. 아버지는 내려올 때 직접 백작의 방을 지나쳐야만 했다. 백작의 현관방은 사람들로 가득 차서 백작은 한꺼번에 더 많은 일을 처리하기 위해 자기 방에서 나와 접견실로 들어가려 했다. 공교롭게도 백작이 방에서 나오는 순간 아버지가 내려왔다. 백작은 쾌활하게 아버지에게 다가가 인사를 하며 말했다.

"이 위험한 사태가 아주 잘 마무리되었으니 우리 서로 축하합시다."

그러자 아버지가 화를 내며 대답했다.

"천만에요! 나는 프로이센군이 당신을 악마에게 쫓아내주기를 원했소. 나도 함께 죽는 한이 있어도 말이요."

백작은 잠시 참고 있다가 격분하여 외쳤다.

"당신 대가를 치를 각오하시오! 당신이 이 정의로운 일과 내게 그런 모욕을 주고도 무사할지 두고 봅시다!"

하지만 아버지는 태연히 내려와서 우리 옆에 앉아 식사를 하기 시작했는데, 전보다 더 표정이 밝은 것 같았다. 우리는 그런 아버지를 보고 기뻐했으며, 그가 어떤 심상치 않은 방법으로 마음의 응어리를 풀었는지는 알지 못했다. 그런 다음 곧 어머니가 밖으로 불려나갔다. 우리는 아버지에게 백작이 우리에게 어떤 달콤한 먹을 것들을 주었는지 무척 즐겁게 이야기해주었다. 어머니는 돌아오지 않았다. 마침내 통역관이 들어왔다. 그의 눈짓으로 우리는 잠자러 가야 했다. 이미 밤이 늦었기에 우리는 그대로 따랐다. 포근히 하룻밤을 자고난 후 우리는 비로소 어제 저녁 집안을 흔들어놓은 무서운 소동을 알게 되었다. 군정장관은 어제 저녁에 즉시 아버지를 초소로 끌고 가라고 명령을 내렸던 것이다. 부하들은 결코 군정장관에게 항거할 수 없다는 것을 잘 알고 있었다. 그러나 그들은 가끔 명령의 집행을 주저함으로써 고마움을 샀다. 언제나 침착한 태도를 잃지 않는 대부인 통역관이 그들에게서 이런 주저하는 마음을 아주 거세게 일으켰다. 더욱이 소동이 너무 컸기 때문에 명령집행을 주저하는 것이 저절로 은폐되고 옹호되기도 했다. 그리하여 통역관이 어머니를 불러냈던 것이다. 그는 어머니에게 곧장 부관에게 부탁하여 청원에 의한 명령집행을 잠시만이라도 연기해달라고 당부했던 것이다. 통역관은 재빨리 백작에게로 올라갔다. 백작은 강한 자제력으로 즉시 자기 방으로 물러나와, 마음속에 일어난 분노를 죄 없는 사람들에게서 나타내거나 자신의 위엄을 손상시키는 결정을 내리는 것보다는 아무리 급한 일이라도 잠시 그대로 놔두는 편이 낫겠다는 판단을 했던 것이다.

통역관이 백작에게 한 말과 두 사람 사이에 이어진 모든 대화 내용은 좋은 결과를 가져오는 데 적잖은 기여를 한 그 뚱뚱한 통역관이 자주 되풀이하여 들려주었기에 나는 그것을 기억에서 끄집어내어 여기에 적을 수 있다.

통역관은 감히 군정장관실 문을 열고 들어가는 엄격히 금지된 행동을 했다. 백작은 화가 나서 그에게 호통을 쳤다.

"무슨 일인가? 나가게! 이곳은 생장 말고는 아무도 들어올 권한이 없네."

"저를 잠깐만 생장으로 여겨주십시오."

통역관이 대답했다.

"그러려면 상당한 상상력이 필요하지. 생장 둘을 합쳐도 자네 같은 사람 하나가 되지 않네. 물러가게!"

"백작님, 백작님은 위대한 천부의 재능을 타고 나셨으니 그 천부의 재능에 호소합니다."

"나한테 아부하려 하는군! 아부해서 된다고 믿으면 오산이야."

"백작님, 백작님은 격정의 순간에도, 분노의 순간에도 타인의 의견을 들어주시는 위대한 재능을 가지고 계십니다."

"됐어, 됐어! 또 그 의견 얘기로군. 난 너무도 오랫동안 의견에 대한 얘기를 들어왔네. 내가 알고 있는 건 이곳에서는 사람들이 우리를 좋아하지 않고, 시민들이 우리를 질시의 눈으로 바라보고 있다는 것뿐이네."

"모두가 그런 건 아닙니다!"

"대다수가 그렇지! 뭐가 어째! 이곳 사람들이 제국시민이라고? 이들은 자기들이 황제를 선출하고 대관식을 하는 것을 보았네. 그런 황제가 부당하게 공격을 받아 영토를 잃고 제위를 찬탈하려는 자에게 넘어갈 위험에 처해 있을 때 다행히도 충실한 동맹군이 나타나 황제의 이익을 위해 재산과 생명을 바치고 있는데, 그들은 제국의 적을 격퇴하는 데 할당된 사소한 부담마저 지려고 하지 않는단 말일세."

"물론 백작님은 이런 생각을 하는 시민들을 오래 전부터 알아오셨고, 현명하게 참아오셨습니다. 그러나 그런 시민들 역시 소수에 불과합니다. 백작님도 비범한 사람이라고 평가하시는 그 적의 빛나는 성격에 현혹되는 사람은 소수입니다. 백작님도 아시다시피 소수일 뿐입니다!"

"물론이지! 나는 너무도 오랫동안 그것을 알고도 참아왔네. 그렇지 않았다면 이 사람이 그런 중요한 순간에 내 면전에 대고 그런 모욕적인 말을 퍼붓지는 못했을 걸세. 그런 사람들이 많겠지만 그들을 대표하여 용감한 이 집 주인이 벌을 받아야 하네. 그러면 그들은 자신들이 무엇을 바라야 하는지를 깨닫게 될 걸세."

"늦춰만 주십시오, 백작님!"

"분명한 일을 빨리 처리해서 안 될 건 없네."

"잠시만 늦춰주십시오!"

"이봐! 자네는 나를 잘못된 길로 이끌려고 하네. 그건 안 돼."

"저는 백작님을 잘못된 길로 이끌려는 것도, 잘못된 길에서 끌어내려는 것도 아닙니다. 백작님의 결정은 정당합니다. 그것은 프랑스인에게, 군정장관에게 적절한 결정입니다. 그러나 백작님은 토랑 백작이라는 점도 생각해 주십시오."

"토랑 백작 얘기는 여기서 할 필요가 없네."

"충직하신 그 분의 말에도 귀를 기울여야 합니다."

"그렇다면 그 사람은 뭐라고 말할 것 같은가?"

"그 분은 이렇게 말씀하실 것입니다. '군정장관님! 당신은 당신에게 지나치게 불손한 짓을 하지 않는 한 미심쩍고 완고하며 어리석은 많은 사람들을 그토록 오랫동안 인내심을 갖고 참아왔습니다. 이 사람도 물론 매우 불손한 짓을 했습니다. 그러나 참으십시오, 군정장관님! 그러면 그로 인해 모두가 당신을 칭찬하고 찬양할 겁니다.'"

"자네도 알겠지만 내가 자네의 농담을 이따금 들어줄 수는 있지만 내 호의를 남용하지는 말게. 이 사람들이 도대체 완전히 눈이 멀었단 말인가? 만약 우리가 전투에서 패했다면 이 순간 그들의 운명은 어떻게 되었겠나? 우리는 성문 앞까지 밀고 나가, 도시를 봉쇄하고, 진주하고, 다리를 건너 퇴각하는 아군을 엄호하기 위해 방어하네. 적은 두 손 놓고 있을 줄 아나? 적은 수류탄을 던지고, 손에 들고 있는 것은 무엇이든 던지네. 적들은 어디든 가리지 않고 불을 지르네. 이 집 주인은 그럴 때 어떻게 한다던가? 여기 이 방들 안에서 포탄 한 개가 터지고, 연이어 포탄들이 날아들 것이네. 내가 이 빌어먹을 북경벽지를 보호하기 위해 못을 박아 지도를 거는 것조차 주저했던 바로 이 방안으로 말일세! 하루 종일 그들은 무릎을 꿇고 앉아있어야 할 거야."

"얼마나 많은 사람들이 그런 수모를 당했는지 모릅니다!"

"그들은 우리를 위해 행운을 빌고, 장군들과 장교들에게 존경과 기쁨을 표하며, 지친 병사들에게는 활력을 북돋아주어야 할 것이야. 그러기는커녕 이 당파의식의 독소가 그토록 많은 염려와 노력으로 얻은 내 일생의 가장 아름답고 행복한 순간을 망쳐버렸으니!"

"문제는 당파의식입니다. 하지만 백작님이 이 사람을 처벌하면 당파의식을 더 키우게 될 것입니다. 그와 똑같은 의식을 가지고 있는 자들은 백작님을 폭군이고 야만인이라고 외쳐댈 겁니다. 그들은 이 남자를 좋은 일을 위해 수난당한 순교자로 여길 겁니다. 지금은 그의 적인 반대파들조차도 그를 같은 시민으로만 보고 동정할 테고, 백작님은 정당하다고 여기시지만 그들은 백작님의 처벌이 너무 가혹하다고 생각하겠죠."

"자네 말은 오래 들었네. 나가보게!"

"이것만은 들어주십시오! 이번 조치는 이 남자와 이 집 가족이 겪을 수 있는 가장 상상 못할 일이라는 것을 고려해 주십시오. 백작님은 집주인의 호의를 받으신 적이 없어 그를 좋아하실 이유는 없겠지요. 그러나 부인은 백작님이 원하시는 모든 것을 미리 알아서 해주었고, 아이들은 백작님을 큰아버지처럼 생각해왔습니다. 백작님은 이번의 유일무이한 처벌로 이 가정의 평화와 행복을 영원히 파괴하게 될 것입니다. 말씀드리건대 이 집에 폭탄이 떨어진다 해도 이보다 더 큰 손실은 없을 것입니다. 백작님, 저는 자주 백작님의 침착한 분별력에 감탄해왔습니다. 이번에도 제게 백작님을 우러러볼 기회를 주십시오. 적의 집에서 스스로를 좋은 친구로 여기는 것은 군인으로서 명예로운 일입니다. 여기에는 적이 아니라 판단을 잘

못한 사람이 있을 뿐입니다. 자제하십시오. 그러면 영원히 명예를 얻으실 겁니다!"

"일이 이상하게 되어가는 것 같군."

백작은 미소를 지으며 대답했다.

"당연한 일입니다."

통역관은 계속해서 말했다.

"저는 부인과 아이들을 백작님께 보내 발밑에 엎드려 빌게 하지는 않았습니다. 그러나 저는 부인과 아이들이 백작님을 얼마나 고마워하는지는 말씀드리고 싶습니다. 그들은 베르겐 부근에서의 전투와 그날 보여주신 백작님의 대담성에 대해 한 평생 이야기할 것이며, 후대에게 자자손손 전해줄 것이고, 남들에게도 백작님에 대한 관심을 불러일으키게 할 것이라는 점을 말씀드리고 싶습니다. 그런 훌륭한 행동은 사라질 수 없는 것이니까요!"

"통역관, 자네는 내 약점을 알아맞히지 못하는군. 나는 죽은 후의 명성에 대해서는 생각지 않는 사람이야. 그런 건 다른 사람들에게는 몰라도 내게는 중요하지 않네. 그보다는 순간순간 올바르게 행동하고, 내 의무를 게을리 하지 않고, 내 명예를 더럽히지 않는 것이 나의 관심사라네. 우리는 오래도록 많은 얘기를 나누었네. 이제 가서 그 배은망덕한 사람에게서 내가 용서해 주는 데 대해 감사인사를 받게!"

통역관은 이 같은 예기치 않은 결과에 깜짝 놀라고 감동하여 눈물이 흐르는 것을 주체하지 못하고 백작의 손에 입을 맞추려고 했다. 백작은 그를 물리치고는 엄하고 진지하게 말했다.

"자네도 알다시피 나는 그 따위 입맞춤 같은 짓거리는 좋아하지 않네!"

백작은 이렇게 말하면서 긴급한 일거리를 처리하고 기다리는 많은 사람들의 요구사항들을 듣기 위해 접견실로 걸어갔다. 그렇게 일은 해결됐고, 우리는 다음날 아침 전날 먹다 남은 과자를 먹으면서 불행이 지나가 버린 것을 기뻐했다. 그런데 우리는 간밤에 일어난 그런 불행한 사태도 모른 채 행복하게 잠을 잤던 것이다.

통역관이 정말로 그렇게 백작에게 지혜롭게 얘기를 했는지, 아니면 어떤 일이 다행스럽게 잘 끝났을 때 누구나 흔히 그렇듯 그도 상황을 과장하여 묘사했는지에 대해 나는 판단을 내리지 않겠다. 적어도 그는 같은 이야기를 반복할 때 한 번도 내용을 바꾼 적은 없었다. 아무튼 이날은 그에게는 일생에서 가장 걱정스러웠던 날이면서 가장 영광스런 날로 생각되었던 것이다.

백작이 온갖 허례허식을 얼마나 철저히 거부하고, 자신에게 걸맞지 않는 칭호를 받아들이지 않으며, 유쾌하게 즐기는 시간에는 얼마나 감정이 풍부했는지에 대해서는 다음의 사소한 사례가 증명해준다.

역시 혼란에 빠진 고독한 프랑크푸르트 시민인 한 귀족이 자기 집에서의 숙영에 대해 항의를 해야겠다고 생각하고 혼자서 백작을 찾아왔다. 통역관이 그에게 통역을 해주겠다고 제안했으나 필요 없다고 거절했다. 그는 백작 앞으로 나가 공손하게 허리를 굽혀 인사를 하며 말했다.

"각하!"

백작은 그에게 역시 허리를 굽혀 인사를 하고 똑같이 각하라고 답했다. 이 칭호에 당황한 그는 칭호가 너무 낮은 것으로 생각하고 더 깊이 몸을 숙이고는 "전하!"라고 말했다. 그러자 백작이 아주 엄숙하게 말했다.

"여보시오. 우리 그 이상 높여 부르지 맙시다. 이러다가는 쉽게 폐하까지 올라가겠소."

그는 극도로 당황해서 아무 말도 하지 못했다. 조금 떨어진 곳에 서서 모든 상황을 지켜보던 통역관은 심술궂게도 꼼짝하지 않았다. 그러나 백작은 무척 쾌활하게 계속하여 말했다.

"여보시오. 당신 이름이 뭐지요?"

"슈팡겐베르크입니다."

그가 대답하자 백작이 말했다.

"내 이름은 토랑이라고 합니다. 슈팡겐베르크 씨, 토랑에게 무슨 용무가 있으십니까? 자, 앉으세요. 일은 곧 해결될 겁니다."

이렇게 하여 이 일도 역시 잘 해결되어 내가 여기서 슈팡겐베르크라고 부른 그 사람은 크게 만족해했다. 그리고 통역관은 그날 저녁 이 이야기를 우리 가족에게 전해주었을 뿐만 아니라 온갖 상세한 상황과 거동들까지 실연해주었다.

그런 혼란과 불안과 걱정이 있은 후 곧 전과 같은 안정과 평온이 다시 찾아왔다. 특히 젊은이들은 어느 정도 마음만 먹으면 날마다 그런 좋은 분위기 속에서 살아갈 수 있는 법이다. 프랑스 극에 대한 내 열정은 연극이 상연될 때마다 커져갔다. 나는 매번 연극이 끝난 후 가족들이 식사를 하고 난 식탁에서 늘 먹다 남은 음식으로 배를 채우면서 아버지의 비난을 들어야 했지만 하루도 빼놓지 않고 연극을 보았다. 아버지는 연극은 아무런 쓸모도 없는 것이며, 아무 것도 해줄 수 없는 것이라고 비난했다. 나는 그럴 경우에는 늘 온갖 주장들을 다 끌어냈다. 그것은 연극 애호가들이 나처럼 곤경에 빠질 때 곧잘 끌어낼 수 있는 주장들이었다. 행복 속의 악덕과 불행 속의 덕성은 결국 시적 정당성에 의해 다시 균형이 이루어졌다. 나는 범죄가 벌을 받은 좋은 예로 『사라 삼프손 양』*과 『런던의 상인』** 을 열렬히 부각시켰다. 그러나 나는 반대로 『스카팽의 간계』***와 이와 유사한 작품이 공연목록에 오르고, 간악한 하인들의 사기행각이나 방탕한 젊은이들의 어리석은 행동이 성공을 거두는 것을 보고 관중들이 쾌감을 얻는 것이 비난받을 때면 꼼짝할 수가 없었다. 아버지와 나는 서로를 설득시키지 못했다. 그러나 아버지는 내 프랑스어 실력이 믿을 수 없을 만큼 빨리 늘어난 것을 알고 극장에 대한 부정적 생각을 누그러뜨렸다.

사람은 누구나 남이 무엇을 하는 것을 보면 자기도 그 일에 재능이 있든 없든 한 번 해보려고 한다. 나는 곧 프랑스 연극의 모든 과정을 완진히 마쳤고, 가장 장엄한 비극에서부터 경박한 익살극에 이르기까지 모든 작품이 내 눈과 정신을 스쳐지나갔다. 그리고 나는 어렸을 때 감히 테렌티우스****를 모방하려 했듯이 이제는 좀 더 자란 아이로서 훨씬 더 강한 충동과 함께 능력이 되든 안 되든 프랑스적 극 형태들을 재현해보고 싶은 욕구를 억누를 수 없었다. 그 당시 반쯤은 신화적이고 반쯤은 비유적인 피롱***** 풍의 작품 몇 개가 공연되었다. 이것들은 패러디로 이루어진 것이어

---

* 독일의 극작가 레싱의 가정 비극. 레싱을 통해 당시 독일 연극을 지배하고 있던 프랑스 고전주의 극과 결별하게 된다.

** 영국의 극작가 조지 릴로의 1731년 작으로 귀족이나 왕 대신에 중산계급을 주인공으로 설정하여, 중요한 개척자의 역할을 했다. 이 비극은 영국은 물론 독일과 프랑스에서도 부르주아극이 등장하는 데 큰 영향을 주었다.

*** 몰리에르의 1671년 작으로 스카팽은 원래 이탈리아의 가면희극 코메디아 델라르테에 고정적으로 등장하는 인물로 특히 말썽이 일어날 기미가 보이면 즉시 도망치는 비겁한 인물로 잘 알려진 우스꽝스러운 하인을 가리킨다. 몰리에르는 이 극을 통해 스카팽을 프랑스 희극에서 빼놓을 수 없는 존재로 만들었다.

**** 플라우투스 이후 가장 위대한 로마의 희극 작가(BC 195?~159). 그가 쓴 6편의 희극은 오랫동안 순수 라틴어의 귀감이 되었으며, 근대 풍속희극의 토대가 되었다.

***** 프랑스의 극작가(1689 - 1773)로 날카로운 경구적 풍자시와 『작시벽(作詩癖)』(1738)이라는 희극으

프랑스의 풍자작가 도미에가 그린 크리스팽과 스카팽

서 매우 인기가 있었다. 이 작품들의 공연은 특별히 나를 매료시켰다. 쾌활한 메르쿠리우스* 신의 황금날개, 변장한 주피터 신의 번개, 우아한 다나에, 혹은 양치기나 사냥꾼의 아내는 아니지만 신들이 찾아 내려온 아름다운 여인이 인상적이었다. 그리고 오비디우스의 『변형담』과 포메이**의 『신비의 신전』에서와 같은 요소들이 빈번히 내 머릿속에서 맴돌아서 나는 곧 내 상상 속에서 그와 비슷한 작은 작품을 만들어냈다. 이 작품에 대해 내가 말할 수 있는 것은 장면이 전원적이었고, 공주들과 왕자들과 신

로 유명하다.

* 로마 종교에서 상품 및 상인의 수호신. 그리스 신화에서는 제우스와 마이아 사이에서 태어난 그리스의 신 헤르메스에 해당한다.

** 프랑스의 극작가(1619~1673).

들이 어김없이 등장했다는 것이다. 특히 메르쿠리우스는 내가 특별히 생생하게 나타내어 내 눈으로 직접 보았었다고 맹세하고 싶을 정도였다.

나는 내 손으로 매우 깨끗하게 옮겨 쓴 희곡을 친구 드로느에게 보여주었다. 그는 그것을 특별히 친절하게, 진정한 후원자인 듯한 태도로 받아서 재빨리 훑어보고는 언어상 잘못된 곳을 지적해주고, 몇 군데는 대사가 너무 길다고 했으며, 마지막으로 시간이 나면 좀 더 자세히 읽고 평을 해주겠다고 약속했다. 이 작품이 공연될 수 있는지를 묻는 나의 조심스런 질문에 그는 절대로 불가능하지는 않다고 확언했다. 그는 극장에서 공연하려면 대부분 후원자가 있어야 하며, 자신도 최선을 다해 나를 지원해주겠다고 말했다. 그는 다만 비밀을 지켜야 한다고 말했다. 자기도 언젠가 손수 완성한 작품으로 극장 지배인을 놀라게 한 적이 있는데, 자신이 작품을 쓴 사람이라는 것이 너무 일찍 밝혀지지만 않았더라면 틀림없이 그것이 공연되었을 것이라고 말했다. 나는 가능한 한 침묵을 지키겠다고 약속했는데 머릿속에서는 벌써 내 작품의 제목이 거리와 광장 모퉁이마다 큰 글자로 새겨져 붙어있는 모습을 보고 있었다.

그 친구는 대체로 경박한 편이어서 자신이 교사 역을 하게 된 이 기회를 무척 반기는 것 같았다. 그는 내 작품을 주의 깊게 통독했고, 몇 군데 사소한 곳을 고치려고 내 옆에 앉았다. 그는 이야기를 나누면서 작품 전체를 고치고 또 고쳐 완전히 망가뜨렸다. 그는 삭제하고, 덧붙이고, 인물 하나를 빼버리고 다른 인물로 보충하는 등 제멋대로 횡포를 부려 나는 화가 머리끝까지 치밀었다. 그러나 나는 그가 연극에 대해 잘 알고 있으리라는 편견을 가지고 있었기 때문에 그를 내버려두었다. 그는 전부터 종종 아리스토텔레스의 3일치 원칙, 프랑스극의 규칙성, 연극의 개연성, 시구들의 조화, 그 밖의 연극에 관한 모든 것에 대해 내게 많은 이야기를 해주었으므로 나는 그를 배우기만 한 것이 아니라 기초가 다져진 아이로 여기지 않을 수 없었던 것이다. 그는 영국 극작가들을 비난하고, 독일 극작가들을 멸시했다. 아무튼 그는 드라마의 기본원리를 말해 주었던 것인데, 그것은 그 후 내가 수없이 되풀이하여 들었던 것이었다.

나는 우화 속의 소년처럼 나의 만신창이가 된 창작희곡을 들고 집에 돌아와 그것을 다시 원래상태로 만들려고 애를 썼지만 소용이 없었다. 그러나 나는 그것을 완전히 포기하고 싶지 않아서 내가 쓴 초고를 조금 고친 다음 우리 집 대필사에게 깨끗하게 정서하게 하고서 아버지에게 드렸다. 나는 그로 인해 얼마 동안은 연극공연이 끝난 후 아버지의 꾸중을 듣지 않고 편안히 저녁을 먹을 수 있게까지 되었다.

이 실패로 끝난 시도가 나를 심각하게 숙고하도록 했다. 나는 불손한 나의 스승 때문에 회의를 품게 된, 모든 사람들이 끌어대는 그 이론과 법칙들을 직접 원전을 통해 알아내려고 했다. 어려운 일은 아니었지만 그것은 고달픈 일이었다. 나는 우선 코르네유*의 『3일치에 대한 논문』을 읽고 어떻게 하여 3일치를 이루는 것인지는 알았지만 어째서 그것이 요구되는지에 대해서는 분명하게 이해할 수 없었다. 최악의 경우는 내가 『르 시드』**에 대한 논문을 알게 되어 그 서문을 읽고 곧 엄청난 혼돈에 빠져

---

* 프랑스의 시인이며 극작가(1606~1684)로 프랑스 고전주의 비극의 창시자로 여겨진다.

** 오늘날 흔히 프랑스 극문학사에서 가장 중요한 작품으로 엄청난 대중적 성공을 거두었다. 리슐리외는 당시 갓 창설된 프랑스 아카데미에 이 희곡을 평가하라는 지시를 내렸는데, 그가 무슨 이유로 이런 지시를 내렸는지는 분명하지 않다. 어쨌든 그 결과 「희비극 르 시드에 대한 아카데미 프랑세즈의 비판」(1637)이라는 문서가 만들어졌는데 극적으로 어색하고 도덕성이 결여되어 있다고 비판했다. 리슐리외는 아카데미의 이런 견해를 구실로 이 희곡의 상연을 억압했다.

든 일이었다. 그 서문에서는 코르네유와 라신이 비평가와 관객에게 불가피하게 변명을 하고 있었던 것이다. 적어도 여기에서 내가 가장 분명하게 알아낸 것은 사람은 아무도 자기가 무슨 일을 저지르려고 하는지를 알지 못한다는 사실이었다. 나는 찬란한 영향을 불러일으킨 『르 시드』 같은 작품이 막강한 추기경* 한 사람의 명령에 의해 절대적으로 나쁜 작품으로 낙인찍혔다는 것을 알게 되었고, 내 시대에 살고 있던 프랑스인들의 우상이었고 내 우상이기도 했던(왜냐하면 배심원 올렌슐라거가 우리 아이들에게 라신의 『브리타니쿠스』를 공연하게 했을 때 내가 네로 왕 역을 맡아 라신을 좀 더 가까이 알게 되었으므로) 라신이 살아있을 때에는 애호가들에게서도 비평가들에게서도 호평을 받지 못했다는 것을 알게 되었던 것이다.

이 모든 것 때문에 나는 전보다 더 혼란스러워졌고, 오랫동안 이런저런 논쟁과 앞 세기의 이론적 논란거리로 고통을 당한 끝에 모든 것을 모조리 털어내 버렸다. 나는 탁월한 작품들을 내놓은 작가들이 자신의 작품들에 대해 말할 때나 자기 행동의 근거를 댈 때, 스스로를 방어하고 사과하고 변명할 때면 늘 결점을 제대로 찾아내지 못한다는 것을 깨달을 때마다 더욱 더 단호하게 내가 얻은 이론들을 털어내 버렸다. 그리하여 나는 곧 다시 생동하는 현존물로 돌아가 전보다 더 열렬히 연극을 관람하고, 더 꼼꼼하게 쉬지 않고 작품을 읽었다. 나는 이 무렵 라신과 몰리에르를 완전히 독파하고, 코르네유의 작품 대부분을 해치우는 대단한 끈기를 보였다.

군정장관은 여전히 우리 집에 살았다. 그의 태도는 특히 우리들에 대해

---

* 프랑스의 왕 루이 13세 때의 추기경 리슐리외를 말함.

서는 전혀 변함이 없었다. 그러나 그가 여전히 정당하고 충실하게 직무를 수행했지만 처음처럼 쾌활하고 열성적이지는 않은 것이 눈에 띄었고, 대부인 통역관도 우리에게 그런 점을 더욱 분명하게 알려주었다. 프랑스 사람보다는 스페인 사람에 가까운 그의 본성과 태도, 때로는 업무까지 영향을 미친 그의 기분, 주변상황에 대한 강직성, 자신의 인격이나 개성에 거슬리는 모든 것에 대한 과민성 등 모든 것이 합쳐져서 그로 하여금 이따금 그의 상관과 갈등을 일으키게 한 듯했다. 게다가 그는 극장에서 벌어진 결투에서 부상을 당했고, 이런 금지되어 있는 행위를 경찰 최고책임자 스스로가 저질렀다 하여 시민들은 군정장관을 좋지 않게 여겼다. 이미 말한 대로 이 모든 것의 영향으로 그는 더 은둔적인 생활을 하게 되었고, 이따금 업무 처리에서도 활기를 잃게 되었던 것 같았다.

그 사이에 주문한 그림들 대부분이 배달되었다. 토랑 백작은 그 그림들을 보며 여가시간을 보냈다. 그는 그림들을 앞서 말한 다락방에 넓은 것과 좁은 것으로 나누어 열을 지어 나란히 배치했고, 공간이 부족할 때는 서로 겹쳐서 못에 걸거나 다시 떼어내어 말아두기도 했다. 그는 이 작품들을 계속 새롭게 관찰했고, 가장 잘 되었다고 생각되는 부분들에 대해 기뻐하고 또 기뻐했다. 그러나 이런저런 부분들은 다르게 그렸더라면 하는 아쉬움도 없지 않았다.

그리하여 새롭고도 아주 기묘한 작업이 이루어졌다. 즉 어떤 화가는 인물을, 어떤 화가는 중심배경과 원경을, 어떤 화가는 수목을, 어떤 화가는 화초를 가장 잘 그렸으므로 백작은 이런 각각의 재능들을 그림들 속에 한데 모아 완벽한 작품들을 만들어낼 수 없을까 하는 생각을 하게 된 것이다. 먼저 완성된 풍경 속에 아름다운 가축들을 그려 넣는 작업이 곧장 시작되었다. 그러나 그럴 만한 적절한 공간이 있는 것도 아니고, 동물 화가에게 두어 마리의 양을 그려 넣는 것이 별로 문제되는 것도 아니어서 마침내 아주 넓은 풍경이 지나치게 좁아져버렸다. 여기에 인물 화가가 목동들과 나그네 몇 사람을 더 그려 넣어야 했다. 이들은 마치 서로 숨통을 조이는 것 같아 넓은 야외에서 한꺼번에 질식하지 않는 것이 이상했다. 이런 작업이 어떤 결과로 나타날지 아무도 예상하지 못했는데, 그림이 완성되자 만족스럽지 못했다. 화가들은 불쾌해졌다. 그들은 첫 번째 주문에서는 이익을 얻었지만 이번 추가 작업에서는 백작이 비록 후한 보수를 지불하기는 했지만 손해를 보았다. 그리고 하나의 그림에 여러 화가들이 어우러져 작업한 부분들은 온갖 노력에도 불구하고 좋은 효과를 내지 못했고 결국 모두가 자신의 작업이 다른 사람들 때문에 손상되고 엉망이 되었다고 생각했다. 그리하여 화가들은 이 일로 인하여 하마터면 분열되어 화해할 수 없는 적대관계에 빠질 뻔했다. 이러한 그림의 변경 내지 보완작업은 앞서 말한 화실에서 이루어졌는데, 나는 혼자서 화가들과 함께 그곳에 머물러 있었다. 나는 습작들 중에서, 특히 동물들 중에서 이것저것 한 마리씩 또는 한 무리씩 골라내어 그것들을 원근에 맞게 배치하도록 제안하는 일이 재미있었다. 내 제안은 그들 나름의 확신이나 나에 대한 그들의 호감으로 이따금 받아들여지곤 했다.

이 작업에 참여한 화가들은 극도로 좌절하게 되었는데, 특히 제카츠가 그랬다. 그는 매우 침울하고 소극적인 사람이었다. 친구들과 어울릴 때는 비길 데 없이 쾌활한 일류 사교인이었지만 그림 작업을 할 때는 혼자서 스스로에게 몰입하여 아무런 방해도 받지 않으려 했다. 그는 자신이 할 수 있는 최상의 노력과 최고의 애정을 다해 주어진 힘든 과제를 풀고 작품들을 완성했는데, 이제 자신의 그림들을 고치거나 타인의 그림에 덧붙여 그리거나, 혹은 자신이 지켜보는 가운데 제3자에게 자신의 그림에 덧그림을 그리게 하기 위해 다시 다름슈타트에서 프랑크푸르트로 오고 가야 했던 것이다. 그의 불만은 커져만 갔고, 그의 반감은 단호했으며, 대부인 그를—그도 역시 우리 집의 대부가 되었다—백작의 바람대로 따르도록 마음을 돌리게 하는 데는 우리 쪽의 엄청난 노력이 필요했다. 나는 아직도 기억하고 있다. 그림들을 프랑스로 보내기 위해 정돈하여 꾸려 넣을 상자들이 준비되어 있었다. 그 그림들은 지정된 곳에 벽장식공이 그대로 부착하기만 하면 되는 상태에서 사소하지만 불가피한 추가 작업이 필요하게 되었는데 제카츠가 오려고 하지 않았던 것이다. 물론 그는 할 수 있는 한 마지막까지 최선을 다했다. 문짝 그림에는 실물을 본뜬 4명의 아이들과 소년들을 묘사했고, 인물들뿐만 아니라 배경에도 최선의 노력을 다했다. 이 그림들은 이미 인도가 끝났고, 보수도 지불되었으므로 그는 이 일이 완전히 끝난 것으로 믿고 있었다. 그런데 이제 와서 구도를 조금 작게 잡았던 몇 점의 그림들을 덧칠하고 확대하기 위해 다시 프랑크푸르트로 와야 했던 것이다. 그는 그런 일은 다른 사람도 할 수 있다고 생각했다. 또한 그는 이미 새로운 작업에 착수한 상태였다. 한마디로 그는 오려고 하지 않았다. 그러나 그림들을 발송할 기일은 다가왔고, 그림이 마를 시간도 필요했기에 조금도 늑장을 부릴 수 없는 형편이었다. 실망한 백작은 군대를 보내 그를 끌어오려고 했다. 우리는 모두 그림들을 그대로 발송하기를 원했지만 전혀 그럴 기미를 보이지 않았다. 그리하여 결국 대부인 통역관이 마차를 타고 가서 그 고집쟁이 화가를 처자식과 함께 데려왔다. 그는 백작에게 친절히 환대를 받았고, 마지막에는 충분한 대가를 받고 돌아갔다.

그림들이 발송되고 나서 집안은 무척 평화로워졌다. 지붕 밑의 다락방은 깨끗이 치워져 다시 내 차지가 되었다. 아버지는 상자들이 발송되는 것을 보자 다음에는 백작을 내보내고 싶은 욕망을 억제하지 못했다. 물론 백작의 취향은 아버지의 취향과 일치했고, 현존의 작가들에 관심을 가져야 한다는 아버지의 원칙이 부유한 백작에 의해 철저히 수용되자 아버지는 기뻐하지 않을 수 없었다. 또한 아버지의 수집물들이 계기가 되어 백작이 이런 궁핍한 시절에 실력 있는 많은 화가들에게 큰 돈벌이를 할 수 있게 해준 것도 기분 좋은 일이었다. 그렇다고 해도 아버지는 사기 집에 침입한 이 이방인에 대한 심한 반감 때문에 그의 모든 행동을 정당하게 여길 수 없었다. 화가들에게 일은 시켜도 좋지만 그들을 도배공으로 전락시켜서는 안 된다는 것이 아버지의 생각이었다. 또한 화가가 자신의 신념과 능력으로 완성한 그림은 비록 완벽하게 마음에 들지는 않는다 해도 만족해야 하며, 절대로 그것을 흥정하거나 트집 잡아서는 안 된다는 것이었다. 아무튼 백작은 자기 신분을 염두에 두지 않고 자유분방한 노력을 다했지만 결코 좋은 관계를 만들지는 못했다. 아버지는 백작이 식사 중일 때에만 화실을 찾았다. 나는 제카츠가 걸작을 완성하여 온 집안사람들이 그것을 보려고 몰려들었을 때 아버지와 백작이 마주쳐 이 미술품에 대해 서로 떨어질 수 없는 공통된 호감을 나타낸 때가 꼭 한 번 있었음을 기억하고 있다.

크고 작은 상자들이 집에서 치워지자마자 전에 시작되었다가 중단된, 백작을 내보내려는 작업이 다시 착수되었다. 우리는 진정을 해서 공정성을 얻고, 청원을 통해 정당함을 얻고, 영향력을 통해 지지를 얻으려고 노력했다. 그 결과 마침내 숙영군 지휘부는 백작의 숙소를 옮기고, 몇 년 동안 밤낮으로 부담을 져온 점을 감안하여 우리 집을 장차 숙영에서 제외토록 하는 결정을 내리게 되었다. 또한 지휘부는 이 결정을 뒷받침할 표면상의 구실을 만들기 위해 지금까지 군정장관이 차지하고 있던 2층에 세입자를 들여 새로운 숙영이 불가능하도록 조치했다. 백작은 좋아하는 그림들과 결별하게 된 후 집에서 특별한 흥미를 찾지 못했으며, 소환되어 전출되기를 바랐다. 그래서 다른 좋은 집으로 옮기는 것에 이의를 달지 않고 응했고, 우리들과도 편안하고 좋은 기분으로 헤어졌다. 백작은 그 후 곧 프랑크푸르트를 떠나 점차 여러 가지 관직에 올랐지만 그다지 만족하지는 않았다고 전해졌다. 그러나 그는 그토록 쉬지 않고 애써 모은 그림들이 형의 성으로 무사히 옮겨진 것을 보고 만족해했고, 몇 차례 화가들에게 편지를 보내 그림의 규격을 알려주고 전의 그 화가들에게 많은 그림을 고치게 했다. 마지막으로 우리는 몇 년 후 그가 서인도의 한 프랑스 식민지에서 총독으로 지내다가 죽었다는 소식만을 듣게 되었다.

제4장

프랑스군의 숙영이 우리에게 많은 불편을 끼치기는 했지만 우리는 그것에 많이 익숙해져 섭섭한 느낌도 없지 않았다. 특히 우리 아이들에게는 집안이 온통 죽은 듯이 여겨지지 않을 수 없었다. 또한 다시 완전한 가족 통합이 이루어졌다고 단정할 수도 없었다. 새로운 세입자들은 이미 정해져 있었다. 쓸고, 닦고, 대패질하고, 다듬고, 칠하고 나서야 집은 완전히 제 모습을 다시 찾았다. 부모님의 아주 소중한 친구인 관방실장 모리츠 씨가 가족들을 데리고 이사를 왔다. 이 사람은 프랑크푸르트 출신은 아니었다. 하지만 유능한 법률가이자 사업가였고 여러 소군주들, 백작들, 귀족들의 법률 업무를 맡고 있었다. 나는 그를 쾌활하고 친절하며, 자신의 서류들을 쉬지 않고 들여다보는 사람으로만 보아왔다. 부인과 아이들도 온순하고, 조용하며, 다정했지만 자기들끼리만 지냈으므로 우리 집에서 어울리는 일은 거의 없었다. 우리가 오랫동안 누리지 못한 고요와 평화가 다시 찾아온 것이었다. 나는 다시 내 지붕 밑 방에서 지내게 되었는데, 많은 그림의 유령들이 눈앞에 어른거리며 떠다녀 나는 공부에 열중해서 그것들을 쫓아내려고 했다.

관방실장의 형인 외교참사관 모리츠 씨도 이때부터 자주 우리 집에 왔다. 그는 큰 체구와 호감이 가는 태도를 지닌 사교가였다. 그도 역시 여러 계층 사람들의 일을 맡고 있었으며, 파산수속이나 왕실위원회의 일로 아버지와 여러 차례 접촉을 했다. 두 사람은 서로를 존경하고 있었다. 보통 채권자 측에 서 있었는데, 이런 사건에서는 채무자 측 대리인이 승리하게 되는 경우가 대부분이어서 흔히 불쾌감을 맛보아야만 했다. 외교참사관은 자신의 지식을 기꺼이 남에게 나누어주었다. 그는 수학을 좋아했는데, 현실에서는 수학을 전혀 이용할 수 없었으므로 수학에 대한 지식을 넓히도록 나를 도와주는 것에서 만족을 느꼈다. 이로 인해 나는 건축 설계도를 전보다 더 정확하게 그렸고, 우리에게 날마다 한 시간씩 가르쳐주는 미술 교사의 수업을 더 잘 활용할 수 있는 상태에 이르렀다.

이 마음씨 좋은 늙은 선생은 물론 엉터리 예술가였다. 우리는 선을 그리고 선을 모아 눈, 코, 입술, 귀를 그리고 마지막에는 얼굴과 머리 전체를 만들어내야 했다. 그러나 이때 자연스런 형태도 기교적인 형태도 중요하지 않았다. 우리는 얼마 동안 인간의 모습에 대한 혼동으로 고통을 받아야 했다. 우리가 보고 그리기 위해 르브룅*의 〈격정〉을 받았을 때 그는 마침내 우리를 많이 발전시켰다고 믿었다. 그러나 이 풍자화 역시 우리를 발전시키지는 못했다. 이제 우리는 풍경을 그리기도 하고, 수목을 그리기도 하고, 수업시간에 보통 순서나 방법도 없이 아무렇게나 연습하는 모든 것들을 그렸다. 결국 우리는 원본그림의 가치나 풍미에는 관심을 두지 않은 채 정확한 모사와 깨끗한 선을 그리는 것에만 몰두했다.

---

* 프랑스의 역사화가(1619~1690).

이러한 노력에 있어서 아버지는 우리에게 모범적인 방법을 보여주었다. 아버지는 한 번도 그림을 그려본 적이 없었지만 이제 자기 아이들이 이 예술을 공부하게 되었기에 가만히 물러서 있지 않고, 그 나이에도 불구하고 어린 시절에는 어떻게 해나가야 하는 것인지에 대한 모범을 보이고자 했다. 그래서 그는 잘 알려진 조그만 8절판 화보집에서 피아제타*의 두상 몇 개를 골라 영국제 연필로 고운 네덜란드제 종이 위에 모사했다. 아버지는 윤곽의 선명함을 관찰할 뿐만 아니라 가벼운 손놀림으로 아주 부드럽게 동판화의 명암 선을 아주 정확하게 모사했지만 딱딱함을 피하려고 했기에 그림들에서는 명암이 제대로 이루어지지 않았다. 하지만 아버지의 그림들은 매우 섬세하고 한결같았다. 아버지는 끊임없이 꾸준하게 노력하여 많은 양의 전체 화집을 순번대로 모두 그렸다. 우리 아이들은 그 속에서 마음에 드는 두상들을 이것저것 골라냈다.

또한 이 무렵에는 오래 전부터 의논해온, 우리에게 음악을 가르치려는 계획이 실행에 옮겨졌다. 그렇게 된 궁극적인 동기는 여기에 언급할 만한 가치가 있다고 생각된다. 우리가 피아노를 배워야 한다는 것은 결정이 되었지만 선생을 선정하는 데 있어서는 여전히 의견이 분분했다. 그러던 어느 날 나는 우연히 피아노 수업을 받고 있는 친구의 방에 들어가 보게 되었는데, 그 선생이 무척 마음에 드는 사람이라는 것을 알게 되었다. 그 선생은 왼손과 오른손의 모든 손가락에 별명을 붙여 손가락을 사용할 때면 그것을 무척 재미있게 별명으로 불렀다. 검은 건반과 흰 건반들도 똑같이 비유적으로 불렀고, 음까지도 비유적인 이름을 붙였다. 그런 아기자기한

* 이탈리아의 화가(1682~1754)로 베네치아 미술학교 교장이었다.

선생과 학생이 무척 재미있게 어우러져 공부하고 있었다. 운지법과 박자가 아주 손쉽고 뚜렷하게 이해되는 것 같았다. 배우는 학생은 아주 흥미롭게 자극을 받으면서 모든 것이 멋지게 행해지고 있었다.

나는 집에 돌아오자마자 부모님에게 진지하게 생각해서 이 비할 데 없이 좋은 사람을 우리의 피아노 선생으로 정해달라고 졸랐다. 부모님은 조금 주저하면서 좀 더 알아보려고 했다. 알아본 결과 그 선생에 대해 나쁜 소문은 없었고, 특별히 좋은 얘기도 없었다. 그 동안에 나는 누이동생에게 그 재미있는 별명들을 설명해주었고, 우리는 수업을 더 이상 기다릴 수 없을 정도였다. 마침내 그 사람을 선생으로 맞이하게 되었다.

우선 악보 읽기부터 시작되었다. 그런데 도무지 재미있는 별명이 나오지 않자 우리는 피아노를 배우게 되거나 손가락 연습을 하게 될 때 비로소 그 재미있는 일이 시작되리라는 희망을 가지고 스스로를 위로했다. 그러나 건반 두드리기에서도 손가락 연습에서도 비유놀이의 기회를 줄 것 같지 않았다. 오선의 위와 중간에 음표들이 그려진 악보들과 마찬가지로 흑백의 건반들도 무미건조할 뿐이었고, 꼬마 엄지손가락이란 말도, 둘째 꼬마손가락이란 말도, 금손가락이란 말도 단 한마디 들을 수 없었다. 그리고 그는 앞서 무미건조한 농담을 했을 때처럼 무미건조한 수업에서도 거의 얼굴조차 찡그리지 않았다. 누이동생은 내가 자기를 속였다고 맹렬히 비난했고, 그것은 정말로 내가 꾸며낸 이야기일 뿐이라고 믿게 되었다. 그러나 나 자신도 이 남자가 체계적으로 잘 가르쳐주는데도 불구하고 어리둥절하여 거의 배울 수가 없었다. 나는 여전히 전과 같은 재미있는 일이 일어나려니 기대하고 있었고, 하루하루 누이동생을 달랬다. 그러나 그 재미있는 일은 일어나지 않았다. 만일 우연한 어떤 일이 이 수수께끼를 풀어주지 않았더라면 나는 결코 이 수수께끼를 설명할 수 없었을 것이다.

내 놀이친구 하나가 수업 중에 들어오자 갑자기 모든 유머의 샘물 구멍들이 열렸다. 그가 평소 지칭하던 대로 손가락들을 칭하면 도이머링, 도이터링, 크라블러, 차블러가, F와 G음표를 칭하면 파크헨, 가크헨이, 올림 바장조와 올림 사장조의 음을 칭하면 피크헨, 기크헨이 갑자기 나타나서 진기한 작은 남자들이 되는 것이었다. 어린 나의 친구는 웃음을 그칠 줄 몰랐고, 이렇게 재미있는 방식으로 많이 배울 수 있다는 것을 기뻐했다. 그는 이처럼 훌륭한 사람을 선생으로 정해줄 때까지 부모를 계속 조르겠다고 맹세했다.

새로운 교육 원칙들에 따라 내게는 두 가지 예술로의 길이 꽤 일찍이 열렸다. 그렇게 된 것은 운이 좋았기 때문일 뿐 천부적인 재능이 나를 발전시키리라는 확신이 있었기 때문은 아니었다. 아버지는 그림 그리기를 누구나 배워야 한다고 주장했다. 그리하여 아버지는 그림 그리기를 철저히 장려했다는 막시밀리안 황제를 특별히 존경했다. 아버지는 또 나를 음악보다는 그림 그리기에 더 치중하도록 한 반면 음악은 누이동생에게 우선적으로 장려했다. 아버지는 누이동생을 수업시간 외에 하루의 꽤 많은 시간을 피아노 옆에 붙들어두었다.

나는 이런 식으로 공부를 하도록 부추김을 받으면 받을수록 공부를 더 많이 하고 싶어져서 쉬는 시간에도 여러 가지 신기한 일에 활용했다. 이미 어렸을 때부터 나는 자연의 사물들에 대해 탐구욕을 느껴왔다. 사람들은 어린아이들이 한동안 가지고 놀던 물건들을 이렇게 저렇게 다루어보다가 마침내 부숴버리는 것을 흔히 포악성의 소질로 해석한다. 그러나 그런 물건들이 어떻게 조립되어 있으며, 내부는 어떻게 되어있는지를 알고

자 하는 호기심과 욕구가 그러한 방식으로 나타나곤 한다. 나는 어렸을 때 꽃잎들이 꽃받침 안에 어떤 상태로 있는지를 보려고 꽃을 모두 뜯어버리고, 깃털이 날개에 어떻게 붙어있는지를 살펴보려고 새털을 뽑았던 기억이 있다. 과학자들조차 흔히 합치고 연결하는 것보다 분리하고 구분하는 것을 통해, 살리는 것보다 죽이는 것을 통해 더 많이 배운다고 믿으니까 아이들의 그런 행동을 나쁘게 해석할 수만은 없다.

진홍색 천에 예쁘게 꿰매 넣어진 자석 또한 어느 날 그런 탐구욕의 힘을 체험해야만 했다. 자석의 신비한 인력은 자석에 적합한 쇠붙이들뿐 아니라 점점 더 강해져서 날마다 더 큰 무게를 감당할 수 있는 성질이 있었다. 나는 이런 신비에 찬 성질에 감탄하여 오랫동안 그것의 작용을 놀라워하며 멍하니 바라보고 있을 수밖에 없었다. 나는 마침내 감싼 천을 벗겨내면 좀 더 확실한 해명을 얻을 수 있으리라 생각했다. 그래서 그렇게 했지만 더 알아낸 것은 아무 것도 없었다. 벗겨낸 천은 아무 것도 알려주지 않았던 것이다. 나는 천을 벗겨버리고 자석만 손에 들고는 쇳가루와 바늘들로 여러 가지 시험을 끊임없이 해보았다. 하지만 내 어린 머리로는 여러 가지 체험 외에는 더 이상 이익을 얻지 못했다. 나는 전체 장치를 다시 조립할 줄을 몰랐고, 각 부분들은 흩어져버렸다. 그리하여 나는 그 기구도, 신기한 현상들도 잃고 말았다.

나는 발전기도 조립해보았지만 잘 되지 않았다. 전기가 모든 것을 지배하고 있던 시절에 유년기를 보낸 집안의 친구가 있었다. 우리 집에 드나들던 그는 자신이 소년 시절에 그런 발전기를 몹시 갖고 싶어 했으며, 발전의 중요 원리들을 알아냈고, 낡은 물레와 몇 개의 약품 컵을 이용하여 상당한 전기력을 일으켰다는 얘기를 자주 들려주었다. 그는 이 얘기를 자주 되풀이하면서 전기에 대해 많이 가르쳐주었으므로 우리 아이들은 그것을 그럴 듯하게 믿고는 낡은 물레와 몇 개의 약품 컵으로 오랫동안 힘들여 시도해 보았으나 전기력은 조금도 일으킬 수 없었다. 그렇지만 우리는 굳은 믿음을 가졌으며, 대목시장이 열릴 때 발전기가 마술이나 요술 같은 다른 진기한 것들 사이에서 기교를 부리는 것을 보고 무척 기뻐했다. 그런 기교는 그 당시 자석의 기교와 마찬가지로 이미 널리 퍼져 있었다.

공교육에 대한 불신은 날이 갈수록 커져갔다. 사람들은 너나없이 가정교사를 구했고, 비용문제로 개인 가정교사를 구할 수 없는 집들은 여러 집이 한데 뭉쳐 공동으로 구했다. 그러나 아이들은 대부분 가정교사와 좋은 사이를 유지하지 못했다. 대부분 젊었던 가정교사는 별로 권위가 없었고, 계속되는 불화 끝에 서로 미워하며 결별할 뿐이었다. 그러므로 사람들이 좀 더 항구적이고 유익한 다른 교육시설을 생각하게 된 것은 조금도 이상한 일이 아니었다.

사숙을 설립하려는 생각은 프랑스어를 활발하게 가르치고 전수해야 한다는, 누구나가 느끼고 있던 필요성에 의해 생겨났다. 아버지는 한 젊은 청년을 교육시킨 적이 있다. 이 청년은 아버지의 하인이자 시종이며 비서로서 점차 모든 일을 두루 다 맡아서 하게 되었다. 파일이라고 하는 이 청년은 프랑스어를 잘 하고 정확하게 이해했다. 그가 결혼을 한 후 후원자들은 그에게 생활터전을 마련해주는 일로 고심했다. 그때 후원자들은 그로 하여금 사숙을 설립하게 해야겠다는 생각을 했다. 그렇게 해서 세워진 사숙은 점차 작은 학교로 커져갔고, 거기서는 필요한 모든 것을, 나중에는 라틴어와 그리스어까지도 가르쳤다. 넓게 펼쳐진 프랑크푸르트의 교통망은 젊은 프랑스인들과 영국인들이 독일어를 배우고 그 밖의 다른 교육을 받기 위해 이 시설을 이용할 수 있는 기회를 주었다. 장년기에 들어서 놀랄 만한 정력과 활동력을 갖게 된 파일은 책임자로서 모든 것을 훌륭하게 관리했다. 그는 견딜 수 있는 한 일에 몰두하여 기회가 닿는 대로 모든 일에 몸을 바쳤다. 그래서 그는 학생들에게 음악 선생이 필요하게 되자 손수 음악에 몰두하여 엄청난 열정으로 피아노 연주를 익혀서 한 번도 피아노 건반을 만져보지 않았는데도 금방 아주 완벽하고 훌륭하게 피아노를 치게 되었다. 그도 역시 아버지의 원칙을 받아들인 것 같았다. 즉 젊은이들을 고무하고 자극할 수 있는 방법은 어느 정도 나이가 들어 비록 새로이 완전한 습득에 이르는 일이 매우 힘들기는 하지만 스스로가 학생이 되어 열정과 끈기로써 자연에서 더 많은 혜택을 받는 젊은이들을 능가하려고 노력하는 것 말고는 없다는 것이었다.

이 같은 피아노 연주에 애착을 갖던 파일은 피아노 자체에 관심을 갖게 되었다. 그는 최고급 피아노를 마련할 욕심으로 게라 시에 있는 프리데리치 상점과 관계를 맺었는데, 그곳의 피아노들은 널리 잘 알려져 있었다. 그는 그 중 몇 대의 피아노를 사들였다. 그는 한 대가 아닌 여러 대의 피아노가 자기 집에 진열되어 있는 것을 보는 것과 그것을 연주하고 들려주는 것에서 기쁨을 느꼈다.

이 사람의 피아노에 대한 열의 때문에 우리 집에서도 음악 열풍이 크게 일어났다. 아버지는 일부 의견차를 제외하고는 그와 항상 좋은 관계를 유지했다. 우리에게도 대형 프리데리치 그랜드피아노가 마련되었는데, 나는 전부터 가지고 있던 내 피아노를 쓰면서 새 피아노는 거의 만지지 않았다. 그러나 누이동생에게는 그 피아노가 한층 더 큰 고통이 되었다. 그녀는 새 피아노에 익숙해지기 위해 날마다 몇 시간씩 더 연습을 해야 했기 때문이다. 누이동생이 연습할 때 아버지는 감독으로서, 파일은 모범 인물이자 자극을 주는 친구로서 교대로 옆에 서 있었다.

아버지의 특별한 취미활동이 우리 아이들에게는 많은 불편을 주었다. 그것은 누에치기였는데, 아버지는 그것이 널리 보편화되면 이득을 얻게 된다고 믿고 있었다. 누에치기가 매우 치밀하게 이루어지고 있던 하나우 시의 몇몇 친지들이 아버지에게 그 직접적인 동기를 주었다. 적당한 시기에 맞춰 하나우 시에서 아버지에게 누에알들을 보내왔다. 그리고 뽕나무에서 잎이 충분히 자라나자 곧장 누에알을 부화시켜 거의 보이지도 않는 새끼누에들을 무척 세심하게 돌봤다. 지붕 밑 방에는 탁자와 판자로 만든 사다리를 설치하여 새끼누에들에게 더 많은 공간과 먹이를 마련해주었다. 누에들은 빨리 자라서 마지막 껍질을 벗고 나면 너무도 식욕이 왕성하여 그것들을 먹일 뽕잎을 아무리 많이 따와도 부족했다. 누에들에게는 밤낮으로 먹이를 주어야 했는데, 크게 되어 놀랄 만한 변화가 일어나는 시기에는 먹을 것을 부족하지 않게 대주는 것이 무엇보다 중요했기 때문이다. 날씨가 좋은 경우에는 물론 이 일은 재미있는 오락거리로 여길 수도 있었다. 그러나 추위가 닥쳐 뽕나무들이 해를 입으면 큰 곤란에 빠졌다. 하지만 그보다 더 난처한 것은 마지막 단계에서 비가 내리는 것이다. 왜냐하면 누에들은 습기를 전혀 견디지 못하기 때문이다. 비가 오게 되면 젖은 뽕잎들을 조심스럽게 물기를 닦아 말려야 했는데, 이것이 늘 제대로 이루어질 수는 없었다. 이런 이유로, 혹은 다른 원인으로 누에들에게 여러 가지 병이 생겼고, 이로 인해 불쌍한 놈들이 수천 마리나 죽었다. 죽은 놈들이 썩어서 페스트와도 같은 지독한 악취가 났고, 몇 마리라도 살리기 위해 죽거나 병든 놈들을 건강한 놈들로부터 가려내야 했다. 이것은 정말 무엇보다도 힘들고 역겨운 일이었고, 그리하여 우리 아이들은 불쾌한 시간을 많이 보내야 했다.

어느 해인가는 우리가 가장 좋은 계절인 봄과 여름의 몇 주를 누에치는 일로 보낸 다음 또 다른 일로 아버지를 돕게 되었는데, 이 일은 조금 더 간단하기는 했지만 누에치는 일 못지않게 힘들었다. 위아래에 검은 막대를 대어 몇 년 동안 옛집 벽에 걸어두었던 로마의 풍경화들이 햇빛과 먼지와 연기에 누렇게 바래고, 파리들 때문에 무척 더러워져 있었다. 그렇게 더러운 것들을 새 집에 들여놓기 어려웠다. 그러나 그림들 속에 담긴 그곳 로마를 떠나온 지가 오래된 아버지에게는 가치가 있었다. 그런 사생화들은 처음 그려졌을 때는 우리에게 바로 얼마 전에 받은 인상을 새롭게 일깨우고 생생하게 해주는 역할을 한다. 그것들은 실물에 비하면 아무 것도 아닌 것으로, 대개는 초라한 대용물에 불과하다고 여겨진다. 반면에 실물에 대한 기억이 점점 사라지면 모사화들은 어느 사이에 실물의 자리를 차지하게 되어 실물 못지않게 값지게 되고, 그리하여 처음에는 경시했던 것이 점점 더 가치를 얻고 사랑받게 되는 것이다. 모든 모사화들이 그러하며, 특히 초상화가 그렇다. 우리는 현존하는 사람의 초상화에는 쉽게 만족하지 않지만 부재중이거나 타계한 사람의 초상화는 모두가 반긴다.

어쨌든 아버지는 지금까지 소홀히 해왔다고 느끼면서 그 동판화들을 가능한 한 다시 처음 상태로 깨끗하게 만들어놓고자 했다. 이런 일은 표백을 하면 가능하다는 것은 누구나 알고 있었다. 화폭이 큰 그림들은 늘 위험하고 불리한 상황에서 이루어졌다. 왜냐하면 그을린 동판화들을 물로 닦고 햇볕에 말리기 위해 올려놓은 판자들이 지붕 밑 다락방 앞의 홈통 옆 지붕에 기대어 있어 위험한 상태였기 때문이다. 이때 중요한 것은 종이가 결코 말라서는 안 되고, 늘 축축한 상태를 유지해야 한다는 점이었다. 이 일의 책임을 나와 누이동생이 맡았다. 우리는 지루하고 초조해서, 또한 조금도 방심할 수 없이 세심하게 주의해야 했기 때문에 그토록 갈망해온 편히 앉아 쉬는 일이 지독한 고통이 되었다. 이 일은 잘 끝났다. 모든 그림을 튼튼한 종이 위에 붙인 제본사는 최선을 다해 우리의 부주의로 찢어진 가장자리들을 손질하여 원래상태로 만들어냈다. 모든 그림들은 한 권으로 모아 원상태로 복원되었다.

아버지는 우리 아이들에게 생활과 배움에서 아무 것도 빠뜨리지 않도록 하기 위해 바로 이 무렵 영국인 어학 선생을 고용했다. 이 선생은 영어를 가르쳐 4주 안에 언어에 완전히 문외한만 아니라면 모두를 자신의 노력으로 혼자 공부할 수 있을 정도까지 만들어놓겠다고 자임했다. 그는 보수를 많이 받지 않았으며, 한 시간에 학생 수가 얼마가 되든 상관하지 않았다. 아버지는 즉석에서 한 번 해보기로 결심하고, 나와 누이동생에게 그 활달한 선생에게서 수업을 받도록 했다. 시간은 충실히 지켜졌고, 복습도 빼놓지 않았다. 우리는 4주 동안 다른 교과목 연습은 제쳐놓았다. 선생과 우리는 서로 만족해하며 작별했다. 그는 그 후 우리 시에 더 머물며 많은 아이들을 지도했기 때문에 이따금 우리에게 와서 공부를 돌봐주고 도와줬다. 그는 우리가 자신이 맡아 가르친 최초의 아이들이라는 데 대해 고마워했고, 다른 사람들에게 우리를 모범적인 아이들이라고 자랑스럽게 말했다.

이에 따라 아버지는 영어도 다른 일련의 언어들 속에서 뒤떨어지지 않았으면 하는 새로운 염려를 했다. 고백하건대 나는 이 문법 저 문법, 이 예문집 저 예문집, 이 작가 저 작가를 바꿔가며 공부함으로써 시간은 물론 과목에 대한 흥미마저 잃는 것이 점점 더 괴로웠다. 그래서 나는 모든 것을 한꺼번에 해치우려고 생각하게 되었다. 세계 곳곳에 흩어져서 각자의 상황과 감정에 대한 소식을 서로 교환하는 6명 내지 7명의 형제자매가 등장하는 소설을 생각해냈다. 맏형은 유창한 독일어로 여행 중의 모든 환경들과 사건들에 대해 보고한다. 누이동생은 여성적인 문체로, 나중에 『지크바르트』를 썼듯이 똑똑 끊어지는 짧은 문장으로 때로는 큰오빠에게, 때로는 다른 형제자매들에게 집안일이나 마음속의 문제들을 말한다. 한 동생은 신학을 공부하며, 매우 정확한 라틴어로 편지를 쓰면서 이따금 그리스어로 추신을 첨부한다. 함부르크에서 점원으로 일하는 한 동생에게는 영어 통신원 역이 맡겨지고, 마르세유에 사는 한 동생은 프랑스어 통신원이다. 이탈리아어 통신원은 처음으로 세계여행에 나선 음악가이다. 막내동생인 건방진 개구쟁이에게는 남아있는 외국어가 없으므로 유대인 독일어를 쓰게 했으며, 그는 기묘한 암호로 나머지 형제들을 절망케 했다. 이 기발한 착상으로 부모를 웃겼다.

이 기이한 소설을 위해 나는 내 등장인물들이 거주하고 있는 지역들을 연구하고, 그 무미건조한 지역들에 인물의 성격이나 직업과 어느 정도 관계가 있는 여러 가지 인간적인 모습들을 덧붙여 넣으면서 뭔가 내용을 만들려고 했다. 이런 식으로 하여 내 연습장들은 무척 두툼해졌다. 아버지는 만족했지만 나는 나의 잠재능력과 숙련도가 부족함을 깨달았다.

이런 일은 한 번 시작되면 끝도 없고 한계도 없듯이 이번 일도 역시 그랬다. 왜냐하면 나는 그 우스꽝스런 유대인 독일어에 흥미를 느껴 그것을 읽는 것은 물론이고 잘 쓰려고 노력하던 중 헤브라이어에 대한 지식이 부족함을 깨달았기 때문이다. 현대의 퇴화하고 왜곡된 말은 오로지 헤브라이어로부터만 파악될 수 있고 어느 정도 확실하게 다룰 수 있었다. 그래서 나는 아버지에게 헤브라이어를 배울 필요성을 설명하고 간곡하게 아버지에게 허락해달라고 했다. 내겐 또 한 가지 목표가 있었던 것이다. 나는 어디를 가나 구약성서와 신약성서를 이해하려면 원어에 대한 지식이 필요하다는 말을 들었다. 나는 이른바 복음서들과 사도서한들을 일요일마다 빼놓지 않고 연습하기 위해 예배가 끝난 후 암송하고, 번역하고, 어느 정도 해설까지 했었기 때문에 신약성서는 아주 수월하게 읽었다. 나는 그 독특성 때문에 전부터 특별히 마음에 들었던 구약성서도 신약성서만큼 잘 다뤄야겠다고 생각했다.

일을 적당히 넘기는 것을 싫어했던 아버지는 김나지움* 교장인 알브레히트 박사에게 부탁하여 내가 그 간단한 헤브라이어를 꼭 필요한 정도만 이해할 수 있을 때까지 몇 주 동안 개인교습을 시켜달라고 하기로 결정했다. 아버지는 내가 이 언어를 그렇게 빨리 배울 수는 없어도 영어보다 적어도 두 배의 시간 안에는 해내게 되기를 바랐던 것이다.

알브레히트 교장은 세상에서도 아주 기이하게 생긴 인물들 중 한 사람이었다. 그는 키가 작고, 뚱뚱하지는 않지만 옆으로 퍼졌고, 기형은 아니지만 균형이 맞지 않았다. 한마디로 말해 성직자 가운을 입고 가발을 쓴 이솝이었다. 일흔 살이 넘은 그의 얼굴은 늘 조소어린 미소로 일그러져 있었고, 눈은 언제나 크게 뜨고 있었고, 눈동자는 붉었으나 눈빛은 늘 반짝이면서 재기가 넘치고 있었다. 그는 김나지움 부지에 있는 수도승들의 낡은 사원에 살고 있었다. 나는 이미 어렸을 때 부모님을 따라 이따금 그

* 16세기 독일에서 고전적 교양을 목적으로 세운 학교. 김나지움은 19세기 초에 대학입학을 위한 준비교육기관이 되었다.

를 방문했었다. 나는 어두컴컴한 긴 복도, 응접실로 변한 예배당, 불규칙한 계단이 있는 구석진 방을 소름끼치는 기분으로 지나쳐갔었다. 그는 나를 볼 때마다 불쾌하게 하지 않으면서 나를 시험했다. 또한 나를 칭찬하고 격려해주었다. 어느 날 종합시험이 끝난 후 진급식에서 그가 학업 및 품행의 은(銀) 상패를 수여하는 동안 나는 강단에서 멀지 않은 곳에 외래 참관자로 서 있었다. 나는 그가 상패를 꺼낸 봉지를 부러운 듯 바라보았던 것 같다. 그는 내게 눈짓을 하더니 한 계단 내려와서 내게도 그 상패를 주었다. 나는 무척 기뻤다. 물론 다른 사람들은 학생도 아닌데 상패를 주는 것이 규칙에 어긋나는 것이라고 여겼다. 그러나 본래 별난 사람이고, 두드러지게 눈에 띄게 행동하는 이 선량한 노인은 그런 것에 별로 상관하지 않았다. 그는 교직자로서 매우 좋은 평판을 얻고 있었고, 늙어서 이제는 완벽하게 수행하지는 못하지만 자신의 직분을 잘 이해하고 있었다. 그러나 그는 자신의 노쇠함 때문이 아니라 외부적인 상황 때문에 지장을 받고 있다고 느꼈다. 그리고 내가 전부터 알고 있던 바로는 그가 교구에도, 신학교 교장에게도, 성직자들에게도, 나아가 교사들에게도 불만을 품고 있었다. 그는 과실과 결점을 주의 깊게 감시하여 풍자로 비판하기를 좋아하는 천성을 교육프로그램은 물론 공개강연에서도 마음껏 발휘했다. 그리고 그가 읽고 존경하는 거의 유일한 작가가 루키아노스*였던 만큼 그는 말하고 쓰는 모든 것에 신랄한 맛을 가미했다.

다행히도 그는 자신이 불만스러워하는 사람들에게 결코 직설적으로 다가서지 않고, 자신이 비난하고자 하는 결점에 대해 암시와 비유와 고전

* 그리스의 풍자작가(120?~180?). 그의 작품 대부분은 대화 또는 편지 형식으로, 당시의 종교나 정치, 철학, 사회를 날카롭게 풍자했다.

1765년의 괴테

의 문구, 성서의 격언으로 빙 돌려 말했다. 이때 그의 연설은(그는 항상 글로 쓴 것을 보고 읽었는데) 불쾌하고 이해하기 어려웠으며, 무엇보다도 가끔 기침 때문에, 또한 신랄하게 꼬집는 부분을 예고하거나 끄집어낼 때면 솟아나온 배를 요동치게 하는 너털웃음 때문에 연설이 자주 중단되었다. 나는 그에게 수업을 받기 시작했을 때 이 별난 사람이 온화하고 친절하다는 것을 알았다. 나는 날마다 저녁 6시에 그에게 갔는데, 초인종이 달린 대문이 등 뒤에서 닫힐 때면 늘 알 수 없는 즐거움을 느꼈다. 그러고는 사원의 어둠침침하고 긴 복도를 따라 걸어갔다. 우리는 그의 서재에서 방수포로 덮인 책상 옆에 앉았다. 그의 옆에는 언제나 너무 읽어 헤진 『루키아노스』가 있었다.

선생의 온갖 호의에도 불구하고 나는 심한 대가를 치르지 않고는 수업을 받을 수 없었다. 선생은 도대체 헤브라이어를 무엇에 쓰려고 하느냐는 조소적인 말을 하지 않고는 견디지 못했던 것이다. 나는 그에게 유대인 독일어에 대한 나의 의도는 숨긴 채 구약성서의 원전을 더 잘 이해하기 위한 것이라고 말했다. 내 말에 그는 미소를 짓고, 내가 배워서 읽을 줄만 알게 되면 그걸로 만족해야 한다고 말했다. 이 말에 나는 은근히 기분이 나빴고, 문자를 배우기 시작하면서 모든 주의를 집중했다. 나는 문자가 거의 그리스어와 비슷하고, 그 형태도 알기 쉽고, 명칭들도 대부분 낯설지 않다는 것을 알았다. 나는 모든 문자를 매우 빨리 파악하고 암기했으며, 이제는 읽기에 들어가야 한다고 생각했다. 나는 읽는 것은 오른쪽에서 왼쪽으로 해나가야 한다는 것을 잘 알고 있었다. 그런데 갑자기 본래 모음을 나타내도록 되어 있는 온갖 종류의 점과 선들로 된 작은 문자들과 부호들이 나타났다. 내가 더더욱 어리둥절했던 것은 모음들은 대부분 대문자들 속에 있었고, 나머지는 낯선 명칭들 아래에 숨겨져 있는 것처럼 보였다는 점이다. 선생은 유대 민족이 번성할 당시에는 실제로 그 첫 번째 부호들로 만족하여 다른 종류의 것들을 쓰거나 읽는 법을 몰랐다고 가르쳐주었다. 나도 좀 더 편하게 익힐 수 있다고 여겨진 이 고대적인 방법에 따라 배우고 싶었다. 그러나 내 늙은 선생은 문법이란 일단 친숙해지고 체계화된 이상 문법에 따라 배워야 한다고 엄하게 설명했다. 그는 이러한 점과 선이 없이 읽는 것은 매우 어려운 일이며, 학자들이나 숙달된 사람들만이 할 수 있는 일이라고 말했다. 그래서 나는 읽는 데 도움을 주는 이 같은 작은 부호들을 익혀야 했다. 하지만 이 일은 점점 더 혼란스러워졌다. 이제는 처음 그 몇 개의 대문자들이 나중에 생긴 작은 부호들을 위해 존재하는 아무 가치도 없는 것이 되었다. 그래서 대문자들은 가벼운 마찰음을 나타내고, 다소 딱딱한 후두음을 나타냈으며, 곧 지주나 보조 역할만 했다. 마침내 모든 것을 충분히 깨달았다고 여겼을 때 몇 개의 대문자 및 소문자가 무성음으로 변해 눈은 바빴지만 입은 별로 할 일이 없게 되었다.

나는 내용은 이미 알고 있던 것을 낯설고 괴상한 발음으로 더듬거려야 했다. 이때 일부 비음과 후두음은 도저히 낼 수 없는 것이라고 배웠기 때문에 나는 거기에서 벗어나서 이 많은 기호들의 이상한 명칭들을 웅얼거리며 어린애처럼 즐거워했다. 황제, 왕, 공작들의 이름이 나왔는데, 그것들은 강음으로서 여기저기서 지배적으로 나타나 나를 적잖이 기쁘게 했다. 그러나 이러한 무의미한 장난도 곧 매력을 잃게 되었다. 그 대신 책의 내용을 읽고, 번역하고, 되풀이하고, 암기하는 데 있어서 내용이 생생하게 떠올라 도움을 받았다. 더구나 책의 내용이야말로 내가 선생으로부터 배우고 싶었던 것이었다. 전부터 내게는 전승되어 온 것과 현실적인 것 및 실현가능한 것 사이의 모순이 무척 큰 관심사였고, 그래서 나는 다른 비현실적인 것과 불합리한 것은 제쳐놓고 기베온의 태양과 아야론 계곡에 떠 있는 달*로 가정교사를 무척 곤란하게 만든 적이 있었던 것이다. 이제 헤브라이어에 능통해지기 위해 구약성서에 온 힘을 다해 몰두하면서 앞서와 똑같은 온갖 의문이 다시 생겼다. 나는 구약성서를 루터 번역판이 아닌, 아버지가 사준 제바스티안 슈미트**의 주석판으로 샅샅이 연구해나갔다. 하지만 유감스럽게도 내 수업시간은 어학연습이라는 면에서는 소홀해지기 시작했다. 나는 읽기, 표현, 문법, 쓰기, 단어 암기를 30분 이상 계속하는 경우가 드물었다. 왜냐하면 모세의 첫 장에서는 많은 사물들을 말로 표현하는 데에 치중했는데도 나는 그런 것에는 나중 장에 가서야 의미를 두었을 뿐 처음부터 곧장 사건의 의미를 파악하는 일에 착수했기 때

* 여호수아서 10장 12~14절의 내용. 여호수아가 가나안을 정복할 때 이스라엘과 화친조약을 맺어서 다른 족속들처럼 멸망되는 운명을 면했다. 이런 이유로 연합한 아모리 왕들의 공격을 받았고, 그들의 구원 요청을 받은 여호수아의 기습으로 멸망했다. 이때 여호수아가, "해야, 기베온 위에 머물러라. 달아, 너도 아야론 골짜기에 멈추어라"고 외치자 아모리 족속을 완전히 멸할 때까지 태양이 중천에 떠 있는 전무후무한 기적이 일어났다고 한다.

** 스트라스부르 대학의 신학교수(1617~1696).

문이다. 이 선량한 노인은 처음에는 나를 이런 일탈행위에서 끌어내려고 애를 썼지만 결국 자기 자신도 재미있어 하는 것 같았다. 그는 버릇대로 기침과 웃음을 그칠 줄 몰랐다. 그는 자신을 난처하게 할 수 있는 지식을 알려주는 것을 무척 경계했지만 내 집요한 추궁은 줄어들지 않았다. 나는 의문을 해결하는 것보다는 의문을 제기하는 것이 더 중요하다고 여겼으므로 점점 더 의욕적이고 대담해져 갔고, 그럴 때 그는 태도로 보아 나를 인정하는 듯했다. 나는 그가 여러 번 배를 씰룩이는 너털웃음과 함께 "이 바보 같은 놈! 이 바보 같은 녀석!"이라고 외치는 소리밖에는 그에게서 받은 것이 없다.

그러는 사이 그는 성서를 이리저리 샅샅이 탐구하는 내 천진난만한 열정을 꽤 진지하게 여기고 도와줄 만한 가치가 있다고 생각한 듯했다. 그래서 그는 얼마 후 자기 서재에 있는 영어 성경문헌을 가르쳐주었다. 그 책은 어렵고 의문 가는 부분들이 이해하기 쉽고 현명한 방식으로 해석되어 있었다. 그 번역서는 독일 신학자들의 엄청난 노력으로 원전보다 뛰어난 점들을 지니고 있었다. 여러 가지 견해들이 제시되고, 마지막에는 성서의 존엄과 종교의 기초와 인간의 이성이 어느 정도 나란히 존립할 수 있는 일종의 화해가 시도되어 있었다. 내가 수업이 끝날 무렵 늘 질문과 의문점들을 제기할 때면 그는 늘 서가를 가리켰다. 내가 그 책을 꺼내오면 그는 내게 그것을 읽게 하고, 자신은 『루키아노스』를 읽었다. 그리고 내가 그 책에 대해 의견을 말하면 그는 내 예민한 감각에 몸에 밴 그 웃음으로 답할 뿐이었다. 그는 긴 여름날에는 내가 읽을 수 있는 한 이따금 혼자 앉아 읽게 했다. 얼마 지나지 않아 그는 내가 책을 한 권씩 집으로 가져가도록 허락했다.

인간은 어디를 향해 가든, 무슨 일을 시도하든 자연이 그에게 미리 정해준 그 길로 다시 돌아오게 되는 것 같다. 이번 일도 그랬다. 언어를 배우고, 성서의 내용을 이해하기 위한 노력은 결국 내 상상력 속에서 저 아름답고 찬미된 땅과 그 주변과 이웃, 수천 년에 걸쳐 지구의 곳곳을 영광스럽게 빛낸 민족과 사건들에 대한 활기찬 상상을 불러일으키는 결과를 낳았던 것이다.

내 상상 속의 이 작은 공간은 인류의 기원과 성장을 바라보아야 했다. 그곳으로부터 원시역사의 유일한 최초의 이야기가 우리에게 전해져야 했다. 또한 그곳은 단순하고 알기 쉬운 모습과 아울러 다채로우며, 멋진 나들이나 거주에 적합한 모습으로 우리의 상상력 앞에 나타나야 했다. 네 개의 이름난 강 사이에 있는 이곳에서 인간이 살 수 있는 모든 땅 중에서 가장 아늑한 작은 공간을 선정하여 어린 소년에게 주어진 것이다. 그는 여기에서 자신의 최초의 능력을 발전시켜야 하고, 동시에 인식을 추구하는 가운데 평화를 잃게 되는, 자손 전체에게 주어지는 운명도 겪어야 했다. 낙원은 잃어버렸다. 인간은 수가 늘어나고 악해져갔다. 이러한 인류의 악행에 아직 익숙해지지 않은 여호와는 참지 못하고 인류를 모두 멸망시켰다. 소수의 사람들만이 천지를 덮친 홍수로부터 살아남았다. 그리고 끔찍한 홍수가 지나가자마자 감사를 드리는 살아남은 자들의 눈앞에 다시 친숙한 고향의 땅이 놓여 있었다. 네 개의 강 중 유프라테스 강과 티그리스 강 두 개만이 제자리를 지키며 흐르고 있었다. 유프라테스라는 이름은 그대로 남았고, 티그리스는 강물의 흐름을 지칭하는 듯했다. 이 같은 대변혁이 있은 후 더 이상 낙원의 흔적은 찾아낼 수 없었다. 다시 태어난 인류는 여기서부터 제2의 출발을 했다. 인류는 온갖 방법으로 스스로를 부양하고, 일할 기회를 찾았는데, 대부분은 순한 가축의 무리를 불러 모아 그것들을 데리고 사방으로 떠났다.

이러한 생활방식과 혈족의 증가는 곧 필연적으로 민족들을 서로 떨어지게 했다. 그들은 친척이나 친구들을 영원히 떠날 결심을 쉽게 할 수 없었다. 그들은 멀리서 다시 돌아오는 길을 찾을 수 있도록 하기 위해 높은 탑을 세우려고 생각했다. 그러나 이러한 시도는 앞서의 첫 노력과 마찬가지로 실패했다. 그들은 행복하면서 동시에 현명할 수 없었고, 다수이면서 동시에 하나가 될 수 없었다. 여호와는 그들을 혼돈에 빠뜨렸고, 탑 세우는 일은 중단되었고, 사람들은 뿔뿔이 흩어졌다. 세계는 사람들이 모여 살았지만 분열되었다.

그러나 우리의 시선과 관심은 여전히 이 지역에 고정되어 있었다. 마침내 이 지역에서 시조가 나타났다. 그는 다행히도 자기 자손들에게 결정적인 특성을 불어넣어주어 그것을 통해 영원히 위대한, 온갖 운명과 장소의 변화에도 불구하고 결합하는 민족으로 통일시켰다.

아브라함은 하느님의 계시를 받아 유프라테스 강에서 서쪽을 향해 떠난다. 사막은 그의 행렬에 결정적 장애가 되지는 않는다. 그가 요르단 강에 도착하여 강을 건너자 아름다운 남부 팔레스티나 지방이 펼쳐진다. 이 땅은 이미 오래 전부터 사람들이 차지하고 있었고, 많은 사람들이 거주하고 있었다. 그리 높지는 않지만 돌이 많고 척박한 산들은 물이 많이 흐르는 경작하기 좋은 계곡들에 의해 갈라져 있었다. 도시들, 촌락들, 따로 떨어진 거주지들은 평지와 요르단 강으로 합류해 들어가는 물이 흐르는 넓은 계곡의 경사지에 흩어져 있었다. 이 땅은 사람들이 이렇게 거주하고 있었고, 이렇게 경작되고 있었다. 세계는 아직 충분히 넓었고, 사람들은 주위의 모든 땅을 점령하고자 할 만큼 불안하지도, 욕심에 차 있지도, 활력적이지도 않았다. 그들의 소유지들 사이에는 풀을 먹고 사는 가축들이 편안하게 이리저리 돌아다닐 수 있는 넓은 지역이 펼쳐져 있었다. 그런 땅에 아브라함이 머물렀고, 동생 롯도 함께 있었다. 그러나 그들은 그곳에 오래 머물 수 없었다. 인구가 갑자기 줄어들고, 생산이 수요와의 균형을 유지하지 못하는 그 땅의 상황은 예기치 않은 기근을 초래하며, 이주해온 자는 자신이 거주함으로써 본의 아니게 토착민의 식량을 축내게 되어 토착민들과 갈등을 겪었다. 이 두 칼데아인 형제는 이집트로 떠난다. 그리하여 우리에게는 수천 년 동안 세계의 가장 중요한 사건들이 일어났던 무대가 펼쳐진다. 티그리스에서 유프라테스로, 유프라테스에서 나일에 이르는 땅은 사람들이 많이 거주하고 있음을 보게 된다. 이 지역에서는 신들의 사랑을 받고, 이미 우리에게 값진 인물이 된 한 남자가 가축과 재산을 가지고 이리저리 돌아다니면서 그것을 짧은 시일 안에 크게 늘렸다. 두 형제는 다시 돌아왔다. 밖에서 겪은 고난으로 현명해진 두 사람은 서로 헤어지기로 결심한다. 두 사람은 본래 가나안 남쪽에 있었지만 아브라함은 마므레 숲과 마주한 헤브론에 머물고, 롯은 시딤 계곡으로 간다. 만일 우리가 대담하게 상상력을 발휘하여 요르단 강 아래에 지하 배수구가 있었고, 현재의 사해가 있는 곳에 메마른 땅이 있었다고 하면, 시딤 계곡은 제2의 낙원으로 여겨질 수 있을 뿐만 아니라 분명 그러했을 것이다. 신앙심이 약하고 신성모독자들이라는 그곳의 사람들과 그 주변지역 사람들이 안락하고 풍요로운 삶을 누렸던 것으로 보아도 그곳은 분명 낙원이었을 것이다. 롯은 그들 속에서 살아가지만 그들과 어울리지는 않는다.

그러나 헤브론과 마므레 숲은 하느님이 아브라함과 이야기하고, 사방으로 시야가 닿는 데까지의 모든 땅을 그에게 약속한 중요한 장소로 우리에게 나타난다. 우리는 이 조용한 지역으로부터, 또한 신성한 사람들로 둘러싸여 그들을 손님으로 접대하며 그들과 많은 대화를 나눌 수 있는 목자들로부터 눈길을 동쪽으로 돌려 가나안의 각각의 상황과 전체적으로 똑같은 인근 세계의 상황을 생각해볼 필요가 있다.

가족들은 단결한다. 그들은 하나로 뭉치며, 종족들의 생활양식은 그들이 점령했거나 점령하고 있는 땅에 의해 규정된다. 물을 티그리스 강으로 흘러내려 보내는 산맥 위에 사는 민족들은 호전적임을 알 수 있다. 그들은 일찍부터 세계정복자나 세계지배자가 나올 것을 암시해오고 있으며, 어마어마한 전사들의 행렬에서 장차 엄청난 전쟁 대업의 서곡을 나타내고 있다. 엘람의 왕 케도르 라오모르는 이미 오랫동안 지배해오고 있어 동맹자들에게 막강한 영향을 미치고 있다. 그는 아브라함이 가나안에 도착하기 전에 이미 12년간이나 요르단 강에 이르는 여러 민족들을 정복하여 조공을 바치게 했다. 그들은 마침내 저항하고, 동맹자들은 전쟁준비를 했다. 그들은 예기치 않게 아브라함이 가나안으로 갔으리라 추측되는 길을 따라갔다. 요르단 강 좌안과 하류에 살던 민족들은 정복되었다. 케도르 라오모르는 자신의 군대를 남쪽 사막에 사는 민족들을 향해 진군시켰다. 그런 다음 그는 북쪽으로 방향을 돌려 아말렉인을 점령하고, 아모리인을 친 다음 가나안에 도착했다. 그는 시딤 계곡의 왕들을 공격하여 무너뜨리고, 많은 노획물을 가지고 요르단 강 상류 쪽으로 올라가 승리의 행군을 레바논까지 이어가려 했다.

포로들 그리고 재산과 함께 끌려가는 사람들 속에는 롯도 있었다. 그는 자신이 손님으로 머물던 땅과 운명을 함께 나눈다. 아브라함이 이 소식을 듣는다. 족장인 그는 바로 전사이자 영웅이 된다. 그는 자신의 하인들을 모아 여러 집단으로 편성한 다음 행군이 힘든 약탈부대를 공격하고, 배후의 적을 예상하지 못한 승리자들을 혼란에 빠뜨리며, 자신의 동생과 그의 재산을 되찾는 동시에 정복당한 왕의 많은 재물들도 돌려받는다. 이 잠깐 동안의 전쟁을 통해 아브라함은 곧 그 땅의 점령자가 된다. 그는 주민들에게 보호자이고 구제자이며, 사심 없는 마음에 의해 왕으로 간주된다. 시딤 계곡의 왕들은 그를 감사하며 맞이했고, 왕이자 사제인 멜기세덱은 그를 축복했다.

이제 자손이 끝없이 번성하리라는 예언들이 계속해서 나오고, 점점 더 멀리 퍼져나간다. 유프라테스에서 이집트의 강에 이르기까지 모든 지역이 그에게 약속된다. 그러나 그의 직계 혈통은 아직 태어날 가능성이 없어 보인다. 여든 살인 그에게는 아들이 없다. 그보다 신을 덜 믿는 부인 사라는 초조해진다. 그녀는 동양의 풍습에 따라 자신의 하녀를 통해 자손을 얻으려 한다. 그러나 하녀 하갈이 주인에게 몸을 맡겨 아들을 낳을 수 있는 희망이 보이자마자 집안에는 불화가 일어난다. 부인은 자신이 보호하고 있는 하녀를 몹시 학대하고, 하갈은 다른 종족에게 가서 더 좋은 삶을 찾으려고 도망친다. 그러나 하느님의 지시로 그녀는 다시 돌아오고, 이스마엘이 태어난다.

아브라함은 아흔아홉 살이 되고, 자손이 번성하리라는 예언은 여전히 계속된다. 그리하여 결국 두 부인은 예언을 우스꽝스럽게 여기게 된다. 그러나 마침내 사라도 임신을 하게 되어 아들을 낳는데, 이 아이의 이름이 이사악이다.

역사는 대부분 인류의 합법적 번식에 기초를 두고 있다. 가장 중요한 세계적 사건들을 알아내기 위해 우리는 가정의 비밀까지도 추적할 필요를 느낀다. 족장들의 결혼까지도 특별히 관찰의 기회를 마련해주고 있다. 인간의 운명을 이끌어가는 신들이 마치 온갖 종류의 혼인관련 사건들을 여기서 표본적으로 보여주려고 하는 듯하다. 많은 사람들이 청혼한 아름다운 여인과 결혼하여 오랫동안 자식을 낳지 못하고 살아온 아브라함이 백 살이 되어 두 아내의 남편이자 두 아들의 아버지가 된다. 그 순간 가정의 평화는 깨어진다. 두 부인이 동등하게 나란히 존재하면서, 두 어머니가 낳은 두 아들이 서로 대립하는 상황을 극복하고 해결하는 것은 불가능하다. 따라서 법률, 인습, 여론상 보호를 덜 받는 쪽이 물러나야만 한다. 그래서 아브라함은 하갈과 이스마엘에 대한 애정을 희생하지 않을 수 없다. 두 사람은 쫓겨난다. 하갈은 전에 스스로 도망쳤던 그 길을 이번에는 억지로 걸어가게 되고, 그 길은 처음에는 자신과 아이의 몰락의 길이라고 여긴다. 그러나 전에 그녀를 돌려보냈던 주의 천사가 이번에도 그녀를 구해준다. 천사는 이스마엘이 위대한 민족을 이루게 되고, 전혀 가능성이 없어 보이는 모든 약속들이 무한히 실현될 것이라고 말한다.

나이 많은 부모와 뒤늦게 태어난 외아들. 마침내 여기서 가정의 평화와 세속의 행복을 기대할 수 있을 것인가! 그렇지 않았다. 하늘의 신들은 그 족장에게 아직도 힘든 시험을 준비하고 있는 것이다. 그러나 이에 대해서는 먼저 여러 가지 고찰을 하지 않고는 얘기할 수 없다.

자연적인 보편적 종교가 발생하고, 그로부터 특별한 계시종교가 발전하는 데에는 지금까지 우리의 상상력 속에 머물고 있는 나라들과 생활방식과 인종이 가장 적합했다. 적어도 이처럼 유리하고 밝은 세상이 나타났던 곳은 전 세계 어디에도 없었다. 자연종교가 인간의 감정에서 발생한 것임을 인정한다면 거기에는 이미 많은 섬세한 감정이 깃들어있다. 왜냐하면 자연종교는 모든 세계질서를 이끄는 보편적인 신의 섭리에 대한 믿음에 기초하기 때문이다. 신들에 의해 이 민족 저 민족에게 계시된 특별한 종교는 신들이 총애하는 인간, 가정, 종족, 민족들에게 약속하는 특별한 섭리에 대한 믿음을 동반한다. 이러한 종교는 인간의 내면으로부터 발전하기는 어려울 것으로 생각된다. 그것은 태고로부터의 전수, 인습, 보증을 요한다.

그리하여 이스라엘의 전수종교가 이런 특별한 섭리를 믿는 최초의 사람들을 신앙의 영웅들로 묘사하고 있는 것은 좋은 일이다. 이들은 자신들이 신에 예속되어 있음을 깨달아 신의 모든 계율을 맹목적으로 따르며, 신의 약속들이 뒤늦게 실현되어도 결코 의심하지 않고, 기다리는 데 지루해하지 않는다.

특별한 계시종교는 각자가 다른 사람보다 신들에게서 더 많은 총애를 받을 수 있다는 생각을 토대로 하고 있어 무엇보다도 환경의 분리로부터 발생한다. 최초의 인간들은 모두가 비슷한 관계를 맺고 있는 듯했는데, 그들의 생업활동이 곧 그들을 갈라놓았다. 사냥꾼이 그들 중 가장 자유분방했다. 사냥꾼은 전사와 지배자로 발전했다. 밭을 경작하고, 땅에 몸을 맡기고, 수확물을 보존하기 위해 집과 창고를 지은 쪽은 생활환경이 지속과 안전을 약속해주었으므로 어느 정도 자긍심을 가질 수 있었다. 목축가에게도 무제한의 상황과 무한한 소유가 허용된 듯했다. 가축들은 끝없이 늘어났고, 그것들을 기르는 공간은 사방으로 확장되어갔다. 이 세 계층은 처음에는 서로를 증오와 멸시의 눈으로 바라보았던 것 같다. 그래서 목축가는 도시인을 증오하여 그로부터 떨어져 나갔다. 사냥꾼은 산속으로 들어

고대의 희생제의

가 우리의 눈에서 사라졌고, 나중에 정복자가 되어 다시 나타났다.

족장들은 목축가 계층에 속해 있었다. 광활한 사막과 목초지에 사는 그들의 생활방식은 그들의 사고에 넓은 도량과 자유를 주었고, 그들을 덮고 있는 둥근 하늘은 밤의 별들과 함께 그들의 감정에 숭고함을 부여했다. 그들은 민첩하게 생활하는 사냥꾼이나 안전하고 꼼꼼하게 집에서 살아가는 농부보다 한층 더 신이 그들 편에 서서 그들을 방문하고, 그들에게 관심을 품고, 그들을 이끌고 구해준다는 확고한 믿음을 필요로 했다.

우리는 다음 이야기로 넘어가면서 또 한 가지 고찰을 필요로 한다. 족장들의 종교는 인간적이고, 아름답고, 밝게 여겨지지만 야만성과 잔인성이 관통하고 있기도 하다. 인간은 그런 성향으로부터 빠져나올 수도 있고, 그 속으로 다시 빨려 들어갈 수도 있다.

증오가 정복된 적의 피와 죽음으로 인해 가라앉는 것은 당연하다. 전쟁터에 널브러져 있는 시체들 사이에서 평화협정이 체결되는 것도 충분히 생각할 수 있는 일이다. 도살된 동물들에 의해 동맹을 공고히 할 수 있다는 생각도 앞의 경우와 같은 것이다. 사람들은 신들을 언제나 자기편 아니면 적으로, 혹은 조력자로 여겼다. 그리하여 도살된 동물을 바쳐 신들을 자기편으로 이끌고, 신들과 화해하고, 신들을 얻을 수 있다고 여겼는데, 이런 생각도 마찬가지로 놀라운 것은 아니다. 그러나 우리가 희생물들에 대해 관심을 두고 원시시대에 그것들이 어떤 방식으로 희생당했는지를 고찰해보면 아마도 전쟁에서 유래된 듯한 기이하고도 지극히 역겨운 관습을 알게 된다. 즉 희생에 바치는 동물은 어떤 종류든, 그 수가 얼마가 되든 두 쪽으로 갈라서 양쪽에 놓아야 했고, 그 중간의 통로에 신과 동맹을 맺고자 하는 자들이 섰던 것이다.

또 다른 끔찍한 풍습이 저 아름다운 세계를 통해 기이하고 불안하게 행해지고 있었다. 신에게 바쳐지는 약속된 모든 것은 죽어야만 했던 것이다. 이것은 평화를 구실로 한 전쟁의 풍습인 듯하다. 완강히 저항하는 도시의 주민들은 그러한 서약으로 협박당한다. 도시는 일제공격 등으로 항복한다. 어떠한 것도 살아남지 못한다. 남자들은 모두 죽게 되며, 때로는 여자들과 아이들, 가축들까지도 같은 운명을 나눈다. 경솔하게도 미신에 따라 닥치는 대로 그런 희생이 신들에게 약속된다. 그리하여 살려두고 싶은 사람들까지도, 즉 이웃이나 자기 자식들까지도 그런 광신의 희생양으로 피를 흘리게 하는 경우가 있다.

아브라함의 부드럽고 진정으로 원조 할아버지 같은 성격에서는 그런

야만적인 숭배방식은 나올 수 없었다. 그러나 신들은 때때로 우리를 시험하기 위해 인간이 신들에게서 본뜨곤 하는 특성을 내보여 아브라함에게 끔찍한 행동을 명한다. 그는 새로운 동맹의 담보로 아들을 희생해야 한다. 그리고 관례에 따라 아들을 죽여서 불태울 뿐만 아니라, 그를 두 쪽으로 갈라놓고, 김이 솟아오르는 내장 사이에 서서 자애로운 신들로부터 새로운 약속을 기다려야 한다. 아브라함은 지체하지 않고 맹목적으로 명령을 이행하려고 한다. 신들은 그의 의지만으로도 만족한다. 이제 아브라함의 시험은 끝난다. 더 이상의 시험은 할 수 없었던 것이다. 그러나 부인 사라가 죽음으로써 아브라함은 가나안 땅을 이상적으로 차지할 수 있는 기회를 얻는다. 그는 묘지가 필요했고, 이로써 그는 이 땅에서 처음으로 자신의 재산을 구하게 된다. 그는 이미 전에 마므레 숲 쪽에 있는 이중 동굴을 찾아냈었다. 그는 이 동굴을 옆에 붙은 밭과 함께 샀는데, 그가 준수한 법률상의 계약서는 이 재산이 그에게 얼마나 중요한지를 보여주고 있다. 이 재산은 그가 생각했던 것보다 더 중요한 것이었다. 왜냐하면 그와 그의 아들과 손자들이 거기에 묻히도록 되어 있었고, 이로 인해 이 지역 전체에 대한 요구와 이곳에 모이고자 하는 후손들의 끊임없는 소망이 근본적으로 근거를 얻게 되었기 때문이다.

이제부터 다채로운 가족사가 계속해서 펼쳐진다. 아브라함은 여전히 주민들과는 엄격히 분리된 신분으로 지낸다. 이집트인 어머니를 가진 이스마엘은 역시 이집트 처녀와 결혼했지만 이사악은 동족이며 같은 신분의 여자와 결혼하도록 되어 있었다.

아브라함은 메소포타미아에 남겨두고 온 친척에게 하인을 보낸다. 현명한 하인 엘레아사르는 아무도 모르게 그곳에 도착하여, 적절한 신부를 데려오기 위해 샘물가에 있는 처녀들의 태도를 시험한다. 그는 마실 물을 청하고, 레베카는 청하지도 않았는데도 낙타들에게 물을 준다. 그는 그 처녀에게 선물을 주고, 청혼을 하며, 그녀는 거절하지 않는다. 그래서 그는 그녀를 데리고 주인집으로 돌아오고, 그녀는 이사악과 결혼한다. 이들에게서도 자손이 생기기까지는 오랜 시일을 기다려야 한다. 몇 년 동안의 시험을 거친 후에야 레베카는 임신을 하게 된다. 아브라함의 이중결혼으로 두 어머니에게서 일어났던 불화가 이번에는 한 어머니에게서 일어난다. 상반되는 성향을 가진 두 아이가 이미 어머니의 뱃속에서 싸우고 있는 것이다. 그들이 세상에 태어난다. 형은 활발하고 힘이 세며, 동생은 온순하고 지혜롭다. 아버지는 형을, 어머니는 동생을 좋아한다. 이미 태어나면서 시작된 우위 다툼이 계속 이어진다. 에서는 운명이 내려준 장남 신분에 대해 태연하고 무관심하다. 야곱은 형이 자신을 뒤로 밀어낸 것을 잊지 않는다. 야곱은 원하는 이익을 얻기 위해 모든 기회에 주의를 기울이면서 형에게서 장남의 권리를 양보 받고, 아버지의 축복을 빼앗는다. 에서는 격분하여 동생을 죽이기로 맹세하고, 야곱은 조상들의 땅에서 행복을 찾으려고 도망친다.

이제 가족 중에서 처음으로 지혜와 책략을 통해 자연과 환경이 허용하지 않는 이익을 얻으려고 앞뒤 가리지 않는 한 사람이 나타난다. 성서가 족장들이나 하느님에게 총애를 받는 사람들을 결코 덕성 있는 인물로 내세우려 하지 않는다는 것은 이미 잘 알려져 있었고 언명되어왔다. 그들 역시 많은 결점과 과오를 지닌 다양한 성격의 사람들이다. 그러나 그 사람들에게서는 하느님의 뜻에 따라 한 가지 중요한 특성이 결여되어서는 안 된다. 그것은 하느님이 그들과 그들 가족을 특별히 보살펴준다는 흔들

이사악을 제물로 바치는 아브라함

리지 않는 믿음이다.

보편적이고 자연적인 종교는 본래 믿음을 필요로 하지 않는다. 왜냐하면 창조하고 질서를 잡고 인도하는 위대한 존재는 자신을 우리에게 이해시키기 위해 자연의 뒤에 숨어있다는 확신이 누구에게나 생기기 때문이다. 비록 자신을 일생 동안 이끌어주는 이러한 확신의 끈을 이따금 놓쳐버린다 해도 그는 곧장 어디서나 그것을 다시 붙잡을 수 있다. 그러나 특별한 종교는 완전히 다른 태도를 취하고 있어, 저 위대한 존재가 어느 한 개인, 어느 한 종족, 어느 한 민족, 어느 한 지역을 결정적으로 특별히 보살펴준다는 것을 우리에게 알린다. 이 특별한 종교는 믿음에 기초를 두고 있으며, 믿음이 없으면 곧장 근본적으로 파괴될 수밖에 없다. 이 종교에 대한 의심은 무엇이든 치명적이다. 사람들은 확신으로 돌아갈 수는 있지만 믿음으로 돌아갈 수는 없다. 그리하여 끝없는 시험과 되풀이되는 약속에 대한 실현의 지연이 주어지고, 이를 통해 조상들의 믿음 능력이 분명하게 드러난다.

야곱 역시 이러한 믿음을 갖고 길을 떠난다. 그는 계략과 사기로 우리의 호감을 얻지 못하자 라헬에 대한 끊임없고 변함없는 사랑으로 우리의 호감을 얻는다. 그는 엘레아사르가 그의 주인을 위해 레베카에게 구혼했던 것처럼 즉석에서 라헬에게 구혼한다. 그에게서는 비로소 거대한 민족 건설의 약속이 완벽하게 펼쳐지게 된다. 그는 두루 많은 아들을 둔다. 그러나 아들들과 그 어머니들로 인해 많은 정신적 고통을 겪는다.

야곱은 사랑하는 라헬을 얻기 위해 7년 동안이나 인내하며 흔들림 없이 봉사한다. 그의 장인은 계략에 있어 그와 똑같고, 그처럼 목적을 위해서는 모든 수단을 정당하게 여기며, 그를 속이고, 그가 형에게서 한 짓에 대해 응징한다. 야곱은 사랑하지 않는 여자를 아내로 맞는다. 장인 라반은 그의 마음을 가라앉히기 위해 곧 그에게 사랑하는 여인 라헬을 주기로 하는데, 또 다시 7년 동안을 봉사해야 한다는 조건이 붙는다. 그리하여 그에게서는 계속해서 불만에 불만이 솟구친다. 사랑하지 않는 부인은 자식을 많이 낳고, 사랑하는 부인 라헬은 자식을 낳지 못한다. 그래서 라헬은 사라처럼 하녀를 통해 어머니가 되려 하고, 또 다른 부인은 동서가 얻게 될 이득을 시기한다. 그리하여 그녀도 하녀 한 명을 남편에게 들여준다. 이제 이 선량한 족장은 세상에서 가장 고통 받는 남자가 된다. 네 명의 부인, 세 명의 부인에게서 태어난 자식들, 그리고 정작 사랑하는 부인은 자식을 낳지 못했으니! 마침내 사랑하는 부인 라헬도 축복을 받아 늦둥이인 요셉이 태어난다. 야곱의 14년간의 봉사는 끝난다. 그러나 장인 라반은 가장 훌륭하고 충실한 하인으로서 야곱을 놓아주려 하지 않는다. 그들은 새로운 계약을 맺고 가축들을 나눈다. 라반은 수가 많은 흰색 가축들을 갖고, 야곱은 얼룩덜룩한 저질의 가축들로 만족한다. 그러나 야곱은 여기서 자신의 이익을 지킬 줄 안다. 그는 형편없는 음식으로 장남의 권리를 얻고 변장을 통해 아버지의 축복을 얻었던 것처럼 이제는 기교와 동정심을 통해 대다수의 가장 좋은 가축들을 자기 것으로 만들고, 이렇게 하여 이스라엘 민족의 진정으로 존엄한 선조이자 후손들의 모범 인물이 된다. 라반과 그의 가족들은 어디에서 그런 재주가 나왔는지는 알지 못하지만 그 결과는 알아차린다. 곧 불화가 일어난다. 야곱은 가족과 함께 모든 재산을 가지고 도망친다. 그는 때로는 운 좋게, 때로는 계략으로 뒤쫓는 라반에게서 벗어난다. 이제 라헬은 또 한 명의 아들을 낳는다. 그러나 그녀는 분만 중에 죽고 만다. 힘겹게 태어난 아들 베냐민은 살아남지만 또 다른 아들 요셉이 행방불명되어 늙은 아버지는 더 큰 고통을 겪는다.

내가 이런 일반적으로 잘 알려져 있고, 자주 반복적으로 해석되어온 이야기들을 여기서 왜 다시 자세하게 설명하고 있는지 묻고 싶은 사람도 있을 것이다. 이에 대한 답변으로 나는 이렇게 말하겠다. 즉 나는 내 혼란한 삶과 여러 분야로 갈라진 배움에서 어떻게 해서 내 정신과 감정을 한 점에 모아 평온한 생활을 해나갔는지를 다른 방법으로는 설명할 수가 없기 때문이다. 비록 바깥세상은 거칠고 기이하게 흘러갔음에도 불구하고 나를 에워쌌던 평화를 나는 다른 방법으로는 묘사할 수가 없는 것이다. 앞서의 동화가 증명하듯 끝없이 요동치는 내 상상력이 나를 이리저리로 이끌고 다니고, 우화와 역사가 뒤섞이고 신화와 종교가 뒤섞여 나를 위협적으로 혼란스럽게 할 때면 나는 저 동양적인 세계로 도피하여 모세의 창세기에 침잠했고, 거기에 넓게 퍼져있던 유목민족 사이에서 크나큰 고독을 맛보고 거대한 사회를 접했던 것이다.

이런 가족 사건들이 이스라엘 민족의 역사 속으로 들어가 자취를 감추기 전에 이제 마지막으로 무엇보다도 희망과 상상력을 지닌 젊은이들이 무척 좋아할 또 하나의 인물을 살펴보기로 한다. 그는 바로 열정적인 부부간의 사랑으로 태어난 아기 요셉이다. 그는 침착하고 총명한 모습으로 우리 앞에 나타나며, 자신의 가계를 뛰어넘을 장점들을 지니고 있음을 스스로 예언하고 있다. 그는 형제자매들에 의해 불행에 빠지지만 노예상태에 머물면서도 의연하고 정직하며, 극히 위험한 유혹에도 견디고, 예언에 의해 구출되며, 결국 공을 세워 높은 명예의 자리에 오른다. 그는 우선 거대 왕국에, 그런 다음 자기 가족에게 힘이 되고 유익한 모습을 드러낸다. 그는 침착성과 대범성에 있어서는 시조인 아브라함을, 차분함과 헌신성에 있어서는 할아버지 이사악을 닮았다. 그는 아버지에게서 이어받은 상업정신을 큰일에 이용한다. 가축들은 더 이상 자기 자신을 위해 장인에게서 얻은 것이 아니고, 왕을 위해 구입한 온갖 재산을 가진 민족들로 이해된다. 이 자연적인 이야기는 지극히 아름다운데도 너무 짧은 감이 있어 세부적으로 묘사할 필요를 느끼게 된다.

윤곽만 제시된 성서의 인물들과 사건들을 자세히 묘사하는 것은 독일인들에게는 그다지 낯선 일이 아니다. 구약 및 신약성서의 인물들은 클롭슈토크에 의해 부드럽고 감정이 풍부한 성격을 얻었고, 소년인 나와 동시대 사람들에게 큰 감명을 주었다. 이런 종류의 보드머의 작품들을 나는 거의 알지 못했다. 그러나 모저의 『사자굴 속의 다니엘』은 내 어린 마음에 큰 영향을 주었다. 여기서 사려 깊은 사업가이자 궁중 신하인 다니엘은 많은 고난을 통해 명예롭고 높은 지위에 오른다. 죽음의 위협을 받지만 독실한 신앙심은 조만간 그의 방패이자 무기가 된다. 나는 오래 전부터 요셉의 이야기를 고쳐 쓰고 싶다는 욕망이 있었다. 그러나 나는 특히 그런 작품에 적절한 시 종류에 익숙하지 못해서 제대로 된 형식을 생각해낼 수가 없었다. 그러나 나는 이제 산문으로 쓰는 것이 수월하겠다고 판단하고 작업에 온 힘을 다 바쳤다. 나는 인물들의 성격을 분류하여 묘사해나가고자 했다. 나는 우연한 사건들과 일화들을 삽입해서 낡고 단순한 이야기를 새롭고 독창적인 작품으로 만들고자 했다. 그러기 위해서는 내용이 필요하고, 이 내용은 당연히 경험을 통한 지식에 의해서만 생길 수 있다는 사실을 어린아이였던 나는 생각할 수 없었다. 하지만 나는 모든 사건들을 세밀한 부분까지 찾아내어 차례대로 엄밀하게 서술해나갔다.

이 작업을 매우 손쉽게 해준 계기가 있었는데, 그것이 내 작가정신을 채찍질하여 이 작품을 상당한 분량의 장편으로 만들게 했다. 다방면으로 재능이 많은 한 젊은이가 과로와 망상으로 바보가 되어 보호를 받으며 우리 집에서 살고 있었다. 그는 가족과도 편안하게 지냈고, 혼자서만 매우 조용히 있었으며, 평소에 하던 습관대로 내버려두면 만족해하고 좋아했다. 이 사람은 대학시절 노트정리를 무척 세심하게 했었으며, 읽기 쉽게 글씨를 잘 썼다. 그는 글씨 쓰는 것을 가장 즐겨서 그에게 무언가를 정서해달라고 맡기면 좋아했다. 그러나 그는 받아쓰기를 시키면 더욱 좋아했는데, 그러면 행복했던 대학시절로 돌아가 있는 듯 느꼈기 때문이다. 아버지는 글씨를 빠르게 쓰지 못했는데, 특히 독일문자를 작고 비뚤게 썼으므로 그 사람이 무엇보다 더 필요했다. 그래서 아버지는 이 젊은이에게 보통 하루에 몇 시간씩 자기 일은 물론이고 다른 사람의 일까지도 받아쓰게 하곤 했다. 나는 내 머릿속을 재빨리 스쳐지나간 모든 것을 쉬는 시간에 다른 사람의 손으로 적어두는 것이 꽤나 편리하다는 것을 알았다. 내 창작이나 모방의 재능은 쉽게 파악하고 보존을 잘 하는 것과 함께 성장했다.

나는 아직 성서의 산문적 서사시로서의 대작을 계획하고 있지 않았다. 그때는 꽤 평온한 시기였으며, 내 상상력은 팔레스티나나 이집트로부터는 아무 것도 끌어내지 못했다. 그리하여 내가 시를 공중에 대고 읊는 대로 시구가 구절구절 종이 위에 옮겨져 내 원고철은 날마다 더 두꺼워졌고, 이따금 고쳐 쓸 필요가 있는 원고는 불과 몇 장에 지나지 않았다.

나 스스로도 놀랄 정도로 시가 정말 완성되었을 때 몇 년 선에 써놓은 여러 시들도 있다는 생각이 났다. 나는 지금 버리고 싶은 생각도 없어서 『요셉』과 합쳐져 하나의 형태를 이룬다면 아주 적당한 4절판의 책이 될 것 같았고, 제목은 『혼합시』로 붙일 수 있을 것 같았다. 이런 계획이 무척 마음에 들었다. 왜냐하면 그렇게 해서 알게 모르게 유명한 작가들을 모방할 기회를 얻었기 때문이다. 나는 이른바 아나크레온파* 시들을 꽤 많이 썼는데, 이것들은 운율이 까다롭지 않고 내용이 쉬워 매우 쉽게 지을 수 있었다. 그러나 나는 이 시들을 수록할 수는 없었다. 이것들은 운이 없는 데다가 나는 누구보다도 아버지에게 좀 더 멋진 시를 보여주고 싶었기 때문이다. 나는 엘리아스 슐레겔**의 『최후의 심판』을 매우 열심히 모방해서

---

* BC 5세기경의 그리스 서정시인 아나크레온을 추종한 시인들로 술과 사랑을 노래했다. 아나크레온의 시 창작방식은 대단히 형식적이었다. 시작법에서 말하는 아나크레온 운율은 그의 이름을 딴 것이다.

** 독일의 작가, 비평가(1719~1749). 희곡과 비평을 통해 독일 연극계에 절실하게 필요하던 새로운 자극을 주었다. 예술의 목적은 교훈이나 도덕을 가르치는 것이 아니라 즐거움을 주는 것이라고 주장했다. 희곡 『벙어리 미인』(1747)과 『착한 여인들의 승리』(1748)는 후에 G. E. 레싱의 찬사를 받았다.

만든 종교적 송가가 여기에 더 적합할 것 같았다. 그리스도의 지옥순례를 찬미하여 쓴 시도 부모와 친구들에게서 호평을 받았고, 다행히 몇 년 동안은 내 마음에도 들었다. 나는 매번 인쇄되던 이른바 일요일의 교회음악 가사들도 열심히 연구했다. 그 가사들은 물론 매우 보잘것없었다. 나는 규정된 형식에 따라 내가 지은 많은 시들도 작곡되어 교구 신도들의 교화를 위해 불릴 만한 가치가 있다고 생각했다. 나는 이 시들과 비슷한 여러 시들을 1년 이상 내 손으로 직접 적어놓았다. 왜냐하면 나는 이런 개인적 연습으로 쓰기선생의 쓰기연습을 면제받았기 때문이다. 이제 모든 것이 편집되고 잘 정리되었다. 그리고 이것들은 별 어려움 없이 그 쓰기 좋아하는 젊은이가 깨끗이 정서했다. 나는 그것을 가지고 제본소로 달려갔다. 그리고 곧 깨끗한 책을 아버지에게 건네 드렸을 때 아버지는 특별히 좋아하며 매년 그런 4절판 책을 내라고 나를 격려해주었다. 아버지가 더욱 더 자신감을 가지고 나를 격려해준 것은 내가 이 모든 것을 단지 여가 시간을 이용하여 해냈기 때문이었다.

또 하나의 상황이 나의 이 신학적 내지 성서적인 연구에 대한 열의를 키웠다. 교구의 장로인 요한 필리프 프레제니우스는 온화한 성품에 멋지고 호감을 주는 외모를 갖추고 있었다. 그는 자신의 교구는 물론 온 도시에서 모범적인 성직자이자 훌륭한 설교자로 존경받고 있었다. 그러나 그는 헤른후트파*에 대해서는 반대 입장에 섰기 때문에 분리해나간 이 경건주의자들에게서는 평판이 좋지 않았다. 그런데 그는 치명적인 중상을 입었으며 자유사상가인 어떤 장군을 개종시킴으로써 많은 사람들에게

* 친첸도르프 백작이 일으킨 경건주의의 일파. 공동체 생활을 통해 종교적인 느낌과 감정을 드러내야 한다고 강조했다.

유명해지고 성자처럼 여겨졌으나 곧 세상을 떴다. 그의 후계자 플리트는 키가 크고, 잘 생기고, 기품이 있는 사람으로 대학 강단에서(그는 마르부르크 대학 교수였는데) 사람들을 교화하는 것보다는 가르치는 재능을 발휘해왔다. 그는 부임하자마자 자신의 설교를 하나의 방법론적 체계로 세우려고 일종의 종교강좌를 개설하겠다고 했다. 나는 전에 교회에 다녀야했을 때 설교의 구분요령을 깨닫고는 이따금 설교를 꽤 완벽하게 낭독하며 뽐냈었다. 그런데 이 새 장로에 대해 좋다 나쁘다 의견이 분분했으며, 많은 사람들이 그가 밝힌 강의식 설교를 그다지 신뢰하지 않으려 했으므로 나는 설교내용을 좀 더 세심하게 받아쓰려고 생각했다. 나는 알아듣기에 편리하고 사람들의 눈에 띄지 않는 자리에 앉아 그런 시도를 몇 번 해본 적이 있어 이번에는 더 수월하게 할 수 있었다. 나는 최대한 주의를 기울여 신속하게 행동했다. 그가 설교를 마치고 아멘을 말하는 순간 나는 교회 밖으로 뛰쳐나가 종이에 필기한 것과 기억속에 담아둔 것을 두어 시간에 걸쳐 급히 정리해 적었다. 그리하여 나는 식사 전에 내가 적은 설교내용을 전달할 수가 있었다. 아버지는 내가 이 일을 해냈다고 무척 기뻐했고, 마침 식사에 초대받아 온 아버지의 친구도 기쁨을 함께 나누었다. 이 사람은 그렇지 않아도 내게 무척 호의적이었다. 왜냐하면 나는 그의 『메시아』를 완벽하게 통달했고, 내가 수집한 문장(紋章)들에 날인을 받기 위해 종종 그를 방문할 때면 내가 그 작품의 대부분을 낭독하여 그가 눈물까지 흘리곤 했기 때문이다.

그 다음 일요일에도 나는 열심히 이 일을 계속했다. 그리고 이 일의 기계적인 작업에만 흥미를 느껴 필기하여 보존하고 있는 내용에 대해서는 깊이 생각하지 않았다. 처음 석 달 동안은 이런 노력이 변함없이 지속되었던 것 같다. 그러나 나는 마침내 성서에 대한 특별한 해명도, 교리에 대한 좀 더 자유로운 관점도 찾을 수 없다고 판단했다. 그러자 조그만 허영심을 만족시키려고 너무 값비싼 대가를 치르는 것 같아 이런 일을 열정적으로 계속하고 싶지 않았다. 처음에 두꺼웠던 설교집은 점점 얇아졌다. 완벽한 마무리를 좋아하는 아버지가 좋은 말로 타이르고 보상을 약속하면서 성령강림절 마지막 일요일까지 그 일을 계속하도록 시키지 않았더라면 나는 이런 노력을 중단했을 것이다. 하지만 마지막에 가서는 작은 종잇조각에 설교문구 몇 개와 분류 표시들만 적어 넣었을 뿐이었다.

일을 완수한다는 점에 있어서 아버지는 특별한 고집이 있었다. 한 번 마음먹은 일은 도중에 불편하고 지루하고 짜증이 일고, 나아가 착수한 일이 무익하다고 명백하게 밝혀진다 해도 완수되어야 했다. 아버지에게는 마치 완수가 유일한 목표이고, 고집이 유일한 덕으로 여겨지는 듯했다. 긴 겨울밤에 가족이 모여 책을 읽기 시작하면, 비록 우리 모두가 그 책에 실망하고, 어떤 때는 아버지 자신이 가장 먼저 하품을 할지라도 우리는 그 책을 끝까지 읽어야만 했다. 우리가 보버의 『교황사』를 통독해야 했던 어느 긴 겨울날이 기억난다. 그런 교회 사정에 관한 이야기는 아이들이나 젊은이들에게는 전혀 관심을 끌 수가 없는 것이어서 아주 지긋지긋한 상황이었다. 그러나 나는 아무 주의도 기울이지 않고 억지로 낭독했는데도 기억에 많이 남아 나중에 많은 것을 그 내용과 결부시킬 수 있었다.

이런 온갖 낯선 활동들과 작업들이 빠르게 이어지는 가운데 그것들이 해도 좋은 유용한 것인지 거의 생각할 수도 없을 정도였지만 아버지는 자신의 중심목표를 잃지는 않았다. 아버지는 나의 기억력과 이해하고 종합하는 재능을 법률 방면으로 돌리려고 했다. 그래서 아버지는 『법학제요』* 의 형식과 내용에 따라 호페가 문답 형태로 쓴 작은 책 한 권을 내게 건네주었다. 나는 곧 질문과 답변을 암기하여 질문자 역할도 답변자 역할도 잘 할 수 있게 되었다. 그 당시의 종교교육이 성서의 내용을 신속하게 이해하는 것이 핵심적 연습이었던 것처럼 여기에서도 『로마법전』을 잘 아는 것이 필수적이라고 여겨졌다. 나는 곧 이것도 완전하게 통달했다. 아버지는 내가 더 나아가기를 원했고, 그리하여 『소법전』이 채택되었다. 그러나 나는 여기서는 그렇게 빠른 성과를 내지 못했다. 이 책의 형식은 초보자가 자습하기에는 적합하지 않았고, 아버지가 가르치는 방법도 그다지 진보적이지 않아 별 도움을 얻지 못했다.

우리가 수년 전부터 겪어온 전쟁을 통해서뿐만 아니라 시민생활을 통해서도, 또한 역사나 소설을 읽음으로써 우리에게 분명하게 밝혀진 사실은 법이 침묵하고 개인에게 도움이 되지 못해서 개인 스스로가 사건을 해결해야 하는 경우들이 무척 많다는 것이었다. 우리는 이제 자라났고, 우리의 신변을 지키고 말 위에서 미숙한 모습을 보이지 않기 위해 관례에 따라 다른 과목들과 함께 검술과 승마도 배워야 했다. 검술을 배우는 것은 우리에게 매우 즐거운 일이었다. 왜냐하면 우리는 오래 전부터 손을 보호하기 위해 버드나무를 엮어 손잡이를 깔끔하게 덮어씌운 개암나무 칼을 가지고 있었기 때문이다. 이제 우리는 쇠로 만든 진짜 칼을 사용할 수 있었다. 우리가 내는 칼끝 부딪히는 소리는 매우 경쾌했다.

프랑크푸르트 시에는 두 명의 검술 선생이 있었다. 좀 더 나이가 든 근

---

* 2세기 로마법학자 가이우스의 저서. 로마의 법학제요 체계는 중세를 통하여 모범적 사법체계로 전승되었다.

엄한 독일인 선생은 엄격하고 견실한 방식으로 칼을 썼고, 프랑스인 선생은 전진과 후퇴, 기합이 따르는 경쾌하고 날렵한 공격을 통해 승리를 얻으려고 했다. 어느 방법이 가장 좋은지는 의견이 갈렸다. 내가 함께 배우게 된 소그룹은 프랑스인 선생이 맡았다. 우리는 곧 전진하고 후퇴하며, 찌르고 물러나고, 그때마다 관례적인 기합을 지르는 것에 익숙해졌다. 그러나 우리 친구들 중 대다수는 독일인 선생에게 배워 정반대의 것을 연습했다. 핵심적인 연습을 시키는 방법이 다르고, 모두가 자기 선생이 더 낫다고 믿었기 때문에 비슷한 나이의 아이들 사이에서는 정말로 불화가 일어났다. 그래서 검술교습소에서 실제로 심각한 싸움이 벌어질 뻔했다. 왜냐하면 말싸움 또한 칼로 싸우는 것 못지않게 격렬했기 때문이다. 마침내 이 문제를 해결하기 위해 두 선생 사이에 시합이 벌어졌는데, 그 결과에 대해서는 자세히 얘기할 필요가 없을 것 같다. 독일인 선생은 성벽과 같은 자세를 취하고 자신의 장점을 활용하여 상대를 공격함으로써 여러 차례 상대의 칼을 떨어뜨렸다. 프랑스인 선생은 이것을 반칙이라고 주장했고, 민첩한 동작으로 전진하여 상대를 지치게 했다. 그도 역시 독일인 선생을 몇 차례 찔러, 실제 싸움이었다면 독일인 선생을 저 세상으로 보냈을지도 모른다.

전체적으로는 아무 결말도 짓지 못하고 나아진 것도 없었다. 단지 몇 사람이 독일인 선생에게로 옮겨갔을 뿐인데, 거기에는 나도 끼어 있었다. 그러나 나는 이미 첫 선생에게서 너무 많은 것을 배웠기 때문에 새 선생은 내게서 몸에 밴 버릇을 떨쳐버리게 하는 데 꽤 시간을 많이 들였다. 새 선생은 우리들 전향자들을 원래의 제자들보다 덜 만족스럽게 여겼다.

승마의 경우에는 상황이 점점 더 나빴다. 우연히도 가을에 승마장에 가게 되어서 서늘하고 축축한 계절에 나는 승마를 시작했다. 이 아름다운 기술을 고지식하게 다루는 것이 내 마음에 아주 거슬렸다. 처음부터 끝까지 중요한 것은 죄는 일이라고들 말했다. 그러나 도대체 어디에 죄는지, 죌 때 주의해야 할 점은 무엇인지에 대해 말해주는 사람이 아무도 없었다. 왜냐하면 등자도 없이 말에 타고 이리저리 달렸기 때문이다. 교습은 학생들을 기만하고 모욕하는 것에 토대를 두고 있는 것 같았다. 우리는 재갈을 채우거나 푸는 일을 잊기도 하고, 채찍을 떨어뜨리거나 모자까지 떨어뜨리기도 했다. 훈련에 태만하거나 잘못을 하면 모두 벌금을 물어야 했고, 게다가 그것은 웃음거리가 되었다. 나는 이런 것이 더없이 불쾌했고, 특히 교습장 자체가 참을 수 없이 싫었다. 축축하거나 그렇지 않으면 먼지가 이는 넓은 마당, 추위, 곰팡이 냄새 등 모든 것이 함께 어우러져 극도로 역겨웠다. 그리고 다른 사람들은 아마 아침식사나 선물로, 혹은 능란한 태도로 마구간 주인을 매수했을 것이므로 그들에게는 마구간 주인이 항상 가장 좋은 말들을 주었지만 내게는 가장 나쁜 말들을 타게 했고, 나를 기다리게 하면서 무시하는 듯이 보였다. 그래서 나는 본래는 세상에서 가장 즐거워야 할 일을 하면서 가장 불쾌한 시간들을 보내야 했다. 나는 그때 그 상황에 대한 인상이 마음속에 너무도 생생하게 남아서 나중에 내가 열정적으로 대담하게 말을 타는 데에 익숙해져 몇 날 몇 주일을 말에서 거의 떠나지 않게 되었을 때에도 시설이 갖춰진 승마장은 조심스레 피했으며, 기껏해야 잠시만 머물 뿐이었다. 완벽한 기술의 초보 단계를 가르칠 때에는 이런 고통스럽고 끔찍한 방식으로 행해지는 경우가 자주 있다. 이런 것이 얼마나 괴롭고 해로운 것인지를 확인하고 나서 사람들은 나중에서야 청소년에게는 쉽고, 즐겁고, 편안한 방식으로 가르쳐야 한다는 교육원리를 세우게 되었다. 그러나 여기서도 또 다른 해악과 결함은 나타난다.

봄이 다가오면서 우리 집도 다시 더 평온해졌다. 나는 전에는 시내를 구경하고, 종교적인 건축물들과 세속적인 건축물들, 공공건물들과 개인 건물들을 돌아보고, 특히 그 당시까지 지배적인 관심을 끌던 고대의 유물들에 큰 만족을 느꼈지만 나중에는 레르스너의 『연대기』와 프랑크푸르트에 관한 아버지의 책과 노트를 읽고 과거의 인물들을 묘사해내려고 노력했다. 이 일은 시대와 풍습과 중요한 인물들의 특성에 대해 세심한 주의를 기울여서 성공적으로 이루어졌다고 여겨졌다.

고대 유물 중에서 어려서부터 내 관심을 끈 것은 교탑 위에 꽂혀있는 어느 정치범의 두개골이었다. 텅 비어있는 쇠못의 수로 보아 전에는 세 개나 네 개의 두개골이 꽂혀 있었던 것으로 보이지만 시대의 풍랑과 비바람에 의해 1616년 이후에는 이 한 개만 남아 있게 되었다. 작센하우젠에서 프랑크푸르트로 돌아가려면 늘 눈앞에 탑이 보이고, 그 두개골이 눈에 띄었다. 나는 어렸을 때부터 폭도인 페트밀히와 그 일당들의 이야기를 재미있게 들었다. 그들은 시정에 불만을 품고 분노하여 폭동을 일으키고, 유대인 구역을 약탈하고, 참극을 일으켰다가 마침내 붙잡혀 황실 대리인들에 의해 처형당했다. 나중에 나는 좀 더 자세한 상황과 그 폭도들이 어떤 사람들이었는지에 대해 알아보고 싶었다. 내가 그 당시에 나온 목판화가 든 한 고서를 통해 알게 된 것은 이 사람들이 사형을 당했지만 무질서하고 무책임한 일들이 많이 있었기 때문에 동시에 많은 시의원들도 파면당했다는 사실이었다. 나는 모든 일이 어떻게 해서 일어났는지 좀 더 자세한 상황을 알고 나니 그 불행한 사람들에게 동정이 갔고, 그들을 더 나은 시정을 가져오게 한 희생자들로 볼 수 있다고 생각했다. 왜냐하면 그 후로 오랜 귀족가문인 림푸르크는 물론 한 클럽에서 생겨난 프라우엔슈타인 가와 나아가 법률가, 상인, 직공들도 시정에 참여할 수 있는 제도가 마련되었기 때문이다. 베네치아 방식의 비밀투표에 의해 보완되고, 권리의 행사가 시민평의회에 의해 구속받도록 된 이 제도는 부정한 자들에게 특별한 자유를 인정치 않았다.

아이들은 물론 젊은이들까지도 위협했던 불안한 것들 중 하나는 무엇보다도 유대인 골목이라고 불린 유대인 구역의 상황이었다. 이 구역은 전부터 성벽과 호 사이에서 마치 보루에 갇혀있는 것 같은 단 하나의 좁은 길로 이루어져 있었다. 협소함, 더러움, 혼잡함, 투박한 언어의 악센트 등 모든 것이 혼합되어 성문을 지나치면서 안을 들여다보기만 해도 아주 불쾌한 인상을 주었다. 나는 오랫동안 혼자서는 감히 그곳에 들어가지 못했다. 그리고 많은 사람들이 물건값을 에누리하며 끝없이 조르거나 사달라고 애걸하는 혼잡한 틈을 한 번 빠져나오면 두 번 다시 그곳에 들어갈 생각조차 들지 않았다. 그럴 때면 내 어린 마음속에서는 고트프리트의 『연대기』에서 본, 기독교인들에 대한 유대인들의 잔혹한 이야기가 불안하게 떠올랐다. 근래에는 그들에 대한 생각이 조금 나아지긴 했지만 교탑 아래 둥근 벽에 있는 커다란 풍자화는 아직도 많은 사람들이 보게 되어 그들의 가혹성을 드러내는, 그들에게는 특히 불리한 증거가 되고 있다. 왜냐하면 그것은 개인의 의지가 아니라 공공기관에 의해 만들어졌기 때문이다.

그렇지만 그들은 하느님의 선택된 민족으로 머물러왔으며, 어떻게 해왔든 상관없이 태초의 시기를 회상하며 세상 이곳저곳을 떠돌아다녔다. 또한 그들은 활동적이고, 친절한 사람들이었으며, 자신들의 관습을 지키는 주체성에 대해서는 모두가 존경을 금할 수 없었다. 게다가 처녀들은 예뻤다. 그들은 기독교인 소년이 안식일에 피셔펠트*에서 만나 다정하게 관심을 보여주면 좋아했다. 나는 그들의 의례가 몹시 궁금했고 알고 싶었다. 나는 그들의 학교를 자주 방문했고, 할례와 결혼식에도 참석했으며, 추수감사절 행사에도 가보았다. 나는 어디에서나 환영을 받았고, 잘 대접받았으며, 다시 와달라는 초대를 받았다. 왜냐하면 나를 데리고 가거나 추천해준 사람들이 영향력 있는 사람들이었기 때문이다.

그렇게 나는 대도시의 한 젊은 시민으로서 이런 일 저런 일에 몸을 던졌다. 이 같은 시민사회의 평화와 안녕 속에서도 끔찍한 돌발 사건들이 없었던 것은 아니었다. 때로는 인근이나 먼 곳의 화재가 우리들 가정의 평화를 깨뜨리고, 때로는 큰 범죄가 발각되어 조사와 처벌이 행해져 도시를 몇 주일씩 불안에 빠뜨리기도 했다. 우리는 여러 가지 처형들을 목격해야 했다. 어느 책을 불태우는 곳에 있었던 것도 회상할 만한 가치가 있는 일이다. 그 책은 국가는 아니지만 종교와 관습을 비방한 프랑스의 한 희극적 소설이었다. 생명 없는 물건에 징벌이 가해지는 모습을 보는 것은 정말로 무시무시한 일이었다. 책의 등이 불속에서 터지고, 갈퀴질로 불길이 더 솟구쳐 올라 불꽃은 더 맹렬히 책을 태웠다. 곧 불탄 책장들이 공중에 휘날리고, 군중들은 앞 다퉈 그것을 붙잡으려 했다. 우리도 가만히 있지 않고 몰려가 한 권을 손에 넣었다. 적지 않은 사람들이 금지된 것을 얻은 데에서 기쁨을 맛보았다. 작가가 대중에 대한 선전을 노렸다면 이보다 더 좋은 방법은 생각해낼 수 없었을 것이다.

* 유대인들이 산책하는 장소.

그러나 내가 시내 이곳저곳을 돌아다니게 한 좀 더 평화로운 동기들 또한 있었다. 아버지는 일찍부터 자신이 해야 할 사소한 일들을 습관적으로 내게 시켰다. 특히 그는 고용한 직공들을 감독하는 일을 내게 맡겼다. 아버지는 모든 것을 정확하게 하려고 했고, 돈을 즉시 지불한다는 이유로 임금을 깎으려 하여 직공들은 보통 허용한 것보다 더 오래 일을 끌었기 때문이다. 그래서 나는 거의 모든 공장을 돌아다니게 되었다. 나는 스스로를 남의 처지에 놓고 보고, 모든 인간의 제각기 특별한 삶의 방식에 공감하며 이에 즐거운 마음으로 동참하는 타고난 성격을 지니고 있었다. 그래서 그런 일을 맡게 된 것을 계기로 즐거운 시간을 많이 보냈으며, 사람들을 다루는 방식을 알게 되었다. 또한 이런저런 삶의 방식에 따르는 불가피한 조건들이 어떤 기쁨과 고통, 어려움과 유익함을 가져오는 것인지를 알게 되었다. 나는 하류층과 상류층을 연결하는 이 활동적인 계층에 접근했다. 한편에는 원시적이고 다듬어지지 않은 원재료를 만들어내는 계층이 있고, 다른 한편에는 이미 가공된 완성품을 향유하려는 계층이 있다면 직공들은 감각과 손재주로 이 두 계층이 서로를 받아들이고 각자가 자기 방식대로 원하는 것을 나누어가질 수 있도록 이어주는 계층인 것이다. 모든 직공의 가정도 똑같이 내 무의식적인 관심의 대상이었는데, 가정의 형태와 특색 역시 직업에서 오는 것이었다. 그리하여 내게는 벌거벗은 존재가 핵심조건일 뿐 나머지 모든 것은 아무 상관도 없는 우연한 것으로 여겨졌고, 모든 인간 그 자체는 아니지만 모든 인간의 상황은 평등하다는 감정이 마음속에서 확산되고 강화되었다.

아버지는 순간적인 향락을 위해서는 쉽게 지출하지 않았다. 함께 산책을 나갔을 때에도 나는 유흥지에서 무엇을 사먹은 기억이 거의 없다. 반면에 아버지는 내적인 가치와 함께 좋은 외양을 갖춘 물건을 마련하는 데는 인색하지 않았다. 아버지는 비록 지난 시절 전쟁으로 고통을 받은 일은 없지만 어느 누구보다도 평화를 갈망했다. 이런 마음에서 아버지는 평화가 선포되면 즉시 어머니에게 다이아몬드가 박힌 금 상자를 선물해주겠다고 약속했다. 평화라는 복된 사건을 기다리면서 아버지는 이 선물을 몇 년에 걸쳐 준비했다. 제법 큰 상자는 하나우에서 만들어졌는데, 아버지가 그곳의 견직공장 간부들과 마찬가지로 금세공업자들과도 좋은 사이였기 때문이다. 그것에 쓸 많은 장식무늬들이 만들어졌다. 뚜껑에는 꽃바구니가 장식되었는데, 그 위로 올리브나무 가지를 입에 문 비둘기가 날고 있었다. 보석을 박을 공간은 비워두었다. 보석은 일부는 비둘기 옆에, 일부는 꽃 옆에, 일부는 상자를 여닫는 곳에 박도록 되어 있었다. 필요한 보석을 주고 제품을 완성하도록 맡긴 보석업자는 라우텐자크라고 하는 노련하고 쾌활한 남자였다. 이 사람도 많은 재능 있는 예술가들이 그렇듯 꼭 필요해서 일을 하는 경우는 드물었고, 보통 자신에게 즐거움을 주는 일을 내키는 대로 했다. 보석은 상자뚜껑에 박을 형태로 곧 검은 밀랍에 의해 형이 떠졌는데, 아주 멋져 보였다. 그러나 그것들은 황금상자에 옮겨 박으려는데 좀처럼 밀랍에서 떨어지지 않았다. 아버지는 처음에는 일을 서두르지 않고 놔두고 있었다. 그러나 평화에의 희망이 점점 활기를 띠고, 마침내 요제프 대공이 신성로마제국 왕으로 추대되는 등 평화의 조건들이 좀 더 확실하게 전해지자 아버지는 점점 더 초조해졌다. 그래서 나는 매주 두어 번씩, 마지막에는 거의 날마다 그 게으른 예술가를 방문해야만 했다. 내가 끊임없이 괴롭히고 독촉을 하여 느리기는 하지만 작업이 진척되었다. 이 일은 시작했다가 중단해도 지장이 없는 일이라서 어떤 다른 일이 있으면 외면당하고 미루어졌다.

그 예술가가 이런 태도를 보인 중요한 이유는 그가 자신의 돈을 들여 착수한 일이 있었기 때문이다. 프란츠 황제가 보석을, 특히 색깔 있는 보석들을 매우 좋아한다는 것은 누구나 알고 있었다. 라우텐자크는 어마어마한 금액을 그러한 보석에 투자하여 보석으로 된 꽃다발을 만드는 일을 시작했는데, 나중에 알려진 바로는 그 액수가 그의 재산보다 많았다. 그 꽃다발은 모든 보석의 형태와 색깔을 잘 드러나게 하여 전체적으로는 하나의 예술품으로 황제의 보물창고에 보존할 만한 가치를 띠어야 했다. 그는 산만한 성격 탓에 여러 해 동안 그 작업을 해왔는데 이제 기다리던 평화가 곧 이루어지면 황제가 아들의 대관식을 위해 프랑크푸르트에 온다는 소식을 듣고 그것을 서둘러 완성시키고자 온 힘을 기울였다. 그는 그런 보석들을 알고 싶어 하는 내 기분을 교묘히 이용하여 내 정신을 흐트러뜨리고 독촉하는 본래의 내 임무에서 벗어나게 만들었다. 그는 그 보석들에 대한 지식을 내게 전해주려고 했다. 그는 그것들의 특성과 가치를 알려주어 나는 마침내 그가 만든 꽃다발 전체의 보석들을 모두 외우게 되었고, 그에 못지않게 그것을 자랑하며 선전할 수 있게 되었다. 지금도 그 꽃다발이 머릿속에 떠오르는데, 나는 그보다 더 값비싼 장식품을 본 적은 있지만 그보다 더 우아한 것을 본 적은 없다. 그는 그 외에도 멋진 동판화 모음집과 다른 미술품들을 가지고 있었고, 그것들에 대해 즐겨 얘기했다. 나는 많은 시간을 그의 집에서 보내면서 유익한 지식도 적잖이 얻었다. 드디어 정말로 후베르츠부르크에서 강화조약*이 체결되었을 때 그는

* 1763년 2월 15일에 열린 이 조약에서 프리드리히는 슐레지엔에 대한 프로이센의 영유권과 유럽 강대국으로서의 지위를 확정했다.

나에 대한 애정으로 남은 작업을 끝내주었고, 꽃바구니 위의 비둘기는 평화의 축제일에 어김없이 내 어머니의 손에 들어가게 되었다.

나는 화가들에게 주문한 그림을 독촉하기 위해서도 아버지로부터 비슷한 위임을 많이 받았다. 아버지는 목판에 그린 그림이 캔버스에 그린 것보다 훨씬 더 가치가 있다고 확고하게 생각하고 있었고, 그런 생각을 갖고 있는 사람들이 적지 않았다. 그래서 아버지는 여러 가지 형태의 좋은 참나무 판을 구하려고 무척 애를 썼다. 아버지는 경솔한 화가들이 이 중요한 목판을 목공들에게 맡겨버린다는 것을 잘 알고 있었다. 그는 아주 오래된 두꺼운 널빤지들을 찾아냈다. 목공들이 아교 칠을 하고 대패질을 하고 다듬는 등 아주 정교한 작업을 했다. 그런 다음 그것들은 충분히 마를 수 있도록 위층 방에 보관해두었다. 그 정교한 목판 하나가 화가 융커에게 맡겨졌다. 그는 그 위에 무늬가 장식된 화병을 화려한 꽃들과 함께 기교 있고 섬세한 자신의 기법으로 실물을 보고 묘사했다. 마침 봄이어서 나는 일주일에 몇 차례 내 손에 들어오는 꽃들 중 가장 예쁜 것들을 그에게 열심히 가져다주었다. 그는 즉석에서 그것을 그려 넣었고, 이런 식으로 전체 그림을 차례차례 성실하고 부지런하게 완성해나갔다. 그 무렵 내가 쥐 한 마리를 잡았는데, 그것을 그에게 가져다주었더니 그는 아주 귀여운 동물로 여기고는 그리고 싶어 했다. 실제로 그는 쥐가 화병 밑에서 곡식낟알을 먹고 있는 모습을 실물과 똑같이 그렸다. 그는 나비나 딱정벌레 같은 귀여운 곤충들도 가져다가 그려 넣었다. 그리하여 마침내 모사와 세밀성에 관한 한 최고로 값진 그림이 완성되었다.

그래서 그림이 인도되기 직전 어느 날 그 선량한 화가가 그 그림이 자기 마음에 들지 않는다며 자세히 설명했을 때 나는 적잖이 의아스러웠다.

그 그림은 하나하나의 부분은 아주 잘 그렸지만 전체적으로는 구성이 잘 되지 않았다는 것이었다. 왜냐하면 그 그림은 시차를 두고 점진적으로 그려진 것인데다 처음에 음영은 물론 색채에 대한 일반적인 계획을 세워 그에 따라 각각의 꽃을 배열했어야 했는데 전혀 그러지 못했기 때문이라는 것이었다. 그는 반 년 동안에 걸쳐 내 눈앞에 완성되고 부분적으로는 내 마음에 드는 그 그림을 나와 함께 자세히 검토했다. 나는 섭섭했지만 그의 의견에 완전히 설복 당할 수밖에 없었다. 그는 모방해 그린 쥐도 잘못된 것이라고 했다. 그는 이렇게 말했다.

"왜냐하면 그런 동물은 많은 사람들을 소름끼치게 하는 요소를 지니고 있어. 기분 좋은 느낌을 얻으려는 그림에 그런 것을 그려 넣어서는 안 되기 때문이지."

선입견에서 벗어나 전보다 더 현명해졌다고 생각하는 사람들이 흔히 그렇듯 나는 이제 이 그림을 진짜 경멸하게 되었다. 나는 그가 똑같은 크기의 다른 목판화를 완성했을 때 전적으로 그의 의견에 동의했다. 그는 이 그림에서 자신의 취향에 따라 더 좋은 형태의 화병과 더 예술적으로 정돈된 꽃다발을 그려 넣었고, 살아있는 작은 곤충들도 골라서 예쁘고 아기자기하게 배치하여 그려 넣었다. 그는 이 목판화도 무척 세심한 주의를 기울여 그렸지만 물론 앞서 그린 그림을 따라하면서 끝없이 연습한 기억이 큰 도움이 되었다. 이제 두 그림이 완성되었다. 우리는 정말로 더 예술적이고 더 눈에 띄는 나중의 그림에 대해 결정적인 기쁨을 느꼈다. 아버지는 한 편이 아닌 두 편의 그림을 보고 깜짝 놀랐고, 한 편을 선택해야 했다. 아버지는 우리의 의견과 그런 의견이 나오게 된 원인을 인정했고, 무엇보다도 화가의 훌륭한 의지와 근면함을 인정했다. 그러나 며칠간 두 그림을 관찰한 끝에 아버지는 처음의 그림을 선택했다. 그것을 선택하게 된 이유는 말하지 않았다. 화가는 화가 난 채 잘 그렸다고 생각한 나중의 그림을 가지고 돌아갔다. 그는 내게 아버지가 그렇게 결정한 것은 처음의 그림이 그려진 좋은 참나무 판 때문이었다고 털어놓지 않을 수 없었다.

내가 다시 그림그리기를 회상하니 기억 속에서 어느 커다란 공장이 떠오른다. 그 공장과 공장장이 특별히 마음을 끌었기 때문에 나는 많은 시간을 그 공장 안에서 보냈다. 그곳은 화가 노트나겔*이 설립한 커다란 유포공장이었다. 그는 유능한 화가였지만 재능과 사고방식을 미술보다는 공장운영 쪽으로 돌렸다. 뜰과 정원이 있는 아주 넓은 공간에서 온갖 종류의 유포들이 완성되었다. 일정한 형태로 찍어낸 벽지나 큰 주걱으로 칠해져서 짐마차나 그와 비슷한 용도로 사용되는 가장 조악한 유포로부터 때로는 환상적인 중국 꽃들이, 때로는 인물들이, 때로는 풍경들이 능란한 직공의 붓에 의해 그려 넣어지는 좀 더 섬세한 유포들에 이르기까지 제품이 다양했다. 끝없이 이어지는 이런 다채로운 모습들이 나를 매우 즐겁게 했다. 많은 사람들이 가장 미천한 작업으로부터 분명한 예술적 가치를 부인할 수 없는 작업에 이르기까지 다양하게 종사하고 있는 것이 내게는 지극히 매력적이었다. 나는 나란히 연결된 많은 방에서 일하고 있는 청년이나 나이든 남자들과 사귀게 되었고, 이따금 그들의 일손을 돕기도 했다. 이 제품은 아주 특별하게 잘 팔렸다. 그 당시 집을 짓거나 건물을 단장하는 사람들은 누구나 평생 쓸 수 있는 제품을 염두에 두었으며, 이 유포는 쉽게 손상되지 않았던 것이다. 노트나겔은 전체를 지휘하는 일

* 독일의 화가로 괴테의 유화 선생이었음.

만으로도 바빴으며, 사무실에서 도매상들과 중개인들에 둘러싸여 앉아 있었다. 그는 여가시간에는 미술품 수집에 몰두했는데, 수집품들은 주로 동판화들이었다. 가끔 그것들을 자신이 가지고 있는 그림들과 함께 판매하기도 했다. 또한 그는 에칭 판화도 좋아했다. 그는 여러 가지 꽃잎들을 에칭 판화로 만들었고, 이 기술을 만년에 이르기까지 이어갔다.

그의 집이 에셴하임 성문 앞에 있었기 때문에 그를 방문할 때면 나는 보통 시내를 벗어나 성문 앞에 있는 아버지의 토지까지 가보았다. 한 곳은 넓은 수목원이었는데, 그곳 바닥은 초원으로 이용되고 있었다. 그 토지는 남에게 빌린 것이지만 그곳에서 아버지는 나무들을 돌보거나 보존에 필요한 일이 무엇인지를 세심하게 관찰했다. 아버지가 더욱 몰두한 곳은 프리트베르크 성문 앞에 있는 잘 가꿔진 포도밭이었다. 그는 그곳 포도나무 두렁 사이에 아스파라거스를 몇 고랑 심어 돌보았다. 아버지는 날씨가 좋은 계절에는 그곳에 가지 않는 날이 거의 없었다. 그때는 대부분 우리도 아버지를 따라갈 수 있었다. 우리는 봄의 첫 수확물부터 가을의 마지막 수확물까지 맛보고 즐겼다. 정원을 가꾸는 일도 배웠는데, 매년 되풀이되는 일이어서 마침내 거기에 정통하여 능숙하게 할 수 있게 되었다. 여름과 가을의 많은 과일들을 수확하고 난 다음 마지막으로 포도를 따는 일이 가장 재미있고 기다려지는 일이었다. 포도가 자라고 포도주를 마시는 고장이나 지역에는 활달한 성격의 사람들이 살아간다는 것은 의문의 여지가 없는 사실이다. 그리하여 포도 따는 이 시기는 여름을 마감하고 동시에 겨울을 열면서 대단한 흥을 돋운다. 흥겨움과 환희가 지역 전체로 퍼져나간다. 낮에는 곳곳에서 환호성과 축포소리가 들리고, 밤에는 이곳저곳에서 폭죽과 불꽃이 터져서 사람들은 어디서나 잠자지 않고 깨어 즐거운 마음으로 이 축제를 가능한 한 오래도록 이어나가고 싶어 한다. 그 후 포도를 짜내는 일과 지하실에서 발효시키는 일이 우리가 집에서 할 즐거운 일거리였다. 이렇게 하여 우리는 알아차리지도 못하는 사이에 어느새 겨울로 빠져 들어갔다.

이 시골의 소유지에서 우리가 더욱 즐거웠던 때는 1763년 봄이었다. 후베르투스부르크 평화협정 체결로 이 해 2월 15일이 축제일로 정해졌던 것이며, 그 다행스런 결과로 나는 삶의 대부분을 평온하게 보낼 수 있었다. 그러나 나는 이것을 계속 얘기해나가기 전에 내 소년기에 중요한 영향을 미친 몇 사람들을 떠올리는 것이 의무라고 생각한다.

폰 올렌슐라거는 프라우엔슈타인 가의 일원이었고, 배심원이자 앞서 언급한 오르트 박사의 사위였다. 그는 미남이고, 명랑하며, 다혈질이었다. 그가 시장의 예복을 입고 있을 때는 고귀한 프랑스의 대사제를 연상케 했다. 대학을 마친 후 그는 궁정 일과 국사를 돌보았고, 그런 목적으로 여행도 했다. 그는 특히 나를 귀하게 여겼고, 자신이 특별히 관심을 갖고 있는 것들에 대해 나와 자주 얘기를 나누었다. 나는 그가 『금인칙서* 해설』을 쓰고 있었을 때 그의 옆에 있었다. 그래서 그는 내게 이 문서의 가치와 존엄성을 분명하게 설명해 주었다. 그로 인해 내 상상력은 저 거칠고 불안한 시대로 되돌아가 그가 내게 역사적으로 이야기해준 것을 곧장 현재의 사건처럼 성격과 상황을 그려내어 이따금 몸짓까지 해가면서 표현하지 않고는 견딜 수가 없었다. 그는 이에 크게 기뻐했고, 박수를 치면

---

* 1356년 신성 로마 황제 카를 4세가 공포한 제국의 법령으로 교황이 독일 정치문제에 간섭하는 것을 막고 제국 제후들, 특히 선제후(選諸侯)들의 입지를 확고하게 하고자 만들었다.

서 이를 되풀이하도록 나를 부추겼다.

나는 어렸을 때부터 책의 처음 부분과 작품의 일부분을 외우는 이상한 습관이 있었다. 나는 맨 처음에는 모세 5경을, 그 다음에는 『에나이데』와 『변형담』을 암기했다. 그래서 나는 이번에도 금인칙서를 암기하여 갑자기 엄숙하게 큰 소리로 낭독함으로써 내 애호자를 미소 짓게 했다. 나는 이렇게 암기하여 외쳤다.

"스스로 분열하는 나라는 붕괴하리라. 그 나라 제후는 반역자가 되었기 때문이니라."

현명한 그는 미소를 짓고 걱정스럽게 말했나.

"황제가 제국의회 전체회의에서 제후들 면전에 대고 그런 말을 공개적으로 했으니 어찌 그런 시대가 있었단 말인가."

폰 올렌슐라거는 사교에 있어서 무척 우아했다. 그의 집에서 사교모임이 열리는 경우는 거의 없었지만 그는 재기 넘치는 오락을 매우 좋아했다. 그래서 그는 우리 젊은이들에게 때때로 연극을 공연하게 했다. 그런 연극 연습이 특히 젊은이들에게 유익하다고 여겼기 때문이다. 우리는 슐레겔의 『크누트』를 보여주었다. 거기서 나는 왕의 역을, 내 누이동생은 에스트리테 역을 맡았고, 울프 역은 그 집 작은아들이 맡았다. 그 다음에 우리는 감히 『브리타니쿠스』를 공연했다. 우리는 배우로서의 재능도 필요했고 언어 연습도 해야 했다. 내가 네로 역을 맡고, 내 누이동생이 아그리피나 역을, 그 집 작은아들이 브리타니쿠스 역을 맡았다. 우리는 과분한 칭찬을 받았고, 칭찬받은 것 이상으로 잘 했다고 생각했다. 그렇게 나는 이 가정과 아주 좋은 관계에 있었고, 이 가정 덕분에 많은 즐거움을 얻고 더 빠른 발전을 이룰 수 있었다.

오랜 귀족가문 출신인 폰 라이네크는 유능하고 성실했으나 고집이 세고, 흑갈색 피부의 깡마른 남자였다. 나는 한 번도 그가 웃는 것을 보지 못했다. 그는 자신의 외동딸이 집에 드나드는 친구한테 몸을 망치는 불행한 일을 당했다. 그는 사위를 상대로 엄한 처벌을 원하는 소송을 제기했다. 그러나 법원은 형식에 얽매여 복수에 찬 그의 청원을 신속하고 강력하게 처리하려 하지 않았으므로 그는 법원과 불화를 일으켰으며, 분쟁에 분쟁이 일었고, 소송이 연달아 이어졌다. 그는 자기 집과 거기에 딸린 정원에서 은둔하며 지냈는데, 몇 년 동안 페인트공이 붓칠 한 번 하지 않았고, 하녀가 비질 한 번 하지 않은 듯한 넓지만 초라한 지하방에서 살았다. 그는 나를 매우 좋아했고, 내게 자신의 작은아들을 특별히 소개해주었다. 그는 자기 마음을 잘 알아주는 오랜 친구들, 사업관계자들, 변호사들과 이따금 식사를 함께 했는데, 그럴 때면 늘 나를 빼놓지 않고 초대했다. 그의 집 음식은 맛있었는데, 술은 더 좋았다. 그러나 여러 군데에 금이 가 연기가 나오는 커다란 난로는 손님들에게 큰 고통을 주었다. 한 번은 친구들 중 한 사람이 이런 사정을 알려주려고 그에게 겨우내 이런 불편을 견딜 수 있을 것인지를 물었다. 이에 대해 그는 제2의 티몬*이나 헤아우톤티모루메노**인 양 이렇게 대답했다.

"제발 이것이 나를 괴롭히는 가장 큰 불행이었으면 좋겠구려!"

나중에서야 그는 주위의 말을 듣고 딸과 손자를 만났다. 그러나 그는 사위가 눈앞에 나타나는 것은 허용하지 않았다.

---

* 4세기 그리스의 회의주의 철학자로 대표작으로 『실로이』가 있다.

** 테렌티우스의 희곡 제목에서 유래한 '고행자'라는 뜻.

이 성실하지만 불행한 남자에게는 내가 함께 있는 것이 큰 도움이 되었다. 왜냐하면 그는 나와 즐겨 얘기를 나누고, 내게 무엇보다도 세상사와 나랏일에 대해 가르쳐주는 가운데 마음이 가벼워지고 유쾌해진다고 느끼는 것 같았기 때문이다. 그리하여 그의 주변에 모이는 얼마 되지 않는 오랜 친구들은 그의 불쾌한 마음을 가라앉히고 기분을 풀어주려고 할 때면 자주 나를 이용했다. 실제로 그는 가끔 우리와 함께 밖으로 나가 몇 년 동안 찾아보지 않았던 지역을 다시 둘러보곤 했다. 그는 그곳의 옛 소유자들을 회상했고, 그들의 성격과 여러 사건들을 이야기했다. 그럴 때 그는 늘 엄숙했지만 종종 밝고 재기 넘치는 모습을 보였다. 우리는 그를 다른 사람들에게도 데려가 다시 어울리게 하려고 했지만 그럼으로써 하마터면 불행한 일이 벌어질 뻔했다.

그보다 나이가 많지는 않은 거의 동년배로 폰 말라파르트라는 사람이 있었다. 그는 부자였고, 우시장 옆에 아주 멋진 집을 소유하고 있었으며, 염전으로 큰 수입을 올렸다. 그도 역시 은둔생활을 하고 있었다. 그러나 그는 여름이면 보켄하임 성문 앞에 있는 자신의 정원에 머물면서 아름다운 카네이션 꽃밭을 돌보았다.

라이네크 역시 카네이션 애호자였다. 카네이션이 만발한 시기가 되어 두 사람이 서로를 방문해보면 어떻겠느냐는 의견들이 나왔다. 우리는 이 일을 오랫동안 추진하여 마침내 폰 라이네크는 우리와 함께 어느 일요일 오후 말라파르트를 찾아가기로 결정했다. 두 노인의 인사는 매우 간단했고, 마치 무언극을 하는 듯했으며, 정말 외교적인 걸음걸이로 긴 카네이션 밭을 이리저리 함께 거닐었다.

꽃밭은 정말 별나게 아름다웠다. 여러 가지 꽃들의 독특한 형태와 색깔들, 이런 저런 꽃들의 특징과 희소성 등이 마침내 두 사람 사이의 일종의 대화를 만들어냈고, 그 대화는 아주 정겨운 듯 보였다. 그런 모습에 우리는 기뻤다. 우리는 옆에 있는 정자 안에 멋진 병에 들어있는 오래된 귀한 라인 포도주와 맛있는 과일과 좋은 음식들이 차려져 있는 것을 보자 더욱 기뻤다. 그러나 우리는 유감스럽게도 그것들을 먹을 수 없게 되었다. 불행히도 폰 라이네크는 자기 앞에 매우 예쁜 카네이션 한 송이가 머리를 약간 숙이고 있는 것을 보았다. 그래서 그는 둘째손가락과 가운데손가락으로 매우 조심스레 꽃대를 꽃받침에서 일으켜 세우고, 잘 관찰할 수 있도록 뒤에서 꽃을 들어올렸다. 그러나 이렇게 조심스레 꽃을 만졌는데도 이것이 주인의 마음을 상하게 했다. 폰 말라파르트는 점잖지만 무척 무뚝뚝하고 약간 거만하게 눈으로만 보고 손은 대지 말라고 주의를 주었다. 곧장 꽃에서 손을 뗀 폰 라이네크는 이 말에 즉시 화를 내며 평소의 냉정하고 엄숙한 태도로 꽃을 잘 알고 사랑하는 사람이 이렇게 꽃을 만지고 관찰하는 것은 잘못된 일이 아니라고 말했다. 그는 이 말을 하면서 앞서의 몸짓을 되풀이하면서 꽃을 손가락 사이로 쥐었다. 양쪽의 친구들은—폰 말라파르트도 옆에 친구 한 명이 있었는데—매우 난처한 상황에 빠지게 되었다. 그들은 토끼를 한 마리씩 계속 풀어주었다(이 표현은 대화를 중단시켜야 할 때나 다른 쪽으로 화제를 돌리고자 할 때 우리가 흔히 써온 격언적 어법이었다). 그러나 아무 소용이 없었다. 두 노인은 입을 다물고 한 마디 말도 하지 않았다. 그리고 우리는 폰 라이네크가 앞서의 행동을 다시 하지 않을까 계속 걱정이 되었다. 그러면 모든 게 끝장나게 될 것이었다. 양쪽의 친구들은 두 노인을 이리저리 데리고 다니면서 서로를 떼어놓았다. 마침내 떠날 준비를 하는 것이 상책이었다. 그리하여 우리는 유감스럽게도 그

구미당기는 훌륭한 식탁을 등 뒤에 두고 돌아와야 했다.

궁중고문관 휘스겐은 프랑크푸르트 출신이 아니었고, 개혁파 종교에 속해 있었다. 그리하여 그는 공직에 취임할 수도, 변호사가 될 수도 없었다. 그러나 그는 뛰어난 법률가로서 많은 신뢰를 받고 있었으므로 프랑크푸르트에서도, 제국법원에서도 타인의 명의로 변호사 업무를 하는 것을 허락받았다. 내가 그의 아들과 쓰기수업을 함께 받은 탓에 그의 집에도 갔었는데, 그때 이미 그는 예순 살이었다. 그는 체구가 컸고, 마르지 않았지만 큰 키였으며, 뚱뚱하지는 않으나 옆으로 퍼져 있었다. 그의 얼굴은 천연두 자국으로 얽었을 뿐만 아니라 한쪽 눈을 잃어서 처음 보는 사람에게는 불쾌한 인상을 주었다. 그는 늘 대머리 위에 위쪽을 띠로 두른 종 모양의 모자를 쓰고 있었다. 모직이나 비단으로 만든 그의 잠옷들은 무척 깨끗했다. 그는 가로수길 옆 1층의 아주 밝은 방에서 살았는데, 주변의 청결함이 밝은 방과 잘 어울렸다. 그의 서류들과 책들과 지도들은 아주 잘 정돈되어 있어 기분 좋은 인상을 주었다. 그의 아들 제바스티안은 미술 분야의 여러 저술들로 유명해졌지만 어릴 때에는 별로 재능을 나타내지 못했다. 그는 마음씨는 착하지만 투박하고, 거칠지는 않지만 직선적이고, 무언가를 배우려는 특별한 열의가 없었다. 그는 원하는 것이면 모두 어머니에게서 얻을 수 있었으므로 아버지와 함께 있는 것을 피하려 했다. 그와는 반대로 나는 그 노인을 알게 되면 될수록 점점 더 가까이하게 되었다. 그는 중요한 법률사건들만 취급했기 때문에 다른 일을 하거나 놀 시간이 충분히 많았다. 나는 그와 어울려 지내고 그의 가르침을 받은 지 얼마 지나지 않아 그가 신과 세계를 반대하는 입장에 서 있다는 것을 깨닫게 되었다. 그가 아끼는 책들 중 하나가 아그리파의 『학문의 무용에 관하여』*였는데, 그는 이 책을 내게 특별히 추천해 주었다. 그리고 나의 어린 머릿속은 이 책으로 인해 한 동안 꽤 큰 혼란에 빠졌다. 나는 어린 시절의 안락함 속에서 일종의 낙천주의로 기울었고, 그래서 곧 다시 하느님이나 신들과 화해했다. 왜냐하면 나는 몇 년의 세월을 살아오면서 악에 맞선 많은 균형이 존재하며, 불행으로부터 다시 회복하고, 위험에서 구출되고, 언제나 파멸하는 것만은 아니라는 것을 체험했기 때문이다. 나는 또한 사람들이 행하고 저지르는 모든 것을 관대하게 바라보았고, 이 노인이 결코 만족하려 하지 않는 것에서도 많은 찬양할 만한 점을 발견했다. 한번은 그가 나에게 이 세계를 흉측한 측면에서 설명했을 때 나는 그가 중요한 요점을 한 마디로 끝맺으려 한다는 것을 깨달았다. 그는 이럴 경우 늘 버릇처럼 눈먼 왼쪽 눈을 꼭 감은 채 다른 쪽 눈으로 날카롭게 앞을 응시하면서 콧소리로 이렇게 말했다.

"신에게서도 나는 결점을 발견한다."

나의 티몬적인 후원자로는 수학자도 있었다. 그러나 그의 실용주의적 천성은 그를 기계학으로 이끌었다. 물론 그가 직접 기계를 만지는 일은 하지 않았다. 그는 시간 및 날짜와 함께 태양과 달의 운행까지도 나타내는 당시로서는 놀랄 만한 시계를 설계하고 완성시켰다. 그는 일요일마다 아침 10시에 손수 시계태엽을 감았다. 그는 결코 교회에 나가는 일이 없었으므로 이 일을 더욱 정확하게 할 수 있었다. 나는 그의 집에서 사교모임이나 손님들을 본 적이 없었다. 내가 옷을 차려입고 집을 나서는 그를

---

* 아그리파는 신성로마제국 황제 카를 5세의 궁정 비서관 아그리파 폰 네테스하임을 말하며 그는 1530년경에 이 책을 출간하여 카를 5세를 격분시켰다. 그 결과 르네상스 시대의 회의론을 부활시키는 데 기여했으나 투옥되고 이단자라는 오명을 썼다.

본 것은 10년 동안 두 번이나 될까 모르겠다.

이러한 사람들과 다양한 이야기를 나눈 것이 무익하지는 않았으며, 모두가 나름대로 내게 영향을 주었다. 나는 이 모든 사람들에게 많은 주의를 기울였고, 때로는 그들의 자식보다 더 많은 주의를 기울였다. 그들도 사랑하는 자식처럼 내게 각자의 도덕적인 관점을 불어넣어주려고 애쓰면서 호의를 베풀었다. 올렌슐라거는 나를 궁중관리로 만들려고 했고, 라이네크는 외교사무관으로 만들려고 했다. 이 두 사람은, 특히 라이네크는 내게서 시나 글쓰기를 싫어하게 만들려고 노력했다. 휘스겐은 나를 자기와 같은 티몬으로 만들려고 했지만 유능한 법률가가 되게 하려고도 했다. 그가 말한 바로는 법률가는 자신과 가족을 악인들에게서 합법적으로 방어하고, 압박받는 자를 도와주고, 경우에 따라 악한을 징벌하기 위해 꼭 필요한 직종이라는 것이었다. 그러나 그는 악한을 징벌하는 일은 특별히 행할 만한 일도 권할 만한 일도 못된다고 말했다.

나는 그들의 충고와 지침을 활용하기 위해 그들과 가까이 지내려고 했다. 한편 나보다 나이가 겨우 몇 살 더 든 젊은이들을 만나면 나는 곧장 그들을 따라잡아야겠다는 욕구가 일어났다. 나는 여기서 특히 슐로서 형제와 그리스바흐*를 예로 들겠다. 그러나 나는 이들과 결국 더 밀접한 관계가 되어 그것이 수년간 변함없이 이어졌으므로 지금은 그들이 당시 어학과 대학 예비과목에서 칭찬을 받고 모범으로 추천되었으며, 누구나 그들이 언젠가 국가와 교회에서 탁월한 업적을 이룰 것이라는 기대를 가졌었다는 얘기만 하겠다.

---

* 괴테보다 4살 위인 그리스바흐는 독일의 합리주의적 프로테스탄트 신학자이며 최초의 성서 비평가로 복음서를 체계적이고 문학적으로 분석했다.

나 또한 무언가 특별한 일을 해보겠다는 생각을 가졌다. 그러나 어떤 일이 될 것인지는 뚜렷하게 떠오르지 않았다. 그러나 인간은 자신이 해야 할 일보다 받고 싶은 보수를 먼저 생각하는 법이다. 그리하여 내가 원하는 행복을 생각할 때면 가장 매력적으로 떠오른 것이 시인을 장식하려고 엮은 월계관의 모습이었다는 것을 숨길 수가 없다.

제5장

어떤 새에게도 유혹의 먹이는 있는 법이며, 인간도 모두가 나름대로의 방식에 따라 잘 인도되기도 하고 유혹당하기도 한다. 자연, 교육, 주변환경, 습관이 나를 온갖 조악한 것에서 분리시켰다. 나는 하류계층 사람들, 특히 직공들과 자주 접촉했지만 거기서는 더 이상 밀접한 관계가 이루어지지 않았다. 나는 어떤 특별한 것, 어쩌면 위험한 것을 기도해보려는 대담성도 충분히 지니고 있었고 때때로 그것을 실행해야겠다고 느끼기도 했다. 그러나 내게는 그것을 붙잡을 구실이 결여되어 있었다.

그러던 중 나는 전혀 예기치 않은 방식으로 어떤 상황에 휘말리게 되었다. 그 상황은 나를 커다란 위험에 직면케 했고, 적어도 한 동안은 나를 당혹과 곤경 속으로 밀어 넣었다. 내가 앞에서 필라데스라고 불렀던 그 소년과의 어린 시절의 좋은 관계가 청소년기까지 이어졌다. 그러나 부모들이 서로 절친한 사이가 아니었으므로 우리는 점점 더 만나는 일이 드물었다. 하지만 우리는 만날 때면 언제나 옛 우정의 기쁨이 곧장 솟구쳤다. 한번은 우리가 성 갈렌 문을 사이에 두고 아늑한 산책로를 이루고 있는 가로수 길에서 만났다. 서로 인사를 하자마자 그는 내게 이렇게 말했다.

“나는 네 시들이 여전히 전과 같이 훌륭하다고 생각해. 하지만 네가 최근에 나한테 보내준 시들을 몇몇 쾌활한 친구들에게 읽어주었더니 아무도 그 시를 네가 지은 걸로 믿으려하지 않았어.”

그래서 나는 대답했다.

“괜찮아. 우리는 시들을 써서 그걸로 기뻐하면 되는 거고, 다른 애들이야 그 시에 대해 마음대로 생각하고 말하라지 뭐.”

“바로 저기 그 못 믿는 애가 오고 있어!”라고 내 친구가 말했다. 나는 “이제 시 얘기는 그만 하자. 그들의 마음을 돌릴 수 없을 텐데 말해봤자 소용없지”라고 대답했다. 그러자 친구가 말했다.

“절대로 안 돼. 나는 저 애를 그냥 내버려둘 수는 없어.”

잠시 엉뚱한 얘기를 한 다음 내가 무척 좋게 생각하는 그 친구는 참지 못하고 약간 감정적으로 그에게 말했다.

“그 멋진 시들을 쓴 친구가 바로 여기 있어. 너희들은 그 시들을 이 친구가 썼다고 믿으려 하지 않지.”

그러자 그가 대답했다.

“그는 나쁘게 생각하지 않을 거야. 우리가 그런 시들을 쓰려면 어린 사람이 지닐 수 있는 것보다 더 많은 학식이 필요하다고 생각하는 것은 우리가 그에게 나타내는 존경일 테니까.”

나도 아무렇게나 대답했다. 그러나 내 친구는 계속해서 이렇게 말했다.

“너희들을 믿게 하는 건 별로 힘들지 않아. 이 친구에게 뭐든 주제를 정해줘 봐. 그러면 이 친구가 즉석에서 시를 지어보일 테니까.”

나도 좋다고 여겼고, 우리는 의견이 일치되었다. 그는 내게 어느 수줍은 젊은 처녀가 한 청년에게 자신의 사랑을 털어놓는 애틋한 연애편지를 시로 쓸 수 있는지를 물었다. "필기도구만 있다면 그보다 더 쉬운 일은 없지"라고 나는 대답했다. 그는 자신의 수첩을 꺼냈다. 수첩 안에는 하얀 종이들이 많이 있었다. 나는 시를 쓰려고 벤치에 앉았다. 그들은 그 동안 이리저리 거닐면서 내게서 시선을 떼지 않았다. 나는 곧장 상황을 머릿속에 포착하고는 만약 어떤 예쁜 소녀가 실제로 내게 반해서 산문이나 시로 사랑을 전하려 한다면 얼마나 애틋할까 생각했다. 나는 지체 없이 내 생각을 정리하여 그것을 크니텔*과 마드리갈**의 중간 운율로 가능한 한 소박하게 단시간 내에 표현했다. 내가 그 시를 두 사람 앞에서 낭독하자 의심하던 그는 놀라워했고, 내 친구는 몹시 기뻐했다. 시가 그의 수첩 안에 적혔고, 내 능력의 증거가 그의 손 안에 있었으므로 나는 시를 갖겠다는 그의 요구를 거절할 수 없었다. 그는 놀라움과 호감을 담은 인사말을 여러 번 하고 헤어졌는데, 자주 서로 만나자고 했다. 그래서 우리는 곧 함께 시골로 놀러가기로 결정했다.

일행이 정해졌다. 같은 계층의 젊은이들 몇 명이 더 포함되었다. 그들은 중류층 출신의 젊은이들이었고, 생각하기에 따라서는 하류층 출신이라 할 수도 있었다. 그들은 두뇌가 부족하지는 않았고, 학교에 다녔으므로 많은 지식과 어느 정도의 교양이 있었다. 부유한 거대도시에는 다양한 생업분야가 있다. 그들은 변호사의 필기 일을 하기도 하고, 가정지도를 통해 하층계급의 아이들을 허술한 학교교육에서보다 좀 더 폭넓게 깨우

* 16세기에 유행했던 4개의 강음을 가진 운문 형식.

** 14세기 이탈리아에서 유행한 음악적인 서정시 형식.

치는 일을 하면서 그럭저럭 살아갔다. 그들은 견진성사*를 받아야 할 큰 아이들에게는 종교교육을 반복하여 시켰고, 뛰어다니며 중개인들이나 상인들을 돕는 일도 했으며, 저녁이나 특히 일요일과 축제일에는 검소하게 마음껏 즐겼다.

그들은 가는 도중 내 연애편지를 극구 칭찬했고, 그 편지를 매우 재미있게 이용해먹었다고 털어놓았다. 즉 그 편지를 다른 필체로 베껴 쓰고, 몇 가지 긴밀한 관계들을 덧붙여 교양 있는 한 청년에게 보냈는데, 그 청년은 그 편지를 읽고 자신이 오랫동안 연모해온 아가씨가 자신을 몹시 사랑하여 좀 더 가까워질 기회를 찾고 있다고 굳게 믿게 되었다는 것이었다. 그러면서 그들은 내게 그 청년이 자신도 그녀에게 답장을 시로 써 보낼 수 있기만을 몹시 바라고 있다고 말했다. 그러나 그 청년이나 친구들 중에는 그런 재능을 가진 사람이 없으므로 내게 희망하는 답장을 써달라고 간절히 부탁했다는 것이다.

다른 사람을 속이는 일은 한가롭고 어느 정도 재능이 있는 사람들에게 하나의 즐거움이 될 수 있다. 대수롭지 않은 악의와 남의 피해를 보고 혼자서 즐거워하는 일은 스스로를 위한 일도 없고, 밖으로도 좋은 영향을 줄 수 없는 사람들에게 하나의 즐거움이다. 아무리 나이를 먹어도 그런 장난욕구에서 완전히 벗어나지는 못한다. 우리는 어린 시절 서로를 자주 속여 왔다. 많은 놀이들은 그런 속임과 위장을 바탕으로 하고 있다. 나는 이번의 장난도 그런 것 이상으로 발전하지는 않을 것으로 여겼다. 그래서 나는 답장을 써주기로 했다. 그들은 내게 편지에 써넣어야 할 많은 특이

* 그리스도교의 의식으로 이미 세례에서 맺어진 하느님과 인간의 관계가 이것을 통해 확고하게 된다고 믿어진다.

사항들을 알려주었다. 우리는 그것을 완성한 다음 집으로 돌아갔다.

그 후 얼마 안 되어 나는 친구를 통해 그 청년 가족들의 저녁식사에 참석해달라는 간절한 초대를 받았다. 그 연애하는 청년이 이번에 한 턱 내겠다며, 시인으로서의 비서역할을 그토록 훌륭하게 해낸 친구에게 감사의 뜻을 표하고 싶어 한다는 것이었다.

우리는 꽤 늦게 모였다. 식사는 아주 간소했고, 포도주는 마실 만한 정도였다. 대화는 물론 아직도 엉뚱한 환상에서 깨어나지 못한 그 청년을 조롱하는 것에서 거의 전적으로 맴돌았다. 그는 그 편지를 연거푸 읽고 나서 그것을 자기가 손수 쓴 것으로 믿는 것 같았다.

천성적으로 착한 성격인 나는 남을 속이는 그런 짓궂은 장난이 별로 즐겁지 않았다. 그리고 똑같은 화제가 되풀이되어 나는 곧장 역겨워졌다. 만약 예기치 않은 어떤 현상이 나를 다시 활기차게 만들지 않았다면 나는 분명 불쾌한 저녁을 보냈을 것이다. 우리가 도착했을 때는 이미 식탁이 깨끗하고 정연하게 준비되어 있었고, 포도주도 많이 놓여 있었다. 우리는 시중드는 사람도 없이 우리끼리만 앉아서 식사를 했다. 그러나 나중에 포도주가 떨어지자 한 사람이 하녀를 불렀다. 그러나 하녀 대신 좀 더 고상하고 아무리 둘러봐도 상상할 수 없을 정도로 아름다운 한 소녀가 들어왔다.

"뭐가 필요하세요? 하녀가 아파서 누워 있어요. 제가 시중을 들어드려도 괜찮을까요?"

그녀는 다정하게 저녁인사를 하고 나서 이렇게 말했다. 그러자 한 사람이 말했다.

"포도주가 떨어졌는데 두어 병 가져다주면 좋겠어요."

또 한 사람은 "그렇게 해, 그레첸. 엎어지면 코 닿을 테니까"라고 말했다. 그녀는 "그러고 말고요!"라고 대답하고는 식탁에서 빈 포도주병 몇 개를 들고 급히 나갔다. 그녀의 뒷모습은 더욱 우아했다. 작은 머리 위에는 조그만 두건이 씌워 있었고, 그 아래로 가느다란 목이 어여쁘게 목덜미와 어깨로 이어져 있었다. 그녀에게 달린 모든 것은 엄선된 것처럼 보였다. 나는 그녀의 차분하고 진지한 눈과 귀여운 입에만 관심을 집중하여 바라볼 수가 없어 전체의 모습을 좀 더 여유 있게 살펴볼 수 있었다. 나는 밤중에 어린 소녀를 혼자서 내보냈다고 그들을 비난했다. 그들은 웃음을 터뜨렸고, 나는 그녀가 돌아오자 곧장 안심이 되었다. 술가게가 바로 길 건너에 있었던 것이다.

"심부름을 했으니 여기 함께 앉지요."

누군가가 말했다. 그녀는 그렇게 했지만 아쉽게도 내 옆에 앉지는 않았다. 그녀는 우리의 건강을 위한다며 한 잔 마시고 이내 나갔다. 그녀는 나가면서 어머니가 막 잠자리에 들려고 하므로 너무 오래 있지 말고, 너무 떠들지 말라고 충고했다. 어머니는 그녀의 어머니가 아니라 우리와 함께 술을 마시는 주인 청년의 어머니였다.

그 순간부터 이 소녀의 모습이 어디를 가든 나를 따라왔다. 이것은 한 여자가 내게 준 사라지지 않고 지속되는 최초의 인상이었다. 나는 그녀를 집으로 찾아가 만날 구실을 찾을 수 없었고, 그러고 싶지도 않았다. 그래서 그녀에 대한 사랑을 품고 교회에 가서 곧 그녀가 앉는 자리를 알아냈다. 나는 오래 이어지는 개신교 예배의식 동안 그녀를 옆에서 마음껏 바라볼 수 있었다. 교회를 나설 때 나는 그녀에게 말을 걸 수 없었고, 그녀를 따라가는 것은 더더욱 생각할 수 없었다. 그런데 그녀가 나를 알아보고 고개를 끄덕여 인사를 한 것 같아 나는 그것만으로도 기뻤다. 그러나 오래지 않아 내가 그녀에게 접근할 수 있는 행운이 찾아왔다. 내가 시인으로서 비서가 되어주었던 그 연애하는 청년은 자신의 이름으로 쓴 편지가 정말로 그 처녀에게 전해졌다고 믿고, 곧 그녀에게서 답장이 오기를 간절히 기다리고 있었다. 이 답장 또한 내가 써야 했다. 장난꾸러기 친구들은 필라데스를 통해 내게 온갖 기지와 기교를 다해 이 답장을 멋지고 완벽하게 써달라고 간절히 부탁해왔다.

나는 아름다운 나의 소녀를 다시 만날 수 있으리라는 희망을 품고 즉시 일에 착수했다. 나는 그레첸이 내게 편지를 쓴다고 가정하여 내 마음에 들 수 있는 온갖 최고의 말들을 생각했다. 나는 그녀의 모습, 그녀의 존재, 그녀의 태도, 그녀의 마음으로부터 모든 것을 끌어내어 편지를 썼다고 믿었기에 편지내용이 사실이었으면 하는 소망을 떨쳐버릴 수 없었다. 그리고 이와 비슷한 것만이라도 그녀가 내게 줄 수 있지 않을까 생각만 해도 기뻐서 정신을 차리지 못할 정도였다. 이렇게 나는 다른 사람을 속이려고 생각하면서 나 자신을 속였고, 그것은 내게 많은 즐거움과 많은 불쾌감을 주었다. 나는 되풀이 독촉을 받고는 편지를 완성했고, 그것을 가져다주기로 하고 시간까지 정했다.

젊은이들 중 한 청년만 집에 있었다. 그레첸은 창가에 앉아 실을 잣고 있었고, 어머니는 이리저리 돌아다녔다. 그 청년은 내가 편지를 읽어주기를 원했고, 나는 그렇게 했다. 나는 편지지 너머로 아름다운 소녀를 곁눈질해가며 감정을 넣어 편지를 읽었다. 나는 그녀가 분명 동요하고 있으며, 뺨이 조금 빨개졌다고 생각하자 내가 그녀에게서 듣고 싶은 내용을 더욱 멋지고 힘차게 읽어 내려갔다. 가끔 찬사의 말을 터뜨려 읽는 것을 중단시켰던 그 사촌오빠는 마침내 몇 군데를 고쳐달라고 요구했다. 그 몇 군데는 좋은 가문 출신이고, 부유하며, 도시에서 잘 알려지고 명망 있는 그 여자보다는 그레첸의 상황에 더 어울리는 부분들이었다. 그 청년은 수정이 필요한 부분들을 내게 설명하고 필기도구를 가져온 다음 무슨 일인지 잠시 밖으로 나갔다. 나는 큰 책상 뒤의 벽에 붙은 벤치에 앉아 거의 책상 전체를 덮을 만한 커다란 석판 위에서 석필로 수정할 부분들을 고치려고 했다. 석필은 늘 창가에 있었는데, 왜냐하면 사람들이 자주 이 석판 위에 계산을 하고, 메모를 해놓았으며, 또한 드나드는 사람들도 이를 통해 메모를 주고받았기 때문이다.

나는 한 동안 여러 가지를 썼다가 다시 지우곤 하다가 마침내 참지 못하고 소리를 질렀다. "잘 되지가 않아!"

그러자 사랑스런 소녀가 차분한 음성으로 말했다.

"잘 안 될수록 좋아요! 나는 하나도 안 됐으면 좋겠어요. 당신은 그런 장난에 함께해서는 안 돼요."

그녀는 물레에서 일어나 책상 옆으로 걸어오면서 내게 무척 사려 깊고 친절하게 훈계를 해주었다.

"이 일은 허물없는 장난처럼 보이지요. 이것은 장난이지만 허물이 없는 것은 아닙니다. 나는 우리 젊은이들이 그런 못된 짓으로 인해 큰 곤경에 빠진 경우들을 많이 경험했습니다."

나는 대답했다.

"그러면 나는 어떻게 하면 좋을까요? 편지는 완성되었고, 그들은 내가 그것을 수정할 것으로 믿고 있어요."

그러자 그녀는 이렇게 말했다.

“제 말을 믿으세요. 편지를 고치지 마세요. 그걸 다시 접어서 주머니에 넣고, 집에 돌아가서 당신의 친구를 통해 문제를 해결해보도록 하세요. 나도 그들과 얘기를 해보겠어요. 그런데 나는 이렇게 가난한 소녀이며, 이곳 친척집에 살고 있어요. 그들은 나쁜 짓은 하지 않지만 자주 장난삼아 혹은 이익을 위해 여러 가지 뻔뻔스런 짓을 기도하지요. 나는 그들이 부탁했을 때 거절하고 그 첫 편지를 옮겨 써주지 않았습니다. 그들은 그 편지를 가필로 베껴 썼습니다. 이번에도 안 되면 똑같이 할 겁니다. 그런데 좋은 가문 출신이고, 부유하며 어디에도 얽매이지 않은 자유로운 당신이 어째서 좋은 일은 아무것도 생기지 않고 많은 불편한 일만 생기게 될 이런 일에 도구로 이용당하려 하시는지요?”

나는 그녀가 연달아 이야기하는 것을 듣는 것이 무척 좋았다. 왜냐하면 그녀는 전에는 몇 마디 말만 했기 때문이다. 그녀에 대한 나의 애정은 말할 수 없이 커졌다. 나는 자제할 수가 없어 이렇게 대답했다.

“나는 당신이 생각하듯 그렇게 자유롭지 않습니다. 그리고 내가 원하는 가장 소중한 것이 없는데 부유한들 무슨 소용이 있나요.”

그녀는 시로 된 내 초고를 끌어당겨 나지막하게, 또한 사랑스럽고 우아하게 읽었다.

“정말 멋져요.”

그녀는 한 소박한 핵심부에서 중단하고 말했다.

“이것이 더 좋게, 현실에서 이용될 수 없는 것이 아쉬울 뿐이에요.”

나는 이 말에 이렇게 답했다.

“물론 그랬으면 좋겠지요. 자신이 끝없이 사랑하는 여인에게서 그런 사랑의 맹세를 받는 남자는 얼마나 행복할까!”

그녀는 답했다.

"물론 그렇게 되려면 많은 것이 필요하겠지요. 하지만 그렇게 되는 경우도 많이 있지요."

나는 곧장 이렇게 말했다.

"예를 들어 당신을 알고, 소중하게 여기고, 존경하고, 숭배하는 누군가가 당신에게 그런 편지를 내밀며 아주 절박하고, 절실하고, 정겹게 당신에게 간청한다면 당신은 어떻게 하시겠어요?"

나는 그녀가 다시 내게 밀어놓았던 편지를 그녀에게 가까이 밀어주었다. 그녀는 미소를 지었고, 잠시 생각하고 나서 펜을 잡고 서명을 했다. 나는 기뻐서 어쩔 줄을 몰랐고, 벌떡 일어나 그녀를 껴안으려 했다. 그러자 그녀가 말했다.

"키스는 싫어요! 좀 저속해요. 하지만 가능하다면 사랑해주세요."

나는 그 편지를 집어 주머니 속에 넣었다. 그리고 말했다.

"이 편지 아무에게도 주지 않겠어요. 일은 끝났어요! 당신이 나를 구제해주었어요."

그러자 그녀가 외쳤다.

"그럼 이제 구제된 것을 완성해 주세요. 다른 사람들이 와서 당신을 괴롭히고 곤란하게 하기 전에 빨리 돌아가세요."

나는 그녀 곁을 떠날 수가 없었다. 그러나 그녀는 두 손으로 내 오른손을 잡고 사랑스럽게 꼭 쥐면서 정답게 돌아가라고 간청했다. 나는 눈물이 나오려 했다. 그녀의 두 눈은 눈물에 젖은 것 같았다. 나는 그녀의 두 손에 내 얼굴을 비비고는 급히 집을 나섰다. 내 인생에서 그렇게 심한 혼란에 빠졌던 적은 없었다.

순진한 젊은이의 첫사랑은 철저히 정신적 전환을 취한다. 자연은 하나의 성이 이성에게서 선한 것과 아름다운 것을 감각적으로 인식하기를 바라는 것 같다. 이 소녀를 보자 내게도 역시 그녀에 대한 애착으로 인해 아름다움과 뛰어난 것의 새로운 세계가 열렸다. 나는 내 시로 된 편지를 수백 번이나 읽었고, 그녀의 서명을 들여다보았고, 그 편지에 입맞춤했고, 그것을 가슴에 껴안으면서 그 사랑스런 고백을 기뻐했다. 그러나 기쁨이 커지면 커질수록 그녀를 직접 방문할 수 없고, 그녀를 다시 만나 얘기를 나눌 수 없다는 것이 더욱 가슴 아팠다. 나는 사촌형제들의 비난과 그들의 집요한 추궁이 두려웠기 때문이다. 이 일을 중간에서 조정해줄 수 있는 착한 필라데스를 만날 수가 없었다. 그리하여 나는 그다음 일요일에 그 친구들이 늘 모이곤 했던 니더라트에 갔고, 거기에서 정말로 그들을 만났다. 나는 그들이 화를 내거나 적대적인 태도로 나를 대하지 않고, 반가운 얼굴로 대하는 데 깜짝 놀랐다. 가장 어린 사람이 특히 친절했는데, 그는 내 손을 잡고 말했다.

"일전에 네가 우리에게 지독한 장난을 쳐서 우리는 너에 대해 무척 분노했었어. 그런데 네가 그 시로 된 편지를 가져가버린 것이 도저히 떠오르지 않았을 좋은 생각을 할 수 있게 해주었어. 화해하는 뜻에서 오늘 우리에게 한 턱 내야겠다. 그러면 그 자리에서 우리가 상상하고 있는 일이 무언지 알게 될 거야. 틀림없이 너도 즐거워 할 거야."

이 말은 나를 적잖이 당혹스럽게 했다. 왜냐하면 나는 나와 또 한 명의 친구 정도를 대접할 돈은 가지고 있었지만 그 많은 친구들, 특히 정상적인 궤도에서 이탈할 수도 있는 그런 집단을 대접할 만한 돈은 결코 준비되어 있지 않았기 때문이다. 그리고 그들이 평소에는 각자 자신의 몫을 지불하는 것을 철저하게 지켜왔기 때문에 그 제안은 나를 더욱 어리둥절하게 했다. 그들은 내가 당황하는 것을 보고 웃었고, 그 젊은이가 말을 계속했다.

"우리 우선 정자에 가 앉자. 너는 다음 얘기는 거기서 듣게 될 거야."

우리는 가서 앉았고, 그는 이렇게 말했다.

"네가 일전에 그 연애편지를 가져갔을 때 우리는 이 일을 전반적으로 다시 한 번 논의했어. 그래서 우리는 네 재능을 우리 모두의 이익을 위해 이용할 수가 있는데도 그저 단순히 놀려먹는 재미로 다른 사람들을 불쾌하게 하고, 우리를 위험하게 하는 아무 쓸데없는 일에 악용하고 있다는 것을 알아냈지. 자, 나는 결혼식 축시와 장례식 조시를 주문받아 놓았다. 장례식 조시는 즉시 완성되어야 하지만 결혼식 축시는 아직 일주일의 여유가 있어. 네게는 어렵지 않은 것들이니까 써준다면 너는 우리를 두 차례 대접하는 것이 되고, 우리는 오랫동안 네 은혜를 기억하게 될 거야."

이 제안은 어느 면으로 보나 마음에 들었다. 왜냐하면 나는 어렸을 때부터 그런 시들은 누구 못지않게 잘 쓸 수 있다고 믿었기에 그 당시 매주 여러 편씩, 특히 명망 있는 가문의 결혼식에서는 십여 편씩 발표되던 경조사 시들을 무척 시기하며 보아왔기 때문이다. 이제 나를 내보이고, 무엇보다도 내 이름이 인쇄되는 것을 볼 수 있는 기회가 주어진 것이었다. 나는 전혀 싫은 기색을 보이지 않았다. 그는 내게 당사자들의 인적사항과 가족관계를 알려주었다. 나는 조금 걸어 내려가서 구상을 한 다음 몇 절을 써내려갔다. 그러나 나는 다시 그들에게로 가서 포도주를 마셨기 때문에 시가 막히기 시작했고, 이날 저녁에 완성하여 넘겨줄 수가 없었다. 그들은 말했다.

"내일 저녁까지는 시간이 있어. 우리가 또 한 가지 말하겠는데, 장례식 조시에서 받는 보수는 내일 또 한 번의 즐거운 저녁을 보내기에 충분해. 우리한테 와. 우리한테 이런 생각을 할 수 있게 해준 그레첸도 물론 함께 즐길 테니까."

내 기쁨은 이루 말할 수 없을 정도였다. 집으로 돌아가는 길에 나는 아직 채우지 못한 시구들만 생각했고, 잠자기 전까지 모두 써내려갔으며, 다음날 아침에는 깨끗이 정서했다. 그날은 내게 너무나도 길었다. 날이 어두워지자마자 나는 다시 그 작고 좁은 집에서 한없이 사랑하는 그 소녀 옆에 앉게 되었다.

내가 이런 식으로 점점 더 가까운 관계를 맺게 된 그 젊은 사람들은 본래 천한 사람들은 아니었지만 역시 평범한 인간들이었다. 그들의 근면성은 칭찬할 만했다. 나는 돈을 어떻게 버는지에 대한 여러 가지 수단과 방법에 대해 그들이 얘기하는 것을 재미있게 들었다. 그들은 또 빈털터리로 시작해 지금은 부자가 된 사람들 얘기를 가장 좋아했다. 어떤 이들은 가난한 심부름꾼이었다가 주인에게 없어서는 안 될 인물이 되어 마침내 주인의 사위가 되었고, 어떤 이는 노끈 같은 잡화를 파는 소매점을 확장시키고 고급화하여 지금은 부유한 상인이자 실업가들로 등장했다는 것이었다. 특히 튼튼한 다리로 열심히 일할 수 있는 젊은이들에게는 심부름이나 중간상인 보조, 도움이 필요한 부자들의 모든 위임과 부탁을 받아 일하는 것이 무엇보다 유익하고 유리하다는 것이었다. 우리는 모두 그런 얘기를 즐겨 들었고, 모두가 순간적으로 상상을 하며 자신들에게 많은 능력이 있어 세상에서 앞서나갈 뿐만 아니라 특별한 행복을 만들어갈 수 있다고 생각했다. 그러나 누구보다도 이런 대화를 열심히 이끌어간 사람은 필라데스였다. 그는 마침내 어떤 소녀를 열렬히 사랑하고 있으며 그녀와 약혼까지 했다고 고백했다. 그는 부모의 재산상태는 자신이 대학에 갈 수 있을 만큼 넉넉하지 못하다고 했다. 그러나 그는 예쁘게 글씨 쓰는 것과 계산과 현대 언어들을 열심히 공부하고 있으며, 이제 가정의 행복을 기대하며 가능한 한 최선을 다해보려 한다고 말했다. 그 사촌형제들은 그의 말을 듣고 그를 칭찬했지만 소녀와의 너무 이른 약혼은 찬성하지 않았다. 그들은 덧붙여 그가 성실하고 선량한 젊은이라는 것은 인정하지만 무언가 특별한 일을 할 수 있을 만큼 활동적이고 과감하다고는 생각하지 않는다고 말했다. 필라데스가 자기변명을 하기 위해 자기가 무슨 일을 하려고 하며, 그것을 어떻게 시작하려고 한다고 자세하게 설명을 하자 나머지 사람들도 자극을 받았다. 그래서 모두가 각자 자신이 할 수 있는 일, 하고 있는 일, 경영하는 일, 걸어온 길, 앞으로 계획하고 있는 일 등을 설명하기 시작했다. 마지막으로 내 차례가 되었다. 나도 역시 내 생활방식과 장래의 계획을 말해야 했다. 그래서 내가 생각을 가다듬고 있는 사이 필라데스가 말했다.

"우리가 피해를 보지 않기 위해 한 가지만 제한해야겠어. 저 애는 자신의 외적 환경의 우월함을 계산에 넣지 말아야 한다는 거야. 저 애는 이 순간 우리와 같이 혼자서 자립해야 할 처지라면 앞으로 어떻게 생업을 시작할 것인가에 대한 얘기를 들려줘야 할 거야."

그때까지 실을 잣고 있던 그레첸이 일어나서 다른 때처럼 식탁 끝자리에 와 앉았다. 우리는 이미 포도주 몇 병을 비웠다. 그래서 나는 매우 흥겹게 내 인생이야기를 가정하여 들려주기 시작했다.

"내가 맨 먼저 당신들에게 부탁하는 것은 나와 처음 시작한 거래를 계속 유지해달라는 것이오. 당신들이 모든 경조사 시의 수입을 계속해서 나한테 주고, 우리가 그것을 먹고 마시는 데 써버리지만 않는다면 나도 어느 정도 돈을 벌게 될 것이오. 그런 다음에는 내가 당신들 일에도 손을 댈지 모르니 그때는 나를 나쁘게 여기지 마시오."

나는 그런 다음 그들의 일들로부터 내가 알아차린 것이 무엇인지, 어떤 일들을 할 능력이 있는지도 말해주었다. 그들은 각자 자신의 수입을 미리 돈으로 환산해 놓았다. 그래서 나는 그들에게 내 손익계산서를 작성하는 것도 도와달라고 부탁했다. 그레첸은 그때까지의 모든 이야기를 매우 주의 깊게 듣고 있었다. 더욱이 그녀는 듣거나 말하는 데에 매우 어울리는 자세를 취하고 있었다. 그녀는 두 손으로 양팔을 잡고 팔을 식탁 끝에 올려놓고 있었다. 그렇게 그녀는 머리만을 움직일 뿐 오랫동안 가만히 앉아 있었는데, 그녀가 머리를 움직일 때는 반드시 어떤 원인이나 의미가 있었다. 그녀는 우리의 계획이 막히면 이따금 이런저런 것에 대해 몇 마디 조언을 하여 도와주고는 다시 전과 같이 조용히 앉아 있었다. 나는 그녀에게서 눈을 떼지 않았다. 내 계획을 오로지 그녀와 관련지어 생각하거나 말했다는 것은 쉽게 상상할 수 있을 것이다. 그리고 그녀에 대한 애착은 내가 한 말에 진실성과 가능성의 모습을 띠게 했다. 그래서 한 순간 나는 착각에 빠져 내 이야기에서 전제했듯 스스로를 고립되고 의지할 곳 없는 자로 생각했으며, 그녀를 차지할 수 있다는 희망에 지극한 행복을 느꼈다. 필라데스는 그의 고백을 결혼 얘기로 끝맺었다. 우리에게는 우리 계획에 결혼까지도 끌어들여야 하는지가 문제되었다. 그래서 나는 이렇게 말했다.

"나는 전혀 문제될 게 없다고 봐요. 왜냐하면 우리 모두는 밖에서 놀라운 방법으로 주워 모아온 것을 집에서 보관하고 실컷 즐기려면 기본적으로 부인이 필요한 거니까요."

나는 내가 원하는 아내의 상을 묘사한 것이며, 그것이 전적으로 그레첸의 모습이 아니라면 이상할 것이다.

장례식 조시로 받은 돈은 탕진해버렸지만 이제 고맙게도 결혼식 축시가 가까이 있었다. 나는 모든 공포와 근심을 이겨냈다. 왜냐하면 내 저녁의 즐거움을 가족에게 숨길 수 있는 많은 친지들을 얻게 되었기 때문이다. 사랑하는 소녀를 바라보고 그녀 옆에 있는 것이 이제 내 삶의 불가결한 조건이 되었다. 그 친구들도 친숙해졌고, 우리는 그렇게 하지 않으면 안 되는 것처럼 거의 날마다 함께 모였다. 필라데스는 약혼녀를 그 집에 데리고 왔고, 두 사람은 여러 번의 저녁을 우리와 함께 보냈다. 그들은 아직 시작 단계이지만 약혼자로서 자신들의 애정을 숨기지 않았다. 나를 대하는 그레첸의 태도는 아주 절묘해서 나와 간격을 유지하고 있었다. 그레첸은 누구와도 악수를 하지 않았고, 나와도 그랬다. 그녀는 어떤 신체접촉도 허용하지 않았다. 그녀는 가끔 내 옆에 와 앉았을 뿐인데, 특히 내가 글을 쓰거나 낭독을 할 때면 친근하게 팔을 내 어깨 위에 얹고 책이나 종이를 들여다보았다. 하지만 내가 그녀에게 그와 비슷한 자유스런 행동을 하려고 하면 그녀는 달아나서 쉽게 돌아오지 않았다. 그러나 그녀는 자주 같은 자세를 되풀이했고, 그녀의 모든 몸짓과 동작은 아주 단조로웠지만 한결같이 적당하고 아름답고 매력적이었다. 그러나 나는 그녀가 그런 친밀함을 다른 사람에게 나타내는 것은 본 적이 없다.

내가 여러 집단의 젊은이들과 가져본 가장 허물없고 재미있었던 일은 회히스트 장삿배 안에서 거기에 탄 이상한 승객들을 관찰하고, 이 사람저 사람과 기분 내키는 대로 버릇없이 어울리면서 농담도 하고 놀리기도 했던 것이었다. 우리는 회히스트에서 내렸는데, 그때 마침 마인츠에서 온 장삿배가 들어왔다. 한 식당에 잘 차려진 식탁이 마련되어 있었고, 여기서는 올라가고 내려오는 고급승객들이 함께 식사를 하고 나서 각자 갈 방향으로 배를 계속 타고 갔다. 왜냐하면 이곳에서 마인츠와 프랑크푸르트 양쪽의 배는 다시 돌아가기 때문이다. 우리는 늘 점심을 먹고 나서 프랑크푸르트로 돌아갔는데, 많은 인원이어서 가장 싼 요금을 냈다. 한 번은 그레첸의 사촌형제들과 이 여행을 했는데, 회히스트의 식당에서 우리보다 나이가 좀 더 먹어 보이는 한 젊은이가 합석했다. 그들은 그를 잘 알고 있었으며, 내게 소개해주었다. 그 청년은 특별히 두드러진 점은 없었지만 퍽 호감을 주는 인상이었다. 그는 마인츠에서 올라와 우리와 함께 프랑크푸르트로 돌아가는 길이었다. 그는 나와 시정, 관리들과 직위들 등 여러 가지 것들에 대해 이야기했다. 그는 그런 것들을 잘 알고 있는 것 같았다. 헤어질 때 그는 내게 인사를 하면서 기회가 되면 내 추천을 받고 싶으니 자신을 좋게 봐달라는 말도 덧붙였다. 나는 그가 무슨 말을 하는지 알 수 없었는데 며칠 후 그 사촌형제들이 내게 설명해주었다. 그들은 그 청년을 좋게 말하면서 내게 할아버지의 추천을 얻어달라고 부탁했다. 마침 시의 중간 직위가 비어 있는데 이 친구가 그 자리를 얻고 싶어 한다는 것이었다. 나는 그런 일에 관여해본 적이 없기 때문에 처음에는 거절했지만 그들은 내가 승낙할 때까지 졸라댔다. 나는 이미 여러 차례 정실인사라고 할 수 있는 그런 관직 임명에서 할머니나 이모의 추천이 효력을 나타내는 일을 본 적이 있었다. 나도 이제 어느 정도 영향을 미칠 수 있을 만큼 성장했다. 나는 그런 호의를 베풀어주면 결코 은혜를 잊지 않겠다고

한 친구들을 생각해서 손자로서의 부끄러움을 무릅쓰고 내게 준 청년의 청원서를 할아버지에게 전해주기로 했다.

어느 일요일 식사 후에 할아버지는 정원에서 일을 하고 있었다. 가을이 가까워져 할 일이 더 많아졌고, 나도 될 수 있는 한 할아버지를 도우려고 애썼다. 나는 조금 망설이다가 용건을 말하고 청원서를 내밀었다. 할아버지는 청원서를 훑어보고는 그 청년을 잘 아느냐고 물었다. 나는 말할 수 있는 것은 다 이야기했고, 할아버지는 일을 끝냈다.

"만일 그 청년이 일을 맡을 만한 가치가 있고, 좋은 증명서도 갖고 있다면 그 청년과 너를 위해 좋도록 해주겠다."

할아버지는 이 말밖에 하지 않았고, 나는 오랫동안 그 일에 대해서는 아무 소식도 듣지 못했다.

얼마 전부터 나는 그레첸이 실 잣는 일을 하는 대신 바느질을 하고 있으며, 그것도 매우 섬세한 바느질을 하고 있다는 것을 알게 되었다. 해가 짧아지고 겨울이 다가왔기 때문에 그것이 이상하다는 생각이 들었다. 나는 이 일에 대해 더 이상 깊이 생각해보지 않았는데, 그녀가 평상시와는 달리 아침에 집에 없는 것을 몇 차례 발견하고는 불안해졌다. 여기 저기 물어보기 전에는 그녀가 어디에 갔는지 알 수도 없었다. 그런데 어느 날 나는 무척 이상한 일로 깜짝 놀랐다. 무도회에 갈 준비를 하고 있던 누이동생이 장신구점에 가서 이탈리아 꽃이라는 것을 사다달라고 부탁했다. 그 꽃들은 수도원에서 만든 것으로 작고 귀여웠다. 특히 은매화나 작은 장미 같은 것들이 무척 예쁘고 실물처럼 보였다. 나는 누이동생이 부탁한 대로 그녀와 종종 가본 적이 있는 가게에 들어섰다. 나는 안으로 들어가 여주인에게 인사를 하다가 창가에 한 여자가 앉아 있는 것을 보았다. 레이스가 달린 모자를 쓴 그녀는 매우 젊고 멋지게 보였고, 비단 외투를 입은 모습이 퍽 잘 어울렸다. 나는 그녀가 모자에 리본과 깃털을 달고 있어 가게 일을 돕는 여자라는 것을 쉽게 알 수 있었다. 여주인은 내게 여러 가지 꽃이 들어있는 긴 상자를 보여주었다. 나는 꽃을 들여다보고 고르면서 창가에 있는 여자 쪽을 다시 바라보았다. 그러나 나는 그녀가 그레첸과 꼭 닮았다는 것을 알았을 때, 아니 끝내 그레첸이라는 것을 확신했을 때 얼마나 놀랐는지 모른다. 그녀가 눈짓을 보내 우리가 서로 아는 사이라는 것을 주인이 알아서는 안 된다는 신호를 보냈을 때는 의심의 여지가 없었다. 그래서 나는 여자 손님들도 그렇지 않을 정도로 오랫동안 꽃을 고르고 놓곤 하여 여주인을 실망시켰다. 나는 마음이 극도로 혼란하여 정말이지 꽃을 고를 수 없었다. 나는 꾸물거리고 싶었는데, 그럼으로써 그녀 옆에 머물 수 있기 때문이었다. 변장한 그녀의 모습은 나를 기분 나쁘게 했지만 전보다 더 매력적으로 보였다. 마침내 가게주인은 더 이상 참지 못하고, 꽃을 상자 채 누이동생에게 가져가서 누이동생이 직접 고르도록 하겠다고 말했다. 가게주인은 하녀를 통해 꽃 상자를 보냈고, 나는 곧장 가게에서 쫓겨났다.

집에 돌아오자마자 아버지는 나를 불러 요제프 대공이 로마 왕으로 선출되어 대관식을 올리게 될 것이 확실해졌다고 알려주었다. 아버지는 그런 최고로 중요한 사건을 아무런 사전지식도 없이 기다려서는 안 되며, 그런 행사를 멍하니 입을 벌리고 놀라워하며 바라보기만 해서는 안 된다고 말했다. 그래서 아버지는 나와 함께 전에 열렸던 두 차례 대관식의 선거 기록과 대관식 기록을 살펴보았다. 또한 이번에는 어떤 새로운 조건들이 추가되는지를 알아내기 위해 이전의 선거규정들까지 살펴보았다. 기록들이 펼쳐지고, 우리는 하루 종일 밤늦게까지 그것을 살펴보는 데 몰두했다. 그러는 동안에도 그 아름다운 소녀는 때로는 낡은 일상복 차림으로, 때로는 새 옷차림으로 신성로마제국의 가장 중요한 사건들 사이사이에 떠올라 계속 이리저리 맴돌았다. 이날 저녁에는 그녀를 만나는 것이 불가능하여 나는 뜬눈으로 불안한 밤을 새웠다. 전날 했던 조사가 다음날에도 계속되었다. 나는 저녁 무렵에야 내 아름다운 여인을 방문할 수 있었고, 보통 때의 일상복을 입고 있는 그녀를 다시 볼 수 있었다. 그녀는 나를 바라보며 미소 지었으나 나는 다른 사람들 앞에서 감히 말을 할 용기가 없었다. 친구들이 다시 조용히 자리에 앉자 그녀가 말을 시작했다.

"일전에 우리가 결정한 일을 이 친구 분에게도 알려드리면 좋겠어요."

그녀는 이렇게 말하고 계속해서 설명했다. 즉 일전의 모임에서는 각자가 어떻게 하면 이 세상에서 출세할 수 있는지에 대해 얘기를 나누다가 여자는 어떻게 자신의 재능과 일을 발전시키고, 시간을 유익하게 활용할 수 있을 것인지에 대한 얘기도 오갔다는 것이다. 이에 대해 사촌형제는 마침 도우미를 구하고 있는 한 장신구점에서 일을 해보라고 제안했다는 것이다. 그래서 여주인과 타협이 되었고, 날마다 그곳에 가 몇 시간씩 일을 하고 보수도 많이 받게 되리라는 것이었다. 그녀는 가게에서는 체면상 어느 정도 우아한 정장을 입었으나 그것은 집에서의 일상생활에는 전혀 어울리지 않는 옷이어서 항상 가게에 벗어두고 왔다고 말했다. 이런 그녀의 설명을 듣고 나는 안심이 되었다. 다만 이 아름다운 소녀가 그런 많은 사람들이 드나드는 가게나 이따금 호색가들이 모이는 장소에서 일한다는 것이 썩 마음에 들지는 않았다. 하지만 나는 아무런 내색도 하지 않고 내 질투어린 근심을 조용히 가라앉히려 애썼다. 그러나 얼마 지나지 않아 그 막내사촌이 내 기분을 즐겁게 해주었다. 그는 내게 다시 경조사 시를 위탁했는데, 인적사항을 알려준 다음 즉시 시를 구상하여 초고를 써달라고 요구했다. 그는 이미 몇 차례 나와 이런 과제를 어떻게 다룰 것인지에 대해 얘기를 나누었었다. 그리고 나는 이럴 때 매우 말이 많아서 그에게 이런 시들의 수사학적 요소들을 자세하게 설명해주고 개념을 이해하도록 했으며, 이런 유형의 내 작품과 다른 사람들의 작품을 활용했다. 그 젊은이는 시적인 소질은 없었지만 머리가 좋았다. 그리고 그는 너무 세밀한 부분까지 파고들어 온갖 설명을 들으려 했기에 나는 큰 소리로 이렇게 말했다.

"너는 내 직업을 샅샅이 배워서 내 손님들을 빼앗아가려는 것 같아."

그러자 그는 미소를 지으며 말했다.

"부인하지는 않겠어요. 하지만 그렇게 해서 당신에게 손해를 입히지는 않을 거예요. 얼마 지나지 않아 당신은 대학에 갈 테니 그때까지 좋은 것을 많이 가르쳐줘요."

나는 "기꺼이 그러지"라고 대답하고, 그에게 스스로 시의 초고를 쓰게 하고, 대상의 성격에 따라 운율을 선택하게 하고, 그밖에 필요하다고 여겨지는 것들을 하게 했다. 그는 진지하게 배워나갔지만 성공할 것 같지는 않았다. 나는 결국 그의 시를 너무 많이 고쳐주어야 했고, 그리하여 처음부터 내가 쓰는 편이 더 쉽고 좋을 것 같았다. 그러나 이러한 가르침과 배움과 전수와 상호작업은 우리에게 많은 즐거움을 주었다. 그레첸도 참여하여 많은 기발한 착상들을 해냈다. 그래서 우리는 모두 만족했고, 행복하다고 말할 수 있었다. 그녀는 낮에는 가게에서 일했고, 저녁에는 보통 우리와 함께 모였다. 그리고 경조사 시들을 주문받는 일이 더 이상 계속

될 것 같지 않았지만 그렇다고 우리의 만족이 방해받지는 않았다. 그러나 우리가 고통스럽게 느낀 것은 언젠가 한 번 주문자가 경조사 시가 마음에 들지 않는다고 항의하며 우리에게 반송한 일이었다. 하지만 우리는 그것을 우리가 최선을 다해 만든 작품이라고 생각했고, 그 주문자를 무식한 사람이라고 단정함으로써 스스로를 위로했다. 한 번에 배우려고 했던 그 사촌은 언제나 가상의 과제들을 냈고, 우리는 그것을 푸는 데에서 늘 즐거움을 느꼈다. 물론 그런 것들로는 돈을 벌 수 없었으므로 우리의 작은 술자리는 훨씬 간소하게 차려질 수밖에 없었다.

국가의 대사인 로마 왕의 선출과 대관식은 점점 더 열기를 더해가고 있었다. 처음에 1763년 10월 아우구스부르크에서 열리기로 포고되었던 선제후 회의는 연기되어 프랑크푸르트에서 열리게 되었다. 그리고 이 중요한 일을 치르기 위한 준비들이 그해 연말부터 이듬해 초까지 활발하게 진행되었다. 우리가 본 적이 없는 행진으로 준비행사가 시작되었다. 관리 한 사람이 말을 탄 채 역시 말을 탄 네 명의 나팔수를 이끌고 경비병들에 둘러싸여 시내의 모퉁이마다 다니면서 크고 또렷한 목소리로 긴 포고문을 낭독했다. 그것은 우리에게 목전에 다가온 행사를 알리고, 시민들에게 상황에 맞는 적절한 행동을 할 것을 지시하고 있었다. 시의회에서는 대대적인 심의가 이루어졌다. 얼마 지나지 않아 사신들과 그 수행원들의 숙소를 예로부터 전해 내려온 관습에 따라 할당하기 위해 세습원수가 보낸 제국 숙영 담당관이 도착했다. 우리 집은 팔츠 선제후 구역에 있었다. 우리는 이번에는 기쁜 마음으로 새로운 숙영소를 준비해야 했다. 전에 토랑 백작이 거주했던 2층은 팔츠 선제후국의 기사에게 비워주었고, 뉘른베르크의 사업가 대표 쾨니히스탈 남작이 3층을 차지했기 때문에 우리는 프랑스인들이 있었을 때보다 더 비좁게 지내야 했다. 그러나 이것이 새로운 구실이 되어 나는 공개적인 행사들을 구경하기 위해 집을 나가 거의 하루 종일 거리에서 시간을 보낼 수 있었다.

시청의 방들을 개조하고 수리하여 볼만했다. 사신들이 차례로 도착하여 화려한 첫 전체 행진이 2월 6일에 거행되었다. 그 후 황실위원들이 도착한 다음 역시 뢰머 광장에서 화려하게 거행된 행진을 보고 우리는 감탄했다. 폰 리히텐슈타인 공작의 품위 있는 모습은 좋은 인상을 주었다. 그러나 아는 사람들은 그 화려한 예복이 다른 기회에 한 번 사용되었으며, 이번의 선거와 대관식은 카를 7세* 때의 화려했던 예복과는 비교도 되지 않는다고 주장했다. 우리 젊은이들은 눈앞에 보이는 광경이 마음에 들었으며, 모든 것이 매우 훌륭해 보였고, 많은 것이 우리를 놀라게 했다.

마침내 선거회의는 3월 3일로 정해졌다. 이제 도시는 새로운 행사절차로 들썩였다. 우리는 대사들이 서로를 인사차 방문하는 모습을 보려고 늘 거리를 돌아다녔다. 우리는 멍하니 구경만 할 수는 없었다. 집에 가서 적절하게 설명하고 간단한 보고서를 쓰기 위해 모든 것을 주의 깊게 보아야 했으므로 정신을 바짝 차려야 했다. 아버지와 폰 쾨니히스탈 남작은 한편으로는 작문연습을 위해, 또 한편으로는 우리들의 비망록 작성을 위해 서로 의논하고는 우리에게 보고서를 쓰게 했던 것이다. 나는 생생한 선거 및 대관식 기록을 외적인 면에서는 꽤 잘 작성할 수 있었으므로 이 보고서는 실제로 내게 특별한 이득이 되었다.

내게 지속적인 인상을 남겨준 사신들이라면 우선 마인츠 선제후국의

* 바이에른의 선제후. 합스부르크 가(家) 마리아 테레지아의 남편인 토스카나 대공 프란츠의 반대 세력에 의해 신성로마제국 황제(1742~45 재위)로 선출되었다.

제1사신이며 나중에 선제후가 된 에르탈 남작을 들 수 있다. 그의 모습은 특별히 돋보이는 점은 없었지만 테두리 장식의 검은 관복을 입은 그는 언제 보아도 마음에 들었다. 제2대사인 그로슐라크 남작은 풍채가 좋고, 외모는 거만해 보이지만 지극히 예의바른 사교가였다. 그는 대체로 매우 편안한 인상을 주었다. 뵈멘의 사신 에스터하치 공작은 키가 크지는 않지만 풍채가 좋았고, 활달한 동시에 무척 고상하고 점잖았으며, 거만하거나 냉정하지 않았다. 그의 모습을 보면 브로글리오 원수가 생각나서 나는 그에게 특별한 애착을 느꼈다. 그러나 이 뛰어난 인물들의 모습이나 위엄은 브란덴부르크 사신인 플로토 남작에 대한 선입견 때문에 뒤로 밀렸다. 자신의 복장은 물론이고 수행원들의 제복이나 마차도 눈에 띄게 검소한 이 사람은 7년전쟁으로 유명한 외교적 영웅이 되었다. 공증인 아프릴이 몇 명의 증인들을 데리고 레겐스부르크로 그를 찾아와 그가 모시는 왕에 대한 추방선포문을 전하려 하자 그는 짤막하게 "뭐! 네놈이 뭘 전한다고?"라고 말하고는 공증인을 계단 아래로 내던졌다고 한다. 혹은 내던지게 시켰다고도 전해진다. 우리는 내던졌다는 쪽을 믿었는데, 그게 더 마음에 들었기 때문이다. 그리고 우리는 열정적인 까만 눈으로 이리저리 둘러보는 작고 뚱뚱한 이 남자가 그런 짓쯤은 능히 했을 것으로 믿었다. 모든 사람들의 시선이 그에게로 향했고, 특히 그가 마차에서 내릴 때는 더욱 그러했다. 흥겨운 속삭임이 계속 이어졌고, 만세를 외칠 정도로 모두가 그를 환영했다. 왕은 그처럼 높이 존재했으며, 왕에게 몸과 마음을 바친 모든 이들이 군중의 총애를 받고 있었다. 군중들 가운데에는 프랑크푸르트 시민들 외에도 각 지방에서 온 독일인들이 있었다.

한편으로 나는 이런 행사에 많은 흥미를 느꼈다. 왜냐하면 어떤 종류의 일들이 벌어지든 그것들은 언제나 분명한 의미를 내포하고 있으며, 내면적인 관계가 나타나고, 그런 상징적인 의식들은 여러 가지 양피지나 서류나 책들에 거의 잘못 기록된 독일제국을 한 순간 다시 활기차게 나타내주었기 때문이다. 다른 한편으로 나는 남모를 불쾌감을 감출 수 없었는데, 내가 집에서 아버지를 도와 내부관계를 다룬 자료들을 정서하면서 여러 세력들이 서로 대립하며 균형을 유지하고 있다가 새 군주를 기존의 군주보다 더 제한하려고 할 때에만 동맹이 이루어졌다는 사실을 알게 되었기 때문이다. 또 누구나 자신의 특권을 유지하고 확대하고, 자신의 독립성을 좀 더 많이 확보하고 싶어 하면서 자신의 영향력을 즐겼던 것이다. 그런데 이번에는 사람들이 전보다 더 경계를 했는데, 요제프 2세의 과격성과 그의 계획을 두려워하기 시작했기 때문이다.

할아버지 집에서나 내가 방문하곤 했던 시 관계자들 집에서나 지금은 좋은 시기가 아니었다. 그들은 귀빈들을 모셔오고, 인사를 다니고, 선물을 바쳐야 했기 때문이다. 개인 못지않게 시 당국 전체도 늘 방어하고 저항하고 항의해야 했다. 그 같은 때에는 누구나 이익을 뜯어내거나 부담을 떠넘기려고 할 뿐 시 당국에 협조하거나 도와주는 시민은 드물었기 때문이다. 그런데 내가 이런 행사에서 벌어진 사건들을 다룬 레르스너의 『연대기』에서 훌륭한 시 관리들의 인내와 끈기에 감탄하면서 읽었던 모든 것이 내 눈앞에 생생하게 나타난 것이었다.

시는 점차 필요한 사람들과 불필요한 사람들로 가득 차서 많은 불쾌한 일들이 생겨났다. 시에서는 각 궁정에 대해 낡아빠진 금인칙서의 규정들을 상기시켰지만 소용이 없었다. 행사 참석을 지정받은 사신들과 그 수행원들뿐만 아니라 호기심이나 개인적 목적으로 몰려든 많은 귀족들과 일

요제프 2세의 행적을 묘사한 그림

반인들이 보호는 받았지만 누구는 숙소를 배정받고 누구는 자비로 방을 빌려야 하는지에 대한 문제는 늘 바로 해결되지는 않았다. 혼잡은 더해갔고, 이 일에 아무 간여도 하지 않고 아무 책임도 없는 사람들까지 불편을 느끼기 시작했다.

이 모든 일을 기분 좋게 바라볼 수 있었던 우리 젊은이들도 항상 눈과 상상력에 만족을 느꼈던 것만은 아니었다. 스페인 망토 복장이나 사신들의 커다란 깃털모자 그리고 여기저기의 몇몇이 진정한 고대의 모습을 잘 보여주었다. 이와 반대로 많은 것들은 반쯤은 새로운 것이거나 완전히 현대적인 것이어서 곳곳에 울긋불긋하고 불만족스러우며, 때로는 역겹기까지 한 모습이 보였다. 그래서 우리는 황제와 다음 왕의 입성을 위해 대대적인 준비를 하고 있고, 과거의 선거규정에 기초하여 선제후 회의에서 논의가 활발하게 진행되고 있으며, 선거일이 3월 27일로 결정되었다는 소식을 듣자 매우 기뻤다. 이제 뉘른베르크와 아헨에서 제국의 상징기가 도착하도록 되어 있었다. 또한 마인츠 선제후의 입성이 예정되어 있는 가운데 그의 사신들은 숙소문제로 계속 혼란을 빚고 있었다.

그 사이에도 나는 집에서 자료조사 작업을 열심히 했다. 그러는 동안 나는 새로운 규정에서 고려되어야 할 다양한 이의사항들이 여러 방면에서 들어온다는 것을 발견했다. 이 문서 속의 모든 계층은 자신의 권리를 지키고 권위를 증대시키려 했다. 그러나 그런 요구나 소원들은 대부분 기각되어 많은 것이 전과 같은 상태로 남아 있었다. 신청자들은 그들의 요구가 거부되었다 해도 결코 그들에게 불리하지 않을 것이라는 확실한 보증을 받았다.

제국 숙영청은 그동안 무척 많은 힘든 일들을 떠맡아야 했다. 외래객의 수는 늘어갔고, 그들을 수용하는 일은 점점 더 어려워졌다. 여러 선제후국의 경계에 대해서도 합의가 이루어지지 않았다. 시 당국은 시민들에게서 의무가 아니라고 판단되는 일에서는 부담을 덜어주려고 했다. 그리하여 밤낮없이 항의와 배상청구와 분쟁과 불화가 계속되었다.

마인츠 선제후는 3월 21일에 입성했다. 입성은 예포로 시작되었는데, 우리는 예포소리에 오랫동안 여러 번 정신을 차릴 수 없었다. 일련의 의식들 중에서도 이번 행사는 중요한 것이었다. 왜냐하면 지금까지 우리가 입성하는 것을 보아온 모든 사람들은 아무리 신분이 높다 해도 신하에 불과했기 때문이다. 그러나 이번에는 하나의 절대통치자이자 독립적인 군주이며 황제 다음의 제1인자가 위엄 있는 신하들을 거느리고 나타난 것이었다. 이 입성행렬의 화려한 광경에 대해서는 할 이야기가 많지만 나중에 아무도 쉽게 추측 못할 기회에 다시 되돌아가 이야기할 생각이므로 여기서는 생략하기로 한다.

바로 그날 라바터*가 베를린에서 집으로 돌아가던 중 프랑크푸르트를 지나다가 이 의식을 지켜보았다. 그런 세속적인 겉치레 행사는 그에게 조금도 가치가 없는 것이었지만 화려하고 많은 사람들이 함께 한 그 행렬은 그의 활발한 상상력에 뚜렷한 인상을 남겼던 것 같다. 왜냐하면 몇 년 후 이 뛰어나고 독특한 사람이 성 요한의 묵시록**을 해설한 것으로 보이는, 시로 쓴 해설서를 내게 보내왔을 때 나는 그 속에 묘사된 반기독교도의

---

* 스위스의 시인이자 인상학의 창시자로서 신비사상, 철학, 신학 등의 분야에서 많은 저술을 남긴 요한 카스파르 라바터(1741~1801).

** 『신약성서』의 마지막 책. 『신약성서』에서 교훈서나 역사서로 분류되지 않고 묵시문학으로 분류되는 유일한 책이다. 이 묵시록은 예수의 제자 요한이 에게 해의 파트모스 섬에서 썼다는 주장도 있지만, 75~100년경에 살았던 저자들이 쓴 여러 단편의 모음이라는 주장이 유력하다.

요한 카스파르 라바터

입성에서 발걸음, 모습, 상황 등 모두가 마인츠 선제후의 프랑크푸르트 입성을 그대로 모방하여 황갈색 말 머리를 장식한 술까지도 빼놓지 않고 묘사했음을 발견했기 때문이다. 이 해설서에 대해서는 신약 및 구약성서의 신화들을 완전히 현대적인 것으로 바꿔써서 귀천을 가리지 않고 현대인들의 옷을 입혀놓는다면 그것들을 더 잘 관찰하고 느낄 수 있다고 믿은 기이한 시풍의 시기를 언급할 때 더 자세히 얘기하기로 하겠다. 이와 같은 취급방식이 어떻게 점점 인기를 얻게 되었는지에 대해서도 나중에 얘기하겠다. 그러나 나는 여기서 라바터와 그의 추종자들 말고는 그런 취급방식을 사용하지 않았다는 것만은 말해두겠다. 그들 중 한 사람이 베들레헴으로 입성하는 세 명의 왕을 아주 현대적으로 묘사하여 거기서는 라바터를 방문하곤 했던 군주나 귀족들을 하나하나 알아낼 수 있을 정도였다.

이번에는 에메리히 요제프 선제후가 아무도 모르게 콤포스텔에 도착하는 것을 내버려두고 그레첸에게로 돌아가기로 한다. 나는 군중들이 막 흩어질 때 혼잡한 사람들 속에서 필라데스와 그의 애인을 따라가는 그레첸을 보았다(이 세 사람은 이제 떨어질 수 없는 사이가 된 듯했다). 우리는 만나서 인사를 하자마자 그날 저녁에 함께 모이자고 약속했고, 나는 시간에 맞춰 갔다. 늘 모이는 친구들도 함께 모였고, 모두들 이야기하고 설명할 것이 있었다. 우리는 각자 가장 인상 깊었던 것을 얘기했다. 마지막에 그레첸이 말했다.

"당신들의 말은 요즈음 며칠 동안의 행사들보다 나를 더 혼란스럽게 하는군요. 나는 내가 본 것을 종합해 정리할 수가 없어요. 많은 것들이 무슨 관계가 있는 것인지 알고 싶어요."

나는 그녀에게 이런 행사에 대해 가르쳐주는 것은 쉬운 일이라고 대답했다. 나는 그녀가 어떤 일에 관심을 가지고 있는지 말해달라고 했다. 그녀가 그것을 말하자 나는 몇 가지를 설명해주려다가 체계적으로 얘기해 주는 것이 더 좋겠다고 생각했다. 나는 이 행사들과 활동들을 재치 있게 연극으로 꾸며 얘기해주었다. 이 연극에서는 배우들이 연기를 하는 동안에도 제멋대로 막이 내려졌다가 다시 올려져서 관객들은 무대 위의 사건에 다시 참여할 수 있었다. 나는 내 이야기를 들어만 주면 말을 매우 많이 하는 편이어서 처음부터 오늘까지 이어진 모든 행사를 정연하게 이야기해주었고, 내 이야기를 더 실감 있게 하기 위해 그곳에 있는 석필과 큰 석판을 잊지 않고 이용했다. 단지 몇 가지 질문과 다른 사람들의 독선적 주장으로 조금 방해는 받았지만 나는 내 이야기를 대체로 만족스럽게 끝냈다. 그레첸은 계속주의를 집중하여 들어주어서 내게 큰 힘을 더해주었다. 그녀는 마지막에 내게 감사해 하며 세상의 모든 일을 배워서 이런저런 일들이 어떻게 되어가고 무슨 의미를 띠고 있는지를 아는 사람들이 부럽다고 말했다. 그녀는 자기가 남자였으면 좋겠다고 했으며, 나한테 이미 많은 것을 배워 은혜를 입고 있다고 매우 공손하게 말했다. 그녀는 이렇게 말했다.

"내가 남자라면 우리가 대학에 함께 다니며 좋은 것을 많이 배울 텐데요."

대화는 이런 식으로 계속되었다. 그녀는 장신구점에서 필요성을 깨달아 프랑스어를 공부하기로 마음먹었다고 말했다. 나는 요즘 왜 가게에 나가지 않느냐고 물었다. 왜냐하면 나는 최근에 저녁에 자주 집을 나갈 수 없었기 때문에 가끔 낮에 그녀를 잠깐만이라도 보려고 가게를 지나친 일이 있었기 때문이다. 그녀는 요즘같이 어수선한 때에는 가게에 나가 있기가 싫다고 설명해주었다. 그녀는 도시가 다시 전과 같은 상태가 되면 다시 나갈 생각이라고 말했다.

이제 나는 목전에 와 있는 선거일에 대해 얘기했다. 무엇이 어떻게 진행되는지를 나는 자세히 설명해주었고, 석판 위에 자세한 그림을 그려 내 설명을 보충했다. 나는 선출집회가 열리는 공간을 제단, 옥좌, 안락의자, 좌석들과 함께 그려서 보여주었다. 우리는 적당한 시간에 아주 기분 좋게 헤어졌다.

천성적으로 어느 정도 조화롭게 만들어진 젊은 남녀는 여자가 배움에 대한 욕망이 있고 남자는 가르쳐주기를 좋아할 때보다 더 아름다운 결합을 이루는 경우는 없다. 이로부터 완벽하고 유익한 관계가 이루어진다. 여자는 남자에게서 자신의 정신적 존재의 창조자를 보게 되고, 남자는 여자에게서 자연이나 우연, 일방적 욕구가 아닌 두 사람의 의지로 완성되는 피조물을 보게 된다. 그리고 이러한 상호작용은 너무도 감미로워서 구 아벨라르*와 신 아벨라르** 이후 두 남녀의 그러한 결합에서 가장 강렬한 열

---

* 프랑스의 스콜라 철학자 피에르 아벨라르(1079~1142)를 가리킴.

** 루소의 소설『신 엘로이즈』(1761)의 주인공.

요제프 2세의 동상 (오스트리아 빈)

정과 행복과 불행이 일어났다는 것은 놀라운 일이 아니다.

바로 그 다음날 도시는 대규모 의식과 함께 열린 상호 방문행사로 몹시 혼잡했다. 그러나 프랑크푸르트 시민으로서 내게 특별한 흥미를 일으키고 많은 관찰을 할 수 있게 한 것은 치안유지 선서식이었다. 이 행사는 시와 군대와 시민이 대표자들로서가 아니라 각자 혹은 단체로 거행했다. 우선 시청의 넓은 뢰머 의사당에 시의회 의원들과 참모장교들이 모였고, 다음에는 넓은 뢰머베르크에 전체 시민이 지위와 계층과 구역에 따라 모였으며, 마지막으로 나머지 군인들이 모였다. 여기에서 전체 시민들을 한눈에 훑어볼 수 있었다. 그들은 제국의 우두머리와 국민들에게 치안을 서

약하고, 목전에 놓인 큰일에 철저한 안전을 서약하는 명예로운 목적을 위해 모였다. 트리어와 쾰른의 선제후도 친히 도착했다. 선거일 전날 저녁에는 모든 외래객들이 도시 밖으로 쫓겨나고, 시의 문들은 폐쇄되었으며, 유대인들은 그들이 사는 거리에 갇히게 되었다. 그래서 프랑크푸르트 시민들은 자기들만 이 거창한 행사의 증인으로 남게 되는 것을 적잖이 자랑스럽게 여겼다.

이제까지는 모든 것이 다분히 현대식으로 진행되었다. 최고위층과 고위층 인사들은 마차만 타고 이리저리 돌아다녔다. 그러나 우리는 그들이 아주 옛날 방식으로 말을 타는 것을 보게 되었다. 드나드는 인파로 혼잡은 극에 달했다. 나는 쥐가 늘 드나드는 곡식창고를 잘 알고 있듯 시청사 내부를 훤히 알고 있었다. 그래서 나는 이리저리 돌아다닌 후 청사 현관 앞에 이르렀다. 거기서는 처음에 화려한 마차를 타고 와 위층에서 모였던 선제후들과 사신들이 막 말에 오르려 하고 있었다. 훈련이 잘된 말들은 화려하게 수놓은 포에 덮여 있었고, 온갖 방법으로 치장되어 있었다. 멋지고 온화한 에머리히 요제프 선제후는 말을 탄 모습이 멋져 보였다. 나는 다른 두 사람은 별로 기억이 나지 않지만 우리가 그림 속에서만 보아온 족제비 털을 입힌 빨간 군주용 망토가 밝은 대낮에 무척 낭만적으로 여겨졌었다. 그날 참석하지 못한 유명한 군주들의 사신들이 금박에 금으로 수를 놓고 금술이 많이 달린 스페인식 복장을 하고 있는 모습도 우리 눈을 즐겁게 했다. 특히 구식으로 창이 위로 젖혀진 모자의 커다란 깃털이 바람에 흔들려 아주 화려했다. 그러나 그때 가장 내 마음에 들지 않았던 것은 짧은 현대식 바지와 하얀 명주양말과 유행에 맞춘 구두였다. 우리는 조금이라도 조화를 이룬 복장을 보기 위해 가급적 금장식의 반장화나 샌들 같은 것을 원했었다.

여기서도 역시 사신 플로토는 다른 사람들과는 다른 태도를 보였다. 그는 활달하고 쾌활했으며, 모든 의식에 그다지 특별한 경의를 표하고 있지 않은 듯했다. 왜냐하면 그는 자기 앞의 노신사가 곧장 말에 올라타지 못하자 현관 앞에서 잠시 자기 말이 이끌려나올 때까지 기다려야 했는데, 그 사이 웃음을 참지 못했기 때문이다. 그는 잽싸게 말에 올라 역시 프리드리히 2세의 값진 사신으로서 우리에게 경탄을 불러일으켰다.

이제 우리에게 막이 다시 내려졌다. 나는 교회 안으로 들어가려고 했다. 그러나 거기에는 역시 즐거움보다는 불편함이 더 많았다. 선거인들은 성소 안으로 들어갔다. 거기에서는 대대적인 의식 대신 신중한 선출논의가 행해졌다. 오랜 기다림과 혼돈과 동요 끝에 마침내 국민은 로마 왕으로 요제프 2세의 이름이 불리는 소리를 들었다.

외래인들은 점점 더 심하게 시내로 몰려들었다. 마차를 타거나 걸어 다니는 모든 사람들이 정장을 했으므로 마침내는 옷 전체를 금으로 만들어 입지 않으면 눈에 띄지도 않을 정도였다. 황제와 왕은 이미 호이젠슈탐에 있는 셴보른 백작의 성에 도착하여 관례에 따른 영접과 환영을 받았다. 시에서는 이 중요한 시간을 모든 종교의 예배의식으로, 즉 장엄미사와 설교로 축하했고, 종교 외적으로는 찬미가에 따라 끝없이 예포를 쏘아올림으로써 축하했다.

처음부터 지금까지의 이 모든 공개적인 행사들을 하나의 세밀한 예술품으로 본다면 비난할 것이 별로 없을 것이다. 모든 것이 잘 준비되었다. 공개적인 행사들이 서서히 시작되어 점점 더 중요해져 갔고, 사람들의 수는 점점 많아졌으며, 인물들은 위엄이 높아갔고, 그들의 주변도 그들과 마찬가지로 화려함을 더해갔다. 이렇게 날마다 모든 정도가 높아져서 마침내는 준비의 대상이 된 사람의 눈 또한 현혹되었다.

자세히 설명하는 것을 생략했던 마인츠 선제후의 입성은 뛰어난 사람이라면 상상력 속에서 위대한 세계지배자의 도래로 여길 수 있을 만큼 화려하고 웅장했다. 우리 역시 그것을 보고 적잖이 눈이 부셨다. 그리고 황제와 미래의 왕이 도시에 가까이 왔다는 소식을 듣고 우리의 기대는 최고로 부풀었다. 작센하우젠에서 얼마 떨어지지 않은 곳에 천막이 설치되었고, 시의 전체 고위관리들이 제국의 최고원수에게 적절한 경의를 표하고 시 열쇠를 봉정하기 위해 그곳에 머물고 있었다. 더 멀리 나아가서 아름답고 넓은 평야에 또 하나의 화려한 천막이 설치되었으며, 모든 선제후들과 선거 사신들이 황제와 왕을 맞이하기 위해 그곳으로 나갔다. 그러는 사이 그들의 수행원들은 도로에 늘어서서 자기 차례가 되면 다시 도시를 향해 움직여 적절히 행렬에 합류할 준비를 했다. 드디어 황제가 천막에 도착하여 안으로 들어섰다. 선제후들과 사신들은 경외심에 가득 찬 영접을 한 후 최고통치자에게 질서 있게 길을 터주기 위해 물러섰다.

우리는 이 화려한 장관을 교외에서 보는 것보다 성벽과 거리 안쪽에서 더욱 감탄하며 보기 위해 시내에 머물고 있었다. 종소리와 예포소리가 통치자가 가까이 왔음을 알릴 때까지 우리는 골목 안에 시민들로 이루어진 사람울타리와 밀려드는 사람들의 혼잡과 거기서 일어나는 많은 농담 및 엉뚱한 행동들로 무척 즐거웠다. 프랑크푸르트 시민에게 특별히 기분 좋은 일은 이 기회에 많은 군주들과 대표들 앞에서 제국시 프랑크푸르트도 하나의 소군주로서 내보여졌다는 것이었다. 왜냐하면 시의 마부장이 행렬의 선두에 서고, 빨간 천에 하얀 독수리가 선명하게 그려진 문장을 씌운 승마용 말들이 그 뒤를 따르고, 시종들과 하급관리들, 고수와 나팔수들, 하인제복 차림의 시의회 시종들을 거느린 의원들이 그 뒤를 이었기 때문이다. 여기에 우리가 어렸을 적 호위병을 마중한다거나 그 밖의 공개적인 기회에 보았던 것과 똑같이 승마에 능숙한 시민기병대 3개 중대가 뒤따랐다. 우리는 이런 영광을 함께 느끼고 찬란하게 내보여진 작은 주권을 맛보면서 기뻐했다. 그 다음으로 제국원수의 수행원들과 6명의 세속 선제후들이 파견한 선거 사신들의 많은 수행원들이 차례로 뒤를 이었다. 이들은 각각 적어도 20명의 시종과 2대의 의장마차로 이루어져 있었고, 몇몇은 더 많은 인원이었다. 종교 선제후들의 수행원 수가 점점 늘어났다. 시종들과 가신들이 무수하게 나타났고, 쾰른 선제후와 트리어 선제후는 합해서 20대가 넘는 의장마차를 거느렸고, 마인츠 선제후는 혼자서 그 정도를 거느리고 있었다. 말을 타거나 걸어가는 시종들은 무척 화려한 옷을 입었다. 마차를 탄 선제후들의 수행원들 역시 종교적이든 세속적이든 화려하고 위엄 있는 모습으로 온갖 휘장들을 치장한 채 나타났다. 황제의 수행원은 당연히 다른 사람들을 능가했다. 선두마, 예비마, 마구, 안장, 덮개들이 모든 사람들의 시선을 끌었다. 황실의 시종, 고문관, 시종장, 내무대신, 마부장 등이 탄 16대의 6두마차가 행렬의 화려한 끝을 장식했다. 그러나 이것은 화려하고 긴 대열의 선두에 불과했다.

위엄과 화려함이 더해가면서 행렬에는 점점 더 많은 사람들이 합류했다. 왜냐하면 엄선된 가신들이 대부분은 걸어서, 일부는 말을 타고 가는 가운데 선거 사신들과 선제후들이 개별적으로 화려한 의장마차를 타고 차례대로 나타났기 때문이다. 마인츠 선제후 바로 뒤에 10명의 황실 선발대, 41명의 하인들, 8명의 호위병들이 황제와 왕을 선도했다. 가장 화려한 의장마차는 뒤쪽도 모두 거울로 되어 있었고, 그림과 칠, 조각과 금박으로 장식되어 있었으며, 천장과 내부는 수를 놓은 붉은 비단으로 꾸며져 있었다. 우리는 오랫동안 기다려 온 더없이 화려한 모습의 황제와 왕이 그 안에 타고 있는 모습을 아주 기분 좋게 바라볼 수 있었다. 행렬은 먼 길로 돌아서 갔는데, 한편으로는 너무 길어서 그렇게 하지 않으면 안 되기 때문이기도 했고, 다른 한편으로는 많은 군중들에게 보여주기 위해서이기도 했다. 행렬은 작센하우젠을 통과하여 다리를 건너 파르가세를 지나 차일레로 내려갔다. 그러고는 시내 쪽으로 방향을 돌려 카타리나 문을 통과해 갔다. 이 문은 과거에는 성문이었다가 도시가 확장된 후 개방된 통로로 이용되고 있었다. 여기에서 사람들은 다행히 수년 전부터 세상의 화려함이 외적으로 점점 더 높고 넓어져 왔다는 것을 고려하게 되었다. 사람들은 측정 결과 지금의 황제 의장마차는 많은 군주와 황제들이 드나들었던 이 문을 조각이나 외부장식이 닿지 않고는 통과할 수 없다는 것을 알게 되었다. 사람들은 대책을 논의한 끝에 먼 길을 돌아가는 불편을 피하기 위해 길바닥의 포석을 들어내어 길을 약간 경사지게 만들기로 했다. 아울러 왕관이나 독수리나 수호상이 부딪혀서 손상되지 않도록 하기 위해 길가에 있는 모든 노점과 상점의 차양을 제거했다.

진귀한 내용물이 들어있는 이 진귀한 보물통이 가까이 접근해 왔을 때 우리는 고귀한 인물들에게 시선을 던졌을 뿐만 아니라 훌륭한 말들과 마구, 그 화려한 장식에도 눈길을 돌리지 않을 수 없었다. 특히 우리 눈에 띈 것은 말에 타고 있는 기이한 마부와 선두 기수였다. 그들은 다른 나라, 다른 세계에서 온 것처럼 보였고, 황실 관습에 따라 검고 노란 긴 비단양복을 입고 커다란 깃털이 달린 모자를 쓰고 있었다. 이제 너무 많은 사람들이 몰려들어 더 이상 누가 누군지 구별할 수가 없었다. 황실마차 양쪽에 있는 스위스 근위병들, 오른손에 작센 칼을 높이 들고 있는 세습 원수, 황실근위대의 지휘자로서 말을 타고 황실마차를 뒤따라가는 원수들, 한 무리의 황실 사동들, 그리고 마지막으로 친위병들이 보였다. 친위병들은 솔기마다 금박을 한 검은 비단양복을 입고, 그 안에는 역시 금박을 한 빨간 속저고리와 고동색 내복을 입고 있었다. 사람들은 바라보고 설명하고 가리키느라 정신이 팔려서 그들 못지않게 화려하게 차려입은 선제후들의 근위병들에게는 거의 주의를 기울일 수 없었다. 우리는 15대의 쌍두마차를 타고 행렬의 끝에 선 우리의 시 당국자들, 특히 시의 열쇠를 가지고 마지막 마차의 빨간 비단방석 위에 앉아 있는 시 서기장을 보기 위해 창가에서 떠나지 않았다. 우리 시의 보병중대가 후미를 보호한 것도 우리에게는 매우 명예로운 일이었다. 그래서 우리는 독일인으로서, 또한 프랑크푸르트 시민으로서 이 영광스런 날을 훨씬 더 명예롭게 느꼈다.

우리는 행렬이 성당에서 나와서 통과해갈 곳에 있는 집에 자리를 잡았다. 선거규약 선서가 이루어질 때까지 예배, 음악, 의례, 축사와 답사, 연설과 강연 등이 예배실과 회의실과 합창실에서 열렸기 때문에 우리는 간식을 잘 먹고 신구 통치자의 건강을 기원하며 포도주를 여러 병 마실 시간이 충분히 있었다. 이런 기회에는 늘 그렇듯이 대화는 과거로 빠져들었다. 현재보다도 과거를 더 좋게 여기는 많은 노인들은 적어도 어떤 인간적 흥미나 그에 따른 열정적인 참여에 있어서는 과거가 더 나았다고 말했다. 프란츠 1세의 대관식 때에는 지금처럼 모든 것이 잘 갖춰지지 않았다고 했다. 아직 평화협정이 체결되지 않았고, 프랑스와 브란덴부르크 선제후국, 팔츠 선제후국은 선거에 반대했다. 다음 번 황제의 군대는 사령부가 있는 하이델베르크에 주둔하고 있었고, 아헨에서 올라와야 할 제국 옥새는 팔츠인들에게 빼앗길 뻔했다. 그 사이에 협상이 이루어져 양측이 그 문제를 지나치게 강경하게 다루지 않기로 했다. 마리아 테레지아는 임신 중이었는데도 불구하고 드디어 이루어진 남편의 대관식을 친히 보려고 아샤펜부르크에 도착하여 프랑크푸르트로 가려고 요트를 탔다. 프란츠는 부인을 만나려고 하이델베르크를 출발했지만 너무 늦게 도착하여 그녀는 이미 출발한 상태였다. 그는 남몰래 작은 보트를 잡아타고 급히 그녀의 배를 뒤따라갔고, 사랑하는 두 사람은 예기치 않은 깜짝만남에 기뻐했다. 이 이야기는 곧장 널리 퍼졌고, 세상 사람들은 자녀를 많이 둔 이 애정 깊은 부부에게 공감을 느꼈다. 그들은 결혼 후 떨어져본 적이 없었고, 언젠가 빈에서 피렌체로 함께 여행하던 중 베네치아 국경에서 검역기간에 걸려 40일을 머무른 일도 있었다. 마리아 테레지아는 도시에서 시민들의 대환영을 받고, '로마 황제관'에 투숙한다. 그 사이에 보른하이머 평원에는 그녀의 남편을 맞이하기 위해 커다란 천막이 설치되었다. 거기에는 종교 선제후로는 마인츠 선제후뿐이고, 세속대표로는 작센, 뵈멘, 하노버 선제후밖에 없다. 입성이 시작되었다. 완벽함과 화려함에 있어서 부족할지 모르는 것을 아름다운 부인이 함께 함으로써 충분히 보충했다. 그녀는 위치 좋은 집의 발코니에 서서 만세와 박수로 남편을 환영했다. 군중도 합세하여 거대한 열광을 일으켰다. 고귀한 사람들도 역시 인간이기에 시민들은 그들을 사랑하려 할 때 그들을 자신들과 똑같은 인간으로 생각한다. 그리고 이런 일이 가장 잘 이루어지는 경우는 시민들이 그들을 서로 사랑하는 부부로, 자상한 부모로, 서로 아끼는 형제자매로, 진실한 친구로 여길 때이다. 사람들은 그 당시 모든 것이 잘 되기를 기원하고 예언하여, 오늘날 황태자에게서 그것이 이루어진 것을 보게 되었다. 모두가 그의 멋진 청춘의 용모에 반했고, 그에게 세상을 걸었고, 그가 보여준 고결한 성품에 대대적인 희망을 걸었다.

우리는 완전히 과거와 미래 속으로 빠져 들어갔는데, 몇몇 친구의 등장이 우리를 다시 현재로 끌어냈다. 그 친구들은 새로운 소식의 가치를 알아차리고 그것을 가장 먼저 알리려고 서두르는 부류의 사람들이었다. 그들은 우리가 방금 화려한 모습으로 지나가는 것을 본 고귀한 인물들의 인간적이고 아름다운 특성을 이야기할 줄도 알았다. 즉 황제와 왕은 호이젠슈탐과 큰 천막 사이를 가던 도중 다름슈타트의 지방백작과 만나기로 약속이 되어 있었다는 것이다. 여생이 얼마 남지 않은 이 늙은 백작은 과거에 자신이 섬겼던 군주를 한 번 더 보고 싶었던 것이다. 두 사람은 이 지방백작이 프란츠 1세를 선출한 선제후들의 결정서를 하이델베르크로 가져가 전달하고, 그때 귀한 선물을 받고는 변함없는 충성을 맹세했던 그날을 회상했을 것이다. 이 고귀한 인물들은 전나무숲 속에 서 있었다. 그 지방백작은 노령으로 쇠약하여 대화를 더 오래 나누기 위해 전나무에 기대어 있었고, 두 사람은 감동을 억제하지 못했다. 그 장소는 나중에 소박하게 단장되었고, 우리 젊은이들은 몇 번 그곳으로 산책을 나갔다.

우리는 이렇게 옛날 일을 회상하고 새로운 일을 언급하며 몇 시간을 보냈다. 그때 좀 더 짧고 빽빽한 행렬이 다시 우리 앞을 지나갔다. 그리고 우리는 하나하나를 더 가까이에서 관찰하고, 알아내고, 앞날을 위해 머릿속에 새겨 넣었다.

이 순간부터 시내는 계속 번잡했다. 왜냐하면 그럴 만한 권리가 있고 요구를 받은 모든 사람들이 최고통치자를 예방하고 한 사람씩 자신을 소개하는 일을 마칠 때까지 마차의 왕래가 끊이지 않았기 때문이다. 그래서 사람들은 모든 고위인사들의 수행원들을 한 사람씩 자세히 다시 관찰할 수 있었다.

이제 제국옥새도 도착했다. 옥새를 옮기는 데 있어서 전통적으로 있어 왔던 분쟁이 이번에도 예외 없이 일어났다. 마인츠 선제후국과 시 사이의 호송구역 문제를 둘러싼 다툼 때문에 옥새는 밤늦게까지 야외에 머물러야 했다. 결국 시가 양보하여 마인츠인들이 옥새를 시 경계까지 호송해옴으로써 이번에는 일이 해결되었다.

이 무렵 나는 정신이 없었다. 집에서는 글을 쓰고 정서해야 할 것들이 많았는데도 나는 모든 것을 보려 했고 보아야 했다. 그렇게 한 달의 절반이 축제 행사로 넘쳐났던 3월은 끝났다. 나는 그레첸에게 최근에 행해졌던 일들과 대관식에서 기대되는 일들에 대해 자세하게 알려주기로 약속했다. 대축제의 날이 다가왔다. 나는 그녀에게 무엇을 말해야 될까보다는 어떻게 말해줄까를 생각했다. 나는 내 눈으로 본 것과 기록조사에서 필기해둔 모든 것을 눈앞에 닥친 유일한 용도로 쓰기 위해 재빨리 재구성했다. 마침내 나는 어느 날 저녁 좀 늦은 시간에 그녀의 집에 갔다. 나는 미리부터 이번의 설명은 지난번 준비도 없이 했던 첫 번째 설명보다 훨씬 잘 할 것이라고 적잖이 자만했다. 그러나 종종 철저한 계획보다 순간적인 동기가 우리 자신에게나 다른 사람에게 더 많은 기쁨을 주는 경우가 있다. 늘 모이던 친구들이었지만 그 중 모르는 사람이 몇 명 있었다. 그들은 트럼프놀이를 하려고 둘러앉았고, 그레첸과 어린 사촌만이 내 옆의 석판 앞에 앉았다. 이 사랑스런 소녀는 외지에서 온 자신이 선거일에 한 시민으로 대우받고, 유일무이한 구경거리를 볼 수 있어 기분 좋았다고 아주 귀엽게 얘기했다. 그녀는 내가 자기를 위해 걱정을 해주고, 그 후 필라데스를 통해 입장권과 할당표를 주거나 혹은 친구나 추천으로 여러 번 입장할 수 있도록 마음을 써준 것을 매우 고마워했다.

그녀는 황실옥새에 대한 이야기를 듣는 것을 좋아했다. 나는 가능하면 그녀와 함께 이것을 보러 가겠다고 약속했다. 그녀는 사람들이 젊은 왕에게 의관을 입혀보고 왕관을 씌워보았다는 말을 듣고 몇 마디 재치 있는 말을 했다. 나는 그녀가 어디에서 대관식 날의 의식을 지켜볼 것인지를 알았고, 그녀에게 어떤 행사가 이루어지며 그녀가 있는 자리에서는 특별히 어떤 것을 관찰할 수 있는지를 알려주었다.

그렇게 시간 가는 줄도 모르고 있다 보니 이미 자정이 넘었다. 그런데 나는 운이 없게도 집 열쇠를 가지고 오지 않은 것을 알았다. 큰 소동을 일으키지 않고는 집에 들어갈 수가 없게 되어 있었다. 나는 그녀에게 내 난처한 입장을 얘기했다. 그녀는 "결국 모두가 이대로 여기에 함께 있는 것이 가장 좋을 것 같군요"라고 말했다. 그녀의 사촌들과 낯선 이들은 이미 그런 생각을 하고 있었다. 왜냐하면 이들을 어디에 재워야 좋을지 몰랐기 때문이다. 곧장 그렇게 하기로 결정했다. 그레첸은 램프불이 꺼져갔으므로 심지를 끼우고 기름을 채운 커다란 가정용 놋쇠램프를 가져와 불을 붙인 다음 커피를 끓이기 위해 나갔다.

커피 덕분에 두어 시간 동안은 정신이 났다. 그러나 점차 트럼프놀이도 싫증이 났고, 대화도 끊겼다. 어머니는 큰 안락의자에서 자고 있었고, 낯선 이들은 여행으로 피곤해서 여기저기서 졸고 있었으며, 필라데스와 그의 애인은 구석에 앉아 있었다. 애인은 필라데스의 어깨에 머리를 대고 잠자고 있었고, 필라데스도 곧 잠이 들었다. 그 젊은 사촌은 우리들 앞에 있는 석판책상 옆에 앉아 두 팔을 포개어 책상 위에 놓고 그 위에 얼굴을 댄 채 자고 있었다. 나는 창가 구석의 책상 뒤에 앉았고, 그레첸은 내 옆에 앉았다. 우리는 서로 조용히 얘기를 나누었다. 그러나 마침내 그녀도 잠이 와서 조그만 머리를 내 어깨에 기대고는 이내 잠이 들었다. 그래서 이제 나 혼자만 잠자지 않고 깨어 묘한 분위기에 빠져 있었는데, 죽음의 친한 친구는 나 역시 진정시켜주고 말았다. 나는 잠이 들었고, 깨어보니 이미 날이 밝아 있었다. 그레첸은 거울 앞에 서서 작은 모자를 고쳐 쓰고 있었다. 그녀는 다른 때보다 더 사랑스러웠고, 헤어질 때 내게 정겹게 악수를 청했다. 나는 길을 돌아서 살그머니 집으로 들어갔다. 왜냐하면 아버지는 이웃에서 반대하는데도 옆쪽 작은 사슴구덩이 쪽을 향해 담에 작은 창문을 만들어놓았기 때문이다. 우리는 집으로 돌아올 때 아버지에게 들키고 싶지 않으면 이쪽을 피했다. 늘 우리에게 좋은 중간자 역할을 하는 어머니는 아침에 차를 마실 때 내가 없는 데 대해 아침 일찍 외출했다고 변명해 주었다. 그래서 이 죄 없는 밤은 내게 아무런 불상사도 초래하지 않았다.

전반적으로 내 주위에 있는 무한히 다채로운 세계는 내게는 그저 단순한 인상만 주었을 뿐이었다. 나는 대상들의 외관을 정확하게 알아내는 것 외에는 관심이 없었고, 아버지와 폰 쾨니히스탈이 맡긴 일 외에는 할 일이 없었다. 물론 나는 이 일을 통해 사물들의 내적 통로를 알게 되었다. 나는 그레첸 외에는 다른 애착이 없었고, 그녀와 함께 되풀이하고 그녀에게 설명해줄 수 있기 위해 잘 보고 이해하는 것 외에는 다른 의도가 없었다. 나는 자주 그런 행렬이 지나갈 때면 나 스스로에게 그것에 대해 나지막하게 설명을 함으로써 모든 세세한 것들을 확실하게 해두고, 이런 주의 깊고 세심한 점에 대해 내 아름다운 여인에게서 칭찬받고자 했다. 나는 다른 사람들의 박수갈채와 인정은 부수적인 것으로밖에 여기지 않았다.

나는 지체 높고 고귀한 사람들을 많이 소개 받았다. 그러나 아무도 다른 사람에게 관심을 기울일 시간이 없었고, 게다가 나이 든 어른들은 젊은 사람과 어떻게 어울리고 어떻게 그를 시험해야 하는지를 모르고 있었다. 나 또한 다른 사람들 앞에서 잘 어울릴 수 있는 특별한 재주가 없었다. 나는 보통은 그들의 호감을 샀지만 갈채를 받지는 못했다. 나는 철저히 현재 내가 하고 있는 일에 열중했다. 하지만 그것이 다른 사람에게도 어울리는 일이 될 수 있을 것인지에 대해서는 생각해보지 않았다. 나는 대체로 지나치게 활달하거나 지나치게 얌전했다. 그리고 다른 사람이 내 마음에 들거나 들지 않거나에 따라 집요한 애착을 나타내거나 뻣뻣한 태도를 보였다. 그리하여 나는 유망하게 여겨지기도 하고, 동시에 괴팍하다는 말을 듣기도 했다.

1764년 4월 3일 마침내 대관식 날이 밝았다. 날씨는 좋았고 모든 사람들이 들썩였다. 나는 여러 친척 및 친구들과 함께 시청사 꼭대기 층에 있는, 전체를 완벽하게 내려다볼 수 있는 자리를 지정받았다. 우리는 아침 일찍 일어나자마자 곧장 그곳으로 가서 일전에 가까이에서 보아둔 시설물들을 조감도를 보듯이 내려다보았다. 그곳에는 좌우에 두 개의 큰 통이 달려있는 새 분수가 있었고, 기둥 위에 있는 쌍 독수리의 양 부리에서 한쪽 통으로는 백포도주가, 다른 쪽 통으로는 적포도주가 흘러내리도록 되어 있었다. 저쪽 편에는 귀리가 한 무더기 쌓여 있었고, 이쪽에는 커다란 판잣집이 서 있었다. 그 안에서는 이미 며칠 전부터 거대한 꼬챙이에 꿴 살찐 황소 한 마리를 통째로 숯불에 구워 푹 익히고 있었다. 시청사에서 나가는 모든 통로와 다른 도로들에서 시청사로 향하는 모든 통로는 양쪽으로 울타리가 쳐진 채 위병이 지키고 있었다. 넓은 광장은 점점 사람들로 들어찼고, 군중들은 새로운 것이 등장하거나 특별한 어떤 것이 알려지면 곧장 그쪽으로 몰려들었기 때문에 혼잡과 소동은 점점 더 심해져갔다.

이 모든 혼잡 속에서도 제법 정숙이 유지되었다. 경고종이 울리자 모든 군중은 전율과 경악에 사로잡힌 것 같았다. 위에서 광장을 내려다보는 우리가 맨 처음 주목한 것은 아헨과 뉘른베르크의 군주들이 제국옥새를 성당으로 운반해오는 행렬이었다. 이 옥새는 성스런 수호신으로서 마차의 최상석을 차지했고, 사신들은 그것을 앞에 놓고 정중한 경의를 표하며 뒷자리에 앉아 있었다. 이제 세 명의 선제후가 성당 안으로 들어갔다. 옥새가 마인츠 선제후에게 인계된 후 왕관과 칼이 즉시 황제의 거처로 옮겨졌다. 우리가 배워 익히 상상할 수 있는 대로 교회 안에서는 그동안에 담당자들과 참관인들이 그 밖의 시설물이나 여러 가지 의식들을 준비하느라 분주했다.

그 사이 우리 눈앞에서는 사신들이 시청사로 들어가고, 천개(天蓋)가 하사관들에 의해 시청사로부터 황제의 거처로 운반되었다. 세습원수 파펜하임 백작이 곧장 말에 올랐다. 백작은 매우 멋지고 호리호리한 신사였다. 그는 스페인 복장과 화려한 재킷, 황금색 망토와 높이 솟은 깃털모자, 바람에 날리는 빛나는 머리칼이 매우 잘 어울렸다. 그가 움직이기 시작하자 모든 종들이 울리는 가운데 말을 탄 사신들은 선거일보다 더 화려한 모습으로 황제의 거처로 그를 따라갔다. 이런 날에는 몸이 여러 개로 나누어졌으면 싶을 만큼 그곳에도 가보고 싶었다. 그 사이 우리는 그곳에서 진행되리라고 생각하는 일들에 대해 얘기를 나누었다.

"지금 황제는 옛 카롤링거 왕조의 본을 따서 새로 만든 황제복을 입고 있다. 세습관리들은 제국옥새를 받아들고 말에 오른다. 황제는 예복을 갖춰 입고, 로마 왕은 스페인 복장을 하고 역시 말에 오른다. 그리고 이런 일이 진행되는 동안 벌써 선발대의 끝없는 행렬이 우리 눈앞에 나타난다."

화려하게 차려 입은 신하들, 그 밖의 관계자들 무리, 위풍당당하게 지나가는 귀족들 때문에 우리 눈은 이미 지쳐 있었다. 이제 선거사신들, 세습관리들과 마지막으로 12명의 배심원과 시의원에 의해 받들어진 화려하게 수놓은 천개 아래 낭만적 복장을 한 황제와 그 왼편으로 조금 뒤쳐져 스페인 복장을 한 그의 아들이 화려하게 치장한 말을 타고 천천히 들어왔을 때 우리 눈은 갈피를 잡지 못했다. 우리는 마술을 써서라도 이 모습을 잠깐 동안 붙들어 매어두고 싶을 정도였다. 그러나 화려한 광경은 끝없이 지나갔고, 지나간 공간이 비기만 하면 즉시 군중이 몰려들었다.

그러나 그때 또 새로운 혼잡이 일어났다. 시장에서 시청사 문으로 가는 또 하나의 통로를 개방해야 했고, 성당에서 돌아가는 행렬이 지나갈 나무다리를 놓아야 했던 것이다.

성당 안에서 진행된 일들, 즉 도유식(塗油式)*, 대관식, 기사 서임식 등을 비롯한 끝없는 의식들에 대해서 우리는 나중에 다른 모든 구경을 포기하고 성당 안에 있었던 사람들에게서 즐거이 듣게 되었다.

우리는 그 동안에 우리가 앉아 있던 자리에서 간단한 식사를 마쳤다. 우리는 늘 경험해온 성대한 축제일에는 찬 음식으로 간단하게 먹는 수밖에 없었기 때문이다. 그 대신 가장 좋고 오래된 포도주를 모든 가정의 지

---

* 기름을 사람 또는 물건에 발라 그것들이 신성한 것과 새로운 관계를 맺었음을 상징하는 의식.

하실에서 꺼내왔으므로 우리는 적어도 이런 면에서만은 이 고대적인 축제를 고대적으로 즐겼다.

이제 광장에서 가장 볼만한 것은 빨강, 노랑, 흰색 포목을 이어 완성한 다리였다. 우리는 처음에 마차에 탄 황제를 보고, 그 다음에는 말을 타고 앉아 있는 모습을 보았는데, 그가 걸어가는 모습에 경탄해야 했다. 우리는 이상하게도 맨 나중에 걸어가는 모습을 가장 좋아했다. 왜냐하면 우리에게는 이런 식으로 스스로를 내보이는 것이 가장 자연스럽고 위엄 있다고 여겨졌기 때문이다.

프란츠 1세의 대관식을 참관했던 나이든 사람들은 뛰어난 미모의 마리아 테레지아가 시청사 옆 프라우엔슈타인의 집 발코니 창가에서 남편의 대관식을 바라보았다고 말했다. 그녀의 남편이 기이한 옷차림을 하고 성당에서 나올 때 그녀는 남편이 카를 대제의 유령으로 여겨졌다는데, 그가 장난삼아 양손을 들어 올리고 왕실 상징물과 왕홀과 기이한 장갑을 보여주자 그녀는 그칠 줄 모르고 웃어댔다는 것이다. 이 모습은 지켜보고 있던 모든 군중에게 최고 높은 위치에 있는 그리스도교도 부부의 훌륭하고 자연스런 부부관계를 보여줌으로써 그들은 말할 수 없이 기뻐하고 감동했다고 한다. 또한 왕후가 남편을 축하하기 위해 손수건을 흔들며 큰 소리로 그에게 만세를 외쳤을 때 군중의 열광과 환호는 정점에 달해 함성이 그칠 줄 몰랐다고 한다.

이제 종소리와 함께 다채로운 색깔의 다리를 조용히 부드럽게 건너가는 행렬의 선두는 모든 행사가 끝났음을 알렸다. 우리의 관심은 더 커졌고, 행렬이 우리 쪽으로 왔기 때문에 전보다 더 뚜렷하게 보였다. 우리는 행렬과 군중으로 가득 찬 광장을 단면도를 보듯 내려다보았다. 화려함이 마지막에는 한데 뭉쳐버렸다. 왜냐하면 사신들, 세습관리들, 천개 아래의 황제와 왕, 마차에 함께 탄 세 명의 종교 선제후들, 검은 복장을 한 배심원과 시의원들, 금박으로 수놓은 마차지붕 등 모든 것이 하나의 덩어리를 이룬 것처럼 보였기 때문이다. 이 하나가 된 덩어리는 하나의 의지로 움직이고, 화려하게 조화를 이룬 채 때마침 울리는 종소리에 맞춰 성당에서 나와 성자처럼 우리를 향해 빛을 내는 것처럼 보였다.

정치적이면서 종교적인 축제는 무한한 매력을 지니고 있다. 우리는 지상의 최고 권력자가 자신이 가진 힘의 온갖 상징들에 에워싸여 있는 것을 눈앞에 보고 있었다. 그러나 그가 하느님 앞에 허리를 굽힐 때 하느님과의 결합을 보게 된다. 왜냐하면 개인은 역시 복종하고 숭배함으로써만 신과의 친화를 이룰 수 있기 때문이다.

시장 쪽에서 울려오는 환호성은 넓은 광장 너머로 퍼져나갔고, 격렬한 만세소리가 수많은 사람들의 목뿐만 아니라 가슴 속에서도 울려나왔다. 왜냐하면 이 거창한 축제는 영원한 평화의 담보가 되어야 했고, 실제로 평화는 오랜 세월 동안 독일을 행복하게 했기 때문이다.

며칠 전에 포목으로 만든 다리도 분수 위의 독수리도 내버린 것이 아니므로 군중이 전처럼 손을 대서는 안 된다는 포고가 내려졌다. 이런 포고는 그런 혼잡한 상황에서 피할 수 없을 많은 불상사를 막기 위한 것이었다. 그러나 서민들의 마음을 어느 정도 즐겁게 해주기 위해 초대된 사람들이 행렬 끝을 따라가면서 다리에서 포목을 뜯어 둘둘 말아 공중에 던졌다. 이로 인해 불상사는 일어나지 않았지만 우스꽝스런 일이 생겼다. 포목이 공중에서 풀어져 내려오면서 많은 사람들을 덮었던 것이다. 그런데 포목의 양쪽 끝을 잡고 있던 사람들이 그것을 서로 잡아당겨 중간에 있던 사람들을 바닥에 넘어뜨리고 휘감는 등 오랫동안 골탕을 먹였다. 결국 포목이 갈기갈기 찢어지고 끊어졌다. 그들은 황제와 국왕의 발길로 신성하게 된 포목을 각자 한 조각씩 가지고 돌아갔다.

나는 이런 난폭한 장난은 오래 바라보지 않고, 높은 곳에 있던 내 자리에서 여러 계단과 통로를 따라 급히 시청사의 큰 계단 옆으로 내려갔다. 멀리 보였던 우아하고 화려한 무리가 그곳으로 올라오게 되어 있었다. 시청사 입구는 경비가 잘 되어 있었기 때문에 혼잡은 그다지 심하지 않았다. 나는 다행히 위쪽의 철제 난간으로 곧장 올라갈 수 있었다. 그때 중요한 인물들이 내 옆을 지나갔고, 수행원들은 아래층의 둥근 천장이 있는 복도에서 머물고 있었다. 나는 세 번 굽은 계단 위에서 그들을 모든 방향으로 볼 수 있었고, 마지막에는 아주 가까이에서 볼 수 있었다.

드디어 황제와 국왕이 나타났다. 아버지와 아들은 마치 쌍둥이처럼 어울리는 복장을 하고 있었다. 진주와 보석으로 화려하게 장식한 황제의 자색 비단옷과 왕관, 왕홀, 왕실 상징물이 멋지게 눈에 들어왔다. 왜냐하면 그것들은 모두 새로우면서도 고대를 모방하여 우아한 품위가 넘쳤기 때문이다. 황제는 황제복을 입고 아주 여유 있게 걸었고, 그의 성실하고 위엄 있는 얼굴은 황제인 동시에 아버지임을 말해주고 있었다. 이와 반대로 젊은 국왕은 카를 대제의 보석장식을 단 엄청나게 큰 옷을 입고 마치 변장을 한 것처럼 옷을 질질 끌며 걸었다. 그래서 그는 이따금 아버지를 쳐다보면서 웃음을 참지 못했다. 속을 채워야 했던 왕관은 튀어나온 지붕처럼 머리 위에 얹혀 있었다. 예복과 가운은 몸에 맞게 잘 만들었지만 결코 좋은 모습은 아니었다. 왕홀과 왕실 상징물은 경탄할 만했다. 그러나 좀 더 좋은 효과를 내기 위해 옷과 장식들을 강력한 느낌을 주고 어울리는 형태로 만들어 입거나 치장했더라면 더 좋았을 거라는 생각을 부인할 수 없었다.

이 사람들 뒤에서 커다란 홀의 문이 다시 닫히자마자 나는 급히 먼젓번 자리로 올라갔다. 그 자리는 이미 다른 사람이 차지하고 있었지만 약간의 실랑이 끝에 다시 내 차지가 되었다.

나는 적시에 창가의 자리를 다시 차지할 수 있었다. 왜냐하면 공개적인 행사 중 가장 놀랄 만한 것이 막 시작될 순간이었기 때문이다. 모든 군중이 시청사 쪽을 향했다. 다시 터진 만세 함성은 우리에게 황제와 국왕이 제복을 입고 거대한 홀의 발코니 옆에서 군중에게 모습을 드러냈음을 알려주었다. 그러나 두 사람만이 구경거리가 된 것이 아니라 두 사람의 눈앞에도 진기한 광경이 펼쳐졌다. 가장 먼저 멋지고 호리호리한 세습원수가 말에 올랐다. 그는 칼을 내려놓았고, 오른손에는 은 손잡이가 달린 통을, 왼손에는 양철 평미레를 들고 있었다. 그런 모습으로 그는 울타리 안의 큰 귀리더미로 달려 들어가 통에 귀리를 가득 채우고 양철 평미레로 쓸어내린 다음 그것을 들고 정중하게 다시 돌아왔다. 이제 그걸로 황실 말들이 식량공급을 받았다. 다음에는 세습시종이 말을 타고 똑같이 그곳으로 달려가 물뿌리개와 손수건 그리고 세숫대야를 가지고 돌아왔다. 그러나 구경꾼들에게 더 재미있었던 사람은 구운 황소고기 한 덩이를 가지고 온 세습취사관이었다. 그도 역시 은접시를 들고 울타리를 너머의 큰 판자주방으로 말을 달려 차려진 요리를 들고 곧 시청사로 돌아왔다. 다음 차례가 된 세습술시종은 분수로 말을 타고 가 포도주를 가져왔다. 그렇게 하여 이제 황실 식탁이 차려졌고, 모든 사람들의 눈은 돈을 뿌리게 되어 있는 세습재무관이 나타나기를 기다렸다. 그도 역시 멋진 말에 올랐는데, 말안장 양옆에는 권총집 대신 팔츠 선제후의 문장이 수놓인 화려한 주머니 두 개가 달려 있었다. 그는 움직이자마자 주머니 속에 손을 넣어 좌우 양쪽으로 금화와 은화를 마음껏 꺼내어 공중으로 높이 뿌렸고, 그 때마다 공중에서는 금화와 은화가 비 오듯 쏟아지며 요란하게 번쩍였다. 그 순간 수없이 많은 손들이 이 선물을 붙잡으려고 공중에서 허우적댔다. 또 돈들이 땅에 떨어지려는 순간 군중은 떨어지는 돈을 주우려고 땅바닥으로 한꺼번에 몰려 심한 몸싸움을 벌였다. 이런 소동은 뿌려주는 사람이 말을 타고 앞으로 나가는 동안 양쪽에서 계속 이어져 구경꾼들에게는 무척 재미있는 광경이었다. 마지막에는 그가 돈주머니 자체를 던져버려 모두가 이 값진 것을 차지하려고 기를 쓰는 가장 활기찬 광경을 연출했다.

황제와 국왕은 발코니에서 안으로 들어갔다. 그런 경우에 선물을 차분하게 감사하며 받기보다는 강제로 빼앗으려고 덤벼들기 마련인 서민들에게 또 하나의 공양물이 주어졌다. 좀 더 거칠고 험악했던 시절에는 세습원수가 귀리를 가져오고, 세습술시종이 포도주를, 세습취사관이 음식을 가져온 다음 즉석에서 군중에게 내주는 것이 관습이었다. 그러나 이번에는 모든 불상사를 막기 위해 질서와 절도를 유지했다. 그런데도 남을 골탕 먹이며 즐거워하는 오랜 전통이 살아나 누군가가 귀리를 자루에 담으면 다른 누군가가 그것에 구멍을 내는 식의 여러 가지 짓궂은 장난들이 행해졌다. 그러나 구운 황소를 둘러싸고는 이번에도 전과 마찬가지로 심한 싸움이 벌어졌다. 그것을 차지하기 위해서는 집단으로 싸움을 벌여야 했다. 관례에 따라 도살자 조합과 포도주운반자 조합이 이 거대한 황소구이를 어느 쪽이 차지해야 하는지를 놓고 대립했다. 도살자 측은 황소를 자르지도 않고 주방으로 넘겨준 자기들이 황소를 차지할 권리가 있다고 믿었고, 반대로 포도주운반자 측은 주방이 자기들 조합 근처에 세워져 있고 전에도 자기들이 이겼다는 이유로 황소에 대한 권리를 주장했다. 실제로 포도주운반자 조합 사무실의 박공 격자창문 밖에는 그들이 획득한 황소 뿔이 승리의 표시로 매달려 있었다. 두 조합에는 매우 힘이 세고 쟁쟁한 조합원들이 있었다. 그러나 나는 이번에는 어느 쪽이 승리했는지 기억이 나지 않는다.

그러나 이런 유형의 축제는 위험하고 끔찍한 일로 끝맺기 쉬운 만큼 이번에도 판자주방 전체가 군중에게 넘어가는 무시무시한 순간이 있었다. 판자들은 뜯어져 아래로 내던져졌고, 그래서 특히 멀리서 보면 그때마다 밀려드는 사람들 중 몇 명씩은 맞아죽을 것처럼 생각되었다. 순식간에 판잣집의 지붕이 떨어져나갔고, 몇몇 사람들이 기둥과 대들보에 매달려 이것들을 이음매에서 뜯어내고 있었다. 밑에서는 벌써 기둥이 톱으로 잘려나갔고, 뼈대가 이리저리 흔들리며 붕괴될 위험에 처해 있는데도 위에서는 아직 많은 사람들이 이리저리 움직이고 있었다. 마음 약한 사람들은 눈을 돌렸고, 모두가 커다란 불상사를 예상하고 있었다. 그러나 사고가 났다는 얘기는 들리지 않았고, 격렬하고 난폭했지만 모든 것이 무난히 지나가버렸다.

발코니에서 방으로 들어갔던 황제와 왕이 다시 대회의실로 나와서 식사를 하리라는 것은 누구나 알고 있었다. 우리는 일전에 식당의 설비를 보고 놀랐었는데, 오늘 될 수 있으면 한 번 들여다보았으면 하는 것이 내 간절한 소망이었다. 그래서 나는 늘 다니던 통로를 따라 회의실 문 바로 맞은편에 있는 커다란 층계 옆으로 갔다. 여기에서 나는 이날 제국원수의 신하들을 자칭하는 귀한 인물들을 놀라워하며 바라보았다. 44명의 백작이 주방에서 음식을 나르면서 내 옆을 지나갔는데, 모두 화려하게 차려입고 있었다. 그리하여 그들의 우아함이 음식 나르는 일과 대조를 이루어 소년인 나는 어리둥절했다. 사람들의 혼잡은 크지 않았고 좁은 공간이어서 사람들을 쉽게 알아볼 수 있었다. 회의실 문은 위병이 지키고 있었고, 출입이 허락된 사람들이 자주 드나들었다. 나는 팔츠 백작의 집사 한 사람을 발견하고 나를 데리고 들어갈 수 있느냐고 말을 걸었다. 그는 잠시 생각하더니 곧장 자기가 나르고 있던 은 접시 한 개를 내게 주었다. 그는 내가 깨끗한 옷차림을 하고 있었기에 그랬던 것 같다. 이렇게 해서 나는 신성한 그곳에 들어가는 데 성공했다. 팔츠 백작의 음식은 왼쪽 문 바로 옆에 차려져 있었다. 나는 몇 걸음 걸어가 찬장 뒤에 있는 조금 높은 곳에 서 있었다.

회의실 다른 쪽 끝 창문 바로 옆에는 높은 옥좌 위에 황제와 왕이 정장을 차리고 천개 아래에 앉아 있었다. 왕관과 왕홀은 조금 떨어진 뒤쪽에 있는 황금방석 위에 놓여 있었다. 세 명의 종교 선제후는 황제와 왕을 마주보고 앉았고, 트리어 선제후는 오른쪽에, 쾰른 선제후는 왼쪽에 앉았다. 회의실의 이러한 상석은 위엄 있으면서 유쾌해 보였으며, 종교 선제후들은 가능한 한 오랫동안 통치자를 지지하려는 듯한 인상을 주었다. 반면에 화려하게 차려졌지만 주인 없는 모든 세속 선제후들의 음식과 식탁은 수 세기에 걸쳐 조금씩 생겨난 그들과 제국원수 사이의 불화를 떠올리게 했다. 그들의 사신들은 옆방에서 식사를 하기 위해 이미 나가고 없었다. 참석하지 않은 많은 손님들의 식탁이 화려하게 차려져 있어 회의실 대부분은 유령 같은 모습을 보였으며, 특히 가운데의 자리가 빈 넓은 식탁은 더욱 더 쓸쓸하게 보였다. 이곳에 앉기로 되어 있던 많은 사람들이 참석하지 않았기 때문이다. 그들은 모두 그곳에 앉을 자격이 있었지만 이런 최고로 명예스런 날에 예의상 참석하여 말석에서 자신들의 명예를 손상시키고 싶지 않아 시내에 살면서도 불참했던 것이다.

나는 나이도 어리고 자리도 혼잡하여 많은 관찰을 할 수가 없었다. 나는 가능한 한 모든 것을 보려고 노력했다. 그리고 후식이 들어오면서 사신들이 경의를 표하기 위해 다시 들어왔을 때 나는 밖으로 나가 근처에 있는 친한 친구 집에서 반나절이나 굶주린 배를 채우고 저녁의 조명행사를 구경할 준비를 했다.

나는 반짝이는 저녁을 기분 좋게 즐기겠다고 생각했다. 왜냐하면 나는 그레첸과 필라데스 및 그의 친구들과 저녁에 어딘가에서 만나자는 약속을 해두었기 때문이다. 내가 이 친구들과 만났을 때는 이미 도시 구석구석이 불빛으로 빛나고 있었다. 나는 그레첸과 팔짱을 끼고 숙영지 이곳저곳을 돌아다녔고, 둘이서 함께 다니는 것이 무척 행복했다. 사촌들도 처음에는 함께 있었지만 나중에 군중 속으로 사라졌다. 찬란한 조명을 켜놓은 몇몇 사신들의 집 앞은(팔츠 선제후의 조명이 가장 뛰어났는데) 대낮과도 같이 밝았다. 나는 사람들에게 들키지 않으려고 약간 변장을 했는데 그레첸도 그것을 싫어하지는 않았다. 우리는 다양하게 반짝이는 장식들, 요정 같은 불꽃 조형물들을 보며 감탄했다. 그것들은 사신들이 서로 뒤지지 않으려고 자꾸만 커다랗게 덧붙여놓은 것이었다. 그러나 에스터하치 공작의 설치물이 다른 모든 것들을 능가했다. 우리는 그 착상과 솜씨에 놀랐으며, 하나하나 자세히 관찰하려 했을 때 사촌들과 다시 만나 브란덴부르크 사신이 숙소에 장식했다는 훌륭한 조명에 대한 얘기를 들었다. 우리는 우시장에서 자알호프까지 먼 길을 걷는 것도 싫지 않았다. 그러나 우리는 사람들이 우리를 뻔뻔스럽게도 골탕 먹였다는 것을 알게 되었다.

자알호프는 마인 강 쪽으로는 고르고 훌륭한 건물들이 있지만 도시 쪽 구역은 오래되고 불규칙하고 흉했다. 형태도 크기도 어울리지 않고 높이도 넓이도 맞지 않는 작은 창문들, 균형 잡히지 않은 대문과 현관문들, 대개는 잡화상으로 변한 지하층은 아무도 본 적이 없을 정도로 겉모습이 혼돈스러웠다. 제멋대로 불규칙하고 불균형한 건축구조를 따라 창문마다, 문마다, 입구마다 제각각 등불에 에워싸여 있었다. 그래서 잘 지어진 집과는 달리 여기서는 건물 전면이 불빛 때문에 상상도 못할 정도로 열악하고 추한 모습을 훤히 드러내고 있었다. 심사하게 생각할 여지가 없지는 않았지만 사람들은 어릿광대의 익살을 보듯 구경했다. 왜냐하면 거기에는 좀 고의적인 면도 있다는 것을 누구나 깨달았기 때문이다. 매우 좋은 평판을 받는 플로토의 외적인 태도에 대해서는 이미 언급한 것과 같다. 사람들은 한 번 그에게 호감을 가졌기 때문에 모든 의식에서 국왕처럼 따로 앉곤 한 그의 교활함에 대해서도 경탄을 했다. 그리하여 우리는 이곳보다는 다시 에스터하치의 요정의 나라로 돌아갔다.

이날을 축하하려는 이 고위 사신은 위치가 좋지 않은 숙소를 떠나 우시장 옆의 넓은 보리수 광장 전면에는 오색으로 빛나는 문을 세우고, 후면은 화려한 장식물들로 치장한 조형물을 설치했다. 등불들이 전체의 모습을 드러냈다. 나무들 사이에는 투명한 받침대 위에 피라미드형 조명과 공 모양의 조명이 설치되었다. 나무와 나무는 등불이 매달린 반짝이는 꽃줄로 이어져 있었다. 여러 곳에서 군중에게 빵과 소시지를 나누어주었고, 포도주도 빠지지 않았다.

여기에서 우리 넷은 꼭 붙어서 더없이 기분 좋게 이리저리 거닐었다.

나는 그레첸 옆에서 마치 행복한 낙원의 들판을 거니는 것 같았다. 거기서는 나무에서 수정 그릇을 따면 즉시 원하는 포도주가 채워지고, 과일을 흔들어 떨어뜨리면 온갖 먹고 싶은 음식으로 변했다. 우리도 마침내 그런 욕구를 느껴 필라데스를 따라 아주 아늑하게 마련된 음식점으로 들어갔다. 모두가 거리로 나가버렸기 때문에 다른 손님은 없었다. 그래서 우리는 더욱 편안하게 있을 수 있었고, 그날 밤의 대부분을 우정과 사랑과 애정이 가득한 마음으로 더할 나위 없이 유쾌하고 행복하게 보냈다. 내가 그레첸을 문 앞까지 바래다주었을 때 그녀는 내 이마에 키스를 해주었다. 이것이 그녀가 내게 보여준 처음이자 마지막 호의였다. 나는 그녀를 다시는 만나지 못하게 되었던 것이다.

다음날 아침 내가 아직 침대에 누워있을 때 어머니가 당혹스러워하며 근심스러운 모습으로 들어왔다. 어머니는 걱정거리가 있을 때면 쉽게 표시가 났다. 어머니는 이렇게 말했다.

"일어나라. 네게 무슨 좋지 않은 일이 생긴 것 같구나. 네가 아주 불량한 사람들과 어울려 몹시 위험하고 나쁜 사건에 얽혀 있다는 것이 드러났단다. 아버지가 굉장히 흥분해 계셔. 우리가 아버지에게 간청해서 이 일을 제3자를 통해 조사시키도록 했다. 집에 있으면서 무슨 일이 있을지 대비하거라. 시의원 슈나이더 씨가 너를 만나러 올 거다. 그가 아버지는 물론 당국으로부터도 일처리를 위임받았어. 왜냐하면 이 일이 이미 표면화되었고 매우 나쁜 방향으로 전개될지도 모르기 때문이다."

나는 사람들이 이 일을 실제보다 훨씬 더 나쁘게 보고 있다는 것을 알았다. 그러나 나로서는 비록 진상이 밝혀진다 하더라도 적잖이 불안했다. 마침내 메시아 예찬자인 늙은 슈나이더가 들어왔다. 그의 눈에는 눈물이 맺혀 있었다. 그는 내 팔을 붙들고 말했다.

"이런 일로 자네에게 오게 되어 정말로 가슴이 아프네. 나는 자네가 그토록 못된 짓을 하고 다닐 줄은 생각지도 못했네. 하지만 나쁜 교제와 못된 행동은 어떤 것도 가리지 않는다네. 그래서 경험 없는 젊은이는 한 발짝씩 범죄에 이끌려가게 되지."

나는 "나는 범죄를 저지른 일도 없고 나쁜 사람들과 어울린 일도 없어요"라고 외쳤다. 그러자 그는 내 말을 가로채며 말했다.

"지금은 변명할 때가 아니네. 나는 조사를 하고 자네한테 솔직한 고백을 들어야 하네."

이에 나는 "내게서 뭘 알고 싶은 거예요?"라고 말했다. 그는 앉아서 종이 한 장을 꺼내더니 묻기 시작했다.

"자네는 할아버지에게 N. N.이란 사람을 ○○○ 직위에 추천한 일이 있나?"

"예."

"그를 어디서 알게 되었나?"

"산책길에서요."

"누구와 산책했나?"

나는 주저했다. 내 친구들의 이름을 대고 싶지 않았기 때문이다. 그가 계속해서 말했다.

"입을 다무는 것은 도움이 되지 않네. 모든 것이 이미 충분히 밝혀졌기 때문이지."

나는 "도대체 뭐가 밝혀졌다는 건가요?"라고 말했다.

"이 사람이 그의 친구에 의해 자네에게 소개되었다는 것 말이네. 즉 ○

○○를 통해."

여기서 그는 내가 보지도 못했고 알지도 못하는 세 사람의 이름을 댔다. 그래서 나는 즉시 그에게 해명했다. 그러자 그가 계속해서 말했다.

"자네는 이 사람들을 모른다고 하지만 이들과 자주 만났단 말이야!"

나는 "전혀 그런 일 없어요. 말씀드린 것처럼 저는 첫 번째 사람 외에는 아무도 알지 못하고 그 사람도 집에서 만난 일은 없기 때문입니다"라고 대답했다.

"자주 ○○○ 거리에 간 적이 있지?"

나는 "전혀 없습니다"라고 대답했다. 그러나 이 대답은 진실만은 아니었다. 나는 필라데스를 따라 그 거리에 사는 그의 애인 집에 간 일이 있었다. 그러나 우리는 뒷문으로 들어가 정원 별채에 있었다. 그래서 나는 거리에는 가보지 않았다는 구실을 댈 수 있다고 믿었다.

그는 여러 가지 질문을 더 했고, 나는 모든 것을 부인할 수 있었다. 왜냐하면 그가 알고자 하는 모든 것을 나는 전혀 알지 못했기 때문이다. 마침내 그는 기분이 상한 듯했고, 이렇게 말했다.

"자네는 내 신뢰와 선의를 좋게 받아주지 않는군. 나는 자네를 구해주려고 왔네. 자네는 그 사람들이나 그들의 공범자들을 위해 편지를 작성하고, 글을 써주고, 그들의 나쁜 짓을 도와준 사실을 부인할 수 없겠지. 나는 자네를 구해주려고 왔네. 왜냐하면 위조된 필적, 허위 유언장, 위조된 차용증 등과 같은 것들이 아주 중대한 문제가 되고 있기 때문이네. 나는 단순히 이 집의 친구로서 온 것이 아니네. 나는 자네 가족과 자네의 젊음을 고려하여 자네와 자네처럼 유혹에 빠져 법망에 걸려있는 몇몇 다른 젊은이들을 관대하게 처리해 주기를 바라는 당국의 이름으로 당국의 명을 받아 온 것이네."

그가 이름을 댄 사람들 중에 내가 자주 어울려온 사람들이 없는 것이 의외였다. 상황이 꼭 들어맞지는 않았지만 어느 정도 관련은 있었고, 나는 내 친구들을 보호해 줄 수 있다는 희망을 여전히 가질 수 있었다. 그러나 이 성실한 사람은 점점 더 다그쳤다. 나는 여러 날 밤을 늦게 집에 돌아왔던 일, 집 열쇠를 잊었던 일, 미심쩍은 하류계층 사람들과 유원지에서 몇 번 발각되었던 일, 소녀들이 이 사건에 관련되어 있다는 사실 등을 부인할 수가 없었다. 결국 이름을 제외하고는 모든 것이 발각된 것 같았다. 이름이 발각되지 않은 것이 내게 계속 침묵할 용기를 주었다. 그 성실한 사람은 말했다.

"나를 자네에게서 떠나보내지 말게. 이 사건은 미뤄둘 수 없다네. 나 다음에 곧 다른 사람이 오는데, 그는 자네에게 그다지 융통성을 발휘하지 않을 걸세. 본래 나쁜 사건인 만큼 고집 부려서 일을 악화시키지 말게."

나는 이제 착한 사촌들과 특히 그레첸을 생생하게 떠올려 보았다. 그들이 붙잡혀 심문을 당하고 벌을 받고 모욕을 당하는 모습을 그려보았다. 그리고 비록 사촌들이 내게는 모두 올바른 사람들로 보였지만 그런 나쁜 일에 빠져들었을 수도 있으며, 적어도 결코 내 마음에 든 적이 없고 늘 밤 늦게 들어와 즐거운 얘기라고는 해줄 줄 몰랐던 맏형만큼은 그랬을 수 있겠다는 생각이 불현듯 머릿속을 스치고 지나갔다. 그러나 나는 여전히 고백을 주저하고 있었다. 나는 말했다.

"제 개인적으로는 아무런 나쁜 짓도 한 일이 없으며, 이 점에 있어서는 조금도 두려울 것이 없습니다. 그러나 내가 어울렸던 사람들이 어떤 무모하거나 범법적인 행동을 저질렀을 수는 있을지도 모릅니다. 그들을 수배하고 찾아내어 처벌할 수도 있을 겁니다. 나는 지금까지 전혀 비난 받을 일을 한 적이 없으며, 내게 친절하고 좋게 대해준 그들에게 죄를 씌우고 싶지도 않습니다."

그는 내가 말하도록 내버려두지 않고 조금 흥분하여 외쳤다.

"그래, 그들을 찾아낼 걸세. 그 악당들은 세 집에서 모였네."(그는 거리 이름들과 집들을 댔는데, 불행히도 그 중에는 내가 드나들던 집도 있었다).

그는 계속하여 말했다.

"첫 집은 이미 다 뒤졌고, 지금 이 순간에는 다른 두 집을 뒤지고 있을 걸세. 몇 시간 안에 모든 것이 밝혀질 걸세. 법정에서 심문을 받거나 대질을 당하거나 그 밖에 불쾌한 일을 당하지 말고 정직하게 고백하게."

집 이름이 불리고 지목되었다. 나는 이제 침묵은 아무 소용이 없다고 생각했다. 나는 우리의 모임이 결백한 것임을 밝히면 나보다도 그들에게 더 유리할 것이라는 희망을 가졌다.

"잠깐 앉으세요."

나는 이렇게 말하고 그를 문에서 끌어당겼다.

"모든 걸 말씀드려서 나는 물론 당신의 마음도 가볍게 해드리겠습니다. 한 가지만 부탁드리는데, 지금부터 제 말의 진실성을 의심하지 말아 주십시오."

나는 이제 그에게 사건의 전 과정을 이야기했다. 처음에는 조용히 침착하게 시작했다. 그러나 나는 인물들과 대상들과 사건들을 상기하여 재현하고, 허물없는 많은 즐거움과 많은 유쾌한 어울림들을 마치 형사법정에서 진술하듯 이야기해 나감에 따라 점점 더 고통스러웠다. 마지막에는 눈물이 쏟아지고 억제할 수 없는 격정에 휘말렸다. 이제 비로소 비밀이 제대로 터져 나오려니 기대한 그는(그는 내가 고통스러워하는 것을 엄청난 일을 마지못해 고백하려는 징후로 여겼기 때문인데) 모든 것을 알아내는 것이 중요했으므로 나를 최대한 진정시키려 노력했다. 하지만 그런 노력은 부분적인 성과만 거둬 나로 하여금 이야기를 간신히 마치게 하는 데에 그쳤다. 그는 내가 한 일들의 결백에 만족했다. 하지만 아직도 조금은 의심을 품고 새로운 질문을 하여 나를 다시 흥분시키고 고통과 분노에 빠뜨렸다. 나는 마침내 더 이상 아무 것도 말할 것이 없으며, 아무 것도 두려워할 필요가 없다는 것을 잘 알고 있다고 단언했다. 나는 내가 결백한데다 좋은 가문 출신에 평판도 좋기 때문이라고 말하고, 그들 또한 사람들이 나처럼 인정해주고 아껴주지는 않지만 똑같이 결백할 것이라고 주장했다. 나는 동시에 그들을 나처럼 보호해주지 않고, 그들의 엉뚱한 행동을 관대하게 봐주지 않고, 그들의 실수를 용서해주지 않고, 그들을 조금이라도 가혹하고 부당하게 다룬다면 나는 자살해버릴 것이며 아무도 나를 막지 못할 것이라고 설명했다. 그는 이 말을 듣고 다시 나를 진정시키려고 애썼다. 그러나 나는 그를 믿지 않았고, 그가 마침내 떠나버리자 엄청나게 두려운 상태에 처했다. 나는 사건을 설명하고 모든 상황을 털어놓은 데 대해 스스로를 비난했다. 나는 사람들이 천진난만한 행동과 젊은이들의 애정과 믿음을 전혀 다르게 해석할 것이며, 착한 필라데스를 이 사건에 연루시켜 매우 불행하게 만들지도 모른다고 예상했다. 이런 온갖 상상이 차례로 생생하게 솟구쳐 올라 내 고통을 심화시키고 부추겼다. 그래서 나는 괴로움에 어쩔 줄을 모르고 방에 벌렁 드러누워 방바닥을 눈물로 적셨다.

얼마나 오래 누워있었는지 모른다. 그때 누이동생이 들어와 내 모습을 보고 깜짝 놀라 나를 안정시키느라 갖은 애를 다 썼다. 누이동생은 시청

직원 한 사람이 아래층 아버지 방에서 슈나이더가 내려오기를 기다리고 있다가 잠시 슈나이더와 얘기를 나눈 다음 떠났다고 얘기해주었다. 그들은 서로 매우 만족한 모습으로 웃으며 얘기했고, 그래서 누이동생은 그들의 말을 듣고 일이 아주 잘 되었으며 아무런 문제도 없는 것으로 여겼다고 말했다. 나는 벌떡 일어나며 말했다.

"물론 그 사건은 나한테, 그리고 우리한테는 아무 일도 아니야. 왜냐하면 나는 아무런 나쁜 일도 저지르지 않았고, 내가 만약 그랬다 하더라도 사람들은 나를 도와줄 것이기 때문이지."

이어서 나는 소리쳤다.

"하지만 그 친구들은 누가 도와주나!"

누이동생은 지체 높은 사람들을 구해주려고 하면 천한 사람들의 잘못도 감싸줄 수밖에 없을 것이라는 등 세세한 논거를 대며 나를 위로해주려고 했다. 그러나 아무 소용이 없었다. 누이동생이 나가자마자 나는 다시 고통에 잠겼고, 내 애정, 열정과 함께 현재의 불행과 앞으로 닥칠 불행이 서로 교차하면서 계속하여 떠올랐다. 나는 이야기들을 계속해서 꾸며내 보고, 그저 불행만이 계속 이어지는 것을 그려보고, 특히 그레첸과 나를 정말로 비참하게 만드는 것을 연상해 보았다.

슈나이더는 내게 방에만 머물러 있고, 가족 외에는 어느 누구와도 이 일에 대해 상의하지 말라고 명했었다. 혼자 있고 싶었기 때문에 그것은 참으로 잘된 일이었다. 어머니와 누이동생이 이따금 찾아와 위로를 하고 전력을 다해 나를 도와주려고 했다. 그리고 둘째 날 그들은 아버지가 사정을 좀 더 잘 알게 되어 나를 완전히 용서한다는 것을 아버지 대신 전해주었고, 나는 용서를 고맙게 받아들였다. 그러나 나는 아버지와 함께 나가서 호기심어린 시민들에게 보여주는 제국옥새를 구경하라는 권유는 단호히 거절했다. 내게는 더 이상 어떤 영향도 없을 이 불쾌한 사건이 불쌍한 내 친구들에게는 어떻게 결말이 나는지를 알게 되기 전까지는 세상일에 대해서도 로마제국에 대해서도 더 이상 알고 싶지 않다고 분명하게 말했다. 어머니와 누이동생은 아무 말도 하지 못하고 나를 남겨두고 나갔다. 그러나 그들은 그 다음 며칠 동안에도 나를 집 밖으로 나가게 해 공개 행사들에 참여시키려고 몇 차례 시도를 더 했다. 그러나 소용없는 일! 거창한 축제도, 승급식에서 행해지는 여러 가지 행사도, 황제와 국왕의 공개연회도 내 마음을 움직이지 못했다. 팔츠 선제후가 황제와 국왕을 알현하기 위해 온다고 하고, 황제와 국왕이 선제후들을 방문하고, 미뤄두었던 문제들을 처리하고 선제후 동맹을 재결성하기 위해 마지막 선제후 회의가 소집된다고 하는데도, 그 어떤 것도 나를 내 열렬하게 고집하던 고립에서 끌어내지 못했다. 나는 감사축일에 종소리가 울리건, 황제가 카프치너 교회에 행차하건, 선제후들과 황제가 길을 떠나건 내 방에서 한 발짝도 나오지 않았다. 그토록 어마어마하게 울리는 마지막 예포소리도 나를 자극하지 못했다. 포연이 사라지고 포성이 멈췄을 때 이 모든 화려한 장관은 내 머릿속에서 사라졌다.

나는 이제 내 불행을 자꾸만 되씹고 상상 속에서 그것을 수천 배로 확산시키는 일 외에는 아무런 만족을 느끼지 못하게 되었다. 내 모든 상상력과 시적 수사적 능력은 이 병적인 일에 몰입함으로써 그 생명력에 의해 내 육체와 정신이 불치병에 휘말릴 위험에 처해 있었다. 이 비참한 상황 속에서 소망하고 갈망할 만한 그 어떤 것도 떠올릴 수 없었다. 그러나 때때로 내 불쌍한 친구들과 연인들은 어떻게 되었고, 자세한 조사에서 어떤 것이 드러났으며, 그들이 그 사건과 연루되었는지 결백한 것으로 밝혀졌는지 등에 대해 알고 싶은 끝없는 욕망이 나를 사로잡았다. 나는 이런 것도 역시 자세히 그려보고, 그들을 결백하게도 아주 불행하게도 상상해 보았다. 나는 곧 이런 불확실한 상태에서 벗어나고 싶어졌다. 그래서 슈나이더에게 그 사건의 이후 경과를 나한테 숨겨서는 안 된다는 꽤 위협적인 편지를 썼다. 그러나 나는 내 불행을 아주 분명하게 체험하게 되는 것이 두렵고, 지금까지 나를 괴롭히기도 했지만 제대로 일으켜주기도 했던 상상의 위안을 빼앗기는 것이 두려워 곧 그 편지를 찢어버렸다.

그렇게 나는 밤낮을 엄청난 불안과 착란과 권태 속에서 보냈다. 마침내 내 육체의 병이 꽤 심한 상태가 되어 모두가 의사를 불러 온갖 방법을 다해 나를 안정시켜야 한다고 생각할 수밖에 없었을 때 나는 행복함을 느꼈다. 그 사건에 다소라도 연루된 모든 사람들은 최대한 관대하게 처리되었고, 내 가까운 친구들은 무죄로 가벼운 훈계를 받고 풀려났으며, 그레첸은 도시를 떠나 고향으로 돌아갔다는 사실을 내게 진지하게 확인해줌으로써 나를 안정시킬 수 있다고 생각하고 있었다. 사람들은 마지막의 그레첸 얘기에서는 오랫동안 주저했다. 나 또한 그 얘기를 좋게 생각하지 않았다. 그 얘기 속에서 나는 그것이 자발적인 떠남이 아니라 수치스런 추방이라는 것을 알 수 있었기 때문이다. 나의 육체적 정신적 상태는 그로 인해 더 나아지지는 않았다. 고통은 진짜 이제부터 시작되었다. 그리고 나는 슬픈 사건들과 피할 수 없는 비극적 종말을 지닌 진기한 소설을 자학하면서 그려나갈 충분한 시간이 있었다.

2

젊은 시절에 원하는 것은 노년에 풍족하게 얻는다

제6장

내게서 건강의 회복을 촉진하고 싶은 충동과 방해하고 싶은 충동이 교차되어 일었다. 그리고 또 하나의 은밀한 분노가 내 나머지 감정들에 합쳐졌다. 왜냐하면 나는 사람들이 나를 관찰한다는 것과 봉함편지 같은 것을 전달해줄 때 그것이 내게 어떤 영향을 일으킬지, 내가 그것을 감춰둘지 공개적으로 놓아둘지, 그 밖에도 여러 가지 것에 주의를 기울인다는 것을 알아차렸기 때문이다. 나는 그래서 필라데스, 사촌, 나아가 그레첸까지도 소식을 전하거나 내 소식을 받기 위해 내게 편지를 쓰려고 했을지도 모른다는 추측을 했다. 이렇게 생각하자 나는 고통스런 상태에서 정말로 기분이 상했고, 추측에 추측을 더해가면서 이상한 연상 속에서 방황하는 새로운 계기를 맞게 되었다.

오래지 않아 내게 특별한 감독자 한 사람이 달라붙었다. 다행히 그는 내가 좋아하고 존경하는 사람이었다. 그는 어느 친한 집의 가정교사였는데, 그간 가르치던 학생이 대학에 들어갔던 것이다. 그는 비참한 처지에 있는 나를 자주 방문했다. 결국 자연스럽게 내 방 옆에 있는 방 하나를 그에게 비워주게 되었다. 그는 나에게 공부를 시키고, 내 마음을 안정시키고, 내가 눈치를 챘듯 나를 감독하게 되어 있었다. 나는 그를 진심으로 존경했고, 그레첸에 대한 애정을 빼고는 그에게 전에도 많은 것을 믿고 털어놓은 적이 있었기에 더욱 마음을 터놓고 솔직하게 대하기로 마음먹었다. 또한 나는 누군가와 날마다 함께 살면서 믿지 못하고 긴장하며 지내는 것은 참을 수 없었다. 그래서 나는 얼마 후 그에게 사건에 대해 얘기했고, 지나간 내 행복에 대한 사사로운 상황들을 들려주고 되새김으로써 활기를 찾았다. 그렇게 함으로써 이해력 깊은 그는 내게 사건의 전말 하나하나를 특별한 경우까지도 알리는 것이 더 낫다고 판단하게 되었다. 그럼으로써 내가 전체적인 것을 분명하게 인식하게 되리라는 것과 지나간 것을 버리고 새 삶을 시작해야 한다고 나를 진지하고 적극적으로 설득할 수 있으리라는 것을 깨닫게 되었다. 우선 그는 내게 뻔뻔스런 속임수부터 시작하여 짓궂게 경찰을 모독하고, 장난삼아 돈을 위조하고, 그 밖의 위험한 일들을 하도록 유혹당한 귀족계층의 젊은이들이 누구였는지를 말해주었다. 이런 일들을 통해 실제로 작은 공모단체가 생겨났고, 거기에서는 비양심적인 사람들이 모여 문서와 서명 위조를 통해 많은 범죄를 저지르거나 그보다 더 중한 범죄를 계획하고 있었다는 것이다. 나는 참다못해 마침내 사촌들에 대해 물었는데, 그들은 아무 죄도 없는 것으로 밝혀졌으며, 다른 사람들과 아주 평범하게 아는 사이일 뿐 사건과 관련되지는 않았다는 것이었다. 내가 할아버지에게 추천해서 온통 혐의를 받게 되었던 그 자는 가장 나쁜 놈들 중 하나였으며, 무슨 못된 일을 기도하거나 은폐하기 위해 그 자리를 얻으려 했던 것이었다. 이 모든 사실을 듣고 난 다음 나는 마침내 참지 못하고 그레첸은 어떻게 되었느냐고 물어보았다. 그녀에 대한 내 크나큰 애정을 처음으로 딱 한 번 고백했다. 그는 고개를 젓고 미소 지었다. 그리고 이렇게 말했다.

"안심하게. 이 소녀 일은 아주 잘 되어서 훌륭한 증인도 내세웠네. 그녀한테서는 선량하고 사랑스러운 것밖에는 아무 것도 찾아내지 못했네. 조사원들조차 그녀에게 호감을 갖게 되어 이 도시를 떠나고 싶다는 그녀의 소원을 거절할 수 없었지. 그리고 자네를 염두에 두고 한 그녀의 고백도 그녀의 명예를 높여주었네. 나는 비밀서류 속에서 그녀의 진술을 손수 읽어보았고 그녀의 서명도 보았네."

나는 소리쳤다.

"서명이라고요! 그것은 나를 행복하게도 불행하게도 하는 겁니다. 도대체 그녀가 무슨 고백을 했나요? 그녀가 무엇에 서명을 했나요?"

그는 대답하기를 주저했다. 그러나 그의 밝은 얼굴은 그가 어떤 위험한 것은 감추고 있지 않다는 것을 알려주고 있었다. "자네가 알고 싶어 한다면" 하고 그는 마침내 대답했다.

"자네에 대한, 또한 그녀와 자네와의 교제에 대해 얘기할 때 그녀는 아주 솔직하게 이렇게 말했다네. '제가 그를 좋아해서 자주 만난 것은 부인할 수 없는 사실입니다. 그러나 저는 그를 항상 어린애로 보아왔으며, 그에 대한 제 애정은 진정 누나로서의 그것이었습니다. 많은 경우에 있어 저는 그에게 좋게 충고해 주었습니다. 저는 미심쩍은 행동을 하도록 그를 자극한 적이 없습니다. 그보다는 불쾌감을 초래할 수 있는 난폭한 행동에 가담하지 못하도록 그를 막았습니다.'"

그 사람은 가정교사 같은 그레첸의 말을 계속 전달했지만 나는 이미 그의 말을 더 이상 듣고 있지 않았다. 왜냐하면 그녀가 나를 진술서에서 어린애로 설명한 것이 기분을 몹시 상하게 했고, 그녀에 대한 모든 열정이 일시에 사라져버리는 것 같았기 때문이다. 나는 재빨리 이제 모든 일이 끝났다고 분명하게 말했다. 나는 그녀에 대해 더 이상 말하지 않았고, 그녀의 이름도 더 이상 꺼내지 않았다. 그러나 나는 그녀의 모습과 성향과 행동을 머릿속에 그려보는 좋지 못한 버릇을 버릴 수는 없었다. 물론 이제 그녀는 전과는 완전히 다른 빛 속에서 나타났다. 나는 내가 매우 영리하고 재치 있는 젊은이로 인정받고 있다고 믿어왔는데, 기껏해야 나보다 두어 살 많은 소녀가 나를 어린애로 취급했다는 것을 참을 수 없었다. 전에는 나를 그토록 매혹시켰던 그녀의 냉정하고 거부적인 성격이 이제는 매우 역겹게 생각되었다. 나에 대해서는 친밀함을 나타내면서도 내가 자기에게는 그러지 못하도록 한 그녀의 태도도 무척 미워졌다. 이 모든 것은 그래도 나았다고 할 수 있다. 더 가관인 것은 그녀가 그 시로 쓴 연애편지에 서명을 하여 내게 정식으로 애정을 표현했었다는 것이다. 따라서 나는 그녀를 노련하고 이기적인 창녀로 여겨도 합당할 것이다. 그녀가 복장을 달리 차려입고 장신구점 점원으로 일했던 것도 순수하게 여겨지지 않았다. 나는 내가 관찰한 그녀의 이 같은 분통 터지는 모습들을 오랫동안 자꾸만 떠올린 끝에 마침내 그녀의 모든 사랑스러운 특성들을 모조리 지워버리게 되었다. 나는 이성에 따라 그런 사실들을 확신하고 그녀를 부정해야 한다고 생각했지만 그녀의 모습이 계속 내 앞에 어른거렸고, 그때마다 나는 자신을 기만하고 있다는 죄의식에 빠졌다.

그러는 사이 갈고리 달린 이 화살도 내 가슴에서 빠져나갔고, 이제 젊음의 내면의 치유력을 어떻게 하면 도울 수 있을 것인지가 문제였다. 나는 실제로 용기를 냈고, 곧장 맨 처음으로 집어치운 것은 이제는 지극히 유치하게 보인 우는 일과 발광하는 일이었다. 이것은 개선으로 가는 커다란 발걸음이 아니겠는가! 나는 자주 거의 밤잠을 이루지 못한 채 격렬하게 이런 고통에 휘말려 눈물과 흐느낌으로 마침내 더 이상 아무 것도 삼키지 못하고, 먹고 마시는 즐거움조차 고통이 되었으며, 이런 영향을 가장 가까이에서 받은 가슴도 괴로워하는 듯했었다. 내가 그녀의 상황을 알아낸 후 계속 느껴온 불쾌감은 내게서 모든 유약성을 몰아냈다. 나를 젖먹이로 보고 유모라도 되는 듯 내 앞에서 최고로 난 체하던 소녀 하나 때문에 내가 수면과 휴식과 건강을 희생시켰다는 것이 끔찍스럽게 생각되었다.

내가 쉽게 인정하고 있었듯 이 심신을 병들게 하는 생각들은 활동을 통해서만 쫓아낼 수 있었다. 그러나 무엇을 해야 한단 말인가? 나는 물론 많은 일에서 뒤쳐진 것을 꽤 많이 따라가야만 했다. 또한 여러 의미에서 이제 인연을 맺어야 하는 대학에 갈 준비도 해야 했다. 그러나 아무 것도 구미가 당기지 않았으며 이루어낼 것 같지도 않았다. 많은 것들이 내게는 잘 알려져 있고 시시한 것으로 여겨졌다. 더 많은 기초를 다지기 위한 내 자신의 힘도 외부의 기회도 없었다. 그래서 나는 내 성실한 옆방 가정교사의 취향에 의해 아주 새롭고 낯선 연구를 해보고자 하는 충동을 느꼈다. 그 연구는 내게 오랫동안 지식과 관찰의 넓은 영역을 제공해 주었다. 즉 내 친구는 내게 철학의 비밀을 알려주기 시작했던 것이다. 그는 예나 대학의 다리스* 밑에서 공부했고, 매우 조직적인 두뇌의 소유자로서 다리스의 학설 체계를 예리하게 파악하고 있었다. 그래서 그는 내게도 그 학설을 가르쳐주려고 했다. 그러나 내 머릿속에서는 이런 것이 그 사

* 독일의 도덕철학 교수(1714~1791).

람 같은 방식으로 체계화될 것 같지 않았다. 내가 질문을 하면 그는 나중에 대답해주겠다고 약속했고, 내가 요구를 하면 장차 그 요구를 들어주겠다고 약속했다. 그리고 우리에게는 아주 중대한 견해 차이가 있었다. 그래서 나는 철학은 이미 종교나 문학 속에 충분히 포함되어 있으므로 따로 분리된 철학은 필요치 않다고 주장했던 것이다. 그는 이런 내 주장을 결코 인정하려 하지 않았고, 오히려 내게 종교나 문학은 철학에 의해 토대가 이루어질 수밖에 없다는 것을 증명하려 했다. 나는 그것을 완강히 부인했고, 우리의 대화가 한 걸음씩 나아갈 때마다 나는 내 의견을 뒷받침할 논거들을 찾았다. 왜냐하면 나는 문학 속에는 불가능한 것에 대한 일종의 믿음이, 종교 속에는 심오한 것에 대한 똑같은 믿음이 있어야 하므로 철학자들이 자기들의 토대 위에서 이 둘을 증명하기는 매우 곤란할 것이라고 생각했기 때문이다. 더구나 철학자는 언제나 다른 철학자와 다른 근원을 탐구했고, 회의주의자는 마침내 모든 것을 기초도 토대도 없는 것이라고 주장한 사실도 철학의 역사에서 쉽게 증명되었던 것이다.

내가 교조적인 설명에서는 아무 것도 얻을 수 없었으므로 내 가정교사 친구는 나와 함께 이 철학의 역사를 공부할 필요가 있다고 보았다. 철학사는 매우 재미있었다. 그러나 그 재미는 내가 파고들어 공부해본 어떤 학설이나 의견도 모두 똑같다는 생각에서 나온 것일 뿐이었다. 내게는 문학과 종교와 철학이 완전히 하나로 합쳐져 있었던 고대인들과 그 학파가 가장 마음에 들었다. 그리고 욥기, 솔로몬의 시편과 잠언*, 오르페우스

* 오르페우스는 고대 그리스의 전설에 나오는 인물로 그의 노래와 연주가 너무 아름다워서 동물들뿐 아니라 나무와 바위들까지도 춤을 추었다고 한다. 헤시오도스는 BC 700년경 그리스에서 직업적 음유시인으로 활동했다.

와 헤시오도스의 노래도 내 의견에 대한 적절한 증거를 제시해주는 듯 여겨져 나는 더 열렬하게 내 처음의 의견을 주장했다. 나의 가정교사는 브루커*의 철학소사를 자신의 설명의 근거로 삼고 있었지만 우리가 앞으로 나아가면 나아갈수록 내가 거기에서 알아낼 수 있는 것은 짐점 더 적어졌다. 그리스 최초의 철학자들이 무엇을 하려고 했었는지 나는 분명하게 알 수 없었다. 나는 소크라테스가 삶과 죽음에 있어서 그리스도와 비교할 수 있는 뛰어난 현인이라고 생각했다. 반면에 그의 제자들은 주의 죽음 후 곧장 분열하여 모두가 자신의 편협한 사고방식만을 옳다고 인식했던 사도들과 매우 유사하다고 생각했다. 아리스토텔레스의 예리함도 플라톤의 풍부함도 내게는 조금도 도움이 되지 않았다. 반면에 나는 스토아학파에는 일찍부터 어느 정도 애착을 가졌고, 특히 에피텍토스**에 많은 관심을 가지고 연구했다. 내 가정교사 친구는 내 이런 일방적인 편향성에서 나를 끌어내지 못하고 그대로 내버려둘 수밖에 없었다. 왜냐하면 그는 다방면의 연구를 했음에도 불구하고 중요한 문제를 압축할 줄은 몰랐기 때문이다. 그는 인생에서는 행위만이 중요할 뿐 향락이나 고통은 저절로 이루어진다고만 말해주었어도 좋을 뻔했다. 젊은 사람은 그대로 놔둬도 된다. 그는 그다지 오래도록 잘못된 원칙에 매달려 있지는 않을 것이다. 인생은 곧 다시 그를 끌어내거나 유혹해내는 것이다.

좋은 계절이 되었고, 우리는 자주 함께 야외로 나가서 도시 근교에 널

* 독일 최초의 철학사를 쓴 철학자(1696~1770).

** 이탈리아 제정로마시대의 스토아 철학자(50?~138?). 자연이란 신의 의지의 실현이며, 철학하는 것은 '신의 종'이 되는 것이라고 설파하였다. "나는 신과 함께 선택하고, 신과 함께 원하며, 신과 함께 의지(意志)한다"고 하는 유명한 사상을 남겼다.

려있는 수많은 유원지를 찾았다. 그러나 나는 전혀 마음이 편치 않았다. 나는 아직 어디를 가든 사촌들의 망령을 보았고, 여기저기에서 그들 중 한 사람이 튀어나올 것 같아 두려웠기 때문이다. 내게는 사람들의 무심한 시선조차 부담스러웠다. 나는 남의 눈길도 비난도 받지 않고 이리저리 나돌아 다니면서 몹시 혼잡한데도 관찰자를 염두에 두지 않았던 과거의 무의식적 행복을 잃어버렸다. 이제는 우울한 망상이 나를 괴롭히기 시작하여 내가 사람들의 주목을 불러일으키고, 마치 그들의 시선이 나를 붙들고 조사하고 비난하기 위해 집중되어 있는 것처럼 느꼈다.

그래서 나는 내 친구를 산 속으로 끌고 갔다. 단조로운 전나무들을 피해가며 나뭇잎이 아름답게 우거진 숲들을 찾아다녔다. 그 숲들은 주변에 넓게 펼쳐져 있지는 않았지만 늘 상처 입은 가련한 가슴이 숨을 수 있을 정도의 넓이는 됐다. 나는 깊은 숲속에서 엄숙한 분위기를 자아내는 한 곳을 찾아냈는데, 그곳은 오래된 참나무와 너도밤나무들이 무척 넓게 그늘을 이루고 있었다. 바닥은 조금 경사져서 오래된 나무둥치들의 가치를 더 돋보이게 했다. 이 공터 주위는 빽빽한 관목들이 에워싸고 있었고, 거기에서 이끼에 덮인 바위들이 힘차고 위엄 있게 솟아있었으며, 많은 물이 흐르는 시내가 폭포를 이루고 있었다.

강기슭의 넓은 지역에서 사람들과 함께 있는 것을 더 좋아하는 내 친구를 이곳으로 간신히 끌어오자마자 그는 농담조로 내가 진정한 독일인임을 증명하고 있다고 말했다. 그는 내게 타키투스*를 끌어들여 인공적이

* 라틴어로 글을 쓴 사람 가운데 가장 뛰어난 산문 작가이며 웅변가, 역사가(55?~117). 저서로는 게르만족에 관한 『게르마니아』, 69~96년의 로마제국을 서술한 『역사』, 14~68년의 로마 역사를 다룬 『연대기』가 있다.

지 않은 구성양식으로 된 자연이 적막 속에서 우리에게 이처럼 훌륭하게 전해주는 느낌들을 우리의 조상들이 얼마나 즐겼는지를 자세히 이야기해 주었다. 그가 그런 이야기를 시작한 지 얼마 지나지 않아 나는 소리쳤다.

"오! 어째서 이런 값진 장소가 깊은 황야에 놓여있지 않는가. 우리는 왜 이 장소와 우리를 신성하게 하고 세상과 분리하기 위해 울타리를 둘러쳐서는 안 되는가! 어떤 우상도 필요로 하지 않고 자연과의 대화로부터 우리의 가슴 속에서 솟아나오는 느낌보다 더 아름다운 신을 향한 숭배는 없을 거야!"

내가 그 당시 어떤 것을 느꼈는지는 지금도 느껴지지만 무슨 말을 했는지는 기억해낼 수가 없다. 그러나 분명한 것은 젊은이나 깨이지 않은 민중이 가지는 막연하고 널리 펼쳐진 감정이야말로 숭고함을 느끼기에 적합하다는 것이다. 만약 외적인 것들을 통해 우리에게 숭고함을 일으키고자 한다면 그것은 형태가 없거나 파악할 수 없는 형태를 이루고 우리가 감당할 수 없는 크기로 우리를 에워쌀 수밖에 없을 것이다.

그런 감정은 누구나 어느 정도 느끼는 것이며, 또한 누구나 이 고귀한 욕구를 여러 가지 방식으로 충족시키고자 한다. 그러나 숭고함은 형체들이 하나가 되는 어둠과 밤에 쉽게 이루어지듯 모든 것을 구별하고 분리하는 낮에는 반대로 쫓겨난다. 그래서 다행히 숭고함이 아름다움에게로 달아나 내적으로 하나가 됨으로써 양자가 똑같이 파괴될 수 없는 불멸의 상태가 되지 않는 한 숭고함은 온갖 교양이 늘어나면서 소멸될 수밖에 없다.

내 이런 즐거움의 짧은 순간도 생각 많은 친구에 의해 단축되었다. 나는 숲을 떠나 다시 세상으로 들어가 밝고 메마른 환경 속에서 그런 감정을 다시 일으켜 보려고 노력했지만 소용이 없었다. 나는 그런 감정을 느낀 기억조차 간직할 수 없었다. 내 마음은 차분히 진정되기에는 너무나 잘못 길들여져 있었다. 내 마음은 사랑을 했지만 그 대상은 떨어져 나갔고, 삶을 살았지만 그 삶은 내게 고통이 되었다. 한 친구가 여러분들을 교육시키려 한다는 점을 분명하게 보인다면 결코 즐거운 감정을 생기지 않을 것이다. 그러나 한 여자가 여러분들과 즐겁게 놀려는 것처럼 보이면서 여러분들을 교육시킨다면 그녀는 마치 기쁨을 가져오는 성스런 천사처럼 숭배 받을 것이다. 그러나 내게서 아름다움의 개념을 불러일으켰던 그 모습은 멀리 사라져 버렸다. 그 모습은 참나무 그늘 아래에 있는 나를 자주 찾아왔지만 나는 그것을 붙잡아둘 수 없었다. 나는 그것과 비슷한 어떤 것을 넓은 세상에서 찾아보려는 강한 충동을 느꼈다.

나는 어느새 친구이자 감독자로 하여금 나를 혼자 있도록 내버려두게 만드는 데에, 아니 내버려둘 필요를 일으키는 데에 길들여져 있었다. 왜냐하면 이 신성한 숲속에서조차 막연하고 거대한 감정이 내게는 충분하지 못했기 때문이다. 나는 무엇보다도 눈을 통해 세계를 파악했다. 나는 어려서부터 화가들 사이에서 살아왔고, 그들처럼 대상들을 예술과 연관지어 바라보는 데에 익숙해 있었다. 이제 나 자신과 고독에 몸을 맡기자 반은 천부적으로 반은 노력으로 얻은 이 재능이 내게 나타났다. 나는 눈길을 돌리는 곳에서는 어디서나 그림의 대상을 보았고, 내 마음에 들고 나를 기쁘게 하는 것은 붙잡아두려고 했다. 그래서 나는 미숙한 방법으로 있는 그대로를 그려나가기 시작했다. 이런 일을 하기에 모든 것이 내게 부족했다. 그러나 나는 어떤 기술적 수단 없이 그저 눈에 보이는 가장 멋진 것을 모사하는 일에 집요하게 매달렸다. 물론 이 일로 인해 대상에 대한 커다란 주의력을 얻을 수 있었다. 그러나 나는 대상들이 영향을 주는 범위에서 전체적으로만 그것들을 파악할 수 있었다. 그래서 자연은 나를 기술하는 작가로 정해주지 않았던 것처럼 개별적인 것들을 그려내는 화가의 재능 또한 부여해주려 하지 않았다. 그러나 이것은 나 자신을 표현하는 내게 남아있는 유일한 방법이었으므로 나는 더욱 집요하게 이 일에 매달렸고, 그림이 잘 되지 않을 때에는 비참한 마음을 안고 더욱 열정적으로 작업을 계속해 나갔다.

그러나 내가 그림에 매달린 것에는 분명한 장난기도 섞여 있었다는 것을 부인하지 않겠다. 왜냐하면 내가 심하게 굽은 밑줄기에 반짝이는 나뭇잎을 따라 담쟁이넝쿨이 휘감겨 올라가는 반쯤 그늘진 고목을 까다로운 그림연습의 대상으로 고르는 경우, 내 가정교사 친구는 경험상 그 일이 한 시간 안에는 끝나지 않을 것임을 알고는, 책 한 권을 들고 마음에 드는 다른 장소를 찾아가려고 마음먹는다는 것을 알아차렸기 때문이다. 그러면 내가 좋아하는 일에 매달리는 것을 방해하는 것은 아무것도 없었다. 나는 내 그림을 좋아하는 것 이상으로 열심히 그렸고, 그리하여 종이 위에 그려져 있는 것뿐만이 아니라 내가 그리면서 그때그때 생각했던 것까지도 보는 데에 익숙해졌다. 그래서 아주 흔한 종류의 풀이나 꽃 그림도 소중한 일기가 될 수 있는 것이다. 왜냐하면 행복한 순간의 기억을 되살려주는 것은 어떤 것도 무의미할 수 없기 때문이다. 그래서 이제는 여러 시기에 그려서 내게 남아있는 그런 많은 그림들을 무가치하다고 내버리는 일은 생각조차 할 수 없는 일이 되었다. 왜냐하면 그것들은 애수를 느끼지만 기꺼이 회상하고 싶은 그 시절로 나를 직접 옮겨주기 때문이다.

만약 이런 그림들이 그 자체로 관심을 끌 수 있다면 그것의 가치는 아버지의 관심과 주의 덕분일 것이다. 아버지는 내가 점차 정상상태로 돌아가고 있으며, 특히 사생화에 열정적으로 몰두하고 있다는 소식을 감독자를 통해 전해 듣고 대단히 만족해했다. 왜냐하면 한편으로는 아버지 자신이 그리기와 회화를 중요하게 여겼고, 다른 한편으로는 대부 제카츠가 나를 화가로 만들지 않는 것이 아쉽다고 아버지에게 여러 차례 말했기 때문이다. 그러나 여기에서 아버지와 아들의 성격이 다시 갈등을 빚었다. 내가 그림을 그릴 때면 질이 좋은 하얀 새 종이를 사용하는 것이 거의 불가능했기 때문이다. 낡고 한쪽은 이미 낙서가 되어 있는 회색 종이가 나를 가장 화나게 했다. 그것은 내 무능력이 하얀 바탕의 시험용 종이를 두려워한다는 것을 보여주고 있는 것 같았다. 그래서 어떤 그림도 완성한 것이 없었다. 나는 눈으로 본 것을 제대로 이해할 수 없어 전체를 그려낼 수 없었고, 개별적인 것을 알고는 있어도 계속 뒤따라가 그릴 능력도 참을성도 없었다. 이런 점에서도 아버지의 교육방식은 놀랄 만한 것이었다. 그는 자상하게 내 의도를 물어보고 모든 미완성 그림의 둘레에 선을 그렸다. 그는 그렇게 함으로써 내게 완전하고 자세한 그림을 완성시키려 했다. 그는 불규칙적인 종이들을 가지런히 잘랐고, 그것으로 화집의 첫 부분을 만들었으며, 그 화집을 통해 자기 아들의 발전을 기뻐하려고 했다. 아버지는 마음이 안정되지 않은 내가 주변을 이리저리 돌아다녀도 전혀 싫어하지 않고, 오히려 내가 화첩만 가지고 돌아오면 만족해했다. 아버지는 화첩으로 아들의 인내를 키우고 아들의 희망을 어느 정도 강화시킬 수 있었다.

사람들은 더 이상 내가 전과 같은 애정과 교제관계로 되돌아갈지도 모른다는 걱정을 하지 않게 되어 점점 나를 완전히 자유롭게 해주었다. 우연한 기회에 우연히 어울린 친구들과 나는 어릴 때부터 먼 곳에 엄숙한

마인츠 전경

모습으로 서 있던 산으로 여러 번 여행을 했다. 그래서 우리는 홈부르크와 크론베르크를 찾아보았고, 펠트베르크에도 올랐는데, 이 산에서는 멀리 펼쳐진 경치가 우리를 점점 더 먼 곳으로 유혹했다. 그리하여 우리는 쾨니히슈타인도 찾아가지 않을 수 없었다. 비스바덴과 슈발바흐와 그 인근지역을 여행하는 데는 며칠이 걸렸다. 높은 산에서 멀리 굽이쳐 흐르는 모습을 바라본 우리는 라인 강에 도달했다. 마인츠는 우리를 경탄시켰지만 넓은 평원으로 가려는 젊은이들의 마음을 붙잡아 두지는 못했다. 우리는 비브리히의 포도밭 경치를 즐겼고, 만족스럽고 기쁜 마음으로 귀갓길에 올랐다.

아버지가 많은 그림을 그려오기를 기대했던 이 여행은 거의 수확이 없을 정도였다. 왜냐하면 넓디넓은 풍경을 그림으로 이해할 만한 감각과 재능과 연습이 부족했기 때문이다. 나는 나도 모르게 다시 협소함에 빨려들어 몇 가지 결실을 이루기는 했다. 왜냐하면 나는 고대를 연상시키는 무너진 성과 성벽을 만날 때마다 그것들을 값진 그림의 소재로 여겨 가능한 한 잘 모사하려고 했기 때문이다. 나는 약간의 위험과 불편을 무릅쓰고 마인츠 성벽 위에 있는 드루젠 석탑까지 그렸다. 그런 위험과 불편은 여행에서 몇몇 구체적인 추억들을 가지고 집에 돌아가려는 사람이라면 누구나 겪어야만 하는 것이다. 유감스럽게도 나는 이번에도 가장 나쁜 종이를 가져갔고, 많은 대상들을 한 장의 종이 위에 어설프게 그려 넣었다. 그러나 내 그림선생인 아버지는 그런 것으로는 전혀 당황하지 않았다. 아버지는 종이들을 차례로 잘라내어 규격을 맞춘 다음 그것을 제본사에게 맡겨 책처럼 꾸미도록 했다. 아버지는 각각의 그림들에 외곽선을 그어 넣음으로써 나에게 어쩔 수 없이 여러 산들의 윤곽을 가장자리까지 그리게 했고, 앞 배경을 몇 가지 나무와 풀들로 채우게 했다.

아버지의 그런 성실한 노력이 나의 재능을 키우지는 못했다 하더라도 정리를 좋아하는 아버지의 성격은 내게 은연중에 영향을 미쳐 나중에 그것이 여러 가지 방식으로 뚜렷하게 나타났다.

짧은 기간 동안 끝내고 자주 반복한 그런 반은 오락적이고 반은 예술적인 그림여행에서 나는 다시 전부터 나를 강하게 끌어당긴 자석에 의해 집으로 이끌려왔다. 자석은 바로 내 누이동생이었다. 나보다 한 살 적은 누이동생은 내가 철이 나면서부터 이제까지 줄곧 나와 함께 살아왔고, 그러기에 나와는 가장 친밀한 사이가 되었다. 이 같은 자연적인 원인에 우리 집안의 상황에서 비롯된 갈등이 가세하여 우리는 더 친밀해졌다. 정이 깊고 자상하면서도 진지한 아버지는 속으로는 무척 부드러운 정서를 지니고 있었지만 겉으로는 말할 수 없이 철두철미하고 강철같이 엄격했으므로 아이들에게 최고의 교육을 시키며, 건전한 가정을 이루어 질서 있게 유지해 나가려는 목표를 이루고자 했다. 반면에 어머니는 거의 어린애 같았고, 아들딸 두 아이와 함께 어울리며 철이 들어가는 것 같았다. 이 세 사람은 건강한 눈길로 세상을 바라보았고, 활기차게 현재의 즐거움을 누리고자 했다. 가족 내에서 부유하는 이러한 갈등은 해가 갈수록 더해갔다. 아버지는 흔들리지 않고 끈질기게 자신의 의도를 관철시켜 나갔고, 어머니와 아이들은 그들의 감정과 요구와 소망을 버릴 수 없었다.

이런 상황에서 오빠와 누이동생이 서로 굳게 뭉쳐 완전히 금지된 즐거움을 조금이라도 얻으려고 어머니 편을 든 것은 당연한 일이었다. 집에 들어앉아 힘들게 공부하는 시간은 휴식과 오락의 짧은 순간에 비해 너무나 길었다. 특히 나와는 달리 한 번도 오랫동안 집을 떠나보지 못한 누이동생에게는 내가 멀리 나가 있을 경우 나에 대한 그리움과 함께 나와 즐겁게 놀고 싶은 욕구가 더 심하게 일었다.

어렸을 적 우리는 놀고 공부하는 것이나 자라고 교육받는 일이 완전히 똑같아서 쌍둥이로 여겨질 정도였다. 그리하여 우리 사이에는 육체적 정신적 힘이 발달함에 있어서도 이런 공동의 관계와 신뢰가 함께 하고 있었다. 청춘기의 관심, 정신적인 형태로 가장하여 나타나는 감각적 충동과 감각적인 형태로 가장하여 나타나는 정신적 욕구의 각성에서 느끼는 놀라움, 계곡에서 솟아오르는 안개가 계곡을 덮어 흐릿하게 하듯 해명해주기보다는 막막하게 하는 것들에 대한 모든 관찰들, 그로부터 생겨나는 많은 방황과 혼돈을 우리 남매는 손에 손을 잡고 함께 나누고 극복해 나갔다. 우리가 점점 더 가까워져 분명한 곳으로 나서려고 하는 사이 근친관계의 신성한 두려움이 우리를 점점 더 강하게 떼어놓아 우리 사이의 신비로운 상황은 더욱 더 알 수 없게 되어갔다.

나는 몇 년 전 작품을 쓰려고 계획을 세웠다가 실행하지 못한 것에 대해 마음에 내키지는 않지만 여기서 대강을 말하고자 한다. 나는 그 사랑하고 이해할 수 없는 존재를 너무 빨리 잃었기에 그녀의 가치를 다시 그려내 보려는 충분한 이유를 느꼈다. 그래서 내게는 그녀의 개성을 표현할 수 있는 작품 전반의 구상이 잡혔다. 그러나 그러기 위한 형식으로는 리처드슨*의 소설 형식밖에 생각나는 것이 없었다. 세밀한 묘사와 전체적인 성격을 생동감 있게 이끌고, 또 신비로운 심연에서 솟아나와 심오함을 암시해주는 끝없는 하나하나의 이야기들을 통해서만, 오직 그런 방식에 의해서만 이 신비로운 인물의 이미지를 어느 정도 전할 수 있을 것 같았다. 샘물은 그것이 흐르고 있어야만 생각되어질 수 있기 때문이다. 그러나 혼잡한 세상사는 다른 많은 일들과 마찬가지로 이 아름답고 성스런 계획에서도 나를 끌어냈다. 이제 내게 남은 것은 그 성스런 영혼의 그림자뿐으로 요술거울의 힘을 빌듯 한 순간 불러낼 수 있을 뿐이다.

새뮤얼 리처드슨

누이동생은 키가 크고 날씬하고 균형 잡힌 몸매였으며, 부드러움이 녹아있는 행동은 자연스런 품격을 갖추고 있었다. 두드러지지도 아름답지

* 유럽 소설문학에 큰 영향을 준 영국의 소설가(1689~1761)로 서간체 기법을 도입해 소설의 극적 가능성들을 개척했다.

도 않은 그녀의 얼굴은 자신의 성품과 어울리지 않고 어울릴 수도 없는 모습을 나타내고 있었다. 그녀의 눈은 내가 지금까지 본 중에서 가장 아름답지는 않았지만 그 속에 많은 것이 감춰져 있는 듯 그윽했으며, 그녀가 애착이나 사랑을 표현할 때면 굉장한 광채를 띠었다. 그러나 그녀의 그런 표현은 마음에서 우러나 동시에 무언가 동경하고 갈망하는 것을 나타내는 애정 어린 것이 아니었다. 그 표현은 완전하고 풍부했으며, 영혼에서 우러나와 받는 것을 요하지 않고 오로지 주려고만 하는 것 같았다.

그러나 그녀의 얼굴을 완전히 변화시켜 이따금 정말로 추하게 보이게 한 것은, 단순히 이마를 드러내는 것뿐만 아니라 우연히 혹은 의도적으로 그것을 넓게 만드는 당시의 유행이었다. 그녀는 본래 아주 여성적이고 자연스런 둥근 이마에 눈썹은 짙고 눈은 돌아나와 있었기에 그런 대조적인 모습은 처음 보는 사람은 누구나 혐오감을 느끼지는 않더라도 최소한의 호감도 갖기 힘들었다. 그녀는 그것을 일찍이 느꼈으며, 남녀가 서로 좋게 보임으로써 자연스런 기쁨을 느끼는 나이가 되어갈수록 그런 감정은 점점 더 고통스런 것이 되었다.

누구나 자기 얼굴이 싫을 수는 없으며, 가장 잘 생긴 사람도 가장 못 생긴 사람도 자신의 현재 모습을 보고 좋아하는 것은 당연하다. 호의는 아름답게 만들며, 누구나 호의를 가지고 거울을 들여다보면 자기 모습에 거부감을 갖는 사람이라도 거울 속의 모습을 만족스럽게 바라보지 않을 수 없다고 말할 수 있다. 그러나 내 누이동생은 이성이 매우 발달했기 때문에 맹목적이고 어리석지 않았다. 그녀는 외적인 아름다움에 있어서는 함께 어울리는 친구들보다 자신이 훨씬 뒤쳐진다는 것을 너무나 분명하게 알고 있었지만 내면적인 우월함에서는 그들을 훨씬 능가한다고 생각하며 위안을 느꼈다.

아름다움이 결여된 여자가 그렇듯 누이동생도 모든 친구들이 그녀에게 갖는 무한한 믿음과 존중과 사랑을 통해 충분히 보상을 받았다. 그들은 나이가 많건 적건 누이동생에게 똑같은 감정을 품었다. 그녀가 함께 하는 어느 건전한 모임이 있었다. 거기에는 젊은 남자들도 끼어들었고, 소녀들 모두 남자친구가 있었지만 누이동생만 반쪽으로 남아 있었다. 물론 그녀의 외모는 어느 정도 거부감을 주었고, 들여다보면 내면의 성격도 호감보다는 거부감을 주었다. 왜냐하면 모든 품위 있는 존재는 자신을 향하는 타인의 접근을 물리치기 때문이다. 누이동생은 그것을 생생하게 느꼈고, 내게도 숨기지 않고 말해주었다. 그래서 나를 향한 그녀의 애착은 점점 더 강해졌다. 이런 것은 독특한 경우였다. 누군가가 믿는 사람들에게 연애관계를 털어놓을 경우 그들은 노골적으로 가세하여 그를 똑같이 사랑하는 사람들이 되는 법이다. 나아가 그들은 경쟁자들로 발전하여 그의 사랑을 자기들에게 돌리려 한다. 우리 남매가 그랬다. 그레첸과의 관계가 깨어졌을 때 누이동생은 경쟁자가 사라졌다는 은근한 만족감을 느끼면서 나를 더욱 더 진지하게 위로해 주었다. 나 역시 내가 그녀를 진실로 사랑하고, 알고, 존중하는 유일한 사람이라는 정당성을 그녀에게 인정받았을 때 반쯤은 짓궂고 은근한 기쁨을 느끼지 않을 수 없었다. 때때로 그레

여동생 코르넬리아 괴테

첸을 잃은 것에 대한 고통이 살아나서 내가 갑자기 울거나 한탄하거나 난폭한 행동을 하기 시작하면 잃어버린 것에 대한 나의 절망은 누이동생에게서도 마찬가지로 소유하지 못하고 이루지 못하고 지나가버린 젊음의 애정에 대한 절망적인 초조감을 불러일으켰다. 그래서 우리 두 사람은 스스로를 한없이 불행하다고 여겼고, 나아가 우리 같은 특별한 경우에는 서로 믿는 두 사람일지라도 사랑하는 사이로 변할 수는 없다는 사실에 더욱 더 불행함을 느꼈다.

쉽사리 많은 불행을 가져다주곤 하는 짓궂은 사랑의 신은 다행히도 이번에는 한 번 호의를 베풀어 우리를 온갖 곤란에서 끌어내주었다. 나는 파일 기숙학교에서 교육을 받는 한 젊은 영국인과 자주 교제해 왔다. 그는 자기나라 언어에 대해 훌륭하게 설명해줄 수 있었기에 나는 그와 함께 영어를 연습했고, 아울러 그의 나라와 민족에 대해서도 많은 것을 배웠다. 그는 꽤 오랫동안 우리 집을 드나들었지만 나는 그가 누이동생에게 애정을 품고 있는 줄은 알아채지 못했다. 그는 애정이 열정이 될 때까지 조용히 키워온 것 같았다. 마침내 그가 예기치 않게 그것을 갑자기 표명했던 것이다. 누이동생은 그를 잘 알고 존중했으며, 그는 그럴 만한 자격이 있었다. 누이동생은 자주 우리의 영어회화에 제3자로 참석했다. 우리 둘은 그의 입에서 나오는 영어발음의 특이한 것들을 익히려고 노력했다. 그럼으로써 우리는 발음상의 특별한 음조나 울림뿐만 아니라 선생인 그의 개인적인 특징들까지도 익숙해져서 마침내는 우리 둘이서 함께 말하면 한 입에서 나오는 듯이 묘하게 들리게 되었다. 그가 우리한테 똑같은 방법으로 독일어를 배우려는 노력은 성공할 것 같지 않았다. 그리고 나는 그와 누이동생 간의 소박한 연애도 글로든 말로든 영어로 이루어졌다고 생각한다. 두 젊은이는 서로 매우 잘 어울렸다. 그는 누이동생처럼 키가 크고 체격이 좋았으나 조금 더 날씬했다. 작고 올망졸망한 그의 얼굴은 천연두로 얽지만 않았으면 정말로 멋졌을 것이다. 그의 태도는 침착하고 착실했으며, 이따금 딱딱하고 냉정하다고 할 수도 있었다. 그러나 그의 마음은 선하고 사랑으로 가득 차 있었고, 그의 정신은 고상함으로 차 있었으며, 그의 애정은 단호하고 침착하게 지속되었다. 최근에 비로소 알려진 이 진지한 한 쌍은 다른 사람들 사이에서 매우 독특하게 돋보였다. 이 두 사람과 달리 다른 사람들은 이미 서로를 잘 알고 있었고, 경박한 성격들이었으며, 미래를 염두에 두지 않았다. 그리고 그들은 보통 단지 미래의 진지한 결합을 위한 쓸모없는 서막으로서 지나가버리며 삶에 거의 지속적인 영향을 주지 않는 관계 속에서 경솔하게 행동하곤 했던 것이다.

좋은 계절, 아름다운 주변을 그토록 쾌활한 친구들이 이용하지 않고 놔둘 리가 없었다. 뱃놀이는 모든 취미활동 중에서 가장 즐거운 것이었기에 자주 즐겼다. 우리는 물 위에서 움직이든 땅에서 움직이든 모두가 각자 사람을 끄는 힘을 나타내어 남녀가 한 쌍을 이루었다. 나를 포함해서 짝이 없는 남자 몇 사람은 여자들과 전혀 얘기를 나누지 않고 있거나 그런 즐거운 날에 전혀 어울리지 않는 얘기를 했다. 똑같은 경우였던 한 친구가 짝이 없는 중요한 이유는 유머는 많은데 애정이 없었고, 이해력은 풍부한데 그런 남녀간의 결합에 있어서 반드시 필요한 세심한 주의력이 없었기 때문인 것 같았다. 이 친구는 자주 경쾌하고 재치 있게 자신의 상태에 대해 한탄을 하고는 다음 번 모임에서는 자신과 전체 친구들에게 도움이 될 강연을 해주겠다고 약속했다. 그는 잊지 않고 약속을 이행했다. 우리들이 멋진 뱃놀이와 매우 즐거운 산보를 마친 다음 그늘진 언덕에서 잔디에 눕거나 이끼 낀 바위와 나무뿌리 위에 앉아 유쾌하고 즐겁게 도시락을 먹고 났는데, 그 친구가 밝고 기분 좋은 친구들의 모습을 바라보더니 익살스런 태도로 우리를 반원으로 앉히고는 그 앞에 나서 힘차게 다음과 같이 열변을 토하기 시작했던 것이다.

"최고로 소중한 남녀 친구 여러분, 쌍을 이룬 분들과 쌍을 이루지 못한 분들! 이미 이 호칭에서 참회를 권하는 설교사가 등장하여 일행에게 양심을 일으켜 세우는 일이 얼마나 필요한 것인지를 말하려고 한다는 것이 명백해졌습니다. 내 고귀한 친구들 중 일부는 애인과 쌍을 이루어 매우 즐거워하고 있으며, 쌍을 이루지 못한 다른 친구들은 경험상 확신할 수 있듯 최고로 비참해하고 있습니다. 여기에는 쌍을 이룬 분들이 다수를 이루고 있는데, 나는 여러분들에게 전체를 위해서 유념하는 것이 사교의 의무가 아닐까 생각해달라는 겁니다. 우리가 많이 모이고 뭉치는 것은 서로 협력하자는 것 아니겠습니까? 그런데 우리 모임 속에서 다시 작은 쌍으로 많이 분리되면 어떻게 협력이 이루어지겠습니까? 나는 그토록 아름다운 관계에 반대하는 것은 결코 아니고, 그런 관계를 방해하려는 것도 아닙니다. 그러나 모든 것은 각각 해야 할 때가 있는 법입니다! 아주 멋지고 위대한 말이지요. 그런데 모든 것을 즐겁게 충분히 누리는 사람은 누구나 이 말을 생각하지 않습니다."

그는 점점 더 활기차고 즐겁게 사교적 도덕과 사랑의 감정을 대조시키면서 이야기를 계속했다.

"사랑의 감정은 우리에게 없을 수 없는 것입니다. 우리는 늘 그것을 몸에 지니고 있습니다. 누구나 연습 없이도 쉽게 대가가 될 수 있습니다. 그러나 사교적 도덕은 우리가 찾아야만 하는 겁니다. 우리는 그것을 얻기 위해 노력을 해야만 합니다. 여기에서는 우리가 아무리 발전하려고 해도 결코 완전히 배울 수는 없습니다."

이제 그는 특별한 경우로 넘어갔다. 많은 사람들이 자신들의 얘기라고 느끼며 서로를 쳐다보지 않을 수 없었다. 그러나 이 친구는 다른 사람들이 결코 나쁘게 생각하지 않는 별난 점이 있었다. 그래서 그는 아무 방해도 받지 않고 얘기를 계속할 수 있었다.

"결점을 찾아내는 것으로는 충분하지 않습니다. 동시에 더 좋은 상태가 되기 위한 방법을 제시할 줄 모른다면 제대로 결점을 찾아내는 것이 아닙니다. 친구들, 나는 그래서 여러분들에게 부활절 주간의 설교사처럼 일반적인 참회나 개선을 일깨우려는 것이 아닙니다. 오히려 나는 모든 사랑스런 쌍들에게 가장 오래 지속되는 행복을 원합니다. 그래서 이 행복을 지속시키는 데 가장 확실하게 기여하기 위해 나는 우리의 사교모임 시간에는 이 작게 분리된 사랑스런 쌍들을 해체하자고 제안하는 바입니다. 나는 여러분들이 찬성만 해준다면 이미 실행할 준비도 해두었습니다. 여기에 신사 여러분들의 이름이 들어있는 주머니가 있습니다. 어여쁜 숙녀 여러분, 이제 제비를 뽑아서 제비가 뽑힌 남자를 일주일 동안 종으로서 사랑해 주십시오. 이것은 우리 모임 내에서만 적용되는 것입니다. 모임 시간이 끝나면 이런 결합관계도 끝나는 것입니다. 누가 여러분들을 집에 바래다 줄 것인지는 각자 마음속에서 결정해야 되겠지요."

일행 중의 대다수는 이 연설과 그의 연설기법에 기뻐했으며, 그의 발상에 찬성할 것처럼 보였다. 그러나 몇 쌍은 그렇게 하면 자기들에게 이익이 되지 않는다는 듯 앞만 바라보고 있었다. 그래서 그 친구는 익살스럽게 다음과 같이 힘차게 외쳤다.

"이럴 수가! 주저하는 사람들이 있다고 해도 누군가 벌떡 일어나서 내 제안을 칭찬해주고 그 장점을 설명해주어서 내가 자화자찬한 꼴이 되지 않도록 해주는 사람이 아무도 없다니 놀랍습니다. 대단히 미안하지만 내가 여러분들 가운데에서는 가장 연장자입니다. 나는 이미 머리가 벗겨졌는데, 그건 내가 너무 깊이 생각하는 데 원인이 있을 겁니다!"

그는 여기서 모자를 벗었다.

"그러나 나는 내 피부를 메마르게 만들고 내게서 가장 아름다운 장식품인 머리털을 앗아간 내 사려 깊음이 나와 다른 사람들에게 어느 정도 도움이 될 수 있다면 기꺼이 명예롭게 나의 대머리를 내보이겠습니다. 친구 여러분, 우리는 젊으며, 젊다는 것은 아름다운 일입니다. 우리는 늙게 될 것이며, 그것은 침울한 일입니다. 우리는 서로를 나쁘게 여기지 않으며, 이것은 멋진 일이고 계절에 적합한 일입니다. 그러나 친구 여러분, 곧 우리가 스스로를 여러 면에서 나쁘게 여길 날이 올 것입니다. 그러면 누구나 어떻게 하면 스스로와 화해를 이루어 잘 견뎌나갈지 알게 될 것입니다. 그러나 동시에 다른 사람들이 우리를 여러 면에서 나쁘게 여기고, 왜 그런지 알 수도 없는 날이 올 것입니다. 우리는 그런 경우에 대비해야 하고, 이제부터라도 정말 그래야 합니다."

그는 연설 전체를, 특히 마지막 부분을 카푸치노 수도회* 설교자의 음조와 몸짓으로 말했다. 그는 가톨릭교도였으므로 가톨릭 설교자들의 연설기법을 연구할 기회가 충분히 있었기 때문이다. 그는 숨이 찬 것 같았고, 그에게 정말로 성직자 같은 모습을 부여해주는 나이 어린 대머리의

* 프란체스코 수도회 소속의 독립적인 수도회. 1525년 마테오 다 바시오가 일으킨 개혁운동으로 시작되었다.

땀을 닦았다. 그는 이런 익살스런 행동으로 유쾌한 친구들을 매우 기분 좋게 하여 모두가 계속 그의 말을 듣고 싶어 했다. 그러나 그는 말을 계속 하는 대신 주머니를 바로 앞에 있는 여자에게 들이밀고는 외쳤다.

"한번 시험해보는 거요! 좋은 작품이 될 겁니다. 일주일 후 마음에 들지 않으면 포기하고 종전처럼 하면 됩니다."

여자들은 반은 자발적으로, 반은 어쩔 수 없이 제비를 뽑았다. 이 같은 사소한 행동에서도 많은 열정이 작용하는 것을 쉽게 알 수 있었다. 다행히 유쾌해하던 쌍들은 분리되었고, 홀로 엄숙하게 있던 사람들은 쌍을 이루게 되었다. 그리하여 누이동생도 그 영국인과 쌍을 이루었고, 두 사람은 사랑의 신과 행운의 신에게 감사하며 결과를 받아들였다. 우연히 이루어진 새로운 쌍들은 곧장 연설자에 의해 짝이 맺어졌고, 모두가 그들의 건강을 위하여 건배를 하고, 그들의 결합 기간이 짧은 만큼 모두에게 더 많은 기쁨이 있기를 기원했다. 이것이야말로 분명 우리의 모임이 오랫동안 즐겨온 이래 가장 기분 좋은 순간이었다. 연설자의 말대로 여자를 배정받지 못한 청년들은 이번 한 주 동안 정신과 영혼과 육체를 조심하라는 임무를 받았다. 그는 특히 영혼을 조심하라고 말했는데, 나머지 두 가지, 즉 정신과 육체는 내버려 둬도 잘 되어 나가기 때문이라는 것이었다.

마찬가지로 좋은 일들을 계획했던 모임의 임원들은 아주 멋지고 새로운 행사들을 진행시켰고, 조금 떨어진 곳에 생각지도 않았던 저녁식탁을 차렸다. 그들은 달빛이 밝아 그럴 필요가 없는데도 우리가 밤에 돌아갈 때 요트에 조명을 켰다. 그들은 하늘의 부드러운 달빛을 더 밝은 지상의 등불로 압도하는 것도 새로 맺어진 쌍들을 위해 매우 적절한 일이라고 옹호했다. 우리가 배에서 땅에 오른 순간 우리의 솔론*이 외쳤다.

"가라, 미사는 끝났다!"

남자들은 각자 제비뽑기를 통해 얻은 여자를 배에서 내려주어 본래의 짝에게 넘겨주었으며, 서로가 본래의 짝으로 다시 바꾸었다.

다음 모임에서 이 한 주씩의 행사를 여름 동안 계속하기로 결정하고 제비뽑기가 다시 이루어졌다. 두말할 필요도 없이 이런 장난으로 모임에서는 예기치 않은 새로운 변화가 일어났다. 모두가 각자 자신의 재능과 기품을 발휘하여 일시적으로 얻은 여인에게 최선을 다해 환심을 사려고 야단법석을 떨었고, 그러면서 각자 적어도 일주일 동안은 상대를 즐겁게 할 수 있는 충분한 저력을 지니고 있다고 믿었다.

우리는 이런 행사를 진행한 후 곧 우리의 연설자에게 감사하는 대신 그가 연설의 핵심, 즉 결론을 내려주지 않았다고 비난했다. 이에 대해 그는 연설의 핵심은 설복시키는 것이며, 설복시킬 생각이 없는 사람은 연설을 해서는 안 된다고 말했다. 그만큼 설복시키는 일은 어렵기 때문이라는 것이었다. 그럼에도 불구하고 사람들이 계속 그를 못살게 굴자 그는 곧장 카푸치노파적인 설교를 시작했다. 그는 전보다 더 익살스런 투로 말했는데, 아마도 무척 엄숙한 어떤 것에 대해 말하려고 했기 때문인 듯했다. 즉 그는 이번 일과는 어울리지 않는 성서의 격언과 적절치 않은 비유와 전혀 뜻을 알 수 없는 암시를 이용하여 설명했다. 그는 자신의 열정, 애정, 소망, 기도, 계획을 숨길 줄 모르는 자는 이 세상에서 아무 것도 이루지 못하며, 어디를 가든 방해받고 조롱당한다고 말했다. 또한 사랑을 하며 행

* 그리스 7현인 중 한 명으로 배타적인 귀족정치를 끝내고 금권정치로 대체했으며 좀 더 인도적인 법을 도입했다.

복하기를 원한다면 깊은 비밀을 지키도록 노력해야 한다는 것이었다.

이러한 생각은 모두가 말로 표현하지 않았을 뿐 한결같이 지니고 있었다. 이 기이한 사람에 대해 알고자 한다면 그가 많은 천부적 소질을 타고났으며, 그의 재능 특히 예리한 통찰력을 예수회 학교에서 키웠고, 세상과 사람에 대한 인식을 나쁜 방향에서만 쌓아왔다고 생각하면 틀림없다. 그는 스물두 살 정도 되었으며, 자신의 인간멸시 사상으로 나를 개종시키려 했다. 그러나 그것은 내게 먹혀들지 않았다. 왜냐하면 나는 여전히 선량하려 했고, 다른 사람들도 선량하게 보려는 마음이 컸기 때문이다. 그러나 나는 그를 통해 많은 것에 주의를 기울이게 되었다.

유쾌한 집단 전체를 완벽하게 즐겁게 하려면 하찮은 많은 순간들을 활기차게 하기 위해서 기지의 화살이 자신에게로 향하는 것을 좋아하는 배우가 필연적으로 필요하다. 그가 단지 기사들이 창 연습을 할 때 이용하는 사라센인 인형이 아니라 스스로 싸움도 할 줄 알고, 놀리고, 도전하고, 약간 다쳐서 후퇴하기도 하며, 포기한 듯 보이다가 상대를 해치우기도 한다면 이보다 더 재미있는 일을 찾을 수는 없을 것이다. 우리에게는 그런 특성을 지닌 인물이 한 사람 있었다. 호른*이라 불리는 이 친구는 그 이름 때문에 많은 놀림을 받았고, 작은 체구 때문에 호른헨**이라고 불렸다. 실제로 그는 우리 일행 중 가장 작았지만 야무지고 보기 좋은 몸집을 갖추고 있었다. 납작한 코, 약간 튀어나온 입, 반짝이는 작은 눈이 흑갈색 얼굴을 이루고 있어 늘 웃음을 자아내게 하는 것 같았다. 그의 작고 야무진

* '뿔'이라는 의미의 독일어 'Horn'.

** '작은 뿔'이라는 의미의 독일어 'Hornchen'.

머리는 검은 머리털로 무성하게 덮여 있었고, 어린 나이에 턱수염이 짙게 나 있었다. 그는 우스꽝스런 얼굴로 일행을 늘 웃기려고 수염을 기르고 있는 듯했다. 아무튼 그는 상냥하고 민첩했다. 그는 늘 자신이 안짱다리라고 주장했고, 그렇기를 원했으므로 우리는 그것을 인정해 주었다. 그걸로 인해 많은 농담거리가 생겼다. 그는 춤을 매우 잘 춰서 여기저기 불려 다녔으며, 여자들이 무도회장에서 그를 보고 싶어 하는 것은 자신의 안짱다리 때문이라고 생각했다. 그의 쾌활함은 변함없이 계속되었고, 그가 모든 모임에 참석하는 것은 빼놓을 수 없는 일이 되었다. 그는 나와 함께 대학에 들어갈 예정이어서 우리 두 사람은 더욱 가깝게 지냈다. 그는 다년간 무한한 사랑과 진실과 인내로 내 곁에 있었으므로 내가 경의를 다해 되돌아볼 만한 가치가 있는 사람이다.

시를 쓰고 하찮은 사물들에서도 시적인 면모를 얻는 나의 능력에 의해 그도 나처럼 그런 일을 하게 되었다. 우리는 작은 사교적인 여행이나 소풍, 또는 그때 일어나는 우연한 일들을 시적으로 다듬었고, 하나의 사건 묘사로 언제나 또 하나의 새로운 사건이 생겨났다. 그러나 보통 그런 사교적인 농담은 조롱으로 흐르는 법이고, 친구 호른은 익살스런 표현을 늘 적당한 한도에서 멈추는 것만은 아니어서 때때로 불쾌한 일이 일어나기도 했지만 곧 다시 가라앉고 잊혀졌다.

그리하여 그는 당시 유행했던 시 형식인 우스꽝스런 영웅시도 써보려고 했다. 포프*의 『머리카락의 겁탈』은 많은 사람들의 모방을 일으켰다.

---

* 영국 신고전주의 시대의 시인이며 풍자가(1688~1744). 포프가 애호했던 운율은 10음절 약강 5보격의 2행 대구로 흔히 이것을 영웅시체라 불렀다.

차하리에*는 이 시 형식을 독일적인 토대 위에서 발전시켰다. 모두가 그것을 마음에 들어 했는데, 거기서는 보통 주인공이 모자라는 사람이었고, 신은 그를 조롱하는 반면 더 나은 사람을 좋아했기 때문이다.

하나의 문학, 특히 독일문학을 고찰할 때 이상하지는 않지만 놀라움을 불러일으키는 일이 있다. 특정한 형식이 전체국민에게서 한 번 성공하면 그 소재에서 벗어날 줄을 모르고 온갖 방법을 다해 그것을 되풀이하려고 하는 것이다. 그래서 마침내는 쌓이고 쌓인 모방작들 밑에서 원작 자체가 묻혀 질식하게 된다.

내 친구의 영웅시가 바로 이런 점을 깨닫고 쓴 모범적인 증거물이었다. 어느 거창한 썰매타기 대회에서 모자라는 한 사람에게 자신을 싫어하는 여자가 함께 달릴 상대로 배정받는다. 썰매타기에서 일어나기 쉬운 불운이 짓궂게도 그에게 연달아 일어난다. 그는 마침내 썰매타기 자격을 얻었을 때 썰매에서 떨어져버리고 만다. 물론 이때 요정이 그의 한쪽 다리를 걸었던 것이다. 어여쁜 그녀는 고삐를 잡고 혼자서 말을 타고 집으로 간다. 행운을 얻은 그녀의 남자친구는 그녀를 맞이하며 불손한 경쟁자를 물리친 것을 기뻐한다. 어쨌든 줄거리가 아주 재미있게 구상되어 네 명의 다른 요정들이 차례로 그에게 해를 입히고, 마침내 땅의 요정들이 그를 안장에서 들어 올려 떨어뜨린다. 알렉산드로스 풍으로 쓰인, 실화에 기초한 이 시는 우리들 소수의 독자를 매우 즐겁게 했다. 그리고 우리는 이 시를 뢰벤**의 『발푸르기스의 밤』이나 차하리에의 『허풍선이』와 충분히

* 독일의 시인(1726~1777)으로 희극 서사시 『허풍선이』 외에도 『두 가지 아름답고 새로운 동화』 등이 있다.

** 독일의 극작가(1726~1771).

피에르 벨

어깨를 나란히 할 수 있을 것으로 확신했다.

이제 우리의 즐거운 사교모임은 하루 저녁뿐이었고 그 준비도 거의 시간이 걸리지 않았으므로 나는 책 읽을 시간이 충분하고, 연구할 시간도 충분하다고 생각했다. 아버지를 생각하여 나는 호페의 작은 책을 열심히 복습했으며, 그 책의 앞뒤 내용을 속속들이 스스로 시험해보았다. 그럼으로써 나는 『법학제요』의 주요 내용을 완벽하게 내 것으로 소화했다. 그러나 끝없는 지식욕이 나를 계속 앞으로 내몰았다. 나는 고대문학사 속으로 빨려들었다가 다시 백과사전식 학문 속으로 들어가 게스너*의 『학술입문』과 모르호프**의 『박식가』를 통독했고, 이를 통해 학문과 삶 속에는 많은 놀랄 만한 것이 나타나고 있다는 일반적인 개념을 얻게 되었다. 이렇게 쉬지 않고 성급하게, 밤낮을 가리지 않고 열심히 공부함으로써 나는 교양을 쌓았다기보다는 혼돈에 빠졌다. 그리고 나는 아버지의 서가에서 벨***을 발견하여 탐독했을 때 더 깊은 미로 속에 빠졌다.

그러나 내 마음 속에서 늘 새롭게 솟아오른 확신은 고대 언어의 중요성

---

* 독일의 고대어학자(1691~1761).

** 독일의 문학사가(1639~1691).

*** 프랑스의 철학자이자 비평가(1647~1706)로 『역사와 비판 사전』(1697)에서 정통 그리스도교 신앙을 파괴하도록 교묘히 꾸며진 수많은 주석이 달려 있었기 때문에 교회로부터 맹렬한 비난을 받았다.

이었다. 왜냐하면 나는 고대 언어 속에 수사법의 모든 표본과 동시에 과거에 세계가 소유하고 있던 그 밖의 모든 가치 있는 것들이 보존되어 있다는 것을 문학적 혼돈 속에서도 계속 절실히 느꼈기 때문이다. 헤브라이어는 성서연구와 함께 뒤로 밀려났고, 그리스어도 마찬가지였다. 나의 그리스어 지식은 신약성서를 넘어서지 못했기 때문이다. 나는 라틴어에 더 진지하게 매달렸다. 라틴어로 쓴 걸작들은 가까이에서 접할 수 있었다. 라틴어는 훌륭한 원서들 외에 모든 시대의 작품들을 번역이나 위대한 학자들의 저술로 우리에게 제공하고 있었다. 나는 그래서 라틴어로 쓴 많은 책들을 매우 손쉽게 읽었으며, 실제로 내게 모자라는 것이 없었으므로 작가들을 이해했다고 믿었다. 나는 그로티우스*가 테렌티우스를 어린아이들과는 다르게 읽는다고 오만하게 말했다는 얘기를 듣고 매우 불쾌했다. 젊은이를 비롯한 인간 대다수가 삶의 모든 순간마다 자신을 완성된 것으로 여길 수 있고, 옳고 그른 것과 높고 낮은 것을 따지지 않고 오로지 자신에게 적합한 것만을 찾는 것은 행복한 편협이라 할 수 있다!

그렇게 나는 라틴어를 독일어나 프랑스어, 영어와 마찬가지로 규칙도 개념도 없이 그저 활용을 통해 배웠다. 그 당시의 학교 교육의 상황을 아는 사람이라면 내가 문법은 물론 수사학을 뛰어넘은 것도 신기하게 여기지 않을 것이다. 나는 모든 것이 자연스럽게 되어가는 것이라고 여겼다. 나는 단어와 문장 구성 및 문장 변환을 귀와 머리에 담아 두었다가 그 언어를 쉽게 글로 쓰거나 말하는 데에 이용했다.

---

* 국제법 및 자연법의 아버지로 불리는 네덜란드의 법학자이자 정치가(1583~1645). 그의 법률대작인『전쟁과 평화의 법』(1625)은 근대 국제법에 최초로 큰 영향을 끼쳤다. 또한 그의 훌륭한 시는 거의 라틴어로 씌어졌는데 구성과 내용이 복잡하다.

내가 대학에 들어가야 할 시기에 미카엘 축일*이 다가왔다. 내 마음속은 학문에서와 마찬가지로 일상적 삶에서도 매우 동요되었다. 내 고향 도시에 대한 혐오감은 점점 더 분명해졌다. 그레첸과의 결별로 소년의 어린 싹이 가슴을 다쳤으므로 새로이 자라나 처음의 상처를 회복하려면 시간이 필요했다. 나는 거리를 돌아다니는 일을 그만두었고, 다른 사람들과 마찬가지로 꼭 필요할 때만 걸어 나갔다. 나는 그레첸이 살던 구역은 물론 그 근처에도 가지 않았다. 옛 성벽과 탑들이 점차 싫어져갔듯이 시의 제도까지도 마음에 들지 않았고, 이제까지 그토록 장엄하게 여겨져 온 모든 것이 달라진 모습으로 내 앞에 나타났다. 시장의 손자인 내게 공화정제의 숨겨진 결점이 알려지지 않을 수가 없었다. 더욱이 아이들이란 평소 무조건 존경해온 것이 조금이라도 의심스러워지면 즉시 경악을 느끼고 끝없이 캐내고 싶은 자극을 받게 되는 것이어서 그것은 알려질 수밖에 없었다. 당파에 끌려들어 매수까지 당한 사람들과 싸우는 정의로운 사람들의 헛된 분노가 내게도 분명하게 알려져 나는 모든 부정을 극도로 증오했다. 소년들이란 모두 도덕적 엄격주의자들이기 때문이다. 시의 일에 개인자격으로만 간여했던 아버지는 실패한 많은 것들에 대한 불만을 매우 강하게 털어놓았다. 그토록 많은 연구와 노력과 여행을 하고 다양한 교양을 쌓은 아버지가 결국 자신의 방화벽 사이에 갇혀 고독한 삶을 살아가는, 내게는 결코 바람직스럽게 보이지 않는 모습을 보이고 있지 않은가? 이런 것들이 한데 뭉쳐 엄청난 짐이 되어 내 마음을 짓누르고 있었다. 나는 그것에서 벗어나기 위해 내게 정해진 것과는 완전히 다른 삶의 계획을

* 동방교회에서는 11월 8일, 서방교회에서는 9월 29일이다. 로마 가톨릭 교회에서는 5월 8일을 대천사 성 미카엘의 출현을 기념하는 날로 지킨다. 여기서는 9월 29일.

하겐도른

크리스티안 겔러트

생각해내려고 했다. 나는 법률공부를 집어치우고, 오로지 언어나 고대학이나 그와 관련된 모든 것에만 몰두하려고 생각했다.

내게는 언제나 나 자신이나 다른 사람들이나 자연에서 인식하게 된 것을 시적으로 모사하는 것이 가장 큰 즐거움이었다. 그것은 본능에서 나오는 것이며 어떤 비판도 나를 흔들리게 하지 못했으므로 나는 그것을 점점 더 쉽게 해나갔다. 나는 내 작품이 완전하다고 믿을 수는 없었지만 결점은 있다고 완전히 버려야 한다고는 보지 않았다. 작품의 이런저런 것에 대해 비난을 받았지만 점점 더 나아질 것이고, 언젠가는 나도 하게도른*이나 겔러트**나 다른 작가들과 함께 명예롭게 불릴 수도 있을 것이라는

* 계몽주의 시대의 독일 시인(1708~1754)으로 독일시에 새로운 경쾌함과 우아함을 소개해 당대에 높은 평가를 받았다.

** 1751년부터 라이프치히 대학에서 윤리학, 문학, 수사학을 강의한 독일의 시인(1715~1769)으로 한때 성서에 버금가는 인기를 누렸다.

확신을 은근히 가지고 있었다. 그러나 나는 그런 목표가 공허하고 불만스러웠다. 나는 고대에 대한 완벽한 통찰과 내 자신의 저술로 빨리 진전을 이루고, 근본적인 연구에 진지하게 몰두하여 대학 교수직 자격을 얻으려고 했다. 내게는 교수직이야말로 자신의 교양을 완성하고 타인의 교육에 기여하려고 생각하는 젊은이에게는 가장 바람직한 것으로 여겨졌다.

이런 생각에서 나는 늘 괴팅겐을 주목하고 있었다. 하이네*, 미하엘리스**, 그 밖의 많은 사람들에게 나의 믿음이 머물고 있었다. 내가 가장 원하는 소망은 그들의 발밑에 앉아 그들의 가르침을 받는 것이었다. 그러나 아버지는 요지부동이었다. 나와 같은 의견이었던 몇 사람의 집안 친구들이 아버지를 설득시키려 했지만 아버지는 내가 라이프치히로 가야한다고 고집했다. 나는 이제 아버지의 생각과 의지에 반하여 내 스스로의 연구방식과 생활방식을 취하려는 내 결심을 정당방위라고 여기게 되었다. 그런 줄도 모르고 내 계획에 맞선 아버지의 완고함은 나의 불손한 감정만 키웠다. 그래서 나는 아버지가 대학에서, 이 세상에서 내가 어떻게 해나가야 하는지에 대해 여러 시간 동안 미리 설명해주고 반복했을 때 전혀 들을 생각도 하지 않았다.

괴팅겐으로 갈 수 있는 모든 희망이 깨지자 나는 라이프치히로 눈을 돌렸다. 거기에서는 에르네스티***가 밝은 빛으로 보였고, 모루스****도 상당한 믿음을 주고 있었다. 나는 은근히 반대행로를 생각해보았는데, 그것

* 1763년 괴팅겐 대학 교수가 된 독일의 고대 언어학자(1729~1812).

** 1746년 괴팅겐 대학 교수가 된 독일의 신학자이자 동양학자(1717~1791).

*** 독일의 신교 신학자이자 고대어학자로 라이프치히 대학 수사학 및 신학교수(1707~1781).

**** 1760년부터 라이프치히 대학 철학강사를 지낸 독일의 고대 언어학자(1726~1804).

은 꽤 공고한 토대 위에 공중누각을 세우는 꼴이기도 했다. 그런데 내게는 자신의 인생행로를 미리 그려보는 것이 낭만적이고 값진 일로 여겨졌다. 또한 그리스바흐*가 이미 비슷한 길을 걸어 위대한 발전을 이루고 만인에게 칭송받았기에 내 행로도 환상적인 것만은 아니라는 생각이 들었다. 죄수가 쇠사슬을 풀고 감옥 문을 부쉈을 때의 그 남모를 기쁨도 날이 가고 10월이 다가온 것을 보게 된 내 기쁨보다 클 수는 없을 것이었다. 모두가 유쾌하지 못한 계절이고 길이 험하다고들 말했지만 나는 놀라지 않았다. 낯선 곳에서 겨울에 첫발을 내딛어야 한다는 생각도 나를 침울하게 하지 않았다. 나는 단지 현재의 내 상황만을 암울하게 보았을 뿐 그 밖의 미지의 세계는 밝고 유쾌한 것으로 상상했다. 그래서 나는 내 꿈을 만들어 그 꿈에 철저히 매달렸고, 먼 미래에 있을 행복과 만족만을 스스로에게 약속했다.

나는 이런 계획을 모든 사람들에게 비밀로 했지만 누이동생에게는 숨길 수 없었다. 누이동생은 내 말을 듣고 처음에는 매우 놀랐지만 내가 그녀를 데려가서 내가 이룬 찬란한 상태를 함께 즐기고 내 행복과 삶에 참여할 수 있게 해주겠다고 약속하자 나중에는 안심했다.

마침내 그토록 기다려온 마카엘 축일이 돌아왔다. 나는 출판업자 플라이셔 부부와 함께 즐거운 마음으로 출발했다. 트릴러 가문 출신의 부인은 비텐베르크에 살고 있는 아버지를 방문하러 가는 길이었다. 나는 나를 낳고 키워준 소중한 도시에 다시는 발을 들여놓지 않으려는 듯 냉담하게 떠났다.

---

* 죽을 때까지 예나 대학에서 신약학을 가르쳤으며 괴테와 말년까지 교류했다 (1745~1812).

이같이 때가 되면 자식은 부모에게서, 하인은 주인에게서, 수혜자는 시혜자에게서 떨어져나간다. 그리고 자립하고 독립하고 자기 자신의 힘으로 살아나가려는 시도는 성공을 하든 못하든 언제나 자연의 섭리인 것이다.

우리는 성체문(聖體門)을 빠져나가 곧 하나우를 지났고, 교외에 도달하자 계절 탓으로 별로 흥겨운 것들은 없었지만 새로운 풍경이 내 주의를 끌었다. 계속 내리는 비로 길은 극도로 엉망이었는데, 당시의 길들은 훗날 우리가 볼 수 있는 그런 좋은 상태가 아니었다. 그래서 여행은 편안하지도 즐겁지도 않았다. 그러나 나는 이 축축한 날씨 덕분에 아주 보기 드문 자연현상을 볼 수 있었다. 나는 그와 비슷한 현상을 본 적이 없었고, 그런 것을 보았다는 얘기를 다른 사람들에게서 들어본 적도 없었다. 우리는 밤에 하나우와 겔른하우젠 사이의 언덕을 올라가고 있었는데, 이 구간은 위험하고 마차가 오르기도 힘겨워서 어두웠지만 걸어서 가려고 했다. 그때 나는 돌연 길 오른편 골짝에서 기이하게 불빛이 비치는 원형극장 같은 것을 보았다. 깔대기 모양의 공간에 수많은 작은 불빛들이 층층이 겹쳐서 반짝이고 있었는데, 너무도 찬란해서 눈이 부실 정도였다. 그러나 더욱 시선을 현혹한 것은 불빛들이 한곳에 가만히 있지 않고 위에서 아래로, 아래에서 위로, 사방으로 이리저리 날아다니는 것이었다. 하지만 대부분의 불빛은 조용히 한곳에 머물며 깜빡이고 있었다. 나는 이 광경을 좀 더 자세히 관찰하고 싶어 도무지 그곳을 떠나기가 싫었다. 마부에게 물었더니 그도 그런 현상에 대해 아무 것도 모른다면서 근처에 오래된 채석장이 있는데, 그 가운데의 움푹 팬 곳에는 물이 차 있다고 말했다. 나는 이것이 도깨비들의 지옥이었는지 빛을 내는 생물체의 떼였는지 판단하고 싶지 않다.

튀링겐을 통과하면서 길은 더 나빠졌고, 불행히도 우리 마차는 아우어슈테트 근처에서 진흙에 처박혔다. 그곳은 사람들이 사는 곳에서 멀리 떨어져 있어서 우리는 마차를 끌어내려고 애를 썼다. 나도 온 힘을 다해 노력했고, 그로 인해 가슴 인대가 늘어난 것 같았다. 나는 곧 통증을 느꼈고, 그것은 사라졌다가 다시 나타나곤 하면서 몇 년이 지나서야 완전히 없어졌다.

그러나 나는 이날 밤 마치 운명의 교차가 이루어지도록 정해지기라도 한 듯 예기치 않은 행복한 사건을 겪고 나서 웃지 못할 불쾌감을 맛보아야 했다. 우리는 아우어슈테트에서 우리와 비슷한 사고로 늦게야 막 도착한 어느 점잖은 부부를 만났다. 기품 있는 멋진 노년의 남편과 매우 아름다운 부인이었다. 그들은 우리에게 함께 식사를 하자고 친절하게 권했다. 나는 그 멋진 부인이 내게 다정하게 말을 건네려 해서 몹시 기뻤다. 그러나 주문한 수프를 재촉해달라고 나를 밖으로 내보냈을 때, 밤잠도 자지 못하고 여행의 피로에 지친 나는 억제할 수 없는 졸음이 몰려와 걸어가면서도 사실상 잠을 잤다. 나는 모자를 쓴 채 다시 방으로 들어와 다른 사람들이 식탁에서 기도를 하고 있는 것도 모르고 곧장 의자 뒤에 정신을 차리지 못하고 멍하니 서 있었다. 그런 내 행동이 그들의 기도를 매우 우스꽝스럽게 방해했다고는 꿈에도 생각지 못했다. 재치와 기지도 있었고 말주변도 좋았던 플라이셔 부인은 일행이 자리에 앉기 전에 낯선 부부에게 방금 여기서 본 것을 이상하게 생각하지 말아달라고 부탁했다. 그녀는 함께 온 이 젊은이는 모자를 써야만 신이나 국왕에게 경의를 더 잘 표할 수 있다고 믿는 퀘이커교도의 기질을 많이 지니고 있다고 설명했다. 웃음을 참지 못한 그 아름다운 부인은 웃음 때문에 더 아름다워 보였고, 나는 그녀의 얼굴에 너무나도 뚜렷하게 나타난 밝은 표정의 원인제공자가 제발 내가 아니었으면 하고 바랐다. 그러나 내가 모자를 벗자 그들은 곧 예의를 갖추더니 농담을 집어치우고 자기들 창고에서 가져온 가장 훌륭한 포도주로 졸음과 불쾌감과 지나간 모든 나쁜 일에 대한 생각을 사라지게 했다.

내가 라이프치히에 도착했을 때는 마침 연중 대목시장이 열리는 때여서 나는 특별한 즐거움을 누렸다. 내가 여기서 본 것은 고향 상황의 연장이어서 낯익은 상품들과 상인들이 단지 다른 장소에서 순서만 달리하고 있을 뿐이었다. 나는 많은 관심을 가지고 시장과 노점을 돌아다녔다. 특히 내 주의를 끈 것은 기이한 옷차림의 동쪽지방 주민들인 폴란드인과 러시아인들이었다. 특히 그리스인들은 수려한 풍채와 위엄 있는 의상으로 마음에 들어 자주 내 발길을 끌었다.

그러나 곧 이 활기찬 움직임이 지나가고 내 앞에는 아름답고 높은 건물들이 엇비슷하게 나열되어 있는 도시가 나타났다. 이 도시는 내게 매우 좋은 인상을 주었다. 이 도시는 대체로, 특히 일요일과 기념일의 조용한 시간에는 무언가 위엄 있는 것을 지니고 있음을 부인할 수 없었다. 달빛 속에 잠긴 거리는 반은 그림자가 드리워지고 반은 빛을 내며 나를 자주 밤의 산책으로 초대했다.

그러나 이 새로운 상황은 지금까지 내게 익숙해진 것에 비하면 결코 만족스럽지 않았다. 라이프치히는 보는 사람에게 고대를 연상시키지 않는다. 기념물들은 상업활동과 풍요로움과 부를 증명하는 오래지 않은 새로운 시대를 나타내고 있다. 그러나 어마어마하게 보이는 건물들은 내 취향에 맞았다. 전면이 양쪽 거리로 향하고 있는 이 건물들은 하늘높이 거대하게 솟아있는 담으로 둘러싸인 뜰 안에 시민 세계를 포함하고 있었으며,

커다란 성곽이나 소도시와 비슷했다. 나는 이런 기묘한 공간들 중 한 곳에 투숙했는데, 그곳은 구 노이마르크트와 신 노이마르크트 사이에 있는 '포이에르쿠겔'이었다. 통로로 되어 있어 번잡한 뜰이 내려다보이는 두 개의 깨끗한 방을 대목시장 동안에는 출판업자 플라이셔가 사용하고, 다른 때에는 내가 꽤 비싼 값으로 빌렸다. 옆방 사람은 신학자였는데, 그는 자신의 분야에 철저한 지식을 갖추고 있었고, 건전한 사고를 지닌 사람이었지만 가난했으며, 앞날의 큰 걱정거리는 눈병을 앓고 있는 것이었다. 그는 깜깜해질 때까지, 또한 얼마 안 되는 기름을 아끼려고 달빛 아래서 지나치게 많은 독서를 해서 눈병을 얻은 것이었다. 늙은 여주인은 그에게 너그럽게 대해주었고, 내게도 언제나 친절했으며, 우리 두 사람을 세심하게 돌봐주었다.

나는 소개장을 가지고 궁중고문관 뵈메*에게 달려갔다. 그는 마스코프**의 제자이며, 이제는 그의 후계자로서 역사와 법률을 가르치고 있었다. 키가 작고 옆으로 퍼진 활달한 남자가 나를 친절하게 맞아 자기 부인에게 소개했다. 내가 방문했던 다른 사람들과 마찬가지로 이 두 사람도 내게 앞으로의 체류에 대해 큰 희망을 주었다. 그러나 나는 법률학을 떠나 고대 연구에 매달려 보겠다고 설명할 적절한 기회가 오기를 몹시 기다렸지만 처음에는 아무에게도 내가 마음속에 품고 있는 것을 알리지 않았다. 나는 내 계획이 너무 빨리 가족들에게 알려지지 않게 하려고 플라이셔 부부가 다시 돌아갈 때까지 조심하며 기다렸다. 마침내 그들이 떠난

* 1751년부터 라이프치히 대학 교수(1717~1780)를 지냈다.

** 독일의 역사학자(1684~1761).

다음 나는 이 일을 누구보다도 먼저 털어놓아야겠다고 생각했던 궁중고문관 뵈메에게 즉시 달려가 조리 있고 솔직하게 의도를 설명했다. 그러나 그는 내 설명을 결코 좋게 받아주지 않았다. 역사학자이자 법률가인 그는 문예적인 색채를 띤 모든 것에 대해 단호한 반감을 가지고 있었다. 불행하게도 그는 문학을 가르치는 사람들과는 좋은 사이가 아니었다. 특히 내가 멋도 모르고 많은 믿음을 두고 있다고 털어놓은 겔러트는 그가 도저히 참을 수 없는 사람이었다. 그런 사람들에게 충실한 수강생 한 명을 넘겨주고 자신이 한 명을 잃게 되는 일은, 더구나 서로 사이가 좋지 않은 그런 상황에서 그로서는 도저히 용납할 수 없는 듯이 여겨졌다. 그래서 그는 즉석에서 엄중하게 훈계를 했고, 설령 자신이 지금과는 달리 허용을 한다 해도 내 부모의 허락 없이는 절대로 승인할 수 없다고 말했다. 그러고 나서 그는 문헌학과 언어연구를 맹렬히 비난했고, 내가 암시했던 습작은 그 이상으로 비난했다. 마지막으로 그는 내가 고대 연구에 접근하려고 한다면 법률학의 길을 걸으면서 하면 훨씬 잘 이루어질 것이라고 매듭지었다. 그는 에버하르트 오토나 하이네키우스* 같은 훌륭한 많은 법률학자들을 상기시키고, 로마 고대사와 법률사가 황금 같은 가치가 있다고 확언했다. 그는 또 내가 만약 나중에 좀 더 깊이 생각하고 부모의 동의를 얻어 지금의 내 계획을 이행하려고 한다 해도 이 연구는 결코 길을 돌아가게 하는 것이 아니라고 분명하게 설명했다. 그는 내게 강의가 곧 시작되므로 빨리 결정할 필요가 있으니 다시 한 번 심사숙고하여 곧 자기에게 의사를 알려달라고 친절하게 당부했다.

---

* 독일의 로마법학자(1681~1741).

그가 즉석에서 내게 재촉하지 않은 것은 품위 있는 행동이었다. 그의 논거와 말할 때의 중후한 태도는 휩쓸리기 쉬운 나의 젊은 마음을 이미 설복시켜버렸고, 나는 실행할 수 있게 차분히 구상한 그 일이 곤란하고 위험하다는 것을 알게 되었다. 그 후 얼마 안 되어 뵈메 부인이 나를 초대했다. 그녀는 혼자 있었다. 부인은 더 이상 젊지 않고 매우 약했으며, 무척 온화하고 섬세했다. 그녀는 마음은 넓지만 요란스런 남편과는 뚜렷한 대조를 이루었다. 그녀는 최근에 남편이 한 이야기를 끄집어내서 다시 한 번 전체적으로 친절하고 부드럽고 알기 쉽게 설명해 주었다. 그래서 나는 그녀 말에 따를 수밖에 없었다. 그리고 내가 고집한 약간의 유보사항들은 그쪽에서도 인정해 주었다.

뵈메는 다음에 내 수업시간을 조정했다. 그래서 나는 철학, 법률사, 법전과 그 외의 몇 가지 과목을 듣도록 되어 있었다. 그렇게 하기로 했지만 슈토크하우젠에 관한 겔러트의 문학사와 그의 실습강의에는 자주 출석하겠다는 뜻을 관철시켰다.

모든 젊은이들로부터 겔러트가 받는 존경과 사랑은 대단했다. 나는 이미 그를 방문해서 친절한 응대를 받았다. 몸집은 크지 않았고, 아기자기하지만 마르지 않았으며, 온화하면서도 오히려 슬픈 눈, 매우 아름다운 이마, 너무 굽지 않은 코, 자그마한 입, 호감이 가는 타원형 얼굴 등 모든 것이 함께 있는 사람을 편안하고 만족스럽게 했다. 그에게 접근하려면 좀 힘이 들었다. 그의 두 명의 조수는 아무 때나 마음대로 들어가지 못하도록 신전을 지키는 사제처럼 보였다. 그런 주의는 충분히 필요했다. 만일 그가 자신에게 친밀감을 갖고 접근하려는 모든 사람들을 맞아들여 만족시키려고 한다면 그는 하루를 몽땅 희생하게 될 것이기 때문이었다.

나는 처음에는 꾸준하고 충실하게 강의를 들었다. 그러나 철학은 결코 나를 깨우쳐줄 것 같지 않았다. 논리학에서는 그것들의 적절한 활용을 이해하기 위해 내가 어렸을 때부터 무척 기분 좋게 정리해 놓은 정신작용들을 서로 분리하고, 개별화하고, 동시에 파괴해야 한다는 것이 기이하게 여겨졌다. 사물에 관해, 세계에 관해, 신에 관해 나는 거의 선생과 맞먹을 정도로 많이 알고 있다고 믿고 있었고, 선생은 여러 군데에서 심하게 갈팡질팡하고 있다고 여겨졌다. 사육제 무렵까지는 모든 것이 잘 되어 나갔는데, 그 무렵에 이르러 빙클러 교수 집 근처의 토마스플란 광장에서 바로 강의시간에 맛있는 도넛이 냄비에서 따끈하게 만들어져 나와 우리는 그것을 사먹느라 지각을 했다. 그래서 우리의 노트는 공백이 생겼고, 이른 봄쯤에는 노트의 끝부분이 눈이 녹는 것과 함께 사라져버렸다.

법률 강의도 곧 신통치 않아졌다. 나는 이미 선생이 우리에게 가르쳐줄 만하다고 여기는 것은 많이 알고 있었기 때문이었다. 집요하게 필기하는 내 부지런함도 점점 시들해갔다. 영구히 기억해 두려고 묻기도 하고 대답도 하면서 아버지에게서 충분히 반복했던 것을 또다시 필기한다는 것이 무척이나 지루했던 것이다. 학교에서 젊은이들에게 많은 것들을 너무 폭넓게 가르침으로써 초래하는 피해가 나중에 점점 더 많이 나타났다. 그것은 방법론적으로 완벽하게 가르쳐주지 않을 경우 가르치기보다는 혼란을 주는 이른바 실제적인 것에만 치중하기 위해 어학연습과 예비지식의 토대를 닦는 데에 시간과 주의를 집중하지 않기 때문이다.

학생들이 매우 곤란을 겪은 또 다른 폐해를 여기서 부수적으로 언급해야겠다. 관청에서 일하는 사람들처럼 교수들도 모두가 같은 연령대일 수는 없다. 젊은 교수들은 본래 스스로 배우기 위해 가르치며, 훌륭한 두뇌를 가지고 있는 경우에는 시대를 앞서가기 때문에 수강생들을 이용하여 돈을 들이지 않고 자기 지식을 쌓는다. 왜냐하면 그들은 수강생들에게 꼭 필요한 것을 가르쳐주는 것이 아니라 자기들을 위해 연구할 필요가 있는 것을 가르쳐주기 때문이다. 이와는 반대로 나이 든 교수들 가운데 많은 사람들은 이미 오랫동안 정체상태에 있었다. 그들은 전반적으로 단지 고착된 견해들만 전달하고, 개별적인 것으로는 시대가 이미 쓸모없고 그릇된다고 판단내린 것들을 많이 가르치고 있었다. 이 양편의 교수들에 의해 통탄스런 알력이 일어나고, 알력 사이에서 젊은이들은 이리저리 끌려 다닌다. 그나마 이미 충분히 배우고 교양을 쌓았음에도 여전히 지식과 탐구를 위해 활발히 노력하려는 중년층 교수들에 의해 알력이 조정된다.

이런 방식으로 정돈할 수 없을 정도로 많은 것을 알게 되면서 마음속에서 점점 커져가는 불만이 솟구쳤듯이 생활에 있어서도 많은 사소한 불편함이 생겼다. 그것은 마치 장소를 옮겨 새로운 환경 속으로 들어갈 경우는 집들이를 해야 하는 것과 같았다. 여자들이 맨 먼저 나를 비난한 것은 내 복장에 관해서였다. 왜냐하면 나는 고향집에서 좀 기이하게 차려입고 대학에 갔기 때문이다.

쓸데없는 일이 생기거나 누군가가 시간을 이용할 줄 모르거나 시간을 이용할 기회를 찾지 못하는 것보다 더 싫어하는 것이 없었던 아버지에게는 시간과 힘을 지나치게 아낌으로써 일석이조의 효과를 내는 것보다 더 만족스러운 것은 없었다. 그래서 그는 집에서 한 가지 일 외의 다른 일에 활용할 수 없는 하인은 둔 적이 없었다. 그는 전부터 모든 것을 자기 손으로 썼는데, 나중에 젊은 집안 친구에게 글을 정서하는 것을 맡겨 편하게 되자 재봉사 하인을 두는 것이 가장 유리하겠다고 생각했다. 그래서 그들은 자신들의 옷뿐만 아니라 아버지와 아이들의 옷까지도 만들어야 했고, 모든 수선작업도 도맡았으므로 시간을 잘 활용해야만 했다. 아버지는 손수 대목시장에서 외부 상인들한테 좋은 상품들을 구입하여 보관해놓으면서 최고급의 천과 옷감을 갖춰놓기 위해 노력했다. 내가 아직도 잘 기억하는 것은 아버지가 아헨의 뢰베니히* 공장 사람들을 늘 방문했고, 나를 어렸을 때부터 이런저런 뛰어난 상인들과 알게 했던 일이다.

옷감의 품질을 위해서는 세심하게 주의를 기울였고, 여러 가지 종류의 천과 비단과 괴팅겐 직물을 충분히 확보해두었고, 필요한 속감도 적잖이 마련되어 있었으므로 우리는 재료에 있어서는 부족함이 없었다. 그러나 형식이 거의 모든 것을 망쳐버렸다. 왜냐하면 전문적으로 재단된 양복을 잘 기워서 완성할 수 있는 아무리 훌륭한 가정재봉사라 해도 그가 손수 옷을 재단까지 했으므로 이 일이 항상 잘 될 수만은 없었던 것이다. 게다가 아버지는 자신의 의복을 모두 깨끗하게 잘 간수하여 몇 년 동안을 입었다기보다는 보관했다고 할 수 있었다. 그리하여 옛 스타일이나 장식을 좋아했고, 따라서 우리의 외출복은 때때로 기묘한 모습을 띠었던 것이다.

내가 대학에 입고 갔던 의복도 바로 이런 식으로 만들어진 것이었다. 그것은 아주 완벽하고 멋졌고, 그 중에는 장식의상까지 있었다. 이런 종류의 옷에 이미 익숙해진 나는 스스로 충분히 잘 갖춰 입었다고 여겼다. 그러나 오래 지나지 않아 여자친구들이 처음에는 가볍게 놀려대다가 나중에는 조리 있는 설명을 통해 낯선 세상에서 온 것 같이 보인다며 내 차림새에 대해 나를 납득시켰다. 이 때문에 나는 몹시 불쾌했지만 처음에는

---

* 아헨에 있는 잠사공장 경영자.

어찌해야 좋을지 알 수 없었다. 그러나 매우 인기 있는 촌뜨기 시인 폰 마주렌*이 한번은 극장에서 비슷한 복장을 하고 무대에 올라 그의 내면보다는 외적인 혐오스러움 때문에 몹시 비웃음을 당했을 때 나는 용기를 내어 내 모든 옷을 그 지방에 맞는 최신 유행으로 한꺼번에 교체해 버렸다. 물론 그로 인해 내 옷들은 많이 줄었다.

이런 시련을 극복한 다음 다시 새로운 시련이 나타났다. 그것은 쉽게 제거하거나 바꾸어서 해결할 수 있는 일이 아니어서 나는 훨씬 더 불편했다.

나는 남독일 방언 속에서 태어나 자랐다. 아버지는 끊임없이 언어의 순화에 힘썼고, 우리 아이들에게 어렸을 때부터 방언의 결점이 될 수 있는 것에 대해 주의를 주고 더 좋은 언어를 쓰도록 대비시켰지만 그래도 내게는 뿌리 깊은 독특한 방언들이 많이 남아 있었다. 나는 그런 방언들의 소박성이 마음에 들어 그것들을 편안하게 사용했으며, 그럼으로써 내 새 동료들에게서 매번 심한 비난을 받았던 것이다. 남부 독일인은, 특히 라인과 마인 강변에 사는(큰 강들은 바닷가와 마찬가지로 늘 활기를 띠고 있으므로) 사람들은 비유나 암시로 많이 표현하며, 상식이 풍부하여 격언적인 화법을 잘 사용한다. 그곳 사람들은 이 두 가지 경우에 있어 대체로 투박하다. 그러나 표현의 목적을 보면 늘 적절하다. 물론 이따금 예민한 귀에는 건방지게 들리는 요소가 함께 흐르기도 한다.

어느 지방이든 자기의 방언을 사랑한다. 왜냐하면 방언은 본질적으로 영혼이 숨 쉬는 곳이기 때문이다. 그러나 마이센 방언이 독보적으로 다른 방언들을 지배했고, 한동안은 완전히 독점까지 했었다는 것은 누구나 알

* 프랑스 희극『촌뜨기 시인』의 주인공.

고 있다. 우리는 다년간 이런 고루한 지배 아래 고통을 당해왔고, 다양한 저항을 통해 모든 지방들이 자기들의 옛 권리를 되찾았다. 발음을 고치려면 동시에 사고방식, 상상력, 감정, 고향의 지방색까지 희생해야 한다는 것을 아는 사람이라면 젊고 활달한 내가 이런 끝없는 감시 아래 얼마나 힘들게 견뎌왔는지 쉽게 짐작할 수 있을 것이다. 이런 견딜 수 없는 요구를 한 것은 교양 있는 남녀들이었는데, 나는 그들의 설복에 찬성할 수 없었고, 확실하게 설명할 수는 없지만 그것이 부당하다고 느꼈다. 내게는 성서의 핵심문구들을 암시하는 것도 연대기의 진솔한 표현을 사용하는 것도 금지되었다. 나는 가일러 폰 카이저스베르크*를 읽었던 것도 잊어야 했고, 다양하게 이리저리 말을 돌리지 않고 직접 핵심을 찌르는 격언의 사용도 피해야 했다. 젊음의 열정으로 익혔던 이 모든 것을 나는 버려야 했다. 나는 마음속이 마비되는 듯했고, 아주 평범한 것조차 어떻게 표현해야 할지 알 수가 없었다. 이와 함께 나는 쓴 대로 말해야 하고, 말하는 대로 써야 한다는 말을 들었다. 하지만 말하는 것과 쓰는 것은 전혀 별개의 것이며 양자가 각각 나름의 권리를 주장할 수 있는 것이었다. 그리고 나는 마이센 방언에서도 귀로 들은 많은 것이 종이 위에 쓰여서는 별로 뛰어나지 않다는 것을 알고 있었다.

어떤 젊은 대학생이 교양 있는 남녀나 학자나 상류사회의 뛰어난 인물들에 의해 결정적인 영향을 받았다는 얘기만 듣고도 비록 그의 신상이 자세히 밝혀지지 않았어도 누구나 그가 라이프치히에 머물고 있다는 것을 곧장 확신할 수 있다. 독일의 대학들은 모두 독특한 모습을 띠고 있다. 우

* 스트라스부르의 인기 있던 설교사(1445~1510).

리 독일에서는 공통적인 문화가 전체적으로 확산될 수 없으므로 모든 고장은 오로지 각자의 풍습과 방식에 따라 독특한 특성들을 발전시키며, 이런 점은 대학들에서도 똑같이 적용되고 있다. 예나와 할레에서는 야성이 극도로 고조되어 육체적 강인함과 뛰어난 검술과 거친 자기방어 등이 일상적 삶을 이루고 있었다. 그런데 이런 상태는 오로지 아주 저급한 사치에 의해 유지되고 지속될 수 있다. 각 도시의 대학생들과 시민들과의 관계는 다양할 수 있었으나 거친 외래인인 대학생들이 시민들을 존경하지 않고, 스스로를 온갖 자유와 방종의 특권이 부여된 특별한 존재로 여긴 것에서만은 일치했다. 반면 라이프치히에서는 대학생이 부유하고 점잖으며 제대로 덕성을 갖춘 시민들과 어느 정도라도 관계를 맺으려면 공손하지 않으면 안 되었다.

물론 온갖 예의바름은 그것이 전체적인 넓은 생활방식의 꽃으로 떠오르지 않을 경우 편협하고, 정체적이며, 어떤 관점에서 보면 우매하다고 여겨질 수밖에 없다. 그래서 자알레 강변의 거친 사냥꾼들은 플라이세 강변의 순한 목자들에 비해 자기들이 훨씬 우월하다고 믿고 있었다. 차하리에의 『허풍선이』는 언제나 그 당시의 생활상과 사고방식을 여실히 드러내주는 귀중한 기록물로 남을 것이다. 우둔하지만 소박하고 천진난만한 그 당시 사람들의 공동생활과 풍습을 알고자 하는 사람에게는 그의 시가 언제나 환영을 받을 것이다.

공공사회가 부여한 상황에서 발생하는 모든 풍습은 파괴되기 어렵다. 내가 살던 시기에는 많은 것이 차하리에의 영웅시를 연상시켰다. 대학 친구들 중에는 자신이 충분히 부유하고 독립적으로 살아갈 수 있으며 공공 여론을 경멸하는 이가 있었다. 그는 품삯을 받고 일하는 모든 마부들과 술을 마시며 의형제를 맺었고, 그들을 주인처럼 마차에 태우고 자신이 마부석에 앉아 말을 몰았으며, 마차를 전복시키고 몹시 흥겨워하기도 했다. 그는 부서진 작은 마차와 본의 아니게 상처를 입은 마부들에게 변상을 해주었다. 그는 어느 누구도 모욕하지 않았지만 오로지 집단적인 대중만은 비웃는 것 같았다. 한번은 어느 산책하기 좋은 화창한 날 그와 한 짓궂은 친구가 도마스 방잇긴의 당나귀를 빼앗았다. 옷을 잘 차려입고 구두와 양말을 신은 그들은 그 당나귀를 타고 아주 근엄하게 도시를 맴돌면서 산책로에 몰려있던 모든 산책객들을 놀라게 했다. 생각이 있는 몇 사람이 그에게 훈계하자 그는 당당하게 이런 경우에 예수 그리스도는 어떻게 여겨졌을까 보려고 했을 뿐이라고 말했다. 그러나 그에게는 자신을 모방하는 자가 없었고 친구도 별로 없었다.

왜냐하면 어느 정도 재산과 집안의 명망이 있는 대학생은 상인계층에 존경을 표했고, 이곳 식민지가 프랑스 풍습의 모범을 보이는 있었으므로 그 이상으로 적절한 외적 형식을 나타내기 위해 노력할 만한 이유가 있었기 때문이다. 자신의 재산과 많은 봉급으로 잘 사는 교수들은 학생들에게 좌우되지 않았다. 왕립학교나 김나지움에서 공부하여 학문연구를 계속하고 싶어 하는 많은 지방 학생들은 전통적인 풍습에서 감히 벗어날 수 없었다. 대학이 드레스덴 근처라서 시의 주목을 받았고, 대학 감독관이 가진 진실한 경건함이 대학에 도덕적 종교적 영향을 미치지 않을 수 없었다.

나도 이런 생활방식이 처음에는 싫지 않았다. 나는 소개장을 가지고 상류층 가정들에 드나들었고, 그들과 친한 사람들도 나를 똑같이 잘 맞아주었다. 그러나 나는 곧 그들이 여러 면에서 나를 비난하는 것을 느꼈다. 내가 그들의 뜻대로 옷을 차려입은 다음에도 이제는 말하는 것까지 그들을 따라야 했고, 그럼에도 불구하고 내가 기대했던 대학 재학 중의 수업과 사고발달이 거의 제대로 이루어지지 않았음을 확인할 수 있었다. 그래서 나는 태만해지기 시작했고, 사교적 의무인 방문이나 그 밖의 주의할 점들을 게을리 하기 시작했다. 내가 만약 두려움과 공경심으로 궁중고문관 뵈메와, 그리고 신뢰와 애정으로 그의 부인과 밀착되지 않았더라면 나는 훨씬 더 일찍 그 모든 관계에서 벗어나버렸을지도 모른다. 뵈메는 유감스럽게도 젊은 사람들과 어울려서 그들의 신뢰를 얻고, 그들을 그때그때의 요구에 따라 지도할 수 있는 훌륭한 재능이 없었다. 나는 그를 방문할 때마다 한 번도 득을 본 적이 없다. 반면 그의 부인은 내게 진솔한 관심을 나타내 주었다. 부인은 몸이 허약하여 늘 집에만 있었다. 그녀는 나를 여러 번 저녁에 초대하여 도덕은 갖춰져 있지만 흔히 생활예절이라고 칭하는 것은 지니고 있지 않은 나를 가르쳐서 많은 세밀한 외적 형식들을 제대로 꾸미게 하고 개선하도록 해주었다. 그녀의 집에서 함께 저녁시간을 보낸 그녀의 유일한 여자친구가 있었다. 그 여자는 부인보다는 고압적이고 훈장티를 냈다. 그래서 나는 그녀가 몹시 싫었으며, 반항심에서 부인 덕분에 이미 떨쳐버린 무례한 행동을 그녀에게 다시 했다. 그래도 두 여자는 여전히 참을성 있게 피켓이나 롱부르나 그 밖에 사교모임에서 알고 행해야 할 꼭 필요한 놀이들을 가르쳐주었다.

요한 크리스토프 고트셰트

나에 대한 뵈메 부인의 최대의 영향은 내 취향에 끼친 것이었다. 물론 부정적인 측면의 영향이었으며, 비평가들도 그녀의 견해와 완전한 일치를 보였다. 고트셰트*의 물결은 정녕 노아의 홍수와도 같이 전체 독일을 휩쓸었고 가장 높은 산봉우리까지 차오를 기세였다. 이런 홍수가 지나가고 진창이 마를 때까지는 많은 시간이 필요했다. 어느 시대든 수많은 아류시인들이 있는 법이어서 오늘날에는 생각지도 못할 천박하고 특성 없는 모방작들이 쏟아져 나와 쓰레기더미를 이루었다. 그리하여 나쁜 것을 나쁘다고 평하는 것이 그 당시 비평가들의 최대의 기쁨이고 개가였다. 약간의 상식이 있고, 옛 것은 피상적으로 알아도 새로운 것은 좀 더 자세히 알기만 하는 사람이라면 누구나 자신이 어디에도 적용될 수 있는 척도를 가지고 있다고 믿었다. 뵈메 부인은 하찮은 것과 저급하고 천박한 것을 싫어하는 교양 있는 부인이었다. 게다가 그녀는 문학 전반에 대해 불만을 품고 살아온, 그녀가 인정한 것까지도 인정하지 않는 남자의 아내였다. 내가 그녀에게 이미 상당한 명성을 얻고 있는 작가들의 유명한 시나 산문을 기억에서 꺼내 낭독하면 그녀는 한 동안은 참고 듣고 있었다. 나는 지난날처럼 여전히 어느 정도 내 마음에 드는 건 모두 외우고 있었기 때문이다. 그러나 부인의 양보는 오래가지 않았다. 부인이 내게 맹렬하게 면박을 준 최초의 작품은 바이세**의 『유행을 따르는 시인들』이었다. 이 작품은 그 당시 호평을 받으며 자주 낭송되었고, 나를 특별히 기쁘게 했었다. 물론 좀 더 자세히 살펴보면 나는 부인이 잘못 됐다고 할 수 없었다.

---

* 독일의 비평가이자 극작가(1700~1766). 저속한 오락수단에 불과했던 연극 분야에 18세기 프랑스의 고전적 취미규범을 도입했다. 라이프치히 대학에서 시와 논리학, 형이상학을 가르쳤다.

** 독일의 시인이자 극작가(1726~1804).

나는 작가를 익명으로 해서 내 시들을 그녀에게 몇 차례 낭송해 주기도 했지만 다른 사람들의 것보다 더 좋은 결과를 얻지는 못했다. 그래서 나한테는 그토록 즐거이 거닐던 독일 파르나스 땅의 아름답고 다채로운 초원이 단시일 내에 무참하게 벌초되었고, 건초를 뒤집으면서 조금 전까지 내게 그토록 생생한 기쁨을 주었던 것을 죽어버린 것으로 조롱할 수밖에 없었다.

그 부인의 가르침에 더해 나도 모르는 사이에 모루스 교수도 내 절망적 기분에 불을 붙이는 데 가세했다. 그는 매우 온화하고 친절한 사람이었는데, 나는 그를 궁중고문관 루트비히의 식탁에서 알게 되었다. 내가 그를 방문하겠다고 요청할 때마다 그는 매우 기꺼이 받아주었다. 그의 집에서 고대에 관해 질문을 하면서 나는 근대인들 중에서 내가 좋아하는 사람을 그에게 숨기지 않았다. 그는 뵈메 부인보다 더 침착하게, 게다가 더 나빴던 것은 더욱 철저한 근거를 대며 말해 처음에 나는 몹시 불쾌했다. 그러나 그는 나중에는 나를 놀라게 했고, 결국 나를 일깨워 눈을 뜨게 해주었다.

여기에 더해 실습시간이면 겔러트까지 시에서 멀리 하라고 장탄식을 하며 경고하곤 했다. 그는 산문으로 된 논문만을 원했고 항상 그것을 먼저 비평했다. 그는 시는 단지 초라한 부가물로만 취급했다. 가장 곤란했던 것은 내 산문이 그의 눈에 별로 좋게 보이지 않았다는 것이었다. 왜냐하면 나는 내 옛 방식대로 짧은 소설을 토대로 해서 서한문으로 변형시키기를 좋아했기 때문이다. 소재들은 열정적이었고, 문체도 보통의 산문을 능가했지만 물론 내용은 작가의 심오한 통찰력 부족을 증명하고 있었다. 선생은 다른 사람들의 것과 마찬가지로 내 작품들도 자세히 읽어보고 빨간 잉크로 수정하여 여기저기 좋은 주석을 덧붙여주었지만 나는 그다지

크리스토프 마르틴 빌란트

알브레히트 폰 힐러

좋은 평을 듣지는 못했다. 나는 이런 종류의 많은 습작 종이들을 오랫동안 즐겨 보관하고 있었는데 유감스럽게도 세월이 흐르면서 내 서류철에서 없어져버렸다.

나이 든 어른들이 제대로 된 방식으로 교육을 시키려고 한다면 젊은이에게 기쁨이 되는 것은 어떤 종류든 다른 것으로 대체하거나 교체할 수 없는 한 금하거나 싫게 해서는 안 된다. 모든 사람들이 내 취미와 애착에 반대했고, 반대로 내게 권장하는 것은 일부는 나와는 너무 거리가 먼 것이어서 그것의 장점을 인식할 수 없는 것이거나 너무 가까이에 있는 것이어서 나에 대한 비난으로밖에는 받아들일 수 없는 것이었다. 그로 인해 나는 철저히 혼란에 빠졌고, 키케로의 『웅변가』에 관한 에르네스티의 강의에 큰 기대를 걸고 있었다. 나는 이 강의에서 무언가를 배우기는 했지만 내게 근본적인 문제로 남아있던 것에 대해서는 해명이 되지 않았다. 나는 판단의 기준을 요구했지만 아무도 그것을 지니고 있지 않다는 것을

칼 폰 린네

조르주루이 르클레르 드 뷔퐁

알았다. 왜냐하면 실례들을 끌어내는 경우에 있어서까지도 서로 의견이 일치되는 사람은 아무도 없었기 때문이다. 그리고 우리 젊은이들을 완전히 매료하는 사랑스러운 빌란트* 같은 사람의 작품들 속에서조차 그토록 많은 흠이 지적될 수 있다면 우리는 어디에서 판단의 기준을 찾아야 되는 것인지 모를 일이었다.

내 마음과 연구가 그렇게 이리저리 흩어지고 파괴되다시피 한 상태에서 나는 궁중고문관 루트비히 집에서 점심식사를 함께 하게 되었다. 그는 의사이자 식물학자였다. 그래서 거기에 모인 사람들은 모루스를 제외하고는 모두 새로 입학했거나 졸업을 앞둔 의학생들이었다. 그 자리에서 내가 들은 것은 의학이나 자연사에 관한 대화뿐이었다. 그래서 내 상상력은

* 독일의 볼테르로 불리는 시인이자 산문작가이며 번역가(1733~1813). 로코코 시대에 활동한 그의 작품은 합리주의, 계몽주의에서부터 고전주의, 낭만주의 전의 유파에 이르기까지 당시 유행했던 주요예술운동 양식을 포괄하고 있다.

완전히 다른 영역으로 이끌려갔다. 나는 할러*, 린네**, 뷔퐁***과 같은 이름들이 크게 존경받으며 불리는 것을 들었다. 그리고 때때로 그들이 잘못 생각하여 논쟁이 벌어지곤 했지만 결국 이들의 어마어마한 공적을 인정하고 존경을 표하면서 모든 것이 정리되었다. 화제들은 재미있고 의미 있어서 내 주의력을 집중시켰다. 나는 점차 많은 명칭들과 광범위한 전문용어들을 알게 되었다. 나는 비록 아무리 저절로 떠오르는 것일지라도 시를 쓰는 것이 두려웠고, 지금은 마음에 든다 해도 많은 다른 것들과 마찬가지로 나중에는 나쁘게 여겨질지도 모를 시를 읽는 것이 불안하여 그런 명칭들과 전문용어들을 더욱 더 관심 있게 새겨두었다.

이런 취향과 판단의 불확실성은 날이 갈수록 점점 더 나를 불안하게 했고, 그리하여 마침내 나는 절망에 빠졌다. 나는 소년시절에 쓴 작품들 중 가장 좋다고 생각한 것을 집에서 가지고 왔었다. 한편으로는 그것을 통해 어느 정도 명예를 얻어 보려고 희망했고, 다른 한편으로는 내 발전을 더 확실하게 시험해보기 위해서였다. 그러나 나는 완전한 사고의 전환이 요구되고, 지금까지 사랑해오고 훌륭하다고 여겨온 모든 것을 포기해야 하는 곤혹스런 상황에 처하게 되었다. 그러나 얼마 후 많은 투쟁 끝에 나는 내가 시작했거나 완성한 작품들에 엄청난 멸시를 던지게 되어 어느 날 시와 산문, 계획서, 메모, 초고들을 몽땅 아궁이에 불태워버렸다. 그리하여

---

* 스위스의 해부학자, 생리학자, 식물학자(1708~1777). 그는 뛰어난 시인이기도 했는데, 산의 아름다움을 찬양한 그의 시 「Die Alpen」(1732)은 독일시가 자연의 경이에 눈을 뜨게하는 역할을 했다.

** 현대 식물분류학의 아버지로 불리는 스웨덴의 식물학자이자 탐험가(1707~1778). 처음으로 생물의 종과 속을 정의하는 원리를 만들었다.

*** 프랑스의 박물학자이자 작가(1707~1749). 1749년에 쓰기 시작한 『자연사에 관한 박물지』로 유명하다.

집안을 가득 채운 연기로 우리의 마음씨 좋은 늙은 여주인을 적잖이 공포와 불안에 빠뜨렸다.

제7장

그 당시 독일문학의 상황에 대해서는 많은 것이 풍부하게 기록되어 있어 거기에 조금만 관심을 갖고 있는 사람이라면 완전하게 터득할 수 있다. 또한 그것에 대한 판단도 꽤 일치하고 있다. 내가 이제 단편적으로 혹은 불규칙적으로 말하려는 것은 독일문학이 어떤 식으로 이루어졌는지에 대해서라기보다는 나와 어떤 관계를 이루었는지에 대해서이다. 그래서 나는 우선 독자를 특별히 자극하는 것들, 즉 모든 안락한 삶과 모든 밝고 만족스럽고 생기 있는 문학의 양대 숙적인 풍자와 비평에 대해서 말하고자 한다.

평화로운 시대에는 누구나 자신의 방식대로 살아가고자 한다. 시민은 자신의 생업, 자신의 사업을 행한 다음 삶을 즐기고자 한다. 작가 역시 무언가를 기꺼이 써서 자신의 작품을 알리고자 한다. 그러면 그는 무언가 좋고 유익한 일을 했다고 믿으므로 그것에 대해 보수는 아닐지라도 칭송을 바란다. 이런 평화로운 상태 속에서 시민은 풍자가에 의해, 작가는 비평가에 의해 방해받으며, 그리하여 평화로운 사회는 불편한 동요 속에 처하게 된다.

내가 태어난 때의 문학적 시기는 이전 시기와의 대립에 의해 발전해 나갔다. 오랫동안 다른 민족들이 넘쳐나고, 다른 나라들에 침범당하고, 학술적 외교적 협상을 외국어에 의존해 왔던 독일은 자신만의 언어를 발전시키는 것이 불가능했다. 많은 새로운 개념들과 함께 수많은 낯선 어휘들이 필요 여하를 막론하고 독일어 속에 밀려들어왔다. 또한 이미 알려진 대상들에까지 외국의 표현이나 화법을 사용하지 않을 수 없게 되었다. 거의 두 세기 전부터 불행한 혼란 상태에서 황폐해진 독일인은 프랑스인들에게서 생활의 예법을 배웠고, 로마인들에게서 품위 있게 표현하는 법을 배웠다. 이러한 점은 모국어 속에서도 나타났다. 다른 나라들의 어법을 직접적으로 그대로 사용하는 것이나 반독일어화 하는 것은 생활상 업무상의 문체를 우스꽝스럽게 만들었기 때문이다. 게다가 사람들은 남방 언어의 비유적 어법을 무절제하게 받아들여 이를 지나치게 과도하게 사용하고 있었다. 마찬가지로 사람들은 제후와도 같은 로마시민들의 귀족적인 품위를 독일 소도시의 지식층 사교관계에 받아들였는데, 본래 독일에서는 어디를 가나 그런 모습은 아니었으며, 특히 그들의 가정에서는 더욱 그러했다.

그러나 이 시기에 이미 천재적인 작품들이 나왔듯이 독일적인 자유롭고 쾌활한 정신이 싹트기 시작했다. 진솔하고 진지한 이 정신은 외국어를 섞지 않고 모두 일반적으로 이해할 수 있게 알기 쉽고 자연스럽게 글을 쓰는 것을 요구했다. 그러나 이런 찬양할 만한 노력에 의해서 독일 전역의 평범함이 들어올 문이 열렸고, 둑이 터지자 그 문을 통해 엄청난 물이 밀려들어왔다. 그 동안에도 대학의 4학부 모두에서는 완고한 현학주의가 오랫동안 남아 있었고, 훨씬 나중에서야 그것은 마침내 한 학부에서 다른 학부를 옮겨가며 사라졌다.

머리 좋은 사람들, 즉 자유분방한 자연아들은 그리하여 두 가지 대상이 있었다. 그들은 그것을 연습해보고, 그것에 대항해보고, 그 일이 별로 큰 의미를 띤 것이 아니기에 방자함을 드러낼 수 있었다. 한 가지는 외국어의 조어 및 활용에 의해 일그러진 언어였고, 또 한 가지는 그런 잘못을 피하려고 노력해서 나온 무가치한 저작물들이었다. 여기서 한 가지 폐단과 싸우는 일이 또 다른 폐단을 낳는 네 도움을 준다는 사실은 아무도 모르고 있었다.

젊고 대담한 리스코프*는 우선 천박하고 우둔한 한 저술가를 개인적으로 공격했다. 그 저술가의 서툰 태도는 곧장 그에게 더욱 맹렬하게 공격할 수 있는 기회를 주었다. 그는 공격의 범위를 더 넓혀 자신이 멸시하거나 멸시하려고 하는 특정한 인물과 대상들에 열렬한 증오와 함께 조소를 퍼부었다. 그러나 그의 생애는 짧았다. 그는 곧 죽었고, 불안정하고 변칙적인 젊은이로서 사람들의 기억에서 사라졌다. 그는 별로 큰 업적을 남기지는 않았지만 독일인들이 늘 일찍 세상을 뜨는 전도유망한 천재들에게 특별한 경의를 표하듯 그의 동향인들은 그가 행한 일에서의 그의 재능과 성격을 높이 사줄 만한 것으로 여겼다. 어쨌든 리스코프는 보편적인 인기가 있었던 라베너**에 앞서는 지위를 요구할 수 있을 정도의 탁월한 풍자가로서 우리에게 칭송되고 추천받았다. 물론 우리는 그에게서 얻은 것은 없었다. 왜냐하면 우리는 그의 저술 속에서 그가 졸작을 졸작이라 평했고, 그것은 우리에게 아주 당연한 일로 여겨졌기 때문이다.

라베너는 유복하게 자랐고, 훌륭한 학교교육을 받고 성장했다. 그는 명

* 독일의 풍자작가(1701~1760).

** 특히 중류가정의 생활을 풍자하는 작품을 많이 쓴 독일의 풍자작가(1714~1771).

랑했고, 결코 격정적이거나 남을 증오하는 성격이 아니었으며, 풍자도 일반적이었다. 이른바 악덕이나 우매함에 대한 그의 비난은 침착한 오성의 순수한 관점과 세상은 이래야 한다는 분명한 도덕적 관념에서 우러나왔다. 과실이나 결함에 대한 질책도 악의가 없고 쾌활했다. 우스꽝스러움을 통해 우둔한 자들을 개선시키는 것이 무익한 시도가 아니라는 것을 전제한다면 그의 저술들의 다소 과격한 점은 용인될 수 있을 것이다.

라베너 같은 인격은 두 번 다시 나타나지 않을 것이다. 그는 유능하고 꼼꼼한 실무자로서 자신의 임무를 다했고, 그럼으로써 시민들의 호평과 윗사람들의 신임을 얻었다. 아울러 그는 자기 주변에 있는 모든 것을 유쾌하게 무시해버리는 것을 즐거움으로 삼았다. 그는 고루한 학자나 허영심 많은 젊은이나 온갖 종류의 편협하고 우매한 것을 조소한다기보다는 우롱했다. 그러나 그의 우롱이 바로 멸시를 나타내는 것은 아니었다. 마찬가지로 그는 자기 자신의 상황과 자신의 불행과 자신의 삶과 죽음에 대해서도 조롱했다.

이 저술가가 자신의 대상들을 다루는 방식에는 미학적인 것이 거의 없었다. 그는 외적인 형식에서는 다양함을 충분히 취했지만 직접적인 풍자를 너무 많이 사용했다. 즉 그는 비난해야할 것은 칭찬하고 칭찬해야할 것은 비난했는데, 이러한 수사상의 수단은 극히 드물게만 사용해야 하는 것이다. 왜냐하면 그것이 계속되면 분별력 있는 사람들에게 불쾌감을 주고, 우둔한 사람들을 혼란케 하며, 특히 특별한 노력도 하지 않으면서 다른 사람들보다 더 총명하다고 생각하는 많은 중간 정도의 사람들에게 호감을 주기 때문이다. 그러나 그가 무엇을 어떻게 말하든 그것은 그의 성실성과 쾌활함과 침착함에서 나오는 것이어서 우리는 늘 그것에 사로잡히는 느낌을 받았다. 그가 당시 무한한 갈채를 받은 것은 그와 같은 도덕적 장점의 결과였다.

요한 야코프 브라이팅거

사람들이 그의 일반적인 서술의 표본을 찾으려 했고 그것을 찾아낸 것도 당연한 일이었다. 그 결과 일부 사람들은 그를 공격했다. 자신의 풍자가 결코 개인적인 것이 아니라는 그의 장황한 변명은 사람들이 그에게 얼마나 많은 불쾌감을 일으키게 했는지 증명해주고 있다. 그의 몇몇 편지들은 인간이자 저술가로서의 그에게 명예를 안겨주고 있다. 그가 드레스덴이 포위되었을 때 자신의 집과 재산과 저술들과 가발을 잃고도 조금도 침착함, 쾌활함을 잃지 않았다고 몰래 쓴 편지는 비록 그 당시의 시민들이 처참한 상황에서 그렇게 쾌활해하는 그의 기분을 용서할 수는 없었다 해도 무척 높이 사줄 만하다. 그가 자신의 기력이 줄어드는 것과 임박한 죽음에 대해 쓴 편지는 무척 존경받을 만하다. 라베너는 쾌활하고 합리적이며 현세의 사건에 즐겨 몸을 바치는 모든 사람들에게서 성자로서 존경받을 만한 가치가 있는 사람이다.

나는 내키지는 않지만 그에게서 떨어져야겠는데, 이것만은 말해두고자 한다. 그의 풍자는 철저히 중류계층과 관계를 맺고 있었다. 그는 상류계층 사람들도 잘 알고 있었지만 그들을 건드리지 않는 것이 좋겠다고 생각한 것이 여기저기에서 엿보인다. 그는 후계자가 없었고, 아무도 스스로를 그와 같거나 비슷하다고 여기는 사람이 없었다.

이제 비평 쪽으로 돌려보자! 우선 이론적 시도들을 살펴보기로 한다. 그 당시에는 관념적인 것이 세상에서 떨어져 나가 종교 속으로 달아났고, 그리하여 윤리학 속에서도 그것이 거의 나타나지 않았다고 해도 과언이 아니다. 예술의 최고원리에 대해서는 아무도 아는 사람이 없었다. 고트셰트의 『비판적 창작법』은 우리가 접할 수 있었는데, 그것은 유익하고 교육적 효과가 있었다. 왜냐하면 그것은 모든 문학형태에 대한 역사적 지식을 전해주고, 운율과 그것의 여러 가지 율동에 대해 알려주었기 때문이다. 물론 시적 천재성이 전제되어 있었다. 그밖에도 작가는 지식이 있어야 할 뿐 아니라 박식해야 하며, 취미도 지녀야 한다는 것과 기타 여러 가지 것들이 씌어 있었다. 마지막에 우리가 접한 것은 호라티우스*의 『창작술』이었다. 우리는 이 귀중한 작품 속의 하나하나의 금언들에 경외감을 느끼며 놀랐지만 전체적으로는 어떤 말인지, 그것을 어떻게 이용해야 하는지에 대해서는 전혀 알 수 없었다.

스위스인들이 고트셰트의 반대자들로 등장했다. 그들은 좀 다른 것을 해야 했고, 좀 더 나은 것을 이루려고 했다. 그래서 우리도 그들이 실제로 더 탁월하다는 얘기를 들었다. 우리는 브라이팅거의 『작시법 비판』**을 택했다. 이 책에서 우리는 더욱 광대한 영역 속으로 들어갔는데, 사실은 더

---

* 아우구스투스 황제 시대의 로마의 서정시인이자 풍자가(BC 68~5). 그는 훌륭한 시는 즐거울 뿐만 아니라 교훈적이어야 한다고 생각했다.

** 브라이팅거는 18세기 독일에서 가장 영향력 있던 문학비평가 중 한 사람이다. 고트셰트가 '문학의 교황'이라고 한 라이프치히의 『작시법』(1740)에 나타난 편협한 합리주의를 공격한 것이 이 책 『작시법 비판』(1740)이다. 그는 시에서 상상력과 경이로움의 역할을 강조했으며, 독일 대중이 호메로스의 열성적인 독자가 되도록 자극했다. 괴테도 그를 만나기 위해 찾아갔다.

77 FABLES D'ESOPE.

FABLE XXXIX.

L'Ane et le Chien.

Un jeune Épagneul folâtrait auprès de son Maître. Un Ane, voyant qu'il prenait plaisir à ces cajoleries, voulut faire comme l'Épagneul, pour être aimé ainsi que lui, mais il ne lui revint qu'une bastonnade.

Ce qui sied aux uns, n'est pas supportable chez les autres.

FABLE

16세기 중엽 빈에서 발간된 이솝 우화

큰 미궁 속에 빠진 것이었다. 우리가 신뢰하는 유능한 사람이 우리를 미궁 속에서 이리저리 몰았으므로 우리는 더 지쳐갔다. 간단한 개요를 말하면 이 말이 증명될 것이다.

창작술 자체에 대해서 사람들은 아무런 기본원리를 찾지 못해왔다. 그것은 지나치게 정신적이고 피상적이었다. 회화는 눈으로 파악하고 외적인 감각으로 한 발짝씩 다가갈 수 있는 예술이므로 탐구하기가 더 유리해 보였다. 영국인들과 프랑스인들은 이미 조형예술에 대해 이론을 세우고 있었으므로 거기에서 비슷한 것을 끌어내어 문학이론을 세울 수 있다고 생각했다. 조형예술은 눈앞에 형상을 놓으며, 문학은 환상 앞에 그것을 놓는다. 시적인 형상은 따라서 관찰 속으로 이끌어진 것이 최초의 것이다. 비유로부터 시작되어 묘사가 이어지고, 외적인 감각에서 표현될 수 있는 것만이 문제가 되었다.

형상! 그러나 이 형상을 자연이 아닌 다른 어디에서 끌어낸단 말인가? 화가는 분명 자연을 묘사했다. 작가도 그렇게 못할 이유가 어디에 있는가? 그러나 우리 앞에 놓인 자연은 그대로 모방할 수가 없다. 그것은 너무 많은 무의미한 것과 무가치한 것을 포함하고 있어 선택해야만 한다. 그러나 선택을 결정하는 것은 무엇인가? 의미 있는 것을 찾아내야 하는데, 그렇다면 무엇이 의미 있는 것인가?

이에 답하기 위해 스위스인들은 오랫동안 생각한 것 같다. 그들은 기이하고 재치 있으면서 재미있는 발상에 이르렀는데, 가장 의미 있는 것은 언제나 새로운 것이라고 했다. 그리고 그들은 이에 대해 한동안 숙고한 끝에 경탄할 만한 것은 언제나 다른 모든 것보다 더 새롭다는 것을 알아냈다.

요한 야코프 보드머

이제 그들은 문학적 필요조건들을 어느 정도 종합했다. 그러나 그들은 경탄할 만한 것이 공허하게 될 수도 있고, 인간과 관계없는 것일 수도 있다는 생각 또한 하게 되었다. 그렇게 필연적으로 요구되는 관계는 도덕적이어야 하며, 그럼으로써 분명 인간을 개선시키는 효과가 나타나야 하고, 따라서 시는 다른 모든 기능 외에 인간에게 유용할 때 궁극적 목표에 도달하게 된다는 것이었다. 그들은 이런 모든 요건에 따라 다양한 문학형태들을 시험해보고자 했으며, 자연을 모방한 경탄할 만한 동시에 도덕적 목표와 유용성을 띠고 있는 것을 제일가는 최고의 문학형태로 인정했다. 그리고 그들은 다방면으로 고찰한 후 이 같은 최고의 작품이 이솝의 우화라고 확신하게 되었다.

그러한 추론은 오늘날 우리에게는 이상하게 생각될지 모르나 그 당시의 지식인들에게는 결정적인 영향을 주었다. 겔러트와 리히트 버*가 이

* 독일의 우화작가(1719~1753).

분야에 몰두했고, 레싱까지도 이것을 연구하려 했고, 다른 많은 사람들이 그들의 재능을 여기에 기울였다는 것은 이 이론이 얼마나 큰 신뢰를 얻고 있었는지를 말해주고 있다. 이론과 실제는 언제나 상호작용을 한다. 작품으로부터 사람들이 어떤 생각들을 하고 있는지를 알 수 있으며, 생각들로부터 그들이 무엇을 할 것인지를 예측할 수 있다.

그러나 우리는 스위스학파의 이론에서 떠나기 전에 그들의 정당성도 인정해주어야 한다. 보드머*는 많은 노력을 했지만 이론상으로나 실제에 있어서나 일생 동안 유치한 수준에 머물러 있었다. 브라이팅거는 유능하고 박식하며 통찰력 있는 사람이었고, 정확하게 조망하면서 문학의 모든 요건들을 빼놓지 않았다. 그는 자기 방법의 결함을 어렴풋이나마 느끼고 있었다는 것도 증명되고 있다. 예를 들면 그의 이런 질문은 주목을 끈다. 아우구스트 2세의 환락의 정원을 노래한 폰 쾨니히의 서사시가 진정 하나의 시인가? 이에 대한 답변도 훌륭한 뜻을 제시하고 있다. 그가 잘못된 점에서 출발하여 거의 모든 영역을 샅샅이 고찰한 후 다시 중요한 문제에 부딪혀 도덕과 성격과 정열, 즉 한마디로 말해 창작에서 무엇보다도 중요하게 여겨지는 인간 내부에 대한 설명을 책의 끝에 부록처럼 덧붙인 것은 자신을 완벽하게 인정받게 하는 데 기여했다.

젊은 연구자들이 그런 이탈된 원리들과 쉽게 이해되지 않는 법칙들과 지리멸렬한 학설들 때문에 얼마나 큰 혼란에 빠졌을 것인지는 쉽게 짐작할 수 있다. 그들은 실제작품들에 매달렸지만 그래도 나아지지는 않았다. 외

* 브라이팅거와 함께 고트셰트의 합리주의에 반대한 스위스의 비평가(1698~1783). 중세 독일 시(『미네장』, 『니벨룽겐의 노래』, 『파르치팔』)의 중요성을 재발견하고 몽테스키외와 루소의 사상을 지지함으로써 유럽 문학에서 요한 고트프리트 폰 헤르더의 선구자 역할을 했다.

국 작품들은 고대의 작품들과 마찬가지로 너무 멀리 떨어져 있었고, 탁월한 국내의 작품들은 언제나 너무 개성이 강했으며, 그것들의 장점은 그들이 취할 수 없었고, 그것들의 결함에 빠질까봐 그들은 두려워해야 했다. 마음속에서 창작의 충동을 느끼는 사람에게 그것은 절망적인 상황이었다.

정확히 관찰해보면 독일 시문학에서 부족했던 것은 내용, 그것도 국민적 내용이었다. 결코 재능은 부족하지 않았다. 여기서 우리는 완벽한 의미에서 시인이라고 부를 수 있는 귄터*를 생각하게 된다. 그는 감각, 상상력, 기억력, 이해와 표현의 재능을 타고난 뛰어난 천재였다. 그는 최고의 창작력을 지니고, 운율을 자유롭게 구사하며, 정감이 풍부하고, 기지가 있고, 다방면으로 박식했다. 요컨대 그는 평범한 현실의 삶 속에서 시를 통해 제2의 삶을 창조해내는 데 필요한 모든 것을 갖추고 있었다. 우리는 그가 즉흥시를 지으면서 모든 상황을 감정을 통해 고양시키고, 적합한 생각과 형상으로 역사적 우화적 전승물들로 꾸미는 것을 매우 손쉽게 하는 데에 감탄했다. 그의 시가 거칠고 조야한 것은 그의 시대와 그의 생활방식과 특히 무성격이라 할 그의 성격에 기인한다. 그는 자제할 줄을 몰랐으며, 그래서 그의 삶과 함께 그의 시작(詩作)도 사라졌다.

귄터는 적절치 못한 행동으로 아우구스트 2세의 궁정에 고용되는 행운을 놓쳤다. 궁정에서는 온갖 화려함과 더불어 축제에 활기와 묘미를 더하고 일시적인 화려함을 영원히 노래로 남길 수 있는 궁정시인을 구하고 있었다. 폰 쾨니히**는 귄터보다 더 덕을 보고 운이 좋았다. 그는 이 자리를

---

* 독일의 서정시인(1695~1723)으로 자신의 체험을 살린 열정적인 고백조의 시로 괴테에게 영향을 주었음.

** 폴란드 왕 아우구스트 2세의 궁정시인(1688~1744)으로 작센의 선제후였다.

차지하여 품위와 갈채를 받았다.

모든 군주국가에서는 시의 내용이 상층부에서 내려온다. 아마도 뮐베르크 근처의 환락의 정원이 국가적이 아닌 지방적인 것으로 시인 앞에 내려온 최초의 내용이었을 것이다. 수많은 군중이 지켜보는 가운데 서로 인사를 나누는 두 왕, 그들을 에워싼 문무백관들, 정렬해 있는 군대, 모의전투, 온갖 종류의 행사들 등 모든 것이 외적 감각을 집중시키기에 충분했고, 묘사하고 서술하는 시의 넘치는 소재가 되었다.

물론 이 대상은 내적 결함이 있었다. 그것은 아무런 행동도 불러일으킬 수 없는 화려한 겉모습일 뿐이었다. 왕들 외에는 아무도 두드러지게 눈에 띄지 않았다. 그렇다 해도 시인은 다른 사람들을 손상시키지 않게 하기 위해 한 사람만을 돋보이게 묘사해서는 안 되었다. 그는 궁정이나 국가의 직원명부를 참고할 수밖에 없었다. 그래서 사람들의 묘사는 상당히 무미건조했다. 당시 사람들은 그를 사람보다 말(馬)을 더 잘 묘사했다고 비난했다. 그러나 예술의 대상이 제공되었을 때 바로 자신의 예술을 증명해보인 점에서 그는 충분히 칭찬을 받을만하지 않을까? 그러나 그에게는 곧 중대한 어려움이 나타난 것 같았다. 왜냐하면 그 시는 제1장에서 더 이상 이어지지 않았기 때문이다.

이와 같은 연구와 고찰을 하고 있는 사이에 나는 뜻하지 않은 사건에 놀랐고, 우리의 근대문학을 처음부터 배우려 했던 내 뜻 깊은 계획은 수포로 돌아갔다. 나와 동향인인 요한 게오르크 슐로서*는 열심히 노력하여 대학을 마친 뒤 프랑크푸르트암마인에서 정상적인 길을 걸어 변호사

* 후에 괴테의 누이동생과 결혼했고 법률가이자 작가(1739~1799)로 활동했다.

로 개업하고 있었다. 그러나 그의 열성적이며 보편성을 추구하는 정신은 여러 원인들로 인해 지금의 상태에 적응할 수 없었다. 그는 서슴없이 트레프토프에 살고 있는 루트비히 폰 뷔르템베르크 공작의 비서관 자리를 맡았다. 왜냐하면 그 공작은 고상하고 독자적인 방법으로 가족이나 사회 전체를 계몽하고 개선시키며 보다 높은 목표로 단합시키려고 생각하던 위대한 인물들 중 한 사람이었기 때문이다. 이 루트비히 공작은 아이들 교육에 대한 조언을 얻기 위해 루소에게 편지를 보냈다가 잘 알려져 있는 "만약 내가 불행히도 왕자로 태어났다면"으로 불온하게 시작되는 답장을 받은 바로 그 사람이었다.

슐로서는 공작의 업무뿐 아니라 정해진 것은 아니지만 공작의 자녀들 교육도 정성을 다해 맡았다. 매우 선량한 의지를 품고 있었고, 순수한 도덕의 완성을 위해 노력한 이 젊고 고상한 사람은 만약 훌륭하고 귀한 문학적 교양, 어학 지식, 시나 산문을 통해 문학적으로 표현하는 완벽한 능력으로 모든 사람들을 매혹시키거나 기분 좋게 함께 하지 않았더라면 무뚝뚝한 엄격성 때문에 사람들이 쉽게 멀어졌을 것이다. 나는 이 사람이 라이프치히를 통과해 갈 것이라는 소식을 듣고 몹시 기다렸다. 그는 도착해서 브륄에 있는 조그만 여관인지 주막인지에 투숙했다. 그 집 주인은 셴코프라고 했다. 그는 프랑크푸르트 여자를 부인으로 삼고 있었으며, 보통 때는 늘 손님이 적었고, 집이 좁아서 손님을 받을 수도 없었다. 다만 대목시장이 열릴 때에는 프랑크푸르트 사람들이 많이 찾아와 식사를 했고, 불가피할 경우에는 숙박도 하곤 했다. 슐로서가 도착했다는 소식을 듣고 나는 그를 만나기 위해 그 집으로 서둘러 갔다. 전에 본 그의 모습이 거의 기억나지 않았는데, 마침내 둥글게 한데 뭉친 듯한, 그렇다고 둔하게 보이지는 않는 얼굴을 한 젊고 체격 좋은 청년을 발견했다. 검은 눈썹과 곱슬머리 사이의 둥근 이마는 진지함과 엄격함 어쩌면 고집을 나타내고 있었다. 그는 어느 정도 나와는 반대였으며, 그렇기에 우리의 우정이 지속될 수 있었다. 나는 그의 재능을 무척 존경했으며, 그가 행하고 이루는 것에 대한 자신감이 나를 훨씬 능가한다는 것을 알고는 그를 더욱 존경했다. 내가 그에게 표하는 존경과 신뢰로 그는 내게 애착을 느꼈고, 그의 성격과는 달리 활달하고 차분하지 못하며 늘 동요하는 내 성격은 나에 대한 그의 호감을 점점 키워줄 수밖에 없었다. 그는 영국인들을 열심히 연구했다. 포프는 그의 모범까지는 아니더라도 목표였다. 그는 이 작가의 『인간론』에 대한 반박으로 똑같은 형식과 운율로 된 시 한 편을 썼는데, 그것은 기독교가 그 작가의 이신론에 대해 승리를 거두는 내용이었다. 그는 가지고 온 많은 서류들 속에서 여러 나라 말로 된 시와 산문 습작들을 내게 보여주었다. 나는 그것들을 모방하고 싶어서 한없이 동요했으나 즉시 모방을 함으로써 진정이 되었다. 나는 그에게 정확한 독일어, 프랑스어, 영어, 이탈리아어로 시들을 써서 보냈다. 그 소재는 무척이나 뜻깊고 유익했던 우리의 대화에서 나온 것이었다.

슐로서는 라이프치히를 떠나기 전에 꼭 이름 있는 사람들을 한 사람씩 만나보려고 했다. 나는 그를 기꺼이 그들에게 데려가 소개했다. 나는 아직 방문하지 못한 사람들도 이런 식으로 알게 되는 영광을 얻었다. 왜냐하면 슐로서는 박식하며 이미 품격을 갖춘 사람으로서 영접을 받았고, 대화도 충분히 잘 이끌어갈 줄 알았기 때문이다. 우리가 고트셰트를 방문했을 때 그의 사고방식과 습관이 엿보였으므로 언급하지 않을 수 없다. 그는 '황금 곰'이란 건물의 2층에서 매우 여유 있게 살고 있었다. 그 집은 늙은 브라이트코프가 고트셰트의 저술과 번역 그 밖의 보조적인 사업으로 큰 이익을 얻게 되어 평생 동안 고트셰트에게 거처로 정해준 곳이었다.

우리는 방문을 알렸다. 하인이 우리를 큰 방으로 안내하며 주인이 곧 올 것이라고 말했다. 우리는 하인의 몸짓을 이해하지 못해 잘 알 수는 없었지만 주인이 옆방에 있다고 가리킨 것으로 생각했다. 우리는 방에 들어가 이상한 장면과 마주쳤다. 왜냐하면 그 순간 키가 크고 뚱뚱한 거구의 고트셰트가 빨간 안감을 댄 녹색무늬 잠옷을 입고 맞은편 문으로 들어왔기 때문이다. 그의 엄청나게 큰 머리는 벗어진 채 아무 것도 쓰고 있지 않았다. 하지만 즉시 이에 대한 조치가 취해졌다. 하인이 긴 가발을 손에 들고(그 머리털이 팔꿈치까지 늘어졌는데) 옆문으로 뛰어 들어와 깜짝 놀라며 그 중요한 것을 주인에게 건넸다. 고트셰트는 조금도 불쾌한 기색을 내보이지 않고 왼손으로 가발을 하인의 팔에서 들어 올려 매우 능숙하게 머리 위에 맞추면서 오른손으로 그 불쌍한 하인의 따귀를 때렸다. 하인은 희극에서 자주 일어나곤 하듯 비틀거리며 문밖으로 나갔고, 그런 다음 이 유명한 노대가는 근엄한 태도로 우리를 앉히고는 매우 공손하게 우리와 꽤 긴 대화를 나누었다.

슐로서가 라이프치히에 머무는 동안 나는 날마다 그와 함께 식사를 했고, 매우 마음에 드는 식탁친구들도 알게 되었다. 몇 명의 리플란트인, 나중에 라이프치히 시장이 된 드레스덴의 궁중 목사 헤르만의 아들, 그들의 가정교사, 궁중고문관 파일, 겔러트의 『스웨덴 백작부인』의 모작인 『P 백작』의 저자 차하리에, 그의 동생, 지리학과 계보학의 편집자인 크레벨 등 모두가 예의 바르고 쾌활하고 친절한 사람들이었다. 차하리에가 가장 조용했고, 파일은 세련되고 거의 외교적인 성향을 지니고 있는 사람이었지만 허식이 없고 매우 너그러웠다. 크레벨은 키가 크고 건장한 체구에 금발이고, 튀어나온 밝고 맑은 푸른 눈을 지닌, 언제나 쾌활하고 마음씨 좋은 진정한 폴스타프*였다. 이 사람들은 한편으로는 슐로서 때문에, 한편으로는 나 자신의 개방적인 성격과 붙임성 때문에 모두 나를 아주 잘 대해 주었다. 나는 나중에는 별로 권유를 받지 않고도 그들과 함께 식사할 수 있었다. 사실 나는 슐로서가 떠난 다음에도 그들과 함께 했고 루트비히의 집 식탁에는 가지 않았다. 내가 이 제한된 집단에 더 즐거이 함께하게 된 것은 아주 귀엽고 예쁜 그 집 딸이 매우 마음에 들어서였고, 서로 다정한 시선을 주고받을 수 있었기 때문이다. 이런 즐거운 일은 그레첸과의 불행한 일 이후 내가 찾으려 하지도 않았고 우연히 생기지도 않았다. 나는 점심시간을 이 친구들과 즐겁고 유익하게 보냈다. 크레벨은 정말로 나를 좋아했으며 적당히 나를 놀리거나 자극할 줄 알았다. 반면에 파일은 많은 것에 대한 내 판단을 이끌고 결정해주려고 하면서 내게 진지한 호감을 나타냈다.

내가 이들과 어울리면서 대화와 사례들과 나 자신의 숙고를 통해 알게 된 것은 김빠지고 장황하고 무료한 시대에서 빠져나오는 첫걸음은 단호함, 치밀함, 간결함에 의해서만 떼어놓을 수 있다는 것이었다. 지금까지의 문체는 모든 것이 뒤얽혀 평범하게 되었기 때문에 천박한 것을 더 나은 것과 구별할 수가 없었다. 이미 작가들은 이 널리 퍼진 재앙으로부터 벗어나고자 노력해 왔고, 다소나마 성공을 거두었다. 할러와 람러는 천

* 영국문학사에서 가장 유명한 희극적 인물. 이 인물상은 셰익스피어가 창조해냈으며, 『헨리 4세』 2부작에서 그는 저 "존경할 만한 악당, …저 원로 불한당, 헛되이 나이만 먹은 늙은이"로 묘사된다. 나중에 셰익스피어의 『윈저의 명랑한 아낙네들』에 다시 등장한다.

성적으로 간결한 압축으로 기울었고, 레싱과 빌란트는 성찰을 통해 그쪽으로 나아갔다. 레싱은 자신의 시들에서 점차 완전히 경구적으로 되어갔고, 『민나』에서는 긴밀하게, 『에밀리아 갈로티』에서는 간결하게 표현했으며, 나중에서야 『나탄』에서 잘 나타냈듯 명쾌한 소박성으로 돌아갔다. 『아가톤』, 『돈 실비오』, 『우스꽝스런 이야기』에서 아직 때때로 장황함을 보이던 빌란트는 『무자리온』과 『이드리스』에서 놀랄 만한 방식으로 침착하고 엄밀하고 대단한 우아함을 띠게 된다. 클롭슈토크는 『메시아』의 첫 노래들에서는 장황함이 없지 않았으나 송가와 다른 단시들에서는 압축된 모습을 보여주었고, 비극에서도 그랬다. 그는 고대인들, 특히 타키투스와 경쟁이라도 하듯 점점 더 압축했기 때문에 마침내 이해할 수도 없고 풍미도 없어져버렸다. 훌륭하면서도 진기한 재능을 가진 게르스텐베르크*도 간결하게 압축을 했고, 그의 공적은 평가를 받았지만 전체적으로는 기쁨을 주지 못했다. 장황하며 천성적으로 느긋했던 글라임은 전쟁가요들에서 전혀 간결하지 않았다. 람러는 본래 시인이라기보다는 비평가였다. 그는 서정시에서 독일인들이 이룬 업적들을 수집하기 시작했지만 완전히 만족스런 시는 거의 찾지 못했다. 그는 작품들이 조금이라도 형체를 갖추게 하기 위해 생략하고 교정하고 바꿔버려야 했다. 이로 인해 그는 모든 시인들과 애호가들의 적이 되었다. 본래 누구나 자신의 결점을 통해 비로소 스스로를 재인식하는 법이고, 독자는 일반적인 취향의 원리에 따라 만들어지거나 수정된 것보다는 결점이 있는 개인에게 관심을 더 기울이기 때문이다. 운율학은 그 당시 아직 유치한 단계였고, 아무도 그

* 덴마크계의 독일 시인이자 비평가(1737~1823). 문예운동 '질풍노도'의 이론가이다.

것을 발전시킬 방법을 모르고 있었다. 그리하여 시적 산문이 성행하게 되었다. 게스너와 클롭슈토크는 많은 모방자들을 자극했지만 다른 사람들은 운율을 다시 요구하고 시적 산문들을 평이한 운문으로 옮겼다. 그러나 이 사람들 역시 아무에게도 환영받지 못했다. 왜냐하면 이들은 생략하거나 덧붙이지 않을 수 없었으며, 산문으로 된 원작을 언제나 더 좋은 것으로 여겼기 때문이다. 간결하게 압축을 하려고 하면 할수록 평가는 더 쉽게 이루어질 수 있었다. 왜냐하면 중요한 내용이 더 압축이 되면 결국 더 확실한 비교가 가능하기 때문이다. 동시에 수많은 진정한 시 형식들도 생겨났다. 그리고자 하는 모든 대상에서 꼭 필요한 것만을 묘사하려고 함으로써 모든 것이 적합한 모습을 띨 수밖에 없었고, 이런 식으로 해서 아무도 의식적으로 한 것은 아니었지만 서술방식이 다양해졌기 때문이다. 그 시도들 가운데에는 물론 기괴한 것도 있었고 실패한 것도 있었다.

빌란트는 의문의 여지없이 모든 사람들 중 가장 훌륭한 소질을 지니고 있었다. 그는 일찍이 젊은이들이 즐겨 머무는 관념적 세계에서 자신을 형성해왔다. 그러나 그는 흔히 경험이라 일컫는 현실세계와 여자들과의 접촉으로 관념적 세계에 혐오를 갖게 되었다. 그리하여 그는 현실로 뛰어들었으며, 이 두 세계의 모순을 다른 사람들과 함께 즐겼다. 여기서 그는 해학과 엄숙 사이에서 가벼운 싸움을 하면서 자신의 재능을 가장 훌륭하게 나타냈다. 그의 화려한 작품들 중 많은 것들이 나의 대학시절에 나왔다. 『무자리온』은 내게 가장 많은 영향을 주었고, 외저가 내게 보여준 첫 견본책의 부분들을 나는 아직도 기억할 수 있다. 이 책에서 나는 고대를 생생하고 새롭게 다시 바라보고 있다고 생각했다. 여기에서는 빌란트의 천재성 속에 돋보이는 모든 것이 완벽하게 나타나 있었다. 불행한 금욕의 벌을 받는 티몬적 주인공* 파니아스가 결국 다시 자신의 여인 및 세계와 화해하는 데에서 우리는 그와 함께 염세적인 시대를 체험하게 된다. 그 밖에 이 작품에서 우리는 삶에 쉽게 잘못 이용되어 자주 광신으로 의심받는 고조된 기분에 대한 가벼운 반감도 갖게 된다. 우리가 보통 진실하고 존경할 만하다고 여기는 것을 조롱하고 추방하는 것에 대해서도 그가 그렇게 함으로써 지속적인 창작을 해나갈 수 있음을 인식시킴으로써 우리는 작가를 용서하게 된다.

그런 작품들에 대한 비평이 당시 얼마나 허술했는지는 『일반 독일문고』의 처음 몇 권들에서 엿볼 수 있다. 『우스꽝스런 이야기』는 매우 값진 것으로 언급되었지만 이런 종류의 문학의 특성에 대한 통찰의 흔적은 보이지 않았다. 그 비평가는 그 당시 다른 모든 사람들과 마찬가지로 작품 그 자체에서 자신의 취향을 키웠다. 그는 여기에서 무엇보다도 모방작들을 평가하면서 원본의 고귀하고 아름다운 대상을 눈앞에 놓고 모방작가가 원본에서 어리석고 우스꽝스런 부분을 따왔는지, 원본에서 무언가를 빌려왔는지, 혹은 모방하는 척하면서 스스로 탁월한 발상을 이룬 것인지를 살펴보지 않았던 것이다. 그는 이런 모든 점들을 생각하지 않고 부분적으로만 시를 칭찬하거나 비난했다. 그 비평가는 스스로 고백했듯이 자신에게 마음에 든 부분에 얼마나 많은 줄을 그었던지 인쇄할 때 그 부분을 제대로 알아보기 어려웠다고 한다. 최고의 가치가 있는 셰익스피어 번역에 대해서까지 "정당하게 말하면 셰익스피어 같은 사람은 번역하지 말았어야 했다"고 외쳤을 정도니 『일반 독일문고』가 취향의 측면에서 얼마

* 티몬은 셰익스피어의 희극 『아테네의 티몬』의 주인공. 셰익스피어는 이 작품에서 베풀기 좋아하는 그를 통해 물질적인 것이 인간성을 살 수 있는가를 묻는다.

나 뒤떨어져 있었는지를 말해주고 있다. 그리하여 진실한 감정으로 생동하는 젊은 사람들은 다른 지도자를 찾아나서야 했다.

이런 식으로 독일인들은 다소나마 형식을 규정하는 소재를 곳곳에서 찾았다. 그들은 국가적 대상들은 거의 혹은 전혀 다루지 않았다. 슐레겔의 『헤르만』이 그런 것을 암시하고 있었을 뿐이다. 서정적 경향은 끝없이 확산되었다. 게스너의 특성 없는 작품은 무척 우아하고 어린애 같은 순진성을 띠고 있어 모든 사람들에게 그와 비슷한 작품을 쓸 수 있다는 생각을 하게 했다. 외국의 특성을 묘사하려는 시들도 마찬가지로 보편적 삶으로부터 소재를 취해야 했다. 예를 들면 『유대인 목자의 시』는 대체로 조상 전래의 풍습에 따른 것이면서 신약성서와 연관되어 있었다. 보드머의 『노아의 노래』는 독일의 문단을 홍수처럼 덮쳤다가 서서히 빠져나갔다. 아나크레온적인 경향은 무수한 중간수준의 작가들을 널리 헤매게 했다. 독일인들은 호라티우스의 엄밀성을 필요로 했지만 그것에 적응하는 것은 서서히 이루어졌다. 대부분 포프의 『머리카락의 겁탈』을 표본으로 삼았던 우스꽝스런 영웅시들도 더 좋은 시대를 가져오는 데에 기여하지는 못했다.

여기서 나는 자세히 관찰해보면 우스꽝스러울 정도로 진지한 영향을 미쳤던 한 가지 망상을 회상해야겠다. 독일인들은 여러 국민들을 특징적으로 나타내는 모든 문학형태에 대해 역사적 지식을 충분히 가지고 있었다. 고트셰트는 이미 시학의 내적 개념을 파괴하는 전문저술을 냈다. 그의 『비판적 창작법』은 꽤 완벽하게 종합 정리되어 독일의 작가들도 뛰어난 작품들로 모든 영역을 채울 수 있다는 것을 증명해 주었다. 그렇게 계속 진전이 이루어졌다. 매년 작품의 양이 엄청나게 많아졌고, 한 작품이 지금까지 영예를 누리던 다른 작품을 몰아냈다. 우리는 이제 호메로스가 아닌 베르길리우스와 밀턴을, 핀다로스*가 아닌 호라티우스를 갖게 되었고, 테오크리토스**와 같은 전원시인들도 부족하지 않았다. 그리하여 사람들은 외국의 작품들을 비교하는 데 치중했고, 작품들이 점점 늘어나자 마침내 내부의 작품들을 비교할 수 있게 되었다.

취향의 문제가 아직 정착되지 못하고 흔들리고는 있었지만 이 시기의 사람들이 부인할 수 없었던 것은 독일의 신교도 지역과 스위스에서 우리가 흔히 오성이라고 부르는 것이 활발하게 움직이기 시작했다는 사실이다. 학교 철학은 인간이 문제 삼을 수 있는 모든 것을 적절한 원칙에 따라 임의의 질서 속에서 일정한 범위 아래 가르쳐주는 것이다. 그런데 이 학교 철학은 내용이 모호하며 쓸모가 없고, 뛰어난 방법을 시의에 맞지 않게 적용하고, 너무 많은 대상들로 범위를 넓힘으로써 대중에게 낯설고 향유하기 어려워 결국 불필요한 것이 되고 말았다. 많은 사람들은 지극히 평범한 것을 얻기 위해 접할 수 없이 멀리 떨어져 있는 것들과 어떻게 하면 관계를 맺을지에 대해 그토록 힘들게 고민하거나 탐구하지 않고도 대상들을 분명하게 파악하고, 자신과 남들에게 도움이 되도록 그것들을 이용할 수 있을 만큼은 훌륭하고 좋은 감각이 천성적으로 부여되었을 것이라는 확신에 이르렀다. 그들은 시험을 했고, 눈을 크게 뜨고 앞을 똑바로 바라보았으며, 주의를 기울이고 부지런하게 활동했다. 그들은 자신의 영

* 고대 그리스의 가장 위대한 서정시인(BC 518/522~BC 438경?), 에피니키온의 대가. 에피니키온이란 피티아 제전, 올림피아 제전, 이스트미아 제전 및 네메아 제전에서 거둔 승리를 축하하는 합창용 송가를 말한다.

** 그리스의 시인, 전원시의 창시자(BC 310경~BC 250).

역에서 올바르게 판단하고 행동한다면 멀리 떨어져 있는 다른 것들과도 함께 어울릴 수 있게 될 것이라고 믿었다.

이런 생각에 따라 이제 모든 사람들은 철학적으로 되어갈 뿐만 아니라 점차 자기 자신을 철학자로 여겨도 될 만한 수준이 되었다. 철학은 그래서 보편적인 것 속으로 들어가 내적 외적인 경험에 대해 판단을 내리는 다소 건전하고 숙련된 상식이 되었다. 모든 의견에 대해 철저하게 중용과 공평을 지키는 것이 당연하다고 여기는 가운데 빛나는 통찰력과 탁월한 공평성은 그런 철학적 저술이나 강연에 존경과 신뢰를 일으켰다. 그래서 모든 학부와 모든 계층 및 직업에서 마침내 철학자들이 존재하게 되었다.

이렇게 되자 신학자들은 이른바 자연종교 쪽으로 기울 수밖에 없었다. 그들은 자연의 빛이 신의 인식 속에 있는 우리를, 또한 우리 자신의 개선과 순화를 얼마나 충분히 촉진시키는지가 문제되었을 때 별로 주저하지 않고 그쪽으로 결정했다. 또 중용의 원리에 따라 사람들은 모든 기성종교들에 똑같은 권리를 부여했고, 그리하여 그것들은 모두 똑같았고 서로 구별하기가 모호했다. 그러나 그 밖에는 모든 것이 그대로 유지되었다. 성서는 풍부한 내용으로 다른 어떤 책보다도 사색의 소재와 인간에 대한 통찰의 기회를 제공해주었기 때문에 여전히 모든 설교와 그 밖의 종교적 일들의 기초가 되었다.

그러나 성서도 다른 통속작품들과 마찬가지로 시대의 흐름에 따라 피할 수 없는 운명을 맞게 되었다. 사람들은 지금까지 책 중의 책인 성서가 하나의 정신 속에서 씌어진, 즉 하느님의 정신이 불어넣어져서 그대로 옮겨 쓴 것이라고 충실하게 믿어왔다. 그러나 오래 전부터 신도들과 비신도들은 성서의 여러 부분들이 들어맞지 않는다는 비난과 이에 대한 반박을 해왔다. 영국인, 프랑스인, 독일인들이 성서를 다소 격렬하고 신랄하고 당돌하고 대담하게 공격했고, 이로 인해 각 나라의 진지하고 사려 깊은 사람들에 의해 마찬가지로 반박을 받았다. 나는 개인적으로 성서를 아끼고 값지게 여겼다. 왜냐하면 내 도덕적 성장은 거의 성서에 힘입었으며, 그 속의 사건, 교훈, 상징, 비유 등 모든 것이 내게 깊은 인상을 주었고 이런저런 방식으로 내게 영향을 미쳤기 때문이다. 그리하여 나는 그 불공평하고 조소적이며 왜곡된 공격이 싫었다. 그러나 그 당시 사람들은 많은 부분의 중요한 반박 근거가 될 수 있는—하느님은 인간의 사고방식과 이해력에 순응해왔고, 신앙에서 배척당한 사람들도 그렇다고 해서 자기 본연의 성격이나 개성을 부인할 수는 없었으며, 양치기 아모스가 왕자였다는 이사야와 같은 말을 사용하고 있지 않다는—사실을 그다지 기꺼이 받아들이지 않았다.

그런 생각과 확신에서, 특히 점점 늘어나는 언어 지식에 의해 자연히 새로운 연구가 발달했다. 즉 사람들은 동양의 지리, 국민성, 천연자원, 현상들을 더 자세히 연구하여 지난 시대를 재현해 보려고 했다. 미하엘리스는 재능과 지식의 모든 역량을 이 방면에 쏟았다. 그의 여행기는 성서의 해석에 큰 도움이 되었다. 많은 의문을 품고 새로이 여행을 떠나는 사람들은 답변을 통해 성서 속의 예언자와 사도들을 증명해야 했다.

성서를 자연적인 관찰에 접근시켜 독특한 사고방식과 표현방식을 좀 더 일반인들이 이해하기 쉽게 만듦으로써 역사비판적 관점에서 많은 비난을 제거하고, 많은 충돌을 떨쳐내고, 모든 천박한 조롱을 무력화시키려는 노력이 다방면으로 이루어지는 동안 일부 사람들에게서는 이와 정반대 종류의 움직임이 일어났다. 즉 그들은 성서 속의 가장 모호하고 신비로운 부분들을 관찰의 대상으로 골라 억측과 추측과 그 밖의 기발하고 기묘한 결합으로 그것들을 해명하는 것이 아니라 더 의문을 강화시켰다. 그들은 나아가 예언들의 경우 그 실현 결과를 통해 근거를 삼고, 그럼으로써 앞으로 기대되는 것에 대한 믿음을 정당화하려고 했다.

존경할 만한 벵겔*은 총명하고 성실하며 독실하고 흠이 없는 사람으로 잘 알려져 있었기에 요한 계시록을 둘러싼 그의 노력은 절대적인 지지를 받았다 심오한 정서를 지닌 사람들은 미래에 사는 동시에 과거에 살 수밖에 없다. 그들에게는 오늘날까지의 시간의 흐름 속에서 밝혀진 예언들과 가깝거나 먼 미래에 가려진 예언들을 존경하지 않는 한 이 세상의 일상적 활동은 아무 의미가 없다. 이렇게 보면 역사 속에서 누락된 하나의 관계가 솟아나온다. 역사는 우리에게 단지 필연적으로 제한된 영역 안에서 우연히 이리저리 흔들리는 것만을 전해주는 듯 보인다. 크루지우스 박사는 인간 본성의 두 대립적 특성인 정서와 통찰력이 동시에 작용한다고 보면서 성서의 예언 부분을 가장 많이 인정한 사람에 속한다. 많은 젊은이들이 이 이론에 몰두했고, 에르네스티가 그의 일파와 함께 그 젊은이들이 좋아하는 성서의 모호함을 해명하지 않고 완전히 내버리려고 위협했을 때 이미 눈에 띄는 대대적인 집단들이 생겨났다. 이로 인해 논쟁과 증오와 박해와 많은 불상사가 일어났다. 나는 명백한 쪽을 지지했으며 그들의 원칙과 장점을 내 것으로 만들려고 했다. 하지만 나는 이런 최고의 가치를 지닌 이성적 해석방식 때문에 결국 성서의 시적 내용은 예언적 내용

* 독일의 루터교 신학자, 성서학자(1687~1752). 슈바벤 경건주의의 창시자이며 "학자는 성서에 들어 있지 않은 것을 성서에 집어넣어 읽지 말아야 하고, 모든 것을 성서로부터 이끌어내되 성서에 실제로 담겨 있는 것을 하나라도 놓쳐서는 안 된다"고 주장했다.

과 함께 사라져버릴 수밖에 없으리라 고 예감했다.

그러나 독일문학이나 미학에 몰두하는 사람들에게는 예루살렘, 촐리코퍼, 슈팔딩 같은 사람들의 노력이 더 관심을 끌었다. 그들은 설교나 논문에서 훌륭하고 순수한 문체를 통해 종교나 이와 가까운 관계인 윤리학을 위해, 또한 확고한 생각과 취향을 지닌 사람들의 갈채와 지지를 얻으려고 노력했다. 적합한 서술법이 절대적으로 필요하게 되었다. 무엇보다도 이해하기 쉬워야 했으므로 여러 방면의 저술가들이 나타나서 식자들은 물론 대중에게도 자신들의 연구나 업무로부터 전할 것을 분명하고 뚜렷하고 설득력 있게 쓰려고 노력했다.

멘델스존

외국인 티소*의 선례에 따라 이제 의사들도 일반적 교양에 영향을 주려고 열심히 노력했다. 할러, 운처, 치머만이 매우 큰 영향을 주었다. 사람들은 개인적으로 그들에게, 특히 치머만에게 반감을 가지기도 했지만 그 당시 그들은 매우 영향력이 있었다.

법률학자들은 젊어서부터 제국 직속기사의 자료실부터 레겐스부르크의 제국의회에 이르기까지 모든 문서실에 이상한 형식으로 보관돼 있던 문서들의 난해한 문체에 익숙해져서 쉽사리 자유로운 표현에 이르지 못

* 스위스의 의사(1728~1797).

에발트 크리스티안 폰 클라이스트

했다. 이는 다루어야 할 대상들이 외적 형식과 함께 문체와도 아주 긴밀하게 연관되어 있었기 때문에 더욱 그랬다. 그러나 젊은 모저는 이미 자유롭고 개성 있는 저술가로 인정받았고, 퓌터는 명확한 강연을 통해 다룰 대상과 문체 또한 명확하게 했다. 그의 학파에서 이루어진 모든 것은 그런 특징이 있었다. 이제 철학자들도 대중적이기 위해서는 분명하고 이해하기 쉽게 글을 써야 할 필요를 느끼게 되었다. 멘델스존*과 가르베가 등장하여 일반의 관심과 경탄을 받았다.

모든 분야에서의 독일어 및 그 문체의 발달과 함께 비판력도 발전했다. 우리는 당시의 종교적, 도덕적 저술들과 의학적 저술들에 대한 비평에 감탄하게 된다. 반면에 시와 그 밖의 순수문학 작품들에 대한 비평들은 가련할 정도는 아니지만 적어도 매우 미약하다는 것을 깨닫게 된다. 이런 점은 『문학서한』, 『일반 독일문고』, 『순수문학 문고』에도 적용되며, 그 밖에도 중요한 실례들을 쉽게 들 수 있다.

이 모든 것이 제멋대로 다양하게 뒤엉켜 있었지만 스스로 무언가를 만들어내려고 생각하고, 선배들의 말과 문구를 그대로 빌어다 쓰지 않으려는 사람이라면 모두 자신이 이용하려고 생각하는 소재를 조만간 스스로

---

* 독일계 유대인 철학자, 성서번역가(1729~1786). 그는 가장 유명한 저서 『파이돈 : 영혼 불멸에 관하여』(1767)에서 그 당시 유행하던 유물론에 맞서 영혼의 불멸을 옹호했다.

찾아내는 길밖에 없었다. 여기서도 우리는 적잖이 헤매야 했다. 우리는 늘 들었던 클라이스트*의 말을 상기했다. 그는 늘 혼자서 산책한다고 비난하는 사람들에게 조롱 투로 재치 있으면서도 진실하게 자신은 한가하게 나돌아 다니는 것이 아니고, 형상사냥에 간다고 대답한 것이다. 이 비유는 귀족이자 군인인 그에게 잘 어울렸다. 그는 이 비유를 통해 기회만 있으면 총을 들고 토끼나 꿩 사냥 가는 것을 게을리 하지 않는 같은 계층의 남자들과 자신을 대조시켰던 것이다. 그래서 우리는 클라이스트의 시들 속에서 비록 늘 잘 가공된 형상은 아니지만 재치 있게 포착된 그런 하나하나의 형상들로부터 우리에게 정겹게 자연을 연상시키는 많은 것을 발견하게 된다. 아펠스 공원, 쿠헨 공원, 로젠탈, 골리스, 라슈비츠, 코네비츠 등이 시적 사냥감을 찾아내는 데는 너무나도 좋은 구역이었지만 사람들은 우리에게 다른 어디론가 형상사냥을 나가라고 진지하게 권했고, 우리는 결국 어느 정도는 수확을 거두었다. 나는 그런 이유로 마음이 움직여 혼자서 산책을 나가게 되었다. 아름다운 대상도 숭고한 대상도 관찰자인 내게 많이 나타나지 않았고, 가장 좋은 계절에는 모기들이 섬세한 생각을 떠오르지 못하게 했기 때문에 나는 지칠 줄 모르는 끝없는 노력으로 자연의 소생활(나는 이 말을 조용한 삶의 유사어로 사용하고 싶은데)에 최대한 관심을 기울이게 되었다. 이 지방에서 볼 수 있는 멋진 일들도 그 자체로서는 별로 큰 가치가 없는 것이므로 나는 그 속에서 의미를 찾는 습관을 갖게 되었다. 그 의미는 관조, 감정, 성찰 중 어느 것에 비중을 두느냐

* 독일의 서정시인(1715~1759). 자연을 사실주의적으로 관찰하고 자세히 묘사하여 새로운 시 양식의 발전에 이바지한 장시 「봄」(1749)이 가장 유명하다. 레싱과 가까운 친구가 되어 라이프치히의 문학 서클과도 접촉했다.

에 따라 상징적인 면으로 기울기도 하고 비유적인 면으로 기울기도 했다. 여러 가지 사례들 가운데에서 한 가지만 이야기하기로 한다.

나는 보통의 사람들처럼 내 이름을 좋아했고, 교양 없는 젊은 사람들이 흔히 그렇듯 곳곳에 내 이름을 써놓았다. 나는 언젠가는 수령이 꽤 많은 한 보리수나무의 반질반질한 껍질에 내 이름을 매우 멋지고 똑똑하게 새겨놓았다. 그러고 나서 가을에 아네테*에 대한 내 애정이 절정에 달했을 때 내 이름 위쪽에 그녀의 이름을 새겨놓았다. 겨울이 끝나갈 무렵 나는 괴팍스런 애인으로 기회만 있으면 그녀를 괴롭히고 불쾌하게 했다. 봄에 나는 우연히 그 보리수나무가 있는 곳을 찾아갔는데, 나무속에서 힘차게 솟구치는 수액이 그녀의 이름을 새긴 아직 굳지 않은 상처에서 솟아나와 이미 굳어버린 내 이름자국을 허물없는 나무의 눈물로 적시고 있었다. 내 불손한 행동으로 자주 눈물을 흘렸던 그녀가 여기서도 나 때문에 우는 것을 보고 나는 깜짝 놀랐다. 나도 내 불손함과 그녀의 사랑을 생각하며 눈물을 흘렸다. 나는 즉시 그녀에게 달려가 모든 일에 대해 몇 번이고 거듭 용서를 빌었다. 나는 이 사건을 한 편의 서정시로 썼다. 나는 이 시를 애정 없이는 읽을 수 없었고, 감동 없이는 다른 사람들에게 읽어줄 수 없었다.

내가 플라이세 강변의 목동이 되어 이처럼 천진난만하게 섬세한 대상에 깊이 빠져 언제나 내 마음속으로 재빨리 끌어들일 수 있는 대상들만을 고르고 있는 동안 독일의 시인들에게서는 오래 전부터 좀 더 크고 중요한 측면에서 소재들이 준비되고 있었다.

진실하고 고귀하며 본질적인 삶의 첫 소재는 프리드리히 대왕과 7년전

* 앞서 나온 여관주인 셴코프의 딸.

쟁의 업적을 통해서 독일의 문학 속으로 들어왔다. 모든 국민문학은 인간적인 제1인자에 기초를 두고 있지 않거나 국민과 지도자가 하나가 되는 사건에 기초를 두고 있지 않을 경우에는 천박할 수밖에 없거나 천박해지게 된다. 국왕들은 전쟁과 위험 속에서 묘사되며, 여기에서 그들은 최후의 운명을 결정하고 그것을 함께 나눔으로써 제1인자가 된다. 그럼으로써 그들은 운명을 결정하기는 하지만 그것을 함께 나누지는 않는 신들보다 더 흥미를 끌게 되는 것이다. 이런 의미에서 모든 국민은 최소한의 어떤 가치를 인정받으려면 위대한 영웅시를 가져야 한다. 그러나 그것은 반드시 서사시의 형식을 요하지는 않는다.

여관주인의 딸 아테네

글라임에서 시작된 전쟁가요들은 독일의 시들 가운데에서 높은 위치를 차지하고 있다. 왜냐하면 그 시들은 전쟁행위와 더불어 전쟁 속에서 생겨난 것이며 나아가 훌륭한 형식은 마치 최고의 순간에 아군전사가 부른 것처럼 우리에게 완벽한 효과를 느끼게 하기 때문이다.

람러는 또 다른 지극히 가치 있는 방식으로 왕의 위업을 노래한다. 그의 모든 시들은 내용이 풍부하고, 마음을 고양시키는 위대한 대상들로 우리를 사로잡으며, 그럼으로써 불멸의 가치를 띤다.

다루어진 대상의 내적 내용이야말로 예술의 시작이자 끝이기 때문이다. 천재성, 즉 완성된 예술적 재능은 대상을 다루는 방법에 의해 모든 것에서 모든 것을 만들어내며, 가장 다루기 힘든 소재도 정복할 수 있다는 사실은 부인할 수 없다. 그러나 엄밀히 관찰해보면 예술품이라기보다는 언제나 기교물이 만들어진다. 예술품은 숙련성과 수고와 노력에 의해 마침내 우리에게 소재의 가치를 더 완벽하고 훌륭하게 보여주기 위해서 가치 있는 소재를 바탕으로 해야 하는 것이다.

프로이센인들과 그들이 함께하는 독일의 신교 지역은 문학에 있어서 하나의 보물을 얻었는데, 그것이 없었던 반대파는 그 후 아무리 노력해도 그것을 얻을 수가 없었다. 프로이센의 작가들은 그들의 왕에 대해 품을 수 있는 위대한 관념들을 키워나갔으며, 왕의 이름으로 모든 것을 행하는 데도 왕은 그들에게 전혀 관심을 두지 않았으므로 더욱 더 열성적이었다. 이미 오래 전부터 프랑스 이주민들에 의해, 나중에는 프랑스의 교양과 재정제도에 대한 왕의 선호에 의해 대량으로 프로이센에 흘러들어온 프랑스문화는 그것에 대한 갈등과 저항을 일으키는 가운데 독일인들에게는 최고의 자극제가 되었다. 마찬가지로 프리드리히 대왕의 독일어에 대한 반감도 독일문학의 발전에 있어서 행운이 되었다. 사람들은 왕의 주의를 끌기 위해 모든 것을 다했다. 왕에게서 존중받지는 못할지라도 그저 관심만이라도 돌리기 위해서였다. 그리고 모든 것을 독일적 방식으로 했으며, 마음속의 확신에 따라 했고, 스스로 정당하다고 인정하는 것을 행했다. 그들은 왕이 이런 독일적 권리를 인정하고 평가해주기를 바랐다. 그러나 그런 일은 일어나지 않았고 일어날 수도 없었다. 정신적 삶을 누리며 즐기기를 원하는 왕에게 몸에 밴 오랜 세월을 버리고 야만적이라고 여기던 것을 뒤늦게 고상하고 향유할 만한 것으로 여기게 되기를 어떻게 기대할 수 있단 말인가? 왕은 수공품이나 공장 생산물에 있어서는 자신은 물론 특히 국민들에게 외국의 우수한 물건들 대신 적절한 대용품을 만들어 쓰도록 권고했지만 그런 물건은 모두 빨리 완성될 수 있는 것들이며, 그런 것들을 완전하게 만들어내는 데에는 일생이 필요한 것은 아니다.

나는 여기서 7년전쟁의 진정한 산물이며 북독일의 완전한 국민적 내용을 지닌 한 작품에 대해 특별한 존경심을 가지고 언급하지 않을 수 없다. 그것은 의미 있는 인생을 다룬 희곡으로서 특별히 시사적인 내용을 지니고 있으며, 그럼으로써 엄청난 영향을 끼친 『미나 폰 바른헬름』*이다. 작가인 레싱은 클롭슈토크나 글라임과는 반대로 개인적 위엄을 기꺼이 내던졌다. 그는 위엄을 언제든지 다시 회복할 수 있는 것이라고 믿었기 때문이다. 그는 왕성하게 활동하는 내적 힘에 대해 언제나 막강한 대응력을 필요로 했기에 난잡한 술집이나 세속의 삶을 즐겼다. 그리고 그는 타우엔치엔 장군의 부하로 들어가기도 했다. 이 작품이 전쟁과 평화, 증오와 애정 사이에서 생겨났다는 것을 쉽게 인식할 수 있다. 이 작품은 지금까지 창작법이 추구해온 문학 세계, 시민 세계로부터 좀 더 고상하고 중요한 세계에 눈을 뜨게 한 성공적인 작품이었다.

7년전쟁 중 프로이센인들과 작센인들 사이에 빚어진 증오어린 긴장은 전쟁이 끝난 후에도 사라지지 않았다. 작센인들은 이제 오만해진 프로이센인들에게서 받은 상처를 아주 뼈저리게 느끼게 되었다. 정치적인 평화가 왔지만 양측의 정서 사이의 평화는 곧장 이루어질 수 없었다. 이런 것

---

* 레싱의 1767년 작. 이는 독일 최초의 고전주의 희극으로, 괴테는 이 작품이 국가적 중대사였던 7년전쟁에서 프로이센과 작센 간의 갈등을 중심 주제로 삼았다는 점을 높이 평가했다. 주인공인 프로이센 소령 텔하임과 적국 튀링겐 출신의 예절바른 처녀 미나는 계몽주의의 전형적인 대표자처럼 사고하고 행동하면서도 결국은 보통 사람들처럼 처신해 레싱의 인본주의관이 어떤 것인가를 보여준다.

이 연극이 발전하는 데 영향을 미쳤다. 작센 여인들의 우아함과 애교가 프로이센인들의 가치와 위엄과 완고함을 극복했고, 주인공에게서 뿐만 아니라 보조인물들에게서도 기괴하고 거슬리는 요소들이 적절한 조화를 이루어 예술적으로 묘사되었다.

내가 독일문학에 대한 이런 개략적이고 산만한 설명으로 독자들을 어느 정도 혼란에 빠뜨렸다면 그것은 다행스럽게도 당시 내 빈약한 두뇌가 처해 있었던 혼돈스런 상태를 잘 나타내주는 것이라고 볼 수 있다. 그 당시 나는 조국의 문학에 있어서 매우 중요한 두 시기의 갈등 속에 처해 옛것에 순응하게 되고 많은 옛것의 정당성을 인정하기도 전에 많은 새것이 밀려들어 옛것을 완전히 포기해야 할 충분한 이유들이 있다고 믿게 되었다. 나는 이런 어려움으로부터 한 발짝씩이나마 빠져나오려고 어떤 길을 택했는지를 여기서 가능한 한 자세히 전하려 한다.

어린 시절 내가 처해 있던 혼란한 시기를 나는 많은 품위 있는 사람들과 교제하면서 성실하고 열심히 습작하며 보냈었다. 내가 아버지에게 남겨놓은 많은 4절판 원고들은 이에 대한 충분한 증거가 될 수 있다. 나는 확고한 신념에 의해서라기보다는 불만에 의해 얼마나 많은 습작과 초고와 반쯤 완성한 구상들을 물거품으로 만들어버렸는지 모른다. 나는 이제 주로 대화를 통해서, 학설과 많은 논란이 있는 견해들을 통해서, 특히 식탁 친구인 궁중고문관 파일을 통해서 소재의 중요성과 취급방법의 간결성을 점점 더 중시하는 것을 배우게 되었다. 하지만 소재를 어디에서 찾고 어떻게 간결성을 이룰 것인지는 알 수 없었다. 내 상황의 제한성, 동료들의 무관심, 교사들의 소극성, 교양 있는 시민들의 폐쇄성, 아주 평범한 자연대상물 때문에 나는 모든 것을 내 스스로에게서 찾아야 했다. 나는 내 시에 있어서 진실한 토대와 감정, 성찰을 요할 때는 내 마음속으로 들어가야 했다. 또 나는 시적 묘사에 있어서 대상과 사건의 직접적인 관찰을 요할 때는 내 마음을 움직이고 관심을 끄는 영역에서 빠져나올 수 없었다. 이런 의미에서 나는 우선 짧은 시들을 가요 형식이나 자유로운 운율로 썼다. 이런 시들은 성찰에서 나오며, 지나간 일을 다루고, 대부분 경구적 표현을 취하고 있다.

그리하여 내가 평생 벗어날 수 없었던 경향이 시작되었다. 즉 나를 기쁘게 하거나 괴롭히거나 몰입시킨 것을 하나의 형상인 시로 만들고 거기에 내 자신을 결부시켜 외적인 것들에 대한 내 생각을 바로잡고, 그리하여 내면의 안정을 찾으려는 경향이 시작된 것이다. 천성적으로 끊임없이 극단에서 또 다른 극단으로 옮겨 다니는 내게는 어느 누구보다도 그런 재능이 필요했다. 그리하여 나를 통해 밝혀지는 모든 것은 커다란 고백의 단편일 뿐이다. 이 작은 책은 그 고백을 완전하게 하기 위한 과감한 시도이다.

나는 그레첸에 대한 이전의 애정을 이제 엔헨*에게로 옮겼다. 내가 말할 수 있는 것은 이 소녀가 젊고, 말쑥하며, 쾌활하고, 사랑스럽고, 우아하다는 것, 마음의 성전 안에 작은 성자로서 한동안 모셔두고 온갖 숭배를 바칠 만한 가치가 있는 여자라는 것뿐이다. 숭배는 받는 것보다 주는 것이 더 큰 기쁨을 일으키는 것이다. 나는 날마다 그녀를 아무 방해도 받지 않고 만났다. 그녀는 내가 먹는 음식 조리를 도왔고, 적어도 저녁때만큼은 내가 마실 포도주를 가져다주었다. 우리들 늘 정해진 점심식사 일행

* 앞서 나온 여관주인의 딸 아네테의 애칭.

은 대목시장 외에는 거의 손님이 없는 이 작은 집이 명성을 얻을 만한 가치가 있다고 증명하는 보증인이 되었다. 여기서는 많은 오락의 기회와 즐거움이 있었다. 그러나 그녀가 집에서 거의 떠날 수도 없고 떠나지도 않았으므로 우리의 오락은 아무래도 시시했다. 우리는 차하리에의 가요들을 노래 불렀고, 옮아맨 손수건을 밤 꾀꼬리 대신 내세워야 했던 크뤼거의 『미헬 공작』을 공연했다. 그렇게 한동안은 그런대로 즐겁게 지냈다.

그러나 이런 상태는 허물이 없어질수록 변화가 점점 더 적어졌으므로 나는 잘못된 나쁜 욕구에 사로잡혀 사랑하는 그녀를 괴롭히는 데에서 즐거움을 찾고, 그녀의 헌신적 사랑을 의도적인 난폭한 변덕으로 지배하려고 했다. 내 시 습작의 실패와 제대로 고쳐 쓸 수 없을 듯한 데에서 오는 불만과 그 밖에 여기저기서 나를 괴롭히는 모든 것에 대한 불쾌한 감정을 나는 그녀에게 분풀이해도 좋을 것이라고 생각했다. 그녀는 나를 진심으로 사랑했고, 내게 호감을 주는 일이면 무슨 일이든 다 했기 때문이다. 나는 근거도 없는 어리석은 질투심으로 나와 그녀의 아름다운 날들을 망쳐버렸다. 그녀는 얼마 동안은 대단한 인내로 그것을 견뎠고, 나는 그 인내를 극단적으로 쫓아버리려 했다. 마침내 그녀의 마음이 내게서 멀어졌다는 것과 내가 아무 필요도 이유도 없이 했던 어리석은 짓들을 합리화하려 한다는 것을 깨닫자 나는 부끄러웠고 절망했다. 우리는 격렬하게 싸웠고, 나는 거기에서 아무것도 얻지 못했다. 그리고 나는 비로소 내가 그녀를 정말로 사랑했으며 그녀 없이는 살 수 없다는 것을 느꼈다. 내 열정은 커져서 그런 상황 아래에서 그녀가 나타낼 수 있는 모든 형태들을 받아들였다. 마침내 나는 지금까지 그 소녀가 해온 역할을 내가 하게 되었다. 나는 그녀의 호감을 사기 위해서 가능한 모든 것을 해보았으며, 다른 사람들을 통해 그녀에게 기쁨을 주려고 노력했다. 나는 그녀를 다시 얻으려는 희망을 포기할 수 없었기 때문이다. 그러나 너무 늦었던 것이다! 나는 그녀를 정말로 잃었다. 나는 내 도덕적 정신을 벌하기 위해 어리석은 방법으로 육체를 괴롭히고, 내 잘못을 스스로에게 앙갚음하려고 내 생애의 가장 좋은 몇 년을 허송해버렸다. 만약 내 시적 재능이 그 치유력으로 특히 내게 도움을 줄 수 없었더라면 나는 이런 손실 때문에 완전히 몰락했을지도 모른다.

이미 전부터 나는 때때로 내 불손한 행동을 분명히 깨달아왔다. 나는 아무 이유도 없이 나로 인해 상처를 입는 그녀를 볼 때면 정말로 그 소녀가 불쌍히 여겨졌다. 나는 그녀의 상태와 나의 상태, 그리고 반대로 우리 모임의 다른 남녀의 만족스런 상태를 자주 매우 상세하게 그려보았다. 그리하여 마침내 나는 고통스럽고 교훈적인 참회를 위해 이런 상황을 희곡으로 다루지 않을 수가 없었다. 이로부터 지금 남아있는 내 희곡작품들 중 가장 오래된 작품인 짧은 희곡 『사랑에 빠진 자의 기분』이 생겨났다. 이 작품의 순수한 특성에서는 동시에 용솟음치는 열정의 충동을 느낄 수 있을 것이다.*

그러나 이미 오래 전부터 심오하고 의미 깊고 복잡한 세계가 내 마음을 끌어왔다. 그레첸과의 사건과 그 결과로 나는 일찍이 시민사회 속에 숨어 있던 신기한 미로를 보았다. 종교, 도덕, 법률, 계급, 관계, 습관 등 모든 것은 도시적 존재의 표면만을 지배하고 있다. 훌륭한 집들 사이에 뻗어있는 도로들은 깨끗이 유지되고, 모든 사람들은 거기서 예의바르게 행동했

* 아네테에게서 영감을 얻은 것들은 후에 『라이프치히 가곡집』이라는 제목의 이 노래책에 실린다.

지만 내부는 한층 더 황폐해보였다. 매끄러운 외면은 회반죽으로 칠해진 것 같이 하룻밤 사이에 무너져 내리는 많은 연약한 담장이라는 것을 감추고 있다. 그리고 그것은 평화로운 상태에서 무너져 내려 더욱 더 끔찍한 효과를 낸다. 나는 원근에서 많은 가정이 파산, 이혼, 딸들의 유괴, 살인, 강도, 독살 등에 의해 파멸하거나 겨우 몰락을 면하고 있는 것을 보아왔다. 그리고 나는 어리지만 그런 경우에 자주 구조와 도움의 손길을 제공했다. 그것은 내가 솔직해서 신뢰를 얻었고, 비밀을 지키는 사람이라는 것이 확인되었고, 내 성격이 가장 위험할 때에도 두려워하지 않고 기꺼이 나서기를 좋아했기 때문이다. 그리하여 나는 자주 중재하고, 무마시키고, 화를 미리 피하게 하고, 그 밖의 모든 일을 할 수 있는 기회를 충분히 가졌다. 그러면서 나는 나 스스로나 다른 사람들 때문에 마음을 상하거나 굴욕을 당하는 경험도 해야 했다. 나는 기분전환을 위해 많은 희곡들을 구상하고 그 대부분의 서막을 썼다. 그러나 줄거리는 언제나 불안하게 뒤얽힐 수밖에 없었고, 거의 모든 작품이 비극적 결말로 끝날 것 같아 나는 차례로 그 일을 중단해버렸다. 『공범자』는 유일하게 완성된 작품인데, 쾌활하고 우스꽝스런 특성이 암울한 가정을 배경으로 하고 있어 다소 불안한 모습을 드러내고 있는 듯 보인다. 그래서 공연을 하면 부분적으로는 흥겨움을 주지만 전체적으로는 불안함을 안겨준다. 대담하게 표현된 위법적 행위는 미학적 도덕적 감정을 해치므로 이 작품은 독일의 극장에서 환영을 받지 못했다. 하지만 그런 난점들을 배제한 모방작들은 큰 호응을 받았다.

언급된 두 작품은 나 자신도 의식하지 않았지만 좀 더 높은 관점에서 쓰였다. 이 작품들은 도덕적 책임에 있어서 신중한 관용을 나타내고 있으며, 조금 조야한 특성은 띠고 있지만 '죄가 없다고 느끼는 자가 먼저 돌을 집어던져라'라는 최고의 기독교적 성구를 유희적으로 표현하고 있다.

내 첫 작품들을 흐려놓은 이 엄숙성으로 나는 내 천성 속에 확고하게 자리 잡고 있는 매우 유리한 모티브를 소홀히 하는 과오를 범했다. 젊은 이로서는 처절한 최초의 체험을 하면서 내 마음속에서는 대담한 유머가 발달했다. 그것은 순간을 초월한다고 느끼며, 위험을 두려워하지 않을 뿐만 아니라 오히려 대담하게 위험을 불러낸다. 이 유머의 바탕은 혈기왕성한 청년이 매우 좋아하는 방종에 있었다. 그리고 이 유머가 익살스럽게 표현될 때는 그 순간뿐만 아니라 회상 속에서도 많은 즐거움을 준다. 이런 것들은 많이 보편화되어 젊은 대학생들의 용어로는 'Suite(장난)'로 불리고 있으며, 가까운 관계로 인해 'Posse reiβ-en(장난친다)'과 같은 의미로 'Su-ite reiβen'이라고 말하고 있다.

이런 유머가 넘치는 대담한 일들을 재치와 의미를 담아 무대에 올리면 대단히 큰 효과를 낸다. 이런 것들은 찰나적이며, 목적이 있다 해도 멀리에 있지 않아서 음모와 구별된다. 보마르셰*는 유머의 총체적인 가치를 이해했으며, 그의 피가로의 효과는 주로 거기에서 나오고 있다. 그러한 선의의 장난과 악한과도 같은 행위가 고귀한 목적으로 개인의 위험을 무릅쓰고 실행될 경우 거기서 나오는 상황은 미학적 도덕적으로 관찰할 때 연극에 있어 최대의 가치를 띠게 된다. 예를 들면 오페라 『물을 운반하는 사람』**은 우리가 무대에서 본 것들 중 가장 훌륭한 주제를 다루고 있을 것

* 『세비야의 이발사』, 『피가로의 결혼』을 쓴 프랑스의 극작가 (1732~1799).

** '구원'을 주제로 한 케루비니의 오페라 『2일간』(1800)을 말한다. 이 오페라의 독일어 곡명이 『물을 운반하는 사람』이며 케루비니의 걸작 오페라로 간주된다.

이다.

나는 일상생활의 끝없는 지루함을 덜기 위해 때로는 아무 생각 없이, 때로는 내가 좋아하는 친구들을 위해 그런 행위들을 수없이 많이 했다. 나는 한 번도 의도적으로 해본 일은 없으며, 이런 종류의 행위를 감행하는 것을 예술의 대상으로 여겨본 적도 없다. 그러나 내가 손에 잡을 수 있을 만큼 가까이에 있던 그런 재료들을 취해 형상화했더라면 내 최초의 작품들은 더 밝고 유용한 것이 되었을 것이다. 이런 종류에 속하는 내 몇몇 작품이 나중에서야 완성되었지만 단편적이고 의도가 없는 것이었다.

우리에게는 언제나 이성보다는 감정이 더 가깝고, 이성이 도우려 할 때면 감정이 나서 우리를 간섭하기 때문에 나도 감정의 문제가 늘 가장 중요한 것이라고 생각했다. 나는 애정의 무상함, 인간본성의 변화가능성, 도덕적 감성, 그 밖에 우리의 천성 속에 뒤얽혀 인간 삶의 수수께끼로 여겨지는 모든 것에 대해 끊임없이 숙고했다. 여기에서도 나는 나를 괴롭히는 것을 가요, 경구시, 운문 속에 집어넣어 떨쳐버리고자 했다. 그러나 그런 작품들은 나 자신만의 독특한 감정, 특별한 상황과 연관되어 있기 때문에 나 외에는 다른 누구에게도 흥미를 줄 수 없었다.

얼마 지나지 않는 동안 내 외부적 상황은 매우 많이 변했다. 뵈메 부인은 오랫동안 병을 앓은 끝에 마침내 세상을 떴다. 그녀는 마지막에는 나를 만나지 않았다. 그녀의 남편은 나를 별로 달가워하지 않았다. 그는 내가 그다지 부지런하지 않고 너무 경솔하다고 생각했다. 특히 내가 독일국법 강의시간에 열심히 받아쓰지 않고 거기에 등장한 인물들, 즉 궁정판사와 법원장과 배석판사들을 기묘한 가발을 씌워 내 노트의 주위 여백에 그려 넣는 짓궂은 장난을 해서 정신을 집중하고 있던 주위 친구들을 산란케 하고 웃음을 터뜨리게 한 일이 그에게 알려졌을 때 그는 나를 몹시 불쾌하게 여겼다. 그는 부인을 잃은 후 더 은둔적인 생활을 했고, 나는 그의 비난을 면하려고 나중에는 그를 만나는 일을 피했다. 겔러트가 우리에게 발휘할 수 있었을 역량을 활용하지 않은 것은 무엇보다도 불행한 일이었다. 물론 그는 고해승이 되어 우리들 각자의 기질이나 결함에 대해 물어볼 시간이 없었다. 그리하여 그는 그런 일은 개별적이 아닌 전체적으로 하면서 교회의 제도를 통해 우리를 통제하려고 생각했다. 그래서 그는 우리를 불러 만날 때에는 보통 머리를 숙이고 눈물짓는 듯한 부드러운 목소리로 열심히 교회에 다니는지, 고해신부는 누구인지, 성만찬은 즐겼는지를 묻곤 했다. 우리가 이 성스런 심문에 제대로 통과하지 못하면 그는 한탄을 하며 우리를 돌려보냈다. 우리는 교화되기보다는 화가 났으나 그 사람을 진심으로 사랑하지 않을 수 없었다.

이 기회에 어린 시절을 돌이켜 깊이 통찰할 때 교회의 종교가 사람들이 기대하는 만큼의 효과가 있다는 것을 증명하려면 큰 행사들이 일관성 있게 이루어져야 한다는 것을 밝히지 않을 수 없다. 신교의 예배의식은 너무 충실하지 못하고 일관성이 없어 신자들을 결합시킬 수가 없었다. 그리하여 신도집단들이 교회에서 분리하여 작은 신앙공동체들을 이루거나 교회를 떠나 각자 조용히 시민적 삶을 살아가는 일이 벌어졌다. 따라서 교회에 다니는 사람들이 해마다 줄어들고, 이에 비례해서 성만찬을 즐기기를 원하는 사람들도 줄어드는 것을 사람들은 오래 전부터 걱정해오고 있었다. 이 두 가지 일, 특히 성만찬에 참여하는 사람들이 줄어드는 원인은 아주 쉽게 찾을 수 있다. 그러나 누가 감히 그것을 말할 수 있겠는가? 우리가 그것을 시도해보자.

인간은 도덕적이며 종교적인 일에 있어서는 육체적이며 시민생활적인 일에서와 마찬가지로 무언가를 갑자기 즉석에서 행하는 것을 좋아하지 않는다. 계속 행하여 습관이 되는 것이 필요한 것이다. 또 자기가 좋아하는 일과 행해야 할 일을 따로 떼어놓고 생각할 수가 없으며, 어떤 일을 기꺼이 반복해서 행하려면 그 일이 낯설어서는 안 된다. 신교의 예배에서는 전체적으로 풍요로움이 결여되어 있어 의식 하나하나를 탐구해 보면 신교도의 성례식이 너무 적다는 것을 알게 된다. 실제로 신교도가 손수 참여할 수 있는 것은 단지 성만찬뿐이다. 세례는 다른 사람에게 행해지는 것을 보는 것일 뿐이며, 거기서 즐거움을 느끼지는 않기 때문이다. 성례식은 종교의 최고행사이며 신의 특별한 호의와 은총의 구체적 상징이다. 성만찬에서는 현세의 입술이 신적으로 승화되어 현세의 음식 형태로 하늘의 음식을 나눠먹도록 되어 있다. 신비로움에 헌신하는 정도와 이해될 수 있는 것에 대한 적응의 정도는 차이가 있을지라도 이 성만찬의 의미는 모든 기독교 교회에서 동일한 것이다. 그것은 언제나 신성하고 위대한 행사이며, 가능하거나 불가능한 것, 인간이 얻을 수도 없고 없이 살 수도 없는 것을 현실에서 대표하는 것이다. 그러나 그런 성례식은 홀로 이루어져서는 안 된다. 마음속에 상징적이거나 성례적인 정신이 함양되어 있지 않으면 어떤 기독교도도 참된 기쁨으로 그것을 향유할 수 없다. 기독교도는 마음속의 내적 종교와 외부 교회의 종교를 완전히 하나로 보는 데 익숙해져야 한다. 즉 이 같은 성례가 다시 많은 다른 부분들로 나뉘어져 각 부분들에 신성함과 불멸성과 영원함을 부여하는 것이다.

여기 한 쌍의 젊은 남녀가 악수를 하는데, 그것은 지나가듯 인사를 나누거나 춤을 추기 위해서가 아니다. 사제가 그들에 대해 축복의 말을 하면 그들의 결합은 풀어질 수 없는 것이 된다. 오래지 않아 이들 부부는 똑같은 모습의 아이를 제단 앞으로 데려온다. 아이는 성수로 정화되어 교회와 한 몸이 되며, 무시무시한 배교행위가 아니면 이 은전을 잃지 않는다. 아이는 살아가면서 현세의 일들은 스스로 익혀 나가지만 하늘의 일들은 배워야 한다. 시험에서 완벽하게 배웠다고 밝혀지면 아이는 이제 진정한 시민이 되며, 참된 자발적 신도로서 교회의 품에 안기는데, 이때도 행사의 중요성을 알리는 외적인 표지를 단다. 이제 그는 확실한 한 사람의 기독교도가 된 것이며, 이제 비로소 특권과 함께 의무도 알게 된다. 그러나 그 사이 그는 인간으로서 많은 놀라운 일들과 부딪힌다. 그는 계율과 벌에 의해 자신의 내면이 얼마나 위험한 것인지 알게 되며, 계속 계율과 파괴에 대해 배운다. 그러나 벌은 더 이상 내려지지 않는다. 여기서 천성적 요구와 종교적 요구의 대립으로 필연적으로 생겨날 수밖에 없는 끝없는 혼돈 속에서 그에게 하나의 훌륭한 방책이 부여된다. 그것은 그의 옳고 그른 행위들과 결함과 의문을 권능을 위임받은 사람에게 털어놓는 것이다. 그 사람은 그를 안심시키고, 훈계하고, 격려하고, 동시에 상징적 벌에 의해 그를 징계하고, 마지막에는 그의 죄를 완전히 소멸시킴으로써 그를 행복하게 해주고, 순결하고 깨끗이 씻긴 인간성을 다시 그에게 부여해줄 줄 안다. 자세히 보면 여러 작은 부분들로 갈라진 성례행사들을 통해 그렇게 마음의 준비가 되고 완전히 안정된 그는 성체를 받기 위해 무릎을 꿇는다. 그리고 이 고귀한 행사의 신비로움을 높이기 위해 성배는 멀리서만 보여준다. 그것은 배부르게 만족시키는 일반적인 음식이 아니라 하늘의 음료에 대한 갈증을 일으키는 하늘의 음식인 것이다.

그러나 그 젊은이는 그것으로 모든 것이 다 되었다고 생각해서는 안 된다. 성인이라도 그렇게 생각해서는 안 되는 법이다! 우리는 현세의 상황 속에서 마침내 스스로 자립해 나가는 데 익숙해지는데, 여기서 지식이나 이성이나 개성만으로 언제나 충분하지 않기 때문이다. 하늘의 일은 아무리 배워도 다 배울 수 없는 것이다. 우리 마음속의 좀 더 고상한 감정은 때로는 자신의 것으로 존재하지 않는 것이다. 게다가 여러 외부적인 것에 의해 압박을 받음으로써 우리 자신의 능력으로는 충고나 위안이나 도움에 필요한 모든 것을 제공하기가 어렵다. 그러나 일생에 걸쳐 치유수단이 마련되어 있으며, 한 총명하고 경건한 분이 방황하는 자에게 올바른 길을 가르쳐주고 고통 받는 자를 구해주기 위해 언제나 기다리고 있는 것이다.

이제 일생 동안 시련을 받은 사람은 죽음의 문턱에서 온갖 치유력을 열 배는 더 발휘하도록 되어 있다. 어렸을 때부터 시작된 친숙한 습관에 따라 그 죽어가는 자는 상징적인 뜻 깊은 확증을 열렬히 받아들인다. 그에게는 모든 현세적 보증이 사라지는 곳에서 하늘의 보증에 의해 영원히 복된 존재가 약속되는 것이다. 그는 어떤 적대적인 요소도 어떤 악의적인 정신도 자신을 정화된 육신으로 감싸고, 자신이 신과의 직접적인 관계 속에서 신에게서 흘러나오는 무한한 행복에 함께하는 것을 방해하지 못한다는 확고한 믿음을 갖게 된다.

마지막으로 그 사람 전체가 신성해지기 위해 두 발에도 향유가 발라지고 축복을 받는다. 그 발은 모든 것이 회복된다 해도 현세의 이 딱딱하고 불투명한 땅바닥에 닿는 것을 싫어할 것이다. 그 발에는 놀라운 속력이 부여되어 있어 지금까지 그것을 끌어당기고 있던 땅을 차버리고 높이 올라갈 것이다. 그리하여 우리가 그 아름다움을 간단히 암시한 모두 똑같은 가치를 지닌 신성한 일련의 행동을 통해 요람과 무덤은 우연히 그렇게 서로 멀리 떨어져 있다 하더라도 하나의 끝없는 원 안에서 연결되는 것이다.

그러나 이 모든 정신적 기적은 다른 과일들처럼 자연의 땅에서 나오는 것이 아니다. 그것은 땅에 씨를 뿌리지도 못하고, 심지도 가꾸지도 못한다. 그것은 다른 곳에서 간청하여 불러와야 하며, 그 일은 누구에게나 어느 때나 이루어지는 것이 아니다. 여기에서 우리는 오랫동안 경건하게 전승되어온 것에서 나온 상징의 극치와 만나게 된다. 우리는 한 인간이 다른 사람보다 하늘로부터 총애 받고 축복받고 신성하게 된다는 말을 듣는다. 그러나 이것이 천부적으로 부여된 것으로 보이지 않게 하기 위해서 중대한 의무와 결합된 이 큰 은혜는 권능 있는 자로부터 다른 사람에게 옮겨져야 한다. 그리고 인간이 획득할 수 있는 가장 큰 재산은 자기 힘으로 얻거나 쟁취할 수 없고, 정신적인 상속에 의해 이 땅에 보존되고 영구화된다. 사제의 서품식은 신도들에게 행복감을 주는 성스런 행사들을 효과적으로 행하는 데 필요한 모든 것이 종합되어 있다. 이때 신도들은 믿고 무조건 신뢰하는 것 외에는 아무 것도 할 필요가 없다. 사제는 그의 선배와 후배의 대열 속에서, 함께 향유를 바른 일단의 사람들 속에서 최고로 축복받은 자를 나타내며 등장한다. 우리가 존경하는 것은 그가 아니라 그의 직무이며, 우리가 무릎을 꿇는 것은 그의 시선 앞이 아니라 그가 전해주는 축복 앞이기 때문에 그가 더욱 빛나게 보이는 것이다. 그리고 그가 전하는 축복은 현세의 도구로는 어떤 죄악이나 악덕에 찬 성질로도 약화시키거나 무력화시킬 수 없기 때문에 더 신성하고 하늘이 직접 내려준 것처럼 보인다.

이 참된 정신적 관계가 신교에서는 얼마나 산산조각 나 있는지! 앞에서 언급한 상징들의 일부는 허위라고 간주되고 얼마 안 되는 일부만이 정통한 것으로 간주되고 있다. 한쪽을 무의미한 것으로 여기면서 어떻게 다른 쪽의 높은 가치를 우리에게 납득시킬 수 있을 것인가?

나는 그 당시 수년간 우리 집의 고해신부였던 한 선량하지만 늙고 허약한 성직자에게서 종교수업을 받았다. 나는 교리문답서와 그것의 해석과 구제원리를 완벽하게 익혔으며, 강한 효과를 주는 성서의 금언들에도 숙달되어 있었다. 그러나 나는 이 모든 것에서 아무 소득도 얻지 못했다. 왜냐하면 그 성실한 노인이 낡은 형식에 따라 중요한 시험을 치르겠다고 언명했을 때 나는 이 일에 대한 모든 흥미와 애정을 잃었기 때문이다. 나는 마지막 일주일을 온갖 오락에 빠져 지냈고, 나보다 나이 많은 친구가 그 성직자에게서 구한 종잇조각들을 모자 밑에 놓고 감정과 확신을 가지고 잘 말할 수도 있었던 것을 무의미하고 무감각하게 읽어 내려갔다.

그러나 내가 고해석 가까이 다가갔을 때 이 중요한 일에서의 내 선량한 의지와 노력이 메마르고 생기 없는 관습 때문에 훨씬 더 무력해져가고 있다는 것을 깨달았다. 나는 내게 많은 결함이 있었지만 중대한 잘못이 있다는 것을 의식하지 못했다. 그리고 바로 이 의식이 잘못을 감소시켰는데, 그것이 내 마음속에 있으면서 내게 의도적으로 고집스럽게 원죄를 제압할 도덕적 힘을 주었기 때문이다. 우리는 고해식에서 전혀 특별한 것을 고백할 필요가 없으므로 가톨릭교도들보다 우리가 더 낫다고 배웠다. 또한 고백을 하려고 해도 전혀 어울리지 않을 것이라고 배웠다. 그러나 후자는 올바르다고 여겨지지 않았다. 왜냐하면 나는 품고 있던 극히 신비로운 종교적 의문들을 그런 고백의 기회에 풀어보려고 했기 때문이다. 그러나 고백하는 일이 없었기 때문에 나는 내 상황을 드러내는 고백을 생각해내고, 하나하나를 말하는 것이 금지되어 있는 그것을 이해심 많은 사람에게 전체적으로 고백하려고 했다. 그러나 내가 이 일을 위해 낡은 맨발수도승교회로 들어가 수도승들이 함께 모이곤 하는 격자창살이 된 이상한 곳으로 다가가고, 종지기가 문을 열어주어 좁은 공간 안에 갇혀 고해승과 마주앉아 있게 되고, 그가 약한 코맹맹이 소리로 나를 맞이했을 때 갑자기 내 정신과 마음의 모든 빛이 사라지고 잘 기억해 두었던 고해의 말이 입 밖으로 나오려 하지 않았다. 나는 당황해서 손에 들고 있던 책을 펼쳐서 앞부분의 가장 짧은 구절을 읽었는데, 그것은 일반적인 내용이어서 누구나 마음 편히 말할 수 있는 것이었다. 나는 면죄를 받고 아무 감정 없이 그 자리를 떠났다. 나는 다음날에는 양친과 함께 '주(主)의 식탁' 행사에 갔고, 며칠간은 그런 성스런 행사를 경험하고 난 자에게 어울리는 행동을 했다.

그러나 결과적으로 나는 불쾌해졌다. 그것은 많은 교리에 의해 복잡해지고, 다양한 해석을 허용하는 성서의 말씀에 기초를 둔 종교가 회의적인 사람들에게 끼치는 감정이었다. 그것은 우울증적인 상태를 초래하며 극단에 이르면 고정관념이 되는 것이다. 나는 매우 합리적인 감각과 생활방식을 갖고 있으면서 성령에게 죄를 짓고 있다는 생각, 그 죄를 저질렀다는 불안에서 벗어나지 못하는 많은 사람들을 알고 있었다. 똑같은 불안이 성찬의 내용 문제에서 나를 위협했다. 즉 성찬을 불손한 마음으로 즐기는 자는 먹고 마시는 데에서 바로 심판을 받는다는 말이 어려서부터 내게 무시무시한 인상을 주어왔다. 내가 중세 역사에서 읽었던 신의 심판인 끓는 쇠와 타오르는 불꽃과 넘치는 물 등 모든 무서운 것들과 결백한 자에게는 좋은 약이 되고, 죄 있는 자는 몸을 부풀어 터뜨렸다는 성서의 샘물 이야기 등 모든 것이 내 상상력 속에서 한데 나타나 극도의 공포가 되었다. 그러면서 허위의 약속, 위선, 거짓맹세, 신성모독 등 모든 것이 가장 신성한 행사에서 불손한 나를 벌하는 것 같이 생각되었다. 또한 아무도 스스로 자격이 있다고 공언할 수는 없으며, 면죄는 결국 모든 것을 해결하지만 여러 면으로 제한을 받아 자유롭게 그것을 얻을 수 있다고 자신할 수 없으므로 더욱 더 두려움은 커졌다.

이러한 우울한 의혹이 나를 괴롭혔다. 사람들이 내게 충분한 것이라고 알려주려 한 정보가 내게는 매우 허술하고 미약하게 보여 공포의 형상을 더 무시무시하게 보이게 할 뿐이었다. 그래서 나는 라이프치히에 도착하자마자 교회와의 관계를 완전히 끊으려고 했다. 그로 인해 겔러트의 훈계는 나를 얼마나 압박했던지! 나는 그렇지 않아도 우리의 귀찮은 접근을 피하기 위해 우리를 과묵하게 대했던 그를 그런 이상한 질문들로 괴롭히고 싶지 않았다. 더구나 나는 기분 좋을 때에는 그런 의문들을 수치스럽게 여겼으며 마침내 이 기이한 양심의 불안을 교회 및 제단과 함께 완전히 버리고 말았다.

겔러트는 자신의 경건한 감정에 따라 하나의 도덕률을 정립하고, 이따금 그것을 공개적으로 낭독했으며, 그럼으로써 대중에 대한 의무를 명예롭게 수행했다. 겔러트의 저서들은 오래 전부터 독일의 도덕적 문화의 토대가 되어 왔으므로 누구나 그의 작품이 출판되어 나오기를 고대했다. 그러나 그런 일은 이 훌륭한 사람이 죽은 후에야 이루어지게 되어 있었으므로 사람들은 그가 살아있을 때 직접 강의를 듣는 것을 행복이라고 여겼다. 그의 철학 강의 시간은 만원을 이루었다. 아름다운 영혼, 순수한 의지, 우리의 행복에 대한 고귀한 그의 관심과 훈계, 경고, 당부 등이 약간 흐릿하고 슬픈 음조로 흘러나와 순간적으로 깊은 인상을 주었다. 그러나 이 인상이 오래 지속되지는 못했다. 그의 이 연약하고 기를 죽이는 태도가 우리를 회의적으로 만든다고 여기는 많은 조롱꾼들이 생겨나면서 더욱 그랬다. 나는 한때 대단한 명성을 떨친 이 사람의 학설과 사상을 알고자 했던 한 프랑스 여행자를 기억하고 있다. 우리가 그에게 필요한 내용을 알려주었을 때 그는 고개를 젓고 웃으면서 이렇게 말했었다.

"그 사람은 우리가 쉽게 속아 넘어갈 줄 알고 있으니 내버려 두시오."

그래서 자기 주변에 어떤 품위 있는 게 존재하는 것을 쉽게 견디지 못하는 상류사회 또한 겔러트가 우리에게 미칠 도덕적 영향을 이따금 방해했다. 어느 땐가는 그가 자신에게 특별히 추천된 덴마크의 부유한 귀족 청년들을 다른 학생들보다 더 잘 가르치고 그들에게 특별한 배려를 해준 것이 나쁘게 여겨진 일도 있었고, 어느 땐가는 자기 동생 집에서 이 청년들에게 점심식사를 대접해준 것이 이기주의이며 정실주의라고 비난받은 적도 있었다. 이 동생이란 사람은 키가 크고 풍채가 좋으며, 우악스럽고, 자유분방하며, 좀 거친 남자로서 검술선생이었다고 했다. 그는 형의 관대한 용인에 따라 고상한 식탁친구들을 때때로 엄하고 거칠게 다루었다고 한다. 그래서 사람들은 이 젊은이들 편을 들어야 한다고 생각했고, 훌륭한 겔러트의 명성을 이것저것 헐뜯었다. 그리하여 우리는 마침내 그에게 혼돈을 일으키지 않으려고 그를 무관심하게 대했고 더 이상 그의 앞에 나타나지 않았다. 그러나 그가 자신의 길들여진 백마를 타고 나타날 때면 우리는 언제나 지극히 공손하게 인사했다. 이 말은 건강을 위해 필요한 운동을 하라며 선제후가 그에게 선사한 것이었다. 이 특별한 대우도 그에게서 쉽게 떨쳐버릴 수 없는 비난의 대상이었다.

그리하여 내게서 모든 권위가 사라지고, 내가 알았거나 생각하고 있던 가장 위대하고 훌륭한 사람들까지도 의심하고, 나아가 절망해야 하는 시기가 점차 다가왔다.

프리드리히 2세는 여전히 그 세기의 모든 뛰어난 사람들에 앞서 내 기억 속에 남아있었으므로 내가 전에 할아버지 집에서 그랬던 것처럼 라이프치히 시민들 앞에서도 그를 칭찬해서는 안 된다는 것이 무척 이상하게 생각되었다. 물론 이 도시의 시민들은 전쟁의 고통을 심각하게 느끼고 있었으므로 전쟁을 시작하고 이끌어간 사람을 좋게 생각하지 않는다는 것을 나쁘게 볼 수는 없다. 그들은 그를 뛰어난 인물이라고 인정하지만 결코 위대한 인물이라고 인정하려 하지 않았다. 그들은 대대적인 수단을 써서 얼마 안 되는 성과를 이루는 것은 값진 것이 아니라고 말했다. 그들은 국토나 돈이나 피를 소중히 아끼지 않으면 누구나 최후에는 자신의 계획을 실현할 수 있는 것이라고 말했다. 프리드리히 대왕은 어떤 계획에서도, 또한 시도했던 어떤 것에서도 위대함을 나타내지 못했다는 것이었다. 그가 주도권을 쥐고 있는 한 그는 늘 실수만 저질렀고, 탁월한 일은 이 실수를 만회하려고 할 때 일어났다는 것이었다. 그리고 모든 사람이 자주 저지르는 실수를 교묘하게 다시 만회하는 재능을 원하고 있는데, 그가 위대한 명성을 얻은 것도 그런 이유에서일 뿐이라는 것이었다. 7년전쟁을 하나하나 자세히 살펴보면 왕은 훌륭한 군대를 완전히 쓸데없이 희생시켰으며, 이 파멸적인 전쟁을 그렇게 오래 끈 책임은 바로 그에게 있음을 알 수 있다는 것이었다. 진정으로 위대한 사람이자 군통수권자라면 적을 훨씬 더 신속하게 물리쳤을 것이라고 그들은 말했다. 그들은 이러한 견해를 주장하기 위해 수많은 세부적 사항들을 끌어들여야 했으며, 나는 그것들을 부인할 수 없었다. 그리고 나는 어려서부터 이 놀랄 만한 군주에게 바쳐온 무조건적인 숭배가 점차 냉각되어가는 것을 느꼈다.

라이프치히 시민들이 위대한 한 인물을 숭배하는 아늑한 감정을 내게서 빼앗아간 것처럼 당시 내가 얻은 새로운 한 친구는 내가 지금의 시민들에게 품고 있던 존경심을 무척 감소시켰다. 이 친구는 이 세상에서 둘도 없는 기인이었다. 그는 베리시라고 불렸고, 젊은 린데나우 백작 집에서 가정교사로 있었다. 그는 외모만으로도 충분히 특이했다. 깡마르고 풍채가 좋았으며, 나이는 서른을 훨씬 넘겼고, 매우 큰 코에 대체로 특징 있는 얼굴이었다. 그는 탈이라고 해도 좋을 가발을 아침부터 저녁까지 쓰고 있었고, 매우 말쑥한 복장을 했으며, 외출할 때는 언제나 칼을 옆에 차고 모자를 옆구리에 끼고 있었다. 그는 시간을 허비하기 위해, 아니 시간을 내쫓아버리기 위해 아무 것도 아닌 일에서 무언가를 만들어내는 특별한 재능을 가진 사람이었다. 그가 하는 모든 일은 천천히 점잖게 이루어졌으며, 그의 점잖 빼는 태도가 천성에서 우러나오는 것이 아니었다면 꾸민 체 한다는 말을 들었을 것이다. 그는 나이 많은 프랑스인을 닮았고, 실제로 매우 능숙하게 프랑스어를 말하기도 하고 쓰기도 했다. 그의 최대의 즐거움은 장난기 어린 일들을 진지하게 행하고, 엉뚱한 생각을 한없이 계속해나가는 것이었다. 그는 계속 회색 옷을 입었다. 그리고 옷의 여러 부분이 각각 다른 천으로 되어 색깔의 대조가 이루어져 있었으므로 며칠씩 어떻게 하면 옷 위에 또 하나의 회색을 만들어낼 수 있을지를 곰곰이 생각했다. 그리고 그것이 이루어져서 그것을 의심하거나 불가능하다고 믿었던 우리를 부끄럽게 할 수 있으면 그는 기뻐했다. 그러고 나서 그는 우리의 창조력의 결핍과 자신의 재능을 불신하는 데에 대해 긴 훈계를 했다.

게다가 그는 공부를 많이 했고, 특히 근대의 언어와 문학에 정통했으며, 글씨도 무척 훌륭하게 썼다. 그는 나를 매우 좋아했다. 나는 늘 연장

자들과 어울리는 것이 몸에 뱄고 그것을 좋아했기 때문에 그와 곧 친해졌다. 그는 나의 불안과 초조를 억누르는 데에서 기쁨을 찾았고, 나는 반대로 그에게서 충분한 만족을 얻었으므로 나와의 교제는 그에게 특별한 즐거움을 주었다. 그는 창작법에 취미가 있어서 좋은 것과 나쁜 것, 평범한 것과 인정할 만한 것에 대한 분명한 보편적 판단을 지니고 있었다. 그러나 그의 판단은 비난하는 쪽에 치우쳤고, 저술이나 시에 대해 이런저런 기지를 담아 기분 내키는 대로 가차 없이 혹평함으로써 내가 당시의 작가들에 대해 품고 있던 다소의 믿음을 파괴했다. 그는 내 작품들은 관대하게 받아들였는데, 내가 어떤 것도 인쇄하지 않는다는 조건이 붙어 있었다. 그 대신 그는 좋다고 생각하는 내 작품들을 손수 정서해서 아름다운 책으로 만든 다음 내게 증정해주기로 약속했다. 이 계획은 그에게 많은 시간을 허비하게 했다. 왜냐하면 그가 적당한 종이를 찾아서 판형 결정을 하고, 가장자리의 폭과 내부 글자의 형태를 정하고, 까마귀 깃털을 구해서 자르고, 먹을 갈 때까지는 아무 것도 이루어지지 않은 채 몇 주일이 흘렀기 때문이다. 그는 정서를 할 때마다 똑같이 이런 상황을 맞이했고, 점차 매우 아담한 사본이 완성되어갔다. 시의 제목은 고딕체로 썼고, 시구는 꼿꼿한 작센 글자체로 썼다. 모든 시의 끝에는 그가 어디선가 골랐거나 손수 생각해낸, 각 시에 적합한 장식화가 그려져 있었다. 그는 그런 경우에 사용하는 목판화와 장식화의 획들을 매우 우아하게 모방할 줄 알았다. 그는 작업을 진행하면서 이런 것들을 나한테 보여주고, 내가 뛰어난 필체 속에서, 더구나 인쇄로는 도달할 수 없는 방식으로 내 작품이 영원함을 띠게 되는 것을 보는 행복을 기묘하고 열정적인 태도로 자랑스럽게 만들어주면서 멋진 시간을 보낼 수 있는 기회를 가졌다. 그런가 하면 그와의 교제는 그가 지니고 있는 풍부한 지식으로 인해 은연중 내게 가르침을 주었고, 그가 나의 불안정하고 격렬한 성격을 가라앉힐 줄 알았기 때문에 도덕적인 의미에서도 무척 유익했다. 또한 그는 모든 조야한 것에 대한 아주 특별한 반감을 가지고 있었으며, 그의 농담은 매우 기발해 비속하거나 평범한 적이 없었다. 그는 자신의 동향인들에 대한 이상한 혐오감을 지니고 있어 그들이 하고 싶어 하는 일을 우스꽝스런 특징으로 묘사했다. 그는 특히 사람들 개개인을 우스꽝스럽게 묘사하는 데 무궁무진한 재능이 있었다. 그는 어떤 사람이든 외모에서 무언가 특징적인 것을 찾아냈다. 그래서 그는 우리가 함께 창가에 앉아있을 때면 몇 시간 동안이나 지나가는 사람들에 대해 비판할 수 있었다. 그는 그들을 욕하다 지치면 그들이 제대로 된 사람들로 보이려면 어떤 옷차림을 해야 하는지, 어떻게 걸어야 하는지, 어떻게 행동해야 하는지에 대해 엄밀하고 상세하게 제시하곤 했다. 이 같은 제안들은 대부분 부적절하고 엉뚱한 것이어서 우리는 지나가는 사람의 모습을 보고 웃는 것이 아니라 그가 정신이 돌아서 그의 제안대로 묘한 모습을 할 경우를 상상하며 웃었다. 그는 조금도 악의를 내보이지 않으면서 이런 모든 일들에 철저히 몰두했다. 반대로 우리는 그의 외모가 프랑스 무도선생까지는 안 되어도 최소한 대학의 언어학선생으로는 보인다고 단언하며 그를 괴롭힐 수 있었다. 이 비난은 몇 시간 동안 이어지는 그의 반박을 촉발하는 신호가 되어 그는 자신과 나이 든 프랑스인 사이에는 하늘과 땅 사이의 차이가 있다고 말하곤 했다. 그러면서 그는 우리가 그의 복장의 변경이나 개량에 대해 할 수 있는 제안들이 모두 엉뚱한 것이라며 비난하곤 했다.

베껴 쓰는 일이 더 아름답고 세심하게 진행되어갈수록 더욱 더 열심히 해나간 내 습작은 이제 완전히 자연적인 것, 진실한 것으로 방향이 기울었다. 그리고 대상들은 언제나 중요한 것은 아니었지만 나는 그것들을 늘 순수하고 예리하게 표현하려고 했다. 내 친구가 자주 까마귀 깃털 펜과 먹물로 네덜란드 종이에 시를 쓰는 것이 얼마나 값진 일이며, 거기에는 무의미하고 무가치한 것에 낭비해서는 안 되는 시간과 재능과 노력이 든다는 것을 알려줌으로써 나는 더욱 열심히 노력했다. 그는 완성된 노트를 펼쳐놓고 이곳저곳에 적혀 있어서는 안 되는 것들을 자세하게 설명했고, 우리는 실제로 그런 것들이 적혀 있지 않은 것을 다행이라고 높이 평가하곤 했다. 그는 이어서 인쇄술을 심하게 멸시하며 말했고, 식자공 흉내를 내며 그의 동작과 여기저기서 급하게 활자를 고르는 모습을 조롱했고, 문학의 모든 불행은 이 인쇄작업에서 비롯되었다고 말했다. 반대로 그는 필기사의 품위와 고상한 자세를 높이 평가하고, 그것을 내보여주기 위해 곧장 자리에 앉았다. 그리고 그는 우리가 자신을 모범으로 본받아서 책상에 앉아 자신처럼 일하지 않는다고 꾸짖었다. 이제 그는 다시 식자공과의 대조로 돌아가 쓰고 있던 편지를 위쪽이 아래로 가도록 거꾸로 놓고 아래에서 위로, 혹은 오른쪽에서 왼쪽으로 써나가는 것이 얼마나 불편한 것인지와 그 밖의 여러 가지 것들에 대해 자세하게 가르쳐주었다. 그의 설명만으로 몇 권의 책을 만들 수 있을 정도였다.

그런 해롭지 않은 엉뚱한 짓들을 하면서 우리는 좋은 시간을 낭비했다. 그러면서 우리 집단에서 우연히 일어난 어떤 일이 모두의 관심을 불러일으키고 우리를 좋지 않은 평판으로 몰아넣을 줄은 아무도 생각하지 못했다.

겔러트는 자신의 실습에 별로 흥미가 없는 것 같았다. 그는 산문과 시의 양식에 대해 가르쳐주고 싶은 기분이 들 때에는 개인적으로 몇몇 사람들에게만 지도해주었는데, 우리는 거기에 끼지 못했다. 그럼으로써 공개 수업에서 빚어진 결손을 클로디우스 교수가 보충해주려고 했다. 그는 문학과 비평과 시에서 어느 정도 명성을 얻고 있었고, 젊고 활달하며 도량이 넓은 사람으로서 대학에서는 물론 도시에서도 많은 친구들이 있었다. 그가 맡은 강의를 들으라고 권해준 사람이 바로 겔러트였는데, 우리는 중요한 문제에 있어서는 두 사람 사이의 차이를 거의 알 수 없었다. 클로디우스도 하나하나의 것만을 비판하고 역시 빨간 잉크로 수정해 주었는데, 우리는 오류투성이라는 것은 알았지만 어디서 올바른 것을 찾아야 할지는 예측하지 못했다. 나는 그에게 짧은 작품 몇 편을 가져다주었는데, 그는 그것을 나쁘게 취급하지는 않았다. 그러나 마침 그때 집에서 편지가 왔는데, 내가 숙부의 결혼식에 시 한 편을 써 보내야 한다는 것이었다. 나는 그런 일에 기쁨을 느꼈던 이전의 가볍고 경솔한 시기에서 멀어져 있음을 느꼈다. 나는 결혼식 상황에 대해 아무 것도 알 수가 없었으므로 내 작품을 외적 치장으로 최대한 꾸미려고 생각했다. 그리하여 나는 프랑크푸르트 법률가의 결혼식에 대해 조언을 받기 위해 모든 올림포스의 신들을 끌어 모았으며, 그런 명사의 축제에 걸맞게 그것들을 매우 진지하게 다루었다. 베누스와 테미스*는 그로 인해 불화가 생겼으나 아모르가 테미스에게 한 장난으로 베누스가 심판에 이겨 신들은 결혼을 허락하기로 결정했다는 내용이었다.

이 작품은 내 마음에 들지 않은 것은 결코 아니었다. 나는 집에서 이 작품에 대한 멋진 칭찬의 편지를 받았으므로 같은 작품의 사본을 만들어 내

* 그리스 신화에 나오는 법의 여신.

선생에게서도 어느 정도 칭찬을 받고 싶었다. 그러나 이번에는 내 생각이 빗나갔다. 그는 이 일을 엄격하게 취급했고, 시상 속의 모방적 요소는 완전히 무시했으며, 사소한 인간적 목적에 신적 수단들을 대대적으로 사용하는 것은 몹시 부당하다고 말했다. 그는 그런 신화적 인물들의 사용이나 남용은 고루한 시대에서 비롯된 잘못된 습관이라고 비난했다. 그는 표현이 어느 부분은 너무 장엄하고 어느 부분은 너무 비속하다고 밝히고, 부분 부분에 빨간 잉크를 아끼지 않았으며, 그럼에도 아직 충분히 고쳐진 것은 아니라고 잘라 말했다.

그런 작품들은 익명으로 낭독하여 비평을 받았다. 그러나 모두 서로에게 주의를 기울여 이 불행한 신들의 모임이 내 작품이었다는 것은 숨길 수가 없었다. 그의 입장을 받아들인다면 비판은 아주 정당한 것으로 보였고, 자세히 보면 그 신들은 분명 공허한 외형에 불과했으므로 나는 올림포스의 모든 신들을 저주하고 신화적인 판테온을 모두 버렸다. 그리고 이때부터 내 짧은 시들에 항상 등장하는 유일한 신은 아모르*와 루나**가 되었다.

베리시가 조소의 대상으로 고른 인물들 가운데 바로 클로디우스가 상위에 놓여 있었다. 실제로 클로디우스에게서 우스꽝스런 면을 찾아내는 것은 어렵지 않았다. 키가 작고 약간 강하고 민첩한 모습의 그는 동작이 과격했고, 말이 좀 빨랐으며, 행동이 침착하지 못했다. 이런 모든 점들로 그는 자신의 동향인들과 달랐지만 그들은 그가 성격이 좋고 앞날이 촉망

---

* 그리스 신화에 나오는 사랑의 신 에로스를 말함.

** 그리스 신화에 나오는 달의 여신 셀레네를 말함. 루나는 라틴어 표기로 티탄신족인 히페리온과 테이아 사이에서 태어났다.

되었으므로 그를 기꺼이 인정해주었다.

사람들은 보통 축제행사에 필요한 시들을 그에게 맡겼다. 그는 이른바 송가에서는 람러가 사용한 양식을 따랐으나 그것은 람러에게만 어울리는 양식이었다. 모방자로서 클로디우스는 람러 시에 장엄하고 화려함을 주는 외국어들에 특별히 주목했다. 람러는 제재의 크기와 시적 처리방법이 적합했으므로 귀와 감정과 상상력에 매우 좋은 효과를 주었다. 반면에 클로디우스에게서는 이러한 표현이 낯설었다. 클로디우스의 시는 어떤 식으로든 정신을 고양시키는 데 적합하지 않았기 때문이다.

우리는 그런 시들이 자주 멋지게 인쇄되어 높이 칭찬받는 것을 보아야 했다. 우리에게 이교의 신들을 이용하는 것을 저지했던 그가 이제 그리스어와 라틴어를 이용해서 파르나소스 동산에 다른 사다리를 놓으려 하는 것을 우리는 몹시 불쾌하게 여겼다. 이 자주 반복되는 표현들은 우리의 기억 속에 확고하게 새겨졌다. 우리가 콜게르텐*에서 맛있는 과자를 먹고 있던 즐거운 시간에 갑자기 과자 굽는 헨델에게 보내는 시 속에 힘차고 장중한 말들을 모아 집어넣어야겠다는 생각이 떠올랐다. 생각대로 행해졌다! 그리하여 그 집 벽에 연필로 적어놓았던 것을 그대로 여기에 적어보겠다.

> 오 헨델이여, 그대 명성 남에서 북으로 뻗치니,
>
> 그대 귀에 울리는 찬가를 들으라!

---

* 오늘날의 라이프치히 근교에 있는 로이트니츠 지역. 교외의 동쪽인 이곳에 '헨델의 카페하우스'가 있었는데 당시 학생이었던 괴테가 자주 출입했으며 과자의 명인인 헨델을 위해 노래를 지었다.

그대는 갈리아인과 브리텐인이 끝없이 갈망하는
원초적 빵을 굽는 독창적 천재이리.
그대 앞에 넘쳐흐르는 커피의 바다는
히메투스에서 흐르는 과즙보다 더 달콤하리.
그대의 집은 예술에 보답하는 기념비로
기념물에 둘러싸여 국민에게 알리노라.
왕관 없이도 헨델은 여기서 행복을 찾았고,
비극배우의 반장화에서 많은 은화를 빼앗았다고.
그대의 관이 언젠가 장엄하게 치장되어 빛날 때
애국자는 그대 무덤에서 눈물 흘리리.
그러나 살아있으라! 그대의 소파는 고귀한 일족의 보금자리.
올림포스 같이 높이, 파르나소스 같이 굳게 서라!
그리스의 방어군도 로마의 대포도
게르만인과 헨델을 멸망시키지 못하리.
그대의 행복은 우리의 자랑이고, 그대의 불행은 우리의 고통이며,
헨델의 성전은 시인의 심장이리.

이 시는 그 방의 벽을 지저분하게 했지만 다른 시들 속에서 오랫동안 눈에 띄지 않았으며, 우리는 그것을 보고 충분히 즐겼지만 나중에는 다른 일들로 인해 완전히 잊어버렸다. 그 후 오랜 시간이 지나 클로디우스는 작품 『메돈』을 내놓았다. 이 작품의 초연은 갈채를 받았지만 우리는 그 속에 있는 지혜와 관용과 도덕을 지극히 우스꽝스럽게 여겼다. 나는 그날 저녁 우리가 늘 가는 술집에 모였을 때 크니텔 시 형식으로 서곡을 썼다.

여기에서는 두 개의 큰 자루를 가진 어릿광대가 등장하여 자루를 무대 앞 양쪽에 놓고 관객들에게 여러 가지 지나가는 농담을 한다. 즉 두 개의 자루 속에는 도덕적이며 미학적인 모래가 들어있으며, 배우들은 자주 그것을 관객들에게 뿌릴 것이라는 것이다. 또 한 개의 자루는 비용이 들지 않는 선행으로 가득 차 있고, 다른 한 개는 화려하게 표현된 생각들로 차 있지만 그것들은 아무런 뜻도 없다는 것이다. 어릿광대는 아쉬운 듯 사라졌다가 이따금 다시 돌아와 관객들에게 자신의 경고에 주의를 기울이고 눈을 감도록 진지하게 훈계한다. 그리고 그가 언제나 관객 편이며 관객에 호의를 갖고 있다거나 그 밖의 여러 가지 것들을 상기시킨다. 이 서곡은 즉석에서 친구 호른에 의해 방 안에서 공연되었다. 그러나 이 즐거움은 우리들 사이에서만 있었고, 우리는 그것을 필사해 두지 않았고, 써놓은 종이도 곧 사라져 버렸다. 그러나 어릿광대 역을 멋지게 해보인 호른은 헨델에게 보내는 내 시에 몇 개의 시구를 첨가하여 그것을 『메돈』과 연결시키려고 생각했다. 그는 그것을 우리에게 읽어주었지만 우리는 별로 재미를 느끼지 못했다. 왜냐하면 우리에게는 이 보충 작품이 알차게 생각되지 않았으며, 완전히 다른 의미로 쓰인 시 때문에 최초의 시가 파괴된 것처럼 여겨졌기 때문이다. 우리의 무관심과 비난에 불쾌해진 그 친구는 그것을 다른 사람들에게 보여주었는데 그들은 그것을 새롭고 재미있게 여긴 것 같았다. 이번에는 그것이 필사되었고, 클로디우스의 『메돈』의 명성이 있었기에 곧 대중에게 보급되었다. 그 결과 일반의 비난이 이어졌고, 원작자는(이 일이 우리 친구들 사이에서 벌어진 것임이 곧 알려졌는데) 맹렬히 비난받았다. 크로네크와 로스트가 고트셰트를 공격한 이래 이런 일은 지금까지 한 번도 일어난 적이 없었기 때문이다. 그렇지 않아도 전부터 뒤에 숨어 있던 우리는 이제 다른 새들과 맞서 있는 부엉이의 경우에 처하게 되었다. 드레스덴에서도 이 일을 좋게 여기지 않았고, 이 일은 우리에게 불쾌할뿐더러 심각한 결과를 가져왔다. 린데나우 백작은 이미 오래 전부터 아들의 가정교사에게 만족하지 않고 있었다. 베리시는 결코 게으름을 피우지 않았으며, 교사들이 일과수업을 할 때는 아들의 방에 있거나 적어도 그 근처에 있었으며, 강의에는 규칙적으로 그와 함께 갔고, 낮에는 반드시 그를 데리고 외출했으며, 산책도 언제나 함께 다녔는데도 불구하고 아펠의 집에 모여 있던 우리들 다른 사람들은 그들 두 사람과 함께 산책을 했으므로 그것만으로 사람들의 주목을 끌었던 것이다. 베리시는 우리들과 함께 있는 것이 몸에 배어 마침내는 대부분 밤 9시경이 되면 제자를 하인에게 맡기고 술집으로 우리를 찾아왔다. 그는 늘 구두와 양말을 신고, 허리에 칼을 차고, 모자를 옆구리에 끼고 왔다. 그가 늘 하는 농담과 엉뚱한 짓은 끝이 없었다. 예를 들면 우리의 친구 한 명은 정각 10시에 나가는 습관이 있었다. 그것은 그가 한 어여쁜 여자와 친밀한 관계였는데, 그녀와 이 시각이 아니면 만날 수가 없었기 때문이다. 우리는 그를 보내고 싶지 않았다. 베리시는 어느 날 저녁 우리가 매우 즐겁게 놀고 있을 때 그날만은 그를 나가지 못하게 할 계획을 은밀히 세웠다. 시계가 10시를 울리자 그 친구는 일어나서 작별인사를 했다. 베리시는 그를 불러 자기도 함께 갈 테니 잠깐만 기다려달라고 부탁했다. 그리고 그는 아주 점잖게 바로 눈앞에 있는 칼부터 찾기 시작했다. 그리고 그는 칼을 차는 데 매우 서툰 동작을 취해 도무지 칼을 제대로 찰 수가 없었다. 그는 처음에는 아주 자연스럽게 행동해서 아무도 그의 의도를 의심하지 않았다. 그러나 그는 테마에 변화를 주기 위해 계속 칼을 오른쪽으로 가져갔다가 다시 다리

사이에 넣었으며, 그래서 모두 웃음을 터뜨렸다. 급하게 출발해야 할 그 친구도 명랑한 친구라서 함께 웃었으며, 베리시를 그대로 놔두었다. 마침내 연인과의 만나야 할 시간은 지나버리고, 그들은 밤늦도록 함께 즐기고 재미있는 이야기를 했다.

불행하게도 베리시는, 그리고 그를 통해 우리도 몇몇 소녀들에게 서로 다른 애착을 갖고 있었다. 그 소녀들은 소문보다는 괜찮았다. 그러나 그 일로 인해 우리의 평판이 좋아질 리는 없었다. 우리는 때때로 그녀들의 정원에 있다가 발각되었고, 젊은 백작이 함께 있을 때 그쪽으로 산책길을 돌렸다. 이런 모든 일들이 쌓여서 마침내 늙은 백작에게 보고되었다. 그리하여 백작은 온건한 방식으로 가정교사 베리시를 내보내려 했다. 그러나 베리시에게는 오히려 행운이 찾아왔다. 훌륭한 외모, 지식과 재능, 비난의 여지가 없는 성실함으로 상류층 인사들의 사랑과 존경을 받고 있던 그는 그들의 추천으로 데사우의 세습영주의 교사로 초빙되어 모든 면에서 탁월한 이 영주의 궁정에서 확고한 행복을 찾았던 것이다.

베리시 같은 친구를 잃는다는 것은 내게 무척 중요한 일이었다. 그는 나를 교육시키면서 오히려 잘못 이끌었지만 그가 내게서 활용해도 좋다고 여긴 것이 사교에 어느 정도 도움이 되는 한 그가 있는 것이 필요했다. 그는 그때그때 장소에 맞는 모든 우아하고 적절한 것으로 내 마음을 쏠리게 하여 내 사교적 재능을 이끌어낼 줄 알았다. 그러나 나는 그런 일에는 혼자서 할 수 있는 능력을 타고 나지 못해서 다시 혼자가 되자 곧장 산란하고 완고한 성격으로 돌아갔다. 이런 성격은 내 주변 사람들이 내게 만족하지 않는다고 상상하면서, 나도 그들에 대해 점점 더 불만스러워질수록 더욱 더 커져갔다. 나는 내 멋대로 내게 이익이 될 수 있다고 여겨도 좋은 것을 나쁘게 받아들였다. 그럼으로써 나는 지금까지 괜찮은 관계를 유지해온 많은 사람들과 멀어졌다. 또한 나는 나와 다른 사람들에 대해서 행실이나 나태함이나, 지나치게 많거나 부족한 일에서 많은 불쾌한 일들이 일어나 호의적인 사람들한테 내가 경험이 부족하다는 주의를 들어야 했다. 내 작품을 보고, 특히 그것이 외부세계와 관계된 것일 경우 호의적인 사람은 내게 똑같은 말을 해주었다. 나는 외부세계를 할 수 있는 한 잘 관찰했지만 거기서 거의 유익함을 찾지는 못했고, 그것을 견딜 수 있는 것이라고 생각하려면 내 쪽에서 많은 것을 보태야 했다. 나는 때때로 친구 베리시에게 경험이 무엇인지 명백하게 알려달라고 졸라댔었다. 그러나 그는 온통 엉뚱한 짓들에만 팔려있어 하루하루 미루다가 마침내 많은 전제들을 늘어놓은 다음 말해주었다. 그는 참된 경험이란 경험자가 경험을 어떻게 경험하면서 경험해야 하는지를 경험할 때 이루어진다고 말했다. 우리가 이 말을 맹렬히 비난하며 그에게 설명을 요구하자 그는 이 말 속에는 커다란 비밀이 숨겨져 있어서 우리가 경험하면 그것을 이해하게 될 것이라고 말했다. 그리고 그는 계속 말을 해나갔다. 15분쯤 그렇게 얘기하는 것은 그에게는 아무것도 아니었기 때문이다. 그는 경험은 점점 더 경험적이 되고 마침내 참된 경험이 된다고 말했다. 우리가 이런 농담에 실망하자 그는 자신의 의견을 명백하고 인상적으로 표현하는 이런 방식은 최근의 가장 위대한 작가들에게서 배웠다고 단언하면서 그들은 우리가 어떻게 하면 평온한 평온을 평온하게 할 수 있으며, 어떻게 하면 고요함이 고요 속에서 더 고요하게 될 수 있는지를 우리에게 일깨운 것이라고 말했다.

우리는 우연히 모임에서 휴가를 얻어 우리와 함께한 장교 한 사람을 알게 되었다. 그는 매우 사려 깊고 경험이 풍부한 사람으로 7년전쟁에도 참가해 싸웠고, 대체로 신임을 받고 있었다. 그와는 쉽게 친해져서 우리는 자주 함께 산보를 했다. 경험에 대한 개념은 거의 확고하게 내 머릿속에 자리 잡고 있었으며, 그것을 분명하게 하려는 욕구가 열렬했다. 나는 본래 개방적인 것을 좋아하는 성격이어서 그에게 내가 처한 불안한 상태를 털어놓았다. 그는 미소를 짓고 내 질문에 따라 친절하게 그의 인생과 주변세계에 대해 전반적인 이야기를 해주었지만 물론 별로 신통한 것은 없었다. 그의 말에 의하면 경험은 우리에게 최고의 생각과 소망과 계획은 달성될 수 없다는 것을 확신시키며, 그런 망상을 품고 그것을 열렬히 입 밖에 내는 사람은 무엇보다도 경험이 없는 사람으로 여겨진다는 것이었다.

그러나 그는 정직하고 유능한 사람이었기 때문에 자신도 아직 이런 망상을 완전히 포기하지 못하고, 자신에게 남아있는 다소의 믿음과 사랑과 희망에 의해 아직은 아주 잘 지내고 있다고 분명하게 말했다. 그런 다음 그는 전쟁에 대해 많은 이야기를 해주었다. 그는 전쟁터에서의 삶과 작은 충돌과 전투 등에 대해 이야기했다. 그는 이런 일들에 특별한 관심을 갖고 있었는데, 끔찍한 사건들은 한 개인과 관련될 경우 무척 대단한 관심을 끌기 때문이었다. 나는 동화처럼 여겨진 최근의 궁정 상황에 대해 솔직히 이야기해달라고 졸랐다. 나는 아우구스트 2세의 신체적 강인함과 그의 많은 자식들과 엄청난 사치에 대해 들었다. 그런 다음 나는 후계자의 미술애호 및 수집욕, 브륄 백작*과 그의 유치하게 보이는 끝없는 사치, 프리드리히 왕의 작센 침략에 의해 근절된 수많은 축제와 호화오락 등에

* 작센 선제후령의 총리, 실질적인 통치자(1700~1763).

대해서도 들었다. 지금은 왕궁도 파괴되고, 브륄 백작의 호화로운 모든 것들도 사라지고, 오로지 황폐화된 훌륭한 땅만이 남아있다는 것이었다.

그는 내가 그런 무의미한 행복의 향유에 놀라고 그로 인한 불행을 슬퍼하는 것을 보고 경험 있는 사람에게 요구되는 것은 행복과 불행 어느 것에도 놀라지 않고 그런 것에는 그다지 관심을 가져서도 안 되는 것이라고 설명해주었다. 그래서 나는 지금까지와 같은 무경험 상태에 좀 더 머물고 싶다는 욕구를 크게 느꼈다. 그는 그런 나를 격려하여 내가 앞으로도 계속 좋은 경험에만 마음을 두고 불쾌한 경험이 닥쳐오면 가능한 한 그것을 피하라고 간절히 당부했다. 다시 화제가 주로 경험에 대한 것이 되어 내가 친구 베리시의 궤변 같은 설명에 대해 얘기하자 그는 웃으면서 고개를 젓고 말했다.

"그저 한 번 내뱉은 말일 뿐 무슨 의미가 있을지! 그 말은 참 이상하고 엉뚱하게 들려 합리적인 의미를 부여하기가 거의 불가능한 것 같군. 하지만 한 번 시도해볼 수는 있는 일이겠지."

내가 그에게 졸라대자 그는 분별 있고 쾌활한 태도로 대답했다.

"내가 자네 친구의 말을 해석하고 보충해서 그의 방식대로 말해도 된다면 그는 경험이란 경험하고 싶지 않은 것을 경험하는 것일 뿐이며, 적어도 이 세상에서는 대부분 그렇다는 것을 말하려고 했던 것으로 생각되는군."

제8장

베리시와는 어떤 식으로 보아도 많은 차이가 있었지만 어떤 의미에서는 그와 비교될 수 있는 또 한 사람이 있었다. 그 사람은 외저였다. 그는 즐겁게 일하면서 삶을 꿈같이 살아가는 사람들 중 하나였다. 그의 친구들은 그가 매우 훌륭한 소질이 있었음에도 젊은 시절에 충분한 활동을 하지 않아서 완벽한 기법의 예술을 이룩하지 못했다고 은연중 인정하고 있었다. 그러나 그는 나이가 들어서도 어느 정도의 근면함은 남아있는 것 같았고, 내가 그를 알고 지낸 몇 년 동안 결코 독창력도 활동력도 부족하지 않았다. 그를 처음 본 순간 나는 그에게 끌렸다. 기이하고 신비에 찬 그의 집부터가 내게는 극히 매력적이었다. 오래된 플라이센부르크 성 안의 오른쪽 모퉁이에 새로 세운 밝은 나선형 계단으로 올라가도록 되어 있었다. 왼쪽으로는 그가 교장으로 있는 미술학교의 강의실이 밝고 넓게 보였다. 그러나 그에게 가려면 좁고 어두운 복도를 통과해야 했는데, 늘어선 방들과 넓은 곡식창고를 지나 그 복도 끝에 그의 방들로 들어가는 입구가 있었다. 첫 번째 방은 후기 이탈리아파 대가들의 그림들로 꾸며져 있었는데, 그는 그들의 우아함을 높이 칭찬하곤 했다. 나는 몇몇 귀족들과 함께 그에게서 개인교습을 받고 있었으므로 우리는 이곳에서 그림을 그릴 수 있도록 허락을 받았다. 우리는 때때로 옆에 있는 그의 개인 방에도 들어갔는데, 거기에는 약간의 책과 예술품, 광물 수집물들과 그가 관심을 두고 있는 것들이 있었다. 모든 것은 요령껏 간단하게 정리되어 있어 작은 공간에 많은 것이 들어차 있었다. 가구와 장롱과 서류함은 우아하고 치장이나 지나친 장식이 되어 있지 않았다. 그가 우리에게 권하고 늘 반복해서 강조하는 최우선적인 것은 예술과 공작이 함께 만들어내도록 된 모든 것에서의 단순성이었다. 그는 곡선무늬와 조개무늬와 모든 바로크적 취향을 용납 못할 적으로 여기면서 이런 것들이 동판에 새겨지거나 그려진 낡은 견본들을 가구나 방 주변의 다른 물건들의 더 나은 장식들, 단순한 형태들과 대조시켜 우리에게 보여주었다. 그리고 그의 주변에 있는 모든 것이 이런 원칙과 일치했기 때문에 그의 말과 이론은 우리에게 지속적이고 좋은 인상을 주었다. 게다가 그는 개인이나 관리들에게서 좋은 평판을 얻어 신축이나 개축 시에 자문을 요구받음으로써 우리에게 자신의 생각을 실제 속에서 보여줄 기회가 있었다. 대체로 그는 거창한 완성을 요하는 큰일들을 계획하고 수행하는 것보다는 그때그때 필요와 목적에 따라 어떤 일을 완수하는 쪽을 좋아하는 것 같았다. 그래서 그는 출판업자들이 어떤 작품에 쓸 크고 작은 동판들을 요구할 때면 언제든지 준비를 갖추고 있다가 응했다. 그리하여 빙켈만의 최초작품들의 장식그림들도 그가 그린 것이었다. 그러나 그는 자주 매우 간단한 스케치 같은 그림을 그렸고, 이 일에는 가이저가 능숙하게 함께 했다. 그가 그리는 인물들은 관념적이라고 말할 수 없고 철저히 보편적인 모습을 띠었다. 그가 그리는 여인들은 우아하고 호감이 갔으며, 어린 아이들도 무척 귀여웠으나 남자들만은 잘 되지 않았다. 재주가 뛰어났지만 모호하고 단축적인 그의 기법은 남자들을 대부분 나폴리 거지들처럼 보이게 했던 것이다. 그의 구성은 대체로 형태보다는 빛과 음영과 질량에 중점을 두었기 때문에 전체적으로는 훌륭하게 보였다. 그가 행하고 만들어 내는 모든 것은 독특한 우아함을 지니고 있었다. 그러면서 그는 의미를 나타내는 것, 비유적인 것, 다른 생각을 일으키는 것 등에 기우는 뿌리 깊은 성향을 극복하지 못했고 극복하려 하지도 않았으므로 그의 작품들은 언제나 무언가를 생각하게 했고, 하나의 개념으로는 완전하게 되었지만 기술과 솜씨의 측면에서는 완전할 수 없었다. 늘 이런 위험한 방향은 그를 이따금 좋은 취향의 한계에까지 이끌었지만 거기에서 벗어나게 하지는 못했다. 그는 자주 아주 기이한 발상과 신랄한 익살을 통해 자신의 의도를 이루려고 노력했고, 실제로 그의 최고의 작품들은 언제나 해학적인 특징을 띠었다. 대중은 언제나 그런 것들로 만족하지만은 않았으므로 그는 또 다른 새롭고도 더 기이한 익살로 대응했다. 그리하여 나중에 그는 거대한 연주홀 대기실에 한 이상적인 여인을 그려 넣었는데, 이 여인은 촛불심지를 자르는 가위를 가지고 촛불을 향해 다가가는 모습이었다. 그는 그렇게 함으로써 이 신비로운 여인이 촛불을 돋우려는 것인지 끄려는 것인지를 놓고 사람들이 논쟁을 벌이자 더없이 기뻐했다. 그는 이 그림에서 온갖 우스꽝스런 부수적인 생각들이 익살스럽게 떠오르도록 했던 것이다.

그 당시에 세워진 새로운 극장은 사람들의 커다란 주목을 받았으며, 그가 만든 막은 완전한 새것이어서 특별히 좋은 효과를 냈다. 외저는 이런 경우 보통은 구름 위에 떠 있는 여신들을 지상으로 옮겨놓았다. 명예의 사원 앞뜰은 소포클레스와 아리스토파네스의 입상이 장식했고, 그들 주위에 모든 근대의 극작가들이 몰려 있었다. 여기에는 예술의 여신들도 똑같이 모여 있었고, 모두 점잖고 아름다웠다. 그런데 기묘한 일이 일어나는 것이 아닌가! 비어 있는 가운데를 통해 멀리 서 있는 사원의 전면이 보이며, 가벼운 재킷 차림의 한 남자가 앞서 말한 두 개의 입상 사이로 입상에는 관심을 두지 않은 채 곧장 사원을 향해 걸어가고 있었다. 그리하여 그의 뒷모습이 보였는데, 그다지 두드러져 보이지는 않았다. 이 사람은 셰익스피어였다. 그는 선배도 후배도 없이, 모범적 인물들을 고려하지 않은 채 혼자서 당당하게 불멸성을 향해 걸어가고 있었던 것이다. 이 작품은 새 극장의 넓은 마당에서 완성되었다. 우리는 자주 거기에서 그의 주위에 모였고, 나는 그 자리에서 『무자리온』의 견본인쇄물을 그에게 읽어주었다.

나에 대해 말하자면 나는 예술의 실행에 있어서는 결코 발전하지 못했다. 외저의 이론은 우리의 정신과 취향에 영향을 주었지만 그의 그림은 지나치게 모호하여 예술과 자연의 대상들에 대해 어렴풋이 눈을 뜨고 있을 뿐인 나를 엄격하고 확실한 실행으로 이끌지 못했다. 얼굴과 신체에 대해서 그가 우리에게 전해준 것은 형태보다는 인상이었고, 균형보다는 태도였다. 그는 우리에게 모습의 개념을 전해주고, 그것을 우리들 마음속에서 살아있게 하라고 요구했다. 그가 데리고 있던 사람들이 초보자들만이 아니었더라면 그것은 훌륭하고 올바른 태도였을 것이다. 따라서 그에게 탁월한 가르침의 재능이 있다고는 말할 수 없었다. 그러나 그가 매우 영리하고 총명하다는 것과 그의 노련한 정신에 의해 그는 좀 더 높은 의미에서 충분히 선생이 될 자격을 갖추고 있다는 것은 인정할 수 있을 것이다. 그는 누구나가 괴로워하는 결함을 매우 잘 통찰했고, 그 결함에 대해 직접 꾸짖는 것을 피했고, 칭찬이든 질책이든 간접적으로 간단하게 암시했다. 그래서 사람들은 그가 말하는 것에 대해 깊이 생각하지 않을 수 없었고, 통찰에 있어 빠르게 진전을 이루었다. 한번은 내가 파란 종이 위에 표본그림에 따라 검고 흰 분필로 꽃다발을 세심하게 그렸다. 나는 이 작은 그림을 일부분은 번지게 하고 일부분은 음영을 만들어 훌륭하게 완성하고자 했다. 내가 그렇게 오랫동안 애를 쓰고 있는데 어느 샌가 그가 내 뒤에 와서 "종이를 더!"라고 말하고는 곧 사라졌다. 내 옆 친구와 나는 그 말이 무슨 뜻인지 곰곰이 생각했다. 내가 그린 꽃다발은 큰 종이의 반쪽에 그려져 있었고 그림 주변에 여백이 충분했기 때문이다. 우리는 오랫동안 생각한 끝에 마침내 그의 말뜻을 알아맞혔다고 믿었다. 즉 내가 검정과 흰색을 섞어 사용해서 파란 바탕을 덮어버렸고, 바탕색을 파괴함으로써 무척 열심히 했지만 만족스럽지 못한 그림을 그려냈다는 것을 깨달았던 것이다. 그 외에도 그는 우리에게 원근법과 광선 및 음영에 대해서도 충분히 가르쳐주었는데, 그가 언제나 그런 식으로 가르쳐주어서 우리는 그가 가르쳐준 원칙들을 올바르게 적용하려면 힘들게 노력하고 고생해야 했다. 아마도 그의 의도는 미술가가 되려고 하지도 않는 우리에게 예술작품을 만들어내는 것을 요구하는 것이 아니라 통찰력과 취향만을 길러주고 예술작품의 요구사항들을 알려주려는 것인 듯했다. 나는 본래 근면함과는 거리가 멀었다. 내게 닥친 일은 어떤 것도 즐거움을 주지 못했기 때문에 나는 점점 더 게을러질 뿐만 아니라 싫증을 느꼈고, 실행하는 것보다는 지식을 익히는 것이 더 편했기 때문에 그가 생각하는 방식으로 우리를 이끌어가도록 가만히 있었다.

그 당시 다르장빌*의 『화가들의 삶』이 독일어로 번역되었다. 나는 재빨리 그 책을 구하고 계속해서 열심히 공부했다. 이것이 외저의 마음에 든 것 같았다. 그는 우리에게 라이프치히의 대규모 수집소들에서 많은 자료들을 볼 수 있는 기회를 만들어주었고, 그럼으로써 우리를 미술의 역사로 이끌어주었다. 그러나 이런 연습들도 나한테는 그가 생각했던 것과는 다른 효과를 냈다. 화가들에 의해 다루어지는 내가 본 많은 대상들은 내 마음속에서 시적 재능을 일깨웠고, 사람들이 시를 위해 동판화를 만들 듯 나는 동판화와 그림들을 위해 시를 지었다. 나는 그림들 위에 나타난 인물들을 이전에 벌어진 상황과 이후에 결과로서 나타날 상황 속에서 재현하여 곧장 그들에게 적합한 짧은 가요를 지었다. 그래서 나는 예술들을 서로 연관 지어 관찰하는 습관을 들였다. 시들을 때때로 서술적으로 쓰는 내가 저지르는 과오들까지도 여러 가지로 생각해보면 결과적으로는 내게 예술들의 차이를 깨닫게 해주어 유익했다. 이런 짧은 시들은 베리시가 모은 수집물들 속에 많이 있었는데, 지금 남아있는 것은 아무것도 없다.

외저가 살고 있던 예술과 취향의 세계로 그를 자주 방문했던 사람들도 이끌려갔다. 이 세계는 외저가 자신과 친밀한 관계에 있던 세상을 뜬 사람들이나 현재도 관계를 맺고 있지만 멀리 떨어져 있는 사람들을 추억하기를 좋아함으로써 더욱 값지고 기분 좋게 되었다. 그는 누군가에게 한번 존경을 바치면 그 사람에 대한 태도를 바꾸는 일이 없었고, 언제나 똑같은 호의를 나타냈던 것이다.

그는 우리에게 프랑스인들 중에서 특히 카일뤼를 추켜세운 후 이 분야

* 드잘리에 다르장빌(1680~1765)을 말함.

에서 활동 중인 독일인들도 알려주었다. 그래서 우리는 크리스트 교수가 미술의 애호가이며 수집가이자 감식가이고 협력자로서 훌륭한 일을 했으며, 그의 학식이 미술의 참된 발전을 위해 활용되었다는 것을 알게 되었다. 반면에 하이네켄은 좋게 말해지지 않았다. 한편으로는 그가 외저의 평가를 별로 받지 못했던 독일 미술의 유치한 초기연구에 지나치게 몰두했기 때문이며, 다른 한편으로는 그가 도저히 용서받을 수 없을 정도로 빙켈만*을 거칠게 다루었기 때문이다. 리페르트의 노력은 우리의 열렬한 주목을 끌었다. 우리의 선생 외저가 그의 공적을 적잖이 내세웠기 때문이다. 외저는 입상과 대형 조각품은 모든 예술지식의 바탕이자 정점이기는 하지만 원작이든 모작이든 보기가 어렵다고 말했다. 반면에 그는 리페르트에 의해서 보석조각술의 작은 세계가 알려져, 거기에서는 옛 사람들의 좀 더 분명한 가치, 훌륭한 구상, 적절한 조합, 풍미 있는 취급이 두드러지고 이해하기 쉽게 되어있으면서 수가 많으므로 서로 간의 비교가 용이하다고 말했다. 우리는 허용된 범위에서 이런 연구에 열중하는 동안 이탈리아에서의 빙켈만의 고귀한 예술적 삶에 대해 가르침을 받고 그의 초기 작품들을 경건한 마음으로 손에 들었다. 왜냐하면 외저는 빙켈만에 대해

요한 빙켈만

* 과학적 고고학을 창시한 독일의 고고학자이자 미술비평가(1717~1768). '근대 고고학의 아버지'라고 불린다.

열렬한 존경심을 품고 있었으나 그것을 우리들 마음속에 쉽게 주입시킬 수 없었기 때문이다. 풍자에 의해 뒤얽혀있고 아주 특별한 견해, 특별한 사건들과 연관되어 있는 그 소논문들의 문제되는 부분을 우리는 도무지 해득할 수가 없었다. 그러나 외저가 여기에 많은 영향을 주었고, 미의 복음, 나아가 풍부한 취향과 우아함의 복음을 끊임없이 우리에게 전해주었기 때문에 우리는 보편적인 의미를 다시 찾아낼 수 있었다. 우리는 그런 해석을 하면서 빙켈만이 최초의 갈증을 해소했던 바로 그 샘물에서 물을 마시는 것을 적잖은 행복으로 여기고 더 확실하게 앞으로 나아갈 수 있을 것으로 생각했다.

한 도시에서 똑같이 선하고 옳은 생각을 갖고 있는 많은 교양인들이 더불어 산다는 것보다 더 큰 행복은 없다. 라이프치히는 이런 장점을 지니고 있었으며, 그다지 많은 판단의 차이가 나타나지 않았으므로 이 장점을 한층 더 평화롭게 누리고 있었다. 동판화수집가이며 숙련된 감식가인 후버는 독일문학의 가치를 프랑스인들에게도 알리려 했다는 데 대해 공로를 인정받고 있었다. 숙련된 안목을 지닌 예술애호가 크로이히아우프는 전체 예술세계의 친구로서 모든 수집품들을 자기 것처럼 여길 줄 알았다. 빙클러는 자신의 소중한 예술품들에 대해 품고 있는 총명한 기쁨을 기꺼이 다른 사람들과 함께 나누었다. 그밖에 많은 사람들이 뜻을 함께하며 모두 한마음으로 생활하고 활동했다. 그리고 나는 자주 그들이 예술품을 살필 때 함께할 수 있었는데, 내 기억으로는 한 번도 그들이 불화를 일으킨 적이 없었다. 그들은 예술가를 배출한 학파, 그가 살았던 시대, 자연이 그에게 부여한 특별한 재능, 작품의 완성도 등을 공평하게 살폈다. 거기에는 종교적이든 세속적이든, 전원적이든 도회적이든, 생물이든 무생물이든 대상에 대한 선호는 없었다. 중요한 것은 언제나 예술에 적합한 것인지의 여부였다.

이 애호가들과 수집가들은 그들의 상황과 사고방식과 능력과 기회에 따라 네덜란드파에 기울고 있었지만 북서쪽 예술가들의 무한한 가치에도 눈을 돌리면서 남동쪽*에도 동경어린 숭배의 눈길을 던지고 있었다.

대학에서 나는 나와 내 가족의 목적을 소홀히 했지만 내 삶의 커다란 만족을 찾는 데 토대를 마련할 수 있었다. 또한 내가 그토록 의미 있는 자극을 받았던 장소들의 인상도 여전히 가장 사랑스럽고 값지게 내 마음속에 남아 있었다. 오래된 플라이센부르크 성, 미술학교 교실들, 특히 외저의 집, 이에 못지않게 빙클러와 리히터의 수집소들을 나는 여전히 생생하게 기억하고 있다.

자신보다 나이 든 사람들이 이미 잘 알고 있는 것들에 대해 이야기를 나누는 가운데에서 저절로 배우게 된 젊은이는 모든 것을 정리해야 하는 어려운 일을 떠맡을 경우 매우 고통스런 처지에 놓일 수밖에 없다. 그래서 나는 다른 사람들과 함께 새로운 깨달음을 열망하며 이리저리 찾아다녔고, 그 깨달음은 우리가 이미 많은 신세를 진 한 사람**에 의해 우리에게 찾아왔다.

정신은 두 가지 방식, 즉 직관과 개념에 의해 아주 즐겁게 된다. 그러나 직관은 언제나 준비되어 있는 것만은 아닌 가치 있는 대상을 요하며, 우리가 쉽게 도달할 수 없는 상당한 수준의 교양을 요한다. 반면에 개념은

---

* 이탈리아 예술을 말함.

** 레싱을 가리킴.

감수성만을 요하며, 내용을 동반하고, 그 자체가 교양의 수단이다. 그리하여 가장 뛰어난 사상가가 어두운 구름을 뚫고 우리를 비춰준 그 광선은 우리에게 더없이 환영받았다. 레싱의 『라오콘』*이 우리에게 어떤 영향을 주었는지를 상상하려면 젊은이가 아니면 안 된다. 이 작품은 우리를 빈약한 직관의 영역에서 넓은 사고의 평원으로 끌어냈다. 이제까지 오랫동안 잘못 이해되어온 회화와 같은 시가 한 순간에 배제되고, 조형예술과 언어예술의 차이가 분명해졌으며, 양자가 바탕에서는 아무리 접근해 있다 해도 그 정점은 별개로 나타났다. 조형예술가는 미의 한계 내에 머물러야 했지만 온갖 종류의 의미가 불가결한 언어예술가에게는 그 한계를 뛰어넘는 것이 허용되었다. 조형예술가는 미에 의해서만 만족이 되는 외적 감각을 살려 일하고, 언어예술가는 추한 것과도 어울릴 수 있는 상상력을 살려 일한다. 이 훌륭한 생각의 결과는 번갯불처럼 우리 앞에서 빛났다. 우리는 지금까지의 모든 주도적인 비판적 비평을 낡은 저고리처럼 벗어던졌고, 모든 불행에서 해방되었다고 여겼으며, 지금까지 그토록 훌륭하게 보아왔던 16세기를 어느 정도 동정까지 하면서 내려다보아도 좋을 것으로 생각했다. 16세기에는 독일의 조형예술품과 시에서 삶을 단지 방울 단 바보들의 형태로만 나타냈고, 덜그렁거리는 해골들의 기괴한 형태로 죽음을 나타냈으며, 우스꽝스런 악마의 모습으로 세상의 필연적이거나 우연한 불행을 나타냈던 것이다.

* 1766년에 쓴 논문으로 여기서 헬레니즘 시대(BC 1세기경)의 유명한 조각작품인 라오콘(뱀에 휘감겨 죽는 성직자 라오콘과 그의 아들의 모습)에 대한 해석을 둘러싸고 당대 예술사가 요한 빙켈만과 대립된 의견을 피력했다. 레싱은 회화가 사건의 발생 순간과 일련의 사건들 중 사태를 가장 잘 표현할 수 있는 순간을 선택해야 하는 반면 시문학의 본질은 묘사에 있는 것이 아니고 가변성 즉 움직임을 표현하는 데 있다고 했다.

우리를 가장 매혹시킨 것은 노인들이 죽음을 잠의 형제로 인정하고 양자를 쌍둥이처럼 혼동할 정도로 여긴 그 생각의 아름다움이었다. 여기에서 우리는 비로소 미의 승리를 마음껏 즐길 수 있었으며, 모든 종류의 추악한 것은 이 세상에서 내쫓을 수 없는 것이지만 예술의 세계에서는 그것을 우스꽝스럽고 저속한 영역 속으로 추방할 수 있었다.

그런 핵심적이고 기본적인 개념의 위대성은 그것이 끝없는 작용을 미치는 정서에서만 나타나며, 그것이 적시에 등장하려고 고대하는 시간에만 나타난다. 그렇게 자양분을 얻은 사람들은 자신의 전 생애를 행복하게 그것에 몰두하며 눈부신 성장을 즐긴다. 그러나 한편에서는 즉석에서 그런 영향을 반대하는 사람들도 있었고, 나중에 그 높은 의미를 헐뜯고 비난하는 사람들도 없지 않았다.

그러나 개념과 직관은 서로를 요구하는 것이어서 나는 이 새로운 생각들에 몰두한 지 얼마 안 되어 한 번 유명한 예술품들을 대량으로 살펴보고 싶은 끝없는 욕망을 느꼈다. 그래서 나는 지체 없이 드레스덴*을 방문하기로 마음먹었다. 내게는 필요한 돈도 있었다. 그러나 나의 공상적인 성격에 의해 쉽게 커진 극복해야 할 어려운 일들도 있었다. 나는 그곳의 예술품들을 완전히 내 자신의 방식으로 관찰하기를, 다시 말해서 아무에게도 방해받지 않기를 원했으므로 내 계획을 모든 사람에게 숨겼던 것이다. 이 외에도 한 이상한 일로 인해 그런 단순한 일이 더 복잡하게 되었다.

우리는 선천적이거나 후천적인 약점을 지니고 있는데, 둘 중 어느 것이 우리를 가장 힘들게 하는지가 문제될 수 있다. 나는 모든 상황을 나 스

---

* 작센 주의 주도로서 독일의 피렌체라고 불릴 만큼 아름다운 도시. 베버, 실러, 슈트라우스 등과도 연고가 있는 곳으로 유명하다. 7년전쟁 때 프로이센군에 의해 많이 파괴되었다.

스로 알려고 했고 그럴 계기도 많이 있었지만 아버지 때문에 모든 여관에 대한 극단적인 반감이 있었다. 아버지는 이탈리아, 프랑스, 독일을 여행하면서 이런 생각을 머릿속에 확고하게 뿌리박았다. 그는 비유를 하여 말하는 일이 드물었지만 매우 즐거울 때는 비유를 사용했다. 그리하여 그는 이런 이야기를 반복하여 들려주곤 했다. 즉 어느 여관의 문 앞에 항상 커다란 거미줄이 쳐져 있는 것을 보았는데, 그것이 하도 정교해서 곤충들이 그 안으로 들어가기는 하지만 아무리 특별한 재주가 있는 벌이라도 날개를 뜯기지 않고는 다시 밖으로 날아 나올 수 없다는 것이었다. 그에게는 자신의 습관과 좋아하는 모든 것을 포기하고 여관 주인과 급사의 방식대로 지내는데도 과도한 돈을 지불해야 한다는 것이 끔찍스런 일로 여겨졌던 것 같다. 아버지는 지난 시대의 손님을 후대하던 풍습을 찬양했으며, 평소에는 집에서 생소한 일을 하는 것을 싫어했지만 손님을 환대했고, 특히 예술가들과 대가들을 극진히 맞이했다. 그래서 대부 제카츠는 언제나 우리 집에 숙소를 정했고, 감베*를 잘 타서 칭송을 받았던 최근의 음악가 아벨이 초대되어 식사대접을 받았다. 지금까지 어떤 것에 의해서도 지워지지 않은 그런 어린 시절의 인상을 가지고 내가 어떻게 낯선 도시에서 여관에 들 결심을 할 수 있단 말인가? 좋은 친구 집에 묵는 것보다 더 손쉬운 방법은 없을 것 같았다. 궁중고문관 크레벨과 배심판사 헤르만, 그 밖의 다른 사람들도 그 일에 대해 자주 말한 적이 있었다. 그러나 이들에게도 나는 내 여행을 비밀로 해야 했다. 그래서 나는 기발한 생각을 해냈다. 불행히도 눈이 점점 더 나빠진 옆방의 부지런한 신학자는 드레스덴에

* 발로 버티고 타는 악기로 비올라의 일종.

구두공인 친척이 있었고 그와 이따금 편지를 주고받았다. 그가 들려준 얘기를 통해 나는 이 남자에 대해서 오래 전부터 큰 관심을 가져왔으며, 그의 편지가 도착하면 우리는 항상 즐거워했다. 그가 맹인이 될 것을 두려워하는 사촌동생의 한탄에 회답하는 방식이 아주 독특했다. 그는 늘 찾기 힘든 위안의 근거들을 찾으려고 노력하지는 않았다. 그러나 그가 자신의 협소하고 가난하고 피곤한 삶을 관찰하는 쾌활한 방식, 불행하고 불편한 생활에서 얻는 익살, 삶은 그 자체로서 선한 것이라는 확고부동한 신념이 편지를 읽는 사람에게 전달되었고, 편지를 읽는 사람을 적어도 한 순간만큼은 똑같은 기분에 처하게 했다. 쉽게 감격하는 내 성격에 따라 나는 이 사람에게 자주 공손하게 인사를 전했고, 그의 행복해하는 천성을 칭찬했고, 그를 알게 되었으면 좋겠다는 소망을 표명했다. 이런 모든 일이 있었으므로 내게는 그를 찾아가서 서로 얘기를 나누고 그의 집에서 묵으며 그를 제대로 알게 되는 일이 지극히 자연스럽게 여겨졌다. 나의 선량한 목사 후보자는 조금 반대하다가 마침내 힘들여 쓴 편지를 주었다. 나는 주머니에 학생증을 집어넣고 황색 마차를 타고 동경에 가득 찬 채 드레스덴을 향해 떠났다.

나는 그 구두공을 찾아나서 곧 교외에 사는 그를 발견했다. 그는 의자 위에 앉아서 나를 친절히 맞이했고, 편지를 읽고 나서 웃으면서 말했다.

"젊은이, 편지를 읽어보니 당신은 기이한 기독교도로군요."

나는 "어째서요, 선생님?"이라고 물었다. 그러자 그는 이렇게 말했다.

"기이하다는 것은 나쁜 뜻이 아니오. 일치되지 않는 사람을 그렇게 부르는 거지요. 내가 당신을 기이한 기독교도라고 부르는 것은 당신이 한편으로는 주의 제자라고 고백하고 있지만 다른 한편으로는 그렇지 않기 때문이오."

자세히 설명해 달라는 내 부탁에 그는 계속해서 말했다.

"당신은 가난하고 천한 자들에게 복음을 전하려는 의도를 가지고 있는 것 같군요. 그것은 좋은 일이지요. 주의 행동을 모방하는 것은 칭송할 만하지요. 그러나 당신이 생각해야 할 것이 있소. 주께서는 오히려 잘 살아가는 유복하고 부유한 사람들의 식탁에 앉기를 더 좋아했으며, 좋은 향유 냄새를 거부하지 않았다는 거요. 그런데 지금 당신은 내 집에서 그 반대의 것을 보고 있는 거요."

이 같이 시작된 즐거운 대화는 곧장 나를 재미있게 했고, 우리는 한동안 서로 농담을 주고받았다. 부인은 손님을 어떻게 재우고 먹일지를 심각하게 생각하며 서 있었다. 이 점에 있어서도 그는 재치 있는 생각을 하고 있었는데, 그것은 성서뿐만 아니라 고트프리트의 『연대기』와도 연관된 것이었다. 내가 그 집에 묵는 데에 서로의 의견이 일치됐을 때 나는 돈지갑을 통째로 부인에게 넘겨주고 필요할 때 거기에서 꺼내 쓰도록 부탁했다. 그가 거절하면서 짓궂은 말로 자신이 보기보다 그렇게 가난하지 않다고 나를 이해시키려 했을 때 나는 물을 포도주로 변화시키기 위해서 오늘날에는 기적은 일어나지 않으므로 그런 탁월한 가정상비약은 그릇된 장소에 있는 것은 아닐 것이라고 말함으로써 그를 제압했다. 부인은 내 말과 행동에 대해 점차 이상한 생각을 덜 하는 것 같았고, 우리는 곧 서로 친하게 되어 매우 유쾌한 저녁을 보냈다. 그는 늘 똑같은 태도였는데, 모든 것이 한 샘물에서 흘러나왔기 때문이다. 그의 재산은 건전한 이성이었으며, 그것은 쾌활한 기질에 바탕을 두고 있었고, 늘 변함없는 활동을 즐겼다. 끊임없이 일하는 것이 그의 첫 번째의 가장 필수적인 일이었다. 그는 그 밖의 모든 것은 우연한 것으로 보았고, 이것이 그로 하여금 편안한 마음을 유지하게 해주었다. 나는 그를 실천하는 철학자이며 의식하지 않는 현자로 불리는 사람들의 맨 앞에 내세우지 않을 수 없었다.

초조하게 기다려온 화랑이 문을 여는 시간이 되었다. 나는 이 성전 안에 발을 들여놓았고, 나의 경탄은 내가 품어온 모든 생각을 뛰어넘었다. 한 번 둘러보면 제자리로 돌아오는 이 화랑의 내부는 지극히 정숙한 가운데 화려함과 깨끗함이 지배하고 있었다. 모두 도금된 지 얼마 되지 않은 번쩍이는 액자들, 밀랍으로 닦은 마룻바닥, 일하는 사람들이 이용하기보다는 관람하는 사람들이 더 많이 들어오는 방들이 독특하게 어우러져 장엄한 느낌을 주었다. 많은 사원의 장식과 많은 예배의식의 대상이 오로지 성스런 예술적 목적으로 진열돼 있어서 그 장엄한 느낌은 교회에 들어설 때의 느낌과 비슷했다. 나는 안내자가 재빨리 훑고 지나가면서 하는 설명을 참고 들었지만 외부화랑에서는 좀 머무르게 해달라고 부탁했다. 나는 여기에서는 아늑하여 정말로 집에 있는 느낌이 들었다. 나는 많은 화가들의 작품들을 이미 본적이 있었고, 어떤 것들은 동판화를 통해서, 어떤 것들은 이름을 들어 알고 있었다. 나는 그것을 안내자에게 숨기지 않았기에 어느 정도 그의 신임을 얻었다. 붓이 자연을 눌러 승리한 작품을 보고 내가 흥분하자 그는 기뻐했다. 왜냐하면 잘 알고 있는 자연과의 비교가 예술의 가치를 필연적으로 높일 수밖에 없는 그런 작품들이 마음을 끄는 탁월한 것들이었기 때문이다.

점심을 먹기 위해 다시 구두공 집에 들어섰을 때 나는 거의 내 눈을 의심했다. 왜냐하면 나는 너무 완벽해서 화랑에 그대로 걸어놓아도 될 것

오스타데의 1682년 작품 〈백개먼 놀이를 하는 아이들〉

같은 오스타데*의 그림이 내 눈앞에 있다고 믿었기 때문이다. 나는 대상의 위치, 광선, 음양, 전체적인 갈색의 색조, 마술적인 구도 등 그의 그림에서 보고 감탄한 모든 것을 여기서 실제로 보았다. 내가 나의 재능을 그토록 높이 인정한 것은 이것이 처음이었다. 나는 나중에 그 재능을 의식적으로 여러 번 연습해서 내가 막 작품들에 특별한 주목을 했던 이런 저런 화가들의 눈으로 자연을 보려고 노력했다. 이 능력은 내게 많은 즐거움을 주었으나 천부적으로 내게 주어지지 않은 듯이 보인 재능의 실현에 이따금 열렬히 몰두해 보고픈 욕망 또한 커졌다.

나는 입장이 허용되는 시간에는 언제나 화랑을 방문했고, 계속해서 많은 훌륭한 작품들에 대한 내 경탄을 큰 소리로 말해버렸다. 이로 인해 나는 남에게 알리지 않고 몰래 있으려던 내 특별한 계획을 수포로 만들었다. 그때까지는 부감독이 나를 상대해 주었는데, 이제 화랑의 감독인 고문관 리델이 나를 주목해서 특별히 내 분야와 관련된 듯이 보이는 많은 작품에 관심을 갖게 했다. 나는 이 훌륭한 사람을 그 당시 활동적이고 친

* 네덜란드의 화가(1610~1685)로 17세기 네덜란드의 농민이나 빈민계층의 꾸밈없는 생활을 그렸다. 그의 작품은 생전에 많은 인기를 끌어서 1662년에 하를렘 화가 길드의 회장이 되었다.

절하게 보았는데, 그 후 몇 년 동안 똑같이 생각했고, 오늘날에도 그는 여전히 마찬가지다. 그의 모습은 내게 미술품과 함께 하나로 얽혀 있어서 나는 두 가지를 분리하여 바라본 적이 없다. 그의 인상은 이탈리아까지 나를 따라왔다. 나는 자료가 풍부한 이탈리아의 대규모 수집소들에서 그가 함께 있었으면 하는 마음이 간절했다.

외국인들이나 모르는 사람들과도 그런 작품들을 말없이 서로 관심도 표하지 않은 채 관찰할 수는 없고, 그것을 보는 것이 서로 감정을 터놓는 가장 좋은 기회이므로 나 또한 거기에서 한 청년과 대화를 나누게 되었다. 그는 드레스덴에서 지내며 한 공사관에 근무하고 있는 것 같았다. 그는 저녁에 어느 여관으로 오라고 나를 초대했다. 거기서는 활기찬 모임이 열리며, 모두가 약간의 돈을 내고 아주 즐거운 몇 시간을 보낼 수 있다는 것이었다.

내가 그 여관에 갔을 때 모임은 아직 시작되지 않았다. 급사가 나를 초대한 청년의 인사를 전하면서 그가 조금 늦을 것이라고 사과하고, 덧붙여서 무슨 일이 일어나도 기분 나빠해서는 안 되며 돈은 필요 이상 낼 필요가 없다고 말해주었을 때 나는 조금 이상한 생각이 들었다. 나는 이 말을 어떻게 해석해야 할지 몰랐지만 아버지가 말한 거미줄 생각이 나서 무슨 일이 일어날지 기다려보기로 마음먹었다. 모임의 일행들이 몰려들었고, 내가 아는 그 청년이 나를 그들에게 소개했다. 나는 별로 오래 주의를 기울이지 않고도 이 모임이 신참자로서 건방지고 불손한 태도를 보이는 한 청년을 골탕 먹일 목적으로 이루어진 것임을 알게 되었다. 나는 그들이 나까지 그 청년과 한데 몰아 골탕 먹일 생각을 하지 않도록 무척 조심했다. 식사 때 그 의도는 그를 제외하고는 모든 사람들에게 더 분명해졌다. 그들은 점점 더 많이 마셨고, 마지막에는 각자의 애인을 위해 건배를 하고 나서 이 술잔들로는 더 이상 마시지 않겠다고 굳게 다짐하고는 술잔을 뒤로 던졌다. 이것은 앞으로의 더 큰 광란의 신호였다. 마침내 나는 그 자리를 살짝 빠져나왔다. 급사는 내게 매우 싼 요금을 청구하면서 매일 저녁 그렇게 소란한 것은 아니니 또 와달라고 부탁했다. 숙소로 돌아오는 길은 멀었고, 내가 숙소에 도착했을 때는 거의 자정이 되어가고 있었다. 문은 잠겨 있지 않았지만 모두가 잠자고 있었으며, 램프 하나가 좁은 집 안을 비추고 있었다. 그때 나는 계속 연습을 해온 내 눈으로 곧장 샬켄*의 가장 멋진 그림을 바라보게 되었고, 그 그림에서 벗어날 수 없어 잠이 모두 달아나버렸다.

드레스덴에서의 며칠 동안의 체류를 나는 오로지 화랑 구경에만 바쳤다. 고대의 유물들이 왕립 대정원의 전시관 안에 있었지만 나는 그것을 포기했고, 드레스덴에 있는 그 밖의 진귀한 모든 것도 보지 않았다. 나는 오로지 화랑에 수집되어 있는 그림들에만 내가 모르는 많은 것이 숨겨져 있을 것으로 확신하고 있었다. 그리하여 나는 이탈리아 대가들의 가치를 통찰하여 평가하기보다는 그 자체를 참되게 믿고 받아들였다. 내가 자연으로서 볼 수 없는 것, 자연의 위치를 대신할 수 없는 것, 잘 알려진 대상과 비교할 수 없는 것은 내게 영향을 주지 못했다. 모든 고상한 예술 애호의 발단은 소재에서 나오는 인상이다.

나는 구두공과 매우 잘 지냈다. 그는 재능이 많고 다방면에 소질이 있었다. 우리는 때때로 우스꽝스런 발상들로 경쟁을 벌였다. 그러나 스스

---

* 고트프리트 샬켄(1643?1706)을 말함. 후기 네덜란드파의 화가.

로를 훌륭하다고 평가하고 다른 사람들에게도 똑같이 행동할 것을 요구하는 사람은 우리를 불쾌하게 하며, 그런 생각을 반복하는 것은 우리를 지루하게 만든다. 나는 이 집에서 잘 지냈고, 환대받았고, 자극도 받았지만 결코 행복하지는 않았다. 그의 발에 맞는 구두가 내게도 맞지는 않았던 것이다. 그러나 우리는 좋은 친구로서 작별했고, 여주인은 작별할 때 내게 불만스러워하지 않았다.

그렇게 내가 드레스덴을 떠나기 직전에 매우 즐거운 일이 생겼다. 내게서 다소라도 신용을 되찾고 싶어 했던 앞서의 그 청년의 주선으로 미술학교 교장인 폰 하게도른을 소개받았던 것이다. 그는 자신의 수집물들을 매우 친절하게 보여주고 젊은 예술애호가의 감격에 몹시 기뻐했다. 그는 감식가에 어울리게 자신이 가지고 있는 그림들에 철저히 빠져서 다른 것들에서는 그가 원하는 만큼의 흥미를 느끼지 못했다. 슈바네펠트*의 그림 한 점이 너무 마음에 들어 내가 그 그림의 하나하나의 부분에 대해 끝없이 칭찬하고 추켜세우자 그는 특히 기뻐했다. 내가 자라난 곳의 맑고 아름다운 하늘을 회상시키는 풍경, 그 주변의 무성한 식물들, 그 밖에 온화한 기후가 인간에게 주는 혜택은 내 마음속에서 동경어린 추억을 떠올려 이 사생화 속에서 나를 최고로 감동시켰다.

그러나 정신과 감각을 참된 예술로 이끄는 이런 진귀한 경험은 가장 비참한 광경에 의해 끊어지고 흐려졌다. 내가 통과해 간 드레스덴의 많은 거리들은 파괴되고 황폐해진 상태였다. 폐허 속의 모렌 거리는 무너진 탑이 있는 크로이츠 교회와 함께 뼈아픈 인상을 주었으며, 아직도 내 상상

---

* 헤르만 폰 슈바네펠트(1600?1655)는 네덜란드풍의 풍경화를 그렸다.

력 속에 검은 얼룩으로 남아있다. 프라우엔 교회의 둥근 지붕에서 나는 이런 처참한 폐허가 아름답게 정돈된 도시 사이에 여기저기 남아있는 것을 보았다. 교회관리인은 내게 예기치 않은 불행한 사태에 대비하여 교회와 지붕을 아주 튼튼하게 지은 건축가의 기술을 찬양했다. 마음씨 좋은 그 관리인은 내게 사방으로 폐허를 가리켜보이고는 의미심장하게 간단히 말했다.

"이건 적이 저지른 짓이지!"

그렇게 나는 마침내 내키지는 않지만 다시 라이프치히로 돌아왔다. 나의 그런 일탈 행동에 익숙하지 않았던 친구들은 무척 의아해 하며 내 비밀여행이 무슨 의미를 띤 것인지에 대해 온갖 억측들을 하고 있었다. 그래서 나는 그들에게 있는 그대로 이야기를 해주었지만 그들은 내 이야기가 꾸며낸 것이라고 단정했다. 그들은 내가 장난으로 구두공 집에서의 일을 숨겨놓았다고 믿고 그 수수께끼를 열심히 풀고자 했다.

그러나 그들이 내 마음속을 들여다볼 수 있었다면 그 속에서 아무런 장난도 찾지 못했을 것이다. 아는 것이 많아지면 불안도 많아진다는 옛말의 진실이 내게 철저히 들어맞았다. 그래서 내가 본 것을 정리해서 내 것으로 만들려고 노력하면 할수록 그것은 더 잘 이루어지지 않았다. 결국 나는 잔잔한 영향만으로 만족할 수밖에 없었다. 나는 다시 일상적인 생활에 사로잡혔고, 친구들과의 교제와 내게 적합한 지식의 증가와 글씨 연습 등이 별로 큰 의미는 없지만 내 힘을 좀 더 균형 있게 분배하는 방향으로 이루어졌으므로 결국 아주 편안함을 느꼈다.

내가 맺은 브라이트코프 집과의 인연은 매우 즐겁고 유익한 것이었다. 가계를 일으킨 베른하르트 크리스토프 브라이트코프는 가난한 인쇄공으로서 라이프치히에 왔었다. 그는 아직 살아서 신 노이마르크트 거리에 있는 웅장한 '황금의 곰' 건물에서 고트셰트를 집안친구로 삼아 지내고 있었다. 아들 요한 고틀로프 임마누엘은 오래 전에 결혼해서 많은 아이들의 아버지였다. 그들은 엄청난 재산의 일부를 지금의 집 맞은편에 더 높고 넓게 '은곰' 건물을 짓는 데 사용하는 것이 무엇보다 더 좋을 것이라고 생각했다. 바로 그 집이 건축될 무렵 나는 그 가족과 알게 되었다. 장남은 나보다 몇 살 더 위인 것 같았고, 잘 생긴 청년이었으며, 음악에 열심히 몰두하여 피아노는 물론 바이올린도 완벽하게 다루었다. 차남은 성실하고 착한 사람으로 역시 음악에 소질이 있어 자주 열리는 음악회에 형 못지않게 활기를 불어넣어 주었다. 이 두 사람은 그들의 부모나 자매와 마찬가지로 내게 호감을 가지고 있었다. 나는 기공과 준공 시에, 가구를 설치할 때와 입주할 때 그들을 도와주어서 그런 일에 관련된 많은 것을 알게 되었다. 또한 나는 외저의 이론이 적용되는 것을 볼 수 있는 기회도 가졌다. 나는 그렇게 건립과정을 지켜본 그 새 집을 자주 방문했다. 우리는 여러 가지 일을 함께 했는데, 장남은 내 노래들 몇 개를 작곡했다. 그 노래들은 인쇄되어 그의 이름이 새겨 있었지만 내 이름은 없었고, 별로 알려지지도 않았다. 나는 좋은 것 몇 곡을 골라 내 나머지 짧은 시들 속에 넣어두었다. 그들의 아버지는 악보인쇄를 고안해내고 완성했다. 그는 주로 인쇄술의 기원과 발달에 관련된 자료를 모아놓은 훌륭한 서고를 내가 이용하도록 허락함으로써 나는 이 분야에서 다소의 지식을 얻게 되었다. 또한 나는 거기에서 고대를 묘사한 훌륭한 동판화들을 발견하여 이 방면에서의 연구도 계속했다. 이 연구는 이사할 때 멋진 유황보석 수집물이 뒤죽박죽됨으로써 더욱 촉진되었다. 나는 할 수 있는 한 그것을 다시 제대로 정리했는데, 그러면서 리페르트와 다른 사람들을 살펴보아야 했던 것이다. 나는 병이 나지 않았어도 상태가 좋지 않다고 느끼면 역시 그 집에서 함께 거주하는 의사 라이헬에게 이따금 진찰을 받았고, 우리는 함께 조용하고 즐거운 삶을 이끌어나갔다.

나는 이 집에서 또 다른 종류의 인연을 맺어야 했다. 동판제작자인 슈토크가 다락방으로 이사 왔던 것이다. 그는 뉘른베르크 출신이었으며, 매우 부지런하고 자신의 일을 꼼꼼하고 확실하게 하는 사람이었다. 그는 가이저처럼 외저의 그림에 따라 크고 작은 동판을 새겼는데, 그것들은 소설이나 시에서 점점 더 유행하게 되었다. 그는 매우 깨끗하게 새겼기 때문에 부식액 처리만 하면 거의 작업이 완성되었고, 능란하게 다루는 조각칼로 조금만 뒷손질을 하면 되었다. 그는 동판 한 장에 소요되는 시간을 정확히 계산해서 일했으며, 날마다 예정된 분량을 완성하기 전에는 어떤 일이 있어도 일에서 떠나지 않았다. 이렇게 그는 잘 정돈된 깨끗한 방에서 커다란 박공창가의 넓은 작업대 옆에 앉아 있었다. 이 방에서 그의 부인과 두 딸이 그와 가정을 이루어 지내고 있었다. 한 딸은 행복한 결혼을 했고, 또 한 딸은 훌륭한 예술가였다. 두 딸은 내 평생의 친구였다. 나는 이제 내 시간을 위층과 아래층으로 나누었고, 꾸준히 부지런하게 일하면서 훌륭한 유머를 지니고 친절했던 이 남자에게 많은 애착을 느꼈다.

이런 종류의 순수한 예술의 기술이 나를 매혹했다. 그래서 나도 그런 것을 만들어보려고 그에게 합세했다. 나는 다시 풍경에 애착을 갖게 되었다. 풍경은 외로운 산보에서 즐거움을 주었으며, 혐오감을 주는 인물들보다 그 자체가 표현하기 쉽고 예술품으로서 더 이해하기 쉽다고 생각했다. 그래서 나는 그의 지도 아래 틸레와 다른 사람들을 모방하여 여러 가지 풍경들을 새겼다. 그것은 미숙한 손으로 만들었음에도 불구하고 어느 정도 효과를 나타내 좋은 평판을 받았다. 판의 기초를 만드는 일, 그것에 흰 칠을 하는 일, 판에 그림을 새겨서 마지막으로 부식액 처리를 하는 일이 여러 가지로 나를 분주하게 만들었다. 나는 곧 여러 가지 일에서 선생을 도울 수 있는 정도에 이르렀다. 나는 부식액을 사용할 때 필요한 주의를 게을리 하지 않았고, 잘못되는 일이 거의 없었다. 그러나 그 경우 흔히 발생하는 유독가스에 대비한 조심성이 부족했다. 그것이 나중에 한동안 나를 괴롭혔던 병의 원인이 되었는지도 모른다. 나는 그런 일들을 하는 사이사이에 이따금 모든 것을 시도해보려고 목판조각도 했다. 나는 프랑스 견본에 본떠서 여러 가지 작은 인쇄용 판목들을 만들었는데, 그것들의 대부분은 사용할 수 있다고 인정받았다.

여기서 나는 라이프치히에 거주했거나 잠시 머물렀던 몇 사람을 회상하고자 한다. 지역 세금징수관이었던 바이세는 한창 일할 나이였으며, 쾌활하고 친절하며 눈치 빠른 사람으로 우리에게 사랑과 존경을 받았다. 우리는 그가 쓴 희곡들을 전적으로 모범적이라고 인정하지는 않았지만 그것에 마음이 끌렸다. 힐러*에 의해 경쾌한 방식으로 생기를 얻게 된 그의 오페라들은 우리를 매우 즐겁게 했다. 함부르크에서 온 시벨러도 같은 길을 걸었는데, 그의 『리주아르트와 다리올레테』는 우리에게 마찬가지로 환영을 받았다. 잘생긴 청년 에셴부르크는 우리보다 나이가 약간 많았지만 학생들 가운데에서 뛰어났다. 차하리에는 몇 주일 동안 우리들과 즐겁게 지냈으며, 그의 동생이 마련한 식탁에서 우리와 함께 식사를 했다.

* 라이프치히의 작곡가이자 지휘자이며 음악교사(1728~1804). 구어체 대화와 대중가요를 결합시킨 음악의 새로운 영역인 독일 징슈필(음악극)의 창안자이다.

우리는 키가 크고 풍채가 좋으며 명랑하고 미식을 즐기는 것을 숨기지 않는 이 손님을 특별한 요리와 풍요로운 후식과 특제 포도주를 대접하며 환대하는 것을 당연한 영광으로 여겼다. 레싱은 언제인지는 기억이 나지 않지만 한 번 이 도시에 온 적이 있었다. 우리는 그가 가는 곳에는 어느 곳에도 가고 싶지 않았고, 그가 가는 곳을 피하고 싶었다. 아마도 우리는 그와 멀리 떨어져 있어야 한다는 오만한 생각을 하고 있었고, 그와 가까운 관계를 맺을 자격도 없었기 때문이었을 것이다. 이러한 순간적인 어리석은 생각은 자부심이 강하고 망상에 빠지기 쉬운 청년기에는 결코 드문 일이 아니지만 결국 그로 인해 우리는 벌을 받아야 했다. 즉 나는 그토록 탁월하고 내가 최고로 존경했던 그 사람을 한 번도 보지 못하게 되었던 것이다.

그러나 예술이나 고대에 관련된 모든 노력에 있어서는 누구나 끊임없이 빙켈만을 떠올린다. 그의 재능은 독일에서 열광적으로 인정받았다. 우리는 열심히 그의 저술들을 읽었고, 그가 어떤 환경에서 최초의 저술들을 썼는지를 알고자 했다. 우리는 그 속에서 외저의 영향을 받아 쓰인 것으로 보이는 많은 견해들을 발견했고, 외저 식의 풍자와 공상도 찾아냈다. 우리는 이 놀랄 만하고 이따금 수수께끼 같은 저술들이 나오게 된 계기에 대한 대체적인 이해를 할 때까지 노력을 게을리 하지 않았다. 물론 우리는 그것이 매우 정확하다고 생각하지는 않았다. 젊은이는 배우는 것보다는 자극받는 것을 원하는 법이다. 그리고 내가 어려운 서적들에 힘입어 중요한 교양의 단계에 오르게 된 것이 이번이 마지막은 아니었다.

당시는 문학에서 뛰어난 사람들이 존경을 받는 아름다운 시대였으나 물론 클로츠의 시비와 레싱의 논박이 이미 이 시대가 곧 끝날 것임을 암시하고 있었다. 빙켈만은 일반적이고 확고부동한 존경을 받고 있었다.

그가 자신이 느끼는 가치에 맞지 않는다고 여기는 공개적인 의견에 매우 민감하게 반응했다는 것은 누구나 알고 있다. 모든 잡지들은 하나같이 그의 명성을 추켜세웠다. 훌륭한 여행자들은 교훈을 얻고 기뻐하며 그에게서 돌아갔다. 그가 전해준 새로운 견해들은 학문과 삶의 세계에 널리 확산되었다. 데사우의 군주*도 똑같은 존경을 받고 있었다. 젊고, 너그럽고, 고상한 생각을 가진 그는 여행에서나 그 밖의 경우에 매우 바람직한 태도를 보였다. 빙켈만은 그를 몹시 좋아했고, 그를 생각하며 말할 때면 가장 아름다운 별칭을 붙였다. 그 당시 유일한 공원의 설계, 에르트만스도르프의 활동에 의해 뒷받침된 건축술에의 취향 등 모든 것이 그가 민중에게 베푸는 군주임을 말해 주었다. 그는 스스로 모범을 보임으로써 다른 사람들을 깨우쳐주었으며, 하인들과 신하들에게 황금의 시대를 기약했다. 이제 우리 젊은이들은 빙켈만이 이탈리아에서 돌아와 그의 친구인 데사우 군주를 방문하고, 도중에 외저에게도 들름으로써 우리도 그를 볼 수 있을 것이라는 소식을 듣고 몹시 기뻐했다. 우리는 그와 얘기를 나눌 것을 바라지는 않았지만 그를 볼 수 있게 되기를 희망했다. 그리고 그런 나이에는 온갖 구실을 이용하여 향락을 즐기고 싶은 충동이 이는 법이므로 우리는 이미 마차나 배를 이용하여 데사우로 가기로 약속해 놓았다. 우리는 예술로 화려하게 빛나는 아름다운 지방, 행정이 원활히 이루어지는 동시에 외적으로 잘 치장된 나라에서 이곳저곳에서 기다리며 우리보다 훨씬 숭고한 사람들이 움직이는 모습을 눈으로 직접 보리라고 생각했다. 외저 또한 그 생각만 해도 흥분했다. 그런데 맑은 하늘의 날벼락처럼 빙켈

---

* 계몽주의와 휴머니즘 함양에 힘쓴 레오폴드 프리드리히 프란츠(1740~1817)를 가리킴.

만이 죽었다는 소식이 우리들 사이에 날아들었다. 나는 아직도 그 소식을 처음 들었던 장소를 기억하고 있다. 그곳은 플라이센부르크의 뜰 안이었는데, 외저에게 갈 때면 늘 통과하던 작은 문에서 멀지 않은 곳이었다. 나는 대학동료 한 명을 만났는데, 그는 내게 외저와 면담할 수 없다는 것과 그 이유를 말해 주었다. 이 엄청난 사태는 큰 반향을 일으켰다. 세상 사람들은 한결같이 슬퍼하고 통탄했으며, 그의 이른 죽음은 그의 생애의 가치에 대한 관심을 높였다. 아마도 그의 활동의 영향은 그가 노령에까지 활동을 했다고 해도 지금처럼 크지는 않았을 것이다. 그도 많은 비범한 사람들처럼 운명의 드물고 비참한 종말에 의해 특별히 부각되었던 것이다.

그러나 나는 빙켈만의 죽음을 한없이 슬퍼하면서도 내가 곧 생명을 걱정해야 할 상황에 처하리라고는 생각하지 못했다. 내 육체적 상태는 이런 모든 일들을 겪으면서 최선의 방향을 취하지는 않았던 것이다. 나는 이미 집을 떠날 때부터 분명한 우울증의 조짐이 있었는데, 이것은 새롭고 비밀스런 생활 속에서 약해지기보다는 오히려 더 심해졌다. 아우어슈테트에서의 사고 이후 이따금 느껴온 가슴의 통증이 말에서 떨어진 후 현저히 심해져 나를 우울하게 했다. 나는 적절치 않은 음식을 먹어서 소화력을 해쳤다. 메르제부르크의 강한 맥주는 내 두뇌를 흐리게 했고, 아주 독특하게 음울한 기분을 느끼게 한 커피는 특히 식사 후 우유와 함께 마심으로써 내장을 마비시켜 그 기능을 완전히 정지시킨 것 같았다. 그래서 나는 더 합리적인 생활방식을 취할 결심도 하지 못한 채 커다란 불안을 느꼈다. 청춘의 충분한 힘에 의지한 내 천성은 자유분방한 쾌활함과 우울한 불안의 극단 사이에서 흔들렸다. 그 당시는 이미 냉수욕이 등장하여 무조건 장려되던 시대였다. 사람들은 딱딱한 침대 위에서 엷은 이불을 덮고 자야 했고, 이로 인해 종래의 모든 발한요법은 억압받았다. 루소의 권고를 잘못 이해한 결과로 빚어진 이런 어리석은 일들은 우리를 자연에 더 가깝게 이끌고 도덕의 타락으로부터 구해주는 것이라고 여겨졌다. 그러나 이 모든 것들이 구별 없이 불합리하게 뒤섞여 이용됨으로써 많은 사람들은 그것을 가장 해로운 것으로 느꼈다. 나는 몸 전체를 구하기 위해 건강한 내 신체조직을 부추겨 그 안에 있는 특별한 체계들로 하여금 마침내 반란과 혁명을 일으키도록 할 수밖에 없었다.

어느 날 밤 나는 심한 각혈 때문에 잠에서 깼다. 나는 그래도 옆방 사람을 깨울 정도의 기력과 의식은 있었다. 의사 라이헬이 불려와 나를 매우 친절하게 돌봐주었다. 나는 그렇게 여러 날 동안 생사를 오갔으며, 회복에 대한 기쁨도 각혈할 때 목 왼쪽에 생긴 종기로 인해 시들었다. 생명의 위험이 지나간 후에야 비로소 사람들은 종기를 찾아낼 여유가 생겼던 것이다. 치유는 느리고 힘들게 이루어진다 해도 언제나 기분 좋고 즐거운 것이다. 나는 천부적 체질이 도왔기 때문에 이제 다른 사람이 된 것 같았다. 왜냐하면 오랫동안 맛보지 못했던 보다 큰 정신의 즐거움을 얻었기 때문이다. 나는 외적으로는 만성적인 질병이 될 위험도 있었지만 내적으로 마음이 자유로워진 것을 느끼고 기뻤다.

그러나 이 시기에 특별히 나를 일으켜 세운 것은 여러 훌륭한 사람들이 부당하게도 내게 그들의 애정을 표해준 일이었다. 내가 '부당하게도'라고 말한 것은 그들 중 누구도 내 반항적 기분 때문에 고통 받지 않은 사람이 없으며, 내 병적인 반감 때문에 여러 번 상처를 받지 않은 사람이 없고, 내가 잘못했다는 죄의식에 빠져 한동안 끈질기게 피하지 않은 사람이 없었기 때문이다. 그들은 이 모든 것을 잊고 나를 지극히 정답게 대해주었고, 내 방으로 찾아오거나 내가 외출할 수 있을 때면 밖에서 나를 즐겁게 해주고 위로해주려고 노력했다. 그들은 나를 마차에 태우고 나가 그들의 별장에서 환대해주었다. 나는 곧 회복될 것 같이 생각되었다.

이런 친구들 중에서 나는 그 당시 시참의원이었으며 나중에 라이프치히 시장이 된 헤르만 박사를 가장 먼저 들겠다. 그는 슐로서에 의해 알게 된 식탁친구이며, 언제나 똑같이 변함없는 관계를 유지해 온 사람들 중 하나였다. 그는 대학 동료들 중 가장 부지런한 사람으로 손꼽히는 사람이었다. 그는 매우 규칙적으로 강의를 들으러 다녔고, 개인적인 생활에서도 똑같이 부지런했다. 나는 그가 조금도 정도에서 벗어나지 않고 차근차근 전진하여 박사학위를 취득하고, 그런 다음 판사시보에 오르는 것을 지켜보았다. 이때 그는 힘들어하는 것 같지도 않았고, 너무 서두르거나 게으름을 피우지도 않았다. 그의 온화한 성격이 내 마음을 끌었고, 그의 교훈적이고 유익한 이야기가 나를 사로잡았다. 나는 무엇보다도 결코 내게서는 내세울 수 없는 가치를 인정하고 존중함으로써 최소한 일부나마 내 것으로 만들 수 있다고 생각했기 때문에 그의 변함없는 부지런함을 좋아했던 것 같다.

그는 일에 있어서와 마찬가지로 자신의 재능을 발휘할 때와 오락을 즐길 때에도 똑같이 규칙적이었다. 그는 무척 능숙하게 피아노를 쳤고, 감정을 넣어 자연을 그렸으며, 내게도 같은 것을 하도록 권했다. 나는 그의 방식대로 회색 종이 위에 검고 하얀 분필로 플라이세 강변의 많은 버들가지 숲과 조용히 흐르는 강물의 굽이들을 모사하고, 그러면서 동경에 차서 공상에 잠기곤 했다. 그는 이따금 내가 내보이는 우스꽝스런 언동에 쾌활한 농담으로 응수할 줄 알았다. 나는 그와 함께 보냈던 많은 즐거운 시간을 기억하고 있다. 그는 장난삼아 잔치를 벌여 우리 두 사람만의 저녁식사에 나를 초대했는데, 거기에서 우리는 독특한 격식을 차려 촛불을 켜놓고, 그의 지위에 따라 현물 보수로 받은 이른바 시청의 토끼를 뜯어먹었고, 베리시 식의 많은 농담을 하며 음식에 풍미를 더하고 포도주의 가치를 높였다. 지금도 명망 있는 직책을 맡아 계속 좋은 활동을 하고 있는 이 훌륭한 사람은 내가 예상은 했지만 그토록 크게 악화되리라고는 생각지 못한 병에 걸렸을 때 가장 충실한 도움을 주었고, 틈만 있으면 내게 시간을 내주었으며, 과거의 즐거운 일들을 회상시킴으로써 침울한 순간을 밝게 해줄 줄 알았다. 나는 이런 모든 일들에 대해 지금도 여전히 솔직한 감사의 마음으로 기억하고 있는데, 시간이 오래 지난 후 이 감사함을 공개적으로 밝힐 수 있게 되어 기쁘다.

이 소중한 친구 외에 브레멘 출신의 그뢰닝이 특히 나를 잘 돌봐주었다. 나는 병이 나기 바로 전에 그를 알게 되었는데, 나에 대한 그의 호의는 병중에야 비로소 알게 되었다. 병자와는 아무도 쉽게 가까운 관계를 맺으려 하지 않는 법이므로 나는 그 호의의 가치를 더 크게 느꼈다. 그는 나를 기쁘게 하고, 내 상태에 대한 걱정에서 나를 벗어나게 해주고, 내게 머지않아 회복되어 건강하게 활동할 수 있다고 말해주고 희망을 주는 데에 모든 것을 아끼지 않았다. 세월이 흐르면서 이 훌륭한 사람이 가장 중요한 직책에 종사하면서 고향도시에 꼭 필요하고 유익한 인물로 등장했다는 소식을 들을 때마다 나는 얼마나 기뻤는지 모른다.

친구 호른도 내게 끊임없이 사랑과 관심을 주었다. 브라이트코프의 모든 가족과 슈토크 가족, 그 밖의 많은 가족들이 나를 가까운 친척처럼 대했다. 그리하여 그런 많은 친절한 사람들 덕분에 병의 상태에 대한 걱정이 매우 완화되었다.

여기서 나는 이 무렵에 알게 된 한 사람에 대해 더 자세하게 언급하지 않을 수 없다. 그와의 유익한 교제로 나는 내가 처한 비참한 상태를 잊을 수 있었다. 그는 나중에 볼펜뷔텔에서 도서관장이 된 랑거였다. 학식이 탁월하고 배움이 많은 그는 병적 과민성으로 완전히 열병처럼 나타난 내 뜨거운 지식욕을 기뻐했다. 그는 명확한 개념을 통해 내 마음을 진정시키고자 했다. 나는 짧은 동안의 교제였지만 그에게 많은 덕을 입었다. 즉 그는 여러 가지 방법으로 나를 인도할 줄 알았으며, 내가 당장 어떤 방향으로 나아가야할지에 대해 알려주었다. 또한 나와의 교제가 그를 어느 정도 위험에 노출시킨 만큼 나는 이 중요한 사람에게 더 많은 빚을 지고 있음을 느꼈다. 즉 그가 베리시의 뒤를 이어 젊은 린데나우 백작의 가정교사가 되었을 때 젊은 백작의 아버지는 새 가정교사인 그에게 나와 교제하지 않아야 한다는 절대적인 조건을 달았던 것이다. 그는 나와 같은 위험한 상대를 알고 싶은 호기심에서 여러 차례 제3의 장소에서 나를 만났다. 나는 곧 그의 호감을 얻었고, 베리시보다 현명한 그는 밤중에 나를 데리고 나가 함께 산책을 했고, 재미있는 일들에 대해 얘기를 나누었다. 나는 마침내 그를 그의 애인 집 문 앞에까지 바래다주기에 이르렀다. 왜냐하면 겉으로는 엄하게 보이는 진지하고 학구적인 이 남자 역시 무척 사랑스런 여인의 그물에서 빠져나와 존재할 수는 없었기 때문이다.

독일문학과 그것과 함께하는 나의 문학적 계획들은 얼마 전부터 나와 거리가 멀어지게 되었다. 독학하는 자의 행로가 늘 그렇듯 나는 다시 사랑하는 고대로 방향을 돌렸다. 그것들은 멀리 있는 푸른 산들과 같이 윤곽과 전체적인 덩어리는 뚜렷했지만 각 부분들과 내적 관계들은 알 수 없었고, 내 정신적 욕구의 시야를 가리고 있었다. 나는 랑거와 서로 주고받았다. 나는 여기서 글라우쿠스와 디오메데스의 역*을 했다. 나는 그에게 독일의 작가 및 비평가들로 가득 찬 바구니들을 넘겨주고 그 대신 많은 그리스 작가들을 넘겨받았는데, 이들을 읽으면서 병의 회복이 느린 가운데에서도 원기를 얻게 되었다.

새 친구들이 서로에게 주는 믿음은 단계적으로 발전하는 것이 보통이다. 서로 일치되어 나타나는 첫 번째 것은 공통의 활동이나 취미이다. 그런 다음 과거와 현재의 열정적 일들, 특히 연애사건들을 서로 알게 된다. 그러나 친구관계를 완성하려면 더 깊은 것이 열려야 한다. 그것은 종교적 관념이자 불멸의 것과 관계를 맺고 있는 가슴속의 문제로 우정의 토대를 굳건히 하는 동시에 우정의 정점을 장식한다.

그리스도교는 그 본연의 역사적 절대적 본질과 도덕에 바탕을 두고 다시금 도덕을 이루어나가야 하는 자연신교 사이에서 이리저리 흔들리고 있었다. 여기에서 성격과 사고방식의 차이가 무한한 단계로 나타났다. 특히 그런 신념에 대해 이성과 감정이 얼마나 간여할 수 있고 간여해도 되는지에 대한 의문이 생기면서 근본적인 차이가 작용하기 때문이다. 가장 활동적이고 재능이 풍부한 사람들은 이런 경우 유충상태를 망각한 채 자신을 감싸서 유기적 완성체로 성장시켜준 번데기껍질을 버리는 나비와 같은 행태를 보인다. 이와는 달리 진실하고 겸손한 생각을 지닌 사람들은 꽃에 비교될 수 있다. 꽃은 가장 아름답게 만발했어도 뿌리와 모체

* 호메로스의 『일리아스』에 나오는 두 인물로 서로 적대적이었으나 조상이 친한 사이였음을 알고 형제의 서약을 한 후 서로 갑옷을 교환하는데, 디오메데스는 청동 갑옷을, 글라우쿠스는 그보다 더 값진 황금 갑옷을 상대에게 준다.

인 줄기에서 떨어져나가지 않으며, 오히려 이런 가족적인 관계를 통해 원하는 과실을 성숙시킨다. 이 후자의 성향을 지닌 사람이 바로 랑거였다. 그는 학자이며 뛰어난 서지전문가였지만 전수되어온 다른 모든 문헌들에 앞서 성서에 특별한 가치를 부여하고, 우리가 도덕적 정신적 계보를 밝힐 수 있는 유일한 증서라고 보았기 때문이다. 그는 위대한 세계신과 직접적인 관계를 맺는 것을 불가능하다고 여기는 사람들에 속했다. 그리하여 그에게는 매개물이 필수적이었고, 그는 매개물과 비슷한 것을 도처의 현세적이며 종교적인 것들 속에서 찾을 수 있다고 보았다. 편안하고 논리 정연한 그의 설명은 지긋지긋한 질병으로 현세의 일에서 결별하여 정신의 활력을 종교적 일로 돌리려고 극도로 열망하던 한 젊은이의 귀에 쉽게 다가왔다. 나는 성서를 확고하게 믿어왔기 때문에 지금까지 인간적 방식으로 존중해왔던 것을 신적인 것으로 여기는 믿음을 갖기만 하면 되었다. 이 일은 내가 성서를 처음 알았을 때 그것을 신적인 것으로 여겼기 때문에 더욱 쉬웠다. 그리하여 인내하는 사람이며 섬세하고 연약한 감정을 지닌 사람에게 이 복음은 환영을 받았다. 랑거는 신앙을 가지고 있으면서도 동시에 매우 이성적인 사람이어서 감정을 우선시하거나 열광으로 잘못 이끌어서는 안 된다는 입장을 확고하게 고수했다. 그러나 나는 감정과 열광 없이 신약성서에 몰두한다는 것은 생각할 수 없는 듯했다.

그런 대화를 하며 우리는 많은 시간을 보냈다. 그는 독실하고 자세가 갖춰진 개종자로서 나를 얻은 것을 몹시 좋아해서 애인에게 바치려던 시간을 나한테 희생하는 것을 주저하지 않았고, 나와 만나는 것이 알려져 베리시처럼 주인한테 나쁘게 여겨질 위험까지 무릅썼다. 나는 그의 애정에 대해 최고로 감사하게 답했다. 그가 나를 위해 해준 일은 언제라도 값진 것이겠지만 당시의 상황에서는 더욱 더 최고로 존경스런 것이 아닐 수 없었다.

보통 우리 영혼의 화음이 가장 영적으로 조화를 이룰 때 속세의 거칠고 시끄러운 소리가 가장 강하고 격렬하게 흘러들고, 언제나 은밀하게 이어져 온 대조가 갑자기 드러나 더 예민하게 작용하듯이 나 역시 랑거의 페리파토스학파*와 결별하기 전에 적어도 라이프치히에는 드문 한 가지 사건을 경험해야 했다. 그것은 다음과 같은 경위로 대학생들이 일으킨 소요였다. 젊은이들이 시의 군인들과 충돌을 일으켜 폭력사태에까지 이르렀다. 많은 대학생들은 한데 뭉쳐 그들이 받은 수모에 복수하려 했다. 군인들은 완강히 대응하여 불만이 팽배한 대학생 측이 유리할 수 없었다. 높은 지위에 있는 사람들이 승리자들의 용감한 대응을 칭찬하고 돈으로 보답해주었다는 소문이 퍼졌고, 이로 인해 젊은이들의 명예심과 복수심이 극도로 달아올랐다. 다음날 저녁에는 돌을 던져 창문을 깰 것이라는 얘기가 공공연히 나돌았다. 정말로 그렇게 될 것이라는 얘기를 내게 전해준 몇 명의 친구들은 나를 그곳으로 끌고 갔는데, 거기에서는 젊은이들과 군중이 여전히 위험과 소요로 긴장하고 있었다. 정말로 보기 드문 광경이 연출되었다. 평상시에는 텅 비어 있던 도로 한쪽 편이 사람들로 꽉 차 있었고, 그들은 아주 조용히 소리도 움직임도 없이 무슨 일이 일어날 것인지를 기다리고 있었다. 텅 빈 도로 위에서는 10여 명의 젊은이들이 걸으

* 아리스토텔레스가 숲속을 거닐면서 학생들에게 강의한 습관 때문에 아리스토텔레스를 계승한 제자들, 특히 테오프라스토스 이후로 이 학원과 소속 학생에게는 '소요학파'(逍遙學派 Peripatetics : 그리스어 peri는 '둘레', patein은 '걷다'라는 뜻)라는 이름이 붙었다. '페리파토스'(peripatos)는 리케이온의 지붕 덮인 산책로였는데 랑거한테 얻은 교훈이 주로 산책길에서 이루어졌음을 빗대서 쓴 말이다.

로 보기에는 태연하게 각자 이리저리 거닐고 있었다. 그러나 그들은 목표로 삼은 집 근처에 도달하자 지나치면서 창문을 향해 돌을 던졌다. 그들은 여기저기서 다시 되돌아와 계속 반복해서 돌을 던져 한동안 유리창 깨지는 소리가 이어졌다. 이 일은 시작될 때와 마찬가지로 끝날 때도 모든 것이 조용히 마무리되었고, 더 이상의 사태로 이어지지는 않았다.

나는 대학생 소요의 소란한 여음을 안고 1768년 9월에 아늑한 전세마차를 타고 내가 잘 알고 믿을 만한 몇 명의 사람들과 함께 라이프치히를 출발했다. 아우어슈테트 부근에서 나는 옛날의 그 사고를 생각했다. 그러나 몇 년 후에 그곳에서 더 큰 위험*이 나를 위협하리라고는 꿈에도 생각하지 못했다. 마찬가지로 우리가 성을 구경한 고타에서 석고상들로 장식된 넓은 홀에서 그토록 많은 은총과 사랑을 받을 줄은** 거의 생각지 못했다.

나는 고향에 가까워지면 가까워질수록 내가 어떤 상태에서 어떤 전망과 희망을 안고 집을 떠났었는지를 점점 더 심각하게 되돌아보았다. 나는 난파선의 선원처럼 돌아가는 듯한 매우 처참한 느낌이 들었다. 그러나 나는 특별히 자신을 나무랄 것도 없어 어느 정도 마음을 편히 가질 수 있었다. 그래도 가족들의 환영은 내 마음을 뭉클하게 했다. 열렬한 내 천성은 질병으로 자극되고 고양되어서 격정적인 장면을 연출했다. 나는 내가 알고 있는 모습보다 더 못하게 보였을지도 모른다. 왜냐하면 오랫동안 거울 앞에서 얼굴을 다듬지 않았기 때문이다. 하지만 자신의 모습에 익숙해지

---

* 1806년 프랑스군과의 예나 및 아우어슈테트에서의 전투, 프랑스군의 바이마르 점령과 약탈, 괴테의 집과 수집품에 대한 위협 등을 가리킴.

** 괴테는 후일 고타의 궁성을 종종 방문하여 에른스트 2세와 함께 유명해졌다.

지 않는 사람이 어디 있을까! 아무튼 가족들은 여러 가지 얘기들은 다음에 차츰 나누기로 하고 무엇보다 먼저 내게 정신적으로나 육체적으로 안정을 취하게 하기로 무언의 합의를 했다.

누이동생이 곧장 나를 상대해 주었다. 나는 그녀의 편지를 통해 대강 알고는 있었지만 이제 가정의 사정과 상황을 더 자세하고 정확하게 들을 수 있었다. 내가 떠난 후 아버지의 교육 취미는 누이동생에게로 향했다. 완전히 고립되고 평화조약에 의해 안전이 보장되어 세입자들까지 모두 나가버린 집은 외부와 어느 정도 어울리거나 기분전환을 하는 길이 거의 모두 차단되어 있었다. 누이동생은 프랑스어, 이탈리아어, 영어를 번갈아 공부해야 했고, 아버지는 그녀에게 하루의 대부분을 피아노를 연습하게 했다. 쓰기도 게을리 할 수 없었다. 나는 이미 알아채고 있었지만 아버지는 내게 보내는 누이동생의 편지를 지도해서 자신의 가르침을 그 편지에 담아 전하도록 했었다. 누이동생은 알 수 없는 성격의 여자였으며, 엄격함과 부드러움, 고집과 유연함의 기이한 혼합체였다. 이런 특성들이 일치하기도 하고, 의지와 취향에 의해 따로 떨어져 작용하기도 했다. 그래서 누이동생은 내가 보기에 무시무시한 방식으로 아버지에게 격하게 반항했다. 그녀는 아버지가 최근 3년 동안 많은 허물없는 기쁨을 방해하거나 말살한 것을 용서할 수 없었으며, 아버지의 선량하고 훌륭한 성격을 조금도 인정하려 하지 않았다. 그녀는 아버지가 명령하거나 지시하는 모든 것을 따랐지만 세상에서 가장 불쾌한 태도로 행했다. 그녀는 그것을 전해 내려온 규칙 속에서 행했고, 조금도 더 하거나 덜 하지 않았다. 그녀는 어떤 것에도 사랑이나 호의로 순응하는 법이 없었다. 그래서 어머니는 나와 비밀 얘기를 할 때면 무엇보다도 이 점을 한탄했다. 누이동생은 인간인 만큼 사랑을 필요로 하고 있었기에 그녀의 애착을 전적으로 나한테 돌렸다. 그녀는 나를 돌보고 위로하는 데에 자신의 시간을 모두 바쳤다. 자기도 모르게 그녀에 의해 지배되는 놀이친구들도 마찬가지로 나를 즐겁게 하고 위로하기 위해 이것저것 생각해내야 했다. 누이동생은 나를 즐겁게 하는 재주가 있었으며, 익살스런 유머의 소질이 다소 엿보이기도 했는데, 그것은 내가 지금까지 그녀에게서 알지 못했던 것이었지만 그녀에게 잘 어울렸다. 우리 사이에는 곧 우리만의 말이 생겨났으며, 이를 통해 모든 사람들 앞에서 그들이 알아듣지 못하게 이야기를 주고받을 수 있었다. 그녀는 종종 대담하게 양친 앞에서 이 은어를 사용했다.

아버지는 개인적으로 꽤 안락한 상태에 있었다. 그는 건강했으며, 하루의 대부분을 누이동생을 교육시키며 보냈고, 여행기를 썼으며, 라우테를 연주하는 것보다 조율하는 데 더 많은 시간을 들였다. 그러면서 그는 학위를 받아 예정된 인생행로를 달려가야 할 건강하고 활기찬 아들 대신 육체보다 정신에 문제가 더 많은 듯한 병약한 아들에 대한 불쾌감을 가능한 한 감추려 했다. 아버지는 나를 요양시켜 낫게 하려는 소망을 감추지 않았다. 특히 아버지 앞에서는 내 증세가 우울증이라는 말을 삼가야 했는데, 그런 말을 들으면 그는 심하게 화를 내며 불쾌해 했기 때문이다.

천성적으로 무척 활달하고 명랑한 어머니는 이런 상황에서 몹시 지루한 나날을 보냈다. 그녀는 사소한 가정일은 순식간에 해치웠다. 늘 무언가를 하고 싶어 하는 착한 성격의 어머니는 무언가 흥미 있는 일을 찾으려 했고, 우선 찾아낸 것이 종교였다. 어머니의 가장 훌륭한 친구들이 교양 있고 독실한 신자들이어서 종교는 더욱 더 그녀의 마음을 사로잡았다.

친구들 중에서는 누구보다도 클레텐베르크 부인*이 꼽혔다. 『빌헬름 마이스터』에 삽입된 「아름다운 영혼의 고백」은 바로 이 여인의 담화와 편지로 이루어진 것이다. 그녀는 섬세한 자태에 중간 정도의 체구였으며, 진실하고 자연스런 태도는 사교예법과 궁중예법으로 더욱 호감을 주었다. 그녀의 매우 단아한 의상은 헤른후트파 여인들의 복장을 연상케 했다. 그녀는 결코 명랑함과 평온한 마음을 잃지 않았다. 그녀는 자신의 병을 허무한 세속적 존재의 필연적 요소라고 보고 대단한 인내로 견뎌냈으며, 간간이 고통이 없을 때에는 활기차게 대화를 즐겼다. 그녀가 가장 좋아하는, 아마도 유일했을 즐거움은 스스로를 관찰하며 스스로에게서 할 수 있는 도덕적 체험이었다. 여기에는 종교적 관념들이 합세하여 매우 우아하고 천재적인 방식으로 그것들을 자연적이거나 초자연적인 것으로서 관찰하게 되었다. 그녀의 영혼 속에 새겨진 그런 상세한 이야기를 그것을 좋아하는 사람들의 기억 속에서 다시 불러내기 위해서는 거의 아무 것도 필요치 않았다. 그녀는 어렸을 때부터 걸어온 아주 독특한 행로, 귀족계층에서 태어나 교육을 받은 점, 정신의 활달함과 독자성으로 같은 구원의 길을 걸어온 다른 여인들과는 그다지 화합을 이룰 수가 없었다. 가장 뛰어났던 그리스바흐 부인은 너무 엄격하고, 너무 무미건조했고, 너무 박식한 듯했다. 그녀는 감정의 발달을 즐기는 다른 부인들보다 더 많이 알고, 생각하고, 이해했다. 그리하여 그녀는 그들에게 달갑지 않은 존재였다. 그들 중 어느 누구도 그녀처럼 큰 장점을 가지고 구원의 길을 가거나 가려고 하는 사람은 없었기 때문이다. 그러나 그 대신 대부분의 사람들은

---

* 괴테의 숙모뻘인 어머니의 친구(1723~1774).

단조로웠는데, 그들은 후일의 감상주의 사람들의 그것과 비교할 수 있는 용어법을 고수했기 때문이다. 클레텐베르크 부인은 양 극단 사이의 길을 걸어갔으며, 자신의 생각과 활동으로 귀족가계 혈통과 고귀한 계층임을 증명한 친첸도르프 백작의 모습과 견주어 어느 정도 자기만족을 하고 있는 것 같았다. 그녀는 자기에게 필요한 것을 내게서 발견했다. 그것은 젊고 활달하며, 알 수 없는 구원을 추구하는 존재로서 자기를 특별히 죄 많은 자로 여기지는 않지만 평온한 상태에 있지 않고 육체도 정신도 그다지 건강하지 않은 자의 모습이었다. 그녀는 자연이 내게 부여한 것과 내 자신이 노력해서 얻은 것에 대해 기뻐했다. 그리고 그녀는 내게서 많은 장점들을 인정했지만 그것이 결코 자신의 자존심을 상하게 하는 것은 아니었다. 왜냐하면 그녀는 첫째로 남자와 경쟁하려고 생각하지 않았고, 둘째로 자신이 종교적 교양에 있어서는 나보다 훨씬 앞서 있다고 믿었기 때문이다. 그녀는 나의 불안, 나의 조급성, 나의 노력, 나의 추구, 탐구, 사고, 동요 등 모든 것을 자기 방식대로 해석하고 당연하다는 듯 자신의 확신을 숨김없이 말했다. 즉 그 모든 것은 내가 신과 화해를 이루지 못했기 때문에 생긴다는 것이었다. 그러나 나는 어릴 때부터 신과 매우 좋은 관계에 서 있다고 믿어왔으며, 여러 가지 경험으로 신이 내게 부채를 질 수 있다는 상상을 했고, 대담하게도 몇 가지 점에 있어서는 내가 신을 용서해야 한다고 믿고 있었다. 이런 자부심은 나의 끝없는 선량한 의지에 바탕을 두고 있으며, 나는 신이 그런 의지를 더 잘 도와주어야 한다고 생각했다. 내가 그녀와 이런 점에 대해 자주 논쟁을 벌였다는 것은 쉽사리 짐작할 수 있는 일이다. 논쟁은 항상 매우 정겹게 이루어졌고, 종종 앞서의 그 늙은 교장과의 대화와 마찬가지로 나는 많은 점에서 관대하게 취급받아야 할 어리석은 청년이라는 것으로 끝이 났다.

나는 목에 난 종기로 몹시 고통스러웠다. 내과의사와 외과의사는 이 혹을 고름을 생기게 한 다음 제거하려고 하다가 결국 절개하는 것이 좋겠다고 판단했다. 그래서 나는 오랜 시간을 통증보다는 번거로움으로 괴로워해야 했다. 치료 말기에는 질산은과 다른 부식제들을 계속하여 바르게 되어 날마다 지긋지긋한 다음날을 떠올려야만 했다. 내과의사와 외과의사는 기질이 극히 달랐지만 모두 정통 기독교에서 분리된 경건주의파에 속해 있었다. 외과의사는 호리호리하고 풍채가 좋은 남자로 날렵하고 숙련된 솜씨를 지녔는데, 안타깝게도 결핵성 질환을 앓고 있었다. 그러나 그는 참된 기독교적 인내로 견뎌냈고, 자신의 병 때문에 직무에 차질을 빚는 경우는 결코 없었다. 내과의사는 이상하게 생긴, 교활한 눈초리에 정겨운 말투를 쓰는 난해한 사람이었다. 그는 신자들 사이에서는 아주 특별한 신뢰를 받고 있었다. 그는 활동적이고 세심해서 환자들에게 위안이 되었다. 그러나 그가 고객을 늘린 것은 무엇보다도 몇 가지 비밀스런 사제약품을 몰래 만들어내는 재능 때문이었다. 의사가 손수 약을 조제하는 것이 금지되어 있었으므로 아무도 그의 행위를 입 밖에 내면 안 되었다. 그는 소화제로 생각되는 어떤 분말제는 그다지 비밀로 하지 않았다. 그러나 매우 위급한 상태에서만 사용할 수 있는 중요한 황산마그네슘제제에 대해서는 신자들 사이에서만 말이 나돌았을 뿐 아무도 그것을 본 적이 없고, 효과를 경험한 사람도 없었다. 이 내과의사는 그런 만능 치료제의 제조가 가능하다는 믿음을 주고 강화하기 위해 자기 환자들이 조금이라도 수용할 태세를 보이면 신비로운 화학과 연금술에 관한 책들을 추천해주고 그런 책들로 연구를 하면 그 귀한 약을 직접 만들어낼 수 있다고 설명했다. 그는 또 약품제조는 물질적 이유에서는 물론 특히 도덕적 이유에서 절대로 다른 사람에게 전수되어서는 안 되고, 이 위대한 제품을 이해하고 만들어내고 활용하기 위해서는 자연의 비밀을 연관시켜 알아야 한다고 말했다. 그 이유는 이 제품이 개별적 질병에 효과가 있는 것이 아니라 보편적인 만능 치료제이며 여러 가지 다른 형태들로 만들어질 수 있기 때문이라고 말했다. 친구인 클레텐베르크 부인은 이 유혹적인 말을 귀 기울여 들었다. 육체의 치유는 영혼의 치유와 밀접한 관계가 있었다. 그토록 많은 고통을 가라앉히고, 위험을 제거해줄 수 있는 약을 만들어내는 것보다 타인에게 더 큰 선행과 자비를 베풀 수 있는 일이 어디에 있을까? 그녀는 이미 남몰래 벨링의 『신비의 마술서』를 연구해왔다. 저자는 자신이 전하는 빛을 곧장 다시 어둡게 하여 없애버렸으므로 그녀는 이런 빛과 어둠의 교차 속에서 자신과 어울릴 친구를 찾고 있었다. 나한테 이런 병을 옮기는 데에는 사소한 자극만 있으면 충분했다. 나는 곧장 그 책을 입수했다. 그 책은 이런 종류의 모든 책들이 그렇듯 그 시조가 신플라톤주의*로까지 거슬러 올라가 있었다. 이 책에서 내가 알아내려고 가장 애쓴 것은 저자가 한 부분에서 다른 부분으로 가리키면서 이를 통해 그가 숨기고 있는 것을 드러낸다는 기대를 갖게 하는 모호한 암시들을 정확하게 알아내서 서로 해명되어야 할 부분들의 페이지를 가장자리에 표시해두는 일이었다. 그러나 이 책은 여전히 모호하고 이해할 수 없었다. 결국 어떤 용어를 깊이 탐구해서 그것을 임의로 사용했고, 무언가를 이해할 수는 없어도 최소한 말할 수는 있다고 생각할 수 있을 뿐이었다. 이 책은 존경스런 선배

* 3세기의 위대한 철학자이자 종교가인 플로티노스가 완성한 그리스 철학의 마지막 학파.

들을 언급했기 때문에 우리는 그 원전들을 직접 찾아보려는 자극을 받았다. 우리는 테오프라투스 파라셀수스*와 바실리우스 발렌티누스**의 작품들로 눈을 돌렸다. 우리는 또한 헬몬트***, 스타르키****와 그 외의 사람들도 접했으며, 자연과 상상에 기초한 그들의 학설과 규칙들을 이해하고 따르고자 했다. 나는 특히 『호메로스의 황금사슬』이라는 책이 마음에 들었는데, 여기에서는 자연이 환상적이기는 하지만 아름다운 결합체로 묘사되어 있다. 우리는 때로는 각자, 때로는 함께 이런 기이한 것들에 많은 시간을 보냈다. 우리는 방에서 지내야 했던 긴 겨울의 저녁들을 매우 즐겁게 지냈으며, 어머니도 한데 어울려 우리 세 사람은 이 비밀을 즐겼는데, 그 기쁨은 비밀이 폭로되었을 때 줄 수 있을 기쁨보다 더 컸다.

그러는 동안 또 하나의 매우 엄한 시련이 나를 기다리고 있었다. 장애를 받은, 어떤 순간에는 완전히 사라져버렸다고도 말할 수 있는 내 소화 기능에 심각한 증세가 와서 목숨을 잃을 것 같이 생각되었고, 어떤 치료도 효과를 낼 것 같지 않았다. 이런 절박한 상태가 되자 근심이 깊은 어머니는 당황하는 의사에게 그의 만능약을 가져오라고 격렬하게 대들었다. 의사는 오랫동안 반대하다가 깊은 밤중에 자기 집으로 달려가 결정체로 건조시킨 황산마그네슘제제가 든 작은 병을 가지고 돌아왔다. 나는 물에 녹인 그것을 마셨는데, 틀림없는 알칼리 맛이었다. 그것을 복용하자마자

---

* 스위스의 의학자이며, 화학자(1493~1541). 물질계의 근본이 유황, 은, 소금의 3원소라고 하였고, 점성술의 영향을 받아 독자적인 의료법을 제창하였으며, 산화철, 수은, 안티몬, 납, 구리, 비소 등의 금속화합물을 처음으로 의약품에 채용하였다.

** 15세기의 연금술사.

*** 벨기에의 화학자, 생리학자, 의사(1580~1644). 분리된 기체의 존재를 알아냈으며, 이산화탄소를 확인했다. 연금술과 화학에 다리를 놓았다.

**** 17세기의 연금술사.

상태가 나아졌고, 이 순간부터 증세가 호전되어 차츰 회복되어 갔다. 이 약이 의사에 대한 믿음을 강화시켰고, 나도 그런 좋은 약을 만들어보겠다는 노력을 고무시킨 것은 말할 필요도 없다.

부모도 형제자매도 없이 위치가 좋고 넓은 집에서 살고 있던 내 여자친구는 이미 일찍부터 조그만 풍로와 플라스크, 적당한 크기의 증류기들을 만들어왔다. 그녀는 벨링의 가르침과 의사인 선생의 중요한 지시를 받아 특히 철을 다루었다. 철을 분석해보면 그 속에는 아주 탁월한 치유력이 숨겨져 있다는 것이었다. 그리고 우리에게 알려진 모든 책들에서 중요한 역할을 한다고 나오는 대기염을 추출하려면 작업과정에 알칼리가 필요했는데, 알칼리는 공중에 발산되면 초자연적인 것들과 결합하여 마침내 신비로운 훌륭한 중성염이 발생한다는 것이었다.

내가 어느 정도 건강이 회복되고, 좀 더 좋은 계절이 되어 날씨도 포근해져 다시 내 옛 다락방에서 지낼 수 있게 되자 나도 곧 조그만 작업장치를 설치했다. 가열장치가 달린 작은 풍로가 마련되었다. 나는 불타는 도화선을 이용해서 유리관을 여러 가지 혼합물을 증발시키는 용기로 변화시키는 일을 매우 빨리 배웠다. 이제 나는 우주와 인체의 진기한 원소를 신비롭고 이상한 방법으로 다루어 무엇보다도 중성염을 들어보지도 못한 방법으로 만들어내고자 했다. 그러나 내가 계속해서 가장 많은 관심을 기울인 것은 이른바 규석액이었다. 그것은 순수한 규석을 적당량의 알칼리로 용해할 때 생기고, 그로부터 투명한 유리가 나타나며, 유리는 공기에 닿아 녹아내려 아름다운 액체가 된다. 이것을 한번 직접 만들어서 눈으로 확인한 사람은 처녀토와 그것의 작용, 그것에 의해 발생하는 작용 가능성을 믿는 사람들을 비난하지 않을 것이다. 나는 이 규석액을 만들어내는 데 특별히 능숙했다. 마인 강에서 발견되는 하얀 규석은 이것의 원료로 완벽했다. 나는 또 노력에 있어서나 그 밖의 여러 가지 면에서는 손색이 없었지만 규석질과 염류를 혼합하는 일은 연금술을 통해 믿고 있던 것처럼 쉽게 할 수가 없어 결국 싫증이 나고 말았다. 왜냐하면 그것은 쉽게 분리되었으며, 몇 차례 동물성 젤라틴 형태로 나타나 나를 놀라게 했던 아름다운 광물액이 계속 분말이 되었기 때문이다. 이것을 나는 아주 고운 규석분이라고 말할 수밖에 없었는데, 이것의 성질에서는 생산적인 것을 발견할 수 없었으므로 이 처녀토가 모태로 넘어가는 것을 볼 수 있는 희망도 사라졌다.

이 작업들은 그렇게 기이하고 일관성이 없었지만 나는 많은 것을 배웠다. 나는 나타날 것으로 보이는 모든 결정들에 세심한 주의를 기울여 많은 자연적인 것들의 외형을 알아냈다. 그리고 나는 근대에는 화학적 대상들이 좀 더 조직적으로 다루어지고 있다는 것을 잘 알고 있었으므로 그것을 보편적으로 이해하고 싶었다. 물론 나는 절반 정도의 연금술사인 약제사와 하찮은 불을 가지고 작업을 하는 모든 사람들을 별로 존경하지 않았다. 그러는 동안 나는 뵈르하베*의 『화학편람』에 몹시 마음이 끌려 이 사람의 많은 책들을 읽었다. 이를 통해 그렇지 않아도 오래 계속된 질병으로 의학적인 면에 친밀해진 나는 이 훌륭한 사람의 『금언집』을 연구하는 계기를 얻었다. 나는 이 금언들을 기꺼이 사고와 기억 속에 새겨두고 싶었다.

좀 더 인간적이고 나아가 즉시 얻을 수 있는 교양을 위해 유익했던 또

---

* 네덜란드의 의사이자 라이덴 대학의 의학, 식물학, 화학교수(1668~1738). 그는 공기 중에 호흡과 연소에 핵심적 역할을 하는 생명 유지 성분이 있을 거라고 생각한 최초의 인물이다.

다른 일은 내가 라이프치히에서 집으로 보냈던 편지들을 읽어나가는 것이었다. 수년 전에 자신이 했던 일을 다시 바라봄으로써 자신을 대상으로 관찰할 수 있는 것보다 우리 자신을 잘 알 수 있게 하는 것은 없다. 그러나 물론 나는 그 당시 아직 너무 어렸고, 이 편지들에 묘사된 시대는 지금과 너무 가까웠다. 젊을 때에는 자신의 확실한 자만심을 쉽게 버리지 못하는 법인데, 얼마 전에 일어난 일을 두고 스스로를 경멸하는 데에서 예외적인 특별한 경우가 나타난다. 우리는 자신에게도 남에게도 좋고 탁월하다고 존중하는 것이 오래 지속되지 못한다는 것을 점차 깨닫게 되면서 구제할 수 없는 것은 스스로 버리는 것이 궁지에서 벗어나는 최선의 길이라고 생각하기 때문이다. 나도 마찬가지였다. 내가 라이프치히에서 점차 내 어린 시절의 노력들을 하찮게 여기게 되었듯이 이제 내게는 대학시절의 행로가 마찬가지로 하찮게 여겨졌다. 나는 그것들이 관찰과 통찰의 단계를 좀 더 높은 수준으로 올려주기 때문에 분명 많은 가치가 있다는 것을 깨닫지 못했다. 아버지는 내가 보낸 편지는 물론 누이동생에게 보낸 편지도 세심하게 모아서 철해 두었다. 그는 나아가 꼼꼼하게 수정하고 잘못된 철자나 어법을 고치기까지 했다.

이 편지들에서 우선 내 눈에 띈 것은 글씨체였다. 나는 1765년 10월부터 이듬해 1월 중순에 이르는 동안의 필적이 믿을 수 없을 정도로 엉망인데 대해 깜짝 놀랐다. 그 후 3월 중순에 이르러서야 돌연 현상응모 때 쓰던 침착하고 정돈된 필적이 나타났다. 이에 대한 놀라움은 친절한 겔러트에 대한 감사의 마음으로 변했다. 나는 우리가 논문을 제출할 때 그가 진지한 목소리로 필적을 연습하는 것이 문체를 연습하는 것보다 더 중요한 의무라고 역설했던 것을 기억하고 있다. 그는 졸렬하고 난잡한 필체를 볼 때마다 이 말을 반복하면서 제자들에게 아름다운 필체를 가르치는 것을 자기 교육의 핵심목표로 삼고 싶다고 여러 차례 강조했다. 그는 좋은 필체는 좋은 문체를 이끈다는 것을 알고 있었기에 더욱 필체를 중요시했다.

그 밖에도 나는 내 편지의 프랑스어와 영어로 쓴 부분이 잘못이 없지는 않았지만 편하고 자유롭게 쓰였음을 알 수 있었다. 이런 언어들을 나는 지금도 여전히 트레프토프에 살고 있는 게오르크 슐로서와의 서신왕래를 통해 계속 연습해왔으며, 그와는 지속적인 관계를 유지해왔다. 그럼으로써 나는 많은 세상 사정들을 알게 되었고(왜냐하면 그에게는 늘 일이 뜻대로 되지 않았으므로), 그의 진지하고 고상한 사고방식에 점점 더 많은 믿음을 갖게 되었다.

이 편지들을 읽어나가면서 알게 된 또 한 가지 빼놓을 수 없는 사실은 선량한 아버지가 선의로 내게 특별한 손해를 끼쳤고 그것이 마침내 내가 기이한 생활방식으로 빠져든 원인이 되었다는 점이다. 아버지는 내게 언제나 카드놀이를 못하게 주의를 주었다. 그러나 궁중고문관 뵈메의 부인은 내 아버지의 경고는 살아있는 동안 카드놀이의 남용을 우려하는 것일 뿐이라고 설명하고 그녀의 방식대로 나를 따르게 했다. 나도 사교사회에서 이 놀이가 유익하다는 것을 알고 있었으므로 그녀가 시키는 대로 따랐다. 나는 놀이감각은 있었지만 열의는 없었다. 나는 모든 카드놀이들을 쉽고도 빠르게 배웠지만 밤새 필요한 주의를 집중시키는 일은 할 수 없었다. 그래서 나는 처음에 잘 시작했다가도 끝에 가서는 언제나 잘못해서 나와 다른 사람들을 패하게 했다. 그로 인해 나는 늘 기분이 상해서 저녁식사를 하러 가거나 모임에서 빠져나왔다. 뵈메 부인은 오랜 투병생활 동안에는 내게 카드놀이를 시키지 않았는데, 그녀가 죽자 아버지의 훈계가 힘을 얻었다. 나는 우선 패에 끼는 것을 거절했다. 사람들은 나를 어떻게 대해야 할지 몰라 했고, 다른 사람들보다 나 스스로가 귀찮아져서 초대를 사양했다. 그 때문에 초대는 점점 드물어졌고 마침내 완전히 중단되었다. 젊은 사람들, 특히 실질적 사고를 가지고 세상에서 무언가를 얻으려하는 사람들에게는 매우 추천할 만한 이 카드놀이는 물론 결코 나의 취미가 되지 못했다. 하고 싶은 만큼 아무리 오랫동안 카드놀이를 해도 실력이 더 늘지 않았기 때문이다. 만약 누군가 나한테 이 놀이를 전체적으로 관찰하게 하고, 여기에서 어떤 징후나 다소의 우연이 판단력과 행동을 단련하는 일종의 재료가 된다는 것을 알려주었더라면, 또한 여러 가지 놀이들을 한꺼번에 파악하도록 해주었다면 나도 꽤 즐길 수 있었을 것이다. 나는 지금 말하고 있는 그 시절의 편지들을 살펴봄으로써 사교적인 놀이는 피할 것이 아니라 오히려 숙달되도록 노력해야 한다는 확신에 이르게 되었다. 시간은 끝없이 길며, 하루하루는 모두 진정 가득 채우려면 매우 많은 양을 부어넣어야 하는 물통과도 같은 것이다.

나는 몰두했었던 취미활동의 망령들이 기회를 타서 다시 나타났기 때문에 고독한 가운데에서도 많은 것들을 했다. 그래서 나는 다시 그림에 손을 댔다. 나는 언제나 자연이나 실물을 그리려 했기 때문에 가구들이 있는 내 방과 그 안에 있는 사람들을 그렸다. 그리고 그것이 더 이상 재미없어 지면 사람들이 즐겨 이야기하고 관심을 갖는 시중의 여러 가지 사건들을 묘사했다. 이 모든 것은 성격도 있었고 풍미도 있었으나 아쉽게도 인물들의 균형과 본질적인 생명이 없었고, 세밀성이 지극히 떨어졌다. 아버지는 여전히 이런 일을 즐겨했는데 그림들이 더 분명한 것을 원했다. 그리고 모든 것이 완벽하게 완성되어야 했다. 그래서 아버지는 이 그림들을 걸어놓고 선으로 둘러쌌다. 집안을 드나드는 화가 모르겐슈테른은—그는 나중에 교회전경으로 알려지고 유명해졌는데—방들과 공간에 원근의 선들을 그려 넣게 했고, 물론 그림으로써 흐릿하게 나타난 인물들에 꽤 뚜렷한 윤곽을 부여했다. 아버지는 그런 방식으로 내게 점점 더 명확성을 띠도록 다그치려고 생각했고, 나는 아버지의 마음에 들게 하려고 많은 정물들을 그렸다. 실물이 표본으로 내 앞에 있었기에 더 분명하고 확실하게 그릴 수 있었다. 마침내 나는 다시 부식동판화 생각을 떠올렸다. 나는 꽤 재미있는 풍경을 구성했고, 슈토크에게 물려받은 낡은 제작법 책을 찾아내 작업하면서 즐거웠던 지난 시절을 회상할 수 있어 매우 행복했다. 나는 곧 동판을 부식시켜 견본을 찍어보았다. 불행하게도 그 구도에는 광선과 음영이 없었으므로 나는 그 두 가지를 넣는 데 무척 힘들어했으며, 무엇이 문제인지가 명확하게 떠오르지 않아 완성할 수가 없었다. 당시 나는 나름대로 매우 건강했었다. 그런데 이 무렵 나는 한 번도 앓아보지 않은 병세를 느꼈다. 즉 목이 몹시 아팠고, 특히 목젖이라고 부르는 곳에 심한 염증이 생겼다. 무엇을 삼킬 때면 엄청난 통증을 느꼈으며, 의사들도 어떻게 해야 할지 알지 못했다. 사람들은 목을 가시게 하고 약물처리를 하여 나를 괴롭혔지만 고통에서 벗어나게 하지는 못했다. 마침내 나는 마치 영감을 얻은 듯 내가 부식액을 사용할 때 충분한 주의를 하지 않았다는 것과 그 일을 너무 열심히 자주 반복함으로써 이런 병을 생겼고 계속 악화되었다는 것을 알게 되었다. 의사들은 그럴 수 있다고 보다가 곧 그것이 틀림없다고 믿었다. 나는 시도가 제대로 이루어지지 않아 내 작업을 내보이기보다는 숨겨야 했으며, 동판을 새기고 부식하는 일을 단념했다. 그렇지만 나는 괴로운 병에서 아주 빨리 벗어나자 단념한 것을 다행으로 여기게 되었다. 이때 나는 라이프치히에서 했던 비슷한 일들도 내가 몹시 앓았던 그 병의 원인이 되었다고 생각지 않을 수 없었다. 물론 우리 자신에 대해서나 우리에게 해로운 것과 이로운 것에 대해 지나치게 주의를 기울이는 것은 지루하고 이따금 서글픈 일이기도 하다. 그러나 한편으로는 인간의 본성에는 놀랄 만큼 특이한 기질이 있고, 또 한편으로는 삶의 방식과 향락들이 한없이 다양한데도 인간이라는 종족이 그토록 오랫동안 사라지지 않고 유지되어온 것은 기적이라 할 수 있다. 인간의 본성은 일종의 독특한 강인함과 다면성을 지니고 있는 것 같다. 그래서 인간은 자신에게 접근하거나 자신을 집어삼키려 하는 것을 물리치고, 그것을 동화시킬 수는 없어도 적어도 무해하게 만든다. 물론 많은 풍토병이나 독한 술의 영향이 증명하듯 인간은 과도한 힘에 대해서는 어떤 저항을 해도 굴복할 수밖에 없다. 우리가 복잡한 시민적 사교적 삶에서 우리에게 유리하거나 불리하게 작용하는 것에 대해 크게 두려워하지 않으면서 주의를 기울일 수 있다면, 또한 기분 좋게 즐길지라도 나쁜 결과를 생각하여 단념할 수 있다면, 건강한 우리를 자주 질병 이상으로 괴롭히는 많은 불쾌한 것을 쉽게 피할 수 있을 것이다. 유감스럽게도 우리는 섭생에 있어서는 도덕에 있어서처럼 잘못에서 벗어나기 전에는 그것을 미리 통찰하지 못한다. 다음에 일어나는 잘못은 앞서의 잘못과는 유사하지 않으며 동일한 형태로는 인정될 수 없는 것이어서 잘못된 경험은 아무 쓸모도 없는 것이다.

라이프치히에서 누이동생에게 보냈던 편지를 읽으면서 알게 된 이런 사실도 나는 빼놓을 수 없다. 나는 대학생활 초기부터 스스로를 매우 총명하고 현명하다고 여겼으며, 무언가를 배우게 되면 곧장 교수의 위치에 올려놓고 가르치는 자의 입장에 서게 되었다. 그래서 나는 겔러트가 강의 시간에 전해주거나 조언해준 것을 곧장 누이동생에게 가르쳐주는 것을 매우 재미있는 일로 생각했다. 물론 나는 그것이 생활에서는 물론이고 독서에 있어서도 젊은이에게는 적합할 수 있지만 여자에게는 어울리지 않는다는 사실을 깨닫지 못했다. 그래서 우리는 이것들을 흉내 내며 서로 농담을 주고받았다. 내가 라이프치히에서 지었던 시들은 이미 시시하게 여겨졌다. 그것들은 냉정하고 건조하며, 인간의 감정과 정신상태를 표현하는 점에서 볼 때 너무 피상적이었다. 이런 생각은 내가 아버지의 집을 떠나 두 번째 대학에 들어가게 되었을 때 내 작품들에 대대적인 화형을 내리도록 나를 자극했다. 몇 편은 3막이나 4막까지 쓰고, 몇 편은 서막만 쓴 많은 희곡들이 다른 많은 시들, 편지들, 서류들과 함께 불 속에 던져졌다. 그래서 온전하게 남은 것은 베리시의 원고 『사랑에 빠진 자의 기분』과 『공범자들』밖에 없었다. 『공범자들』은 내가 계속 특별한 애정을 가지고 수정했고, 작품이 완성되었어도 표현을 더 역동적이고 분명하게 하기 위해 다시 샅샅이 다듬었다. 레싱은 『민나』의 처음 두 막에서 드라마가 보여줄 수 있는 타의 추종을 불허하는 모범을 나타냈는데, 내게는 그의 생각과 의도 속으로 철저히 파고드는 일보다 더 중요한 것은 없었다.

그 당시 내 마음을 움직이고 자극하고 몰입시켰던 것에 대한 이야기는 충분히 자세하게 했지만 그렇다 해도 초감각적인 일들이 내게 불러일으킨 관심으로 다시 한 번 돌아가야겠다. 나는 그런 것들에 대해 가능한 한 확실한 이해를 얻으려고 빈번하게 시도했다.

당시 나는 내 손에 들어온 중요한 책 한 권에서 큰 영향을 받았는데, 그 책은 아르놀트의 『교회와 이단의 역사』였다. 아르놀트는 단지 사색적인 역사가일 뿐만 아니라 경건하며 감정도 풍부한 인물이었다. 그의 견해는 나와 매우 합치되었으며, 그의 책에서 나를 특별히 기쁘게 한 것은 그때까지 내게 광적이라고 혹은 신을 등진다고 여겨온 많은 이단자들에 대해서 유익한 이해를 얻을 수 있었던 점이었다. 반항의 정신과 역설을 즐기는 성향은 우리 모두에게 숨겨져 있다. 나는 열심히 다양한 견해들을 연구했다. 그리고 나는 모든 인간이 결국 자신만의 종교를 갖게 된다는 말을 자주 들어왔기 때문에 나 또한 내 자신의 종교를 이룰 수 있다는 생각을 지극히 자연스럽게 여겼고, 무척 편안한 마음으로 이 일을 행했다. 신플라톤주의가 토대를 이루었고, 여기에 연금술적인 것, 신비적인 것, 카발라*적인 것이 기여했다. 이리하여 나는 무척 신비로운 하나의 세계를 세웠다.

나는 영원성으로부터 저절로 창조된 신을 상상할 수 있었다. 그러나 창조는 다양성 없이는 생각할 수 없는 것이므로 필연적으로 신은 우리가 신의 아들의 이름 아래 인정하고 있는 제2인자로서 나타날 수밖에 없었다. 이 양자는 생산행위를 계속해야 했고, 스스로 다시 제3인자 속에서 나타났으며, 이제 이 제3인자는 전체로서 활기차고 영원히 존재하게 되었다. 이렇게 해서 신의 순환이 완결되었고, 그들에게는 자신들과 똑같은 것을 생산하는 것이 불가능하게 되었다. 그러나 창조의 욕구는 여전히 계속되었기 때문에 그들은 제4인자를 만들어냈다. 그러나 이 제4인자는 그들과 같이 무제한적이었으나 동시에 그들 속에 포함되어 그들에 의해 제약을 받아야 했으므로 이미 그 자체 속에 모순을 지니고 있었다. 그가 바로 루

* 중세 유대의 전설적인 신비종교. 카발라는 히브리어로 전승이라는 뜻으로 12세기에 나타나 여러 세기 동안 유행했다.

시퍼*였으며, 이제 모든 창조력은 그에게 위임되었고, 모든 다른 존재는 그에게서 생겨났다. 그는 모든 천사들을 창조함으로써 즉시 무한한 활동력을 증명해 보였다. 천사들은 모두 그와 똑같았으며, 무제한적이었으나 그에게 포함되어 있었고 그에 의해 제약받았다. 그는 이런 영광에 에워싸여 자신의 더 높은 근원을 망각하고 자기 자신 속에서 근원을 찾을 수 있다고 믿었다. 그리하여 이 최초의 배은으로부터 신의 뜻과 의도에 일치하지 않는 모든 것이 발생했다. 그는 자기 자신 속에 집중하면 할수록 더 불행해질 수밖에 없었고, 그에 의해 근원을 향해 행복하게 날아오르는 것을 방해받은 모든 정령들도 불행해졌다. 이리하여 우리에게 천사의 배반으로 지칭되는 사건이 일어났다. 천사들 중 일부는 루시퍼에게 집중했고, 다른 일부는 다시 그들의 근원인 신에게로 향했다. 루시퍼에게서 생겨나서 그를 따를 수밖에 없는 모든 창조물들의 이러한 집중으로부터 우리가 물질의 형태로 알아볼 수 있고, 무겁고 단단하고 어두운 것으로 연상할 수 있는 모든 것이 생겨났다. 그것은 그러나 직접적인 것은 아니지만 신의 후손으로서 탄생한 것이기에 아버지나 조부모와 같이 무한한 힘이 있고 영원하다. 우리가 전체적인 불행이라고 부를 수 있다면 그것은 오로지 루시퍼의 일방적 경향에서 비롯된 것이었다. 당연히 이 창조에는 더 나은 절반이 결여되어 있었다. 왜냐하면 그것은 집중에 의해 얻은 모든 것을 지니고 있었지만 확산에 의해 얻을 수 있는 것은 가지고 있지 않았기 때문이다. 그리하여 모든 창조물들은 끝없는 집중으로 스스로를 소모시키고, 부친인 루시퍼와 함께 멸망하고, 신과 마찬가지의 영원성을 요구할

---

* 최초로 창조된 천사로 나중에 사탄으로 타락했다. 일반적으로 사탄을 가리키는 고유명사로 쓰인다. 라틴어의 '빛(lux)'을 가져오는(ferre) 것'에서 나온 말로, '샛별'이란 뜻.

권리를 상실할 수 있을 정도에 이르렀다. 엘로힘*은 얼마 동안 이런 상황을 지켜보았다. 그는 세상이 다시 청소되어 새로운 창조의 공간이 남겨지는 영겁의 시대를 기다릴 것인지 현재 상태에 개입해서 자신의 영원성에 따라 결함을 메워줄 것인지를 선택해야 했다. 엘로힘은 후자를 택하여 오로지 자신의 의지로 루시퍼의 행동으로 초래된 모든 결함을 순식간에 보충해주었다. 그는 무한한 존재에게 자기를 확산하고 신들을 향해 움직이도록 하는 능력을 부여했다. 생명 본래의 맥이 다시 회복되었고, 루시퍼도 이런 영향에서 벗어날 수 없었다. 이것이 우리가 광명으로 알고 있는 것이 생겨난 시기이며, 우리가 창조라는 말로 부르는 것이 시작된 시기였다. 이제 이 시기는 끊임없이 작용하는 엘로힘의 생명력에 의해 점차 다양하게 변해갔지만 신과의 근원적인 연결을 다시 이루어내는 데 적합한 존재가 빠져 있었다. 그래서 인간이 태어나게 되었다. 인간은 모든 면에서 신과 비슷했고, 나아가 똑같아야 했으나 물론 그럼으로써 루시퍼의 경우처럼 무제한적이면서 동시에 제약을 받는 존재가 되었다. 그래서 이런 모순이 존재의 모든 영역에 걸쳐 나타나 완전한 인식과 결연한 의지가 인간의 상황에 동반되어야 했다. 그럼으로써 인간은 가장 완전한 동시에 가장 불완전하고, 가장 행복한 동시에 가장 불행한 피조물이 될 수밖에 없다는 것이 예견되었다. 그러나 오래지 않아 인간 또한 완벽하게 루시퍼의 역할을 하게 되었다. 자비를 베푸는 자로부터의 이탈은 본질적인 배은이다. 창조 전체는 근원적인 것의 배반과 그것으로의 복귀에 불과한 것이지만 여기서 두 번째로 배반이 명백하게 드러난 것이었다.

* 히브리어로 '하느님'이라는 뜻. 『창세기』의 "처음에 하느님(엘로힘)께서 하늘과 땅을 지어내셨다"라는 구절에서 '엘로힘'은 유일신을 가리킨다.

구원은 아득한 옛날에 결정된 것일 뿐만 아니라 영원히 필연적인 것으로 여겨지며, 생성과 존재의 모든 시기를 통해서 언제나 반복되어야 한다는 것을 쉽게 알 수 있다. 신 스스로가 이미 준비해둔 옷을 두르고 인간의 모습을 한 채 잠시 동안 인간의 운명을 함께 나누고, 인간과의 유사함을 통해 기쁨을 높이고 고통을 덜어주려 했던 것은 지극히 당연한 일이었다. 모든 종교와 철학의 역사가 우리에게 가르쳐주는 것은 인간에게 불가결한 이 위대한 진실이 여러 시대 여러 국민에 의해 다양한 방식으로, 즉 신비로운 우화나 그림들 속에서 제한된 환경에 따라 전해져내려 왔다는 것이다. 우리는 우리를 끌어내리거나 압박하는 것처럼 보이지만 우리에게 스스로를 고양시키고 신의 뜻을 실현하도록 기회를 주고 의무를 부과하는 상황에 처해 있음을 인정하는 것으로 족하다. 우리는 한편으로는 자기실현을 요구받으면서 다른 한편으로는 규칙적인 맥박 속에서 자기극복도 소홀히 하지 않음으로써 신의 뜻을 실현하게 된다.

9장

"인간의 마음은 여러 가지 도덕, 특히 사교적이며 우아한 도덕을 얻으려는 쪽으로 움직이며, 그 마음속에는 좀 더 섬세한 감정이 일어나 발전한다. 특히 젊은 독자로 하여금 인간적인 마음과 그 정열의 숨겨진 구석을 통찰하게 하는 많은 특징들이 드러난다. 이렇게 하여 얻은 지식은 모든 라틴어나 그리스어보다 더 값지며, 오비디우스는 이런 지식을 얻은 뛰어난 대가였다. 그러나 젊은이들에게 오비디우스를 비롯한 고대의 시인들을 권하는 것은 이것 때문만은 아니다. 우리는 자애로운 조물주로부터 많은 정신적 힘을 받고 있다. 그것은 젊었을 때 적당하게 키우는 것을 소홀히 하면 안 되지만 논리학이나 형이상학, 라틴어나 그리스어 등으로는 키울 수 없다. 우리는 상상력을 가지고 있다. 상상력이 최고의 좋은 상상만을 하는 것이 아닌 한 우리는 그것에 가장 적절하고 아름다운 모습을 내보임으로써 미를 어디서나, 자연에서도 그것의 분명하고 참되고 좀 더 섬세한 특징 아래에서 인식하고 사랑하도록 정서를 길들이고 단련시켜야 한다. 학문을 위해서는 물론이고 일상의 삶을 위해서도 개요서에서는 습득할 수 없는 많은 개념들과 보편적 지식이 필요하다. 우리는 감정, 애착, 정열을 유익하게 발달시키고 순화시켜야 한다."

『일반 독일문고』 속에 있는 이 중요한 부분은 그런 종류의 유일한 글은 아니었다. 비슷한 원칙이나 똑같은 생각들이 여러 방면에서 나타났다. 그것들은 우리들 혈기왕성한 젊은이들에게 매우 큰 인상을 주었는데, 이 인상은 빌란트에 의해 강화되어 더욱 결정적인 작용을 했다. 왜냐하면 그의 빛나는 제2기의 작품들은 그가 그런 원칙들에 따라 성장 발전했다는 것을 분명하게 증명했기 때문이다. 우리가 더 이상 무엇을 바랄 수 있었을까? 우리는 난해한 요구를 지닌 철학을 옆으로 제쳐놓았고, 배우는 데 힘든 노력이 드는 고대 언어들을 뒤로 밀쳐버렸다. 개요서들은 이미 햄릿이 우리에게 그것의 완전성에 대해 회의적인 말을 속삭여주었기에 점점 더 의심스런 것이 되었다. 사람들은 우리에게 우리가 스스로 이끌어가는 생동하는 삶을 제시했고, 가슴속에서 느끼고 예감했던 정열에 대한 지식을 제시해주었다. 정열은 지금까지는 비난받아 왔지만 이제는 우리 연구의 핵심대상이 되어야 했으므로 중요하고 값진 것이라고 여겨지지 않을 수 없었으며, 그것에 대한 지식은 우리의 정신력을 키우는 가장 탁월한 수단으로 칭송받았다. 게다가 그런 사고방식은 내 자신의 확신과 나아가 내 문학적 활동 및 노력에 아주 적합했다. 그래서 나는 그토록 많은 좋은 시도들이 수포로 돌아가고, 그토록 많은 간절한 희망이 사라진 것을 알고 난 후 나를 스트라스부르로 보내려는 아버지의 뜻을 기꺼이 따랐다. 스트라스부르에서는 공부를 계속하여 마지막에는 학위를 취득해야 했으므로 내게 밝고 즐거운 삶이 약속되어 있었다.

봄이 되자 나는 건강뿐 아니라 청춘의 활기가 되살아난 것을 느꼈고, 처음과는 전혀 다른 이유에서였지만 또 다시 아버지의 집을 떠나고 싶은 마음이 간절해졌다. 왜냐하면 나는 많은 어려움을 겪어온 이 멋진 방들과 공간이 싫어졌고, 아버지와도 좋은 관계를 맺어나갈 수 없었기 때문이다. 내 병이 재발하고 회복이 느릴 때 아버지는 지나치게 조급해졌고, 관대하게 위로해주는 대신 마음대로 어떻게 할 수 없는 병에 대해 마치 의지만 있으면 나을 수 있다는 듯 심한 말을 했던 것을 나는 도저히 용납할 수 없었다. 그러나 아버지도 나로 인하여 여러 가지로 마음이 상하고 불쾌해졌다.

젊은 사람들이 대학에서 보편적인 지식을 얻어서 돌아오는데, 그것은 옳고 좋은 일이지만 그 지식을 매우 현명하다고 생각하고 그것을 척도로 하여 현실적인 대상에 적용하면 대부분 실패로 돌아간다. 나도 집의 건축기법, 설비, 장식에 대한 보편적 지식을 얻었는데, 이것을 대화 중에 조심하지 못하고 바로 우리 집에 적용하며 이야기했다. 아버지는 과거에 집의 설비 전체를 고안했고, 확고한 자세로 건축을 추진해 나갔었다. 아버지는 그와 가족을 위한 집인 한 어떤 이의도 받아들이지 않고 철저하게 자기 방식으로 집을 지었던 것이다. 프랑크푸르트의 많은 집들 또한 이런 식으로 지어졌다. 계단은 외부에 설치되어 충분히 훌륭한 방들이 될 만한 위쪽 현관방들로 연결되었다. 우리는 실제로 날씨가 좋은 계절에는 늘 그곳에서 지냈다. 그러나 단독가정의 우아하고 기분 좋은 거주와 위층에서 아래층으로의 소통은 프랑스군 숙영 시에 충분히 경험했듯이 많은 세대가 거주하게 되면 극히 불편해졌다. 우리 집 계단이 라이프치히 식대로 한쪽 옆으로 몰려 있고 층마다 잠글 수 있는 문이 마련되어 있었다면 왕실장관과의 위험한 일은 일어나지 않았을 것이고, 아버지도 온갖 불쾌한 감정을 덜 느꼈을 것이다. 내가 이런 라이프치히식 건축양식을 높이 추켜세우고 그 장점을 늘어놓은 다음 우리 집의 계단도 옮길 수 있다고 설명했다가 아버지가 크게 분노케 한 적이 있었다. 바로 전에 내가 나선형 무늬의 거울 테두리와 중국제 양탄자를 비난했으므로 아버지의 분노는 더 심했다. 그 일은 가라앉아 좋게 마무리되었지만 내가 아름다운 알자스로 가는 것을 앞당겼다. 나는 새로 설비된 안락한 급행마차에 올라 도중에 정차하지 않고 단 시간 안에 목적지에 도착했다.

나는 '춤 가이스트' 여관에 도착해 마차에서 내리자마자 곧장 내 열렬한 갈망을 충족시키고자 대성당으로 달려갔다. 그곳은 함께 마차를 탄 여행자들이 훨씬 전에 나에게 가리켜주어 나는 마차를 타고 오면서 줄곧 바라보았었다. 나는 좁은 골목을 지나면서 이 대건축물을 보다가 좁은 광장에 이르러 좀 더 가까이 보게 되자 즉석에서 뭐라 말할 수 없는 모호하고 아주 독특한 인상을 받았다. 나는 높이 뜬 밝은 태양이 넓고 풍요로운 땅을 한눈에 펼쳐 보이는 그 멋진 순간을 놓치지 않으려고 건물을 급히 올라갔다.

그리고 나는 옥상에서 내가 당분간 머물게 된 이 아름다운 지방을 내려다보았다. 훌륭한 시가, 멋지고 울창한 나무들이 들어찬 넓게 펼쳐진 주변의 목초지, 라인 강 물줄기를 따라 강가와 섬과 모래톱들을 뚜렷하게 돋보이게 하는 풍부한 식물들이 보였다. 일러 강에 의해 관개가 되는 남쪽 아래로 뻗은 평야도 이에 못지않게 다양한 녹색으로 물들어 있었다. 산지 쪽인 서쪽으로는 많은 저지대들이 숲과 초원의 매혹적인 풍경을 이루고 있었고, 북쪽은 좀 더 넓은 구릉지대로 많은 것들을 빨리 자라게 도와주는 끝없이 많은 시내들이 뒤얽혀 흐르고 있었다. 이렇게 무성하게 뻗쳐있는 목초지와 기분 좋게 흩어져 있는 숲 사이에 모든 비옥한 땅이 푸르고 완전하게 가꾸어져 있었다. 그 중에서 가장 훌륭하고 풍요로운 곳은 마을과 농장을 이루고 있으며, 인간에게 잘 마련된 새로운 낙원처럼 한없이 넓은 평야가 경작되거나 수목이 덮인 산들과 멀리 혹은 가까이 경계를 이루고 있음을 생각한다면 이토록 아름다운 주거지를 당분간 내 것으로 정해준 운명을 축복하는 내 환희를 이해할 수 있을 것이다.

우리가 당분간 살아야할 새로운 땅의 그런 신선한 모습은 아늑하고도 신비로운 독특함을 띠고 전체가 아직 아무 것도 쓰지 않은 새 칠판처럼 우리 앞에 놓여 있었다. 그 위에는 아직 우리가 느끼는 고통이나 기쁨이 쓰여 있지 않다. 이 밝고 다채롭고 생동감 있는 평면은 아직 우리에게 입을 다물고 있으며, 그것의 눈은 대상들이 그 자체로서 의미가 있는 한 대상들에만 고정되어 있으면서 이곳저곳 어디에서도 애착이나 열정을 드러내지 않고 있다. 그러나 무슨 일이 일어날 것인지에 대한 예감은 젊은 가슴을 불안하게 하며, 충족되지 않은 욕구는 일어나야 될 것과 일어났으면 하고 바라는 것을 은연중 요구하게 되고, 그것은 행복이든 불행이든 자신도 모르게 우리가 사는 지방의 특색을 받아들이게 될 것이다.

나는 옥상에서 내려와 잠시 이 숭고한 건물 앞에 서 있었다. 그러나 처음에도 나중에도 내가 의문을 풀 수 없었던 것은 이 건물이 규칙에 따라 정연하게 지어졌다고 이해하고 완성된 것으로 기분 좋게 여기지 않았더라면 나는 분명 나를 깜짝 놀라게 했을 괴물로 보았을 것이라는 점이다. 그러나 나는 이런 모순에 대해 전혀 곰곰이 생각하지 않았고, 이 놀라운 건축물이 내 앞에서 조용히 영향을 미치도록 가만히 있었다.

나는 생선시장 남쪽에 있는 편리한 위치의 작지만 아늑한 숙소를 곳에 구했다. 숙소가 있는 아름다운 거리의 끊임없는 활기는 한가로운 내 눈에 도움이 되었다. 나는 초대장들을 전했는데, 후원자들 중 상인 한 사람을 알게 되었다. 그는 가족과 함께 내가 잘 알고 있는 경건주의 신앙을 믿고 있었다. 그는 외적인 예배의식에서는 교회와 분리되어 있지 않았다. 그는 합리적인 사람이었고, 행동과 자세가 결코 위선적이지 않았다. 내가 함께한 식탁친구들은 매우 예의바르고 재미있었다. 이 숙소는 몇 명의 노처녀들이 오래 전부터 성공적으로 잘 운영하고 있었으며, 나이가 들거나 젊은 사람들이 모두 10명 정도 숙박하고 있었다. 나는 젊은 사람들 중 린다우 출신의 마이어라는 사람을 가장 생생하게 기억하고 있다. 그가 전체적으로 조금 느슨한 점만 없었더라면 풍채나 용모에서 가장 멋진 사람으로 여겨졌을 것이다. 그의 훌륭한 천부적 재능은 지나친 경솔함 때문에, 그의 고결한 정서는 자유분방한 방종 때문에 손상되었다. 그의 얼굴은 계란형이기보다는 둥근 편이었고, 솔직하고 쾌활한 인상이었다. 눈, 코, 입, 귀 등 감각기관들은 복스럽다고 말할 수 있었고, 지나치게 크지 않으면서 확실히 풍만했다. 입은 두툼한 입술 때문에 특히 귀여웠다. 그의 눈썹은 코 위에서 서로 붙어 있어 전체적인 인상에 독특한 특징을 주었는데, 이것은 미남 얼굴에서는 언제나 관능적인 좋은 인상을 불러일으키는 것이다. 그는 쾌활하고 솔직하고 선량했으므로 모든 사람들에게 호감을 주었다. 그의 기억력은 믿을 수 없을 정도로 탁월해서 강의를 주의 깊게 들을 필요가 없었다. 그는 들은 것은 모두 기억했다. 그는 재능이 풍부해서 모든 일에 어느 정도는 흥미가 있었고, 의학을 공부하고 있어 더 쉽게 흥미를 느꼈다. 그에게는 모든 인상들이 생생하게 남아 있었다. 강의를 재연하거나 교수들 흉내를 내는 그의 장난은 아침에 세 과목의 강의를 듣고도 점심식탁에서 그것을 교대로 반복할 정도였다. 그는 때때로 좀 더 짧게 줄여서 하거나 교수들을 서로 바꿔서 흉내 내기도 했다. 이런 다채로운 강의는 자주 우리를 즐겁게 하기도 했지만 그것이 귀찮을 때도 있었다.

나머지 사람들은 다소 부드럽고 침착하고 진지한 사람들이었다. 그 중에는 퇴역한 루이의 기사*도 한 사람 있었다. 대부분은 학생들이었고, 모두가 정말로 선량하고 친절했는데, 다만 그들은 배당된 하루 분량의 술을 초과해 마실 수 없었다. 이런 일이 쉽게 일어나지 않은 것은 우리의 총장인 잘츠만 박사의 보살핌 때문이었다. 이미 60대에 들어선 미혼인 그는 몇 년 전부터 이 점심식탁을 찾아 질서와 명성을 유지시켰다. 그는 많은 재산을 가지고 있었다. 그는 외모를 단정하고 말쑥하게 차렸고, 늘 구두와 양말을 신고 옆구리에 모자를 끼고 다녔다. 모자를 쓰는 일은 그에게 특별한 행위였다. 보통 우산을 가지고 다녔는데, 맑은 여름날 자주 뇌우와 소나기가 쏟아진다는 것을 염두에 두었던 것이다.

나는 이 사람에게 이곳 스트라스부르에서 계속 열심히 공부해서 가능한 한 빨리 학위를 따려는 내 계획을 얘기했다. 그는 모든 것에 정통해 있었으므로 나는 그에게 내가 들어야 할 강의와 그가 내 계획을 어떻게 생각하는지에 대해 물었다. 이에 대해 그는 스트라스부르에서는 넓은 학문적 의미에서 법률가들을 양성하려는 독일의 대학과는 사정이 다르다고 대답했다. 여기서는 프랑스와의 관계에 따라 모든 것이 본래 실제적인 것을 지향하고, 주어진 것을 즐겨 고집하는 프랑스인들의 사고에 따라 이끌어진다는 것이었다. 여기에서는 모든 사람들에게 정해진 일반적 원리들과 정해진 예비지식을 가르치려고 하며, 가능한 한 간략하게 파악하고 필수적인 것만을 전해준다는 것이었다. 그런 다음 그는 내게 복습교사로 큰

* 루이 14세가 창설한 기사단의 기사.

신임을 받고 있던 한 남자를 소개해 주었는데, 나도 곧 이 복습교사를 신임하게 되었다. 나는 법률학의 대상에 대해 그와 이야기를 시작했다. 그는 내가 술술 이야기하는 것을 보고 적잖이 놀랐다. 나는 그때까지 기회가 있을 때 기술할 수 있었던 것보다 라이프치히 체류에서 법률학의 요점에 대해 더 많은 식견을 얻었기 때문이다. 물론 내가 얻은 것은 모두 일반적인 백과사전식 개관일 뿐 본질적으로 확실한 지식으로 인정될 수는 없는 것이었다. 대학생활은 설령 우리가 부지런하게 공부했다고 자부할 수 없을지라도 학문을 지녔거나 추구하는 사람들로 에워싸여 있어 그런 분위기로부터 무의식중에라도 늘 어느 정도의 영양을 섭취하므로 온갖 교양을 쌓는 데 무한한 장점이 있다.

복습교사는 횡설수설하는 내 얘기를 잠시 참으며 듣고 나서 마침내 내가 당면 목적인 시험을 치르고 학위를 따서 실무에 종사하는 것을 무엇보다도 염두에 두어야 한다고 설득했다. 그는 이렇게 말했다.

"시험을 치르는 것이라면 넓은 범위를 공부할 필요는 없네. 법률이 어떻게 어디에서 생겨났고, 무엇이 법률이 생겨나게 된 내적 혹은 외적 동기였는지는 묻지 않는다네. 또 그것이 시대와 습관에 의해 어떻게 변했고, 잘못된 해석이나 왜곡된 판례 때문에 얼마나 뒤바뀌었는지를 시험하지도 않는다네. 이런 연구는 학자들이 자신의 일생을 모두 바치고 있네. 하지만 우리는 현재 존재하고 있는 것을 문제 삼고, 기억에 확실하게 새겨 두어 그것을 소송의뢰인의 이익과 보호를 위해 이용할 때 언제든지 생각해낼 수 있도록 해야 한다네. 따라서 우리는 젊은 사람들에게 당면한 삶을 위해 가르쳐주는 것이고, 그 후의 일은 그들의 재능과 활동 여하에 따라 달라질 걸세."

그런 다음 그는 질문과 답변들이 적혀있는 자신의 노트를 내게 넘겨주었다. 나는 호페의 소법학문답서를 아직 완전하게 암기하고 있었으므로 이 책에서 내는 시험은 즉시라도 잘 치를 수 있었다. 그리고 나는 그 밖의 것들을 부지런히 보충해서 내 의지와는 달리 쉽게 학위 후보자의 자격을 갖추었다.

이런 과정에서 연구의 모든 독자적인 활동이 단절되었는데, 나는 실제적인 것에는 관심이 없고 합리적이지는 않아도 역사적으로 해명하고자 하는 것만을 원했기 때문이다. 그리하여 나는 내 힘을 발휘할 더 큰 영역을 발견했으며, 우연히 외부에서 내게 주어진 것에 관심을 집중함으로써 그 영역을 아주 기묘한 방법으로 이용했던 것이다.

내 식탁친구들 대부분은 의학도들이었다. 잘 알려져 있는 대로 이들 의대생들은 자신들의 학문과 직업에 대해서 수업시간 외에도 열심히 이야기를 나누는 유일한 대학생들이다. 이것은 그 분야의 성격 때문이다. 그들의 연구 대상은 가장 감각적인 동시에 가장 고상하고, 가장 단순하면서도 가장 복잡한 것들이다. 의학은 인간 전체를 다루기 때문에 인간 전체에 관심을 둔다. 젊어서 배우는 모든 것이 중요하고도 위험하며, 여러 의미에서 값진 의학실무와 결부된다. 그래서 젊은이는 인식하고 행해야 될 것에 열정적으로 몰두한다. 한편으로는 그 자체가 흥미를 끌고, 다른 한편으로는 그렇게 하는 것이 자립하고 부유하게 살 수 있는 밝은 전망을 열어주기 때문이다.

따라서 나는 식사 때에는 앞서 궁중고문관 루트비히 집에서처럼 의학 이야기밖에 듣지 못했다. 산책을 할 때나 오락시간에도 다른 것은 별로 얘기하지 않았다. 내 식탁친구들은 좋은 동료들로서 그 밖의 시간에도 나한테 친구가 되었고, 여기에는 늘 여러 방면에서 같은 생각으로 같은 것을 공부하는 사람들이 함께했다. 의학부는 대체로 교수들이 유명한 점에서나 학생수가 많은 점에서 다른 학부보다 뛰어났다. 그래서 그런 흐름이 나를 그쪽으로 끌었고, 그런 쪽의 온갖 일들을 이미 많이 알고 있어서 더 쉽게 배움의 욕구가 빨리 늘어나고 불타오를 수 있었다. 그래서 나는 2학기에 들어 슈필만에게 화학을, 로트슈타인에게 해부학 강의를 들었다. 나는 우리가 모일 때면 내 뛰어난 예비지식이나 더 나아가 과잉지식에 의해 이미 어느 정도 명성과 신뢰를 얻고 있었으므로 더욱 열심히 공부해야겠다는 생각을 했다.

그러나 공부를 산만하게 하고 분열시킬 뿐 아니라 크게 방해한 일이 생겼다. 중요한 국가행사가 모든 것을 동요시키고 우리에게 얼마 동안의 휴가를 안겨주었기 때문이다. 오스트리아의 대공비이자 프랑스 왕비인 마리 앙투아네트가 파리로 가는 길에 스트라스부르를 통과하게 된 것이다. 이 땅의 위대한 인물들에 대한 민중의 주의를 모으려는 의식이 계속해서 자주 준비되었다. 이때 특별히 내 주목을 끈 것은, 그녀를 맞이하여 부군이 보낸 사절에게 인도하기 위해 두 다리 사이의 라인 강 섬에 세워진 건물이었다. 그것은 지면에서 조금 높이 있었고, 가운데에 큰 방이 있었으며, 그 방 양옆으로 작은 방들이 있었고, 또 다른 방들이 그 뒤쪽으로 늘어서 있었다. 이것이 좀 더 견고하게 지어졌더라면 높은 사람들의 별장으로서 충분한 가치가 있었을 것이다. 그런데 이 건물에서 내가 특별히 관심을 가졌고, 그리하여 연거푸 문지기에게 입장을 허락받기 위해 많은 뷔젤(그 당시 통용되던 은화)을 아끼지 않은 것은 내부 전체를 감싼 융단 때문이었다. 여기서 나는 처음으로 라파엘의 원화를 바탕으로 짜낸 융단 견본을 보았다. 나는 이것을 보고 비록 모방한 것일지라도 정확하고 완벽한 것을 많이 알 수 있어 절대적인 영향을 받았다. 나는 왔다 갔다 하면서 아무리 보아도 싫증이 나지 않았다. 그리고 나는 무엇이 나를 그토록 특별하게 사로잡는지를 알아내려고 했지만 알 수가 없어 괴로웠다. 옆방들은 더없이 화려하고 아늑했는데, 안방은 더 놀랄 만했다. 이 방에는 훨씬 더 크고 빛나는 융단이 풍부하고 조밀한 장식들로 에워싸여 걸려 있었는데, 그것은 근대 프랑스 화가들의 그림들로 짜여 있었다.

내 감정은 내 판단과 마찬가지로 어떤 것을 쉽게 완전히 배척하지 못했기 때문에 이런 치장에도 친밀해졌을 것이다. 그러나 그 대상이 나를 극도로 분노케 했다. 이 그림들은 이아손과 메데이아와 크레우사의 이야기*, 즉 가장 불행한 결혼의 사례를 내용으로 하고 있었다. 옥좌 왼쪽에는 무참하게 죽음과 싸우는 신부가 동정하며 슬퍼하는 사람들에 둘러싸여 있었고, 오른쪽에는 아버지가 발밑에 놓인 살해당한 자식들을 보고 경악하고 있었으며, 그런 가운데 복수의 여신이 용마차를 타고 하늘로 올라가고 있었다. 이 잔인하고 역겨운 것에 또 하나의 혐오스런 모습을 빼놓을 수 없었던지 오른쪽의 금으로 수놓은 옥좌 뒤의 빨간 주단 뒤쪽에서는 마술소의 흰 꼬리가 감겨서 드러나 있었고, 불을 뿜는 야수와 그것과 싸우는 이아손의 모습이 그 호화로운 융단 주름을 완전히 뒤덮고 있었다.

여기서 외저의 학교에서 습득한 모든 원리가 내 가슴속에서 생생하게 떠올랐다. 결혼식장의 옆방에 그리스도와 사도들을 가져다놓는다는 것

---

* 이아손은 그리스 신화의 모험 영웅으로 마법사 메데이아의 도움으로 황금 양털을 얻고 그녀와 결혼한다. 후에 이아손이 메데이아를 배반하고 코린트 왕의 딸 크레우사 때문에 자신을 버리자 크레온 왕과 딸, 그리고 자신의 두 아들까지 죽여 복수를 한다는 내용. 이 이야기는 에우리피데스, 세네카, 장 아누이 등에 의해 작품화되었다.

도 이미 선택과 통찰이 결여된 일이었다. 틀림없이 방 크기에 맞춰 왕실 융단 관리자가 그런 것을 택했을 것이다. 그러나 나는 충분히 많은 이익을 얻었기 때문에 그런 것을 기꺼이 용인했다. 그러나 큰방에서의 과오는 나를 몹시 격분시켜 나는 동행인들에게 그런 취향과 감정의 모독에 대해 증인이 되어줄 것을 힘차고 격렬하게 요구했다.

쾨니히에 있는 이아손 상

"무슨 짓이야!"

나는 주위사람들을 염두에 두지 않고 소리쳤다.

"자기 나라에 첫 발을 내딛는 젊은 왕비에게 세상에 둘도 없을 처절한 결혼식 사례를 그토록 분별없이 보여드려서 되겠는가! 도대체 프랑스의 건축가, 장식가, 벽장식가들 중에는 그림이 무언가를 표현한다는 것, 그림이 예감을 일으킨다는 것을 아는 자가 아무도 없단 말인가! 이건 바로 쾌활하다고 알려진 이 아름다운 귀부인을 맞이하기 위해 끔찍한 유령을 국경까지 보낸 것이 아니고 뭐란 말인가."

나는 그 밖에 무슨 말을 더 했는지 잘 기억이 나지 않는다. 다만 동행자들이 불상사가 일어나지 않도록 나를 달래서 건물 밖으로 끌어내려고 애를 썼다. 그러고 나서 그들은 내게 누구나가 그림에서 의미를 찾으려 하지는 않으며, 적어도 담당자들은 전혀 그런 것을 생각지 않았을 것이고, 스트라스부르와 그 부근에서 몰려드는 모든 시민들도, 또한 왕비 자신도 신하들과 함께 그런 생각은 하지 않았을 것이라고 분명하게 말했다.

이 젊은 귀부인의 아름답고 고상하며, 쾌활하고도 위엄 있는 용모를 나는 아직도 뚜렷하게 기억하고 있다. 왕비는 유리창이 달린 마차에 타고 있어 우리 모두에게 잘 보였는데, 동행한 시종들과 왕비의 행렬을 맞으러 몰려드는 군중들에 대해 얘기를 나누고 있는 듯했다. 저녁때 우리는 여러 가지 조명이 비추는 건물들과 특히 대성당의 불타는 첨탑을 보기 위해 거리를 돌아다녔다. 첨탑은 가까이서든 멀리서든 우리의 시선을 충분히 즐겁게 해주었다.

왕비는 여정을 계속했고, 군중은 흩어져 도시는 곧 전처럼 조용해졌다. 왕비가 도착하기 전에 모든 적당한 조치가 취해져, 불구자나 꼽추, 혐오감을 주는 병자들은 왕비가 통과하는 길가에 나타나면 안 되었다. 사람들은 이에 대해 농담을 했다. 나도 프랑스어로 짧은 시를 지었는데, 여기에서 나는 특별히 병자와 절름발이들을 위해 세상을 편력했던 그리스도의 왕림과 이 불행한 사람들을 쫓아버린 왕비의 왕림을 비교했다. 친구들은 그것을 나무라지 않았다. 반면에 나와 함께 살았던 한 프랑스인은 언어와 운율에 대해 매우 가차 없이 비판했다. 그 비판은 아주 기본적인 듯했는데, 나는 그 후 다시 프랑스어로 시를 쓴 기억이 없다.

왕비가 무사히 수도에 도착했다는 소식이 전해지자마자 곧 끔찍한 소식이 뒤따랐다. 축하불꽃놀이 때 건축자재로 차단한 도로에서 경찰의 부주의 때문에 많은 사람들이 말과 마차와 함께 죽었으며, 결혼 축제를 벌이던 도시는 슬픔과 비탄에 빠졌다는 것이었다. 사람들은 죽은 자들을 몰래 묻어버림으로써 이 엄청난 불행을 젊은 왕과 왕비에게도, 세상 사람들에게도 숨기고자 했다. 그래서 많은 가정에서는 돌아오지 않는 가족들이 그런 식으로 끔찍하게 암매장되었을 것이라고 믿었다. 이때 내 마음속에서 그 큰방의 무시무시한 그림들이 생생하게 떠오른 것은 두말할 필요도 없다. 어떤 도덕적인 인상이 그대로 감각적으로 현실화되면 얼마나 막강한 것인지는 누구나 잘 알고 있을 것이다.

이 사건은 내가 저지른 장난으로 친구들을 불안과 고통으로 몰아넣었다. 라이프치히에서 함께 생활했던 우리 젊은이들 사이에는 나중까지 서로 속이고 놀리는 재미가 남아 있었다. 그런 짓궂은 장난기로 나는 프랑크푸르트에 사는 한 친구*(『과자점의 헨델』이라는 내 시에 덧붙여 써서 『메돈』에 적용해서 널리 퍼뜨린 친구)에게 베르사유 발신의 날짜를 적어 편지를 썼다. 여기에 내가 베르사유에 잘 도착했다는 것, 축제에 참가했다는 것, 그 밖의 얘기들을 썼고, 이런 내용을 반드시 비밀로 해줄 것을 요청했다. 여기서 말해두어야 할 것은 우리들 라이프치히의 작은 집단은 우리에게 많은 불쾌감을 준 그때의 그 장난 이후로 이 친구를 때때로 속여서 골탕 먹이는 것이 습관이 되어 있었다. 더구나 그는 세상에서 둘도 없는 괴상한 인간이었고, 우리가 그를 계획적으로 속였다는 것을 알았을 때 가장 귀여운 태도를 보였기에 우리는 더 심하게 그를 골탕 먹였다. 나는 이 편지를 써 보낸 후 곧 짧은 여행을 하며 2주일 간 밖에서 머물렀다. 그 동안에 그 불행한 사고 소식이 프랑크푸르트에 전해졌다. 그 친구는 내가 파리에 있는 것으로 믿고, 나에 대한 애정에서 내가 그 불행에 말려들어간 것이 아닌지 걱정을 했다. 그는 우리 부모와 내가 편지를 보내곤 했던 다른 사람들에게 나한테서 편지가 왔는지를 물었다. 나는 그때 여행 중이라서 편지를

---

* 7장에서 친구들에게 놀림을 받았던 호른을 가리킴.

보낼 수 없었으므로 아무에게도 내 편지는 없었다. 그는 너무 걱정이 되어 이리저리 돌아다녔고, 마침내 가장 가까운 친구들에게 이 사실을 알려 그들도 똑같은 걱정을 하게 되었다. 그러나 이런 억측이 내 양친에게 전해지기 전에 내가 스트라스부르에 돌아왔다는 편지가 먼저 부모님에게 도착했다. 내 젊은 친구들은 내가 살아있다는 것을 알고 안심했지만 내가 그 동안에 파리에 있었다는 것은 여전히 굳게 믿고 있었다. 친구들이 나 때문에 걱정을 했었다는 우정 어린 소식이 나를 감동시켜 영원히 그런 장난을 하지 않겠다고 맹세할 정도였다. 그러나 유감스럽게도 나는 그 후에도 비슷한 장난을 가끔 저질렀다. 현실의 삶은 자주 광채를 잃어 사람들은 이따금 그것을 허구적인 이야기의 껍질로 다시 새롭게 입힐 수밖에 없다.

저 막강한 궁정의 호화로운 물결은 이제 흘러가버리고 내게는 날마다 시시때때 바라보고 존경하고 숭배하고 싶은 그 라파엘의 융단에 대한 동경만이 남게 되었다. 다행히도 내 열렬한 노력이 결실을 맺어 많은 유력 인사들이 그것에 관심을 보임으로써 그것은 가능한 한 늦게 철거되어 짐으로 꾸려졌다. 이제 우리는 다시 조용하고 아늑한 대학생활과 사교생활에 몸을 맡겼으며, 사교생활에서는 법원서기 잘츠만이 식탁의 수장으로서 전체적인 지도를 했다. 그의 분별력과 겸양, 온갖 농담을 할 때 그가 우리에게 허용한 사소한 탈선 시에도 늘 간직했던 그의 품격 등으로 우리들 모임 전체는 그를 사랑하고 존경하게 되었다. 그가 노골적으로 불쾌감을 나타내거나 사소한 불화나 언쟁에서 권위를 내세운 경우를 나는 거의 알지 못한다. 그런데 모든 사람들 중에서 내가 그와 가장 자주 접촉했다. 그도 나를 다른 사람들보다 다방면의 교양이 있고, 판단에 있어서 편파적이지 않다고 여겼기 때문에 나와 이야기하는 것을 꽤 좋아했다. 나는 그가 나를 자기 친구나 동료로 공공연히 밝히는 데 주저하지 않도록 겉모습도 그와 비슷하게 꾸몄다. 그는 별로 큰 영향을 미칠 수 없는 듯이 보이는 직위에 있었지만 최대의 명예를 얻기에 충분할 정도로 직무를 수행했기 때문이다. 그는 후견법원의 서기였고, 물론 대학의 상임서기처럼 실권을 쥐고 있었다. 그가 다년간 이런 업무를 꼼꼼히 처리해오는 동안 그에게 혜택을 보지 않은 가정은 하나도 없었다. 모든 국가행정에 있어서 고아를 돌보는 사람보다 더 축복받을 사람은 없으며, 고아의 재산을 낭비하거나 낭비하도록 하는 사람보다 더 저주받을 사람은 없다.

스트라스부르 시민들은 열렬하게 산보를 즐기는 사람들이었는데, 그들은 당연히 그럴 만했다. 가고자 하는 곳으로 발길을 돌리기만 하면 일부는 자연 상태로 된, 일부는 과거나 현대에 인공적으로 설비된 유원지들이 있었다. 사람들은 이곳저곳을 찾아다닐 수도 있었고, 명랑하고 기분 좋은 사람들이 즐기는 모습을 볼 수도 있었다. 그러나 이곳에서 다른 곳에서보다 산책하는 많은 사람들의 눈을 더 즐겁게 해준 것은 여자들의 다양한 옷차림이었다. 중류계층의 소녀들은 아직도 둘둘 만 머리에 긴 비녀를 꽂고 있었다. 또한 꽤 꼭 끼는 옷을 입고 있었고, 옷이 땅에 끌리는 것이 불편할 텐데도 아랑곳하지 않는 것 같았다. 또한 기분 좋은 것은 이런 복장이 신분에 따라 뚜렷하게 구별되지 않았다는 점이다. 아직도 일부 잘 사는 귀족계층 가정에서는 딸들이 신분을 나타내는 옷을 멀리하는 것을 허락하지 않으려했던 것이다. 그 밖의 가정에서는 프랑스식을 따랐고, 매년 개종자들이 생겼다. 잘츠만은 아는 사람들이 많았고, 어디든 출입했다. 그와 동행하는 사람들은 특히 여름에 많은 즐거움을 누렸다. 왜냐하면 가까운 곳이든 먼 곳이든 가는 곳마다 정원에서 좋은 대접을 받았고, 즐거운 모임과 향연이 있었으며, 이런저런 경사 날에는 여러 번 초대를 받았기 때문이다. 그런 경우로 두 번째로 방문한 어떤 집에서 나는 재빨리 도망쳐 나오지 않으면 안 될 일이 있었다. 우리는 초대를 받고 정시에 방문했다. 손님들은 많지 않았고, 어떤 사람들은 카드놀이를 하고 일부는 여느 때처럼 산보를 하고 있었다. 나중에 식탁에 가 앉을 시간이 되었을 때 나는 여주인과 그녀의 여동생이 특별히 난처한 일에 처한 듯 떠들썩하게 얘기하는 것을 보았다. 나는 마침 그들과 마주쳐 이렇게 말했다.

"두 분께서 비밀얘기를 하시는 데 끼어들어 미안합니다만 저도 좋은 충고를 드리거나 잘 도와드릴 수 있을지도 모릅니다."

내 말에 그들은 자신들의 난처한 상황을 털어놓았다. 즉 그들은 12명의 손님을 초대했는데, 그 순간 친척 한 사람이 여행에서 돌아와 13번째 손님이 되었으며, 그래서 그 친척은 아니지만 손님들 중 어떤 사람에게는 불길한 죽음의 경고가 내려질 것이라는 것이었다. 그래서 나는 이렇게 말했다.

"그건 간단히 해결할 수 있습니다. 제가 돌아가는 것으로 피해를 막겠습니다."

그들은 점잖고 예의바른 사람들이어서 내 제의를 받아들이려 하지 않았고, 그 대신 14번째 사람을 구하기 위해 이웃에 사람을 보냈다. 나는 그렇게 하도록 내버려두었으나 하인이 사람을 구하지 못한 채 정원 문으로 들어서는 것을 보고 몰래 빠져나와 그날 저녁을 반체나우의 오래된 보리수나무 밑에서 즐겁게 보냈다. 내가 그날 참석을 포기한 것에 대해 충분하게 보상받은 것은 당연한 결과였다.

어떤 일반적인 사교모임은 카드놀이를 빼고는 생각할 수 없다. 잘츠만은 뵈메 부인의 좋은 교훈을 되풀이해 말했다. 나는 희생이라면 희생이라 할 이 작은 희생을 통해 많은 즐거움을 얻고, 나아가 사교에서 그렇지 않으면 얻을 수 없는 더 큰 자유를 얻을 수 있다는 것을 잘 알고 있었으므로 더욱 그 교훈을 수긍했다. 그래서 나는 잠자고 있던 피케트*를 기억에서 되살려냈다. 나는 휘스트놀이를 배웠고, 선생의 지도를 받아 어떤 경우에도 손을 대서는 안 되는 놀음지갑을 준비했다. 나는 이제 내 친구와 함께 대부분의 저녁을 최고의 사교집단에서 보낼 수 있는 기회를 가졌고, 그들은 내게 대체로 호의를 베풀었고, 많은 사소한 반칙을 묵인해주었다. 그러나 그런 반칙에 대해서는 친구가 될 수 있는 대로 조용히 내게 주의를 주곤 했다.

나는 세상에서 가장 불쾌하게 생각되는 것을 강요받음으로써 외적인 것에 있어서도 집단에 순응하고 그것에 맞춰나가야 한다는 것을 상징적으로 깨닫게 되었다. 나는 매우 멋진 머리칼을 가졌지만 스트라스부르의 내 이발사는 내 머리가 뒤쪽으로 너무 깊게 깎여 있어 사람들에게 나서도 될 만하게 깎는 것이 불가능하다고 확인해주었다. 얼마 안 되는 곱슬곱슬한 짧은 앞머리만 그대로 두고 뒷머리는 정수리에서 땋아 내리거나 주머니에 넣어 묶어야 하기 때문이라고 했다. 그는 내 머리칼이 자연히 자라나서 시대의 유행에 맞는 머리가 될 때까지 가발에 의지하는 수밖에 없다고 말했다. 그는 내가 처음에는 무척 반대했던 이 허물없는 위장을 당장 하기로 결심을 한다면 다른 사람들이 결코 알아차리지 못하게 해주겠

* 2인용 트럼프놀이의 일종.

다고 약속했다. 그는 약속을 지켰고, 나는 늘 머리손질이 가장 잘 되고 가장 멋진 머리칼을 지닌 젊은이로 인정받았다. 그러나 나는 아침 일찍부터 머리를 다듬어놓고 분을 바른 상태로 있어야 했고, 흥분하거나 심한 운동 때문에 거짓으로 꾸민 머리를 들키지 않으려고 조심해야만 했다. 이런 구속은 당분간 내가 좀 더 조용하고 점잖게 행동하는 데 크게 기여했고, 모자를 겨드랑이에 끼고 다님으로써 구두와 양말을 신고 다니는 것에 익숙해지도록 해주었다. 그러나 나는 아름다운 여름밤에 초원이나 정원에 널리 퍼져있는 라인 강의 모기들을 막기 위해 얇은 가죽양말을 신는 것도 소홀히 하지 않았다. 이런 사정으로 나는 심한 육체적 운동은 할 수 없었지만 사교적 대화는 점점 더 활기차고 열렬하게 했으며, 그것은 그때까지 내가 경험했던 가장 재미있는 대화였다.

내가 느끼고 생각하는 방식으로는 모든 사람을 있는 그대로 인정하고, 그가 인정받고 싶어 하는 것을 인정해주는 것이 어렵지 않았다. 처음으로 활짝 피어나다시피 한 싱싱한 젊은 기분의 솔직함이 내게 많은 친구들과 지지자들을 만들어주었다. 우리의 식탁모임은 인원이 20명으로 늘어났다. 우리의 잘츠만이 종래의 방법을 고수했기 때문에 모든 것은 전과 같이 진행되었고, 각자가 더 늘어난 사람들 앞에서 조심해야 했기 때문에 대화는 더 예절바르게 되었다. 새로 가입한 사람들 중에서 한 남자가 특히 관심을 끌었다. 그는 융*이라고 불렸으며, 나중에는 슈틸링이란 이름으로 비로소 세상에 알려지게 되었다. 그는 구식 복장을 하고 있었지만

* 요한 하인리히 융(1740~1817)은 스트라스부르에서 의학공부를 하던 시절 괴테를 만났는데, 그에게 깊은 인상을 받은 괴테는 그의『하인리히 슈틸링의 청년시절』(1777)의 첫 2권을 출판해주었다. 이 저서는 계몽사상의 합리주의에 반대하던 당시의 경건주의 풍조에 영향을 미쳤다.

융-슈틸링과 그의 집

용모는 우직하고 부드러운 모습을 갖추고 있었다. 주머니로 싼 뒷머리는 그의 준수하고 호감을 주는 얼굴을 손상시키지 않았다. 그의 목소리는 가냘프거나 연약하지 않으면서도 부드러웠으며, 쉽게 흥분하는 그가 흥분에 빠지면 목소리는 중후하고 강해졌다. 그를 좀 더 자세히 알게 되면 그에게서 정서에 바탕을 둔, 그리하여 애착이나 열정에 의해 결정되는 건전한 이성을 발견하게 되었다. 그리고 이러한 정서로부터 가장 순수한 상태의 선과 진실과 정의에 대한 열광이 솟아나왔다. 이 사람의 경력은 매우 단순하면서도 사건들과 다방면의 활동으로 뭉쳐 있었다. 그의 활력의 근본요소는 신과 신에게서 직접 흘러나오는 구원에 대한 확실한 믿음이었다. 이 구원은 신의 끊임없는 보살핌과 온갖 고난과 불행으로부터의 확실한 구제 속에서 분명하게 증명되는 것이었다. 융은 살아오면서 그런 경험을 많이 해왔다. 근래 스트라스부르에서도 그런 경험들이 반복되었으므로 그는 더할 나위 없이 즐겁게 절도 있고 평온한 삶을 이끌어갔으며, 계절마다 생계대책을 세울 수 없었는데도 학업을 착실히 해나갔다. 그는 어려서 숯 굽는 사람이 되려다가 재봉사 일을 했고, 그런 다음 부수적으로 좀 더 차원 높은 것들을 스스로 익혀 가르치기 좋아하는 성격에 따라 학교선생이 되려고 했다. 그러나 이 시도는 이루어지지 않았고, 그는 다시 직공으로 돌아갔다. 그러나 누구나 그에게 조금은 신뢰와 애착을 가지고 있었으므로 그는 여러 차례 가정교사 자리를 맡아달라는 요청을 받았다. 그러나 그의 가장 내면적이고 본질적인 교양은 스스로의 힘으로 구원을 찾으려던 널리 확산된 일단의 사람들에게서 이루어졌다. 그들은 성서나 교훈적 서적들을 읽음으로써, 또는 서로의 훈계나 고백에 의해 신앙을 깊게 하려고 노력했으며, 그렇게 함으로써 경탄을 자아낼 정도의 교양을 얻었다. 언제나 그들을 따라다니고 그들의 모임에서 대화거리가 된 관심사는 도덕성과 친절과 자선 등 가장 소박한 토대 위에 놓여있었으며, 그같이 제한된 상황의 인간들에게서 일어날 수 있는 이탈은 대수로운 것이 못 되었다. 그래서 그들의 양심은 대체로 순수했고, 그들의 정신은 밝았다. 따라서 인위적이지 않고 진정으로 자연적인 문화가 이루어졌고, 그것의 무엇보다 뛰어난 장점은 어떤 연령이나 계급에도 적합하며 성격상 일반적으로 사교적이라는 것이었다. 그리하여 이 집단의 사람들 또한 참으로 능변이었고, 모든 감정의 문제들을 아무리 민감하고 중요한 것일지라도 적절하고 기분 좋게 표현하는 능력이 있었다. 바로 융이 그런 부류에 속했다. 그는 비록 자신과 생각이 같지는 않지만 자신의 사고방식을 싫어하지 않는 소수의 사람들 가운데에 있으면 말하기를 좋아할 뿐만 아니라 달변이기도 했다. 그는 특히 자신의 경력을 가장 우아하게 이야기했고, 듣는 사람들에게 모든 상황을 분명하고 생생하게 떠오르도록 할 줄 알았다. 나는 그에게 그런 이야기를 글로 써달라고 졸랐고, 그는 그렇게 하겠다고 약속했다. 그러나 그는 말하는 방식이 높은 곳에서 떨어져 내리지 않게 하려면 소리치지 말아야 하는 몽유병자와 같았고, 물결을 일으키지 않으려면 아무 것도 던져서는 안 되는 잔잔한 강물과도 같았으므로 많은 사람들의 모임에서는 자주 불편을 느끼지 않을 수 없었다. 그의 믿음은 어떤 의심도 허용하지 않았고, 그의 확신은 어떤 조소도 허용하지 않았다. 그리고 그가 정겨운 이야기를 끝없이 하고 있을 때라도 반박을 받게 되면 곧장 모든 얘기가 중단되었다. 그런 경우에는 보통 내가 그를 도와주었고, 그는 그런 것에 대해 내게 솔직한 애정으로 보답했다. 내게는 그의 사고방식이 전혀 낯설지 않았고, 나는 이미 친한 남녀 친구들에게서도 그런 사고방식을 잘 알아왔으며, 그런 사고방식의 자연스러움과 소박함이 오히려 내 마음에 들었기 때문에 그는 나와 가장 친하게 어울릴 수 있었다. 나는 그의 정신의 방향에 마음이 끌렸을 뿐 그에게 매우 도움이 되었던 기적 신앙에 대해서는 관심을 두지 않았다. 잘츠만도 그를 너그럽게 대했다. 내가 너그럽게라고 말한 것은 잘츠만은 성격과 기질과 나이와 상황으로 보아 합리적이거나 오성적인 기독교도 편에 서지 않을 수 없었으며, 이런 종교는 정직한 성격과 남성적인 자주성을 바탕으로 하고, 신도들은 따라서 자신들을 쉽게 비애로 이끄는 감정이나 어둠으로 이끄는 광신과 어울리거나 뒤섞이려고 하지 않았기 때문이다. 이런 파도 존경을 받았고, 사람들의 수도 많았다. 모든 성실하고 유능한 사람들이 서로 이해하며 동일한 신념을 가지고 동일한 인생행로를 걸어가고 있었다.

역시 우리의 식탁친구였던 레르제도 이 파에 속한 사람이었는데, 철저하게 정직하고, 가난한 환경에 어울리는 검소한 젊은이였다. 그의 생활 형편이나 집안사정은 내가 알고 있는 대학생들 중 가장 어려웠다. 그는

왼쪽부터 헤르더, 렌츠, 융-슈틸링, 괴테, 잘츠만

우리들 중에서 가장 깨끗한 옷차림을 했지만 언제나 똑같은 옷을 입고 나타났다. 그러나 그는 자신의 옷을 매우 조심스럽게 다루었고, 주변을 깨끗하게 유지했으며, 공동생활의 모든 것에 있어서 자신을 모범으로 삼을 것을 요구했다. 그는 어딘가에 기대거나 팔꿈치를 식탁 위에 올려놓은 적이 없었다. 그는 자신의 냅킨에 표시를 해두는 것을 잊지 않았고, 의자들이 아주 깨끗이 닦여 있지 않으면 하녀가 늘 혼이 났다. 모든 것이 이러했지만 그는 겉으로는 전혀 딱딱한 모습이 아니었다. 그는 솔직하고, 분명하고, 꾸밈없고, 활기차게 얘기했으며, 그럴 때 하는 가볍고 익살스런 농담은 그에게 꽤 잘 어울렸다. 그는 용모가 수려했으며, 날씬하고 꽤 큰 키였고, 얼굴은 천연두 자국이 있고 윤곽이 뚜렷하지 않았으며, 조그맣고 파란 눈은 밝고 날카로웠다. 그는 여러 측면에서 우리를 가르칠 만한 이유가 있었지만 우리는 그를 검술사범으로 삼았다. 왜냐하면 그는 시합칼을 잘 다루었기 때문이다. 그는 이런 기회에 검술의 모든 세부지식을 우리에게 보여주는 것을 무척 즐거워하는 것 같았다. 우리도 그에게서 정말로 많은 것을 얻었고, 많은 모임 시간에 우리에게 훌륭한 동작과 연습을 할 수 있게 해준 그를 고마워했다.

이 같은 모든 독특한 개성 때문에 레르제*는 드물기는 했지만 우리 모임에서 잘츠만이 아버지 같은 방식으로 조정하지 못하는 크고 작은 불화에서 중재자이자 재판관 역할을 할 자격을 완벽하게 갖추고 있었다. 우리 모임은 대학에서 많은 불미스런 일을 일으킨 외적 형식에 구애되지 않고 상황과 좋은 의지에 의해 결성된 것이었는데, 많은 사람들이 우연히 접근했지만 회원으로 들어올 수는 없었다. 레르제는 내적인 불화를 판단하는 데 있어서 철저한 비파당성을 내보였고, 분쟁을 말이나 설명으로 끝낼 수 없을 경우에는 기대되는 명예회복을 존경할 만한 방식으로 깨끗하게 이루어낼 줄 알았다. 이런 점에서는 그를 따를 사람이 없었다. 그는 또한 하늘이 자신을 전쟁영웅이나 사랑의 영웅으로 정해주지 않았기 때문에 자신은 사랑이나 검술에 있어서 중재자의 역할로 만족하려 한다고 자주 말하곤 했다. 그는 절대로 변함이 없었고, 선량하고 건실한 성격의 올바른 표본으로 여겨질 수 있었기에 그의 인간성은 존경할 만한 것으로 내 마음속에 깊이 새겨져 있었다. 나는 『괴츠 폰 베를리힝겐』을 썼을 때 우리의 우정에 기념비를 세워야겠다는 느낌이 들어 품위 있는 태도로 복종할 줄 아는 용감한 인물에 프란츠 레르제라는 이름을 붙였다.

그는 사람들과 가능한 한 오래도록 평화롭게 지내고, 그들에 대해 어느 정도의 바른 태도를 취하기 위해 자신과 타인에게 어떤 책임이 주어져 있는지, 어떻게 해나가야 하는지를 우리에게 늘 해학적인 딱딱한 말로 상기시켜 주었다. 그러나 나는 내적으로든 외적으로든 전혀 다른 상황들 및

---

* 신학자인 프란츠 크리스티안 레르제를 말함.

적수들과 싸워야 했다. 즉 나는 나 자신과 외부의 대상들과 나아가 자연과 투쟁 상태에 있었다. 나는 건강한 상태였고, 그것은 내가 시도하려 하거나 시도해야 하는 모든 것을 할 때 충분한 힘을 주었다. 다만 내게는 일종의 신경과민증이 남아있어 강한 소리가 싫었고, 병적 대상들이 역겨움과 혐오감을 주었다. 그러나 특히 나를 두렵게 한 것은 높은 곳에서 아래를 내려다볼 때마다 일어나는 현기증이었다. 나는 이 모든 결점들을 떨쳐내려고 했고, 그것도 시간을 낭비하고 싶지 않아서 좀 과격한 방법에 의지했다. 나는 저녁때 병사들의 귀영을 알리는 수많은 북 옆을 따라다녔는데, 마구 뒤섞여 힘차게 울리는 요란한 북소리에 심장이 터질 것 같았다. 나는 혼자서 대성당의 꼭대기에 올라가 사람들이 흔히 주두(柱頭) 혹은 머리통이라고 부르는 것 아래에 있는 이른바 목구멍 안에서 15분 정도 앉아 있다가 용감하게 밖으로 나갔다. 특별히 붙잡을 것도 없는 두 자 정도밖에 되지 않는 사각의 노대 위에 서면 둘러쳐진 것들과 장식에 가려 교회와 발밑에 있는 모든 것은 보이지 않았지만 멀리 끝없는 대지가 눈앞에 펼쳐졌다. 마치 가벼운 기구를 타고 공중에 올라 내려다보는 것 같았다. 나는 이런 불안과 고통을 자주 반복해서 경험하자 결국 그런 인상이 전혀 아무렇지도 않게 느껴졌다. 그리고 나중에 내가 산악여행이나 지질연구를 할 때에, 대건축물을 짓는 곳에서 목수들과 밖으로 나온 발코니와 서까래 위를 뛰어다니는 내기를 했을 때, 또한 로마에서 중요한 미술품들을 더 가까이에서 보기 위해 그런 똑같은 모험을 해야 했을 때 이때의 이 연습이 큰 도움이 되었다. 해부학도 내게 이중의 가치가 있었다. 왜냐하면 그것은 역겨운 모습을 견딜 수 있게 해주었고, 동시에 내 지식욕을 충족시켜 주었기 때문이다. 나는 모든 신체 상태에 대한 지식을 얻고 역겨운 것들에 대한 온갖 거부감에서 벗어나기 위한 두 가지 의도로 늙은 에르만 박사의 임상강의도 듣고 그의 아들의 조산술 과목도 들었다. 나는 이제 그런 것들로는 어떤 것으로도 정신을 잃지 않을 정도까지 발전했다. 그러나 나는 이런 실제적인 인상에 대해서 뿐만 아니라 상상력의 공격에 대해서도 스스로를 단련시키고자 했다. 어둠, 공동묘지, 외딴 장소, 밤의 교회와 예배당, 그리고 이와 유사한 것들의 불길하고 무서운 인상들도 나는 똑같이 아무렇지도 않게 여길 수 있었다. 그리고 나는 그럼으로써 밤이든 낮이든, 어떤 장소에서든 조금도 차이를 느끼지 않았다. 나는 나중에 다시 한 번 그런 상황 속에서 젊은 시절의 그 기분 좋은 공포를 느껴보고 싶은 충동이 일었을 때 그런 기이하고 무시무시한 모습들을 거의 다시 불러일으킬 수 없었다.

계속 내 마음속을 지배하고, 내게 강한 힘으로도 취약점으로도 여겨진 엄숙하고 막강한 것이 밀려들어 압박하는 데에서 벗어나려는 이런 노력을 자유롭고 사교적이며 동적인 생활방식이 전적으로 도왔다. 나는 이런 생활방식에 점점 더 마음이 끌렸고, 익숙해졌으며, 마침내 아주 자유롭게 그것을 즐기게 되었다. 다른 사람의 결점을 끌어내어 그것을 마음껏 비난하는 사람은 스스로를 결점에서 가장 자유롭고 완전하게 벗어나 있다고 느낀다는 것은 쉽게 알 수 있는 일이다. 다른 사람들을 부정하고 비난함으로써 자신을 돋보이게 하는 것은 꽤 기분 좋은 느낌을 주는 일이며, 그 때문에 상류 사교단체도 인원이 많건 적건 그런 것을 가장 즐기고 있다. 그러나 어느 것과도 비교할 수 없는 강한 자기만족은 우리가 상사와 우두머리, 군주, 정치가를 심판하는 위치에 올라서서 공공제도가 부적절하고 목적에 어긋난다는 것을 발견하고, 가능하며 실제적인 장해요소들만 중시하고, 의도의 위대함도 모든 계획에 있어 시간과 상황에 따라 예상되는 기여도 인정하지 않는 데에서 얻을 수 있다.

프랑스 왕국의 상황을 기억하고 나중의 문서에 의해 그것을 정확하고 자세하게 아는 사람이라면 그 당시 반쪽 프랑스였던 알자스에 살고 있던 사람들이 국왕과 재상, 궁정과 조신들에 대해 무슨 말을 했을 것인지 쉽게 상상할 수 있을 것이다. 배우고 싶은 내 욕구에 있어서 그것은 새로운 대상이었고, 지식에 대한 건방짐과 젊은이의 자만심에 있어서 매우 환영받을 대상이었다. 나는 모든 것을 정확하게 알아내어 부지런히 적어놓았다. 그리고 나는 지금 적어놓은 것이 얼마 남지 않았지만 그런 소식들이 비록 꾸민 얘기나 믿을 수 없는 일반적인 소문에 의해 순간적으로 쓰인 것일지라도 결과적으로 언제나 분명한 가치가 있다고 생각한다. 왜냐하면 그 기록들은 나중에 결국 알려지게 된 비밀과 그 당시 이미 밝혀지고 공개된 것을 비교하고, 그 당시의 사람들에 의해 옳다거나 그르다고 판단된 것과 후세 사람들의 확신을 비교하는 데 도움을 주기 때문이다.

날마다 거리를 돌아다니는 우리에게 두드러지게 눈에 띈 것은 도시를 아름답게 꾸미는 사업이었다. 그것은 설계도나 계획도로부터 기묘한 방법으로 실행에 옮겨지기 시작했다. 가요 총감독은 구석지고 들쭉날쭉한 스트라스부르의 거리들을 정비하여 규격에 맞춰 훌륭하고 아름다운 도시를 건설하려고 했다. 이에 따라 파리의 건축가인 블롱델*이 설계도를 작성했는데, 이에 의해 140명의 주택소유자가 땅을 더 차지하고, 80명은 손해를 보았으며, 나머지는 종전과 변함이 없었다. 승인된 이 계획은 한

* 후진 양성과 저서로 유명한 자크 프랑수아 블롱델(1705~1774). 그 시대의 건축이론과 건축양식에 크게 이바지했으며 파리에 세운 예술학교는 최초의 건축 교육기관이었다.

꺼번에 시행되는 것이 아니고 시간을 두고 끝내도록 되어 있어 그 동안 도시는 이런 저런 형태로 기이한 모습을 띠었다. 예를 들면 구부러진 거리를 곧게 내려면 첫 번째 건축 희망자가 지정된 선까지 앞으로 나왔다. 그의 이웃도, 또한 세 번째, 네 번째 주택소유자도 앞으로 나올 것이었다. 그러나 이런 돌출로 인해 보기 싫은 공터가 생겨 뒤에 있는 집들의 앞마당처럼 되었다. 당국은 강압적인 힘을 사용하려고 하지는 않았지만 강제로 하지 않으면 일을 진척시킬 수 없는 형편이었다. 그래서 일단 명령을 받은 집에서는 아무도 도로와 관련된 부분을 개량하거나 개축할 수가 없게 되었다. 이런 우연하게 생긴 기이하고 엉뚱한 모습들은 우리들 한가하게 돌아다니는 자들에게 조소를 하고, 완성을 촉진시키는 베리시 식의 제안을 하고, 늘 완성의 가능성을 의심하도록 하는 더할 나위 없이 좋은 계기를 만들어주었다. 그러나 새로 세워지는 많은 아름다운 건물들은 우리의 생각을 바꾸게 했다. 그 계획이 오랜 시일에 걸쳐 어느 정도 잘 진행되었는지 나는 알 수가 없다.

신교도인 스트라스부르 시민들이 즐겼던 또 다른 대상은 예수회교도* 들의 추방이었다. 이 교단의 장로들은 이 도시가 프랑스인들에게 넘어가자마자 즉시 달려와서 거처를 물색했었다. 그들은 곧 세력을 확장하고 훌륭한 신학교를 세웠다. 신학교는 대성당에 인접하여 교회의 뒷부분이 신학교의 전면 3분의 1을 가렸다. 신학교는 네모로 지어져 중앙에 정원이 위치하게 되어 있었다. 그 중 세 면이 완성되었다. 장로들의 모든 집들과 마찬가지로 신학교는 돌로 견고하게 지었다. 신교도들이 그들에 의해 고

* 예수회는 교황에 대한 옹호 때문에 많은 반대를 받았다. 괴테 시대의 반성직자, 반교황 정신 때문에 18세기 중엽에는 평신도와 성직자를 막론하고 여러 반대자들이 예수회를 없애려고 했다.

통을 받지는 않았지만 압박을 받은 것은 옛 종교를 광범위하게 다시 일으켜 세우는 것을 의무로 여긴 예수회교단의 계획 때문이었다. 그리하여 이 교단의 몰락은 반대파에게 최대의 만족을 주었다. 그래서 사람들은 이들이 포도주를 팔아치우고, 책들을 옮기고, 건물을 활동을 덜하게 된 다른 교단에 넘겨주는 것을 즐거운 마음으로 바라보았다. 인간은 저항자, 아니 감시자가 사라지면 얼마나 기뻐하는지 모른다. 가축들은 사냥개가 없어지면 늑대들에게 노출된다는 것을 생각하지 못한다.

어느 도시나 대대로 자손을 경악시키는 비극이 있듯 스트라스부르에서도 사람들은 불행한 집정관 클링린을 자주 떠올렸다. 그는 지상에 행복의 최고 단계까지 오른 다음 도시와 지방을 거의 독재적으로 지배했고, 재산과 지위와 세력이 허용할 수 있는 모든 것을 누렸다가 마침내 궁중의 총애를 잃고, 이제까지 묵과되었던 모든 것에 책임을 지게 되어 감옥에 갇혔다가 70살이 넘어 의문의 죽음을 맞았다.

우리 식탁친구인 그 루이의 기사는 이런 저런 이야기들을 열정적으로 활기차게 해주었고, 나는 그래서 산보하는 데도 그를 따라다녔다. 반면에 다른 사람들은 산보에 응하지 않고 나 혼자만 그와 함께하도록 했다. 나는 새로 알게 된 사람들에게서는 얼마 동안은 대개 그들에 대해서도 그들이 내게 미칠 영향에 대해서도 깊이 생각하지 않고 무관심했다. 그래서 나는 나중에서야 점차 그의 이야기나 판단이 나를 가르치고 깨우치기보다는 불안하게 하고 혼란스럽게 한다는 것을 깨닫게 되었다. 그 수수께끼는 쉽게 풀릴 수도 있었지만 나는 그를 어떻게 생각해야 할지 전혀 알지 못했다. 그는 삶에서 아무 성과도 이루지 못하고, 시종 사소한 것들에 힘을 쏟는 많은 사람들 중 한 사람이었다. 또한 그는 불행히도 사고라고 하기에는 어울리지 않는 강한 욕구, 즉 숙고에 대한 열정을 지니고 있었다. 그리고 이런 사람에게서는 정서적인 병이라고 볼 수 있는 어떤 관념이 고착화되기 쉽다. 그도 역시 늘 이런 고정관념으로 돌아갔고, 그럼으로써 오랫동안 지극히 귀찮은 존재가 되었다. 즉 그는 기억력 감퇴를 심하게 한탄하곤 했으며, 특히 최근의 사건들은 더욱 기억할 수 없다고 했다. 그는 자신의 추론에 따라 모든 덕은 좋은 기억력에서 나오며, 반대로 모든 악덕은 망각에서 나온다고 주장했다. 그는 사람들이 흔히 말을 애매하게, 때로는 넓은 의미로, 때로는 좁은 의미로, 때로는 가까운 의미로, 때로는 먼 의미로 마음대로 사용하면서 모든 것을 주장하듯이 자신의 설을 매우 예리하게 내세웠다.

처음에는 그의 이야기를 듣는 것이 재미있었고, 사실 그의 말재주도 놀라웠다. 그의 앞에서는 농담과 연습조로 기이한 일들에 사실감을 나타내는 말 잘하는 궤변가 앞에 서 있다는 생각이 들었다. 그러나 안타깝게도 이런 첫인상은 곧 사라지고 말았다. 왜냐하면 이 사람은 내가 어떤 것을 원하는지를 밝혀도 대화의 끝에서는 다시 같은 주제로 돌아갔기 때문이다. 그는 옛날 일들에 대해서는 비록 자신이 흥미를 가졌던 일들이거나 자세한 상황을 떠올릴 수 있는 일들일지라도 별로 중요하게 여기지 않았다. 그러면서도 그는 사소한 상황에 의해 세계사적인 이야기를 하는 도중 빠져나와 자기가 좋아하는 가시 돋친 생각으로 향하곤 했다.

이런 면에서 우리의 오후 산책이 특별히 불행했던 날이 있었다. 이제 독자를 슬프게 하지는 않을지라도 지루하게 할 수 있는 비슷한 경우들 대신 그 이야기를 하겠다.

우리는 시내를 거닐던 중 한 늙은 여자거지를 만났다. 그녀의 치근대는 구걸 때문에 그의 이야기가 방해를 받았다. 그는 "비켜, 이 늙은 마귀야!" 라고 말하고 지나쳐갔다. 노파는 불친절한 그 남자도 늙은 것을 알고 잘 알려져 있는 격언을 조금 변경해서 그의 뒤에 대고 소리쳤다.

"늙고 싶지 않으면 젊었을 때 목을 매달았으면 좋았을 텐데!"

그는 홱 돌아섰고, 나는 무슨 일이 벌어질까 걱정스러웠다. 그가 소리쳤다.

"목을 매달아! 나보고 목을 매달라고! 안 되지, 그럴 수는 없었지. 그러기에는 내가 너무 용감한 놈이었거든. 하지만 내가 스스로 목을 매다는 것은 있을 수 있는 일이고, 그랬으면 좋았을지도 모르지. 내가 아무 쓸모도 없는 놈이라는 걸 알아차리기 전에 내 자신에게 총알을 쏘았더라면 좋았을지도 모르지."

노파는 돌처럼 굳어서 서 있었고, 그는 계속해서 이렇게 말했다.

"마귀할멈, 당신은 위대한 진리를 말했어! 그리고 아무도 당신을 물에 빠뜨리거나 불에 태워 죽이지 않았으니 당신 말에 보상을 해주지."

그는 아무도 거지에게 쉽게 줄 수 없는 1뷔젤을 노파에게 주었다.

우리는 제1라인교를 건너 들어가 쉬려고 생각했던 주점을 향해 걸어갔다. 그리고 내가 그를 다시 조금 전의 대화로 돌아가게 하려고 했을 때 아늑한 인도 위에서 매우 귀여운 소녀가 우리에게 다가와 우리 앞에 서더니 공손히 인사를 했다. 그녀는 그런 경우 누구나 하는 인사말을 했다.

"어머나, 대위님, 어디 가세요?"

그는 조금 당황하며 말했다.

"아가씨, 누구신지 잘 모르겠는데…"

그러자 그녀는 귀여운 모습으로 놀라면서 말했다.

"예? 친구들을 그렇게 쉽게 잊으시나요?"

이 잊는다는 말이 그의 기분을 상하게 했고, 그는 머리를 저으며 무뚝뚝하게 대답했다.

"아가씨, 정말로 누구신지 모르겠는데요!"

그러자 그녀는 약간 유머를 띠었지만 매우 점잖게 대답했다.

"주의 좀 하세요, 대위님. 저도 이다음에 대위님을 몰라봐도 되겠네요!"

그런 다음 그녀는 돌아보지도 않고 빠른 걸음으로 우리 옆을 지나쳐 가버렸다. 내 길동무는 갑자기 두 주먹으로 세차게 머리를 치며 외쳤다.

"아, 내가 이렇게 멍청할 줄이야! 이 멍청한 늙은이! 자넨 이제 내 말이 옳은지 그른지 알 걸세."

그는 이 일로 더욱 힘을 얻어 몹시 격렬한 어조로 평소 몸에 밴 말과 의견을 늘어놓기 시작했다. 그의 자기비판의 말을 나는 되풀이할 수도 없고 하고 싶지도 않다. 마침내 그는 내 쪽을 돌아보며 말했다.

"자네가 내 증인이 되어 주어야겠네! 자네는 저 모퉁이에 있는 젊지도 예쁘지도 않은 잡화상 여자를 알고 있지? 나는 지나칠 때마다 언제나 그녀에게 인사를 하고, 때때로 몇 마디 정다운 말도 나눈다네. 그녀가 내게 호의를 갖게 된 지는 벌써 30년이 된다네. 하지만 그 소녀가 내게 필요 이상으로 호감을 표한 것은 4주가 채 안 되네. 그런데 나는 그녀를 모르는 체하며 공손한 그녀에게 모욕을 주게 되었네! 내가 늘 말해 왔듯이 은혜를 배신하는 것은 가장 큰 악덕이고, 인간은 잊어버리지만 않으면 은혜를 배신하지 않을 걸세!"

우리는 주점에 들어갔다. 문간방에서 떠들썩하게 먹고 마시는 사람들이 있어 그는 자기 자신과 동년배들에 대한 비방을 할 수 없었다. 그는 조용했고, 나는 그가 마음이 누그러지기를 바랐다. 우리가 2층 방으로 들어섰을 때 한 젊은 남자가 혼자서 이리저리 서성이고 있었는데, 대위는 그 사람의 이름을 부르며 인사를 했다. 나는 그 남자와 알게 되어 기분이 좋았다. 왜냐하면 내 늙은 친구는 그를 많이 칭찬했었고, 그가 군무국에 근무하며 연금이 정지되었을 때 사심 없이 자신을 많이 도와주었다는 얘기를 내게 했었기 때문이다. 나는 대화가 일반적인 것으로 기울어 기뻤고, 우리는 포도주 한 병을 마시면서 이야기를 계속했다. 그러나 여기서 불행하게도 완고한 사람에게 공통적인 이 기사의 또 한 가지 결점이 나타났다. 그는 전반적으로 그 고정관념에서 탈피하지 못한 것과 마찬가지로 순간적으로 불쾌한 인상에도 사로잡혀 자기의 느낌을 거침없이 털어놓았던 것이다. 그에게는 조금 전의 자기 자신에 대한 불쾌감이 가시지 않은데다 이제 새로운 어떤 것이 곁들여졌다. 물론 그것은 아주 다른 종류의 것이었다. 즉 그는 잠시 이곳저곳을 둘러보다가 식탁 위에 두 사람 몫의 커피와 두 개의 커피잔이 있는 것을 발견했던 것이다. 본래 상당한 난봉꾼이었던 그는 이 젊은 남자가 혼자서 앉아있지는 않았을 것이라는 암시를 받았던 모양이다. 그리고 그의 마음속에서 이 자리에 그 어여쁜 소녀가 찾아왔었으리라는 추측이 떠올라 그것이 사실일 수 있다고 생각되자 처음의 불쾌감에 이상한 질투까지 겹쳐 그를 완전히 혼란에 빠뜨렸다.

나는 그때까지 그 젊은 남자와 전혀 허물없이 얘기를 나누고 있었으므로 아무 것도 예감하지 못하고 있었는데, 내가 잘 알고 있던 불쾌한 음성으로 대위가 두 개의 커피잔과 이것저것에 대해 트집을 잡기 시작했다. 당황한 젊은이는 예절이 몸에 밴 사람들이 그렇듯 쾌활하고 대범하게 넘기려 했다. 그러나 노인이 계속 심히 무례하게 굴자 상대방은 모자와 지팡이를 들고 꽤 분명한 도전적 작별인사를 남기고 떠날 수밖에 없었다. 그래서 대위의 분노가 폭발했고, 그 사이 또 한 병의 포도주를 거의 혼자서 다 마셔버렸으므로 그의 분노는 더 격해졌다. 그는 주먹으로 식탁을 두드리며 몇 번이고 "그놈을 때려죽이겠다"고 소리를 질렀다. 이 말은 누군가가 그에게 대항하거나 마음에 들지 않을 때 흔히 쓰는 말이어서 그다지 악의적인 것은 아니었다. 그러나 일은 집으로 돌아가는 길에 예상치 않게 악화되었다. 내가 부주의하게도 그 젊은이에 대한 그의 배은망덕을 비난하고, 그에게 이 관리의 친절한 봉사에 대해 그가 내게 얼마나 칭찬했는지를 상기시켰기 때문이다. 그랬다! 나는 인간이 자기 자신에 대해 그토록 격하게 분노하는 것을 다시 본 적이 없다. 그것은 그 귀여운 소녀가 동기가 되어 시작된 일에 대한 격렬한 맺음말이었다. 나는 그의 후회와 참회가 희화에까지 이른 것을 알았고, 모든 열정은 천재성을 대신하듯 그것도 정말로 천재적이었다. 그는 우리의 오후 산책에서 벌어진 일들을 모두 다시 들춰내서 그것들을 교묘한 말로 자기질책에 이용했고, 마침내 마귀노파가 자신에게 대드는 것을 다시 떠올렸으며, 라인 강에 뛰어들지나 않을지 걱정하지 않을 수 없을 정도로 미치광이 상태가 되었다. 내가 만일 멘토르가 텔레마크를 끌어낸 것처럼 그를 재빨리 끌어낼 자신이 있었더라면 그가 물속에 뛰어들어도 좋았을 것이다. 그러면 나는 그를 진정시켜 집으로 데려갔을 것이다.

나는 즉시 그 일을 레르제에게 알렸고, 우리는 다음날 아침 그 젊은이에게 갔다. 나의 친구 레르제는 무미건조한 말로 그 젊은이를 웃겼다. 우리는 화해시키기 위해 우연히 함께 만나는 기회를 만들기로 합의했다. 이때 가장 재미있었던 일은 대위가 이번에도 자신의 무례한 행동을 잊어버렸으며, 싸울 생각도 하지 않고 있는 젊은이를 달래보려고 했던 것이었다. 모든 것이 하루아침에 해결되었고, 이 일은 비밀로 남을 수 없었으므로 나는 친구들의 조롱에서 벗어날 수 없었다. 그 친구들은 자신들의 경험상 대위와의 교제가 이따금 나를 얼마나 귀찮게 하는지를 미리 알려줄 수도 있었을 것이다.

그런데 내가 다음에 무슨 이야기를 할 것인지를 생각하는 사이 이상한 추억의 장난으로 그 장엄한 대성당 건물이 떠올랐다. 그것은 당시 내가 특별한 주의를 기울였고, 도시에서나 시골에서나 늘 변함없이 눈앞에 나타났던 것이다.

내가 이 대성당의 정면을 관찰하면 할수록 여기에는 숭고한 것과 아늑한 것이 결합되어 나타난다는 첫인상이 더 강화되고 확산되었다. 그것의 괴물 같은 모습이 하나의 덩어리로서 우리 앞에 나타나도 우리를 놀라게 하지 않고, 하나하나의 부분을 탐구해보려고 해도 우리를 혼란스럽게 하지 않는다면 그것은 부자연스럽고 겉보기에 불가능하게 결합되어 있으면서 아울러 아늑한 것이 첨가되어 있음에 틀림없다. 우리가 조화될 수 없는 두 가지 특성이 결합되어 있다고 생각할 때만 이 대성당의 인상을 이야기하는 것이 가능하다. 그래서 우리는 이로부터 이 오래된 기념물이 얼마나 높은 가치를 지니고 있는지를 알 수 있고, 어떻게 그런 모순된 요소들이 평화롭게 얽혀 결합될 수 있는지 진지하게 설명을 시작할 수 있다.

우선 우리는 탑에 대해서는 생각하지 않고 수직의 긴 사각형으로 막강하게 우리 눈앞에 서 있는 정면만 관찰해보자. 각 부분들이 다소 흐릿해지고 마침내 보이지 않게 되는 황혼 무렵이나 달빛이 비치고 별이 빛나는 밤에 그것에 다가가면 높이와 넓이가 적당히 균형을 이룬 거대한 벽만을 보게 된다. 우리가 낮에 이것을 관찰하고 정신의 힘으로 하나하나를 추상해 보면 건물의 전면은 단지 내부의 공간을 차단하고 있을 뿐만 아니라 그 옆에 놓인 많은 것들을 덮고 있음을 알게 된다. 이 어마어마한 평면의 입구는 내부의 필요한 것들을 나타내고 있으며, 이 필요한 것들에 따라 우리는 이 평면을 아홉 부분으로 나눌 수 있다. 맨 처음 우리 눈에 띄는 것은 교회의 본당으로 들어가는 커다란 중앙문이다. 중앙문 양쪽에는 회랑으로 통하는 두 개의 좀 더 작은 문이 있다. 중앙문 위쪽에는 바퀴 모양의 둥근 창문이 보이는데, 이것은 교회 안과 둥근 천장에 신비스런 빛을 퍼뜨리도록 되어 있다. 측면에는 두 개의 커다란 직사각형 모양의 입구가 중앙문과 뚜렷이 대조를 이루고 있으면서 높이 솟아있는 탑의 기단부에 속해 있음을 보여준다. 3층에는 세 개의 입구가 나란히 이어져 있는데, 이것들은 종루와 기타 교회에 필요한 것들을 위해 지정된 것이다. 가장 꼭대기는 복공 대신 회랑의 난간에 의해 전체가 수평으로 마무리되어 있었다. 앞서 말한 아홉 개의 공간들은 바닥에서 위로 세워져 있는 네 개의 기둥이 지지하며 감싸고 있었으며, 세 개의 큰 수직 부분으로 나뉘어 있었다.

전체 덩어리에서 높이와 넓이의 아름다운 균형을 부인할 수 없듯 그것은 이런 기둥들과 그 사이의 세심한 배분에 의해 하나하나가 고르게 가벼운 느낌을 띠고 있기도 하다.

그러나 우리가 추상에 매달려 필요한 만큼의 입구들만 있고, 장식 없이 견고한 기둥들만 있는 이 어마어마한 벽을 생각한다면 이 핵심부분들은 훌륭한 균형을 이루고 있음을 인정하게 된다. 그리하여 전체는 엄숙하고 위엄이 있지만 여전히 친근감이 없고 치장되지 않아 비예술적인 것으로 보인다. 왜냐하면 단순하고 조화를 이룬 큰 부분들 속에서 전체가 파악되는 예술품은 고상하고 장엄한 인상을 주지만 호감을 일으키는 본질적인 즐거움은 펼쳐진 모든 부분들의 조화에서만 이루어질 수 있기 때문이다.

이런 점에서 우리가 관찰하는 이 건물은 최고의 만족을 준다. 왜냐하면 모든 부분을 치장하고 있는 온갖 장식들은 모두 완벽하게 적합하며, 각 부분에 종속되어 있고, 그 부분에서 솟아나온 것처럼 보이기 때문이다. 이러한 다양성은 속해 있는 부분과의 적합성에서 나옴으로써 동시에 통일감을 일으키기에 늘 큰 즐거움을 준다. 그리고 이런 경우에만 완성품은 예술의 극치로 찬양된다.

이런 방법으로 견고한 담이자 하늘높이 솟은 두 탑의 기단을 이루는 꿰뚫을 수 없는 벽은 스스로를 발판으로 홀로 서 있는 모습으로, 또한 동시에 가볍고 우아한 모습으로 나타나며, 무수한 균열에도 불구하고 변함없이 견고한 인상을 주고 있다.

이 수수께끼는 아주 쉽게 풀렸다. 벽의 입구들, 견고한 부분들, 기둥들은 모두 제각각의 용도에서 나오는 특별한 특성을 지니고 있다. 이 특성은 단계적으로 하층부와 연계되어 모든 것이 의미상 적합하게 장식되고, 큰 것이든 작은 것이든 정확한 위치에 자리해서 쉽게 파악할 수 있으며, 따라서 어마어마한 것 속에 우아한 것이 표현되어 있는 것이다. 나는 원근법적으로 두꺼운 벽 속에 들어서 있으며 기둥과 고딕식 아치들로 무수히 장식되어 있는 문들, 창문들과 거기에 새겨진 둥근 모양의 장미꽃 장식, 창틀의 측면, 수직으로 나누어진 부분들의 날씬한 원통 기둥들만을 기억하고 있다. 우리는 차례로 뒤로 늘어서 있는 기둥들, 그 앞에 날씬하게 역시 높이 솟아있는 날렵한 기둥으로 된, 성상들을 보호하기 위한 천개(天蓋)와 같은 역할을 하는 뾰족한 작은 건물을 떠올릴 수 있다. 마지막으로 온갖 서까래들과 꽃받침이나 꽃잎 장식과 돌에 새긴 변형된 자연물들을 상상해볼 수 있다. 내가 말한 것을 평가하고 살려보려면 그 건물의 실물을 보지 않고도 전체와 부분의 모사화들을 비교해보면 될 것이다. 내가 말한 것이 많은 사람들에게 과장된 것으로 여겨질 수도 있을 것이다. 왜냐하면 나도 첫눈에 반해 이 건물에 애착을 가졌지만 그 가치를 진지하게 알게 되기까지는 오랜 시일이 걸렸기 때문이다.

고딕식 건축기법을 비판하는 자들 속에서 자란 나는 제멋대로 뒤얽힌 장식들에 대해 혐오감을 키워왔다. 그것은 종교적인 음울한 특징을 지극히 역겹게 만드는 것이었다. 나는 이런 종류의 무지한 건축물들에서는 훌륭한 균형도 순수한 일관성도 찾을 수 없었으므로 불쾌감을 더 심하게 느꼈다. 그러나 나는 여기에서는 그런 비난받을 점이 결코 나타나지 않고 오히려 그 반대의 것이 솟구치고 있어 새로운 계시를 보는 듯했다.

하지만 나는 점점 더 오래 관찰하고 숙고하는 동안 앞에서 말한 것 이상의 더 큰 가치를 발견하게 되었다. 그것은 더 큰 부분들의 적당한 상태를 이루고, 의미 깊고 풍요로운 장식이 아주 사소한 부분까지 이르고 있는 것을 찾아냈던 것이다. 나는 이런 다양한 장식들이 차례로 이어져 있음을 알아냈다. 같은 종류의 것들이 결합되어 있었지만 하나의 중심부에서 다른 부분으로 각각의 형태들은 성상에서 요괴상에 이르기까지, 나뭇잎에서 고사리에 이르기까지 수없이 교차하면서 나타났다. 나는 탐구하면 할수록 점점 더 놀라움 속에 빠져들었다. 나는 자로 재보기도 하고 그려보기도 하며 즐기고 몰두할수록 애착이 더 커졌다. 그래서 나는 현존하는 것을 연구하기도 하고, 무엇보다도 탑에서 부족한 것과 완성되지 않은 것을 생각하여 종이에 그려 재현하는 데에 많은 시간을 보냈다.

나는 이 건축물이 옛 독일 땅에 세워져 있고, 온전히 독일이 지배하던 시대에 완성되었으며, 초라한 비석에 새겨진 건축명장의 이름 또한 독일적인 울림과 어원을 지니고 있음을 알아내고는 이 예술품의 가치에 자극받아 그때까지 모욕적으로 사용되어 오던 고딕양식이란 명칭을 독일건축양식으로 바꾸어 국민에게 반환해주려고 감히 마음먹었다. 그래서 나는 처음에는 말로, 나중에는 D. M. 에르비니 아 슈타인바흐에게 바친 논문을 통해 내 애국적인 생각을 드러냈다.

내 자서전의 이야기가 이 논문이 간행되고, 헤르더가 자신의 논문집 『독일적 기질과 예술에 대하여』에 이것을 수록했던 시기에 이르면 이 중요한 문제에 대해 많은 이야기를 하게 될 것이다. 그러나 나는 화제를 돌리기 전에 이 기회에 이 책의 서두에 있는 격언에 대해 의문을 품을지도 모르는 사람들을 위해 해명을 하고자 한다. "젊은 시절에 원하는 것은 노년에 풍족하게 얻는다"는 훌륭하고 희망에 넘치는 옛 독일의 격언에 대하여 그 반대되는 많은 경험을 제시할 수도 있고, 이 격언에 많은 왜곡된 해석을 내릴 수도 있다는 것을 나는 잘 알고 있다. 그러나 이것에 들어맞는 좋은 예들도 많이 있다. 내가 이것에 대해 어떻게 생각하는지를 설명하겠다.

우리의 소망은 우리 내부에 있는 능력의 예감이며, 우리가 이룰 수 있는 것의 전조이다. 우리가 할 수 있고 하고 싶어 하는 것은 우리를 벗어난 미래 속에서 우리의 상상력으로 나타난다. 우리는 은연중 마음속에 품고 있는 것에 동경을 느낀다. 그래서 열정적으로 사전에 파악함으로써 진실로 가능한 것을 꿈꿔온 현실로 변화시키는 것이다. 그런 방향이 확고하게 본성 속에 자리하고 있으면 우리가 한걸음씩 성장하면서 최초의 소망의 일부가 좋은 환경에서는 지름길로, 좋지 않은 환경에서는 우회로를 거쳐 언제나 곧은길로 되돌아옴으로써 실현된다. 그래서 사람들은 끊임없는 노력으로 현세의 재물에 도달하여 부귀와 영화와 외적 명예로 자신을 장식하게 된다. 또 다른 사람들은 좀 더 확고하게 정신적 이익을 위해 노력하여 사물에 대한 분명한 통찰, 정서의 안정, 현재와 미래에 대한 확신을 얻는다.

하지만 세 번째 방향도 있는데, 이것은 앞의 두 가지 방향이 혼합된 것으로 가장 확실하게 성공을 이룰 수밖에 없다. 즉 젊은 시절이 생산이 파괴를 능가하는 탁월한 시대와 일치하고, 마음속에서 그 시대가 요구하고 약속하는 것이 무엇인지에 대한 시대적 예감에 눈뜨게 되는 사람은 외부의 자극에 의해 활동적인 참여에 내몰리게 되고, 이것저것에 손을 내밀고, 다방면으로 영향을 미치고자 하는 소망이 마음속에서 생동하게 될 것이다. 그러나 인간은 한계가 있는데다가 많은 우연한 장해까지 곁들여져 착수한 일이 진척되지 않거나 붙잡은 것을 놓쳐버리거나 소망이 계속 흩어져버리기도 한다. 그러나 이런 소망들이 순수한 마음에서 나온 것이고 시대의 요구에 적합한 것이라면 어찌됐든 그대로 놔두고 태연히 기다려도 된다. 그런 것들을 다시 발견하고 손에 넣게 될 뿐만 아니라 전혀 접해보지도 생각지도 않은 많은 유사한 것들이 나타나리라는 확신을 가질 수 있다. 우리 스스로가 천직이라고 느꼈다가 다른 많은 일들과 함께 포기할 수밖에 없었던 일이 살아가면서 타인에 의해 성취되는 것을 보면 인간은 함께할 때 비로소 진정한 인간이며, 개인은 자신을 전체 속에서 느끼고자 할 때 비로소 즐겁고 행복할 수 있다는 아름다운 느낌이 떠오른다.

스트라스부르 대성당

이런 관찰은 여기에서 꼭 들어맞는다. 왜냐하면 내가 그 오래된 건축물에 쏠렸던 애착을 생각하고, 오로지 스트라스부르 대성당에만 바쳤던 시간을 계산하고, 나중에 쾰른 대성당과 프라이부르크 대성당을 관찰하고 그 가치를 느끼기 위해 기울인 관심을 생각한다면 나중에 이런 건축물들을 안중에 두지 않고, 더 발전된 예술에 마음이 끌려 완전히 뒤로 밀쳐놓은 데에 대해 나 자신을 비난할 수도 있기 때문이다. 그러나 최근에 다시 그런 건축물들에 대해 관심이 쏠리고 그것들에 대한 애착과 열정이 일어나 고조되는 것을 보고, 또한 유능한 젊은이들이 열정에 사로잡혀 지난 시기의 이 기념물들에 힘과 시간과 주의와 돈을 아낌없이 바치는 것을 보면 내가 전에 하고자 했고 원했던 것이 가치 있는 것이었다는 것을 즐거운 마음으로 회상하게 된다. 나는 사람들이 그것을 조상의 업적으로 높이 평가할 줄 알 뿐만 아니라 현존의 완성되지 않은 건축물에서 적어도 그림으로 최초의 의도를 설명하려 하고, 그럼으로써 우리에게 모든 계획의 시작이자 끝이라는 생각을 알려주려 노력하고, 혼란스럽게 보이는 과거를 진지하게 해명하고 살리려고 하는 것을 만족하며 보고 있다. 특히 나는 여기서 훌륭한 술피츠 부아스레를 칭찬하려 한다. 그는 쾰른 대성당을 바벨탑과 같이 하늘로 치솟게 하려는 어마어마한 구상의 전형으로 세우려고 끝없이 노력했다. 그것은 현세의 수단으로는 표현할 수 없어 필연적으로 완성을 이룰 수 없었다. 우리는 그 건축물이 그 정도까지 이루어진 것만으로도 놀라고 있는데, 본래 완성하려고 했던 의도를 알게 되면 더없는 경탄을 금할 수 없을 것이다.

우리가 조상들의 위대하고 웅대한 생각을 통찰하고 그들이 하고자 했던 것에 대해 이해할 수 있도록 힘과 재산과 영향력을 지닌 모든 사람들에 의해 이런 종류의 문학적 예술적 시도가 충분히 촉진되었으면 한다. 그로부터 이루어지는 통찰은 결코 무익한 것이 아니며, 그런 건축물에 대한 판단은 언젠가는 반드시 공정하게 이루어질 것이다. 이런 것은 우리의 활동적인 젊은이가 쾰른 대성당에 심혈을 기울이는 연구서 외에 중세의 건축기법을 자세하게 설명하는 역사서에서 가장 철저히 이루어질 것이다. 더 나아가 이 건축기법의 실제 적용에 대해 알려지고, 그리스-로마 건축기법과 동양-이집트의 건축기법을 비교하여 모든 특징들이 설명되는 날이 온다면 이 분야에서는 더 이상 할 일이 없을 것이다. 나는 그런 조국의 노력이 결실을 맺어 공개될 수 있게 된다면 지금의 즐거운 개인적 소감과 마찬가지로 진정으로 만족감을 느끼며 이 말을 가장 적합한 의미로 반복해서 외칠 수 있을 것이다.

"젊은 시절에 원하는 것은 노년에 풍족하게 얻는다."

수백 년의 세월에 걸쳐 이루어지는 그런 영향들은 시간에 의지하여 기회를 기다리면 되지만 반면에 익은 과일과 같이 젊을 때 싱싱한 상태에서 먹지 않으면 안 되는 일들도 있다. 나는 이제 급히 화제를 돌려 춤에 대해 이야기하려 한다. 알자스의 스트라스부르에서 대성당이 날마다 시시각각 눈에 익었듯이 춤은 내 귀에 익은 것이다. 아버지는 내가 어렸을 때부터 나와 누이동생에게 직접 춤을 가르쳐주었는데, 그것은 그토록 엄격한 사람에게는 꽤나 기이한 일이었다. 그러나 그는 가르치면서 적당한 한도를 넘어서지 않았고, 우리에게 분명하게 자세와 스텝을 가르쳐주었으며, 우리가 미뉴에트를 출 수 있을 정도에 이르자 플루트로 4분의 3박자의 쉬운 곳을 불어주었다. 우리는 그것에 맞춰 할 수 있는 한 열심히 움직였다. 나는 어려서부터 프랑스 연극무대에서 발레는 아니지만 독무나 2인무를 보고 많은 기묘한 발동작들과 온갖 도약들에 주의를 기울여왔다. 우리가 미뉴에트를 충분히 익혔을 때 나는 아버지에게 지그와 뮈르키*란 이름으로 악보에 많이 실려 있는 다른 춤곡들을 불어달라고 부탁했다. 그 박자는 완전히 내 팔다리에 적합하고 친숙했으므로 나는 곧장 그 곡에 맞는 스텝과 동작들을 생각해냈다. 이것이 아버지를 꽤 기쁘게 했다. 그는 때때로 이런 식으로 원숭이 춤을 추게 하여 자신과 우리를 즐겁게 했다. 나는 그레첸과의 사건 후 라이프치히에 체류하는 동안 한 번도 무도장에 갈 생각을 하지 않았다. 억지로 무도회에서 미뉴에트를 출 필요가 있을 때에는 내 팔다리는 박자와 동작에 벗어난 듯했고, 스텝도 동작도 엉성했던 것을 나는 기억하고 있다. 그때 대부분의 관객이 내 미숙한 행동은 내 뜻에 어긋나게 나를 자기들 대열 속으로 끌어들이려는 여자들의 욕구를 물리치기 위해 일부러 부린 고집 때문이라고 주장하지 않았더라면 나는 모욕과 수치를 당할 뻔했다.

---

* 바로크 시대의 춤곡의 명칭.

프랑크푸르트에 머무는 동안에는 나는 그런 즐거움에서 완전히 차단되어 있었다. 그러나 스트라스부르에서는 곧 다른 생활욕과 함께 내 팔다리의 박자를 맞추는 능력 또한 요동쳤다. 일요일이든 평일이든 어떤 유원지를 지나쳐도 춤을 추기 위해 사람들이 흥겹게 모여서 대개 둥글게 원을 그리며 도는 모습을 볼 수 있었다. 마찬가지로 시골집들에서도 가족무도회가 열렸고, 벌써부터 사람들은 돌아오는 겨울의 화려한 가장무도회에 대한 얘기를 하고 있었다. 이곳에서는 물론 나는 자리에 어울리지 않았고, 모임에서도 소용없는 존재였을 것이다. 그래서 왈츠를 매우 잘 추는 한 친구가 나중에 춤을 잘 추는 모임에서 함께할 수 있도록 우선 잘 못 추는 집단에 끼어 연습을 하라고 권했다. 그는 노련하기로 이름난 한 무도교사에게 나를 데리고 갔다. 무도교사는 내가 기초단계를 반복해서 어느 정도 숙달하면 그 다음 단계를 가르쳐주겠다고 약속했다. 그는 무미건조하고 민첩한 프랑스적 기질을 지닌 사람이었는데, 나를 친절하게 대했다. 나는 한 달 분 강습료를 미리 내고 12장의 수강표를 받았으며, 그는 이 표로 정해진 시간에 수업을 하겠다고 약속했다. 그 사람은 엄격하고 꼼꼼했지만 고루하지는 않았다. 나는 이미 어느 정도 연습한 것이 있었기 때문에 곧 그에게서 만족스럽게 배웠고 칭찬을 받았다.

그런데 이 선생의 수업을 매우 손쉽게 해주는 상황이 있었다. 그에게는 두 딸이 있었는데, 모두 귀엽고 스무 살이 채 되지 않았다. 두 딸은 어려서부터 무도를 배워 매우 숙련되어 있었으므로 서툰 수강생의 상대가 되어 그를 곧 어느 정도까지 숙달시키는 데 도움을 줄 수 있었다. 두 사람 모두 매우 예의바르고 프랑스어로만 말했다. 나는 나름대로 그들 앞에서 서툴고 우스꽝스럽게 보이지 않으려고 정신을 바짝 차렸다. 다행히 그들은 나를 칭찬했고, 부친의 작은 바이올린에 맞춰 늘 기꺼이 미뉴에트를 추어 주었다. 나아가 그들에게는 물론 성가신 일이었지만 그들은 내게 점차 왈츠와 도는 동작도 가르쳐주었다. 본래 부친에게는 배우는 사람들이 많지 않은 듯했고, 그래서 그들은 쓸쓸히 지내고 있었다. 그래서 그들은 때때로 수업이 끝나면 내게 남아서 함께 얘기라도 나누자고 권했다. 나는 즐겨 그렇게 했다. 더구나 동생이 내 마음에 들었고, 그들이 매우 얌전하게 행동했기에 나는 더욱 즐거웠다. 나는 가끔 소설의 일부를 읽어주었고, 그들도 그렇게 했다. 언니는 동생보다 더 예뻤지만 동생만큼 마음에 들지는 않았으며, 동생보다 내게 더 다정하게 행동했고, 모든 면에서 더 친절했다. 그녀는 연습시간에는 늘 내 곁에 있었고, 연습시간을 이따금 늘이기도 했다. 그래서 나는 선생에게 표를 두 장 더 주어야겠다고 몇 차례 생각했었다. 그러나 그는 그것을 받지 않았다. 동생은 내게 불친절한 것은 아니었지만 더 조용했고, 아버지가 불러야만 언니와 교대했다.

나는 그 원인을 어느 날 저녁 분명하게 알게 되었다. 내가 춤 연습을 마치고 언니와 함께 거실로 들어서려는데 그녀가 나를 뒤로 끌어당기며 말했다.

"우리 여기서 잠깐 기다려야 해요. 사실을 말씀드리면 동생이 트럼프 점쟁이 여자를 불러다 외국에 있는 남자친구가 어떻게 지내는지 점을 치고 있거든요. 그 애는 그 사람에게 마음을 다 바치고 있고, 자신의 모든 희망을 그 사람에게 걸고 있어요. 저는 남자가 없지만 있어도 퇴짜 맞을 각오를 해야 될 거예요."

이 말에 나는 그녀에게 몇 마디 위로의 말을 해주고, 그것도 그 점쟁이에게 물어보면 쉽게 해답을 얻을 수 있을 것이라고 말해주었다. 나는 나도 점을 쳐보려고 한다며, 오래 전부터 그런 경험을 해보고 싶었지만 지금까지 믿음이 가지 않았다고 말했다. 그녀는 이런 내 말을 질책했고, 세상에서 이 트럼프점의 결과보다 더 정확한 것은 없으며, 장난이나 불경한 마음으로 점을 보아서는 안 되고, 참된 관심사만을 물어야 한다고 분명하게 말했다. 나는 그녀가 점이 끝났다고 알려주자마자 즉시 그녀를 그 방안으로 끌고 들어갔다. 우리는 동생이 매우 기분 좋아하고 있다는 걸 알았다. 동생은 평소보다 내게 더 다정했고, 농담도 하고 재치 있는 말도 했다. 그녀는 멀리 떨어져 있는 애인에게 안심해도 된 것 같았고, 그래서 자신이 언니의 친구로 여기고 있는 내 앞에서 조금 애교를 부려도 괜찮을 것으로 생각하고 있는 것 같았다.

나는 점쟁이 노파에게 아첨을 하고, 언니와 내게도 점을 통해 진실을 말해주면 많은 보수를 주겠다고 약속했다. 노파는 일상적인 준비와 의식을 행하고, 먼저 언니에게 점을 보아주려고 점보는 도구를 펼쳐놓았다. 노파는 카드의 배열을 조심스럽게 바라보고는 주저하는 듯했고, 말을 꺼내려 하지 않았다. 이런 신비스런 트럼프 배열에 대해 이미 제법 해석할 줄 알고 있던 동생이 말했다.

"나는 알겠어요. 당신은 내 언니에게 불행한 일을 말해주고 싶지 않아 주저하는군요. 하지만 이건 저주받은 카드지요!"

언니는 파랗게 질렸지만 정신을 차리고 말했다.

"말해 보세요. 목숨이 날아가는 건 아니겠지요!"

노파는 깊은 한숨을 쉰 후 그녀가 사랑은 하지만 사랑을 받지는 못하며, 다른 사람이 사이에 끼어 방해하는 등의 일들이 계속되는 점괘라고 말해주었다. 착한 그녀에게서 당황하는 기색이 보였다. 노파는 이를 좋게 풀려면 편지와 돈에 기대를 걸 수 있다고 말했다. 그러자 아름다운 소녀는 말했다.

"저는 편지 같은 건 기다리지 않고, 돈도 싫어요. 당신 말대로 내가 사랑하고 있는 것이 사실이라면 나도 상대에게서 사랑을 받는 것이 당연하지요."

노파는 "더 좋게 나오나 한번 해봅시다"라고 대답하고 카드를 섞어서 다시 늘어놓았다. 그러나 그것은 우리 모두의 눈앞에서 더 나쁘게 나왔다. 그 아름다운 소녀는 더 외롭게 될 뿐만 아니라 많은 불쾌한 일에 에워싸이게 되고, 애인은 더 멀어지고, 방해자들은 더 가까이 다가오고 있는 점괘였다. 노파는 더 좋은 점괘를 바라면서 세 번째로 카드를 늘어놓으려 했다. 그러나 아름다운 소녀는 더는 참지 못하고 마구 울음을 터뜨렸다. 그녀의 여린 가슴은 심하게 울렁였다. 그녀는 몸을 돌려 자기 방으로 달려 나갔다. 나는 어찌해야 좋을지 몰랐다. 애정은 나를 지금 함께 있는 동생 곁에 붙잡아두었고, 동정은 언니에게로 나를 내몰았다. 내 입장이 너무도 고통스러웠다. 동생은 "루신데를 위로해 주세요. 언니를 따라가세요!"라고 말했다. 나는 주저했다. 내가 최소한 애정의 말이라도 전하지 않고 어떻게 그녀를 위로할 수 있으며, 이런 순간에 어떻게 냉정하고 적절하게 위로해줄 수 있을 것인가! 나는 "함께 갑시다"라고 에밀리에에게 말했다. 그러자 동생은 "언니가 내가 함께 있는 것을 좋아할지 모르겠네요"라고 대답했다. 그래도 우리는 함께 갔으나 문이 잠겨 있었다. 우리가 문을 두드리고 소리치고 애걸했지만 루신데는 대답하지 않았다. 에밀리에는 "우리는 언니를 그대로 놔둘 수밖에 없어요. 언니는 지금 아무것도 하기 싫을 테니까요!"라고 말했다. 내가 그녀를 처음 알게 된 이후 그녀의 성격에 대해 돌아보면 그녀는 늘 좀 격렬하고 모난 데가 있었다. 그리고 그녀는 자신의 거친 모습을 내게 보이지 않음으로써 나에 대한 애정을 최대한 나타냈다. 내가 어떻게 해야 될 것인가! 나는 노파에게 그녀가 초래한 불행한 사태에 대해 충분한 돈을 지불하고 나서 가려고 하는데 에밀리에가 말했다.

"나는 당신에 대해서도 트럼프점을 쳐달라고 할 생각인데요."

노파는 준비를 했다. 그러나 나는 "나는 됐어요!"라고 외치고 급히 계단을 내려갔다.

다음날 나는 그 집에 갈 용기가 나지 않았다. 사흘째 되는 날 아침 일찍 에밀리에는 심부름하는 소년을 통해 오늘은 빠지지 말고 꼭 와달라는 말을 전해왔다. 그 소년은 전에도 자주 자매의 전갈을 가져왔고, 그 대신 꽃과 과일을 그녀들에게 가져다주곤 했었다. 나는 평소와 같은 시간에 찾아갔더니 집에는 선생밖에 없었다. 그는 나의 스텝과 나오고 들어가는 요령과 동작 및 태도에 대해 많은 것을 고쳐주었고 퍽 만족하는 것 같았다. 동생은 연습이 끝날 무렵에 와서 나와 매우 우아한 미뉴에트를 추었는데, 이때 그녀는 특별히 기분 좋게 움직였고, 선생은 무도장에서 이보다 더 멋지고 능숙한 한 쌍은 본 일이 없다고 말했다. 교습이 끝난 후 나는 평소처럼 거실로 들어갔다. 부친은 우리만 남겨두고 나갔고, 나는 루신데가 없어 허전했다. 에밀리에는 이렇게 말했다.

"언니는 누워 있어요. 그러는 게 좋으니까 걱정하지 마세요. 언니의 마음병은 신체적인 병이 났다고 여기면 곧 가라앉아요. 언니도 죽기는 싫어하니까 우리말을 들을 거예요. 집에서 만든 약이 있어서 언니는 그걸 먹고 쉬고 있고, 점점 성난 물결이 가라앉고 있어요. 언니는 그런 상상의 병을 앓을 때면 무척 착하고 사랑스럽답니다. 본래 언니는 건강한 상태인데 단지 열정에 사로잡혀 온갖 소설 같은 죽음들을 생각해내서 마치 유령이야기를 듣는 아이들처럼 두려워하고 있답니다. 그래서 언니는 어제 저녁에도 격렬하게 흥분해서 이번에는 자신이 꼭 죽을 것이고, 자신에게 처음에는 잘해주다가 이제는 나쁘게 대하는 배은망덕한 나쁜 남자친구를 죽기 전에 꼭 데려와 달라고 말했지요. 언니는 그 친구에게 지독한 욕을 퍼부어주고 나서 죽고 싶다고 말했어요."

나는 외쳤다.

"나는 언니에게 어느 정도 애정을 보였다고 해도 내가 나쁘다고는 생각하지 않아요. 내게 이것을 가장 잘 증명해줄 사람을 나는 알고 있지요."

에밀리에는 미소를 지으며 대답했다.

"당신의 말은 이해하지만 우리가 현명하게 결정을 내리지 않으면 모두가 곤란한 상황에 처하게 될 거예요. 당신에게 교습 받는 일을 중단해 달라고 권하고 싶은데 어떠세요? 당신은 지난달 표를 아직 넉 장이나 가지고 있는데, 아버지는 이미 당신에게 더 이상 가르쳐주지 않아도 된다고 말씀하셨지요. 당신이 좀 더 진지하게 무도를 전공으로 삼으려 한다면 모를까 세상에서 젊은이에게 필요한 정도는 당신도 이제 충분히 갖췄다는 거예요."

나는 "그 말은 당신의 집을 찾지 말아달라는 충고로군요, 에밀리에?"라고 물었다. 그러자 그녀는 이렇게 말했다. "맞아요. 하지만 나 혼자서 하는 얘기는 아니에요. 잘 들어보세요. 엇그제 당신이 급히 돌아가신 후 나는 당신에 대한 점을 보았어요. 그런데 똑같은 점괘가 세 번이나 점점 더 심하게 반복되었어요. 당신은 온갖 좋은 일과 즐거운 일, 친구들과 훌륭한 사람들로 에워싸여 있었으며, 돈도 부족하지 않았어요. 여자들은 조금 떨어져 있었지요. 특히 불쌍한 언니는 언제나 가장 멀리에 있었어요. 다른 여자 하나가 당신에게 점점 가까이 접근했지만 결코 당신 곁을 차지하지는 못했지요. 어떤 남자가 방해했기 때문이지요. 당신에게 고백하는데, 나는 스스로를 그 두 번째 여자로 생각했어요. 이제 내가 드린 충고를 충분히 이해하시겠지요. 나는 먼 곳에 있는 한 남자친구에게 마음을 바쳤으며, 약혼도 했고, 지금까지 그를 누구보다도 사랑해 왔어요. 그런데 내게는 당신의 존재가 지금까지의 모든 것보다 더 중요한 것이 될 수도 있을 것 같아요. 그리고 당신은 한 사람은 애정으로 대하고, 다른 한 사람은 냉정하게 대해 모두를 불행하게 만들지도 모르는 두 자매 사이에 끼어있는 입장입니다. 이 모든 고통은 쓸데없고 허무한 것입니다. 당신이 누구이며 무엇을 바라는지 우리가 미처 몰랐다 해도 카드는 그것을 내게 확실하게 보여주었을 거예요. 안녕히 가세요."

그녀는 이렇게 말하고 나에게 악수를 청했다. 나는 머뭇거렸다. 그러자 그녀는 나를 문 쪽으로 끌고 가면서 말했다.

"이제 이것이 우리가 서로 이야기를 나누는 마지막이 되도록 평소 같으면 내가 거절했을 것을 받아주세요."

그녀는 내 목을 끌어안고 뜨거운 키스를 해주었다. 나는 그녀를 꼭 껴안아 주었다.

이 순간 옆문이 열리고 언니가 가볍고 우아한 잠옷을 입은 채 뛰어나와 외쳤다.

"너 혼자만 그 분과 작별을 해서는 안 되지!"

에밀리에는 나를 놓았다. 루신데는 나를 붙들더니 내 가슴으로 파고들어 검은 머리칼을 내 뺨에 대고 한동안 그런 상태로 있었다. 나는 조금 전 에밀리에가 예언한 대로 두 자매 사이에 꼭 끼어 있음을 알았다. 루신데는 나를 놓은 다음 진지하게 내 얼굴을 들여다보았다. 나는 그녀의 손을 잡고 무언가 정다운 말을 해주려고 했다. 그러나 그녀는 몸을 돌려 거친 걸음으로 방안을 이리저리 왔다 갔다 하더니 소파 구석에 몸을 던졌다. 에밀리에는 언니에게 갔지만 곧 쫓겨나왔다. 그리고 여기에서 내가 지금도 떠올리면 고통스런 장면이 연출되었다. 그것은 실제로 연극은 아니었지만 활기찬 젊은 프랑스 여자에게 어울리는, 그것도 감정이 풍부한 여배우만이 무대에서 제대로 재연할 수 있을 장면이었다.

루신데는 동생에게 무수한 비난을 퍼부었다. 그녀는 이렇게 소리쳤다.

"나에게 기울어지는 남자의 마음을 네가 빼앗아간 것이 이번이 처음은 아니지. 이 자리에 없는 그 사람의 경우도 마찬가지였어. 그 사람은 결국 내 눈앞에서 너와 약혼했어. 나는 그것을 바라보고 있을 수밖에 없었고, 참아야 했다고. 그러나 나는 얼마나 많은 눈물을 흘렸는지 몰라. 지금 너는 그 사람을 놓지도 않은 채 내게서 이 사람을 빼앗아갔어. 한 번에 몇 사람을 가질 수 있는지 잘 알면서도. 나는 솔직하고 온순하지. 그래서 사람들은 모두 내가 어떤 사람인지 쉽게 알 수 있다고 여기고 나를 무시해도 좋다고 생각하지. 너는 마음속을 숨기고 말을 하지 않으니까 사람들은 네 마음속에 무언가 신기한 것이 숨겨져 있으리라 생각해. 하지만 네 마음속에는 어떤 것이든 희생시키려는 차디찬 이기심만이 있을 뿐이야. 그런데 그것이 네 마음속에 깊이 숨겨져 있어 아무도 그것을 쉽게 알아채지 못하지. 얼굴을 내보이듯 활짝 열어놓고 있는 내 따뜻하고 진실한 마음을 잘 알아채지 못하는 것과 마찬가지야."

J. 노제크가 그린 젊은 괴테

에밀리에는 말이 없었다. 그리고 그녀는 말하면서 점점 더 흥분해서 내가 들어서는 좋지 않을 특별한 일들까지 마구 들춰내는 언니 옆에 앉아 있었다. 에밀리에는 언니를 달래려고 내게 나가달라는 신호를 했다. 그러나 질투와 의심이 천 개의 눈을 가지고 바라보고 있는 듯 루신데는 그것을 알아차린 듯했다. 그녀는 벌떡 일어나 내게로 걸어왔는데, 험악한 태도는 아니었다. 그녀는 내 앞에 서서 무언가를 생각하는 것 같았다. 그러더니 그녀는 이렇게 말했다.

"나는 당신을 잃었다는 걸 잘 알고 있어요. 당신에게 더 이상 아무것도 요구하지 않겠어요. 하지만 동생아, 너도 이 사람을 가질 수는 없어!" 그녀는 이렇게 말하며 내 머리를 붙들고 두 손을 내 머리칼 속에 집어넣은 다음 내 얼굴을 자기 얼굴에 대고 몇 번이고 입맞춤을 했다. 그녀는 이렇게 외쳤다.

"이제 내 저주를 두려워하라. 나 다음으로 이 사람의 입술에 처음으로 입 맞추는 여자에게는 영원히 불행에 불행이 이어질 것이리라! 다시 한번 이 사람과 사이를 맺으면 하늘이 이번에는 내 소원을 들어주리라는 것을 나는 알고 있다. 그럼, 이보세요, 빨리 가세요. 될 수 있는 대로 빨리 가세요!"

나는 다시는 이 집에 발을 들여놓지 않겠다고 굳게 다짐하면서 재빨리 계단을 뛰어 내려갔다.

제10장

독일의 작가들은 조합 회원으로 뭉쳐있지 않아 시민사회에서 전혀 특권을 누리지 못하고 있었다. 그들은 자신들에게 유리한 다른 어떤 관계가 있기 전에는 기반도 지위도 명성도 얻지 못했다. 그래서 재능이 명예가 되느냐 치욕이 되느냐는 것도 오로지 우연에 달려 있었다. 가련한 지상의 아들은 재능과 능력을 느끼면서 고통스럽게 삶 속에 발을 내딛어야만 했고, 문학의 여신에게서 물려받은 재능을 일시적인 필요 때문에 낭비해야만 했다. 모든 종류의 시 중에서 최초이며 가장 순수한 경조사시는 오늘날에도 국민이 그 높은 가치를 인식하지 못할 정도로 무시당했고, 작가는 귄터의 길을 걷지 않으면 세상에서 익살꾼이나 기식자로 비참하게 전락했다. 그리하여 작가는 삶의 무대에서나 연극무대에서나 사람들이 제멋대로 괴롭힐 수 있는 인물을 그려내야 했다.

반면에 문학의 여신이 명망 있는 사람들과 어울리면 그들은 영광을 얻었고, 그 영광은 다시 문학의 여신에게로 돌아갔다. 하게도른처럼 사교

바르톨트 하인리히 브로케스

에 능한 귀족, 브로케스* 같은 훌륭한 시민, 할러 같은 확실한 학자 등이 최상류층에 등장하여 가장 고귀하고 존경받는 사람들과 어깨를 나란히 했다. 특히 그런 훌륭한 재능과 함께 근면하고 충실한 실무자들이 두각을 나타냈다. 그리하여 우츠, 라베너, 바이세 등은 이질적이며 좀처럼 서로 결합하기 어려운 성향을 높이 평가받아 독특한 존경을 받았다.

그러나 문학적 천재성이 스스로를 인식하고 자신의 상황을 창조하여 독자적인 가치를 부여하는 토대를 세울 줄 아는 시대가 와야만 했다. 그런 시대의 토대를 세우는 모든 것이 클롭슈토크에게 집중되었다. 그는 감성적인 면에서 보든 도덕적인 면에서 보든 순수한 청년이었다. 엄숙하고 철저한 교육을 받은 그는 어렸을 때부터 자기 자신과 자신이 하는 모든 일에 큰 가치를 두었다. 또한 그는 자기 삶의 행보를 신중하게 예측하면서 내면의 총체적인 힘을 예감하는 가운데 생각할 수 있는 최고의 대상으로 방향을 돌렸다. 무한한 특성들을 지칭하는 이름인 메시아는 그에 의해 새롭게 찬미되어야 했다. 구세주는 그가 지상의 비천함과 고통을 통해 지고한 천상의 승리에 이르기까지 따라가려고 생각했던 주인공이어야 했

* 독일 초기 계몽주의 시대를 표현한 가장 대중적이고 영향력 있는 작품들을 쓴 시인(1680~1747). 자연을 주제로 삼은 최초의 독일 근대시인 가운데 한 사람으로, 독일문학에서 자연을 향한 새로운 시적 관점을 제시한 선구자로 평가받는다.

다. 여기에서는 젊은 영혼 속에 있는 모든 신적인 것, 천사적인 것, 인간적인 것이 요구되었다. 성서로 교육받고 그 힘에 의해 자라난 그는 이제 현존자로서의 족장, 예언자, 선구자들과 함께 살아간다. 그러나 이 모든 사람들은 수백 년 전부터 한 사람의 주위에 밝은 빛을 모으는 것을 사명으로 삼아왔으며, 그 한 사람의 굴욕을 경악하며 바라보고, 그의 찬양에는 영광스럽게 함께 했다. 마침내 암울하고 무서운 시간이 지나간 후 영원한 심판자는 자신의 얼굴을 내밀고 자신의 아들이자 신인 그리스도를 다시 인정하고, 이 신의 아들은 이탈한 인간들과 타락한 영혼까지도 심판자에게서 다시 인도받아 이끈다. 활기찬 천상은 옥좌를 둘러싼 수많은 천사들의 목소리 속에서 환호성을 울리고, 조금 전까지 무시무시한 제물의 장소에 시선을 집중하고 있던 우주에는 사랑의 빛이 쏟아진다. 교양이 성숙함에 따라 쉽게 단념하지 못하는 요구들을 내세우지 말고 이 작품의 처음 10편의 노래를 읽어보면 누구나 클롭슈토크가 이 시를 구상하고 완성할 때 느꼈던 천상의 평화를 지금도 여전히 함께 나눌 수 있을 것이다.

대상의 위엄은 작가 자신의 인격에 대한 감정을 높였다. 그는 자신도 그렇게 이 합창에 참여하게 될 것이며, 그리스도는 그를 우대하면서 이미 지상에서 온갖 다감하고 경건한 사람들이 많은 순수한 눈물로 충분히 사랑스럽게 감사를 한 그의 노력에 대해 직접 얼굴을 마주보며 감사할 것이다. 그리하여 클롭슈토크는 스스로를 거룩한 인간으로 볼 권리를 얻었고, 행동에 있어서도 지극히 순결하고자 노력했다. 만년에는 다른 남자와 결혼한 여자에게 첫사랑을 바친 일이 그를 몹시 불안하게 했다. 그는 이 여자가 자신을 진실로 사랑했었는지, 자신에게 가치가 있었는지 분명히 알 수 없었다. 자신을 메타와 결부시켰던 그 생각, 깊고 조용한 애착,

짧지만 신성했던 결혼생활, 두 번째 결혼에 대한 홀아비의 염증* 등은 하늘의 축복을 받은 자들의 영역에서 회상할 수 있는 것들이다.

그는 자신에게 호의적인 덴마크에서 위대하고 인간적으로도 존경받는 뛰어난 어느 정치가의 집에서 한동안 좋은 대접을 받았기 때문에 이러한 자신에 대한 명예로운 태도를 더 높일 수 있었다. 격리되어 있지만 동시에 외부의 풍습을 존중하고 세상에 주의를 기울였던 이곳 상류계층에서 그의 방향은 한층 더 확고해졌다. 침착한 태도, 적절한 언사, 터놓고 분명하게 말할 경우에도 예외 없는 간결한 말투 등은 일생을 통해서 그에게 어느 정도 외교적이며 관료적인 모습을 부여해주었다. 이런 모습은 그의 부드러운 천성적 사고와는 모순적인 듯 보였지만 두 가지 모두 하나의 근원에서 비롯되었다. 그의 초기 작품들은 이런 모든 것들의 순수한 모사물이자 원형임을 드러내고 있으며, 그럼으로써 어마어마한 영향을 미칠 수밖에 없었다. 그러나 그의 결정적인 특성들 중 하나로 그가 개인적으로 삶과 창작에 노력하는 다른 사람들의 활동을 촉진시켰다는 얘기는 거의 없었다.

그러나 문학적 행동과 노력에 있어서 젊은 사람들을 그렇게 촉진시키고 역경에 처해 있지만 희망에 찬 사람들을 앞으로 이끌고 그들에게 길을 쉽게 내주려는 욕구는 한 사람의 독일인을 훌륭하게 만들어냈다. 그는 스스로 이룬 가치의 측면에서는 제2인자이지만 활발한 영향의 측면에서는 제1인자라고 불러도 될 사람이었다. 여기서 말하는 사람이 글라임**이라

---

* 클롭슈토크는 함부르크 출신의 마르가레테(메타) 몰러와 결혼했으나 그녀가 일찍 죽자 그 슬픔으로 창작 활동을 제대로 하지 못했다. 이는 1754년 그의 송가에서 '시들리'로 형상화된다. 1791년 그녀의 조카인 요한나 엘리자베트 폰 빈템과 결혼했으나 행복하지 못했다.

** 독일의 아나크레온파 시인(1719~1803)으로 젊은 시인들에게 관대해 '대부 글라임'이라고 불렸다.

는 것은 누구나 알 수 있을 것이다. 그는 대수롭지는 않지만 수입이 생기는 직장이 있었고, 크지는 않지만 위치가 좋아 군사적 사회적 문화적인 활동으로 활기를 띠는 고장에 살았으며, 이곳에서는 거대하고 돈이 많은 어느 자선시설에서 수입이 생겨 일부가 이 지역의 이익으로 남았다. 그는 왕성한 창작의 충동을 느꼈으며, 그 강도가 너무 커서 자신만으로는 충분하지 않았고, 그래서 더 막강한 충동을 남들에게 무언가를 창작시키려는 데에 바쳤다. 이 두 활동은 그의 긴 전 생애 동안 끝없이 서로 뒤얽혔다. 그에게는 시를 쓰고 선물을 하는 것이 숨을 쉬는 것처럼 불가결한 것이었다. 그는 모든 방면의 재능 있는 빈자들을 나이가 많고 적음을 막론하고 곤경에서 구해줌으로써 실제로 문학의 명예를 높이는 데 공헌하였고 많은 친구들과 은혜 입은 사람들과 추종자들을 얻었다. 그래서 사람들이 그의 큰 선행에 보답하는 길은 그의 시를 관대하게 보아주는 것밖에 없었으므로 그의 광범위한 시를 기꺼이 인정해주었다.

요한 빌헬름 르투비히 글라임

이 두 사람이 자신들의 가치를 세우려 했던 높은 정신은 다른 사람들이 그들을 훌륭하게 여기게 하는 동기가 되기도 했지만 알게 모르게 매우 크고 좋은 영향을 불러일으켰다. 그러나 이런 의식이 존경할 만한 것이긴 하지만 그들 자신과 주변과 시대에 대해 독특한 해를 초래했다. 두 사람은 그들의 정신적 영향에서 보면 생각할 수 없을 만큼 위대하다고 할 수 있겠지만 현실세계에 비하면 미미한 존재에 불과했고, 좀 더 활동적인 삶에 견주어보면 그들의 외부적 지위는 아무것도 아니었다. 낮은 길고 밤도 있다. 그들은 늘 시만 쓰고 타인에게 베풀 수만은 없는 것이다. 그들은 사교가나 귀족이나 부호들처럼 시간을 밀도 있게 사용하지 못했다. 그래서 그들은 자신들의 협소하고 특별한 상황을 지나치게 높이 평가했고, 자신들의 일상적 활동과 노력에 자기들끼리만 통용되는 중요성을 두었다. 그들은 순간적으로만 즐겁게 할 뿐 나중에는 아무런 중요한 가치도 띠지 못하는 해학을 필요 이상으로 지나치게 즐겼다. 그들은 다른 사람들에게서 적당한 칭송과 존경을 받았고, 이에 대해 충분히 보답도 했지만 언제나 너무 지나쳤다. 또한 그들은 자신들의 애착이 무척 값진 것으로 느껴 그것을 반복해서 표현하기를 즐겼고, 이를 위해서는 종이도 잉크도 아끼지 않았다. 그래서 빈약한 내용에 대해 오늘날의 사람들이 놀라는 서한집이 나왔다. 후세 사람들은 어떻게 그런 뛰어난 사람들이 이런 가치 없는 서신교환을 즐길 수 있었는지 이해할 수 없었기에 이런 편지들은 책으로 출간되지 않았더라면 좋았을 것이라고 공공연히 말할 수도 있을 것이다. 그러나 이 서한집을 통해 자기 자신에게만 집중하여 성장의 자양분과 동시에 성장의 척도를 찾을 수 있는 외부세계의 풍요로움을 소홀히 접할 경우 하루살이로 힘든 생계를 꾸려나가게 될 뿐이라는 교훈을 얻을 수 있다면 이 몇 권의 서한집은 다른 책들과 나란히 서가에 꽂아두는 것도 괜찮을 것이다.

그 사람들의 활동이 최고의 전성기에 들어섰을 때 우리 젊은 사람들도 모임을 만들어 활동하기 시작했다. 나는 나이든 사람을 뺀 좀 더 나이 어린 친구들과 서로를 칭찬하고 인정해주고 추켜세우고 이끌어주는 일에 꽤 깊이 빠져들었다. 우리 집단에서는 내가 창작한 것은 언제나 좋은 평가를 받았다. 여자들, 친구들, 후원자들은 자신들을 대상으로 글을 쓰는 것을 나쁘게 생각하지 않았다. 이런 끈끈한 관계 때문에 결국 서로의 마음에 드는 공허한 표현을 쓰게 되어 이따금 좀 더 높은 차원의 효용성을 위해 단련을 하지 않으면 글 속의 개성이 사라지곤 했다.

그런데 내가 다행이었다고 말할 수 있는 것은 어떤 사람과 예기치 않게 알게 됨으로써 내 마음속에 잠재해 있거나 활동하려던 자만심, 과시욕, 허영심, 긍지, 오만 등 모든 것이 매우 혹독한 시련을 당하게 된 일이었다. 그 시련은 나름대로 독특하고 결코 시대에 맞지 않아 더욱 더 처절하고 예리했다.

내게 아주 중요한 결과를 가져온 매우 뜻 깊은 사건은 헤르더*와 알게 되어 밀접한 관계를 맺어나간 일이었다. 그는 우울한 정서 상태에 빠져있던 홀슈타인 오이틴 공작의 여행에 동행하여 그와 함께 스트라스부르까지 왔던 것이다. 우리 모임 일행은 그가 도착했다는 소식을 듣자마자 그에게 접근하고 싶은 강한 욕망을 품었고, 그 행운은 전혀 예상치 않게 우연히 내게 가장 먼저 찾아왔다. 나는 내가 찾는 낯선 인물이 얼마나 중요한 사람인지는 잘 알지도 못한 채 '춤 가이스트' 여관으로 들어갔다. 그때 나는 계단 아래에서 막 위로 올라가려는 한 남자를 보았는데, 나는 그를 수도승으로 생각했다. 분을 바른 곱슬머리는 둥글게 말아 올려 있었으며, 검은 복장이 그를 특색 있게 보이게 했지만 그보다도 더 눈에 띈 것은 길고 검은 비단외투였다. 그는 그 외투 끝을 한데모아 호주머니에 집어

---

* 괴테와 함께 질풍노도운동의 주역이 된 독일의 비평가이자 사상가(1744~1803). 그는 청년 괴테와의 만남을 통해 영향력이 증가되어 낭만주의 운동의 선구자가 되었다.

넣고 있었다. 이렇게 어느 정도 두드러지기는 했지만 전체적으로는 내가 이미 들어서 알고 있는 우아하고 호감이 가는 모습이어서 나는 그가 바로 새로 도착한 유명한 손님이라는 것을 의심할 수 없었다. 그리고 나는 인사를 건넴으로써 내가 그를 알고 있다는 것을 알렸다. 그는 내 이름을 물었으나 그것은 그에게 아무 의미도 없는 일이었다. 그러나 내 솔직함이 그의 마음에 든 듯했으며, 그는 매우 친절하게 내 솔직함에 응해 주었다. 그래서 그는 우리가 층계를 오를 때에는 곧장 열심히 얘기를 해줄 태세였다. 우리가 그 당시 누구를 방문했는지는 생각이 나지 않는다. 그러나 나는 헤어질 때 그를 방문하게 해달라고 요청했고, 그는 친절하게 방문을 허락해주었다. 나는 이 혜택을 계속해서 이용했고, 점점 더 그에게 끌려 들었다. 근본적으로 민첩하지는 않았지만 매우 세련되고 우아한 그의 행동에는 부드러움이 있었다. 그는 둥근 얼굴, 넓은 이마, 주먹코, 조금 튀어나왔으나 보기 좋은 귀여운 입을 하고 있었다. 검은 눈썹 아래 석탄처럼 검은 두 눈은 한쪽이 늘 붉게 충혈되어 있었지만 강렬한 인상은 잃지 않았다. 그는 여러 가지 질문을 통해 나와 나의 상황에 대해 알려고 했고, 그의 끌어당기는 매력은 내게 점점 더 강하게 작용했다. 나는 본래 남을 매우 잘 신뢰하는 성격이어서 특히 그의 앞에서는 아무 것도 비밀로 하지 않았다. 그러나 얼마 지나지 않아 그의 반발적인 성격이 나타나 나를 적잖이 불쾌하게 했다. 나는 그에게 젊은이로서의 활동과 취미에 대해 여러 가지 얘기를 했는데, 무엇보다도 주로 연락을 자주 하는 집안친구의 배려로 모아온 인장수집에 대해 얘기했다. 나는 이 인장들을 관청 직원명부와 대조하여 정리했으며, 이런 기회에 모든 군주들과 크고 작은 권력자들, 권세가들을 하층 귀족에 이르기까지 잘 알게 되었고, 이런 문장(紋章)의 표시들은 자주, 특히 대관식 때 내가 여러 가지를 기억하는 데 도움이 되었다. 나는 이런 일들을 퍽 기분 좋게 이야기했다. 그러나 그는 내 생각과는 달라 이런 모든 관심을 배척했을 뿐만 아니라 우스꽝스럽게 여기고 싫어하는 것 같았다.

그의 이런 반항정신 앞에서 나는 많은 것을 참아야만 했다. 그는 한편으로는 공작에게서 떠날 생각을 했고, 한편으로는 눈병 때문에 스트라스부르에 머물 결심을 했기 때문이다. 이 눈병은 힘들고 불편한 일들 중 하나였으며, 고통스럽고 불편하고 불안한 수술로만 치료될 수 있어 더욱 더 괴로웠다. 즉 눈물주머니 아래쪽이 막혀 그 안에 있는 누액이 코 쪽으로 흘러내릴 수 없고, 더구나 가까운 뼈에도 이 누액이 자연적으로 배출될 구멍이 나 있지 않아 더욱 흘러나갈 수가 없었다. 그리하여 눈물주머니의 밑바닥을 절개하여 뼈에 구멍을 뚫어야만 했다. 그래서 양쪽 부분의 소통을 위해 말 털을 눈물점을 통해, 나아가 절개한 눈물주머니와 새로 연결된 배출로를 통하여 집어넣어 날마다 이리저리 움직여야 했다. 이 모든 일은 그 부분의 외부에 상처자국을 내지 않고는 행해질 수도 성공할 수도 없었다.

헤르더는 공작과 결별하고 자신의 숙소로 옮겼으며, 로프슈타인에게서 수술을 받기로 결심했다. 여기서 내게는 전에 과민성을 누그러뜨리려고 시도했던 훈련이 도움이 되었다. 나는 수술에 입회해서 이 값진 인물에게 여러 가지로 봉사하고 도움을 줄 수 있었다. 여기서 나는 그의 위대한 의연함과 인내심에 경탄할 수밖에 없는 충분한 근거를 찾을 수 있었다. 그는 여러 차례의 외과적 절개에도, 자주 반복되는 고통스런 봉합에도 전혀 얼굴을 찡그리지 않았고, 우리들 중 가장 고통을 덜 받는 사람처럼 보였던 것이다. 그러나 사이사이에 우리는 물론 그의 기분이 변하는 것을 여러 번 참아야 했다. 내가 우리라고 말하는 것은 나 외에도 페겔로프라고 하는 마음씨 좋은 러시아인이 거의 언제나 그의 주위에 있었기 때문이다. 이 남자는 일찍이 리가에서 헤르더와 알게 되었고, 이미 청년기는 지났지만 로프슈타인의 지도를 받아 외과학을 완전하게 습득하려 하고 있었다. 헤르더는 더없이 매력적이고 재능이 풍부했지만 불쾌한 측면 또한 쉽게 내보였다. 사람을 끌어당기고 배척하는 이런 성향은 모든 사람에게 선천적으로 있는 것이며, 사람마다 더 많거나 적을 수 있고, 느리거나 빠른 맥동 속에서 나타날 수 있을 뿐이다. 자신의 특성을 정말로 극복할 수 있는 사람은 적으며, 대다수가 극복한 듯이 보일 뿐이다. 헤르더의 경우에는 반항적이며 신랄하고 혹독한 해학이 지나친 것은 그의 병과 그로 인한 고통에서 비롯되었다. 이런 경우는 인생에서 자주 나타난다. 사람들은 병을 앓는 상태의 도덕적 영향을 충분히 고려하지 않으며, 그래서 많은 성격들을 매우 부당하게 판단한다. 왜냐하면 사람들은 모든 사람을 건강하다고 보고, 그들에게서 행동 또한 그런 건강한 상태에서 하기를 요구하기 때문이다.

이 요양기간 내내 나는 아침저녁으로 헤르더를 방문했다. 나는 또한 하루 종일 그 집에 머물며 그의 아름답고 위대한 개성과 박식한 지식과 깊은 통찰을 날이 갈수록 점점 더 높이 평가하게 되었고, 머지않아 그의 꾸지람과 질책에 익숙해졌다. 이 선량한 질책자의 영향은 크고 중요했다. 그는 나보다 다섯 살 많았지만 젊었을 때 그것은 큰 차이이다. 그리고 나는 그의 존재를 인정했고, 그가 이루어놓은 업적을 높이 평가하려고 했기 때문에 그는 나를 훨씬 더 능가할 수밖에 없었다. 그러나 상황이 기분 좋은 것은 아니었다. 그때까지 내가 어울린 나이 든 사람들은 나를 보살펴 가며 가르치려 했고, 관대한 태도 때문에 나를 잘못 이끌었을지도 몰랐다. 그러나 헤르더에게서는 어떤 것을 하려고 해도 결코 동의를 기대할 수 없었다. 그래서 한편으로는 그에 대한 커다란 애착과 존경이, 다른 한편으로는 그가 내 마음속에 일으키는 불만이 끊임없이 뒤얽혀 갈등을 이룸으로써 내 삶에서 느껴보지 못한 최초의 특이한 불화가 일어났다. 그의 대화는 언제나 중요했고, 그는 묻고 답하거나 그 밖의 방법으로 전달하기를 좋아했다. 그래서 그는 나를 날마다, 시시각각 새로운 관점으로 이끌 수밖에 없었다. 나는 라이프치히에서는 협소하고 폐쇄된 일에 익숙해졌고, 프랑크푸르트에서의 상황은 독일문학에 대한 나의 일반적 지식을 넓힐 수 없었다. 그 신비적이고 종교적인 화학적 작업은 나를 암흑의 영역으로 이끌었고, 몇 년 전부터 넓은 문학의 세계에서 이루어진 일들은 내게 대부분 낯설게 머물렀다. 그런데 이제 나는 돌연 헤르더를 통해 온갖 새로운 목표와 그 목표에 따르는 온갖 새로운 방향을 알게 되었다. 그는 이미 충분히 유명해져 있었고, 『단상』과 『비평의 숲』과 다른 저술을 통해 오래 전부터 독일에서 주목을 받아온 뛰어난 인물들과 직접 어깨를 나란히 하고 있었다. 그런 정신 속에 어떤 움직임이 있었고, 그런 천성 속에 어떤 자극제가 있었는지는 파악할 수도 기술할 수도 없다. 그러나 그 후 오랜 동안 그가 행하고 이루어놓은 모든 것을 생각해보면 그가 품고 있던 목표가 분명 위대했다는 것을 쉽게 인정할 수 있을 것이다.

우리가 이런 식으로 함께 지내온 지 얼마 되지 않아 그는 베를린 시에서 언어의 기원에 대한 최고의 논문을 선정하는 현상공모에 응모할 생각이라고 내게 알려주었다. 그의 논문은 이미 거의 완성되었으며, 그는 매우 깨끗한 필체로 써서 읽기 쉽게 된 원고를 곧 한 권씩 내게 전해주었다. 나는 그런 주제에 대해 생각해본 적이 없었으며, 서론과 결론을 생각해야할 텐데도 본론의 내용에 사로잡혀 있었다. 또한 내게는 그 논제가 어느 정도 무의미하다고 생각했다. 신이 인간을 인간으로서 창조했다면 인간을 꼿꼿이 서서 걸어 다니게 만들었듯 언어도 제대로 잘 만들었을 것이기 때문이다. 또한 인간은 걷고 붙잡을 수 있는 것을 곧장 깨달았듯이 목으로 노래를 부르고, 이 목소리를 혀나 입천장, 입술과 그 밖의 여러 가지 방법으로 변조하는 것도 곧장 알아냈을 것이기 때문이다. 인간이 신에 기원을 두고 있다면 언어도 신에 기원을 두고 있는 것이며, 인간이 자연의 영역 속에서 관찰되는 자연적 존재라면 언어도 마찬가지로 자연적인 것이다. 나는 이 두 가지를 영혼과 육체처럼 결코 따로 분리할 수 없었다. 미숙한 실재론을 지지했지만 공상적인 사고를 지녔던 쥐스밀히*는 신적인 기원에 절대적으로 찬성했다. 즉 신은 최초의 인간에게 교사의 역할을 했다는 것이다. 헤르더의 논문은 여기에서 벗어나 인간으로서의 인간이 어떻게 하여 자기 힘으로 언어를 갖게 될 수 있고 가질 수밖에 없는지를 제시하고자 했다. 나는 이 논문을 매우 재미있게 읽고 특별한 자극을 받았다. 그러나 나는 지식에서도 사고에서도 이 논문을 평가할 만큼의 수준에 있지는 않았다. 그래서 나는 나름대로의 생각으로 약간의 의견만을 첨부하여 저자에게 찬성의 뜻을 표했다. 그러나 이렇게 말하든 저렇게 말하든 똑같은 취급을 받았다. 조건을 달아 찬성하든 무조건 찬성하든 꾸지람

---

* 독일의 성직자이며 통계학자(1707~1767)로 인간의 출생, 혼인, 사망 등에 관한 자료를 널리 모아 정리하고 집계했다. 그는 거기에 일정한 통계적 법칙이 존재함을 실증하고, 그것을 신의 섭리라고 주장했다.

과 질책을 받았던 것이다. 뚱뚱한 외과의사는 나보다 더 인내심이 없었다. 그는 이 현상응모 원고를 익살맞게 옆으로 제쳐놓고, 자신은 그런 추상적인 문제에 대해 생각할 자세가 되어 있지 않다고 분명하게 밝혔다. 그러면서 그는 우리가 거의 저녁마다 함께 즐겨온 롬브르*를 하자고 재촉했다.

그토록 지긋지긋하고 고통스런 치료를 받으면서도 우리의 헤르더는 활력을 잃지 않았다. 그러나 그 활력은 점점 더 성질이 나빠졌다. 그는 무언가를 부탁하는 쪽지 한 장도 조롱을 가미하지 않고는 쓸 수 없었다. 예를 들어 그는 내게 이렇게 쓰기도 했다.

> 그대의 키케로 서한집 속에 브루투스의 서한이 있다면,
>
> 잘 만들어진 서가의 고서들이 화려하게 장정되어
>
> 내용보다 외관으로 그대를 즐겁게 한다면,
>
> 그대 신의 혈통을 받은, 고트족 혹은 고테** 출신의
>
> 괴테여, 그것을 나에게 보내다오.

그가 내 이름을 가지고 이렇게 조롱하는 것은 물론 좋은 일은 아니었다. 왜냐하면 인간의 고유한 이름은 단순히 몸을 감싸고 언제든지 잡아당기고 끌어당길 수 있는 외투와 같은 것이 아니라 완전하게 몸에 맞는 의복이며, 자기 몸을 손상시키지 않고는 할퀴지도 벗기지도 못하는 피부와도 같이 자기 몸속에 철저하게 뿌리박고 있기 때문이다.

---

* 스페인 전래의 트럼프놀이.

** 똥이나 오줌 등의 오물을 뜻함.

반면에 그의 첫 비난은 근거가 있었다. 나는 랑거와 교환하여 얻은 책들과 아버지의 장서 속에 있던 여러 가지 아름다운 판본들을 스트라스부르로 가져와서 깨끗한 서가에 정리해두고 잘 이용하려는 좋은 뜻을 품고 있었다. 그러나 잡다한 활동으로 수많은 시간을 낭비했던 나는 시간이 넉넉할 리가 없었다. 늘 책이 필요했기 때문에 책에 무척 많은 관심을 기울였던 헤르더는 나를 처음 방문했을 때 내 훌륭한 장서를 발견했다. 그러나 그는 곧장 내가 그 책들을 읽지 않았다는 것을 알아냈다. 그래서 모든 허식과 겉치레를 가장 싫어했던 그는 기회 있을 때마다 그것으로 나를 조롱하곤 했던 것이다.

또 다른 풍자시가 생각나는데, 그것은 내가 드레스덴의 화랑에 대해 그에게 많은 이야기를 했던 날 저녁에 그가 내게 보낸 것이다. 물론 나는 이탈리아파의 고상한 정신을 속속들이 통찰하지는 못했지만 해학가이자 최고 수준은 아니지만 훌륭한 미술가였던 도미니코 페티가 몹시 마음에 들었다. 그는 반드시 종교적 대상들을 그렸다. 그는 신약성서의 우화들을 바탕으로 독창성과 풍미를 살려 그것을 즐거운 마음으로 기꺼이 묘사했다. 그럼으로써 그는 성서의 우화들을 일상의 삶에 아주 가까이 접근시켰다. 그리고 그의 구상의 재치 있고 소박한 하나하나의 세부적인 것들은 자유로운 터치로 그려져 생생한 인상을 주었다. 나의 이런 어린애 같은 미술도취에 대해 헤르더는 다음과 같이 조롱했다.

공감으로
특히 나를 즐겁게 하는 명인,
그 이름은 도미니코 페티.

그는 성서의 우화를 패러디하여
멋지게 바보이야기를 만들어낸다.
공감으로. —너 바보우화여!

다소 쾌활하거나 난해한, 경쾌하거나 신랄한 그와 같은 조롱들을 나는 더 많이 열거할 수 있다. 그것들이 나를 화나게 하지는 않았지만 나는 불쾌했다. 그러나 나는 내 교양에 도움이 되는 모든 것을 높이 존중할 줄 알았고, 종전의 견해나 애착을 여러 번 포기해왔으므로 곧 평정 상태가 되어 당시의 내 입장에서 가능한 한 올바른 비난과 부당한 비방을 구별해내고자 했다. 그래서 내게는 무척 유익한 배움을 받지 않는 날이 없었다.

나는 그때까지와는 전혀 다른 측면에서 다른 의미로, 또한 내게 매우 바람직한 의미로 문학을 알게 되었다. 그가 선배 로우드*를 본떠 재치 있게 다룬 헤브라이의 시들과 그가 우리에게 찾도록 시킨 문학의 가장 오래된 원본들인 알자스에 전해 내려오는 민요들은 시가 일부 우아하고 교양 있는 사람들의 개인적 세습물이 아니라 전적으로 세계와 민중의 재산이라는 것을 증명해주었다. 나는 모든 것을 받아 삼켰으며, 내가 열심히 받아들이면 들일수록 그는 더 아낌없이 주었고, 우리는 흥미로운 시간을 함께 보냈다. 나는 별도로 시작했던 자연 연구를 계속하고자 했고, 시간이라는 것은 활용하고자 하면 얼마든지 있는 것이어서 이따금 나는 이중삼중으로 일을 할 수 있었다. 우리가 함께 지낸 몇 주일의 충실한 성과에 대해 나는 이렇게 말할 수 있다. 즉 헤르더가 나중에 점차 완성한 모든 것들

* 영국의 헤브라이 문학 연구가.

은 싹이 트고 있었으며, 그럼으로써 나는 그때까지 생각하고 배우고 내 것으로 만든 모든 것을 완전하게 하고 더 높은 것에 연결시키고 확대시킬 수 있는 행운을 얻었던 것이다. 만약 헤르더가 더 체계적이었더라면 나는 내 교양의 지속적인 방향에 있어서도 매우 값진 지도를 받았을 것이다. 그러나 그는 이끌고 지도하기보다는 시험하고 자극하는 데에 치우쳤다. 그래서 그는 내게 그가 매우 큰 가치를 두고 있는 하만*의 저술들을 소개해 주었다. 그러나 그는 이것들을 가르쳐주거나 이 특별한 정신의 경향과 행로를 알려주는 대신 내가 당연히 그 난해한 서적들을 이해하려고 놀랄 정도로 어쩔 줄 몰라 하는 것을 보고 즐거워할 뿐이었다. 그러는 사이 나는 하만의 저술들 속에서 내게 도움이 되는 어떤 것이 있다고 느껴 자초지종도 자세한 이유도 모르면서 그것에 몰두했다.

치료는 필요 이상 오래 계속되었고, 로프슈타인은 자신의 처치에 자신감을 갖지 못한 채 다시 시작해서 끝이 날 것 같지 않았다. 또한 이미 페겔로프는 좋은 결과는 기대하기 어렵다고 내게 몰래 알려준 적이 있어 전체적인 상황이 침울해졌다. 헤르더는 인내심을 잃고 우울해져 종전처럼 활동을 계속해 나갈 수 없을 것 같았다. 그리고 외과적 처치가 잘못된 것에 대한 책임이 헤르더 자신의 지나친 정신적 활동과 우리와 끊임없이 그리고 활기차고 유쾌하게 교제한 탓으로 돌려져 그는 더욱 근신해야 했다. 어쨌든 그토록 큰 고통과 고생을 겪고도 인공적인 누관을 만들지 못해 의도했던 소통이 이루어질 수 없었다. 병을 더 악화시키지 않으려면 상처

* 독일의 프로테스탄트 사상가, 신앙주의자(1730~1788). 이마누엘 칸트의 친구이며 이성을 신뢰하지 않았기 때문에 신에 대한 어린아이 같은 믿음만이 철학적 난제를 해결할 수 있는 유일한 방법이라고 결론지었다.

를 아물게 할 수밖에 없었다. 수술 받을 때의 그 큰 고통을 겪으면서도 의연해서 사람들을 경탄시켰던 헤르더는 이제 평생 그런 결함을 안고 살아야 한다는 데 대해 마음속으로 우울하고 분노어린 체념을 했다. 그 체념은 진정으로 숭고한 것이어서 그를 바라보고 사랑하는 사람들에게서 영원한 존경을 일으켰다. 그는 다름슈타트에 사는 한 훌륭한 여자를 알게 되어 그녀의 애정을 받았기 때문에 그의 준수한 용모를 그토록 엉뚱하게 바꿔놓은 그 병은 그에게 더 분통터지는 일이 아닐 수 없었다. 그가 이 치료에 몸을 맡긴 것은 무엇보다도 더 자유롭고 기쁘게 더 좋은 모습이 되어 돌아가 절반은 약혼 상태인 그녀 앞에 나서 좀 더 확실하고 견고하게 그녀와의 사이를 굳히려는 생각에서였던 것 같았다. 그는 가능한 한 빨리 스트라스부르를 떠나려고 서둘렀다. 그리고 그때까지의 체류는 불쾌할 뿐만 아니라 비용도 많이 들어 나는 그에게 약간의 돈을 빌려다 주었고, 그는 그것을 일정 기간 안에 갚겠다고 약속했다. 그러나 기한이 지나도 돈은 오지 않았다. 돈을 빌려준 사람은 독촉은 하지 않았지만 나는 몇 주일 동안 어쩔 줄 몰라 하며 지냈다. 드디어 편지와 돈이 왔다. 이번에도 그는 자신의 특성을 버리지 못했다. 그의 편지에는 감사와 사과의 말 대신 다른 사람 같으면 정신을 못 차리게 하고 등을 돌리게 했을 크니텔 형식의 오로지 조소적인 말만 씌어 있었던 것이다. 그러나 나는 이것에 흥분하지 않았다. 나는 그 사람의 가치에 대한 크고 강한 신념을 가지고 있었으므로 그 사람을 손상시킬 수도 있는 모든 적대적인 것을 소화해낼 수 있었다.

자신이나 타인의 결점에 대해서는 어떤 유익한 것이 나오리라고 생각하지 않는 한 절대로, 최소한 공개적으로는 말해서는 안 된다. 그래서 나는 여기서 주제넘은 언급을 하려고 한다.

감사와 은혜에 대한 배신은 도덕적 세계에서 시시각각 일어나는 일이며, 인간은 그런 일들로 인해 서로 늘 안정을 찾지 못한다. 나는 늘 많은 사람들에게서 감사를 느끼지 못하는 것과 은혜에 대한 배신과 감사를 싫어하는 것 등 세 가지를 구별하곤 한다. 첫 번째 것은 인간에게 타고난, 즉 천부적인 것이다. 왜냐하면 그것은 역겨운 것은 물론이고 즐거운 것의 기분 좋고 손쉬운 망각에서 생기며, 망각에 의해 삶이 지속되어 나갈 수 있기 때문이다. 인간은 웬만큼 살아가려면 많은 외부적인 사전작용과 협력이 지속적으로 필요하기 때문에 태양과 땅, 신과 자연, 선조와 부모, 친구와 동료에 대해 늘 합당한 감사를 바치고자 하면 인간에게는 새로운 은혜를 받아서 누릴 시간이나 감정이 남아있지 않을 것이다. 물론 자연 그대로의 인간이 그런 쉽게 망각하는 경솔함에 몸을 맡겨 스스로를 지배하게 한다면 냉정한 무관심이 점점 더 늘어나고, 은혜를 베푸는 자를 마침내 낯선 사람으로 보며, 그에게 해가 될지라도 우리에게 유익할 경우에는 무슨 일이든 해도 된다고 여길 것이다. 수양을 쌓지 못한 천성이 필연적으로 빠지게 되는 야만성에서 비롯되는 것이 바로 은혜에 대한 배신이라고 부를 수 있는 것이다. 그러나 감사를 싫어하는 것, 즉 은혜에 불만과 불쾌감으로 응하는 것은 매우 드물며, 탁월한 사람들에게서만 나타난다. 위대한 소질이나 그 예감을 지닌 채 하류계층이나 도움을 받을 수 없는 처지에서 태어나 어려서부터 스스로 조금씩 개척해나가고, 도처에서 도움과 지원을 받지 않으면 안 되었던 사람들에게는 은혜를 베푼 사람들의 천박함에 의해 그 도움과 지원이 때때로 불쾌하고 역겨운 것이 된다. 이들이 받은 것은 세속적인 것이지만 실행하는 것은 좀 더 고차원적인 성질의 것이기에 본질적인 보답은 생각될 수 없기 때문이다. 레싱은 그의 전성기에 세상일에 대해 깨닫게 된 훌륭한 인식에서 이 문제에 대해 신랄하고도 명쾌하게 표명한 적이 있다. 반면에 헤르더는 자신과 타인들에게 자신의 전성기를 늘 불쾌하게 만들었는데, 그는 젊은 시절에 필연적으로 겪을 수밖에 없었던 불만을 나중에 정신력을 통해 조절하지 못했기 때문이다.

이 요구는 자기 자신에게도 할 수 있다. 왜냐하면 자신의 상태에 대해 알려주기 위해 늘 활동하고 있는 자연의 빛은 여기에서도 인간의 수양능력에 도움이 되기 때문이다. 그리고 많은 도덕적 수양의 경우에 결점을 너무 심각하게 받아들여서도, 너무 동떨어진 진지한 방법을 찾아내서도 안 된다. 왜냐하면 어떤 결점은 매우 손쉽게, 놀면서도 제거할 수 있기 때문이다. 예를 들면 감사의 마음은 우리가 그저 습관 속에서 일으켜서 활발하게 유지하여 늘 필요한 것으로 만들 수 있는 것이다.

자서전 속에서는 자기 자신에 대해 말하는 것이 합당할 것이다. 나는 천성적으로 별로 감사하는 마음을 느끼지 못하는 사람이며, 받은 은혜를 망각한 가운데 순간적인 불화의 격렬한 감정이 나를 쉽게 은혜를 잊도록 잘못 이끌 수 있었다.

이것을 막기 위해 나는 우선 내가 소유하고 있는 모든 것에 대해 어떻게 그것을 갖게 되었고, 선사받은 것이든 교환하거나 구매한 것이든 다른 어떤 방법에 의한 것이든 누구에게 그것을 받게 되었는지를 즐겨 회상하는 습관을 들였다. 나는 내 수집물들을 남에게 보일 때에는 그 하나하나를 갖도록 소개해준 사람들을 기억하고, 그것들을 내 물건이 되게 하여 내게 소중하고 값진 것이 되게 해준 기회, 우연, 먼 동기와 협력에 대해서도 정당성을 부여하는 습관을 들였다. 우리 주변의 물건들은 이렇게 함으로써 생명을 얻고, 우리는 그것들을 정신적으로 소중하게 발생학적 관련 속에서 바라본다. 과거 상황을 그려봄으로써 현재의 존재가 고양되고 풍요로워지며, 선물을 준 사람들이 상상에 의해 반복해서 떠오르고, 그들의 모습을 즐거운 회상과 연결시켜 은혜를 저버리지 못하게 하며, 이따금 보답을 용이하게 하거나 보답하고 싶은 마음을 일으킨다. 동시에 구체적인 소유물이 아닌 것도 관찰하게 될 것이며, 값진 그것들이 어떻게 해서 기록되고 유래되었는지를 즐거이 되풀이하게 될 것이다.

이제 내게 중요하고 소득이 많았던 헤르더와의 관계에서 눈을 돌리기 전에 몇 가지 덧붙여 얘기할 것이 남아있다. 그때까지 나의 교양에 기여했고, 특히 그 순간까지도 진지하게 몰두하고 있던 일들에 대해 헤르더에게 털어놓는 것을 점점 더 꺼리게 된 것은 지극히 자연스런 일이었다. 그는 내가 전에 좋아했던 많은 것에 대한 흥미를 망쳐놓았고, 특히 내가 오비디우스의 『변형담』을 좋아하는 것을 가장 심하게 비난했다. 나는 할 수 있는 한 나의 이 애독서를 옹호했고, 젊은이의 환상에 있어서 신들 및 반신들이 있는 유쾌하고 멋진 지역에 머물며 그들의 행동과 정열에 대한 증인이 되는 것보다 더 즐거운 일은 없다고 말했다. 또한 나는 앞서 언급한 진실한 사람의 견해를 자세히 설명하고 그것을 나 자신의 경험을 통해 뒷받침했다. 그럼에도 불구하고 그는 모든 것을 인정하지 않았고, 이 시들에서는 본질적인 직접적 진실성을 찾을 수 없다고 말했다. 거기에는 그리스도 이탈리아도 없으며, 원초적 세계도 개화된 세계도 없고, 모든 것이 기존 것의 모방이며 교양이 넘치는 사람에게서만 기대할 수 있는 기교적인 묘사라는 것이었다. 나는 마지막으로 탁월한 개인이 창작해내는 것 또한 자연이며, 고금을 막론하고 모든 민족들 속에서 시인만이 시인으로서 존재해왔다고 주장했으나 이것 또한 좋게 인정받지 못했다. 그래서 나는 많은 것을 견뎌야만 했고, 그로 인해 나의 오비디우스도 거의 싫어지게 되었다. 어떤 애착이나 습관도 자신이 신뢰하는 탁월한 사람들의 비난을 받고도 오랫동안 견뎌낼 수 있을 만큼 강하지는 못하기 때문이다. 늘 무언가 머뭇거리게 하는 것이 걸려있거나 무조건 사랑할 수 없다면 이미 사랑은 의심스러운 것이다.

내가 그에게 가장 조심스럽게 숨긴 것은 내게 뿌리를 박고 점차 문학적 형태를 이루려 하던 대상들에 대한 관심이었다. 그것은 『괴츠 폰 베를리힝겐』과 『파우스트』였다. 전자의 인생묘사는 내 마음을 깊이 사로잡았다. 미개한 무정부적 시대에서 자연 상태의 선량한 자주적 인물은 내 깊은 관심을 일으켰다. 후자의 중요한 인형극 이야기는 내 마음속에서 매우 다양한 소리의 반향을 일으켰다. 나 또한 온갖 지식을 얻기 위해 방황하다가 일찍이 그것의 공허함을 깨닫게 되었던 것이다. 나도 삶에서 그것을 여러 가지 방법으로 시도해 보았지만 더 불만에 차고 더 고통을 느끼며 되돌아왔다. 그래서 나는 이런 일들을 다른 많은 일들과 마찬가지로 머릿속에 그려보고, 외로운 시간에는 그것을 적어 두지는 않았지만 그렇게 그려보며 즐겼다. 그러나 나는 헤르더 앞에서 신비적이고 카발라적인 화학과 이에 관련된 것을 가장 많이 숨겼다. 하지만 나는 내가 전수받은 것보다 그것을 더 체계적으로 확립하기 위해 열중했다. 나는 문학작품 중에서는 『공범자』를 그에게 보여준 것 같지만 어떤 충고나 격려를 받은 기억은 없다. 그러나 이 모든 것에서 그는 여전히 변함없었다. 그에게서 나온 것은 즐거움을 주지는 않았지만 중요한 영향을 미쳤다. 그의 필체까지도 내게는 마력적인 위력을 행사했다. 나는 그의 종이 한 장, 그의 손으로 쓴 봉투 한 장도 찢거나 버린 기억이 없다. 그러나 장소와 시간이 빈번하게 바뀌면서 그 훌륭하고 예감에 찬 행복한 날들의 문서는 아무 것도 내게 남은 것이 없다.

헤르더의 매력이 나처럼 다른 사람들에게도 영향을 미쳤다는 것을 말하려면 그 영향이 특히 슈틸링이라고 불린 융에까지 뻗쳤다는 것을 언급하지 않을 수 없다. 융의 성실하고 진지한 노력은 정서만 있는 사람이라면 모두에게 관심을 일으켰으며, 그의 감수성은 무언가를 나눌 수 있는 사람이라면 모두에게 마음을 열도록 자극했다. 헤르더도 그에 대해서는 우리들 다른 사람들에 대해서보다 더 관대한 태도를 취했다. 그의 반사작용은 언제나 자신이 받은 영향과 비례하는 듯 보였던 것이다. 그의 제한성은 많은 선의를 띠고 있었고, 그의 과감한 행동은 많은 부드러움과 진지함을 동반했다. 그래서 분별력 있는 사람이라면 그를 가혹하게 대할 수 없었고, 호의를 가진 사람은 그를 조소하거나 조롱할 수 없었다. 융 또한 헤르더에 매료되어 헤르더의 모든 행동에서 힘을 얻고 자극을 느꼈다. 그래서 나에 대한 헤르더의 애착은 그만큼 줄어드는 것 같았다. 그러나 우리는 변함없이 좋은 동료관계를 유지했고, 늘 서로 도왔으며, 서로를 가장 친절하게 돌봐주었다.

우리는 이제 정겨운 병실과 정신의 건강보다는 질환을 나타내는 일반적인 관찰에서 떠나게 되었다. 우리는 탁 트인 대기 속으로, 대성당의 높고 넓은 발코니로 나간다. 마치 우리 젊은 동료들이 저녁이면 그곳으로 나가 가득 찬 포도주 잔으로 떨어지는 태양에 작별을 고하던 그 시절이 다시 돌아온 듯하다. 여기에서 우리는 모든 이야기를 중단하고 주변을 관찰했고, 시력을 시험했으며, 모두가 가장 멀리 있는 물체를 알아내어 뚜렷이 구별하고자 애를 썼다. 좋은 망원경이 도움을 주었고, 한 사람씩 차례로 자신이 가장 좋아하고 멋지다고 여기는 곳을 찾아 알려주었다. 내게도 그런 조그만 장소가 있었는데, 풍경 속에서 두드러지게 드러나지는 않았지만 다른 어느 곳보다 나를 매혹시켰다. 그런 때에는 서로의 이야기에 의해 상상력이 자극되어 여러 곳으로 소풍을 가보자고 약속을 했고, 자주 즉석에서 실행되기도 했다. 많은 소풍들 중 여러 가지 의미에서 내게 소득이 많았던 한 가지만 자세히 이야기하기로 한다.

나는 남부 알자스 출신의 소중한 친구이자 식탁친구인 엥겔바흐, 바일란트와 함께 말을 타고 차베른으로 갔다. 좋은 날씨에 정겨운 작은 마을이 우리에게 미소 짓고 있었다. 주교의 성의 모습은 우리의 경탄을 불러일으켰다. 새로 지은 마구간의 넓이와 크고 호화로운 성이 소유자의 안락한 삶을 증명하고 있었다. 우리는 층계의 화려함에 놀랐고, 외경심을 안고 방과 홀들을 구경했는데, 식사를 하고 있는 추기경의 작고 노쇠한 모습만은 대조를 이루고 있었다. 정원의 경치도 훌륭했고, 성의 중앙을 향해 직선으로 뻗어있는 긴 운하는 과거 소유자들의 성향과 세력이 어떠했는지를 충분히 말해주고 있었다. 우리는 이리저리 거닐면서 광활한 알자스 평야의 끝 포게젠 산 어귀에 있는 이 아름다운 지역의 많은 곳들을 구경했다.

우리는 왕국 권력의 이 정신적 전초지점을 즐기며 그 지역에서 잘 쉰 다음 이튿날 아침 한 공공 축성물에 도착했다. 무척 위엄 있는 모습을 한 축성물이 막강한 왕국으로 들어서는 관문 역할을 하고 있었다. 상상할 수 없는 노력으로 이루어진 축성물 차베른의 언덕이 떠오르는 햇살을 받으며 우리의 눈앞에 나타났다. 어마어마한 바위 위에 구불구불하게 닦아놓은, 마차 세 대가 나란히 갈 수 있을 정도로 넓은 도로가 거의 느끼지 못할 정도의 낮은 경사를 이루며 이어져 있었다. 견고하고 평탄한 노면, 보행자를 위해 약간 높게 만든 양편의 판판한 인도, 계곡물을 흘러내리기 위한 돌로 만든 도랑 등 모든 것이 깨끗하고 정교하며 내구성 있게 이루어져 있어 만족스런 모습을 나타내고 있었다. 그렇게 가다 보면 이보다 더 새로운 요새인 팔츠부르크 성에 도달한다. 이 성은 가파르지 않은 언덕에 서 있고, 건물들은 검은 바위 위에 똑같은 돌들로 우아하게 지어져 있었으며, 석회로 하얗게 칠한 접합면들은 네모난 돌의 크기를 정확하게 알려주면서 정밀한 공사였음을 뚜렷하게 증명하고 있었다. 그곳은 모든 것이 요새에 적합하게 고르게 돌로 건축되어 있었고, 교회는 정취가 넘치고 있었다. 우리가 거리를 거닐고 있을 때—일요일 아침 9시였는데—음악이 들려왔다. 사람들은 벌써 주점에 모여 마음껏 왈츠를 추고 있었다. 이 지역 주민들은 물가가 오르든 심각한 기근이 닥치든 자신들의 즐거운 삶을 소홀히 하지 않았다. 우리의 젊은이다운 쾌활한 기분은 빵집 주인이 소풍에서 먹을 빵을 구하려는 우리에게 그것을 거절하고, 여관에서는 즉석에서 얻어먹을 수 있다며 그곳으로 가라고 알려주는 데에도 결코 우울해지지 않았다.

우리는 이 건축술의 놀라움을 다시 한 번 감상하고, 알자스의 활기찬 경치를 또 한 번 즐기기 위해 말을 타고 무척 즐거운 마음으로 언덕을 내려갔다. 우리는 부후스바일러에 도착했고, 거기서는 친구 바일란트가 우리를 친절히 맞이할 준비를 하고 있었다. 작은 도시의 분위기는 싱싱한 젊은이의 감각에 꼭 맞는 것이고, 그곳 가정의 삶은 더 친밀하고 다감하다. 한가로운 관청업무, 도시적 생업활동, 농사 및 원예 등을 이것저것 적절히 하면서 살아가는 그들의 가정생활은 우리에게 정겨운 공감을 일으킨다. 사교는 필수적이며, 외지에서 온 낯선 이는 그런 곳에서 흔히 있을 수 있는 주민의 적대감만 느끼지 않는다면 그런 제한된 좁은 영역에서 지내는 것은 매우 편안한 일이다. 이 작은 도시는 프랑스 국왕에 소속된 다름슈타트 백작령의 일부인 하나우-리히텐베르크 백작령의 중심지였다. 이곳에 있는 정부와 관청은 이곳을 매우 아름답고 아늑한 영방영토의 중심으로 만들었다. 우리가 오래된 성과 언덕에 훌륭하게 꾸며놓은 정원을 찾아가려고 그곳을 빠져나오자 울퉁불퉁한 거리와 불규칙한 건축양식들을 쉽게 잊어버렸다. 많은 공원들, 길들여졌거나 야생인 꿩들의 사육장, 이와 비슷한 많은 시설의 흔적들은 이 작은 거주지가 얼마나 아늑한 곳이었는지를 보여주고 있었다.

그러나 가까이에 있는 바스트베르크에서 완전히 천국과도 같은 지역을 내려다볼 때 펼쳐지는 풍경은 이 모든 관찰들을 능가했다. 다양한 조개껍질들이 쌓여있는 이 언덕은 내게 처음으로 태고 세계의 흔적에 대한 관심을 불러일으켰다. 나는 아직 한 번도 태고의 흔적이 그렇게 많은 양으로 쌓여있는 것을 본 적이 없었다. 그러나 구경하느라 흥겨워진 시선은 곧 주변지역의 풍경으로 쏠렸다. 우리는 평야를 향해 마지막의 구릉 위에서 있었다. 북쪽으로는 조그만 숲들이 이어져 있는 비옥한 평지가 높은 산맥과 경계를 이루고 있었다. 그 산맥은 서쪽으로 차베른을 향해 뻗어있었고, 주교의 궁전과 거기에서 한 시간쯤 걸리는 곳에 놓여있는 성 요한 수도원이 뚜렷하게 보였다. 거기에서 시선은 점점 흐릿해져가는 포게젠의 산맥을 따라 남쪽으로 향한다. 시선을 북동쪽으로 돌리면 바위 위에 있는 리히텐베르크 성이 보이고, 남동쪽으로는 끝없이 펼쳐진 알자스 평야가 나타난다. 이 평야는 점점 더 안개에 싸인 아스라한 곳으로 이어지다가 마침내 슈바벤 산맥이 지평선에 그림자처럼 나타난다.

나는 이미 세상을 돌아다니는 얼마 안 되는 여행에서 강물의 흐름에 대해, 아주 작은 개울이라 하더라도 그것이 어디로 흐르는지를 물어서 알아두는 것이 매우 중요하다는 사실을 깨달았다. 그럼으로써 우리는 자신을 에워싸고 있는 하천지역을 개관할 수 있고, 서로 관계가 있는 땅의 높낮이를 파악할 수 있으며, 관찰이나 기억에 도움이 되는 이런 실마리들에 의해 각 지역에 대한 지리적 정치적인 혼돈에서 가장 확실하게 빠져나올 수 있다. 이런 관찰을 하면서 나는 값진 알자스에 엄숙한 작별을 고했다. 우리는 다음날 로트링겐으로 갈 생각이었다.

그날 저녁은 더 좋았던 과거에 대한 회상을 통해 재미없는 현재를 즐겁게 해보려는 친근한 대화를 하며 보냈다. 이 지방에서는 어디를 가나 이전의 백작이었던 라인하르트 폰 하나우를 누구보다 더 칭송했다. 그의 위대한 재능과 역량은 그의 모든 행동과 그가 남긴 일에서 드러났으며, 그의 존재를 기리는 많은 기념물이 남아 있었다. 그런 사람들은 이중적인 시혜자로서의 명예를 지니고 있다. 즉 그들은 살아있을 때에는 당시를 행복하게 하며, 미래에는 감정과 용기를 북돋고 올바르게 세우는 역할을 하는 것이다.

우리가 북서쪽 산으로 들어서서 높은 언덕에 있는 오래된 산성 뤼첼슈타인을 지나 자르와 모젤 지역으로 내려갔을 때 하늘이 우리에게 거친 서쪽 지역의 상태를 더욱 실감하게 하려는 듯 구름이 끼기 시작했다. 자르 계곡에서 우리는 먼저 작은 마을 보켄하임에 도착했으며, 맞은편으로는 별장이 있는 잘 지어진 노이자르베르덴이 보였다. 자르 계곡은 양쪽이 산으로 되어 있었는데, 그 산은 기슭에 호나우라고 불리는 끝없이 이어지는 초원이 자르알벤을 지나 더 멀리까지 펼쳐져 있지 않았다면 삭막하다고 할 수 있었다. 여기에서는 로트링겐 공작이 말을 키우던 큰 건물들이 눈길을 끈다. 이 건물들은 그런 목적으로도 물론 적합하지만 지금은 농장으로 이용되고 있다. 우리는 자르게뮌트를 지나 자르브뤼크에 도착했다. 이 작은 거주지는 바위와 숲으로 된 그 지역의 요충지였다. 도시는 작고 구릉이 많았지만 이전의 영주가 잘 꾸며놓아 아늑한 인상을 주었다. 집들은 모두 회백색으로 칠해져 있었고, 집들의 다양한 높이는 다채로운 풍경을 나타냈다. 훌륭한 건물들에 둘러싸인 중앙의 아름다운 광장에는 작지만 전체적으로 주위와 어울리는 루터파 교회가 있었다. 성의 앞면은 도시와 함께 평지 위에 있었지만 뒷면은 가파른 바위 절벽이었다. 이 뒷면에는 계곡으로 쉽게 내려갈 수 있도록 계단 모양의 시설을 해놓았을 뿐만 아니라 아래쪽에 한쪽은 강물을 차단하고 한쪽은 바위를 깎아내어 긴 사각형의 정원을 만들고, 여기에 모두 흙을 채워 식물을 재배했다. 이런 계획이 이루어진 시대는 정원을 조성할 때 오늘날에는 풍경화가의 안목에서 도움을 받듯 건축가의 조언을 받던 시기였다. 호화롭고 아름답고 사치스럽고 우아한 성의 모든 시설은 소유자인 죽은 영주가 향락적인 삶을 즐기는 사람이었음을 나타내고 있었다. 현재의 영주는 성에 없었다. 성의 관

앙겔리카 카우프만이 그린 괴테 초상화

리책임자인 폰 귄데로데가 우리를 지극히 정중하게 맞아 우리는 3일 동안 예상 외로 후한 대접을 받았다. 나는 다방면으로 배우기 위해 우리가 접촉할 수 있는 많은 지인들을 이용했다. 이전 영주의 향락적인 삶은 풍부한 이야깃거리를 제공했으며, 자기 영토의 자연이 자신에게 부여한 장점을 이용하기 위해 그가 세운 다양한 시설들 또한 좋은 이야깃거리였다. 여기서 나는 진정으로 산악지역에 대한 흥미를 느꼈으며, 내 생애의 많은 부분을 바쳐 몰두했던 경제적 기술적 관찰에 대한 욕구가 처음으로 솟아올랐다. 우리는 매장량이 풍부한 두트바일러 탄광에 대해서, 제철소와 명반제조소에 대해서, 나아가 불타는 산에 대해서 이야기를 들었다. 그래서 우리는 이런 신기한 것들을 가까이에서 보기 위해 여장을 꾸렸다.

우리는 이제 숲이 무성한 산속으로 들어갔는데, 산은 화려하고 풍요로운 땅에서 온 사람에게는 황량하고 초라하게 여겨질 수밖에 없어 그 안의 내용물만이 관심을 끌 수 있었다. 우리는 계속 간단하거나 혹은 복잡한 기계제작소를 구경했다. 즉 우리는 낫을 만드는 대장간과 철사제조소를 구경했다. 전자에서는 기계가 평범한 손의 역할을 하는 것을 보고 기뻐했지만 후자에서는 지능과 지식을 거의 떼어놓을 수 없는 좀 더 차원 높은 유기적 의미 속에서 활동하는 것을 보고 적잖이 신기해했다. 우리는 명반제조소에서는 이 유용한 원료의 채굴과 정제에 대해 정확히 알게 되었다. 우리는 희고 기름지고 느슨하며 흙과 같은 것이 산더미처럼 쌓여있는 것을 보고 이것의 용도에 대해 물었다. 일꾼들은 미소를 지으며 그것은 명반을 제조할 때 표면에 떠오르는 거품인데, 슈타우프 씨가 그것을 좋게 이용할 수 있게 되기를 바라며 모아둔 것이라고 대답했다. "슈타우프 씨는 살아 계신가요?"라고 일행 한 사람이 신기해하며 외쳤다. 일꾼들은 그렇다고 말하고, 우리가 계획대로 여행을 하면 그의 외로운 집에서 멀지 않은 곳으로 지나게 될 것이라고 확인해주었다.

이제 우리는 명반수가 떨어져 내리는 도랑을 따라 올라갔으며, 유명한 두드바일러 석탄이 채굴되는 지갱(地坑)이라 부르는 가장 중요한 갱도 옆을 지나갔다. 이 석탄은 말랐을 때에는 검은 색이 감도는 철처럼 푸른빛을 띠며, 움직일 때마다 표면에 아름다운 무지개 빛깔이 나타났다. 그러나 갱도 안에서 채굴된 석탄이 우리 주위에 많이 쌓여 있었기 때문에 우리는 어두운 갱도 안으로 들어가 보고 싶은 생각이 별로 나지 않았다. 이제 우리는 구워진 명반판을 잿물에 담가 씻어내는 노천갱(露天坑)에 이르렀고, 예상은 하고 있었지만 곧 신기한 일이 우리를 놀라게 했다. 우리는 골짜기로 들어가서 불타는 산의 구역에 들어섰다. 강한 유황냄새가 우리를 에워쌌다. 골짜기의 한쪽은 붉은 빛이 나는 하얗게 탄 돌로 덮여 거의 불타고 있는 듯했다. 틈새에서는 짙은 연기가 솟아올랐고, 두터운 구두창을 통해서까지 땅바닥의 열기를 느낄 수 있었다. 이 구역이 어떻게 해서 타오르게 되었는지 알 수 없기에 우연한 사건이라고 할 수밖에 없는 이런 현상이 명반제조에는 큰 이익을 주고 있다. 산의 표면을 이루고 있는 명반판은 완전히 구워진 상태로 되어 있어 잿물로 잠시 잘 씻어내기만 하면 되기 때문이다. 이 골짜기 전체는 석회화된 명반판을 사람들이 오랜 시일에 걸쳐 조금씩 떼어내어 소비함으로써 이루어지게 되었다. 우리는 골짜기에서 나와 꼭대기로 기어 올라갔다. 골짜기를 따라 양옆으로 펼쳐진 장소는 너도밤나무 숲으로 둘러싸여 있었다. 많은 나무들은 이미 말라 죽어 있었으며, 일부 나무들은 시들어가고 있었고, 그 옆의 다른 나무들은 뿌리를 위협하며 다가오는 화염을 아직 느끼지 못하고 싱싱하게 서 있었다.

이 장소에서는 여러 구멍에서 연기가 솟아나오고 있었고, 이미 연기를 다 뿜어낸 구멍도 있었다. 이런 불은 낡은 폐갱도를 통해 이미 10년 동안 타고 있었다. 또한 불은 새로운 탄맥에 난 균열에서도 일어나는 것 같았다. 왜냐하면 풍부한 석탄이 있는 중요한 징후를 찾아 광부들이 숲속으로 몇 백 보 더 들어가려고 했지만 심한 연기가 몰려와 곧 쫓겨나왔기 때문이다. 갱 입구는 다시 폐쇄되었다. 그러나 우리는 그 은둔생활을 하는 화학자의 집을 향해 그 옆을 지나가던 중 그곳에서 아직 연기가 솟아나오는 것을 보았다. 그의 집은 산과 숲 사이에 있었다. 계곡은 거기에서 매우 다양하고 정취 있게 굴곡을 이루고 있었고, 그 주변의 땅바닥은 검어서 석탄과 같았고, 광맥이 여기저기 노출되어 있었다. 석탄 철학자에게는—전에는 불의 철학자라고 불렸는데—이곳보다 더 적절한 거주지는 없을 것이다.

우리는 주택으로는 그다지 나쁜 상태가 아닌 조그만 집 앞에 이르러 슈타우프 씨를 발견했는데, 그는 곧장 내 친구를 알아보고 새 정부에 대해 한탄을 하며 그를 맞이했다. 우리는 그의 말을 듣고 명반제조소나 다른 많은 좋은 시설들이 외부적 혹은 내부적 사정 때문에 이익을 낼 수 없는 등의 여러 가지 어려움을 겪고 있다는 것을 알게 되었다. 그는 천연자원으로 온갖 것을 만들어내는 데에 깊은 열정을 쏟고, 사소하고 부수적인 것을 까다롭게 관찰하는 것을 좋아했지만 지식이 충분하지 못해 경제적 상업적 이익을 내는 데에는 익숙지 않았던 당시의 화학자들 중 한 사람이었다. 따라서 그가 기대했던 거품의 활용도 실현되기에는 매우 먼 일이었다. 그래서 그는 우리에게 불타는 산에서 가져온 염화암모늄 한 덩어리를 보여주었을 뿐이다.

자신의 불만을 다른 사람에게 털어놓은 것을 만족해하고 기뻐하면서 깡마르고 노쇠한 그 작은 노인은 한쪽 발에는 구두를, 다른 쪽 발에는 슬리퍼를 신고 흘러내리는 양말을 연거푸 추켜올리며 무거운 몸을 이끌고 수지공장이 있는 산으로 올라갔다. 이 공장은 그가 직접 세웠지만 이제는 몹시 가슴아파하며 쓰러져가는 모습을 지켜볼 수밖에 없었다. 여기에는 난로들이 늘어서 있었는데, 이것들이 석탄에서 유황분을 제거해서 제철소에서 이용될 수 있도록 하는 역할을 했다. 그러나 그는 동시에 기름과 수지도 활용하려 했고, 그을음까지도 놓치지 않으려 했으므로 그런 여러 가지 의도 때문에 모든 것이 실패로 돌아갔던 것이다. 그는 이전의 영주가 살아있을 때에는 그 사업을 즐거이 희망을 가지고 해나갔었다. 그런데 지금 사람들은 증명될 수 없는 직접적인 유용성만을 중요시하고 있었다.

우리는 이 숙련기술자를 고독 속에 남겨두고—이미 늦었기 때문인데—프리드리히스탈 유리공장으로 서둘러 갔다. 여기에서 우리는 잠깐 동안이지만 인간의 숙련된 기교에 의한 가장 중요하고 경탄할 만한 작업에 대해 알게 되었다.

그러나 이런 뜻 깊은 경험들보다 더 우리를 흥미롭게 한 것은 몇 가지 흥겨운 모험과 해질 무렵 노이키르흐 부근에서의 예기치 않은 불꽃들이었다. 며칠 전 밤에 자르 강변의 암석과 초목 사이에서 수많은 반딧불이 반짝이는 것을 보았던 것처럼 이제 불꽃을 내뿜는 대장간의 화로가 우리에게 흥겨운 불꽃들을 보여주었던 것이다. 우리는 밤이 깊어 깊숙한 골짜기에 있는 제련소에 들어서서 불타고 있는 난로의 작은 틈새에서 새어나오는 빛이 흐릿하게 비칠 뿐인 판잣집의 신비로운 어스름을 즐겼다. 마침내 물소리와 물로 작동하는 송풍기 소리와 귀청을 찢고 정신을 어지럽히는 무시무시한 바람소리에 쫓겨 우리는 산 중턱에 세워진 노이키르히로 돌아왔다.

그러나 나는 이날 많은 일들과 소란함으로 쉬지 못했음에도 불구하고 여기에 와서도 여전히 쉴 수가 없었다. 나는 내 친구를 행복한 잠에 맡겨두고 더 높은 곳에 있는 사냥의 성을 찾아갔다. 멀리 산과 숲이 보였지만 밝은 밤하늘 아래서 단지 윤곽만 알아볼 수 있었으며, 산허리와 계곡은 보이지 않았다. 잘 보존되어온 이 건물은 텅 빈 채 쓸쓸히 서 있었고, 관리인도 사냥꾼도 보이지 않았다. 나는 테라스를 완전히 돌도록 나 있는 계단 위 커다란 유리창 앞에 앉았다. 나는 이곳 산속 한가운데에서 여름밤의 밝은 지평선과 마주하고 더 어두워 보이는 무성한 숲으로 덮인 땅을 내려다보며 별이 반짝이는 둥근 하늘 아래에서 그 외딴 집에 오랫동안 홀로 앉아 있었다. 나는 지금까지 한 번도 이런 고독을 느껴본 적이 없는 듯했다. 그래서 별안간 은은한 향수처럼 고요한 분위기를 깨며 멀리서 들려오는 몇몇 피리소리에 나는 얼마나 기뻐하며 놀랐는지 모른다. 그때 내 마음속에서 이번 여행 중의 다채로운 형상들에 가려 밀려나 있던 사랑스런 사람의 모습이 떠올랐다. 그 모습은 점점 더 뚜렷해져 나를 곧장 숙소로 내몰았고, 나는 숙소에 도착해서 아침 일찍 출발할 준비를 했다.

돌아가는 길은 올 때처럼 활용하지 못했다. 그리하여 츠바이브뤼켄도 아름답고 뛰어난 성으로 우리의 관심을 끌 만한 곳이었지만 우리는 급하게 지나쳤다. 우리는 크고 단순한 그 성과 보리수나무들이 정연하게 심어져 있고 사냥말들을 길들이기 위한 설비가 잘 되어 있는 넓은 앞뜰, 큰 마구간들, 영주가 함께 어울리기 위해 세운 민가에 잠시 눈길을 던졌을 뿐이다. 이 모든 것들과 주민들, 특히 부인과 소녀들의 복장과 행동은 먼 외지와의 관계를 나타내고 있었고, 오래 전부터 라인 상부지역의 모든 사람들에게서 떼어놓을 수 없었던 파리와의 관계를 분명하게 보여주고 있었다. 우리는 도시 외곽에 있는 공작의 술 창고에도 가보았다. 그곳은 넓었으며, 크고 멋진 술통들이 있었다. 우리는 더 앞으로 나아가 자르브뤼켄에 속해있는 듯한 지역에 이르렀다. 험하고 거친 산 사이에 얼마 안 되는 마을들이 있었다. 여기에서는 곡식을 가꾼 흔적도 찾을 수 없었다. 우리는 호른바흐를 옆에 끼고 물줄기가 갈라져 한쪽은 자르 강으로, 한쪽은 라인 강으로 흘러들어가는 중요한 지점에 위치한 비치를 향해 올라갔다. 이 두 강줄기가 우리를 잡아끌었던 것이다. 그러나 우리는 산을 그림같이 아름답게 에워싸고 있는 그 작은 도시와 그 위쪽에 있는 요새에 관심을 기울이지 않을 수 없었다. 이 요새는 일부는 바위 위에, 일부는 바위를 깎아내고 세운 것이었다. 지하의 공간은 특히 놀랄 만했다. 여기에는 많은 수의 사람과 말이 머물 수 있는 충분한 장소가 있을 뿐만 아니라 훈련을 하기 위한 커다란 지하실과 방앗간, 예배당, 바깥세상이 불안할 때 지하에서 지내는 데 필요한 그 밖의 것들도 갖춰져 있었다.

우리는 아래쪽으로 흐르는 시내를 따라 베렌탈 계곡을 통과해 갔다. 양쪽 언덕 위의 우거진 숲은 이용되지 않고 있었다. 여기서는 수천 개의 고목둥치들이 얽혀서 썩고 있었고, 반은 곰팡이가 핀 둥치들에서 새 가지들이 무수히 돋아나오고 있었다. 우리는 여기서 몇 명의 길동무들의 대화를 통해 이미 이 삼림지역에서 명예롭게 이야기되는 것을 자주 들은 바 있는 폰 디트리히라는 이름을 다시 듣게 되었다. 이 사람의 활동성과 역량, 재산, 재산의 이용과 활용 등 모든 것은 균형을 이루고 있는 듯했다. 그는 자신이 늘린 재산에 대해 당당하게 기뻐하고, 자신이 확보한 이익을 즐길 줄 알았다. 나는 세상을 알게 되면 될수록 일반적으로 알려진 유명한 이름 외에 특히 각각의 지역에서 존경과 사랑을 받는 사람들의 이름을 알고 한층 더 기쁨을 느꼈다. 나는 여기서도 몇 가지 질문을 통해 폰 디트리히가 과거에 광석, 철, 석탄, 목재를 성공적으로 이용해서 점점 더 많은 재산을 키워나간 사람이라는 것을 쉽게 알아냈다.

우리가 도착한 니더브론은 이 사람에 대한 새로운 증거였다. 그는 이 지역에서 훌륭한 제철소를 세우기 위해 이 작은 마을을 라이닝겐 백작과 그 밖의 공동소유자들에게서 샀던 것이다.

이곳 로마인들에 의해 세워진 목욕탕에서 고대의 정신이 나를 온통 씻어내고 있었다. 부조나 비문, 기둥머리나 기둥본체들과 같은 고대의 값진 잔해는 농장에서 나온 농기구들 사이에 섞여 내게 빛을 내며 신비하게 다가왔다.

그래서 나는 근처의 바젠부르크에 올라갔을 때 한쪽의 바탕을 이루고 있는 큰 바위덩이에 잘 보존되어 있는 메르쿠리우스 신에 대한 감사의 서약이 담긴 비문에도 존경을 표했다. 성은 비취에서부터 마지막 산 위에 평야를 향해 서 있었다. 그것은 로마의 유적 위에 세워진 독일의 폐허화된 성이다. 우리는 탑에서 다시 한 번 알자스 전체를 둘러보았는데, 대성당의 뚜렷한 첨탑은 스트라스부르의 위치를 나타내고 있었다. 그러나 가장 가까이에는 넓은 하게나우어 삼림이 펼쳐져 있었고, 그 뒤쪽으로 이 도시의 탑들이 뚜렷하게 솟아 있었다. 나는 그쪽으로 이끌려갔다. 우리는 말을 타고 폰 디트리히가 훌륭한 성을 세운 라이히스호프를 지나갔다. 그리고 우리가 니더모데른 근처 언덕에서 하게나우어 숲 옆을 흐르는 모

더 강의 아름다운 흐름을 관찰한 다음 나는 두드바일러에서라면 물론 그 의미가 있었을 우스꽝스런 탄광조사를 하겠다는 친구를 놔두고 하게나우어를 지나 이미 내게 애정을 암시해준 지름길로 사랑스런 제젠하임을 향해 말을 달렸다.

거친 산악지역의 풍경도, 밝고 비옥하며 활기찬 평야의 풍경도, 사랑스런 매력적인 어떤 대상을 향해 있는 내 내면의 시선을 붙들지는 못했다. 이번에도 올 때보다 가는 길이 더 기쁘게 여겨졌다. 왜냐하면 가는 길은 내가 마음을 다 바친, 사랑과 함께 존경을 받을 만한 한 여자 곁으로 나를 데려다주기 때문이었다. 그러나 독자들을 그녀의 시골집으로 이끌기 전에 그녀에 대한 내 애정과 만족을 활발하게 키우는 데 많은 기여를 한 어떤 상황에 대해 언급해야겠다.

내가 근대문학에 무척 뒤쳐질 수밖에 없었던 것은 프랑크푸르트에서의 생활방식과 거기에서 몰두했던 연구를 보면 알 수 있으며, 스트라스부르에서의 체류도 그 방면에서 나를 키워주지는 못했다. 그런데 헤르더가 많은 지식들뿐만 아니라 많은 참고자료들과 새로운 서적들도 가져왔다. 이 중에서 그는 우리에게 『웨이크필드의 목사』*를 훌륭한 작품으로 소개했으며, 독일어 번역본을 자신이 직접 읽어주면서 그 내용을 알려주려 했다.

그의 낭독방식은 매우 독특했다. 그의 설교를 들은 사람이라면 누구나 그것을 느낄 수 있을 것이다. 그는 모든 것을 진지하고 소박하게 낭독했는데, 이 소설 역시 마찬가지였다. 그는 모든 연극적이거나 흉내 내는 설

* 영국의 시인이자 소설가이며 극작가인 올리버 골드스미스(1728~1774)의 소설. 시골생활을 묘사한 이 작품은 멜로드라마적인 사건들을 감상적 도덕적 시각에서 다루었으며 전반적으로 날카롭지만 건강한 아이러니를 통해 시골생활을 이상적으로 그렸다.

명에서 완전히 벗어나서 서사적인 낭독에서 허용될 뿐만 아니라 요구되기도 하는 다양한 변화를 피했다. 즉 여러 사람이 말할 경우 각자의 말하는 내용을 뚜렷하게 부각시키고, 서술하는 사람과 행동하는 사람을 구별할 수 있게 하기 위해 취해야 할 음정의 사소한 변화까지도 피했다. 헤르더는 마치 현존하는 것은 아무 것도 없고 모든 것이 역사적인 것인 듯 시에 나오는 인물들의 모습이 그의 앞에서 활발히 움직이고 있는 것이 아니라 조용히 미끄러져 지나가는 것처럼 똑같은 음정으로 계속하여 읽어나갔지만 단조롭지는 않았다. 그의 입을 통해서 나오는 이런 낭독 방식은 무한한 매력을 지니고 있었다. 왜냐하면 그는 모든 것을 가장 심오하게 느꼈고, 작품의 다양성을 높이 평가할 줄 알았기 때문에 창작품의 전체적인 가치가 순수하고 더 분명하게 드러났기 때문이다. 그는 하나하나의 부분들을 심하게 강조하여 말함으로써 일어나게 되는 혼란을 피하고 작품 전체가 주는 감정에서 벗어나지 않게 했던 것이다.

시골의 신교 목사는 아마도 현대적인 전원시의 가장 아름다운 소재일 것이다. 그는 멜기세덱*처럼 한 몸에 목사와 왕을 겸한 사람으로 나타난다. 그는 대체로 같은 일을 하고 같은 가족관계를 지니고 있다는 점에서 지상에서 생각할 수 있는 가장 소박한 상태, 즉 농부의 상태와 상통하고 있다. 그는 아버지이자 가장이자 농부로서 마을의 완전한 일원이다. 이러한 순수하고 아름답고 세속적인 토대 위에 그의 더 높은 사명이 자리하고 있다. 그에게는 사람들을 현실의 삶으로 이끌고, 그들의 정신적인 교육을 돌보며, 그들의 삶의 모든 중요한 시기마다 축복을 해주고, 그들

* 구약성서에 나오는 살렘 왕이자 제사장이었던 인물. 아브라함이 존경의 표시로 그에게 십일조를 바쳤다.

을 가르치고, 격려하고, 위로하며, 현재의 위로가 충분하지 못할 경우에는 좀 더 행복한 미래에 대한 희망을 불러일으켜 보증해주는 일이 부여되어 있다. 순수한 인간적 사고를 지니고, 어떤 상황에서도 거기에서 벗어나지 않을 만큼 충분히 강하고, 그럼으로써 순수함과 강인함을 기대할 수 없는 일반대중들보다 월등하게 두드러진 그런 사람을 상정해보고, 그에게 직책에 요구되는 지식이 주어지고, 선행을 베푸는 것을 한 순간도 게을리 하지 않는 쾌활하고 변함없이 정열적인 활동력이 주어진다고 생각하면 우리는 그의 진면목을 바로 본 것이다. 그러나 그에게 작은 영역에 머물 뿐만 아니라 더 작은 영역 속으로 빨려들 수 있는 필요한 협소성을 덧붙이고, 선량함과 화해정신과 강직성과 기타 분명한 성격에서 나오는 칭송할 만한 점과 나아가 기분 좋게 양보하며, 자신과 타인의 과오를 웃으며 참는 관대함을 덧붙인다면 우리는 우리의 훌륭한 웨이크필드의 모습을 꽤 잘 그렸다고 할 수 있다.

기쁨과 고통을 통한 그의 인생행로에서의 이런 성격의 묘사는 완전히 자연적인 것과 특별하고 신비로운 것과의 결합을 통해 이야기가 점점 더 흥미 있게 되어 이 소설을 지금까지 쓰인 가장 우수한 소설들 중 하나로 만들고 있다. 그 밖에도 이 소설의 커다란 장점은 완전히 도덕적이며 순수한 의미에서 기독교적이라는 점과 선의와 정의의 고수에 대한 보답이 묘사되어 있으며, 신에 대한 무조건적인 믿음을 확인하고, 악에 대한 선의 궁극적 승리를 믿게 하면서 이 모든 것을 나타내는 데 있어서 위선이나 고루함의 흔적을 나타내지 않는다는 데에 있다. 작가가 위선이나 고루함에 빠지지 않는 것은 철저하게 아이러니로 나타나는 고매한 정신에 의한 것이며, 이 아이러니에 의해 이 작품은 우리에게 지혜롭고 쾌활한 인상을 줄 수밖에 없다. 작가인 골드스미스 박사는 분명히 도덕적 세계에 대한, 또한 그 세계의 가치와 취약성에 대한 깊은 통찰을 하고 있었다. 그는 동시에 자신이 영국인이라는 것을 그저 감사하게 인정하고, 자신의 나라와 국민이 자신에게 마련해 준 장점들을 매우 귀하게 여긴다. 그가 묘사하는 가정은 시민적인 안락한 삶의 마지막 단계에 속하고 있지만 최상의 것과 접촉한다. 점점 좁아가는 가정의 좁은 영역은 사태의 자연적이며 시민적인 진전에 의해 커다란 세계와 관계를 맺게 된다. 이 작은 배는 풍요롭게 굽이치는 영국 사회의 물결 위에 떠다니게 되는 것이며, 좋은 일에서나 불행한 일에서나 주위를 항해하고 있는 거대한 함대에게서 피해나 도움을 기대해야 한다.

나는 독자들이 이 작품을 알고 있거나 기억하고 있다고 생각한다. 지금 이 작품을 처음 듣는 사람도, 이것을 읽어보려는 충동이 이는 사람도 모두 나를 고맙게 여길 것이다. 전자를 위해 그저 부수적으로 말해두고자 하는 것은 시골목사의 부인은 자신과 가족에게 전혀 손색이 없는 활동적이고 착한 성격을 지녔지만 자신과 가족에게 꽤 자부심을 가지고 있다는 것이다. 두 딸 중 올리비에는 아름답고 좀 더 외향적이며, 소피는 매력적이고 좀 더 내성적이다. 또한 아버지를 몹시 숭배하는 조금 거친 아들 모제스의 이름도 알려두고자 한다.

헤르더의 낭독에서 결점을 든다면 조급함이었다. 그는 듣는 사람이 이야기 줄거리의 어떤 부분을 듣고 이해하여 올바르게 느끼고 제대로 생각할 수 있을 때까지 기다려주지 않았다. 그는 성급하게 곧장 반응을 알려고 했으며, 반응이 나타나면 그것에 불만이었다. 그는 내게서 점차 감정이 넘쳐흐르는 것을 감정의 과잉이라고 꾸짖었다. 나는 인간으로서, 젊은 인간으로서 느꼈으며, 내게는 모든 것이 활력 있고 진실하며 현재적이었다. 내용과 형식만을 존중했던 그는 물론 내가 소재에 압도당하고 있는 것을 알고 있었지만 그것을 인정해주려 하지 않았다. 무엇보다 페겔로프의 반응은 세심한 것이 아니어서 더욱 나쁜 취급을 받았다. 그는 특히 작가가 자주 사용하는 대조를 예견하지 못하고, 자주 반복되는 기교를 알아채지 못한 채 감동하고 열광하는 우리의 통찰력 결여에 대해 화를 냈다. 바첼이 이야기 도중 3인칭에서 1인칭으로 넘어감으로써 자신이 바로 스스로에 대해 이야기하고 있는 귀족이라는 것을 알리려고 했는데, 헤르더는 우리가 처음에 곧장 이것을 알아차리거나 최소한 짐작조차 못한 것에 대해 용서하지 않았다. 그리고 우리가 마지막에 가난하고 초라한 나그네가 부유하고 막강한 귀족으로 변하여 실체를 드러냈을 때에야 어린애처럼 기뻐하자 그는 우리가 작가의 의도를 파악하지 못하고 건성으로 들어 넘겼던 부분을 지적하며 우리의 둔감함을 심하게 질책했다. 이로부터 그가 작품을 오로지 예술품으로 보았고, 아직도 예술품을 자연산물처럼 작용하도록 허용하고 있는 우리에게도 자신과 같은 관점을 요구했다는 것을 알 수 있다.

나는 헤르더의 비난에 결코 흔들리지 않았다. 젊은 사람들은 다행인지 불행인지 무언가의 영향을 받으면 이 영향은 그들 내부에서 스스로 가공되어 거기에서 많은 좋은 일도 생기고 불행한 일도 생긴다. 이 작품은 나 스스로도 설명할 수 없을 만큼 큰 인상을 남겼다. 사실 나는 대상들, 즉 행복과 불행, 선과 악, 죽음과 삶을 뛰어넘어 참된 시적 세계를 차지하기에 이르는 반어적 감각에 동감하고 있었다. 물론 나중에서야 인식하게 되었지만 이 작품은 나를 많은 생각에 잠기게 했다. 그러나 나는 그런 가상의 세계에서 그와 비슷한 현실의 세계로 자리를 옮길 줄은 결코 예상하지 못했다.

나의 식탁친구 바일란트는 알자스 출신으로서 근처의 친구들과 친척들을 이따금 방문하면서 조용하고 부지런한 삶을 명랑하게 즐겼으며, 내가 가까운 곳으로 소풍을 나갈 때면 여러 마을들과 가정들을 손수 안내해 주거나 소개장을 써줌으로써 내게 많은 도움을 주었다. 그는 자주 스트라스부르에서 6시간 걸리는 드루젠하임 근처에서 훌륭한 교구를 맡아 현명한 부인과 두 딸과 함께 사는 한 시골목사에 대해 얘기해 주었다. 그때마다 그는 이 집이 손님을 맞는 것을 좋아하며 친절하다고 칭찬했다. 그래서 한가한 날에는 늘 말을 타고 바람을 쐬러 밖으로 나가는 데 이미 익숙해져버린 젊은 기사는 곧장 마음이 사로잡힐 수밖에 없었다. 그래서 우리는 그곳으로 소풍을 가기로 결정했다. 그러면서 나는 내 친구에게 나를 소개할 때 좋다거나 나쁘다거나 하는 말을 하지 말 것, 나를 철저히 무관심하게 대할 것, 형편없지는 않더라도 좀 초라하고 너절한 옷차림을 하고 가도록 허용해줄 것을 약속해 달라고 했다. 그는 이에 동의했고, 그렇게 하는 것도 재미있을 것이라고 말했다.

지체 높은 사람이 본래의 내면적인 인간적 본질을 좀 더 순수하게 내보이기 위해 이따금 외적인 우월함을 숨기는 것은 용납될 수 있는 행동이다. 군주가 신분을 숨기고 하는 미행과 그로부터 이루어지는 모험은 언제나 최고의 즐거움을 준다. 그것은 인간으로서 그들에게 나타내는 온갖 선행을 두 배로 높이 평가할 수 있고, 불쾌한 것은 가볍게 취급하고 피할 수 있는 상태의 변장한 신들처럼 보인다. 제우스신이 필레몬과 바우키스 집에서, 하인리히 4세가 사냥을 마친 후 농부들 사이에서 미행을 즐겼던 것은 아주 자연스런 일이며, 누구나 즐기는 일일 것이다. 그러나 지위도 이름도 없는 한 젊은이가 미행으로 즐거움을 얻으려고 생각했다는 것은 용납될 수 없는 오만으로 여겨질 수 있다. 그러나 여기서는 생각과 행동이 문제되는 것이 아니고, 또한 그것이 어느 정도까지 칭찬을 받을 만하거나 질책당할 만한 것이냐가 중요한 것이 아니라 그것이 얼마나 분명하게 실현될 수 있느냐가 중요하기 때문에 이번에는 우리의 즐거움을 위해서 젊은이의 자만을 용서하기로 하자. 게다가 나한테는 어렸을 때부터 엄격한 아버지 때문에 변장에 대한 욕구가 자극받아 왔다는 것을 여기에 밝힘으로써 더욱 용서를 받고자 한다.

이번에도 나는 내 낡은 옷과 몇 가지 빌린 옷가지들로, 또한 빗으로 머리를 손질하는 것으로 흉하지는 않지만 무척 기묘한 모습을 만들어내어 그 친구는 가는 내내 웃음을 참지 못했다. 특히 나는 말에 앉을 때 서툰 기사의 자세와 몸짓을 완벽하게 흉내 낼 줄 알았기에 그는 더욱 웃음을 참지 못했다. 아름다운 도로와 화창한 날씨와 라인 강 기슭이라는 점이 우리를 몹시 즐겁게 했다. 우리는 드루젠하임에서 잠시 쉬었다. 그는 옷차림을 단정히 했고, 나는 경우에 따라 잊어버릴까봐 우려한 내 역할을 되살려보았다. 이 지역은 탁 트인 평탄한 알자스의 특징을 띠고 있었다. 우리는 아늑한 길로 말을 달려 초원을 건넜고, 곧 제젠하임에 도착해서 말을 여관에 맡겨두고 느긋한 마음으로 목사의 집을 향해 걸어갔다. 바일란트는 멀리 보이는 그 집을 가리켜 보이며 말했다.

"착각하지 말게. 저 집은 낡고 형편없는 농가처럼 보이지만 안은 훨씬 더 새롭다네."

우리는 뜰 안으로 들어섰다. 모든 것이 참으로 마음에 들었다. 왜냐하면 모든 것이 그림 같다고 말하는 그런 모습이었고, 네덜란드 미술에서 나를 그토록 매료시켰던 바로 그런 것이었기 때문이다. 시간이 모든 인공물에 끼치는 영향이 지극히 뚜렷하게 눈에 띄었다. 집과 창고와 마구간은 무너질 상태에 처해 있었고, 보존할 것인지 새로 지을 것인지를 결정하지 못해서 보존도 소홀히 하고 신축도 하지 못하는 시점에 있었다.

마을에서와 마찬가지로 이 뜰 안도 조용하고 사람이 없었다. 우리는 아버지인 키가 작고 점잖으면서도 친절한 남자가 혼자 있는 것을 보았다. 가족은 밭에 나가 있었다. 그는 우리를 반갑게 맞이하며 음료수를 권했지만 우리는 사양했다. 내 친구는 여자들을 찾으러 달려 나갔고, 나와 주인 남자만 남아있게 되었다. 그는 "아마 당신은 내가 부유한 마을에서 수입이 많은 지위에 있으면서 이렇게 누추하게 살고 있는 것을 무척 이상하게 여길 겁니다"라고 말을 꺼냈다. 그리고 계속해서 이렇게 말했다.

"그러나 이건 결단력이 없어서 그런 겁니다. 이미 오래 전부터 마을사람들과 상부기관에서는 집을 새로 지어주겠다고 약속도 했고, 여러 계획들이 이루어지고 검토되고 변경되었습니다. 그런데 폐기되지도 시행되지도 않고 있습니다. 그렇게 몇 년이 계속되니 참을 수가 없어 어쩔 줄을 모르겠습니다."

나는 그의 희망을 북돋고 그를 격려하기 위해 그 일을 좀 더 강력히 추진했으면 좋겠다는, 내 나름대로 옳다고 판단한 의견을 말해주었다. 그는 계속 얘기하면서 그 일을 좌우하는 입장에 있는 사람들에 대해 터놓고 설명했다. 그는 특별히 뛰어나게 성격 묘사를 하지는 못했지만 나는 모든 일이 어떻게 해서 정체상태에 처할 수밖에 없게 되었는지를 충분히 이해할 수 있었다. 목사는 사람을 믿는 데에 독특한 면이 있었다. 그는 이미 나를 10년은 알아온 듯이 이야기를 했으며, 그의 시선에는 나를 경계하고 있는 듯이 여겨질 만한 점이 없었다. 드디어 내 친구가 그 집 어머니와 함께 들어왔다. 그녀는 나를 완전히 다른 눈으로 바라보는 것 같았다. 그녀의 얼굴은 반듯하고 표정은 이지적이었다. 그녀는 젊었을 때 틀림없이 아름다웠을 것 같았다. 그녀는 키가 크고 말랐지만 자신의 나이에 적당했다. 뒤에서 보면 그녀는 아직 아주 젊고 우아한 모습을 띠고 있었다. 이어서 큰딸이 힘차게 뛰어 들어왔다. 그녀는 먼저 들어온 두 사람이 그랬듯이 프리데리케에 대해 물었다. 아버지는 세 사람이 함께 나간 후 그녀를 보지 못했다고 대답했다. 딸은 동생을 찾으러 다시 문 밖으로 나갔다. 어머니는 우리에게 약간의 음료를 가져왔고, 바일란트는 부부와 이야기를 계속했다. 보통 아는 사람들이 오랜만에 만나면 넓은 범위의 교제친구들에 대해 묻고 서로 소식을 전해주곤 하듯 이들의 대화도 오로지 아는 사람들과 그들의 상황에 관한 것이었다. 나는 이들의 얘기를 듣고 내가 이들에게서 얼마나 많은 기대를 해도 되는지를 알게 되었다.

큰딸이 동생을 찾지 못해 불안해하며 급히 방안으로 다시 들어왔다. 모두가 그녀를 걱정하며 이런저런 좋지 않은 습관에 대해 비난했다. 그러나 아버지만은 매우 조용히 이렇게 말했다.

"그대로 내버려두렴. 그 애는 꼭 돌아올 거야!"

이 순간 정말로 그녀가 문을 열고 들어왔다. 이 시골 하늘에 정말로 가장 아름다운 별 하나가 나타난 것이었다. 두 딸은 아직도 흔히 말하는 독일식 옷차림을 하고 있었다. 특히 프리데리케는 거의 사라지다시피한 이 국민의상을 잘 차려입고 있었다. 아주 귀여운 다리를 무릎까지 보이게 할 정도의 옷단주름이 있는 짧고 흰 둥근 치마, 꼭 끼는 하얀 코르셋, 검정색 명주 앞치마를 한 그녀는 농촌처녀와 도시처녀의 중간 모습이었다. 그녀는 아무 것도 몸에 걸치지 않은 것처럼 날씬하고 경쾌하게 걸었고, 작고 귀여운 머리를 덮은 탐스런 금발에 비해 목이 너무 가냘퍼 보였다. 그녀는 밝고 파란 눈으로 주변을 매우 또렷하게 둘러보았고, 동그랗고 예쁜 코는 이 세상에 아무 걱정도 없는 듯 마음껏 공기를 들이마시고 있었다. 그녀의 팔에는 밀짚모자가 걸려 있었다. 그래서 나는 그녀의 온통 우아하고 아름다운 모습을 보고 첫눈에 곧장 그녀임을 알아보는 즐거움을 누렸다.

나는 이제 적당히 내 역할을 행하기 시작했는데, 그런 좋은 사람들을 조롱하는 것이 조금은 부끄러웠다. 소녀들이 대화를 열심히 즐겁게 계속해서 나는 그들을 관찰할 시간이 부족하지 않았다. 모든 이웃사람들과 친척들이 다시 한 번 화제에 올랐다. 그리고 나의 상상 속에 아저씨와 아주머니, 사촌, 종자매, 오는 사람, 가는 사람, 대부, 손님들이 나타나 나는 몹시 혼잡한 세계 속에 있는 것처럼 여겨졌다. 가족들은 모두 나와 몇 마디씩 말을 나누었고, 어머니는 자주 왔다갔다 할 때마다 나를 주의 깊게 관찰했다. 그러나 나와 가장 먼저 대화를 이어간 사람은 프리데리케였다. 내가 주변에 놓여있는 악보들을 집어서 들여다보자 그녀는 내게 연주를 할 수 있느냐고 물었다. 내가 할 줄 안다고 대답하자 그녀는 내게 무언가를 연주해달라고 청했다. 그러나 아버지가 하지 못하게 했다. 왜냐하면 그는 무슨 곡이든 연주하거나 노래를 불러서 먼저 손님을 대접하는 것이 옳은 일이라고 주장했기 때문이다.

그녀는 꽤 능숙하게 여러 곡을 연주했는데, 시골에서 흔히 듣는 그런 연주였다. 게다가 피아노는 학교선생이 틈만 있었다면 이미 오래 전에 조율해놓았어야 했을 것이었다. 그녀는 노래도 한 곡 불렀는데, 부드럽고 서글픈 노래였지만 제대로 부르지는 못했다. 그녀는 일어나서 미소 지으며, 아니 그녀의 얼굴에 늘 서려있는 쾌활하고 기쁜 표정으로 말했다.

"제가 노래를 잘 부르지 못한다면 그건 피아노나 학교선생님 탓이 아니에요. 이제 우리 밖에 나가요. 거기서 알자스나 스위스의 노래를 들려드리겠어요. 그게 훨씬 더 듣기 좋을 거예요."

저녁식사 때 나는 이미 전부터 떠올랐던 상상에 몰입해서 깊은 생각에 잠겨 입을 다물고 있었다. 물론 큰딸의 활달함과 작은딸의 애교가 나를 명상에서 자주 벗어나게 뒤흔들었다. 나는 내가 실제로 웨이크필드의 가족 속에 함께하고 있다는 온갖 인상에 놀라고 있었다. 이 집 아버지는 물론 그 탁월한 사람과는 비교될 수 없었다. 그렇지만 그런 사람과 견줄 만한 사람이 어디에 있겠는가! 반면에 그곳의 남편이 지니고 있던 온갖 품위가 여기에서는 부인에게서 나타나 있었다. 존경하고 두려워하지 않고는 그녀를 바라볼 수 없었다. 그녀에게서는 훌륭한 교육을 받은 모습을 알아볼 수 있었으며, 그녀의 태도는 조용하고 자유롭고 쾌활하고 호감을 일으켰다.

큰딸은 올리비에처럼 뛰어난 미모는 아니었지만 체격이 좋고 활달하며 좀 더 격정적이었다. 그녀는 언제나 활동적이었고, 모든 일에서 어머니를 도왔다. 프리데리케를 프림로즈*의 딸 소피와 대치하는 일은 어려운 일이 아니었다. 왜냐하면 소피에 대해서는 별로 언급이 없었고, 그리하여 단지 귀엽다고만 덧붙일 수 있을 것이기 때문이다. 그리고 프리데리케는 정말로 귀여웠다. 같은 직업이나 장소는 달라도 같은 처지이면 비슷

* 『웨이크필드의 목사』의 주인공.

한 결과가 나타나는 법인데, 이미 웨이크필드 가정에서 일어났던 많은 것이 여기서도 화제가 되고 실제로 일어났다. 그리고 마지막으로 이미 얘기를 들어 알고 있었고 아버지가 초조하게 기다리던 어린 아들이 방안으로 뛰어 들어와 손님들에게 주의도 하지 않고 대담하게 우리에게 와 앉았을 때 나는 "모제스*, 너도 왔구나!"라고 소리치려는 것을 간신히 참았다.

식탁에서의 대화가 이곳저곳에서 일어난 여러 가지 재미있는 사건들에 대한 것이었기 때문에 그 지역과 가정들에 대한 관점을 더 넓혀주었다. 그래서 내 옆에 앉아있던 프리데리케는 힘들여 찾아볼 만한 가치가 있는 여러 곳들을 내게 설명해줄 수 있었다. 이야기가 점점 더 다양하게 발전해서 나도 더 쉽게 대화에 끼어들어 비슷한 사건들을 이야기할 수 있었다. 그때 훌륭한 그 지역 포도주가 아낌없이 나왔기 때문에 나는 내 역할을 잊어버릴 위험에 처했다. 그래서 나보다 더 주의를 기울였던 친구가 아름다운 달빛을 구실로 산책을 하자고 제안하여 즉석에서 동의를 얻었다. 친구는 언니와 팔짱을 끼고, 나는 동생과 팔짱을 낀 채 넓은 들판을 걸어갔다. 우리는 주변에 널찍이 펼쳐진 보이지 않는 땅보다는 머리 위의 하늘을 보면서 걸었다. 프리데리케의 이야기에는 달빛 같은 점은 조금도 없었다. 그녀는 분명한 말투로 밤을 낮으로 만들었으며, 그녀의 말 속에는 감정을 암시하거나 일깨워주는 것은 아무 것도 없었다. 단지 그녀의 말은 전보다 나와 관련된 것이 더 많을 뿐이었다. 그녀는 자신의 상황과 그 지역과 자신의 친지들을 내가 알 수 있을 정도에서 간접적으로 소개해주었다. 그녀는 덧붙여 자기 집을 한번 들렀던 외지인들이 모두 다시 방

* 『웨이크필드의 목사』의 아들 이름.

문하듯 나도 예외가 되지 않기를 바란다고 말했다.

그녀가 자신이 활동하고 있는 작은 세계와 자신이 존경하는 사람들에 대해 이야기하는 것을 조용히 듣고 있으니 무척 기분이 좋았다. 그녀는 그럼으로써 내게 그녀의 상황에 대한 분명하면서도 기분 좋은 이해를 시켜주었는데, 그것은 내게 매우 기이한 영향을 주었다. 왜냐하면 돌연 나는 더 일찍부터 그녀와 함께 지내지 못한 것에 대해 불쾌감을 느꼈으며, 지금까지 그녀와 어울리는 행운을 차지해온 모든 사람들에 대해 무척 고통스럽고 질투에 찬 감정을 느꼈기 때문이다. 나는 즉시 그럴 권리라도 있는 것처럼 그녀가 이웃이나 사촌들이나 대부들의 이름으로 해준 남자들에 대한 모든 이야기에 세심하게 주의를 집중하여 이런저런 추측을 해보았다. 그러나 사정을 아무것도 모르면서 내가 어떻게 무언가를 알아낸단 말인가. 그녀는 점점 더 말이 많아졌고, 나는 점점 더 조용해졌다. 그녀는 이야기를 알아듣기 쉽게 잘 했으며, 그녀의 목소리만 듣고 있는데도 그녀의 얼굴이 주변의 세계와 함께 어둠 속에서 어른거리고 있었다. 그래서 나는 그녀의 마음속을 들여다보고 있는 것 같았고, 그녀가 내 앞에서 거리낌 없이 재잘거리고 있었기에 그녀의 마음은 한없이 깨끗할 것이라고 생각하지 않을 수 없었다.

내 친구는 나와 함께 우리를 위해 준비해 놓은 숙소에 도착하자 즉시 자기도취에 빠져 유쾌한 농담을 터뜨렸고, 프림로즈의 가정과 비슷한 모습으로 나를 놀라게 한 것을 무척이나 자랑했다. 나는 감사를 표하며 동의했다. 그는 외쳤다.

"사실이지! 이야기는 완전히 일치해. 이 가정은 그 가정과 무척 닮았지. 여기 이 위장한 신사는 자신을 버첼 씨라고 자처하는 영광을 누려도 될 거야. 게다가 우리의 일반적인 삶에서는 소설처럼 악인들이 필요하지 않으니까 이번에는 내가 조카 역을 맡아서 그 녀석보다 더 좋은 역할을 해보겠네."

이 이야기는 재미있었지만 나는 즉시 얘기를 집어치우고 무엇보다 그가 정말로 내 신상을 폭로하지 않았는지를 그의 양심에 대고 물었다. 그는 "아니!"라고 단호하게 말했고, 나는 그를 믿었다. 그의 말에 의하면 그들은 스트라스부르에서 그와 함께 한 집에서 하숙하는 즐거운 식탁친구들에 대해 여러 번 물었지만 그들에게 온갖 엉뚱한 답변만 해주었다는 것이었다. 나는 이제 다른 질문으로 넘어가 그녀가 연애를 했었는지, 지금 연애를 하고 있는지, 결혼을 약속한 상대라도 있는지 물어보았다. 그는 이 모든 것을 부인했다. 나는 대답했다.

"정말이야! 그런 명랑함이 천성적으로 나온다는 게 나로서는 이해할 수 없어. 그녀가 연애를 하다 실연하여 다시 안정을 찾았거나 약혼 상태이거나 이 두 경우라면 그럴 수 있겠지만 말이야."

그렇게 우리는 밤이 깊도록 떠들어댔다. 날이 밝자 나는 다시 활기에 넘쳤다. 그녀를 다시 보고 싶은 욕망을 떨쳐버릴 수 없었다. 그러나 나는 옷을 입으면서 내가 경솔하게 택했던 저주스런 복장을 보고 깜짝 놀랐다. 옷을 입으면 입을수록 더 추하게 보였다. 옷이 모두 이런 효과를 노린 것이기 때문이었다. 머리는 어떻게든 다듬을 수 있었다. 그러나 빌려온 헤진 회색 저고리를 마지막에 꼭 껴입고, 짧은 소매로 괴상망측하게 된 모습을 한 나는 작은 거울 속에서 부분적으로 비친 모습을 보고 더욱 큰 절망에 빠졌다. 부분들 하나하나가 거울에 비춰볼수록 점점 더 우스꽝스럽게 보였기 때문이다.

내가 이렇게 옷을 입고 있는 동안 내 친구는 잠에서 깨어 기분 좋은 만족감을 느끼며 그날의 즐거운 기대 속에서 푹신한 비단이불 밖을 내다보고 있었다. 나는 의자 위에 걸려있는 그의 멋진 옷을 오래 전부터 부러워하고 있었다. 그가 나와 같은 체격이라면 나는 그 친구에게서 그 옷을 빼앗아 밖에 나가 갈아입고 내 저주스런 옷은 정원으로 달려 나가면서 그에게 남겨놓았을 것이다. 그랬다면 그는 내 옷을 걸쳐도 좋다고 할 만큼 충분히 너그러웠을 테고, 이야기는 이른 아침에 즐거운 종말에 이르렀을 것이다. 그러나 그것은 전혀 생각할 수 없는 일이었고, 적절한 방도도 없었다. 내 친구는 나를 근면하고 재능 있지만 가난한 신학생이라고 소개했는데, 그렇게 변장한 내게 어젯밤 그토록 다정하게 얘기해준 프리데리케 앞에 나는 도저히 또 다시 같은 모습으로 다가갈 수는 없었다. 나는 화가 난 채로 서서 곰곰이 생각하며 온갖 묘안을 궁리해 보았다. 하지만 소용이 없었다. 기분 좋게 기지개를 켠 내 친구는 잠시 나를 바라보고 나서 갑자기 큰 소리로 웃어대면서 이렇게 외쳤다.

"안 되겠어! 자네는 정말로 괴상망측하게 보여!"

"나도 어떻게 해야 할지 알고 있어. 잘 있게. 그리고 내 사과의 뜻을 전해주게!"

나는 격하게 대답했다. 그러자 그는 침대에서 벌떡 일어나 나를 붙들려고 하면서 "자네 미쳤군!"이라고 외쳤다. 그러나 나는 이미 문을 나섰고, 계단을 내려가 집과 마당을 빠져나가서 여관으로 달려갔다. 나는 즉시 말에 안장을 얹고 미칠 것 같은 불쾌감 속에 드루젠하임을 향해 전속력으로 말을 몰았고, 그곳을 지나 계속해서 달렸다.

안전한 곳까지 왔다고 생각되자 나는 말을 좀 더 천천히 몰았고, 그제야 내가 멀어져가는 것이 너무나도 싫다는 것을 느꼈다. 그러나 나는 나 자신을 운명에 맡기고, 어젯밤의 산책을 무척 편안한 마음으로 떠올려보면서 그녀를 다시 만날 잔잔한 희망을 키웠다. 그러나 이런 평온한 감정은 곧 초조함으로 바뀌었고, 재빨리 시내로 달려가 옷을 갈아입고 싱싱한 좋은 말을 구하려고 결심했다. 나는 열정에 사로잡혀 떠올려보았는데, 식사 전에는, 아니면 후식시간에, 혹은 저녁 무렵이면 꼭 다시 도착하여 용서를 빌 수 있을 것 같았다.

내가 이 계획을 실행하기 위해 말에 박차를 가하려던 순간 또 하나의 매우 좋은 생각이 퍼뜩 떠올랐다. 어제 나는 드루젠하임의 여관에서 매우 깨끗한 옷차림을 한 여관집 아들을 보았는데, 그는 오늘도 아침 일찍 정원 일을 하면서 뜰에서 내게 인사를 했었다. 그는 나와 같은 체격이어서 나는 재빨리 어떻게 할 것인지 되돌아보았다. 생각했으면 행하라! 말머리를 돌리자마자 나는 이내 드루젠하임에 도착했다. 나는 말을 마구간에 집어넣고 그 젊은이에게 내가 제젠하임에서 재미있는 일이 있으니 옷을 빌려달라고 단도직입적으로 요청했다. 자세한 얘기를 해줄 필요도 없었다. 그는 내 요청에 기꺼이 응해주었고, 아가씨들을 기쁘게 해주려는 나를 칭찬했다. 그리고 그 처녀들은 아주 성실하고 착하며, 특히 리케가 그러하고, 그녀의 부모도 늘 유쾌하고 즐겁게 지내는 것을 좋아한다고 말했다. 그는 나를 주의 깊게 관찰했고, 내 복장으로 보아 나를 가난한 놈팡이로 여겼는지 이렇게 말했다.

"환심을 사려면 그렇게 하는 게 상책이지요."

우리는 그 사이 이미 옷을 거의 다 갈아입었다. 그는 자신의 예복을 내 옷과 바꿔줄 아무런 이유가 없었지만 마음씨 좋은 사람이었고, 마구간에는 내 말도 있었던 것이다. 나는 곧 화려하게 치장하고 내 모습을 뽐냈다. 그 친구는 자신과 닮은 모습을 기분 좋게 바라보는 것 같았다. "됐어, 친구!"라고 말하며 그는 내게 악수를 청했고, 나는 힘차게 그의 손을 잡았다. "내 아가씨에게 너무 접근하지 마시오. 그녀가 잘못될지도 모르니."

그가 말했다.

요즈음 다시 많이 자란 내 머리칼은 그의 머리칼처럼 가를 수 있었다. 내가 그의 모습을 연거푸 관찰했을 때 재미있는 생각이 떠올랐다. 즉 내 진기한 계획에 있어서 겉모습도 진기하게 만들기 위해 나보다 짙은 그의 눈썹을 불에 태운 코르크마개 숯으로 적당히 흉내 내고 눈썹 사이를 더 가까이 그리는 것이었다. 그가 리본이 달린 모자를 건네줄 때 나는 이렇게 말했다.

"그런데 혹시 목사님 댁에 뭔가 전해드릴 것이 있나요? 그러면 자연스럽게 그곳에 들를 수 있을 텐데."

그러자 그는 이렇게 대답했다.

"잘 됐습니다! 하지만 두 시간은 기다려주셔야겠습니다. 우리 집에 산모가 있습니다. 내가 직접 사모님께 과자를 가져다드리려 했었는데, 그렇다면 당신이 갖다드리면 좋겠습니다. 자랑하는 것도 힘이 드는군요. 장난하는 것도 그렇지만."

나는 기다리기로 마음먹었지만 이 두 시간은 내게 한없이 길었다. 그리고 세 시간이 지났어도 과자가 솥에서 구워 나오지 않자 나는 초조해서 죽을 지경이었다. 나는 마침내 아주 따끈한 과자를 받았다. 나는 이 신임장을 가지고 아름다운 햇살을 받으며 급히 출발했다. 그는 얼마 동안 나를 배웅하면서 저녁 무렵 나를 뒤따라가서 내 옷을 가져다주겠다고 약속했지만 나는 극구 거절하고, 그의 옷을 내가 다시 가져다주겠다고 말했다.

나는 깨끗한 냅킨에 싸인 그 선물을 가지고 뛰어갔다. 그런데 얼마 가지 않아 나는 멀리서 내 친구가 두 아가씨와 함께 나를 향해 걸어오고 있는 것을 보았다. 내 가슴은 마치 재킷이 맞지 않는 듯 죄어들었다. 나는 멈춰 서서 숨을 돌리고는 무슨 말을 꺼내야 할지를 생각했다. 그런데 나는 지형이 내게 큰 도움이 되고 있음을 알아챘다. 왜냐하면 그들은 냇물 건너편에서 걸어오고 있었는데, 냇물과 그 양편의 풀밭 때문에 양쪽의 길이 꽤 멀리 벌어져 있었기 때문이다. 그들이 내게 가까이 왔을 때 미리부터 나를 발견했던 프리데리케가 외쳤다.

"게오르게 씨, 무얼 가지고 오시나요?"

나는 약삭빠르게 모자를 벗어 얼굴을 가리고 냅킨에 싼 물건을 높이 들어보였다. 그러자 그녀는 "아기 세례과자로군요! 누님은 어떠세요?"라고 말했다. 나는 알자스 사투리는 아니지만 다른 사람의 목소리를 내려고 애쓰면서 "좋아요"라고 말했다. 그러자 언니가 말했다.

"집에 가져다주세요! 혹시 어머니가 안 계시면 하녀에게 주세요. 우리도 곧 돌아갈 테니 기다리고 계세요. 알았지요?"

나는 처음이 잘 되었으니 모든 일이 잘 될 것이라는 희망에 즐거운 마음으로 길을 서둘러 가서 곧 목사의 집에 도착했다. 집안에도 부엌에도 아무도 없었다. 목사가 서재에서 일하고 있을 것으로 짐작한 나는 그를 자극하고 싶지 않았다. 그래서 나는 문 앞 벤치에 앉아 과자를 옆에 놓고 모자를 눌러써 얼굴을 가렸다.

나는 이때보다 더 즐거웠던 감정을 쉽사리 기억할 수가 없다. 나는 조금 전 절망에 차 비틀거리며 뛰쳐나갔던 이 문턱에 다시 앉아있는 것이다. 나는 불안한 마음에 오랜 이별이 되리라 생각했었는데, 이미 다시 그녀를 보았고 그녀의 사랑스런 목소리를 들었다. 매순간 그녀를 기다리고 내 정체가 탄로 날 것을 기다리는 가운데 나는 가슴이 뛰었다. 또한 나는 탄로 나도 수치스럽지 않은 모호한 경우에 처해 있었다. 탄로 나면 곧장 어제 웃음거리가 되었던 어떤 장난보다 더 즐거운 장난을 하는 거다! 사랑과 필요는 최고의 스승인데, 여기서 두 가지가 함께 협력하고 있었고, 제자는 그 스승의 기대에 어긋나지 않았다.

하녀가 창고에서 나왔다. 그녀는 "아! 과자로군요? 누님은 어떠세요?"라고 물었다. 나는 "건강합니다"라고 말하고 올려다보지 않으면서 과자를 가리켰다. 그러자 그녀는 과자가 든 냅킨을 받아들고 중얼거렸다.

"아니 오늘은 또 왜 그러세요? 바르바라가 또 다른 남자에게 눈길을 주었군요? 그랬다고 우리에게 분풀이하지 마세요! 그렇게 나가다간 참 좋은 부부가 되겠군요."

그녀가 꽤 큰 소리로 말했기 때문에 목사가 창가로 나와 무슨 일이냐고 물었다. 그녀는 목사에게 사정을 알렸다. 나는 일어나서 목사를 향해 몸을 돌렸지만 여전히 얼굴은 모자로 가리고 있었다. 목사는 내게 뭔가 다정한 말을 하며 돌아가지 말고 있으라고 했다. 정원으로 가서 막 안으로 들어서려고 하는데, 대문을 들어서던 목사부인이 나를 불렀다. 그때 햇살이 바로 내 얼굴에 비쳤으므로 나는 모자가 내게 내려주는 혜택을 다시 한 번 이용하고 그녀에게 발로 땅을 스치는 인사를 했다. 목사부인은 내게 음식을 차려줄 테니 좀 먹고 가라고 말하고 집안으로 들어갔다. 나는 이제 정원을 이리저리 거닐었다. 지금까지는 모든 일이 아주 잘 되었지만 곧 젊은이들이 돌아오리라는 생각을 하니 한숨이 나왔다. 그러나 뜻밖에도 부인이 내게로 와서 무언가를 물어보려고 내 얼굴을 들여다보았을 때 나는 더 이상 얼굴을 숨길 수 없었고, 부인은 말이 막혔다. 그녀는 잠시 후 이렇게 말했다.

"나는 게오르게를 찾고 있는데, 이게 누구야! 당신이군요, 젊은 양반? 도대체 몇 개의 모습을 하고 다니세요?"

그래서 나는 이렇게 대답했다.

"실제로는 하나뿐이지만 장난할 때는 원하시는 만큼 많은 모습을 하지요."

부인은 미소를 지으며 이렇게 말했다.

"장난을 망쳐드리지 않겠어요. 정원 뒤쪽으로 나가서 풀밭에 가 계시다가 12시 종이 울리면 돌아오세요. 그러면 내가 장난할 준비를 다 해놓겠어요."

나는 그녀의 말에 따랐다. 그러나 내가 마을 정원의 울타리를 넘어 풀밭으로 가려고 했을 때 마침 골목에서 몇 명의 마을사람들이 걸어와 나를 당황하게 했다. 그래서 나는 아주 가까이 언덕을 덮고 있는 작은 숲으로 방향을 바꿔 그 속에서 정해진 시간까지 숨어있기로 했다. 그러나 그 속에 들어가니 무척 놀라운 느낌이 들었다. 벤치들이 있는 깨끗한 공터가 나타났고, 벤치에서는 주변의 아름다운 풍경을 바라볼 수 있었기 때문이다. 한쪽에는 마을과 교회탑이 있었고, 한쪽에는 드루젠하임이 보였으며, 그 뒤쪽으로는 숲이 우거진 라인 강 섬이, 맞은편에는 보게젠 산맥과 맨 끝으로는 스트라스부르 대성당이 보였다. 이 여러 가지 밝은 그림들이 숲이 우거진 액자 속에 담겨 이보다 더 유쾌하고 아늑한 그림은 볼 수 없을 정도였다. 벤치에 앉은 나는 가장 튼튼한 나무에 '프리데리케의 휴식'

이라고 쓰인 작고 길쭉한 나무 팻말이 붙어있는 것을 발견했다. 나는 이 휴식을 깨뜨리려고 내가 왔으리라고는 전혀 생각하지 못했다. 왜냐하면 싹이 트는 정열은 그 기원을 모르듯이 그 종말도 생각하지 않으며, 기쁘고 쾌활하게 느끼는 만큼 불행이 일어나리라고는 예감하지 못하는 아름다움을 지니고 있기 때문이다.

주변을 둘러볼 여유도 없이 달콤한 꿈에 푹 빠져 있을 때 누군가가 걸어오는 소리가 들렸다. 바로 프리데리케였다. 그녀는 멀리서 외쳤다.

"게오르게 씨, 여기서 뭐하세요?"

나는 그녀를 향해 달려가면서 소리쳤다.

"게오르게가 아닙니다. 천만 번 사과를 드려야 할 사람입니다."

그녀는 깜짝 놀라 나를 바라보았고, 곧 정신을 가다듬고는 깊은 숨을 쉬며 말했다.

"지독한 분이군요. 나를 이토록 놀라게 하시다니!"

나는 "최초의 변장이 나를 두 번째 변장을 하게 했습니다"라고 말하고, 이렇게 말을 이었다.

"첫 번째 변장은 내가 누구에게 가는지를 조금이라도 알았더라면 용서받지 못할 것이었겠지요. 하지만 이번 변장은 당신이 기분 좋게 맞이할 수 있는 모습이니 틀림없이 용서해주시겠지요."

그녀의 창백한 뺨이 아름다운 장밋빛으로 물들어갔다. 그녀가 말했다.

"적어도 게오르게 씨보다 더 나쁘게 대하지는 않겠어요. 우리 앉아요! 사실은 너무 놀라 등골이 오싹했어요."

나는 몹시 감동해서 그녀 곁에 앉았다. 그녀는 "오늘 새벽까지의 일은 친구 분을 통해 모두 들어서 알고 있어요. 그러니 그 다음 얘기를 해주세요"라고 말했다. 나는 다시 재촉을 받기 전에 어제의 내 모습이 싫어진 것과 집에서 뛰쳐나간 것을 무척 재미있게 설명했고 그녀는 애교 있게 마음껏 웃었다. 그러고 나서 나는 다른 이야기도 했는데, 그것은 온갖 예의를 다 갖추었지만 무척 정열적이어서 이야기의 형식을 빈 사랑의 고백이라고 할 수 있었다. 마침내 나는 내 손에 쥔 그녀의 손에 입맞춤을 함으로써 그녀와 다시 만난 기쁨을 표했다. 어젯밤 달빛 아래 산책할 때는 대부분 그녀가 이야기했지만 이제는 내가 이야기함으로써 어제의 빚을 갚았다. 그녀와 다시 만나 어제 주저했던 모든 것을 그녀에게 이야기해줄 수 있게 된 기쁨이 너무나도 커서 나는 이야기하면서 그녀가 생각에 잠겨 침묵하고 있는 것도 알아채지 못했다. 그녀는 몇 번 깊은 숨을 쉬었고, 나는 그녀를 놀라게 한 데 대해 계속 용서를 구했다. 우리가 얼마나 오랫동안 앉아있었는지 모르는데, 갑자기 "리케! 리케!" 하고 부르는 소리가 들렸다. 언니의 목소리였다. "재미있는 일이 벌어질 거예요"라며 완전히 쾌활함을 되찾은 그 소녀가 말했다.

"언니가 제 옆에 올 테니까요."

그녀는 나를 반쯤 숨기듯이 몸을 앞으로 숙이며 말했다.

"당신을 곧장 알아보지 못하도록 저쪽으로 몸을 돌리고 있으세요."

언니가 공터로 들어섰는데, 혼자가 아니고 바일란트와 함께 왔다. 두 사람은 우리를 보고 돌처럼 굳은 채 움직이지 않고 서 있었다.

조용한 지붕에서 별안간 불꽃이 터져 나오는 것을 본다 해도, 혹은 흉측한 모습으로 분노와 공포를 일으키는 괴물을 만난다 해도 도덕적으로 있을 수 없다고 생각되는 일을 뜻하지 않게 목격할 때의 경악보다 더 무시무시함에 사로잡히지는 않을 것이다. 언니는 놀라 어쩔 줄 몰라 하며 소리쳤다.

"그게 무슨 짓이야? 무슨 짓이냔 말이야? 게오르게와 함께! 손을 맞잡고! 어떻게 된 거야?"

프리데리케는 무척 심각하게 대답했다.

"언니! 이 불쌍한 사람이 나한테 용서해달라고 하면서 언니에게도 용서를 빌겠다고 해. 하지만 언니가 먼저 이 사람을 용서해주어야 해."

"나는 무슨 말인지 도무지 모르겠다."

언니는 머리를 저으며 말하면서 바일란트를 바라보았다. 바일란트는 조용한 성격대로 아주 침착하게 서서 아무 말 없이 사태를 지켜보고 있었다. 프리데리케는 일어나서 나를 끌어당겼다. 그녀가 외쳤다.

"주저하지 마세요! 사과하고 용서를 받으세요!"

나는 언니에게 꽤 가까이 다가가서 말했다.

"자, 그럼! 용서해주십시오!"

언니는 뒤로 물러서며 큰 소리로 비명을 지르고는 얼굴이 빨개졌다. 그러고는 풀밭에 뒹굴며 지칠 줄 모르고 크게 웃어댔다. 바일란트는 기분 좋게 미소 지으며 말했다.

"자네는 대단한 사람이야."

그러고 나서 그는 내 손을 잡고 흔들었다. 그는 좀처럼 좋은 것을 몸짓으로 표현하지 않았으므로 악수를 한 것은 진실하고 적극적인 무언가를 나타내는 것이었다. 그는 악수마저도 아꼈었다.

우리는 잠시 쉬었다가 마음을 가다듬고 마을로 돌아가는 길에 올랐다. 가는 도중 나는 어떻게 이런 놀라운 만남이 이루어졌는지를 알게 되었다. 프리데리케가 식사 전에 잠시 자신의 휴식처에서 쉬었다 가려고 산보에서 마지막에 떨어져 나왔던 것이다. 그리고 두 사람이 집에 오자 어머니가 점심식사가 준비되었으니 빨리 프리데리케를 데리고 오라고 두 사람을 보냈던 것이다.

언니는 한없이 재미있어했다. 그녀는 어머니가 이미 비밀을 알고 있다는 것을 알고 이렇게 말했다.

"그럼 이제 아버지, 동생, 하인, 하녀가 남아 있으니 똑같이 속여먹어야지."

우리가 정원 울타리에 왔을 때 프리데리케와 내 친구를 먼저 집으로 들어가게 했다. 하녀는 집 정원에서 일하고 있었는데, 올리비에(여기서 언니를 이렇게 불러도 될 것이다)가 하녀에게 말했다.

"잠깐, 너에게 할 얘기가 있는데!"

언니는 나를 울타리 옆에 서 있게 하고 하녀에게로 다가갔다. 나는 그들이 매우 진지하게 이야기하는 것을 보고 있었다. 올리비에는 하녀에게 게오르게가 바르바라와 사이가 나빠져서 그녀와 결혼하고 싶어 하는 것 같다고 말해 주었다. 그것은 하녀에게도 싫은 얘기는 아니었다. 언니는 이제 나를 불러 자신의 말을 뒷받침하도록 했다. 귀엽고 순박한 하녀는 내가 바짝 다가가 앞에 설 때까지 눈을 내리깔고 서 있었다. 그러나 그녀는 돌연 낯선 얼굴을 보게 되자 큰 소리를 지르며 달아났다. 올리비에는 하녀를 뒤쫓아가 집안에 들어가 소동을 일으키지 못하도록 꼭 붙들고 있으라고 당부했다. 자신은 들어가서 아버지의 상태를 살펴보겠다는 것이었다. 올리비에는 집으로 들어가는 도중 그 하녀를 좋아하는 하인을 만났다. 나는 그 사이 그 하녀를 쫓아가 꼭 붙들고 있었다. 올리비에는 하인에게 말했다.

"생각 좀 해봐! 참 다행이지. 게오르게가 바르바라와 끝내고 리제와 결혼하겠다는군."

그러자 착한 하인은 "전부터 그럴 거라고 생각해 왔어요"라고 말하고 불쾌해하며 서 있었다.

나는 하녀에게 단지 주인어른을 속이려는 게 목적이라고 이해를 시켰다. 우리는 하인 쪽으로 갔으나 그가 돌아서서 가버리려고 했다. 그러나 리제가 그를 데려왔다. 그는 사정을 설명 받고 무척 이상한 몸짓을 했다. 우리는 함께 집으로 걸어 들어갔다. 식탁이 차려져 있었고, 아버지는 벌써 그곳에 와 있었다. 올리비에는 나를 뒤에 두고 문지방에 들어서며 말했다.

"아버지, 게오르게도 오늘 우리와 함께 식사해도 괜찮지요? 그런데 그가 모자를 쓰고 있도록 허락해 주셔야 해요."

그러자 노인이 말했다.

"그래도 좋아! 그런데 왜 그런 엉뚱한 짓을 하지? 다치기라도 했니?"

그녀는 모자를 쓰고 서 있는 나를 앞으로 끌었다. 그녀는 나를 방안으로 끌고 가면서 말했다.

"아니에요! 하지만 모자 밑에 새둥지를 넣었기 때문에 새들이 날아와서 못된 소동이라도 벌일까봐서요. 아주 버릇없는 새들이니까요."

아버지는 무슨 뜻인지도 잘 모르면서 그 농담을 그대로 받아넘겼다. 이 순간 그녀는 내 모자를 벗겼고, 발로 바닥을 스치는 인사를 하고 내게도 똑같이 하게 했다. 노인은 나를 보고 나라는 것을 알아챘지만 목사다운 침착성을 잃지 않았다. 그는 위협하는 듯한 손가락을 들어 올리고는 말했다.

"아, 아! 시보(試補)로군! 당신은 빨리도 변했군. 나는 하룻밤 사이에 조수를 잃었네. 바로 어제 내 대신 가끔 평일에 설교단에 오르겠다고 내게 굳게 약속했건만."

그런 다음 그는 마음껏 웃으며 나를 환영했고, 우리는 식탁에 앉았다. 모제스는 훨씬 늦게야 들어왔다. 그는 귀여움만 받고 자란 막내라서 정오의 종소리를 들은 체 만 체하는 것이 보통이었다. 뿐만 아니라 그는 다른 사람들을 그다지 염두에 두지 않았으며, 자기 마음에 들지 않으면 거의 무시해버렸다. 사람들은 그를 좀 더 확실하게 속이기 위해 나를 자매들 사이에 앉히지 않고 게오르게가 이따금 앉곤 하던 식탁 끝자리에 앉도록 했다. 그는 내 등 뒤에서 문을 열고 들어와 내 어깨를 거칠게 두드리며 말했다.

"게오르게, 많이 드세요!"

나는 "고마워, 꼬마 아저씨!"라고 대답했다. 낯선 목소리와 낯선 얼굴이 그를 놀라게 했다. 올리비에가 말했다.

"어떠니? 이 분 동생과 꼭 닮지 않았니?"

그러자 모제스는 다시 정신을 가다듬고 "그래, 모든 사람이 뒤에서 보면 닮아 보여"라고 대답했다. 그는 나를 두 번 다시 쳐다보지 않았으며, 다른 사람들에 뒤지지 않으려고 음식을 열심히 집어삼키고 있었다. 그는 때때로 자리에서 일어나 뜰이나 정원에서 제멋대로 하고 싶은 일을 했다. 후식 때 진짜 게오르게가 들어와 모든 상황은 더 활기를 띠었다. 모두 그의 질투심을 놀리려 했고, 그가 나와 경쟁을 벌이는 것을 인정하지 않으려 했다. 그러나 그는 매우 겸손하고 능란했다. 그는 반쯤은 횡설수설하는 식으로 자신과 자신의 약혼녀, 자신의 모방자, 아가씨들을 서로 뒤섞어 얘기함으로써 나중에는 누구에 대한 이야기인지 더 이상 알 수가 없었다. 그래서 사람들은 그가 포도주와 자기 집에서 만들어 온 과자 한 조각을 조용히 먹어치우도록 내버려두었다.

식사가 끝난 후 산보를 하자는 얘기가 나왔다. 그러나 내 농부복장은 산보에 어울리지 않았다. 그런데 여자들은 오늘 아침 일찍 내가 서둘러 떠나버렸다는 것을 알고는 사촌이 이곳에 머물 때 사냥을 나가며 입곤 하는 멋진 술이 달린 저고리가 옷장에 걸려 있다는 것을 떠올렸다. 그러나 나는 그 옷을 거절했다. 내가 거절한 것은 겉으로는 여러 가지 장난을 즐길 수 있기 때문이었지만 속으로는 내가 농부의 모습으로 만들어낸 좋은 인상을 사촌에 의해 파괴시키고 싶지 않은 허영에 찬 감정 때문이었다. 아버지는 낮잠을 자러 나갔고, 어머니는 여전히 집안일로 분주했다. 친구는 내게 무슨 이야기든 하라고 제안했고, 나는 즉시 승낙했다. 우리는 넓은 정자 안으로 들어가 나중에 내가 『신 멜루지네』라는 제목으로 완성한 이야기를 들려주었다. 이 작품과 『신 파리스』와는 대략 청년과 소년과의 관계라고 할 수 있다. 나는 지금 여기에서 우리를 기분 좋게 감싸고 있는 전원적 현실과 소박성이 환상의 기이한 장난 때문에 손상될 우려만 없다면 그 이야기를 여기에 삽입할 수도 있을 것이다. 아무튼 나는 그런 작품들의 창작자와 화자의 가치를 높일 만한 성과를 이루었다. 즉 호기심을 자극하고, 주의를 집중시키고, 간파하기 어려운 의문을 성급하게 풀어보려는 욕구를 자극하고, 기대를 현혹시키고, 기이한 곳에 등장하는 좀 더 기이한 것에 의해 혼란을 일으키고, 불안하게 하고, 감동시키고, 마지막으로 심각하게 보였던 것을 재치 있고 쾌활한 농담으로 변화시켜 정서를 만족시키고, 상상력에 새로운 상상의 소재를 남기고, 이성에는 더 폭넓은 사고를 남겼던 것이다. 쓴다는 것은 언어의 오용이며, 조용히 혼자

갈

서 읽는 것은 말하는 것의 대용물이다. 인간은 자신의 인격을 통해 가능한 모든 영향을 다른 사람들에게 준다. 청년은 청년에게 가장 강하게 작용하며, 여기서 또한 가장 순수한 영향이 나타난다. 이 영향은 세계를 활기차게 하고, 도덕적으로나 물질적으로 사멸하지 않도록 한다. 나는 아버지에게서는 일종의 교술적인 화술을 이어받았고, 어머니에게서는 상상에서 나오는 모든 것을 파악해서 밝고 힘차게 묘사하고, 잘 알려진 이야기를 새롭게 만들고, 다른 이야기를 창작하여 이야기하고, 이야기하면서 창작하는 재능을 이어받았다. 아버지에게서 받은 소질 때문에 나는 사회에서 여러 가지로 불편한 존재가 되었다. 왜냐하면 다른 사람, 특히 미천한 경험으로 판단이 늘 부족한 듯 보이는 젊은이의 의견이나 생각을 듣기 좋아하는 사람은 없기 때문이다. 반면에 어머니는 내게 사교적 대화를 잘할 수 있도록 소질을 부여해주었다. 공허한 이야기도 상상력에는 강한 매력을 지니고 있고, 아주 하찮은 내용도 이성에는 고맙게 받아들여진다.

나로서는 전혀 힘들지 않았던 그런 표현력으로 나는 아이들에게서 사랑받았고, 젊은이들을 자극하고 기쁘게 했으며, 나이 든 사람들의 주목을 끌었다. 나는 단지 일반적인 사교사회에서만은 그런 연습을 곧 중지해야만 했다. 그럼으로써 나는 삶의 즐거움과 자유로운 정신의 함양을 많이 상실했다. 그러나 부모에게서 물려받은 두 가지 재능은 일생 동안 나와 함께했고, 그것은 제3의 소질인, 나를 우의적이며 비유적으로 표현하려는 욕구와 결합되었다. 통찰력 있고 재능 있는 의사 갈*은 내게서 인정한 이런 특성들을 고려하고는 자신의 학설에 따라 나는 본래 대중연설가로 태어났다고 단정했다. 이런 언명에 나는 적잖이 놀랐다. 왜냐하면 이 언명이 정말로 근거가 있는 것이라면 우리 국민에게 이야기할 것은 아무 것도 없을 것이며, 내가 계획할 수 있었던 모든 것은 유감스럽게도 사명에 어긋난 것이었기 때문이다.

* 의사이며 해부학자(1758~1828). 뇌의 영역에 따라 기능이 다르다고 보는 학설의 선구자이며 두개골 모양을 조사하여 개인의 지능과 성격을 판단하는 골상학을 창시했다.

3

나무는 하늘을 뚫고 자라지는 않는다

제11장

내가 제젠하임의 정자에서 보편적인 것과 불가능한 것을 재미있게 섞어서 한 이야기를 마치자 그때까지 매우 관심 있게 듣고 있던 여자들은 신기한 내 이야기에 극도로 매료된 것 같았다. 여자들은 그 이야기를 자기들끼리 자주 읽고 다른 사람들에게 반복해서 읽어줄 수 있도록 글로 써 달라고 간곡히 요구했다. 나는 계속 방문할 수 있는 구실과 더 밀접한 관계가 될 수 있는 기회를 얻게 되기를 희망했기에 그렇게 하기로 기꺼이 약속했다. 우리는 잠시 흩어졌는데, 모두가 하루를 온통 번잡하게 보냈기에 그날 저녁은 다소 맥 빠진 상태가 되리라고 느끼는 것 같았다. 내 친구는 이런 염려에서 나를 풀어주었다. 부지런하고 자신의 연구에 철저히 몰두하는 대학생인 그는 오늘밤을 드루젠하임에서 자고 내일 일찍 스트라스부르에 도착하고 싶어서 곧 작별인사를 청했기 때문이다.

우리 두 사람은 시종 아무 말도 하지 않고 숙소에 도착했다. 나는 자꾸만 떠나온 곳으로 끌리는 미련을 느꼈기 때문이고, 그는 다른 어떤 것을 생각하고 있었기 때문이다. 그는 우리가 도착하자 자신의 생각을 곧장 내게 알렸다. "정말 놀라워"라고 그는 말을 꺼냈다.

“자네가 그런 이야기를 생각해냈으니 말이야. 자네는 그 이야기가 아주 특별한 인상을 주었다는 걸 알고 있었나?”

나는 “물론이지”라고 대답했다.

“언니가 몇 군데에서 필요 이상으로 웃었고, 동생이 고개를 저었고, 자네들이 서로를 의미심장하게 쳐다보았고, 자네도 거의 정신을 차리지 못하는 듯한 것을 내가 알아차리지 못했을 리가 없지. 하지만 나를 혼란스럽게 했다는 것도 부인할 수 없네. 왜냐하면 선량한 아이들에게 들려주지 않았더라면 더 좋았을, 그 모험가*의 모습에서 필연적으로 떠올리게 될 남자들에 대한 나쁜 생각을 일으킬 그런 우스꽝스런 이야기를 해주는 것이 적절치 않을 것이라는 생각이 들었기 때문이네.”

그러자 그는 이렇게 대답했다.

“결코 그렇지 않네! 자네는 몰라. 어떻게 알겠는가? 그 선량한 아이들은 자네가 생각하고 있는 것처럼 그런 일에 대해 전혀 모르고 있지는 않다는 것 말일세. 그들 주변의 폭넓은 교제집단이 그들에게 많은 사고의 동기를 주고 있고, 라인 강 건너에는 자네가 과장해서 동화처럼 이야기한 것과 똑같은 부부가 살고 있기 때문이라네. 남편은 자네 이야기에서처럼 키가 크고 거칠고 무뚝뚝하며, 부인은 귀엽고 섬세해서 남편이 손바닥 위에 올려놓고 다닐 정도라네. 그들의 그 밖의 상황과 내력이 자네의 이야기와 꼭 같아서 그 아가씨들은 자네가 그 사람들을 알고 있으면서 장난삼아 이야기하는 것이 아니냐고 내게 진지하게 물었다네. 나는 그렇지 않다고 말했지. 그러니 자네는 그 이야기를 쓰지 않고 내버려두는 것이 좋을

* 『신 멜루지네』의 남자 주인공 레이몬드를 가리킴.

걸세. 머뭇거리고 구실을 대면서 변명할 길을 찾아보세."

나는 매우 놀랐다. 왜냐하면 나는 라인 강 이쪽에 사는 부부든 건너에 사는 부부든 생각해본 적이 없었으며, 내가 어떻게 그런 이야기를 생각해내게 되었는지 도무지 알 수 없었기 때문이다. 나는 다른 아무런 관계도 없이 머릿속에서 그런 재미있는 이야기를 그려보는 것을 즐겼고, 내가 그것을 다른 사람들에게 이야기해 주면 그들 역시 좋아할 것이라고 생각했을 뿐이었다.

나는 도시로 돌아와 다시 내 일을 하게 되었을 때 그것이 전보다 더 힘들다는 것을 느꼈다. 활동적인 천성을 타고난 사람은 지나치게 많은 계획을 세우고 많은 일에 파묻히게 마련이기 때문이다. 그것은 잘 되기도 하지만 육체적 정신적 장애가 생겨서 계획에 대한 역량의 부족함이 드러나기도 한다.

나는 어느 정도 명예롭게 학위를 따기 위해 필요한 만큼의 노력을 기울여 법학을 공부했다. 의학도 내게 여러 방면으로 자연을 충분히 해명해주지는 않지만 인식시켜 주기 때문에 내 관심을 끌었다. 그리고 나는 교제와 습관에서 의학과 인연을 맺게 되었다. 나는 사교에도 어느 정도 시간과 관심을 바쳐야 했는데, 내가 여러 집에서 많은 사랑과 존경을 받았기 때문이다. 그러나 헤르더가 내게 부과해준 문제가 나를 끝없이 괴롭히지만 않았다면 나는 이 모든 것을 계속하여 이끌어나갔을 것이다. 헤르더는 내 앞을 가리고 있던 독일문학의 빈곤의 장막을 찢어내 버렸다. 그는 내게서 많은 선입견을 가차 없이 파괴해버렸다. 그는 소수의 빛나는 별들만 조국의 하늘에 남겨두고 나머지 것들은 모두 흘러가는 유성들로 취급했다. 그는 내가 나 자신에 대해 소망하고 상상하던 것을 위축시켰기 때문에 나는 내 능력에 대해 실망하기 시작했다. 그러나 그는 동시에 자신이 뚫고나가려 한 찬란하고 넓은 길로 나를 이끌었으며, 내 관심을 스위프트*와 하만을 필두로 자신이 좋아하는 작가들에게 쏠리게 했고, 좌절시킨 것 못지않게 나를 자극해 주었다. 이런 여러 가지 혼돈에 이번에는 싹트는 열정이 가세하여 나를 삼켜버릴 듯 위협했지만 내 상황에서 나를 떼어놓았을 뿐 그것을 뛰어넘게 하지는 못했다. 게다가 내게는 신체의 병도 생겨 식사 후 목구멍이 조여드는 듯했다. 나중에서야 이 증세는 하숙집에서 우리가 늘 즐겨 마셨던 적포도주를 끊은 다음 쉽게 사라졌다. 제젠하임에서는 이런 참을 수 없는 고통이 사라져서 나는 두 배로 즐거울 수 있었다. 그러나 도시로 돌아와 식사를 하면 그 지긋지긋한 증세가 곧 다시 나타났다. 이 모든 것이 나를 시름에 잠기게 하고 침울하게 했으며, 내 겉모습도 내면의 상태와 일치했을 것이다.

나는 식사를 하고나서 그 증세가 심하게 나타났기 때문에 평소보다 더 불쾌한 기분으로 임상강의에 출석했다. 존경스런 선생이 우리를 이 병상 저 병상으로 데리고 다니면서 내보인 명랑함과 유쾌함, 중요한 증상에 대한 정확한 설명, 질병의 진행 상태에 대한 판단, 이론 없이 자신의 경험에서 지식의 형태를 드러낸 훌륭한 히포크라테스식 처방 방식, 늘 수업시간의 끝을 장식하는 결론강의 등 모든 것이 나를 그에게 쏠리게 했다. 그래서 나는 겨우 틈새로 들여다보는 정도인 낯선 분야에 더 많은 매력을 느끼고 애착을 갖게 되었다. 나는 치료, 즉 인간의 신체와 정신의 회복을 가능한 것으로 지금까지와는 달리 이해하는 것을 배워가면서 환자들에 대

* 아일랜드의 풍자작가로 영어 풍자문학의 대가인 조너선 스위프트(1667~1745)

한 거부감이 점점 더 줄어들었다. 선생은 나를 별난 젊은이로 특별히 염두에 두고 내가 그의 수업시간에 하는 이상행동을 용서해주는 것 같았다. 그는 이번에는 평상시처럼 관찰한 어떤 질병과 관련된 학설로 강의를 끝내지 않고 쾌활하게 이렇게 말했다.

"여러분, 우리는 이제 며칠간의 휴가가 있습니다. 원기를 돋우기 위해 이번 휴가를 활용하십시오. 연구란 진지하게 열심히만 이루어져야 하는 것이 아니고, 쾌활하고 자유로운 정신으로 이루어지기도 해야 하는 것입니다. 신체를 움직이도록 하고, 걷거나 말을 타고 아름다운 이 지방을 돌아다니십시오. 이 지방에 사는 주민은 늘 보는 풍경에 즐거워할 것이고, 외지인에게는 그것이 새로운 인상을 주고 아늑한 추억을 남겨줄 겁니다."

이런 권고를 받을 사람은 우리 둘 뿐이었다. 또 한 사람인 그에게도 나처럼 이 처방이 납득이 되었으면 좋으련만! 나는 하늘에서 내려온 목소리를 듣는 것 같았고, 가능한 한 서둘러 말을 준비하고 말끔히 몸단장을 했다. 바일란트를 찾았지만 없었다. 그렇다고 내 결심이 꺾이지는 않았다. 하지만 나는 유감스럽게도 준비가 늦어져 바란 만큼 일찍 출발하지는 못했다. 나는 힘차게 말을 달렸지만 어둠이 찾아들었다. 나는 길을 잘못 들지는 않았으며, 달이 내 열정적인 계획을 비춰주었다. 밤바람이 불고 소나기가 내렸지만 나는 그녀를 만나기 위해 내일 아침까지 기다리지 않도록 계속 말을 몰았다.

내가 제젠하임에 도착해서 말을 마구간에 집어넣었을 때는 이미 늦은 밤이었다. 내가 주인에게 목사 댁에 아직 불이 켜있을 것인지를 묻자 그는 그 집 아가씨들이 방금 집으로 돌아갔다고 확인해주고, 손님이 한 사람 온다는 얘기를 들은 것 같다고 말했다. 그것은 내게 좋은 소식이 아니었다. 나는 내가 유일한 손님이기를 바랐기 때문이다. 나는 늦기는 했지만 최소한 첫 번째 손님이라도 되기 위해 급히 집을 나섰다. 나는 두 자매가 문 앞에 앉아있는 것을 보았다. 그들은 그다지 놀라는 것 같지 않았다. 그러나 나는 프리데리케가 올리비에의 귀에 대고 나도 알아들을 수 있는 목소리로 "내 말이 맞지? 오셨잖아!"라고 말하는 것을 듣고 놀랐다. 두 사람은 나를 방안으로 안내했다. 거기에는 간단한 간식이 차려져 있었다. 어머니는 오래도록 알고 지내온 사람인 것처럼 내게 인사했다. 그러나 언니는 불빛에서 나를 바라보더니 큰 소리로 웃어댔다. 그녀는 거의 웃음을 참을 수가 없었던 것이다.

처음의 이런 기이한 영접이 있은 후 곧장 이야기는 자유롭고 명랑하게 이어졌다. 그리고 이날 밤 내가 모른 채 감춰져 있던 것을 나는 다음날 아침에 알게 되었다. 프리데리케가 내가 올 것이라고 예언했던 것이다. 슬픈 예언일지라도 예언이 들어맞을 때 어느 정도의 기쁨을 느끼지 않을 사람이 어디 있겠는가? 모든 예감은 일어나는 사건과 일치하게 되면 우리로 하여금 스스로에 대해 우월하게 여기게 한다. 즉 우리는 멀리 떨어져 있는 관계를 알아낼 만큼 감각이 섬세하고, 필연적이지만 불확실한 인연을 알아낼 만큼 예민하다고 생각할 수 있는 것이다. 올리비에가 웃은 이유도 비밀로 남지 않았다. 그녀는 이번에는 내가 깨끗하게 말끔히 단장하고 나타난 것을 보고 몹시 재미있었다고 고백했다. 반면에 프리데리케는 그런 옷차림을 내 허영심으로 해석하지 않고 그녀에게 잘 보이려는 소망으로 긍정적으로 보았다.

아침 일찍 프리데리케는 산보를 하자고 나를 불러냈다. 어머니와 언니는 여러 손님들을 맞이할 준비를 하느라 분주했다. 나는 사랑하는 소녀

헤벨의 흉상

옆에서 위대한 헤벨*이 우리에게 내 보여주는 듯한 전원의 찬란한 일요일 아침**을 즐겼다. 그녀는 올 손님들에 대해 설명하고, 내게 그들 틈에 끼어 모든 즐거움을 가능한 한 함께 질서 있게 누려달라고 부탁했다. 그녀는 이렇게 말했다.

"늘 각자 흩어져 버려요. 농담이나 유희를 해도 잠깐뿐이고, 마지막이 되면 한쪽에서는 카드놀이밖에 하지 않고, 다른 쪽에서는 춤만 실컷 추고 말지요."

그래서 우리는 식사 전후에 해야 할 계획을 세우고, 서로에게 새로운 사교놀이들을 알려주면서 한데 어울려 즐겼다. 그때 종소리가 울려 우리는 교회로 불려갔다. 거기서 나는 그녀 옆에 앉아 있었기 때문에 아버지인 목사의 무미건조한 설교가 지루하지 않았다.

사랑하는 여인 옆에 있으면 언제나 시간 가는 줄을 모르는 법이다. 그러나 나는 이런 시간에 특별한 생각에 잠겨 있었다. 조금 전 내게 터놓고 보여주었던 이 소녀의 특성들을 나는 다시 생각해 보았다. 분별 있는 쾌활함, 의식 있는 소박성, 선견지명을 띤 낙천성 등 모든 특성들이 소화해

* 독일 방언문학의 선구자(1760~1826)로 뛰어난 자연묘사와 농민생활의 목가적 풍경을 깊은 애정과 소박한 필치로 읊었다.

** 헤벨의 시 『일요일 아침』에 묘사된 모습.

내기 어려운 듯 보이지만 그녀에게서 함께 나타나 그녀의 외모를 우아하게 특징짓고 있었다. 그래서 나는 자유로운 쾌활함을 침해할 정도로 나 자신에 대해 좀 더 진지한 관찰을 하지 않을 수 없었다.

저 정열적인 소녀*가 내 입술에 저주와 신성을 내려준 이후(내려준다는 것은 그 두 가지 모두를 포함하고 있으므로) 나는 미신적이기는 하지만 겪어보지 못한 엄청난 정신적 손상을 입을까봐 두려워 어떤 소녀와도 키스하는 것을 경계해 왔다. 그래서 나는 매력적인 소녀에게서 많건 적건 사랑을 빼앗으려는, 젊은이라면 어쩔 수 없이 느끼는 욕정을 극복했다. 그러나 지극히 예절바른 모임에서조차 고통스런 시련이 나를 기다렸다. 쾌활한 젊은이들이 모여서 한데 어울리는 다소 수준이 있다는 조그만 놀이도 대부분 벌을 주는 것을 바탕으로 하고 있어 키스가 벌로 중요한 가치를 갖게 된다. 그러나 나는 키스는 절대로 하지 않겠다고 마음먹었다. 그리고 결함이나 장애가 사람을 평소 하지 않던 행동으로 이끌 듯 나도 키스를 하지 않는 대신 모임에 누를 끼치지 않고 오히려 이익이 되도록 내가 지닌 재능과 기지를 모두 바쳤다. 벌을 주기 위해 시가 요구되면 그것은 대부분 나를 겨냥한 것이었다. 나는 언제나 준비가 되어 있었으며, 그럴 경우 여주인이나 내게 가장 다정하게 대해준 여인을 찬양하는 시를 내놓을 수 있었다. 내게 벌로 키스를 하라고 요구하면 나는 누구나 만족할 수 있는 말을 구사함으로써 그것에서 벗어나고자 했다. 또한 나는 그런 경우를 미리 생각해 둘 시간적 여유가 있었으므로 다양한 말재주를 부리는 데 부족함이 없었다. 하지만 즉석에서 하는 말이 언제나 최고였다.

* 제9장 끝 부분에 나오는 무도선생의 딸 루신데를 가리킴.

우리가 집에 돌아오자 여러 곳에서 손님들이 몰려들어 즐겁게 떠들고 있었다. 프리데리케는 그들을 모아 그 아름다운 장소로 산보할 것을 부탁하며 데리고 갔다. 거기에는 풍성한 간식이 준비되어 있었으며, 모두 사교적 유희를 하며 점심시간을 기다렸다. 여기서 나는 프리데리케의 동의를 얻어 비록 그녀가 내 비밀을 알아채지는 못했지만 벌칙 없는 유희를 하거나 벌칙이 있더라도 키스를 제외하도록 준비하여 실행할 수 있었다.

내가 전혀 모르는 손님들은 재빨리 나와 그 사랑스런 소녀와의 관계를 짐작하고는 내가 은밀히 피하려고 하는 것을 장난삼아 강제로 시키려고 애를 썼기 때문에 나는 더욱 더 교묘하고 능란하게 행동할 필요가 있었다. 그런 모임에서는 사람들이 젊은이들의 싹트는 애정을 알아차리게 되면 그들을 당황하게 하거나 좀 더 가까워지게 하려고 한다. 그 결과 열정이 분명하게 나타나면 그들을 다시 떼어놓으려 한다. 사교적인 사람에게는 자신이 유익하든 해롭든 상관없이 재미있으면 되는 것이다.

나는 이날 아침 조금 주의를 기울여 프리데리케의 전반적인 모습을 알아낼 수 있었다. 그녀는 내게 시종 변함없는 상태로 머물렀다. 농부들이 그녀에게 특별히 공손하게 인사를 하는 것으로 보아 그녀는 그들에게 친절하며 그들의 호감을 얻고 있음을 알 수 있었다. 집에서는 언니가 어머니를 돕고 있었다. 육체적으로 힘이 드는 모든 일은 프리데리케에게 요구하지 않았다. 사람들의 말에 의하면 그녀의 가슴을 걱정해서 그녀를 아껴준다는 것이었다.

여인들은 실내에서 특히 우리 마음에 드는 부류와 야외에서 더 돋보이는 부류가 있는데, 프리데리케는 후자에 속했다. 그녀는 비탈진 골목길을 걸어갈 때 그 태도와 모습이 가장 매력적으로 보였다. 동작의 우아함은 꽃이 만발한 대지와, 얼굴의 무한한 해맑음은 푸른 하늘과 견줄 만할 듯했다. 그녀는 자신을 에워싼 활기찬 정기를 집으로도 가져갔다. 그녀는 혼란을 조정하고, 사소하지만 불쾌한 일들에서 받는 인상을 가볍게 지울 줄도 안다는 것을 곧장 알 수 있었다.

사랑하는 여인에게서 찾을 수 있는 가장 순수한 기쁨은 그녀가 타인을 기쁘게 하는 것을 보는 일이다. 손님들 속에서의 프리데리케의 행동은 보통 친절했다. 그녀는 산보에서는 생기를 주는 정령처럼 떠돌아다녔으며, 여기저기에서 생길 수 있는 틈새를 채울 줄도 알았다. 동작의 경쾌함은 이미 우리가 칭찬한 바 있는데, 그녀는 뛰어다닐 때 가장 귀여웠다. 사슴이 풀이 싹트는 들판을 넘어 경쾌하게 뛰어갈 때 자신의 천성을 완전하게 발휘하는 것처럼 보이듯 그녀도 잊은 물건을 가져오거나, 잃어버린 것을 찾거나, 멀리 있는 한 쌍을 불러오거나, 필요한 것을 주문하기 위해 들판과 언덕을 넘어 경쾌하게 달려갈 때 자신의 성격과 태도를 가장 분명하게 나타내는 듯이 보였다. 그럴 때 그녀는 결코 숨을 헐떡이지 않았고, 완전한 평정을 유지했다. 그래서 그녀의 가슴에 대한 부모의 크나큰 걱정은 많은 사람들에게 지나친 것으로 여겨졌다.

이따금 우리를 따라 초원과 들판을 거닐었던 그녀의 아버지는 자주 적절한 말 상대를 찾지 못했다. 그래서 내가 그의 상대를 해주었고, 그는 자신이 즐기는 테마를 계속 끌어냈으며, 제안해놓은 목사관 건축에 대해 자세하게 이야기하는 것을 빼놓지 않았다. 그는 특히 세심하게 완성한 설계도를 다시 얻어서 검토해보고 이것저것 고칠 것에 대해 깊이 숙고해볼 수 없는 것을 한탄했다. 이에 대해 나는 설계도를 대치하는 것은 쉬운 일이라고 대답하고, 가장 중요한 기본도면을 만들어주겠다고 나섰다. 그는 매우 만족해했고, 필요한 측량에 학교선생의 힘을 빌겠다고 말하고, 학교선생에게 내일 아침 일찍 측량용 자를 준비하도록 재촉하기 위해 서둘러 떠났다.

아버지가 떠난 후 프리데리케가 말했다.

"당신은 참으로 착해요. 아버지의 취약한 면을 보호해주고, 다른 사람들처럼 그런 이야기에 싫증을 느껴 아버지를 피하거나 이야기를 중단시키지 않으니 말이에요. 하지만 솔직히 말씀드리면 우리들 나머지 사람들은 건축하는 것을 원하지 않아요. 건축은 마을에도 너무 많은 비용이 들고 우리에게도 그럴 테니까요. 새 집, 새 가구! 우리 집에 오는 손님들에게는 새 집이라고 해서 더 좋을 게 없을 거예요. 그들은 낡은 집에 익숙해 있으니까요. 지금 이 집에서는 손님들을 풍요롭게 접대할 수 있지만 새 집에서는 넓기는 해도 마음이 편하지는 않을 거예요. 사정이 이렇답니다. 하지만 아버지를 계속 잘 돌봐 주세요. 정말로 감사드려요."

우리와 어울려 놀던 한 여자가 몇 편의 소설에 대해 묻고, 프리데리케에게 그것을 읽어보았는지 물었다. 그녀는 읽지 않았다고 대답했다. 그녀는 대체로 책을 읽지 않았기 때문이다. 그녀는 쾌활한 도덕적 삶의 즐거움 속에서 자라났고 그에 맞는 교육을 받아왔다. 『웨이크필드의 목사』가 혀끝까지 올라왔지만 감히 그녀에게 그것을 얘기할 수는 없었다. 상황이 너무나 뚜렷하고 의미심장할 정도로 비슷했던 것이다. 그녀는 이렇게 말했다.

"나는 소설 읽기를 무척 좋아해요. 소설 속에서는 내가 비슷하게 되고 싶은 멋진 사람들이 나오니까요."

측량은 다음날 아침에 했다. 나는 학교선생보다 측량기술이 능숙하지 못해 일이 꽤 느리게 진행되었다. 마침내 웬만큼 쓸 만한 설계도가 마련되었다. 그녀의 아버지는 내게 자신의 의도를 말했고, 내가 도시에 가서 설계도를 좀 더 편안하게 완성하기 위해 작별을 고하자 싫어하지 않았다. 프리데리케는 기쁘게 나를 보내주었다. 내가 그녀의 애정을 확신하고 있듯이 그녀도 내 애정을 믿고 있었으며, 6시간의 거리는 멀다고 느껴지지 않았다. 우편마차로 드루젠하임에 가는 것은 어려운 일이 아니었으며, 이 우편마차나 보통 혹은 특별마차를 통해 서로 연락을 유지하는 일도 어렵지 않았다. 이 경우 게오르게가 운송책임을 맡도록 되어 있었다.

도시에 도착해서 나는 아침 일찍부터—늦잠을 자는 일은 생각할 수도 없었으므로—설계도 일에 몰두했고, 그것을 가능한 한 깨끗하게 그렸다. 그 사이에 나는 그녀에게 책들을 보냈으며, 정다운 말도 함께 써 보냈다. 나는 곧장 답장을 받았고, 그녀의 날렵하고 멋지고 정성어린 필체를 보고 기뻐했다. 내용과 문체 역시 자연스럽고 훌륭하고 사랑스럽고 진심어린 것이어서 그녀한테 받았던 인상이 계속하여 유지되고 새로워졌다. 나는 연거푸 그녀의 좋은 특성들을 떠올리며 즐거워했고, 곧 그녀를 다시 만나 오랫동안 함께하리라는 희망을 키웠다.

이제 그 충직한 선생*의 권고는 더 이상 필요치 않게 되었다. 그는 수업 시간에 했던 그 말로 적시에 나를 근본적으로 치료해주었으므로 나는 그와 그의 환자들을 쉽사리 다시 보고 싶은 마음이 들지 않았다. 프리데리케와의 서신교환은 더 빈번해졌다. 그녀는 라인 강 건너편 친구들도 오게 되어있는 잔치에 나를 초대했다. 나는 좀 더 오래 머물 채비를 해야 했다.

* 앞서의 임상강의 선생을 말함.

나는 여행가방을 적당히 꾸려 우편마차에 싣고, 몇 시간 후 그녀 옆에 있게 되었다. 나는 흥겨워하는 많은 손님들을 만났으며, 그녀 아버지를 옆으로 불러 설계도를 건네주었고, 그는 그것을 보고 매우 기뻐했다. 나는 설계도를 완성하면서 생각했던 것을 그와 얘기했다. 그는 기뻐서 어쩔 줄 몰라 했으며, 특히 도면이 깨끗하게 그려진 것을 칭찬했다. 도면 그리기는 내가 어려서부터 연습해왔으며, 이번에는 가장 좋은 종이에 특별한 노력을 기울인 것이었다. 그러나 그가 내 충고와는 달리 기쁜 나머지 설계도를 손님들에게 내보였기 때문에 이 선량한 집주인의 기쁨은 곧 사라지게 되었다. 그들은 기대했던 관심을 표명하는 것과는 동떨어진 모습을 보였다. 일부는 이 훌륭한 작품을 전혀 중시하지 않았고, 이 분야를 어느 정도 안다고 생각하는 일부 사람들은 일을 더 엉망으로 만들었다. 그들은 이 도면을 기법에 맞지 않는다고 비난했으며, 노인이 잠시 한눈을 파는 사이에 이 깨끗한 도면을 초안으로 취급해서 한 사람이 진한 연필로 자신의 수정안을 부드러운 그 종이 위에 거칠게 그림으로써 최초의 깨끗한 도면은 다시 회복시킬 수 없게 되었다.

자신의 기쁨을 무참하게 짓밟혀 극도로 격분한 노인에게 나 자신도 그것을 초안으로 여겼으며, 상의해서 새로운 설계도를 만들자고 말해보았지만 그를 위로할 수는 없었다. 모든 노력에도 불구하고 그는 몹시 분노하여 나가버렸고, 프리데리케는 내게 아버지에 대한 배려와 손님들의 무례한 행동에 대한 인내에 대해 감사했다.

그러나 나는 그녀 옆에 있었기에 고통도 불만도 느끼지 않았다. 손님들은 젊고 꽤 떠들썩한 친구들이었는데, 한 노신사는 그들을 능가하려고 노력하여 그들보다 더 기이한 모습을 보였다. 이미 아침식사 때부터 포도주가 아낌없이 나왔다. 사람들은 잘 차려진 점심식탁에서는 부족한 것 없이 음식을 즐겼으며, 꽤 따뜻한 날씨에 적당한 운동을 한 후라서 모두에게 음식이 더 맛있었다. 그리고 그 선량한 노관리가 좀 지나친 행동을 했지만 젊은이들도 그에 뒤지지 않았다.

나는 프리데리케 옆에 앉아 한없이 행복했다. 그 자리는 말이 많고 쾌활하고 재기발랄하고 떠들썩했지만 나는 감정과 주의력과 애착으로 적당히 절제하고 있었다. 그녀 역시 똑같은 입장에 처해 활달하고 명랑하고 흥미를 느끼며 말이 많았다. 우리는 손님들을 위해 움직이고 있는 것 같이 보였지만 오로지 우리 두 사람을 위해 서로 마음을 주고받았다.

식사 후에는 모두 그늘을 찾아 사교적 유희를 벌였고, 벌칙놀이 차례가 왔다. 벌칙으로 온갖 종류의 극단적인 일들이 벌어졌다. 요구되는 몸짓, 내보여야 하는 행동, 풀어야 하는 과제 등 모든 것이 극단적인 즐거움을 한없이 안겨주었다. 나도 여러 가지 장난으로 이 지독한 놀이에 흥을 더했고, 프리데리케는 여러 가지 익살스런 발상으로 돋보였다. 내게는 그녀가 전보다 더 귀엽게 보였다. 모든 우울증적이고 미신과 같은 망상이 내게서 사라졌고, 그토록 귀여운 내 사랑하는 여인에게 진심을 다해 키스할 기회가 주어졌을 때 나는 주저하지 않았다. 그리고 이 기쁨을 반복하는 일은 더욱 주저하지 않았다.

음악을 듣고자 하는 일행의 희망이 드디어 충족되어, 그들은 음악을 듣다가 모두 서둘러 춤을 추었다. 처음에는 알망드*, 중간에는 왈츠, 마지막에는 윤무를 추었다. 모두가 이 국민무도에 익숙해 있었다. 나도 내게 비

---

* 16세기 유럽의 귀족사회에서 유행한 춤. 쌍을 이룬 남녀가 행렬을 지어 장중하고 흐르는 듯한 스텝을 밟으며 춘다.

알망드 춤

밀리에 가르쳐준 무도여선생들의 명예를 충분히 높여주었다. 걷고 뛰고 달리는 듯 춤춘 프리데리케는 내가 능숙한 상대임을 알고 무척 기뻐했다. 우리는 대부분 둘이서 함께 춤을 추었는데, 사방에서 그녀에게 너무 지나치게 굴지 말라고 충고하는 바람에 곧 중단해야 했다. 그 대신 우리는 손에 손을 잡고 산보를 나가서 앞서의 그 조용한 장소에서 깊은 포옹을 하고 우리가 진정으로 사랑한다는 것을 굳게 확인함으로써 보상받았다.

유희에서 빠져나온 나이 든 사람들이 우리를 데리고 갔다. 저녁간식 때에도 사람들은 여전히 마음껏 놀았다. 그들은 밤이 깊도록 춤을 추었고, 낮 못지않게 건강과 흥겨움을 위해 건배를 하며 마음껏 마셨다.

나는 겨우 몇 시간을 깊이 자고나서 끓어오르는 흥분된 혈기 때문에 잠에서 깼다. 그런 상태와 그런 시간에는 무방비 상태로 누워있는 인간에게 근심과 후회가 엄습하곤 한다. 나의 상상력은 곧장 생생한 모습들을 그려냈다. 내 앞에 루신데가 보인다. 그녀는 열렬한 키스를 한 후 열정적으로 내게서 물러나서 달아오른 뺨과 이글거리는 눈으로 그 저주의 말을 퍼부으면서 자신의 누이동생을 위협하고 죄 없는 낯선 여자까지도 자신도 모르게 위협하고 있다. 프리데리케가 그 광경에 몸이 굳어 자신은 전혀 알지도 못하는 그 저주의 결과를 예감하며 파랗게 질린 채 그녀와 마주서 있다. 나는 그 불행을 예언하는 키스를 피할 수 없듯이 그 이상한 사건의 정신적 영향을 거부할 수 없는 상태로 가운데에 서 있다. 프리데리케의 연약한 몸은 위협해오는 불행을 재촉하는 듯이 보였고, 나에 대한 그녀의 사랑은 정말로 불행한 것으로 여겨졌다. 나는 산을 넘고 넘어 달아나고 싶었다.

그러나 내게 좀 더 고통스런 것이 숨겨져 있었다는 것을 감추지 않겠다. 내가 그런 미신을 간직하고 있었던 것은 내 분명한 자부심 때문이었다. 내 입술은—정화되었든 저주를 받았든—전보다 더 중요하다고 생각되었다. 그리고 나는 많은 천진난만한 기쁨을 포기하면서 적잖은 자부심을 가지고 내 금욕적인 행동을 의식해 왔는데, 그것은 한편으로는 그 마력적인 장점을 지키기 위해, 또 한편으로는 그 장점을 포기할 때 죄 없는 존재에게 상처를 주지 않기 위한 것이었다.

그러나 이제 모든 것이 사라지고 돌이킬 수 없게 되었다. 나는 천박한 상태로 되돌아갔다. 나는 가장 사랑하는 존재를 해치고, 그녀에게 회복할 수 없는 상처를 입혔다고 생각했다. 그래서 그 저주는 나한테서 떨어져나가지 않고 내 입술부터 내 마음속을 뚫고 들어와 버렸다.

이런 모든 것이 함께 어우러져 사랑과 열정, 술과 춤으로 달궈진 내 혈관 속에서 발광하면서 나의 사고를 어지럽히고, 나의 감정을 괴롭혔다. 그래서 나는 특히 어제의 기분 좋은 즐거움과는 반대로 한없는 절망 속에 처한 것처럼 느껴졌다. 다행히도 창살 틈으로 아침햇살이 나를 비추었고, 떠오르는 아침 해는 밤의 모든 위력을 꺾어버리면서 나를 다시 일으켜 세웠다. 나는 곧 밖으로 나가 완전하지는 않지만 재빨리 원기를 회복했다.

미신이란 다른 여러 망상들과 마찬가지로 우리의 허영심을 북돋워주는 대신 허영심을 방해하여 이 예민한 성질을 화나게 하면 쉽게 그 힘을 잃는다. 그러면 우리는 마음만 먹으면 곧장 미신을 떨쳐버릴 수 있다는 것을 쉽게 알게 된다. 미신에서 빼앗은 모든 것이 우리의 이익에 도움이 많이 될수록 우리는 미신을 더 쉽게 떨쳐버린다. 프리데리케의 용모, 그녀의 사랑의 감정, 주변 사람들의 쾌활함 등 모든 것이 내가 가장 행복한 날들의 한가운데에 있으면서 불행한 밤새들을 숨겨두려 한다고 나를 비난했다. 나는 그런 밤새들을 영원히 쫓아버린 것으로 믿었다. 사랑하는 소녀의 점점 더 밀접하게 신뢰하는 행동은 나를 몹시 기쁘게 했고, 이번에 작별할 때 그녀가 다른 친구들이나 친척들에게 하듯 나에게 공공연히 키스를 해준 것은 정말로 나를 행복하게 했다.

도시에서는 많은 일들과 오락들이 나를 기다리고 있었지만 나는 자주 거기에서 빠져나와 이제 규칙적으로 이루어지게 된 애인과의 서신교환을 통해 그녀에게 마음을 집중했다. 편지 속에서도 그녀는 여전히 변함이 없었다. 그녀는 무언가 새로운 것을 이야기하든지, 잘 알고 있는 일들을 인용하든지, 가볍게 묘사하든지, 슬쩍 되새겨보든지 언제나 펜을 가지고 왔다 갔다 하며 달리고 뛰면서 가볍고도 확실한 모습으로 나타나는 듯했다. 나는 매우 즐겨 그녀에게 편지를 썼다. 그녀의 장점들을 떠올려보는 것은 그녀가 없는 가운데에서도 나의 애정을 키웠고, 그래서 이런 즐거움은 함께 있을 때의 즐거움 못지않았고, 오히려 더 기분 좋고 값지게 되었다.

그 미신은 완전히 사라질 수밖에 없었다. 그것은 과거의 인상에 토대를 두고 있었지만 시대정신, 젊은이의 성급함, 냉정하고 이성적인 사람들과의 교제 등 모든 것이 미신에는 맞지 않는 것이어서 주변에서는 내 망상의 고백을 완전히 우스꽝스럽게 여기지 않는 사람을 찾아보기가 쉽지 않았다. 그러나 가장 좋지 않은 것은 이런 망상이 사라지면서 과거의 애정으로부터 영속적인 결실을 약속받지 못하는 젊은이들이 흔히 처하곤 하는 상황에 대한 참된 관찰을 남겨준다는 점이었다. 나는 혼돈에서 벗어나기가 어려웠기 때문에 이성과 숙고가 이 경우에 더 나쁘게 작용했다. 그 뛰어난 소녀의 가치를 알면 알수록 내 열정은 커져갔다. 그리고 내가 그토록 사랑스럽고 좋은 것을 어쩌면 영원히 잃어버려야 할 시간이 다가왔다.

우리는 한동안 조용하고 기분 좋게 교제를 계속했다. 그런데 어느 날 친구 바일란트가 짓궂은 장난을 했다. 그는 『웨이크필드의 목사』를 제젠하임에 들고 와서 낭독이 화제가 되었을 때 무심코 아무렇지도 않은 듯 그것을 내게 건네주었다. 나는 당황하여 어쩔 줄 몰랐지만, 할 수 있는 한 그것을 밝고 활기차게 읽어나갔다. 듣는 사람들의 얼굴도 곧 쾌활해졌고, 인물들을 비교해보는 것도 그들에게는 전혀 불쾌하지 않은 것 같았다. 그들은 레이몬드와 멜루지네에게서 우스꽝스런 자신들의 모습을 발견했었는데, 이번에는 결코 추하게 나타나지 않는 거울 속에서 자신들을 바라보았다. 그들은 자세하게 말하지는 않았지만 정신이나 감정이 서로 비슷한 사람들이 등장하고 있음을 부인하지 않았다.

훌륭한 기질을 지닌 모든 사람들은 교양이 늘면서 자신들이 이 세상에서 이중의 역할, 즉 현실적인 역할과 이상적인 역할을 해야 한다는 것을 느낀다. 그리고 모든 숭고한 것의 바탕은 이런 느낌 속에서 찾을 수 있다. 우리는 어떤 현실적 역할이 주어져 있는지는 무척 분명하게 알지만 두 번째 역할에 대해서는 거의 명확히 깨달을 수가 없다. 따라서 인간은 자신의 숭고한 사명을 지상이나 하늘, 현재나 미래 어디에서 찾든 내적으로는 끝없이 동요하면서 밖으로는 끝없이 방해하는 영향에 노출된 상태로 존재한다. 그리하여 인간은 마침내 정당한 것은 자신에게 어울리는 것이라는 단정을 내리기로 결심하게 된다.

자신을 좀 더 숭고한 것에 길들이고 그것과 어깨를 나란히 하려는 가장 순수한 시도에는 소설 속 인물들과 자신을 비교하려는 젊은이의 충동도 포함될 것이다. 이 충동은 지극히 순진한 것이며, 이에 대해 노할 사람이 있을지 모르지만 지극히 무해한 것이다. 이것은 우리가 지루함에 처해 있다든지 열정적인 즐거움을 얻어야 할 때 우리를 즐겁게 한다.

소설의 폐해에 대한 탄식은 자주 되풀이되어 왔지만 정숙한 소녀와 멋진 젊은이가 자신보다 행복하거나 불행한 인물들에 자신을 대치시켜 보는 것이 도대체 어떻게 나쁜 일일 수 있는가? 모든 요구를 거부해야 할 만큼 시민적 삶이 그토록 가치 있는 것이며, 일상의 필요가 그렇게도 인간을 완전히 사로잡고 있는가?

그래서 허구적인 소설이나 시의 조그만 부산물로서 역사적 문학적 세례명이 성스러운 세례명을 대신해 세례를 주는 성직자들의 잦은 분노를 일으키며 독일의 교회 안으로 침투해 들어간 것은 의심의 여지가 없는 것으로 보인다. 다른 뜻은 없지만 자신의 아이를 듣기 좋은 이름으로 고상하게 만들려는 이런 충동은 사줄 만한 것이며, 이런 공상세계와 현실세계와의 결합은 인간의 전 생애에 걸쳐 우아한 빛을 펼쳐준다. 우리가 기분 좋게 베르타라고 부르는 아이를 우어젤프란디네라는 이름으로 부른다면 아이를 모욕하는 것이 될 것이다. 분명 교양 있는 사람에게는, 더욱이 사랑하는 사람에게는 그런 이름을 입에 올리기가 어려울 것이다. 공상적으로 나타나는 모든 것을 우스꽝스럽고 배척해야 한다고 여기는 것은 냉혹하고 일방적으로 판단을 내리는 세계에서는 나쁜 일이 될 수 없다. 그러나 인간을 잘 아는 생각 있는 지식인이라면 이것을 자신의 가치에 따라 존중할 줄 알아야 한다.

아름다운 라인 강변의 사랑에 빠진 여인에게 재미있는 장난거리가 될 수밖에 없었던 이런 비교는 그녀에게 아주 기분 좋은 결과를 가져왔다. 우리는 거울에 비친 모습을 관찰할 때면 자신에 대해 깊이 생각하지는 않지만 자신을 느끼고 만족하게 된다. 정신적인 비교에서도 마찬가지다. 그들에게서 우리는 자신의 도덕과 취향, 습관과 속성들을 그림자와도 같이 인식하고 그것들을 형제처럼 친밀하게 붙들고 포옹하려 한다.

함께 있는 습관은 점점 더 굳어져 갔다. 다른 사람들에게 나는 이 집 가족의 한 사람으로밖에는 보이지 않았다. 모두가 어떤 일이 생길 것인지는 염두에 두지 않고 그대로 내버려 두었다. 어느 부모든 딸과 아들을 그런 불안정한 상태로 한동안 방임해둘 수밖에 없을 것이다. 그래서 마침내 우연히 무언가가 삶에서 확인되고, 더 좋게 되면 오랫동안 추진해온 계획이 드러나게 될 수 있는 것이다.

사람들은 프리데리케의 성품은 물론 나의 진실성도 믿고 있었다. 내가 그녀의 순수한 애정표현에 대해서까지 놀랄 만큼 절제했기 때문에 사람들은 나를 완전히 믿을 수 있다는, 내게는 유리한 선입견을 갖게 되었다. 당시 그곳의 풍습대로 사람들은 우리를 감시하지 않고 내버려두었으며, 크고 작은 집단을 이루어 인근 지역을 돌아다니거나 이웃의 친구들을 방문하는 것은 우리 뜻에 맡겨져 있었다. 나는 라인 강 양쪽에 있는 하게나우, 포르 루이, 필리프스부르크, 오르테나우 등에 제젠하임에서 모였던 사람들이 흩어져 살고 있다는 것을 알았다. 그들은 모두 친절하게 우리를 맞이해주었고, 부엌과 술 창고는 물론 정원이나 포도원 등 모든 것을 열어 접대해 주었다. 라인 강의 섬들도 자주 우리의 뱃놀이 목적지가 되었다. 그곳에서 우리는 맑은 라인 강에 사는 물고기들을 마음껏 끓여먹거나 구워먹거나 기름에 튀겨먹었다. 그리고 라인 강의 무시무시한 모기떼가 몇 시간 후 우리를 쫓아내지 않았더라면 우리는 아마 그곳 어부의 오두막집에서 훨씬 더 오래 머물렀을 것이다. 우리가 부당하고 못마땅하게 너무 일찍 집에 돌아왔을 때 나는 계획이 성공적으로 이루어져 사랑하는 사람들의 애정이 커지는 듯했던 멋진 뱃놀이를 참을 수 없을 정도로 방해한 모기떼들에 대해 마음씨 좋은 목사 아버지 앞에서 신을 비난하는 투로 불만을 털어놓았으며, 이 모기들이 선하고 현명한 신이 세상을 창조했다는 생각에서 나를 벗어나게 할 정도였다고 말했다. 이에 대해 경건한 노신사는 내게 말을 신중히 하도록 엄숙하게 주의를 주면서 이 모기나 그 밖의 다른 해충들은 최초의 우리 선조가 타락한 후에 비로소 생긴 것이며, 그 선조가 낙원에 있을 때에는 다만 기분 좋게 붕붕대기나 했을 따름이지 결코 피를 빠는 일은 없었을 것이라고 나를 이해시켰다. 나는 곧 마음이 누그러지는 것 같았다. 노한 사람을 달래는 데는 미소를 자아내기만 하면 그만이다. 하지만 나는 원죄의 부부를 낙원에서 추방할 때 번쩍이는 검을 든 천사는 전혀 필요 없었을 것이라고 분명하게 밝히고, 그들을 몰아냈던 것은 티그리스 강이나 유프라테스 강의 모기 떼였다고 상상하는 나를 용서해달라고 말했다. 이렇게 해서 나는 다시 그를 웃게 했다. 이 선량한 사람은 해학을 이해하거나 적어도 그것을 가볍게 웃어넘길 수 있는 사람이었던 것이다.

이러한 훌륭한 지방에서 하루하루와 계절들을 누릴 수 있다는 것은 한층 더 진지해지고 마음이 고양되는 것이었다. 맑은 하늘의 청명함, 풍요로운 대지의 광채, 이 온화한 저녁, 사랑하는 여인이 곁에 혹은 가까이에 있는 이 따사로운 밤을 즐기기 위해서는 다만 현재에 자신을 내맡기기만 하면 되었다. 에테르 같이 맑은 아침이 몇 달 동안 우리를 행복하게 해주었고, 하늘은 대지를 넘치는 이슬로 적셔주면서 찬란히 빛났다. 그리고 이런 광경이 너무 단조롭게 되지 않도록 때로는 이쪽 지방, 때로는 저쪽 지방에서 먼 산 위로 자주 구름이 솟아올랐다. 그 구름은 맑은 하늘을 가리지 않은 채 몇 날 몇 주일 동안 계속 머물러 있었고, 지나가는 소나기도 땅에 생기를 주었으며, 푸른 초목에게 말라죽기 전에 활력을 주어 그것을 다시 햇살 속에서 빛나게 했다. 이중의 무지개, 즉 흑회색의 거의 검은 하늘을 두 겹의 색으로 두른 띠는 내가 전에 보았던 것보다도 화려하고 울긋불긋하고 뚜렷했지만 더 빨리 사라졌다.

이러한 환경 속에서 내가 오랫동안 느끼지 못해온 시를 쓰고 싶은 욕구가 나도 모르게 다시 솟아났다. 나는 프리데리케를 위해 잘 알려진 멜로디에 맞는 많은 가요들을 지었다. 그것들은 한 권의 조그맣고 예쁜 책이 될 수도 있었다. 하지만 남아있는 것은 얼마 안 되는데, 그것들은 내 다른 작품들 속에서 쉽게 찾을 수 있다.

나는 내 특이한 연구와 그 밖의 사정 때문에 자주 도시로 돌아가야 했으므로 우리의 애정에는 새로운 생명이 솟아났고, 그럼으로써 그것은 무엇보다도 사소한 사랑싸움에서 보통 심각한 결과로 귀결되곤 하는 불쾌한 일을 막아주었다. 그녀는 나와 떨어져 있을 때는 나를 위해 일했고, 내가 돌아왔을 때는 무언가 새롭고 즐거운 일을 생각해냈다. 나는 그녀와 떨어져 있을 때면 새로운 재능과 새로운 발상으로 그녀에게 다시 새롭게 나타나기 위해 열심히 일했다. 그 당시에는 마침 그림이 그려진 리본이 유행했다. 나는 이번에는 생각했던 것보다 더 오래 떨어져 있어야 했기 때문에 곧장 한 쌍의 그림리본을 만들어 짤막한 시와 함께 그녀에게 미리 보냈다. 나는 그녀 아버지에게 완성된 새 건축설계도를 약속대로 만들기 위해 나 대신 한 젊은 건축전문가에게 작업을 해달라고 부탁했다. 이 사람은 나에 대한 호감과 함께 그 일에 대해서도 많은 흥미를 가졌고, 그토록 훌륭한 가정에서 좋은 대접을 받으리라는 희망으로 더 열심히 일했다. 그는 기본도면과 평면도 및 단면도를 완성했다. 마당과 정원도 빠뜨리지 않았다. 이 넓고 호화로운 건축계획을 쉽게 실행할 수 있도록 보이게 하기 위해 상세하고 적절한 견적서도 첨부되었다.

우리의 친절한 노력의 증거들로 우리는 최고의 환대를 받았다. 아버지는 우리가 자신을 돕는 데에 최선을 다한다는 것을 알고 또 한 가지 소원을 말했다. 그것은 예쁘지만 단색인 그의 경마차에 꽃과 장식을 그려 넣어달라는 것이었다. 우리는 기꺼이 응했다. 물감과 붓, 그 밖의 필요한 것들은 인근 도시의 잡화상과 약재상에서 구해왔다. 그러나 웨이크필드의 실수까지도 빠뜨리지 않으려 했던지 우리는 모든 것을 열심히 다채롭게 그리고 난 다음에야 좀처럼 마르지 않는 엉터리 니스를 사용했음을 알게 되었다. 햇빛이나 바람에도, 맑은 날이나 비 오는 날이나 아무 것도 효과가 없었다. 그 동안에는 낡은 마차를 이용해야 했고, 우리는 그릴 때보다 더 힘들게 그것을 다시 벗겨낼 수밖에 없었다. 딸들이 바탕이 손상되지 않도록 천천히 조심해서 일해 달라고 간절히 부탁했으므로 이 작업이 더 성가시게 느껴졌다. 그러나 이런 작업을 한 후에는 바탕의 본래 광택을 되살릴 수는 없었다.

그러나 우리는 이 불쾌하고 사소한 사건이 있었다 해서 프림로즈 목사와 그의 사랑스런 가족처럼 명랑한 생활을 어지럽히지는 않았다. 왜냐하면 우리는 물론 친구들과 이웃에도 예기치 않은 여러 가지 행복한 일들이 찾아왔기 때문이다. 결혼식, 아이 세례, 건물의 착공, 재산 상속, 복권 당첨 등이 서로에게 알려지고 함께 즐거워했던 것이다. 우리는 공동의 재산인 양 모든 기쁨을 함께 나누었고, 마음과 사랑으로 기쁨을 더 끌어올릴 줄 알았다. 나는 최고로 번영하는 순간의 가정이나 사교집단에 함께한 것이 이번만은 아니었다. 그런 빛나는 시기에 내가 어느 정도 기여했다고 자부할 수도 있지만 나는 그럼으로써 그 시기가 우리에게서 더 급히 지나가고 더 일찍 사라진 것에 대해 자책할 수밖에 없었다.

그러나 우리의 사랑은 또 하나의 특별한 시련을 견디지 않으면 안 되었다. 시련이라는 말이 적절치는 않지만 그렇게 부르고 싶다. 내가 친하게 지내는 이 시골 가정은 도시에 명망 높고 재산이 많은 친척들이 있었다. 도시의 젊은 친척들은 자주 제젠하임에 들렀다. 이들의 나이 든 어머니들이나 아주머니들과 같이 거동이 자유롭지 못한 사람들은 이곳 시골의 친척집 생활이라든가 딸들이 점점 예뻐져 가는 것이라든가 내가 이 집에서 영향을 미치고 있다는 것 등 여러 가지 일들에 대해 듣고 있었다. 그래서 그들은 나를 만나보고 싶어 했으며, 나는 자주 그들을 방문해서 좋은 대접을 받았다. 그들은 늘 찾아가 대접을 받기만 한 시골의 친척들을 거꾸로 대접할 의무가 있다고 여기고 언젠가 모두가 함께 모이기를 원했다.

이 일을 놓고 오랫동안 서로 상의를 했다. 어머니는 집안일을 제쳐두고 갈 수가 없었고, 올리비에는 자신에게 맞지 않는 도시를 싫어했으며, 프리데리케도 그곳에 가는 것을 좋아하지 않았다. 그래서 이 일은 질질 끌게 되었고, 마침내 내가 두 주일 동안 시골에 갈 수 없게 됨으로써 결정을 보게 되었다. 우리가 서로 얼굴을 전혀 보지 못하는 것보다는 다소 무리를 해서라도 도시에서 만나는 것이 좋다고 여겼던 것이다. 그래서 나는 시골 풍경 위에서만, 즉 흔들리는 나뭇가지, 흐르는 시냇물, 꽃이 핀 풀밭, 아스라이 먼 광활한 지평선을 배경으로 해서만 보아온 이 여자친구들을 이제 처음으로 도시의 넓은 방 안에서, 답답하지만 융단과 거울과 탁상시계와 도자기인형이 있는 곳에서 보게 되었다.

사랑하는 것에 대한 관계는 확고부동한 것이어서 환경은 별로 중요하지 않다. 그러나 인간의 정서는 적합하고 자연스럽고 익숙한 환경을 요구한다. 나는 눈앞에 있는 모든 것에 대한 생생한 감정으로 순간의 모순을 곧장 알아낼 수 없었다. 어머니의 예의바르고 은은하게 고상한 태도는 이 도시집단에 완벽하게 어울렸고, 다른 여자들과 다른 점이 없었다. 반면에 올리비에는 모래밭에 끌어올려진 물고기처럼 견디지 못했다. 그녀는 시골집에서 내게 특별히 할 얘기가 있을 때면 정원에서는 나를 부르고, 들판에서는 곁으로 오도록 신호를 했듯이 여기에서도 그렇게 해서 나를 창가로 끌고 갔다. 그녀는 그런 행동을 어울리지 않는 것으로 느꼈기 때문에 주저하며 부자연스러워했다. 그녀는 내가 이미 알고 있는 세상에서 가장 하찮은 것들만 얘기했다. 즉 그녀는 너무도 지긋지긋해서 라인 강가나 라인 강 건너로, 나아가 터키로라도 달아나고 싶다는 것이었다. 이에 반해 프리데리케는 이런 상황에서 지극히 놀랄 만했다. 사실은 그녀도 성격상 적응할 수는 없었다. 그녀는 이런 상황에 자신을 적응시키지 않고 무의식중에 상황을 자신에게 순응시키려 했던 것이다. 그녀는 시골에서 손님들을 접대하듯이 이곳에서도 그렇게 행동했다. 그녀는 순간순간 활기를 일으킬 줄 알았다. 그녀는 불편하게 하지 않으면서 모든 것을 활력 있게 만들고, 그럼으로써 지루해서 불편하게 되곤 하는 모임을 안정시켰다. 그녀는 그렇게 해서 도시의 아주머니들이 소파에 앉아 시골의 유희와 오락을 한번 구경하고 싶어 하는 소망을 완벽하게 충족시켜 주었다. 그녀는 이런 일이 충분히 이루어지고 나서 의복이나 장신구나 도시적인 프랑스식 복장의 조카들을 특별하게 보이게 하는 물건들을 바라보고 시기하지 않고 놀라워했다. 프리데리케는 늘 그랬듯 나한테도 경쾌하게 대했다. 그녀는 자신의 욕망이나 소원을 다른 어떤 사람보다 앞서 알렸고, 그럼으로써 나를 자신의 하인으로 인정했는데, 그녀는 이것을 내게 유일한 특권으로 내려주는 것 같았다.

다음날 그녀는 부인들이 내가 낭독하는 것을 듣고 싶어 한다는 얘기를 전하면서 친밀감을 가지고 이 하인의 역할을 요구했다. 두 딸은 그들에게 나의 낭독에 대해 많은 얘기를 해주었다. 내가 제젠하임에서 딸들에게 요구하는 대로 언제든지 무엇이든 읽어주었기 때문이다. 나는 즉시 수락했고, 몇 시간 동안 조용히 하고 주의를 기울여 주어야 한다고 말했으며, 그들이 동의를 했다. 나는 어느 날 저녁 『햄릿』 전체를 쉬지 않고 가능한 한 본래 의미를 잘 살려가면서 젊은이에게 주어진 활기와 정열을 다해 감동적으로 읽었다. 나는 박수갈채를 받았다. 프리데리케는 이따금 깊은 숨을 쉬었고, 양 볼이 빨갛게 변했다. 감동하기 쉬운 섬세한 마음을 나타내는 이 두 가지 증상은 겉으로 나타나는 쾌활하고 침착한 듯한 모습과 함께 새삼스런 것은 아니었고, 내가 노력해서 얻은 유일한 보상이었다. 그녀는 자신의 요구로 낭독을 해준 데 대해 기쁜 마음으로 고마워했고, 나로 인해 영광스럽게 얻게 된 작은 긍지를 그녀다운 귀여운 태도로 나타내는 것을 잊지 않았다.

이 도시 방문이 오래 계속될 것은 아니었지만 돌아가는 일이 지연되었다. 프리데리케는 사교적인 즐거움을 위해 자신의 역할을 했고, 나도 그렇게 했다. 그러나 시골에서는 그토록 풍부했던 오락 소재들이 도시에서는 곧 고갈되어 버렸고, 언니가 점점 더 침착성을 잃고 갈피를 잡지 못해 상황이 더 심각해졌다. 일행 중에 독일식 복장을 하고 있는 사람은 이 두 자매뿐이었다. 프리데리케는 다른 옷을 입을 생각은 결코 하지 않았고, 어디에서든 당당하게 여겼기 때문에 다른 사람과 비교하지도 않았다. 그러나 올리비에는 이런 고귀하게 보이는 사람들 속에서 하녀 같은 모습을 나타내는 복장으로 함께 어울리는 것을 도저히 참을 수가 없었다. 그녀는 시골에서는 다른 사람의 도시 복장에 거의 관심을 두지 않았으며, 그런 복장을 원하지도 않았다. 그런데 도시에서는 시골 복장을 참을 수가 없었던 것이다. 도시 여자들의 여러 가지 멋진 것들과 완전히 다른 환경에서의 수많은 사소한 것들이 며칠 동안 그녀의 열정적인 가슴속을 혼란스럽게 해서 나는 프리데리케의 요청으로 그녀를 달래기 위해 온갖 세심한 주의를 쏟아야 했다. 나는 격한 장면이 벌어질까 두려워했다. 나는 그녀가 내 발밑에 쓰러져 이런 상황에서 구해달라며 천지신명을 걸고 내게 간청하는 모습을 그려보았다. 그녀가 자기 방식대로 행동할 때는 무척 단정했다. 그러나 이런 압박은 그녀를 곧장 불쾌하게 해서 결국 절망 속으로 내몰 수 있었다. 그래서 나는 출발을 서두르려고 노력했다. 어머니도 올리비에도 그것을 원했고 프리데리케도 반대하지 않았다. 나는 언니와는 정반대인 프리데리케를 칭찬하지 않을 수 없었다. 나는 그녀에게 이런 환경에서도 변함없이 나뭇가지 위의 새처럼 자유로운 그녀를 보고 얼마나 기쁜지 모른다고 말해주었다. 그녀는 나만 옆에 있어준다면 자신은 언제나 변함이 없을 것이라고 무척이나 애교스럽게 대답했다.

마침내 나는 그들이 떠나는 것을 보고 마음속의 짐을 벗은 듯했다. 왜냐하면 내 감정은 프리데리케와 올리비에의 상황을 나눠 갖고 있었기 때문이다. 나는 올리비에처럼 격할 정도로 불안하지는 않았지만 프리데리케처럼 편안하지도 않았던 것이다.

나는 본래 학위를 얻기 위해 스트라스부르에 왔고, 그런 주된 일을 부수적인 일로 여긴 것이 분명 내 삶의 무질서 탓이었기 때문이다. 나는 시험에 대한 걱정은 쉽게 떨쳐버릴 수 있었지만 논문만은 생각하지 않을 수가 없었다. 왜냐하면 나는 프랑크푸르트를 출발하면서 논문을 쓰겠다고 아버지와 약속했고 나 스스로도 굳게 다짐했기 때문이다. 아무리 많은 것을 할 수 있는 사람이라도 모든 것을 할 수 있다고 믿는 것은 잘못이다. 그러나 젊은이는 무언가를 이루려면 오히려 이런 입장에 처해야만 한다. 나는 법률학과 그 분야의 전문서적들의 대부분을 꽤 잘 개관할 수 있었고, 하나하나의 법률적인 문제들에 충분한 흥미를 느꼈다. 또한 나는 훌륭한 라이저를 모범으로 삼았기 때문에 내 사소한 상식으로도 꽤 많은 성과를 올릴 수 있으리라 믿고 있었다. 법률학에서는 큰 움직임이 나타나고 있었다. 즉 좀 더 공정하게 판결이 이루어져야 한다는 것이었다. 모든 관습법은 나날이 위태롭게 여겨졌고, 특히 형법은 대대적인 개정이 임박해 있었다. 나는 그간 연구해온 법률과제를 완성하려면 수없이 많은 것이 부족하다는 것을 느꼈다. 내게는 본질적인 지식이 부족했고, 내면의 방향이 나를 이런 대상으로 내몰지 않았다. 또한 외부로부터의 자극도 부족했으며, 나를 앞으로 나아가도록 한 것은 완전히 다른 분야였다. 대체로 내가 어떤 일에서 흥미를 찾으려면 그 일에서 무언가를 얻을 수 있어야만 했고, 그 일에서 결실을 거둘 수 있다고 여겨지고 전망을 주는 무언가를 볼 수 있어야 했다. 그래서 나는 몇 가지 자료들을 잘 알아두고 있었고, 그것을 수집도 했다. 또한 스크랩도 하려고 했고, 내가 주장했던 것과 하나하나의 요소들을 정리할 체제도 다시 한 번 생각해 보았다. 당분간 나는 이렇게 공부해 나갔다. 그러나 나는 현명하게도 내가 발전해나갈 수 없다는 것과 특별한 자료를 다루기 위해서는 역시 특별하고 지속적인 노력이 요구된다는 것을 곧장 알게 되었다. 또한 대가는 아니더라도 전체적으로 최소한 고수가 아니고는 그런 특별한 일을 제대로 완수할 수 없다는 것을 알게 되었다.

이런 당혹감을 이야기했더니 친구들은 나를 우스꽝스럽게 여겼다. 왜냐하면 명제는 논문 못지않게, 오히려 논문보다 더 잘 쓸 수 있으며, 스트라스부르에서는 이것이 흔한 일이기 때문이라는 것이었다. 나는 이런 탈출구를 택하고 싶은 생각이 간절해서 아버지에게 편지를 썼지만 아버지는 정상적인 작업을 원했다. 아버지는 내가 마음만 먹고 거기에 적절한 시간만 들이면 매우 잘 해낼 수 있을 것이라고 말했다. 그래서 나는 일반적인 것에 집중해서 내게 익숙한 문제를 선택할 필요를 느꼈다. 나는 세계사보다는 교회사에 대해 더 잘 알고 있었다. 공식적으로 인정된 신앙체인 교회가 양쪽에 대해 갈등상태에 있으며 앞으로도 그런 상태가 계속될 것이라는 점이 전부터 무척 나의 관심을 끌어왔다. 즉 교회는 한편으로는 국가보다 상위를 차지하려는, 또 한편으로는 개인들을 자기에게로 모두 끌어 모으려는 끝없는 투쟁을 벌이고 있는 것이다. 국가는 국가대로 교회에 주도권을 허용하려 하지 않으며, 개인은 교회의 강권에 저항하고 있다. 국가는 공적이고 일반적인 목적을 위해, 개인은 가정적이고 심정적이고 정서적인 목적을 위해 모든 것을 요구하려고 한다. 나는 어려서부터 교회가 때로는 상급교회와, 때로는 교구와 마찰을 빚는 움직임을 목격해 왔다. 그래서 나는 어린 마음에 입법자인 국가가 종교법규를 제정할 권리를 가지며, 교회는 그것에 따라 가르치고 행동해야 하며, 신도들은 외적으로나 공식적으로 그것을 엄격하게 지향해야 한다고 굳게 믿고 있었다. 또 각자가 나름대로 생각하고 느끼거나 지각하는 것은 문제가 될 수 없다고 믿었다. 나는 그럼으로써 모든 충돌이 일시에 해소되리라고 믿고 있었다. 그래서 나는 이런 주제의 전반부를 내 논제로 택했다. 즉 입법자는 성직자도 세속인도 거부해서는 안 되는 종교법규를 제정할 권리가 있을 뿐만 아니라 의무도 지고 있다는 것이었다. 나는 모든 공적인 종교는 지도자나 왕이나 권력자들에 의해 도입되었고, 기독교 또한 마찬가지 경우라고 제시함으로써 이 주제를 일부는 역사적으로, 일부는 추론적으로 전개시켰다. 신교의 사례가 아주 가까이 있었다. 나는 본래 아버지를 만족시키기 위해 썼을 뿐 심사에 통과되지 않기를 절실히 희망했기 때문에 이 논문을 좀 더 대담하게 쓸 수 있었다. 나는 베리시에 의해 내가 쓴 것이 인쇄되는 데 대해 참을 수 없는 거부감을 갖게 되었고, 헤르더와의 교제는 나의 부족함을 너무나도 뚜렷하게 드러내주어서 나 자신에 대한 분명한 불신까지도 키웠던 것이다.

나는 이 논문을 거의 나 스스로의 생각대로 썼고, 라틴어를 자유롭게 말하고 쓸 수 있었으므로 논문 쓰는 데 소비한 시간이 매우 기분 좋게 흘러갔다. 내가 다룬 문제는 적어도 어느 정도는 바탕이 되어 있었다. 서술은 강연체로 되어 나쁘지 않았고, 전체적으로 꽤 원만했다. 나는 이것을 끝내자마자 유능한 라틴어 전공자와 함께 검토했다. 그는 내 문체를 전체적으로 고쳐주지는 못했지만 눈에 띄는 오류는 모두 쉽게 수정해주어 논문은 남에게 내보일 만한 정도가 되었다. 나는 곧장 깨끗이 옮겨 쓴 것 1부를 아버지에게 보냈다. 아버지는 전부터 생각해온 대상이 다루어지지 않은 것을 용인하지는 않았지만 완전히 신교도적인 사고방식을 지닌 사람으로서 시도의 대담성에는 무척 만족해했다. 내 기발한 관점은 용서를 받았고, 내 노력은 칭찬을 받았다. 아버지는 이 작은 논문의 발표가 탁월한 영향을 미칠 것이라고 기대했다.

그리고 나는 1부를 학부에 제출했고, 학부에서는 다행히도 이것을 우수한 것으로 좋게 취급해주었다. 활달하고 유능한 학부장은 먼저 내 논문에 많은 칭찬을 한 다음 문제 있는 부분으로 넘어갔다. 그는 점차 그런 부분을 위험하다고 생각했고, 그럼으로써 이 논문을 학위논문으로 인정하는 것이 바람직하지 않다는 결론을 내렸다. 그러고는 학위 후보자로서 내가 학부에서 장래가 촉망되며 생각이 깊은 청년이라는 것을 밝히고, 이 논문을 덮어두지 않기 위해 명제들에 대해 토론을 벌이고 싶다고 말했다. 또한 내가 나중에 이 논문을 그대로 혹은 더 손질해서 라틴어나 다른 언어로 출판할 수도 있을 것이며, 이것은 한 개인이자 신교도로서 내게 어디서나 용이한 일이고, 그러면 나는 더욱 순수하고 일반적인 칭송을 받고 기뻐하게 될 것이라는 말했다. 나는 그 선량한 사람에게 그의 말이 얼마나 내 마음의 짐을 덜게 해주었는지를 숨길 수 없었다. 그는 거절로 인해 나를 침울하게 하거나 화나게 하지 않으려고 온갖 새로운 논거들을 제시했는데, 이로써 나는 점점 더 마음이 가벼워졌다. 그리고 마침내 내가 의외로 그의 논거들을 반박하지 않고 오히려 몹시 타당하다고 여기면서 모든 일을 그의 충고와 지도에 따라 하겠다고 약속하자 그도 역시 마음이 가벼워졌다. 나는 이제 다시 복습교사와 함께 공부하게 되었다. 몇 개의 논제가 선택되어 인쇄되었고, 식탁친구들을 반대자로 해서 토론이 매우 즐겁고 경쾌하게 진행되었다. 나는 『로마법전』을 판독하는 오래 전부터 해온 나의 연습이 큰 도움이 되어 공부를 많이 한 사람으로 인정받을 수 있었다. 관례대로 멋진 회식으로 토론회가 끝났다.

한편 아버지는 이 소논문이 학술논문으로서 정식으로 인쇄되지 않은 것을 몹시 불만스럽게 생각했다. 그는 내가 프랑크푸르트로 돌아오면 그걸로 명예를 높여주기를 기대했기 때문이다. 그래서 그는 특별히 그것을 출판하고 싶어 했던 것이다. 그러나 나는 아버지에게 단지 초안만을 잡은 자료는 나중에 더 완전하게 다듬어져야 할 것이라고 설명했다. 아버지는 그런 목적으로 원고를 소중히 보관했는데, 몇 년 후 나는 그것이 아버지의 서류 속에 아직 그대로 있는 것을 보았다.

나는 1771년 8월 6일에 학위를 받았다. 그 다음날 셰플린*이 75세로 세상을 떴다. 가깝게 접촉하지는 않았지만 그는 내게 중요한 영향을 주었다. 같은 시대를 사는 탁월한 인물은 위대한 별에 비교할 수 있으며, 그 별이 지평선 위에 떠 있는 한 우리의 눈은 그것을 향하고, 그가 완성한 것을 받아들이게 될 때 우리가 힘을 얻고 교양을 얻는다고 느끼기 때문이다. 아낌없이 베푸는 자연은 셰플린에게 좋은 외모를 부여하여 날씬한 몸매, 다정스런 눈, 다변가적인 입 등이 철저히 우아한 모습이었다. 자연은 자신이 사랑하는 이 사람에게 정신적 재능을 아낌없이 주었다. 그의 행복은 그가 애써 노력해서 얻은 것이 아니고 타고난 결과이자 조용히 이루어

---

* 스트라스부르 대학의 역사 및 웅변학 교수(1694~1771).

진 이득이었다. 그는 과거와 현재를 하나로 합치기를 좋아한, 즉 삶의 관심사에 역사적 지식을 연결시킬 줄 아는 행복한 사람이었다. 바덴에서 태어나 바젤과 스트라스부르에서 교육을 받은 그는 넓게 펼쳐진, 본래는 위치 좋은 조국 독일 땅인 낙원과도 같은 라인 계곡에서 활동한 사람이었다. 그는 역사적이거나 고고학적인 대상에 관심을 가져 그것을 풍부한 상상력으로 활기차게 습득하여 뛰어난 기억력으로 간직했다. 그는 배우고 가르치는 데에 욕심이 많았으므로 연구에서나 실생활에서나 똑같은 발전을 이루었다. 그는 곧장 계속해서 단연 두각을 나타냈다. 그는 쉽게 학계와 시민세계에서 널리 알려지게 되었다. 왜냐하면 역사적 지식은 어디에서나 필요로 하고, 사교성은 어디에서나 관계를 맺게 하기 때문이다. 그는 독일, 네덜란드, 프랑스, 이탈리아를 여행하면서 당시의 모든 학자들과 접촉했다. 그는 군주들과도 환담했다. 그러나 그의 활기찬 다변으로 인해 식사나 접견시간이 길어지면 그는 궁신들에게 귀찮은 존재가 되었다. 반면에 그는 정치가들의 신뢰를 얻었으며, 그들에게 가장 철저한 추론을 해주었고, 도처에서 자신의 재능을 발휘할 무대를 찾았다. 여러 곳에서 머물러 주기를 원했지만 그는 스트라스부르와 프랑스 왕실만을 충성스럽게 고집했다. 그의 변함없는 독일적 성실성은 스트라스부르에서도 인정받아 사람들은 은근히 그에게 적대적이었던 막강한 집정관 클링린 앞에서도 그를 옹호했다. 천성적으로 사교적이고 대화를 좋아한 그는 학문과 일에서처럼 사람들과 어울리는 데에서도 범위를 넓혀나갔다. 그가 평생 동안 여자를 싫어했다는 것을 모르는 사람들은 그가 어디서 그런 많은 시간을 낼 수 있었는지 거의 이해하지 못할 것이다. 그는 여자를 좋아하는 사람들이 홍겹게 낭비하는 많은 시간과 날들을 얻었던 것이다.

게다가 그는 통속적인 성격의 작가이자 대중적인 연설가이기도 했다. 그의 식사, 연설, 인사말은 특별한 날 행사의 서두에 바쳐졌다. 그의 대작 『알자스 해설』은 실생활과 관련이 있었고, 과거를 불러내어 퇴색한 인물들을 신선하게 만들고, 비석과 조각상에 다시 생명을 불어넣고, 마모되고 파괴된 비문을 독자의 눈앞과 마음속에 재현시켰다. 그는 이런 식으로 알자스와 그 이웃에서 활동성을 발휘했다. 그는 바덴과 팔츠에서는 최고령에 이르기까지 끊임없는 영향을 유지하고 있었다. 그는 만하임에서는 학술원을 세우고 죽기 전까지 원장을 지냈다.

나는 그를 위해 마련한 횃불놀이의 밤*에 단 한 번 이 탁월한 인물 옆에 다가간 적이 있었다. 수소와 탄소의 화합물이 섞인 횃불은 보리수나무가 하늘을 가린 낡은 수도원 건물의 뜰을 밝게 비추기보다는 연기로 가득 채웠다. 음악이 끝나자 그가 내려와서 우리들 가운데로 걸어 들어왔다. 여기야말로 그에게 적합한 장소였다. 키가 크고 풍채가 좋으며 쾌활한 노인은 경쾌하고 자유로운 모습으로 근엄하게 우리 앞에 서서 우리에게 깊은 생각이 담긴 값진 연설을 했다. 그는 강압적이거나 고루하지 않게 아버지같이 자애롭게 연설을 했다. 그는 자주 공식적인 연설에 초대를 하는 왕이나 군주들처럼 우리를 대했으므로 우리는 순간적으로 우리가 대단한 인물이나 된 듯이 여겨졌다. 우리는 큰 소리로 외쳐 만족을 표했고, 나팔과 북소리가 연달아 울렸다. 그리고 사랑스럽고 희망에 찬 대학생들은 매우 즐거워하며 집으로 사라져갔다.

그의 제자이자 동학인인 코흐와 오베를린은 이미 나와 가까운 사이였

---

* 그의 재직 50주년 축하행사를 말함.

다. 고대 유물에 대한 나의 애호는 열정적이었다. 그들은 알자스에 대한 셰플린의 대작을 뒷받침할 자료들을 많이 소장하고 있는 박물관을 내게 여러 번 관람하게 해주었다. 나는 이 저서에 대해서는 고대 유물들을 직접 보고 온 지난 번 여행 후에 비로소 더 자세히 알게 되었다. 그래서 이제 나는 완전히 자극을 받아서 크고 작은 소풍을 나가면 라인 계곡을 로마의 점령지로서 재현해보고 옛날의 많은 꿈을 생생하게 그려볼 수 있었다.

내가 이 분야를 어느 정도 알게 되자마자 오베를린은 나를 중세의 기념물 쪽으로 이끌었고, 아직도 남아있는 폐허와 유물, 인장과 문서들에 대해 알려주었다. 그는 또한 내게서 이른바 연애시인들과 영웅시인들에 대한 애착을 일으키게 하려고 노력했다. 이 성실한 사람에게도 코흐 씨에게도 나는 많은 신세를 졌다. 만약 그들의 의지와 소원대로 일이 이루어졌더라면 나는 내 삶의 행복에 대해 그들에게 감사해야만 했을 것이다. 그러나 사정은 다음과 같이 되었다.

일생 동안 국가법의 차원 높은 분야에서 일해 오면서 국가법이나 이와 유사한 학문연구가 궁정이나 내각에서 두뇌가 뛰어난 사람에게 미치는 큰 영향을 잘 알고 있었던 셰플린은 민법학자들의 상태에 대한 참을 수 없는 부당한 반감을 느꼈고, 이런 생각을 동료들에게도 주입시켰다. 잘츠만의 친구인 앞서 말한 두 사람은 호의를 가지고 나에게 관심을 두고 있었다. 외부의 대상을 열정적으로 파악하여 그것의 장점을 끌어내 그것에 특별한 흥미를 부여할 줄 아는 나의 서술방식을 그들은 나보다 더 높이 평가했다. 나의 미미한, 궁핍하다고 말할 수 있는 민법에 대한 연구를 그들이 모르고 있을 리 없었다. 그들은 내가 얼마나 쉽게 결정을 내리는지를 알 정도로 나를 잘 알고 있었다. 내가 향락을 즐기며 대학생활을 하고 있는 것도 나는 숨기지 않았다. 그래서 그들은 처음에는 그저 지나치는 식으로, 그러나 나중에는 좀 더 철저하게 내게 역사, 국가법, 웅변술을 습득시키려고 했다. 스트라스부르 자체가 많은 이점들을 제공했다. 즉 나는 베르사유에 있는 독일 고등법원에 취직할 수 있는 전망이 있었고, 셰플린의 공적에는 물론 이를 수 없는 듯했지만 그의 업적을 모방은 못하더라도 모범으로 삼으려고 분발해야 했다. 그래서 재능을 자랑하려는 자에게도 도움이 되고 자신을 위해 이용하려는 자에게도 유용한 셰플린과 비슷한 재능이 길러지도록 되어 있었다. 이들 나의 후원자들과 함께 잘츠만은 나의 기억력과 언어의 의미를 파악하는 능력에 큰 가치를 부여했고, 그럼으로써 그들의 의도와 제안에 전적으로 근거를 부여하려 했다.

그런데 어떻게 모든 것이 허사가 되었고, 어째서 내가 프랑스 쪽에서 다시 독일 쪽으로 넘어갔는가에 대해 여기서 밝히려 한다. 다른 이야기로 넘어가는 데 있어서 종전처럼 약간의 일반적 관찰을 하는 것을 양해해주기 바란다.

개인의 순수하고 침착하며 지속적인 발전을 서술할 수 있는 전기는 흔치 않다. 우리의 삶은 우리를 포함하고 있는 모든 것과 마찬가지로 이해할 수 없는 방식에 의해 자유와 필연으로 조합되어 있다. 우리의 의욕은 우리가 어떤 상황에서도 행하려고 하는 것의 예고이다. 그러나 이런 상황은 자신만의 독특한 방식으로 우리를 사로잡는다. '무엇'은 우리들 속에 존재하고 있으며, '어떻게'는 우리 마음대로 할 수 없고, '왜'에 대해서는 우리가 물으면 안 되므로 '왜'라고 묻는 것이 비난받는 것도 당연하다.

나는 어려서부터 프랑스어가 마음에 들었다. 나는 프랑스어를 움직이는 실생활 속에서 배웠고, 이 언어를 통해 움직이는 실생활을 알게 되었다. 이 언어는 문법도 수업도 거치지 않고 남들과 사귀고 연습하면서 제2의 모국어처럼 익숙해졌다. 나는 그것을 좀 더 자유자재로 구사하고 싶었으며, 그래서 두 번째 유학 시에도 다른 좋은 대학들을 제쳐놓고 스트라스부르를 택했던 것이다. 그러나 유감스럽게도 내 희망과는 정반대의 것을 경험하게 되어 나는 프랑스어와 프랑스적 풍습과는 등을 돌리게 되었다.

전적으로 좋은 행동을 보이기 위해 애쓰는 프랑스인들은 그들의 언어를 처음으로 말하는 외국인들에 대해 관대하며, 실수에 대해서도 비웃지 않고 직접적으로 질책하지도 않을 것이다. 그러나 그들은 그들의 언어를 사용하면서 과실을 범하는 일은 참지 못하는 듯하다. 그래서 그들은 말한 것을 다른 표현으로 반복해주며, 사용했어야 할 참된 표현을 정중하게 강조해주는 식으로 사려 깊고 주의력 있는 사람들을 올바르고 적절한 표현으로 이끄는 법을 알고 있다.

누구나 스스로를 배우는 사람으로 내세울 정도로 진지하게 자기부인을 할 경우에는 얻는 점도 있고 발전도 되겠지만 늘 어느 정도는 굴욕으로 느끼기도 한다. 또한 본질적인 문제를 얘기할 때 자주 지나치게 중단되고, 화제가 다른 데로 돌려져 견디다 못해 대화를 중단하게 된다. 이런 일은 누구보다도 내게 자주 일어났다. 나는 늘 어떤 흥미 있는 것을 말한다고 믿었고, 반대로 중요한 것을 듣는다고 믿었으며, 단지 표현에만 주의를 기울이려고 하지는 않았다. 내 프랑스어는 다른 외국인보다 훨씬 더 복잡했기 때문에 그런 일이 자주 일어났다. 나는 하인, 시종, 보초, 젊거나 나이 든 연극배우, 연극 애호가, 농부, 병사에게서 화법과 억양을 배웠고, 이 혼란스러운 표현법은 기이한 요소 때문에 더 혼란스러웠다. 즉 나는 프랑스 개혁파 목사의 설교를 즐겨 들었고, 일요일의 보켄하임 산보도 그 설교를 듣는다는 이유로 허락되었을 뿐만 아니라 권장 받았기에 더 자주 그 교회를 찾았다. 그러나 이것으로 끝난 것은 아니었다. 나는 청년기에 점점 더 16세기의 독일정신에 마음이 기울었는데, 곧 이 애착에 찬란한 시기의 프랑스인들도 포함시켰던 것이다. 몽테뉴, 아미요, 라블레, 마로 등이 나의 친구가 되었고, 내 마음속에서 관심과 경탄을 불러일으켰다. 이제 이런 모든 다양한 요소들이 내 말 속에서 혼란스럽게 뒤얽혀 움직임으로써 듣는 사람에게 그 기묘한 표현의 의도를 놓치게 했다. 나아가 한 교양 있는 프랑스인은 더 이상 공손하게 내 표현을 고쳐주지 않고, 곧장 질책하며 학교선생 같이 가르쳐줄 수밖에 없었다. 이곳에서 또 한 번 이전의 라이프치히에서와 같은 상황이 벌어졌는데, 이번에는 내 조국 땅에서와 같이 자기 지역의 사투리로 얘기할 수 있는 권리를 내세울 수 없었고, 이곳 낯선 나라의 땅에서는 전통적인 법칙에 따라야 했다.

아마 악령이 우리의 귀에 대고 프랑스어를 말하는 외국인의 모든 노력은 아무리 해도 효과를 거두지 못하리라고 속삭이지 않았더라면 우리는 이런 상황에 그대로 눌러있었을 것이다. 프랑스어의 가면을 쓰고 있어도 훈련된 귀는 독일인인지 이탈리아인인지 영국인인지를 구별해내기 때문이라는 것이며, 우리를 참고 봐주기는 하겠지만 고유의 언어정신이 깃든 성전의 안으로 받아들이지는 않으리라는 것이었다.

그들은 얼마 안 되는 예외만은 인정했다. 그들은 폰 그림*의 이름을 거론했지만 정작 셰플린은 정점을 차지하지 못했다. 그들은 셰플린이 일찍이 스스로를 완벽하게 프랑스어로 표현할 필요성을 깨달았던 점을 인정

* 독일계의 비평가(1723~1807)로 18세기 프랑스 문화를 유럽에 널리 퍼뜨리는 데 중요한 역할을 했다. 장 자크 루소와도 친분이 있어서 프랑스의 진보적인 문학 서클, 철학 서클에도 가입했다.

폰 그림(1758)

했다. 그들은 누구에게나 의사를 전하려 하고 특히 위대하고 고귀한 사람들과 대화를 나누려 한 그의 성향을 인정했다. 또한 그들은 그가 자신이 서 있는 무대에서 그 지방의 언어를 자신의 언어로 만들려고 노력하고 가능한 한 프랑스식의 사교가이자 연설가가 되려고 노력한 점을 칭송했다. 그러나 그가 자신의 모국어를 부인하고 외국어를 위해 노력한 것이 무슨 도움이 되고 있는가? 그는 아무에게도 도움을 줄 수 없는 것이다. 사회에서는 그를 천박하게 보려 한다. 마치 자존심이나 자만심 없이 자신의 의사를 타인에게 전하고 싶어 하거나 전할 수 있는 사람처럼! 세상사와 언어에 정통한 상류층은 그가 본질적으로 회화를 한다기보다는 논박하고 토론하는 것이라고 분명하게 밝히고 있다. 논박하고 토론하는 것은 독일인의 유전적이며 근본적인 결점이 되었고, 회화는 프랑스인의 중요한 덕목이라고 일반적으로 인정되고 있었다. 대중연설가로서도 그는 더 낫지는 않았다. 그가 왕이나 군주들에게 한 잘 다듬어진 연설을 인쇄하면 신교도인 그를 싫어하는 예수회교도들은 주의를 기울여 그의 어법이 가진 비프랑스적인 점을 지적했다.

이에 대해 우리는 스스로를 위로하거나 그 깡마른 노인이 받는 비난을 참는 대신 젊은이로서 반발하며 그 고루한 부당성에 대해 분노했다. 우리는 실망하고, 나아가 이 눈에 띄는 사례에서 프랑스인들은 모든 것이 거기에서 이루어지는 듯한 외적 조건들에 지나치게 엄격히 매달리고 있어 일을 통해 그들을 만족시키려는 노력은 헛일이라고 확신했다. 그래서 우리는 프랑스어를 완전히 배척하고, 지금까지보다 더 맹렬하고 진지하게 모국어에 헌신하겠다는 정반대의 결심을 하게 되었다.

우리는 실생활에서도 이런 점에 대해 생각할 기회와 관심을 가질 수 있었다. 알자스는 프랑스에 합병된 지 오래 되지 않았으므로 아직도 노소간에 과거의 제도와 풍습과 언어와 복장에 대한 정감어린 애착이 남아 있었다. 정복당한 자는 어쩔 수 없이 존재의 절반을 잃게 되어도 나머지 절반을 자발적으로 포기하는 것은 치욕으로 생각한다. 그래서 그는 지나간 좋은 시기를 상기하고 행복한 시기가 다시 올 것이라는 희망을 가져다줄 수 있는 모든 것을 굳게 고수한다. 스트라스부르의 주민들은 대부분 따로 떨어져 있었지만 정신적으로는 서로 결합된 작은 집단들을 이루었다. 이 집단들은 프랑스의 지배 아래 많은 토지를 소유하고 있던 독일 영주들 밑의 많은 신민들에 의해 점점 더 채워지고 늘어나고 보충되었다. 왜냐하면 아버지든 아들이든 공부나 일로 장기간 혹은 단시일 동안 스트라스부르에 체류했기 때문이다.

우리는 식탁에서도 독일어 외에는 사용하지 않았다. 잘츠만은 매우 능숙하고 우아하게 프랑스어로 표현했는데, 노력이나 행동에 있어서는 두말할 것 없이 완벽한 독일인이었다. 레르제는 독일 젊은이의 표본으로 내세워질 수 있었고, 마이어 폰 린다우는 프랑스어를 쓰려고 하지 않고 독일어로 천천히 이야기했다. 그 밖의 사람들 중에는 프랑스의 언어와 풍습에 쏠린 사람도 많이 있었지만 우리와 함께 있는 동안에는 전체적인 분위기에 맞춰 행동했다.

우리는 언어에서 국가의 상황으로 관심을 돌렸다. 우리는 우리의 제국 헌법에서 그다지 칭송할 만한 점을 찾지 못했다. 우리는 그것이 법의 남용으로만 이루어져 있는 점을 인정했지만 프랑스의 현행 헌법보다는 높이 여겼다. 프랑스 헌법은 법이 무시된 남용으로 혼란하여 정부는 힘을 엉뚱한 장소에서만 쓰고, 사람들은 사태의 전반적인 개혁은 전망이 암담하다고 공공연히 예언할 수밖에 없었다.

반대로 우리가 북쪽을 바라보면 거기에서는 북극성인 프리드리히가 우리를 비추고 있었고, 독일과 유럽과 전 세계가 그 주위를 맴돌고 있는 것처럼 보였다. 모든 일에서 그가 탁월했다는 것은 프랑스군이 프로이센식 훈련을 도입하고 프로이센식 간부를 육성했다는 데에서 가장 분명하게 드러났다. 우리는 그의 외국어에 대한 지나친 사랑을 용인했다. 왜냐하면 우리는 그가 좋아하는 프랑스의 시인, 철학자, 문학가들이 계속 그에게 불쾌감을 주고 그를 침입자로만 간주하고 취급한다고 반복해서 밝힌 데 대해 보상을 받았다고 느꼈기 때문이다.

그러나 무엇보다도 우리를 프랑스인들에게서 멀어지게 한 것은 프랑스 문화를 추구하는 왕들까지도 포함하여 독일인들에게는 전체적으로 취향이 부족하다는 무례한 주장을 되풀이했기 때문이었다. 후렴구인 양 모든 판단 끝에 붙는 이 표현에 대해 우리는 이것을 무시해버림으로써 마음을 가라앉히고자 했다. 그러나 이 취향에 대해 우리는 좀처럼 해명할 수가 없었다. 사람들은 메나제가 이미 프랑스 작가들은 모든 것을 지니고 있지만 취향만은 지니고 있지 않다고 말했다며 우리에게 확인시키려 했고, 현재의 생동하는 파리로부터 최근의 작가들은 모두 취향을 지니고 있지 않으며 볼테르조차 이 극단적인 비난에서 완전히 벗어날 수 없다는 얘기를 들고 있었기 때문이다. 이미 일찍부터 자연을 따라야 한다고 계속해서 가르침을 받아온 우리는 진실한 감정과 솔직성, 감정의 즉흥적이며 소박한 표현만을 인정하고자 했다.

> 우정, 사랑, 형제애는
> 저절로 나오는 것 아닌가?

이 말은 우리들 작은 대학생 모임의 일원들이 서로를 인정하고 고무시키곤 할 때 사용한 암호이며 함성이었다. 이 격언은 우리의 사교적인 연회의 바탕을 이루고 있었고, 물론 이 연회에서는 우리의 친숙한 독일정신을 지닌 친지 미헬*이 자주 우리를 찾아오곤 했다.

지금까지의 이야기 속에서 외적인 우연한 동기나 개인적인 특성만을 찾아내려고 할 수도 있지만 프랑스 문학은 노력하는 젊은이를 매혹시키기보다는 배척할 수밖에 없는 특성을 지니고 있었다. 즉 그것은 연륜이 오래되고 고상했으며, 이 두 가지에 의해서는 삶의 향락과 자유를 찾는 젊은이를 즐겁게 할 수 없었다.

16세기 이후 프랑스 문학의 행로는 완전히 중단된 적이 결코 없었다. 내부의 정치적 종교적 불안은 물론 외부의 전쟁도 문학의 발전을 오히려 촉진했다. 일반적인 주장에 의하면 프랑스 문학은 이미 백 년 전에 최고의 전성기였다. 유리한 상황에 의해 갑자기 풍부한 결실이 이루어져 많은 수확을 거두게 되었으므로 18세기의 훌륭한 재능을 지닌 자들은 그저 겸

* 우직하고 소박한 독일인을 나타내는 별명.

볼테르

손하게 남겨진 것으로 만족해야 한다는 것이다.

그러는 사이에 무엇보다도 희극을 비롯한 많은 것이 시대에 뒤떨어졌다. 희극은 완벽하지는 않지만 새로운 흥미를 더해 삶과 풍습에 맞도록 계속 새롭게 다듬어져야 했다. 비극은 대다수가 극장에서 사라져버렸다. 그리고 볼테르는 일반적으로 사람들이 자신은 도저히 따라갈 수 없다고 말하는 선배 코르네유가 얼마나 결함이 많은지를 보여주기 위해 자신에게 주어진 중요한 기회를 놓치지 않고 코르네유의 작품을 출간했다.

그 시대의 기적 같은 존재였던 이 볼테르는 거의 한 세기를 문학으로 고무되고 문학을 지배하면서 문학과 마찬가지로 늙어갔다. 그의 곁에는 다소 활동적이고 운이 좋은 동년배들이 있어 무위도식했지만 점차 사라져갔다. 작가에게 끼치는 사회의 영향은 점점 더 강해졌다. 왜냐하면 명문가이며 귀족계층이고 재산이 많은 사람들로 이루어진 상류사회는 주된 오락으로 문학을 택했으며, 그럼으로써 문학은 완전히 사교적이고 귀족적이 되었기 때문이다. 상류층 사람들과 문학가들은 서로 교양을 함양시켰지만 서로를 망칠 수밖에 없었다. 왜냐하면 모든 고상한 것은 본래 거부적인데, 프랑스의 비평 또한 거부적이고 부정적이고 비방적이었기 때문이다. 상류계층은 그런 비판으로 작가들을 대했고, 좀 더 무례한 작가들은 자기네들 서로를 비판했을 뿐만 아니라 자신의 후원자들까지도 비판했다. 작가들은 대중을 설복시키지 못할 경우에는 대중을 경탄시키거나 순종함으로써 환심을 사려고 했다. 그리하여 교회와 국가의 핵심을 동요시킨 것을 제외하고도 문학계의 동요가 일어나 볼테르는 작가들을 무시하는 일반적 조류를 뛰어넘어 높이 솟아오르기 위해 자신의 모든 활동성과 뛰어난 힘을 이용할 필요를 느꼈다. 그는 이미 그저 늙은 고집쟁이 아이로 불리고 있었다. 그의 지칠 줄 모르는 끝없는 노력을 사람들은 죽음을 앞둔 노인의 쓸데없는 분투로 보았다. 이제 아무도 그가 일생을 바쳐 이루어내고 널리 확산시키기 위해 시간을 바쳐온 그의 원리를 높이 평가하거나 존중하려 하지 않았다. 그는 신의 고백을 통해 자신이 온갖 무신론적인 성향과는 거리가 멀다고 주장해왔으나 사람들은 그 신마저도 인정하지 않았다. 그래서 조상이자 족장인 그는 가장 풋내기 경쟁자처럼 순간에 주의를 기울여야 했고, 새로운 애호자를 붙잡아야 했으며, 자기편 사람들에게는 지나친 호의를, 적대자들에게는 지나친 악의를 표시해야 했다. 또한 그는 열렬하게 진리를 사랑하는 것처럼 보이면서 진실하지 못하고 그릇된 행동을 할 수밖에 없었다. 인생이 처음 시작될 때보다 더 예속적으로 끝난다면 그런 활동적인 위대한 삶을 이끌어온 노력이 도대체 무슨 가치가 있었을까? 그런 상태가 얼마나 참을 수 없는 것인지를 그의 고상한 정신과 섬세한 감수성이 알아채지 못할 리는 없었다. 그는 이따금 돌발적이고 변칙적으로 울분을 토했으며, 기분 내키는 대로 행동하고, 정상적인 궤도를 벗어난 공격을 취했다. 그럴 때면 그의 편이건 적대자들이건 대다수가 불쾌한 태도를 보였다. 왜냐하면 누구나 그와 똑같은 식으로 대응할 수는 없었지만 그보다는 낫다고 믿었기 때문이다. 노인들의 판단에만 귀를 기울이는 민중은 너무 쉽게 조숙해지며, 미숙한 정신에 의해 받아들여지는 성숙한 판단보다 더 불충분한 것은 없다.

독일적인 자연애와 진리애를 지니고 있는 우리 젊은이들에게는 삶과 배움에 있어서 최고의 지도자로서 우리 자신과 타인에 대한 정직성이 늘 눈앞에 떠돌고 있었다. 그래서 우리에게는 볼테르의 파당적인 부정직성과 많은 존엄한 대상들에 대한 왜곡이 점점 더 불쾌하게 여겨져 우리는 날이 갈수록 그에 대한 반감을 키워갔다. 그는 종교와 종교의 바탕이 되는 성서들을 이른바 세속승 나부랭이들에게 손상을 입히기 위해 끝없이 비방함으로써 내게 많은 불쾌한 감정을 일으켰다. 또한 그가 전해 내려오는 노아의 홍수 이야기를 근거 없는 것으로 만들기 위해 모든 조개 화석들을 부인하고 그것들을 자연의 장난으로 밖에 여기지 않는다는 소식을 듣고 나는 그에 대한 신뢰를 완전히 잃었다. 나는 전에 바스트베르크에서 오래 전에 물이 말라버린 호수 밑바닥, 즉 태초의 거주자들이 살았던 곳의 아래에 서 있다는 것을 분명하게 눈으로 확인한 적이 있었기 때문이다. 그렇다! 이 산들은 전에는 물결로 덮여 있었다. 노아의 홍수 전이냐 도중이냐 하는 것은 내게 관심거리가 될 수 없었다. 어쨌든 라인 계곡은 어마어마한 호수였고, 끝없이 넓은 만이었다. 아무도 내 이런 주장을 막을 수는 없었다. 나는 땅이나 산맥에 대한 지식을 더 넓혀나가려고 생각했다. 그럼으로써 뭔가 원하는 일이 생겨날 수도 있을 것이었다.

프랑스 문학은 저절로, 그리고 볼테르를 통해 늙어가고 고상해졌다. 이 탁월한 인물에 대해 조금 더 관찰해 보기로 한다.

젊어서부터 볼테르의 소망과 노력은 활동적이고 사교적인 삶, 정치, 큰 돈벌이, 세속 통치자들과의 관계와 자기 자신도 세속 통치자에 끼기 위한 이 관계의 이용에 집중되어 있었다. 독립을 위해 그보다 더 예속적이었던 사람도 드물었다. 그는 지도적 인물들을 제압하는 데 성공했고, 국민은 그의 손 안에 있었다. 그의 적대자들이 적절한 재능과 엄청난 증오를 발휘해도 소용이 없었다. 어떤 것도 그에게 손상을 입힐 수는 없었다. 그는 궁정과는 화해할 수 없었으나 그 대신 외국의 왕들이 그를 후대했다. 카타리나와 프리드리히 대왕, 스웨덴의 구스타프, 덴마크의 크리스티안, 폴란드의 포니아토프스키, 프로이센의 하인리히, 브라운슈바이크의 카를이 그의 신하임을 공언했다. 교황들까지 어느 정도 관대하게 대함으로써 그를 순종케 해야 한다고 생각했다. 요제프 2세는 그를 멀리했다 하여 결코 명성을 높이지 못했다. 훌륭한 이성과 고상한 사고를 지닌 요제프 2세가 좀 더 현명하고 좋게 정신을 평가했더라면 자신과 자신의 계획에 손상을 입히지는 않았을 것이다.

내가 여기서 압축하여 어느 정도 연관을 지어 말한 것은 그 당시에는 일시적인 소문으로, 영원히 모순적인 불협화음으로 지리멸렬하고 납득될 수 없게 우리의 귀에 들려왔었다. 항상 들려오는 것은 선배들의 찬양뿐이었다. 사람들은 좋은 것, 새로운 것을 요구했다. 그러나 언제나 가장 새로운 것을 원하지는 않았다. 오랫동안 마비상태에 있던 극장에서 한 애국자가 마음을 고양시키는 국민적인 작품을 상연하고, 『칼레의 포위』가 열광적 갈채를 받자마자 이런 작품들은 비슷한 종류의 조국애적인 작품들과 함께 공허하고 어떤 의미에서든 배척되어야 할 것이 되었다. 내가 소년시절에 자주 재미있게 읽었던 데투셰의 풍속묘사는 취약한 것으로 여겨졌고, 이 존경스런 사람의 이름도 잊혀져갔다. 나는 그런 작가들은 많이 댈 수 있다. 내가 그런 작가들과 그들의 작품에 대한 관심을 최근의 문학사조를 연구하고 있는 어떤 사람에게 표명했을 때 나는 촌뜨기 같은 비평을 한다는 비난을 받아야 했다.

그래서 우리는 다른 독일인 친구들에게는 점점 더 불쾌한 존재가 되었다. 우리의 생각과 천성에 따라 우리는 대상의 인상을 확실하게 포착하고, 그것을 천천히 다듬어나가며, 부득이한 경우라도 가능한 한 늦춰서 다루기를 좋아했다. 우리는 충실한 주의를 기울이고 지속적인 노력으로 모든 사물들에서 무언가를 얻을 수 있으며, 변함없고 굳건한 열정으로 마침내 비판과 동시에 비판의 근거까지도 말할 수 있는 경지에 이를 수 있다는 것을 확신하고 있었다. 우리는 위대하고 훌륭한 프랑스 사회가 우리에게 많은 장점과 이익을 주고 있다는 것도 알고 있었다. 루소는 진정으로 우리 마음에 들었던 것이다. 그러나 그의 생애와 운명을 관찰해 보면 그가 이루어놓은 모든 업적에 대한 가장 큰 보상으로 그가 아무도 모르게 잊혀진 채 파리에서 살았다는 것 말고는 아무것도 없었다.

우리는 백과전서파*에 대한 이야기를 듣거나 그들의 작품들 중 한 권을 펼치게 되면 커다란 공장의 무수히 움직이는 실패와 직기들 사이를 걸어가는 듯한 느낌을 받는다. 그리고 우리는 달그락거리는 몹시 시끄러운 소음과 눈과 정신을 혼란케 하는 기계장치와 이해할 수 없이 복잡하게 얽힌 설비들로 인해 한 조각의 천을 만들어내기 위해 필요한 모든 것을 관찰하면서 우리 몸에 걸치고 있는 옷까지도 역겹게 느끼게 된다.

디드로는 우리와 무척 가까운 관계였다. 그는 모든 점에서 진정한 독일인인데, 그렇기에 프랑스인들은 그를 비난한다. 그러나 그의 관점이 너

---

* 1751년부터 프랑스에서 출판된 『백과전서』의 기고자들을 말한다. 편집자는 디드로와 달랑베르였으며 집필자는 다양했는데, 이들은 가톨릭교회와 절대왕정에 반대하는 입장에서 대략 일치되어 있었다.

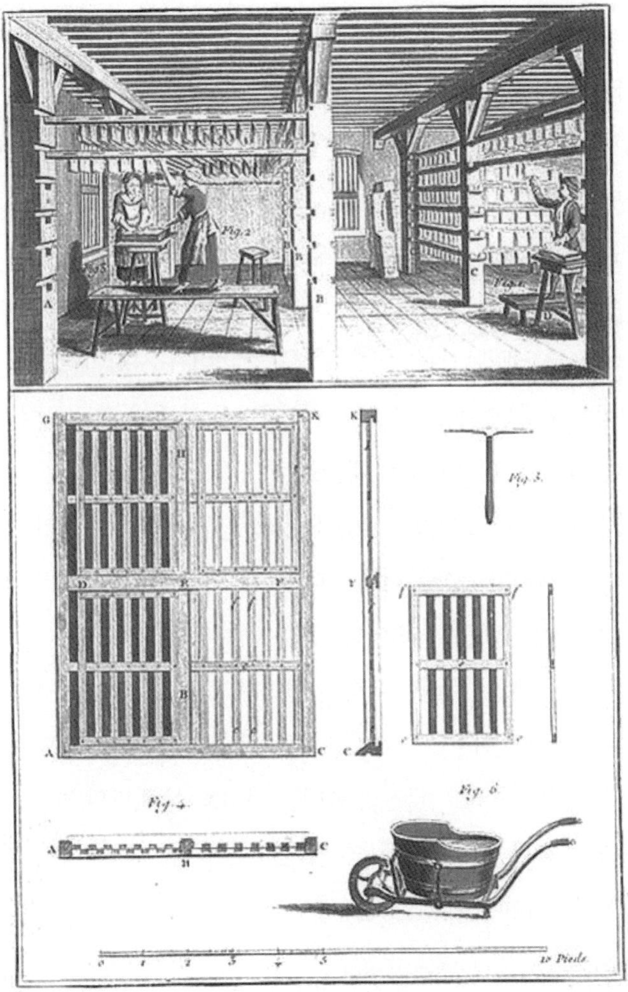

Papetterie, Etendage.

디드로의 『백과전서』 마지막 장에 실린 제지관련 삽화

무 높고, 그의 시야가 너무 넓어 감히 우리는 그와 맞서거나 어깨를 나란히 할 수 없었다. 그러나 그가 위대한 화술로 뛰어나게 하고 고상하게 만든 자연아(自然兒)*들은 우리를 몹시 즐겁게 했고, 용감한 밀렵자들과 밀수업자들은 우리를 매혹시켰다. 이런 천민은 그 후 독일의 문학세계에서 너무나 많이 퍼져나갔다. 그래서 그도 루소처럼 사교적인 사회에 대한 혐오감을 확산시켰고, 현존의 모든 것이 몰락해버릴 것 같았던 어마어마한 세계변혁의 조용한 발단을 이끌었다.

그러나 우리에게는 이런 관찰을 제쳐놓고 이 두 사람이 예술에 대해 어떤 영향을 미쳤는지를 알아보는 것이 적절할 것이다. 그들은 여기에서도 우리를 예술로부터 자연으로 내몰았다.

모든 예술의 최고 과제는 가상을 통해서 좀 더 높은 현실의 착각을 주는 것이다. 그러나 가상을 너무 오래 현실화함으로써 결국 평범한 현실만 남게 하는 것은 잘못된 노력이다.

공상적 장소로서 무대는 뒤쪽에 설치된 측면장치들의 원근법을 이용함으로써 최고의 이득을 얻어왔다. 그런데 이제 사람들은 이런 이득을 과감하게 포기하려 했고, 극장의 측면을 가리고 실제 방의 벽을 만들고자 했다. 그래서 작품 자체나 배우들의 연기 기법 등 모든 것이 그런 무대설치와 합치되어야 했고, 그럼으로써 완전히 새로운 연극이 발생하지 않으면 안 되었다.

프랑스 연극배우들은 희극에서 예술적 진실의 정점에 이르렀다. 파리에서 체류하고, 궁신들의 겉모습을 관찰하고, 연애사건을 통해 남녀 배

---

* 디드로의 희곡『사생아』와『한 가정의 아버지』에 나오는 인물을 가리킴.

우들이 상류층과 결합하는 등 모든 것이 사교적인 생활의 숙련성과 예절 바름을 무대 위에 똑같이 옮겨놓는 데에 기여했다. 그리고 이 점에 있어서는 자연을 사랑하는 사람들도 거의 비난하지 않았다. 그러나 그들은 시민의 삶에서도 부족하지 않은 엄숙하고 비극적인 소재를 작품으로 선택하여 좀 더 고상한 표현에는 산문도 이용하고, 부자연스런 운문을 부자연스런 낭독이나 몸짓과 함께 점차 없앤다면 큰 발전을 이룰 것으로 생각했다.

이 시기에 오랜 전통을 지닌 엄격하고 리듬을 띤 예술적인 비극까지도 위대한 재능과 전통의 힘으로써만 물리칠 수 있었던 혁명의 위협을 받았다는 점은 최고로 주목받을 만하지만 그다지 일반적인 관심을 끌지 못했다.

즉 특별한 연기법으로 감정을 고조시키고 온힘을 다해 주인공들이 연기했으며, 자연스런 것과 익숙한 것을 멀리했던 연극배우 르켕에 대해 오프렌이라는 사람이 맞섰던 것이다. 그는 모든 부자연스런 것에 선전포고를 하고 자신의 비극 연기에서 최고의 진실을 표현하고자 했다. 이런 방법은 나머지 파리의 연극인들에게는 어울릴 수 없는 것이었다. 그가 고립 상태에 있던 반면 나머지 배우들은 서로 결속되어 있었다. 그래서 완고하게 자신의 생각을 고집했던 그는 파리를 떠나 스트라스부르로 왔다. 이곳에서 우리는 그가 『키나』*의 아우구스트와 미트리다와 그 밖의 비슷한 역들을 지극히 참되고 자연스런 기품으로 연기하는 것을 보았다. 그는 키가 크고 멋진 남자로 무대에 올랐으며, 건장하다기보다는 호리호리했고, 장엄하지는 않았지만 고상하고 호감을 주는 모습이었다. 그의 연기는 신중하고 조용했지만 냉담하지는 않았고, 필요할 경우에는 충분히 힘찼다.

---

* 『르 시드』(1637), 『호라티우스』(1640), 『폴리외크트』(1643)와 함께 코르네유의 고전주의 4대 비극 중 하나로 1641년에 발표되었다.

그는 매우 노련한 예술가였으며, 예술적인 것을 완전히 자연으로, 자연을 완전히 예술로 변화시킬 줄 아는 드문 사람들 중 하나였다. 이런 사람들은 본래 장점을 오해받아 언제나 다른 사람들로 하여금 그릇된 자연주의 이론을 촉발시킨다.

나는 또 하나의 짧지만 주목할 만한 시기를 이룬 작품을 상기하려 하는데, 그것은 루소의 『피그말리온』이다. 이 작품에 대해서는 많은 말을 할 수 있을 것이다. 왜냐하면 이 기이한 작품도 똑같이 예술을 자연 속에 용해시키려는 잘못된 노력에 의해 자연과 예술 사이에서 흔들리고 있기 때문이다. 우리가 여기서 보는 예술가는 가장 완전한 것을 이루어냈는데도 자신의 이념을 자신을 떠나 예술에 맞게 표현하고 그것에 좀 더 고상한 생명을 부여한 데에서는 만족을 찾지 못하고 있다. 그렇다! 이념은 세속적인 삶 속의 그에게로 끌어내려져야 한다. 그는 정신과 행동이 이루어낸 최고의 것을 감각의 가장 비천한 작용을 통해 파괴시키려는 것이다.

이런 모든 것들과 많은 다른 것들, 즉 우리에게 영향을 준 올바른 것과 어리석은 것, 참된 것과 반쯤 참된 것이 더욱 더 개념을 혼란시키는 역할을 했다. 우리는 많은 샛길과 우회로를 방황했고, 사방에서 독일문학의 혁명이 준비되었다. 우리는 이 혁명의 증인이었고, 의식적이든 무의식적이든, 좋든 싫든 어쩔 수 없이 혁명에 협력했다.

우리는 철학적 방법으로 계몽되고 격려 받으려는 충동도 애착도 없었으며, 종교적 문제에 있어서는 스스로 계몽되었다고 믿고 있었다. 그래서 우리는 프랑스의 철학자들과 성직자들 사이의 격렬한 논쟁에는 거의 무관심했다. 불에 태워 없앨 것을 선고받은 금지된 책들은 당시 큰 소동을 일으켰지만 우리에게는 아무 영향도 주지 않았다. 나는 우리가 호기심으로 손에 든 『자연의 체계』*를 대표적으로 언급하겠다. 이런 책이 어떻게 위험할 수 있는지 우리는 이해가 되지 않았다. 우리는 무섭고 음산하며 죽음과 같은 느낌이 들어 이 책을 대하고 있는 것이 힘들었고, 마치 유령 앞에 있는 듯 몸서리가 처졌다. 저자는 서문에서 삶을 마감하고 곧 무덤으로 들어갈 자신이 자기세대와 후세에게 진리를 전해주고자 한다고 말하면서 이것이 이 책을 특별히 추천하는 이유라고 여기고 있다.

우리는 그를 비웃었다. 왜냐하면 우리는 본래 노인들에 의해서는 이 세상의 사랑스럽고 좋은 것이 어떤 것도 소중히 여겨지지 않는다고 생각했기 때문이다.

"낡은 교회의 유리창은 어둡다! 버찌나 딸기의 맛이 어떤지는 어린이나 참새에게 물어봐야 한다!"

이것이 우리가 즐기면서 버릇처럼 한 말이었다. 그래서 우리에게는 노인의 참된 정수인 그 책이 무미하고 삭막했다. 모든 것은 필연적이며, 따라서 신은 존재하지 않는다는 것이었다. 우리는 반문했다. 그렇다면 필연적으로 신이 존재할 수도 있는 것이 아니가? 물론 그러면서 우리는 낮과 밤, 계절, 기후의 영향, 자연적이며 동물적인 상태 등의 필연성에서 벗어날 수 없다는 것을 인정했다. 그러나 우리는 우리의 마음속에 완전한 자유의지로서 나타나는 어떤 것도 있음을 느꼈고, 이 자유의지를 조정하려는 어떤 것 또한 있음을 느꼈다.

우리는 점차 더 이성적이 되어 외부의 일들과 자기 자신으로부터 점차

* 프랑스의 대표적인 백과전서파 철학자인 올바크가 J. B. 미라보라는 이름으로 출판해 가장 널리 알려진 책으로 종교를 신랄하게 비웃고 무신론적 결정론적 유물론을 지지했다. 이 책에서 인과관계는 단순히 운동의 관계, 사람은 자유의지 없는 일종의 기계가 되었으며 종교는 해롭고 거짓된 것으로 통렬히 비난받았다.

더 독립적이 되고자 하는 희망을 버릴 수가 없었다. 자유라는 말은 설령 오류를 나타내고 있다 해도 그것 없이는 살 수 없을 만큼 아름답게 울려온다.

우리들 중 이 책을 끝까지 읽은 사람은 아무도 없었다. 왜냐하면 우리는 이 책을 펼쳤을 때 우리의 기대가 어긋남을 알았기 때문이다. 자연의 체계라는 제목으로 되어 있어 우리는 우리의 우상인 자연에 대해 정말로 무언가를 알 수 있게 되기를 기대했다. 물리학과 화학, 천문학과 지질학, 박물학과 해부학, 그 밖의 많은 학문들이 몇 년 전부터 최근에 이르기까지 우리에게 아름답게 장식된 거대한 세계를 늘 가르쳐주었으며, 우리는 그 안에서 살아 움직이고 있는 태양, 별, 유성, 달, 산, 계곡, 강, 바다 등 모든 것에 대해 좀 더 자세하고 일반적으로 알고 싶어 했다. 이로 인해 보통 사람에게는 해로운 것으로, 성직자에게는 위험한 것으로, 국가에는 용납될 수 없는 것으로 여겨질 수 있는 많은 일이 일어날 것임을 우리는 의심치 않았다. 우리는 이 작은 책자가 화형의 시련을 잘 넘기기를 기대했다. 그러나 지구가 그 안의 모든 구성물들과 함께, 하늘이 모든 별들과 함께 사라져버린 이 황량한 무신론적 밤에 우리는 얼마나 텅 비고 공허한 느낌이 들었는지 모른다. 물질은 까마득한 옛날부터 영원히 존재하고 영원히 움직이도록 되어 있으며, 이런 좌우 및 사방으로의 움직임으로 다름 아닌 존재의 무한한 현상을 가져온다는 것이었다. 만약 저자가 정말로 우리 눈앞에서 자신의 움직이는 물질로 세상을 만들어 보였더라면 우리는 이 모든 것에 만족했을지도 모른다. 그러나 그도 자연에 대해서 우리처럼 별로 알지 못하는 것 같았다. 그는 몇 가지 보편적 개념을 세워놓고는 곧 그것을 떠나 자연보다 더 고상한 것이나 자연 속의 더 고상한 자연으로 보이는 것을 물질적이고 무거우며 움직이지만 방향과 형체가 없는 자연으로 변화시켰으며, 그럼으로써 많은 것을 얻었다고 믿었던 것이다.

이 책이 우리에게 어느 정도 해를 입혔다면, 그것은 우리가 모든 철학, 특히 형이상학에 진정으로 혐오를 느끼고 그런 상태를 지속한 반면 살아있는 지식, 체험, 행동, 창작에는 더 활기차고 열정적으로 몰두하게 되었다는 점이다.

그래서 우리는 프랑스의 국경*에서 모든 프랑스적 특성을 한꺼번에 몽땅 털어내 버렸다. 우리는 그들의 생활방식을 지나치게 규범적이고 귀족적인 것으로, 그들의 문학을 냉정한 것으로, 그들의 비평을 멸시적인 것으로, 그들의 철학을 난해하며 불충분한 것으로 여겼다. 그래서 만약 오래전부터 다른 영향이 우리에게 좀 더 고상하고 자유로우며 진실하면서도 시적인 세계관과 정신적 향락을 준비해 주고, 은밀하고 적당하게 시작하여 점점 더 공공연하고 강력하게 우리를 지배하지 않았더라면 우리는 적어도 시험적으로라도 있는 그대로의 자연에 몸을 맡기게 되었을 것이다.

내가 여기서 말하고 있는 사람이 셰익스피어라는 것은 두말할 필요가 없으며, 내가 이렇게 말한 다음에는 더 이상의 자세한 설명이 필요 없다. 셰익스피어는 다른 어느 나라 국민들보다, 아마 자기나라 국민보다도 독일인들에 의해 잘 알려졌다. 우리는 우리들 서로 간에도 허용하지 않는 온갖 정의, 공정, 관용을 그에게 아낌없이 주었다. 탁월한 사람들은 자신의 재능을 가장 유익한 빛 속에서 내보이고자 노력했다. 나는 언제나 그의 명예와 이익이 되는 말과 그를 옹호하는 말에 동의했다. 이 비범한 천

* 스트라스부르는 프랑스와 독일의 국경에 위치한 도시임.

윌리엄 셰익스피어와 그의 연극 작업

재가 내게 미친 영향에 대해서는 전에 말한 바가 있으며, 나는 그의 작품에 대해 몇 가지 연구를 시도하여 사람들의 공감을 얻었다. 나는 그의 위대한 업적에 대한 추가적인 고찰을 여기에 삽입하고 싶은 유혹을 느꼈지만 내 이야기를 듣고 싶어 하는 독자 친구들에게 전할 기회가 올 때까지는 이 같은 일반적 설명으로 충분할 것이다.

여기에서는 내가 그를 어떻게 해서 알게 되었는가에 대해서만 좀 더 자세하게 밝히고자 한다. 나는 라이프치히에서 도드의 『셰익스피어의 아름다움』을 통해 꽤 일찍 그를 알게 되었다. 작가들을 단편적으로 소개하는 이런 모음집에 대해서 비난을 하는 사람도 있을 수 있지만 그것은 많은 좋은 영향을 일으켰다. 우리는 하나의 작품 전체를 그 가치대로 받아들일 수 있을 만큼 침착하지도 재능이 풍부하지도 않다. 우리는 책에서 우리와 직접적으로 관계되는 부분에 밑줄을 긋지 않는가? 특히 교양이 완전하게 갖추어지지 않은 젊은이들이 뛰어난 표현 부분에 흥분하는 것은 칭찬할 일이다. 나는 아직도 내 일생에서 가장 아름다운 시기들 중 하나로 앞서 말한 작품으로 특징지어지는 그 시기를 기억하고 있다. 그의 훌륭한 개성, 위대한 격언, 적절한 묘사, 해학적 특성 등 모든 것이 하나하나 강력하게 내 마음에 와 닿았다.

그때 빌란트의 번역이 나왔다. 나는 이것을 순식간에 읽었고, 친구들과 친지들에게 알려주고 추천했다. 우리 독일인들은 다른 나라의 유명 작품들이 쉽고 명쾌하게 번역되어 이것들을 읽을 수 있는 이점을 누렸다. 처음에 빌란트에 의해, 그 다음에는 에셴부르크에 의해 산문으로 번역된 셰익스피어는 모두가 이해하기 쉽고 어떤 독자에게도 적합한 작품으로서 재빨리 확산되었고 큰 영향을 일으켰다. 나는 리듬과 운율을 존중하는데, 시는 이것을 통해 비로소 시가 된다. 그러나 근본적으로 심오하고 철저하게 작용하는 것, 진실로 교양을 이루고 도움을 주는 것은 작가가 산문으로 번역될 경우 남겨지는 것이다. 그렇게 되면 순수하고 완벽한 내용이 남는데, 그것이 없을 경우에는 빛나는 외관으로 우리에게 있는 것처럼 보이고, 실제로 있을 경우에는 가려져 있다. 그래서 나는 아이를 교육시키는 초기에는 시로 번역한 것보다는 산문으로 번역한 것이 더 유익하다고 생각했다. 왜냐하면 모든 것을 농담으로 이용하기 쉬운 아이들은 말의 음향이나 음절의 높낮이에 흥겨워하고, 패러디적인 장난기에 의해 고상한 작품의 깊은 내용을 파괴하는 것을 흔히 볼 수 있기 때문이다. 그래서 나는 우선 호메로스를 산문으로 번역할 계획을 세워보면 어떨지 생각해보도록 권한다. 그러나 물론 그 번역은 현재 독일문학이 처해 있는 단계에 부합해야 할 것이다. 나는 광범위한 경험을 가장 잘 이용할 줄 아는 존경하는 교육가들에게 이것과 앞서 말한 것을 고찰하도록 일임하겠다. 다만 나는 이런 제안을 함에 있어서 루터의 성서 번역을 상기하고자 한다. 이 탁월한 인물이 다양한 문체로 엮은 저작과 그것의 시적 역사적 명령적 교훈적 음조를 혼연일체가 된 것처럼 모국어로 우리에게 전해준 것은 원전의 특성들을 하나하나 모방하려던 것보다 종교에 더 많은 자극을 주었다. 그 후 사람들은 욥기와 시편과 다른 찬송가들을 우리가 시의 형식으로 즐길 수 있도록 노력했지만 허사였다. 영향을 받아야 하는 대중에게는 단순한 번역이 최선의 번역이다. 원작과 경쟁하려는 비판적 번역은 본질적으로 학자들 사이의 즐거움에만 도움이 된다.

셰익스피어는 우리들 스트라스부르의 모임에서도 번역되거나 원전으로, 단편적이거나 전체적으로, 혹은 부분적으로 발췌되어 많은 영향을 미쳤다. 그래서 우리는 성서에 집착하듯 점차 셰익스피어에 몰입하였고, 그가 우리에게 알려준 자기시대의 도덕과 결함을 우리의 대화 속에서 모방했으며, 그의 재롱에 엄청나게 기뻐했고, 번역과 나아가 대담하게도 원전을 통해 그와 경쟁을 벌였다. 이런 경우 내가 누구보다도 열광적으로 그에게 몰입했던 것이 도움이 되었다. 무언가 좀 더 고상한 것이 내 머리 위에서 떠돌고 있는 것 같다는 나의 고백은 내 친구들에게도 전염되어 그들도 모두 똑같은 생각에 빠지게 되었다. 우리는 그의 업적을 좀 더 자세히 인식하고, 그것을 이해하고, 통찰력을 가지고 평가할 수 있는 가능성을 부인하지 않았다. 그러나 우리는 그런 일은 나중에 적절한 시기에 하기로 보류하고, 당장은 그저 기쁘게 함께하고 활기차게 모방만 하려고 했다. 그리고 우리는 이런 커다란 즐거움을 누리면서 그 즐거움을 우리에게 가져다준 그를 탐구하거나 흠잡는 대신 무조건 숭배하는 것으로 만족해 했다.

그 당시 이런 활기찬 모임에서 우리가 무엇을 생각하고 이야기하고 다루었는지를 직접 알고자 한다면 『독일의 기법과 예술에 대하여』라는 책 속에 있는 헤르더의 셰익스피어에 대한 논문을, 나아가 『사랑의 헛수고』

의 번역이 첨부된 렌츠*의 『연극 평론』을 읽으면 된다. 헤르더는 셰익스피어의 본질을 좀 더 깊숙하게 파고들어가 그것을 훌륭히 설명하고 있다. 렌츠는 연극의 인습에 대하여 우상파괴적인 태도를 취하고 있으며, 모든 것을 어디서나 셰익스피어적인 방식에 따라 다루고자 한다. 이제 이 재능이 풍부하고 기이한 사람에 대해 언급하게 되었으므로 그에 대한 몇 가지 점들을 말하는 것은 여기에서 적절할 것이다. 나는 스트라스부르 체류가 끝날 무렵에야 렌츠를 알게 되었다. 그가 교제하는 친구들은 내 친구들과는 달랐지만 우리는 서로 만날 기회를 찾았고, 같은 시대의 젊은이들로서 같은 생각을 품고 있었으므로 서로 기꺼이 대화를 나누었다. 그는 작은 몸집이었으나 멋진 몸매였으며, 무척 작고 귀여운 머리는 우아하고 깨끗했으며 조금 둔중한 듯한 얼굴과 완벽하게 어울렸다. 파란 눈에 금발인 그는 한마디로 이따금 북쪽 청년들 사이에서 만날 수 있는 사람들 중 하나였다. 조용하고 조심스런 걸음걸이, 유창하지는 않지만 우아한 말씨, 소극성과 수줍음 사이에서 내보이는 행동은 젊은 사람에게 매우 잘 어울렸다. 그는 짧은 시들, 특히 자기 자신의 시들을 매우 잘 낭독했고, 글씨도 달필이었다. 나는 그의 기질은 영어의 'whimsical(별난)'이란 어휘로 알 수 있다. 이 말은 사전에서 보이듯 많은 특이성들을 하나의 개념에 포괄하고 있다. 그래서 셰익스피어적 천재의 파격과 기형을 그보다 더 잘 느끼고 모방할 수 있는 사람은 아무도 없었다. 앞서 말한 번역이 그 한 증

* 러시아 태생 독일의 시인, 질풍노도운동의 극작가로 스트라스부르에서 괴테 문학회의 회원이 되었다. 『사랑의 헛수고』의 번역을 통해 그의 전반적인 극이론, 즉 고전적 관례들, 특히 시간과 공간의 통일에 대한 경시, 등장인물에 대한 전적으로 사실적인 묘사의 추구 등을 주장했다. 괴테와 비등해지려는 야심을 품고 그의 글쓰는 방식을 모방하거나 스트라스부르와 바이마르 궁(1776년 괴테를 따라 바이마르로 갔음)에서 그의 사생활을 그대로 모방해 사람들의 웃음거리가 되기도 했다.

거이다. 그는 작가를 매우 자유롭게 다루고, 정확하지도 충실하지도 않았다. 그러나 그는 선배의 갑옷이나 우스꽝스런 재킷을 맞춰 입을 줄 알았고, 선배의 몸짓을 익살스럽게 똑같이 해냈으므로 그런 일을 즐기는 사람에게서는 반드시 박수갈채를 받았다.

어릿광대의 엉뚱한 짓들이 특히 우리의 즐거움을 자아냈다. 우리는 렌츠가 공주의 화살에 맞은 야생동물의 비문*을 다음과 같이 만들어냈을 때 그를 가장 총애 받아야 할 사람으로 찬양했다.

아름다운 공주가 활을 쏘아
아기사슴의 목숨을 맞혔다.
아기사슴은 무거운 잠에 빠졌고,
불고기가 되어 바쳐질 것이다.
사냥개는 멍멍! - Hirsch(사슴)에 L자를 붙이면
Hirschel(아기사슴)이 된다.
그러나 Hirsch에 로마자 L을 붙이면
오십 마리의 아기사슴이 된다.
나는 두 개의 L을 붙여 Hirschell이라고 써서
백 마리의 사슴을 만들어낸다.

엉뚱한 것을 좋아하는 성향은 젊을 때 자유롭게 마음껏 표출되며, 나중에는 완전히 없어지지는 않지만 점차 밑으로 가라앉는 것인데, 우리는 그

* 셰익스피어의『사랑의 헛수고』제4막 2장에 나오는 사슴의 비문을 말함.

전성기에 있었으며, 독창적인 장난을 통해 우리의 위대한 대가를 축하하려고 했다. 우리는 그런 종류의 어떤 것을 모임에 내놓고 어느 정도 인정을 받을 때 매우 영광스럽게 여겼는데, 사나운 말을 타다가 부상을 입은 한 명기사(Rittmeister)를 다룬 다음과 같은 글을 예로 들 수 있다.

이 집에 Ritter(기사) 한 사람이 살고 있는데
그는 Meister(명인)이기도 하다.
두 가지를 합쳐 꽃다발을 만들면
Rittmeister(명기사)가 될 것이다.
그가 말타기의 명인이라면
그의 이름은 당연한 것일 수 있다.
그러나 말을 가혹하게 몰면
그에게도 자손에게도 저주가 있으리!

이런 일들에 대해 그것이 어릿광대에 적합한 것인지 아닌지, 참되고 순수한 해학의 원천에서 흘러나온 것인지, 의미와 판단이 부적절하고 허용될 수 없는 방법과 혼합되어 있지 않은지에 대해 매우 진지하게 논란이 벌어졌다. 그러나 대체로 이런 기이한 생각들은 많은 신뢰를 받고 있던 레싱이 『연극론』에서 첫 신호를 전해주었기 때문에 더 힘차게 확산되었고, 그만큼 더 많은 사람들이 동참하게 되었다.

기분에 들뜬 그런 친구들 틈에 끼어 나는 자주 상부 알자스로 즐거운 여행을 했지만 특별한 교훈을 얻지 못한 채 돌아왔다. 기회가 있을 때마다 우리에게서 솟아나온 많은 짧은 시들은 충분히 즐거운 여행기를 이룰 수도 있었지만 그것들은 없어지고 말았다. 몰스하임 수도원의 복도에서 우리는 유리창의 색채화들에 경탄했다. 우리는 콜마르와 슐레트슈타트 사이의 비옥한 지역에서는 케레스*에 바치는 익살스런 찬가를 불렀으며, 그토록 많은 곡식의 소비에 대해 세세하게 토론을 벌이며 찬양했고, 곡물이 자유거래가 되어야 하는지 제한거래가 되어야 하는지에 대한 중요한 논쟁거리를 무척 재미있게 다루었다. 우리는 엔지스하임에서 교회 안에 거대한 운석이 매달려 있는 것을 보고 그 당시의 회의심에 따라 인간의 천박한 믿음을 비웃었다. 하늘에서 떨어진 그런 물건은 우리의 밭에 떨어지지는 않아도 진열실에 보관되어야 한다는 것은 생각지도 못했던 것이다.

나는 백 명, 천 명의 신자들과 함께 오틸리엔베르크로 성지순례를 했던 것을 지금도 즐겁게 기억하고 있다. 로마 성곽의 기초성벽이 아직도 남아 있는 이곳에서 한 아름다운 백작의 딸**이 경건한 마음으로 폐허와 바위 틈에서 살고 있었다고 했다. 순례자들이 감동한 예배당에서 멀지 않은 곳에서 사람들은 그녀가 물을 긷던 샘물을 가리키며 많은 재미있는 얘기를 해주었다. 내가 마음속에서 그렸던 그녀의 모습과 그녀의 이름은 내 마음속에 깊이 새겨졌다. 나는 이 두 가지를 오랫동안 가슴속에 간직해 두었다가 마침내 내가 만년에 젊은 시절 못지않게 사랑했던 어떤 아가씨***에게 부여했는데, 그녀는 경건하고 순수한 마음을 지닌 사람들에게 무척 호의적으로 받아들여졌다.

---

* 로마 종교에서 식용 식물의 성장을 관장하는 여신.

** 알자스의 수호성인이자 맹인의 수호성인으로 공경을 받는 오틸리아를 말함. 오틸리엔베르크는 그녀의 이름에서 따왔다.

*** 『친화력』에 나오는 오틸리에를 가리킴.

이 산정에서도 멋진 알자스의 모습은 늘 똑같으면서도 늘 새롭게 눈앞에 펼쳐졌다. 원형극장에서는 어디에 자리를 잡든 모든 사람들을 둘러볼 수 있고 특히 옆 사람을 가장 뚜렷하게 볼 수 있듯이 여기에서도 가까이나 멀리에 있는 수목, 바위, 언덕, 숲, 평야, 초원, 마을들을 모두 내려다볼 수 있었다. 사람들은 지평선 쪽으로 바젤을 가리켰으나 나는 그 도시가 보였다고 말할 수는 없다. 그러나 멀리에 있는 스위스 산들의 푸르름은 여기에서도 우리를 그것들에게로 끌어들이는 위력을 발휘했지만 우리는 이런 충동에 따를 수 없었기에 안타까운 느낌만 남겨놓았다.

나는 그런 기분전환과 즐거움에 한층 더 몰입하여 도취될 정도가 되었는데, 그때 프리데리케와의 정열적인 관계가 내 마음을 괴롭히기 시작했다. 생각 없이 마음대로 품은 젊은이의 그런 애정은 밤하늘에 던져진 폭탄과 비교될 수 있다. 그것은 부드럽게 빛나는 선을 그리며 솟아올라 별들 사이에 섞여 잠시 동안은 별들 사이에 머무는 것처럼 보이지만 곧 똑같은 길로 거꾸로 선을 그리며 아래로 내려와 마지막에 땅에 떨어지면 파멸을 가져오는 것이다. 프리데리케는 여전히 똑같은 상태였다. 그녀는 나와의 관계가 그렇게 쉽게 끝날 수 있으리라고는 생각지도 생각하려고도 하지 않는 것 같았다. 반면 올리비에는 내가 떠나는 것을 섭섭하게 여겼지만 프리데리케보다는 덜 상심했고, 더 앞을 잘 내다보았고 개방적이었다. 그녀는 가끔 나와 예상되는 작별에 대해 얘기했고, 스스로와 동생을 단념시키려고 노력했다. 한 여자가 자신의 애정을 털어놓았던 남자를 단념할 경우 똑같은 단념으로 여자에게서 멀리 떨어져 나온 남자보다 고통스런 상태에 더 오래 처하지는 않는다. 남자는 언제나 고통스런 역할을 한다. 왜냐하면 성숙되어 가는 그에게는 자신의 상태에 대한 분명한 전망이 기대되며, 몹시 경박한 마음은 그에게 어울리지 않기 때문이다. 관계를 끊는 여자의 원인은 늘 합당하게 보이지만 남자의 경우는 결코 그렇지 않다.

그러나 즐거운 정열이 우리를 어디로 이끌어갈 것인지 우리가 어떻게 예견할 수 있단 말인가? 왜냐하면 아주 분별력 있게 정열을 포기한 후에도 여전히 그것을 버릴 수 없기 때문이다. 우리는 방법은 달리 할지라도 좋아하는 습관은 즐기게 되는 것이다. 내 경우도 그러했다. 비록 프리데리케의 존재가 나를 불안하게 했지만 내게는 그녀 없는 곳에서 그녀를 생각하고 그녀와 이야기를 나누는 것보다 더 기분 좋은 일이 없었다. 나는 그녀를 찾아가는 일은 더 드물었지만 편지는 더 자주 주고받았다. 그녀는 자신의 상태를 명랑하게, 자신의 감정을 우아하게 그려 보내왔고, 나는 그녀의 장점을 호의와 열정을 다해 마음속에 그려보았다. 나는 그녀가 눈앞에 없어 마음이 자유로웠으며, 내 애정은 멀리 떨어져서 이야기를 나눔으로써 진정으로 불타올랐다. 나는 그런 순간에는 장래에 대해서 완전히 눈먼 상태였으나 시간이 흐름에 따라 급박한 일들로 무척 혼란스러워졌다. 이제까지 나는 현재 눈앞에서 벌어지는 일에 열심히 참여함으로써 여러 가지 많은 일들을 해나갈 수 있었다. 그러나 어떤 장소를 떠나야 할 때늘 그렇듯이 마지막이 다가오자 모든 것이 뒤얽혀 한꺼번에 힘차게 밀려왔다.

또 하나의 돌발사건이 내게서 마지막 날들을 빼앗아갔다. 나는 대성당의 전면과 위쪽으로 솟아있는 탑을 멋지게 볼 수 있는 어느 별장에서 명망 있는 사람들의 모임에 참석했다. 누군가가 "전체가 완성되지 않고 탑 하나만 갖게 된 것은 유감스런 일이야"라고 말했다. 나는 이 말에 이렇게 대답했다.

“이 탑 하나도 완전하게 이루어지지 못한 것을 나도 유감스럽게 생각합니다. 왜냐하면 4개의 기둥머리가 너무 둔하게 되어 있기 때문입니다. 그 위에 4개의 첨탑을 더 세울 계획이었겠지요. 볼품없는 십자가가 서 있는 중앙에도 더 높은 첨탑을 세울 계획이었을 겁니다.”

내가 평소처럼 힘차게 이런 주장을 말하자 한 키가 작은 쾌활한 남자가 내게 말을 걸며 이렇게 말했다.

“그런 얘기는 누가 해주던가요?”

그래서 나는 이렇게 대답했다.

“바로 저 탑입니다. 저는 저 탑을 오랫동안 주의 깊게 관찰해왔고 그것에 많은 애정을 기울여왔습니다. 그랬더니 마침내 저 탑이 제게 이 공공연한 비밀을 고백할 결심을 했던 겁니다.”

내 말에 그는 이렇게 말했다.

“탑이 당신에게 거짓말을 하지는 않았군요. 내가 가장 잘 알고 있지요. 왜냐하면 나는 그 건축물을 관리하기 위해 임명된 관리인이기 때문입니다. 우리 문서실에 원래의 설계도가 있는데, 그것도 당신 말과 똑같이 되어 있습니다. 당신에게 보여줄 수도 있어요.”

나는 떠날 날이 가까워졌으므로 그런 호의를 빨리 베풀어달라고 재촉했다. 그는 그 값진 두루마리 도면을 내게 보여주었다. 나는 재빨리 완성되지 않은 첨탑들을 기름종이에 그렸으며, 이런 귀한 물건을 더 일찍 알게 되지 못한 것이 아쉬웠다. 그러나 사물을 바라보고 관찰함으로써 힘들게 개념을 파악하게 되는 것은 내게 늘 따라다니는 숙명적인 것이었다. 아마 사람들이 내게 그런 개념을 쉽게 전해주었더라면 내게 그것은 그다지 눈에 띄지도 결실을 이루지도 못했을 것이다.

그런 격동과 혼돈 속에서도 나는 프리데리케를 다시 한 번 만나보는 것을 포기할 수 없었다. 고통스런 날들이었지만 그런 기억은 내게 남아있지 않았다. 내가 말 위에서 그녀에게 악수를 청했을 때 그녀의 눈에는 눈물이 고여 있었고, 나는 무척 마음이 아팠다. 이제 나는 샛길로 드루젠하임을 향해 말을 달렸는데, 그때 내게 아주 기묘한 예감이 엄습했다. 즉 나는 내가 입어본 적이 없는 약간의 금빛이 들어간 엷은 회색 옷을 입고 같은 길에서 나를 향해 말을 타고 오는 나 자신을 실제의 눈이 아니라 마음의 눈으로 보았던 것이다. 내가 몸을 흔들어 이 꿈에서 깨어나자 곧장 그 모습은 사라졌다. 그러나 8년 후 내가 나의 선택이 아니라 우연한 일로 꿈속에서 본 똑같은 옷을 입고 프리데리케를 다시 방문하기 위해 똑같은 길을 갔던 것은 신기한 일이다. 이런 일들이 어떻게 일어났든 간에 이 기이한 환영은 작별의 순간에 내게 어느 정도 마음의 안정을 주었다. 내가 얻은 모든 것과 함께 아름다운 알자스를 영원히 떠나는 나의 고통이 완화되었던 것이다. 그리고 나는 마침내 이별의 혼돈에서 벗어나 평온하고 유쾌한 여행을 계속했다.

나는 만하임에 도착하자 굉장한 호기심을 품고 그렇게도 유명하게 사람들의 입에 오르내린 고대미술관을 보기 위해 달려갔다. 나는 이미 라이프치히에서 빙켈만과 레싱의 글을 읽을 기회에 이런 중요한 미술품들에 관한 말은 많이 들었지만 본 일은 거의 없었다. 왜냐하면 대학에는 아버지 라오콘*과 케스터네츠를 들고 있는 판** 외에는 주조물이 없었기 때문이다. 외저가 가끔 이런 조각품에 대해 즐겨 얘기했던 내용은 물론 모호하기 짝이 없었다. 어째서 사람들은 초보자에게도 예술의 마지막에 대한 개념을 주려고 하는 것일까?

페르샤펠트 관장이 친절하게 맞이해 주었다. 그리고 그의 직원 한 사람이 나를 진열실로 안내하여 문을 열어주고 나서 내 취향대로 관찰하도록 나 혼자 남겨두었다. 이제 나는 넓고 네모난, 매우 높은 천장과 함께 거의 입방체를 이룬 방 안에서, 또한 복공 아래의 창문을 통해 위에서 아래를 내려다볼 수 있는 공간에서 지극히 놀랄 만한 인상들과 마주하게 되었다. 고대의 가장 훌륭한 조각들이 벽 옆에 진열되어 있을 뿐만 아니라 방안 전체에 차곡차곡 쌓여 있었다. 그것은 헤치고 지나가야 할 조각의 숲이었고, 뚫고 나가야 할 이상적인 거대한 민족집단이었다. 이 모든 훌륭한 조각들은 커튼을 끌어올리거나 내림으로써 가장 적당한 광선속에 놓이게 할 수 있었다. 게다가 그것들은 받침대 위에 놓여 움직였으며, 마음대로 방향을 바꾸거나 회전시킬 수 있었다.

나는 이 거역할 수 없는 많은 조각품들의 첫인상을 잠시 눌러 참고 나서 가장 내 마음을 끈 형상들 쪽으로 향했다. 벨베데레의 아폴론 상***이었

---

* 그리스 신화에 나오는 인물로 아폴론 신의 점술사이자 신관. 독신을 지키겠다던 맹세를 어기고 자식을 낳아 아폴론 신의 노여움을 샀다. 그리하여 아폴론 신에 의해 2마리의 큰 바다뱀에 깔려 그의 쌍둥이 아들인 안티파스와 팀브라이우스와 함께 죽었다.

** 그리스 신화에 나오는 짐승의 모습에 가까운 다산의 신. 본래 아르카디아 지방의 신으로, 판이라는 이름은 파온(paon : 목축)이 도리아식으로 줄어든 것이다.

*** 이 조각상은 자체의 예술성보다는 르네상스 정신과 그리스 전통을 찬양한 빙켈만, 괴테 등이 최상의 조화미라 극찬하여 유명해졌다. 벨베데레라는 이름은 아폴론 상이 놓여 있는 로마 교황 궁전의 방에서 따온 것이다. 작자가 누구인지는 알 수 없고, 1세기경 로마의 예술작품으로 추측될 뿐이다.

다. 알맞은 정도의 거대한 크기, 날씬한 구성, 자유로운 움직임, 승리자적인 시선 등에 의해 이것이 다른 모든 것들에 앞서 우리의 감정을 압도하여 승리를 거두고 있다는 것을 누가 부인할 수 있을 것인가? 그런 다음 나는 라오콘으로 방향을 돌려 여기에서 처음으로 아들들과 함께 있는 라오콘을 보았다. 나는 가능한 한 그것에 대해 다루어진 것과 논쟁이 되었던 것을 떠올려 보았고, 하나의 관점을 얻고자 했다. 그러나 나는 이리저리 헤매기만 했다. 죽어가는 투사는 나를 오랫동안 붙들어놓았다. 그러나 나는 특히 가장 행복한 순간을 마련해준 데 대해 문제가 있기는 하지만 귀중한 유물인 카스토르와 폴룩스의 군상에게 감사하지 않을 수 없었다. 나는 즐기는 관찰을 하면서 즉석에서 설명을 하는 것은 불가능한 일이라는 것을 아직 모르고 있었다. 나는 억지로 반성했다. 나는 명백한 파악에 이르겠다는 생각은 거의 하지 않았지만 이렇게 많이 수집되어 있는 것들 하나하나가 이해하기 쉽고, 모든 작품이 자연적이고 그 자체로서 중요하다는 것은 느낄 수 있었다.

그러나 내 최대의 관심은 라오콘에 쏠려 있었다. 나는 그가 왜 소리를 지르고 있지 않느냐는 유명한 의문을 그가 소리를 지를 수 없다고 나 스스로 확언함으로써 해결했다. 세 인물의 모든 행동과 동작은 나로 하여금 그들에 대해 최초로 이해하게 했다. 중심인물의 강압적이면서도 예술성이 풍부한 자세는 두 가지 동기로 이루어져 있었다. 즉 뱀에 대항하여 싸우는 것과 뱀에게 물리는 순간을 피하는 것이다. 이 고통을 완화하기 위해서는 하체가 위축되어 소리 지르는 것이 불가능할 수밖에 없었다. 나는 작은 아들은 뱀에 물리지 않았다고 단정했는데, 이것은 전에 내가 이 가족집단의 예술성에 대해 해석하려고 했던 대로였다. 나는 이에 대해 외저에게 편지를 보냈는데, 그러나 그는 특별히 내 해석에 주의를 기울이지 않았고, 나의 좋은 의지에 대해서만 일반적인 격려로 답해주었다. 그러나 나는 그런 생각을 간직하고 몇 년 동안을 마음 편히 보낼 수 있어 충분히 행복했으며, 마침내 그 생각은 내 모든 경험과 확신에 결부되었으며, 그런 관점 속에서 『프로필레엔』을 간행하면서 그 생각을 널리 알리게 되었다.

나는 그렇게 많은 숭고한 조형 미술품들을 열심히 관찰한 다음 고대 건축을 맛보는 일도 빼놓지 않았다. 나는 둥근 공회당의 기둥머리 거푸집을 발견했다. 나는 그 어마어마하고 우아한 아칸더스 잎 모양의 장식을 보고 북유럽 건축술에 대한 믿음이 흔들리기 시작했음을 부인하지 않는다.

그러나 나의 전 생애를 통해 영향을 미친 이 중요한 관찰은 그 다음 시기에는 미미한 영향을 주었다. 나는 이런 서술로 한 장을 끝내는 것보다는 오히려 새롭게 시작할 수 있을 것 같다. 나는 그 화려한 진열실의 문이 닫히자마자 나 자신을 다시 찾고 싶었으며, 그 조각상들을 짐이 되는 것으로서 내 상상에서 떨쳐내 버리려 했고, 긴 우회로를 통해 다시 지금의 궤도로 돌아오게 되었기 때문이다. 그러나 소모적인 평가를 하지 않고 즐기면서 받아들이는 그런 인상들의 은밀한 수확은 매우 값진 것이다. 젊은이는 비판적이 되려 하지 않고, 뛰어나고 우수한 것을 탐구하거나 분석하지 않고 자신에게 영향을 미치도록 그대로 놔두면 이런 최고의 행복을 얻을 수 있다.

제12장

이제 방랑자인 나는 첫 번째보다 더 건강하고 기쁘게 집에 돌아왔지만 전체적인 상태는 과도한 긴장을 내보여 완전한 정신적 건강상태를 나타내지는 못하고 있었다. 집에 돌아오자마자 나는 어머니를 엄격히 질서를 중시하는 아버지의 성격과 극단적인 내 성격 사이에서 여러 가지 일들을 적절한 수단을 세워 조절하지 않으면 안 되는 입장에 몰아넣었다. 나는 마인츠에서 하프를 연주하는 한 소년이 매우 마음에 들었었다. 그래서 나는 마침 대목시장도 임박했기에 그를 프랑크푸르트에 초대했고, 숙소도 마련해주고 도와주겠다고 약속했다. 이런 일 속에서 일생동안 그토록 많은 손실을 입힌 바로 그 성격이 또 다시 나타났다. 즉 나는 나보다 어린 사람들이 주위에 몰려들어 나와 관계를 맺는 것을 좋아함으로써 필경 마지막에는 그들의 운명에 의해 고통을 당하곤 했던 것이다. 나는 여러 차례 불쾌한 경험을 겪으면서도 타고난 이 충동은 억제할 수 없었고, 오늘날에도 때때로 결과를 분명하게 확신하고 있는데도 이 충동이 나를 함정으로 이끌려고 위협한다. 어머니는 나보다 더 현명하여 대목시장을 찾아다니는 악사소년이 빵을 벌기 위해 명망 있는 집을 여관이나 주막처럼 드나드는 것이 아버지에게 얼마나 괴상망측하게 여겨질 것인지를 충분히 예측하고 있었다. 그래서 어머니는 그 소년의 침식을 이웃에 주선했고, 나도 친구들에게 그를 추천해주어 그가 불편 없이 지내게 되었다. 몇 년이 지난 후 내가 그를 다시 만났을 때 그는 더 자랐지만 우둔해져 있었고, 예술적 재능도 더 늘어나지 않은 상태였다. 조정과 무마의 첫 시험에 만족한 야무진 어머니는 이런 기술이 가까운 장래에 철저히 필요하게 되리라고는 생각하지 못하고 있었다. 노후의 취미활동과 일을 하며 만족한 삶을 이끌어가는 아버지는 온갖 장해와 지연에도 불구하고 자신의 계획을 관철해가는 사람처럼 좋은 기분이었다. 나도 학위를 받았고, 앞길이 창창한 시민적인 단계적 인생행로에 첫걸음을 내딛었다. 내 논문은 아버지의 칭찬을 받았고, 아버지는 그것을 꼼꼼히 살펴보고 장래 출판을 위한 많은 준비를 하는 데 열중했다. 알자스 체류 중에 나는 많은 단시, 논문, 여행기들과 즉흥적인 글들을 썼다. 이것들을 장과 절로 나누고 정리하는 일과 완성을 요구하는 일이 아버지의 즐거움이었다. 그래서 아버지는 이런 것들이 인쇄되는 데에 대한 지금까지의 내 완강한 거부감이 곧 사라지게 되기를 기대하며 기뻐했다. 누이동생은 분별력 있고 사랑스런 여자들과 함께 모임을 갖고 있었다. 그녀는 지배적인 태도를 보이지 않으면서도 모든 사람들을 지배했다. 그녀는 분별력 있게 여러 가지를 통찰했고 좋은 마음씨로 많은 것을 조정할 수 있었기 때문이다. 게다가 그녀는 경쟁자보다는 신뢰받는 자로서의 역할을 하는 입장에 서 있었다. 나보다 나이가 많은 친구들과 친지들 중 호른은 변함없이 진실한 친구이자 명랑한 교제 상대였다. 나는 리제와도 친밀했는데, 그는 끝없는 반박을 통해 내가 즐겨 빠지는 독단적인 열광에 대해 의문과 부정을 제기하면서 내 통찰력을 연마시키고 시험하곤 했다. 그 밖의 사람들도 점차 이 모임에 참여했는데, 그들에 대해서는 나중에 얘기하겠다. 그러나 내 고향도시에서의 새로운 체류를 즐겁고 유익하게 해준 사람들 중에서는 두말할 것 없이 슐로서 형제가 선두에 있었다. 형인 히에로니무스는 철저하고 세련된 법률학자였고, 법률고문으로서 널리 신뢰를 얻고 있었다. 무척 잘 정돈된 방들의 책과 서류들 속이 그가 가장 좋아하는 거처였다. 나는 거기에서 언제나 쾌활하고 친절한 그의 모습을 보았다. 많은 사람들이 모이는 곳에서도 그는 기분 좋고 즐거운 태도를 보였다. 왜냐하면 그의 정신은 광범위한 독서를 통해 지난 세계의 온갖 아름다움으로 장식되어 있었기 때문이다. 그는 기회가 있을 때마다 재치 있는 라틴어 시들로 모임의 흥을 돋우는 일을 잊지 않았다. 나는 아직도 그가 지은 여러 편의 익살스런 2행시들을 가지고 있는데, 그것들을 그는 내가 그린 프랑크푸르트의 잘 알려진 기인들의 초상화들 밑에 적어주었다. 나는 내가 이끌어나가야 할 삶과 일의 행로에 대해 자주 그와 상의했는데, 나의 다방면의 취향과 열정과 흥미가 이런 길들로부터 나를 이탈시키지 않았더라면 그는 나의 가장 확실한 인도자가 되었을 것이다.

동생인 게오르크는 나이가 나와 더 가까웠는데, 뷔르템베르크의 오이겐 공작 밑에서의 근무를 그만두고 트레프토프에서 돌아와 있었다. 그는 세상일에 대한 지식과 실무능력이 뛰어났으며, 독일과 외국문학에 대한 개관에 있어서도 남에게 뒤지지 않았다. 그는 전과 마찬가지로 즐겨 여러 나라 언어로 글을 썼는데, 그럼으로써 내게는 그다지 자극을 주지 못했다. 나는 독일어에만 철저히 몰입하여 다른 언어들은 최고 작가들의 원전만을 읽을 수 있을 만큼밖에는 익히지 않았기 때문이다. 그는 여전히 변함없이 성실했으며, 오히려 세상을 알게 됨으로써 자신의 좋은 생각을 더 굳건하게 고집하게 되었다.

이 두 친구를 통해 나는 곧 메르크*와 알게 되었는데, 헤르더는 이미 스트라스부르에서 그에 대해 좋게 말해준 적이 있었다. 내 삶에 아주 큰 영향을 미친 이 독특한 사람은 다름슈타트 태생이었다. 나는 그의 어렸을 적 교육에 대해서는 아는 것이 없다. 대학을 마친 후 그는 한 젊은이를 데리고 스위스로 가서 잠시 머물다가 부인을 얻어 돌아왔다. 내가 그를 알게 되었을 때 그는 다름슈타트의 군 경리관이었다. 그는 타고난 분별력과 재능으로 특히 근대문학에 관한 훌륭한 지식을 갖추고 있었고, 모든 시대와 지역의 세계사 및 인간의 역사를 섭렵하고 있었다. 그에게는 정확하고 예리한 판단을 내리는 재능이 주어져 있었다. 그는 성실하고 결단력 있는 실무가이며 완벽한 계산가로 높이 평가받았다. 그는 어느 곳에서나 쉽게 어울렸으며, 그의 신랄한 특성들을 두려워하지 않는 사람들에게는 매우 기분 좋은 친구로서 등장했다. 그는 키가 크고 마른 모습이었으며, 솟아나온 뾰족한 코가 눈에 띄었다. 담황색의, 아니 회색인 듯한 그의 눈은 주의 깊게 이곳저곳을 바라보는 시선이 호랑이의 그것과 같았다. 라바터의 『인상학』은 우리에게 그의 얼굴모습을 그대로 보여주었다. 그의 성격에는 기이한 불균형이 자리하고 있었다. 그는 천성적으로 성실하고 고상하고 신뢰성 있는 사람이면서도 세상에 대해 분노하고 있었다. 그리하여 이런 심한 병적 특성이 마음속에서 솟구칠 때면 그는 의도적으로 악한과 무뢰한이 되려는 억제할 수 없는 충동을 느끼곤 했다. 그는 어떤 순간에는

* 독일의 저술가이며 문학비평가(1741~1791)로 18세기 후반 질풍노도운동의 젊은 작가들에게 중요한 길잡이 역할을 했다. 괴테가 『파우스트』에서 메피스토펠레스의 모델로 삼았다는 설이 있다.

분별력 있고 침착하고 친절하다가도 다른 순간에는 마치 달팽이가 뿔을 내밀듯 남의 마음을 상하게 하고 남에게 해가 되는 일까지도 하려는 생각을 하는 것이었다. 그러나 누구나 자신이 위험 앞에서 안전하다고 믿을 경우에는 위험한 일을 기꺼이 하게 된다. 나도 그의 좋지 않은 측면이 나를 향하지는 않으리라고 믿고 있었기 때문에 그와 함께 생활하면서 그의 좋은 특성들을 누리고 싶은 강한 애착을 갖게 되었다. 그가 이런 도덕적으로 불안한 정신과 타인을 악의적이고 심술궂게 다루고자 하는 욕구에 의해 한편으로는 사교적인 생활을 망친 것처럼 자신이 조심스럽게 마음속에 키워놓은 또 다른 불안은 그의 내면의 평온에 대립했다. 즉 그는 도락적인 창작욕을 느껴 산문과 운문으로 쉽고 잘 표현할 수 있었으며, 당시의 재능 있는 작가들 가운데에서 감히 한 역할을 할 수 있었으므로 더욱 더 그런 욕구에 집착했던 것이다. 나는 아직도 그가 쓴 몹시 대담하고 거칠며 스위프트적인 분노를 띤 운문 편지들을 가지고 있는데, 그것들은 인물과 사건들에 대한 독특한 견해로는 뛰어나지만 타인을 손상시키는 위력으로 쓰였다. 그래서 나는 그것들을 결코 여기에서 공개하고 싶지 않으며, 오히려 없애버리거나 우리 문학의 숨겨진 알력의 두드러진 자료로서 후세를 위해 보존해야 한다고 생각한다. 그는 자신이 모든 일에 있어서 부정적이고 파괴적으로 임하는 것을 스스로도 불쾌하게 여겼다. 그래서 그는 표본과 모사물에 대한 기쁨에서 솟아나오는 나의 천진난만한 표현욕이 부럽다고 자주 말했다.

어쨌든 그가 기술적이며 상업적인 분야에 진출하려는 억제할 수 없는 충동을 느끼지 않았더라면 그의 문학적 도락은 해보다는 이익이 되었을 것이다. 그는 자신의 능력을 저주하기 시작하고, 실행하는 재능에 대한 요구를 천재적으로 충분히 만족시키지 못하여 갈피를 잡지 못할 때에는 곧장 조형미술도 문학도 집어치우고, 재미도 가져다주고 돈도 벌 수 있게 해주는 공업적이고 상업적인 사업을 생각했던 것이다.

다름슈타트에는 매우 교양 있는 사람들의 모임도 있었다. 지방백작의 대신인 고문관 폰 헤세, 페터젠 교수, 벵크 학장 등과 그 밖의 사람들은 그 지역 주민들이었고, 그들의 명성에 따라 많은 인근지역 사람들과 길손들이 번갈아가며 모임에 참석했다. 폰 헤세 고문관 부인과 그녀의 여동생 플라하스란트 양은 보기 드문 가치와 소질을 지닌 여자들이었다. 특히 헤르더의 약혼녀인 여동생은 자신의 개성과 그토록 뛰어난 남자에 대한 애정에 의해 이중으로 흥미를 끌었다.

이 모임이 나를 얼마나 생기 있게 만들고 격려해주었는지는 이루 말할 수 없을 정도다. 사람들은 내가 완성했거나 시작한 작품들을 낭독하는 것을 즐겨 들었고, 내가 막 계획한 것을 솔직하고 자세하게 이야기해주면 나를 격려해주었고, 새로운 동기에 의해 앞서 시작한 것을 뒤로 밀쳐놓으면 나를 비난했다. 『파우스트』는 이미 진척되고 있었고, 『괴츠 폰 베를리힝겐』도 점차 내 머릿속에서 구상이 되어갔다. 나는 15세기와 16세기의 연구에 열중했고, 저 대성당은 내 마음속에 아주 진지한 인상을 남겨놓았으므로 그것이 이 작품들의 좋은 배경이 될 수 있었다.

나는 그 건축기법에 대해 생각하고 오해해온 것을 정리해서 썼다. 여기에서 내가 내세운 것은 첫째로 그 건축기법을 고딕식이 아니라 독일식이라고 칭해야 하며, 외국 것이 아니라 우리나라 것으로 여겨야 한다는 것이었다. 둘째로 그리스와 로마의 건축기법은 완전히 다른 원칙에서 나온 것이기 때문에 그것을 독일 건축기법과 비교해서는 안 된다는 것이었다.

그리스와 로마인들은 우리보다 더 좋은 기후 아래에서 기둥들 위에 지붕을 얹기만 하면 그 자체로 하나의 텅 빈 벽이 생겨났다. 그러나 비바람을 철저히 막아내고, 성벽으로 곳곳을 에워싸야 하는데도 불구하고 우리는 많은 벽면들에 다양성을 주고, 햇볕이 들어오도록 창을 내고, 넓은 들판을 장엄하고 즐거이 바라볼 수 있도록 시야를 확보하는 등의 수단을 발견했으니 그 천재성을 존경해야만 할 것이다. 탑에 대해서도 똑같은 말을 할 수 있다. 탑은 내부에서 천장을 이루는 둥근 지붕과는 달리 밖에서 하늘을 향해 솟아오르며, 아래쪽 바닥에 놓인 신전의 존재를 멀리 주변 지역들에 알리는 것이어야 한다. 나는 이 장엄한 건축물의 내부는 오직 시적인 관찰과 경건한 기분으로만 감히 접할 수 있었다.

내가 가치를 부정하고 싶지 않은 이런 견해를 명확하고 분명하며 이해하기 쉬운 문체로 쓰기를 좋아했더라면 『독일 건축술에 대하여, 고 에르비니 아이슈타인바하에게』라는 책자는 내가 발간했던 그 당시에 더 많은 영향을 주었을 것이며, 더 일찍 우리나라 예술 애호가들의 관심을 불러일으켰을 것이다. 그러나 나는 하만과 헤르더의 표본에 유혹되어 이런 아주 간단한 생각과 고찰을 기이한 어휘들과 문구들로 된 먼지구름 속에 은폐했고, 내게서 떠오른 빛을 나와 다른 사람들을 위해 어둡게 만들었던 것이다. 그럼에도 불구하고 이 책자는 호의적으로 받아들여졌으며, 헤르더의 책 『독일의 기법과 예술에 대하여』 속에 다시 한 번 수록되었다.

나는 이제 한편으로는 취향에 의해, 다른 한편으로는 문학적이거나 다른 목적을 위해 조국의 고전문학을 매우 열심히 연구하고 그것을 재현해 보려고 노력했다. 그러면서 나는 성서연구와 종교적인 여운에 의해 이따금 그 방향을 틀기도 했다. 16세기에 그토록 찬란하게 빛났던 루터의 삶과 업적이 늘 나를 성서로, 또한 종교적 감정과 견해에 대한 고찰로 이끌었기 때문이다. 성서를 여러 가지가 종합되고, 점진적으로 이루어지고, 여러 시대마다 새롭게 다듬어진 작품이라고 보는 견해는 아직 지배적인 것이 아니었고, 내가 살던 지역에서는 별로 받아들여지지 않았기 때문에 내 조그만 자부심을 기쁘게 했다. 나는 성서의 중요한 의미에 관한 것은 루터의 설명에 의지했고, 세부적인 것에서는 슈미트의 직접적인 번역을 참고했으며, 나의 보잘 것 없는 헤브라이어 지식도 가능한 한 이용하고자 했다. 성서 속에 모순이 있다는 것은 오늘날 아무도 부정하지 못할 것이다. 사람들은 명백한 부분을 토대로 삼고, 덜 명백한 부분은 명백한 부분과 유사하게 만들고자 노력함으로써 이 모순을 조정하려고 했다. 나는 이와 반대로 어떤 부분이 사물의 뜻을 가장 잘 표명하고 있는지를 검토하여 찾아내려고 했다. 나는 그런 부분들은 취했고, 그렇지 않은 부분들은 끼워 넣어진 것으로서 배척했다.

그 당시 내게는 하나의 근본적 견해가 확립되어 있었는데, 그것이 외부에서 흘러들어온 것인지, 내게서 자극받아 이루어진 것인지, 스스로의 숙고에 의해 생겨난 것인지는 알 수가 없다. 그것은 바로 이런 것이었다. 우리에게 전승되는, 특히 전승되는 모든 글에서 중요한 것은 작품의 토대, 내용, 의미, 방향이다. 여기에 바로 근원적인 것, 신적인 것, 영향을 주는 것, 침해할 수 없는 것, 파괴할 수 없는 것이 존재하고 있으며, 시간도 외부의 영향이나 조건도 이 내적인 근본적 본질을 해칠 수 없는데, 이것은 적어도 육체의 질병이 훌륭하게 이루어진 정신을 침해할 수 없는 것과 마찬가지다. 그래서 언어, 방언, 독특성, 문체와 글씨까지도 모든 정신적 작품의 육체로 간주되며, 이것들은 내적인 것과 밀접하게 관련은 되어 있지만 악화와 파멸의 위험에 노출되어 있다. 어떤 전승도 본질적 성격상 완전히 순수하게 이루어지지는 않으며, 순수하게 전승이 된다 해도 시간이 흐르면서 어느 시대에서나 완전하게 이해될 수는 없다. 순수하게 전승되지 않는 것은 전승을 시키는 감각기관들의 불충분 때문이며, 완전하게 이해되지 못하는 것은 시간과 장소의 차이, 특히 인간의 능력과 사고방식의 차이 때문이다. 그렇기 때문에 해석자들 또한 결코 의견이 일치되지 않는 것이다.

따라서 우리에게 특별히 적합한 책의 내적이고 본질적인 것의 규명은 우리들 각자가 해야 할 일이다. 여기에서 무엇보다도 고려해야 할 것은 그 책이 우리 자신의 내면과 어떤 관계에 있고, 그 책의 생명력에 의해 우리의 생명력이 어느 정도나 자극을 받고 결실을 맺게 되는가 하는 점이다. 이에 반하여 우리에게 영향을 주지 않으며, 의문의 여지가 있는 모든 외적인 것은 비판에 맡겨야 한다. 비판이란 것은 전체를 깨뜨리고 무너뜨릴 수 있다 해도 우리가 고수하고 있는 본질적인 토대를 앗아가지는 못하며, 한 순간도 우리가 가진 믿음을 흔들리게 하지는 못한다.

우리가 가장 중요한 것으로 인식하고 있는 모든 경우에 적용되고 강화될 수 있는, 믿음과 직관으로부터 이루어진 이러한 확신은 나의 도덕적이며 문학적인 삶을 이루어나가는 토대가 되고 있다. 또한 이것은 개별적인 경우에 있어서 잘못된 적용으로 이끌려들 수는 있지만 확실하고 풍부하게 늘어가는 재산으로 간주할 수 있다. 이러한 개념에 의해 성서는 내게 무척 친근한 것이 되었다. 나는 신교도들이 종교 교육에서 그러하듯이 성서를 몇 번이고 통독했다. 나는 성서를 부분적으로 뛰어넘어 읽기도 하고, 앞에서 뒤로 읽거나 뒤에서 앞으로 읽어나가면서 통달했다. 구약성서의 다듬어지지 않은 자연스러움과 신약성서의 섬세한 부드러움이 하나하나 내 마음을 끌었다. 그것은 전체적인 모습으로 내 앞에 나타나려고 하지는 않았지만 다양한 장들의 다양한 특성들이 나를 혼란스럽게 하지는 않았다. 나는 여러 장들의 의미를 차례로 진지하게 그려볼 줄 알았으며, 성서에 마음을 너무 많이 기울였기 때문에 다시 성서에서 손을 떼고 살아갈 수 있으리라고는 생각지도 못할 정도였다. 나는 이러한 기분 좋은 감정으로 온갖 조롱들에 대해 보호받고 있었다. 왜냐하면 나는 이런 조롱들의 불성실성을 곧장 알아챘기 때문이다. 나는 이런 조롱을 혐오했을 뿐만 아니라 그로 인해 격분하기도 했다. 나는 아직도 뚜렷이 기억하고 있는데, 내가 어린애 같은 열광적인 격분에 사로잡혀 만약 볼테르를 붙잡게 되면 그의 작품 『사울』* 때문에 그를 목 졸라 죽이겠다고 생각했었다. 반대로 모든 종류의 충실한 연구는 내게 최고의 기쁨을 주었다. 점점 더 밝은 빛을 확산시켜준 동양의 지역과 풍속에 대한 해설을 나는 기쁘게 받아들였고, 그토록 값진 전승 풍속에서 내 통찰력을 단련하는 일을 계속해 나갔다.

내가 이미 전에 『모세』 제1장이 설명해주고 있는 태고 세계의 상태에 대해 몰두하려고 했던 것은 모두가 알고 있을 것이다. 나는 단계적으로 정연하게 밟아나가려고 생각했기 때문에 오랫동안 중단한 끝에 제2장을 접하게 되었다. 그러나 이 무슨 차이인가! 나는 마치 내 삶에서 소년시대의 충만이 사라져버린 듯 제2장은 제1장과는 어마어마한 차이가 있음을 발견했다. 지나간 시대를 완전히 망각했음이 이미 다음과 같은 몇 마디

* 볼테르가 1763년에 쓴 희곡으로 종교를 계몽주의적 입장에서 공박하고 있다.

중요한 말 속에 나타나 있다.

“그때 요셉을 전혀 모르는 새로운 왕이 이집트에 나타났다.”

그러나 하늘의 별처럼 수많은 국민들도 이제 막 실현된 이 약속을 여호와에게서 받았던 그 조상을 거의 잊어버렸다. 나는 이루 말할 수 없는 노력과 불충분한 자료와 능력으로 『모세』 5장을 모두 탐구했지만 지극히 기묘한 생각이 떠올랐다. 나는 우리가 말하는 십계가 판에 새겨져 서 있지 않았다는 것과 이스라엘인들이 40년간이 아니라 잠시 동안만 사막을 방황했다는 것을 발견한 것 같았다. 또한 나는 모세의 성격에 대해서는 완전히 새로운 해석을 내릴 수 있다고 생각했다.

신약성서 또한 나의 탐구 앞에서 안전하지 못했다. 나는 내 분석욕으로는 용납할 수 없었지만 사랑과 애정으로 다음과 같은 성스런 말에 동의했다.

“복음서가 모순되지 않는다면 복음서 작가들이 서로 모순되는 것은 있을 수 있는 일이다.”

나는 신약성서에서도 많은 것을 발견했다고 생각했다. 성령강림제에서 영광과 광명 속에 내려지는 말의 선물에 대해서도 나는 좀 까다로운 방식으로 해석을 했지만 많은 동조자를 얻기에는 적합하지 않았다.

루터파의 핵심교리이며 헤른후트파에 의해 더 심화된, 인간에게서의 죄를 우세한 것으로 보는 입장에 나도 견해를 합치시키려고 해보았지만 별다른 성과를 거두지 못했다. 그러나 나는 이 교리의 술어를 내 것으로 꽤 소화해낼 수 있었다. 그래서 나는 어느 시골목사가 새로운 동료에게 보내는 것처럼 꾸민 편지에서 이 술어를 이용했다. 그 편지의 주제는 그 당시의 유행어였던 ‘관용’이라는 말이었는데, 이는 우수하고 재능이 뛰어난 사람들에게 적용되는 말이었다.

나는 자신을 대중 앞에 내놓고 시험해보려고 연달아 일어난 그런 일들을 이듬해에 자비를 들여 책으로 출판하여 선물로도 나눠주고, 가능한 한 판매하려고 아이헨베르크 서점에도 건네주었으나 그것이 내게 이익을 가져다주지는 않았다. 이 책에 대해 여기저기서 비평이 일었고, 호평도 비난도 있었지만 곧 잠잠해졌다. 아버지는 이 책들을 조심스럽게 자신의 서고 안에 보관해 두었는데, 그렇지 않았더라면 나는 그 책을 전혀 갖고 있지 못했을 것이다. 나는 그것을 발간되지 않은 몇 가지 종류의 글들과 함께 내 새로운 작품집에 첨가할 생각이다.

그런 단편들에 신비로운 문체를 사용한 것도, 그것을 책으로 발간하게 된 것도 본래는 내가 하만에 의해 유혹당한 탓이므로 이 존경할 만하고 재능이 풍부한 사람에 대해 생각해보는 것도 적절할 것으로 여겨진다. 그는 그 당시 우리에게 큰 비밀이었는데, 아직도 여전히 우리나라에 비밀로 남아있다. 그의 저서 『소크라테스 회상록』은 주목을 불러일으켰으며, 특히 현란한 시대정신을 소화해내지 못하는 사람들에게 사랑받았다. 사람들은 이 책에서 현실세계와 문학을 정확하게 알고 있으면서 신비적이고 탐구할 수 없는 것 또한 인정하고, 그것에 대해 완전히 독자적으로 견해를 표명하고 있는 사려 깊고 철저한 인물을 떠올렸다. 그는 당시의 문학을 지배하고 있던 사람들로부터는 난해한 열광자로 여겨졌지만 탐구열에 불타는 젊은이들은 그에게 이끌렸다. 또한 농담 반 진담 반으로 시골의 은자로 불린 사람들과 어떤 종교단체도 인정하지 않고 보이지 않는 교회를 세워나간 경건한 사람들도 그에게 주목했다. 나의 클레텐베르크 부인에게도 그녀의 친구 모저에게도 '북방의 마법사'의 출현은 환영을 받았다. 사람들은 그가 어려운 가정환경으로 고통을 받으면서도 이같이 아름답고 고상한 사고방식을 간직하고 있음을 알고는 더욱 그와 가까운 관계를 맺었다. 총리인 모저의 막강한 영향력이라면 그런 좋은 사람에게 웬만큼 안락한 생활을 마련해주는 것은 쉬운 일이었을 것이다. 일이 추진되어 서로 소통이 잘 이루어지고 가까워져 하만은 쾨니히스베르크에서 다름슈타트로 먼 길을 오게 되었다. 그러나 우연히도 총리가 부재중이자 이 기이한 사람은 어떤 이유에서인지는 모르지만 즉시 다시 돌아가 버렸다. 그러나 친밀한 편지왕래만은 계속되었다. 나는 아직도 쾨니히스베르크의 그가 자신의 후원자에게 보낸 두 통의 편지를 가지고 있는데, 그것은 그의 놀랄 만한 위대함과 진실함을 증명하고 있다.

그러나 그런 좋은 관계는 오래 지속될 수 없었다. 이들 경건한 사람들은 그도 역시 자기들 방식대로 경건할 것으로 생각했다. 그들은 북방의 마법사로서 그를 정중하게 대했으며, 그가 계속하여 존경스런 행동을 보여줄 것으로 믿었다. 그러나 그는 이미 『구름, 소크라테스 회상록 후편』을 통해 약간의 불쾌감을 일으켰고, 이제는 또 『문헌학자의 십자군』을 출간했다. 그런데 이 책의 표지에는 뿔 달린 판 신의 염소 같은 모습이 보일 뿐만 아니라 앞부분의 어떤 면에는 목판화에 새겨진 큰 수탉이 발가락에 악보를 낀 채 서 있는 병아리들 앞에서 박자를 맞추고 있는 지극히 우스꽝스런 모습이 그려져 있었다. 저자는 이를 통해 자신이 인정하지 않는 어떤 교회음악을 조소적으로 다루려 했던 것이다. 그리하여 호감과 애정을 갖고 있던 사람들 사이에서 불만이 일어났고, 저자인 그에게도 불만을 알렸으나 그는 듣지 않고 더 이상의 친밀한 관계를 끊어버렸다. 그러나 이 사람에 대한 우리의 관심은 헤르더가 항상 생생하게 유지시켜 주었다. 헤르더는 그의 약혼녀와 우리들과 연락을 계속하고 있었으며, 그 기이한 천재에게서 일어나는 일을 모두 즉시 우리에게 전해주었던 것이다. 그 가운데에는 〈쾨니히스베르크 신문〉에 실린 그의 평론과 서평들도 있었는데, 모두가 지극히 유별난 특성을 띠고 있었다. 나는 그가 쓴 저술 대부분을 가지고 있으며, 언어의 기원에 관한 헤르더의 현상응모 논문에 대한 매우 중요한 육필 논문도 가지고 있다. 이 논문에서 그는 헤르더의 이 시험논문을 독특한 방식에 의해 놀랄 만한 섬광으로 비추고 있다.

나는 하만의 작품들의 출판을 손수 떠맡거나 최소한 도와주기라도 할 희망을 버리지 않고 있다. 그리고 이 중요한 자료들이 다시 대중의 눈앞에 나타나게 될 때가 바로 저자에 대해, 그의 천성과 본질에 대해 좀 더 자세한 것을 논할 때일 것이다. 그 사이 나는 여기서 그에게 애정을 보내는 뛰어난 사람들이 아직 생존해 있고, 그들의 판단이나 지도가 내게 즐거움을 줄 것이기에 더욱 몇 가지를 얘기하고자 한다. 하만의 모든 발언이 귀결되는 원칙은 이렇다.

"인간이 이루려고 하는 모든 것은 그것이 행동이나 말이나 그 밖의 어떤 것에 의해서 이루어지든 총체적으로 결합된 힘으로부터 생겨나야 한다. 모든 분리된 것은 배척되어야만 한다."

얼마나 훌륭한 원칙인가! 그러나 따르기는 힘들다. 물론 이 원칙은 삶과 예술에 대해서는 합당할 것이다. 반면에 언어를 통해 전승되는 시적이 아닌 것은 큰 어려움을 겪는다. 왜냐하면 언어는 무언가를 말하고 의미하려면 해체되고 개별화되지 않을 수 없기 때문이다. 인간은 말할 때 그 순간만은 일방적이 될 수밖에 없다. 분리 없이는 전달도 가르침도 존재할 수 없다. 그러나 하만은 이러한 분리를 단호히 반대했으며, 통일 속에서 느끼고 상상하고 생각한 것을 그대로 말하고자 했고, 다른 사람들에게도 똑같은 것을 요구했다. 그리하여 그는 자기 자신의 문체와 다른 사람들이 이룰 수 있는 모든 것을 반대했다. 그는 불가능한 것을 이루기 위해서 모든 요소를 취했다. 자연과 정신이 보이지 않게 만나는 가장 심오하고 은밀한 직관, 이 같은 만남에서 솟아나와 빛을 내는 오성의 섬광, 이런 영역 속에서 떠도는 의미 있는 형상, 성직자나 속인의 신랄한 경구, 그 밖에 익살스럽게 덧붙일 수 있는 것 등 모든 것이 그의 문체와 표현의 기이한 전체를 형성하고 있다. 우리가 심원에서 그와 어울릴 수 없고, 정상에서 그와 거닐 수 없으며, 그에게서 떠도는 형상들을 내 것으로 만들지 못하고, 무한하게 펼쳐진 문헌에서 그저 암시된 부분의 의미조차 찾아내지 못한다면, 그를 연구하면 할수록 우리 주위는 더 흐려지고 어두워질 것이며, 이런 어둠은 해가 갈수록 더 심해질 것이다. 왜냐하면 그의 암시는 삶과 문학 속에서 그때그때 지배하고 있는 일정한 특성들을 가리키고 있었기 때문이다. 내가 모은 그의 작품집 중에는 몇 장의 종이가 끼어있는데, 여기에 그는 암시의 대상이 된 부분들을 자필로 적어놓았다. 그러나 그 부분을 펼쳐보면 애매한 이중의 빛이 있는데, 그것은 매우 흥미롭지만 일반적으로 우리가 이해라고 부르는 것을 완전히 포기해야만 한다. 그런 작품들은 예언적이라고도 불릴 만한데, 왜냐하면 우리는 그 작품들을 그 자체로서 고찰할 수 없고 어느 정도 그의 예언으로 도피해 들어갈 기회를 기다려야 하기 때문이다. 이 작품들을 펼치면 언제나 무언가 새로운 것을 찾게 되는 듯하다. 그것은 어떤 부분에 숨어있는 의미라도 다양한 방식으로 우리를 감동시키고 흥분시키기 때문이다.

나는 그를 본 적도 없고, 편지를 통해 그와 직접적인 관계를 맺지도 않았다. 내가 보기에 그는 생활이나 친구관계에서 지극히 분명한 것 같았고, 인간 상호간의 관계나 자신과 타인과의 관계를 매우 정확하게 느끼고 있는 것 같았다. 내가 본 그의 편지들은 모두 훌륭했으며, 그의 저서들보다 훨씬 더 분명했다. 편지들에서는 시대 및 환경과의 관계와 개인적인 상황이 더 뚜렷하게 드러나 있기 때문이었다. 내가 그의 편지에서 짐작한 것은 그가 아주 소박하게 자신의 정신적 우월감을 느끼면서 늘 편지의 상대들보다 자신을 더 현명하고 총명하다고 여겨 그들을 진심으로 대하기보다는 비꼬듯이 대했다는 것이었다. 이것은 단지 개별적인 경우에 해당한다고 할 수 있어도 내게는 큰일이었으며, 내가 그에게 가까이 하고 싶은 욕망을 품지 않았던 이유이기도 했다.

반면에 헤르더와 우리는 기분 좋게 문학적 교류를 무척 활발하게 계속하였는데, 다만 이 교류가 한 번도 평온하고 순수하게 유지되지 못한 것이 유감이었다. 그러나 헤르더는 여전히 조롱과 질책을 포기하지 않았다. 그는 메르크 같은 이를 적잖이 분노케 했고, 나도 인내력을 잃게 했다. 그리고 헤르더는 모든 작가들과 사람들 중 스위프트를 가장 존경하는 것 같았으므로 우리들 사이에서 스위프트와 똑같이 수도원장이라고 불렀는데, 이것이 여러 가지 오해와 불쾌감을 일으키는 동기가 되었다.

그럼에도 불구하고 우리는 그가 뷔케부르크에서 채용된다는 소식을 듣고 무척 기뻐했다.* 그것은 그에게 이중의 명예를 가져다주었는데, 그의 새 후원자가 특이한 사람이기는 해도 식견이 있고 고결한 사람으로 높은 명성을 얻고 있었기 때문이다. 토마스 아프트는 여기에서 일함으로써

* 1771년 4월 헤르더는 뷔케부르크의 궁정설교자가 되었다.

알려지고 유명해졌는데, 조국은 그의 죽음을 애도하였으며 그의 후원자가 그에게 기념비를 세워준 것을 기뻐했다. 이제 헤르더는 너무 일찍 타계한 아프트의 자리를 차지하여 이 선임자가 불러일으킨 값진 희망을 충족시켜야 했다.*

이런 일이 일어났던 시기는 이런 채용에 이중의 영광과 가치를 주었다. 왜냐하면 많은 독일의 군주들이 이미 폰 페리 백작의 사례에 따라 단순히 학식이 있고 실무능력이 있을 뿐만 아니라 재능이 풍부하고 전도가 유망한 사람들을 채용했기 때문이다. 클롭슈토크는 변경백작인 카를 폰 바덴의 초빙을 받았는데, 그것은 본래의 업무수행을 위해서가 아니라 그의 존재를 통해 상류사회의 품위와 이익을 높이기 위한 것이었다. 그래서 이를 통해 모든 유익한 것과 아름다운 것에 주목했던 이 훌륭한 군주의 명망이 높아지는 동시에 클롭슈토크에 대한 존경도 적잖이 커질 수밖에 없었다. 그에게서 나온 모든 것은 사랑을 받았고 가치를 인정받았다. 우리는 각자가 입수할 수 있는 대로 송가와 비가들을 베껴 두었다. 그리하여 헤센-다름슈타트의 위대한 카롤리네 백작부인이 그의 작품집을 편찬하고, 그 몇 부 안 되는 것들 중 하나가 우리 수중에 들어와 우리가 손으로 써서 모은 작품들을 보충할 수 있게 되었을 때 우리는 무척 기뻤다. 그래서 우리에게는 그 최초의 낭독법이 오랫동안 가장 마음에 들었고, 작가가 나중에 배척했던 시에서도 활력과 기쁨을 얻었다. 아름다운 영혼에서 나오는 삶은 비판을 통해 기교적인 분야로 넘어가는 듯이 보이는 일이 적을수록 더 자유롭게 영향을 끼치는 것이 사실이다.

---

* 헤르더는 1768년에 신학자이며 대중철학자였던 전임자를 위해 『토마스 아프트의 저서들에 관하여』라는 책을 펴냈다.

클롭슈토크는 자신의 성격과 행동을 통해 자신과 재능 있는 사람들에게 명망과 품위를 이룩할 줄 알았다. 그들은 이제 가정적 삶의 안정과 개선에서도 그에게 힘을 입었다. 즉 전에는 출판업이 주로 중요한 학문적 전문서적이나 이익이 그다지 많지 않은 지속적 출판물을 취급했다. 문학적 작품의 출판은 무슨 신성한 일로 간주되었고, 보수를 받거나 올리는 일은 거의 성직매매로 여겼다. 작가와 출판업자는 아주 기이한 상호관계에 있었다. 일반적으로 인정되듯 작가는 후원자로서, 출판업자는 보호자로서 존재했다. 작가는 재능이 있는 것과 함께 대중으로부터 일반적으로 최고의 도덕적 인간으로 인정받고 존경받았으며, 정신적인 지위를 차지하고 있었고, 작품의 성공을 통해 보수를 받는다고 느꼈다. 출판업자는 두 번째 지위로 만족하면서 막대한 이득을 누렸다. 그러나 재력이 풍부한 출판업자를 다시 가난한 시인의 위에 올려놓았고, 그리하여 모든 것이 아주 훌륭한 균형에 놓이게 되었다. 서로 간에 관용과 감사가 오가는 일도 적지 않았다. 브라이트코프와 고트셰트는 평생 한 집에서 살았다. 인색함, 비열함, 특히 불법복제 같은 것은 아직 성행하지 않았다.

그럼에도 불구하고 독일의 작가들 사이에서 보편적인 운동이 일어났다. 그들은 가난하지는 않지만 매우 빈약한 자신들의 상태와 저명한 출판업자들의 부를 비교해 보았다. 그들은 겔러트나 라베너의 명성이 그토록 대단한데도 일반적으로 사랑받는 독일의 작가가 다른 어떤 벌이를 통해 생활의 숨통을 트지 않는 한 옹색한 가계를 꾸려갈 수밖에 없다는 것을 관찰했다. 중류와 하류의 작가들 또한 자신들의 상황을 개선하여 출판업자에게 의존하지 않으려는 강한 욕망을 느꼈다.

이때 클롭슈토크가 등장하여 그의 『학자공화국』의 예약을 받았다. 비록 『메시아』의 후편이 내용과 취급방식으로 인해 순진함이 순진한 시대 속으로 들어왔던 앞의 작품과 같은 효과를 낼 수는 없었지만 송가의 출간으로 많은 사람들의 정신과 감정을 사로잡았던 이 작가에 대한 존경심은 변함없이 유지되고 있었다. 큰 영향력을 지닌 사람들을 포함해서 그에게 호의를 가진 많은 사람들은 1루이도르의 가격으로 예약금을 지불했다. 그것은 책에 대한 지불이라기보다는 이런 기회에 조국을 위한 공로에 대해 저자에 보답하려는 것이었다. 이제 모두가 이 일에 몰려들었다. 쓸 수 있는 돈이 많지 않은 소년소녀까지도 그들의 저금통을 열었고, 남자건 여자건 상류층이건 중류층이건 이 신성한 기부에 참여하여 예약자가 1천 명에 달했다. 기대는 최고로 부풀었고, 믿음은 더할 나위 없었다.

그런 다음 출간이 되었을 때 이 책은 세상에서 가장 기이한 결과를 낼 수밖에 없었다. 그 책은 변함없이 큰 가치를 띠고 있었지만 일반의 흥미에는 들어맞지 않았다. 클롭슈토크의 시와 문학에 대한 견해대로 옛 독일 드루이드교*의 형식으로 묘사되었고, 참되고 그른 것에 대한 원칙이 간결한 격언적 문구로 암시됨으로써 많은 교훈적인 것이 이 기이한 형식에 희생되었다. 이 책은 작가들과 문학가들에게는 값진 것이었고 지금도 그렇다. 그런데 이 책은 그런 사람들의 영역에서만 효과적이고 유용할 수 있었다. 자기 자신을 성찰해본 사람은 이 사상가를 따랐으며, 참된 것을 찾고 소중히 여길 줄 아는 사람은 이 철저하게 성실한 사람을 통해 교훈을 얻었다고 느꼈다. 그러나 문학애호가와 독자는 깨우침을 받지 못했으며, 그들에게는 이 책이 봉해져 있는 것과 다름없었다. 그래도 사람들은

* 고대 켈트족의 사제이자 예언자이며 마법사인 드루이드가 세운 종교집단. 이들은 영혼불멸을 주요교리로 삼았으며 사람이 죽으면 다른 사람에게로 영혼이 옮아간다고 믿었다.

이 책을 서로에게 전했으며, 모두가 완전한 효용성이 있는 작품일 것을 기대했지만 전혀 흥미를 얻지 못했다. 대부분 실망했지만 그에 대한 존경이 너무 커서 어떤 불평이나 사소한 불만도 일어나지 않았다. 젊은 여인들은 손해를 감수했고, 값비싸게 구입한 책을 농담을 하며 다른 사람에게 선물했다. 나도 친한 여자친구들에게서 여러 권 받았으나 남아있는 것은 없다.

작가에게는 성공적이었으나 독자들에게는 손실을 입힌 이런 시도는 그 후 얼마 동안은 예약출판이나 선불은 생각지도 못하게 된 나쁜 결과를 초래했다. 그러나 예약출판에 대한 희망이 일반적으로 널리 퍼져나갔기에 이런 시도는 새로이 일어나지 않을 수 없었다. 데사우 서점이 이런 일을 대대적으로 널리 해보려고 나섰다. 이번에는 학자와 출판사가 굳게 뭉쳐 기대되는 이익을 양쪽이 고루 나누고자 했다. 오래 전부터 이런 시도의 필요성을 절감해온 탓에 이번에는 큰 기대를 일으켰지만 오래 가지 못하고 유감스럽게도 참여자들은 잠시 동안 노력한 끝에 서로 손해만 보고 갈라섰다.

그러나 신속한 연락이 이미 문학애호가들 사이에 이루어져 있었다. 연간 시집들이 젊은 시인들을 결속시켰고, 잡지는 시인들을 다른 작가들과 연결시켰다. 창작에 대한 내 욕구는 무한했으나 나는 창작해낸 것에 대해서는 무관심했다. 나는 단지 나와 다른 사람들에게 사교모임에서 다시 즐겁게 창작물을 재현할 경우에만 그것에 대한 애착을 새롭게 느꼈다. 많은 사람들도 나의 크고 작은 작품들에 관심을 가졌다. 왜냐하면 나는 어느 정도 창작에 취미가 있고 재능이 있다고 느끼는 사람에게는 누구나 나름대로의 방식으로 독자적으로 써보라고 요구했고, 동시에 나도 모든 사람들에게서 새로운 시와 산문을 써볼 것을 요구받았기 때문이다. 이와 같은 서로에 대한 지나칠 정도의 권유와 촉구는 각자에게 나름대로 즐거운 영향을 주었다. 자유로운 가슴으로, 어떤 이론적 지도도 없이 많은 젊은이들에 의해 각자 타고난 성격에 따라 가차 없이 이루어진 이런 소용돌이와 창작, 이런 서로의 삶, 이런 주고받음으로부터 저 유명한, 호평도 악평도 받는 문학의 시기가 생겨난 것이었다. 이 시기에 일단의 천재적인 젊은이들이 그들 연령에서만 있을 수 있는 온갖 대담성과 자만심을 가지고 나타나 그들의 힘을 이용함으로써 많은 기쁨과 유익함을 일으켰으나 그 힘의 남용에 의해 많은 불쾌감과 불행을 초래했다. 바로 이런 원천에서 나오는 작용과 반작용이 이 장에서 다루려는 중심테마이다.

만약 사랑이 젊은 사람들을 고무시키지 않고, 어떤 종류의 것이든 연애문제가 그들의 마음속에서 생동하고 있지 않다면 그들은 어디에서 최고의 흥미를 찾고, 어떻게 동료들 사이에서 흥미를 일으킬 수 있을 것인가? 나는 조용히 잃어버린 사랑을 한탄하지 않을 수 없었다. 이것이 나를 온화하고 너그럽게 만들었고, 그래서 나는 결점이나 오류라고는 전혀 없다고 여기며 전혀 속박되지 않은 채 앞으로 돌진해나갔던 찬란했던 시절보다 모임친구들에게 더 기분 좋은 존재가 되었다.

작별편지에 대한 프리데리케의 회답은 내 마음을 산산조각 냈다. 그것은 나를 향해, 내게서 키워진 바로 그 필적이며, 그 감각이며, 그 감정이었다. 나는 이제야 비로소 그녀가 겪고 있는 상실을 느꼈지만 그것을 대체해줄 수도, 완화만이라도 해줄 수 없었다. 그녀는 내게 아주 생생하게 떠올랐다. 나는 그녀가 내가 없어 쓸쓸해하고 있을 것을 늘 느꼈으며, 최악의 것은 내가 나 자신의 불행을 용서할 수 없다는 것이었다. 그레첸은 빼앗겼고, 아네테는 나를 버렸지만 이번에는 처음으로 내게 책임이 있었다. 나는 가장 아름다운 마음에 가장 깊게 상처를 입혔고, 그리하여 침울한 후회의 시기는 늘 받아온 상큼한 사랑이 없는 가운데 지극히 고통스럽고 참을 수 없는 것이었다. 그러나 인간은 살아나가려고 하는 법이다. 그래서 나는 성실하게 다른 사람들의 일에 관여했다. 나는 그들의 갈등을 풀어주고자 했고, 그들이 헤어지려고 할 때 나와 같은 길을 걷지 않도록 서로 결합시키려고 했다. 그리하여 사람들은 나를 '중재자'로 부르곤 했으며, 주변 지역을 이리저리 잘 돌아다녔으므로 '방랑자'라고도 불렀다. 확 트인 하늘 아래 계곡과 산정과 들판과 숲에서만 얻을 수 있었던 내 마음의 안정은 친척관계로 양쪽 궁정이 좋은 관계를 유지하고 있는 두 아늑한 도시인 다름슈타트와 홈부르크 사이의 한가운데에 놓인 프랑크푸르트의 입지 덕분이었다. 나는 도시의 거리에 살면서 사자(使者)처럼 산과 평지 사이를 이리저리 돌아다니는 데에 습관이 들어 있었다. 나는 자주 혼자서 혹은 친구들과 함께 마치 나와는 아무 관계도 없는 곳인 듯 고향도시를 통과해 가서 파르가세에 있는 큰 식당에서 식사를 하고, 식사 후에는 계속해서 걸었다. 나는 전보다 더 자주 활짝 열린 세계와 자유로운 자연으로 발길을 돌렸다. 도중에 나는 신비로운 찬가와 주신(酒神) 송가를 불렀는데, 그 중 한 곡이 「방랑자의 폭풍의 노래」라는 제목으로 아직도 남아있다. 나는 도중에서 심한 폭풍우를 만나 이를 뚫고 나아가야만 했을 때 이 반쯤은 엉뚱한 노래를 열정적으로 불렀다.

내 마음은 동요도 없이 한가로웠다. 나는 의식적으로 여자들과의 친교관계를 모두 피했다. 그래서 나는 부지불식간에 사랑스런 정령이 몰래 내 주위를 떠돌고 있다는 것을 모르고 있었다. 어느 우아하고 사랑스런 부인이 은밀히 나한테 애정을 품고 있었는데, 나는 그것을 알아채지 못했기에 그녀와의 즐거운 교제에서 그만큼 더 명랑하고 스스럼없이 행동할 수 있었다. 나는 몇 년이 지난 후 그녀가 세상을 떠난 다음에야 비로소 그 숨겨진 깨끗한 사랑을 알게 되어 감동하지 않을 수 없었다. 그러나 나는 죄가 없었기에 이 순진무구한 부인을 순수하고 정중하게 추모했고, 그런 것을 알아챈 시기가 바로 내가 열정에 휘말리지 않고 나 자신과 내 정신적 경향에 따라 생활했던 때였으므로 더 아름다운 마음으로 그녀를 애도할 수 있었다.

그러나 프리데리케의 처지로 인한 고통이 나를 괴롭힐 때면 나는 내 오랜 방식대로 시 쓰기에서 도움을 받으려 했다. 나는 이런 자책적인 참회를 통해 내적인 면죄를 받는 데 합당하도록 관례적인 시적 고백을 다시 계속해나갔다. 『괴츠 폰 베를리힝겐』과 『클라비고』에 나오는 두 사람의 마리라는 여인과 그들의 애인 역을 하는 두 사람의 나쁜 인물은 이런 참회적 관찰의 결과라고 할 수 있다.

그러나 청년시절의 상처나 질병은 유기적 삶의 건강한 체계가 병든 체계를 대신하여 다시 건강하게 할 시간적 여유를 주기 때문에 재빨리 극복되는 것처럼 나도 다행히 좋은 기회를 많이 얻어 신체적 훈련을 함으로써 많은 이익을 얻었다. 그래서 나는 여러 가지로 자극을 받아 신선하게 원기를 회복했고, 새로운 삶의 기쁨과 향락을 누리게 되었다. 승마는 차츰 비틀거리고 우울하고 힘겹고 나태하며 목적 없는 방랑을 물리쳤다. 그래서 더 빠르고 즐겁고 편안하게 목적지에 이를 수 있었다. 우리보다 더 젊은 친구들은 다시 검술을 시작했다. 특히 겨울이 시작되면서 새로운 세계가 우리 앞에 펼쳐졌다. 나는 재빨리 아직 해본 적이 없는 스케이트를 타기로 결심하여 짧은 시간 안에 연습과 탐구와 끈기를 통해 남보다 뛰어나지는 않았지만 즐겁고 혼잡한 스케이트장을 함께 달릴 수 있는 정도에 이르렀던 것이다.

우리가 이 새로운 흥겨운 활동을 하게 된 것 역시 클롭슈토크 덕분이고, 이 즐거운 운동에 대한 그의 열광에 힘입은 바가 크다. 그의 이 운동에 대한 열광은 사적인 글들이 증명하고 있는데, 특히 그의 송가는 분명한 증거를 제시하고 있다. 나는 어느 맑고 몹시 추운 날 아침에 잠자리에서 일어나면서 그의 시의 그 부분을 소리 높여 읊었던 것을 분명하게 기억하고 있다.

나는 건강한 느낌에 기쁘게
저 아래 멀리 지치고 내려가
수정 같은 얼음판에 하얀 줄을 그린다.

겨울날의 떠오르는 햇살이
부드럽게 호수를 밝히누나! 별처럼 반짝이는 서리는
밤이 그 위에 뿌려 놓은 것!

꾸물대고 흔들리는 결심은 곧장 굳어졌고, 나는 나 같은 연령의 초보자가 첫 연습을 어느 정도 잘 할 수 있는 장소로 곧장 달려갔다. 정말로 이 운동은 클롭슈토크가 추천할 만한 것이었다. 그것은 우리로 하여금 싱싱한 어린이들과 접촉하게 했고, 젊은이에게 관절운동을 마음껏 즐기게 했으며, 굳어가는 노년상태를 막는 데에도 적합했다. 우리는 이 즐거움에 한없이 몰두했다. 우리는 햇살이 비치는 멋진 하루를 얼음판 위에서 보내고도 성이 차지 않아 밤늦도록 이 운동을 계속 즐겼다. 왜냐하면 다른 운동들은 신체를 피로하게 하는 반면 이 운동은 늘 신체에 새로운 활력을 주었기 때문이다. 저 멀리 빙판 너머 얼어붙은 밤의 초원 위의 구름에서 솟아나오는 보름달, 우리가 질주하며 마주치는 밤바람, 물이 줄어들어 가라앉는 얼음의 장중한 천둥과도 같은 소리, 우리 자신의 움직임에서 나오는 기이한 반향 등이 우리에게 오시안*적인 장면을 완벽하게 연출해 주었다. 이쪽저쪽의 친구들이 낭독조로 반쯤은 노래 부르듯이 클롭슈토크의 송가를 불렀다. 우리가 동틀 무렵 함께 모였을 때는 기쁨의 창조자에 대한 끝없는 찬사가 울려나왔다.

힘차게 달리는 말에서도 얻지 못하고
무도에서도 없는
건강과 기쁨을 우리에게 찾게 해준
그는 영원불멸하지 않을 수 있으랴?

이런 감사는 세속적인 행위를 정신적 고무에 의해 고상하게 하고 값지게 확산시킬 수 있는 사람만이 받을 가치가 있는 것이리라!

이미 일찍이 재능이 놀랄 만큼 형성된 뛰어난 아이들이 허락만 되면 지극히 단순한 아이들의 놀이로 돌아가듯 우리도 진지한 일들에 대한 우리의 책무를 쉽게 망각했다. 그러나 자주 혼자서 하는 이 운동, 즉 정해지지

---

* 3세기 경 고대 켈트족의 전설적 시인. 오시안의 것이라고 알려진 시들은 널리 찬사를 받았으며 초기 낭만주의 운동에 결정적인 영향을 미쳤다. 괴테도 이 시의 숭배자 가운데 한 사람이었다.

않은 공간에서 기분 좋게 떠다니는 것과 같은 이 운동은 잠시 잠자고 있던 나의 많은 내적 욕구를 다시 자극했다. 그래서 나는 그런 시간들 덕분에 오래 전부터의 계획을 한층 더 빨리 실현하게 되었다.

독일 역사의 어두운 세기들은 전부터 내 지식욕과 상상력을 자극해 왔다. 괴츠 폰 베를리힝겐을 시대배경에 맞춰 희곡으로 써보려는 생각은 내게 매우 즐겁고 값진 것이었다. 나는 중요한 작가의 작품들을 열심히 읽었다. 나는 다트의 『공안론(公安論) 연구』에 모든 주의를 기울였다. 나는 그것을 끊임없이 샅샅이 연구하여 신기한 세부적인 부분들을 기능한 한 깊숙이 고찰했다. 도덕적이며 시적인 목적에 기울인 이러한 노력을 나는 다른 방면에서도 이용할 수 있었다. 이제 나는 베츨라르를 방문하게 되었고, 역사적인 지식 면에서 충분한 준비가 되어 있었다. 왜냐하면 그곳 고등법원은 공안의 결과로 생겼고, 그것의 역사는 혼란한 독일의 사태들을 해결하는 중요한 실마리로 인정될 수 있었기 때문이다. 법원과 군대는 한 나라의 상태를 가장 정확하게 통찰할 수 있게 해준다. 재정은 그 영향이 중요한 것으로 여겨지지만 그다지 크게 문제되지 않는다. 왜냐하면 전체가 돈이 없으면 개인이 노력하여 긁어모아 둔 것을 빼앗으면 되고, 그러면 국가는 언제나 충분히 부유할 것이기 때문이다.

베츨라르에서 내가 마주한 일은 큰 의미가 있는 것은 아니었다. 그러나 내가 거기에 도착했을 때의 좋지 않은 순간을 그리기 위해 고등법원의 간단한 역사를 들려준다면 좀 더 큰 흥미를 일으킬 수 있을 것이다.

세속의 군주들이 뛰어나게 되는 것은 전쟁 시에는 가장 용감하고 결단력 있는 사람들을, 평화 시에는 가장 현명하고 정의로운 사람들을 자기 주위로 끌어 모을 수 있기 때문이다. 독일 황제의 궁정에도 그런 사람들로 이루어진 법원이 있었으며, 황제가 나라를 순시할 때에는 늘 그를 따라다녔다. 그러나 이런 세심함도, 남독일에서 적용된 슈바벤법이나 북독일에서 적용된 작센법도, 이 법을 유지하기 위해 채용된 법관도, 동등한 자격의 중재자도, 협약에 의해 인정된 중재재판관도, 성직자들에 의해 이루어지는 온건한 타협도 흥분된 기사들의 적개심을 진정시키지는 못했다. 이 적개심은 독일인들에게서 내부적인 분열에 의해, 외국 원정, 특히 십자군 원정에 의해, 또한 재판의 관례에 의해 자극되고 키워져서 관습이 되어 버렸다. 황제에게도 힘 있는 계층에게도 분규는 최고로 불쾌한 것이었고, 이로 인해 소시민들은 서로에게는 물론 서로 뭉치게 되면 상류층에게도 골치 아픈 존재가 되었다. 내부적으로 질서가 교란되었듯이 외부에 대해서도 모든 힘이 마비되었다. 게다가 비밀재판이 조국의 대부분을 억압하고 있었다. 그것이 얼마나 무서운 것이었는지는 그것이 비밀경찰로 악화되어 마침내는 개인의 손에까지 뻗치게 되었음을 생각하면 쉽게 이해할 수 있을 것이다.

이런 해악을 다소나마 방지하기 위한 많은 시도는 허사가 되었고, 마침내 의회가 독자적인 방법으로 한 개의 법원을 세울 것을 긴급하게 제안했다. 그러나 이 제안은 아무리 선의에서 나온 것일지라도 의회 권한의 확대와 황제권의 제한을 의미했다. 프리드리히 3세 아래에서는 이 문제가 지연되었으나 그의 아들 막시밀리안은 외부의 압력을 받아 양보했다. 그는 재판장을 임명하고, 의회는 배석판사들을 파견했다. 배석판사의 수는 24명으로 되어 있었지만 처음에는 12명으로 만족했다.

인간이 일을 계획하면서 범하게 되는 일반적인 오류가 고등법원에 있어서도 최초이자 영원한 근본적 결함이 되었다. 즉 목적은 컸지만 사용된 수단이 불충분했던 것이다. 배석판사의 수가 너무 적었다. 그 인원으로 어떻게 힘들고 광범위한 문제가 해결될 수 있을 것인가! 그러나 누가 완비된 제도를 촉진시켜나갈 것인가? 황제는 자신에게 득이 되기보다는 해가 되리라 여겨지는 제도를 지원해줄 수 없었다. 그가 지원하지 않은 더 큰 원인은 그가 자신의 법원, 즉 자신의 궁중의회를 세우려고 했던 데에 있었다. 반면에 의회의 관심사를 살펴보면, 의원들에게는 본질적으로 피를 멈추게 하는 것만이 문제가 되었을 뿐 상처가 치료될 수 있는지에 대해서는 그다지 관심이 없었다. 그런데 이제 새로운 지출을 해야 했다. 이 제도로 인해 모든 군주는 확실한 목적을 위해 신하들을 증원해야 한다는 것을 명확하게 해두지 않았던 것 같았다. 그러나 필요한 것을 위해 누가 기꺼이 돈을 낼 것인가? 누구나 반드시 유용한 것을 갖게 된다면 그것으로 만족할지 모른다.

배석판사들은 처음에는 수수료로 살아가야 했고, 그 후 얼마 안 되는 의회의 수당이 지급되었다. 두 가지 모두 미미한 금액이었다. 그러나 크고 분명한 요구를 충족시키기 위해 자진해서 유능하고 근면한 사람들이 모여 법원이 이루어졌다. 이때 그들이 불행의 치유가 아니라 완화만을 문제로 삼았는지, 비슷한 경우에 흔히 그렇듯 이 사소한 노력으로 큰 업적을 이루려는 희망을 가지고 좋아했는지는 단언하기 어렵다. 어쨌든 법원은 철저히 부정을 방지했다기보다는 소요를 일으키는 자들을 처벌할 구실을 찾아내는 데 기여했다. 그러나 법원이 열리자 그 자체에서 힘이 자라나 자신이 위치한 높은 지위를 자각하고, 자신의 커다란 정치적 중요성을 인식했다. 또한 법원은 탁월한 활동으로 확고한 명성을 얻으려고 노력했다. 그들은 간단히 처리할 수 있거나 처리해야만 하는 일과 순간적으로 결정할 수 있거나 쉽게 판결을 내릴 수 있는 일은 모두 신속하게 매듭지음으로써 온 나라에 활동적이고 존경스런 존재라는 것을 알렸다. 반면에 중대한 내용을 지닌 사건들, 즉 본질적인 소송사건들은 처리가 지연되었는데, 그것은 결코 화가 되지는 않았다. 국가는 소유가 확실하고 안전한지만이 중요할 뿐 정당하게 소유하고 있는지의 여부에 대해서는 별로 관심을 두지 않는다. 그리하여 재판이 늦어지는 사건이 차츰 늘어나 어마어마한 수에 이르러도 국가에는 손해가 없었다. 폭력을 행사하는 사람들에 대해서는 미리 준비되어 있어 이들을 문제없이 처분할 수 있었다. 그 밖에 법률적으로 소유권을 다투는 사람들은 살아나가면서 능력에 따라 향락을 누리거나 궁핍을 맛보았다. 그들은 죽고, 파멸하고, 서로 화해했다. 그러나 이 모든 것은 개별 가정의 행이나 불행이었을 뿐 국가는 점차 평온해졌다. 왜냐하면 고등법원에는 불응자에 대한 법적인 강권이 주어져 있었기 때문이다. 법원이 파문을 선고할 수 있었다면 그것은 더욱 더 효과를 냈을지도 모른다.

그러나 배석판사의 수가 늘어나기도 줄어들기도 하고, 많은 재판이 중단되고, 재판장소가 여기저기로 바뀌어 이런 미결사건과 소송서류들이 끝없이 늘어났다. 사람들은 전쟁의 화를 면하기 위해 소송서류의 일부는 슈파이어에서 아샤펜부르크로, 일부는 보름스로 옮겼고, 일부는 프랑스인들의 손에 넘어갔다. 프랑스인들은 국가문서를 정복하여 차지하게 되었다고 믿었으나 나중에는 누군가가 운반만 해준다면 이 종이뭉치들을 내버리고 싶었을지도 모른다.

베스트팔렌 평화협상에 모인 유력한 인사들은 그 시시포스의 짐*을 옮기는데 어떤 지레가 필요하다는 것을 제대로 통찰했다. 그리하여 50명의 배석판사가 채용되기로 되어 있었지만 이 숫자에 달한 적은 없었다. 비용이 너무 많이 들어갈 것으로 여겨졌기 때문에 이번에는 절반으로 만족했다. 그러나 관계자들이 모두 그것을 자신들의 이익이 걸린 일로 보았다면 전원이 채용되었을 것이다. 25명의 배석판사에게 월급을 지불하려면 약 10만 굴덴의 돈이 필요했다. 독일은 그 두 배의 액수라도 쉽게 마련할 수 있었을 것이다. 사원의 재산을 거두어서 고등법원에 주자는 제안은 통과될 수 없었다. 두 종파가 어떻게 이런 희생에 동의할 수 있을 것인가? 구교도들은 더 이상의 손실을 입으려 하지 않았고, 신교도들은 획득한 것을 자기들 내부의 목적을 위해서 사용하려 했던 것이다. 국가가 두 개의 종파로 분열되어 있었던 것이 이번에도 여러 면에서 최악의 영향을 미쳤다. 그리하여 법원에 대한 의회의 관심은 점점 줄어들었고, 힘 있는 자들은 조직에서 탈퇴하려고 했다. 고등법원에 항소하지 않겠다는 면소장이 점점 더 열렬히 요구되었다. 상류층은 지불을 미뤘고, 그렇지 않아도 명부 속에서 착취당하고 있다고 믿고 있던 소시민들도 할 수 있는 한 지불을 지연시켰다.

그래서 봉급날 지급할 월급을 마련하기가 여간 어려운 것이 아니었다. 이로부터 새로운 일이 생겨나 고등법원에 새로운 시간의 손실이 생겼다. 전에는 연례적인 이른바 감찰이 그 일을 처리해 왔다. 군주들이 친히, 혹

* 시시포스는 그리스 신화에 나오는 교활한 인물로 지하세계의 신 하데스는 그에게 바위를 산 위로 올리게 한 다음 거의 다 올릴 무렵이면 굴러내려 다시 올리게 했다. 시시포스의 짐이란 아무리 노력해도 효과가 없는 힘든 일을 가리킨다.

은 고문관들이 몇 주나 몇 달 동안 법원 소재지에 가서 회계를 조사하고, 미결사건들을 찾아내서 그 일을 떠맡았다. 동시에 그들에게는 법률 및 재판업무가 제대로 진척되지 않거나 어떤 부정이 끼어들려고 하는 경우 이를 시정할 권한이 있었다. 그들은 법원의 결함을 찾아내 그것을 제거해야 했지만 직원의 개인적 범죄를 조사하여 처벌하는 일은 나중에 가서야 그들의 의무 중 하나가 되었다. 그러나 소송당사자들이 희망의 숨결을 한 순간이라도 연장하려 하여 늘 상급심을 찾아 항소를 했다. 그리하여 이들 감찰원들은 재심법원이 되기도 했다. 사람들은 여기에서 처음에는 명백하고 확실한 사건들에 대해 재심을 요구했으나 나중에는 분쟁의 해결이 지연되거나 무기연기 되는 모든 사건에 대해 재심을 기대했다. 제국의회에의 상소와 양 종파의 노력도 재심법원 설립에 기여했다. 양 종파는 서로 상대를 제압하려 하지 않고, 균형을 유지하려고 노력했다.

만약 이 법원이 그런 장해도 없고, 방해하거나 파괴하려는 조건도 없이 존재할 수 있었다면 사람들은 그것을 더없이 탁월하고 중요하게 성장시켰을 것이다. 만일 처음부터 충분한 인원이 배치되고, 이 사람들에게 충분한 생활이 보장되어 있었더라면 유능한 독일인들로 구성된 이 집단이 도달할 수 있었을 어마어마한 영향력은 이루 말할 수 없었을 것이다. 그들은 사람들이 수사학적으로 부여할 수 있는 명예로운 호칭인 암픽티오니나* 회원들이라는 말을 들을 만한 가치가 있을 것이다. 그들은 법원장과 직원 두 지위에서 존경받을 만한 중간세력에까지 오를 수 있었다.

그러나 법원은 카를 5세 때와 30년 전쟁 이전의 짧은 시기를 제외하고

* 다른 말로 인보동맹(隣保同盟). 고대 그리스에서 같은 신을 믿는 도시국가들이 신전을 보호하기 위해 체결한 종교동맹.

는 그런 큰 영향과는 동떨어진 채 근근이 명맥을 유지해 나갔을 뿐이다. 어떻게 해서 이런 벌이도 되지 않는 비참한 일에 종사하려는 사람들이 있었는지 이따금 이해가 되지 않는다. 그러나 인간은 날마다 행하는 일에 대한 재주만 있으면 거기에서 별다른 결과가 생기지 않는다 해도 그 일에 만족하는 법이다. 특히 독일인은 그런 강인한 기질이 있으며, 그리하여 3세기에 걸쳐 훌륭한 인물들이 그런 일과 문제들에 종사해 왔다. 그런 인물들의 초상화를 모아놓은 특별한 화랑이 있다면 지금도 사람들의 관심을 일으키고 용기를 북돋을 것이다.

바로 그런 무정부적인 시대에는 유능한 인물이 가장 확고하게 등장하고, 좋은 일을 하려는 사람이 제대로 자기 자리를 찾게 된다. 예를 들면 퓌르스텐베르크가 이끈 상급법원은 여전히 추앙받으며 기억되고 있었다. 그리고 이 뛰어난 인물의 죽음과 함께 많은 해로운 악습의 시기가 시작된다.

그러나 이전과 이후의 이런 모든 악행은 최초의 유일한 근원에서 비롯되었는데, 그것은 배석판사 수의 부족이었다. 배석판사들은 결정된 순서에 따라 정해진 규정대로 심리를 하도록 되어 있었다. 그들은 누구나 자신의 차례가 언제 돌아올 것인지와 자신이 담당하는 재판이 어떤 것인지를 알 수 있었다. 그들은 그것을 위해 열심히 일했고, 준비도 할 수 있었다. 그러나 이제 미결사건들이 쌓이게 되어 좀 더 중요한 사건들을 선택하여 순서를 무시하고 다루기로 결정하지 않으면 안 되었다. 어떤 사건이 더 중요한지에 대한 판단을 내리는 일은 중요한 사건들이 몰릴 경우에는 쉽지 않았으며, 선택에 있어서 정실에 기울 수도 있었다. 그런데 여기에 또 하나의 어려운 경우가 등장했다. 담당자와 법원이 까다롭게 얽힌 사건으로 고통을 받아 결국 아무도 판결을 내리려고 하지 않은 것이다. 원고와 피고는 타협하거나 갈라서거나 죽거나 생각을 바꾸었다. 그리하여 그들은 독촉을 받는 사건들만 다루기로 결정했다. 그들은 원고와 피고 양측의 지속적인 인내를 확인하려고 했다. 그리고 이를 통해 커다란 악습의 단초가 마련되었다. 자신의 사건을 의뢰하는 사람은 누군가에게 의뢰해야 하고, 누구보다도 그 사건을 담당하는 사람에게 의뢰하는 것이 더 나았던 것이다. 규정대로 이 사람이 누구인지를 비밀로 하는 것은 불가능했다. 많은 부하직원들이 함께 알고 있는데 어떻게 그런 것이 숨겨질 수 있겠는가? 그리고 신속한 처리를 부탁한다는 것은 잘 봐달라는 부탁도 함께 포함되는 법이다. 왜냐하면 자신의 사건을 재촉한다는 것은 스스로 그 사건을 정당한 것으로 보고 있음을 나타내는 것이기 때문이다. 그러나 사람들은 직접 그런 것을 부탁하지는 않을 것이고, 틀림없이 우선은 부하직원을 통해서 그렇게 할 것이다. 따라서 이 부하직원들을 손에 넣어야 했고, 그리하여 온갖 음모와 매수의 단초가 주어진 것이었다.

요제프 황제는 자신의 뜻에 따라, 또한 프리드리히를 모방하여 우선 군대와 법치에 관심을 기울였다. 그는 고등법원을 주목하였다. 전해 내려온 부정과 만연한 악습은 그의 눈을 피할 수 없었다. 여기에서도 자극을 일으키고 뒤흔들고 개혁해야 했다. 그는 황제에게 이익이 될 것인지는 고려하지 않고, 성공의 가능성도 예측하지 않은 채 감찰제를 제안하여 서둘러 실시했다. 166년 동안 제대로 된 감찰제가 이루어지지 않아왔다. 엄청난 양의 사건들이 미결상태로 매년 증가해갔고, 그리하여 17명의 배석판사들은 급한 사건도 처리할 수 없었다. 2만 건의 소송이 밀려 있었고, 해마다 60건밖에 처리할 수 없었으나 늘어나는 소송사건 건수는 그 두 배였다. 또한 적지 않은 건수의 재심이 감찰관들을 기다리고 있었는데, 이것은 5만 건에 이를 정도였다. 게다가 여러 가지 악습이 재판진행을 방해했다. 몇몇 배석판사들이 뒤에서 일으킨 개인적인 범법행위는 가장 심각한 것이었다.

내가 베츨라르에 가게 되었을 때는 감찰제가 이미 몇 년간 시행되고 있었고, 부정을 저지른 사람들은 정직을 당하고, 조사가 널리 진행되고 있었다. 독일국법을 아는 사람들이나 대가들은 이 기회를 놓치지 않고 자신들의 견해를 표명하고 일반 민중의 이익에 이바지하려고 했으므로 철저하고 충실한 저서들이 많이 나왔다. 그래서 약간의 예비지식만 있는 사람이라면 철저히 잘 배울 수 있었다. 이 기회에 제국헌법으로 되돌아가 그것을 다룬 저서들을 돌아보면 기적에 의해서만 생명을 유지해온 이 철저히 병든 육체의 기괴한 상태가 학자들에게 가장 많은 흥미를 불러일으켰다는 것이 주목할 만하다. 그것은 연구성과보다도 개별적인 것들의 수집과 발전에 더 많은 힘을 기울인 존경할 만한 독일적 근면함이 여기에서 끊임없이 새로운 일에 대한 무한한 동기를 발견했기 때문이다. 학자들은 제국과 황제, 소시민층과 상류층, 구교도와 신교도를 서로 대립시켰으며, 늘 관심의 차이에 의해 필연적으로 다양한 의견이 존재했고, 늘 새로운 논쟁과 반박의 기회가 있었다.

나는 이런 모든 과거와 근래의 상황을 가능한 한 떠올려보았으므로 베츨라르 체류에 큰 기쁨을 기대할 수는 없었다. 위치는 좋지만 작고 허술하게 이루어진 도시에서 이중적인 세계를 발견하게 되리라는 전망은 즐거운 것이 아니었다. 즉 토착적인 낡은 인습적 세계와 그것을 예리하게 심판하는 임무를 띤 외부인의 세계, 심판을 하면서 심판을 받는 법원이 그것이었다. 숙명적인 재판에 끌려들어갈지 모른다는 공포와 불안에 싸여있는 많은 주민들, 오랫동안 훌륭한 인물로 여겨지다가 파렴치한 죄를 저질러 불명예스런 벌을 받고 있는 유력인사들 등 모든 것이 한데 어울려 가장 비참한 모습을 이룸으로써 나는 그렇지 않아도 뒤얽혀있는데다 범죄로 더욱 혼돈스럽게 보이는 일 속으로 더 깊이 파고들어가고 싶은 생각이 들지 않았다.

지식에 대한 욕구보다는 내 환경을 바꿔보려는 마음으로 조금 주저한 후 이 지방으로 왔을 때 나는 여기에서는 독일 민법과 국법 외에는 다른 학문적인 것과는 접촉하지 못할 것이며, 문학적인 교류도 없을 것이라고 예상했었다. 그러나 나는 무미건조한 까다로운 친구들 대신 제3의 대학생활을 맞이하게 되었을 때 얼마나 놀랐는지 모른다. 나는 어느 큰 식당에서 공사관의 젊고 쾌활한 거의 전체 하급직원들과 자리를 함께 했다. 그들은 나를 친절히 맞이주었고, 나는 그들이 점심모임에서 낭만적인 짓거리들로 즐긴다는 것을 첫날 이미 알아차렸다. 즉 그들은 재치와 쾌활함을 나타내며 기사의 식탁을 연출했다. 상석에는 군사령관이 앉았고, 그 옆에는 수상이, 그 다음에는 중요한 국가관리들이 앉았다. 그리고 이어서 기사들이 연공서열로 자리 잡고 있었다. 반면에 자리를 배정받은 외부인들은 가장 말석을 차지해야 했다. 외부인들은 대화를 거의 이해하지 못했다. 왜냐하면 이 모임에서는 언어가 기사들의 용어 외에는 여러 가지 암시로 이루어졌기 때문이다. 누구나 별명으로 기사명을 가지고 있었다. 그들은 나를 괴츠 폰 베를리힝겐, 그리고 성실한 자라고 불렀다. 괴츠 폰 베를리힝겐이라는 이름을 얻은 것은 이 독일의 정직한 조상에 대한 나의 관심 때문이었으며, 성실한 자라고 불린 것은 내가 알게 된 이 뛰어난 친구들에 대한 나의 솔직한 애착과 존경 때문이었다. 나는 이번 체류에서 폰 킬만젝 백작에게 많은 은혜를 입었다. 그는 누구보다도 진지한 사람이었고, 무척 유능하고 믿을 만했다. 폰 구에는 파악하기도 설명하기도 어려운 사람으로, 거칠고 옆으로 퍼진 하노버 사람 같은 모습의 명상적인 인물이었다. 그는 여러 가지 종류의 재능에 부족함이 없었다. 사람들은 그를 보고 사생아일 거라고 추측했다. 그는 확실히 비밀에 싸인 존재였으며, 많은 기이한 행동들을 하면서 자신의 본래의 소망이나 의도를 숨겼다. 그는 군사령관의 자리를 차지하려고 애쓰지는 않았지만 이 신기한 기사단의 핵심인물이었다. 때마침 그 기사단의 단장 자리가 비었을 때 그는 오히려 다른 사람을 선출케 하여 그를 통해 자신의 영향력을 행사했다. 그는 또한 많은 사소한 우연한 사건들을 중요한 것으로 보이게 하여 소설의 형식으로 이끌어나가는 재주가 있었다. 그러나 이런 모든 행동에서는 진지한 목적을 찾을 수가 없었다. 그가 하는 행동은 그와 동료들이 지연되는 업무에서 느끼는 지루함을 달래주고, 텅 빈 공간을 마치 거미줄 같은 것으로 메우는 일일 뿐이었다. 게다가 이 우스꽝스럽고 엉뚱한 짓은 지극히 진지하게 행해져서 물레방아가 성으로, 물레방앗간 주인이 성주로 취급되고, 『하이몬의 네 아이들』이 경전으로 취급되어 그 중 일부를 의식에서 장엄하게 낭독해도 아무도 우스꽝스럽게 여기지 않았다. 기사의 임관식도 여러 기사단에서 채용한, 전해져 내려온 상징들을 통해 거행되었다. 더 나아가 공공연한 것을 비밀로 취급하는 것도 이 장난의 주된 동기가 되었다. 사람들은 일을 공공연하게 행하면서도 그것에 대해 침묵해야 했다. 기사단 전원의 명단은 제국의회의 연감처럼 훌륭하게 인쇄되었다. 그리고 가족들이 이 일에 대해 조롱하거나 이 일 전체를 엉뚱하고 우스꽝스럽다고 감히 말할 때는 그 벌로 가족의 성실한 가장이나 가까운 친척을 가입시켜 기사임관식을 받게 할 때까지 음모를 계속 꾸몄던 것이다. 그래서 그들은 그 가족들이 화를 내는 것을 보고 짓궂은 기쁨을 느꼈다.

이 기사들에게는 철학적이고 신비적이며 명칭을 갖고 있지 않은 또 하나의 기묘한 단체가 얽혀 있었다. 제1등급은 이행이라 불렸고, 제2등급은 이행의 이행, 제3등급은 이행으로의 이행의 이행, 제4등급은 이행의 이행으로의 이행의 이행으로 불렸다. 이러한 단계적으로 이어지는 고차원의 의미를 해석하는 것은 단원의 의무였으며, 해석은 인쇄된 책자에 따라 이루어졌는데, 이 책자 속에서는 기묘한 말들이 더 기묘한 방식으로 설명되거나 오히려 더 부연되어 있었다. 이런 일을 하는 것이 그들이 가장 즐기는 오락이었다. 베리시의 바보짓과 렌츠의 부조화가 여기에서 결합된 듯 보였다. 다시 말하건대 이러한 가면 뒤에서는 어떤 목적의 흔적도 찾아볼 수 없었다.

나는 그런 익살극에 대해 기꺼이 조언도 했고, 우선 『하이몬의 네 아이들』에서 발췌한 낭독용 구절들을 정리하여 축제일이나 잔치 때 어떻게 낭독해야 하는지 제안했으며, 나도 강한 어세로 낭독할 줄도 알았다. 그러나 나는 이런 것은 이미 전에 지치도록 해왔었다. 그래서 내가 프랑크푸르트와 다름슈타트의 환경을 그리워하게 되었을 때 고터*를 알게 된 것이 얼마나 좋았는지 모른다. 그는 진정한 애정으로 나와 친구가 되었으

* 베츨라르의 작센-고타 공사관 서기였으며, 시인이자 번역가(1746~1797)로서 프랑스 로코코풍을 띤 작품을 썼다. 1772년 비서관이 되어 베츨라르에서 고향 고타로 이동하여 근무하면서 문학 활동을 계속했으며, 고타나 바이마르에서 이따금 괴테를 만났다.

며, 나도 진심어린 호의로 그에게 답했다. 그는 부드럽고 명쾌하며 쾌활한 마음씨를 지녔고, 그의 재능은 숙련되고 정리되어 있었다. 그는 프랑스적인 우아함을 위해 노력했고, 영국문학의 도덕적이며 유쾌한 대상을 다룬 분야를 좋아했다. 우리는 많은 즐거운 시간을 함께 보내면서 서로의 지식과 계획과 취향을 나누었다. 그는 나를 자극하여 많은 짧은 작품들을 쓰도록 했으며, 괴팅겐파와 관계를 맺고 있으면서 보이에의 연간 시집을 위해 나의 시들 중 몇 편을 요구했다.

이로 인해 나는 젊고 재능이 풍부하며 단결이 잘 되고 나중에는 다방면으로 많은 영향을 미친 괴팅겐파와 약간의 접촉을 했다. 슈톨베르크 백작 형제, 뷔르거, 포스, 횔티 등이 종교적이며 사상적인 면에서 클롭슈토크를 중심으로 모여 있었고, 클롭슈토크의 영향은 사방으로 미치고 있었다. 이같이 점점 더 확산되어 가던 독일의 작가집단 속에서는 동시에 다양한 문학적인 업적들과 함께 또 다른 정신이 발전했는데, 나는 그것을 본질적으로 무슨 명칭으로 불러야할지 모르겠다. 그것은 독립성의 요구라고 칭할 수 있을 것인데, 늘 자유에서 솟아나오며, 거기서는 본질적으로 속박되지 않기 때문이다. 우리는 전쟁 시에는 될 수 있는 대로 거친 폭력을 견뎌내며, 육체적으로나 경제적으로는 손상을 입었다고 느끼지만 도덕적으로는 그렇게 느끼지 않는다. 강압을 부끄럽게 여기는 사람은 없으며, 시대에 봉사하는 것은 수치스런 일이 아니다. 우리는 적이나 친구에게 고통을 당하는 데에 익숙해지며, 소망은 가지지만 주관은 갖지 않는다. 반대로 평화로운 때가 되면 인간의 자유정신은 점점 더 솟아오른다. 그리고 자유로우면 자유로울수록 더욱 더 자유로워지려고 한다. 우리는 우리를 지배하는 것을 참지 못하며, 억압받는 것을 원치 않고, 아무도 억압받아서도 안 된다. 그리고 이 섬세하며 병적이라고 할 감정은 아름다운 영혼 속에서 정의감의 형태로 나타난다. 이 같은 정신과 마음은 그 당시 어디서나 나타나 비록 소수만이 압박을 당할 경우에도 이들을 우연한 압박에서 해방시키고자 했다. 그리하여 일종의 도덕적 투쟁이 일어났다. 그것은 통치권에 대한 개인의 간섭이었으며, 처음에는 찬양할 만한 것이었으나 무시하지 못할 불행한 결과를 초래했다.

볼테르는 칼라스 가족을 보호함으로써* 큰 주목을 일으키고 존경을 받았다. 독일로서는 주지사에게 반항한 라바터의 계획**이 더 두드러지고 중요한 사건이었다. 젊은이의 용기와 결합된 미학적 감각은 앞으로 나아가려고 노력하며, 관리가 되기 위해 조금 전까지 공부했던 사람들이 관리들의 감독자가 되기 시작했다. 그리고 극작가나 소설가가 작품 중의 악한을 각료나 관리들 가운데에서 찾기를 가장 즐기는 시기가 다가왔다. 이로부터 반은 공상적이고 반은 실제적인 작용과 반작용의 세계가 성립되었다. 우리는 이런 세계 속에서 그 후 신문과 잡지의 필자들이 일종의 분노를 느끼며 정의의 빛 아래 일으켰던 지극히 격렬한 고발과 선동을 경험했다. 그때 그들은 민중을 설득시켜 진정한 궁중은 그들 앞에 있는 것이라고 믿게 하고, 더욱 결연하게 일을 해나갔다. 그러나 어리석은 짓이었다. 민중은 집행력이 없고, 분열된 독일에서 여론은 아무에게도 도움도 해도 되지 않았다.

---

* 신교도인 칼라스는 툴루스의 상인이었는데, 아들이 자살한 것을 가톨릭으로 개종하려는 데에 분노하여 아버지인 그가 죽인 것이라는 누명을 쓰고 1762년 교수형을 선고받는다. 그의 미망인은 스위스로 도피하여 볼테르에게 남편의 억울함을 호소한다. 볼테르는 반박의 글을 써서 다시 재판이 열리게 함으로써 칼라스의 무죄가 증명되고, 미망인은 명예를 되찾고 자녀들은 석방되었다.

** 라바터는 1762년 주지사 펠릭스 그레벨의 부정을 탄핵하여 자리에서 물러나게 했다.

우리 젊은 사람들 가운데에서는 비난받을 만한 그런 종류의 성향은 전혀 감지되지 않았다. 그러나 어느 정도 유사한 관념이 우리를 지배했다. 그것은 시와 도덕성과 고상한 노력이 합쳐진 것이며, 해롭지는 않지만 쓸모없는 것이었다.

클롭슈토크는 『헤르만 전투』를 쓰고 이 작품을 요제프 2세에게 바침으로써 놀랄 만한 자극을 주었다. 여기에서는 로마인들의 압박에서 벗어난 독일인들이 훌륭하고 힘차게 묘사되었으며, 이런 모습은 국민의 자긍심을 일깨우기에 적합했다. 그러나 애국심이란 본래 평화 시에는 각자가 가정의 안녕을 위해 자기 영역을 지키고, 자기 직무를 다하고, 자기 공부를 해나가는 것일 뿐이다. 그리하여 클롭슈토크에 의해 불러일으켜진 조국애는 수련해 나갈 대상이 될 수 없었다. 프리드리히는 연합세계에 대항하여 독일인의 일부 명예를 구해냈으며, 국민 각자에게는 이 위대한 군주에 대한 갈채와 존경을 표함으로써 그의 승리에 참여하는 것이 허용되었다. 그러나 그 격앙된 전사적 저항정신은 어디로 사라졌는가? 그것은 어떤 방향을 취해야 했고, 어떤 영향을 불러일으켜야 했는가? 처음에는 시의 형태뿐이었으나 그 후 이러한 충동과 자극에 의해 그토록 자주 비난받고 우스꽝스럽게 여겨진 음유시가 쏟아져 나왔다. 그러나 맞서 싸울 외부의 적이 없었다. 이제 사람들은 폭군을 만들어냈고, 여기에 더해서 처음에는 보편적인 모습이었다가 점차 특별한 모습으로 군주들과 그들의 신하들을 만들어내야 했다. 그리하여 문학은 앞서 내가 비난했던 사법권에 대한 간섭에 열렬하게 참여했다. 그 당시의 시들이 군주이건 귀족이건 모든 상류층을 배격하는 한 가지 정신으로 쓰인 것은 주목할 만한 일이다.

나에 관해 말하자면 나는 계속 시 쓰기를 내 감정과 발상의 표현을 위해 이용했다. 『방랑자』와 같은 짧은 시들이 이 시기에 나왔는데, 이것들은 『괴팅겐 연간 시집』 속에 수록되었다. 그러나 그 고질병이 내 마음속에도 침투해 들었는지 모르지만 나는 얼마 후 『괴츠 폰 베를리힝겐』 속에서 그 고질병으로부터 해방되고자 했다. 이 작품에서 나는 험악한 시기에 건전하고 성실한 남자가 부득이 법률과 행정권을 대행하려고 결심했지만 이중적인 마음을 품고 존경하는 원수를 반역하려 한다는 혐의를 받자 절망에 빠지는 것을 묘사했다.

클롭슈토크의 송가에 의해 독일의 문학 속으로 들어온 것은 북방의 신화라기보다는 신의 명칭들이었다. 나는 내게 주어진 것은 무엇이든 잘 이용해왔지만 이 명칭들을 이용하는 일만은 할 수 없었는데, 다음과 같은 이유에서였다. 나는 이미 오래 전에 『에다』*의 이야기를 말레의 『덴마크 역사』 서문에서 알게 되어 곧 그것에 정통하게 되었다. 이 이야기는 내가 모임에서 요구받을 때 들려주던 이야기들 중 가장 좋아하는 것이었다. 헤르더는 내게 레제니우스**를 알려주어 나로 하여금 영웅전설에 대해 더 많이 알도록 해주었다. 그러나 이 모든 것들은 내가 아무리 값지게 여긴다 해도 내 문학적 역량의 권역으로 받아들일 수는 없었다. 이것들은 내게서 아무리 훌륭하게 상상력을 자극한다 해도 감각적 직관과는 거리가 멀었다. 반면 그리스의 신화는 세계의 위대한 예술가들에 의해 눈으로 볼 수 있고 쉽게 상상할 수 있는 형태로 변화되어 아직도 우리의 눈앞에 많이 존재하고 있었다. 나는 대체로 신들을 많이 등장시키지 않았는데, 신

* 13세기에 편찬된 2권의 책에 실려 있는 고대 아이슬란드 문학 작품집. 에다는 오늘날 게르만 신화에 대한 지식을 제공하는 가장 충실하고 자세한 자료이다.

** 신학, 역사학, 법학 등 많은 분야에서 활동했던 덴마크의 학자(1625~1688).

들은 내가 모방할 수 있는 자연의 밖에 살고 있었기 때문이다. 주피터를 보단으로, 마르스를 토르로 대체하고, 남방의 윤곽이 뚜렷한 인물들 대신 모호한 형상들을, 내 문학 속에 언어의 음향만을 끌어들이는 데에 어떻게 내 마음이 움직일 수 있겠는가? 북방의 신들은 한편으로는 오시안의 볼품없는 영웅들과 연결되어 있으며, 그것들보다 더 거칠고 거대했다. 한편 나는 그것들을 쾌활한 동화 쪽으로 이끌었다. 왜냐하면 북방의 신화 전체를 관통하고 있는 유머러스한 특성이 무척 내 마음에 들었고 주목할 만한 가치가 있다고 여겨졌기 때문이다. 여기에서는 신들로 이루어진 기이한 왕조에 모험적인 거인, 마술사, 괴물들이 대립하고 있는데, 이들은 통치 중인 최고의 인물들을 현혹시키고 조롱하고 마지막에는 피할 수 없는 모욕적인 몰락으로 몰아넣겠다고 위협하는 짓만 한다.

인도의 우화에서도 나는 똑같지는 않지만 흥미를 느꼈다. 나는 그것을 다퍼*의 여행기에서 알게 되었는데, 이것 역시 무척 기뻐하며 내 동화의 창고 속으로 끌어들였다. 특히 람**의 제단은 내가 사람들에게 즐겨 이야기해준 것이며, 이 동화 속 인물들이 무척 다양했는데도 원숭이 하누만***은 내 청중들의 애호물이었다. 그러나 이런 볼품없고 과도한 형태의 괴물들은 나를 시적으로 만족시킬 수 없었다. 그것들은 내가 끈질기게 추구하는 참된 것과는 너무 동떨어져 있었다.

---

* 무굴제국과 인도 등지에 대한 상세한 기행문을 쓴 네덜란드 작가.

** 가장 널리 숭앙받는 힌두교 신들 중 하나인 무용(武勇)과 미덕의 화신 라마를 말함. 라마의 이름은 친구들 사이에서 흔히 쓰는 인사말이기도 하고("람! 람!"), 죽을 때 주로 기원하는 신도 역시 라마이다.

*** 힌두 신화에 나오는 신성한 원숭이 왕으로 라마가 악마 라바나로부터 아내 시타를 되찾는 데 큰 도움을 준다. 하누만은 자비로운 수호신으로서 직립한 붉은 얼굴의 원숭이 형상으로 숭배된다.

그러나 이런 모든 반예술적인 유령들과 마주해서도 미에 대한 나의 감각은 훌륭한 힘에 의해 보호되었다. 과거의 위대한 작품들이 다시 한 번 솟아올라 일상화된다면 문학의 시대는 늘 행복할 것이다. 그렇게 되면 그 작품들은 완전히 신선한 영향을 일으키게 될 것이기 때문이다. 호메로스의 빛이 우리에게 다시 새롭게 비추었고, 그것은 그런 빛의 출현을 최고로 애호하는 시대정신에 잘 들어맞았다. 왜냐하면 지속적인 자연으로의 가르침이 고대의 작품들 또한 이런 측면에서 관찰하도록 영향을 주었기 때문이다. 많은 여행자들이 성서의 해석을 위해 했던 일을 다른 사람들은 호메로스를 위해 했다. 이 일은 구이스에 의해 시작되었고, 우드가 활성화시켰다. 처음에는 매우 드물었던 원본에 대한 괴팅겐의 한 평론이 우리에게 그 일의 의도를 알려주었고, 그것이 얼마나 진척되었는지를 가르쳐주었다. 우리는 그 시들 속에서 더 이상 팽팽하게 다져지고 자만심에 부푼 영웅은 보지 못했으며, 대신 고대의 현실을 반영하는 진실을 보았고, 이것을 가능한 한 우리 곁으로 끌어당기려고 노력했다. 그러나 호메로스의 인물들의 성격을 이해하려면 여행작가들이 새로운 세계에 대해 우리에게 설명해주는 것과 같은 미개민족과 그들의 풍습을 알아야 한다는 주장은 선뜻 우리의 가슴에 와 닿지 않았다. 왜냐하면 호메로스의 시에서는 유럽인이든 아시아인이든 이미 높은 문화 수준에서, 아마도 트로이전쟁 시기에 향유했던 문화보다 더 높은 수준에서 묘사되었다는 것이 부인할 수 없는 사실이기 때문이다. 그러나 앞서의 원칙은 지배적인 자연존중과 일치하는 것이었으며, 그런 면에서 우리는 그것을 인정하려 했다.

나는 고차원적 의미에서는 인류학, 가장 가깝고 친근한 의미에서는 문학과 관련된 이런 온갖 일들에 몰두하고 있었지만 날마다 내가 베츨라르에 체류하고 있다는 것을 체험해야 했다. 감찰업무의 상황과 점점 늘어나는 장해요인들, 새로운 결함의 발견 등의 이야기가 수시로 들려왔다. 그런데 이곳에서 신성로마제국이 다시 회합을 가졌는데, 단순히 외적인 의식을 베풀기 위해서 뿐만 아니라 심각한 업무를 위해서이기도 했다. 그러나 나는 여기에서도 초대받은 손님들이 너무 고귀한 신분이라서 참석하지 않아 반은 자리가 비어 있었던 대관식 날의 식탁을 떠올리지 않을 수 없었다. 이번에는 손님들이 참석은 했지만 여전히 더 좋지 않은 징후들이 감지될 수밖에 없었다. 전체가 단합하지 못하고 서로 반목하고 있는 모습이 계속 드러났으며, 군주들이 이 기회에 원수에게서 뭔가 빼앗을 수 있지 않을까 하는 의도를 서로 터놓고 주고받은 것은 숨길 수 없는 사실이었다.

방임과 태만, 부정과 수뢰에 관한 온갖 이야기들이 선을 추구하며 그런 정신 속에서 내면을 다듬어온 젊은이들에게 얼마나 나쁜 인상을 주었을 것인지는 성실한 사람이라면 누구나 느낄 것이다. 이런 상황에서 법률과 재판관에 대한 존경심이 어떻게 일어날 수 있겠는가? 감찰제의 효과에 대대적인 신뢰를 보내는 사람이 있다고 해도, 또한 감찰제가 그 높은 사명을 완수할 것이라고 믿는 사람이 있다고 해도 쾌활하게 앞으로 나아가는 한 젊은이에게는 그것이 아무런 희망도 찾을 수 없는 것이었다. 소송의 형식에만 매달려 모두가 매끈한 칼을 갈았다. 어느 정도 영향을 주고 중요하게 보이려면 언제나 부정한 자, 비난을 받는 자와 결탁하여, 몸을 돌려 피하며 내리치는 검술에 능해야 했다.

나는 이런 혼돈 속에서 문학적 작업이 이루어질 수 없는 듯하여 점차 미학적 사색 속에 빠져들었다. 그런데 이론화한다는 것은 전적으로 창작력의 결핍이나 정지를 의미하는 것이다. 나는 전에는 메르크와, 이번에는 이따금 고터와 함께 작품을 창작하는 데 있어서 따라야 할 원리를 찾아내려고 시도했다. 그러나 이 일은 나도 그들도 성공하지 못했다. 메르크는 회의론자이며 절충주의자였고, 고터는 자신에게 가장 마음에 드는 사례들을 고수했다. 줄처*의 이론이 알려졌는데, 그것은 예술가에게보다는 예술애호가에게 해당되는 것이었다. 그의 관점에서는 무엇보다도 도덕적 영향이 요구되었는데, 이렇게 되면 곧장 창작하는 계층과 이용하는 계층 사이에 분열이 생긴다. 왜냐하면 훌륭한 예술작품은 도덕적 결과를 가질 수 있고 가지게 될 것이지만 예술가에게 도덕적 목적을 요구한다는 것은 그에게서 작품을 망치는 것이 되기 때문이다.

옛날 사람들이 이런 중요한 문제들에 대해 말한 것을 나는 몇 년 전부터 체계적으로 공부하지는 않았지만 불규칙적으로나마 열심히 읽어왔다. 나는 아리스토텔레스, 키케로, 퀸틸리아누스**, 롱기노스*** 등 어느 누구도 소홀히 하지 않았지만 내게 아무 도움도 되지 않았다. 왜냐하면 이들은 내게는 결여된 경험을 전제로 하고 있었기 때문이다. 그들은 나를 이 무한히 풍부한 예술작품의 세계로 이끌었고, 대부분 우리에게 이름만 남아있는 탁월한 시인과 웅변가들의 업적을 펼쳐주었다. 또한 그들은 고

---

* 스위스의 철학자이자 미학저술가(1720~1779)로 대표적인 『미학 및 예술의 일반원리』가 있다. 줄처는 모든 예술의 효과가 도덕적 감화 여부에 따라 규정된다고 주장했고 괴테는 이에 대해 1771년 〈프랑크푸르트 학예보〉에서 줄처의 논문을 논평했다.

** 스페인 태생의 고대 로마의 수사학자. 그가 쓴 수사학에 관한 책 『웅변교수론』은 교육이론과 문학평론에 중대한 공헌을 했다.

*** 1세기 초에 활동한 그리스의 작가. 뛰어난 초기 문예비평서인 『숭고에 대하여』의 저자로 추정된다. 그는 문학에 있어서 위대성이란 작가의 기술보다 오히려 내적인 재질에 있다고 최초로 주장했다.

찰을 하기 위해서는 많은 고찰의 대상이 우리 앞에 놓여 있어야 하며, 자신의 능력과 타인의 능력을 알려면 우선 스스로 무언가를 행해야 하고 실패를 해봐야 한다는 말로 나를 강렬하게 설득시켰다. 내가 옛 시대의 많은 훌륭한 것을 알게 되었지만 그것은 단지 학교에서 책으로 배우는 것일 뿐 결코 살아있는 지식이 아니었다. 특히 유명한 웅변가들에게서는 그들이 살아가면서 철저히 스스로를 교육시켰다는 것과 그들의 개인적 감정의 특성을 동시에 고찰하지 않고는 그들의 예술의 특성을 말할 수 없다는 것을 나는 뚜렷하게 느꼈던 것이다. 이런 점은 시인들에 있어서는 덜한 것 같았다. 그러나 어디서든 자연과 예술은 삶을 통해 접촉하는 것이다. 그래서 내 모든 생각과 노력의 결과는 내적 및 외적 자연을 탐구하고 애정 어린 모방으로 그것을 똑같이 지배하려는 옛날의 시도에 머물렀다.

밤낮으로 내 마음속에 머물고 있던 이 영향으로 두 개의 큰, 아니 어마어마한 소재가 내 앞에 놓여 있었다. 내가 이 풍요로운 소재를 어느 정도 소중히 다루기만 하면 무언가 뜻 깊은 것이 생겨날 수 있었다. 그 한 가지는 괴츠 폰 베를리힝겐의 삶이 있는 고대의 시기이고, 또 하나는 좀 더 새로운 시기로서 그 불행한 전성기가 『젊은 베르테르의 슬픔』 속에 묘사되어 있다.

첫 번째 작품에 대한 역사적 준비에 대해서는 내가 이미 말한 바 있다. 두 번째 작품의 윤리적 동기에 대해서는 이제 설명을 해야겠다.

내부의 자연을 특성대로 내버려두고, 외부의 자연을 특성대로 내게 영향을 미치도록 하려는 내 계획은 나를 기이한 영역으로 내몰았는데, 그 속에서 『젊은 베르테르의 슬픔』이 구상되고 쓰였다. 나는 내면적으로 모든 낯선 것으로부터 벗어나서 외부세계를 애정을 다해 관찰하려고 했다.

또한 인간에서부터 간신히 파악될 수 있을 정도로 깊은 곳에 있는 것에 이르기까지 모든 존재와 모든 것이 각자의 방식대로 내게 영향을 미치게 하려고 했다. 그럼으로써 자연의 하나하나의 대상들과 신비로운 친화관계가 이루어졌고, 친밀한 울림과 전체로의 공감이 생겼다. 그리하여 마을과 지역의 바뀜, 낮과 밤의 바뀜, 그 밖에 일어날 수 있는 모든 변화가 나를 진정으로 감동시켰다. 화가의 눈길이 시인의 눈길과 어울렸고, 정겨운 강물에 의해 활기를 띠는 아름다운 전원의 풍경은 고독에 대한 나의 애착을 더해주었고, 사방으로 펼쳐지는 나의 조용한 관찰을 도와주었다.

그러나 내가 제젠하임의 가족집단을 떠나온 후 이제 다시 프랑크푸르트와 다름슈타트의 친구들을 떠난 이래 내 가슴속에는 메울 수 없는 공허함이 남아 있었다. 그리하여 나는 애정이 어느 정도 위장을 하고 나타나 아무도 모르게 와서 모든 훌륭한 계획을 망쳐놓을 수 있는 그런 상황에 처해 있었다.

이제 나는 이 계획의 단계가 여기에까지 이르니 처음으로 작업을 함에 있어 가벼운 마음을 느끼게 된다. 이제부터 이 책은 본래의 모습이 되기 때문이다. 이 책은 독립적인 것이라고 표명되지 않았다. 이 책은 오히려 작가의 삶의 틈을 메우고 잃어버리고 실종된 모험의 추억을 간직하기 위한 것이다. 그러나 이미 행해진 일은 되풀이되어서도 안 되고 되풀이될 수도 없는 것이다. 또한 작가가 이제 우둔해진 정신력을 불러일으켜 라인 계곡의 체류를 그다지도 아름답게 해주었던 사랑스런 교제관계를 눈앞에 떠올리려고 해도 소용없을 것이다. 다행히 수호신이 일찍이 이것을 염려하여 그를 자극하여 기억력이 있는 젊은 시절에 지나간 일을 파악하고 묘사하여 대담하게 적당한 시기에 공개적으로 내보이도록 해주었던 것이다. 여기서 말하는 것이 『젊은 베르테르의 슬픔』이라는 것은 더 말할 필요가 없을 것이다. 그러나 이 작품 속에 등장하는 인물들과 묘사된 관념들에 대해서는 차츰 어느 정도 얘기를 해나가려고 한다.

공사 관원으로 인정받았지만 장래의 직무수행을 위해 견습활동을 해야 하는 젊은이들 중에 우리가 간단히 신랑이라고 부르곤 하던 사람이 있었다. 그는 조용하고 변함없는 태도, 명확한 의견, 확실한 행동과 말로 두각을 나타냈다. 그는 활달한 행동과 끈기 있는 부지런함으로 상관의 촉망을 받아 곧 임용이 되리라고 기대하고 있었다. 이로써 자격이 갖춰진 그는 자신의 정서와 희망에 맞는 어느 여인과 약혼을 하려고 했다. 그녀는 어머니가 세상을 뜬 후 많은 동생들의 맏이로서 아주 열심히 일을 했으며, 홀아비가 된 아버지를 혼자서 잘 모셨다. 그래서 그녀의 남편이 될 사람도 자신과 후손을 위해 그녀에게서 지금과 똑같은 모습을 바랐고 확실한 가정의 행복을 기대할 수 있었다. 그러나 삶에 도움이 될 이런 목적을 염두에 두지 않더라도 누구나 그녀가 탐나는 여자라는 것을 인정했다. 그녀는 격렬한 열정을 불러일으키지는 않지만 누구에게나 일반적으로 호감을 주는 여자였다. 날씬하고 귀여운 몸매, 순수하고 건강한 성격, 거기에서 나오는 쾌활한 활동력, 일상적인 일의 능숙한 처리 등 모든 것이 그녀에게 한데 부여되어 있었다. 그런 기질들을 바라보는 것이 나는 늘 기분 좋았고, 그런 기질들을 지닌 사람들과 즐겨 어울렸다. 그리고 나는 그들에게 실제적인 도움을 줄 수 있는 기회가 늘 있었던 것은 아니었지만 다른 사람들보다는 그들과 함께 젊은이들이 늘 접할 수 있고 큰 노력이나 비용을 들이지 않고도 얻을 수 있는 천진난만한 기쁨을 누렸다. 여자들은 서로에게 보이기 위해 몸치장을 하며 서로 더 낫게 보이려고 지칠 줄 모르고 치장을 한다. 그래서 나는 단순히 순수한 마음으로 친구이며 신랑에게 오직 그를 위해 치장을 하는 것이며, 허례도 사치도 없이 평생 동안 그렇게 변함없이 꾸며나갈 것을 조용히 보증해주는 여자가 가장 사랑스러웠다.

그런 여자들은 자기 자신의 일에만 몰두하지는 않는다. 그들은 외부세계를 관찰할 시간도 있고, 외부세계로 방향을 돌려 그것과 조화를 이뤄나갈 여유도 충분히 있다. 그들은 노력하지 않고도 현명하고 분별 있는 사람이 되며, 교양을 쌓는 데에 많은 노력을 필요로 하지 않는다. 약혼한 여자가 바로 이런 여자였다. 신랑은 무척 정직하고 솔직한 성격이어서 자신이 존경하는 모든 이들에게 곧장 그녀를 소개했고, 자신은 하루의 대부분을 열심히 업무에 종사했기 때문에 약혼녀가 가사를 모두 끝낸 후 사람들과 이야기를 나누고 남녀 친구들과 어울려 산보나 소풍을 나가 즐기는 것을 싫어하지 않았다. 로테는—그녀는 이렇게 불리게 될 테니까—이중의 의미에서 욕심이 없었다. 첫째, 그녀의 천성이 특별한 애정보다는 일반적인 호감에 기울고 있었으며 둘째, 그녀가 자신에게 소중하며 그의 운명과 자신의 운명이 결합되어 있다고 선언하고 싶은 한 남자에게 바쳐진 존재라고 여겼기 때문이다. 그녀 주위에는 쾌적한 바람이 불고 있었다. 부모가 아이들에게 끝없는 주의를 기울이고 있는 것을 보면 참으로 기분이 좋다. 그러나 형제자매 사이에서 똑같은 모습을 보면 더욱 아름답다. 전자에서는 자연적 본능과 시민적 인습을 보는 것 같지만 후자에서는 선택과 자유로운 마음씨를 보는 것으로 여겨진다.

새 손님은 모든 속박에서 완전히 벗어나 이미 다른 남자와 약혼한 한 소녀 앞에서 스스럼없이 아무리 호의적인 대접도 구애로 여기지 않으면서 그것을 즐길 수 있었고 편안히 지낼 수 있었으나 곧 거기에 얽혀들어 묶이고 말았다. 더구나 그는 한 쌍의 젊은 남녀에게서 무척 신뢰를 받고 친절히 대접을 받았으므로 어떻게 해야 할지 알 수 없었다. 현재에 대해 만족을 느끼지 못했기 때문에 우울하고 공상에 빠져있던 그는 자신에게 결핍된 것을 한 여자친구에게서 발견했던 것이다. 즉 이 여자는 1년 내내 걱정하고 살아도 현재의 순간만을 위해 살고 있는 것처럼 보였던 것이다. 그녀는 그를 기꺼이 자신의 동반자로 삼고 싶어 했다. 그는 그녀의 옆을 쉽게 떠날 수가 없었는데, 그녀가 그에게 일상세계를 중개해 주었기 때문이다. 그래서 그들은 넓은 농장에서, 들판과 초원에서, 채소밭이나 정원에서 쉽게 떨어질 수 없는 동반자가 되었다. 그녀의 약혼자도 업무가 없을 때에는 함께 참여했다. 그들 세 사람은 저절로 서로 떨어지지 못하고 함께 있는 것이 몸에 뱄는데, 어떻게 그렇게 되었는지 알 수 없었다. 그들은 그렇게 멋진 여름을 보냈는데, 이것이야말로 진정한 독일적 목가였다. 비옥한 토지가 이 목가에 산문을 주었고, 순수한 사랑이 시를 부여했다. 그들은 곡식이 익은 밭을 거닐면서 이슬이 촉촉한 아침의 상쾌함을 맛보았다. 종달새의 노래, 메추라기의 우짖음은 기쁨을 주는 소리였다. 무더운 시간들이 이어지고 무서운 폭풍우가 닥쳐오면 닥쳐올수록 서로는 더욱 가까워졌고, 많은 사소하고 불쾌한 가정의 많은 일들은 지속적인 사랑에 의해 쉽게 사라졌다. 이렇게 평범한 하루하루가 계속 흘러갔으며, 모든 날들이 축제일처럼 여겨졌다. 달력의 날짜 전체를 빨간색으로 인쇄했더라도 좋았을 뻔했다. 『신 엘로이즈』* 속의 행복하고도 불행한 친

* 루소가 자신의 자연주의 사상을 가정생활에 전개시킨 소설. 이 소설은 루소 자신의 경험을 반영한 것으로 주인공인 중류계급의 교사와 상류계급의 학생이 신분법상 금지된 사랑에 빠지는 이야기이다.

구에 대한 예언을 기억하는 사람은 나를 이해할 것이다.

"애인의 발밑에 앉아 그는 삼베를 짤 것이며, 오늘도 내일도 모레도, 아니 일생 동안 삼베 짜는 것을 원할 것이다."

다음에 그 이름을 자주 언급하게 되는 한 젊은이에 대해 조금만, 하지만 필요한 만큼은 말해두어야겠다. 그의 이름은 예루살렘*이며, 자유롭고 세심한 사고를 지닌 신학자의 아들이었다. 그도 어느 공사관에서 일하고 있었다. 그의 모습은 호감을 주었고, 중간키에 풍채가 좋았다. 얼굴은 길다기보다는 둥글었고, 부드럽고 조용한 표정은 멋진 금발의 젊은이에게 어울렸다. 또한 푸른 눈은 말을 한다기보다는 매혹한다고 할 수 있었다. 그의 복장은 푸른 연미복, 황갈색 조끼와 바지, 갈색 장식이 달린 장화로 영국인들을 모방한 전통적인 독일식이었다. 저자는 그를 방문한 적이 없고, 자기 집에서 만난 적도 없었다. 저자는 이따금 친구들 집에서 그를 만났을 뿐이다. 이 젊은이는 말이 적었으나 친절했다. 그는 여러 가지 창작활동에 참여했는데, 특히 쓸쓸한 주변 풍경을 그려 고요한 특성을 나타내는 그림이나 스케치를 좋아했다. 그런 그림 그릴 기회가 되면 그는 게스너**의 판화 얘기를 들려주고 그것을 표본으로 하여 공부해보라고 애호가들을 격려했다. 그는 기사제도나 가장무도회에는 거의 혹은 전혀 관심이 없었고, 자기 생각대로 살았다. 그가 어느 친구의 부인에게 대단한 열정을 품고 있다는 소문이 나돌았으나 정말로 두 사람이 함께 있는 것을

* 브라운슈바이크 시 공사의 비서 카를 빌헬름 예루살렘(1747~1772).

** 스위스의 작가, 번역가, 화가, 에칭 제작자(1730~1788). 목가적인 주제와 로코코 문체를 구사한 문학작품들로 유럽 전역에 알려졌으며, 손수 제작한 뛰어난 에칭 삽화들이 든 자신의 책들을 펴냈다.

살로몬 게스너

살로몬 게스너가 그린 삽화 (1780)

본 사람은 없었다. 그에 관해서는 그가 영국문학에 심취해 있다는 것 외에는 알려진 것이 없었다. 그는 유복한 사람의 아들로서 힘들게 일에 몰두할 필요도 없었고, 급하게 일자리를 구할 필요도 없었다.

게스너의 판화는 전원적 풍경에 대한 흥미와 관심을 키웠지만 우리는 우리의 좁은 집단에서 열정적으로 받아들인 한 편의 짧은 시로 인해 다른 어떤 것에도 주의를 기울이지 않게 되었다. 골드스미스의 『황폐한 마을』* 은 우리의 교양수준과 사고영역에서는 누구나 좋아할 수밖에 없었다. 활발하게 생동하거나 작용하는 것으로서가 아니라 지나가버리고 사라진 존재로서 모든 것이 묘사되어 있는데, 그것은 우리가 즐겨 보고, 사랑하고, 존중하고, 젊은이로서 활달하게 함께하려고 현재 열심히 찾고 있는 것이었다. 마을에서의 축제일과 기념일, 교회 헌당식과 대목장, 보리수나무

* 이 시에는 전원생활의 아름다움과 빈민을 쫓아내는 부유한 지주에 관한 비난이 표현되어 있다.

올리버 골드스미스

밑에서의 진지한 노인들의 모임, 이것을 몰아내는 젊은이들의 격렬한 무도에의 욕구, 교양 있는 계층들의 참여 등 모든 즐거운 일들이 한 성실한 시골목사에 의해 적절하게 조정되어 나타나 있었다. 목사는 정도를 넘어서는 과도한 것과 싸움이나 불화를 일으킬 수 있는 것을 조정하고 해결할 줄 알았다. 여기에서도 우리는 존경하는 웨이크필드 목사를 익숙한 환경 속에서 다시 발견했지만 그는 더 이상 생생하게 살아있는 모습으로가 아니라 비가 시인의 나지막한 서글픈 음조에 의해 환상으로서 불러내졌다. 순진무구한 과거를 우아한 애조로 다시 불러내려고 의도했다는 것만으로도 이런 묘사의 발상은 훌륭한 것이다. 이 영국 작가에게는 이런 정감어린 의도가 모든 의미에서 얼마나 잘 이루어지고 있는가! 나는 이 너무도 좋은 시에 대한 열광적 기쁨을 고터와 함께 나누었다. 우리 두 사람에 의해 시도된 번역은 나보다는 그가 성공적으로 해냈다. 나는 원작의 미묘한 의미를 너무 세심하게 독일어로 모방하려고 노력했기 때문에 하나하나의 부분은 잘 들어맞았지만 전체적으로는 일치하지 않았기 때문이다.

흔히 말하듯 동경 속에 최대의 행복이 있고, 참된 동경은 도달될 수 없는 것만을 향하고 있다면 우리가 지금 방황으로 이끌어서 가장 행복하게 죽는 자로 만들고자 하는 그 젊은이에게는 모든 조건이 꼭 들어맞았다. 약혼한 여자에 대한 애정, 외국문학의 걸작들을 우리 문학에 끌어들여 동화시키려는 노력, 자연의 대상들을 언어로 뿐만 아니라 제대로 된 기술도 없으면서 연필과 붓끝으로도 모방하려는 노력 등 모든 것이 마음을 부풀게 하고 가슴을 죄어들게 하기에 충분했을 것이다. 그러나 이런 달콤한 고통을 겪는 자를 이런 상태에서 끌어내어 그에게 새로운 불안 속에 새로운 상황을 마련해 주려고 다음과 같은 일이 일어났다.

기센에 회프너라는 법학교수가 있었다. 그는 자기 전공분야에서 유능한 사람으로 인정받았고, 사색적이고 훌륭한 사람으로 메르크와 슐로서에 의해 인정받고 존경받았다. 나는 오래 전부터 그와 알게 되기를 바라왔는데, 이 두 친구가 문학적인 일들에 대해 상담하기 위해 그를 방문하려고 했을 때 이 기회에 나도 역시 기센에 가는 것이 좋겠다는 생각이 들었다. 그러나 즐겁고 자유분방한 젊은 시절의 객기가 늘 그렇듯 우리는 무슨 일을 곧장 정직하게 행하기가 쉽지 않았으며, 정말로 어린아이들처럼 중요한 일에서조차 장난을 치려고 했다. 그래서 나는 낯모르는 사람으로서 낯선 모습으로 나타나고자 했고, 위장하여 등장하고 싶은 내 욕구를 이번에 다시 한 번 만족시키려고 했다. 나는 어느 화창한 날 아침 해뜨기 전에 베츨라르를 떠나 란 강을 따라서 아름다운 계곡을 걸어 올라갔다. 이런 도보여행이 다시 나를 무척 행복하게 했다. 나는 생각해내고, 연결하고, 다듬어나갔으며, 고요함 속에서 나 자신과 어울려 유쾌하고 즐거웠다. 나는 영원히 모순적인 세계가 내게 미숙하고 혼돈스럽게 내던진 것을 올바르게 정리했다. 목적지에 도착하여 나는 회프너의 집을 찾아 그의 연구실 문을 두드렸다. 그가 "들어오세요!"라고 말하자 나는 공손하게 대학에서 집으로 돌아가는 중 저명한 사람과 친분을 맺고자 하는 대학생으로서 그의 앞에 들어섰다. 나에 관한 자세한 사정을 묻는 그의 질문에 나는 준비가 되어 있었다. 나는 믿을 만한 이야기를 꾸며내어 군더더기 없이 말했는데, 그는 만족하는 것 같았다. 그런 다음 나는 내가 법학을 공부하는 학생이라고 밝혔는데, 이것도 나쁘지는 않았다. 왜냐하면 나는 이 분야에서의 그의 업적을 알고 있었으며, 그가 자연법을 연구하고 있다는 것도 알고 있었기 때문이다. 그러나 대화는 여러 번 중단되었고, 그는 내가 방명록을 꺼내거나 작별인사를 해주기를 바라는 것 같았다. 그러나 나는 슐로서가 오기를 기다리면서 계속 머뭇거렸다. 나는 슐로서가 정확한 사람이라는 것을 잘 알고 있었다. 슐로서는 정말로 왔고, 그의 친구 회프너에 의해 환대를 받았다. 그는 옆에서 나를 쳐다보고는 나에 대해 별로 주목하지 않았다. 그러나 회프너는 나를 대화에 끌어들이고 철저히 인간적이고 친절하게 대했다. 마침내 나는 작별인사를 하고 여관으로 달려가서 메르크와 급히 몇 마디 말을 주고받고 다음 일을 상의했다.

친구들은 회프너를 식사에 초대하고 동시에 크리스티안 하인리히 슈미트도 초대하려고 했다. 그는 매우 저급하기는 해도 독일문학에서 한 역할을 하고 있었다. 일은 그 사람을 겨냥한 것이었으며, 그가 저지른 잘못에 대해 재미있는 방법으로 벌을 주도록 되어 있었다. 손님들이 식당에 모였을 때 나는 급사를 통해 그들이 나도 함께 식사를 하도록 허락해줄 것인지를 물었다. 얼굴에 엄숙한 표정을 띤 슐로서는 자기들의 정겨운 대화가 제3자에 의해 방해받을 수 없다며 거절했다. 그러나 급사의 간청과 내가 웬만큼 괜찮은 사람이라는 회프너의 중재로 나도 식사에 끼게 되었다. 나는 식사 초반에는 겸손하고 수줍어했다. 슐로서와 메르크는 외래객이 아무도 없는 듯이 마음껏 행동하고 많은 것을 털어놓았다. 문학적인 중요한 일들과 유명한 사람들이 입에 오르내렸다. 슐로서가 가끔 내게 거드름을 피우고, 메르크가 조소하듯 나를 대했지만 나는 더욱 대담해져서 조금도 구애받지 않았다. 나는 내 모든 화살은 슈미트를 향했고, 그것은 내가 잘 알고 있는 그의 급소를 예리하고 확실하게 맞혔다.

나는 얼마 안 되는 내 식탁 포도주를 적당히 절제하며 마시고 있었다. 손님들은 더 고급 포도주를 주문했고, 내게도 권했다. 여러 가지 세상 돌아가는 일들이 이야기된 다음 대화는 일반적인 것으로 옮겨져서 작가가 존재하는 한 언제나 반복되는 문제, 즉 문학을 융성기에 있다고 보아야 하는지 쇠퇴기에 있다고 보아야 하는지와 전진하고 있다고 보아야 하는지 후퇴하고 있다고 보아야 하는지가 다루어졌다. 특히 노인과 젊은이, 신입자와 은퇴자 사이에 좀처럼 의견이 일치되기 어려운 이 문제를 그들은 즐거이 토론했지만 이에 대해 어떤 결론을 내리려는 의도는 갖고 있지 않았다. 마침내 나는 이렇게 말했다.

“내 생각으로는 문학에도 계절이 있어 자연에서와 마찬가지로 서로 바뀌면서 특정한 현상들을 나타내고 그것이 차례로 반복되는 것 같습니다. 그래서 나는 문학의 어느 시기를 전체적으로 칭찬하거나 비난할 수는 없다고 생각합니다. 특히 시대로부터 등장하는 재능 있는 특정한 사람들을 높이 추켜올리고 존경하면서 반대로 다른 사람들은 비난하고 멸시하는 것은 옳지 않다고 봅니다. 봄이 되면 밤꾀꼬리의 목구멍이 자극을 받으며, 동시에 뻐꾸기의 목구멍도 마찬가지입니다. 눈을 즐겁게 해주는 나비도 몹시 불쾌한 감정을 일으키는 모기도 햇살의 따사로움에 의해 생기게 되는 겁니다. 이런 점을 명심한다면 똑같은 한탄을 10년마다 되풀이하여 듣지 않아도 될 겁니다. 그리고 이런저런 불만스런 것을 근절시키려는 헛된 노력을 그렇게 자주 하지 않아도 좋을 겁니다.”

그 자리에 모인 사람들은 내가 어떻게 해서 그런 많은 지혜와 관대한 정신을 얻게 되었는지 경탄하면서 나를 바라보았다. 나는 아주 침착하게 말을 계속하여 문학적 현상과 자연의 산물을 비교했다. 나는 어떻게 해서 연체동물까지 언급하며 그로부터 온갖 기이한 것까지 끌어냈는지 알 수 없었다. 나는 이런 동물도 일정한 몸체와 일정한 형태를 갖추고 있음을 부인할 수 없다고 말했다. 그러나 나는 그것은 뼈가 없기 때문에 제대로 무언가를 할 수가 없으며, 살아있는 점액질에 불과하지만 바다는 이런 것들도 모두 거주자들로 받아들여야 한다고 말했다. 나는 그 자리에 있는 슈미트와 그와 같은 종류의 특성 없는 문학가들을 지적하기 위해 지나친 비유를 했는데, 너무 과장된 비유는 결국 아무 의미도 없는 것이라는 주의를 받았다. 나는 "그러면 땅으로 돌아갑니다!"라며 계속해서 말했다.

"댕댕이덩굴에 대해 말하겠습니다. 앞서 말한 동물이 뼈가 없듯이 이것은 둥치가 없습니다. 그러나 이것은 어디든 기어 올라가서 중심적인 역할을 합니다. 이것은 무너질 대로 무너져버린 낡은 벽에 붙어살아야 할 것이기에 새 건물들에서는 곧잘 제거됩니다. 이것은 나무의 양분을 빨아먹으며, 가장 참을 수 없다고 여겨지는 것은 이것이 기둥을 타고 올라가서 자기가 기둥을 휘감고 있다고 하여 그곳에 살아있는 나무둥치가 서 있다고 단언하는 것입니다."

사람들은 내 비유가 모호하고 적용하기 어려운 것이라고 비난했는데도 나는 아랑곳하지 않고 모든 기생충 같은 피조물들에 대해 더 활발하게 공격했으며, 당시의 자연에 대한 지식이 허용하는 한 내 견해를 꽤 충실하게 설명했다. 나는 마지막으로 모든 독립적인 사람들에게 만세를 불렀고, 빌붙어 지내는 이들을 저주했으며, 식사가 끝나자 회프너의 손을 잡고 힘차게 흔들면서 그를 세상에서 가장 훌륭한 사람이라고 말했고, 그와 다른 사람들과 진심어린 포옹을 했다. 정직한 새 친구 슈미트는 자신이 정말로 꿈을 꾸고 있는 것으로 믿었다. 마침내 슐로서와 메르크가 수수께끼를 풀어주었고, 장난임이 밝혀지자 모두가 유쾌한 분위기에 빠졌으며, 슈미트도 함께 어울렸다. 그는 실제 업적에 대한 우리의 인정과 그의 취미에 대한 우리의 관심에 의해 다시 기분이 좋아졌다.

이와 같은 재치 있는 시작은 본래 목표였던 문학적 회합을 한층 더 활기 있고 유익하게 했다. 미학자, 문학가이며 상인이기도 한 메르크는 생각이 깊고 배움이 많으며 많은 분야에 정통해 있던 슐로서를 부추겨 그해에 〈프랑크푸르트 학예보〉를 발간하도록 했다. 그들은 기센에서는 회프너와 다른 교수들을, 다름슈타트에서는 공로가 있는 교육가 벵크 학장과 많은 유능한 사람들과 어울렸다. 이들은 모두 각자의 분야에서 역사적이며 이론적인 지식을 충분히 지니고 있었으며, 시대정신이 이들을 하나의 정신에 따라 활동하도록 했다. 이 신문이 나온 최초의 2년 동안에는(그 후 이 신문은 다른 사람의 손에 넘어갔으므로) 통찰이 얼마나 폭넓고, 전체적 개관이 얼마나 순수하며, 함께 일하던 사람들의 의지가 얼마나 건실했는지에 대한 놀랄 만한 증거를 보여주고 있다. 인도적인 것과 세계시민적인 것이 장려되었고, 유능하고 명실공히 유명한 인사들은 온갖 종류의 간섭으로부터 보호받았다. 사람들은 적들로부터, 특히 전승된 것을 선생을 해치는 데 남용하는 학생들로부터 그들을 보호했다. 베를린의 〈문고〉와 〈독일 사자(使者)〉 같은 다른 잡지들에 대한 비평은 가장 흥미 있었다. 많은 분야에서의 능숙함과 통찰력과 공정성은 참으로 놀라웠다.

나에 관해 말하면 그들은 제대로 된 비평가가 되기에는 내게 많은 것이 부족하다고 보고 있었다. 내 역사 지식은 종합되어 있지 않았고, 세계사와 학문 및 문학의 역사는 시대별로, 대상들도 부분적이거나 큰 묶음별로만 흥미를 갖고 있었다. 그러나 연관관계 없이도 사물을 생생하게 그려낼 수 있는 능력이 나로 하여금 어느 한 세기나 학문의 한 부분을 그 전이나 후에 일어난 것을 알고 있지 않고도 완전하게 통달할 수 있게 했다. 이와 함께 어떤 이론적이고 실질적인 정신이 내 마음속에서 자라나고 있어서 나는 사물에 대하여 아무런 철학적 관련도 없이 부분적으로라도 그것이 어떻게 존재했는지 하는 것보다는 어떻게 존재해야 하는지를 설명할 수 있었다. 게다가 나는 아주 손쉽게 사물을 파악하는 능력과 타인의 의견도 나의 확신과 정면으로 모순되지 않는 한 호의적으로 받아들이는 아량이 있었다.

더구나 그 문학단체는 빈번한 통신왕래가 있었고, 서로 가까운 곳에 살고 있었기 때문에 개인적인 접촉이 잦은 점이 유리했다. 책을 처음으로 읽은 사람이 설명을 했고, 이따금 보조설명자도 있었다. 문제에 대해 토론하고, 관련성을 덧붙이고, 결론이 나오면 한 사람이 그것을 정리하고 기록했다. 이렇게 함으로써 많은 비평들은 활기차면서도 유익했고, 만족스럽고 품위가 있었다. 자주 내게 기록의 역할이 돌아왔다. 내 친구들은 그들이 쓴 글 속에 내가 풍자를 삽입하거나 내게 자신 있고 특별히 감동적인 대상에 관해서 독자적인 입장을 표명하는 것을 허용했다. 만약 앞서의 2년간의 신문이 결정적인 기록들을 나에게 제공해주지 않았더라면 내가 그 시절의 참된 정신과 감각을 묘사하고 고찰하여 재현하려고 해도 헛수고에 그쳤을 것이다. 이 신문들의 내가 알고 있는 발췌부분들은 비슷한 논문들과 함께 적절한 곳에서 등장하게 될 것이다.

이렇게 지식과 의견과 소신을 활발히 주고받으면서 나는 곧 회프너와 더 가까워졌으며, 그를 좋아하게 되었다. 우리가 둘이서만 있을 때에는 나는 그의 전공이면서 나의 전공이기도 한 분야에 대해 얘기를 나누고, 매우 자연스럽게 종합적인 설명과 가르침을 받았다. 나는 그 당시 책이나 대화에서는 배울 수 있지만 종합적인 대학 강의를 통해서는 배울 수 없는 것이 있다는 것을 분명하게 알고 있지 않았다. 책은 한 부분에 머무르게도 하고 뒤로 돌아가서 보게도 하지만 말로 하는 강의나 선생은 그것을 허용하지 않았다. 나는 때때로 강의시간의 처음에 어떤 생각에 사로잡혀 그것을 뒤쫓다보면 이어지는 강의내용을 잃게 되고 연관관계에서 완전히 벗어나곤 했다. 법률학 강의에서도 그런 일이 일어났다. 그래서 나는 회프너와 논의하는 기회를 자주 가졌던 것이다. 그는 기꺼이 나의 의문과 미심쩍은 생각을 들어주고 많은 공백을 메워주었다. 그리하여 내게는 베츨라르의 애착이 가는 여러 가지 것들과도 멀리 떨어지지 않은 채 기센에 있는 그의 집에 체류하면서 그에게서 배우고자 하는 생각이 들었다. 이런 희망에 대해 내 두 친구는 처음에는 막연히, 나중에는 의도적으로 반대했다. 왜냐하면 두 사람은 자신들도 이곳을 떠나려고 서둘렀을 뿐만 아니라 나를 이곳에서 몰아내려는 데에도 관심이 있었기 때문이다.

슐로서는 나의 누이동생과 처음에는 친구로서, 그 다음에는 좀 더 가까운 관계가 되어 그녀와 결혼하기 위해 서둘러 직장을 구하고 있다고 고백했다. 이 고백은 나를 약간 당황하게 했다. 나는 누이동생의 편지 속에서 이미 그런 상황을 알아챘어야 하지 않았을까 생각했다. 그러나 우리는 자존심을 손상시킬 수 있는 것은 그대로 가볍게 지나쳐버리기 쉽다. 나는 비로소 내가 정말로 누이동생에게 질투심을 느끼고 있다는 것을 깨달았다. 이러한 감정은 내가 스트라스부르에서 돌아온 이후 누이동생과의 관계가 더 친밀해졌기 때문에 더욱 더 숨길 수가 없었다. 우리는 떨어져 있는 동안에 일어났던 사소한 연애 사건과 사랑 문제와 그 밖의 일들을 서로 알리는 데 얼마나 많은 시간을 보냈던가! 그리고 상상력의 들판에서 내 앞에 새로운 세계가 열리면 나는 반드시 누이동생을 그 속으로 끌어들이지 않았던가? 나 자신의 보잘것없는 작품들과 널리 알려진 세계문학도 점차 그녀에게 알려질 수밖에 없었다. 그래서 나는 호메로스의 작품에서 그녀가 관심을 가질 수 있을 부분들을 즉석에서 그녀에게 번역해 주었다. 나는 클라크의 직역을 될 수 있는 대로 훌륭하게 읽어 내려갔다. 나의 낭독은 보통 운율을 띤 어구와 어미로 변했으며, 형상을 생생하게 포착하고 힘차게 발음함으로써 교차 배어법(配語法)에서 오는 모든 장해를 제거했다. 내가 재치 있게 읽어주는 것을 누이동생은 정신을 기울여 받아들였다. 하루의 많은 시간을 우리는 이런 식으로 즐겼다. 반면 그녀의 친구들이 모일 때에는 한결같이 그들은 늑대 펜리르*와 원숭이 하누만을 불러내게 했고, 그래서 나는 토르와 그의 신하들이 마법의 거인들에게 우롱당하는 이야기를 자세하게 반복하여 들려주어야 했다. 그래서 이 모든 작품들에 대한 좋은 인상이 남게 되었고 지금도 여전히 내 상상력이 불러낼 수 있는 가장 값진 것에 속하고 있다. 나는 다름슈타트 친구들과의 관계 속으로도 누이동생을 끌어들였었다. 그리고 나의 방황이나 이별은 우리를 더 굳건하게 결속시켰다. 왜냐하면 나는 내게 일어나는 모든 일에 대해 편지로 그녀와 얘기를 나누었고, 감탄부호에 그칠 정도의 아무리 짧은

* 북유럽 신화에 나오는 괴물 같은 늑대. 마신 로키와 거녀(巨女) 앙게르보다의 아들이다.

시라도 모두 그녀에게 즉시 전했으며, 내가 받은 편지들과 그것에 대한 나의 답장을 모두 그녀에게 보여주었기 때문이다. 이런 모든 활기찬 감정의 동요는 내가 프랑크푸르트를 떠난 이후 중단되었고, 베츨라르 체류 중에는 그런 서신왕래의 즐거움이 별로 크지 않았다. 로테에 대한 나의 애정이 누이동생에 대한 주의를 방해했을지도 모른다. 어쨌든 누이동생은 외로움을 느꼈고, 어쩌면 자신이 소홀히 취급되고 있음을 느꼈을 것이다. 그래서 그녀는 품위 있는 남자의 성실한 구애노력을 더 쉽게 받아들였던 것이다. 이 남자는 진지하고 말이 적고 믿음직하고 존경할 만한 사람이며, 이제까지 무척 아껴온 애정을 열정적으로 그녀에게 쏟았던 것이다. 나는 이제 거기에 따르지 않을 수 없었고, 친구에게 그의 행복을 허락해줄 수밖에 없었다. 하지만 나는 오빠인 내가 집을 떠나있지 않았더라면 친구가 이렇게까지 일을 진척시킬 수는 없었을 것이라는 자기확신을 은밀히 말하지 않을 수 없었다.

친구이자 장차 매제가 될 그는 내가 집에 돌아가는 것에 기대를 걸고 있었다. 왜냐하면 예기치 않게 깊은 애정의 감정을 맞이하게 된 이 남자가 지극히 필요로 할 한층 더 자유로운 교제가 내 주선으로 이루어질 수 있기 때문이었다. 그래서 그는 곧 떠나면서 곧장 자기 뒤를 따라가겠다는 약속을 나한테 받아냈다.

나는 마침 한가했던 메르크에게 기센에 조금 더 머물러줄 것을 희망했다. 그러면 나는 몇 시간 더 회프너와 보낼 수 있을 것이고, 그는 〈프랑크푸르트 학예보〉 일을 하며 시간을 보내도 될 것이었다. 그러나 그를 움직일 수는 없었다. 사랑이 내 매제를 쫓아냈듯이 증오가 그를 대학에서 쫓아냈다. 누구나 무언가에 본능적인 반감을 지니고 있어 어떤 사람들은 고양이를 참지 못하고, 어떤 사람들은 이런저런 것에 역겨움을 느끼듯이 메르크는 그 당시 기센에서 지극한 조악함에 빠져 있던 모든 대학생들의 극단적인 적대자였다. 나는 그들이 아주 마음에 들었다. 나는 그들을 내 사육제극 중 하나에 가장한 인물로 이용할 수 있을 정도였다. 그러나 메르크에게서는 낮에는 그들의 모습이, 밤에는 그들이 떠드는 소음이 기분을 모두 망쳐놓았다. 그는 젊은 날의 가장 아름다운 시기를 프랑스령 스위스에서 보냈으며, 나중에는 궁중 및 사교계 인물들이나 실업가들이나 교양 있는 문학가들과 즐거운 교제를 해왔다. 또한 정신적 교양을 몹시 추구하는 많은 군인들도 그를 찾았다. 그는 그렇듯 자신의 삶을 매우 교양 있는 계층들과 어울리면서 살아왔다. 그러므로 대학생들의 그런 난폭한 행동이 그를 분노케 한 것은 놀라운 일이 아니었다. 그러나 대학생들에 대한 그의 혐오감은 정상인에게 어울리는 것 이상으로 실로 격렬했다. 그는 학생들의 괴상한 겉모습이나 행동을 재치 있게 묘사해서 자주 나를 웃기곤 했다. 회프너의 초대도 나의 권유도 소용이 없었고, 나는 가능한 한 빨리 그와 함께 베츨라르로 떠나지 않을 수 없었다.

나는 거의 참을 수가 없어 마침내 그를 로테 집에 끌어들였다. 그러나 이 모임에 그가 참석하는 것은 내게 좋은 일이 되지 못했다. 왜냐하면 메피스토펠레스*가 어디에 나타나도 축복을 가져오지 못하듯 그도 이 사랑스런 여인에 대한 무관심으로 나를 흔들리게 하지는 않았지만 조금도 기쁘게 하지 않았다. 아무런 요구도 하지 않으면서 활기찬 쾌활함을 주변에 펼치는 바로 그런 날씬하고 섬세한 여인들은 특별히 그의 마음에 들지

---

* 파우스트 전설의 후반부에 나오는 유명한 악마. 괴테의 『파우스트』에서는 차갑고 냉소적이며, 재치 있고 매우 예민하지만 하찮은 존재로 나온다.

않는다는 것을 기억하고 있었더라면 나는 일이 이렇게 될 것을 미리 알아차릴 수 있었을 것이다. 그는 곧 그녀의 여자친구들 중 주피터의 아내 같은 모습을 한 어느 여인을 찾아냈다. 그러나 그는 더 가까운 관계를 맺기에는 시간적 여유가 없었으므로 내가 이런 훌륭한 여인을, 더구나 아무와도 관계를 맺고 있지 않은 자유로운 상태에 있는 여자를 얻으려고 노력하지 않는 데 대해 나를 심하게 비난했다. 그는 내가 무엇이 이익이 되는 것인지를 모르고 있다며 엉뚱하게 시간을 허비하는 나의 별난 취미를 보는 것이 몹시 싫다고 말했다.

샤를로테 부프

친구에게 자기 애인의 장점을 알리는 것은 친구가 애인에게 매력을 느끼고 탐내게 될 수 있으므로 위험한 일이다. 이와 반대되는 위험도 적지 않은데, 친구가 반대함으로써 두 사람의 애정을 흔들리게 할 수 있는 것이다. 물론 이런 경우는 이번의 나에게 해당하는 것은 아니었다. 왜냐하면 나는 그녀의 사랑스런 모습을 쉽게 지워지지 않을 정도로 마음속 깊이 새겨두었기 때문이다. 그러나 그 친구의 관여와 권고는 이곳을 떠날 결심을 촉진시켰다. 그는 내게 부인과 아들을 데리고 하려 한 라인 강 여행을 아주 매혹적으로 얘기해주었다. 그래서 나는 자주 부러워하며 듣기만 해왔던 이 지방의 풍경들을 마침내 내 눈으로 보아야겠다는 충동을 느꼈다. 그가 떠나고 나서 나는 샤를로테와 작별을 했는데, 프리데리케와의 작별보다는 더 순수한 마음으로 했지만 고통이 없지는 않았다. 이번의 관계도 습관과 관대한 마음 때문에 내 쪽에서 필요 이상으로 열정적이었다. 반면에 그녀와 그녀의 약혼자는 그 이상 더 아름답고 사랑스러울 수가 없을 정도로 쾌활하게 행동했으며, 이로부터 나오는 안정감은 나로 하여금 모든 위험을 잊게 해주었다. 그러나 이 모험도 종말에 다다랐다는 것을 나는 숨길 수가 없었다. 곧 이루어지리라 예상되는 이 젊은 남자의 승진에 사랑스런 그 소녀와의 결혼이 연관되어 있었기 때문이다. 그리고 인간은 어느 정도 결단력이 있으면 어쩔 수 없는 일을 깨끗이 받아들이려 하는 법이어서 나도 견딜 수 없는 일로 쫓겨나기 전에 자발적으로 떠나기로 결심했다.

제13장

나는 메르크와 아름다운 계절에 코블렌츠에 있는 라 로슈 부인*의 집에서 만나기로 약속이 되어 있었다. 나는 짐을 프랑크푸르트에 부쳤고, 도중에서 필요할 수도 있는 것은 란 강을 따라 내려가는 기회에 배로 부쳤다. 나는 이제 결심에서 벗어나고 감정에 사로잡힌 채 말없이 생동하는 자연의 존재가 너무나도 큰 혜택을 주는 상태에서 이 아름답고 굴곡이 진, 강변에 많은 다채로움이 있는 강을 따라 걸어갔다. 그림 같고 그림보다 뛰어난 풍경의 아름다움을 찾는 데 단련된 내 눈은 원근의 풍경과 수풀이 덮인 바위, 햇빛이 비추는 나무꼭대기, 축축한 계곡, 우뚝 솟은 성, 멀리에서 유혹하는 푸른 산들을 관찰하는 데 푹 빠져 있었다.

나는 오른쪽 강변을 걸어갔다. 강은 내 아래쪽 조금 깊숙하게 떨어진 곳에서 일부는 우거진 버드나무 숲에 가려진 채 햇살을 받으며 흐르고 있었다. 그때 내 마음속에서 그런 대상들을 멋지게 모사해보고 싶은 옛날의 소망이 다시 솟구쳤다. 우연히도 나는 왼손에 멋진 주머니칼을 쥐고 있었

* 본명은 조피 구테르만(1731~1807)으로 1751년부터 이듬해까지 빌란트와 사랑하다가 1754년 게로르크 폰 라 로슈와 결혼했지만 결혼 후에도 빌란트와 문학적 교류는 계속했다.

는데, 그 순간 마치 명령을 내리듯이 마음속 깊은 곳에서 소리가 들려왔다. 나는 그 칼을 서슴없이 강물 속에 던져야 한다는 것이었다. 칼이 가라앉는 것을 볼 수 있으면 나의 예술적 소망은 이루어지게 될 것이지만 늘어진 버드나무 가지에 가려서 보이지 않으면 나는 소망과 노력을 포기해야 한다는 것이었다. 나는 이런 공상이 떠오르자마자 곧장 그렇게 했다. 나는 많은 도구들이 달려 있어 유용한 칼이라는 것은 생각지도 않고 왼손에 쥐고 있던 그것을 힘차게 강물 속으로 던졌다. 그러나 나는 여기에서도 고대에 사람들이 그토록 심하게 한탄했던 예언의 허위적 모호성을 체험해야 했다. 칼이 강물 속에 가라앉는 모습은 버드나무의 마지막 가지에 의해 보이지 않았지만 칼이 떨어지면서 반동으로 강하게 솟구치는 샘물처럼 물이 솟구쳐 올랐고, 그리하여 나는 칼을 분명하게 볼 수 있었다. 나는 이런 현상을 내게 유리하게 해석하지 않았다. 그리고 그런 현상으로 내 마음속에 일었던 회의는 결국 내가 그림 연습을 중단하고 태만히 하게 된 원인이 되었으며, 또한 그럼으로써 예언의 해석이 들어맞는다는 것을 믿는 계기가 되었다. 나는 적어도 그 순간만큼은 외부세계에 염증을 느껴 내 상상력과 감정에 빠져 있었으므로 훌륭하게 지어진 성들과 바일부르크, 림부르크, 디츠, 나사우 등의 마을들을 그대로 지나쳤다. 나는 주로 혼자였지만 가끔 잠깐씩 다른 사람들과 어울리기도 하며 걸어갔다.

며칠 동안 그렇게 걸어서 여행을 한 후 나는 엠스에 도착했고, 그곳에서 몇 차례 상쾌한 목욕을 했으며, 보트를 타고 강을 내려갔다. 거기에서는 옛날의 라인 강의 모습이 펼쳐졌고, 오버란슈타인의 아름다운 경치가 나를 즐겁게 했다. 그러나 무엇보다도 훌륭하고 장엄하게 보인 것은 완벽하게 구축되어 힘차고 위엄 있게 서 있는 에렌브라이트슈타인 성이었다. 성 아래에는 성과 아주 아름답게 대조를 이룬 탈이라고 불리는 잘 가꿔진 촌락이 있었다. 이곳에서 나는 추밀고문관 라 로슈의 집을 쉽게 찾을 수 있었다. 메르크에 의해 이미 나의 방문을 알고 있던 이 고귀한 가족들은 나를 매우 친절하게 맞이해주었고, 나는 곧 이들 가족의 일원으로 여겨지게 되었다. 나는 어머니와는 문학적이며 감상적인 경향으로, 아버지와는 세상사에 대한 쾌활한 감각으로, 딸들과는 내 젊음으로 가까워졌다.

계곡의 맨 끝에 강보다 조금 높게 자리하고 있는 이 집에서는 강 하류 쪽의 전망을 훤히 바라볼 수 있었다. 방들은 높고 넓었으며, 벽들은 화랑처럼 그림들이 줄지어 걸려 있었다. 사방으로 나 있는 창문들은 부드러운 햇살에 의해 매우 생동감 있게 나타나는 자연적인 그림이 되었다. 나는 그토록 상쾌한 아침과 찬란한 저녁을 본 적이 없었다.

나는 이 집에서 혼자서 손님으로 오래 있지는 않았다. 이곳에서 한편으로는 미술을 위해, 한편으로는 친목을 위해 열리게 되어 있는 회합에 로이히젠링도 초대를 받아 뒤셀도르프에서 올라왔던 것이다. 근대문학에 훌륭한 지식을 갖추고 있던 이 사람은 많은 여행을 했으며, 특히 스위스에 체류하면서 많은 지인들과 교제했고, 쾌활하고 친절했으므로 많은 호감을 얻었다. 그는 많은 친구들과 친밀하게 주고받은 편지들이 담겨있는 여러 개의 서류함을 가지고 다녔다. 사람들 사이에는 대체로 개인에게 이야기하거나 쓰는 것은 동시에 많은 사람들을 대상으로 하는 것이라는 일반적인 솔직성이 존재하고 있었던 것이다. 사람들은 자신의 마음을 들여다보는 동시에 다른 사람들의 마음을 들여다보았다. 그런 서신 전달에 대한 정부의 무관심에 따라 대단한 신속성과 봉함의 안전성과 싼 요금으로 탁시스 우편*은 정신적이며 문학적인 교류를 곧 널리 확산시켰다.

그런 서신들은, 특히 유명 인사들과의 서신들은 주의 깊게 수집되어 친구들과의 모임에서 발췌 낭독되었다. 그래서 사람들은 정치적 논쟁에는 별로 관심이 없었기에 폭넓은 도덕적 세계를 꽤 잘 알게 되었다.

로이히젠링의 서류함들은 이런 의미에서 많은 보물들을 지니고 있었다. 율리에 본델리의 편지들이 매우 높이 존중되었다.** 그녀는 사상과 업적이 뛰어난 여인이자 루소의 친구로 유명했다. 이 비범한 인물과 다소라도 관계를 맺고 있는 사람은 그에게서 나오는 영광을 함께 누렸고, 그의 이름으로 조용한 단체가 널리 퍼져나갔다.

나는 이런 낭독에 기꺼이 참석하여 알지 못하는 세계에 빠져들었고, 최근에 일어난 많은 일들의 내막을 알게 되었다. 물론 모든 내용이 충실한 것은 아니었다. 쾌활한 사교가이자 실업가인 라 로슈 씨는 구교도였지만 책을 써서 수도승과 성직자들을 조롱한 적이 있었다. 그는 여기에서도 아무 가치 없는 많은 개인이 저명한 사람들과의 결합을 통해 우쭐대는데, 결국 저명한 사람들은 아무 이득도 보지 못한다고 믿고 있었다. 이 정직한 사람은 서류함이 열리면 대체로 모임의 자리를 떠났다. 그러나 그가 몇 통의 편지가 낭독되는 것을 듣게 될 때는 사람들은 그가 조소적인 비판을 할 것이라고 예상했다. 특히 그는 언젠가 이 편지들을 접하면서 자신이 늘 믿어왔던 것 이상으로 여자들은 편지를 핀으로만 봉해서 보내도

---

* 1500년 프란츠 폰 탁시스가 빈과 브뤼셀 사이에 개설한 최초의 정기우편. 탁시스는 많은 친척을 고용해 자신의 방대한 우편망을 운영했는데, 그의 가문은 1512년 막시밀리안 1세로부터 귀족가문으로 선정되었다.

** 당시는 부유한 시민계층, 귀족신분의 여성들이 활발한 서신교환을 했다. 서로 만난 적은 없지만 편지를 통해 율리에 본델리와 조피 폰 라 로슈는 서로에게 영향을 주었다.

개봉되지 않고 제대로 배달되리라고 믿으므로 얼마든지 봉함용 풀을 절약할 수 있을 것으로 확신한다고 말한 적이 있었다. 그는 똑같은 방식으로 실생활이나 활동적인 영역 외에 있는 모든 것을 조롱했다. 여기에서 그는 자신의 군주이자 주인인 마인츠 선제후국의 장관인 슈타디온 백작의 기질을 따랐다. 슈타디온 백작은 분명 소년의 세속적 감각과 냉정한 감각을 어떤 신비로운 것에 대한 외경을 통해 균형을 잡아주기에는 적합하지 않은 인물이었다.

여기서 백작의 대단한 현실적 감각에 대한 일화를 얘기하는 게 좋을 것 같다. 백작이 고아가 된 라 로슈를 사랑스럽게 받아들여 자신의 제자로 삼았을 때 그는 소년에게 비서의 역할을 하게 했다. 백작은 그에게 편지들을 주고 답장을 쓰도록 했고, 속달편지들을 작성하도록 했다. 소년은 이 편지들을 정서하고, 자주 암호로 쓰고, 봉인하고, 제목을 달아야 했다. 이런 일은 몇 년 동안 계속되었다. 소년이 청년으로 자라나 그때까지 생각만 해왔던 것을 실제로 실행할 수 있는 나이가 되었을 때 백작은 그를 큰 책상 앞으로 데려갔다. 책상 안에는 그의 어린 시절의 연습물인 모든 편지와 소포들이 봉해진 채 보관되어 있었다.

백작이 제자에게 시키려했던 또 다른 연습은 일반적인 갈채를 얻지 못할 것이다. 즉 라 로슈는 자기 주인인 백작이 손수 글씨를 쓰는 수고를 덜어주기 위해 백작의 필적을 정확하게 모방하는 연습을 해야 했다. 이 대필의 재능은 업무상으로만 이용된 것이 아니었다. 이 젊은이는 연애사건에 있어서도 자기 선생의 역할을 대신해야 했다. 백작은 어느 고귀하고 재능 있는 여인과 열렬하게 연애를 하고 있었다. 백작이 밤늦게까지 밖에서 여인과 연애를 즐기고 있을 때면 이 비서는 집에 앉아 뜨거운 연애편지들을 작성했다. 백작은 그 중에서 편지를 골라 그날 밤에 당장 여인에게 보냈고, 그녀는 이 편지를 받고 자신의 열렬한 숭배자의 꺼질 줄 모르는 열정을 확신하지 않을 수 없었다. 젊은 시절의 그런 경험은 물론 그 젊은이에게 연애편지에 대한 좋은 개념을 주지는 못했을 것이다.

2명의 종교선제후에게 봉사했던 이 사람에게는 성직자에 대한 철저한 증오가 자리하고 있었다. 이 증오는 독일의 성직자들이 여러 곳에서 저지름으로써 온갖 종류의 교양을 방해하고 파괴한 거칠고 몰취미하고 정신을 타락시키는 악폐를 지켜본 데에서 비롯되었을 것이다. 그의 『성직자 제도에 대한 서한』은 큰 반향을 불러일으켰다. 이 책은 모든 신교도들과 많은 구교도들에게서 많은 갈채를 받으며 환영을 받았다.

라 로슈는 감상이라고 부를 수 있는 모든 것에 반발했고, 자신도 그렇게 보이는 것을 단호히 배척했지만 맏딸에 대한 아버지로서의 부드러운 애정은 숨기지 않았다. 그녀는 물론 무척 사랑스러웠다. 체구는 작은 편이었고, 귀엽게 생겼다. 시원스럽고 우아한 모습에 검은 눈과 더없이 순수하고 화사한 얼굴색을 하고 있었다. 그녀 또한 아버지를 사랑했고, 기질도 아버지를 닮았다. 활동적인 실업가인 그는 대부분의 시간을 직업상의 일에 빼앗기고 있었으며, 손님들도 본래 그보다는 부인 때문에 찾아왔기 때문에 그에게는 사교모임이 별로 즐거움을 주지 못했다. 그는 식탁에서는 명랑하고 즐거워했으며, 적어도 자기 식탁에서만큼은 감상적인 자극들로부터 벗어나려고 했다.

라 로슈 부인의 정서와 사고방식을 아는 사람이라면—그녀는 장수와 많은 저술에 의해 모든 독일인에게 존경스런 인물로 알려졌는데—그로 인해 가정적인 불화가 일어났을 것이라고 추측할 수 있을 것이다. 그러나 결코 그렇지 않았다. 그녀는 지극히 경탄할 만한 여자였고, 나는 그녀와 비교할 만한 여자를 알지 못한다. 날씬하고 섬세한 몸매에 키가 큰 편인 그녀는 나이가 들어서까지 모습이나 행동에 있어서 뚜렷한 우아함을 유지했다. 이런 우아함은 귀족층 부인과 상류 시민층 부인의 태도 사이에서 적당하게 떠도는 것이었다. 그녀는 수년 동안 똑같은 복장을 하고 있었다. 날개 달린 귀여운 모자는 작은 머리와 섬세한 얼굴에 잘 어울렸고, 갈색이나 회색 옷은 그녀의 존재에 평온함과 품위를 주었다. 그녀는 말도 잘 했으며, 자신이 하는 말에 감정을 섞어 의미를 부여할 줄 알았다. 그녀의 태도는 누구에게나 철저히 똑같았다. 이런 모든 것들로는 그녀의 존재의 특성이 아직 드러나지 않았다. 그것은 말로 표현하기가 어렵다. 그녀는 모든 것에 관심이 있는 듯했지만 근본적으로 아무 것도 그녀에게 영향을 미치지 않았다. 그녀는 모든 것에 대해 온화했고, 고통스러워하지 않으면서 모든 것을 참을 수 있었다. 그녀는 남편의 농담도, 친구들의 사랑도, 자식들의 애교도 모두 똑같은 방식으로 응대했다. 그녀는 현실세계에서는 선과 악에 의해, 문학에서는 뛰어난 것과 취약한 것에 의해 영향을 받지 않으면서 언제나 자기 자신의 모습을 유지해 나갔다. 그녀가 많은 슬프고 괴로운 운명을 맞으면서도 노령에 이르기까지 자신의 독자성을 유지한 것은 이런 그녀의 기질 덕분이었다. 그러나 공정을 기하기 위해 내가 언급해야 할 것은 그녀가 때때로 당시 찬란하게 아름다웠던 그녀의 두 아들에게는 평상시 그녀가 보여주던 것과는 다른 표정을 보여주었다는 것이다.

내가 이렇게 새로운 몹시 아늑한 환경에서 잠시 지내고 있을 때 마침내 메르크가 가족과 함께 왔다. 여기에서 곧장 새로운 친화관계가 이루어졌다. 두 부인은 서로 친밀해졌고, 메르크는 세상일과 업무에 능통하며 학식이 있고 여행을 많이 한 라 로슈와 친밀하게 어울렸기 때문이다. 아이는 그 집 아이들과 어울렸고, 딸들은 내게 기울었는데, 특히 맏딸이 곧장 내 마음을 끌었다. 옛 열정이 완전히 사라지기 전에 우리의 마음속에서 새로운 열정이 솟구치기 시작한다는 것은 무척 기분 좋은 느낌을 주는 것이다. 그래서 우리는 지는 해와 함께 맞은편에서 달이 떠오르는 것을 보면서 양쪽 하늘의 빛에서 이중의 광채를 즐기는 것이다.

이제 집 안과 밖에서는 충분한 즐길 거리가 있었다. 우리는 그 지역을 두루 돌아다녔다. 라인 강 이쪽 편으로는 에렌슈타인을, 건너편으로는 카르타우제를 올랐다. 시가지, 모젤 교, 라인 강을 건네주는 나룻배 등 모든 것이 다채로운 즐거움을 주었다. 새로운 성은 아직 축조되지 않았다. 우리는 성이 세워질 장소로 안내되어 그것의 설계도를 보았다.

그러나 이런 유쾌한 상태 속에서도 내부적으로는 부조화의 요소가 발전해갔는데, 그것은 교양 있는 사람들의 집단에서나 교양이 없는 사람들의 집단에서나 불쾌한 영향을 나타내는 것이다. 냉담하면서도 동시에 침착하지 못한 메르크는 오래지 않아 함께 듣고 있지 못하고, 교환된 편지들 속에 나오는 사건들과 인물들과 상황에 대해 떠오른 조소적인 생각을 큰 소리로 말하기 시작했으며, 나도 숨겨져 있어야 할 놀라운 일들을 은연중 알게 되었다. 물론 그의 말은 정치적인 비밀에 관한 것은 아니었고, 어떤 특정한 것과 관련된 것도 아니었다. 그는 나한테 특별한 재능도 없으면서 능란하게 자신의 영향력을 키워나갈 줄 알고, 많은 사람들과의 교제를 통해 자신의 교양을 쌓아나가려고 하는 사람들을 주목하도록 했을 뿐이다. 이때부터 나는 그러한 사람들을 더 많이 알 수 있는 기회를 갖게 되었다. 그런 사람들은 보통 장소를 옮겨 다니며, 여행자들로서 이곳저곳에 나타나므로 그들이 새로운 사람들로서 호의를 받는 것은 자연스런 것이고, 그들을 시기하거나 방해해서는 안 되었다. 왜냐하면 이런 일은 전해 내려오는 관습이기 때문인데, 여행자는 모두 이익을 얻고, 그 지역 사람들은 누구나 자주 손해를 경험한다.

그건 그렇다 해도 우리는 그때부터 혼자서 여기저기 돌아다니고, 도시마다 체류하면서 최소한 몇몇 가정에서는 영향력을 얻으려고 노력하는 사람들에 대해 불안하고 시기어린 주의를 키워나갔다. 나는 이런 집단의 사람들 중 섬세하고 부드러운 한 사람을 『파터 브라이』에서, 더 유능하고 강인한 또 한 사람을 나중에 얘기하게 될 『사티로스, 혹은 신이 된 숲의 악마』라는 제목의 사육제극에서 묘사했다. 나는 이 극을 공정하지는 못하지만 적어도 훌륭한 유머로 묘사했다.

한편 우리 작은 집단의 놀랄 만한 요소들은 서로 아주 적절하게 잘 어울렸다. 우리는 한편으로는 나름대로의 풍습과 생활방식에 의해 제어되었고, 한편으로는 여주인인 라 로슈 부인의 앞서 말한 특별한 방식에 의해 유화되었다. 그녀는 주위에서 일어나는 일에 별다른 자극을 받지 않았으며, 언제나 이상적인 생각들에 관심을 기울여 이 생각들을 친절하고 호감이 가도록 표현할 줄 알았고, 집단 속에서 일어나는 온갖 첨예한 대립을 완화시키고 어긋난 것을 조정할 줄 알았다.

메르크는 적절한 때에 작별을 고했고, 그래서 우리는 가장 좋은 관계에서 서로 헤어지게 되었다. 나는 메르크 가족과 함께 마인츠로 돌아가는 배를 타고 라인 강을 거슬러 올라갔다. 이 배는 본래 속도가 느렸는데도 우리는 뱃사공에게 너무 빨리 달리지 말아달라고 부탁했다. 우리는 화창한 날씨에 시시각각 아름다움을 더해가고 크기와 멋진 모습이 끝없이 변해가는 듯 보이는 무한히 다채로운 대상들을 느긋한 마음으로 바라보며 즐겼다. 나는 그저 라인펠스, 성 고아르, 바하라하, 빙겐, 엘펠트, 비브리히와 같은 이름들을 댐으로써 독자 모두가 이 지역들을 회상할 수 있기만을 바란다.

우리는 열심히 그렸고, 그럼으로써 적어도 멋진 강변의 다채로운 변화가 더욱 확고하게 인상에 새겨졌다. 또한 이렇게 오래 한 자리에 앉아있으면서 여러 가지 일들에 대해 친밀하게 이야기를 나눔으로써 우리 관계는 긴밀해져서 메르크는 내게 큰 영향을 주었고, 나도 그에게 기분 좋게 지내는 데 없어서는 안 될 좋은 친구로 여겨지게 되었다. 자연에 의해 예리해진 나의 눈길은 다시 예술 감상으로 향했다. 여기에는 프랑크푸르트의 아름다운 회화 및 동판화 수집소들이 좋은 기회를 주었다. 나는 에틀링, 에렌라이히의 호의와 특히 성실한 노트나겔에게 크게 은혜를 입었다. 예술 속에서 자연을 보는 것이 나한테는 정열이 되었고, 이 정열은 절정의 순간에는 열중하고 있는 다른 애호가들에게 거의 광기처럼 보이지 않을 수 없었다. 그리고 나는 네덜란드 화가들의 훌륭한 작품들을 지속적으로 관찰함으로써 그런 애착을 더 잘 키워나갈 수 있었다. 한편 노트나겔은 내가 직접 작업을 하면서 이런 일들에 정통할 수 있도록 하기 위해 내게 방 하나를 마련해 주었다. 그 방에서 나는 유화를 그리는 데 필요한 모든 것을 발견했고, 실물을 보고 몇 개의 간단한 정물을 그렸다. 그 중에서 거북이 껍질로 만든 은도금 칼자루를 그린 것은 한 시간 전에 나를 찾아왔던 노트나겔을 깜짝 놀라게 했다. 그는 그 사이에 자기의 제자가 나를 도와주었음에 틀림없다고 주장할 정도였다.

내가 인내심을 가지고 그런 대상들에 대해서 연습을 계속하고, 그것들에서 빛이나 음영이나 표면의 특징들을 파악해낼 수 있었더라면 어느 정도 실습을 쌓아 한층 높은 단계로 나아가는 길을 열 수도 있었을 것이다. 그러나 나는 모든 예술애호가들이 쉽게 저지르는 실수에 빠져들어 가장 어려운 것부터 시작하려 했고, 불가능한 것을 행하려 했다. 그리고 나는 곧 더 큰 시도에 말려들어 거기에서 멈춰서버렸다. 그것은 그 시도가 내 기술적 능력에서 벗어난 것이기 때문이기도 했고, 내가 차분한 주의와 초보자라도 무언가를 이룰 수 있게 해주는 침착한 근면함을 순수하고 효과적으로 유지할 수 없었기 때문이기도 했다.

그 시기에 나는 고대인의 아름다운 석고 두상을 몇 개 구할 수 있는 기회를 얻어 좀 더 높은 영역 속으로 빠져들었다. 즉 이탈리아인들이 대목 시장에 맞춰 그런 좋은 표본들을 가져와 모형을 뜬 다음 팔았던 것이다. 나는 라오콘과 그 아들들, 그리고 니오베의 딸들*의 두상을 차례로 수집했고, 예술애호가의 유물 중에서 고대의 중요한 작품들을 축소하여 모방한 것들을 사들여 작은 박물관을 만들었다. 그리하여 나는 만하임에서 받았던 강한 인상을 가능한 한 다시 생생하게 불러일으키고자 노력했다.

나는 이제 재능이나 취미나 마음속에 살아있다고 여겨지는 애착 등 모든 것을 육성하고 부양하고 유지하려고 노력하면서도 하루의 많은 시간을 아버지의 소원에 따라 변호사 일에 소비했다. 나는 우연히 그 방면의 일에 가장 좋은 기회를 찾았다. 할아버지가 돌아가신 후 백부 텍스토가

* 니오베는 그리스 신화에 나오는 6남 6녀의 어머니로 티탄족의 레토보다 자식 복이 더 많다고 자랑했다가 여신의 노여움을 사 여신의 두 자녀 중 아폴론은 니오베의 아들들을 모두 죽이고 아르테미스는 딸들을 모두 죽여 죽은 지 10일 뒤에 모두 매장했다. 니오베는 자녀를 잃고 우는 어머니의 원형이다.

니오베 자식들의 죽음 (요한 쾨니히, 1586)

시의회에 들어가 내 힘으로 할 수 있는 작은 사건들을 내게 위임해주었던 것이다. 슐로서 형제도 그렇게 해주었다. 나는 서류들을 철저히 파악해나갔고, 아버지도 오랫동안 중지하고 있던 일을 아들로 인해 다시 하게 되었기 때문에 무척 즐거워하며 서류들을 읽었다. 우리는 사건에 대해 논의했고, 나는 무척 손쉽게 필요한 글을 작성했다. 우리는 뛰어난 필경사를 두고 있었는데, 그에게 모든 재판상의 형식적인 일들도 맡길 수 있었다. 그리하여 이 업무는 나를 아버지와 더 가깝게 만들었으므로 내게 더욱 기분 좋은 일이었다. 아버지는 자신과 가까워지는 나의 태도에 무척 만족해했으며, 내가 곧 작가로서도 명성을 얻으리라 기대하면서 내가 하는 그 밖의 일들도 보살펴주었다.

어느 시대에서나 지배적인 견해나 사고들이 다양한 방식으로 가지를 뻗치면서 모든 것이 관련되는 것이므로 법률학에서도 점차 종교나 도덕에서 다루는 모든 원리들을 따르게 되었다. 인도주의가 젊은 변호사들 사이에서, 그러고는 나이 든 재판관들 사이에서 확산되었고, 법률적인 관계에서도 가장 인도적이 되려고 경쟁하게 되었다. 감옥은 개선되었고, 범죄는 변호 받았으며, 형벌은 경감되었고, 신분차별이 완화되고, 잘못된 혼인에 의한 이혼이 쉽게 처리되었다. 우리들 뛰어난 변호사들 중 한 사람이 사형집행인의 아들에게 의사협회에 들어갈 수 있게 해줌으로써 최고의 명성을 얻었다. 조합과 단체들이 반발했으나 소용없었다. 둑은 차례로 무너져 내렸다. 종파 사이의 관용도 말로만 가르쳐질 뿐만 아니라 실제로 실천되었다. 그리고 이 관대한 시대를 맞아 유대인에 대한 관용이 이성적으로 냉철하고 힘차게 추진되었을 때 시민적 헌법은 좀 더 크게 위협을 받았다. 법률적으로 다뤄야 할 이러한 대상들이 법과 관습의 밖에 놓인 채 관대한 판단과 온정어린 관심만을 요구하고, 동시에 좀 더 자연적이고 생동감 있는 양식을 요구했다. 여기서 우리 젊은이들에게는 유쾌한 지평이 열렸고, 그 속에서 우리는 즐겁게 활동했다. 나는 그런 사건에서 한 제국왕실고문관 대리인이 매우 정중한 찬양의 편지를 내게 보내준 것을 아직도 뚜렷이 기억하고 있다. 프랑스 변호사들의 변론은 우리에게 모범이 되고 자극제가 되었다.

우리는 이로써 법률가보다는 훌륭한 변론가가 되려는 상황에 있었다. 이 점에 대해 건실한 게오르크 슐로서는 언젠가 나를 비난하며 주의를 준 적이 있다. 나는 그에게 내가 소송의뢰인에게 심혈을 기울여 유리하게 작성한 글을 읽어주었더니 그가 무척 만족해하더라는 얘기를 해주었다. 이에 대해 그는 내게 이렇게 대답했다.

"자네는 이 경우 변호사라기보다는 작가로서의 모습을 보여주었네. 중요한 것은 그런 글이 소송의뢰인의 마음에 드느냐가 아니라 재판관의 마음에 들 수 있느냐 하는 것이라네."

그런데 아무리 중요하고 긴급한 일이 있어 하루 종일 그 일에 시간을 바친다 해도 저녁에 연극을 보러갈 시간이 없는 사람은 없을 것이다. 나도 그랬다. 나는 뛰어난 극단이 없었기에 끊임없이 독일 연극에 대해 생각해왔으며, 어떻게 하면 실질적으로 연극에 영향을 미칠 수 있을지를 탐구해왔다. 앞 세기 후반의 독일 연극의 상황은 충분히 알려져 있고, 그것에 대해 배우고자 하는 사람은 어디서나 많은 자료를 찾을 수 있다. 그러므로 나는 여기에서는 몇 가지 일반적인 사항들만 얘기하고자 한다.

연극의 성공은 작품의 가치보다 배우의 개성에 더 많이 좌우되었다. 모든 것이 희극배우들의 유머와 재능에 달려있는 절반 혹은 완전히 즉흥연기로 이루어지는 작품에서는 특히 그러했다. 이런 작품의 소재는 지극히 평범한 삶에서 취해야 하며, 관객인 민중의 풍습에 적합해야 한다. 이런 것이 직접적으로 적용됨으로써 관객이 늘 기뻐하며 보내는 박수갈채가 나오게 된다. 이런 작품들은 늘 남부독일에 본거지를 두고 오늘날까지도 유지되고 있는데, 때때로 인물교체를 통해 익살스런 광대의 성격에 약간의 변화만 주면 되었다. 그러나 독일의 연극은 국민의 엄숙한 성격에 맞춰 급속히 도덕적인 것으로 변전되었고, 이것은 외부적인 요인에 의해 더욱 촉진되었다. 즉 엄격한 기독교도들 가운데에서 연극이 어떤 경우에도 피해야 할 죄가 되는 것인지, 선량한 사람들에게는 좋을 수 있고 악한 자들에게는 나쁠 수 있는 아무렇지도 않은 것인지에 대한 의문이 생겼던 것이다. 엄격한 열성파 신도들은 후자를 부정하면서 성직자는 절대로 극장에 들어가서는 안 된다는 점을 고집했다. 그리하여 연극이 해롭지 않을 뿐 아니라 유익한 것이라고 증명할 수 있기 전에는 이에 강력하게 반박할 수가 없었다. 연극이 유익하게 되기 위해서는 도덕적이야 했다. 그리하여 북부독일에서는 어정쩡한 취향에 의해 어릿광대들이 무대에서 쫓겨나는 일이 생겼다. 재능 있는 사람들이 어릿광대들을 옹호했지만 그들은 힘을 잃어갔다. 왜냐하면 그들은 이미 독일적인 한스부르스트*의 소박성에서 벗어나 이탈리아와 프랑스적인 하를레킨의 아름다움과 우아함으로 방향을 돌렸기 때문이다. 스카팽과 크리스팽까지도 점차 사라져갔다. 내가 마지막으로 본 것은 노령의 코흐가 연기한 크리스팽이었다.

고트프리트 에프라임 레싱

이미 리처드슨의 소설들은 시민적 세계에 좀 더 우아한 도덕성을 환기시켰다. 『클라리세』에서는 어느 부인의 탈선에서 비롯된 피할 수 없는 준엄한 결과가 무시무시한 방식으로 분석되었다. 레싱의 『사라 삼프손 양』도 같은 주제를 다루었다. 또 『런던 상인』은 처참한 상황에 처한 유혹에 빠진 청년을 보여주었다. 프랑스의 희곡들은 같은 목적을 지녔으나 좀 더 평범하게 구성되고 결말에 화해를 이루어 호감을 주었다. 디드로의 『한

* 중세 독일의 사육제극이나 18세기 독일 희극에 등장하는 유형적 인물로 주로 익살스러운 캐릭터이다.

가정의 아버지』, 『정직한 범죄자』, 『식초장사』, 『물정 모르는 철학자』, 『외제니』와 이와 유사한 작품들은 점점 더 세력을 뻗치기 시작한 명예로운 시민정신과 가족정신에 적합한 것이었다. 우리에게서도 『은혜를 아는 아들』, 『자식사랑으로 인한 탈주자』와 그 밖의 작품들은 같은 길을 걷고 있었다. 『재상』, 『클레멘티네』와 기타 게블러의 작품들, 게밍겐의 『독일의 가장』 등은 모두 중류계층이나 하류계층의 가치를 기분 좋게 관찰할 수 있게 하여 많은 관객을 즐겁게 했다. 에크호프*의 고결한 인격은 배우계층에 그때까지 결여되었던 품위를 전해주었고, 그 자신이 성실한 인물이었으므로 성실한 성격의 표현이 완벽하게 이루어짐으로써 작품의 주인공들의 격을 높였다.

독일 연극이 완전히 쇠퇴해가고 있을 때 작가이자 연극배우로서 슈뢰더가 등장하여 함부르크와 영국과의 결연을 계기로 영국의 희곡들을 개작했다. 이때 그는 그 작품들의 소재를 지극히 평범하게 밖에 이용할 수 없었다. 왜냐하면 원작들은 대부분 형식이 없었고, 훌륭하고 정연하게 시작해도 끝에서는 한없이 흐트러졌기 때문이다. 원작자들에게는 지극히 기이한 장면들을 나타내게 하는 것이 중요했던 것 같다. 그리하여 내용이 충실한 예술작품에 익숙해진 사람은 끝에 가서는 한없이 불쾌한 감정으로 내몰리는 것을 느끼게 된다. 게다가 거칠고 비도덕적이며 천하고 황량한 특성이 참을 수 없을 정도로 철저히 관통하고 있어 각본과 인물에서 이런 모든 나쁜 점들을 제거하는 일은 힘들어 보인다. 이런 작품들

---

* 독일의 배우, 연출가. 카롤리너 노이버, 프리드리히 슈뢰더와 함께 독일의 연극 전통을 발전시키는 데 중요한 영향을 미쳤다. 에크호프는 독일 연극을 연구한 초기의 이론가들 중 한 명이었으며 연기를 좀 더 자유롭고 자연스럽게 만드는 데 크게 기여했다.

은 반쯤 타락한 대중 집단만이 특정한 시기에 즐기고 소화할 수 있는 거칠고 위험한 음식이다. 슈뢰더는 우리가 일반적으로 알고 있는 것보다 이런 것들을 없애는 데 더 많은 일을 했다. 그는 작품들을 근본적으로 바꾸었으며, 독일적 정신에 맞도록 했고, 가능한 한 부드럽게 했다. 그러나 이 작품들에도 조악한 핵심은 여전히 남아있는데, 익살은 자주 그럴 만한 가치가 있건 없건 인물들을 엉뚱하게 다루는 데에 바탕을 두고 있기 때문이다. 이러한 묘사가 연극에서 널리 확산되었는데, 여기에는 부드러운 도덕성의 은밀한 평형력이 있어 양쪽 성향이 서로에게 작용하여 자칫 빠져들 수 있는 단조로움을 다행히 막아주었다.

천성적으로 선량하고 관대한 독일인은 사람이 학대받는 것을 싫어한다. 그러나 아무리 선한 생각을 하는 사람이라도 자신의 취향에 반하는 어떤 일을 강요받지 않으리라는 보장을 할 수는 없는 것이며, 희극은 즐거움을 주려면 대체로 관객에게 남의 불행에서 느끼는 기쁨을 전제하거나 일깨우는 것이기 때문에 사람들은 자연스런 방법으로 그동안 부자연스럽게 여겼던 행동에 빠지게 되었다. 상류계층을 멸시하고 다소라도 공격하는 것이 그것이었다. 산문과 시의 풍자는 그때까지 늘 궁정과 귀족을 건드리는 것을 경계해왔다. 라베너는 그런 계층에게는 모든 조롱을 삼갔으며, 하류계층만을 대상으로 삼았다. 차하리에는 주로 시골귀족들을 다루었고, 그들의 취미와 특성을 우스꽝스럽게 묘사했지만 그들을 멸시하지는 않았다. 짧고 재치 있는 작품인 튀멜의 『빌헬미네』*는 매우 유쾌하고 신랄하며, 커다란 갈채를 받았다. 그것은 아마도 귀족이자 궁정인인

---

* 프로이센 프리드리히 대왕의 누이이자 바이로이트 변경백의 부인. 그녀는 죽을 때까지 남부 독일에서 동생인 프리드리히 대왕의 눈과 귀의 역할을 훌륭히 해냈다.

작가가 자기계층을 감싸지 않고 가차 없이 다루었기 때문일 것이다. 하지만 레싱은 『에밀리아 갈로티』*에서 가장 결정적인 행보를 내딛었다. 여기에서는 상류계층의 정욕과 음모에 찬 상황이 예리하고 신랄하게 묘사되어 있다. 이 모든 작품들은 격앙된 시대정신과 완전히 일치했고, 지식과 재능이 부족한 사람들도 똑같은 것, 아니 그 이상의 것을 해도 된다고 믿었다. 예를 들면 그로스만은 『여섯 개의 맛없는 접시』 속에서 서민의 부엌에 있는 맛있는 음식들을 타인의 불행을 즐기는 관객에게 차려주었다. 정직한 궁중고문관인 라인하르트는 이 재미없는 식탁에서 모든 손님들을 위로하고 격려하기 위해 집사의 역할을 했다. 이때부터 연극상의 악인은 늘 상류계층에서 선택되었다. 그러나 그런 인물들은 특징적인 역할에 위엄을 주기 위해 시종이나 적어도 비서관은 되어야 했다. 그러나 가장 불경한 죄인의 역할을 하는 자는 주소록 속의 궁중 및 시민 방명록에서 최고위직에 있는 사람이 선택되었고, 귀족사회에서 악한으로서 제1순위를 차지한 것은 재판관이었다.

그러나 나는 여기서 얘기할 수 있는 시간이 지나지 않았나 염려가 되어 나 자신에게로 돌아가, 한가한 틈을 이용하여 구상해 두었던 연극 계획에 몰두하려고 했던 충동에 대해 언급하고자 한다.

셰익스피어의 작품들에 대한 지속적인 관심으로 인해 나는 정신적 영역을 확대해왔기 때문에 좁은 무대공간과 상연에 할당된 짧은 시간으로는 무언가 중요한 것을 연출하기에는 결코 충분치 않다고 느꼈다. 자기가 직접 쓴 괴츠 폰 베를리힝겐의 일대기는 내게 역사적인 취급방식을 택하

* 1772년에 공연된 비극. 강렬하고 예리한 산문체의 뛰어난 구성으로 한 이탈리아 왕궁에서 일어난 왕자의 양심의 갈등을 다루고 있다.

도록 자극했다. 그리고 내 상상력은 널리 확장되어 내 희곡의 형식이 극장의 온갖 형식을 뛰어넘어 점점 더 살아있는 사건에 접근하려고 하는 데에까지 이르게 되었다. 나는 이 일을 해나가면서 누이동생과 자세하게 얘기를 나누었고, 그녀는 이런 일에 온 정신을 쏟을 만큼 흥미를 가지고 있었다. 내가 작품을 쓰지는 않고 늘 이런 이야기만 반복하자 누이동생은 마침내 초조해져서 말로만 허공에 대고 떠들지 말고 떠오르는 것을 종이 위에 확실하게 적어놓으라고 친절하게 독촉하며 부탁했다. 이러한 자극에 힘입어 나는 어느 날 아침 초안이나 계획도 세우지 않은 채 써나가기 시작했다. 나는 처음 몇 장면을 써서 저녁에 누이동생 코르넬리아에게 읽어주었다. 동생은 이에 대해 박수갈채를 보냈지만 내가 계속 써나갈지 의문을 품었기에 박수갈채는 조건부였다. 그녀는 나의 끈기에 대해 강한 불신을 표명했다. 이 말이 나를 더욱 자극하여 나는 다음날에도, 셋째 날에도 계속해서 썼다. 내가 날마다 쓴 것을 알리면서 누이동생의 희망은 커졌고, 소재가 완전히 내 자신의 것이 되었기 때문에 한 걸음씩 나아갈 때마다 내게도 모든 것이 더욱 생동감 있게 되었다. 그리하여 나는 뒤돌아보지 않고, 오른쪽도 왼쪽도 바라보지 않으면서 앞만 보며 중단 없이 계속 써나갔다. 그래서 약 6주일 후에는 원고를 철하여 볼 수 있는 즐거움을 갖게 되었다. 나는 그것을 메르크에게 알렸고, 그는 그것에 대해 이해심 있고 호의적으로 말해주었다. 나는 그것을 헤르더에게도 보냈는데, 그는 불친절하고 가혹하게 그것에 반감을 표명했고, 몇 편의 즉흥 비방시를 써서 나를 조소적인 이름으로 지칭하는 것을 빼놓지 않았다. 나는 이에 흔들리지 않았고, 내 작품 속 대상들을 예리하게 주시했다. 주사위는 던져졌으며, 단지 말판 위에 말을 어떻게 유리하게 늘어놓을 것인가 하는 것만이 문제였다. 나는 여기서 내게 조언해줄 사람이 아무도 없다는 것을 잘 알았다. 어느 정도 시간이 흐른 다음 내 작품을 마치 다른 사람의 작품인 양 관찰할 수 있게 되었을 때 확실히 나는 시간과 장소의 통일을 포기하려는 시도에 있어 더욱 더 요구되는 좀 더 차원 높은 통일을 해쳤다는 것을 깨닫게 되었다. 나는 계획도 초안도 없이 상상력과 내적 충동에만 의지했기 때문에 처음부터 주제에 꽤 충실하게 매달려 처음 몇 막은 필요한 것을 적절히 갖추었다고 인정할 수 있었지만 그 다음 막들, 특히 결말 부분에서는 무의식중에 지나친 열정으로 기울었던 것이다. 나는 아델하이트를 사랑스런 여인으로 묘사하려고 노력하는 가운데 나 자신이 그녀에 반해 그녀의 운명에 대한 관심이 넘치면서 무의식중에 펜이 그녀에게만 바쳐졌던 것이다. 그래서 끝부분에서는 괴츠가 활동성을 잃은 상태가 되고, 단지 농민전쟁에 불행하게 참여하려고 돌아온 꼴이 되었다. 그리하여 예술적 속박을 벗어나 새로운 지평을 열고자 시도했던 작가에게는 매혹적인 한 여인이 괴츠를 쫓아낸 것은 지극히 당연한 일이었다. 내 문학의 본래의 성향이 언제나 나를 통일로 향하게 했기 때문에 나는 이 결함, 아니 이 비난받아야 할 과잉을 곧장 알아차렸다. 그래서 나는 괴츠의 자서전이나 독일의 고문서들 대신 내 자신의 작품을 염두에 두었으며, 작품에 역사적이며 국민적인 내용을 점점 더 많이 부여하고, 허구적이거나 단순히 열정적인 것은 제거하고자 했다. 이렇게 하면서 나는 인간적인 애정을 예술적 소신에 양보해야만 했으므로 물론 많은 것을 희생했다. 그리하여 나는 예를 들면 무시무시한 밤 집시들의 장면에서 아델하이트를 등장시켜 아름다운 그녀의 출현이 기적을 일으키도록 한 것을 잘한 일로 여겼다. 나는 좀 더 깊이 검토한 끝에 그녀를 추방했고, 4막과 5막에서 자세히 묘사된 프란츠와 그의 여주인과의 정사도 압축시켜 중요한 부분만 부각시켰다.

나는 처음의 원고를 수정하는 대신 전체를 다시 쓰려고 계획했는데, 그 첫 원고는 아직도 원래 상태 그대로 가지고 있다. 나는 이 일을 열심히 해서 몇 주일 안에 완전히 새로운 작품을 내놓게 되었다. 나는 이 두 번째 작품을 출판할 의도가 없었고, 이 작업을 나중에 더 많은 노력과 숙고로 나오게 될 새로운 작품의 토대가 될 사전연습으로 생각했기 때문에 그만큼 더 작품을 빨리 완성할 수 있었다.

그런데 내가 이런 일을 시작하려는 계획을 메르크에게 알리자 그는 나를 조소하며 도대체 영원한 작업이나 개작이 무슨 의미가 있는 것이냐고 반문했다. 그는 그런 일로 작품은 엉뚱하게 될 뿐 더 좋아지지는 않는다며, 작품이 어떤 효과를 내는지를 보고 나서 다시 새로운 작품을 계획해야 한다고 말했다. 그는 "기저귀는 울타리에 널어 시간이 지나면 마르는 법이지!"라고 격언과 같은 말을 했다. 그는 또 지체하거나 주저하는 것은 자신 없는 인간을 만들 뿐이라고도 말했다. 그의 말에 대해 나는 내가 그토록 많은 애정을 기울인 작품을 서점에 가져다주어 거절의 답변이라도 받게 되면 불쾌한 일이 될 것이라고 대답했다. 젊고 이름도 없으며, 게다가 오만한 작가를 그들이 어떻게 평가할 수 있단 말인가? 이미 나는 어느 정도 소중히 여겼던 『공범자』도 출판에 대한 두려움이 조금씩 사라졌을 때 인쇄를 하려고 했지만 호의를 가진 출판업자를 찾지 못한 적이 있었다.

여기서 내 친구의 기술적이고 상업적인 욕구가 솟구쳤다. 그는 프랑크푸르트 신문을 통해 이미 학자들이나 출판업자들과 관계를 맺고 있었다. 그래서 우리는 그의 의견대로 이 귀하고 틀림없이 주목을 끌게 될 작품을 자비로 출판하려고 했다. 그는 그러면 많은 이익을 얻을 것이라고 말했다. 그는 다른 사람들과도 그렇듯 출판업자들에게서도 그들의 이익금을 계산하곤 했다. 그 이익은 대부분의 작품들의 출판에서, 특히 다른 저작들이나 그 밖의 거래상의 손실을 제외한다면 틀림없이 클 것이라는 계산이었다. 결국 내가 용지를 대고, 그가 인쇄를 맡기로 결정했다. 그리하여 일은 산뜻하게 시작되었고, 내 거칠게 쓴 희곡 원고를 점차 깨끗한 견본 인쇄지 속에서 바라보는 것은 기분 좋은 일이었다. 그것은 내가 생각했던 것보다 훨씬 더 깨끗하게 되었다. 우리는 일을 끝냈고, 많은 책이 소포로 발송되었다. 그런데 얼마 지나지 않아 도처에서 큰 소동이 일어났다. 그 책은 널리 일반적인 관심을 일으켰다. 그러나 우리는 사정이 좋지 않아 책을 여러 곳으로 신속하게 공급할 수 없었으므로 곧장 복사본이 생겨났다. 게다가 보낸 책에 대한 대금을 속히 받지 못했고, 현금으로 받는 경우는 거의 없었다. 그리하여 일개 가정의 아들로서 금전사정이 넉넉지 못했던 나는 사방에서 내게 많은 주목을 보내는 때임에도 불구하고 내 재능을 세상에 알린 이 용지의 대금을 어떻게 지불해야 할지 곤란한 처지에 빠지고 말았다. 나보다 먼저 살아날 방법을 알고 있던 메르크는 곧 모든 것이 좋아지리라는 희망을 품고 있었다. 그러나 나는 그런 기미를 전혀 알아차리지 못했다.

나는 이미 내가 익명으로 출판했던 작은 책자를 통해 내 돈을 들여 대중과 비평가들을 알고 있었기 때문에 칭찬과 비난에는 꽤 마음의 준비가 되어 있었다. 특히 나는 몇 년 전부터 내가 특별히 주목해온 작가들을 사람들이 어떻게 취급하는지에 대해 추적하고 관찰해왔다.

여기서 나는 내가 희미하게 느껴왔지만 얼마나 많은 근거 없고 일방적이며 제멋대로인 말들이 공공연히 나도는지를 분명하게 알아차릴 수 있었다. 내게도 똑같은 일이 닥쳤다. 만약 내가 몇 가지 근거라도 갖추지 않았더라면 교양 있는 사람들의 항변에 얼마나 당황하게 되었을 것인가! 예를 들면 〈독일 메르쿠르〉에는 어느 식견이 부족한 사람이 쓴 호의적이지만 동떨어진 비평이 실려 있었다. 그가 비난하는 점에 나는 동의할 수 없었으며, 작품을 달리 만들 수도 있었을 것이라는 데에는 더욱 그러했다. 그래서 나는 그 후 곧 빌란트의 유쾌한 설명을 접하고 무척 기뻤다. 그는 전체적으로 그 비평가를 반박하고 그에 맞서 나를 옹호해 주었다. 어쨌든 그 비평은 인쇄되었고, 나는 학식도 있고 교양도 있는 사람들의 우둔한 정신의 한 사례를 보았다. 많은 대중 속에서는 그런 사례가 어떻게 보일까!

이런 일에 메르크와 상의하고 깨우침을 받는 즐거움은 오래 계속되지 않았다. 왜냐하면 통찰력 깊은 헤센-다름슈타트의 지방백작 부인이 상트페테르부르크로의 여행에 그를 수행원으로 데리고 갔기 때문이다. 그가 내게 보내준 자세한 편지들은 내게 세상을 바라보는 넓은 안목을 안겨주었다. 그 편지는 내가 잘 아는 친한 사람의 손으로 쓰여 나는 그 내용을 더욱 철저히 내 것으로 만들 수 있었다. 그러나 나는 오랫동안 매우 쓸쓸하게 지냈으며, 이 중요한 시기에 내가 꼭 필요로 하는 그의 깨우침을 받지 못하고 지냈다.

군인이 되어 전쟁에 나갈 결심을 하고, 위험과 어려움을 이겨내고 부상이나 고통이나 나아가 죽음까지도 견뎌낼 각오를 할 경우에는 이런 일반적으로 예상할 수 있는 불행이 극단적으로 닥치게 되는 경우는 결코 상상하지 않는다. 용감하게 세상으로 나가는 모든 사람들, 특히 작가에게는 이와 마찬가지이며 나 역시 그랬다. 일반 대중의 대부분은 구성보다는 소재에 의해 자극을 받으며, 내 작품에 대한 젊은이들의 관심도 주로 소재에 관한 것이었다. 그들은 내 작품을 보며 군기를 본다고 생각했고, 그것이 전진하는 가운데 젊은이의 가슴속에 살아있는 거칠고 야성적인 모든 것이 제 세상을 만난 것처럼 느꼈고, 이미 이와 비슷한 생각을 하고 있던 뛰어난 수재들은 그 생각에서 뛰쳐나왔다. 나는 아직도 뛰어나고 여러 면에서 독특한 시민이 쓴 편지 한 통을 가지고 있는데, 누구에게 보낸 것인지는 모르지만 내 작품이 그 당시 얼마나 영향을 미치고 자극을 일으켰는지에 대한 중요한 증거로서 인정될 수 있다. 반대 측에서는 분별 있는 사람들이 내가 폭력의 권리를 너무 호의적인 색채로 묘사했다고 비난했다. 더구나 그들은 내가 앞서의 무질서한 시대를 다시 초래하려 한다고까지 말했다. 한편 다른 사람들은 나를 학식이 깊은 사람으로 여기고, 선량한 괴츠의 원전에 새롭게 주석을 달아 출판할 것을 희망했다. 내게 그럴 만한 재주가 있다고는 생각되지 않았지만 나는 신판 표제에 내 이름을 넣기를 바라는 사람들의 요청을 받아들였다. 나는 위대한 존재의 꽃을 따는 법을 알고 있었기 때문에 사람들은 나를 꼼꼼한 정원사로 여기고 있었다. 그러나 이런 나의 학식과 철저한 전문지식은 다른 사람들에게는 의심을 받기도 했다. 어느 명망 있는 실업가가 나를 찾아왔다. 나는 그의 방문을 명예롭게 여겼는데 더욱이 그가 『괴츠 폰 베를리힝겐』과 독일 역사에 대한 내 훌륭한 통찰력을 칭찬하면서 이야기를 시작하여 더욱 명예롭게 생각했다. 그러나 그가 나를 찾아온 것은 내게 괴츠 폰 베를리힝겐은 프란츠 폰 지킹겐의 매부가 아니며, 따라서 내 작품의 혼인관계는 역사적 사실과는 어긋나고 있다는 것을 알려주기 위해서였다는 것을 알고 나는 당황했다. 나는 괴츠 자신이 그 사람을 그렇게 불렀다고 변명했다. 그러나 그는 그것은 가까운 친구관계를 나타내는 어법일 뿐이며, 우리가 요즈음 아무 혈연관계도 없는데도 우편마차의 마부까지도 매부(Schwager)*라고 부르는 것과 마찬가지라고 말했다. 나는 그의 지적에 최대한 감사를 표하고, 이미 잘못된 곳을 정정할 길이 없음이 유감이라고 말했다. 그도 이 점에 대해 유감스럽게 여겼고, 내게 독일의 역사와 제도에 대해 좀 더 연구할 것을 친절하고 권했고, 그렇게 하도록 자신의 장서를 제공해 주겠다고 했다. 나는 나중에 그 책들을 충분히 이용했다.

그런데 내가 겪은 이런 종류의 일들 중 가장 재미있었던 일은 어느 서적상이 찾아와 밝고 호탕한 태도로 그 작품을 대량으로 요청하면서 사례를 충분히 하겠다고 약속한 것이었다. 우리가 이에 대해 매우 재미있게 여겼으리라는 것은 쉽게 짐작할 수 있을 것인데, 그도 근본적으로 잘못한 것은 아니었다. 왜냐하면 나는 이미 조용히 독일 역사의 이 전환기에 대해 앞뒤로 오가며 열심히 공부하여 중요한 사건을 같은 정신 속에서 다루려고 노력해왔기 때문이다. 이것은 찬양할 만한 계획이었지만 다른 여러 가지 일들과 마찬가지로 신속하게 지나가는 시간으로 인해 좌절되고 말았다.

그 희곡은 작가인 나를 바쁘게 만들었을 뿐만 아니라 그것이 고안되고, 쓰이고, 개작되고, 인쇄되고, 배포되는 동안 머릿속에서는 다른 많은 형상들과 계획들이 활발히 움직이고 있었다. 희곡으로 다루어진 것들이 가장 자주 숙고되고 완성에 가깝게 되는 이점이 있었다. 그러나 동시에 희

* 본래는 매부나 처남을 뜻하지만 의형제나 친구의 호칭으로 쓰임.

곡으로 볼 수는 없지만 희곡과 밀접한 관계를 띤 다른 표현양식으로의 전환이 일어났다. 이 전환은 주로 독백까지도 대화로 개작한 작가의 독특성에 의해 이루어졌다.

주로 사람들과 어울려 시간을 보내는 데에 익숙해진 나는 혼자만의 생각도 사람들과의 대화로 변화시켰는데, 다음과 같은 방식으로 그렇게 했다. 즉 나는 혼자 있을 때 아는 사람 하나를 머릿속에 불러들이곤 했다. 나는 그에게 앉으라고 권하고, 그의 앞에서 이리 저리 걸어 다니고, 그의 앞에 서서 막 생각해낸 대상에 대해 그와 함께 논의했다. 그는 때때로 대답을 하거나 일상적인 몸짓으로 찬반을 표시했다. 이런 몸짓에는 누구나 독특한 뜻을 가지고 있다. 그러고는 나는 계속하여 손님이 좋아하는 듯한 얘기를 자세히 해나가거나 그가 수긍하지 못하는 것은 조건을 붙이고, 좀 더 자세히 규정하고, 마지막에는 나의 주제를 기꺼이 포기하기도 했다. 이런 일을 함에 있어 가장 기이한 것은 내가 결코 나와 가까운 친지를 택하지 않고, 아주 가끔씩만 보고, 이 세상 멀리에 떨어져 살며, 일시적인 관계만 맺고 있는 사람들을 대부분 택했다는 점이다. 그러나 그 사람들은 대부분 주기보다는 받는 것을 좋아하는 성격이었으며, 자신들의 관점 안에 있는 사물에 대해 순수한 정신으로 침착한 관심을 기울일 태세가 되어 있었다. 그러나 나는 때때로 반대 입장의 사람들도 이 변증법적 연습에 불러들였다. 여기에는 성별과 나이와 계층에 관계없이 모두가 응했으며, 모두가 자신들이 좋아하는 분명한 대상에 대해서만 이야기했으므로 만족스럽고 기분 좋은 모습을 나타냈다. 그러나 많은 사람들이 실제 대화라면 응하기가 어려웠을 것이므로 그들이 이런 공상적인 대화에 자주 초대받았다는 것을 알게 된다면 무척 놀랄 것이다.

이런 머릿속의 대화가 서신 왕래와 무척 비슷하다는 것은 분명한 사실이다. 다만 서신 왕래는 오래 이어져 내려오는 믿음이 응답하는 것이고, 머릿속의 대화는 늘 새롭게 바뀌며 응답이 없는 것을 스스로 만들어 내는 것이다. 그래서 절박한 어려움에 몰리지도 않은 사람들이 삶에서 느끼는 혐오감을 묘사하려면 작가는 곧장 자신의 생각을 편지 속에서 표현하지 않을 수 없었다. 왜냐하면 모든 불만은 고독의 탄생이며 제자이기 때문이다. 불만에 사로잡힌 사람은 온갖 반대를 원한다. 온갖 유쾌한 사교보다 그에게 더 거슬리는 것이 어디 있겠는가? 타인의 향락은 그에게는 고통스런 비난거리이며, 그래서 그는 자신을 내면으로부터 유혹해 내는 것에 의해 가장 깊은 내면으로 되돌아가게 된다. 그가 그런 것에 대해 말하려 한다면 그것은 편지를 통해 이루어지게 될 것이다. 왜냐하면 글로 마음을 털어 놓는 데에는 그것이 즐거운 내용이든 불쾌한 내용이든 아무도 직접적으로 대응하지 않기 때문이다. 그러나 반박의 이유를 담아 작성된 답장은 고독한 자를 우울함 속에 고착시키는 기회를 주고, 그를 더욱 냉혹하게 만드는 계기를 준다. 이런 의미에서 쓰인 베르테르의 편지들은 그리하여 다채로운 매력을 지니고 있다. 왜냐하면 이 편지들의 다양한 내용이 처음에는 그런 공상적인 대화 속에서 여러 명의 개인을 상대로 쓰였지만 나중에는 구성에 있어서 단 한사람의 친구이자 관여자를 대상으로 이루어져 있기 때문이다. 그토록 많이 얘기된 그 짧은 작품의 구성에 대해서 더 이상 말하는 것은 적절치 않을지도 모른다. 그러나 내용에 대해서는 몇 가지 더 덧붙여야겠다.

삶에 대한 그런 역겨움은 육체적인 원인과 정신적인 원인을 가지고 있는데, 우리는 전자는 의사에게 후자는 도덕군자에게 탐구하도록 맡기고,

자주 샅샅이 연구된 재료에서 그런 현상이 가장 뚜렷하게 드러나는 핵심에만 주목하도록 한다. 인생에서의 모든 즐거움은 외적 사물들의 규칙적인 회귀에 바탕을 두고 있다. 낮과 밤의 변화, 사계절의 변화, 개화와 결실, 우리가 즐길 수 있고 즐겨야 하도록 때에 따라 우리에게 나타나는 그 밖의 모든 것들은 현실적 삶의 본질적인 원동력이다. 이런 향락에 대해 개방적이면 개방적일수록 우리는 더 행복하게 느낀다. 그러나 이런 다양한 현상들이 우리가 간여하지 않은 채 이리저리 나뒹굴게 되면 우리는 그런 호의적인 제공물을 받아들이지 못하게 된다. 그러면 엄청난 불행과 심각한 질병이 나타나 우리는 삶을 역겨운 짐으로 여기게 된다. 더 이상 날마다 옷을 입고 벗지 않으려고 목을 매어 죽었다는 어느 영국인에 대한 얘기도 전해진다. 나는 어느 큰 공원을 관리하는 한 성실한 정원사를 알고 있었는데, 어느 날 그는 권태를 느껴 이렇게 외쳤다.

"언제나 이 비구름이 서쪽에서 동쪽으로 흘러가는 것을 바라봐야 한단 말인가!"

우리의 훌륭한 인사들 중 한 사람은 봄이 다시 푸르러지는 것을 보고 권태를 느껴 한 번 뒤바뀌어 붉게 되었으면 좋겠다고 했다는 얘기도 있다. 이런 것들은 본질적으로 삶의 권태의 징후들이다. 권태는 자살로 발전하는 경우도 드물지 않으며, 사색적이고 내성적인 사람들에게는 상상 이상으로 자주 나타난다.

그러나 사랑의 반복보다 더 많은 권태를 초래하는 것은 없다. 첫사랑이야말로 유일한 사랑이라는 말은 옳다. 왜냐하면 두 번째 사랑에서는 두 번째라는 이유로 이미 사랑의 최고의 의미는 상실되기 때문이다. 사랑을 고양시키고 유지하는 영원한 것과 무한한 것의 개념은 파괴되고, 사랑은 반복되는 모든 것과 마찬가지로 무상한 것으로 보인다. 복잡하게 얽힌 개화된 세계에서 사랑의 감정과 욕망의 감정을 가르는 감각적인 것과 도덕적인 것의 분리는 여기에서도 아무런 좋은 효과도 일으킬 수 없는 과도함을 가져온다.

나아가 젊은이는 자기 자신에게서는 알지 못하지만 타인에게서는 도덕적인 시기가 마치 계절처럼 바뀌는 것을 곧장 알게 된다. 위인들의 은총, 권력자들의 총애, 활동가들의 격려, 군중의 호감, 개개인의 사랑 등 모든 것은 이리저리 변하며, 마치 해와 달과 별처럼 우리가 붙잡아둘 수 없는 것들이다. 그러나 이런 것들은 단순한 자연현상만은 아니다. 이런 것들은 우리 자신이나 타인의 잘못에 의해, 우연이나 운명에 의해 우리에게서 떠난다. 그러나 이런 것들은 바뀌며, 우리는 결코 이런 것들을 확실하게 붙들 수 없다.

그러나 다감한 젊은이를 가장 괴롭히는 것은 우리가 저지르는 과오의 끊임없는 반복이다. 우리는 우리의 장점을 기르면서 동시에 결점도 키운다는 것을 나중에서야 알게 되기 때문이다. 장점은 결점에 뿌리를 박고 있는 듯이 자리하고 있다. 결점과 장점은 모두 힘차고 다채롭게 뻗어나가지만 결점은 은밀하게, 장점은 공공연하게 확산된다. 우리의 장점은 대부분 의지와 의식에 의해 실현되고, 결점은 무의식중에 돌발적으로 생기므로 장점은 기쁨을 주는 경우가 드문 반면 결점은 끊임없이 고난과 고통을 준다. 여기에 자기인식을 불가능하게 하는 최대의 난점이 있는 것이다. 그래서 우리는 용솟음치는 젊음의 혈기, 하나하나의 대상에 마비되기 쉬운 상상력, 게다가 요동치는 날마다의 삶을 생각한다면 이런 곤경에서 해방되려는 초조한 몸부림을 부자연스럽게 여길 수는 없을 것이다.

몰두하는 사람을 무한한 곳으로 이끄는 이런 우울한 관찰은 외부 요인이 그것을 비극적인 일이 되도록 자극하고 촉진하지 않았더라면 독일 젊은이들의 정서 속에 그토록 철저하게 퍼지지는 않았을 것이다. 그것은 영국의 문학, 특히 읽는 사람 모두에게 진지한 우수를 일으키는 특징을 지닌 시에 의해 비롯되었다. 재기 넘치는 영국인은 어려서부터 자신의 모든 능력을 자극하는 뛰어난 세계에 에워싸여 있음을 본다. 그는 그 세계에 순응하기 위해 자신의 모든 재능을 한데 모아야 한다는 것을 조만간 깨닫는다. 영국의 시인들 중에는 젊어서 타락하고 방탕한 생활을 하면서 일찍이 공허한 현실의 일들을 한탄하는 것을 당연하게 여긴 이들이 얼마나 많았던가! 그들 중 얼마나 많은 이들이 세상일에 종사하려 했고, 국회나 궁정이나 내각이나 공사관에서 높고 낮은 역할을 수행하고, 국내의 소요사태와 국가나 정부의 변혁에 참여하여 영향을 미치고, 그럼으로써 자신을 위해서가 아닌 친구나 후원자를 위해 기쁜 경험보다는 비참한 경험을 얼마나 자주 겪었던가! 얼마나 많은 사람들이 배척당하고, 추방되고, 감옥에 갇히고, 재산을 잃었던가!

그러나 그런 중대한 사건에 처해 있다면 방관자라도 사람들에게 진지함을 요구하는 법이며, 그 진지함은 모든 현실적 사물의 무상과 무가치에 대한 관찰로 이끈다. 독일인 또한 진지하므로 영국의 시는 독일인에게 지극히 적합했고, 좀 더 고상한 상태에서 쓰인 것이므로 장엄했다. 영국의 시 속에는 반드시 위대하고 뛰어나고 현세에 익숙해진 오성과 깊고 부드러운 정서와 뛰어난 의지와 열정적 행동이 나타나 있는데, 이것들은 재능 있는 교양인에게서 높이 사줄 수 있는 것이다. 그러나 이 모든 것을 합한다고 해서 시인을 만들어내는 것은 아니다. 참된 시는 현세의 복음으로서 내적 쾌활함과 외적 즐거움을 통해 우리를 억누르고 있는 현실의 고통으로부터 우리를 해방시킨다. 참된 시는 풍선과도 같이 우리에게 달린 모래주머니와 함께 우리를 더 높은 곳으로 끌어올려 지상의 혼란한 미로를 한눈에 내려다보게 한다. 가장 진지한 작품도 가장 쾌활한 작품도 훌륭하고 재치 있는 묘사를 통해 기쁨이나 고통을 적절하게 조절하고자 하는 동일한 목표를 지니고 있다. 이런 관점에서 관찰해보면 대부분의 영시들은 도덕적-교술적 시이며, 대체로 인생의 우울한 권태만을 나타내고 있다. 주로 이런 주제로 일관되고 있는 영의 『밤의 명상』* 뿐만 아니라 다른 명상적인 시들도 어느새 이성에게 해결하기 어려운 과제를 제시하는 이런 우울한 영역으로 빨려 들어간다. 종교까지도 교화시킬 수 있는 그런 이성을 종교가 내버려두었기 때문이다. 다음과 같은 놀랄 만한 텍스트들의 주석으로 인정될 수 있을 모든 책들을 출판할 수 있으면 좋을 것이다.

그러면 노년과 경험은 서로 손을 잡고
그를 죽음으로 인도하며,
괴롭고도 긴 탐구 끝에 그를 깨닫게 한다.
그가 일생을 잘못 살아왔다는 것을.

더 나아가 영국의 작가들을 인간 증오자로 만들고, 모든 것에 대한 불쾌한 반감을 그들의 작품에 확산시킨 것은 국민이 여러 갈래로 분열됨으

* 이 시는 죽음에 관한 교훈시로 에드워드 영(1683~1765)이 1736년 의붓딸, 1740년 의붓딸의 남편, 1741년 자신의 부인이 잇따라 죽은 데서 영감을 얻었다. 1만 행에 이르는 방대한 분량으로 각각 '밤'이라 불리는 9부로 이루어진 극적 독백으로, 매우 큰 인기를 얻었다.

그레이의 『시골 묘지에서 읊은 만가』의 삽화

로써 그들 모두가 평생은 아니더라도 삶의 전성기를 어느 한 정파에 바치지 않으면 안 되었기 때문이다. 그런 상황에 처한 작가는 자신이 받들고 있는 사람들과 자신이 애호하는 것을 찬양하고 부각시켜서는 안 된다. 그랬다가는 그는 시기와 반감만을 불러일으키게 되기 때문이다. 그리하여 그는 가능한 한 적대자들을 나쁘고 악의적으로 욕하고, 풍자의 무기를 할 수 있는 한 예리하게 다듬고 독이 되도록 하면서 자신의 재능을 발휘한다. 이런 일이 양 편에서 일어나면 그 사이에 놓인 세계는 파괴되고 깨끗이 제거되어, 이성적으로 활동해나가는 거대한 민족집단 속에서는 우매와 광기 말고는 아무것도 찾아낼 수 없게 된다. 그들의 부드러운 시들까지도 비참한 대상들을 다루게 된다. 어떤 시에서는 버림받은 소녀가 죽으며, 어느 시에서는 진실하게 사랑하는 남자가 물에 빠져 죽거나 급히 헤엄쳐 사랑하는 여인에게 도달하기 전에 상어에게 잡아먹히게 된다. 그레이* 같은 시인이 시골묘지에 자리를 잡고 그 유명한 멜로디를 다시 울리게 된다면 틀림없이 주위에는 많은 수의 우

* 토머스 그레이(1716~1771). 서정시 『시골 묘지에서 읊은 만가』로 유명하다. 많은 작품을 발표하지 않았으나 18세기 중엽을 대표하는 시인이며 낭만주의 운동의 선구자였다.

울한 친구들이 몰려들 것이다. 밀턴의 『쾌활한 사람』*은 적절한 쾌활함에 이르려면 먼저 격렬한 구절들로 불쾌감을 쫓아내야만 한다. 쾌활한 골드스미스까지도 『황폐한 마을』에서 '여행자'가 온 세상을 통해 찾아다니는 잃어버린 낙원을 사랑스럽고 슬프게 묘사함으로써 비가적인 감정에 빠지고 있다.

나는 사람들이 내게 활달한 작품이나 명랑한 시들을 제시하여 반박할 수도 있으리라는 것을 의심치 않는다. 그러나 그런 작품들은 대부분, 그리고 훌륭한 것들은 옛 시대에 속하고 있으며, 그런 종류로 여겨질 수 있는 근래의 것들은 한결같이 풍자의 경향을 띠고, 신랄하며, 특히 여자들을 멸시하고 있다.

어쨌든 위에서 일반적으로 언급한 진지하고 인간적 본성을 띤 시들이 우리가 무엇보다도 즐겨 찾았던 것들이었다. 어떤 이는 자신의 취향에 따라 좀 더 가볍고 비가적인 비애를 찾았고, 어떤 이는 심한 고통을 주며 모든 것을 포기하게 하는 절망을 찾았다. 기이한 것은 순수한 쾌활함을 퍼뜨릴 줄 아는 우리의 아버지이자 스승인 셰익스피어까지도 이런 불쾌감을 확산시켰다는 점이다. 햄릿과 그의 독백들은 모든 젊은이들의 정서를 유령의 모습으로 관통시킨 요물로 남아있었다. 누구나 중요한 부분을 암기하여 즐겨 낭독했으며, 아무도 유령을 보지 못하고 아버지인 왕에게 복수할 이유가 없었는데도 누구나 덴마크 왕자와 같이 우수에 잠겨야 한다고 믿었다.

---

* 실락원의 작가 존 밀턴(1608~1674)이 1631년에 쓴 초기시로 독특한 우아함 속에 밀턴 특유의 복잡성을 담고 있다. 이 시는 벤 존슨의 서정적이고 사색적인 작품들의 도회적 질서를 잘 드러내고 있으며 존슨을 능가하기도 했다는 평을 듣는다.

그런데 이 비애에 완전무결하게 어울리는 장소를 제공하기 위해서 오시안은 우리를 지구의 끝으로까지 유혹했다. 거기에서 우리는 끝없이 펼쳐진 무서운 벌판 위에서 이끼 낀 묘비들 아래를 거닐면서 세찬 바람에 흔들리는 주변의 풀밭과 구름이 무겁게 덮인 하늘을 바라보았다. 그런 다음 달빛에 의해 이 칼레도니아의 밤은 환해졌다. 사라져간 영웅들과 전성기를 지난 소녀들이 우리 주위에 떠돌았고, 우리는 마침내 무시무시한 모습을 한 로다의 망령을 실제로 바라보는 것 같았다.

이러한 분위기 속에서 이러한 환경에 처해, 이러한 종류의 취미활동과 연구를 하며, 충족되지 않는 열정에 괴로워하고, 외부로부터 가치 있는 행동으로의 자극을 전혀 받지 못하고, 질질 끌려가는 무의미한 시민적 삶을 견지해야 한다는 전망밖에는 하지 못하면서 사람들은 불만을 품고 제멋대로 행동하면서 싫어지면 마음대로 목숨을 버릴 수 있다는 생각과 친숙해졌으며, 그럼으로써 하루하루의 불만과 권태를 간신히 견뎌나갔다. 이런 분위기가 보편화되어 있었으므로 『젊은 베르테르의 슬픔』은 큰 효과를 일으켰다. 이 작품은 어디서나 마음을 울리고, 병든 젊은이의 망상의 내면을 노골적으로 알기 쉽게 묘사했기 때문이다. 영국인들이 이러한 비애를 얼마나 잘 알고 있었는지는 『젊은 베르테르의 슬픔』이 나오기 전에 쓰인 다음과 같은 의미심장한 몇 줄이 증명하고 있다.

비탄에 빠지기 쉬운 자는
자연이 준 상처보다 더 많은 상처를 알았으리라.
그의 망상이 비참한 모습을
어둡고 관념적인 가공의 색조와 공포로 그려내는 동안.

베르테르의 자살

자살에 대해서는 이미 많은 논의가 있어 왔지만 그것은 모든 인간의 관심을 끌며, 어느 시대에서나 계속 다루어져야만 하는 인간의 본성적 사건이다. 몽테스키외는 자기 작품 속의 영웅이나 위인들에게 임의로 죽음을 택할 권리를 부여하고 있으며, 자신의 비극 제5막은 누구나가 자유롭게 자기 마음대로 결말을 짓도록 해야 한다고 말한다. 그러나 여기서 말하는 사람들은 뜻 깊은 삶을 활동적으로 이끌고, 위대한 제국이나 자유를 위해 일생을 보내고, 그들의 사상이 현세에서 사라져서 저세상에서까지 추구하려 해도 나쁘게 여겨지지 않는 그런 사람들이 아니다. 우리가 여기서 말하는 사람들은 본래 행동이 부족하여 세상의 지극히 평화로운 상태 속에 살면서도 자기 자신에 대한 과도한 요구로 삶이 고통스러운 자들이다. 나 자신이 그런 경우에 처해 있었고, 그 속에서 얼마나 많은 고통을 겪었으며, 그 고통에서 벗어나려고 얼마나 많은 노력을 했는지를 잘 알고 있으므로 여기서 내가 사람들이 선택할 수 있는 갖가지 죽음의 종류에 대해 관찰한 것을 숨김없이 신중하게 말해보려 한다.

인간이 자기 자신에게서 떨어져 나가고, 자기를 해칠 뿐만 아니라 없애 버리며, 자신의 계획을 실행하기 위하여 주로 기계적인 수단을 취하는 것은 꽤 부자연스러운 일이다. 아이아스*가 자신의 칼에 쓰러졌을 때 그에게 최후의 충성을 다한 것은 그의 몸의 무게였다. 전사가 자기 몸을 적에게 내주지 않기 위해 방패를 나르는 병졸에게 의무를 지우는 것은 그가 의지하는 외부의 힘이며, 이것은 물리적이 아닌 도덕적인 힘이다. 여자들은 물속에 빠져 죽음으로써 절망을 해결하려 하며, 가장 기계적인 총이라는 수단은 최소의 노력으로 신속한 행동을 보장한다. 목매달아 죽는 것은 고상하지 못한 죽음이기에 사람들은 이를 입에 올리기를 꺼린다. 영국에서는 사람들이 어릴 때부터 교수형 당하는 것을 보면서 그 형벌을 불명예스럽다고 여기지 않으므로 가장 먼저 목매다는 일이 일어날 수 있을 것이다. 독약을 사용하거나 혈관을 끊음으로써 서서히 목숨을 끊으려고 하는 사람도 있다. 독사에 의한 가장 세련되고 신속하며 고통 없는 죽음은 일생을 부귀영화로 보낸 여왕에게 적절한 것이었다. 그러나 이 모든 것은 외적인 수단이며 적인데, 인간은 자기 자신과 맞서 이 적과 동맹을 맺는다.

내가 이런 모든 수단들을 고찰해보고, 역사 속에서도 널리 알아본 결과 자살을 한 모든 사람들 중에서 오토 황제만큼 정신의 위대성과 자유를 가

* 트로이 전쟁에서 싸운 그리스의 맹장. 아킬레우스의 갑옷을 얻기 위해 오디세우스와 결투했으나 그에게 지자 화가 난 나머지 미쳤다가 제정신으로 돌아오자 헥토르가 선물한 칼로 목숨을 끊었다고도 한다.

자신이 죽을 칼을 발견한 아이아스

지고 자살한 사람은 찾을 수 없었다. 그는 불리한 전세에 처한 장수로서 최후까지 사태를 몰고 가지 않고, 이미 거의 자기 수중에 속해있던 제국을 위해, 또한 수천 명의 사람들을 살리기 위해 세상을 떠날 결심을 한다. 그는 자신의 친구들과 즐거운 만찬을 갖고 나서 다음날 아침 예리한 단도로 스스로 가슴을 찌른 채 발견된다. 나는 이것을 모방할 만한 가치가 있는 유일한 행위로 여겼고, 이처럼 오토와 같이 행동할 수 없는 자는 세상을 마음대로 뜨는 것을 용납해서는 안 된다고 확신했다. 이러한 확신에 의해 나는 자살할 계획이라기보다는 화려한 평화의 시기에 한가로운 청년의 마음속에 기어들었던 자살의 망상에서 구제되었다. 내가 수집한 많은 무기들 가운데에는 아주 진귀하고 날이 예리한 단도 한 개가 있었다. 나는 이 단도를 언제나 침대 옆에 두고 불을 끄기 전에 그 예리한 칼끝이 내 가슴속을 몇 센티미터 파고들 수 있을 것인지 시험해보았다. 그러나 한 번도 성공할 것 같지 않아 마침내 나는 스스로를 조소하고 우울증적인 모든 장난을 포기했으며, 살아나가기로 결심했다. 그러나 나는 명랑하게 살아가려면 작가로서의 과제를 수행해야 했으며, 이 중요한 점에 대해 내가 느끼고 생각하고 상상한 모든 것을 언어로 표현하지 않으면 안 되었다. 이를 위해 나는 몇 년 동안 내 마음속에서 나뒹굴던 요소들을 모았고, 나를 가장 압박하고 불안하게 했던 경우들을 떠올려 보았다. 그러나 아무런 형체도 이루어지지 않았다. 내게는 그것들이 구체화될 수 있는 사건이나 줄거리가 부족했던 것이다.

갑자기 나는 예루살렘의 죽음 소식을 들었는데*, 일반적인 소문을 들은 직후 정확하고 자세한 사건의 경위를 듣게 되었다. 그리고 이 순간 『베르테르』의 구상이 이루어졌다. 마치 빙점에 있는 통 속의 물이 사소한 진동에 의해 곧장 단단한 얼음으로 변하듯이 사방에서 전체가 몰려들어 하나의 견고한 덩어리가 되었다. 나는 이미 전보다 더 희망이 없고 불쾌감만이 예상되는 고통스런 상태에 다시 빨려들었기 때문에 이런 드문 소득을 움켜쥐고, 중요하고 다채로운 내용으로 된 작품을 머릿속에 그려내고, 모든 부분을 완성하는 일은 내게 더욱 더 중요했다.

자신에게 익숙지 않은 새로운 상황 속으로 들어가는 것은 언제나 불행한 일이다. 우리는 자주 우리의 의지에 반해 그릇된 관심사에 유혹되며, 이런 미완의 상황이 우리를 괴롭힌다. 우리는 그것을 보충할 수단도 거부할 수단도 찾지 못한다.

---

* 예루살렘은 1772년 10월 30일 권총으로 자살했는데, 괴테는 이 소식을 11월초에 들었다.

라 로슈 부인은 맏딸을 프랑크푸르트로 출가시켰으며, 자주 딸을 방문했는데, 부인 자신이 선택했지만 그 집의 상황은 좋다고 여길 수 없었다. 부인은 그 집에서 기분이 좋지 않았고 어떤 변화도 일으키지 못하는 대신 한탄만 했다. 그리하여 그녀의 딸에게는 모든 것이 풍족했고 남편도 그녀에게 아무 불만이 없었으므로 사람들은 무엇 때문에 불행한 것인지도 모른 채 정말로 그녀의 딸이 불행하다고 생각하지 않을 수 없었다. 그런데 나는 그 집에서 환대를 받았으며, 그 결혼에 기여했거나 결혼에서 행복한 결과를 기대한 사람들로 이루어진 모임의 일행 모두와 접촉했다. 성 레온하르트 수도원 원장인 뒤메는 내게 신뢰와 우정을 품었다. 그는 내가 가깝게 접촉한 최초의 가톨릭 성직자였으며, 매우 박식한 사람이었으므로 신앙과 관례와 가톨릭교회 안팎의 상황에 대해 자세하고 폭넓게 설명해 주었다. 나는 젊지는 않았지만 멋지게 생긴 세르비에르라는 부인의 모습을 아직도 분명하게 기억하고 있다. 나는 알레지나 슈바이처의 가정과 다른 가정들과도 접촉을 했는데, 그 집의 아들들과는 오랫동안 친구관계를 계속해나갔다. 그리하여 나는 갑자기 낯선 모임의 사람들과 친해지게 되었으며, 그들의 활동과 오락과 종교행사에까지도 관심을 갖는 계기가 되었고, 그런 일들에 권유까지 받았다. 라 로슈의 맏딸인 젊은 부인과 나와의 남매 같았던 이전의 관계는 그녀의 결혼 후에도 계속되었다. 내 나이는 그녀와 비슷했고, 어려서부터 그녀에게 익숙해진 정신적 음조의 반향을 그녀는 모임의 모든 사람들 중에서 오직 내게서만 알아들을 수 있었던 것이다. 우리는 어린애 같은 믿음 속에서 함께 지냈다. 그리고 우리의 교제에는 아무런 열정적인 것도 섞여있지 않았지만 그것은 충분히 고통스러웠다. 왜냐하면 그녀는 새로운 환경에서 적응할 줄을 몰랐으며, 재산은 받았다 해도 쾌활한 탈-에렌브라이트슈타인과 즐거운 처녀시절을 떠나 우중충한 곳에 있는 상인 집으로 옮겨와서 몇 명의 아이들의 계모로 처신해야 했기 때문이다. 나는 그런 여러 새로운 가족관계에 진정한 관심을 갖지 않았고, 도와주지도 않았다. 서로가 만족하면 그러려니 여겨졌다. 그러나 대부분의 당사자들은 불쾌한 일이 생기면 나한테 의뢰했는데, 나는 적극적인 간여로 일을 개선시키기보다는 악화시키곤 했다. 얼마 지나지 않아 나는 이런 상태를 도저히 견딜 수 없게 되었고, 그런 불완전한 상황에서 발생하곤 하는 온갖 삶의 불쾌감이 두 배 세 배로 나를 괴롭히는 것 같았다. 그리하여 나는 여기에서도 역시 해방되려는 새롭고 강력한 결단이 필요했다.

친구 부인에 대한 불행한 애정에 의해 초래된 예루살렘의 죽음은 나를 꿈에서 흔들어 깨웠다. 나는 그와 내게 일어난 일을 명상하며 관찰했을 뿐만 아니라 그 순간 내게 일어났던 비슷한 일이 나를 격렬하게 동요시켰기 때문에 내가 막 계획했던 그 창작에는 문학적인 것과 현실적인 것을 구별할 수 없을 정도로 온갖 정열을 불어넣지 않을 수 없었다. 나는 외부와 완전히 단절했으며, 친구의 방문도 거절했고, 여기에 직접적으로 관련되지 않은 것은 모두 제쳐놓았다. 반면에 나는 내 계획에 어느 정도 관련이 되는 것은 모두 모았으며, 아직 문학적으로 사용하지 않은 최근의 내 삶을 반추해 보았다. 이런 상황 아래 오래도록 남모르는 많은 준비를 한 끝에 나는 전체의 구도와 부분적인 취급에 대해 미리 지면에 써보지도 않은 채 『베르테르』를 4주 만에 써버렸다.

이제 완성된 원고는 거의 수정이나 변경이 없이 초고상태로 내 앞에 놓였다. 그것은 곧장 철이 되었다. 철하여 제본하는 것은 그림에서의 틀과 같은 것이다. 그러면 그것이 실제로 독자적인 창작물인지를 더 쉽게 알 수 있다. 나는 이 작은 작품을 몽유병자와도 같이 꽤 무의식적으로 썼기 때문에 무언가 변경하거나 고치려고 처음부터 끝까지 읽어나갔을 때 스스로 이 작품에 대해 놀랐다. 그러나 시간이 어느 정도 지난 후 일정한 거리를 두고 보면 작품에 이익이 되는 여러 가지 생각이 떠오를지도 모른다는 기대를 갖고 나는 이 작품을 나보다 나이가 어린 친구들에게 읽게 했다. 나는 평소의 습관과는 달리 이 작품에 대해 아무에게도 미리 말하지 않았고 내 의도도 숨기고 있었기 때문에 이 작품은 그들에게 한층 더 큰 영향을 주었다. 물론 여기서도 본질적으로 영향을 미친 것은 소재였다. 그래서 그들은 본래의 내 정서와는 반대되는 정서 속에 빠져 있었다. 왜냐하면 나는 이 작품의 구성을 통해 다른 모든 작품들보다도 더 폭풍과 같은 격렬한 분위기에서 벗어났기 때문이다. 나는 나 자신과 타인의 죄로 인해, 우연하게 선택한 생활방식에 의해, 계획과 조급함에 의해, 완고함과 양보에 의해 거센 방식으로 그런 폭풍과 같은 분위기로 이리저리 내몰렸었다. 나는 대대적인 참회를 하고난 것처럼 다시 기쁘고 자유로웠으며, 새로운 삶에 대한 권리를 얻은 것 같았다. 오래된 상비약*이 이번에 내게 탁월한 역할을 했던 것이다. 그러나 내가 현실을 문학으로 변화시킴으로써 홀가분해지고 맑아진 느낌이었던 반면 내 친구들은 사람들이 틀림없이 문학을 현실로 변화시킬 것이며, 이런 소설을 모방하여 권총으로 자살을 하게 될 수도 있을 것이라며 혼란스러워했다. 처음에는 소수의 사람들 사이에서 벌어진 그런 일이 나중에는 많은 대중에게서 일어나 내게

* 자신의 창작활동을 가리킴.

는 매우 유익했던 이 작은 책이 지극히 해로운 것으로 악평을 받았다.

이 책이 초래한 온갖 재앙과 불행은 우연히도 예방될 뻔했다. 이 작품이 쓰인 직후 이것이 사라져버릴 위험에 처했기 때문인데, 사정은 이러하다. 메르크가 얼마 전 상트페테르부르크에서 돌아왔다. 그는 늘 바빴기 때문에 나는 그와 별로 얘기를 하지 못했으며, 내 마음속에 간직하고 있던 『베르테르』에 대해서도 극히 개략적인 것만 말할 수 있었다. 한번은 그가 나를 방문했는데, 그가 별로 말할 것이 없는 듯하여 나는 그에게 내 얘기를 들어달라고 부탁했다. 그는 소파에 앉았고, 나는 사랑의 모험을 담은 편지를 차례로 낭독하기 시작했다. 나는 한동안 읽어 내려갔으나 그가 칭찬하는 기미를 보이지 않자 좀 더 격정적으로 읽었다. 그리고 내가 잠깐 쉬었을 때 그가 "이제 됐네! 아주 좋아"라는 한마디 말로 나를 무참하게 가격하고는 아무 말도 하지 않고 가버렸을 때 나는 얼마나 비참한 기분이었는지 모른다. 나는 완전히 넋을 잃었다. 왜냐하면 나는 이 작품에 대해 매우 기뻐하고 있었지만 첫 순간에 아무런 평가도 받지 못하자 본래부터 문제성이 있었던 주제나 음조나 문체에서 내가 과오를 범했고, 완전히 불완전한 것을 썼다고 믿었기 때문이다. 옆에 난로불이라도 있었다면 나는 그 작품을 그대로 집어 처넣었을 것이다. 그러나 나는 다시 기운을 내어 고통스런 며칠을 보냈다. 마침내 메르크는 내게 그때는 자신이 인간이 빠질 수 있는 최악의 상태에 빠져있었다고 털어놓았다. 그래서 그는 아무 것도 보지도 듣지도 못했으며, 내 원고가 무엇에 대한 것인지도 알지 못했다는 것이었다. 사태는 회복될 수 있는 만큼 회복되었다. 메르크는 엄청난 일에도 적응할 수 있는 원기 왕성한 연령의 남자였다. 그의 쾌활함도 다시 살아났고,

그는 전보다 더 신랄해졌다. 그는 『베르테르』를 개작하려는 내 계획을 거친 말로 비난했고, 그대로 인쇄에 넘기기를 원했다. 깨끗하게 정서한 원고는 내 손에 오래 머물러있지 않았다. 우연히도 누이동생이 게오르크 슐로서와 결혼하여 집이 온통 즐거운 잔치로 떠들썩하던 바로 그날 라이프치히의 바이간트에게서 내게 원고를 요청하는 편지가 왔던 것이다. 나는 이런 우연한 일을 길조로 여기고 『베르테르』를 발송했다. 나는 작품으로 받은 원고료로 『괴츠 폰 베를리힝겐』으로 인해 진 빚을 충분히 갚을 수 있어 매우 만족했다.

이 작은 책의 영향은 대단했고, 어마어마했다. 무엇보다도 이 책이 아주 적절한 시기에 나왔기 때문에 더욱 그러했다. 강력한 지뢰를 폭발시키려면 작은 도화선만 있으면 되듯 이때 대중 속에서 일어난 폭발은 젊은이의 세계가 이미 스스로 파괴되었기 때문에 더욱 강력했고, 그 진동은 모두가 자신의 과도한 요구와 만족되지 않는 열정과 망상적인 고통을 폭발시켰으므로 더욱 컸던 것이다. 독자에게 정신적 작품을 정신적으로 받아들이도록 요구할 수는 없다. 이미 내 친구들에게서 경험했듯이 실제로 주의를 끄는 것은 내용과 소재뿐이었다. 아울러 인쇄된 책의 그럴듯한 모습에서 나오는, 그것이 교술적인 목적을 지니고 있으리라는 오랜 선입견이 다시 나타났다. 그러나 참된 묘사는 목적이 없다. 참된 묘사는 인정도 질책도 하지 않으며, 생각과 행위를 순서에 따라 전개시키고, 그럼으로써 깨우치고 가르치는 것이다.

나는 비평에 대해서는 거의 관심을 두지 않았다. 그 선량한 사람들이 작품을 어떻게 다루려고 하든 내게는 일이 완전히 끝났다. 그러나 내 친구들은 이런 비평들을 빠뜨리지 않고 모았고, 이미 내 견해를 충분히 알고 있었기 때문에 그런 비평들을 웃어넘겼다. 니콜라이*가 『젊은 베르테르의 기쁨』으로 두각을 나타냈지만 그것은 우리에게 많은 농담의 기회가 되었다. 성실하고 업적과 지식이 풍부한 이 사람은 정신적으로 매우 편협하여 자신의 생각만이 순수하고 유일하다고 여겼고, 자신의 생각에 맞지 않는 것은 모두 무시하고 배척해왔다. 그는 곧장 내게 반하는 시도를 하지 않을 수 없었던 것이며, 그의 책자는 곧 우리 손에 들어왔다. 코도비키의 지극히 우아한 표지장식화가 무척 내 마음에 들었다. 나는 이 예술가를 매우 존경하고 있었다. 작품 자체는 가족이 모두 힘을 합쳐 집에서 거칠게 만든 투박한 천으로 장정되어 있었다. 저자는 이제 어떤 대책도 있을 수 없다는 것과 베르테르의 청춘은 이미 치명적인 독충에 찔린 상태로 나타나고 있음을 느끼지 못한 채 내가 다룬 것을 214쪽까지 그대로 인정하고 있으며, 황폐해진 주인공이 죽음을 준비할 때 현명한 정신과 의사가 닭의 피가 채워진 권총을 밀어 넣어줌으로써 더러운 소동이 벌어졌으나 다행히도 불행한 일은 일어나지 않는다. 로테는 베르테르의 아내가 되고, 전체 사건은 누구나가 만족하도록 끝난다.

내가 기억하는 것은 이 정도뿐이며, 그 책은 그 후 내 눈앞에 다시 나타난 적이 없다. 나는 표지 장식화는 오려내어 내가 가장 좋아하는 동판화 밑에 넣어두었다. 그 후 나는 조용히 악의 없는 복수로 『베르테르 무덤 위의 니콜라이』라는 짧은 풍자시를 지었는데, 내용은 말하지 않겠다. 나는 이 기회에 전체를 희곡화하고 싶은 욕구가 일었다. 나는 로테와 베르테르와의 대화를 산문체로 썼지만 꽤 익살스런 것이 되었다. 베르테르는 닭

---

* 독일의 작가, 서적판매상(1733~1811)이며 독일 계몽주의 운동의 지도자로 괴테, 프리드리히 폰 실러, 이마누엘 칸트 등 새로운 운동을 추구하는 작가들에 대해 비판적인 입장을 취했다.

의 피로 인한 구제가 나쁜 결과를 낳은 것을 한탄한다. 그는 살아남기는 했지만 자신의 눈을 쏘았던 것이다. 그는 이제 로테의 남편이 되고도 그녀를 볼 수 없어서 절망에 빠진다. 그에게는 부드러운 그녀의 하나하나의 부분들을 촉각을 통해 확인하는 것보다 그녀 전체의 모습을 바라보는 것이 더 좋을 것이었기 때문이다. 누구나 알고 있는 로테에게 눈먼 남편은 그다지 어울리지 않았다. 그리하여 니콜라이의 시도는 쓸데없이 남의 작품에 간섭했다며 심하게 비난받는 계기가 되었다. 나는 전체를 아주 즐거운 기분으로 썼으며, 자기 능력에 겨운 행동을 하는 니콜라이의 자만심에 찬 불행한 시도를 자유롭게 예감하며 묘사했다. 결과적으로 그는 자신과 타인에게 불쾌감을 주어 마침내 대단한 공적에도 불구하고 문학적 명망을 완전히 잃게 되었다. 이 익살스런 글의 원본은 한 번도 정서된 적이 없으며 몇 년 전에 없어졌다. 나는 이 짧은 창작물에 특별한 애착을 갖고 있었다. 두 젊은 남녀의 순수하고 뜨거운 애정은 그들이 처한 희비극적 상황에 의해 약화되지 않고 더 고양되었다. 열렬한 애정이 전체를 지배하고 있었고, 적수인 니콜라이도 심하게 다루어지지 않고 해학적으로 다루어졌을 뿐이다. 그러나 나는 이 책에서 그다지 정중한 어조를 사용하지는 않았다. 나는 옛 운율을 모방하여 다음과 같이 표현했다.

니콜라우스 다니엘 코도비키

자만심에 빠진 그 작자가
나를 위험하다고 떠들어댄다.
수영도 할 줄 모르는 애송이가
물을 비난하려 하다니!
베를린 추방령도 내겐 통하지 않는다.
몰취미한 성직자나부랭이 같으니!
나를 이해하지 못하는 자는
더 잘 읽도록 배우기나 해라.

나는 『베르테르』에 대한 사람들의 온갖 비난에 대해 각오가 되어 있었기 때문에 그 많은 반박을 결코 불쾌하게 여기지 않았다. 그러나 나는 관심을 기울이는 호의적인 사람들에 의해 참을 수 없는 고통을 받으리라고는 생각지 못했다. 왜냐하면 모두가 내 작품에 대해 좋은 말을 해주는 대신 도대체 그 사건에서 어느 것이 사실인지를 어떻게든 알려고 했기 때문이다. 나는 이에 대해 무척 화가 났으며, 대부분 극히 불손하게 대답해주었다. 내가 이런 질문에 대답하려면 그토록 많은 요소들에 시적 통일을 부여하기 위해 오랫동안 숙고해온 내 작품을 다시 찢어발기고 형태를 깨뜨리지 않으면 안 되었고, 그럼으로써 참된 구성요소들 자체가 사라지지는 않더라도 최소한 흩어지거나 분산될 것이기 때문이었다. 그러나 좀 더 자세히 관찰해보면 대중의 그런 요구를 나쁘게 여길 수만은 없었다. 예루살렘의 운명은 큰 주목을 일으켰다. 최고의 신학자이자 저술가의 아들로서 건강하고 유복하며, 교양 있고 사랑받는 흠 없는 젊은이가 별안간 별다른 이유도 없이 세상을 떠났던 것이다. 그래서 누구나 어떻게 그런 일이 일어날 수 있었는지를 궁금해 했고, 그 불행한 사랑에 대해 알게 되었을 때 모든 젊은이들이 흥분했고, 귀족사회에서 그에게 일어난 사사로운 불쾌한 일들이 입에 오르게 되면 모든 중류계층도 흥분했다. 그리고 모두가 좀 더 자세한 상황을 알고 싶어 했다. 그런데 마침 『베르테르』 속에 그 젊은이의 삶과 사고방식을 찾아볼 수 있다고 생각되는 자세한 묘사가 되어 있었던 것이다. 장소와 인물도 딱 들어맞았고, 표현도 매우 자연스러워 사람들은 완전하게 상황을 알게 되었다고 여기고 만족해했다. 반면에 좀 더 자세히 관찰해보면 역시 많은 것이 부합하지 않았고, 진실을 찾는 사람들에게 참을 수 없는 일이 일어났다. 분석적인 비평을 하면 많은 의문이 생길 수밖에 없기 때문이었다. 그러나 그 사건의 근원을 찾아내는 데에는 이르지 못했다. 왜냐하면 내가 내 삶과 괴로움에서 작품구성에 이용한 것은 이름도 없는 젊은이인 내가 은밀하게 조용히 이끌었던 것이기에 알려질 수 없었기 때문이다.

이 작품을 쓸 때 나는 앞서의 미술가가 여러 미인들에게서 비너스의 모습을 찾아내는 연구를 할 기회를 얻어 좋은 효과를 보았다는 것을 알고 있었다. 그래서 나도 중요한 특징은 내가 가장 사랑하는 여인에게서 취했지만 그 밖의 형태와 특성들은 여러 귀여운 소녀들에게서 모방했다. 그래서 탐구하는 독자들은 여러 여자들의 비슷한 모습들을 찾아낼 수 있었고, 여자들에게도 로테와 똑같이 여겨지는 것이 전혀 아무렇지도 않은 것은 아니었다. 그러나 이런 여러 명의 로테로 인해 나는 끝없는 괴로움을 겪었다. 왜냐하면 나를 보는 사람마다 도대체 실제 로테는 어디에 살고 있는지를 확실히 알고 싶다며 알려달라고 요구했기 때문이다. 나는 나탄이 세 개의 반지 이야기*로 돌파구를 모색했듯이 출구를 찾아보았지만 그 출구는 좀 더 고상한 사람이 이용할 수 있는 것이어서 내게서는 그것에 의해서는 믿는 사람도 읽는 독자도 만족하려 하지 않았다. 나는 머지않아 그런 고통스런 탐구에서 벗어나리라 기대했다. 그러나 그것은 일생 동안 나를 따라다녔다. 나는 몰래 여행이라도 하여 이것을 피해보려 했지만 이런 방법도 부지중에 허사가 되었다. 그리하여 그 작은 작품의 작가는 좀 부당하고 해로운 일을 저질렀다고는 해도 그로 인해 피할 수 없는 고통에 의한 충분하고도 과도한 벌을 받았던 것이다.

이런 식으로 압박을 받으면서 그는 작가와 독자 사이에는 어마어마한 틈에 의해 갈라져 있으며, 다행히도 그들 양쪽은 그것을 모르고 있다는 것을 분명하게 알게 되었다. 그래서 그는 온갖 서문이 무의미하다는 것을 오래 전부터 깨달아왔다. 왜냐하면 자신이 의도를 분명하게 밝히려고 할수록 더욱 더 혼란을 일으키기 때문이다. 그리고 작가가 서문을 말한다 해도 독자는 늘 작가가 처음부터 피하려고 했던 것을 요구하게 될 것이다. 나는 독자들의 이와 관련된 특성도 일찍부터 알고 있었는데, 특히 자신의 비판을 인쇄하여 알리는 사람들의 성격은 우스꽝스럽게 여겨진다. 즉 독자들은 망상에 사로잡혀 있으며, 작가란 무언가를 쓰게 되면 그들의 채무자가 되고, 늘 자신들이 실제로 하려고 하거나 원하는 것과는 훨씬 뒤처져 있다고 여기는 것이다. 그렇지만 그들은 우리의 작품을 보기 직전까지는 그런 어떤 일이 존재할 수 있거나 가능할 것이라는 데에 대해 아

---

* 레싱의 계몽주의의 의도가 담긴 『현자 나탄』에 나오는 이야기. 십자군 원정 때의 예루살렘을 무대로 보카치오의 『데카메론』에서 따온 반지의 우화를 중심으로 그리스도교, 이슬람교, 유대교 중 어느 것도 단독으로는 진리를 소유할 수 없음을 보여준다.

무 지식도 없었던 것이다. 이런 모든 일을 차치하고라도 모두가 생각지도 않게 대담하게 나타난 이 기이한 젊은 작가에 대해 알고 싶어 했다는 것은 커다란 행운 혹은 불행이었다. 사람들은 그를 만나보고 얘기를 나누기를 갈망했고, 멀리서도 그에 대해 무언가를 들으려고 했으므로 그는 아주 중요한, 때로는 기쁘고 때로는 달갑지 않지만 언제나 즐거움을 주는 군중의 쇄도를 경험해야 했다. 그는 착수했던 일이 많이 있었고, 지속적인 애정을 쏟을 수 있다면 몇 년은 충분히 소요될 것이었다. 그러나 그는 오로지 순수한 창작만을 촉진시킬 수 있는 고요와 어스름과 어둠에서 한낮의 소음 속으로 끌려들어갔다. 거기에서는 타인들 속에서 스스로를 망각하고, 관심이나 냉대, 칭찬이나 질책에 의해 혼란에 빠진다. 왜냐하면 이 외부적인 접촉은 결코 우리의 내면적 교양의 시기와 일치하지 않으며, 그래서 유익할 수가 없고 필연적으로 해를 끼치게 되기 때문이다. 그러나 모든 일상의 산만함보다도 더 작가가 비교적 큰 작품을 다듬고 완성하려는 것을 방해한 것은 삶에서 어느 정도 중요하다고 여겨지는 것을 모두 희곡화하려는, 당시의 작가 집단에 퍼져 있던 욕구였다. 희곡화라는 전문용어가(이것은 창작을 하는 집단에서는 전문용어가 되었는데) 본질적으로 무엇을 뜻하는지를 여기서 설명해야겠다. 몹시 유쾌한 날의 재기 넘치는 모임에 자극되어 사람들은 내가 더 웅대한 구성을 하기 위해 전부터 모아놓은 모든 것을 순간적인 짧은 표현으로 산산조각 내는 것이 보통이었다. 하나하나의 단순한 사건, 아주 소박하고 어리석은 말, 오해, 역설, 재치 있는 설명, 개인적 특성이나 습관, 눈에 띄는 표정, 그 밖에 다채롭고 요란한 삶에서 늘 일어날 수 있는 모든 것이 대화, 문답, 움직이는 동작, 연극 등의 형태로 표현되었고, 때로는 산문으로, 또한 자주 운문으로 표현되었다.

이런 천재적이고 정열적으로 행해진 연습에서 본질적인 시적 사고방식이 확인되었다. 즉 우리는 대상과 사건과 인물들을 그 자체로는 물론 모든 연관관계 속에서 성립시켰고, 그것들을 명확하게 파악하고 생동감 있게 묘사하려고 했다. 모든 비판은 찬동하든 그렇지 않든 보는 사람들의 눈앞에서 생생한 형태로 움직여야 했다. 이런 작품들은 살아있는 격언시로 불릴 수 있을 정도였으며, 예리하고 신랄하지는 않으나 적합하고 결정적인 특성을 충분히 갖추고 있었다. 『연시(年市) 축제』는 그런 종류의 하나이며, 나아가 그런 격언적 단시들의 모음집이다. 여기에 등장하는 모든 가장 인물들은 그 사회에서 살아가는 구성원들이거나 적어도 그 사회와 연결되고 어느 정도 잘 알려진 실제의 사람들이다. 그러나 수수께끼의 의미는 대부분의 사람들에게 숨겨져 있었고, 모두가 웃었으며, 그들의 독특한 특성들이 자신들을 웃음거리로 만들고 있다는 사실을 아는 사람은 거의 없었다. 『바르트의 최신 계시에 대한 서문』은 다른 종류의 증거로 인정되고 있다. 극히 사소한 것들이 뒤섞인 시들 속에 있지만 많은 것들은 흩어져 없어지고 말았으며, 남아있는 것들은 대부분 좋은 내용을 전하고 있지 않다. 이 중에서 인쇄되어 나온 것은 독자의 동요만을 증가시켰고 작가에 대한 호기심을 높였다. 손으로 써서 발표된 것은 점점 늘어난 인접 집단을 고무시켰다. 그 당시 기센에 살던 바르트 박사가 나를 방문했는데, 그는 정중하고 신뢰성 있는 듯이 보였다. 그는 『서문』에 대해 농담을 하며 친밀한 교제를 원했다. 그러나 우리 젊은이들은 사교모임을 가질 때면 늘 다른 사람들의 특성을 알아내어 즐겁게 묘사함으로써 은근히 짓궂은 기쁨을 즐겼다.

문학계의 유성으로 경탄을 받는 것은 젊은 작가에게는 결코 불쾌한 일이 아니다. 그래서 그는 기꺼이 겸손하게 조국의 가장 정평 있는 사람들에게 존경을 표하려 했다. 그들 가운데에서 누구보다도 먼저 손꼽을 수 있는 사람은 훌륭한 유스투스 뫼저*였다. 남들과 비교될 수 없는 이 사람의 시민사회적 내용을 담은 소논문은 〈오스나브뤼크 인텔리겐츠〉에 게재되었는데, 나는 그 시대의 가치 있는 것이라면, 특히 인쇄되어 나온 것이라면 어떤 것도 버리지 않았던 헤르더를 통해 이것을 알게 되었다. 뫼저의 딸인 포이크츠 부인이 흩어져 있던 이 신문들을 모으는 일을 했다. 우리는 그것의 출판을 거의 기대할 수 없었으므로 특정 영역을 겨냥하여 작성된 논문들이 소재와 형식에서 여러 방면에 도움이 될 것이라고 믿고 큰 관심을 가지고 그녀와 접촉을 해나갔다. 그녀와 그녀의 아버지는 전혀 모르는 상태는 아닌 이 외지인의 설명을 잘 받아들였고, 그럼으로써 그들이 품고 있던 불안도 우선은 사라졌다.

모두가 하나의 정신 속에서 작성되고 참된 전체를 이루고 있는 이 소논문들에서 가장 두드러지고 찬양할 만한 가치가 있는 것은 시민적 본질에 대한 가장 깊은 인식이다. 우리는 하나의 제도가 과거에 기초를 두고 아직도 생생하게 유지되고 있음을 알게 된다. 우리는 한편으로는 전통을 고수하고 있으면서도 다른 한편으로는 사물의 움직임과 변화를 막을 수 없다. 우리는 유익한 혁신을 두려워하기도 하고, 무익하고 해로울 새로운 것에 대한 욕구와 즐거움을 갖기도 한다. 저자는 계층 상호간의 관계와 도시와 구역과 마을들의 상호 존립관계를 아무런 편견 없이 논하고 있다.

* 독일의 정치평론가이며 시인(1720~1794). 주간지에 발표한 글을 모아 엮은 『애국적 환상』(1774~76)에서, 통치자는 전제적인 법 체계를 강요하지 말고 전국에 걸쳐 주정부를 유기적으로 발전시킬 것을 요구했다.

우리는 그것들의 권리와 동시에 법적인 토대들을 알게 되며, 국가의 기본 재산이 어디에 있고 어떤 이익을 가져오는지도 알게 된다. 우리는 소유재산과 그 이익, 반대로 조세와 지출, 다양한 생계활동에 대해서도 알게 된다. 여기에서는 또한 구시대와 신시대가 대비되어 있다.

우리는 한자동맹의 일원으로서 오스나브뤼크가 옛 시대에는 교역활동이 왕성했다는 것을 알게 된다. 당시의 시대상황에 비춰보면 이 도시는 놀랄 만큼 좋은 입지를 차지하고 있었다. 즉 내륙의 생산물을 얻을 수도 있었고, 바다에서 멀리 떨어져 있지 않으므로 해상활동도 할 수 있었다. 그러나 그 후의 시대에는 이 도시가 이미 내륙의 한가운데에 깊숙하게 들어앉게 되었고, 점차 해상교역에서 멀어지고 제외되었다. 어떻게 해서 이렇게 되었는지가 다방면으로 서술되어 있다. 영국과 해안지역들, 항구도시들과 내륙지역들과의 갈등도 다루어져 있다. 여기에서 해안지역에 사는 사람들의 커다란 이익이 부각되고, 내륙지역의 거주자들도 그와 똑같은 이익을 얻을 수 있는 방법에 대해 진지한 제안이 제시된다. 그런 다음 우리는 공업과 수공업에 대해서도 많은 것을 알게 되고, 이런 것이 어떻게 해서 공장에 의해 압도당하고 소매상에 의해 무너져 내렸는지를 알게 된다. 우리는 여러 가지 원인의 결과로서의 몰락을 알게 되고, 이런 결과가 다시 새로운 몰락의 원인이 되어 영원히 풀기 어려운 순환상태가 되고 있음을 알게 된다. 그러나 성실한 시민인 저자는 분명한 방식으로 서술하고 있어 우리는 그런 순환에서 구제될 수 있다고 아직도 믿고 있다. 저자는 시종일관 특수한 환경을 철두철미하게 통찰하고 있다. 그의 제안과 충고는 어떤 것도 허무맹랑한 것은 아니었지만 대부분 실현될 수 없는 것이어서 그는 이 논문집을 '애국적 환상'이라고 불렀다. 그러나 이 속에 있는 것은 모두 현실적이고 가능한 것과 연결되어 있다.

그러나 모든 공공적인 것은 가족제도에 바탕을 두고 있기 때문에 그도 역시 주로 그쪽으로 시선을 돌렸다. 그의 진지하면서도 익살스런 관찰의 대상은 풍습, 습관, 의상, 음식, 가정생활, 교육 등의 변천이다. 우리는 그가 다루고 있는 대상들을 충분히 논하려면 시민세계와 도덕세계에서 일어나는 모든 것을 영역별로 구분해야 할 것이다. 그리고 이러한 취급방법은 경탄할 만한 것이다. 완벽한 실업가인 그는 사려 깊고 호의적인 정부가 계획하거나 실행하는 일을 모두에게 올바르게 이해시키기 위해 주간지의 글을 통해 국민에게 말하고 있다. 그러나 그의 말은 결코 교훈적이지 않고, 시적이라고 부를 수 있으며 좋은 의미에서는 수사적이라고 불러야 할 것이다. 그는 언제나 자신의 대상을 초월해 있으며, 지극히 진지한 것의 쾌활한 면을 우리에게 보여줄 줄 알고 있다. 그는 이런저런 가면 뒤에 반쯤 숨기도 하고, 손수 말하기도 하면서 언제나 완전하고 충분하게 밝힌다. 그는 늘 유쾌하고, 다소 풍자적이고, 무척 힘차고 진지하며 친절하고, 때때로 노골적이고 과격하기도 하지만 모든 것이 아주 잘 정돈되어 있어 누구나 저자인 그의 정신, 이성, 경쾌함, 능란함, 취향, 성격에 감탄하지 않을 수 없다. 공익적 대상들의 선택, 깊은 통찰, 자유로운 개관, 훌륭한 취급, 철저하고 즐거운 유머의 측면에서 나는 플랭클린을 제외하고는 그와 견줄 만한 사람을 알지 못한다.

그런 인물은 우리를 끝없이 경탄하게 했으며, 유익한 무언가를 원하고 그것을 붙잡으려고 하는 젊은이에게는 더할 나위 없는 영향을 주었다. 우리는 그의 논문 형식은 익힐 수 있다고 생각했다. 그러나 그런 풍부한 내용을 장악하고 까다로운 대상들을 그토록 자유롭게 다룰 수 있으리라고는 누가 감히 기대할 수 있을 것인가?

그러나 우리가 존중하고 숭배하는 것을 가능한 한 자기 것으로 만들고, 우리 자신에게서 그런 것을 만들어내어 표현하고 싶은 것은 우리의 가장 아름답고 달콤한 공상이며, 그것으로 인해 삶에서 많은 고통이 일어난다고 해도 우리는 그것을 포기할 수 없는 것이다.

제14장

독자대중에게 확산된 그런 동요와 함께 저자에게는 아마도 더 큰 의미가 있을 또 다른 동요가 주변에서 일어났다. 그토록 커다란 주목을 일으킨 그 작품들을 원고를 통해 이미 알고 있었고, 그래서 작품의 일부를 자신들의 것으로 여겼던 나보다 더 나이 든 친구들*은 그들이 대담하게 예언했던 좋은 성과에 대해 자랑했다. 그들에게 새로운 참여자들**이, 특히 스스로의 내부에서 창작력을 느끼고 있거나 그것을 자극하고 키우기를 바라는 사람들이 가세했다.

전자의 사람들 중에서는 렌츠가 가장 활달했고, 특별히 두각을 나타냈다. 이 탁월한 사람의 외모는 이미 대략적으로 밝힌 바 있고, 그의 해학적 재능도 좋게 새겨본 바 있다. 여기에서 나는 그의 성격을 묘사하려는 것이 아니라 그 성격에 의한 결과를 말하고자 한다. 왜냐하면 인생행로의 굽이마다 그를 따라다니며 그의 특성을 묘사하여 전한다는 것은 불가능

* 메르크, 헤르더, 렌츠 등을 가리킴.

** 클링거, 라바터, 야코비 등을 가리킴.

하기 때문이다.

그 당시 사람들은 외부나 타인에게서 고난을 받지 않았기 때문에 일상화된 자책은 곧장 탁월한 사람들을 불안하게 했다. 자기 자신을 관찰하지 않는 평범한 사람들에게는 다만 일시적인 고통이 되고, 그들이 머릿속에서 없애버리려고 하는 것이 좀 더 뛰어난 사람들에게는 예리하게 인식되고 중시되어 작품과 편지와 일기 속에서 보존되었다. 그러나 자신과 타인에 대한 지극히 엄격한 도덕적 요구는 행동에 있어서의 지극히 심한 태만과 어울렸고, 이 어정쩡한 자기인식에서 생겨나는 자부심은 아주 기이한 습관과 악덕이 생기도록 유혹했다. 자기관찰에 대한 그러한 집중적 노력을 정당화해준 것은 그 당시 태동하고 있었던 경험심리학이었다. 이것은 우리의 내면을 불안하게 하는 모든 것을 나쁘고 배척해야 할 것으로 보지도 않았고, 모든 것을 용인할 수도 없었다. 그리하여 영원히 해결할 수 없는 논쟁이 일어났다. 이 논쟁을 이끌고 유지시켰다는 점에서 렌츠는 내면을 파괴한 다른 모든 비활동가들이나 반쪽 활동가들을 능가했다. 그래서 그는 베르테르의 묘사에 의해 보편적으로 결론이 내려진 시대정신으로 고민했다. 그러나 그의 개인적 단면은 그를 철저히 솔직하고 성실하다고 인정할 수밖에 없는 다른 모든 사람들과 구별 지었다. 즉 그는 음모에 대한 철저한 애착을 지니고 있었고, 이해할 만하고 독자적이며 성취 가능한 목적도 없으면서 음모 그 자체를 좋아했다. 그는 늘 무언가 엉뚱한 것을 구상했으며, 그럼으로써 그것이 그에게는 지속적인 즐거움이 되었다. 이런 식으로 그는 일생 동안 공상 속의 악동이었으며, 그의 사랑은 증오와 마찬가지로 공상적이었다. 그는 계속해서 무언가 하고 싶은 일을 가질 수 있도록 마음대로 상상과 감정을 다루었다. 그는 가장 잘못된 수단을 통해 자신의 애착과 반감에 현실성을 부여하려 했고, 자신의 작품을 늘 반복하여 파괴했다. 그리하여 그는 자신이 사랑하는 사람에게 도움을 준 적도 없었고, 증오하는 사람에게 해를 끼친 적도 없었다. 전체적으로 그는 스스로를 벌하기 위해서만 죄를 범하고, 낡은 이야기에 새로운 이야기를 접합시키기 위해서만 음모를 꾸미는 것 같았다.

야코프 미하엘 라인홀트 렌츠

그의 재능은 참된 깊이에서, 무한한 창작력에서 나왔다. 이 재능 속에서는 섬세함과 유동성과 예민함이 서로 앞을 다투고 있었다. 그러나 그것은 온갖 아름다움에도 불구하고 철저히 병들어 있었고, 바로 이런 재능이야말로 평가하기가 지극히 어려운 것이다. 그의 작품들에는 간과할 수 없는 큰 특징들이 있었다. 가장 조잡하고 일그러진 희화들 사이에 우아한 섬세함이 숨어들고 있었다. 그러나 그런 희화들을 철저하고 완전한 해학이나 진정한 희극적 재능을 지닌 것이라고 인정할 수는 없다. 그의 나날은 순전히 허무로 가득 차 있었지만 그는 자신의 활동성에 의해 거기에 의미를 부여할 줄 알았다. 그리고 그는 독서에 보낸 시간이 뛰어난 기억력으로 인해 늘 많은 결실을 가져오고 그의 독창적 사고방식을 다양한 소재로 풍부하게 했으므로 그만큼 더 많은 시간을 놀면서 보낼 수 있었다.

그는 리플란트의 귀족들과 함께 스트라스부르로 파견되었는데, 이런 사람을 가정교사로 택한 사람은 적잖이 불행한 사람이라 할 수 있을 것이다. 형인 남작은 얼마 동안 고국으로 돌아갔으므로 굳은 관계를 맺은 연인을 남겨두게 되었다. 렌츠는 역시 그 여인의 사랑을 얻으려 한 남작 동생과 그 여인을 좋아하는 다른 사람들을 물리치고 부재중인 친구 대신 그 소중한 연인을 지키기 위해 자신이 그 여인에게 반한 것처럼 행동하거나 마음먹기에 따라서는 정말로 그 여인을 사랑하려고 결심했다. 그는 이 여인에게서 세운 이상에 철저히 집착하여 자신의 주제를 관철시켰고, 다른 사람들처럼 그녀의 유희나 오락에 봉사하고 있다고 인정되기를 원치 않았다. 그에게는 그러는 것이 더욱 좋았다. 왜냐하면 그녀에게도 그것은 유희일 뿐이었고, 그녀도 똑같이 장난으로 응답하고, 그를 가까이 하기도 하고 멀리 하기도 하고, 칭찬하기도 하고 무시하기도 하면서 오래 계속될 수 있었기 때문이다. 그는 이따금 의식적이기도 했지만 그러한 계략에 진정으로 기분 좋게 행운을 바랐을 것은 믿어도 좋을 것이다.

그 외에도 그는 자신의 제자들과 마찬가지로 대부분 위수대의 장교들과 함께 지냈기 때문에 거기에서 신기한 관찰을 하여 나중에 희극 『병정들』에서 나타낼 수 있었다. 그는 이렇게 일찍이 군대를 알게 됨으로써 스스로를 대단한 군사통으로 여기게 되는 독특한 결과를 낳았다. 그는 실제로 이 방면을 점차 상세히 연구하여 몇 년 후에는 프랑스 국방장관에게 많은 기록문서들을 작성해주었고, 스스로 좋은 성과를 기대했다. 군대의 상태에 대한 결함은 꽤 잘 관찰되었지만 그 처방은 우스꽝스럽고 실행할 수 없는 것이었다. 그러나 그는 그것으로 인해 궁중에서 큰 영향력을 얻을 수 있으리라 확신하고 있었다. 그래서 그는 이미 깨끗하게 정서하여 편지를 첨부하고 봉투에 넣어 형식에 맞게 주소까지 적어놓은 이 공상적 작품을 친구들이 이유를 대고 극구 반대하여 제지하고 결국 불에 태워버린 데 대해 불만스러워했다.

그는 앞서의 여인과 관련한 자신의 좌충우돌적인 모든 복잡한 상황을 내게 직접 말하기도 하고 나중에는 편지로 알려주었다. 가장 평범한 것으로도 시적인 작품을 만들 줄 아는 그는 나를 자주 놀라게 했다. 그래서 나는 그에게 이 몹시 복잡한 모험의 핵심을 재치 있게 마무리하여 그것으로 짧은 소설을 만들 것을 간곡히 부탁했다. 그러나 그것은 그가 할 일이 아니었다. 마치 끝없이 하나하나의 일에 몰두하여 아무 생각도 없이 끝없는 실을 잣고 있는 듯한 그에게는 그런 일이 어울릴 수 없었다. 이러한 전제에 따라 나는 그가 광증에 빠진 시기까지의 그의 인생행로를 언젠가 어떤 식으로든 자세히 밝히게 될 수 있으리라 여긴다. 지금은 가까운 주변의 얘기를 하고자 한다.

『괴츠 폰 베를리힝겐』이 나오자마자 렌츠는 그가 보통 사용하는 질이 나쁜 원고지에 상하좌우로 조금도 여백이 없이 긴 글을 써서 내게 보내왔다.

이 글은 『우리의 결혼에 대하여』라는 제목이 붙어 있었다. 만약 지금도 이 글이 보존되어 있다면 내가 그와 그의 존재에 대해 아직 매우 모호한 상태에 있던 그 당시보다 그에 대해 우리에게 더 많은 것을 설명해줄 수 있을 것이다. 이 긴 글의 주목적은 나의 재능과 그의 재능을 서로 비교하는 것이었는데, 그는 자신을 나보다 아래에 놓기도 하고 동등하게 놓기도 했다. 그러나 모든 것이 해학적이고 우아했기 때문에 나는 그것을 통해 그가 내게 전하려는 생각을 기꺼이 받아들였다. 내가 더욱 기꺼이 받아들인 것은 내가 그의 재능을 높이 평가하고 있었고, 그에게 무의미한 방종에서 벗어나 정신을 가다듬어 타고난 창작의 재능을 예술적으로 적합한 양식과 함께 활용하기를 촉구해왔기 때문이다. 나는 그의 신뢰에 매우 친절하게 응했다. 그리고 자신이 글에서 가장 긴밀한 결합을 요구했으므로(기이한 제목이 암시하듯) 나는 그때부터 이미 완성한 작품은 물론 내가 계획한 것을 포함한 모든 것을 그에게 전해주었다. 그러자 그는 내게 차츰 그의 원고들을 보내왔다. 그것은 『가정교사』, 『신 메노차』, 『병정들』, 플라우투스*의 모작들, 『연극에 대한 주석』의 부록으로서 영국 연극의 번역물 등이었다.

이 글들에서 내가 좀 특이하게 여긴 것은 그가 보편적인 연극에 대해 극렬하게 반대하고 있는 이 논문의 간략한 서언에서 그 내용이 이미 몇 년 전 문학친구들의 모임에서 강연을 통해 알려진 것이라고 밝힌 것이었다. 그때는 『괴츠』가 아직 쓰이기 전이었다. 렌츠의 스트라스부르 교제에서 내가 모르는 문학단체가 있었다는 것은 조금 의아하게 생각되었다. 그러나 나는 그것을 염두에 두지 않고 그에게 이 논문과 그의 다른 작품들의 출판업자를 소개해주었다. 그러나 그가 나를 자신의 공상적 증오의 가장 우선적인 대상으로 삼고, 모험적이고 망상적인 박해의 목적으로 택했던 것을 나는 조금도 예상하지 못했다.

나는 잠시 또 한 명의 좋은 친구에 대해 떠올려보고자 한다. 그는 뛰어난 재능은 없었지만 나와 함께 어울렸다. 그의 이름은 바그너였는데, 처음에는 스트라스부르의 일원이었다가 나중에는 프랑크푸르트 모임의 일원이었다. 그는 지성과 재능과 학식을 갖추고 있었다. 그는 노력하는 자

---

* 로마의 희극작가(BC 254?~184). 그리스 극을 자유롭게 각색해 라틴어로 된 참된 로마 극을 확립시켰으며 테렌티우스와 함께 로마의 2대 희극작가로 꼽힌다.

의 모습을 나타냈고 우리에게 환영을 받았다. 그는 내게도 충실했다. 나는 계획한 모든 일을 비밀로 하지 않았기에 다른 사람들에게 그랬듯이 그에게도 『파우스트』의 구상, 특히 그레첸의 파멸에 대해 얘기해주었다. 그는 이 주제를 취하여 비극 『영아 살해녀』에 이용했다. 이것이 누군가가 내 계획을 빼앗아간 맨 처음의 일이었다. 나는 불쾌했지만 그에게 원한을 품지는 않았다. 나는 그 후에도 자주 비슷한 착상을 빼앗기고 선취당하는 일을 겪었지만 계획하고 상상한 많은 것을 마구 떠들어댔기 때문에 정정당당하게 불평할 수는 없었다.

연설가와 작가는 연설이나 글에 큰 효과를 나타내기 위해 대조를 이용하고 일부러 그것을 찾아서 끌어내기도 하는 법인데, 작가인 내게는 렌츠에 이어 클링거*를 언급하게 되어 두 사람을 결정적으로 대조할 수 있게 된 것이 매우 기분 좋은 일이 아닐 수 없다. 두 사람은 동시대인이며, 젊은 시절에는 함께 노력하였다. 그러나 렌츠는 스쳐지나가는 유성처럼 독일문학의 지평선 위를 순간적으로 지나갔으며, 삶에 아무런 흔적도 남기지 않고 돌연 사라졌다. 반면에 클링거는 영향력 있는 작가이자 활동적인 사업가로 오늘날까지 명성을 유지하고 있다. 나는 자연히 드러날 것이므로 더 이상 비교는 하지 않고 그에 대해 꼭 필요한 것만을 말하려 한다. 그가 이룬 많은 업적이나 영향은 숨겨진 것 속에 있는 것이 아니고 멀거나 가까운 집단 속에서 아직도 잘 기억되고 중시되고 있기 때문이다.

클링거의 외모는—나는 늘 외모부터 말하는 것을 가장 좋아하는데—

* 프리드리히 막시밀리안 클링거(1752~1831). 독일의 극작가이자 소설가. 질풍노도운동으로 알려진, 합리주의에 대항하여 감정을 지지하고 나선 독일 문예혁명의 대표자이다. 실제로 질풍노도라는 이름은 그의 희곡 제목인 『뒤죽박죽 또는 질풍노도』(1776)에서 따온 것이다.

클링거의 책 삽화

매우 유리한 편이었다. 그는 키가 크고 날씬하며 체격이 좋고 단정한 용모를 갖추고 있었다. 그는 개성이 있었고, 말쑥한 옷차림을 했으며, 우리의 작은 모임에서 가장 멋진 일원이라고 할 수 있었다. 그의 태도는 건방지거나 반감을 주지 않았고, 내적으로 동요하지 않으면 평정했다.

소녀는 있는 그대로를 좋아하고, 젊은이는 그가 전하는 것을 좋아하는 법인데, 나는 클링거를 알게 되자마자 그의 친구가 되었다. 그는 순수한 마음으로 호감을 얻었고, 분명하고 단호한 성격으로 신뢰를 얻었다. 그는 어려서부터 엄숙한 삶을 살아왔다. 그는 자신처럼 예쁘고 착한 누이동생과 함께 어머니를 도와야 했는데, 과부인 어머니는 제대로 살아나가려면 그런 착한 아이들이 필요했다. 그가 지닌 모든 것은 자기 손으로 만들고 해낸 것이어서 그의 행동에서 나타나는 당당한 독립성은 나쁘게 여겨지지 않았다. 재능이 뛰어난 모든 인간에게 공통적인 기민한 이해력, 뛰어난 기억력, 어학능력과 같은 결정적인 천성적 소질을 그는 충분히 소유하고 있었다. 그러나 그는 다른 모든 것보다도 확고부동함과 끈기를 더 중요하게 여기고 있는 것 같았다. 이것 또한 타고난 기질로 여러 상황들에 의해 완벽하게 증명되었다.

그러한 젊은이에게 루소의 작품들은 특별히 마음에 들 수밖에 없었다. 『에밀』은 그의 핵심이자 기본이 되는 책이었고, 그는 이 책의 사상이 전체 교양세계에 끼친 일반적 영향이나 다른 사람들에게 미친 영향보다 더 많은 영향을 받았다. 왜냐하면 그도 역시 자연의 아이였으며, 밑바닥에서부터 출발했기 때문이다. 다른 사람들이 버려야 할 것을 그는 지녀본 적이 없었고, 다른 사람들이 벗어나야 할 상황이 그를 괴롭힌 적도 없었다. 그래서 그는 자연의 복음의 가장 순수한 젊은이로 여겨질 수 있었다. 그리고 인간이자 아들로서의 그의 진지한 노력과 행동으로 볼 때 그는 "모든 것은 자연의 손에서 나온 그대로가 좋다!"는 말을 충분히 외칠 수 있는 사람이었다. 그러나 그 다음의 문장 "모든 것은 인간의 손아래에서 나빠진다!"는 말은 그에게 역겨운 체험을 강요했다. 그는 자기 자신이 아니라 자신 외의 인습의 세계와 싸워야 했는데, 제네바의 시민 루소는 바로 이 세계의 속박에서 우리를 구제하려고 생각했었다. 그러나 젊은이의 입장에서는 이러한 투쟁이 종종 힘들고 고통스러웠으므로 그는 유쾌하고 즐거운 교양형성에 이를 수 있기보다는 더 강압적으로 자신의 내면으로 쫓겨 들어가는 것을 느꼈다. 그는 좀 더 돌파하고 돌진해 들어가야만 했다. 그리하여 그의 성격에는 침울한 특성이 기어들어갔는데, 그는 나중에 이런 성격을 일부는 조장하고 키웠지만 대부분은 싸워서 이겨냈다.

내가 알고 있는 한 그의 작품들 속에서는 엄격한 지성, 진지한 감각, 활

어린이들과 대화하는 루소

발한 상상력, 인간의 나약성에 대한 훌륭한 관찰, 속성상의 차이에 대한 특징적 묘사가 나타나고 있다. 그가 나타내는 소녀와 소년은 자유롭고 귀여우며, 젊은이는 정열적이고, 어른은 소박하고 현명하다. 그가 좋지 않게 묘사하는 인물들도 과도한 것은 아니었다. 그에게는 쾌활함과 유쾌한 기분, 기지와 훌륭한 착상도 부족하지 않았다. 그는 비유와 상징도 마음대로 구사했다. 그는 우리를 즐겁게 하고 만족시킬 줄 알았는데, 이따금 침울한 불쾌감으로 쾌활하고 뜻 깊은 익살을 깨뜨리지 않았더라면 즐거움은 더 완전했을 것이다. 그러나 이것이 바로 그를 그답게 해주었고, 그럼으로써 생활하는 사람과 글을 쓰는 사람의 종류가 다양하여 누구나 이론적으로는 인식과 오류 사이를, 실제적으로는 활동과 파괴 사이를 이리저리 헤매게 된다.

클링거는 자기 자신으로부터, 자신의 정서와 지성으로부터 세계로 나가는 교양을 이룬 사람에 속한다. 그러나 이것이 큰 집단과 함께 그 집단 속에서 이루어지고, 그들이 서로 보편적 성향과 민족적 특성에서 흘러나오는 이해하기 쉬운 언어를 사용했기 때문에 그들에게는 조만간 모든 학구적 형식들이 심한 거부감을 주었다. 특히 이런 형식들이 살아있는 원천에서 분리되어 상투적인 말로 변질됨으로써 본래의 신선한 의미를 완전히 잃게 될 경우에는 더욱 그러했다. 그러한 사람들은 새로운 의견, 견해, 체계에 반대하듯이 새로운 사건에, 또한 큰 개혁을 알리거나 실천하는 두드러진 사람들에도 반대 입장을 취한다. 그들이 그렇게 하는 것을 결코 나쁘게 볼 것은 아니다. 왜냐하면 그들은 자신의 존재와 교양의 바탕이 되고 있는 것이 근본적으로 위태로워진다고 여기기 때문이다.

그러나 탁월한 성격을 고수하는 것은 그것이 현실적이고 실무적인 삶을 통해 유지되고, 많은 사람들에게 엄격하고 강압적으로 여겨지는 인습적인 것의 취급방식이 적절한 시기에 활용되어 가장 확실하게 목표로 이끈다면 더 가치 있는 것이 될 것이다. 클링거에게는 이것이 이루어졌다. 그것은 그가 유연성(이것은 독일제국 시민의 덕성은 아니었는데)이 없었고, 그럼으로써 더 성실하고 확고하고 정직하게 중요한 지위에 올랐으며, 그 지위를 유지할 줄 알았고, 최고 후원자의 갈채와 은총을 지속적으로 받았으며, 그러면서 옛 친구들이나 자신이 걸어온 길을 잊지 않았기 때문이다. 그는 아무리 부재중이거나 떨어져 있어도 추억의 연속성을 철저히 유지하려고 했다. 예컨대 그가 제2의 빌리기스*로서 훈장들로 장식된 자신의

* 1011년에 사망한 마인츠의 대주교로 수레 제작자인 부친의 직업을 기려 수레바퀴를 자신의 문장으로 삼았다.

문장(紋章) 속에서 어린 시절의 상징적인 것*을 영원히 버리지 않고 간직했던 사실은 주목할 만한 가치가 있다.

얼마 지나지 않아 나는 라바터와 교제하게 되었다. 그의 동료들에게 보낸 『목사의 편지』를 그는 부분적으로 매우 잘 이해했다. 왜냐하면 많은 것이 그의 생각과 완전히 일치했기 때문이다. 그의 분주한 활동에도 불구하고 우리의 편지왕래는 곧 매우 활발해졌다. 그는 때마침 분량이 많은 인상학 책을 진지하게 준비하고 있었는데, 그 서문은 이미 독자에게 알려진 바 있었다. 그는 그림과 스케치와 특히 그리스도 상을 보내줄 것을 도처에 요청했다. 그리고 내가 그림을 잘못 그리는데도 불구하고 그는 내게 머릿속에 떠올릴 수 있는 대로 그리스도를 그려주기를 바랐다. 불가능한 것에 대한 그런 요구들은 내게 많은 즐거움을 주는 계기가 되었고, 나는 그의 독특한 성격에 대해 내 자신의 성격을 드러내어 대응할 수밖에 없었다.

인상학을 믿지 않는 사람이나 적어도 그것을 불확실하고 기만적인 것으로 여기는 사람들의 수가 매우 많았으며, 라바터에게 호의를 가진 많은 사람들조차 그를 시험해보고 그에게 장난을 치고 싶은 충동을 느꼈다. 그는 프랑크푸르트에 있는 한 유능한 화가에게 여러 명의 이름 있는 사람들의 초상화를 그려달라고 주문했다. 발송자는 내 초상화 대신 바르트의 초상화를 보내는 장난을 쳤다. 이에 대해 쾌활하지만 벼락같은 답신이 왔다. 그 속에서 라바터는 당황하고 철저하게 그것이 내 모습이 아니라고 말했고, 이 기회에 인상학 이론을 확인시키기 위해 말하고 싶은 모든 것을 털어놓았다. 그는 그 후에 보낸 내 진짜 초상화는 인정을 했지만 이

* 포수인 그의 아버지의 직업에 따라 그도 포신을 문장으로 삼았다.

때도 역시 화가는 물론 개인에게 품고 있는 반감을 내보였다. 화가들은 그에게 결코 진실하고 정확하게 일해줄 수 없는 존재들이었으며, 개인들은 그들이 가질 수 있는 온갖 장점에도 불구하고 그가 품고 있는 인간성과 인간에 대한 생각보다 훨씬 뒤쳐져 있었다. 그의 생각에 의하면 개인은 자신을 인격체로 만드는 특별한 것에 의해 어느 정도 배척당하지 않을 수 없다는 것이었다.

요한 카스파르 라바터

그의 마음속 자신의 인간성 곁에서 키워진 인간성에 대한 개념은 그가 그리스도에 대해 마음속에 생생히 지니고 있는 생각과 일치했다. 그리하여 그에게는 기독교도가 아닌 채 어떻게 인간이 숨 쉬고 살아갈 수 있는 것인지 이해할 수 없는 듯했다. 그리스도교에 대한 내 관계는 단지 정신과 감정 속의 문제였으며, 라바터가 관심을 기울이고 있는 육체적 친화관계에 대해서는 나는 조금도 이해가 되지 않았다. 그리하여 재능 있고 다감한 그가 나와 멘델스존과 다른 사람들에게 심할 정도로 귀찮게 굴면서 우리가 자신과 함께 자신의 방식에 따라 기독교인이 되어야 하며, 자신을 끌어들여 우리가 어디에서 안정을 찾는지를 자신에게 확인시켜야 한다고 주장했을 때 나는 화가 났다. 이 요구는 내가 점차 알게 된 자유로운 세계정신과 직접적으로 대립하는 것이어서 내게 전혀 좋은 영향을 주지 못했다. 개종시키려는 온갖 시도는 성공하지 못할 경우 개종을 권유받는 자를 완고하고 냉혹하게 만든다. 이러한 점은 내 경우에는 더 심했는데, 라바터가 마침내 그리스도교도 아니면 무신론자라는 극단적인 양분법을 내세웠기 때문이다. 나는 이에 대해 그가 내가 생각하는 기독교를 인정하지 않는다면 양자의 본질적인 의미를 정확히 알 수 없으므로 나는 지금까지 품어왔던 생각대로 무신론을 택할 결심을 할 수 있다고 설명했다.

이렇게 주고받는 편지의 내용은 격렬했지만 우리의 좋은 관계는 깨어지지 않았다. 라바터는 대단한 인내와 끈기와 지구력이 있었다. 그는 자신의 학설에 확신이 있었고, 자신의 소신을 세상에 널리 펼치려는 확고한 계획을 가지고 있었고, 힘으로 실현할 수 없는 것은 내버려두고 기다렸다가 온화한 방법으로 관철시키려 했다. 그는 외적인 일과 내적인 일이 완전히 일치하고, 젊은 시절의 교양이 계속해서 나중의 교양과 연계되어 능력을 자연스럽게 발전시키는 소수의 행복한 사람들에 속했다. 그는 무척 섬세한 도덕적 기질을 타고났으므로 스스로 목사가 되기로 결정했다. 그는 필요한 수업을 받고 많은 능력을 내보였지만 본질적으로 학구적이라고 불리는 교양 형성의 성향은 지니고 있지 않았다. 왜냐하면 우리보다 훨씬 더 일찍 태어난 그도 모든 사람의 귀에 매우 즐겁게 울려온 시대의 자유정신과 자연정신에 사로잡혀 있었기 때문이다. 즉 사람은 많은 외적 보조수단에 의하지 않더라도 자신 속에 소재와 내용을 충분히 갖추고 있으며, 중요한 것은 그것을 적절히 펼쳐나가리라는 것이다. 일상적인 의미로는 도덕적으로, 좀 더 고상한 의미로는 종교적으로 인간에게 영향을 주는 성직자의 의무는 그의 사고방식과 완전히 일치했다. 그가 느끼는 진지하고 경건한 심정을 다른 사람들에게 전하고 그들의 마음속에서 그것을 일으키는 것이 젊은 그의 가장 강렬한 욕구였으며, 자기 자신에게와 마찬가지로 다른 사람들에게도 주의를 기울이는 것이 그가 가장 좋아하는 일이었다. 자기 자신에 주의를 기울이는 것은 내면의 섬세한 감정에 의해, 다른 사람들에게 주의를 기울이는 것은 외면에 대한 예리한 시선에 의해 용이하게 되고 강요되었다. 그러나 그는 관찰하는 데에는 타고난 재능이 없었고, 본질적인 의미에서 묘사의 재능은 없었다. 그는 오히려 자신의 모든 힘이 활동과 행동에 쏠리는 것을 느꼈다. 나는 그보다 더 끊임없이 활동하는 사람은 보지 못했다. 그러나 우리가 어떤 가족, 어떤 계층, 어떤 조합, 어떤 도시, 어떤 국가에 속하든 우리의 내적인 도덕적 본성은 외적인 조건 속에서 구현되는 것이기 때문에 그는 활동하려고 하는 한 이 모든 외적인 것을 자극하고 움직이게 할 수밖에 없었다. 그럼으로써 물론 많은 충돌과 갈등이 생겨났다. 특히 그가 한 일원으로서 태어난 공동체는 가장 엄밀하게 규정된 제한 속에서 찬양할 만한 전통적 자유를 향유하고 있었기 때문에 충돌과 갈등이 더욱 심했다. 어렸을 때부터 공화주의자였던 그는 공공의 문제에 대해 생각하고 논의하는 데에 익숙해져 있었다. 청춘의 초반에 그 젊은이는 조합원으로서 자신의 찬반의사를 밝혀야 할 입장에 있었다. 그는 공정하고 독자적인 판단을 하려면 우선 무엇보다도 같은 시민의 가치에 대해 확인해야 했으며, 그들을 제대로 알고, 그들의 생각과 그들의 능력을 알아내야 했다. 그래서 그는 타인을 탐구하려고 노력하면서 늘 자기 자신의 심정 속으로 돌아가지 않을 수 없었다.

라바터는 일찍이 그런 상황 속에서 수련을 쌓았으며, 바로 그런 삶의 활동에 치중함으로써 언어연구와 그에 관련되고 그 토대이며 목표인 분석적 비평을 익히기에 소홀한 듯했다. 후년에 그의 지식과 통찰이 무한히 확장되었을 때 그는 자주 진지하면서도 농담조로 자신은 학자적이지 못하다고 말했다. 그가 성서의 문자와 번역에 몰두하여 자신이 찾고 의도한 것에 대해 그것으로 양분과 보조수단이 충분하다고 여긴 것은 그런 심층적인 연구의 부족 탓임에 틀림없다.

그러나 조합이나 단체와 같이 완만하게 움직이는 활동영역은 활달한 성격을 가진 사람에게는 곧 너무 협소해졌다. 정당한 상태가 되는 것은 젊은이에게 어려운 일이 아니며, 순수한 감정은 자신이 아직 범하지 않은 부정을 혐오스러워한다. 어느 지방총독의 압정이 시민의 눈앞에 폭로되었지만 그것을 법정으로 끌고 가기는 더 어려웠다. 라바터는 한 친구와 합세했고, 이름을 밝히지 않은 채 두 사람은 벌을 받아야 할 그 사람을 위협했다. 그 사건은 소문이 자자하게 퍼졌고, 심리를 하지 않을 수 없게 되었다. 죄인은 벌을 받았다. 그러나 이 심판을 초래한 사람들은 욕을 먹지는 않았지만 비난받았다. 체계가 잘 잡힌 국가에서는 정당한 일이 부당한 방법으로 행해져서는 안 된다.

라바터는 독일을 두루 여행하면서 학자나 사상가들과 접촉했다. 그러나 그는 그러면서 자신의 생각과 소신을 더욱 확고히 다질 뿐이었다. 그는 고향에 돌아와서는 점점 더 자유롭게 활동했다. 고귀하고 선량한 사람으로서 그는 마음속에서 인간성에 대한 훌륭한 개념을 느끼고 있었다. 그리고 경험 속에서 이 개념에 모순되는 것과 모든 사람을 완전한 인간성에서 분리시키는 모든 부인할 수 없는 결함은 신성의 개념에 의해 조정되어야 하며, 이 신성은 이전의 자신의 모습을 완전하게 재현하기 위하여 시대의 한가운데에서 인간의 성향 속으로 내려온다는 것이었다.

이 특이한 사람의 초기 삶에 대해서는 이 정도로 얘기하고, 이제는 무엇보다도 우리의 개인적인 회합과 교제에 대한 유쾌한 서술을 하기로 한다. 우리가 서신교환을 한 지 오래 지나지 않아 그는 나와 다른 친구들에게 자신이 계획하고 있는 라인 강 여행을 하면서 곧 프랑크푸르트에 들르겠다고 알려왔다. 곧장 사람들 사이에서 큰 동요가 일어났다. 모두가 이 특이한 사람을 보려는 호기심을 느꼈다. 많은 사람들이 자신들의 도덕적이며 종교적인 교양에 이득이 있을 것을 희망했다. 그의 학설을 의심하는 자들은 유력한 반론으로 두각을 나타내려 생각했고, 자만심이 강한 자들은 자신들의 입지를 강화시킬 논증에 의해 그를 혼란시키고 모욕을 주려고 마음먹고 있었다. 그 밖에 온갖 온건한 것과 불손한 것들이 이 혼잡한 세계로 들어서려는 한 유명 인사를 기다리고 있었다.

우리의 첫 만남은 무척 감명 깊었다. 우리는 아주 정답게 포옹했다. 나는 곧장 그가 많은 초상화를 통해 이미 알고 있는 그대로의 모습임을 알았다. 본 적도 없고 앞으로 볼 수도 없을 유일무이하고 탁월한 한 개인을 나는 생생하고 실감 있게 눈앞에서 보았던 것이다. 반대로 그는 처음 순간에 기이한 소리를 몇 번 지름으로써 내가 예상과는 다른 모습이라는 것을 나타냈다. 이에 대해 나는 선천적이고 또 나중에 길러진 사실적 성향에 따라 나를 이렇게 만든 것은 신과 자연의 섭리에 따른 것인 만큼 우리는 만족할 수밖에 없다고 분명하게 밝혔다. 그리고 곧장 편지에서 거의 의견일치를 볼 수 없었던 가장 중요한 점이 화제가 되었다. 그러나 그 점에 대해 자세하게 다룰 만한 형편이 허용되지 않았고, 나는 그때까지 내게 일어난 적이 없는 것을 경험하게 되었다.

우리는 대체로 정신이나 감정의 문제에 대해 이야기할 때에는 군중에게서도, 친구들에게서도 멀어지곤 한다. 왜냐하면 사고방식과 교양의 정도가 다양하기 때문에 소수의 사람들과 서로 이해하는 것조차 힘들기 때문이다. 그러나 라바터만은 전혀 다른 생각을 갖고 있었다. 그는 자신의 영향을 멀리 넓게 확산시키는 것을 좋아했다. 그는 일반대중 속에 있는 것만으로는 충분치 않았고, 그들을 가르치고 즐겁게 하는 특별한 재능이 있었다. 이 재능은 그 위대한 관상학적인 천부적 소질에 바탕을 두고 있었다. 그는 타인의 인간성과 정신을 정확히 식별하는 재능이 있었으므로 모든 사람에게서 기분이 어떤 상태인지를 신속하게 알아냈다. 게다가 그는 누군가의 솔직한 고백이나 진심어린 질문이 있는 경우 풍부한 내적 및 외적 경험에 의해 모든 사람이 만족할 수 있는 적절한 답변을 할 수 있었다. 그의 깊고 부드러운 시선, 입가에 흐르는 애교, 고지대의 독어를 통해 울려나오는 소박한 스위스의 방언, 기타 그의 특성을 나타내는 많은 것들이 그의 말을 듣는 모든 사람들에게 기분 좋은 안도감을 주었다. 납작한 가슴이 약간 앞으로 굽은 몸의 자세도 사람들이 그와 마주할 때 느끼는 위압감을 조절해주는 데 적잖은 역할을 했다. 그는 불손함과 거만함에 대해서는 매우 침착하고 능란하게 받아넘길 줄 알았다. 그는 비켜나는 듯 보이면서 돌연 우둔한 상대가 생각하지 못하는 대단한 견해를 다이아몬드의 방패*처럼 제시하고, 거기에서 나오는 빛을 적절하게 조정할 수 있었으므로 그의 상대들은 적어도 그의 앞에서는 가르침을 받고 납득된 것처럼 느꼈다. 아마도 그런 인상은 많은 사람들에게서 계속되었을 것이다. 왜냐하면 독자적인 인간은 동시에 선량하기 때문이며, 싹을 틔울 씨앗을 에워싸고 있는 단단한 껍질을 부드러운 작용으로 터뜨리는 것만이 중요하기 때문이다.

반면 그에게 가장 큰 고통을 초래한 것은 용모의 중요성을 따지는 그의

---

* 타소의 『해방된 예루살렘』에서 가져온 비유로 괴테는 이 비유를 자주 사용했다.

학설에 대해 외모가 추하게 생긴 탓으로 결정적으로 적대시할 수밖에 없는 사람들을 대하는 일이었다. 그들은 자신들의 인격을 모독하는 듯이 보인 그 학설을 무력화시키기 위해 보통 풍부한 상식과 천부적 능력과 재능을 이용하여 열렬히 반감과 의구심을 나타냈다. 음탕함으로 가득 찬 모습에 의해 자신이 획득한 도덕성을 나타내는 소크라테스와 같이 위대한 생각을 가진 사람은 쉽게 나타나지 않는다는 것이었다. 이런 반대자들의 완강함과 고집은 그에게 두려운 것이었다. 이에 대한 그의 노력도 열렬했다. 그것은 마치 용광로의 불이 자신에 대항하는 광석을 성가신 적으로 보고 화염을 뿜어대는 것과 같았다.

그런 상황에서 우리 두 사람의 친밀한 대화는 생각할 수도 없었다. 나는 그가 인간을 어떻게 다루는지를 관찰함으로써 매우 많은 것을 배웠지만 교양을 얻었다고 생각되지는 않았다. 내 입장은 그의 입장과는 완전히 달랐기 때문이다. 도덕적으로 활동하는 사람은 그의 노력에서 어떤 것도 잃지 않는다. 왜냐하면 복음서가 씨 뿌리는 사람에 대해 겸손하게 전하고 있는 것보다 훨씬 더 많은 것이 이루어지기 때문이다. 그러나 예술적으로 일하는 사람은 작품이 예술품으로 인정되지 못하면 모든 것을 잃는 것이다. 이제는 나의 작품에 관심을 갖고 있는 사랑하는 독자들이 나를 얼마나 초조하게 만들곤 하는지, 그리고 내가 무슨 이유로 그들과 접촉하는 것을 몹시 꺼려하는지를 알 수 있을 것이다. 이제 나는 나와 라바터의 활동에 있어서의 거리를 뼈저리게 느꼈다. 그의 활동은 상대와 마주하면서 이루어졌고, 나의 활동은 상대가 없는 상태에서 이루어졌다. 멀리에서 그에게 불만을 가졌던 사람도 그의 곁에서는 그와 친밀해졌다. 그러나 내 작품에 의해 나를 좋아했던 사람은 완고하고 배타적인 나를 만나면 매우 실망했던 것이다.

곧 다름슈타트에서 돌아온 메르크는 메피스토펠레스 역을 했고, 특히 여자들의 치근거림을 조소했다. 몇몇 여자들이 예언자에게 마련된 방들과 특히 침실까지도 세심하게 조사하자 이 장난꾸러기는 경건한 여인들이 주님을 어디에 모셔두었는지를 알려고 했노라고 말했다. 다른 사람들과 마찬가지로 그도 내쫓기지 않을 수 없었다. 왜냐하면 라바터의 동행인인 립스가 인상학의 대저서 속에 수록되게 되어있는 유명 무명의 사람들의 초상화들과 마찬가지로 그의 초상화를 세밀하고 진지하게 그렸기 때문이다.

내게는 라바터와의 교제가 극히 중요하고 유익했다. 왜냐하면 그의 힘찬 자극이 나의 조용하고 예술적으로 관조하는 성향을 움직이게 했기 때문이다. 물론 그와의 교제는 나를 사로잡고 있던 혼란을 키웠기 때문에 당장의 이익이 되지는 않았다. 그러나 우리 사이에서는 많은 것이 화제에 올랐기 때문에 내 마음속에서는 이 대화를 계속해나가고 싶은 열망이 크게 솟구쳤다. 그래서 나는 그가 엠스로 가게 된다면 그를 따라갈 결심을 했고, 가는 도중 마차 속에서 세상과 떨어진 채 우리가 서로 관심을 갖고 있던 문제들을 자유롭게 토론해볼 생각이었다.

그런데 내게 무척 주목할 만하고 수확이 많았던 것은 라바터와 클레텐베르크 부인과의 대화였다. 여기에서는 두 철저한 기독교도가 대화로 맞섰는데, 똑같은 신앙이 서로 다른 두 사람의 생각에 따라 얼마나 다르게 나타나는지를 뚜렷이 볼 수 있었다. 저 관용의 시대에는 모든 인간이 자신만의 종교와 신에 대한 자신만의 숭배방식을 가지고 있었다는 말이 자주 되풀이되었다. 나는 이것을 그대로 주장하지는 않았지만 이 대화의 경우에서는 남자와 여자가 서로 다른 구세주를 필요로 한다는 것을 깨달을 수 있었다. 클레텐베르크 부인은 구세주에 대한 자신의 태도를 무조건 헌신하고, 모든 기쁨과 희망을 그의 인격에 걸고, 아무런 의심도 주저도 없이 인생의 운명을 맡기는 애인에 대한 태도로 제시했다. 반면 라바터는 구세주를 시기심 없이 사랑하며 따르고, 공적을 인정하고 찬양하며, 그를 닮으려고, 아니 똑같아지려고 노력하는 친구로서 취급했다. 이 두 방향 사이에는 얼마나 큰 차이가 있는가! 이를 통해 남녀 양성의 정신적 요구가 보편적으로 표명되고 있다. 이로부터 좀 더 섬세한 남자들은 성모를 선호하며, 여성적인 아름다움과 덕성의 표본으로서 사나차로*가 그랬듯이 성모에게 생명과 재능을 바치고, 신의 아들과는 그저 유희를 즐길 뿐이라는 것도 설명될 수 있을 것이다.

내 두 친구가 어떤 관계에 있었으며 서로를 어떻게 생각하고 있었는지를 나는 함께 대화에 참석하여 알았을 뿐만 아니라 두 사람이 내게 비밀리에 해준 말에 의해서도 알게 되었다. 나는 두 사람 중 어느 쪽에도 완전히 동의할 수 없었다. 왜냐하면 나의 그리스도는 내 생각에 따라 독자적인 형태를 취하고 있었기 때문이다. 그러나 그들은 나의 그리스도를 인정하려 하지 않았기 때문에 나는 온갖 역설과 극단론으로 그들을 괴롭혔다. 그리고 그들이 참을 수 없게 되면 나는 농담을 하며 물러섰다.

지식과 신앙 사이의 논쟁은 아직 일상화되지 않았지만 이 두 가지 주제와 이에 관련된 개념이 이따금 등장했다. 그리고 진정으로 세상을 멸시하는 자들은 이 두 가지 모두 믿을 수 없다고 주장했다. 그래서 나는 이 두

---

* 야코포 사나차로(1458~1530). 이탈리아의 작가. 1526년 마리아의 분만에 대한 서사시를 썼다.

가지를 모두 좋아하는 입장을 표명했지만 내 친구들의 호응을 얻을 수는 없었다. 나는 신앙에 있어서는 믿는 것이 중요할 뿐이며, 무엇을 믿느냐는 것은 전혀 상관이 없다고 말했다. 신앙은 현재와 미래에 대한 커다란 안도의 감정이며, 이 안도감은 지극히 위대하고 막강하며 탐구할 수 없는 존재에 대한 믿음에서 나오는 것이다. 이 믿음의 확고부동함이 가장 중요한 것이며, 우리가 이 존재를 어떻게 생각할 것인지는 우리의 그 밖의 능력이나 상황에 달린 것으로 아무래도 좋은 것이다. 신앙은 성스러운 그릇이며, 누구나 그 속에 자신의 감정과 지성과 상상을 가능한 한 정성껏 제물로 바칠 준비를 하고 있다. 지식은 이와는 사정이 정반대이다. 지식에서 중요한 것은 아는 것 자체가 아니라 무엇을 알며, 얼마나 잘 알고, 얼마나 많이 아느냐 하는 것이다. 그래서 지식에 대해서는 논쟁을 벌일 수가 있다. 왜냐하면 지식은 수정되거나 확장되거나 국한될 수 있기 때문이다. 지식은 개별적인 것에서 시작되고, 끝이 없고 형체가 없으며, 또한 기껏해야 공상 속에서일 뿐 결코 종합될 수 없다. 그러므로 지식은 신앙과는 완전히 대립되어 있다.

이런 어설픈 진리와 거기에서 생기는 오류는 시적으로 묘사하면 자극적이고 재미있겠지만 실생활에서는 곧잘 대화를 방해하고 어지럽힌다. 그래서 나는 라바터를 곁에서 그와 함께 교양을 키우려는 사람들과 어울리도록 내버려두었으며, 그를 멀리했던 동안의 손실은 그와 함께 한 엠스로의 여행을 통해 충분히 보충했다. 여름의 아름다운 날씨가 우리를 동반했고, 라바터는 유쾌하고 몹시 즐거워했다. 왜냐하면 그의 정신의 경향이 종교적이고 도덕적이며 결코 불안에 빠지지 않았으므로 현실적 삶의 일들로 일반사람들이 쾌활하고 흥겹게 자극을 받으면 그도 무감각하지는 않았기 때문이다. 그는 무슨 일에나 관심이 많고 지혜롭고 기지에 넘쳤으며 다른 사람도 그러기를 원했으나 그의 섬세한 감정이 규정하는 한계를 넘지는 않았다. 만약 누군가가 그 한계를 넘어설 경우에는 그는 그 불손한 자의 어깨를 두드리며 진심으로 "좀 점잖게 굴게!"라고 말하며 도덕적인 태도를 촉구했다. 이 여행은 내게 많은 교훈과 활력을 주었지만 내 성격을 조절하고 순화시키기보다는 그의 성격을 아는 데 도움이 되었다. 엠스에서 그는 곧 다시 여러 종류의 단체에 둘러싸여 있었다. 나는 내가 내버려둘 수 없는 사소한 일*이 진행 중이었으므로 프랑크푸르트로 돌아왔다.

그러나 나는 곧바로 다시 평온한 상태로 돌아갈 수는 없었다. 왜냐하면 바제도**가 도착하여 다른 측면에서 나를 자극하고 사로잡았기 때문이다. 이 두 사람보다 더 뚜렷한 대조를 보이는 사람은 없을 것이다. 바제도의 모습은 정반대였다. 라바터의 얼굴 표정이 보는 이에게 자유로운 인상을 준다면 바제도의 표정은 긴장하고 내면으로 끌리고 있는 듯한 인상을 주었다. 라바터의 눈은 매우 넓은 눈꺼풀 밑에서 맑고 순수하게 빛나고 있었지만 바제도의 눈은 푹 들어가고, 작고, 검고, 예리하며, 무성한 눈썹 밑에서 반짝였다. 한편 라바터의 이마는 부드러운 갈색의 둥근 머리다발로 덮여 있었다. 바제도의 격하고 거친 음성, 빠르고 예리한 말투, 일종의

---

* 변호사 업무를 뜻함.

** 교육에 상당한 영향력을 발휘한 독일의 교육개혁자(1723~1790). 실질적인 교수방법의 사용을 주장했고 자연학습, 체육, 수공교육(手工敎育) 등을 학교에 도입해야 한다고 역설했다. 그는 자신이 제시한 교수방법으로 교사를 양성할 실험학교를 만들 것을 주장했는데, 데사우에 유명한 범애학교(Philanthropinum)를 세웠다. 첫 입학생들의 성취도는 칸트, 괴테를 비롯해서 유럽 전역에서 찾아온 방문객들에게 깊은 인상을 심어주었다.

비웃는 듯한 웃음, 대화의 방향을 급속히 돌리는 것, 그 밖에 그의 특징을 나타내는 모든 것들이 우리를 제멋대로 굴게 하여 우리를 친밀하게 한 라바터의 특성이나 태도와는 상반되었다. 바제도도 프랑크푸르트에서 매우 인기가 있었으며, 그의 위대한 정신적 재능은 경탄을 받았다. 그러나 그는 일반대중을 교화하고 이끌 수 있는 사람은 아니었다. 그가 할 수 있는 유일한 일은 자신이 정해놓은 넓은 영역을 더 잘 가꾸어서 장차 인류가 그 속에서 더 안락하고 자연스럽게 살아갈 수 있게 하는 것이었다. 그는 이런 목적을 위해 한눈팔지 않고 매진했다.

나는 그의 계획을 잘 알지 못했으며, 그의 의도를 분명하게 파악할 수도 없었다. 그러나 그가 모든 교육은 활기차고 자연스럽게 해야 한다고 요구한 것은 마음에 들었다. 고대 언어를 현대에서 연습시켜야 한다는 것도 내게는 찬양할 만한 것으로 여겨졌다. 활동성과 참신한 세계관을 촉진시키려는 그의 의도도 나는 기꺼이 인정했다. 그러나 내 마음에 들지 않았던 것은 그의 저서 『입문서』의 묘사가 대상들 자체보다 더 산만하다는 점이었다. 왜냐하면 현실세계에서는 항상 가능한 것만이 모여 있고, 온갖 다채롭고 혼돈스러운 듯한 것에도 불구하고 언제나 그 모든 부분들 속에는 어느 정도 정돈상태를 갖추고 있기 때문이다. 이와는 반대로 『입문서』는 모든 것을 완전히 분산시키고 있다. 즉 세계관에서는 결코 합치되지 않는 것이 개념의 유사성에 의해 나란히 서 있는 것이다. 그리하여 우리가 아모스 코메니우스*의 비슷한 작품에서 인정하지 않을 수 없는 구체적인 방법상의 장점이 결여되어 있었다.

---

* 체코의 신학자이자 교육가(1592~1670). 언어교수법을 혁신한 것으로 유명하다. 유럽 문화에 대한 연구를 수월하게 해주는 방편으로 라틴어 학습을 옹호했다.

바제도의 학설보다 더 기이하고 이해하기 어려운 것은 그의 행동이었다. 그는 이번 여행에서 자신의 인격을 통해 박애주의적인 자신의 사업에 대한 대중의 지지를 얻으려는 의도를 가지고 있었지만 대중의 지지를 얻기보다는 돈지갑을 채우려고 했다. 그는 자신의 계획에 대해 대대적으로 설득력 있게 말하는 능력이 있었고, 모두가 그의 주장에 찬동했다. 그러나 그는 도저히 이해할 수 없는 방식으로 후원금을 얻으려던 사람들의 기분을 상하게 했다. 그는 종교문제에 대한 자신의 의견과 망상을 말하는 것을 참지 못함으로써 쉽게 그들의 마음을 손상시켰다. 이런 면에서도 바제도는 라바터와는 정반대였다. 즉 라바터는 성서를 문자 그대로, 전체 내용을, 한 마디 한 마디 말을 오늘날까지도 가치 있는 것으로 받아들이고 응용할 수 있는 것으로 여겼지만 바제도는 모든 것을 혁신하고, 신앙 교리도 교회의 외적 행위들도 자신의 망상에 따라 개조하려는 불안정한 욕망을 느꼈다. 그러나 그가 가장 냉혹하고 부주의하게 다룬 것은 직접 성서에서 나온 것이 아니라 그것의 해석에서 나온 여러 가지 관념들, 주교들이나 교단들이 밝히기 곤란한 것을 분명하게 하기 위해, 혹은 이단자들이 논란을 벌이기 위해 찾았던 표현들, 철학적 용어들, 감각적 비유들이었다. 그는 냉혹하고 무책임한 방법으로 모든 사람 앞에서 삼위일체를 가장 배척해야 될 적이라고 언명하고, 이 일반적으로 인정된 비밀을 논박하는 것을 끝내지 않았다. 나도 그와의 개인적인 대화에서 많은 괴로움을 당했으며, 그리스어로 된 본질, 실체, 인격 등의 말을 되풀이하여 들어야 했다. 이에 대해 나는 역설의 무기를 택해 그의 의견을 압도하고 그의 뻔뻔스러움에 그보다 더한 뻔뻔스러움으로 과감히 맞서 싸웠다. 이것이 나의 정신에 다시 새로운 자극을 주었다. 그리고 바제도는 나보다 더 많은 책을 읽었고, 논쟁의 기술도 자연주의자인 나보다 능숙하게 펼쳤으므로 우리에게서 중요한 부분이 다루어질수록 나는 더 정신을 바짝 차려야 했다.

나는 깨우침을 받을 정도는 아니었지만 단련할 수 있는 훌륭한 기회를 짧게 끝내버릴 수는 없었다. 나는 긴급한 업무를 아버지와 친구들에게 맡기고 바제도를 따라 다시 프랑크푸르트를 떠났다. 그러나 나는 라바터에게서 나오는 우아함을 생각할 때 얼마나 큰 차이를 느꼈던지! 라바터는 자신이 순수하듯 그의 주변도 순수하게 유지했다. 그의 곁에 있는 사람들은 불쾌한 모습으로 그를 자극하지 않기 위해 처녀 같은 상태가 되었다. 반면 바제도는 지나치게 내면으로만 파고들어 자신의 외면에 주의를 기울일 수 없었다. 그가 끊임없이 독한 담배를 피우는 것만으로도 지극히 불쾌했는데, 그보다 더한 것은 그가 담배 한 대를 피우고 나서는 곧장 또 불은 빨리 붙지만 더럽고 역겨운 냄새가 나는 부싯깃을 비벼대어 늘 참을 수 없이 공기를 탁하게 만드는 것이었다. 나는 이 흡연도구를 바제도식 악취 부싯깃이라고 불렀으며, 이런 명칭으로 박물학 속에 집어넣어야 한다고 말했다. 그는 이 말에 매우 재미있어 했으며, 역겹게도 그 불유쾌한 준비절차를 내게 자세하게 설명해주었고, 혐오스러워하는 내 모습을 보고 짓궂은 기쁨을 즐겼다. 이것이 그 탁월한 재능이 있는 사람의 뿌리 깊은 나쁜 특성들 중 하나였기에 그는 조롱하기를 즐겼고, 허물없는 사람들을 짓궂게 놀리는 것을 좋아했다. 그는 어느 누구도 편안히 있는 것을 보지 못했다. 그는 열띤 목소리로 능글맞게 조소하여 격분을 일으키고, 돌발적인 질문으로 당황케 하며, 목적을 이루었을 때에는 씁쓸하게 웃었다. 그러나 상대방이 재빨리 정신을 차려 그에게 응수를 하면 그는 만족해했다.

그러므로 이제 라바터에 대한 나의 동경은 더욱 커졌다. 그도 나를 다시 만났을 때 기뻐하는 것 같았다. 그는 이제까지 겪은 여러 가지 일들과 특히 동숙자들의 다양한 성격에 대해 애기해주었다. 그는 그들 중 많은 사람들을 친구와 추종자로 만들었다. 나도 많은 옛 친구들을 만났다. 나는 몇 년 동안 보지 못했던 그들에게서 어렸을 때에는 감춰져 있던 것을 깨달았는데, 그것은 남자는 나이를 먹고 여자는 변한다는 사실이었다. 모임의 친구들은 나날이 늘어났다. 무도회는 수시로 열렸고, 우리는 커다란 두 온천여관에서 살면서 꽤 가까이 접촉했으므로 가깝고 좋은 친구들끼리 많은 장난을 했다. 한번은 내가 시골목사로 변장했고, 한 이름난 친구가 그 부인으로 변장했다. 우리는 지나치게 공손한 태도로 고상한 모임에 꽤 부담을 주었지만 그럼으로써 모두가 흥겨움에 빠졌다. 저녁이나 한밤중이나 아침에도 우리의 장난은 계속됐으며, 그래서 좀 더 젊은 우리들은 잠을 거의 잘 수 없었다.

이런 오락과는 반대로 나는 늘 밤 시간의 일부를 바제도와 함께 보냈다. 그는 결코 침대에 눕는 일이 없었고, 끊임없이 구술을 하여 받아쓰게 했다. 이따금 그는 앉은 채로 졸았는데, 그러면 그의 서기는 펜을 손에 든 채 조용히 앉아서 반쯤 잠든 그가 다시 사고를 활동시키게 되면 곧장 받아쓸 준비를 하고 있었다. 이런 모든 일이 담배와 부싯깃 연기로 가득 찬 밀폐된 방안에서 이루어졌다. 나는 춤이 한 번 끝날 때면 자주 바제도에게로 올라갔으며, 그는 즉시 모든 문제에 대해 얘기하고 논의했다. 그리고 시간이 조금 지나 내가 다시 춤을 추러 내려가면 그는 내 뒤에서 문이 닫히기도 전에 아무 일도 없었다는 듯 그의 논문을 침착하게 구술하며 받아쓰게 했다.

우리는 함께 주변으로 많은 여행도 했으며, 성들, 특히 귀부인들의 성을 방문했다. 이 귀부인들은 남자들보다 정신적인 것과 종교적인 것을 더 잘 받아들이는 경향이 있었다. 나사우에 있는 많은 사람들의 존경을 받고 있던 폰 슈타인이라는 아주 귀품 있는 부인의 집에는 많은 사람들이 모여 있었다. 라 로슈 부인도 와 있었고, 젊은 여자들과 아이들도 있었다. 여기에서 라바터는 인상학 실험을 하도록 되어 있었는데, 그들은 우연한 특성을 근본형태로 여기도록 그를 유혹하려고 했다. 그러나 그는 속지 않을 만큼 충분한 안목을 갖추고 있었다. 나는 여전히 베르테르의 고통의 진실성과 로테의 거주지를 증명해야 할 입장에 몰렸지만 교묘하게 그런 무리한 요구에서 벗어날 수 있었다. 그 대신 나는 아이들을 둘러 모아놓고 아주 잘 알려진 대상들로 엮어 꾸민 아주 진기한 동화를 들려주었다. 이때 내가 무척 다행스럽게 여긴 것은 듣는 이들 중 이야기에서 무엇을 진실로 여기고 무엇을 허구로 여겨야 하는지를 묻는 아이가 아무도 없었다는 점이다.

바제도는 긴급하고 유일한 일, 즉 청년교육의 개선을 제안했다. 그래서 그는 귀족들과 부유한 사람들에게 거액의 기부금을 요구했다. 그러나 그는 논거들과 열정적인 언변으로 사람들을 사로잡지는 못했지만 그들의 호감을 사게 되자마자 반삼위일체의 악령에 사로잡혀 자신이 어떤 상태에 처해 있는지 조금도 느끼지 못한 채 기이하기 짝이 없는 연설을 토해냈다. 그것이 그의 생각으로 보자면 최고로 경건한 것이었지만 사회적 신념에서 보면 지극히 신성모독적인 것이었다. 라바터는 온화한 진지함으로, 나는 엉뚱한 농담으로, 여자들은 기분을 풀어주는 산책으로 이 불상사에 대처하는 방법을 찾아냈다. 그러나 망쳐진 기분을 되살릴 수는 없었다. 사람들이 라바터의 참석으로 기대했던 기독교에 대한 대화, 바제도에게 기대했던 교육에 관한 대화, 내가 준비했던 감상적인 대화 등 모든 것이 일시에 방해를 받고 사라져버렸다. 귀갓길에 라바터는 그를 비난했고, 나는 재미있는 방법으로 그에게 벌을 주었다. 때는 무더운 시기였고, 바제도는 흡연으로 더욱 갈증을 느끼는 것 같았다. 그는 맥주 한 잔을 간절히 원했다. 그는 도로 옆에 주막이 있는 것을 멀리서 발견하자 못 견디겠다는 듯 마부에게 그곳에서 멈추라고 명령했다. 그러나 나는 마부가 멈추려고 하는 순간 계속 가라고 호령하듯 소리쳤다. 바제도는 깜짝 놀라 쉰 목소리로 거의 항변도 하지 못했다. 나는 더 심하게 마부를 몰아댔고, 마부는 내 말에 따랐다. 바제도는 나를 저주하면서 주먹을 휘두르려고 했다. 그러나 나는 그에게 지극히 침착하게 대답했다.

"선생님, 진정하시지요! 당신은 나한테 크게 감사해야 합니다. 당신이 맥주상표를 보지 않은 것이 얼마나 다행인지! 그것은 삼각형* 두 개를 연결해놓은 상표입니다. 당신은 한 개의 삼각형으로 이미 미칠 지경이 되었는데, 당신 눈에 두 개의 삼각형이 보이면 우리는 당신을 쇠사슬로 묶어야 할 겁니다."

이 농담은 그를 마구 웃어대게 했고, 그는 웃으면서도 나를 꾸짖고 저주했다. 라바터는 늙은 바보와 젊은 바보 옆에서 그답게 꾹 참고 있었다.

7월 중순 라바터는 출발준비를 했다. 바제도는 함께 가는 것이 유리하다고 생각했다. 나는 이 뛰어난 인물들과 어울리는 데에 익숙해져서 이들 곁을 도저히 떠날 수가 없었다. 우리는 매우 기분 좋은, 마음과 감각을 즐

* 바제도의 삼위일체에 대해 괴테가 야유한 것.

겁게 해주는 선박유람을 하며 란 강을 따라 내려갔다. 나는 눈에 띄는 무너진 성의 모습을 보고 「고탑 위에 서서」라는 시를 립스의 기념수첩에 적어 넣었다. 나는 이 시가 좋은 평을 받자 내 나쁜 습관에 따라 인상을 파괴하여 여러 가지 크니텔 형식의 시들과 풍자시들을 다음 면들에 적어 넣었다. 나는 멋진 라인 강의 경치를 다시 보게 되어 기뻤으며, 이런 경치를 아직 즐겨본 적이 없는 두 사람의 놀라워하는 모습도 나를 즐겁게 했다. 우리는 코블렌츠에서 내렸다. 어디를 가도 밀려드는 사람들이 많았는데, 우리 세 사람은 각자의 방식대로 관심과 호기심을 일으켰다. 바제도와 나는 누가 가장 버릇없는지 경쟁이라도 벌이는 것 같았다. 라바터는 사려 깊고 현명한 태도를 보였지만 마음속의 생각을 감출 수는 없었다. 그래서 그는 아주 순수한 의지를 가지고 있음에도 보통의 모든 사람들에게 기이하게 여겨졌다.

나는 코블렌츠의 기이한 식당에서의 추억을 크니텔 형식의 시로 적어 남겨두었는데, 이 시들은 같은 종류의 시들과 함께 나의 새로운 작품집 속에 들어갈 것이다. 나는 라바터와 바제도 사이에 앉았다. 라바터는 한 시골목사에게 요한 계시록의 비밀에 대해 설명해주었고, 바제도는 한 완고한 무도교사에게 세례는 낡은 것이며 우리 시대에는 전혀 맞지 않는 것임을 증명해주려고 헛된 노력을 했다. 우리가 쾰른을 향해 어떻게 나아갔는지를 나는 기념수첩에 이렇게 적어 넣었다.

엠마우스로 향하듯 계속 앞으로,
폭풍 같고 불길 같은 발걸음으로.
오른쪽에 예언자, 왼쪽에 예언자,

속세의 아들은 그 가운데에.

다행히도 이 속세의 아들은 신비적인 것을 가리키는 일면 또한 지니고 있었다. 그것은 아주 독특한 방법으로 다루어져야 하는 것이었다. 나는 이미 엠스에서 우리가 쾰른에 가면 야코비 형제를 만나게 된다는 소식을 듣고 기뻐했었다. 이 형제는 다른 뛰어나고 탁월한 사람들과 함께 이 두 기이한 여행객을 맞아주었다. 나는 그들에게서 내 사소한 무례*에 대해 용서받고 싶어 했다. 이것은 헤르더의 날카로운 해학으로 초래된 우리의 큰 무례에서 비롯된 것이었다. 글라임과 게오르크 야코비가 공공연히 서로를 기쁘게 한 편지와 시들은 우리에게 여러 가지 풍자의 계기를 주었다. 즐거운 기분에 있는 타인을 슬프게 하는 것은 자신이나 친구에게 지나친 호의를 나타내는 것과 마찬가지로 자만심에 속한다는 것을 우리는 깊이 생각하지 않았다. 이로 인해 라인 상류지역과 하류지역 사이에 일종의 불화가 생겨났다. 그러나 별로 중요한 일이 아니었으므로 불화는 쉽게 조정될 수 있었고, 여기에는 여인들이 특별히 적절한 역할을 했다. 이미 소피 라 로슈는 우리에게 이 고상한 형제에 대해 잘 알려주었다. 그 지방 사람들과 친밀한 관계였던 팔머 부인은 뒤셀도르프에서 프랑크푸르트로 옮겨와 매우 섬세한 감정과 비범한 정신적 교양에 의해 자신이 자라난 사회의 가치를 증명해주었다. 그녀는 과격한 우리의 상부 독일적 습관을 참아 넘김으로써 차츰 우리를 부끄럽게 했으며, 우리도 관용이 필요하다는 것을 느끼게 하면서 우리에게 관용을 가르쳤다. 야코비 여동생의 정성어

* 괴테가 『야코비의 불행』이라는 풍자희극을 쓴 것을 뜻함.

린 마음과 프리츠 야코비 부인의 무척 쾌활한 성격이 우리의 정신과 감각을 점점 더 그 지방으로 이끌었다. 프리츠 야코비 부인은 나를 완전히 매료시켰다. 감상성이 전혀 없이 정확히 느끼고 명랑하게 자기표현을 하는 훌륭한 네덜란드 여인인 그녀는 관능을 내보이지 않으면서 충실한 성품으로 루벤스 그림의 여인들을 연상시켰다. 지금까지 말한 여인들은 짧건 길건 프랑크푸르트에 체류할 때 내 누이동생과 친밀한 관계를 맺었기 때문에 코르넬리아의 엄격하고 완강하고 다소 냉혹한 성격을 풀어주고 쾌활하게 했다. 또한 우리는 프랑크푸르트에 있었지만 정신과 마음은 뒤셀도르프와 펨펠포르트가 차지하고 있었다.

그래서 우리가 쾰른에서 처음 만났을 때도 곧장 마음을 터놓고 친밀해질 수 있었는데, 우리에 대한 그 여인들의 좋은 생각이 가정에 영향을 미쳤기 때문이다. 사람들은 나를 그때까지의 여행에서처럼 두 위대한 유성을 따라다니는 희미한 꼬리별처럼 대하지 않고 특별한 관심을 보이면서 많은 호의를 베풀어주었고, 나한테서도 호감을 얻고 싶어 하는 듯했다. 나는 이 여행 중 내 감정이나 정서가 거의 무시당하는 데 대한 불만이 숨겨진 그때까지의 어리석고 버릇없는 행동에 지쳐 있었다. 그래서 내 마음속의 응어리가 힘차게 솟구쳐 나왔다. 그리고 내가 그때의 일들을 하나하나 잘 기억해낼 수 없는 것은 바로 이런 이유 때문일 것이다. 생각한 것과 눈으로 본 모습들은 오성이나 상상력으로 다시 불러낼 수 있다. 그러나 감정은 그렇게 마음대로 되지 않는다. 우리의 아름다운 감정은 되풀이되지 않으며, 무엇보다도 열광적인 순간을 다시 그려본다는 것은 가장 힘든 일이다. 그런 순간은 뜻하지 않게 엄습하는 것이며, 우리는 무의식중 그 순간에 몸을 맡기는 것이다. 그러므로 그런 순간에 처한 우리를 관찰한 타인들이 우리 자신들보다 더 분명하고 순수한 견해를 갖게 된다.

나는 이제까지 종교적인 대화는 슬며시 거절했고, 합리적인 질문에도 겸손하게 대답한 적이 드물었다. 왜냐하면 그런 것은 내가 찾는 것에 비해 너무나 협소한 듯 여겨졌기 때문이다. 사람들이 내게 작품에 대한 자신들의 느낌이나 견해를 억지로 털어놓으려 하고, 특히 상식적인 요구로 나를 괴롭히거나 내가 해야 할 일이 무엇이고 내버려두어야 할 일이 무엇인지를 단호하게 말할 때에는 인내의 끈이 끊어지고 대화는 중단되거나 산산조각 났으므로 나한테 특별히 좋은 감정을 가지고 헤어지는 사람은 아무도 없었다. 나는 나를 친절하고 부드럽게 드러내는 편이 훨씬 더 자연스러웠을 것이다. 그러나 내 정서는 가르침받기를 원치 않았고, 너그러운 호의에 의해 마음이 열리고 참된 관심에 의해 헌신하도록 자극받기를 원했다. 그러나 내게 강렬하게 머물고 있으면서도 뚜렷이 드러낼 수 없었던 감정은 과거와 현재를 하나로 느끼는 감정이었다. 즉 유령과도 같은 것을 현재로 끌어들이는 직관이었다. 그것은 크고 작은 내 작품들 속에서 표현되었으며, 시 속에서는 늘 잘 이루어졌다. 그러나 그것이 직접적으로 현실의 삶 주변에서나 삶 자체 속에서 표현되는 순간에는 누구에게나 기이하고 이해할 수 없고 어쩌면 불쾌한 것으로 여겨질 수밖에 없을 것이다.

쾰른은 고대 정신이 내게 그런 알 수 없는 영향을 줄 수 있었던 곳이었다. 대성당의 폐허는(왜냐하면 완성되지 않은 작품은 파괴된 것과 같으므로) 스트라스부르에서부터 익숙해진 느낌을 불러일으켰다. 나는 예술적 관찰을 할 수가 없었다. 내게 주어진 것은 너무 많거나 너무 적었으며, 이루어진 것과 본래 의도한 것, 실천과 계획, 세워진 것과 암시된 것의 미로에서 벗어나도록 나를 도와줄 사람이 아무도 없었다. 물론 지금 같으면 우리의 부지런하고 끈기 있는 친구들의 도움을 받을 수 있었을 것이다. 나는 일행에 섞여 이 놀랄 만한 홀과 기둥들에 경탄했지만 창조 중에 있으며 완성과는 거리가 먼 이미 굳어버린 세계적 건축물 속에 쓸쓸히 잠겨 줄곧 불쾌한 느낌이 들었다. 여기에서도 또 웅대한 사고가 실현되지 못했던 것이다! 이 건축물은 많은 사람에 의해 오랜 시간을 들여도 아무 것도 이루지 못한다는 것과 예술과 행위에 있어서는 미네르바와 같이 고안자의 머리에서 나온 것으로 자라나고 무장되어 나타난 것만이 완성될 수 있다는 것을 증명해주기 위해 서 있는 것 같았다.

기분을 돋궈주기보다는 압박하는 이 순간에 나는 매우 우아하고 아름다운 감정이 아주 가까이에서 나를 기다리고 있을 줄은 생각지도 못했다. 사람들은 나를 야바하의 집으로 데려갔는데, 거기에서 나는 그때까지 마음속으로만 그려왔던 것을 실제 눈으로 보게 되었다. 이 가게는 오래 전에 단절된 것 같았지만 정원과 붙어있는 아래층에서는 아무것도 변한 것이 없었다. 적갈색 능형(菱形) 벽돌이 고르게 깔려있는 마룻바닥, 수를 놓은 방석과 등받이가 있는 조각이 된 높은 안락의자, 묵직한 다리가 달린 정교하게 만들어진 책상, 금속으로 된 샹들리에, 거대한 벽난로와 그것에 적합한 화구 등 모든 것이 옛 시절과 일치되었고, 우리들 외에는 공간 전체에 새로운 것과 오늘날의 것은 아무것도 없었다. 그런데 그런 것들에 의해 기이하게 자극된 감정을 극도로 고조시키고 완전하게 한 것은 벽난로 위쪽에 있는 커다란 가족의 그림이었다. 그림 속에서 과거 이 집의 부유한 소유자는 부인과 함께 아이들에 둘러싸여 앉아 있었다. 모두가 어제 오늘의 사람들처럼 생생히 살아있는 것 같았지만 그들은 이미 모두 오래 전에 사라져버렸다. 이 볼이 통통하고 생기 있는 아이들도 늙어버렸으며, 이 예술성이 풍부한 그림이 없었다면 그들에 대한 기억은 남아있지 않았을 것이다. 내가 이런 인상에 사로잡혀 어떤 행동을 했는지는 알 수가 없다. 내 인간적 소질과 시적 능력의 가장 깊은 근원이 끊임없는 감동에 의해 노출되고, 내 정서 속에 있는 모든 선량하고 사랑스런 것이 덮개를 벗고 뛰쳐나오는 것 같았다. 나는 이 순간부터 더 이상의 탐구나 논의 없이 일생 동안 그 훌륭한 사람들의 사랑과 신뢰를 받게 되었던 것이다.

마음속에 있는 모든 것이 언어가 되는 이런 하나 된 영혼 및 정신의 결과 나는 최근에 쓴 가장 아끼는 담시를 낭독하겠다고 나섰다. 『툴레의 왕』과 『불손한 애인』은 좋은 효과를 냈다. 이 시들은 아직 내 마음에 절절하게 묶여 있었고 별로 낭독한 적이 없었던 만큼 나는 더욱 기분 좋게 낭독했다. 나는 지나치게 섬세한 감정으로 나와 함께 있는 사람들의 마음을 다칠게 할까봐 이 시들을 별로 낭독하지 않아왔다. 나는 낭독하는 중에 자주 틀렸고, 다시 정정할 수 없었다. 그래서 나는 자주 고집쟁이이며 기이한 망상에 사로잡힌 존재라고 얼마나 비난을 당했던가!

문학적 표현방식은 내가 가장 전념했었고 내 천성에도 적합한 것이었지만 모든 종류의 대상에 대한 숙고 또한 내게 낯설지 않았다. 그래서 야코비의 신비로운 것에 대한 독창적이며 자신의 천성에 적합한 방향은 내게 최고로 환영받을 만하고 기분 좋은 것이었다. 여기에서는 라바터와의 기독교에 관한 논쟁이나 바제도와의 교육에 관한 논쟁과 같은 충돌은 일어나지 않았다. 야코비가 내게 전해준 사상은 직접적으로 그의 감정에서 나온 것이며, 그가 무조건적인 신뢰로 깊은 정신적 요구를 숨김없이 말해주었을 때 나는 깊은 공감을 했다. 욕구, 정열, 이념의 기이한 결합으로부

바루흐 스피노자

터 나는 아마도 미래에 내게 더욱 분명해질 어떤 것에 대한 예감만이라도 느낄 수 있었다. 다행히 나는 이미 이 방면에서 교양을 쌓지는 않았지만 노력해서 한 비범한 인물의 존재와 사고방식을 받아들였다. 그것은 불완전하고 생소했지만 그렇게 함으로써 이미 중요한 영향을 받았다. 내게 결정적으로 작용하고 내 총체적인 사고방식에 큰 영향을 준 사람은 스피노자*였다. 나는 내 특이한 성향에 대한 교양자료를 도처에서 구하다가 헛수고 끝에 마침내 스피노자의 『윤리학』을 접하게 된 것이다. 내가 이 책에서 무엇을 읽어냈고, 무슨 생각을 가지고 이 책을 읽었는지에 대해서는 나는 설명할 수 없다. 어쨌든 나는 이 책에서 내 정열이 진정되는 것을 알았으며, 내게 감성적 세계와 정신적 세계에 대한 크고 탁 트인 전망이 펼쳐지는 듯했다. 특히 나를 사로잡은 것은 모든 구절에서 빛을 내며 드러나는 사심 없는 정신이었다. "신을 진정으로 사랑하는 자는 신이 자신을 사랑하기를 원해서는 안 된다"는 이 놀라운 말이 이 말의 바탕을 이루는 모든 앞의 내용과 거기에서 나오는 모든 결론과 함께 나의 온 사고를 가득 채웠다. 모

* 인간의 완전성과 최고선을 철학의 목표로 삼은 네덜란드의 철학자(1632~1677). 17세기 합리론의 주요이론가이다.

든 면에서 사심이 없고, 사랑과 우정에 있어서는 가장 사심 없어야 하는 것이 나의 최대의 욕구이며 원리이자 실천이었다. 그리하여 훗날의 대담한 말 "내가 너를 사랑해도 그것이 네게 무슨 관계가 있는가?"는 내 마음속에서 진심으로 우러난 것이었다. 또 한 가지 여기서 간과할 수 없는 것은 본래 가장 긴밀한 결합은 대립의 결과로 이루어진다는 사실이다. 모든 것을 조정하는 스피노자의 평온은 모든 것을 자극하는 나의 노력과 대립했으며, 그의 수학적 방법은 나의 시적인 사고방식 및 표현방식과 상반되었다. 또 도덕적인 대상에는 적합하다고 여길 수 없는 그의 규칙적인 취급방식도 나를 그의 열렬한 제자로 만들었고, 절대적인 숭배자로 만들었다. 정신과 감정, 오성과 감각은 필연적인 친화력으로 서로를 찾으며, 이 친화력에 의해 다양한 성향들의 결합이 이루어지는 것이었다.

그러나 모든 것이 아직 작용과 반작용 속에서 부글부글 끓어오르고 있었다. 나는 이런 나의 혼돈상태를 프리츠 야코비에게 처음으로 들여다보게 했다. 본성이 가장 심오한 곳에서 작용하고 있던 그는 나의 고백을 진심어린 마음으로 받아들이고 그것에 답해주었고, 나를 그의 사고 속으로 이끌고자 했다. 그도 역시 말로 표현할 수 없는 정신적 욕구를 느끼고 있었으며, 다른 사람의 도움으로 그것을 진정시키려 하지 않고 자기 스스로 성숙해지고 깨우쳐지려고 했다. 그가 자신의 정서 상태에 대해 내게 전해준 것을 나는 이해할 수 없었다. 나는 내 자신의 상태에 대해서도 이해할 수 없었으므로 더욱 그러했다. 그러나 철학적 사고에서나 스피노자의 관찰에 있어서나 나를 월등히 능가했던 그는 내 어설픈 노력을 이끌어주고 깨우쳐주려고 했다. 내게 그러한 순수한 정신적 친화관계는 새로운 것이었고, 더 많은 것을 털어놓고 싶은 열렬한 욕망을 불러일으켰다. 밤에 우리가 헤어져 침실에 들었다가도 나는 그를 다시 찾아갔다. 달빛이 넓은 라인 강 위에 반짝이고 있었고, 우리는 창가에 서서 그 찬란한 발전의 시기에 풍부하게 흘러나오는 사상을 주고받는 데 몰두했다.

그러나 나는 그 형언할 수 없는 것에 대해 지금은 설명할 수가 없다. 그보다 더 분명하게 기억하고 있는 것은 라인 강 오른편에 있으며 멋진 전망을 즐길 수 있는 벤스베르크 수렵성으로 소풍을 간 일이다. 그곳에서 나를 무척 기쁘게 한 것은 베닉스*의 벽그림이었다. 사냥에서 잡을 수 있는 모든 동물들이 마치 원기둥이 있는 홀의 진열대 위에 놓인 듯 둥글게 잘 정돈되어 놓여 있었다. 그리고 그 너머로는 넓은 풍경이 펼쳐져 있었다. 그 죽은 피조물들을 살리기 위해 이 비범한 화가는 자신의 온갖 재능을 다 바쳤으며, 아주 다채로운 동물의 가죽, 억센 털, 모발, 날개, 뿔, 발톱이 실물과 똑같이 묘사되었고 효과에서는 실물을 능가했다. 이 그림들 전체가 경탄을 불러일으켰으므로 그토록 뛰어나고 기계적으로 그려낼 수 있는 화법에 대해 생각해보지 않을 수 없었다. 이 그림들이 인간의 손으로 어떻게, 어떤 도구에 의해 이루어졌는지는 알 수 없었다. 붓만으로는 충분하지 않았다. 그런 다양한 것을 그려내려면 아주 독특한 도구를 사용하지 않으면 안 되었다. 가까이에서 보아도 멀리 떨어져서 보아도 똑같은 경탄을 느꼈으며, 그림을 그리게 된 원인 또한 효과 못지않게 경탄할 만했다.

라인 강을 내려가는 여행은 기쁘고 즐거웠다. 강의 폭이 넓어지면 마음도 넓어지고 먼 곳을 볼 수 있었다. 우리는 뒤셀도르프에 도착하여 거

* 네덜란드의 화가(1640~1719). 주로 풍경과 정물, 죽은 사냥감이나 사냥장면을 그렸다.

기에서 펨펠포르트로 갔다. 그곳은 가장 아늑하고 유쾌한 체류지였으며, 넓고 잘 가꿔진 정원과 마주해 있는 넓은 저택에는 총명하고 예절바른 사람들이 모여 있었다. 가족들은 수가 많았고, 이 풍요롭고 아늑한 상황을 좋아하는 외부 손님들도 있었다.

뒤셀도르프의 화랑에서 네덜란드파 화가들에 대한 나의 선호는 충분한 자양분을 발견했다. 훌륭하고 소박하며 충만한 자연성으로 빛나는 그림들이 홀을 가득 메우고 있었다. 그로 인해 나의 통찰력이 늘지는 않았지만 지식이 풍부해지고 나의 취향은 더욱 강해졌다.

이 가족의 중요한 특징이 되고 있는 지극한 평온과 아늑함과 끈기가 손님인 내 눈앞에서 곧장 활기를 띠었다. 나는 광범위한 작용영역이 이 집에서 나와 다른 곳까지 뻗어가고 있다는 것을 알 수 있었다. 인접 도시들과 마을들의 활동성과 부유함은 내적인 만족감을 높이는 데 적잖이 기여했다. 우리는 엘버펠트를 방문하여 잘 정비된 많은 공장들의 가동을 보고 기뻐했다. 우리는 전에 코블렌츠에서 만났던 슈틸링이라고 불리는 융을 여기에서 다시 만났다. 그는 신에 대한 믿음과 인간에 대한 성심을 언제나 자신의 반려로 삼고 있었다. 우리는 그의 모임 속에서 그를 보았고, 현실의 생업에 종사하면서도 천상의 재산을 등한히 하지 않는 그의 친구들이 그에게 신뢰를 보내고 있는 것을 보고 기뻐했다. 번성하는 이 지방은 유익한 것이 질서와 청결에서 나타났으므로 안정감 있는 모습을 보여주었다. 우리는 이런 관찰을 하면서 행복한 나날을 보냈다.

그런 다음 나는 다시 나의 친구 야코비에게 돌아가 가장 친밀한 정서로 결합하는 황홀한 감정을 맛보았다. 우리 두 사람은 함께 활동한다는 힘찬 희망으로 활기에 넘쳤다. 나는 그에게 그의 마음속에서 움직이고 동요하는 모든 것을 어떤 형식으로든 힘차게 표현할 것을 간곡히 요구했다. 그것은 내가 많은 혼돈에서 벗어날 수 있었던 수단이었으며, 나는 그것이 그에게도 들어맞으리라고 기대했다. 그는 지체하지 않고 이 방법을 과감히 택했다. 그리고 그는 많은 좋은 것, 아름다운 것, 기쁜 것을 얼마나 이루어냈던가! 그리하여 우리는 영원한 결합의 복된 느낌으로 마침내 작별을 했다. 그러나 우리는 우리의 노력이 반대방향을 택하리라고는 짐작도 하지 못했다. 그것은 살아나가면서 너무나도 뚜렷하게 나타났다.

라인 강을 따라 올라가는 귀갓길에 일어난 그 밖의 일들은 내 기억에서 완전히 사라졌다. 왜냐하면 한편으로는 두 번째 본 대상은 생각 속에서 첫 번째 본 대상과 혼합되어 버리는 것이 보통이며, 또 한편으로는 내가 내면에 잠긴 채 체험한 많은 것들을 정리하고, 내게 영향을 미친 것을 가공하려고 노력했기 때문이다. 여기서 나는 내게 창작을 요구하여 한동안 나를 무척 분주하게 한 중요한 결과에 대해 기억을 되살려 말하고자 한다.

지나치게 자유분방한 사고에 아무런 목적도 계획도 없이 살아가고 행동하는 내가 라바터와 바제도가 정신적이며 종교적인 수단을 세속적 목적을 위해 사용한다는 것을 모를 수는 없었다. 재능과 시간을 무의미하게 낭비하던 나는 두 사람이 가르치고 설복하려고 노력하는 가운데 각자의 방식대로 배후에 분명한 의도 또한 숨기고 있다는 것을 즉시 알아차릴 수 있었다. 그 의도를 촉진시키는 것이 그들에게 매우 중요했다. 라바터는 부드럽고 현명하게, 바제도는 과격하고 불손하고 상스럽게 일을 해나갔다. 또한 두 사람은 자신의 취미와 계획과 우월한 행동에 대해 확신을 했으므로 우리는 그들을 성실한 사람들로 여기고 사랑하고 존경하지 않을 수 없었다. 우리는 특히 라바터가 정말로 좀 더 높은 목적을 가지고 있으며, 그가 현명하게 행동하는 한 목적이 수단을 신성화한다고 믿어도 된다고 말할 정도로 그의 명성을 높이 샀다. 나는 두 사람을 관찰하고, 그들에게 자유롭게 내 의견을 털어놓은 다음 내 의견에 대한 그들의 견해를 들었을 때 뛰어난 인물은 분명히 자신의 내면에 있는 신성한 것을 밖으로 전파하고 싶어 한다는 생각이 들었다. 그러나 이때 그는 거친 세상과 만나게 되며, 그 세상에 영향을 끼치려면 자신을 낮춰 그 세상과 동등한 입장에 서지 않으면 안 된다. 그럼으로써 그는 많은 장점들을 포기하게 되며, 결국 그것을 모두 잃게 된다. 신성한 것과 영원한 것은 세속적 의도들의 덩어리 속에 빠져들어 허무한 운명이 되어 사라진다. 그래서 나는 이런 관점에서 이 두 사람의 인생행로를 관찰했는데, 그들이 존경스러우면서도 가련하게 여겨졌다. 왜냐하면 나는 이 두 사람이 높은 것을 낮은 것에 희생해야 할 수밖에 없음을 알게 되리라는 것을 분명히 예상했기 때문이다. 나는 이런 종류의 모든 관찰은 극히 자세한 부분까지 해보았고, 내 좁은 경험을 뛰어넘어 역사 속에서 비슷한 경우들을 살펴보았다. 그리하여 내게는 결코 기만자로 여길 수 없는 마호메트의 삶을 통해 회복보다는 오히려 파멸로 이끄는, 내가 현실에서 그토록 생생하게 관찰한 행로를 드라마로 묘사하려는 계획이 발전해갔다. 나는 바로 얼마 전에 이 동양 예언자의 삶에 대해 큰 관심을 가지고 읽고 연구했으므로 내게 그런 생각이 떠올랐을 때는 꽤 준비가 되어 있는 상태였다. 전체는 내가 다시 관심을 기울인 규칙적인 형식에 접근해갔다. 물론 나는 시간과 장소를 임의로 펼칠 수 있는, 연극에서 얻을 수 있는 자유를 적절히 이용하기도 했다. 작품은 마호메트가 맑은 밤하늘 아래에서 혼자서 읊는 송가로 시작되었다. 처음에 그는 무수히 많은 별들을 수많은 신들로 숭배한다. 그러고는 정겨운 별 가트(우리의 주피터)가 떠오르자 이 별만이 별들의 왕으로서 숭배된다. 곧 달이 떠올라 숭배자의 눈과 마음을 사로잡지만 그는 곧 솟아오르는 태양에 의해 상쾌해지고 기운을 얻어 이것을 새롭게 찬양하게 된다. 그러나 이런 숭배 대상의 변화는 즐겁기도 하지만 불안하기도 하다. 그의 마음은 그런 것들이 필연적으로 생명을 다하게 될 것임을 느낀다. 그는 이 모든 훌륭한 것들을 존재할 수 있게 해주는 유일하며 영원하고 무한한 자인 신을 향해 고양된다. 나는 이 송가를 애정을 다해 지었다. 지금 그것은 없어졌지만 교회 성악곡을 목적으로 하여 다시 만들어도 좋을 것이며, 표현이 다양하기 때문에 음악가에게 추천해도 될 것이다. 그러나 당시의 의도가 그랬듯이 대상(隊商)의 우두머리는 가족과 전체 종족과 더불어 고려해야 할 것이며, 그렇게 하면 음의 변화와 합창의 효력이 잘 배려될 것이다.

마호메트는 스스로 개종한 후 자신의 감정과 생각을 가족들에게 알린다. 그의 부인과 알리*는 무조건 그의 뜻에 따른다. 제2막에서는 마호메트가, 또한 알리는 더 열렬히 이 신앙을 종족 안에서 널리 확산시키려고 노력한다. 여기서 사람들은 각자의 성격에 따라 동조도 하고 반발도 한다. 불화가 시작되고 투쟁이 격화되며, 마호메트는 달아나고 만다. 제3막에서 그는 적대자들을 제압하고, 자신의 종교를 공식화시키며, 우상들을 제거하여 카바**를 정결하게 만든다. 그러나 모든 것이 힘으로만 이루어

* 이슬람의 예언자 마호메트의 사위이자 4번째 칼리프(656~661 재위). 그가 칼리프에 오른 것이 정당한 것인가 아닌가 하는 문제가 이슬람교를 수니파와 시아파로 분리시키는 주요원인이 되었다. 시아파는 알리를 예언자의 유일하고 진실한 계승자로 간주했다.

** 메카에 있는 이슬람 성소. 모든 이슬람교도들이 지구상에서 가장 신성한 곳으로 여긴다. 이슬람교도들은 매일 5차례의 예배시간에 이곳을 향해 기도하고, 죽은 자를 묻을 때에도 시신의 얼굴이 이곳을 통과하는 자오선을 향하게 하며, 카바를 순례할 소망을 품고 살아간다.

질 수는 없어 그는 궁할 때에는 술책을 쓰지 않을 수 없다. 그리하여 세속적인 것이 자라나 확산되는 반면 신적인 것은 후퇴하고 혼탁해진다. 제4막에서는 마호메트가 정복을 추구하여 교리는 목적이 아닌 구실이 되고, 생각할 수 있는 모든 수단이 이용될 수밖에 없게 되며, 잔혹한 일들이 벌어진다. 마호메트가 처형시킨 남자의 아내가 그에게 독약을 먹인다. 제5막에서 그는 독약에 중독되었음을 느낀다. 그의 대단한 침착성과 자기 자신에게로의, 더 높은 정신으로의 회귀는 그를 경탄할 만한 존재로 만든다. 그는 자신의 교리를 순화하고 자신의 나라를 공고히 만들고 죽는다.

이것이 내가 오랫동안 머릿속에서 열심히 구상했던 작품의 초안이었다. 나는 보통 무언가를 실행에 옮기기 전에 마음속에서 가다듬어 보아야 하는 성격을 가지고 있었다. 나는 천재가 성격과 정신에 의해 인간에게 행할 수 있는 모든 것을, 또한 그것이 어떻게 승리하고 패배하는지를 묘사하려고 했다. 여기에 삽입될 여러 노래들은 이미 지어져 있었는데, 이 중에서는 「마호메트의 노래」라는 제목으로 된 노래만이 내 시집 속에 남아있을 뿐이다. 작품 속에서 알리는 독약에 의해 일어나는 반전 직전에 성공의 절정에서 그의 스승을 찬양하기 위해 이 노래를 부르도록 되어 있었다. 나는 아직도 각각의 부분들의 의도를 기억하고 있지만 그것들을 설명하는 것은 여기서는 어울리지 않을 것이다.

제15장

대부분 진지하며 종교적인 관찰의 동기가 되었던 그런 다양한 혼돈상황들로부터 나는 늘 고귀한 여자친구인 클레텐베르크에게로 다시 돌아왔다. 그녀 앞에서는 나의 격렬한, 사방으로 뻗어나가려는 성향과 정열이 적어도 한 순간만큼은 진정되었으며, 나는 그런 계획들을 여동생 다음으로는 그녀에게 즐겨 설명해주었다. 나는 점점 그녀의 건강이 나빠지는 것을 알 수 있었지만 모른 체 했으며, 병과 함께 그녀의 쾌활함이 커져갔으므로 더욱 그러했다. 그녀는 늘 귀엽고 청초한 모습으로 창가의 안락의자에 앉아 내 소풍 이야기나 내가 낭독해주는 것을 기분 좋게 듣곤 했다. 때때로 나는 그녀에게 내가 보았던 지방들을 더 알기 쉽게 설명해주기 위해 그림을 그려서 보여주기도 했다. 어느 날 저녁 내가 여러 가지 형상들을 떠올리고 있을 때 석양을 받고 있는 그녀와 그녀의 주변이 거룩하게 빛나는 것 같았다. 나는 내 미숙한 능력이 허용하는 한 그녀의 모습과 방 안의 물건들을 그림 속에 담아보고 싶은 마음을 억제할 수 없었다. 이런 그림이 케르스팅 같은 노련한 화가의 손으로 그려진다면 최고로 우아한 것이 될 것 같았다. 나는 그 그림을 다른 곳에 사는 여자친구에게 보냈는데, 해석이자 보충설명으로 시 한 편을 첨부했다.

보라, 이 요술거울 속의 꿈을.
얼마나 사랑스럽고 곱게
신의 날개 아래서
우리의 친구는 애절하게 쉬고 있는지.

보라, 삶의 물결에서
헤쳐 나오는 그녀를.
그대의 모습을 그녀와 견주어 바라보고,
그대 위해 고통 받는 신을 바라보라.

내가 초조하게 온 힘으로
그림을 그릴 때
이 하늘의 신적인 기운 속에서
느낀 것을 느껴보라.

이 시구절 속에서 나는 전에도 종종 그랬듯 스스로를 이방인이나 외래인, 나아가 이교도로까지 나타냈지만 그녀는 싫어하지 않았으며, 오히려 이전에 내가 성공하지 못했던 기독교적 용어를 사용했을 때보다 더 마음에 든다고 단언했다. 전부터 그녀에게 전도서를 낭독해줄 때면 내가 전도사들에게 맞서 민중 편을 들고 과거의 상태를 새로운 상태보다 우선시하는데도 그녀는 내 얘기를 매우 기분 좋게 들었었다. 그녀는 늘 다정하고 온화했으며, 나와 나의 구원에 대해서 조금도 걱정하지 않는 듯했다.

그러나 내가 점점 더 그 신앙에서 멀어진 것은 지나치게 진지하게 열정적 사랑으로 그것을 붙잡으려고 노력했기 때문이다. 형제교단*에 가까이 한 이후 그리스도의 승리의 깃발 아래 모여든 이 단체에 대한 내 애착은 점점 더 커져갔다. 모든 기성 종교는 생성과정에 있을 때 가장 큰 매력을 지닌다. 그래서 모든 것이 아직 신선하고 직접 정신적으로 나타났던 사도들의 시대를 생각하면 기분이 좋아진다. 형제교단도 이 점에 있어서 마술적인 것을 지니고 있었으며, 그래서 그 최초의 상태를 지속시키고 영구화하려는 듯 보였다. 이 교단은 그 기원이 오랜 옛 시대에 있었는데도 결코 완성되지 못했으며, 보이지 않는 덩굴 속에서 거친 세상을 헤쳐 나왔을 뿐이다. 이제 단 하나의 싹이 한 경건하고 뛰어난 인물의 보호 아래 뿌리를 내리고, 눈에 띄지 않게 우연한 듯이 출발하여 세상으로 퍼져나가려 했다. 여기에서 가장 중요한 점은 종교적인 제도와 시민적인 제도가 분리할 수 없이 하나로 얽혀서 선교사는 동시에 명령자로서, 주교는 동시에 재판관으로서 존립하게 된 것이다. 더욱 중요한 것은 종교적인 일에서 무조건적인 믿음을 받고 있던 종교의 최고지도자가 세속의 일들을 조정하는 데에도 나서게 되었다는 점이다. 그의 답변은 전체를 통치하는 데에서는 물론 모든 개별적인 일들을 결정하는 데에서도 추첨심판에 의해 정중하게 경청되었다. 적어도 이 교단이 외면으로 나타내는 훌륭한 정숙은 최고로 매력적이었다. 반면 다른 측면에서는 전도의 사명에 의해 인간 내면에 있는 온갖 실천력이 요구되었다. 나는 이젠부르크 백작의 대리인인 모

* 15세기 이래의 '뵈멘 형제'라는 작은 집단을 1722년 친첸도르프 백작이 재조직하여 창설한 경건주의적 종파. 흔히 헤른후트 파, 헤른후트 형제단으로 불린다.

리츠 참사관에 의해 이끌려가 참석한 마리엔보른의 종교회의에서 알게 된 뛰어난 사람들을 무척 존경했다. 그들이 마음만 먹었다면 나를 마음대로 그들의 일원으로 만들었을 것이다. 나는 그 교파의 역사, 교리, 유래, 성장에 대해 열심히 공부해서 그것에 대해 설명을 할 수 있고, 관심 있는 사람들과 대화도 나눌 수 있게 되었다. 그러나 나는 신도들이 클레텐베르크 부인처럼 나도 기독교인으로 인정하려 하지 않는다는 것을 알아차렸다. 이것은 처음에는 나를 불안하게 했고, 나중에는 내 애착을 어느 정도 냉각시켰다. 나는 나에 대한 근본적인 차별의 원인을 명백한 것임에도 불구하고 오랫동안 찾을 수 없었다. 결국 그것은 연구에 의해서라기보다는 우연히 나에게 닥쳐왔다. 즉 나를 다른 소중한 기독교신도들과 함께 형제교단과 분리시킨 것은 교회가 여러 차례 분열된 상황과 똑같았던 것이다. 일부 사람들은 인간의 본성은 아담과 이브의 타락에 의해 부패하여 속속들이 털끝만큼도 선을 찾을 수 없게 되었으므로 인간은 자기 자신의 능력을 완전히 포기하고 모든 것에서 신의 은총과 영향을 기다려야 한다고 주장했다. 다른 한편의 사람들은 인간의 세습적인 결함은 기꺼이 인정하지만 인간 본성의 내면에는 하나의 싹이 있으며, 이것이 신의 은총에 의해 생명을 얻어 행복하고 훌륭한 나무로 성장할 수 있다고 여기고 있었다. 나는 비록 입이나 펜으로는 그 반대편을 인정해 왔지만 나도 모르게 후자의 신념에 철저히 공감하고 있었다. 그러나 나는 흐리멍덩한 태도를 보였고, 근본적으로 양분하여 입장을 표명한 적은 없었다. 나는 언젠가 전혀 예기치 않게 이 꿈에서 깨어났다. 그것은 내가 지극히 허물없이 여긴 이 견해를 어느 종교적 대화에서 숨김없이 털어놓았다가 이로 인해 혹독한 징계설교를 받았을 때였다. 사람들은 내게 맞서 그것이 바로 진정한 펠라기우스주의*이며, 이 해로운 교리가 불행하게도 다시 현대에 우리에게 파고들려고 한다며 항변했다. 나는 이 말을 듣고 깜짝 놀라 몸서리를 쳤다. 나는 교회사로 돌아가서 펠라기우스의 교리와 운명을 좀 더 자세히 고찰해보았다. 그 결과 나는 이 두 가지 합치될 수 없는 견해가 수 세기에 걸쳐 이리저리 흔들려왔으며, 각자 능동적이냐 수동적이냐에 따라 각각 다르게 수용되고 인정되어 왔다는 것을 분명하게 알게 되었다.

나는 수년 동안 나 자신의 힘을 단련하기 위해 끝없이 노력해왔으며, 내 내면에서는 최선의 의지로 도덕적 완성에 이르려는 쉼 없는 활동이 이루어져왔다. 외부세계는 이 활동이 조절되어 타인의 이익을 위해 이용될 것을 요구했으며, 나는 이 위대한 요구를 내 마음속에서 잘 다듬어나가야 했다. 나는 모든 방면으로 자연에 의지했으며, 자연은 내게 훌륭한 상태로 나타났다. 나는 의무를 위해 자신의 의무를 다하는 성실하고 정직한 사람들을 많이 알게 되었다. 그들과 나 자신을 버린다는 것은 불가능한 듯 여겨졌다. 그러나 나와 교리 사이의 벌어진 틈은 분명했으며, 그리하여 나는 이들 집단과 헤어질 수밖에 없었다. 그러나 성서와 그것의 창시자와 과거의 신봉자들에 대한 나의 애착은 아무도 빼앗아갈 수 없었다. 그리하여 나는 나의 사적인 용도로 기독교를 세웠으며, 역사의 꾸준한 연구와 내 생각에 관심을 갖는 사람들의 엄밀한 언급에 의해 이것을 기초를 닦아 키워나가려고 했다.

그러나 나는 사랑으로 내 마음속에 받아들인 모든 것은 곧장 시적 형식

---

* 5세기 펠라기우스와 그의 추종자들이 가르친 그리스도교 이단. 인간 본성의 선함과 인간의 자유의지를 강조했다. 펠라기우스주의자들은 인간이 약하기 때문에 죄를 지을 수밖에 없다고 하는 사람들의 주장을 거부하고, 하느님은 인간이 선과 악 사이에서 자유롭게 선택하도록 했다고 주장했고, 따라서 죄란 한 인간이 하느님의 법을 저버리고 자발적으로 범한 행위라고 했다.

으로 만들었기 때문에 기발한 착상에 사로잡혔다. 즉 나는 통속문고들을 통해 깊은 인상을 받았던 영원한 유대인들의 이야기를 서사적으로 다루어 이것을 실마리로 종교사와 교회사의 여러 가지 중요한 점들을 임의적으로 묘사해보려고 생각한 것이다. 내가 이 이야기를 어떻게 구성했고 어떤 의미를 부여했는지를 이제부터 이야기하려고 한다.

예루살렘에 구두공 한 사람이 살고 있었는데, 전설에서는 그를 아하스베루스라고 불렀다. 이 사람의 윤곽에 대해서는 내가 아는 드레스덴의 구두공이 알려주었다. 나는 이 인물에 같은 수공업자인 한스 작센의 정신과 기질을 덧붙였고, 그리스도에 대한 애착을 통해 그를 고상하게 만들었다. 그는 활짝 열린 작업장에서 지나가는 사람들과 즐겨 얘기를 나누었고, 그들을 놀렸으며, 소크라테스 식으로 모든 사람들을 각자의 특성에 따라 격려했다. 그래서 이웃사람들과 다른 시민들이 그의 옆에 즐겨 머물렀으며, 바리사이인들과 사두가이인들*도 그와 얘기를 나누었고, 구세주까지도 제자들을 이끌고 이따금 그에게 머물기를 좋아했다. 속세에만 기울어 있던 구두공은 우리의 구세주에 대하여 특별한 애정을 가졌는데, 그 애정은 구세주의 정신을 이해하지 못하는 그가 그 고귀한 인물을 자신의 사고방식과 행동방식으로 개종시키려는 데에서 주로 나왔다. 그래서 그는 그리스도에게 명상에서 벗어날 것과 게으름뱅이들을 데리고 나라 안을 돌아다니지 말 것과 군중을 일터에서 떠나게 해 광야로 유인하지 말 것을 간절히 당부했다. 또한 그는 몰려든 군중은 한결같이 선동된 자들인

* 바리사이파는 제2성전시대(BC 515~AD 70) 후반기에 팔레스타인에서 융성했던 유대교의 한 종교 분파이고, 사두가이파는 AD 70년 제2차 예루살렘 성전이 파괴당하기 전의 약 2세기 동안 번성했던 유대교 제사장 분파이다.

만큼 그들에게서는 아무런 좋은 일도 일어나지 않을 것이라고 말했다.

이에 대해 주는 자신의 고귀한 견해와 목적을 비유적으로 가르쳐주려고 노력했지만 무식한 그에게는 아무 효과도 없었다. 그리스도가 점점 더 유명해져서 모든 사람들의 공적인 인물이 되었을 때 친절한 이 구두공은 더 날카롭고 격렬하게 의견을 밝히면서 결국에는 소동과 봉기가 일어날 것이며, 그리스도가 본의는 아니지만 스스로 파당의 당수임을 선언하게 될 수밖에 없을 것이라고 경고했다. 이 일의 결과는 모두 다 알다시피 그리스도가 잡혀서 처형당하게 되었으므로 아하스베루스는 유다보다 더 격하게 흥분한다. 유다는 주를 배반한 것처럼 되어 절망상태로 작업장으로 돌아와 슬퍼하며 자신의 잘못된 행동을 얘기한다. 유다는 제자들 중 가장 현명한 자들과 마찬가지로 그리스도가 통치자이자 군중의 우두머리로 나서게 될 것으로 확신하고 있었으므로 아직까지도 주저하고 있는 주를 강제로 행동으로 나서게 하려고 함으로써 역시 아직 감히 행동에 나서지 못하던 승려들의 폭력행위를 불러일으켰다는 것이었다. 제자들 편에서도 무장을 하지 않을 수 없었으며, 아마도 주가 스스로 투항하여 그들을 가장 비참한 상태에 빠뜨리지 않았더라면 모든 일은 잘 되었을지도 모른다는 것이었다. 아하스베루스는 이 이야기를 듣고 마음을 누그러뜨리기는커녕 오히려 이 가련한 사도의 상태를 더 고통스럽게 하여 유다는 서둘러 목을 매어 죽을 수밖에 없게 되었다.

이제 그리스도가 구두공의 작업장 앞을 지나 처형장으로 끌려갈 때 그곳에서 모두에게 잘 알려진 장면이 벌어진다. 즉 수난당하는 그리스도가 십자가의 무게에 쓰러지자 구레네의 시몬이 어쩔 수 없이 십자가를 메고 가는 것이다. 여기에 아하스베루스가 나타난다. 무지한 사람의 성향이 그렇듯 그는 누군가가 자신의 잘못으로 불행해진 것을 보고 동정을 하기는커녕 때에 맞지 않는 정의감에 도취되어 비난을 퍼부음으로써 불행을 더하게 한다. 구두공은 앞으로 나서 과거에 했던 모든 경고들을 되풀이하는데, 그것은 격렬한 고소로 변하며, 수난자에 대한 애정에서 나온 것이어서 정당한 것처럼 여겨진다. 수난자는 대답을 하지 않는다. 그 순간 주를 사랑하는 베로니카가 주의 얼굴을 수건으로 가린다. 그녀가 수건을 벗겨 높이 들어올리자 아하스베루스는 주의 얼굴을 올려다보는데, 그것은 결코 지금 고통을 당하고 있는 자의 얼굴이 아니라 찬란하고 거룩하며 천국의 생명으로 빛나는 얼굴이다. 그는 이런 현상에 눈이 부셔 시선을 돌리는데, 그때 이런 말을 듣는다.

"그대는 이런 모습의 나를 다시 볼 때까지 땅에서 방황하리라."

깜짝 놀란 그는 잠시 후 제정신을 차리게 된다. 그러고는 모든 사람들이 처형장으로 몰려가 예루살렘의 거리가 황량한 것을 알아차린다. 불안과 동경이 그를 앞으로 내몰아 그는 방랑을 시작하게 된다.

이 방랑과 시의 끝을 이루고 있으나 완결되지는 않은 사건에 대해서는 아마 다음 기회에 말하게 될 것이다. 서두와 몇 개의 흩어진 부분들과 결말은 썼지만 내게는 집중력이 없었고, 이 사건에 내가 원하는 대로의 내용을 부여하는 데 필요한 연구를 할 시간이 없었다. 더욱이 나는 『베르테르』를 썼고, 나중에 그 영향을 봄으로써 필연적으로 시작된 새로운 시기가 내 마음속에서 전개되었기 때문에 몇몇 단편들은 방치되었다.

우리 모두가 끌고 가야 하는 공통적인 인간의 운명은 정신적 힘이 좀 더 일찍 넓게 발달한 사람에게 가장 무겁게 놓이는 법이다. 우리는 부모나 친척의 보호를 받으며 자라날 수도 있고, 형제나 친구에게 기댈 수도 있으며, 친지에게 후원을 받을 수도 있고, 사랑하는 애인에 의해 행복해질 수도 있다. 그러나 종말에는 언제나 인간은 자기 자신에게로 돌아온다. 하느님도 인간에게 그의 경애, 믿음, 사랑을 언제나 베풀 수만은 없는, 적어도 긴급한 순간에는 베풀 수 없는 입장에 있는 듯하다. 나는 어렸을 때 가장 도움을 필요로 하는 순간 "의사여, 당신 자신을 도우라!"라고 외치는 소리를 자주 들었다. 그리고 나는 자주 "나 혼자서 포도주를 짜야해"라고 얼마나 고통스럽게 탄식해야 했는지 모른다. 나는 내 독립성의 증거를 찾아보았는데, 그것의 가장 확실한 바탕으로서 나의 창조적 재능을 발견했다. 이 재능은 몇 년 전부터 한 순간도 내게서 떠난 적이 없었다. 내가 낮에 본 것이 자주 밤에 규칙적인 꿈으로 나타났으며, 눈을 떴을 때는 기이하고 새로운 전체가 나타나기도 하고 전에 일어난 일의 일부가 나타나기도 했다. 나는 보통 모든 것을 이른 새벽에 썼다. 그러나 저녁에도, 또한 술과 사교로 생의 기분이 고조된 밤에도 사람들이 내게 요구하는 것을 썼다. 중요한 것은 조금 특색 있는 동기만 된다면 나는 언제든지 쓸 만반의 준비가 되어 있었다는 점이다. 내가 이 천부적 재능을 곰곰이 생각해본 결과 그것이 완전히 나 자신에게 속해 있으며 다른 어떤 것에 의해서도 조장되거나 방해받을 수 없다는 것을 알아냈으므로 나는 여기에 내 사고의 전 존재를 세우고 싶었다. 이런 생각은 하나의 형상으로 변했고, 신들과 자신의 일터를 떠나 사람들이 모여 사는 세상을 만들었다는 프로메테우스의 모습이 내게 떠올랐다. 나는 무언가 중요한 것은 우리가 홀로 고립되어 있을 때만 창조된다는 것을 절실히 느끼고 있었다. 많은 갈채를 받은 나의 작품들도 고독의 산물이었다. 그리고 내가 세상과 폭넓은 관계를 맺고 나서부터는 창작의 능력과 욕구가 부족한 것도 아닌

데 완성이 정체되었다. 왜냐하면 나는 산문에서도 운문에서도 본래 양식이 없었고, 새로이 작품을 쓸 때마다 대상에 따라 늘 처음부터 새롭게 탐색하고 시도해야 했기 때문이다. 이때 나는 사람들의 도움을 거절하고 아예 차단해야 했듯이 프로메테우스 방식에 따라 신들과도 결별했는데, 내 성격과 사고방식에서는 하나의 생각이 늘 나머지 것들을 집어삼키고 배척했으므로 그런 결별이 더 자연스럽게 이루어질 수 있었다.

프로메테우스의 이야기는 내 마음속에서 생생하게 살아있게 되었다. 나는 고대 거인의 의상을 내 몸집에 맞게 재단하여 더 이상 깊이 생각하지 않고 작품을 써나가기 시작했다. 여기에서는 프로메테우스가 자신의 손으로 인간을 만들어 미네르바의 은총에 의해 생명을 불어넣고 제3왕조를 세움으로써 제우스 및 새로운 신들과의 사이에 생기는 알력이 묘사되었다. 실제로 현재 지배하고 있는 신들은 부당하게 거인과 인간 사이에 끼어든 존재로 여겨질 수 있으므로 고통스러워 할 충분한 이유가 있었다. 이러한 진기한 구성에 속하는 것으로 레싱이 사고와 감정의 중요한 부분에 대해 야코비에 반기를 듦으로써 독일문학에서 중요하게 된 독백 형식의 시를 들 수 있다. 이 작품은 명망 있는 인물들의 숨겨진 관계, 즉 그들 자신도 의식하지 못한 채 최고로 깨우쳐진 사회에서 잠들어있던 관계를 드러내어 언어로 표현하게 하는 기폭제 역할을 했다. 폭발의 파괴력은 너무 엄청나서 우리는 우연하게 생긴 사건으로 멘델스존 같은 가장 훌륭한 인물을 잃었다.

이제 이 소재를 지금까지 그래왔듯 철학적이며 종교적으로 관찰할 수도 있겠지만 이것은 본질적으로는 완전히 문학에 속하고 있다. 거인은 다신교의 대명사이며, 악마를 일신교의 대명사로 여기는 것과 마찬가지다.

프로메테우스

그러나 악마는 그것과 대립하는 유일신과 마찬가지로 문학적 인물이 아니다. 밀턴의 악마는 훌륭하게 그려져 있지만 상급 존재자의 훌륭한 창조를 파괴하려고 함으로써 언제나 종속상태라는 약점에 머물고 있다. 반면에 프로메테우스는 좀 더 높은 존재에 대항함으로써 창조하고 건설할 수 있는 장점을 지니고 있다. 또한 인간이 가장 높은 지위에 있는 세계지배자에 의해 만들어진 것이 아니라 아득한 옛 왕조의 후예로서 그럴 만한 권위와 능력이 충분한 중간인물에 의해 창조되었다는 것도 문학에 적합한 아름다운 생각이다. 대체로 그리스 신화는 끝없이 풍부한 신과 인간의 상징들을 제공해주고 있다.

그러나 거인적이고 파괴적인 정신은 나의 문학작품에 소재가 되지 않았다. 오히려 평화롭고 유연하며, 주권을 인정하면서 그것과 동등하게 되려는 참을성 있는 저항을 묘사하는 것이 내게는 더 어울렸다. 그러나 그런 거인종족에서 한층 더 용감한 탄탈로스, 익시온, 시시포스 등은 나의 성자들이었다. 그들은 신들의 사회에 받아들여졌지만 신들에 종속되어 행동하려 하지 않았고, 오만한 손님으로서 주인인 신들의 분노를 일으켜 비참한 추방을 당해야 했다. 나는 그들을 동정했는데, 그들의 상황은 이미 고대인들에게서도 진정으로 비극적인 것으로 인정받았었다. 나는 그들은 나의 작품 『이피게니에』의 배경에서 어마어마한 저항자들로 나타냈는데, 다행스럽게 이 작품이 거둔 효과의 일부는 그들 덕분이다.

그 당시 나는 끊임없이 글쓰기와 그림그리기를 함께 했다. 나는 친구들의 옆모습 초상화를 회색 종이 위에 흰색과 검정색 분필로 그렸다. 또 내가 받아쓰게 시키거나 낭독을 시킬 때면 쓰는 사람이나 읽는 사람의 자세를 주변 모습과 함께 그렸다. 그것들은 실물과 비슷해서 좋은 평을 받았

불의 수레에 묶인 익시온

다. 예술애호가들은 자신들의 작품을 무료로 제공해주기 때문에 늘 호평을 받았다. 그러나 나는 이런 실물 그리기에 불충분함을 느끼게 되면 다시 내가 더 잘 할 수 있는 언어와 운율로 돌아갔다. 그때 내가 얼마나 활기차고 쾌활하고 재빠르게 작업을 했는지는 그때 나온 많은 시들이 증명하고 있다. 이 시들은 예술적 자연과 자연적 예술을 열광적으로 전함으로써 쓰는 순간 나와 친구들에게 언제나 새로운 용기를 북돋워주었다.

언젠가 나는 일에 열중하여 창문의 빛을 가린 채 방안에 앉아 있었는데, 방안은 적어도 화가의 화실 같은 느낌이 들었고, 더구나 벽에는 그리다 만 작품들이 붙어있거나 걸려있어서 무슨 대대적인 작업을 하고 있는 듯한 착각을 일으켰다. 그때 체격이 좋은 늘씬 한 남자가 들어왔다. 나는 처음에는 어스름 속에서 그를 프리츠 야코비로 생각했지만 곧 잘못 보았음을 깨닫고 낯선 사람과 인사를 나누었다. 그의 활달하고 예의바른 거동에서 어떤 군대식 태도가 엿보였다. 그는 나에게 자기 이름을 크네벨*이

* 카를 루트비히 폰 크네벨(1744~1834)은 괴테의 절친한 친구였고 바이마르의 신고전주의자들 가운데 가장 재능이 뛰어난 인물 중 한 사람이었다.

라고 밝혔다. 나는 그의 짤막한 소개에서 그가 프로이센의 군에 복무하고 있으며, 오랫동안 베를린과 포츠담에 체류하면서 그곳의 문학가들과 독일 문학계와 친밀하고 활동적인 교제를 맺고 있다는 것을 알게 되었다. 그는 특히 람러에 열중했고, 그의 시 낭독법을 습득하고 있었다. 그는 그 당시 독일인들 사이에 아직 이름이 알려져 있지 않은 괴츠가 쓴 모든 작품에 대해서도 잘 알고 있었다. 그의 주선으로 이 작가의 『소녀의 섬』이 포츠담에서 출판되어 왕의 손에까지 들어갔고, 왕은 그 작품에 대해 호평을 했다는 것이었다.

카를 루트비히 폰 크네벨

우리가 이런 일반적인 독일문학의 대상들에 대해 이야기를 끝내기 전에 나는 그가 현재 바이마르에서 근무하고 있으며, 콘스탄틴 왕자의 수행원으로 있다는 내게는 퍽 기분 좋은 사실을 알게 되었다. 나는 그 지방의 사정에 대해서는 이미 많은 좋은 소식을 듣고 있었다. 그곳에서 온 많은 외래객들이 목격하여 우리에게 전해준 바에 의하면 아말리아 왕비가 왕자들의 교육을 위해 뛰어난 인물들을 초빙했으며, 예나 대학도 유명한 교수들에 의해 이 아름다운 목적에 나름대로 기여하고 있다는 것이었다. 또한 예술이 왕비에 의해 보호될 뿐만 아니라 왕비 자신이 철저하고 열렬히 예술활동을 하고 있다는 것이었다. 또 빌란트는 특별한 총애를 받고 있으며, 많은 외지의 학자들의 저작을 모은 『독일 메르쿠르』가 그 도시에서 출판되어 도시의 명성에 적잖이 기여했다는 소식도 들려왔다. 독일에서 가장 훌륭한 극장들 중 하나가 그곳에 세워졌으며, 그 극장은 거기서 일하는 배우들과 작가들에 의해 유명해졌다. 이 아름다운 시설과 건물은 그해 5월에 일어난 끔찍한 궁성화재로 인해 파괴되고 오랫동안 정체될 위험에 처한 듯했다. 그러나 황태자에 대한 신뢰가 무척 컸으므로 모든 사람들은 이 손실이 곧 복구될 뿐만 아니라 손실에도 불구하고 다른 모든 희망까지 충분히 충족되리라 확신하고 있었다. 내가 마치 오랫동안 알고 지내온 사람처럼 그에게 궁성 사람들과 일들에 대해 물어보고 그곳의 사정을 좀 더 자세히 알고 싶다고 말하자 이 새 손님은 매우 친절하게 대답했다. 그런 거라면 더없이 쉬운 일이라고 했는데, 황태자가 동생인 콘스탄틴 왕자와 함께 조금 전 프랑크푸르트에 도착했으며, 이들이 나를 만나 얘기를 나누고 싶어 한다는 것이었다. 나는 당장 왕자들을 만나고 싶다는 열망을 표했고, 그 새 친구는 왕자들이 오래 머물지 않을 것이므로 지체해서는 안 될 것이라고 말했다. 나는 만날 준비를 하기 위해 그를 내 양친에게 데리고 갔다. 양친은 그의 방문과 용무에 대해 무척 놀라워했고 그와 아주 만족스럽게 대화를 나누었다. 나는 곧 그 친구와 함께 젊은 왕자들에게 달려갔다. 그들은 나를 매우 활달하고 친절하게 맞아주었고, 황태자의 보좌관 괴르츠 백작도 나를 만나는 것을 싫어하지는 않는 것 같았다. 여기에서도 문학에 관한 대화는 빠질 수 없었으며, 하나의 우연한 일이 도화선이 되어 대화는 곧 뜻 깊고 유익한 것이 될 수 있었다.

즉 뫼저의 『애국적 환상』의 제1부가 새로이 철해져서 재단도 되지 않은 채 책상 위에 놓여 있었던 것이다. 다른 사람들은 잘 모르고 있었지만 나는 그 책에 대해 매우 잘 알고 있었으므로 그 책에 관한 자세한 이야기를 할 수 있는 이점을 가지고 있었다. 그리고 이것은 자신의 지위에서 철저하게 선행을 베풀고자 하는 최선의 의지와 확고한 계획을 가지고 있는 젊은 황태자와 대화를 나눌 수 있는 절호의 기회였다. 뫼저의 설명은 내용에서도 정신에서도 모든 독일인에게 최고의 관심을 일으킬 만한 것임에 틀림없었다. 다른 사람들은 독일제국의 분열, 무정부상태, 무기력을 비난한 반면 뫼저의 관점에서는 작은 국가들의 집단이야말로 다양한 지방들의 위치와 사정에 따라 나타나는 각각의 요구에 상응하는 개별적인 문화가 확산되는 데에 가장 바람직한 것으로 여겨진 것이다. 뫼저는 오스나브뤼크 시와 교구에서 출발하여 베스트팔렌 자치구 전체로 범위를 넓혀 논하고, 전체 제국과의 관계까지 서술했다. 그리고 입지를 평가함에 있어 과거와 현재를 연결 지어 과거에서 현재를 끌어내고 이를 통해 변화가 바람직한 것인지 비난받을 만한 것인지를 분명하게 설명했다. 그리하여 모든 국가의 행정관들은 자기 권역의 제도와 인접국이나 전체 제국과의 연결 관계를 가장 잘 알아내고 현재와 미래를 판단하려고 한다면 각자 자신의 지역에서 뫼저와 똑같은 방식을 취하기만 하면 되었다.

이 기회에 상부 작센국가들과 하부 작센국가들의 차이와 관련된 많은 것이 화제가 되었다. 어떻게 해서 태고로부터 천연자원은 물론 풍습과 법률과 습관 등이 다르게 이루어졌으며, 정부나 종교가 변함에 따라 이런저런 방식으로 바뀌게 되었는지가 논의되었다. 우리는 양쪽의 차이를 좀 더 정확하게 찾아내보려고 노력했다. 그러면서 좋은 표본을 갖고 있는 것이 얼마나 유익한가를 알게 되었다. 그 표본 하나하나의 부분을 관찰하는 것이 아니라 그것이 어떤 방법에 따라 이루어졌는지를 관찰하면 다양한 경우에 적용될 수 있고 바로 그럼으로써 판단을 내리는 데 최대의 도움을 얻을 수 있는 것이다.

식사 중에도 이런 대화가 계속되었고, 대화는 나에 대한 과분한 선입견을 불러일으켰다. 왜냐하면 나는 나 자신이 제공할 수 있었던 작품들을 대화의 대상으로 삼거나 희곡이나 소설에 큰 관심을 끌도록 하는 대신 뫼저와 같이 그 재능이 실생활에서 나와 곧장 다시 실생활 속으로 유익하게 되돌아가는 저술가들을 끌어댔기 때문이다. 반면에 문학적 작품은 도덕적이거나 감각적인 것을 초월하여 떠돌며, 우회적으로나 그저 우연히 유익하게 될 수 있을 뿐이다. 이 대화에서는 마치 『천일야화』의 이야기들에서처럼 중요한 소재가 다른 소재 속에 밀려들어가기도 하고 겹치기도 했으며, 많은 주제는 변죽만 울렸을 뿐 제대로 다뤄보지도 못했다. 그래서 나는 젊은 왕자들의 프랑크푸르트 체류가 단시일에 불과했기에 마인츠까지 따라가서 거기에서 며칠을 보내겠다고 약속해달라는 부탁을 받았다. 나는 그 약속을 진심으로 기쁘게 승낙했으며, 이 기쁜 소식을 부모에게 알리기 위해 급히 집으로 달려갔다.

하지만 아버지는 전혀 달가워하지 않았다. 그는 자신의 제국시민적인 사고에 따라 언제나 위대한 신분의 사람들과는 거리를 두어왔으며, 주변의 군주 및 귀족들의 대리인들과는 접촉을 했지만 결코 개인적인 관계를 유지하지는 않았기 때문이다. 궁정은 그가 즐겨 조롱하곤 한 대상들 중 하나였다. 그는 누군가가 그에게 반대의사를 표명해도 그의 생각대로 재치 있고 기지 넘치게만 하면 기분 좋게 여겼다. 우리가 그에게 주피터를 멀리하고 낙뢰를 멀리하라는 것은 옳은 말이지만 낙뢰의 경우 어디서보다는 어디로가 문제라고 알려주면, 그는 높은 사람들과 함께 먹으면 버찌도 맛이 없다는 옛 격언을 끌어냈다. 그러면 우리는 게걸스레 먹는 사람들과 함께 먹으면 더 맛이 없다고 응수했다. 그는 이것을 부인하지는 않았지만 재빨리 다른 격언을 끌어내어 우리를 곤란하게 했다. 격언과 금언은 복종해야만 하는 서민층에서 나온다. 서민층은 최소한 말이라도 하고 싶어 하는 반면 상류층은 행동으로 보상받을 수 있는 것이다. 나아가 16세기의 문학은 거의 전적으로 강력하게 교훈적인 것이어서 우리말에서는 진지한 것과 익살스런 것이 부족할 수가 없었으며, 사람들은 그것을 아래로부터 상류층을 향해 마음껏 활용했다. 그런데 우리 젊은이들은 스스로를 위대한 인물로 생각하고 귀족의 편을 들기를 좋아했으므로 위에서 아래를 향해 이런 것을 연습했다. 그런 변론과 반론을 몇 가지 들어보겠다.

A.

오랜 궁정생활은 오랜 지옥생활!

B.

그곳에서는 많은 착한 사람들이 따스하게 지내지!

A.

나는 이대로 내 것이다.

누구의 은혜도 받지 않으련다.

B.

은혜를 어찌 수치스럽게 여기려는가?

은혜를 베풀려면 받기도 해야 한다.

A.

궁정생활의 고충이라면

가려운 곳을 긁지 못하는 것!

B.

웅변가가 민중에게 말할 때는

가렵지도 않은 곳을 긁어주는 것이다.

A.

시종으로 뽑혔다면

곧장 반평생은 날아간 것.

몸 바쳐 일하되 잊지 말라.

나머지 반평생도 사라질 것임을.

B.

군주에게 순응할 줄 아는 자는

오늘이나 내일이면 행복해지리라.

서민을 따르려고 하는 자는

평생을 저주받는다.

A.

궁정에서 밀이 꽃을 피워도

아무 것도 아니라고 생각하라.

무언가를 창고에 두었다 해도

그곳 또한 안전하지 않음을 생각하라.

B.

밀이 꽃을 피우면 여무는 것은

예부터 내려오는 관례.

우박이 내려 곡식을 망쳐도

이듬해에 땅은 다시 결실을 맺는다.

A.

제멋대로 지내고 싶으면

오두막집에 들어가

처자식과 한데 아울려

값싼 포도주나 마시고

검소하게 살아가라.

그러면 아무 일 없이 살아가리라.

B.

군주에게서 달아나려느냐?

어디로 도망치려느냐?

그렇게 할 게 아니리라!

네 마누라가 너를 지배하고,

멍청한 자식 놈이 네 마누라를 지배하니,

너는 집안의 노예이리라.

마침 내가 낡은 비망록 속에서 위에 적은 시구들을 찾아내려니 그런 재미있는 습작물들이 꽤 많이 발견되었다. 우리는 오래된 독일의 간결구들을 확장하여 경험상 똑같이 진실성을 띤 다른 격언들과 대조시켜 보았으며, 이런 것들을 골라서 인형극의 에필로그로 사용하면 좋을 것이라는 생각이 들었다.

그러나 아버지는 그런 모든 반박에도 불구하고 자신의 생각을 굽히지 않았다. 그는 자신의 가장 강력한 논거를 대화의 끝까지 감춰두고 있다가 볼테르가 프리드리히 2세와 저지른 모험에 대해 자세하게 설명했다. 어떻게 엄청난 은총과 친교관계와 서로의 친밀성이 갑자기 중단되고 사라졌는지, 또한 그 비범한 시인이자 저술가가 주재관인 프라이타크의 요청과 시장인 폰 피히아르트의 명령에 의해 프랑크푸르트 시민병에게 체포되어 차일 거리의 '장미' 여관에 꽤 오랫동안 구금되어 있어야 했는지에 대한 것이었다. 여기에는 많은 반박거리가 있으며, 무엇보다도 볼테르 자신도 아무 잘못이 없다고 할 수는 없었다. 그러나 우리는 매번 자식으로서 아버지에 대한 존경의 뜻으로 지고 말았다.

이번에도 그런 비슷한 일이 벌어졌는데, 나는 어떻게 하면 좋을지 알 수 없었다. 왜냐하면 아버지는 노골적으로 경고하면서 이번 초대는 나를 함정으로 유인해서 그들이 가장 총애하는 빌란트를 내가 골탕 먹인 것에 대해 복수하려는 것일 뿐이라고 주장했기 때문이다. 나는 아버지가 정반대로 생각하고 있다는 확신을 가지고 있었지만 우울증적인 망상에서 비롯된 편견이 존경스런 아버지를 불안하게 하고 있다는 것을 뚜렷이 알고 있었으므로 그의 확신에 정면으로 반항하는 행동은 하고 싶지 않았다. 나는 무례하고 불손하게 보이지 않으면서 내 약속을 취소할 구실도 찾을 수 없었다. 유감스럽게도 이와 비슷한 경우에 늘 우리가 도움을 청했던 우리의 친구 클레텐베르크 부인은 병상에 누워 있었다. 나는 그녀와 그녀의 모친을 나의 훌륭한 두 사람의 동반자로 여겼으므로 그들을 늘 충고와 실천이라고 불렀다. 그녀가 쾌활하고 경건한 시선을 지상의 사물에 던지면 우리 같은 세속의 자식들을 혼란스럽게 하는 모든 것은 그녀 앞에서 쉽게 풀어졌다. 또한 그녀는 위에서 미로를 내려다보면서 그 미로 속에 사로잡히지 않았기 때문에 올바른 길을 가르쳐줄 수 있었다. 일을 하기로 결정한 다음에는 그녀의 모친의 적극성과 실행력에 맡길 수 있었다. 그녀에게 직관이 도움이 되었듯 그녀 모친에게는 신앙이 도움이 되었다. 모친은 어떤 경우에도 쾌활함을 유지했기 때문에 계획이나 소망을 실행하기 위한 수단이 결여된 적이 결코 없었다. 그래서 이번에도 모친은 의견을 듣기 위해 그 병든 친구에게 다녀왔던 것이다. 이 의견은 내 편에 호의적인 것이었으므로 나는 아버지의 동의를 얻게 해달라고 청했고, 아버지도 불신감을 버리지 못하고 탐탁해 하지 않게 여겼지만 양보했다.

그리하여 나는 엄청나게 추운 계절에 정해진 시각에 마인츠에 도착했고, 젊은 왕자들과 수행원들에게서 초대에 걸맞게 매우 친절하게 응접을 받았다. 우리는 프랑크푸르트에서의 대화를 떠올리고는 그때 시작했던 얘기를 계속해나갔다. 그리고 최근의 독일문학과 그것의 대담성이 화제가 되자 아주 자연스럽게 앞서 말한 유명한 작품 『신과 영웅과 빌란트』가 이야기되었다. 나는 그들이 이 작품을 유쾌하고 즐겁게 관찰하는 것을 알고 처음부터 곧장 만족했다. 그러나 대단한 주목을 일으킨 이 희극이 도대체 어떻게 해서 이루어졌는지를 설명해달라는 요구를 받고 나는 무엇보다도 우리들 상부 라인지방의 친구들은 좋아함과 싫어함에 있어서 한계를 모른다는 점을 고백하지 않을 수 없었다. 우리에게서 셰익스피어에 대한 존경은 숭배에까지 이르렀다. 그러나 빌란트는 자신과 독자에게서 흥미를 감소시키고 열광을 냉각시키는 아주 독특한 성격으로 자신의 번역의 주해를 통해 그 위대한 작가에 대해 많은 비난을 했으며, 그 방법도 우리를 극단적으로 분노케 하고 번역작업의 가치를 격하시키는 것이었다. 우리는 시인으로서 그토록 존경했고, 번역가로서 큰 이익을 가져다준 빌란트를 이제 비평가로서는 변덕스럽고 일방적이며 불공정한 사람으로 여기게 되었다. 게다가 그는 우리의 우상인 그리스인들에 대한 반감을 표명했으며, 그럼으로써 그에 대한 우리의 악감정을 심화시켰다. 그리스의 신과 영웅들이 도덕적 특성을 바탕으로 하고 있는 것이 아니라 명쾌한 관능적 특성을 바탕으로 하고 있으며, 그렇기 때문에 그들은 예술가들에게 훌륭한 형상을 제공해주고 있다는 것은 아주 잘 알려져 있다. 그런데 빌란트는 『알케스테』에서 영웅과 반쪽 신들을 현대적인 방식으로 묘사했다. 이에 대해서는 아무 말도 할 수가 없을 것이다. 왜냐하면 시적 전통을 각자의 목적이나 사고방식에 따라 변형시키는 것은 각자의 자유이기 때문이다. 그러나 그는 〈메르쿠르〉지에 게재한 앞의 가극에 관한 서한문에서 우리에게 이런 취급방식을 지나치게 편향적으로 부각시키는 것 같았으며, 그들의 창작물들의 기초를 이루고 있는 소박하고 건강한 자연을 결코 인정하려 하지 않으면서 훌륭한 고대인들과 그들의 고상한 양식에 무책임하게 죄를 뒤집어씌우는 것 같았다. 우리가 이런 불만을 우리의 작은 모임에서 격렬하게 토로하자마자 모든 것을 드라마로 써보고자 하는 욕구가 어느 일요일 오후 나를 사로잡아 나는 질 좋은 부르군트 포도주 한 병을 옆에 놓고 지금 존재하고 있는 이대로의 전체 작품을 회합 중에 써버렸다. 그것은 그 자리에 있던 친구들에게 낭독되었고, 그들로부터 큰 갈채를 받았다. 나는 그 원고를 스트라스부르에 있는 렌츠에게 보냈는데, 그도 감탄한 듯했으며, 즉시 그것을 인쇄해야 한다고 주장했다. 몇 차례 편지를 주고받은 다음 나는 인쇄에 동의했고, 그는 스트라스부르에서 그것을 서둘러 인쇄에 넘겼다. 내가 오래 지나서야 알게 된 사실은 이것이 나를 해치고 대중에게서 나에 대한 평판을 악화시키려는 의도를 지닌 렌츠의 첫 단계 행동이었다는 것이다. 그러나 나는 그런 것은 그 당시에는 전혀 느끼지도 짐작하지도 못했다.

그래서 나는 새로운 후원자들에게 그 작품의 허물없는 기원에 대해 알고 있는 한 최대한 솔직하게 말해주었다. 그리고 거기에는 인신공격이나 그 밖의 의도가 없었다는 것을 그들에게 확신시키기 위해 우리가 얼마나 즐겁고 대담하게 서로 놀리고 조소하곤 하는지를 얘기했다. 나는 내 말에 모두 즐거워지는 것을 알 수 있었다. 그들은 거의 경탄할 정도였고, 우리는 누군가가 자신의 영예에 안주할까봐 크게 걱정했다. 그들은 그런 단체를 플리부스티어*의 해적단에 비유했는데, 이 해적단은 휴식의 순간에도 늘 쉼으로 인해 연약해질까봐 두려워하여 두목은 적도 약탈할 것도 없는데도 연회의 식탁 아래에서 권총을 쏘아대 평화로운 때에도 부상과 고통이 사라지지 않았다. 이 문제에 대해 많은 얘기가 오간 후 마침내 나는 빌란트에게 우호적인 편지 한 통을 보낼 것을 권유받았다. 나는 기회를 잡아 기꺼이 그렇게 하기로 했다. 그는 이미 〈메르쿠르〉지에서 이 젊은이의 장난에 대해 매우 관대한 입장을 밝혔고, 문학적 논쟁에서 늘 그랬듯이 재치 있게 결말을 지으려는 태도를 보였기 때문이다.

마인츠에 머문 며칠은 매우 즐겁게 지나갔다. 나는 새로운 후원자들

* 17세기에 서인도를 무대로 활동한 해적.

이 방문이나 연회로 외출할 때에는 수행원들과 집에 남아서 여러 사람의 초상화를 그리거나 스케이트를 탔다. 얼어붙은 요새의 웅덩이는 스케이트 타기에 가장 좋은 기회를 주었다. 나는 그곳에서 내가 받은 호의를 가득 안고 집으로 돌아왔으며, 돌아오자마자 곧장 상세한 이야기를 털어놓음으로써 마음을 가볍게 하려고 했다. 그러나 모두가 넋 잃은 얼굴들뿐이었다. 나는 곧 우리의 친구 클레텐베르크 부인이 세상을 떠났다는 것을 알게 되었다. 나는 그 사실에 무척 당혹해했는데, 지금이야말로 내게 어느 때보다 더 그녀가 필요했기 때문이다. 사람들은 나를 위로하기 위해 경건한 죽음이 행복한 삶과 하나가 되었으며, 그녀의 신앙심 깊은 쾌활함은 임종까지 흐려지지 않고 유지되었다고 얘기해주었다. 마인츠에서의 일을 터놓고 알리는 데 또 하나의 장해가 있었다. 아버지가 이 작은 모험의 좋은 결과에 대해 기뻐하는 대신 자신의 생각을 고집하여 모든 것이 그들의 속임수일 뿐이며, 나중에 나한테 더 해로운 짓을 저지르려 생각하고 있을 것이라고 주장한 것이다. 그리하여 나는 내 이야기를 나보다 어린 친구들에게 해줄 수밖에 없었는데, 그들에게는 물론 그 일을 아무리 자세하게 얘기해주어도 부족할 정도였다. 그러나 여기에서도 애정과 선의에서였겠지만 내게 지극히 불쾌한 일이 생겼다. 얼마 지나지 않아 역시 드라마 형식의 『프로메테우스와 그 비평가들』이라는 소책자가 나왔던 것이다. 그 속에서는 인명 대신 목각 인물들을 대화 사이에 끼워 넣고, 내 작품들 및 그것과 관련된 것에 대해 공공연한 견해를 표명한 비평가들의 온갖 풍자적인 그림들을 그려 넣는 조소적인 장난이 이루어져 있었다. 거기에서는 머리통이 없는 알토나의 우편기사가 나팔을 불기도 하고, 곰이 으르렁거리기도 하고, 거위가 꽥꽥 소리를 지르기도 했다. 신의 사자

(使者)도 등장했으며, 많은 야생동물과 가축들이 작업 중인 조각가를 방해하려고 했으나 그는 별로 관심을 기울이지 않고 열심히 작업을 계속해 나가면서 자신이 꼭 지켜야한다고 생각하는 것은 내버려두지 않았다. 이 예기치 않게 벌어진 장난이 내게는 적잖이 심각하게 여겨졌다. 왜냐하면 이 장난은 문체나 음조로 보아 우리 모임 친구들 중 누군가가 한 것이 틀림없었으며, 사람들은 내가 그런 짓을 했다고 여길 수도 있을 것이기 때문이었다. 그러나 가장 불쾌한 것은 프로메테우스에 관해 나의 마인츠 체류와 그곳에서의 발언과 관련된 나밖에 모르는 몇 가지 이야기를 하고 있다는 점이었다. 이것은 이 장난 글의 저자가 나와 극히 친한 사이이며, 그 사건과 상황을 나한테 자세히 들은 사람들 중 한 사람이라는 것을 증명해 주고 있었다. 우리는 서로를 의심의 눈으로 바라보았고, 모두가 자기 외의 다른 사람들을 의심했지만 저자는 끝내 밝혀지지 않고 자신을 숨길 수 있었다. 나는 그를 맹렬히 비난했다. 그토록 호의적인 대접을 받으며 뜻깊은 대화를 나누고, 빌란트에게 친밀한 편지를 쓰고 났는데, 여기에서 또 다시 새로운 불신을 일으키는 원인과 마주하고 또 다른 불편을 겪게 되는 것은 지극히 불쾌한 일이었기 때문이다. 그러나 오랫동안 밝혀지지 않을 수는 없었다. 내가 방안에서 이리저리 거닐면서 그 작은 책을 큰 소리로 읽었을 때 그 착상과 어법에서 뚜렷하게 바그너의 목소리를 들을 수 있었던 것이다. 그가 바로 장본인이었다. 내가 그렇게 찾아냈다는 것을 어머니에게 알리려고 아래층으로 달려 내려갔을 때 어머니는 이미 그것을 알고 있었다고 말했다. 저자는 나름대로는 좋은 의도로 한 일이 나쁜 결과가 된 것에 대해 걱정하며 어머니에게 모든 것을 털어놓았고, 믿음을 악용한 그 저자와는 더 이상 교제하지 않겠다는 나의 분노어린 위협이

자기에게 실행되지 않도록 말을 잘 해달라고 부탁했던 것이다. 그런데 나 자신이 그것을 밝혀냄으로써 스스로 알아내게 된 만족감에 의해 화해를 하고 싶은 기분이 되었으므로 그에게 큰 도움이 되었다. 나의 감지능력을 증명할 기회를 준 것으로 그의 잘못은 용서되었던 것이다. 그러나 독자들은 바그너가 그 책의 저자이며 나와는 아무 관계도 없다는 것을 쉽게 믿으려하지 않았다. 아무도 그에게 그런 다방면의 재능이 있으리라고는 믿지 않았다. 왜냐하면 그들은 그가 특별한 재간도 없으면서 재능 있는 친구들의 모임에서 오래 전부터 조롱삼아 다루어진 모든 것을 파악하고 깨달아서 잘 알려진 수법으로 훌륭하게 묘사할 수 있으리라고는 생각하지 않았기 때문이다. 이렇게 나는 나 자신의 어리석음뿐만 아니라 친구들의 경솔함과 조급함에 의해 이번은 물론 나중에도 자주 피해를 당해야 했다.

여러 가지 연관된 상황들이 떠오르는 가운데 나는 몇몇 중요한 인물들을 기억해보고자 한다. 그들은 각각 다른 시기에 여행을 하며 우리 집을 지나치는 가운데 우리 집에 머물렀거나 친절한 대접을 받은 사람들이다. 여기서 클롭슈토크가 선두에 설 수 있다. 나는 그와 이미 여러 차례 서신 교환을 해왔는데, 한번은 그가 초대를 받아 카를스루에에서 지내게 될 것이라고 알려왔다. 그는 내게 자신이 프리트베르크에 도착하는 시간에 맞춰 그곳으로 마중을 나와 달라고 부탁했다. 나는 약속된 시간에 정확하게 도착했다. 그러나 그는 우연한 일로 도중에 묶이게 되었고, 나는 며칠을 헛되이 기다린 후 집으로 돌아왔다. 그는 얼마 후 찾아와서 제때에 도착하지 못한 것을 사과하고 마중 나왔던 호의를 무척 고맙게 받아들였다. 그는 키가 작았지만 몸집이 좋았으며, 태도는 뻣뻣하지 않으면서 진지하고 정확했고, 말은 분명하고 우아했다. 전체적으로 그의 존재는 외교관의 분위기를 풍겼다. 이런 사람은 자기 자신의 위엄과 동시에 자기가 섬기는 윗사람의 위엄도 내보여야 하고, 자기의 이익과 함께 더 중요한 군주나 전체 국가의 이익도 촉진시켜야 하고, 이런 힘든 상황에서 무엇보다도 사람들에게 호감을 주어야 하는 어려운 과제를 떠안고 있다. 그리하여 클롭슈토크 또한 가치 있는 사람이자 좀 더 높은 본질, 즉 종교와 도덕과 자유의 대표자로 행동하고 있는 것처럼 보였다. 그는 사교가로서의 또 다른 특성도 지니고 있었다. 즉 그는 사람들이 얘기를 나누려고 기대하거나 원하는 대상에 대해서는 쉽게 말을 하지 않았다. 사람들은 그가 시나 문학에 관해서 이야기하는 것을 듣는 일이 거의 없었다. 그러나 그는 나와 내 친구들이 스케이트 타는 것을 몹시 좋아한다는 것을 알고 이 고상한 기술에 대해서는 우리와 폭넓게 얘기를 나누었다. 그는 이 기술을 철저히 고찰하여 추구해야 할 것과 피해야 할 것을 충분히 숙고했다. 그러나 우리는 그의 친절한 가르침을 받기에 앞서 우리가 잘못 쓰고 있는 표현 자체부터 바르게 교정 받아야만 했다. 즉 우리는 제대로 된 고지대 독일어로 Schlittschuhen(스케이트)이란 말을 사용했는데, 그는 이것을 인정하려 하지 않았다. 왜냐하면 이 말은 작은 활목을 타고 나아가는 것과 같은 Schlitten(활대)에서 나온 것이 아니라 호메로스의 신들처럼 날개 달린 구두창으로 땅으로 변한 바다를 활보하는 Schreiten(활보)에서 나왔기 때문이라는 것이었다. 이제 도구 자체가 문제되었다. 그는 높고 움푹 팬 스케이트에 대해서는 알려고 하지 않았고, 대신 빨리 달리는 데 가장 적합한 것이라면서 낮고 넓은 판판한 프리슬란트 지방의 철제 제품을 추천했다. 사람들이 흔히 연습할 때 하는 재주부리는 일을 그는 좋아하지 않았다. 나는 그가 명하는 대로 코가 긴 편편한 구두 한 켤레를 구입하여 조금 불편하지만 몇 년 동안 사용했다. 그는 승마기술과 말의 조련에 대해서도 설명할 줄 알았으며, 실제 행동으로 해보기도 했다. 그렇게 그는 의도적인 듯이 자신의 본래 직업에 대해 얘기하는 것을 피하고, 취미로 하는 다른 기술에 대해 더 많이 자유롭게 얘기하는 것이 보통이었다. 이 비범한 사람의 이런저런 특성들에 대해서는 아직도 많은 것을 언급할 수 있지만 나보다 그와 더 오래 생활한 사람들이 이미 충분히 그런 것을 알려주었기 때문에 여기서는 생략하기로 한다. 그러나 한 가지 관찰만은 말하지 않을 수 없다. 즉 자연으로부터 탁월한 장점을 부여받았지만 협소하거나 적어도 적절치 않은 활동영역에 처해 있는 사람들은 보통 기이한 행동에 빠지며, 자신의 재능을 직접 사용할 수 없기 때문에 그것을 비범하고 기이한 일에서 값지게 활용하려고 한다는 점이다.

치머만도 마찬가지로 잠시 우리 집의 손님이었다. 이 사람은 키가 크고 강건한 몸집이었으며, 천성적으로 과격하고 직선적이었지만 자신의 외적 표현과 행동을 완전히 억제했기 때문에 교제에서는 능숙하고 사교적인 의사로 보였다. 내적으로 자유분방한 그의 성격은 저술과 친한 사람들과의 교제에서만 제어되지 않고 나타났다. 그의 대화는 다방면에 걸친 것이었고 배울 점이 많았다. 그가 자신의 인격과 공로에 대해 매우 예민하게 반응하는 것만을 관대히 봐준다면 그와의 교제보다 더 바람직한 것은 찾을 수 없을 것이다. 사람들이 허영이라고 부르는 것이 내 마음을 상하게 한 적은 결코 없었으며, 오히려 나는 내게 허영을 허용하고 있었다. 즉 나는 나 자신에게서 기쁨을 느끼는 것을 숨김없이 나타냈으므로 그와 나는 매우 잘 어울렸고, 우리는 서로를 인정하고 함께 행동했다. 그리고 그는 철저히 개방적이고 터놓기를 좋아하여 나는 짧은 시일 안에 그에게서 많은 것을 배웠다.

그러나 내가 그런 사람을 감사하며 호의를 가지고 철저히 평가한다면 결코 그가 허영심에 차 있었다고 말할 수는 없다. 우리 독일인들은 허영심이란 말을 너무 자주 남용한다. 본래 이 말은 공허함의 개념을 띠고 있다. 그리고 이 말은 무가치에 대한 기쁨이나 공허한 존재에 대한 만족을 숨길 수 없는 사람을 나타낼 때만 정당한 의미로 사용되는 것이다. 치머만에 있어서는 정반대였다. 그는 큰 공로를 세웠어도 내면의 즐거움을 느끼지는 않았다. 자신의 천부적 재능을 마음껏 즐거워하지 못하고, 천부적 재능을 발휘하면서 정당한 대가를 받지 못하고, 타인이 업적을 인정해주고 적절한 가치를 부여해주기를 기다리고 희망하는 자는 불행한 처지에 있는 것이다. 왜냐하면 사람들은 갈채를 보내는 데 인색하고, 칭찬을 줄이고, 어느 정도 칭찬할 만한 것을 비난으로 전환시킨다는 것은 잘 알려진 사실이기 때문이다. 이런 점을 각오하지 않고 대중 앞에 나서는 사람은 불쾌감밖에는 아무 것도 기대할 수 없다. 그는 자기에게서 나오는 것을 과대평가하지는 않을지라도 무조건적으로 높이 평가하는데, 우리가 세상에서 받는 대접은 조건부이기 때문이다. 그리고 칭찬과 갈채에는 모든 즐거움에서와 같이 감수성이 속해 있다. 이것을 치머만에게 적용해보면 자기가 가져오지 않은 것은 얻을 수 없다는 말을 인정하지 않을 수 없다.

이런 변명을 인정하지 않으려 하면 우리는 이 별난 사람을 또 하나의 결점으로 인해 더욱 해명하기가 어려울 것이다. 왜냐하면 그 결점 때문에 다른 사람들의 행복이 파괴되고 사라졌기 때문이다. 그것은 그의 자식들에 대한 태도였다. 그와 함께 여행하던 딸이 그가 주변지역을 돌아보는 동안 우리 집에 머물렀다. 그녀의 나이는 16살쯤 되어보였다. 그녀는 날씬하고 풍만한 몸매에 소박한 모습이었다. 단정한 얼굴은 그 속에 동정의 표정이 나타나 있었다면 보기 좋았을 것이다. 그녀는 마치 그림처럼 늘 조용해 보였고, 좀처럼 말이 없었으며, 자신의 아버지 앞에서는 전혀 말을 하지 않았다. 그러나 그녀는 며칠 동안 나의 어머니와만 지내면서 이 인정 많은 부인의 명랑하고 애정 어린 존재를 마음속에 받아들였다. 그러자 마음을 활짝 열고 어머니의 발밑에 엎드려 눈물을 흘리며 우리 집에 남아있게 해달라고 간청했다. 그녀는 열정적인 표현으로 설명했다. 자기 아버지를 따라 집에 돌아가지만 않는다면 그녀는 하녀나 노예로라도 일생 동안 이 집에서 머물고 싶으며, 자기 아버지의 냉혹함과 횡포는 아무도 이해하지 못할 것이라고 말했다. 그녀의 오빠는 아버지의 이런 취급 때문에 미쳐버렸으며, 그녀는 다른 집도 다르지 않고 크게 더 낫지 않을 것이라고 믿어왔기에 힘들게 오랫동안 견뎌왔다는 것이었다. 그런데 이제 이런 애정 어리고 명랑하며 자유로운 취급을 받으니 자신의 상황이 참으로 무서운 지옥으로 여겨진다는 것이었다. 어머니는 무척 감동했고, 내게 그녀의 이 열렬한 고백을 전해주었을 때 내가 그녀와 결혼할 결심을 한다면 그녀를 집에 붙들어두어도 좋겠다는 뜻을 어렴풋이 암시할 정도로 그녀에 대해 크게 동정하고 있었다. 나는 이렇게 대답했다.

"그녀가 고아라면 결혼을 생각해보고 교제해볼 수도 있지만 그런 아버지를 장인으로 삼는 것은 있을 수 없지요!"

어머니는 그 착한 소녀를 위해 많은 애를 썼지만 그로 인해 그녀는 점점 더 불행해질 뿐이었다. 마침내 하나의 방책으로 그녀를 기숙사에 넣기로 했다. 그러나 그녀는 오래 살지 못했다.

그렇게 공적이 많은 인물의 비난받을 성격이 공공연히 사람들의 입에 오르지 않았다면 나도 그것을 언급하지 않았을 것이다. 특히 그가 죽은 후 자신과 타인을 괴롭힌 우울증이 알려졌다. 그래서 그의 자식들에 대한 학대도 우울증 때문이었으며, 그것은 부분적인 광증이자 지속적인 도덕적 살인이었다. 그는 그것으로 자식들을 희생시킨 다음 마지막으로 자기 자신을 대상으로 삼았던 것이다. 그러나 우리는 이 건장하게 보이는 사람이 한창 나이에 병을 앓고 있었다는 것, 불치의 육체적 결함이 많은 환자들을 도와온 능숙한 의사를 괴롭혔다는 것을 생각해보려고 한다. 이 성실한 인물은 겉으로 보이는 명망, 명성, 존경, 지위, 재산에도 불구하고 가장 비참한 삶을 살아갔다. 누구나 현재 나와 있는 출판물들을 통해 그에 대해 더 폭넓게 알아본다면 그를 비난하기보다는 가련하게 여길 것이다.

이제 독자들이 이 유명한 인물이 내게 끼친 영향에 대해 좀 더 자세한 설명을 해주기를 기대한다면 나는 전반적으로 그가 살았던 시대를 다시 상기하지 않으면 안 된다. 우리가 살았던 시대는 요구의 시대라고 불러도 될 것이다. 왜냐하면 우리는 자신이나 타인에게 아직 아무도 실행하지 않은 것을 요구했기 때문이다. 즉 뛰어나고 사색적이며 감정이 풍부한 사람들은 자연의 직접적인 독창적 견해와 이에 기초한 행동이야말로 인간이 소망할 수 있는 최선의 것이며, 그것은 결코 획득하기가 어렵지 않다는 깨달음에 이르렀던 것이다. 그리하여 경험은 다시 보편적인 암호가 되었고, 누구나 될 수 있는 대로 눈을 크게 떴다. 그러나 경험을 주장할 근거와 그것을 얻을 기회를 가장 많이 가진 사람은 의사들이었다. 그들에게는 옛날부터 온갖 소망스런 것의 모범으로 인정될 수 있는 하나의 별이 반짝였다. 즉 히포크라테스의 이름 아래 우리에게 전해진 글들은 인간이 세계를 어떻게 관찰해야 하며, 어떻게 스스로 그 속에 빠져 융합되지 않으면서 관찰한 것을 전달해야 하는지를 모범적으로 가르쳐주었다. 그러나 우리가 그리스인들과 똑같이 사물을 보지 못하고, 그들처럼 시를 쓰고 조각을 하고 치료를 하지 못하리라고 생각한 사람은 아무도 없었다. 우리가 그들에게서 배울 수 있다는 것은 인정한다 해도 그 동안 끝없이 많은 경험이 비교적 순수하게 이루어져 왔으며, 자주 그 경험들은 의도에 따라 이루어졌던 것이다. 우리는 이런 점을 이해하고 구별하고 가려내야 했다. 그리하여 다시 한 번 엄청난 요구가 생겼던 것이다. 그런 다음 우리는 개인적으로 주변을 둘러보고 행동하면서, 찾아낸 자연을 마치 처음으로 바라보고 다루듯 인식해야 했다. 여기에서는 참되고 올바른 것만이 이루어져야 했다. 그러나 학문은 박학과 현학이 없으면 절대로 생각할 수 없으며, 실천은 경험과 기만 없이는 생각하기 어려운 것이다. 그리하여 우리가 올바른 사용과 잘못된 사용을 구별하고 표피보다 핵심을 우위에 두는 가운데 심한 갈등이 생겼던 것이다. 우리는 이때도 역시 실행단계에 이르러서는 결국 마술적 재능을 통해 분쟁을 조정하고 요구를 해결하는 천재성에 도움을 청하는 것이 문제를 해결하는 가장 빠른 길이라는 점을 깨달았다. 그 사이 오성이 이 문제에 끼어들었고, 모든 편견이 제거되고 모든 미신이 타파되도록 모든 것이 분명한 개념으로 이끌어지고 논리적 형식으로 표현되어야 했다. 이제 뵈르하베와 할러 같은 몇몇 비범한 사람들이 실제로 믿을 수 없을 만한 일을 해냈기 때문에 사람들은 그들의 제자들과 후계자들에게 더 많은 것을 요구할 권리가 있는 듯 여겨졌다. 사람들은 길이 열렸다고 주장했다. 그러나 세상의 모든 일에서는 그 길이 중요하게 여겨지는 일은 드물었다. 배가 지나가면서 갈라놓은 물결이 곧 다시 합쳐지듯이 오류도 뛰어난 인물들이 제거하여 자리를 확보하면 자연적으로 재빨리 다시 모여들었기 때문이다.

그러나 성실한 치머만은 이런 점에 대해 전혀 이해하려 하지 않았다. 그는 본래 세상이 부조리로 충만해 있다는 것을 인정하려 하지 않았다. 그는 부당하다고 인정하고 생각한 모든 것에 대해 참지 못하고 격분하며 달려들었다. 그에게는 싸움의 상대가 환자의 보호자이든 파라셀수스이든 오줌으로 예언하는 자이든 화학자이든 상관없었다. 그는 몇 번이고 덤벼들었고, 숨이 차서 죽을 지경이 되도록 싸운 다음 자신이 짓밟았다고 믿었던 히드라*의 머리들이 무수한 몸속에서 싱싱하게 이빨들을 내미는 것을 보고 엄청나게 놀랐다.

그의 저술들, 특히 훌륭한 저서인 『경험에 대하여』를 읽는 사람은 이 뛰어난 사람과 나 사이에 주고받은 내용을 더 분명하게 알게 될 것이다. 그는 나보다 스무 살이나 많았기 때문에 내게 더 강한 영향을 줄 수밖에 없었다. 그는 유명한 의사로서 주로 상류층에서 일했기 때문에 유약함과 과도한 향락에 의한 시대의 부패가 시시각각 화젯거리가 되었다. 의사로서의 그의 말은 철학자나 나의 문학친구들의 말처럼 나를 다시 자연으로 돌아가게 했다. 나는 그의 열정적인 개혁에의 열광에 완전하게 동감할 수는 없었다. 나는 그와 작별한 후에는 곧 내 본연의 분야로 다시 돌아와 자연에서 부여받은 재능을 적절한 노력을 기울여 활용하려 했으며, 내가 동의하지 않는 것에 대해서는 기분 좋게 저항하여 어느 정도의 여지를 남겨두려 했고, 내 영향력이 어느 정도까지 미칠 것이며 나를 어디로 이끌 수 있

* 그리스 전설에 나오는 여러 개의 머리를 가진 거대한 괴물로, 가운데에 있는 머리는 죽지 않는다. 머리 하나가 잘리더라도 그곳에서 2개의 머리가 나왔다.

을 것인지는 염두에 두지 않았다.

마르슐린스에 큰 기숙사를 세운 폰 잘리스도 우리 집에 들렀었다. 그는 진지하고 총명한 사람으로 우리 작은 모임의 천재적인 광적 생활방식에 대해 은근히 기이한 느낌을 갖고 있는 듯했다. 똑같은 느낌은 남부 프랑스를 여행하면서 우리에게 들렀던 줄처도 가졌던 것 같았다. 적어도 그의 여행기 중 나를 생각하면서 쓴 한 부분은 그것을 암시하는 듯하다.

그러나 이런 기분 좋고 유익한 방문객들 외에 거절하고 싶은 사람들도 드나들었다. 실제로 곤궁한 사람들과 뻔뻔스런 모험가들이 실제 혹은 허위의 혈연관계와 운명을 내세워 긴박한 요구들을 가지고 사람을 잘 믿는 나를 찾아왔다. 그들은 나한테서 돈을 빌렸으며, 나도 돈을 빌려야 하는 입장에 몰아넣기도 했다. 그럼으로써 나는 부유하고 친절한 친구들과 지극히 불편한 관계에 빠지게 되었다. 나는 그래서 그런 귀찮은 사람들은 모두 까마귀밥이나 되었으면 하고 바랐지만 아버지 역시 자기 집을 깨끗이 청소하려고 생각하면서 홍수가 문턱과 계단을 넘어 들어오는 것을 보고 깜짝 놀랐다는 마술수련사의 입장에 처해 있다고 느꼈다. 왜냐하면 좋은 일이 너무 지나쳐서 아버지가 나를 위해 생각했던 적절한 삶의 계획이 차례로 어긋나고 연기되고 하루하루 기대와는 다르게 변해갔기 때문이다. 레겐스부르크와 빈 체류는 포기한 것이나 다름없었다. 다만 이탈리아에 가는 도중 한 번 통과하면서 최소한 일반적인 개관만이라도 해보자는 것이었다. 그러나 그런 일상적인 삶을 체험하기 위해 그렇게 먼 우회로를 가야 한다는 것은 찬성할 수 없다는 친구들도 있었다. 그들의 견해는 많은 좋은 조건이 펼쳐져 있는 이 기회를 이용해서 고국 도시에서 영구적인 체류지를 생각해야 한다는 것이었다. 왜냐하면 내가 할아버지와 숙부 때문에 시의회로 진출할 길은 막혔지만 좋은 뜻을 이룰 수 있고 어느 정도 정착하여 장래를 기대할 수 있는 시민적 일자리들은 많이 있었기 때문이다. 여러 가지 대리 업무들도 충분히 있었고, 주재관직도 명예로운 것이었다. 나는 이에 대해 그럴듯하게 여겼으며 나한테 맞는 일이라고 생각했다. 그러나 나는 기분풀이를 하면서 유익한 일을 하고 싶다고 요구하는 생활방식과 업무방식이 나한테 어울릴 것인지에 대해서는 검토해 보지 않았다. 이런 제안과 계획에 또 하나의 사랑스런 애착이 어우러졌다. 그것은 내게 확고한 가정적 삶을 요구했고 그런 결심을 촉구하는 듯했다.

앞에서 언급했던, 누이동생이 만들지는 않았지만 그 긴밀한 관계에 기여를 했던, 젊은 남자들과 여자들의 모임은 누이동생이 결혼한 후에도 여전히 계속되었다. 왜냐하면 그들은 서로 친밀해졌고, 일주일에 하루저녁씩 이 친밀한 모임에서 보내는 것보다 더 좋은 일은 없었기 때문이다. 제6장에서 언급한 그 기이한 연설가도 많은 운명을 겪은 후 더 재치 있고 짓궂게 되어 우리에게 돌아와서 다시 이 작은 국가의 입법자 역할을 했다. 그는 과거의 장난의 연속으로 비슷한 것을 고안해냈다. 즉 모임이 있는 날마다 제비를 뽑아 전처럼 한 쌍의 애인이 아니라 실제 부부를 정하자는 것이었다. 우리는 애인에 대해 어떤 행동을 해야 하는지는 잘 알고 있지만 남편과 아내가 사교모임에서 어떻게 행동해야 하는지는 모르고 있다는 것이며, 나이도 먹어가므로 무엇보다도 먼저 그것을 배워야 한다는 것이었다. 그는 일반적인 규칙을 제시했다. 그것은 잘 알다시피 부부는 서로를 자기의 소유물이 아닌 것처럼 행동해야 하며, 서로 나란히 앉아서도 안 되고, 서로 너무 많은 얘기를 해도 안 되며, 애무를 해서는 더욱 더 안 된다는 것이었다. 아울러 서로 의심과 불쾌감을 일으킬 수 있는 모든 것은 피해야 하며, 반대로 무리 없이 자연스런 방법으로 자신의 아내와 결합할 수 있는 사람은 큰 칭송을 얻게 되리라는 것이었다.

그래서 부부를 정하기 위해 제비가 마련되었다. 제비뽑기로 어울리지 않는 엉뚱한 쌍이 몇 번 생겼고, 이에 대해 웃음과 농담이 이어졌다. 그리고 이런 일반적인 결혼생활의 희극은 매우 재미있게 시작되어 매주 새롭게 반복되었다.

이때 매우 신기했던 일은 내게 제비가 처음부터 두 번 같은 여자를 정해주었던 것이다. 그녀는 예절바르고 기꺼이 부인으로 여기고 싶은 여인이었다. 그녀의 자태는 아름답고 반듯했으며, 얼굴은 우아했고, 태도에는 침착성이 있었는데, 그것이 그녀의 육체와 정신의 건강을 증명하고 있었다. 그녀는 어떤 날 어떤 시간에도 전혀 변함이 없었다. 그녀의 가정 일에 대해서는 칭송이 자자했다. 그녀는 말이 많지는 않았지만 그녀의 말에서는 확실한 이성과 자연스런 교양을 엿볼 수 있었다. 이런 여인에게 친절과 존경으로 대하는 것은 쉬운 일이었다. 나는 이미 일반적인 감정으로 그렇게 하는 데에 익숙해져 있었는데, 이제는 습관적인 호의가 사교적 의무로서 작용한 것이다. 그런데 제비가 세 번째로 우리를 결합시키자 그 장난꾸러기 입법자는 장엄하게 하늘의 명령이니 우리 두 사람은 절대로 갈라설 수 없다고 선언했다. 우리는 둘 다 그 말에 동의했고, 서로 훌륭하게 공개적인 결혼의 의무를 충실히 지켰으므로 정말로 모범으로 인정받았다. 그런데 일반적 규칙에 따라 그 저녁모임에서 맺어진 부부는 모두 몇 시간 동안 서로를 여보라고 불러야 했다. 그래서 우리는 몇 주일에 걸쳐 이 친숙한 호칭에 익숙해져 평상시에도 서로 마주치면 기분 좋게 여보라는 말이 튀어나왔다. 습관이란 기이한 것이다. 우리 두 사람은 시간이 갈수록 이런 관계를 더없이 자연스럽게 여겼다. 그녀는 내게 점점 더 소중하게 되었고, 나와 함께하는 그녀의 태도는 아름답고 평온한 믿음을 나타냈다. 그리하여 우리는 목사가 옆에 있었더라면 여러 가지 생각할 것도 없이 그 자리에서 결혼식을 올렸을지도 모른다.

이제 우리는 이 사교모임 때마다 무언가 새로운 것을 낭독해야만 했다. 그래서 나는 어느 날 저녁 모임에 아주 새로운 것으로서 보마르셰의 『클라비고에 대한 수상록』 원본을 가지고 갔다. 그것은 대대적인 갈채를 받았다. 그것에 대해 여러 가지 의견도 나왔고, 이것저것 많은 이야기가 오간 다음 나의 사랑하는 상대가 말했다.

"만일 제가 당신의 아내가 아니라 명령자라면 저는 당신에게 이 수상록을 희곡으로 고쳐 쓰라고 부탁하겠습니다. 저는 그것이 희곡에 아주 적합하다고 생각합니다."

그래서 나는 이렇게 대답했다.

"사랑하는 여보, 명령자와 아내가 한 사람이 될 수도 있다는 것을 보여주기 위해 나는 다음 주 오늘 이 책의 소재를 희곡으로 만들어 지금 낭독한 것처럼 낭독해주겠소."

사람들은 이런 대담한 약속에 깜짝 놀랐다. 나는 약속을 이행하기 위해 조금도 지체하지 않았다. 그런 경우 흔히 착상이라고 불리는 것이 내게 순간적으로 떠올랐다. 그래서 나는 명목상의 아내를 집으로 바래다줄 때 말이 없었다. 그녀는 내게 무슨 일이 있냐고 물었다. 나는 이렇게 대답했다.

"나는 이미 희곡을 구상하고 있고 그 한가운데에 빠져 있습니다. 나는 당신을 위해서라면 무엇이든 기꺼이 할 수 있다는 것을 보여드리고 싶습니다."

그녀는 내 손을 꼭 잡았다. 나는 그녀에게 열렬히 키스를 해주었다. 그러자 그녀는 이렇게 말했다.

"역할에서 벗어나시면 안 돼요! 부부간에 애정을 표현하면 안 된다고 그들이 말했잖아요."

나는 대답했다.

"마음대로 말하라지요. 우리는 우리 방식대로 합시다."

물론 나는 매우 먼 길을 돌아서 집에 왔는데, 집에 도착하기 전에 이미 작품은 꽤 많이 구상되어 있었다. 그러나 내가 너무 큰소리치는 것처럼 보일까봐 고백하는데, 사실 나는 그 작품을 처음과 두 번째 읽을 때 이미 그 소재가 드라마적이며 연극적이라고 여겼던 것이다. 그러나 그런 자극이 없었다면 다른 많은 작품들과 마찬가지로 이 작품도 그저 세상에 나올 수 있는 가능성에만 머물러 있었을 것이다. 그때 내가 어떤 방법으로 다루었는지는 잘 알려져 있다. 나는 복수, 증오, 치졸한 의도로 고상한 인물에 대항하고 그를 멸망시키는 악한들에게는 싫증이 나있었으므로 『카를로스』에서는 참된 우정을 지닌 순수한 세계관을 정열, 애정, 외부적 억압에 대항하도록 함으로써 비극에 동기를 부여하려고 했다. 우리의 시조인 셰익스피어에 의해 정당화되었듯 나는 중요한 장면과 본질적으로 연극적인 묘사는 조금도 주저하지 않고 있는 그대로 직역했다. 마지막으로 결말을 짓기 위해 나는 영국의 어느 담시를 끌어다 쓰고는 금요일이 되기 전에 작품을 일찍 마무리했다. 낭독에서 좋은 효과를 거둔 것은 누구나 쉽게 인정할 것이다. 나의 명령자인 아내는 이에 대해 적잖이 기뻐했다. 그리고 우리 두 사람의 관계는 마치 정신적인 자식이 태어난 것처럼 이 작품으로 인해 더 긴밀해지고 공고해졌다.

그러나 여기서 메피스토펠레스 메르크가 처음으로 나에게 큰 손상을 입혔다. 내가 그에게 이 작품을 알리자 그는 이렇게 응답했던 것이다.

"그런 졸작을 다시는 내게 써 보내지 말게. 그런 것은 다른 사람들도 쓸 수 있네."

여기서 그의 생각은 옳지 않았다. 모든 것이 이미 알려져 있는 개념을 벗어나야 하는 것은 아니다. 많은 것이 보편적인 의미와 연결되어 있는 것도 좋은 일이다. 그 당시 내가 그런 종류의 작품을 한 다스쯤 썼더라면, 그리고 약간의 격려를 받아 일이 쉽게 되었더라면 아마도 그 중에서 서너 편은 무대에 올려졌을 것이다. 상연작품을 평가할 줄 아는 무대감독이라면 누구나 어떤 것이 이익이 되는 작품인지를 말할 수 있을 것이다.

이런저런 재치 있는 장난들을 통해 우리의 기이한 결혼장난은 도시 전체는 아니지만 가정의 이야깃거리가 되었으며, 그것은 우리의 아름다운 여인들의 어머니의 귀에도 결코 불쾌하게 들리지 않았다. 내 어머니도 그런 우연한 일을 싫어하지 않았다. 어머니는 전부터 나와 기묘한 관계에 이르게 된 그 처녀에게 호감을 가지고 있었고, 그녀가 좋은 며느리이자 아내가 될 수도 있다고 믿는 듯했다. 내가 오래 전부터 혼란스런 짓거리에 빠져 시간을 허비하고 있었으니 어머니의 기분이 좋을 리 없었다. 실제로 어머니는 그로 인해 큰 어려움을 겪었다. 밀려드는 손님들을 잘 접대해야 하는 것은 어머니였기 때문이다. 문학인들을 숙박시키는 대가는 그들이 향응을 받기 위해 그녀의 아들에게 표하는 존경뿐이었다. 나아가 재산도 없는 그토록 많은 젊은이들이 지식과 창작을 위해서 뿐만 아니라 삶을 즐기기 위해 모이는 것은 상호간에, 그리고 무엇보다도 어머니가 잘 알고 있듯 경솔하게 남에게 주기를 좋아하고 보증 서주기를 좋아하는 내게 짐이 되고 손해가 되리라는 것을 어머니는 분명하게 알고 있었다.

그래서 어머니는 아버지가 연거푸 권고한, 오래 전부터 생각해온 이탈리아 여행이 이런 모든 관계를 일시에 단절시킬 수 있는 가장 확실한 방법이라고 여겼다. 그러나 넓은 세상에서 다시 새로운 위험이 끼어들지 않도록 하기 위해 어머니는 이미 시작된 나와 그녀와의 관계를 내가 떠나기 전에 굳게 다져놓음으로써 내가 고국으로 돌아가기를 갈망하도록 하고 나의 마지막 결심을 굳게 하려고 생각했다. 나는 이 계획을 어머니 혼자서 세운 것인지, 죽은 친구와 상의하여 분명하게 윤곽을 잡은 것인지는 판단하고 싶지 않다. 어쨌든 어머니의 행동은 심사숙고한 계획에 바탕을 두고 있는 듯했다. 나는 때때로 우리 가족의 영역이 코르넬리아가 결혼한 후 너무 협소해졌다는 말을 들었기 때문이다. 우리는 내게서는 누이동생이, 어머니에게서는 조수가, 아버지에게서는 제자가 떨어져나간 것을 느낀다고 말했다. 그러나 이런 이야기는 그것으로 끝나지 않았다. 나의 부모는 우연한 듯 산책 중에 그 처녀를 만나 그녀를 정원으로 데려가 오랫동안 얘기를 나누었다. 이 일에 대해 저녁식탁에서 재미있게 얘기가 오갔다. 아버지는 감정가로서 여자에게 요구할 수 있는 중요한 특성들을 그녀가 모두 갖추고 있어 그녀가 매우 마음에 들었다고 기분 좋게 말했다.

이런 이야기가 있은 다음 마치 손님이라도 기다렸던 듯 2층에서 이것저것 차례로 준비가 되었다. 아마로 만든 제품들을 훑어보고 지금까지 소홀히 했던 몇 가지 가구도 염두에 두었다. 나는 다락방에서 낡은 요람을 들여다보고 있는 어머니를 깜짝 놀라게 하기도 했다. 그 중에서 상아와 흑단이 들어가 있는 커다란 호두나무 요람이 특별히 눈에 띄었는데, 그것은 나를 태워 흔들어주던 것이었다. 내가 그런 흔드는 요람이 지금은 완전히 유행에 처진 것이며, 요즈음에는 아이들을 팔다리를 자유롭게 하여 예쁜 바구니에 넣어 끈으로 어깨에 메어 다른 작은 상품들처럼 내보이며 돌아다닌다고 말하자 어머니는 그다지 좋아하지 않는 듯했다.

어쨌든 새로 변해가는 가정적 삶의 그와 같은 징후들이 자주 나타났다. 이때 나는 완전히 수동적인 태도를 취했으므로 일생 동안 계속될 어떤 상태를 생각함으로써 오랫동안 누리지 못했던 평화가 우리 집과 가족에게 널리 퍼졌다.

4

신밖에는 신에 맞설 자가 없다

머리말

다양하게 펼쳐지는 인생사를 우리가 계획했던 대로 다루는 데 있어서 우리는 특정한 사건들을 이해하기 쉽고 읽기 쉽게 하기 위해 시간적으로 얽혀있는 것을 불가피하게 떼어놓기도 하고, 시간적 연결에 의해서만 파악될 수 있는 것은 함께 모아놓음으로써 전체를 부분들로 함께 정리하여 그것을 구체적으로 개관하면서 판단하고 그로부터 많은 것을 습득할 수 있다.

이런 관점으로 이 제4부를 시작하여 우리의 취급방식의 정당성을 도모하고자 한다. 또한 덧붙여 독자 여러분에게 다음과 같은 점을 염두에 둘 것을 당부한다. 즉 여기에 이어지는 이야기는 앞 장의 끝과 곧장 연결되는 것이 아니며, 중요한 실마리들을 전체적으로 차츰 다시 끌어올려 인물들과 생각들과 행위들을 아주 기본적인 순서 속에서 내보이려는 의도를 지니고 있다는 것이다.

제16장

흔히 불행은 홀로 찾아오지 않는다고 말하듯 행복의 경우에도 비슷한 식으로 말할 수 있을 것이다. 또한 조화로운 방식으로 우리 주위에 몰려드는 다른 상황들도 마찬가지일 것이다. 운명이 우리에게 그런 것을 가져오는 것일지도 모르고, 인간이 한데 뭉쳐진 어떤 것을 자신에게로 끌어당기는 힘을 갖추고 있는지도 모른다.

적어도 나는 이번에 모든 것이 일치하여 외적 내적 평화를 불러온 경험을 했다. 외적인 평화는 사람들이 나를 위해 생각하고 계획한 것의 결말을 침착하게 기다리는 가운데 나에게 주어졌다. 그러나 나는 내적인 평화에는 새로운 연구를 통해 도달해야 했다.

나는 오랫동안 스피노자를 생각해오지 않았는데, 이제 그에 대한 반박 때문에 그에게 쏠리게 되었다. 나는 우리의 도서관에서 한 소책자*를 발견했는데, 그 책의 저자는 그 독특한 사상가를 심하게 공격하고 있었다. 그는 효과를 극대화하기 위해 표제 밑에 '얼굴에 혼란과 배척의 표정이

---

* 요한 콜레루스의 『베네딕투스 폰 스피노자의 생애』를 가리킴.

나타나 있다'는 글과 함께 스피노자의 인물 그림을 실었다. 이 그림을 바라보는 사람은 이것을 부인할 수 없었다. 왜냐하면 그 동판화는 너무나 형편없었고 완전한 만화였기 때문이다. 여기서 나는 마음에 들지 않는 사람을 먼저 왜곡해놓고 추악한 자라고 공격하는 적대자들을 떠올리지 않을 수 없었다.

그러나 이 소책자는 내게 아무런 인상도 주지 못했다. 왜냐하면 나는 대체로 그런 논쟁을 좋아하지 않았고, 다른 사람에게서 어떻게 생각하는지를 듣는 것보다 당사자에게서 직접 어떻게 생각하는지를 더 듣고 싶어 했기 때문이다. 그러나 나는 호기심에 못 이겨 벨*의 사전에서 '스피노자' 항목을 찾아보았다. 이 사전은 수다와 잡담으로 우스꽝스럽고 해로운 것과 마찬가지로 박식과 예리함으로 소중하고 유익했다.

'스피노자' 항목은 내게 불쾌감과 불신을 일으켰다. 여기에서는 이 사람을 곧장 무신론자로서 그의 견해는 지극히 배척받을 만한 것으로 설명하고 있었고, 그런 다음 조용히 사색하며 연구에 전념하는 사람이며, 선량한 시민이자 솔직한 사람이고 조용한 성품의 개인이었다고 밝히고 있었다. 그리하여 여기서는 "너희는 그들의 열매를 보고 그들을 알라!"는 성서의 말을 망각한 것 같았다. 어떻게 인간과 신을 즐겁게 하는 삶이 타락한 원칙에서 나올 수 있을 것인가?

나는 언젠가 그 뛰어난 사람이 남겨놓은 작품들을 샅샅이 읽고 얼마나 마음이 안정되고 맑아졌는지를 잘 기억하고 있었다. 나는 자세한 내용은

---

* 프랑스의 철학자(1647~1706)로 그의 저서 『역사와 비판 사전』(1697)에는 정통 그리스도교 신앙을 파괴하도록 교묘히 꾸며진 수많은 주석이 달려 있었기 때문에 로테르담의 프랑스 개혁교회와 프랑스 가톨릭교회로부터 맹렬한 비난을 받았다.

기억할 수 없지만 그 영향은 내게 아직도 분명하게 남아 있었다. 그래서 나는 내게 그토록 많은 도움을 준 그 책들을 다시 급히 꺼내 읽었다. 그랬더니 내게 전과 똑같은 평화로운 바람이 다시 불어왔다. 나는 이 책들에 몰두했고, 스스로 마음속을 들여다보면서 세상을 이처럼 분명하게 바라본 적은 없다고 믿었다.

이 문제에 대해서는 오늘날까지도 아주 많은 논쟁이 되어 왔으므로 나는 오해받지 않기를 바라면서 여기서 두렵고 혐오스런 사고방식에 대해 몇 가지를 언급하고자 한다.

우리의 육체적인 삶과 사교적인 삶, 풍속, 습관, 처세술, 철학, 종교, 많은 우연한 사건 등 모든 것이 우리에게 체념하라고 외치고 있다. 그래서 우리는 내면적인 특성을 이루고 있는 것을 외부로 나타내서는 안 되고, 우리의 존재를 보충하기 위해 외부에서 받아들일 필요가 있는 것은 빼앗겨버리지만 반대로 우리에게 낯설고 귀찮은 것은 매우 많이 강요당한다. 우리는 힘들게 노력하여 얻은 것과 친절하게 허락받은 것을 강탈당하며, 이런 일에 대해 제대로 깨닫기도 전에 우리의 개성을 처음에는 하나씩, 나중에는 완전히 포기하지 않으면 안 된다는 것을 알게 된다. 이때 이런 것을 지키지 않으면 버릇없는 자가 되는 것이 관례이다. 오히려 불쾌한 얼굴로 태연한 방관자의 기분을 상하게 하지 않기 위해 술잔이 쓰면 쓸수록 더 달콤한 표정을 지어야 한다.

그러나 이런 어려운 과제를 풀기 위해 자연은 인간에게 풍부한 힘과 활동력과 끈기를 주었다. 특히 인간에게는 깨뜨릴 수 없는 것으로 부여받은 경솔함이 도움이 되고 있다. 이것에 의해 인간은 계속해서 새로운 것을 착수할 때 매 순간 각각의 것을 단념할 수 있다. 그래서 우리는 자연스럽게 일생을 계속 새롭게 가꿔나가는 것이다. 우리는 열정을 계속 다른 곳에 옮겨 쏟는다. 즉 우리는 일, 기호, 취미, 도락 등 모든 것을 행해 보았지만 결국 모든 것이 허무하다고 외친다. 하지만 아무도 이 그릇되고 신을 모독하는 외침에 놀라지 않으며, 오히려 현명하고 반박할 수 없는 말을 했다고 믿는다. 그러나 이런 참을 수 없는 느낌을 예감하고 일부분씩 단념하는 것을 피하기 위해 한꺼번에 모든 것을 단념하는 사람은 극히 드물다.

이들은 영원하고 필연적이고 법칙적인 것을 확신하고, 그런 것에 대한 불멸의 개념을 세우려고 노력한다. 그 개념은 무상한 것을 관찰함으로써 사라지지 않고 오히려 더 증명된다. 그러나 여기에는 정말로 초인적인 것이 놓여 있으므로 그런 사람들은 보통 신도 세상도 없다고 부정하는 비인간으로 취급되고, 사람들은 그들을 뿔과 발톱이 달린 모습으로 그려야할지 망설인다.

스피노자에 대한 나의 신뢰는 그가 내 마음속에서 불러일으킨 평화로운 영향을 바탕으로 하고 있었다. 나의 소중한 신비주의자들이 스피노자주의로 인해 비난을 받고, 라이프니츠*까지도 이 비난을 피하지 못했으며, 뵈르하베도 같은 사상을 지녔다고 의심을 받아 신학에서 의학으로 옮겨야 했다는 말을 듣고도 그에 대한 나의 신뢰는 더 커져갔다.

그러나 내가 그의 저술들에 빠져서 거기에 그대로 동조하고 있다고 생각해서는 안 된다. 왜냐하면 나는 아무도 다른 사람의 마음을 이해하지 못한다는 것, 똑같은 말도 다른 사람과 똑같이 생각할 수 없다는 것, 대화나 독서는 다양한 사람들에게서 다양한 생각을 일으킨다는 것을 이미 분

---

* 독일의 철학자, 수학자, 정치고문(1646~1716). 탁월한 형이상학자이자 논리학자로서 미분, 적분의 독창적 발명으로 유명하다.

책을 읽고 있는 괴테

명하게 알고 있었기 때문이다. 독자들은 『베르테르』와 『파우스트』의 작가가 그런 오해를 받고 있다는 것을 믿을 것이다. 또한 데카르트의 제자로서 수학적이며 유대도덕적인 교양에 의해 사고의 정점에 올라 오늘날까지 온갖 사유적 노력의 목표가 되고 있는 듯한 스피노자를 내가 완전히 이해했다는 자만심을 품고 있지 않다는 것도 독자들은 믿을 것이다.

내가 앞서의 유대인 시의 소중한 소재로 삼았던 그 영원한 유대인의 스피노자 방문을 집필하여 남겨두었더라면 내가 그에게서 물려받은 것이 무엇인지가 충분히 분명하게 설명될 수 있을 것이다. 그러나 나는 생각하는 것이 너무 마음에 들어 조용히 즐기고 있었으므로 무언가를 쓰는 일은 이루지 못했다. 그럼으로써 한때의 장난으로는 가치가 있을지 모르는 그 생각이 확대되어 마침내 매력을 잃었고, 나도 그것을 귀찮게 여겨 마음에서 버렸다. 그러나 스피노자와의 관계의 핵심적 부분들이 내 이어지는 삶에 큰 영향을 주면서 사라지지 않고 남아있었으므로 나는 가능한 한 간결하게 압축하여 설명해보겠다.

자연은 영원하고 필연적이며, 신조차도 변경시킬 수 없는 신성한 법칙에 따라 작용한다. 모든 인간은 이 점에 있어서 자신도 모르게 완전히 생각이 일치되고 있다. 우리는 이성과 오성을 바탕으로 오직 자유의지만을 내보이는 자연현상이 우리를 얼마나 놀라고 경악하게 하는지 생각하게 된다.

동물들에게서 어떤 이성적인 것이 나타나면 우리는 놀라움을 금치 못한다. 왜냐하면 동물들은 우리와 가까이 있지만 한없는 간격으로 우리와 갈라져 있고 필연의 세계 속에 처해있는 것으로 여겨지기 때문이다. 그러므로 우리는 그 동물들의 한없이 기교적이지만 엄격히 제한된 기술을 완전히 기계적이라고 단정하는 사상가들을 비난할 수 없다.

식물을 보면 우리의 주장은 더 뚜렷하게 증명된다. 미모사를 건드리면 그 날개 같은 잎을 한 쌍씩 접어 나중에는 줄기를 관절처럼 구부리는 것을 보고 우리는 얼마나 기이한 느낌에 사로잡히는지 모른다. 이름을 붙이고 싶지 않은 이 감정은 클로버를 관찰할 때 더 고조된다. 이것은 잎들을 분명한 외적인 원인도 없이 위아래로 움직임으로써 자기 자신과 우리의 개념을 놀리는 것처럼 보인다. 만약 이러한 재능이 바나나에 주어져서 엄청나게 큰 우산 같은 잎들을 번갈아 위아래로 흔든다면 그것을 처음 보는 사람은 누구나 깜짝 놀라 뒤로 물러날 것이다. 우리에게는 우리만의 우월함의 개념이 뿌리박고 있어 우리는 결코 외부세계에 우월함의 일부라도 주려고 하지 않으며, 심지어 동족인 인간들에게도 이것이 주어지는 것을 방해하려 한다.

한편 우리는 인간이 보편적으로 인정되는 도덕적 법칙에 어긋나거나 자신과 타인의 이익에 반하는 몰상식한 행동을 하는 것을 볼 때도 비슷한 놀라움에 사로잡힌다. 이때 우리가 느끼는 불쾌감에서 벗어나기 위해 우리는 즉시 놀라움을 비난이나 증오로 변화시키고, 실제행동이나 생각 속에서 그런 사람에게서 벗어나려고 노력한다.

나는 스피노자가 그토록 열렬히 강조한 이런 대립을 나 자신에게 아주 기묘하게 적용했다. 그리고 지금까지 말한 것은 다음에 이어지는 이야기를 이해하기 쉽게 하기 위한 것에 불과하다.

나는 내게 잠재해 있는 창작의 재능을 완전히 자연으로서 관찰할 수 있는 정도에 이르렀다. 나는 외적인 자연을 그 재능의 대상으로서 보도록 배워왔기 때문에 더욱 그럴 수 있었다. 이 창작적 재능의 실천은 어떤 동기에 의해 자극되고 규정될 수 있었다. 그러나 그것은 의지에는 반하여 임의로 이루어질 때가 가장 기쁘고 풍요로웠다.

들판과 숲을 헤치고
내 작은 노래를 휘파람에 띄우며
온종일 그렇게 보냈다.

내가 밤에 잠에서 깼을 때도 똑같은 경우가 생겼다. 나는 내 선배들 중 한 사람처럼 가죽조끼를 만들고 싶은 충동을 종종 느꼈다.* 그리고 나는 어둠 속에서 예기치 않게 우연히 떠오른 것을 감정을 통해 확실하게 붙잡아두는 습관을 들이고 싶었다. 나는 짧은 노래를 부르는 것이 몸에 배었는데, 그것을 부르고 나면 다시 그대로 되풀이할 수 없었다. 그래서 나는 책상으로 달려가 비뚤게 놓인 두루마리 종이를 바르게 해놓을 틈도 없이 그 노래를 처음부터 끝까지 꼼짝도 하지 않고 비스듬히 써내려간 적이 여러 번 있었다. 이런 생각에서 나는 쓰기에 편한 연필을 다른 것보다 더 즐겨 사용했다. 펜의 써내려가는 소리와 잉크가 튀기는 것이 몽유병에 빠진 듯한 나의 글쓰기에서 나를 깨워서 기분을 흐트러뜨리고 태어나려는 작은 창작물을 질식시킨 적이 여러 번 있었기 때문이다. 그런 시들에 대해 나는 특별한 경외감을 가지고 있었다. 왜냐하면 나는 이 시들을 보면 암탉이 자기를 둘러싸고 삐약거리는 자신이 깐 병아리들을 보는 듯했기 때문이다. 이 시들을 낭독하여 전함으로써만 나의 옛 즐거움이 되살아났으며, 돈을 받고 시들을 파는 것은 역겹게 느껴졌다.

여기서 나는 나중에 일어난 일이지만 하나의 사건을 회상해보고자 한다. 즉 내 작품들에 대한 문의가 점점 더 많아지고 전집의 출판을 요구받았지만 앞서의 생각이 나를 방해하여 내가 스스로 그런 일을 하지 않음으로써 힘부르크**가 나의 주저함을 이용해버렸던 것이다. 그래서 나는

---

* 괴테는 이탈리아의 시인인 페트라르카(1304~1374)를 가리키는 것인데, 그는 꿈속의 시상을 적어놓기 위해 가죽조끼를 만들었다고 한다.

** 베를린에 살던 크리스티안 프리드리히 힘부르크(1733~1801)는 악질적인 저작권 침해자로 알려져 있었다.

뜻하지 않게 나의 작품집 몇 부를 받게 되었다. 내가 청하지도 않았는데 책을 낸 이 출판업자는 뻔뻔스럽게도 그 작품집으로 독자들에게 내 이름이 알려진 것을 공로로 생각했으며, 내가 원한다면 베를린의 도자기를 보내주겠다고 했다. 이때 나는 베를린의 유대인들은 결혼을 하면 왕립 공장의 매출을 높여주기 위해 일정량의 도자기를 구입해야 한다는 생각이 떠오르지 않을 수 없었다. 철면피한 저작권 침해자에 대한 나의 이런 멸시감이 저작권 침해에서 느끼지 않을 수 없는 분노를 억제했다. 나는 그에게 답변을 하지 않았다. 그리고 그가 내 소유물로 많은 이익을 취하는 동안 나는 다음과 같은 시로 은근히 복수했다.

프란체스코 페트라르카

> 달콤한 꿈속에 흘러간 몇 해의 사랑스런 표시들,
> 연노랑색 꽃들, 신성한 머리카락들,
> 베일, 가볍게 주름지고 색 바랜 리본들,
> 흘러간 사랑의 슬픈 추억들,

이미 내 아궁이의 불에 바쳐진 것을
뻔뻔스런 소시우스가 모두 앗아갔네.
마치 시인의 작품과 명예가
유산으로 그에게 물려진 듯.
차와 커피탁자에서의 그의 행동이
나의 삶을 즐겁게 할 것인가?
도자기와 빵을 치워라!
나는 힘부르크를 위해 죽었노라.

그러나 그런 크고 작은 작품들을 강요 없이 내 마음속에서 만들어내게 한 자연은 이따금 오랫동안 쉬었고, 나는 오랫동안 의지를 가지고도 아무것도 창작해낼 수 없었으므로 자주 지루함을 느꼈다. 그리하여 그 엄격한 대립에서 이런 생각이 들었다. 한편으로는 나의 인간적이고 이성적이고 합리적인 부분을 나와 타인의 편의와 이익을 위해 사용하고, 그 사이의 시간을 이미 내가 해왔고 점점 더 강하게 요구받고 있는 것처럼 세계적인 일에 바쳐서 내 힘을 남김없이 써야하지 않겠는가? 나는 그 일방적인 개념에서 나온 듯한 것이 내 성격과 사정에 잘 합치되는 것을 알았으므로 이런 식으로 행동해서 지금까지의 동요와 주저를 끝낼 결심을 했다. 나는 실질적 봉사에 대해서는 사람들에게 물질적 보수를 요구하는 반면 사랑스런 자연의 선물은 신성한 것으로서 욕심 없이 계속해서 남들과 나눠 가질 수 있다는 것을 생각하면 매우 기분이 좋았다. 이런 생각에 의해 나는 그토록 많이 추구되고 경탄을 일으킨 재능이 독일에서는 법의 보호를 받지 못하고 마음대로 취급되고 있다는 것을 깨닫고 느끼는 고통에서 벗어날 수 있었다. 베를린에서만 저작권 침해가 용인될 수 있고 나아가 즐거운 일로 생각된 것은 아니었다. 도덕적 통치로 칭송되고 존경받는 바덴의 변경 백작과 많은 희망을 주는 요제프 황제도 그것을 용인했다. 변경 백작은 그의 마클로트를, 요제프 황제는 귀족 트라트너를 총애하여 천재의 권리와 재산은 수공업자와 공장근로자에게 무조건 바쳐도 된다고 공언했다.

우리가 언젠가 우리를 방문한 바덴 사람에게 이런 점에 대해 불평을 하자 그는 이런 얘기를 해주었다. 변경 백작부인은 활동적인 여자로 제지공장도 세웠는데, 제품이 너무 나빠 아무 데에도 쓸 수 없을 정도였다는 것이다. 그러자 출판업자 마클로트는 독일의 시인과 산문가들의 작품을 그 종이에 인쇄하여 종이의 가치를 높이자는 제안을 했다고 한다. 그들은 이 제안을 두 손을 들어 환영하며 받아들였다는 것이다.

우리는 이 좋지 않은 뒷이야기가 꾸며낸 얘기일 거라고 여겼지만 그 얘기를 듣고 재미있어했다. 마클로트라는 이름은 그 당시 욕이 되었고, 나쁜 일이 있을 때마다 되풀이 사용되었다. 그리하여 한 철없는 젊은이*는 자신은 이따금 돈을 빌려야만 하는데도 비열한 사람들은 그들의 재능으로 돈을 버는 데 대해 이러한 몇몇 좋은 착상으로 충분히 보상받는다고 여겼다.

†

행복한 아이들과 젊은이들은 일종의 도취상태 속에서 걸어가고 있고,

* 괴테 자신을 가리킴.

그럼으로써 착하고 순진한 자들은 모두 주변의 상황을 거의 깨닫지 못하고 평가할 줄도 모른다는 것을 분명하게 알려주고 있다. 그들은 세상을 자신들이 만들어나가야 할 요소로, 자신들이 점령해야 할 저장물로 보고 있다. 모든 것이 그들에게 속해 있으며, 모든 것이 그들의 뜻대로 관철되는 듯 보인다. 그리하여 그들은 자주 거칠고 황량한 생활에 빠진다. 그러나 좀 더 뛰어난 자들에게서는 이런 경향이 도덕적인 열광으로 확산된다. 이 열광은 각자의 충동에 의해 때에 따라 어떤 실제적이거나 피상적인 선을 향해 움직이기도 하지만 자주 잘못된 방향으로 이끌리거나 유혹당하기도 한다.

우리가 얘기하고 있는 젊은이는 바로 그런 경우에 처해 있었다. 그는 사람들에게 기이하게 여겨졌지만 많은 사람들에게 환영을 받는 것 같았다. 그를 처음 만났을 때 곧장 속박되지 않은 자유로운 사고를 발견할 수 있었고, 대화를 통해서는 쾌활하고 솔직하다는 것을 알 수 있었으며, 깊이 생각하지 않고 마음대로 행동하는 것을 알 수 있었다. 이 마지막 특성에 대해 몇 가지 짤막한 얘기를 하겠다.

매우 좁고 집이 빽빽하게 들어선 유대인 거리에서 큰 화재가 발생했다. 나는 내게 보편화된 친절한 마음에서 행동으로 돕고 싶은 욕구가 일어나 정장을 한 채 불난 곳으로 달려갔다. 알러하일리겐 거리에서 사람들이 쏟아져 나왔고, 나는 그 입구로 갔다. 나는 많은 사람들이 물을 나르느라 분주하게 움직이고 있는 것을 보았다. 그들은 물이 가득 찬 통을 가지고 달려가서 빈 통으로 돌아오곤 했다. 나는 곧장 사람들이 물통을 주고받기 위해 골목을 따라 줄을 서면 효과가 배가될 것임을 알아차렸다. 나는 가득 찬 물통 두 개를 들고 서서 다른 사람들을 가까이 오도록 불렀다. 오는 사람들에게 물통이 넘겨졌고 사람들이 차례로 뒤로 늘어섰다. 이런 조치는 갈채를 받았다. 내가 이렇게 권고하고 직접 참여한 것이 호감을 샀고, 골목은 입구에서부터 화재가 난 곳까지 곧 가득 차서 줄을 이루었다. 그러나 이런 일로 생긴 유쾌함이 활기차게 효과적으로 활동하는 기계 속에서 기쁘고 즐겁다고 할 수 있는 기분을 일으키자마자 몇몇은 장난기가 발동하여 짓궂은 쾌감을 맛보고 싶어 했다. 초라한 물건을 등에 지고 끄는 불쌍한 대피자들은 일단 그 안전한 골목에 들어서서 통과해야 했는데, 무사히 지날 수가 없었다. 장난기어린 자들이 그들에게 물을 뿌리고 그들을 무시하고 버릇없이 굴어 그들의 비참함을 더해주었다. 그러나 내가 적당히 타이르고 점잖게 야단을 치자 내가 소홀히 한 내 깨끗한 복장을 참작했던지 그들은 나쁜 짓을 멈췄다.

호기심 많은 내 친구들이 화재사고를 구경하려고 몰려왔다. 그리고 그들은 동료가 구두와 비단양말을 신고—그 당시에는 그렇게 하지 않고는 외출하지 않았으므로—물에 젖어 일하고 있는 것을 보고 놀라는 것 같았다. 나는 몇 사람을 끌어들일 수 있었고, 다른 사람들은 웃으며 고개를 저었다. 우리는 오랫동안 서 있었다. 가버리는 사람들도 많았지만 남아서 일을 거드는 사람들도 많았다. 구경을 좋아하는 많은 사람들이 계속 몰려와서 내 순진한 모험이 많은 사람들에게 알려졌고, 내 놀라운 착상은 그 당시 도시의 얘깃거리가 되었다.

사람들로부터 쉽게 허영심으로 비난받는 행복한 자부심에서 생겨나 선량하고 쾌활한 공상에 따라 행동으로 옮겨지는 이런 가벼운 기분은 또 다른 기이한 일에 의해 우리의 친구를 주목하게 만들었다.

혹한의 겨울이 마인 강을 꽁꽁 얼어붙게 하고 바닥을 딱딱하게 변화시켰다. 가장 활달하고 필연적이며 즐겁게 어울리는 교제가 얼음판 위에서 이루어졌다. 끝없이 펼쳐진 스케이트 활주로와 매끄럽게 얼어붙은 넓은 얼음판 위에는 움직이는 무리들로 혼잡했다. 나는 아침 일찍부터 나와 있었으므로 뒤늦게 어머니가 구경하러 마차를 타고 왔을 때는 얇은 옷을 입은 채 꽁꽁 얼어 있었다. 어머니는 빨간 모피가 달린 비단 외투를 입고 마차 안에 앉아 있었는데, 그 외투는 가슴에서 금빛 레이스와 깃으로 아물려 있었고, 무척 멋져 보였다. 나는 아무 생각도 하지 않고 즉석에서 외쳤다.

"어머니, 그 외투 좀 주세요! 얼어 죽겠어요."

어머니도 다른 생각을 하지 않았다. 나는 곧장 그 외투를 받아 입었다. 담비 털을 대고 금박으로 장식된 그것은 자색으로 무릎까지 내려왔으며 내 갈색 털모자와 잘 어울렸다. 그리하여 나는 안심하고 이리저리 달렸다. 그런데 무척 혼잡했으므로 이런 이상한 옷차림을 특별히 주목하는 사람은 아무도 없었다. 그러나 나중에 사람들이 진담이나 농담 속에서 이런 복장을 나의 변태적인 예로 들어 얘기한 것으로 보아 조금은 주의를 끌었던 것 같다.

†

이런 행복하고 생각 없는 행동의 추억에 이어 우리의 본래 이야기를 해 나가기로 한다.

어느 재치 있는 프랑스인이 이미 이런 얘기를 한 적이 있다. 어떤 뛰어난 사람이 값진 일로 대중의 주목을 끌면 사람들은 똑같은 일을 다시는 하지 못하도록 최대한 방해한다는 것이다.

옳은 말이다. 조용히 떨어져 있는 젊은 시절에 무언가 훌륭하고 재치 있는 일을 해내면 갈채를 받기는 하지만 독자성을 잃는다. 사람들은 그의 인격에서 무언가를 뜯어내어 자기 것으로 만들고자 하므로 그의 집약된 재능을 분산시키는 것이다.

릴리 쇠네만

이런 의미에서 나는 많은 초대를 받았다. 혹은 초대가 아니라 친구나 친지가 나를 간절하게 매우 자주 여기저기에 소개해주겠다고 제안했다.

준 외국인인 나는 자주 불친절하게 거절한다 해서 곰이라고 알려졌고, 볼테르의 휴런족과 컴버랜드의 서인도인처럼 많은 재능을 지닌 자연아로서 호기심을 불러일으켰다. 그래서 사람들은 여러 집에서 나를 맞으려고 적절한 교섭에 몰두하고 있었다.

그 중 한 친구가 어느 날 저녁 개신교를 믿는 한 명망 있는 실업가 집*에서 열리는 작은 연주회에 함께 가자고 청한 적이 있었다. 이미 시간이 늦기는 했지만 나는 모든 일을 즉석에서 하기를 좋아했으므로 보통 때처럼 단정하게 옷을 차려입고 그를 따라 나섰다. 우리는 본래 넓은 거실로 쓰는 아래층의 한 방으로 들어갔다. 사람들은 많이 모여 있었고, 가운데에 피아노가 있었는데, 곧 그 집의 외동딸**이 피아노 앞에 앉아 완벽한 솜씨로 우아하게 연주를 했다. 나는 그녀의 모습과 태도를 잘 볼 수 있도록 피

* 상인이자 은행 경영자인 요한 볼프강 쇠네만(1717~1817)의 집을 가리킴.

** 릴리 쇠네만(1758~1817)을 가리킴.

아노 곁에 서 있었다. 그녀의 태도에는 조금 어린애 티가 보였고, 연주하는 몸짓은 자연스럽고 경쾌했다.

그녀는 소나타를 연주하고 나서 피아노 곁에 있는 내게 왔고, 우리는 서로 인사를 했다. 그러나 4중주가 이미 시작되었기 때문에 이야기를 나누지는 못했다. 연주가 끝났을 때 나는 그녀에게 좀 더 가까이 다가가 그녀를 처음으로 알게 되고 내게 재능까지 보여주어 무척 기쁘다고 몇 마디 칭찬의 말을 했다. 그녀는 내 말에 점잖게 대답할 줄 알았다. 그녀는 자기 자리에 앉았고, 나는 내 자리로 갔다. 나는 그녀가 나를 주의 깊게 바라본다는 것과 내가 사람들의 관찰 대상이 되고 있음을 알아차릴 수 있었다. 나는 그것이 싫지 않았는데, 사람들이 나를 아주 점잖은 태도로 바라보았기 때문이다. 그러는 동안 우리는 서로 쳐다보았고, 나는 일종의 아주 감미로운 매력을 느끼고 있었다는 것을 부인할 수 없다. 모인 사람들과 이리저리 어울리느라 그날 저녁은 우리가 더 가까워지기가 어려웠다. 그러나 그녀의 어머니가 작별할 때 곧 다시 만나고 싶다고 말하고, 그녀의 딸도 친절한 태도로 찬성의 뜻을 표해주어 나는 흐뭇함을 감출 수 없었다. 나는 적당한 시간을 두고 다시 방문했고, 그때도 명랑하고 이성적인 대화가 이루어졌으므로 열정적인 관계가 이루어지리라고는 예상할 수 없었다.

한편 우리 집이 일단 자유롭게 손님이 드나들도록 개방되자 부모님과 내게 많은 불편한 일이 생겼다. 좀 더 높은 것을 알아내어 인식하고 촉진시켜 가능하면 그것을 모방하고 형상화하려는 나의 성향이 이로 인해 더 이상 발전될 수가 없었던 것이다. 그 사람들은 착하기도 하고 경건하기도 했으며, 활동적인가 하면 어리석고 이따금 우둔했다. 전자는 내게 아무 도움도 되지 않았고, 후자는 나를 혼란스럽게 했다. 한 가지 두드러진 일을 나는 세심하게 적어두었다.

1775년 초 나중에 슈틸링이라 불린 융이 중요한 안과치료를 담당하기 위해 니더라인에서 프랑크푸르트로 초빙되어 온다고 알려왔다. 그는 나와 부모님에게서 환영을 받았고, 우리는 그에게 숙소를 마련해주었다.

폰 레르스너 씨는 노령의 명망 있는 인사로 군주 자제들의 교육 및 생활지도를 했고, 궁중에서나 여행에 나가서나 분별 있는 행동을 해서 어디서나 존경을 받았지만 오래 전부터 불행하게도 전혀 앞을 보지 못하는 상태로 지내고 있었다. 그러나 치료를 받고 싶은 그의 소망이 완전히 사라질 수는 없었다. 이때 융은 몇 년 전부터 적당한 용기와 경건한 자신감으로 니더라인에서 많은 사람들의 백내장 수술을 성공시켜 널리 명성을 얻고 있었다. 그의 영혼의 진실성, 신뢰할 만한 성격, 순수한 신앙심이 많은 사람들로 하여금 그를 믿게 했으며, 이 믿음은 여러 교역로들을 따라 강의 상류 쪽으로 확산되었다. 폰 레르스너 씨와 그의 가족들은 치료에 실패한 한 프랑크푸르트의 상인이 극구 반대를 했음에도 불구하고 어느 현명한 의사의 충고에 따라 이 유능한 안과의사를 부르기로 결심했던 것이다. 그 많은 성공사례들 중 단 한 번의 실패가 무슨 증거가 되겠는가! 어쨌든 융은 지금까지 받아보지 못했던 많은 보수에 끌려서 오게 되었다. 그는 명성을 더 높이기 위해 자신만만하고 기쁨에 차서 왔다. 그리고 우리는 이 유능하고 쾌활한 숙박 손님에게 행운이 있기를 바랐다.

여러 차례의 의학적 예비치료를 하고 나서 마침내 양쪽 눈의 백내장 수술이 행해졌다. 우리는 몹시 긴장했다. 환자는 수술 후 즉시 보였다고 했는데, 곧 다시 붕대로 눈이 가려졌다. 그러나 융은 명랑하지 않고 무언가 마음에 걸리는 것이 있는 듯이 보였다. 그는 내가 계속 꼼꼼하게 살펴보는 것을 알고 치료 결과에 걱정을 하고 있다고 했다. 내가 스트라스부르에서 여러 번 보아왔고 슈틸링도 수없이 많은 성공을 한 것처럼 일반적으로 이것보다 더 쉬운 수술은 없는 듯했다. 감각이 없는 각막 부위를 전혀 통증 없이 절개하고 나서 아주 가벼운 압박으로 흐릿한 수정체를 저절로 튀어나오게 하면 환자는 즉시 물체를 보게 되었고, 완전히 회복이 되어 이 섬세한 기관이 자유롭고 편안하게 작용하게 될 때까지 붕대로 눈을 싸매고 있기만 하면 되었다. 융에 의해 이런 행복을 얻은 많은 가난한 자들이 그에게 신의 축복과 하늘의 보답이 내리기를 기원했듯이 이제 그런 것이 이 부유한 사람에 의해 내려지게 되어 있었다.

융은 이번에는 수술이 그다지 쉽게 성공적으로 이루어지지 않았음을 고백했다. 수정체가 튀어나오지 않았으며, 그래서 그는 그것을 끌어내고, 달라붙기까지 해서 떼어내야 한다는 것이었다. 그리고 이런 일은 어느 정도 위험을 무릅쓰고 해야 한다는 것이었다. 그래서 그는 다른 쪽 눈까지 수술한 것을 자책했다. 그는 두 눈을 동시에 수술할 계획을 확고하게 세웠었으며, 그런 우연한 일이 생기리라고는 생각도 하지 않았다. 그러나 그는 그런 일이 생기자 곧장 마음을 진정시키지 못하고 깊이 생각할 수도 없었다. 어쨌든 두 번째 눈의 수정체도 스스로 나오지 않았고, 역시 무리하게 떼어서 끌어내야 했다.

그토록 친절하고 선량하고 경건한 사람이 그런 경우에 처해 얼마나 난처했을지는 말로 표현하고 설명할 수 없을 것이다. 그런 기분에 관한 일반적인 고찰을 해보는 것이 여기에서 어울릴 것이다.

스스로의 도덕적 교양을 이루기 위한 노력은 인간이 계획할 수 있는 가장 간단하고 하기 쉬운 일이다. 그런 충동은 인간에게 타고난 것이다. 그것은 시민적 삶에서 상식과 사랑에 의해 그렇게 되도록 이끌어지고 촉구된다.

슈틸링은 정신적으로 종교적 사랑의 감정 속에서 살아왔다. 그는 동정을 받지 않고, 또한 반대로 남에게 선의를 베풀지 않고는 존재할 수 없었다. 그는 상호간의 사랑을 요구했다. 그는 사람들이 그를 몰라보는 때에는 침묵했고, 그를 아는 사람이 그를 사랑하지 않을 때에는 슬퍼했다. 그래서 그는 제한된 조용한 직업의 영역에서 어느 정도 안락한 마음으로 완성을 이루고자 노력하는 선량한 사람들과 함께 있는 것을 가장 좋게 여겼다.

이런 사람들은 허영심을 멀리하며, 외면적인 명예를 추구하지 않으며, 말하는 데 있어서 조심성을 내보이며, 동료와 이웃에 대해 친절하고 변함없는 태도를 보여줄 수 있다.

여기에서는 자주 막연한 정신의 틀이 토대를 이루고 있으며, 각자의 개성에 의해 그것이 변화된다. 그런 사람들은 우연히 자극을 받으면 그들의 경험적 행로를 매우 중요시한다. 그들은 신이 직접 작용한다는 확신으로 모든 것을 초자연적인 숙명으로 여긴다.

이때 인간에게는 자신의 상태를 고수하고 싶은 동시에 부딪히고 이끌려가고 싶은 성향이 있어 스스로 행동하는 데에 우유부단함을 보이게 된다. 이런 우유부단함은 가장 합리적인 계획이 실패하거나 예기치 않은 상황이 유리하게 되어 우연한 성공을 이루게 될 때 더 커진다.

이런 생활방식에 의해 주의 깊은 남성적 행동이 피해를 입게 되는 만큼 이런 상태에 이르게 되는 방식 또한 똑같이 위험하다.

이런 성향의 사람들이 가장 즐겨 말하는 것은 이른바 각성과 개심(改心)이라는 것이다. 우리는 이것에 심리적 가치가 있다는 것을 부인하지 않는다. 그것은 본래 우리가 학문적이고 문학적인 문제에서 통찰이라고 부르는 것이다. 이 통찰이라는 것은 위대한 원리를 인식하는 것으로, 언제나 천재적인 정신의 작용인 것이다. 우리는 직관으로 여기에 이를 뿐 숙고에 의해서도 교리나 전수에 의해서도 이를 수 없다. 이것은 믿음에 뿌리를 박고 있으며 흔들리는 물결의 한가운데에서도 당당한 확신 속에 있음을 느끼는 도덕적 힘의 인식이다.

이런 통찰은 독창적인 방식으로 무한한 것을 가리키는 것이므로 이것을 발견하는 사람에게 무척 커다란 기쁨을 주며, 이것을 확신하는 데에는 시간의 흐름을 필요로 하지 않는다. 이것은 순간적으로 아주 완벽하게 솟아나온다. 그래서 프랑스의 훌륭한 옛 격언은 이렇게 말한다.

신이 하는 일에
시간은 필요치 않다.

외부적인 자극은 자주 그런 개심의 강력한 폭발에 영향을 주며, 우리는 그것을 계시나 기적을 보는 것으로 생각한다.

신뢰와 사랑이 나를 진심으로 슈틸링과 결합시켰다. 그리고 나는 그의 인생행로에 복되고 좋은 영향을 미쳤다. 그를 위해 일어난 모든 것을 감사하는 애틋한 마음속에 간직하는 것은 그의 천성에 꼭 맞는 일이었다. 그러나 그와의 교제는 그 당시 내 인생행로에 있어서는 즐겁지도 도움이 되지도 않았다. 나는 누구에게나 마음대로 자기가 살아가는 날들의 수수께끼를 해석하고 만들어나가려는 것을 기꺼이 인정했다. 그러나 모험적인 인생행로에서 합리적으로 우리와 마주치는 좋은 일을 모두 직접적인 신의 작용으로 규정하는 것과 같은 방식이 내게는 지나치게 부당하다고 생각되었다. 또한 우리의 경솔함과 자만심에 의해 조급하고 소홀히 하여 나쁘고 견디기 어려운 결과를 빚은 모든 일을 마찬가지로 신의 가르침이라고 여기는 사고방식도 나는 이해하기 어려웠다. 따라서 나는 그 좋은 친구의 말을 들어줄 수 있을 뿐 그에게 아무런 만족스런 답변도 줄 수 없었다. 그러나 나는 많은 다른 사람들에게 그랬듯 그가 하는 대로 내버려 두었으며, 사람들이 지나치게 세속적인 생각으로 그의 부드러운 마음을 상하게 하는 일을 서슴지 않을 때는 언제나 변함없이 그를 감싸주었다. 그리하여 나는 어느 장난기 있는 남자의 생각도 그의 귀에 들어가지 않게 했는데, 그 남자는 아주 진지하게 이렇게 외쳤다.

"아니야! 정말이지 내가 융과 같이 신과 그토록 좋은 사이라면 나는 그 최고의 존재에게 돈을 벌게 해달라고 빌지 않고, 돈이 들며 몇 해 동안 비참하게 빚으로 시달리게 만드는 많은 어리석은 실수를 저지르지 않도록 지혜와 좋은 충고를 달라고 빌 거야."

왜냐하면 분명 당시는 그런 농담과 악의적인 말을 할 때가 아니었기 때문이다. 근심과 희망 사이에서 며칠이 지나갔다. 근심은 커지고, 희망은 줄어들다가 완전히 사라져버렸다. 성실하고 참을성 많은 그의 두 눈은 염증을 일으켰고, 치료가 실패했다는 것에는 의심의 여지가 없었다.

그럼으로써 우리의 친구 융은 표현할 수 없는 비참한 상태에 빠졌다. 그는 가장 심각하고 가장 깊은 절망과 싸웠다. 이런 경우 잃지 않는 것이 무엇이 있으랴! 그는 우선 의사가 기뻐할 수 있는 가장 멋진 것인 다시 빛을 보게 된 사람들의 커다란 감사를 잃었고, 도움을 필요로 하는 다른 많은 환자들의 신뢰를 잃었으며, 수술 실패로 인해 자신의 가족을 곤경에 빠뜨렸던 것이다. 어쨌든 우리는 욥의 비극적 드라마*를 처음부터 끝까지 모조리 연출했으며, 성실한 친구 융은 비난하는 친구들의 역할까지 스스로 떠맡았던 것이다. 그는 이 사고를 지금까지의 과오들에 대한 벌로 보려고 했다. 그는 우연히 알게 된 눈의 치료법을 신의 소명으로 여기고 시행한 것이 신을 모독한 것이라고 여겼다. 그는 이 지극히 중요한 분야를 철저히 연구하지 않고 자신의 치료를 경솔하게 요행에 맡긴 채 시행한 것을 스스로 비난했다. 그는 순간적으로 불평꾼들이 뒤에서 수군거리던 것을 떠올렸고, 그것이 진실이 아니었던지 의심에 빠졌다. 그리고 그는 경건한 사람들을 그토록 위험에 빠뜨리는 경솔함과 함께 인생행로에서 자만심과 허영심까지 부려야 했던 것이 더욱 더 고통스러웠다. 그 순간 그는 제정신이 아니었다. 그리고 우리가 아무리 이해하려고 해도 결국 어쩔 수 없이 도달한 합리적 결론은 신의 의지는 탐구할 수 없다는 것이었다.

내가 몸에 밴 방식대로 이 정신 상태를 좀 더 진지하고 세심하게 관찰하는 데 몰두하지 않고 내 식으로 설명하지 않았더라면 앞으로 나아가려는 내 쾌활한 마음은 더 상처를 받았을 것이다. 나는 어머니가 세심한 일처리와 가사에 노력하는 대가를 너무 소홀히 받는 것이 슬플 뿐이었다. 그러나 어머니는 늘 변함없는 마음으로 쉬지 않고 일하면서 그것을 느끼지 않았다. 아버지는 내 마음을 가장 아프게 했다. 나를 위해 아버지는 엄격히 제한해 온 가정 일을 적절히 확장했으며, 특히 낯선 손님들과 친한 친구들과 끊임없이 찾아오는 여행객들이 즐겨 명랑하고 역설적인 대화를 나누는 식탁에도 함께 참석하여 즐겼다. 그럴 때 나는 여러 가지 논쟁

* 구약성서 욥기를 뜻함.

을 통해 아버지를 즐겁게 하고 정겨운 웃음을 짓게 했다. 나는 무엇이든 논쟁으로 삼으려는 불손한 성향이 있었지만 올바른 주장을 하는 사람이 아무리 노력해도 우스꽝스럽게 되는 경우에만 단호하게 고집을 부렸다. 그러나 지난 몇 주일 동안에는 이런 일은 생각조차 할 수 없었다. 왜냐하면 가장 행복하고 유쾌한 일들도 부수적인 치료가 성공했음에도 불구하고 핵심적인 수술의 실패 때문에 불행하게 된 친구에게 아무 도움도 되지 않았으며, 그 슬픈 기분을 다른 데로 돌릴 수가 없었기 때문이다.

여러 가지 일들 중에서 이젠부르크에서 온 한 눈먼 유대인 거지가 우리를 웃겼다. 그는 말할 수 없는 가난으로 프랑크푸르트에 왔을 때 숙소도 먹을 것도 보호받을 곳도 찾을 수 없었으나 강인한 동양적 천성이 그를 도와 조금도 어려움 없이 완전하게 치료되자 몹시 기뻐했다. 사람들이 그에게 수술이 고통스러웠느냐고 묻자 그는 과장해서 이렇게 말했다.

"내가 백만 개의 눈을 가지고 있다 해도 매번 절반의 돈을 내고라도 차례로 모두 다 수술 받게 하겠소."

그는 떠날 때에 파르가세에서 마찬가지로 이상한 몸짓으로 수선을 떨었고, 구약성서에 나오는 식으로 신에게 감사하고 주와 그가 세상에 보낸 기적의 의사를 찬양했다. 그렇게 그는 번화한 긴 거리를 지나 천천히 다리 쪽으로 걸어갔다. 상인들과 손님들은 신앙심에 차서 열렬하게 세상 사람들 앞에 열광적으로 외치고 있는 그 희귀한 사람에 놀라 가게 밖으로 몰려나왔다. 모두가 동정심을 느꼈고, 그는 요구하거나 청하지도 않고도 충분한 재물을 받아 행복한 여행길이 되었다.

이런 유쾌한 사건도 융 앞에서는 얘기할 수가 없었다. 왜냐하면 마인 강 건너 모래 위의 고향의 비참한 집에서 가난하게 사는 자가 가장 행복하게 생각될 수 있는 반면 부유하고 명망 있는 강 이쪽편의 사람은 희망해온 말할 수 없이 값진 즐거움을 누리지 못해 한탄하고 있었기 때문이다.

그리하여 어찌됐든 약속된 것인 만큼 너그러운 그 환자에게서 정중하게 지불된 1천 굴덴을 받는다는 것은 우리의 마음 착한 융에게는 가슴 아픈 일이었다. 이 돈은 그가 돌아가면 비참하고 열악한 상황에서 지게 된 부채의 일부를 탕감해줄 것이었다.

그는 절망 상태로 우리와 작별했다. 왜냐하면 그는 돌아가면서 근심어린 아내의 상태와 사려 깊은 장인과 장모의 변화된 태도를 알았기 때문이다. 그들은 자신만만한 그의 그토록 많은 부채의 보증인으로서 그를 자기 딸의 반려자로 선택한 것을 잘못된 일로 여기고 있었던 것이다. 그는 성공을 거두던 때에도 불만을 품고 있던 사람들이 이집 저집에서, 이 창문 저 창문을 통해 조소와 멸시를 던질 것임을 충분히 예상할 수 있었다. 그리고 그가 부재중임으로써 이미 줄어든 수술환자들이 이 사건으로 완전히 사라질 위험에 처해 그는 극도로 불안했다.

그렇게 우리는 그를 떠나보냈지만 우리 쪽에서 보면 전혀 희망이 없는 것은 아니었다. 왜냐하면 초자연적인 도움에 대한 믿음에 바탕을 둔 그의 강인한 천성이 그의 친구들에게 틀림없이 은근히 신뢰를 불러일으킬 것이기 때문이다.

제17장

나와 릴리와의 관계에 대한 이야기를 다시 꺼내려면 나는 그녀의 어머니와 함께, 혹은 그녀와 둘이서만 보냈던 너무나 즐거웠던 시간들을 회상하지 않을 수 없다. 사람들은 내 작품들을 통해 나를 그 당시에 흔히 말하던 인간의 마음을 아는 자로 믿고 있었다. 이런 의미에서 우리의 대화는 어떤 방식으로든 도덕적으로 흥미 있었다.

그러나 서로 마음을 터놓지 않고 어떻게 내심을 이야기할 수 있겠는가? 그리하여 얼마 지나지 않아 그녀는 내게 조용한 시간에 자신의 어린 시절의 이야기를 들려주었다. 그녀는 온갖 사교적인 이익과 세상의 즐거움을 누리며 성장했다. 그녀는 자신의 형제들과 친척들은 물론 최근의 상황에 대해서도 이야기해주었다. 그러나 그녀의 어머니만은 존경스런 모호한 상태 속에 남겨져 있었다.

그녀는 사소한 결점들도 회상했다. 그녀는 자신이 사람을 끄는 천부적 재능을 가지고 있다고 여겼으며, 동시에 사람을 차버리는 성향도 있었다는 것을 부인하지 않았다. 이렇게 하면서 우리의 주고받는 대화는 중대한 지점에 이르렀다. 그녀가 이런 천부적 재능을 내게도 시도해 보았지만 도리어 나한테 끌리게 되었으므로 벌을 받았다는 것이었다.

이런 고백은 아주 순진한 어린애 같은 천성에서 나온 것이었고, 그녀는 이를 통해 나를 완벽하게 자신의 것으로 만들었다.

우리는 서로를 필요로 하게 되었고, 만나는 것이 습관이 되어버렸다. 그러나 내가 그녀를 가족들이 있는 가운데에서 만날 결심을 하지 않았더라면 나는 얼마나 많은 날과 저녁을 밤늦도록 그녀를 만나지 못하고 지내야 했을 것인가!

나와 그녀의 관계는 개인과 개인의 관계였고, 아름답고 사랑스런 교양있는 딸과의 관계였다. 그것은 과거의 다른 여자들과의 관계와 같았으며, 좀 더 고상한 종류였다. 그러나 나는 외적인 요소들과 사교적인 모임의 끊임없는 간섭은 염두에 두지 않았다. 억제할 수 없는 갈망이 생겨나 나는 그녀 없이, 그녀는 나 없이 존재할 수 없었다. 그러나 그녀의 주변과 가족이나 모임의 개개인의 영향으로 얼마나 자주 불쾌한 날들과 잘못된 시간들이 많았던가!

불쾌하게 끝난 야유회의 이야기인데, 나는 늑장 피우는 그녀의 남동생과 함께 뒤따라가기로 되어 있었다. 그는 악의적으로 골탕 먹이려고 그랬는지는 모르지만 일을 너무 태연하게 천천히 마쳤기 때문에 잘 계획된 약속을 엉망으로 만들어버렸다. 그 밖에 만나기로 약속하고 만나지 못한 일, 초조감과 부자유 등 모든 고통스런 일들이 소설로 꾸며 상세하게 전달한다면 분명 독자의 동정을 받을 것이지만 여기서는 제쳐둘 수밖에 없다. 그러나 이런 관찰적인 서술에 생생한 실감을 주고 젊은이의 동감을 일으키기 위해 노래 몇 편을 소개하고자 한다. 이 노래는 잘 알려져 있지만 특별히 여기에서는 인상적일 것이다.

마음, 내 마음이여, 무슨 일이냐?
무엇이 너를 그렇게도 괴롭히느냐?
얼마나 낯설고 새로운 생명인가!
나는 널 더 이상 모르겠구나.
네가 사랑하는 것은 모두 사라졌노라.
너를 슬프게 한 것도 사라졌노라.
너의 부지런함과 안식도 사라졌노라.
아 너는 어찌 이리 되었느냐?

청춘의 꽃이,
이 사랑스런 모습이,
진실과 선의에 찬 이 눈길이
끝없는 힘으로 너를 사로잡았는가?
재빨리 그에게서 빠져나오려 해도,
용기를 내어 도망치려 해도,
그 순간 나는
그에게로 돌아갔네.

끊을 수 없는
이 마법의 실에
사랑스런 바람둥이 소녀가
나를 억지로 얽어맸노라.
그녀의 마법에 걸린 나는

그녀의 뜻대로 살아야 하네.
얼마나 많이 변했으랴!
사랑아! 사랑아! 나를 풀어다오!

† † †

어찌하여 나를 꼼짝 못하게
저 호화스런 곳으로 이끄는가?
황량한 밤에도
나 착한 청년은 행복하지 않았더냐!

내 작은 방에 남몰래 틀어박혀
달빛 속에 누웠노라.
처절한 달빛에 에워싸여
나는 갇혀버렸노라.

순수한 즐거움이 가득 찬
황금 같은 시간을 꿈꾸며,
나는 이미 사랑스런 아이를
가슴깊이 느꼈노라.

밝은 불빛 아래 나는 아직
그대와 트럼프놀이를 하고 있는가?

참을 수 없는 얼굴들과
이토록 자주 마주해야 하는가?

들판의 봄꽃들도 내게는
더 이상 매력이 사라졌노라.
그대 천사 있는 곳에 사랑과 자비가 있고,
그대 있는 곳에 자연이 있으리.

이 노래들을 주의 깊게 낭독하거나 감정을 섞어 노래 부르면 틀림없이 지난날의 행복으로 충만했던 시간들의 향기가 풍겨올 것이다.

우리가 그 거대하고 화려한 사회에서 급히 떠나기 전에 몇 가지 얘기를 덧붙이려고 하는데, 특히 두 번째 시의 결말부에 대해 설명을 하고자 한다.

나는 별로 바꿔 입지 않는 일상복 차림을 한 그녀의 모습을 늘 보아왔는데, 그녀가 우아한 유행복 차림을 하고 화려하게 내 앞에 나타난 것이다. 그러나 그녀는 변함이 없었다. 그녀의 우아함과 친절함은 똑같았고, 매력만 더 두드러지게 나타났다고 할 수 있었다. 그녀는 여기에서 많은 사람들과 상대하기 때문에 좀 더 활기차게 보이고, 이 사람 저 사람과 접할 때마다 여러 면에서 다양한 모습을 내보일 필요가 있기 때문이었을 것이다. 어쨌든 나는 이 낯선 사람들이 한편으로는 불쾌하게 여겨졌지만 그녀의 사교적 덕성을 알게 되고 그녀가 좀 더 폭넓고 일반적인 상황에서도 뒤떨어지지 않을 것임을 알 수 있게 되어 많은 기쁨을 느낄 수 있었다는 것을 부인할 수 없었다.

요한 앙드레 (1781)

장식물로 가득 찬 그녀의 가슴은 나에게 속을 열어보였으며, 나는 내 속을 들여다보듯 그 속을 들여다보았다. 그녀의 입술도 앞서 그녀가 자라나고 어린 시절을 보낸 상황을 내게 얘기해준 바로 그 입술이었다. 서로 주고받는 모든 눈길, 그에 따르는 모든 미소는 감춰진 서로의 고귀한 이해를 말해주었다. 그리고 나는 많은 사람들 속에서 가장 인간적이고 가장 자연스럽게 나타난 허물없는 은밀한 약속에 대해 깜짝 놀랐다.

그러나 봄이 되어 기분 좋은 야외활동의 자유가 이런 관계를 더 긴밀하게 했다. 마인 강변의 오펜바흐는 이미 그 당시에 장차 도시로 발전할 중요한 출발의 모습을 나타내보였다. 당시로서는 화려한 건물들이 이미 세워져 있었다. 가족 사이에서 베르나르트라 불리는 숙부는 가장 큰 집에 살았는데, 넓은 공장 건물이 옆에 붙어 있었다. 그 맞은편에는 도르비예라는 사랑스런 성격의 젊고 활달한 남자가 살았다. 마인 강에 이르기까지 펼쳐져 있는 인접한 정원들과 테라스들은 어디서나 멋진 주변으로 나갈 수 있는 자유로운 통로를 마련해주어 방문자들이나 체류자들을 무척 기분 좋게 해주었다. 사랑에 빠진 남자는 그의 감정에 있어 이보다 더 바람직한 장소는 찾을 수 없었다.

나는 요한 앙드레의 집에서 살았는데, 나중에 널리 알려진 이 사람의 이름을 말한 김에 궤도를 이탈하여 그 당시의 오페라의 상황에 대해 조금 언급하고자 한다.

앙드레 에르네스트 모드스트 그레트리

그 당시 프랑크푸르트에서는 마르샹이 극장을 운영하고 있었는데, 그는 자기 자신이 출연하여 가능한 것을 공연하려고 했다. 그는 크고 체격이 좋은 멋진 남자로 한창 일할 나이였다. 그의 성격은 여유 있고 부드러운 듯했다. 그래서 그가 무대에 오르는 것은 적잖이 기분 좋은 일이었다. 그는 가극을 공연하는 데 필요한 음량을 갖추고 있었던 것 같다. 그래서 그는 크고 작은 프랑스 오페라들을 들여와서 적응하고자 노력했다.

그는 특히 그레트리*의 오페라 『제미르와 아조르』에서 아버지 역을 성공적으로 해냈다. 그는 무대 뒤에서 이루어진 환영 속에서 매우 풍부한 표현력을 보여주었다.

나름대로의 방식으로 성공을 거둔 이 오페라는 고상한 양식에 접근했고, 섬세한 감정을 불러일으키는 데에 적합했다. 이와 반대로 사실주의적 악마가 오페라 극장을 지배하여 상황과 직공을 다룬 오페라가 등장했다. 『사냥꾼』, 『통메장이』와 그 밖에 내가 다 기억하지 못하는 것들이 우선적으로 상연되었고, 앙드레는 『도공』을 선택했다. 그는 스스로 시를 썼고, 자기가 쓴 가사에 자신의 모든 음악적 재능을 이용했다.

나는 그의 집에 묵고 있었다. 나는 이 능숙한 시인이자 작곡가에 대해 여기서 필요로 하는 만큼만 이야기하고자 한다.

---

* 프랑스의 오페라 작곡가(1741~1813)로 프랑스 희가극을 음악이 들어 있는 가벼운 대중 연극에서 진지한 음악극으로 발전시키는 데 주도적인 역할을 했다.

그는 활달한 재능을 타고난 사람으로 본래 기술자이자 공장 근로자로서 오펜하임에 살고 있었다. 그는 지휘자와 아마추어 예술가 사이에서 흔들리고 있었다. 그는 음악에서 확고한 발판을 굳혀 업적을 이루려는 희망을 품고 진지하게 노력했다. 그는 아마추어 예술가로서 자신의 작곡을 끊임없이 반복하는 것을 취미로 삼았다.

그 당시 우리 모임을 풍성하고 활기 있게 하려고 가장 활동적으로 노력한 사람들 중에 에발트라는 목사가 있었다. 그는 모임에서는 재치 있고 활달했으며, 은근히 자기 직책을 수행하는 데 필요한 연구를 의무로 여겼으므로 나중에 신학계에서 명예롭게 널리 알려지게 되었다. 그는 당시 우리의 모임에서 이해력이 빠르고 남들과 잘 어울려서 없어서는 안 될 사람으로 생각되었다.

릴리의 피아노 연주는 우리의 선량한 앙드레를 완전히 우리 모임에 묶어놓았다. 가르치고 지휘하고 연주하면서 그는 밤낮으로 거의 가족과 함께 있지 않고 계속되는 우리의 사교모임과 함께했다.

당시 아주 새롭게 알려져 독일인들에게 열광적으로 받아들여진 뷔르거*의 『레노레』는 앙드레에 의해 작곡이 되었다. 그는 그것을 반복해서 즐겨 연주했다.

많은 것을 활발하게 낭독했던 나도 그것을 기꺼이 낭독할 준비가 되어 있었다. 그 당시 사람들은 한 가지 것을 계속 반복해도 지루해하지 않았다. 모임에서 우리 두 사람 중 누구에게서 낭독을 들을 것인지를 선택할 경우에는 주로 내게 유리했다.

---

* 1700년대 후반 유럽에서 유행했던 민요에 대해 새로운 관심을 반영한 독일 낭만주의 발라드 문학 창시자 가운데 한 사람(1747~1794).

그러나 이 모든 것은 늘 그렇듯 사랑하는 사람들이 함께 있는 시간을 연장하는 데 기여했다. 우리는 끝을 몰랐고, 마음씨 착한 요한 앙드레는 두 사람이 번갈아가며 하는 유혹에 의해 쉽게 끝없이 한밤중까지 계속하여 자신의 음악을 반복하며 시간을 연장했다. 사랑하는 두 사람은 그럼으로써 서로 없어서는 안 될 소중한 존재임을 확인했다.

아침 일찍 집밖에 나가면 그다지 시골에 있는 것은 아니지만 아주 신선한 공기를 맛볼 수 있었다. 그 당시 도시의 명예를 높여줄 만한 웅장한 건물, 평탄한 꽃밭과 화려한 화단들이 있는 맞은편을 건너다볼 수 있는 정원, 강 건너편까지 내다볼 수 있는 탁 트인 전망, 이른 아침부터 움직이는 뗏목과 시장선(市場船)과 작은 배 등 조용히 시작되는 활기찬 세계가 사랑에 찬 사람들의 부드러운 감정과 합치되고 있었다. 외롭게 밀려가는 작은 물결과 가볍게 흔들리는 강물에 살랑대는 갈대소리까지도 더없이 상쾌했으며, 이쪽으로 다가오는 것에 대해 단호하고 차분한 마력을 확산시키지 않을 수 없었다. 가장 아름다운 계절의 맑은 하늘이 모든 것을 덮고 있었고, 그런 풍경에 둘러싸여 아침마다 사랑하는 두 사람이 만난다는 것이 얼마나 즐거웠는지 모른다.

그러나 엄숙한 독자에게는 그런 생활방식이 지나치게 헤프고 너무 경박하게 여겨진다면 이런 점도 생각해보기 바란다. 즉 여기서 이야기를 잘 전달하기 위해 연결된 것처럼 쓴 일들 사이에는 서로 만나지 못하고 지낸 몇 날 몇 주가 있었으며, 다른 약속이나 활동들이 있었고, 참을 수 없는 지루함까지도 불쾌하게 견뎌내야 했던 것이다.

남자와 여자들은 자신들의 의무인 일을 열심히 했다. 나도 현재와 미래를 고려하여 해야 할 일을 준비해나가는 것을 소홀히 하지 않았으며, 내 재능과 열정이 나를 힘차게 내모는 일을 완수할 만한 시간은 충분히 있었다. 나는 이른 아침시간은 글 쓰는 데 보내고, 낮에는 세상일을 아주 독자적인 방식으로 처리해나갔다. 아버지는 철저하고 우아한 법률가로서 자신의 재산관리와 소중한 친구들과 연락하는 일은 손수 해나갔다. 그리고 그는 추밀고문관으로서 실제 법률업무를 행하는 것은 그의 성격이 허락하지 않았을지라도 많은 친밀한 사람들에게 법률상담을 해주었다. 완성된 서류는 정식 변호사에 의해 서명되었고, 그 변호사에게는 모든 서명에 대해 값싼 보수가 주어졌다.

아버지의 이런 활동은 내가 참여해서 더 활기차게 되었다. 그리고 아버지는 나의 재능을 내 변호사일보다 더 소중하게 여겨 내게 문학적 연구와 창작을 위한 충분한 시간을 내주려고 온갖 배려를 다하고 있음을 알고 있었다. 아버지는 비공식적인 변호사 시보로서 철저하고 능숙하지만 천천히 생각하고 신중하게 서류를 검토했다. 그리고 우리가 함께 사건을 다룰 때에는 아버지는 나한테 일을 맡겼으며, 내가 서류작성을 아주 손쉽게 해냈으므로 무척 기뻐했다. 그리고 그는 내가 남이었다면 나를 시기했을 것이라고 말하곤 했다.

우리는 이런 일들을 더 용이하게 하기 위해 서기 한 사람을 두었다. 그의 성격과 존재는 소설로 써서 꾸며낼 수 있을 정도였다. 그는 몇 년간의 유익한 학업을 통해 라틴어에 통달하고 그 밖의 지식에도 능통하게 되었지만 너무 방종한 대학생활로 도중에서 학업을 중단했다. 그는 얼마 동안은 쇠약해진 몸으로 궁핍한 생활을 했지만 나중에는 매우 훌륭한 필체와 계산 능력의 도움으로 좀 더 나은 상황이 되었다. 몇몇 변호사들의 도움을 받아 그는 점차 법률상의 수속 절차들을 정확히 알게 되었고, 정직함과 꼼꼼함 덕분에 그가 일을 도와준 모든 사람들의 후원을 얻게 되었다. 그래서 그는 우리 집에서도 일하게 되었고, 모든 법률 및 회계상의 일을 맡아서 처리했다.

그는 이제 우리의 점점 더 늘어나는 영역의 일도 맡게 되어 법률사무뿐만 아니라 위탁, 주문, 운송과 관련된 여러 가지 일도 함께 처리했다. 그는 시청에서는 모든 바른 길과 샛길을 알고 있었고, 자신의 방식으로 두 시장을 알현할 줄도 알았다. 그는 곧 배심원으로 승진할 몇몇 사람들이 포함된 많은 새 시의원들을 처음 시청에 취직하여 업무를 확실히 익히기 전부터 잘 알고 있었으므로 그들의 확실한 신임을 얻고 있었다. 그것은 일종의 영향력이라고 부를 수도 있는 것이었다. 그는 이 모든 것을 자신의 후원자들을 위해 활용할 수 있었다. 그리고 그는 건강상 활동을 적당한 한도로 제한해야 했지만 언제나 모든 위탁업무나 주문을 세심하게 처리했다.

마른 몸집과 고른 얼굴을 한 그와 함께 있는 것은 불쾌하지 않았다. 그의 태도는 집요하지는 않았지만 무엇을 해야 할지에 대한 확고한 신념과 장해를 명쾌하고 능란하게 제거하려는 의지를 띠고 있었다. 그는 마흔 살이 훨씬 넘은 것 같았다. 그리고 나는(앞서 말한 것을 되풀이하지만) 그를 소설의 줄거리 속에 핵심인물로 끼워 넣지 않은 것을 아직도 후회하고 있다.

나의 진지한 독자들이 이 이야기로 어느 정도 만족을 했으리라 기대하면서 나는 다시 우정과 사랑이 가장 아름답게 빛났던 찬란한 시절로 돌아가기로 한다.

생일을 세심하게 준비하여 기쁘고 다채롭게 축하하는 것은 교제에서는 당연한 일이다. 목사 에발트의 생일을 축하하기 위해 이런 시가 지어졌다.

온갖 즐거운 시간에는
사랑과 술로 흥을 돋워
우리 함께 모여
이 노래를 부르자!
신은 우리를 한데 모아
여기로 데려왔네.
그는 우리의 불꽃을 새로 지펴
활짝 타오르게 했네.

이 노래는 오늘날까지 남아서 즐거운 향연이 베풀어질 때면 다시 흥겹게 부르곤 하므로 우리는 이 노래를 후진들에게도 추천한다. 그리고 이 노래를 읊고 노래하는 모든 이들에게 바라는 것은 그 당시 우리가 먼 세계를 생각하지 않고 제한된 우리의 영역에서 하나의 세계로 뻗어나간다고 느꼈던 것과 똑같이 내면에서 나오는 즐거움과 기쁨을 느끼게 되었으면 하는 것이다.

이제 사람들은 1775년 6월 23일 릴리의 17번째 생일에 특별히 성대한 향연이 열릴 것을 기대하고 있었다. 그녀는 정오에 오펜바흐로 오겠다고 약속했다. 나는 친구들이 매우 잘 일치되어 이 잔치에서 모든 의례적인 빈말로 축하하는 것을 피하고 오로지 그녀의 품위에 맞는 진심어린 마음으로 그녀를 초대하여 향연을 준비했다는 것을 고백하지 않을 수 없다.

이런 즐거운 일을 준비하느라 분주한 가운데 내가 즐거운 내일을 알리며 우리의 향연에 즐겁고 화려한 모습을 약속하는 듯한 지는 해를 바라보고 있을 때 릴리의 남동생 게오르게가 들어왔다. 자신을 숨길 줄 몰랐던 그는 꽤 무례한 태도로 방으로 들어와 우리의 내일의 향연이 지장을 받게 되었다고 거침없이 알렸다. 그는 자신도 무슨 이유인지는 모르지만 그녀가 내일 정오에 오펜바흐로 와서 예정된 향연에 참석하는 일이 불가능하며 저녁 무렵에나 참석할 수 있을 것이라고 말했다. 또한 그녀는 그렇게 되어 나와 친구들이 얼마나 불쾌하게 여길지 잘 알고 있다면서 이 소식을 알리는 것을 나한테 맡길 테니 이 소식으로 인한 불쾌감을 완화시키고 모두를 화해시킬 수 있는 어떤 일을 찾아내달라고 간절히 부탁했으며, 그러면 그녀는 내게 무한히 감사할 것이라고 말했다는 것이다.

나는 잠시 침묵했으나 곧장 정신을 가다듬어 마치 무엇을 해야 할지 하늘의 영감을 받은 듯 외쳤다.

"게오르게, 어서 가서 누나에게 안심하라고 전하고, 저녁 때에는 꼭 올 수 있도록 하라고 말해주게. 내가 이 일이 전화위복이 되도록 하겠다고 약속한다고도 전해주고."

이 소년은 호기심에 차서 어떻게 되는 건지 알고 싶어 했다. 그는 사랑하는 내 애인의 동생으로서 할 수 있는 모든 위세를 다해 나한테 알려달라고 했지만 나는 단호히 거절했다.

그가 떠나자마자 나는 묘한 자기만족에 빠져 방안을 이리저리 거닐었다. 그리고 나는 지금이 나를 멋진 방식으로 그녀의 하인으로서 나타낼 좋은 기회라는 즐겁고 자유로운 느낌으로 경조사시에 적합한 여러 장의 두루마리 종이를 아름다운 비단으로 철하여 급히 표제를 썼다.

"그녀는 오지 않는다!

1775년 6월 23일 마인 강변의 오펜바흐에서 신도 슬퍼할 비통한 가정극이 상연됨. 줄거리는 아침부터 저녁까지 이어짐."

이 익살스런 글은 초안도 사본도 지금 남아있지 않아 나는 이 글에 대해 여러 번 수소문해보았지만 아무 소식도 듣지 못했다. 그래서 나는 다시 새로이 지어야 하지만 이런 것은 대체로 그다지 어려운 일은 아니다.

무대는 오펜바흐에 있는 도르비예의 집과 정원이다. 사건은 종복들에 의해 개시되고, 각자가 자신의 역을 충실히 하면서 연회를 준비하는 모습이 뚜렷하게 드러난다. 그 속에 아이들도 나름대로의 모습으로 섞인다. 그러고는 주인남자와 부인이 각자 맡은 일을 하고 지시를 내린다. 그런 다음 모두가 뒤섞여 서둘러 일을 하는 동안 지칠 줄 모르고 활동하는 이웃의 작곡가 한스 앙드레가 온다. 그는 피아노에 앉아 모두를 불러모아놓고 방금 완성한 자신의 축가를 시험 삼아 들려주려고 한다. 그는 모든 집안사람들을 불러 모으지만 모두가 급한 일을 하기 위해 다시 흩어진다. 서로가 상대를 부르고, 각자 서로를 필요로 한다. 그 사이 정원사가 도착해서 정원과 물이 있는 쪽으로 사람들의 관심이 쏠린다. 꽃다발과 예쁜 글이 쓰여 있는 리본 등 모든 것이 빠짐없이 준비된다.

사람들이 이 기분 좋은 물건들 주위로 몰려들었을 때 이리저리 나르는 역할을 한 심부름꾼이 등장한다. 그는 많은 팁을 받음으로써 그 집의 상황이 어떤지를 대강 짐작할 수 있었다. 그는 우편물을 구실로 포도주 한 잔과 빵을 원한다. 그리고 몇 차례 익살스럽게 거절하다가 그 속달 우편물을 넘겨준다. 집주인의 두 팔이 아래로 늘어지고 편지들이 땅에 떨어지면서 그는 외친다.

"나를 식탁으로 데려가 줘요! 나를 찬장으로 데려가 줘야만 이것들을 치워버릴 수 있어요."

흥겨움에 찬 사람들의 재치 있는 사교모임은 무엇보다도 언어와 몸짓의 상징성이 그 특징이다. 거기에는 일종의 암호와 같은 말이 생겨서 익숙한 사람들은 즐겁지만 낯선 사람은 그 의미를 모르는 상태로 있거나 알아도 불쾌해진다.

릴리의 가장 애교 있는 특성들 중 한 가지는 치워버린다는 것을 말과 몸짓으로 표현되는 행위이다. 이런 것은 뭔가 거슬리는 것을 얘기하거나 특히 식탁에 앉거나 평평한 물건 가까이에 앉게 될 때 나온다.

이것은 언젠가 식탁에서 릴리 옆에 앉아있던 어떤 낯선 사람이 어떤 부당한 얘기를 했을 때 그녀가 지극히 애교스런 무례를 저지른 데에서 처음 생겨났다. 릴리는 귀여운 표정을 바꾸지 않은 채 오른손으로 아주 귀엽게 식탁보 위를 스치면서 이 부드러운 동작으로 손닿는 모든 것을 태연히 바닥으로 밀어 내렸던 것이다. 나이프, 포크, 빵, 소금통 등이 옆 사람의 것과 함께 모두 떨어졌다. 모두가 놀랐으며, 시중드는 사람들이 달려왔다. 아무도 무슨 영문인지 알지 못했고, 주의력 있는 몇 사람만 릴리가 그 부당한 것을 그렇게 우아한 방법으로 응대하여 물리친 것에 대해 기뻐했다.

여기서 역겨운 것을 거절하는 것을 나타내는 상징이 발견된 것이다. 그러나 그것은 유익하고 정직하고 존중할 만하며 건전한 생각을 하는 사회에서는 가끔 있는 일이지만 교양 있는 사회에서는 결코 일어나지 않는 일이다. 우리 모두는 오른손을 움직이면 거절하는 것으로 인정했다. 그러나 릴리가 물건들을 정말로 치워버린 것은 그저 적당하게 취미에 따라 한 행동이었을 뿐이다.

이제 작가가 집주인에게 우리의 천성이 되어버린 습관인 치워버리고 싶은 욕구를 몸짓으로 부여하게 되면 우리는 그것이 의미하는 것과 효과를 알 수 있다. 그래서 그가 평평한 곳에서 모든 것을 아래로 떨어뜨려 치워버리려 위협할 때 모두가 그를 말리며, 그를 진정시키려고 한다. 그리하여 마침내 그는 지쳐서 안락의자에 주저앉는다.

사람들이 외친다.

"무슨 일이야! 그녀가 병이 났나? 누가 죽었나?"

그러면 도르비에가 외친다.

"읽어봐! 읽어보라니까! 저기 바닥에 놓여있으니."

사람들은 속달편지를 집어 들어 읽고는 외친다.

"그녀가 오지 않는다!"

큰 놀람은 더 큰 놀람을 대비하고 있었다. 그러나 그녀는 무사했다! 그녀에게는 아무 일도 일어나지 않았다! 가족 중 아무도 어떤 사고를 당하지 않았다. 저녁에 희망이 걸려 있었다.

그러는 동안에도 계속 연주를 하고 있던 앙드레가 마침내 달려와서 사람들을 위로했고, 스스로도 위안을 얻으려 했다. 목사 에발트와 그의 부인도 그들의 성격대로 불만을 느끼면서도 이해하고, 부족함에 대해 언짢아하면서도 기분을 돌리면서 들어섰다. 그러나 모든 것이 아직 여러 가지로 혼란스러웠으며, 마침내 모범이 될 만큼 침착한 베르나르트 아저씨가 푸짐한 아침식사와 멋진 낮 연회를 기대하며 나타난다. 그는 사태를 정확한 관점에서 보는 유일한 사람이며, 마음을 가라앉히는 합리적인 말로 마치 그리스 비극에서 신이 위대한 영웅들의 불화를 몇 마디 말로 해결하듯이 모든 것을 원만하게 조정한다.

나는 이 모든 것을 남은 밤 동안에 재빨리 펜으로 써서 급사에게 주고 내일 아침 정각 10시에 이 속달물을 가지고 오펜바흐에 도착하도록 알렸다.

해맑은 아침에 나는 잠에서 깨었다. 나도 정오에 오펜바흐에 도착할 생각으로 준비를 했다.

매우 이상하고 시끄러운 음악이 나를 맞았다. 연회에 차질이 생겼다는 소문은 거의 퍼지지 않았다. 그들은 내가 그들을 너무 꼭 맞게 표현했다고 꾸짖고 욕을 했다. 하인들은 주인과 함께 같은 무대에 등장한 것을 기뻐했다. 가장 속임수가 통하지 않는 단호한 현실주의자들인 아이들만은 그런 말을 하지 않았다거나 모든 게 여기에 쓰여 있는 것과는 완전히 다르다면서 완고한 태도를 굽히지 않았다. 나는 후식거리를 미리 조금 나눠주어 그들을 달랬고, 그래서 그들은 전처럼 나를 좋아했다. 즐거운 점심식사와 절제된 연회행사들은 우리에게 릴리를 화려하지는 않지만 더 밝고 즐겁게 맞을 기분을 안겨주었다. 그녀는 와서 밝고 즐거운 얼굴들에 의해 환영을 받았다. 그리하여 그녀는 자신이 없는데도 그토록 밝은 분위기가 이루어진 것에 놀랄 정도였다. 사람들은 그녀에게 모든 것을 이야기하고 설명해주었다. 그리고 그녀는 그녀만이 할 수 있는 사랑스럽고 다정한 식으로 나한테 감사를 표했다.

그녀를 위해 마련된 연회에 그녀가 불참한 것은 우연한 일이 아니라 우리의 관계에 대해 사람들이 이러쿵저러쿵 말이 많았기 때문이었다는 것은 특별히 예민한 감각이 없더라도 알 수 있었다. 그러나 이런 것은 우리의 생각이나 태도에 조금도 영향을 미치지 않았다.

이런 계절에는 도시에서 여러 방면의 사교적인 방문객이 밀려들었다. 나는 자주 저녁 늦게야 모임에 갔고, 릴리는 흥미 있어 하는 듯했다. 나는 그저 몇 시간 동안만 함께 했고, 그녀에게 기꺼이 무언가 도움을 주고 싶어 크고 작은 일을 돌봐주거나 부탁을 들어주곤 했다. 그리고 이런 봉사는 인간이 할 수 있는 가장 즐거운 일이며, 옛 기사소설들도 막연하지만 강하게 이와 똑같은 것을 우리에게 전해주고 있음을 알 수 있다. 그녀가 나를 지배하고 있다는 것은 숨길 수 없는 일이었으며, 그녀는 이것을 자랑으로 여기고 있었다. 이런 경우에는 정복자와 피정복자 양쪽이 똑같이 자랑으로 여기며 기분 좋아하는 것이다.

이런 나의 되풀이된, 주로 단지 짧은 영향은 그런 만큼 점점 더 강해졌다. 요한 앙드레는 늘 음악을 준비하고 있었고, 나도 다른 사람들처럼 나의 새 작품을 가져갔다. 그리하여 시와 음악의 꽃들이 비 오듯 쏟아져 내렸다. 더없이 화려한 시간이었으며, 흥분이 지배하는 모임이 되었고, 결코 재미없는 순간은 없었다. 이런 가운데 우리의 관계가 다른 사람들에게 전해진 것은 의문의 여지가 없었다. 애정과 열정이 본래의 특성대로 대담하게 나타날 때에는 소심한 사람들에게도 용기를 주어 그들로 하여금 똑같은 권리를 숨길 필요가 없음을 깨닫게 하는 것이다. 그래서 다소 숨겨져 온 관계가 이제 거리낌 없이 드러나 알려졌다. 그러나 아직 서로의 관계가 잘 알려지지 않은 사람들도 몰래 숨기며 즐길 수 있었다.

나는 여러 가지 일들 때문에 낮에는 그녀와 야외에서 보낼 수 없었지만 맑은 날 밤에는 오랜 시간을 밖에서 함께 지낼 기회가 있었다. 사랑하는 사람들은 다음과 같은 것을 기분 좋게 받아들일 것이다.

우리는 "나는 잠을 자지만 심장은 깨어있다"는 말과 같은 상태였다. 밝을 때나 어두울 때나 똑같았고, 낮의 밝음이 사랑의 빛을 덮을 수 없었으며, 밤은 애정의 광채로 가장 밝은 대낮이 되었다.

우리는 별이 빛나는 맑은 하늘 아래 밤늦도록 야외에서 이리저리 거닐었다. 그리고 나는 그녀와 친구들을 이집 저집으로 바래다주고 마지막으로 그녀와 헤어진 후에도 잠이 오지 않아 새로이 산책에 나서기도 했다. 나는 내 생각과 희망에 몸을 맡긴 채 프랑크푸르트로 가는 국도를 따라 걸었다. 나는 나의 것이자 그녀의 것인 별이 반짝이는 하늘과 깨끗한 밤의 적막 속에 벤치에 앉았다.

나는 아주 가까운 곳에서 설명하기 어려운 어떤 소리가 특이하게 들려오는 것을 알았다. 그것은 바스락거리는 소리도 살랑대는 소리도 아니었다. 더 가까이 가서 주의 깊게 들어보니 그것은 땅 밑에서 작은 동물이 일하는 소리였다. 그것은 아마도 고슴도치나 족제비, 아니면 밤늦은 시간에 활동하는 어떤 것이었을 것이다.

그런 다음 나는 계속 시내 쪽으로 걸어가서 뢰더베르크에 이르렀다. 거기에서 나는 포도원으로 올라가는 회백색으로 빛나는 층계를 알아볼 수 있었다. 나는 층계에 올라가서 주저앉은 채 잠이 들었다.

다시 눈을 떴을 때는 이미 동이 트고 있었고, 나는 높은 성벽을 마주하고 있었다. 이 성벽은 마주서 있는 산에 대한 방벽으로 세워진 것이었다. 내 눈앞에는 작센하우젠이 놓여 있었고, 엷은 안개가 강줄기를 가리키고 있었다. 나는 상쾌하고 기분이 좋았다.

내가 그곳에 머무르고 있는 사이 태양이 내 뒤에서 점점 솟아올라 맞은편을 비추었다. 그곳은 내가 다시 나의 연인을 만날 곳이었다. 나는 아직 잠자고 있을 그녀를 에워싸고 있는 낙원으로 다시 천천히 돌아갔다.

그러나 그녀에 대한 사랑에서 내가 넓히고 장악하려고 노력하는 일의 영역이 커질수록 오펜바흐를 방문하는 것이 드물어지고, 그로 인해 고통스럽고 난처한 마음이 생길 수밖에 없었다. 그래서 나는 미래를 위해 현재를 소홀히 하며 잃고 있다는 것을 깨닫게 되었다.

이제 나의 장래 전망이 점점 더 좋아짐에 따라 나는 이 전망을 실제보다 더 의미 있는 것으로 여기고, 그녀와의 공공연한 관계가 더 이상 불편 없이 계속될 수 없는 한 빨리 결정을 내려야 한다는 생각을 했다. 그리고 그런 경우 늘 그렇듯이 우리는 서로 자세하게 그런 것을 얘기하지는 않았다. 그러나 서로의 무조건적인 만족감, 헤어질 수 없다는 완전한 확신, 서로 똑같은 믿음 등 모든 것이 그런 진지한 마음을 일으켜 나는 질질 끄는 관계를 다시는 맺지 않겠다고 생각했으면서도 좋은 결과에 대한 확신도 없이 다시 이런 관계에 얽혔다. 나는 정말로 둔감함에 사로잡혀 있어서 그것에서 빠져나오려고 할수록 점점 더 관심도 없는 세상일에 빨려들었으며, 그런 일에서도 역시 나의 연인이 이익과 만족을 얻기만을 희망했다.

다른 많은 사람들도 고통스럽게 경험했을 이런 기이한 상태에서 우리 집의 친구이자 모든 가족과 가정환경을 샅샅이 알고 있는 여인이 우리를 도우러 왔다. 델프 부인이라고 불리는 그녀는 언니와 함께 하이델베르크에서 작은 상점을 열고 있었고, 프랑크푸르트의 대규모 어음거래에 큰 공헌을 해왔다. 그녀는 릴리를 어렸을 때부터 알고 귀여워해왔다. 그녀는 독특한 여인으로 엄숙한 남성적 외모를 하고 언제나 변함없이 힘차고 빠른 걸음으로 걸었다. 그녀는 세상에 특별히 순응해야 할 이유가 있었으며, 그래서 최소한 그런 의미에서 세상을 잘 알고 있었다. 그녀는 계략적이라고는 부를 수 없지만 상황을 오래 주시하고 자신의 의도를 차분하게 세워나갔다. 그러나 그녀는 기회를 포착해내는 재능이 있었고, 모든 것이 결단에 달려 있을 때에 사람들의 생각이 회의와 결단 사이에서 흔들리는 것을 보면 그런 유익한 성격을 발휘하여 자신의 계획을 실행하는 데 쉽게 성공했다. 그녀는 본래 이기적인 목적은 갖고 있지 않았다. 무언가를 행하고, 완성하고, 특히 결혼을 성립시키는 것이 바로 그녀가 받는 대가였다. 그녀는 우리의 상황을 오래 전부터 자세히 살펴왔으며, 여러 번 집에 찾아와 탐구한 끝에 마침내 우리의 애정은 권장할 만한 것이며, 충실하지만 힘차게 추진해나가는 힘이 부족한 이 계획은 뒷받침되어야 하고, 이 작은 연애를 최대한 촉진시키는 쪽으로 결말을 지어야 한다고 확신하게 되었다.

그녀는 수년 전부터 릴리 어머니의 신뢰를 받아왔다. 그녀는 우리 집에는 내가 소개를 했는데, 부모님에게도 좋은 인상을 주었다. 바로 이런 거친 성격이 제국도시에서는 불쾌하게 여겨지지 않았고, 합리적 배경에서 오히려 환영받았던 것이다. 그녀는 우리의 소망과 희망을 매우 잘 알고 있었으며, 영향을 주고 싶어 하는 그녀의 욕구는 우리와 잘 맞아떨어졌다. 그녀는 곧장 부모님과 교섭을 했다. 그녀가 어떻게 일을 시작했고, 어떻게 자신 앞에 놓인 어려운 문제들을 해결했는지는 모르지만 어쨌든 그녀는 어느 날 저녁 우리에게 와서 동의를 구했다. 그녀는 격정적으로 명령하듯 외쳤다.

"서로 악수를 하세요!"

나는 릴리와 마주서서 손을 내밀었고, 그녀는 주저하지는 않았지만 천천히 내 손안에 손을 포갰다. 우리는 깊은 숨을 쉬고 나서 서로 힘차게 끌어안았다.

내가 기이한 내 인생행로에서 남편이 된 듯한 느낌을 받은 것은 우리를 지배하는 고귀한 존재의 특별한 결정이었다.

나는 그것이 도덕적인 사람에게 있어서 가장 기분 좋은 추억이라고 말해도 될 것 같다. 말로 설명하기 어려운 감정을 다시 살려보는 것은 즐거운 일이다. 그때까지 있었던 상황은 완전히 달라졌다. 거친 대립이 사라졌고, 완고한 불화가 조정되었다. 밀려드는 욕구, 끊임없이 경고하는 이성, 폭군 같은 충동, 이성적 법칙 등 전에는 끊임없는 갈등 속에서 우리와 싸웠던 모든 것이 이제 친밀하게 합일되어 나타났다. 그리고 일반적으로 베풀어지는 연회에서는 금지된 것이 요구되고, 금기시 되는 것이 필연적 의무로 등장한다.

그 순간부터 내 마음속에서 분명한 감정의 변화가 일어난 것은 도덕적인 갈채를 받을 수 있을 것이다. 그때까지 내게 아름답고 우아하고 매력적으로 생각되어온 그녀가 이제는 존경스럽고 소중한 존재로 여겨졌다. 그녀는 양면성을 띤 사람이었다. 그녀의 우아함과 사랑스러움은 나한테 속해 있었고, 나는 그것을 전과 마찬가지로 느꼈다. 그러나 그녀의 성격의 소중한 가치인 자신에 대한 확신과 모든 것에 대한 신뢰는 그녀 자신의 것으로 남아 있었다. 나는 그것을 바라보고, 꿰뚫어보고, 평생 이자를 받으며 즐거움을 누리는 자본과도 같이 그것을 기뻐했다.

사람은 정점의 상태에 오래 머물지 못한다는 것은 이미 오래 전부터 전해 내려온 충분한 근거와 의미를 띤 말이다. 본래 델프 부인에 의해 이루어진 양쪽 부모의 동의는 이제 더 이상 말할 필요도 없고 겉치레도 필요 없이 절대적인 것으로 인정되었다. 그런데 그런 약혼을 지칭할 수 있는 어떤 이념적인 것이 현실이 되었다 하여 일이 완전히 매듭지어졌다고 믿는다면 위험이 생긴다. 외부 세계가 완전히 가혹하다는 것은 옳은 말이다. 왜냐하면 세상은 끝까지 자신을 고집하기 때문이다. 열정에 대한 믿음은 강한 것이지만 우리는 그것이 대립적인 현실과 맞서 무너져 내리는 것을 자주 보게 된다. 충분한 재산을 준비하지 않은 채 이런 결혼 상태로 들어서는 젊은 부부는 특히 나이 들어 밀월을 기대하기는 어렵다. 세상은 소화해낼 수 없는 요구들로 그들을 위협하며, 요구들에 기꺼이 응하지 않으면 젊은 부부는 부조리한 사람들로 여겨지게 된다.

나는 목적을 달성하기 위해 내가 진지하게 취한 수단의 미흡함을 전에는 알지 못했다. 왜냐하면 그것은 어떤 부분에서도 충분한 듯했기 때문이다. 그러나 이제는 목적에 좀 더 가까이 다가서고 보니 여기저기에서 완전히 뜻대로 되지 않는 것이 나타났다.

열정이 이토록 좋아하는 궤변이 이제야 완전한 모순으로 서서히 나타났다. 나의 집, 나의 가정적 상황도 냉정하게 그 특수성을 살펴보아야 했다. 모든 것이 며느리를 염두에 두고 준비되었다는 인식이 물론 바탕에 깔려 있었다. 그러나 어떤 종류의 여자를 예상했었을까?

우리는 예의 바르고, 사랑스럽고, 이지적이고, 아름답고, 재능 있고, 늘 변함없고, 애정이 충만하면서 격정적이지 않은 여인을 제3부의 끝에서 알게 되었다. 그녀는 이미 거의 완성된 아치의 마무리 돌에 적합한 여자였다. 그러나 여기서 좀 더 차분하게 고찰해볼 때 새로 얻은 여인에게 그런 기능을 부여하기 위해서는 하나의 새로운 아치를 세워야 한다는 것을 부인할 수 없었다.

그러나 나는 이런 점을 분명하게 알지 못했고, 릴리도 마찬가지였다. 그런데 이제 집안에서의 나를 관찰하고, 그녀를 끌어들인다는 생각을 하니 내가 그녀의 모임에서 유행을 좇는 사람들에게 뒤지지 않으려고 자주 옷을 갈아입는 등 시시각각 변화를 보여야 했던 때와는 달리 그녀가 적합하지 않다고 여겨졌다. 그런 것은 새로 지어진 장엄한 시민의 집에서 예부터 내려오는 화려함이 집안을 이끄는 가정에서는 일어날 수 없는 일이었다.

게다가 이런 혼인 동의 이후에도 양친간의 친밀한 관계가 이어지지 않았다. 종교가 다르고 풍속도 다른데 어떻게 가족관계가 이루어지겠는가! 또한 사랑스런 그녀가 어느 정도 자기방식대로 살아가려고 해도 단정하게 꾸며진 우리 집에서는 그럴 기회와 공간이 없었다.

지금까지 내가 이런 모든 것을 제쳐놓은 것은 어떤 상당한 지위에 이를 수 있다는 좋은 전망이 외부에서 나한테 안정과 힘을 주었기 때문이다. 활동적인 사람은 어디서나 발판을 굳힐 수 있다. 능력과 재능은 믿음을 일으킨다. 누구나 중요한 것은 방향을 바꾸는 일이라고 생각한다. 집요한 젊은이는 총애를 받는다. 사람들은 천재는 무엇이든 다 할 수 있다고 믿지만 그는 정해진 것만을 할 수 있을 뿐이다.

독일의 정신적 문학적 세계는 그 당시 완전히 태동 단계로 볼 수 있었다. 사업가들 중에는 총명한 사람들이 있었으며, 그들에게서 새로 갈아놓는 땅을 유용하게 경작하고 현명하게 관리해나가는 역할이 기대되었다. 토대가 튼튼하고 명망 있는 프리메이슨 비밀결사대*의 집합소도 적절한 방법으로 내게 접근하려고 했는데, 나는 그 중요한 회원들을 릴리와의 교제를 통해 알게 되었다. 그러나 나는 나중에야 잘못된 것으로 여겨진 자존심 때문에 그들과의 모든 가까운 관계를 거절했다. 좀 더 고상한

---

* 18세기 계몽주의에서 생긴 초인종적, 초계급적, 초국가적, 평화적 인도주의를 내세우며 1723년 영국 런던에서 발족하여 유럽 전체로 확산된 국제적 비밀결사대.

의미로 결합되어 있었던 이 사람들이 목적에 있어 나와 근접해 있어 나한테 도움이 되리라는 것을 나는 알지 못했던 것이다.

이제 아주 특별한 것으로 돌아가겠다.

프랑크푸르트 같은 도시들에서는 주재관과 대리인 같은 활동에 의해 무한히 범위를 넓힐 수 있는 집단적인 일자리들이 있다. 이런 일자리들이 내게도 주어졌고, 첫눈에 이익이 되는 동시에 명예로워 보였다. 사람들은 내가 그 일에 적합할 것이며, 앞서 말한 세 사람이 함께 일한다면 잘될 것이라고 예상했다. 사람들은 회의적인 것은 감추고 유리한 것을 알린다. 사람들은 동요할 때마다 강력한 활동으로 이를 극복한다. 이렇게 함으로써 열정은 누그러지지 않으면서 참되지 않은 것이 상황 속으로 들어온다.

†

평화로운 시기에는 대중들에게 있어 최근의 세상일들을 신속하게 전해주는 신문보다 더 재미있는 읽을거리는 없다. 조용하고 유복한 시민은 거기에서 허물없는 방식으로 당파심을 키우는데, 이 당파심은 한계를 지닌 우리에게는 피할 수도 없고 필요한 것이기도 하다. 그러면 모든 편안한 사람들은 내기를 할 때처럼 멋대로의 흥미를 느끼고, 하찮은 이득과 손실을 맛보고, 다른 사람들의 행복과 불행을 연극을 보듯 매우 활기차지만 단지 공상적인 관심을 갖는다. 이 관심은 자주 임의적이기는 하지만 도덕적인 토대 위에 있다. 우리는 칭찬할 만한 의도에 대해 그에 걸맞은 갈채를 보내기도 하지만 대단한 성공에 눈이 어두워 비난받아야 할 의도를 지닌 사람에게 기울기도 한다. 그 당시 이런 모든 일에 해당하는 예는

예카테리나 2세

얼마든지 있었다.

프리드리히 2세는 자신의 힘을 믿고 여전히 유럽과 세계의 운명을 저울질하고 있는 듯했다. 스스로 왕의 권좌를 차지한 위대한 여인 예카테리나*는 총애하는 유능한 부하들에게 대대적인 활동공간을 주어 여왕으로서의 권세를 점점 더 넓혔다. 이런 일이 터키에 대해 행해졌을 때 그들이 행한 모욕에 대해 충분한 보복을 하는 데에 익숙해진 우리에게는 이 비기독교도들이 수천 명이 죽어도 인간이 희생되는 것으로 여겨지지 않았다. 체스메 항에서의 터키 함대가 불탄 것은 모든 문명세계에 기쁨의 축제가 되었고, 그 거대한 사건의 실제 모습을 예술적인 목적으로 남겨두기 위해 실제로 군함을 폭파시켰을 때 모두가 승리의 자긍심을 함께 나누었다. 그 후 얼마 지나지 않아 북쪽의 젊은 왕**은 마찬가지로 자신의 힘을 믿고 정권의 고삐를 잡았다. 그가 압박한 귀족들은 동정을 받지 못했는데, 대체로 귀족들은 특성상 조용히 활동하며 사람들의 입에 오르내리는 일이 적을수록 안전하므로 대중의 편에 서지 못했기 때문이다. 그리고 이런 경우에는 왕이 최상의 귀족계급

* 1745년 러시아의 표트르 왕자와 결혼하여 1762년 남편인 표트르 3세가 암살되자 러시아의 여왕이 된 예카테리나 2세(1729~1796). 터키와의 두 차례 전쟁을 승리로 이끌어 영토를 확장했다.

** 프리드리히 대왕의 조카인 구스타프 3세(1746~1792). 1771년 스웨덴의 왕이 되어 군대와 백성의 후원을 받아 부패한 귀족계급을 척결했다.

과 힘의 균형을 이루기 위해 하층민들에게 호의를 베풀고 그들과 결합해야 했으므로 사람들은 그 젊은 왕을 더 좋게 여겼다.

한 나라의 국민 전체가 자유를 찾으려고 나섰을 때 세계는 더 활발한 관심을 기울였다. 전에도 그런 광경이 소규모로 일어난 적은 있었다. 코르시카는 오랫동안 세상의 눈이 쏠린 지역이 되었다. 파올리*가 애국적 계획을 실행하지 못하고 독일을 통과하여 영국으로 갔을 때 모든 사람들에게서 동정이 일었다. 그는 멋지고, 호리호리하며, 금발의 우아하고 친절한 남자였다. 나는 그를 베트만의 집에서 보았는데, 그는 거기에서 잠시 머물며 자신에게 몰려드는 호기심에 찬 사람들을 명랑하고 호의적으로 맞아주었다. 그러나 이제 더 멀리 떨어진 세계에서 비슷한 사건이 되풀이될 상황이었다. 사람들은 미국인들에게 행운이 있기를 기원했으며, 프랭클린과 워싱턴의 이름은 정치적 군사적 영역에서 찬란히 빛나기 시작했다. 인류의 삶을 편안하게 할 많은 일들이 이루어졌다. 프랑스의 자비로운 새 왕**은 스스로 많은 악습을 철폐하고, 가장 고상한 목적만을 지향하고, 규범화된 충분한 국가 경제정책을 도입하고, 횡포한 모든 권력을 포기하고, 질서와 정의에 의해서만 통치하겠다고 최선의 계획을 밝혔다. 그리하여 가장 밝은 희망이 전 세계에 퍼져나갔고, 믿기 잘하는 청년인 나는 나와 동시대인들에게 아름답고 찬란한 미래가 약속되고 있다고 믿었다.

그러나 나는 이런 사건들에 대해 사회가 보편적으로 갖는 정도로만 관

---

* 코르시카의 정치가, 애국지사(1725~1807). 제노바의 코르시카 지배를 종식시키는 데 기여했으며, 계몽정치와 개혁을 실시했다.

** 루이 16세(1754~1793)를 가리킴.

심을 가졌으며, 나와 좁은 범위의 주위 사람들은 신문이나 새 소식들과는 그다지 접촉하지 않았다. 우리의 관심사는 특정한 인간을 아는 것이었으며, 인간 전체는 되는 대로 내버려 두었다.

내 고향도시가 독일 땅에 포함된 지 백 년 이상이 지났는데, 조국 독일의 평온한 상태는 많은 전쟁과 소요가 일어났음에도 불구하고 옛 모습 그대로 완전하게 유지되고 있었다. 최상층에서부터 최하층에 이르기까지, 황제에서 유대인에 이르기까지 지극히 다양한 계층이 모든 사람들을 분리시키지 않고 결속시키는 듯이 보이는 것은 마음을 흐뭇하게 했다. 왕들이 황제에 종속되어 있기는 하지만 그들의 선거권과 거기에서 얻을 수 있고 내세울 수 있는 특권은 그들에게 황제와의 결정적 균형을 부여하고 있었다. 그러나 이제 상층의 귀족은 최상급 왕족 대열에 놓이고, 따라서 그들의 중요한 특권을 고려할 때 최고 권력자와 동등하거나 나아가 어떤 의미에서는 더 높이 여겨질 수 있었다. 종교적인 선제후들은 다른 모든 사람들보다 우월했으며, 성직제도의 후예들로서 절대적인 존엄한 권력을 내세우고 있었던 것이다.

이 오랜 전통의 가문들과 그 밖의 재단, 기사단, 성직자단, 조합, 친목단들에서 누려온 특별한 이익을 생각한다면 이 많은 중요한 사람들이 종속되어 있거나 동등하다고 느끼면서 최고의 만족감 속에 질서 있는 활동으로 나날을 보내고, 특별한 노력 없이도 똑같은 안락함을 후손에게 마련하여 물려주었다는 것은 쉽게 이해할 수 있을 것이다. 이 계층의 사람들에게는 정신적인 문화 또한 결여되어 있지 않았다. 왜냐하면 이미 백 년 전부터 높은 군사적 상업적 교양이 상당히 발달하여 모든 귀족계층 및 외교계를 지배하고 있었기 때문이다. 동시에 문학과 철학을 통해 정신적 양식을 얻고 오늘날의 높은 수준에도 뒤지지 않을 정도로 발전시킬 줄 알았던 것이다.

독일에서는 그런 엄청난 특권계층들을 시기하거나 그들에게 행복한 사회적 이익을 주는 것을 싫어하는 사람은 거의 없었다. 중류계층은 방해받지 않고 상업이나 학문에 전념함으로써 혹은 가까운 관계가 있는 기술로 중요한 대응력을 키웠다. 완전 자유시나 부분 자유시들은 이런 활동을 지원했고, 그 안에 살고 있는 사람들은 평온한 안락을 느꼈다. 자신의 부를 늘리고, 특히 법률과 정치 분야에서 정신적 활동을 높인 사람은 어디서나 중요한 영향력을 즐길 수 있었다. 최상급 제국법원과 그 밖의 곳에서도 학자의 자리는 귀족의 자리와 마주하게 되었다. 한쪽의 좀 더 자유로운 개관은 다른 쪽의 좀 더 깊은 통찰과 어울렸고, 삶에서 경쟁의 흔적은 전혀 찾아볼 수 없었다. 귀족은 오랜 시일에 걸쳐 신성시돼 온 독점적인 특권에 만족했고, 평민은 자신의 이름 앞에 귀족의 형식을 따라 칭호를 붙이는 것을 체통 없는 것으로 여겼다. 상인과 기술자는 급속히 발전하는 국민과 어느 정도 경쟁을 벌여나갔다. 통상적인 하루하루의 동요를 빼고는 전체적으로 순수한 노력의 시대라고 말할 수 있었다. 이런 시대는 이전에도 없었고, 그 후에도 외적 내적 발달로 인해 오래 지속될 수 없었다.

이런 시대에 상류계층에 맞서는 내 입장은 매우 유리했다. 『베르테르』에서 두 특정한 상황의 뛰어넘을 수 없는 한계에 대한 불만이 표명되었지만 그것은 작품의 열정적 내용을 고려하면 어쩔 수 없는 것으로 인정될 수 있었으며, 누구나 직접적인 영향을 목적으로 하지 않았다는 것을 느낄 수 있었다.

그러나 나는 『괴츠 폰 베를리힝겐』을 통해 상류계층에 매우 적절하게 맞섰다. 나는 그때까지의 문학적 관례를 손상시키기는 했지만 충분한 지식을 가지고 능숙한 방법으로 낡은 독일의 상황을 묘사하고, 여러 다른 계층들을 거느리고 불가침의 권위를 지닌 최고 지위의 황제와 보편화된 무법적 상황에서 법이 아니라 정의에 따라 행동하려고 함으로써 매우 비참한 처지에 빠지는 한 개인으로서의 기사를 묘사했다. 이 복합적인 이야기는 단순한 허구는 아니며, 철저히 쾌활하게 생동함으로써 여기저기에 근대적인 모습이 나타난다. 그리고 그 용감하고 유능한 남자가 스스로 곤경의 상황을 자전적으로 묘사하는 식이 되고 있다.

가계는 아직 번성하고 있었으며, 가계와 프랑켄 기사와의 관계는 그 당시의 다른 여러 관계와 마찬가지로 퇴색하고 영향력이 약화되기는 했지만 공고함을 유지하고 있었다.

이제 야크스트의 작은 강과 야크스트하우젠의 성이 갑자기 문학적 중요성을 얻게 되었다. 하일브론의 시청*과 함께 많은 사람들이 그곳을 찾았다.

내가 그 당시 시대사의 다른 부분을 염두에 두었다는 것은 모두가 짐작할 것이다. 그 당시에 훌륭하게 두각을 나타낸 많은 가계들은 그들의 조상도 똑같이 세상에 부각시킬 수 있으리라 기대하고 있었다.

한 국민의 역사를 재치 있게 엮어 기억을 다시 일으키는 것은 모든 사람들을 즐겁게 하는 특별한 일이다. 그들은 조상들의 덕을 기뻐하고, 자신들이 오래 전에 극복했다고 믿는 조상들의 결점에 대해서는 미소를 짓는다. 그러므로 이런 이야기는 흥미와 갈채가 빠지지 않는다. 이런 의미

* 하일브론의 시청 건물(1540)은 1580년에 설치된 진기한 시계로 매우 유명하다.

에서 나도 많은 효과를 일으켜 기뻐할 수 있었다.

그러나 내게 접근해 온 수많은 사람들과 나와 한 마음이 되어 어울린 젊은이들 가운데 귀족이 없었다는 것은 주목할 만한 일일 것이다. 그 대신 이미 30대에 들어선 많은 사람들이 나를 찾아내서 방문했는데, 그들의 의지와 노력 속에는 조국의 국민이자 보편적인 인간으로서 교양을 함양해보려는 즐거운 희망이 가득 차 있었다.

그 당시에는 대체로 15세기와 16세기 사이의 시대에 대한 관심이 활발하게 일었다. 울리히 폰 후텐*의 작품들이 내 손에 들어왔는데, 그 당시 일어난 비슷한 일이 우리 시대에서도 똑같이 일어나는 것을 느껴 무척 기이하게 여겨졌다.

여기서 울리히 폰 후텐이 빌리발트 피르크하이머에게 보낸 편지를 소개하는 것도 적절할 것으로 여겨진다.

> 행운은 우리에게 주었던 것을 대부분 다시 빼앗아가며, 뿐만 아니라 우리는 외부에서 인간과 연결된 다른 모든 것이 우연에 종속된 것임을 알고 있네. 하지만 나는 명예를 얻으려고 노력한다네. 내가 어떤 방식으로 명예를 얻고 싶어 하든 그것은 시기심에 의한 것은 아니네. 왜냐하면 나는 명성에 대한 심한 갈증에 사로잡혀 있고, 가능한 한 귀족이 되기를 바라왔기 때문이네. 소중한 빌리발트여, 내가 지금 이런 계층, 이런 가계에 있으면서, 이런 부모에게서 태어나 나 자신의 노력으로는 귀족이 될 수 없음에도 불구하고 자신을 귀족으로 여긴다면 어울리지 않을 것이네. 그러나 나는 무척 큰일을 계획하고 있네! 나는 좀 더 높은

---

* 독일 프랑켄 출신의 기사, 인문주의자(1488~1523). 독일의 애국자이자 풍자작가이며 루터의 주장을 지지한 것으로 유명하다.

것을 생각하고 있네! 나는 좀 더 고귀하고 화려한 계층에 끼고 싶다는 것이 아니라 다른 쪽으로 하나의 샘물을 찾고 싶네. 나는 그 샘물에서 특별한 귀족신분을 길어내어 실제의 귀족들 사이에 섞여 조상에게 물려받은 재물로 만족해하는 것이 아니라 그 재물에 내 후손에게 넘겨줄 무언가를 덧붙이려고 하네.

그리하여 나는 연구와 노력에 있어서 모든 것을 기존의 상태로 충분하게 여기는 사람들의 생각과는 반대되는 방향으로 나아가고 있네. 나는 자네에게 이런 종류의 내 명예욕을 알리는 것만으로는 충분하다고 여기지 않네. 또한 나는 가장 하층계급에서 태어나 내 상태를 능가한 사람들을 부러워하지 않는다는 것도 고백하네. 그리고 나는 하층계급 출신으로서 능력으로 두각을 나타낸 사람들을 욕하곤 하는 나와 같은 계층의 사람들에게도 결코 동감하지 않네. 왜냐하면 그들에게서 우리가 명성을 높일 수 있는 재료를 경시하고 모조리 빼앗아 독점해버렸으므로 그들은 우리를 능가할 충분한 권리가 있기 때문이네. 그들은 피륙공이나 제혁공의 자손들일 것이며, 우리가 알고 있는 이상의 어려움을 겪으며 그런 상태에 이를 수 있었네.

지식으로 유명해진 사람을 시기하는 무식한 자는 바보라고 불릴 뿐만 아니라 비참한 자들, 아니 가장 비참한 자들에 포함된다네. 그리고 우리의 귀족은 특히 이런 병적인 결함이 있어 그런 명예로운 현상들을 나쁘게 보고 있다네. 우리가 멸시하는 것을 소유한 사람을 시기하는 것은 도대체 어떻게 된 일인가? 왜 우리는 법률을 열심히 배우지 않았나? 왜 훌륭한 학문과 최고의 기술을 스스로 배우지 않았나? 그리하여 이제 구두공, 피륙공, 수레공이 우리를 앞지르고 있는 것이네. 어째서 우리는 우리의 직분을 떠났으며, 가장 자유로운 학문 연구를 하인들에게, 수치스럽게도 그들의 더러운 손에 넘겨주었단 말인가? 우리가 무시해온 귀족의 유산을 누구나 능력 있고 부지런한 자가 취하여 활동을 통해 이용할 수 있다는 것은 지극히 당연한 일이네. 우리는 가장 천한 자들이 우리를 앞지르는 데도 태연하게 만족하고 있으니 얼마나 가련한 자들인가! 우리는 시기하는 것을 그치고, 남들이 제 것으로 만들어 우리에게 치욕을 안겨준 그것을 우리도 획득하도록 노력해야 하네.

명성에 대한 갈망은 모두 존경스런 것이며, 유익한 것을 위한 투쟁은 모두 찬양할 만한 것이네. 모든 계층이 자신만의 명예를 유지하고 자신만의 자랑거리를 지키면 좋으련만! 나는 거창하게 펼쳐진 가계의 계보 못지않게 조상들의 초상화들도 멸시하고 싶지 않네. 그러나 아무리 가치가 있는 것이라 해도 우리가 업적을 통해 그것을 우리 것으로 만들지 않으면 그것은 우리 것이 아니며, 귀족이 자신에 맞는 태도를 취하지 않으면 그것을 유지할 수 없네. 훌륭하게 모범을 보여준 조상들과 비교할 때 아무 활동도 하지 않고 무위도식하는 나무둥치 같은 자에게 조상들의 비만한 입상들을 보여주는 것은 아무 쓸모없는 일이네.

이상으로 나는 내 명예욕과 내 상태에 대해 장황하고 솔직하게 털어놓았네.

이렇게 일목요연한 상태로는 아니지만 나는 고귀한 내 친구들과 친지들에게서 이와 똑같은 진솔하고 강력한 생각에 대해 들어왔다. 그리고 그 성공적인 결과는 그들의 진지한 활동에서 증명되었다. 누구나 스스로 개인적인 귀족지위를 얻어야 한다는 것이 신조가 되었고, 그 아름다운 시절에 어떤 경쟁이 있었다면 그것은 위에서 아래를 향한 것이었다.

반면에 우리는 나름대로 하고자 하는 것이 있었다. 즉 자연에게서 부여받은 재능을 자유롭고 정당하게 사용하는 것이었다. 그것은 언제나 우리의 시민적 상황과 함께 이루어질 수 있었다.

내 고향도시는 그 점에 있어서 아주 독특한, 별로 주목받지 않는 위치에 있었다. 북쪽의 자유제국도시들이 널리 확산된 상업에, 남쪽의 도시들이 부족한 상업환경으로 예술과 기술에 바탕을 두고 있었다면 프랑크푸르트암마인에서는 상업, 자본, 주택 및 토지 소유, 지식욕 및 수집욕이 뒤얽혀 있는 듯했다. 루터파의 신앙이 지배권을 쥐고 있었다. 림푸르크 가계에서 이름이 유래된 오래된 공동유산재단과 처음에는 클럽으로 출발한 프라우엔슈타인 협회는 하층계급이 일으킨 소요에서 합리적인 태도를 취했다. 법률가와 재산가와 지식인들은 모두 시정에 참여할 수 있었고, 직공들도 위험한 시기에 질서를 지킨 사람들은 단지 제한적이기는 해도 시정에 참여할 수 있었다. 그 밖에 헌법에 따른 견제기관과 공식적인 기관들 및 제도에 부속된 모든 기관들이 많은 사람들에게 활동할 공간을 제공했다. 그러면서 상업과 기술은 널리 확장될 수 있는 유리한 지리적 위치에 따라 조금도 방해받지 않고 발전했다.

상층부의 귀족은 시기를 받지도 않고 거의 주목을 끌지도 않으면서 독립적으로 활동했다. 다음에 이어지는 두 번째 계층은 더 노력해야 했으며, 오래도록 내려오는 가계재산을 토대로 하여 법률과 정치적 지식에 의해 주목받으려 했다.

이른바 개혁교도들은 다른 곳에 있는 위그노파*와 마찬가지로 두드러진 계층을 형성하고 있었다. 그들이 일요일에 보켄하임에서 멋진 마차를 타고 예배를 보러 갈 때면 그것은 늘 시민계층에 대한 일종의 승리였다. 시민들은 맑은 날이나 궂은 날이나 걸어서 교회에 가야 했던 것이다.

---

* 위그노라는 이름의 기원은 확실하지 않지만 16세기 중반부터 프랑스의 프로테스탄트를 가리킬 때 분명히 쓰였다. 1517년 독일에서 종교개혁이 시작된 후 마르틴 루터의 저작물들이 유럽에 널리 유포되었으며 프랑스에서도 개혁운동이 시작되었다. 16세기 프랑스에서 종교개혁이 진행되는 동안에 성장했으며 여러 해 동안 극심한 박해에 시달렸다.

가톨릭교도들은 거의 주목을 받지 못했다. 그러나 그들도 다른 두 종파에 속한 특권을 인정하고 있었다.

제18장

이제 문학적인 문제로 돌아가서 당시의 독일문학에 큰 영향을 미친 한 가지의 상황을 얘기해야겠다. 이것은 오늘날까지도 우리의 문학기법의 전반적인 흐름에 영향을 미치고 있으며 미래에도 사라지지 않을 것이기 때문에 특히 주목할 만한 가치가 있다.

독일인들은 예로부터 음운에 익숙했는데, 그것은 우리가 아주 간단한 방식으로 취급하여 철자만 세면 되는 장점이 있었다. 교양이 진보함에 따라 어느 정도 본능적으로 철자의 감각과 의미에 주의를 기울이기만 하면 사람들은 많은 시인들이 받을 만한 칭찬을 받았다. 음운은 시적 문장의 끝맺음을 나타냈고, 짧은 행들에서는 더 작은 부분을 깨닫게 했으며, 자연적으로 세련된 귀는 변화와 우아함을 우려하게 되었다. 그러나 철자의 가치가 아직 결정되지 않았으며 결정되기 어렵다는 것도 고려하지 않은 채 사람들은 돌연 음운을 없앴다. 클롭슈토크가 앞장섰다. 그가 얼마나 노력하고 어떤 것을 해냈는지는 잘 알려졌다. 누구나 이 일에 불안을 느꼈으며, 감히 모험을 하려 하지 않았고, 자연스런 경향에 따라 시적 산문에 손을 댔다. 게스너의 지극히 사랑스런 목가시는 무한한 길을 열었다.

클롭슈토크는 『헤르만 전투』의 대화와 『아담의 죽음』을 산문으로 썼다. 시민적인 비극과 희곡에 의해 감정이 풍부하고 고상한 양식이 극장을 지배했다. 반대로 영국 작가들의 영향으로 우리에게 확산된 5각의 약강격은 시를 산문으로 끌어내렸다. 그러나 사람들은 일반적으로 운율과 음운에 대한 요구를 포기할 수 없었다. 람러는 비록 확고하지 않은 원칙에 따랐지만 자신의 작품에 엄격했던 만큼 타인의 작품에도 그런 엄격함을 적용하지 않을 수 없었다. 그는 산문을 시로 바꾸고, 다른 사람의 작품을 변경하거나 수정했는데, 그럼으로써 거의 감사를 받지 못하고 작품을 더 혼란스럽게 만들었다. 그러나 가장 성공한 사람들은 철자의 가치를 분명하게 관찰하면서 전통적인 음운을 이용하고, 자연적인 취향에 따라 아직 명확하게 표명되거나 결정되지 않은 법칙을 관찰한 이들이었다. 빌란트를 예로 들 수 있는데, 그는 모방하기는 어려웠지만 오랫동안 평범한 시인들의 표본이 되었다. 그러나 실제 글을 쓸 때는 어떤 경우에도 불안이 존재했고, 아무리 뛰어난 작가라도 순간적으로 당황하지 않는 사람은 아무도 없었다. 그리하여 우리 문학에서 본질적으로 천재적인 시기에 각 분야에서 확실하다고 칭할 수 있는 작품이 나오지 못하는 불행한 일이 생긴 것이다. 그 시대는 유동적이고 적극적이고 활동적이었지만 사색적이지 못하고 자기만족이 없었던 것이다.

그러나 문학적인 발판이 되는 토대를 찾고, 자유롭게 숨쉴 수 있는 요소를 발견하기 위해서는 혼돈스런 상황에서 진정으로 탁월한 작품들이 나왔던 몇 세기 전으로 돌아가야 했고, 그럼으로써 사람들은 그 시대의 문학기법과 친숙해지게 되었다. 궁정 연애시인들은 우리와는 너무 동떨어져 있었다. 사람들은 언어를 먼저 연구해야 했는데, 그것은 우리의 일

한스 작스

이 아니었다. 우리는 살아가려고 했지 배우려고 하지는 않았던 것이다.

진정으로 표본으로 삼을 만한 작가인 한스 작스*가 우리와 가장 가까이 있었다. 그는 진정으로 재능 있는 사람이었고, 물론 기사나 궁정인들과 같은 사람이 아니라 우리가 스스로를 자랑스럽게 여기고 있는 소박한 시민이었다. 그의 교훈적인 사실주의가 우리의 마음에 들었고, 우리는 가벼운 운율과 편리하게 제공되는 음운을 많은 기회에 이용했다. 이러한 기법은 일상의 시에 매우 편리하게 여겨졌고, 우리는 늘 그것을 필요로 했다.

†

몇 년 동안, 아니 일생 동안의 주의와 작업을 요하는 중요한 작품들이 경솔한 동기로 다소간 무모한 토대 위에서 이루어졌다면, 우리는 이따금 즉흥적으로 나오는 다른 작품들은 얼마나 허술하게 이루어질지 짐작할 수 있다. 예를 들면 시적인 서한문, 비유시, 내부적으로도 싸우고 외부로도 분쟁거리를 주는 온갖 형태의 비방시들이 그것이다.

---

* 독일의 시인, 작곡가(1494~1576). 대단한 인기를 누렸던 다작 작가로 미학과 종교에 미친 영향이 크다. 재봉사의 아들로 태어나 1509년 구두장이의 도제가 되었고, 1519년 일류 구두수선공이 되었다. 1520년경 뉘른베르크 노래학교의 교사가 되었고 뮌헨에서 명가수 교습소를 운영했으며 1554년 뉘른베르크 단원을 이끌었다. 죽은 뒤에는 사실상 잊혀졌지만, 2세기가 지난 뒤 괴테에 의해 재발견되었다.

인쇄된 것 외에는 남아있는 것이 별로 없다. 남아있는 것은 잘 보존될 것이다. 짤막한 주석을 단다면 탐구하는 사람들에게 그 기원과 의도를 더 분명하게 밝혀줄 것이다.

이런 일들을 더 깊이 파고들어 나중에 밝혀내게 될 사람들은 그런 모든 극단적인 작품들이 성실한 노력을 바탕으로 하고 있다는 것을 깨닫게 될 것이다. 솔직한 의지는 오만과 싸우고, 천성은 인습과, 재능은 형식과, 천재성은 그 자체와, 힘은 유약함과, 미숙한 유용성은 완성된 중용과 싸웠다. 그리하여 사람들은 그 전체적인 태도를 선전포고에 이어 격렬한 전투를 예고하는 전초전으로 볼 수 있었다. 엄밀히 보면 그 싸움은 최근 50년 동안에 아직 끝나지 않았으며, 더 높은 영역에서 계속하여 이어지고 있다.

†

나는 옛 독일의 인형극과 거리극을 토대로 『한스부르스트의 결혼식』이라는 제목의 재미있는 익살극을 고안해냈다. 그 줄거리는 이렇다. 부유하고 고아인 농부 한스부르스트는 성년이 되어 부유한 소녀 우르젤 블란디네와 결혼하려고 한다. 그의 후견인 킬리안 브루스트플레크와 그녀의 어머니 우르젤 등은 무척 만족해한다. 그들의 몇 년 동안의 계획과 소망이 그럼으로써 마침내 달성되고 이루어진다. 여기에는 아무런 장해도 없으며, 단지 결혼식 행사와 그에 따른 피할 수 없는 복잡한 일들 때문에 서로를 소유하려는 젊은 남녀의 갈망이 더 길어지는 것뿐이다. 서막으로 결혼식 안내자가 등장하여 관례적이고 상투적인 연설을 한 후 이런 시로 끝을 맺는다.

금줄 여관 주인집에서

결혼식 피로연이 열린다.

장소의 통일을 손상시킨다는 비난을 피하기 위해 무대 배경에는 이 여관을 간판과 함께 화려하게 반짝이며 보이게 했다. 그러나 그것은 하나의 축 위에서 돌아가 사방으로 보여주는 것처럼 되어 무대 앞면은 적절하게 변화시켜야 했다.

1막에서는 전면이 태양현미경에 따라 만들어진 황금빛 간판과 함께 거리를 향하고 있었다. 2막에서는 전면이 집의 정원을, 3막에서는 작은 숲을, 4막에서는 가까이에 있는 호수를 향하고 있었다. 이 호수에 의해 나중에 물결이 무대 전체를 넘어 프롬프터 자리까지 퍼져나가게 되어 무대장치자가 약간의 노력을 기울여야 한다는 것을 예고해주고 있었다.

그러나 이런 모든 것에 의해서도 아직 이 작품의 본질적인 흥미는 드러나지 않았다. 철저한 익살이 광적일 정도로 고조되었고, 모든 등장인물들은 순수한 독일 전래의 욕하고 비난하는 별칭으로 되어 있었기 때문에 하나하나의 성격이 곧장 드러나고 서로의 관계가 명확해졌던 것이다.

우리가 이 작품을 즐거운 모임이나 점잖은 가족모임에서 낭독되기를 바란다면 모든 극장에서 관례로 되어 있는 것처럼 등장인물들을 차례로 호명할 필요도 없고, 그들이 가장 분명하고 두드러지게 나타나는 부분들을 부각시킬 필요도 없다. 물론 유쾌하고 익살스럽고 악의 없는 관계들과 재치 있는 장난들이 가장 단순한 방법으로 나타나야 한다.

우리는 우리의 편집자들에게 판단을 하도록 허용하면서 시험 삼아 한 장의 설명을 첨부한다.

사촌 슈프트*는 가족과의 관계에 의해 축하연에 초대받을 권한이 있었다. 여기서 아무도 그를 헐뜯지 않았다. 그가 살아가면서 늘 쓸모없이 생활한다고 해도 엄연히 거기에 존재하고 있었으며, 그렇기 때문에 그를 적절하게 제쳐놓을 수가 없었던 것이다. 그리고 사람들은 그런 축하연이 있는 날에는 이따금 그와 있었던 불만스러웠던 일을 기억해내려고 하지 않았다.

슈르케**씨의 경우 일이 더 심각했다. 그는 자신에게 도움이 될 경우에는 가족에게도 유익했다. 반면 가족에게 해가 될 경우에는 그가 자기 이익을 취하거나 무관심했기 때문이었을 것이다. 다소 현명한 사람들은 그의 참석에 찬성했고, 그를 제외하려는 소수의 사람들은 다수인 그들에게 압도당했다.

그러나 결정짓기 어려운 제3의 인물이 있었다. 그는 사회에서 단정한 사람이었고, 다른 사람들 못지않게 관대하며 호감을 주고 여러 가지로 쓸모 있었다. 그는 유일한 결점이 있었는데, 그것은 그가 자기 이름을 듣는 것을 참지 못하는 것이었다. 그는 자기 이름을 듣게 되면 곧장 순간적으로 베르제르커***와 같은 영웅적 분노에 빠지곤 했다. 그럴 때면 그는 좌우의 모든 것을 때려죽이려는 듯이 위협했고, 그런 발작으로 다른 사람에게 손상을 입히기도 하고 자신도 다쳤다. 이 작품의 2막도 그로 인해 혼란스럽게 끝을 맺었던 것이다.

---

* 불량배를 뜻하는 독일어 Schuft.

** 악한을 뜻하는 독일어 Schurke.

*** 고대 북구의 설화에서 곰의 껍질을 뒤집어쓰고 싸우는 사납고 난폭한 전사.

그런데 여기서 도둑놈 같은 마클로트를 징계하는 일도 게을리 할 수 없었다. 그는 자신의 물건을 가지고 행상을 했으며, 결혼식 행사 얘기를 듣고 이곳에서 잘 얻어먹고 다른 사람의 비용으로 자신의 굶주린 뱃속을 채우려는 충동을 억제할 수 없었다. 그는 참석을 알렸다. 킬리안 브루스트플레크는 그의 요청을 검토해보았지만 거절할 수밖에 없었다. 왜냐하면 모든 손님들은 공적으로 인정된 유명인사들이었고, 그 요청자는 이런 면에서 참석을 요청할 자격이 없었다. 마클로트는 자신도 다른 사람들처럼 유명하다는 것을 증명하려고 최대한 노력했지만 엄격한 예식전문가인 킬리안 브루스트플레크는 동요하지 않았다. 그래서 2막의 끝에서 광포한 분노에서 회복된 그 초대받지 않은 사람은 자신과 매우 가까운 친척관계인 출판업자와 내통하여 결국 다른 손님들 사이에 끼어 들어가게 되었다.

†

이 무렵에 슈톨베르크 백작 형제가 방문하겠다는 연락을 해왔다. 그들은 스위스 여행을 하면서 우리 집에 들르려는 것이었다. 나는 『괴팅겐 연간시집』에서 내 최초의 재능을 나타내면서 그 백작 형제는 물론 내 존재와 영향이 잘 알려진 모든 젊은이들과 매우 친밀해졌었다. 그 당시에는 사람들이 우정과 사랑에 대해 꽤 기이하게 이해하고 있었다. 서로 마음을 터놓고 재능이 풍부하지만 미숙한 내면을 드러내는 것이 본래 혈기왕성한 젊은이들이었다. 믿음으로 볼 수 있는 서로의 그런 관계를 사람들은 사랑이며 진정한 애정으로 여겼다. 이런 점에서 나도 다른 사람들처럼 자신을 기만하고, 그로 인해 여러 해 동안 갖가지 고통을 겪었다. 그 당시 뷔르거에게서 받은 편지 한 통이 아직 남아있는데, 그 내용을 보면 당시의 사람들 사이에서는 도덕적 미학은 중시되지 않은 것을 알 수 있다. 모두가 흥분된 감정을 느꼈고, 그런 상태로 행동하고 글을 써나가면 되는 것으로 믿었다.

백작 형제는 하우크비츠 백작과 함께 도착했다. 나는 마음을 터놓고 그들을 즐거이 예의바르게 맞이했다. 그들은 여관에 묵었지만 식사는 주로 우리 집에서 함께 했다. 처음의 유쾌한 회합은 무척 즐거웠으나 곧 과도한 이야기들이 오가게 되었다.

어머니에게 독특한 상황이 벌어졌다. 그녀는 강직하고 솔직한 성격에서 중세로 돌아가 있는 것 같았고, 롬바르디아나 비잔틴의 공주를 가르치는 아야[가정교사]처럼 보였다. 그녀는 실제는 아야 부인으로 불렸고, 이런 농담에 만족해했으며, 우리 젊은이들의 공상적 놀이에도 끼어들어 자신이 『괴츠 폰 베를리힝겐』에서의 부인과 닮았다고 여기고 있었다.

그러나 이런 상태는 오래 지속되지 않았다. 우리가 몇 번 함께 식사를 하고 나자 포도주 몇 병을 마신 후 시에 나오는 폭군에 대한 증오가 터져 나왔고, 그 폭군의 피를 마시겠다고 격앙된 감정을 표출했던 것이다. 아버지는 미소를 지으며 고개를 저었다. 어머니는 살아오면서 폭군에 대한 이야기를 거의 들어본 적이 없었다. 그러나 그녀는 고트프리트의 『연대기』에서 그런 비인간이 동판으로 새겨져 있는 것을 본 것을 기억했다. 어린 아들의 가슴을 그의 아버지 앞에서 활로 쏘아 맞히고 의기양양해하는 캄비세스 왕의 모습이 그녀의 기억 속에 남아있었던 것이다. 이런 저런 점점 더 격해져가는 이야기들을 명랑한 쪽으로 돌리기 위해 어머니는 자신의 술 창고로 들어갔다. 그곳에는 가장 오래된 포도주가 들어있는 큰 술통들이 있었다. 꽤 많은 것들이 1706, 1719, 1726, 1748년산으로 어머니가

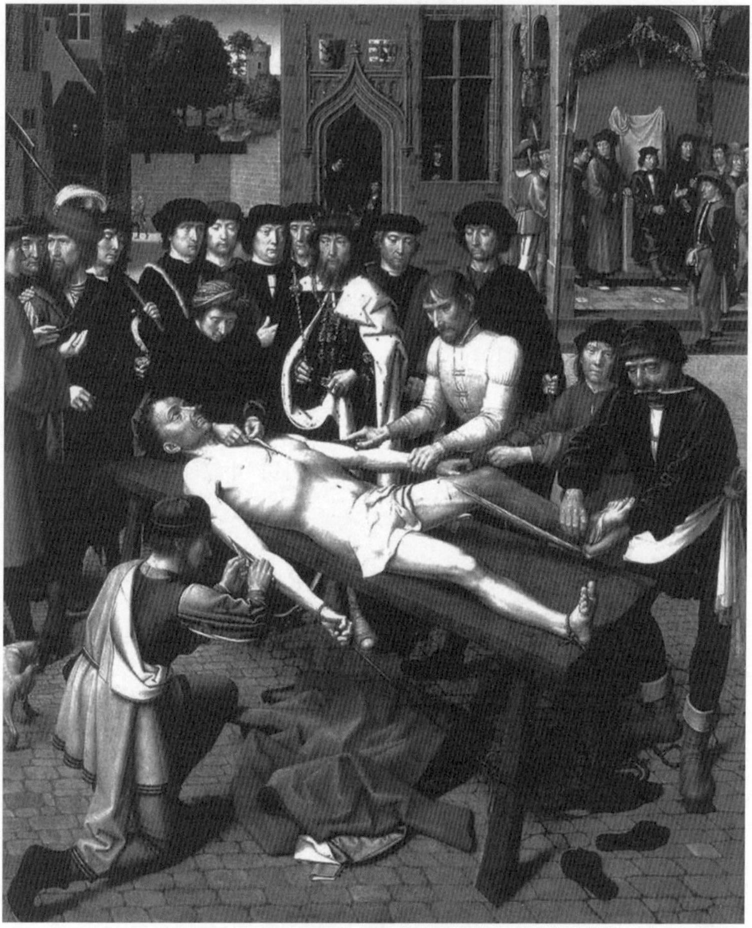

캄비세스왕은 부패한 법관에 대해서는 중벌을 내리기로 유명했다.
그림은 〈캄비세스 왕의 재판〉(1498)

손수 지키고 관리해왔으며, 잔치 같은 중요한 때에만 가끔 이용했다.

어머니는 진한 색깔의 포도주를 세공된 유리병에 담아 가져다놓으며 이렇게 말했다.

"여기에 진짜 폭군의 피가 있어요! 이것을 즐겁게 마시고 온갖 살인에 대한 생각은 버리십시다!"

나는 외쳤다.

"이것이야말로 폭군의 피요! 여러분 앞에 놓여있는 이 심장의 피보다 더한 폭군은 없지요. 이걸 마시고 원기를 내십시오. 그러나 적당히 마시세요! 이것이 훌륭한 맛과 정기로 여러분을 정복할 수 있으니 조심해야지요. 포도나무는 근절시켜야 할 천하의 폭군입니다. 따라서 우리는 트라케인인 성 뤼쿠르구스를 선택하여 숭배해야 합니다. 그는 경건한 일을 힘차게 착수했지만 사람을 홀리는 악마 바쿠스에게 현혹되어 멸망했으므로 순교자의 선두에 설 만한 가치가 있는 사람입니다.

이 포도나무는 극악한 폭군인 동시에 위선자이고 아부꾼이며 폭력자입니다. 그의 피의 첫 잔은 여러분의 입맛에 꼭 맞습니다만 한 방울 한 방울씩 계속해서 여러분을 유혹합니다. 그것은 마치 우리가 끊어질까봐 두려워하는 진주의 끈처럼 계속 이어집니다."

내가 여기서 훌륭한 역사가들이 그랬듯 그때의 대화 내용 대신 꾸며낸 얘기를 삽입했다는 의심을 받는다면 나는 당시 속기사가 옆에 있어 내 이야기를 적어서 우리에게 넘겨주었더라면 좋았을 것이라는 생각을 할 정도라는 것을 밝히고 싶다. 그랬더라면 내용은 똑같으면서 이야기의 흐름은 더 우아하고 매력적임을 알 수 있을 것이다. 대체로 지금의 이 서술에는 전체적으로 보아 감정적으로 느끼면서도 힘과 능력을 어디에 써야할지 모르던 청년시절의 폭넓은 다변과 충만함이 결여되어 있다.

프랑크푸르트 같은 도시에서는 사람들이 묘한 상황에 처한다. 끊임없이 드나드는 외부의 여행자들이 세계 각 지역을 가리키며 우리에게 여행욕구를 불러일으키는 것이다. 나는 이미 여러 계기로 많은 여행을 했었다. 그런데 릴리 없이 살아갈 수 있을 것인지를 시험해보아야 하고, 고통스런 불안이 모든 일을 할 수 없게 하는 바로 이 시점에 스위스 여행에 동행해달라는 슈톨베르크 형제의 요구는 내게 매우 환영할 만한 일이었다. 아버지도 그쪽으로의 여행을 매우 좋게 여기고 내게 적절하고 유익한 듯하니 이탈리아로도 넘어가보라고 권하는 바람에 나는 힘을 얻어 지체 없이 마음을 정하고 곧 짐을 꾸렸다. 떠난다는 약간의 암시는 주었지만 작별인사도 없이 나는 릴리와 헤어졌다. 그녀는 내 마음속 깊이 살아있었으므로 나는 결코 그녀와 떨어진다는 생각은 하지 않았다.

몇 시간 후 나는 흥겨워하는 일행과 함께 다름슈타트에 도착했다. 그곳 궁정에서는 아주 예절바르게 행동해야 했는데, 하우크비츠 백작이 우리를 안내했다. 그는 우리들 중 최연소자로 좋은 체격에 섬세하고 고상한 모습이었으며, 부드럽고 다정한 표정이었고, 언제나 변함없이 친절했지만 너무 신중해서 다른 사람들에 비해 감정이 무딘 것처럼 보였다. 그래서 그는 다른 사람들이 온갖 조롱을 하고 별명을 부르는 것을 참아야 했다. 이것은 그들이 자연아로서의 모습을 나타낸다고 생각하는 한 괜찮았다. 그러나 적당한 예절이 중시되어 내키지는 않지만 백작으로서의 모습을 보여야 할 필요가 있을 때는 그는 모든 것을 잘 이끌고 조정할 줄 알았다. 그리하여 우리는 최고는 아니지만 상당한 명성을 얻고 그곳을 떠났다.

그 사이 나는 메르크의 집에서 시간을 보냈는데, 메르크는 나의 예정된 여행을 메피스토펠레스적으로 비뚤게 바라보았고, 그를 방문한 일행을 가차 없이 묘사했다. 그는 자기 방식대로 나에 대해 철저히 알고 있었는데, 무척 소박하고 착한 내 마음이 그에게는 고통스러웠고, 언제까지나 모든 것을 되는 대로 내버려두고 멋대로 살아가는 것이 그에게는 소름

끼치는 일이었다. "자네가 이런 사람들과 함께 길을 떠난다는 건 어리석은 짓이야"라고 그는 외쳤다. 그리고 그는 그들을 적절히 평했지만 완전히 들어맞지는 않았다. 호의라고는 전혀 없었고, 그래서 나는 내가 그보다 더 잘 본다고 생각했다. 내가 그보다 더 잘 볼 수는 없었지만 그의 시야 밖에 있는 측면들을 평가할 줄은 알았다.

"자네는 저 사람들과 오래 머물지는 못할 것이네!"가 그와 하는 대화의 결론이었다. 여기서 나는 그가 내게 나중에 되풀이해서 말했고 나도 살아가면서 되풀이하면서 의미 있게 여긴 주목할 만한 말을 기억하고 있다. 그는 이렇게 말했다.

"자네의 노력, 자네의 돌이킬 수 없는 방향은 현실에 시적 형상을 부여하는 것이네. 다른 사람들은 이른바 시적인 것, 공상적인 것을 현실화하려고 노력하는데, 그것은 아무 쓸데없는 어리석은 짓이지."

이 두 가지 행동방식의 엄청난 차이를 파악하고 그것을 응용한다면 우리는 다른 수많은 일들에 대한 충분한 해명에 이를 수 있을 것이다.

불행하게도 우리 일행이 다름슈타트를 떠나기도 전에 메르크의 의견을 철저히 뒷받침하는 일이 일어났다.

사람은 자연상태 속에서 살아가도록 노력해야 한다는 관념에서 생겨난 당시의 엉뚱한 짓들 가운데 탁 트인 야외에서 하는 노천욕이 있었다. 우리의 친구들도 여기에서 최대한 예의를 지켜왔지만 이 무례한 행위에 빠지지 않을 수 없었다. 흐르는 하천이 없고 모래평야에 위치한 다름슈타트에는 부근에 연못이 있었는데, 나는 그렇다는 것을 그때 들었다. 천성적으로 열성적이며 늘 들뜨기 좋아하는 친구들은 이 연못에서 청량제를 찾았다. 밝은 햇살 아래 벌거벗은 젊은이들을 보는 것은 이 지방에서는 좀 특별한 일로 여겨졌다. 어떻든 추문이 생겨났다. 메르크는 자신의 결론을 더 강하게 내세웠고, 나는 출발을 서둘렀던 것을 부인할 수 없다.

우리는 모두 선량하고 고상한 공통적 감정을 지니고 있었음에도 만하임으로 가는 도중 이미 생각과 행동에서 분명한 차이가 나타났다. 레오폴트 슈톨베르크*는 한 아름다운 영국 여인과의 진심어린 사랑을 포기할 수밖에 없었으며, 그리하여 이런 먼 여행을 계획하게 되었다고 열정적으로 털어놓았다. 이에 대해 우리가 동정하면서 그에게 그런 감정은 누구나 경험한 바 있는 낯설지 않은 것이라고 밝히자 그에게서는 한없는 청춘의 감정이 터져 나왔다. 이 세상에서 자신의 정열과 고통에 비길 만한 것은 아무 것도 없으며, 어떤 것도 자기 연인의 아름다움과 사랑스러움만한 것은 없다는 것이었다. 우리가 이런 주장에 대해 우리 친구들 사이에 어울리는 적당한 말로 진정시키려 했지만 일은 점점 더 악화되는 듯했다. 하우크비츠 백작도 나도 결국 이 문제를 그대로 내버려두는 것이 좋다고 여길 수밖에 없었다. 만하임에 도착하여 우리는 좋은 여관의 깨끗한 방에 들었다. 포도주를 많이 마시며 첫 점심식사를 끝낸 후 후식시간에 레오폴트는 자기 연인의 건강을 위해 건배를 제의했고, 그래서 자리는 꽤 소란해졌다. 술잔을 비운 다음 그는 이렇게 외쳤다.

"신성한 일에 사용한 이 술잔들로는 더 이상 마셔서는 안 되며, 두 번 다시 건배하면 신성모독이 되니 우리 이 잔들을 깨뜨려버리자!"

그리고 그는 그 자리에서 술잔을 등 뒤의 벽에 내던졌다. 우리도 따라

---

* 그와 형 크리스티안은 사실상 덴마크 귀족 출신으로 할레와 괴팅겐에서 함께 법학을 공부했다. 1772년 괴팅겐에서 시를 토론하고 우정, 선, 자유, 조국애, 독일역사 등을 연구하려는 이상을 펴나가기 위해 만든 시인동맹 '괴팅겐 숲의 시사(詩社)'에 가입했다. 또한 두 사람은 당대의 혁명적 분위기 속에서 자유와 조국을 노래하는 감동적인 송가를 썼다.

서 그렇게 했다. 나는 마치 메르크가 내 목덜미를 움켜잡는 듯한 상상을 했다.

그러나 젊은이들은 어렸을 때부터 좋은 친구들에게는 어떤 원한도 품지 않아야 하며, 사심 없는 친절함은 불쾌하게 받아들여질 수는 있지만 손상을 입혀서는 안 된다는 것을 배워왔다.

카를 프리드리히 백작

신성해진 것으로 표명된 술잔들로 인해 술값을 더 많이 지불하고 나서 우리는 기분 좋게 새로운 세계를 만나기 위해 서둘러 홀가분하고 유쾌하게 카를스루에로 향했다. 거기에는 클롭슈토크가 있었는데, 그는 자신의 오랜 도덕적 주도권을 그를 높이 존경하는 제자들에게 적절히 행사하고 있었다. 나도 그를 존경하고 있었으므로 다른 사람들과 함께 궁정에 초대받았을 때 새로운 손님으로서 아주 점잖게 행동할 수 있었다. 우리는 또한 자연스러우면서도 당당해야 한다는 것도 요구받았다. 통치자인 변방백작*은 군주들의 선배로서 특히 탁월한 정책목표로 인해 독일 군주들 사이에 크게 존경받고 있었으며, 즐겨 국가경제에 관한 일에 대해 얘기했다. 백작부인은 예술과 여러 학문 분야에서 활약했으며, 우아한 말솜씨로 대화에도 참여했다. 우리는 이에 대해 감사를 표했지만 그녀가 운영하

* 바덴을 통치하던 카를 프리드리히(1728~1811)를 말함. 그가 통치하는 동안 바덴은 오랫동안 번영과 행복의 시대를 누렸다. 진정한 계몽군주로서 괴테와 볼테르를 비롯해 식물학자인 카롤루스 린네우스 같은 인물들과 교제하고 서신을 교환했다.

는 형편없는 제지공장과 저작권 침해자 마클로트를 총애하는 것을 조롱하지 않을 수 없었다.

내게 가장 뜻 깊었던 것은 작센-바이마르의 젊은 공작이 고상한 신부인 헤센-다름슈타트의 루이제 공주와 함께 공식적으로 결혼식을 올리기 위해 이곳에 도착했던 일이다. 그리하여 폰 모저 장관도 중요한 문제들을 확실히 하고 집사장인 괴르츠 백작과 일을 마무리하기 위해 이미 이곳에 와있었다. 나와 이 두 고귀한 사람과의 대화는 가장 기분 좋은 일이었다. 작별 알현 때에도 그들은 바이마르에서 나를 곧 보게 되면 좋겠다고 거듭 분명하게 밝혔다.

클롭슈토크와의 몇 차례의 특별한 대화에서 그가 내게 보여준 친절함으로 인해 나는 그에게 모든 것을 털어놓고 그를 믿어도 되겠다는 생각을 하게 되었다. 나는 그에게 최근에 쓴 『파우스트』의 몇 장면들을 얘기해주었다. 그는 그것을 좋게 받아들이는 듯했다. 내가 나중에 들은 바로는 그는 그것에 대해 다른 사람들 앞에서 성격상 보통 때는 쉽게 하지 않는 갈채를 보냈고, 존경을 표하면서 작품의 완성을 희망했다고 한다.

그런 제멋대로의, 당시 이따금 천재적이라고 불린 행동은 점잖고 성스러운 토대 위에 세워진 카를스루에에서는 어느 정도 억제되었다. 나는 옆길로 빠져 매제가 고위관리로 있는 에멘딩겐으로 가기 위해 일행과 헤어졌다. 누이동생을 만나기 위한 이번 발길을 나는 진정한 시련으로 여겼다. 나는 누이동생이 행복하게 살지 못한다는 것을 알고 있었다. 그것은 그녀 탓도, 그녀 남편이나 환경 탓도 아닌 듯했다. 누이동생의 성격은 표현하기 어려울 정도로 특이했다. 여기서 알릴 수 있는 것을 종합해보기로 한다.

누이동생은 멋진 몸매를 지녔지만 얼굴은 그렇지 않았다. 그녀는 분명 착하고 이해심 많고 인정이 있었지만 균형과 애교가 부족했다.

게다가 높고 불쑥 나온 둥근 이마는 머리칼을 얼굴에서 뒤로 쓸어내려 졸라매는 엉뚱한 유행으로 인해 그녀가 도덕적이며 정신적인 성격에서는 최고임이 증명되었을지라도 분명히 불쾌한 인상을 주었다. 만약 그녀가 최근에 유행하는 것처럼 얼굴의 윗부분을 곱슬머리로 가리고, 관자놀이와 빰을 같은 곱슬머리로 덮을 수 있었다면 거울 앞에서의 자기 모습을 좀 더 기분 좋게 여기고, 자신과 남에게 불쾌하게 보일 걱정을 하지 않아도 되었을 것으로 생각된다. 또 다른 불행은 그녀의 피부가 곱지 않았으며, 어렸을 때부터 그 저주스런 운명에 의해 그것이 음악회나 무도회나 그 밖의 초대가 있는 축제일에는 눈에 띄곤 했던 일이다.

그녀는 이러한 상태를 점차 극복해나가 나머지 자신의 훌륭한 특성들을 점점 더 크게 키워나갔다.

쉽게 흔들리지 않는 굳건한 성격, 인정을 베푸는 동시에 그것을 필요로 하는 마음, 탁월한 정신적 교양, 훌륭한 지식과 재능, 몇 개의 외국어 능력, 능숙한 필적 등으로 만약 외모만 따라주었다면 그녀는 그 시대의 가장 선망 받는 부인으로 인정받았을 것이다.

이 모든 것에 덧붙여 또 한 가지 기이한 점을 밝혀야겠다. 그것은 누이동생에게는 조금도 육감적인 면이 없다는 것이다. 그녀는 나와 더불어 자라서 이런 남매가 어울려 지내는 상태를 평생 계속해나가고 싶어 했다. 내가 대학에서 돌아온 후 우리는 떨어지지 않고 함께 지냈으며, 가장 깊은 믿음 속에서 사고와 느낌과 공상과 온갖 우연한 사건들의 인상을 함께 가져왔다. 내가 베츨라르로 갔을 때 그녀의 외로움은 견딜 수 없는 듯했다. 그래서 내 착한 여동생을 모르지도 않고 싫어하지도 않는 내 친구 슐로서가 내 역할을 대신해주었다. 그러나 유감스럽게도 그에게서 형제애가 그의 엄격한 양심적 성향으로 보아 아마 최초였을 격렬한 열정으로 변했던 것이다. 여기에서 흔히들 말하는 매우 잘 어울리는 소망스런 한 쌍이 이루어졌다. 그녀는 하찮은 남자들이나 그녀가 싫어하는 남자들에게서 많은 훌륭한 청혼을 받았으나 단호히 거절해온 끝에 마침내 받아들이게 된 것이라고 나는 말하고 싶다.

나는 솔직히 말하면, 이따금 누이동생의 운명에 대해 상상할 때 그녀를 가정주부로 생각하기보다는 수도원장이나 고상한 교단의 책임자로 여기고 싶었다. 그녀는 그런 고귀한 지위가 요하는 모든 것을 갖추고 있었지만 현실세계가 꼭 필요로 하는 것은 그녀에게 결여되어 있었다. 그녀는 여자들의 정신에 늘 강한 영향을 주었다. 그녀는 젊은 사람들의 마음을 쉽게 끌어당겼으며, 내면의 탁월함으로 그들을 지배했다. 그것이 아무리 기이하다해도 엉뚱한 곳으로 빠지지 않는 한 선량한 것과 인간적인 것을 일반적으로 너그럽게 참아내는 면에서 나와 같았으므로 중요한 천성을 드러내는 특징적인 모습들을 어떤 것도 그녀 앞에서 숨기거나 부끄러워할 필요가 없었다. 그리하여 우리의 어울림은 이미 앞에서 살펴본 바와 같이 비록 이따금 대담한 면도 있었지만 언제나 다채롭고 자유롭고 점잖게 이루어졌다. 심하게 속박당하거나 몰입되지 않으면서 젊은 여인과 예의바르고 친밀하게 교제할 수 있는 나의 습관은 오로지 누이동생 덕분이었다. 그런데 여기에 쓰여 있지는 않지만 암시되어 있는 어떤 것을 행간에서 찾아낼 수 있는 통찰력 있는 독자라면 그 당시 내가 에멘딩겐에 들어설 때 얼마나 착잡한 감정을 느꼈는지를 짐작할 것이다.

그러나 짧은 체류 후 작별할 때 내 마음을 더 무겁게 누른 것은 누이동생이 내게 릴리와의 관계를 끊으라고 지극히 진지하게 권한, 아니 명령한 것이다. 그녀 자신이 긴 약혼기간으로 많은 어려움을 겪어보았던 것이다. 슐로서는 성실한 성격이어서 선망하던 바덴 대공국에서의 일자리가 확실해지고 나아가 정식으로 임용이 될 때까지 누이동생과의 약혼을 미뤘던 것이다. 최후의 결정은 생각할 수 없을 정도로 늦춰졌다. 이에 대한 내 추측을 밝힌다면, 성실한 슐로서는 업무상으로는 유능했지만 심한 결백성으로 인해 직접 접촉하는 하인으로서 군주에게는 물론 가까운 동료인 대신들에게도 달갑지 않게 여겨졌을 것이다. 따라서 그가 희망하고 간절히 원했던 카를스루에에서의 임용은 이루어지지 않았다. 그러나 에멘딩겐에서 고위관직이 비어 곧장 그가 임명되었을 때 나는 그가 결혼을 미룬 이유를 알게 되었다. 이제 그에게 훌륭한 관직이 주어졌고, 그는 충분한 역량을 발휘했다. 독립적인 위치에서 자신의 신념에 따라 행동하고 사람들이 그를 칭찬하건 비난하건 모든 것을 소신껏 처리하는 것은 그의 생각과 행동방식에도 아주 잘 어울렸다.

이에 대해 아무런 반대도 할 수 없었고, 누이동생은 그를 따라가야 했다. 물론 그곳은 누이동생이 바랐던 곳이 아니라 외롭고 황량한 곳이었다. 집은 넓고 관사답게 훌륭했지만 즐겁게 어울릴 수 있는 사람들이 없었다. 그녀가 전에 친하게 지냈던 몇 명의 여자들이 따라왔고, 게로크 가족의 딸들이 교대로 찾아와주어서 그녀는 많은 사람들은 없었지만 적어도 오래 지속되는 교제는 즐길 수 있었다.

누이동생이 당연한 것으로 여기면서 매우 진지하게 릴리와 헤어지라고 요구한 것은 바로 이런 상황과 경험 때문이었다. 그녀에게는 자신이 몹시 좋게 평가해온 릴리 같은 여자를 화려하지는 않지만 활기찬 생활에서 끌어내어 훌륭하지만 명망 있는 인사들과의 사교에는 적절치 않은 우리 집에서 호인이고 말은 적지만 가르치기 좋아하는 아버지와 가정 일에 지극히 열성적인 성격에 일을 끝내고는 방해받지 않고 즐겁게 뜨개질을 하고 훌륭하게 성장한 선택된 젊은이들과 대화를 즐기려는 어머니 사이에 끌어들이는 것은 가혹하다고 여겼던 것이다.

누이동생은 내게 릴리의 상황을 분명하게 설명했다. 내가 누이동생에게 편지로나 직접 만나 재잘거리면서 모든 것을 자세하게 털어놓았던 것이다.

유감스럽게도 누이동생의 설명은 친구가 전해준 말에 상세한 해석을 붙인 것에 불과했는데, 그 친구는 좋은 것은 없이 일부 별난 특징들만 다른 사람에게서 들었던 것이다.

나는 누이동생의 말을 납득했다고 고백할 수밖에 없었으나 아무 것도 그녀에게 약속할 수는 없었다. 나는 알 수 없는 감정을 키웠고, 열정은 계속 자라났다. 왜냐하면 희망의 여신이 달아나려고 해도 사랑하는 천사는 더욱 힘껏 희망의 옷자락에 매달리기 때문이다.

내가 그곳과 취리히 사이에 있는 아직도 분명하게 기억하고 있는 유일한 것은 샤프하우젠의 라인 폭포이다. 여기에서 힘차게 떨어지는 물은 그곳이 우리가 들어가려고 하는 산악지방의 초입임을 분명하게 암시해주고 있었다. 여기에서 우리는 점점 험악해지는 산 위를 한 발짝 한 발짝씩 천천히 힘들게 올라야 했다.

'슈베르트' 여관의 문 앞에서 바라본 취리히 호수의 전경은 아직도 내 기억에 생생하다. 내가 '여관의 문 앞'이라고 말한 것은 여관 안으로 들어

가지 않고 급히 라바터에게 달려갔기 때문이다. 그는 밝고 진심어린 태도로 나를 맞이했고, 나는 기분 좋았다고 말할 수밖에 없다. 그의 존재는 친밀하고 다정하고 성스럽고 고상하다고 밖에는 달리 생각할 수 없었다. 그의 부인은 조금 특이했지만 평화롭고 우아한 모습이었고, 그의 주변에 있는 모든 것과 마찬가지로 그의 사고 및 생활방식과 완전한 조화를 이루고 있었다. 거의 중단하지 않고 계속된 첫 대화의 화제는 그의 저서 『인상학』이었다. 이 기이한 책의 제1부는 내 생각이 맞다면 이미 인쇄되었거나 적어도 완성에 가까운 상태였다. 그것은 천재적이고 경험적이며, 조직적이고 집단적이라고 할 수 있을 것이다. 나는 이 작품과 아주 별난 관계가 있었다. 라바터는 세상의 모든 사람들을 협력자, 참여자로 삼으려 했다. 그는 이미 라인 강 여행 중에 많은 유명인들의 초상화를 그리게 하여 그것을 자신의 저서 속에 등장시킴으로써 저서에 대한 그들 개인의 흥미를 일으키려고 했다. 그는 미술가들에 대해서도 그렇게 했다. 그는 모든 미술가들에게 자신의 목적을 위해 그림을 보내달라고 요구했다. 그림들이 도착했지만 그의 목적에는 전혀 쓸모가 없었다. 그는 마찬가지로 이곳저곳에 동판화도 뜨게 했지만 이것 또한 특징적인 효과를 나타낸 적이 드물었다. 그로서는 많은 노력을 들였고, 의미 있는 저서를 내기 위해 돈과 열성을 바쳤고, 인상학에 심혈을 기울였다. 이제 그 결과 한 권의 책이 완성되고, 인상학은 학설에 의해 토대가 마련되고, 사례들에 의해 증명되고, 학문의 가치에 접근하도록 되어 있었을 때 그것을 제대로 표현한 삽화는 아무 것도 없었다. 모든 삽화들이 비난받고, 전혀 칭송을 받지 못하고 제한적으로만 인정받았으며, 많은 것은 설명과는 맞지 않아 폐기되어야 했다. 일을 진행시키기 전에 늘 기초를 먼저 세우려는 내게 이것은 나의 활

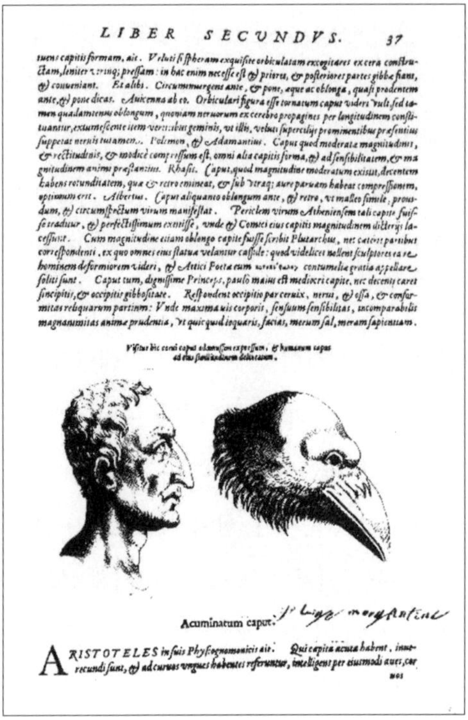

LIBER SECVNDVS. 37

tuens capitis formam, ait. Veluti si spheram exquisite orbiculatam excogitares ex cera constructam, leniter vtrinq; pressam: in hac enim necesse est & priores, & posteriores partes gibbæ fiant, & conueniant. Et alibi. Circummurgens ante, & pone, æque ac oblonga, quasi prodentem ante, & pone dicas. Auicenna ab eo. Orbiculari figura esse tornatum caput videri vult, sed tamen quadamtenus oblongum, quoniam neruorum ex cerebro propagines per longitudinem constituantur, extumescente item verticibus geminis, vt illis, velut superciliis prominentibus præsentius suppetat neruis tutamen. Polemon, & Adamantius. Caput quod moderatæ magnitudinis, & rectitudinis, & modicè compressum est, omni alia capitis forma, & ad sensibilitatem, & magnitudinem animi præstantius. Rhasis. Caput, quod magnitudine moderatum existit, decentem habens rotunditatem, quæ & retro emineat, & sub vtraq; aure paruam habeat compressionem, optimum erit. Albertus. Caput aliquanto oblongum ante, & retro, vt malleo simile, prouidum, & circumspectum virum manifestat. Periclem virum Atheniensem tali capite fuisse traditur, & perfectissimum extitisse, vnde & Comici eius capitis magnitudinem dicteriis lacessiuit. Cum magnitudine etiam oblongo capite fuisse scribit Plutarchus, nec cæteris partibus correspondenti, ex quo omnes eius statuæ velantur casside: quod videlicet nollent sculptores eam hominem deformiorem videri, & Attici Poetæ eum σχινοκέφαλον contumeliæ gratia appellare soliti sunt. Caput tum, dignissime Princeps, paulò maius est mediocri capite, nec decenti caret sincipitis, & occipitis gibbositate. Respondent occipitio par ceruix, neruus, & ossa, & conformitas reliquarum partium: Vnde maxima vis corporis, sensuum sensibilitas, incomparabilis magnanimitas animæ prudentia, vt quicquid loquaris, facias, merum sal, meram sapientiam.

Acuminatum caput.

ARISTOTELES in suis Physiognomonicis ait. Qui capita acuta habent, inuerecundi sunt, & ad curuas vngues habentes referuntur, intelligens per eiusmodi aues, coruos

『인상학』의 사화

동에 부과된 가장 번거로운 과제들 중 하나가 되었다. 누구나 스스로 판단할 수 있었다. 본문에 삽입된 삽화들과 함께 원고가 내가 있는 프랑크푸르트로 왔다. 나는 내 마음에 들지 않는 모든 것을 제거하거나 고쳐서 마음에 드는 것을 삽입할 수 있는 권한을 갖게 되었지만 물론 그런 권한 행사를 적절히 자제했다. 나는 단 한 번 그가 부당한 비판자에 대해 맹렬한 반격을 삽입한 것을 제거하고 그 대신 자연을 읊은 유쾌한 시를 넣었을 뿐이다. 그리하여 그는 나를 비난했지만 나중에는 냉정해져서 내 처사를 인정해주었다.

4권으로 된 『인상학』을 통독한 사람이라면 그것을 모두 읽은 것을 후회하지 않을 것이며, 우리의 만남이 얼마나 재미있었을 것인지를 상상할 수 있을 것이다. 그 속에 나오는 삽화의 대부분은 이미 그려져 있었고, 일부는 동판이 되어 있었다. 그것들을 앞에 놓고 우리는 어떻게 하면 쓸모없는 것도 가치 있고 유용한 것으로 이용할 수 있게 만들 수 있을지 재치 있는 방법을 숙고했던 것이다.

라바터의 작품을 다시 한 번 들여다보면 우스꽝스럽고 유쾌한 느낌을 받는다. 마치 내가 언젠가 나를 화나게 하여 지금은 결코 반가울 수 없는 매우 잘 알았던 사람의 그림자를 보는 것 같다.

그러나 그런 많은 부적절한 그림들을 어느 정도 정리할 수 있게 된 것은 제도가이자 동판화가인 립스*의 훌륭하고 확실한 재능 덕분이었다. 그는 사실적인 것을 자유롭게 산문적으로 표현하는 타고난 재능이 있었는데, 그런 것이야말로 여기에서 진정으로 필요했던 것이다. 그는 기이한 것을 요구하는 관상학자 밑에서 일했으며, 주인의 요구에 접근하려면 세심한 주의를 기울여야 했다. 재능 있는 이 농부의 아들은 많은 특권이 있는 도시 출신의 이 성직자에게 덕을 입고 있음을 느끼고 자신의 일에 최선을 다했다.

나는 동행인들과 떨어져서 지내면서 하루하루 그들과 점점 멀어졌지만 그렇다고 우리는 조금도 불쾌해하지 않았다. 우리는 시내에서는 가끔 어울렸지만 함께 야외로 나가는 일은 없었다. 그들도 젊은 백작의 당당한 기분으로 라바터를 방문했다. 물론 그들은 이 노련한 관상학자의 눈에는 세상의 다른 사람들이 보는 것과는 다르게 보였다. 라바터는 이 점에 대해 내게 말했으며, 내가 분명하게 기억하는 것은 그가 레오폴트 슈톨베르크에 대해 말하면서 이렇게 외친 것이다.

"나는 자네들이 어떻게 여길지는 모르지만 저 사람은 고상하고 뛰어나고 재능 있는 젊은이일세. 자네들이 그를 영웅이며 헤라클레스인 듯 말하

---

* 스위스의 화가이자 동판화가 요한 하인리히 립스(1758~1817). 괴테는 1789년에 립스를 바이마르 회화 아카데미의 교수로 초청했다.

요한 야코프 보드머

는데, 나는 아직 저 사람처럼 부드럽고 섬세하고 분명한 사람은 보지 못했네. 나는 아직 확실한 관상학적 통찰을 갖추지는 못했지만 자네들과 같은 사람들처럼 보이는 것은 참으로 한심한 일이네."

라바터의 니더라인 여행 이후 그와 그의 관상학에 대한 관심이 무척 활발하게 고조되었다. 많은 답방객들이 그에게 몰려들었다. 그리하여 그는 자신이 종교계와 학술계의 일인자로 간주되고, 그럼으로써 낯선 사람들이 자신에게 몰리게 되자 어느 정도 당혹감을 느꼈다. 그래서 그는 시기와 불만을 피하기 위해 자신을 방문하는 모든 사람들에게 자신 외의 다른 유명한 사람들도 친밀하고 존경스럽게 찾아보도록 상기시키고 부추겼다.

이때 노령의 보드머*는 탁월한 주목을 받았는데, 우리는 그를 방문하여 젊은이들로서의 존경을 표하기 위해 길을 떠나지 않을 수 없었다. 그는 물이 리마트 강과 합류하는 호수 오른쪽에 놓인 크고 오래된 도시의 위쪽 언덕에 살고 있었다. 우리는 이 도시를 통과하여 점점 더 가파른 골목길을 올라 마침내 성벽 뒤쪽에 있는 언덕 위에 도달했다. 거기에는 요새들과 낡은 성벽 사이에 서로 이어져 있거나 따로 떨어져 있는 집들이 있는 우아한 교외가 반쯤 시골 같은 모습을 이루고 있었다. 여기에 보드

* 스위스의 역사가, 교수, 비평가(1698~1783). 스위스에서 독일 문학의 발전에 이바지했다. 몽테스키외와 루소의 사상을 지지함으로써 유럽 문학에서 헤르더의 선구자로서의 역할을 했다.

머가 일생 동안 머문 집이 주변이 탁 트여 밝은 상태로 서 있었다. 우리는 날도 맑고 쾌청하여 집에 들어가기 전에 무척 즐거운 기분으로 주변을 둘러보았다. 우리는 층계를 올라 판자로 벽이 둘러쳐진 방안으로 안내되었고, 거기에서 중간 정도 키의 활달한 노인이 우리에게 다가왔다. 그는 찾아오는 젊은이들을 맞을 때마다 하는 말로 인사를 하며 우리를 맞아주었다. 그는 자신이 우리를 친절히 맞이하고, 우리와 알게 되고, 우리의 재능을 기뻐하고, 우리의 장래를 축복해주기 위해 세상과 작별하는 것을 오랫동안 미뤄온 것을 좋게 봐달라고 말했다.

우리는 그의 말에 대해 그가 시인으로서 존경받는 세계에 속해 잘 가꾸어진 도시의 근교에서 참된 전원적 거처를 한 평생 소유하고, 너무도 자유로운 공기를 마시며 끝없이 눈을 즐겁게 하는 풍경을 오랫동안 즐겨온 데 대해 칭송했다.

우리가 창문을 통해 전망을 내다보겠다고 청하자 그는 기분나빠하지 않는 것 같았다. 가장 좋은 계절에 밝은 햇살이 비치는 날의 그 경치는 정말 비길 데 없이 멋지게 보였다. 우리는 큰 도시에서 낮은 지대로 경사져 내려간 곳에 있는 많은 것과 리마트 강 건너의 작은 도시와 서쪽 질펠트의 풍요로운 땅을 바라보았다. 그 뒤쪽 왼편으로는 반짝이는 수면에 산과 계곡과 언덕이 교차되며 끝없이 다양한 모습을 담고 있는 취리히 호수의 일부가 이루 말할 수 없이 다채롭게 눈에 들어왔다. 우리는 이런 모든 모습에 황홀해진 채 멀리 푸르게 이어진 높은 산등성이들을 동경에 가득 차서 바라보았는데, 그 산봉우리들의 이름을 친숙하게 댈 수 있을 것 같았다.

그는 자신에게는 오래 전부터 일상이 되어버린 그 특별한 경치에 젊은 사람들이 매혹되는 것을 보고 기분좋아하는 것 같았다. 그는 우리를 비꼬면서 재미있어 했다고 할 수도 있었다. 우리는 가장 친한 친구들로서 그와 작별했다. 그러나 우리의 마음속에서는 그 푸른 산봉우리들에 대한 동경이 흘러넘치고 있었다.

나는 우리의 존경스런 대선배에게서 다른 데로 말머리를 돌리려는 지금에야 비로소 그의 자태와 얼굴 모습과 행동이나 태도에 대해 아무 것도 말하지 않은 것을 알게 되었다.

나는 여행자들이 자기가 방문하는 중요한 인물을 수배자의 인상서를 쓰기 위한 재료를 주려는 듯 기술하는 것은 적절하지 못하다고 생각한다. 앞에 나서서 호기심에 차서 관찰하는 것은 오직 순간일 뿐이며 자기만의 관찰방식일 뿐이라는 것을 생각하는 사람은 아무도 없다. 그래서 관찰된 당사자는 관찰하는 사람에 따라 실제 모습이 되기도 하고 허위적이 되기도 하며, 오만하거나 겸손하게, 말이 없거나 많게, 명랑하거나 우울하게 보이는 것이다. 그러나 이번과 같이 특별한 경우에 처하여 나는 보드머의 존엄한 모습을 말로 서술해서는 적절한 인상을 제대로 나타낼 수 없다는 것으로 변명하고 싶다. 다행히도 그라프를 모방하여 바우제가 그린 초상화가 남아있다. 그것은 우리가 본 그의 모습 그대로를 묘사하고 있으며, 바라보고 관찰하는 그의 시선까지도 나타내고 있다.

나는 예상하지 않은 것은 아니지만 취리히에서 내가 가장 바랐던 특별한 즐거움을 맞게 되었다. 즉 거기에서 나는 젊은 친구 파사반트를 만난 것이다. 그는 내 고향도시의 명망 있는 신교도집 아들이었으며, 언젠가 목사가 되어 알려야 할 교리의 원천지인 스위스에 살고 있었다. 그는 체구가 크지는 않지만 날렵한 자태였으며, 얼굴과 전체적인 모습은 우아하며 신속한 결단성을 나타내고 있었다. 검은 머리와 수염, 생기 있는 눈 등 모든 것이 열성적이고 온건한 활동성을 보여주고 있었다.

우리가 끌어안고 첫 인사를 나누자마자 그는 작은 마을들을 보러가자고 제안했다. 그는 이미 그런 곳을 돌아다니며 큰 기쁨을 맛보았으므로 그 모습을 내게도 보여 나를 즐겁고 황홀하게 하려고 했다. 내가 라바터와 가장 밀접하고 중요한 문제들을 샅샅이 논의하고 우리의 공동의 문제들을 거의 모조리 다루는 동안 나의 쾌활한 여행 동료들은 이미 많은 곳을 돌아다니면서 나름대로 주변지역을 둘러보았었다. 파사반트는 나를 진심어린 우정으로 환대하면서 나와의 교제를 독점할 권리를 얻었다고 생각하고 그들이 없는 사이에 나를 산으로 유혹했다. 마침 나도 아주 편안한 마음이 되어 내 방식대로 오랫동안 갈망해온 여행을 해보고 싶었다. 우리는 어느 쾌청한 날 아침 배를 타고 아름다운 호수를 올라갔다.

여기에 삽입하는 시를 통해 행복했던 그 순간을 어느 정도 되살려보고자 한다.

신선한 자양분, 새로운 피를
나는 탁 트인 세계에서 마신다.
나를 품안으로 껴안는 자연은
어찌 이다지도 아름답고 훌륭한가!
노 젓는 박자에 맞춰
물결은 우리의 배를 흔들고,
산들은 구름 낀 하늘 아래
우리의 뱃길 앞에 나타난다.

눈이여, 내 눈이여, 무얼 내려다보는가?
황금의 꿈들이여, 다시 오려는가?
사라져라, 꿈이여! 그대가 황금일지라도.
여기에도 사랑과 생명이 있도다.

물결 위에 반짝이며
둥실대는 수천의 별들.
엷은 안개는
먼 산봉우리들을 삼키고,
움푹 들어앉은 그늘진 호수 위로
아침바람이 날개를 펴고,
익어가는 과일이
호수에 비친다.

우리는 리히터스빌에서 내렸다. 우리는 거기에서 라바터의 소개로 호츠 박사를 만났다. 그는 의사이자 매우 총명하고 친절한 사람으로 자기 마을과 그 지방 전역에서 대단한 존경을 받고 있었다. 그를 다시 떠올리는 데에는 그를 묘사한 라바터의 『인상학』의 한 부분을 살펴보는 것이 더 나을 것으로 믿는다.*

* 1776년에 나온 라바터의 독일어판 『인상학』 제2권 215쪽의 한 부분: "우리 주의 훌륭한 시골사람인 이 사람의 그늘진 옆얼굴은 아주 우아하지만 그에 못지않게 명랑하고 충실하고 성실하고 믿음직하고 겸손하다. 그의 외모도 많이 없어지기는 했겠지만 참으로 큰 인물의 그것이다. 눈은 더욱 명랑하고 고상하며 목표를 향하고 있으며 섬세한 정신에 협조하는 태도…입이나 입가에는 자연스런 명랑성과 호감을 주는 선량한 표정이 어려 있고 모든 것이 하나도 늘어지거나 나태한 것이 없다. 또 눈에 띄는 그의 각진 턱도 음영을 통해서 눈에 들어올 때면 매우 좋아 보인다. 그

극진한 대접을 받고, 여행의 다음 체류지들에 대한 아주 흥미 있고 유익한 얘기를 나눈 다음 우리는 뒤쪽에 있는 산에 올랐다. 우리는 신델레기 계곡으로 다시 내려가면서 다시 한 번 돌아서서 취리히 호수의 황홀한 전경을 가슴속에 담았다.

내 기분이 어땠는가는 그 당시에 쓰여 아직도 내 비망록 속에 간직되어 있는 다음과 같은 구절이 암시해주고 있다.

사랑하는 릴리여, 내 그대를 사랑하지 않는다면
이런 풍경이 내게 무슨 기쁨이 되리오!
릴리여, 내 그대를 사랑하지 않는다면
정녕 내 행복은 어찌될 것인가?

이 짧은 즉흥시는 내 시 모음집 속에 포함되어 인쇄되기보다는 이렇게 있음으로써 더 풍부한 의미를 나타내는 것 같다.

거기에서 마리아 아인지델른에 이르는 험준한 길도 우리의 힘찬 기운을 꺾지는 못했다. 이미 아래쪽 호숫가에서 보았던 한 무리의 순례자들이 기도와 노래를 하며 고른 걸음으로 걸어와 우리를 따라붙었다. 우리는 인사를 하며 그들을 앞세웠다. 그들은 우리에게 그들의 신성한 목적에 함께하고픈 기분을 일으키면서 이 황량한 산악지역에 부드럽고 독특하게 생기를 불어넣었다. 우리 또한 걸어가야 할 굽이진 좁은 길이 생동감 있게

것은 남성다운 확고한 인상에는 그리 어울리지 않지만 총명한 인상을 주는 데는 도움이 된다. 얼굴 모습에서 이완된 표정이나 굳은 표정이 없는 명랑하고, 즐겁고, 이목구비가 잘 갖춰지고, 힘차고, 자주적인 인간들은 언제나 그들의 정직성에 대한 신뢰를 퍼뜨리는 법이다."

뚜렷이 보였고, 그 길을 따라가는 것이 더욱 더 기쁘게 여겨졌다. 로마 교회의 관습들은 신교도에게는 무척 뜻 깊고 중대했다. 신교도는 그런 관습들을 발생시킨 첫 번째 것과 심오한 것과 그런 관습들을 대대로 이어가는 인간적인 것만을 핵심을 뚫고 들어가면서 인정할 뿐 껍질, 표피, 나무 그 자체, 가지, 잎, 줄기, 뿌리에는 관심을 두지 않는다.

이제 우리는 나무도 없는 황량한 계곡에 화려한 교회가 솟아있는 것을 보았다. 깨끗한 거주지 중앙에 꽤 넓은 면적의 수도원이 있어 많은 다양한 손님들을 어느 정도 넉넉히 수용할 수 있었다.

과거에 성자의 은둔처였던 교회 안에 있는 작은 회당은 대리석으로 장식되어 가능한 한 예배당에 적합하도록 개조되어 있었는데, 기둥과 원형 지붕으로 개축되고 증축된 이 작은 건물은 내가 그때까지 보지 못한 새로운 것이었다. 도덕성과 신에의 외경이 깃든 유일한 섬광이 여기에서 언제나 꺼지지 않고 밝게 타오르는 불꽃을 일으키고, 신도들이 이 불꽃으로 자신들의 작은 촛불에 불을 붙이기 위해 힘들게 이곳으로 순례해온다는 것은 엄숙한 성찰을 불러일으킨다. 어떻든 그것은 그 최초의 성자가 가장 심오한 감정과 확고한 신념 속에서 품고 누렸던 것과 똑같은 빛과 똑같은 온기를 찾는 인간의 무한한 욕구를 나타내고 있다. 우리는 보물창고로 안내되었다. 그곳은 무척 화려하고 장엄했다. 무엇보다도 성자들과 교단 창시자들의 실물 크기의 웅장한 흉상들이 우리의 눈을 놀라게 했다.

그러나 그 다음에 열어 보인 진열장의 광경은 완전히 다른 주목을 불러일으켰다. 거기에는 고대의 진귀한 물건들이 헌납되어 보존되고 있었다. 뛰어난 금 세공기술에 의해 만들어진 여러 가지 왕관들이 내 눈길을 끌어모았는데, 그 중에서도 하나가 특히 내 시선을 끌었다. 그것은 우리가 고대 여왕의 머리 위에서 비슷한 것을 보아온 것처럼 과거의 예술감각에 의해 만들어진 톱니 모양의 왕관이었다. 그러나 매우 정취 넘치는 도안이었으며, 끝없는 노력으로 완성된 것이었고, 부착된 울긋불긋한 보석들도 세심하게 선정되어 능란하게 나뉘어 배열되어 있었다. 어쨌든 이런 종류의 작품은 그 인상을 예술적으로 확대시키지 않고도 첫눈에 완벽하다고 말할 수 있을 정도였다.

예술을 인식하는 대신 느끼며, 정신과 기분을 활용하고자 하는 경우에 우리는 보석을 가짐으로써 기쁨을 느끼고 싶어 한다. 나는 그 왕관을 꺼내서 볼 수 있게 해달라고 요청했다. 그리고 나는 그것을 손에 들고 조심스럽게 들어올렸을 때 그것을 릴리의 반짝이는 머리칼 위에 올려놓고 그녀를 거울 앞으로 데려가 기뻐하는 모습을 보고 그녀가 전해주는 행복을 맛보고 싶다는 생각이 들지 않을 수 없었다. 나중에도 나는 이런 장면이 재능 있는 화가에 의해 그려진다면 최고로 뜻 깊고 우아한 모습이 될 것이라고 여러 번 생각했다. 이런 식으로 신부와 새 땅을 얻을 수 있다면 젊은 왕이 되려고 노력하는 것도 충분한 가치가 있을 것 같았다.

우리는 수도원의 소장품을 모두 보기 위해 미술품과 골동품과 광물 진열실로 안내되었다. 나는 그 당시 그런 물건들의 가치를 모르고 있었다. 매우 소중하지만 정신의 관찰 앞에서 아름다운 지표면의 인상을 깨뜨리는 지구 구조학은 내 마음을 끌지 못했다. 또한 공상적인 지질학도 나를 그 미로 속으로 끌어들이지 못했다. 그러나 안내하는 성직자는 내게 어린 멧돼지의 두개골이 파란 점토암 속에 들어있는 한 화석에 관심을 끌게 했다. 그의 말에 의하면 이것은 전문가들에게 매우 높이 평가되고 있다고 했다. 그것은 검은 색깔 그대로 늘 나의 상상 속에 남아 있었다. 사람들은

쇤 마르틴

그것을 라퍼스빌 지역에서 발견했는데, 태고부터 늪지대였던 그곳에서는 후세를 위하여 그런 미라를 발굴하여 보존할 수 있었다.

그러나 액자와 유리 속에 넣어져 있는, 쇤 마르틴*의 성모승천을 그린 동판화는 내게 완전히 다른 관심을 일으켰다. 물론 한 개의 완벽한 표본만 있으면 그런 대가의 예술을 이해할 수 있다. 그러나 그렇게 되면 우리는 모든 종류의 완벽한 것에서 그렇듯 그 모습을 언제나 다시 반복하여 볼 수 있도록 똑같은 것을 소유하고 싶은—그때까지 아무리 오랜 시간이 흘러도—욕망을 떨쳐버릴 수 없다. 여기서 내가 나중에 이 동판화의 훌륭한 사본을 입수할 때까지 쉽게 그 욕망을 버릴 수 없었다는 것을 고백하지 않을 수 없다.

여기서 처음으로 날짜를 밝히는데, 1775년 6월 16일 우리는 힘든 길에 들어섰다. 우리는 완전한 고립과 황량함 속에서 험하고 돌이 많은 언덕을 넘어야 했다. 우리는 저녁 7시 45분에 두 개의 산봉우리가 나란히 힘차게 공중에 솟아있는 슈비처 호켄과 마주서게 되었다. 우리는 여행 중 처음으로 눈을 보았다. 톱니 모양의 바위산 꼭대기에는 겨울눈이 아직 남아

* 독일의 미술가로 원래 이름은 마르틴 숀가우어(1445/50~1491). 15세기의 가장 뛰어난 판화가 중 한 사람으로 평가된다. 예전에는 주로 금세공사의 영역이었던 판화술의 영역에 화가의 안목을 도입했다.

있었다. 오래된 가문비나무 숲이 우리가 내려갈 험준한 계곡을 엄숙하고 무섭게 채우고 있었다. 잠시 쉰 다음 우리는 새로운 기분으로 용기를 내어 발걸음을 재촉했고, 절벽에서 절벽으로, 평지에서 평지로, 경사가 심한 산길을 내려가 10시에 슈비츠에 도착했다. 우리는 지치기도 하고 활기차기도 했으며, 마음이 약해지기도 하고 흥분이 되기도 했고, 심한 갈증을 해소하고는 더욱 기운이 났다. 2년 전쯤 『베르테르』를 썼던 젊은이와 그 놀라운 작품의 원고에 흥분했던 더 젊은 친구를 생각해보기 바란다. 두 사람은 자신도 모르게 원하지도 않으면서 자연상태에 처해 지나간 정열을 생생하게 생각하며 현재의 정열에 빠져 이루어질 수 없는 계획을 세우면서 자유로운 힘을 느끼는 가운데 환상의 나라로 파고들어가는 것이다. 이때 그런 상황을 상상하는 데 내가 다음과 같이 쓸 수밖에 없었던 나의 일기가 도움이 될 것이다.

쇤 마르틴의 동판화 〈붙잡힌 예수〉(1476)

웃음과 환성이 한밤중까지 계속됐다.

17일 아침 우리는 창문 앞으로 슈비처 호켄을 바라보았다. 이 어마어마하고 불규칙한 자연의 피라미드 위로 구름이 둥실둥실 피어오르고 있었다. 오후 1시에 슈비츠를 떠나 리기로 향했고, 2시에는 햇빛이 찬란하게 비치는 라우어처 호수에 도달했다. 너무 기쁜 나머지 우리는 아무 것도 볼 수 없었다. 능숙한 두 소녀가 배를 저어갔다. 우아한 모습이었고, 우리는 그대로 내버려두었다. 우리는 섬에 도착했다. 이곳에는 과거에 폭군이 살고 있었다고 했다. 그가 어찌 되었든 지금은 폐허 사이에 은자의 오두막집이 들어서 있었다.

우리는 리기에 올랐고, 7시 반에 눈 속의 성모상 앞에 이르렀다. 그러고 나서 예배당과 수도원을 지나 '황소'라는 여관에 들었다.

18일 일요일 아침에 '황소'에서 본 예배당을 그렸다. 12시에는 '세 자매 샘'으로도 불리는 칼텐바트에 갔다. 2시 15분에 우리는 언덕에 올랐다. 우리는 구름 속에 파묻혔고, 전망이 방해를 받고 안개까지 끼어 이번에는 이중으로 불쾌했다. 그러나 이곳저곳에서 구름이 갈라지고 흐르는 구름의 틀에 에워싸여 햇빛에 빛나는 맑고 찬란한 세계가 나타나 변화무쌍한 모습을 보여주자 우리는 더 이상 우연한 이 사태를 한탄하지 않게 되었다. 그것은 지금까지 보지 못했고, 앞으로도 다시 보지 못할 광경이었으며, 우리는 계속 움직여가는 구름덩이 틈으로 햇빛에 빛나는 지구의 작은 한 모퉁이, 좁다란 개울, 한 조각의 호수를 보기 위해 그 편안하지도 않은 곳에 오래도록 서 있었다.

저녁 8시에 우리는 다시 여관으로 돌아와 구운 생선과 계란과 충분한 포도주로 다시 원기를 찾았다.

이제 어두워지고 점점 밤이 깊어가면서 조화를 이룬 소리가 신비스럽게 우리의 귀에 들려왔다. 그것은 예배당의 종소리, 샘물이 흐르는 소리, 스치는 바람의 살랑거리는 소리, 멀리서 들려오는 호각소리였다. 참으로 아늑하고 평화롭고 고요한 순간이었다.

19일 아침 6시 30분 산으로 올랐다가 발트슈테터로 내려와 비츠나우로 가서 거기에서 물길로 게르사우로 갔다. 점심때 호숫가의 여관에 들었다. 2시경 3인의 텔이 맹세를 했던 그뤼틀리 맞은편에 도달한 다음 영웅이 배에서 뛰어내린 평탄한 바위를 지났다. 거기에는 그의 삶과 행동의 전설이 그림으로 그려져 그의 명예를 영원히 남기고 있었다. 3시에는 그가 배에 탄 플리엘렌에, 4시에는 사과를 활로 쏘아 떨어뜨린 알트도르프에 도착했다.

이런 시적인 실마리를 찾아 이런 암벽들의 미로를 더듬는 것은 당연한 일이었다. 물가에까지 가파르게 뻗어 내린 암벽들은 우리에게 아무 말도 해주지 않았다. 꼼짝하지 않는 암벽들은 극장의 무대처럼 조용히 서 있었다. 행복이나 불행, 기쁨이나 슬픔이 그날 그 무대에 서있는 인물들로만 생각될 뿐이었다.

그러나 그러한 관찰은 그 당시 젊은이들의 관점과는 완전히 동떨어진 것이었다. 최근에 일어난 일들은 그들의 마음에서 떠나버렸고, 미래가 마치 그들이 오르려고 하는 산과도 같이 신비롭게 그들 앞에 놓여있었다.

20일 우리는 암슈테크로 출발했다. 거기에서는 구운 생선을 맛있게 먹었다. 가파른 바위틈에서 로이스 강물이 솟아나오고, 눈 녹은 신선한 물이 깨끗한 자갈 위로 흘러내리는 곳에서 나는 소망해온 기회를 이용하여 흐르는 물속에서 원기를 회복하는 일을 빼놓지 않았다.

3시에 우리는 다시 출발했다. 짐 끄는 말들이 우리 앞으로 지나갔고, 우리는 그것들과 함께 눈 덮인 넓은 벌판을 걸어갔는데, 그 밑이 텅 빈 곳이라는 것을 나중에서야 알게 되었다. 다른 때에는 돌아서 가야 하는 계곡에 겨울눈이 쌓이면 가까운 지름길이 이루어졌던 것이다. 아래에서 흐르는 물이 점점 구멍을 내고 따뜻한 여름공기로 둥근 지붕이 점점 녹아내려 지금은 자연적으로 하나의 넓은 다리가 둥글게 양쪽을 이어주고 있었다. 우리는 위쪽에서 아래로 과감하게 넓은 계곡으로 내려오면서 이 신기한 자연현상을 직접 확인했다.

우리가 계속해서 올라가는 동안 가문비나무 숲이 아래쪽에 펼쳐져 있었고, 그 숲 사이로 암벽을 흘러내리며 물거품을 일으키는 로이스 강이 이따금 보였다.

우리는 7시 반에 바젠에 도착했다. 거기에서 우리는 붉고 진한 롬바르디아 포도주의 신맛을 즐기기 위해 물을 타고 많은 설탕을 넣어 자연이 포도 속에 만들어주지 않은 성분을 보충했다. 여관주인이 아름다운 수정들을 보여주었다. 그러나 나는 그 당시 그런 자연물에 대한 연구에는 관심이 없었으므로 아무리 싼 값으로라도 그런 광물을 구입할 생각이 없었다.

21일 6시 30분에 산에 올랐다. 바위는 점점 커지고 무시무시해졌다. 악마의 다리가 보이는 악마 바위까지 이르는 길은 점점 더 힘이 들었다. 동반한 친구는 거기에서 쉬어가고 싶어 했다. 그는 이 멋진 경치를 그리자고 간청했다. 나는 전체적인 윤곽은 잡을 수 있었지만 어떤 것도 앞으로 내놓거나 뒤로 밀칠 수가 없었다. 나는 이런 대상들을 말로 표현할 수가 없었다. 우리는 힘겹게 앞으로 나아갔는데, 무서운 맹수가 계속해서 올라가는 것 같았다. 평지가 산이 되고, 저지대는 계곡이 되었다. 그리하여 안내자는 우르제른의 동굴까지 나를 끌고 갔는데, 나는 그곳을 조금 불쾌한 기분으로 통과했다. 지금까지 보아온 것은 모두 숭고한 것이었는데, 이 동굴의 어둠은 모든 것을 앗아버렸던 것이다.

그러나 물론 그 장난기 있는 안내자는 내가 동굴에서 나올 때 깜짝 놀라 기뻐할 것임을 예상하고 있었다. 적당히 거품을 내는 강물이 산으로 에워싸여 있지만 거주지가 될 만큼 넓고 평탄한 계곡을 통과하여 굽이쳐 흐르고 있었다. 우리 맞은편에는 깨끗하고 작은 마을이 있었고 교회 위쪽으로는 가문비나무 숲이 솟아있었는데, 그것은 그 기슭에 사는 사람들을 위에서 내려오는 눈사태로부터 보호해주기 때문에 신성한 것으로 여겨지고 있었다. 계곡의 녹색 초원은 강가에서 다시 짧은 버들가지로 덮여 있었다. 우리는 여기에서 오랫동안 보지 못했던 초목을 보고 기뻐했다. 우리는 무척 편안한 마음이 되었고, 평탄한 길에서 다시 힘을 얻었다. 나의 여행 동반자는 나를 놀라게 할 정도로 멋지게 안내한 데 대해 적잖이 기분 좋아했다.

목장에는 유명한 우르제른의 치즈가 있었다. 기분이 고조된 젊은이들은 괜찮은 포도주를 맛있게 마시고 즐거운 기분을 더 높였으며, 그들의 계획에 환상적인 활기를 불어넣었다.

22일 3시 반에 우리는 여관을 떠나 평탄한 우르제른 계곡에서 돌이 많은 리비너 계곡으로 들어섰다. 여기에서도 곧장 초목이라고는 전혀 볼 수 없었다. 눈에 덮인 이끼 낀 헐벗은 바위, 변덕스런 돌풍, 몰려왔다 가버리는 구름, 폭포 소리, 오는 사람도 가는 사람도 볼 수 없는 지극히 황량한 골짜기에 울리는 말방울 소리가 전부였다. 이곳에서는 계곡 틈에 용이 살고 있다고 생각하는 데에 그다지 큰 상상력이 필요치 않았다. 그러나 우리는 폭포들 중 가장 아름답고, 그림의 소재로 가장 적합하며, 모든 단계에서 장엄하고 다양한 모습을 보이는 폭포 때문에 즐겁고 들뜬 기분을 느꼈다. 그 폭포는 바로 이 계절에는 녹아내리는 눈에 의해 수량이 풍부하고, 구름에 휩싸였다가 곧 다시 모습을 드러내면서 오랫동안 그 자리에 우리를 붙들어 맸다.

마침내 우리는 작은 안개바다에 이르렀는데, 내가 이렇게 부르는 것은 그것이 대기의 윤곽선과 거의 구별이 되지 않았기 때문이다. 곧 안개 속에서 건물 하나가 나타났다. 그것은 순례자가 묵을 수 있는 수도원이었다. 우리는 손님을 잘 맞아주는 이곳에서 숙박할 수 있게 되어 무척 기뻤다.

제19장

강아지가 우리에게 달려오며 가볍게 짖어대는 소리에 나이는 들었지만 건강해 보이는 부인이 문에서 우리를 친절하게 맞아주었다. 그녀는 신부가 밀라노에 갔지만 오늘 저녁에는 돌아올 것이라고 설명해주었다. 그런 다음 그녀는 별로 많은 말도 하지 않고 우리의 편의와 필요한 것을 돌봐주었다. 그녀는 우리에게 따뜻하고 넓은 방을 주었으며, 빵과 치즈와 마실 만한 포도주를 차려주었고, 좋은 저녁식사도 약속했다. 낮에 깜짝 놀랐던 일이 다시 얘기되었고, 그 친구는 모든 일이 잘 되어 시로도 산문으로도 다시 표현할 수 없을 정도의 인상을 남긴 하루를 보낸 것을 무척 자랑했다. 어두워져가는 늦은 저녁에 마침내 좋은 풍채의 신부가 들어와서 친절하고 위엄 있는 태도로 우리에게 인사했고, 요리하는 여인에게 몇 마디 말로 최대한 정성을 다해줄 것을 당부했다. 우리가 이 높은 산중의 더할 나위 없이 황량한 가운데에서 세상과 떨어져 살아가고 있는 데 대해 감탄하자 그는 자신은 어울릴 사람들이 결코 부족하지 않으며, 우리도 자기를 방문해서 즐겁게 해주지 않느냐고 말했다. 또한 그는 이탈리아와 독일 사이의 상호 교역이 활발하며, 이런 지속적인 상품교류로 인해 자신은 일류 교역가문들과 관계를 맺고 있다고 말했다. 그는 자주 밀라노에 내려가며, 가끔 루체른에도 간다고 했다. 그러나 루체른에서는 이 간선도로의 우편업무를 맡고 있는 가게의 젊은이들이 산 위의 분기점에서 업무에 관련된 모든 상황과 사건들을 알아야 하기 때문에 자주 자기에게 온다는 것이었다.

이런 여러 가지 이야기를 나누는 가운데 밤이 깊어갔고, 우리는 벽에 고정된 침대라기보다는 선반을 연상시키는 조금 짧은 잠자리에서 편안하게 하룻밤을 잤다.

나는 아침 일찍 일어나 탁 트였지만 높은 산봉우리들로 에워싸인 좁은 공간으로 나갔다. 나는 이탈리아 쪽으로 내려가는 좁은 길옆에 앉아 미술애호가의 방식으로 잘 그려지지도 않고 그림도 될 수 없는 것을 그렸다. 즉 가까운 산봉우리들과 눈이 녹아내려 하얀 골짜기와 검은 등성이가 보이는 그 측면들을 그렸다. 그러나 이 성과 없는 노력으로 인해 그 모습은 내 기억 속에 사라지지 않고 남아 있었다.

내 동반자가 힘차게 다가와 말하기 시작했다.

"자네는 어제 저녁 우리의 성직자 주인의 이야기를 어떻게 생각하나? 나처럼 이 용의 봉우리에서 내려가 저 매혹적인 지방으로 가보고 싶은 마음은 없나? 이 계곡을 따라 내려가는 건 멋지고 힘도 들지 않을 걸세. 그리고 벨린초나에서 펼쳐질 전망은 얼마나 큰 기쁨을 줄 것인가! 그 큰 호수의 섬들이 신부님의 말을 들으니 다시 생생하게 떠오르네. 카이슬러의 여행기 이후 많이 듣고 보아 와서 나는 유혹을 떨쳐버릴 수 없네. 자네도 그렇지 않은가?"

그는 계속해서 이렇게 말했다.

"자네는 마침 좋은 지점에 앉아있네. 언젠가 나도 여기에 서 있었는데, 달려 내려갈 용기가 나지 않았다네. 주저하지 말고 내려가게. 그리고 아이롤로에서 나를 기다리게. 나도 신부님과 작별인사를 하고 모든 일을 정리한 다음 심부름꾼과 함께 뒤따라 내려가겠네."

나는 "그렇게 즉흥적인 시도를 나는 좋아하지 않네"라고 대답했다. 그러자 그는 이렇게 외쳤다.

"무얼 그리 복잡하게 생각하나! 우리는 밀라노에 갈 정도의 돈은 충분히 있으며, 꾸어 쓸 수도 있네. 시장이 열리는 관계로 나는 그곳에서 상인 친구들을 많이 알고 있네."

그래서 나는 말했다.

"가세! 모든 작별 준비를 하고, 그런 다음 결정하도록 하세."

나는 사람이 그런 순간에는 마음속에서 어떤 결단도 내릴 수 없는 듯 느끼며, 오히려 과거의 인상에 지배되고 결정된다는 생각이 들었다. 롬바르디아와 이탈리아는 내 앞에 완전히 낯선 땅으로 놓여 있었다. 반면 독일은 친숙한 것, 사랑스러운 것, 정겹고 친밀한 모습으로 가득 찬 곳이었다. 그리하여 독일은 오랫동안 내 마음을 사로잡고 내 삶을 이끌어왔으며, 지금도 그 경계를 벗어날 수가 없는 불가결한 요소가 되고 있었다. 내가 가장 아름다운 시절에 릴리에게서 받은 금으로 된 하트는 그녀가 맨 그 줄로 아직도 사랑의 온기를 간직한 채 내 목에 걸려 있었다. 나는 그것을 손에 들고 입맞춤을 했다. 이때 떠오른 시를 여기에 끼워 넣겠다.

그대 지나간 기쁨의 기념물이여,
나는 아직도 그대를 목에 걸고 있노라.

그대는 영혼의 목걸이로 우리 둘을 오래 묶어두려는가?
그대는 저 짧은 날의 사랑을 연장시키려는가?

릴리여, 나 그대에게서 달아나리오!
나 그대의 목걸이에 묶여 낯선 땅을,
먼 계곡과 숲을 헤맨다오!
아, 릴리의 마음은 좀처럼
내 마음에서 떠날 수가 없네.

한 마리 새가 묶인 실을 끊고
숲 속으로 돌아가는 것처럼
아직도 그는 감옥의 치욕이라 할
한 가닥 실을 끌고 다니노라.
그는 옛날 자유의 몸으로 태어난 새가 아니고,
이미 누군가에게 매였도다.

나는 재빨리 일어섰다. 나는 그 험준한 곳을 떠나려 했고, 배낭을 멘 심부름꾼과 함께 달려온 그 친구를 따라 계곡으로 내려가기 싫었기 때문이다. 나도 그 경건한 신부에게 인사를 하고 한 마디 말도 없이 몸을 돌려 우리가 왔던 길로 들어섰다. 친구는 조금 주저하면서 내 뒤를 따라왔고, 나를 사랑하고 좋아하는데도 얼마 동안 거리를 두고 따라왔다. 마침내 그 멋진 폭포에서 우리는 다시 함께 만나 함께 행동했다. 우리가 일단 결정한 일은 결국 훌륭하고 유익한 것으로 인정해야만 했다.

내려가는 길에 대해 한 가지 말해야 할 것은 우리가 며칠 전 무거운 짐을 끌고 가는 사람들과 함께 무사히 통과했던 그 눈다리가 완전히 무너져 내렸다는 것이다. 그래서 우리는 활짝 열린 호수를 돌아서 가야만 했고, 자연이 이룬 건축물의 그 웅장한 파편을 바라보며 놀라지 않을 수 없었다.

나의 친구는 이루어지지 않은 이탈리아로의 여행을 쉽게 잊을 수 없었다. 그는 일찍이 그 여행을 생각해내어 정다운 계략으로 나를 즉석에서 깜짝 놀라게 해주고 싶었던 것이다. 그리하여 귀갓길은 그다지 유쾌하지 못했다. 그러나 나는 더욱 끈기 있게 말없이 좁은 길을 걸어가면서 우리의 마음속에서 시간이 흐르면서 약해지기 쉬운 어마어마한 느낌을 적어도 특징적이고 개별적인 부분들만이라도 붙잡아두려고 노력했다.

많은 새로운 느낌과 생각을 품고 우리는 피어발트슈테터 호수의 멋진 언덕을 지나 퀴스나하트에 도착했다. 우리는 거기에서 계속 걸어가 길가에 있는 텔의 사당에 참배하고, 용감하고 애국적인 것으로 온 세상에서 찬양받고 있는 그 암살을 기념했다. 그런 다음 우리는 앞서 리기에서 멀리 내려다보며 알게 된 추크 호수를 건넜다. 추크에서는 여관집 창문틀에 끼어있던 크지는 않지만 나름대로 뛰어난 그림이 그려진 몇 장의 유리창만이 내 기억에 남아있다. 우리는 알비스를 지나 지일 계곡으로 들어갔다. 거기에서 우리는 고독을 즐기며 사는 하노버 출신의 폰 린다우를 방문했다. 그를 방문한 것은 전에 취리히에서 내가 그의 친절하고 적절한 동행요청을 거절함으로써 그가 느꼈을 불쾌감을 가라앉히기 위해서였다. 내가 좋아하면서도 불편해하며 그와 함께하는 것을 거절한 근본적인 이유는 훌륭한 파사반트의 질투에 찬 우정 때문이었다.

그러나 우리가 이런 멋진 산악에서 다시 호수와 좋은 위치에 있는 도시로 내려가기 전에 이 지역을 그리고 스케치함으로써 무언가를 얻어 보려는 내 시도에 대해 얘기해야겠다. 풍경을 그림으로 보는 어렸을 때부터의 습관은 나로 하여금 천성적으로 어느 지역을 그림으로 바라볼 때면 그것을 포착하여 그 순간의 확실한 느낌을 기억해두려는 시도를 하도록 이끌었다. 그러나 나는 단지 제한된 대상들로만 연습할 뿐이어서 그런 세계에 있어서는 곧 나의 부족함을 느꼈다. 충동과 조급함이 동시에 내게 기이한 수단을 낳게 했다. 즉 나는 흥미 있는 대상을 포착하여 몇 줄의 선으로 대강 종이 위에 그린 다음 연필로는 이룰 수도 그릴 수도 없는 자세한 것을 그 옆에 글로 기록한 것이다. 그리하여 이런 식으로 그런 풍경들이 내 마음 속에 자리함으로써 나는 나중에 시나 소설에서 어떤 지역이 필요하게 될 경우에도 그것이 곧장 내 눈앞에 어른거려 마음대로 이용할 수 있었다.

내가 취리히로 돌아갔을 때 슈톨베르크는 이미 떠나고 없었다. 이 도시에서의 그들의 체류는 이상한 일로 인해 단축되었던 것이다.

여행자들이 가정적 제한에서 벗어나 낯설 뿐만 아니라 완전히 자유로운 자연 속으로 들어간다고 믿는 것은 당연한 일이다. 그 당시에는 비록 밖에서는 집에서보다 더 구속을 당하고 불편할지라도 아직 경찰의 여권 검사와 세관신고와 그 밖의 번거로운 일로 늘 신경을 쓰지 않아도 되었으므로 그런 망상을 품을 수 있었다.

자연의 자유를 실현하려는 무조건적인 경향을 생각한다면 젊은이들이 스위스를 싱싱한 젊음의 속성을 전원시로 표현하기에 적합한 곳으로 여기는 것은 자연스런 일이었다. 게스너의 섬세한 시들은 지극히 멋진 그의 동판화들과 함께 이런 점에서 결정적인 가치를 인정받았다.

실제로 그런 시적인 표현을 위해서는 드넓은 호수에서의 목욕이 가장 적합한 것으로 여겨진다. 그러한 자연속의 수련은 도중에 현대적인 풍습에 적절하지 않은 것으로 여겨졌다. 그래서 사람들은 어느 정도 그것을 억제해왔다. 그러나 스위스에서는 솟아나고 흘러가고 몰려들며 평지로 모여 점차 넓은 호수로 밀려드는 물을 바라보고 축축함을 느끼면서 목욕의 유혹을 뿌리칠 수가 없었다. 나도 친구들과 한데 어울려 맑은 호수에서 사람들이 볼 수 없도록 멀리 떨어져서 목욕했던 것을 부인하지 않는다. 그러나 벌거벗은 몸은 멀리서도 눈에 잘 띄며, 그것을 본 사람은 분노를 느꼈다.

선량하고 허물없는 젊은이들은 시 속의 목동처럼 반쯤 벗거나 이교의 신처럼 완전 나체의 모습을 보여도 아무렇지도 않게 여겼으나 사람들로부터 그런 일을 하지 말라는 주의를 들었다. 사람들은 그들에게 그들이 태초의 자연 속에 살고 있는 것이 아니라 중세부터 내려오는 제도와 풍습을 지키는 것을 훌륭하고 유익한 것으로 존중하는 땅에서 살고 있는 것이라고 일깨워주었다. 그들은 이를 인정하기 싫어하지 않았는데, 특히 그들이 제2의 자연으로 존중하고 있는 중세가 언급되었기 때문이다. 그래서 그들은 사람들이 훤히 볼 수 있는 호숫가를 떠나 산을 통과하여 소리를 내며 흐르는 맑고 시원한 시냇물을 만났다. 그런데 7월 중순에 그들이 그런 시원한 물을 참는다는 것은 불가능한 듯했다. 그렇게 긴 방랑여행을 하면서 그들은 지일 강이 알비스 뒤쪽에서 흘러내려 취리히 아래쪽 리마트 강으로 흘러들어가는 어두운 계곡에 이르렀다. 모든 집들에서 멀리 떨어지고, 사람들이 다니는 길에서도 멀리 떨어져 있어서 여기에서는 옷을 벗어던지고 대담하게 물거품이 솟아오르는 물결 속으로 들어가도 아무 일도 없을 것으로 생각했다. 물론 그들은 물속에 들어가자 물이 차기도 했고 기분이 좋기도 하여 거친 비명과 흥분된 환성을 질렀다. 그들은 이 어둠침침하게 숲이 덮인 바위덩이들을 전원시의 무대로 삼았던 것이다.

그러나 전에 그들을 반대한 자들이 그들을 몰래 따라갔는지, 이 외딴 곳에서의 이 시적인 소동을 통해 반대를 외쳤는지는 분명치 않다. 어쨌든 그들은 위쪽의 조용한 숲에서 연달아 날아오는 돌멩이를 맞아야 했으며, 던진 사람이 소수인지 여러 명인지, 그것이 우연한 일인지 고의적인 일인지는 알 수 없었다. 그래서 그들은 상쾌한 목욕을 중단하고 옷을 찾아 입는 것이 상책이라고 생각했다.

아무도 돌멩이에 맞지는 않았다. 놀람과 불쾌감이 그들이 받은 정신적 손상이었다. 그들은 쾌활한 젊은이들이었으므로 그 기억을 쉽게 떨쳐버릴 줄 알았다.

그러나 그 결과는 라바터에게 가장 불쾌하게 미쳤다. 그는 이 뻔뻔스런 젊은이들을 친절하게 맞아들여 그들과 함께 산보도 하고, 그들로 하여금 도덕적으로 질서정연한 지방에서 그런 거칠고 방종한 이교적인 행동을 하게 하여 추문을 일으켰다는 비난을 받은 것이다.

그러나 이 성직자 친구는 그런 사건을 진정시키는 능력이 있어 이번 일도 잘 처리했다. 그리고 이 떠돌이별과 같은 여행자들이 떠난 다음 우리가 돌아왔을 때는 모든 것이 정상화되어 있었다.

내 작품집 16권에 수록되어 다시 인쇄된 베르테르의 여행에 관한 단편에서 나는 스위스의 찬양할 만한 질서와 법적인 제약을 젊은이의 공상 속에서 요구되는 자연적 삶과 대조시켜 묘사하고자 했다. 그러나 사람들은 작가가 별다른 생각 없이 묘사한 것을 결정적인 의견이며 교훈적인 비난으로 받아들이곤 한다. 스위스인들도 매우 불쾌해했다. 그래서 나는 베

In sinciput, & occiput cauum caput.

SI verò caput ambas eminentias amiserit, scilicet occipitis, & sincipitis, sed æquale, & undequaq; quasi perfecta sphera ambiens fuerit, pessimum erit. Albertus sine memoria, sensu, & sapientia esse dixit globosum caput. Medicorum dogma est, vbi deficit caput, ibi significatur imbecillitas, & defectus operationum. Si anterior par. defectum sensus, & imaginationis, si retro virium, & memoriæ, in medio rationis, & cogitationis. Cerebri forma cranei formam sequitur, & si eius figura corrupta fuerit, etiam cerebri forma corrumpetur, erunt etiam pauidi, & male sensati. Græcorum, & Turcharum capita globi fere imaginem exprimunt, quod tegumentis, quibus varie vtuntur, id caput per accommodum censent.

Caput in temporibus tumens.

ERAT ab Hippocrate numeratum inter naturalia capitis genera illud, in quo ad tempora eminentiæ non antrorsum, vel retrorsum insunt. Aristoteles ad Alexandrum ait. Qui tempora inflata habent, & genas plenas, sunt valde iracundi. In Physiognomonicis verò, quæ circa collum, & tempora venæ amplæ sunt, ij mala sunt ira, & referuntur ad passionem, quia iratis hæc accidunt. Polemon, & Adamantius ab eo. Si quis venas illas quæ sunt circa collum, & tempora turgidas habent, & manifestas, & sanguinei coloris, intus feruere iram ostendit. Rhasis ab eo. Caput vtrinq; conuexum iracundum est. Albertus. Venæ temporum, & ceruicis rubræ, adèo iracundum ostendunt, vt propè sit insanus.

In sinciput, & occiput protensum caput.

SED capitis vtrinq; protensi optimum erit signum. Hæc sola à Medicis existimatur naturalis, & perfecta capitis constitutio. Galenus in artis medicinalis libro perfectam statuens

『인상학』의 또 다른 삽화

르테르의 번민이 묘사되는 시기까지의 그의 심리상태의 전개에 어느 정도의 설명을 가하고 그것을 계속 써나가는 것을 중지하여 사람들의 환영을 받으려고 했다.

나는 취리히에 도착하여 다시 손님 맞기를 좋아하는 라바터 곁에서 대부분의 시간을 보냈다. 『인상학』은 온갖 제대로 된 그림들과 엉터리 그림들로 인해 이 탁월한 사람의 어깨 위에 점점 더 큰 짐을 지워주었다. 우리는 모든 것을 상황에 따라 충분히 철저하게 다루었고, 나는 고향에 돌아간 후에도 변함없이 도와주겠다고 약속했다.

내가 이렇게 약속한 것은 내 민첩한 이해력에 대한 젊은이다운 무조건적 믿음과 온건한 순응의 감정이 있었기 때문이었다. 라바터가 인상을 분석하는 방법이 본래는 내 성격에 맞지 않았던 것이다. 처음 만난 사람이 주는 인상은 어느 정도 그에 대한 나의 관계를 규정했다. 그러나 내 마음속에서 작용하는 일반적인 호의가 젊은이의 경솔함과 어울려 앞질러 지배하여 나로 하여금 대상을 분명치 못한 분위기 속에서 보도록 했다.

라바터의 정신은 무척 장엄했다. 그와 접촉하는 사람은 결정적인 영향을 받지 않을 수 없었다. 그리하여 나도 이마와 코, 눈과 입을 하나하나 관찰하고 그것들의 관계와 연관성을 생각하지 않을 수 없었다. 그 관찰자가 이런 일을 필수적으로 한 것은 명확하게 직관한 것을 완벽하게 해석하기 위해서였다. 그러나 나는 면전에 있는 사람의 요소들을 분석하여 그것을 통해 도덕적 특성을 탐색하는 것이 언제나 음모이며 스파이 행위라고 생각했다. 나는 사람이 마음대로 스스로를 폭로할 수 있는 대화 쪽을 더 신뢰했다. 이에 따라 나는 라바터 옆에 있는 것이 꽤 불안했음을 부인할 수 없다. 왜냐하면 그는 관상학적 방법으로 우리의 특성을 파악한 다음 주고받는 말에서 우리 생각의 지배자가 되었고, 대화를 통해 약간의 통찰력만으로도 쉽게 우리의 생각을 알아낼 수 있었기 때문이다.

마음속에서 종합성을 느끼는 사람은 분석할 자격을 갖추고 있다. 그는 외적이고 개별적인 것들에서 내적인 전체를 시험하고 증명하기 때문이다. 이런 경우 라바터가 어떤 행동을 취했는지 한 가지 예만 들어보기로 한다.

일요일에 설교가 끝난 후 그는 성직자로서 짧은 손잡이가 달린 비단주머니를 나가는 모든 사람들에게 내밀어 따뜻한 마음이 담긴 헌금을 축복하며 거둘 의무가 있었다. 그는 예를 들면 이번 일요일에는 사람의 얼굴은 보지 않고 손만을 보고 그 사람의 모습을 파악해내는 것을 과제로 삼았다. 그러나 손가락의 형태뿐만 아니라 헌금을 넣을 때의 손가락의 움직임도 그의 관찰에서 벗어날 수 없었다. 그는 그것에 대해 많은 것을 말해주었다. 그런 대화는 인간을 그려내는 사람의 자격을 얻으려는 과정에 있는 내게 얼마나 큰 가르침이 되고 자극이 되었겠는가?

그 후의 내 인생의 많은 시기에 나는 이 사람을 생각하곤 했으며, 그는 내가 신뢰할 수 있는 관계에 이르렀던 가장 뛰어난 사람들 중 하나였다.

그래서 다음에 나오는 그에 관한 언급들은 여러 다른 시기에 쓰였다. 서로 가는 방향이 달라지고, 따라서 날이 갈수록 완전히 소원해질 수밖에 없었지만 그가 탁월한 인물이라는 생각은 줄어들지 않았다. 나는 여러 번 그를 떠올렸다. 이 글은 서로 전혀 관련이 없는 것들로 이루어졌지만 반복되는 것은 있어도 모순은 없기를 바란다.

†

라바터는 본래 아주 실제적으로 생각했으며, 도덕적 형태 말고는 관념적인 것을 아무 것도 알지 못했다. 이 점을 파악하고 있으면 그 드물고 기이한 사람을 쉽게 이해할 수 있을 것이다.

그의 『영원에 대한 희망』은 본질적으로 현재 상태의 계속에 불과하며, 단지 그 조건이 우리가 지금 참아나가고 있는 것보다 가벼울 뿐이다. 그의 관상학은 감각적 존재가 정신적 존재와 완전히 일치하는 것이며, 정신적 존재의 증거이자 정신적 존재를 표현하는 것이라는 확신에 바탕을 두고 있다.

그는 예술의 이상과는 쉽게 친해질 수 없었다. 그의 예리한 시각으로는 그런 것은 살아있는 유기체가 될 수 없는 것으로 보였기 때문이다. 그래서 그는 그것을 동화의 세계나 괴물의 세계로 추방했다. 관념적인 것을 실제로 나타내보이려는 그의 끊임없는 욕구는 그를 망상가로 불리게 했다. 그러나 그는 자신보다 더 현실적인 것을 추구하는 사람은 없다고 확신했다. 따라서 그는 자신의 사고방식과 행동방식에서 결코 과오를 찾아내지 못했다.

인정받기 위해 그 사람보다 더 정열적으로 노력한 사람은 드물었으며,

주로 그런 노력에 의해 그는 선생에 적합했다. 그러나 그의 노력이 다른 사람들의 정신 및 도덕의 개선을 위한 것이었지만 그것이 그가 지향한 궁극적 목표는 아니었다.

그리스도의 인격을 나타내는 것이 그에게는 가장 중요한 일이었다. 그래서 그는 그리스도의 초상을 하나하나 그리게 하고 복사시키고 모사하도록 하는 무의미한 일을 했다. 물론 그런 일이 그에게 만족을 주지는 못했다.

그의 저술들은 이미 오늘날에는 이해하기 어려운데, 그가 본래 의도한 것으로 파고들어가기가 쉽지 않기 때문이다. 그 사람만큼 시시각각 많은 글을 쓴 사람은 없었다. 그의 글들은 진정한 일간지이며, 시대사의 독특한 해설을 요하고 있다. 또한 그 글들은 패거리들의 언어로 쓰여 있어 내용을 정확히 알려면 언어를 알아야만 한다. 그렇지 않으면 현명한 독자에게 많은 것이 완전히 미치광이 같으며 무의미하게 여겨질 것이다. 실제로 이런 점에서 그는 살아있을 때에도 사후에도 많은 비난을 받았다.

예를 들면 우리가 희곡으로 써서 그가 격앙된 적이 있었다. 우리는 모든 사건을 이 희곡 형식으로만 묘사했을 뿐 다른 형식은 인정하려 하지 않았던 것이다. 그래서 그는 이에 흥분하여 자신의 『폰티우스 필라투스』에서 성서보다 더 희곡적인 작품은 없으며, 특히 그리스도의 수난사야말로 희곡 중의 희곡으로 단정될 수 있다는 것을 제시하려고 노력했다.

그의 그 작은 책의 이 부분에서, 아니 전체 작품에서 라바터는 산타 클라라의 아브라함 신부*와 매우 비슷하게 여겨진다. 순간에 영향을 주려는 모든 재능 있는 사람은 그러한 방식에 빠져드는 법이다. 그런 사람은

---

* 오스트리아의 유명한 대중 설교자이자 풍자가(1644~1709).

당시의 경향과 열정과 언어와 용어에 대해 알아야 하며, 그런 다음 그것들을 자신의 목적에 사용하고 자기편으로 끌어들이고자 하는 대중에 접근하게 된다.

†

라바터는 그리스도를 성서와 많은 해설가가 나타내는 대로 문자 그대로 받아들였으므로 그에게는 이런 개념이 자신의 존재를 보충하는 데에 도움이 되었다. 그래서 그는 인간인 신을 개인적인 한 인간으로서의 자신과 하나로 여기는 것을 오랫동안 이상으로 삼았으며, 마침내 그리스도와 정말로 하나로 융합되고 통합되어 그와 똑같이 되었다고 상상했다.

그는 이렇게 성서를 문자 그대로 철저히 믿음으로써 오늘날에도 틀림없이 그 당시의 기적을 행할 수 있다고 확신하게 되었다. 그리고 그는 이미 중요하고 급박한 일들을 하면서 열렬하고 힘찬 기도에 의해 순간적으로 극히 위험한 재앙을 효과적으로 피할 수 있었던 경험이 있었으므로 냉정한 이성적 반박은 그를 조금도 흔들리게 할 수 없었다. 나아가 그는 그리스도에 의해 재탄생되어 복된 영원성이 주어진 인간의 커다란 가치를 알게 되고, 정신과 감정의 다양한 요구와 지식에 대한 무한한 갈망을 알며, 별이 빛나는 하늘이 감각적으로 우리를 유혹하듯 자신을 무한한 것으로 확장시키려는 욕구를 느끼면서 자신의 『영원에 대한 희망』의 초안을 구상했으므로 그 책은 대부분의 동시대인들에게는 매우 기이하게 여겨졌을 것이다.

그러나 이러한 모든 노력과 소망과 계획은 자연이 그에게 부여한 관상학적 재능에 의해 압도되었다. 시금석이 표면의 검은 색과 거친 특성을 통해 시험되는 금속들의 차이를 가장 적절하게 나타내는 것처럼 그도 역시 자신이 품고 있는 인간성의 순수한 개념을 통해, 또한 처음에는 본능적 충동으로 우연히 생겼다가 숙고하고 계획적이고 규칙적으로 가다듬은 예리하고 섬세한 관찰능력을 통해 하나하나의 인간의 특성을 보고 인식하고 구별하고 표현하는 데에 고도로 적합한 사람이 된 것이다. 결정적인 천성적 기질에 바탕을 둔 모든 재능은 무언가 마술적인 것을 지니고 있는 듯이 보인다. 왜냐하면 우리는 그 재능 자체도 그것의 영향도 파악할 수 없기 때문이다. 실제로 라바터의 통찰력은 우리가 도저히 따라갈 수 없는 것이었다. 우리가 그와 이런저런 것에 대해 친밀하게 이야기할 때면 어리둥절해졌다. 자연이 우리들 개인을 제한해놓은 모든 경계를 분명하게 구별해내는 그 사람 곁에 있으면 참으로 무섭게 느껴졌다.

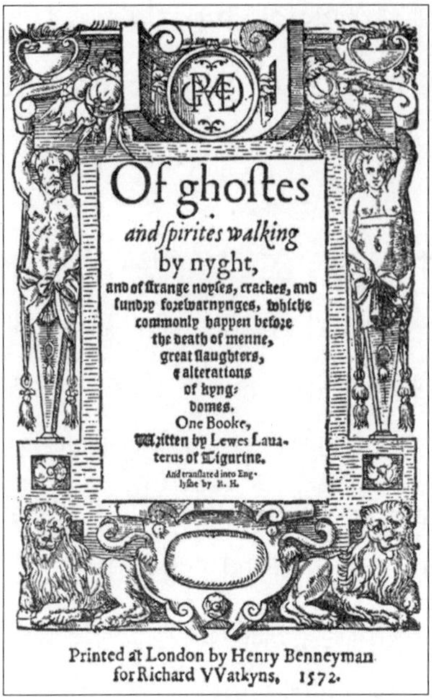

1572년 런던에서 펴낸 라바터의 책 타이틀 페이지

누구나 자신이 지니고 있는 것을 다른 사람과 나눌 수 있다고 생각하는 만큼 라바터도 그 위대한 재능을 자신을 위해서만 사용하지 않고, 그것을 다른 사람들에게서도 찾아내서 자극하고 많은 사람들에게 전달하려고 했다. 이 특별한 학설이 얼마나 어둡고 악의에 찬 오해와 엉뚱한 조롱과 비열한 비난의 기회를 주었는지는 몇몇 사람들의 기억에 아직도 남아있을 것이다. 여기에는 이 탁월한 사람의 책임도 전혀 없다고는 할 수 없다. 왜냐하면 그의 내면적 본질의 통일은 고도의 도덕성에 기초하고 있다고는 해도 그에게는 철학적 사고방식의 성향이나 예술적 재능이 결여되어 있었으므로 그의 다양한 노력으로는 통일을 나타낼 수 없었기 때문이다. 그는 사상가도 작가도 아니었고, 본질적인 의미에서 연설가도 아니었다. 그는 무언가를 조직적으로 파악하지는 못했지만 개별적인 것을 하나하나 확실하게 포착하여 그것을 대담하게 나란히 늘어놓았다. 그의 위대한 관상에 관한 저서는 이런 방식의 두드러진 사례이자 증거이다. 그 자신의 마음속에서는 도덕적이고 감각적인 인간의 개념이 전부를 이룰 수 있을지 몰라도 자신 외에 다른 사람들의 경우에는 개개인에게서 실제적으로 개인의 삶을 파악하여 그 개념을 묘사할 수밖에 없었다.

바로 그 저서는 유감스럽게도 우리에게 어떻게 그토록 예리한 감각을 지닌 사람이 가장 평범한 체험 속에서 비틀거렸으며, 모든 미술가와 동판화가를 불러대고, 특성 없는 그림이나 동판을 위해 엄청난 돈을 소비하고, 결코 책 속에서 이런저런 삽화들이 잘못되어 무의미하고 쓸모없는 것이 되었는지를 나타내주고 있다. 물론 그것으로 인해 그가 자신의 판단과 타인들의 판단을 예리하게는 했지만 공기와 빛을 들게 하지 못하고 경험들을 쌓는 그의 성향을 증명하고도 있다. 그래서 그는 내가 자주 간곡하게 요구한 결과를 향해 나아갈 수 없었다. 그가 나중에 친구들에게 결과로서 전해준 것은 내가 보기에는 결코 결과가 아니었다. 왜냐하면 그것은 선과 모양, 아니 그가 일정한 도덕적 혹은 자주 비도덕적인 특성들과 연결된 것으로 본 혹이나 주근깨들이 모여서 이루어진 것이었기 때문이다.

그 가운데에는 깜짝 놀랄 만한 설명도 있었다. 그러나 순서가 없었고, 모든 것이 우연하게 뒤섞여 있었으며, 어디에서도 귀납적 근거나 반증을 찾을 수 없었다. 그의 다른 저술들에서도 작가적인 방법이나 예술적 감각이 나타나있지 않으며, 그보다는 자신의 생각과 의지의 열정적이고 격렬한 묘사가 담겨 있었다. 그리고 전체적으로 이루지 못한 것은 진지하고 재치 있는 개별적인 특성들에 의해 늘 보충되어 있었다.

†

다음에 이어지는 관찰도 그런 상황과 관련되어 있으므로 여기에 소개하는 것도 적절할 것이다.

누구나 부정할 수만 있다면 타인의 우월함을 쉽게 인정하려 하지 않는다. 모든 종류의 천성적 우월함은 가장 부정하기 어려운 것이다. 그 당시의 일반적 어법에서 천재라는 말은 작가에게만 인정되어 있었다. 그러나 돌연 다른 세계가 나타난 것 같았고, 사람들은 의사, 장군, 정치가와 나중에는 이론적이거나 실제적으로 두각을 나타냈다고 생각되는 모든 사람들에게서 천재를 요구했다. 특히 치머만은 이러한 요구들을 말로 표현했다. 라바터는 그의 『인상학』에서 필연적으로 모든 종류의 정신적 재능을 보편적으로 분류하여 제시해야 했다. 천재라는 말은 보편적인 유행어가 되었고, 이 말을 너무 자주 듣게 되어 사람들은 그들이 듣는 천재는 어디에나 보편적으로 있다고 생각하게 되었다. 그리고 모두가 타인에게 천재를 요구하는 것이 당연하게 되어 누구나 스스로 천재를 소유해야 한다고 믿었다. 천재란 행동과 활동에 의해 법과 규칙을 부여하는 인간의 힘이라고 말해지게 된 것은 훨씬 후의 일이었다. 그 당시에는 기존의 법칙을 뛰어넘고 도입된 규칙을 타파하고 모든 제한에서 벗어났다고 선언함으로써 천재가 실증되었다. 그리하여 천재가 되는 것은 쉬운 일이었으며, 이렇게 말과 행동이 잘못 사용됨으로써 규칙을 지키는 사람들이 그런 문란함에 대해 반발하게 된 것은 당연한 일이었다.

만약 누군가가 무엇 때문에 어디로 가는지도 모른 채 걸어서 세상을 돌아다닌다면 이것이 천재 여행으로 불렸다. 누군가가 목적도 이익도 없이 어떤 엉뚱한 일을 계획한다면 그것은 천재의 장난이었다. 활기 넘치는, 자주 진정한 재능이 있는 젊은 사람들은 무절제 속에 빠졌다. 재능이나 원기가 부족할지도 모르는 나이 들고 분별 있는 사람들은 악의적인 기쁨을 느끼면서 다양한 실패들을 대중 앞에서 우스꽝스럽게 표현할 줄 알았다.

그래서 나는 나의 발전과 표현이 방해받은 것은 나와 생각이 다른 사람들의 반발 때문이라기보다는 비슷한 생각을 가진 사람들의 협조와 영향 때문이라는 것을 알게 되었다. 최고의 정신적 재능을 모독하는 어휘, 형용사, 숙어는 무지한 상태로 따라서 말하는 대중 속에 퍼져나갔고, 지금도 천박한 생활을 하는 무지한 사람들에 의해 여기저기서 사용되고 있으며, 사전 속에까지 파고들었다. 천재라는 말이 그렇게 잘못된 의미로 사용됨으로써 사람들은 독일어에서 그 말을 완전히 추방할 필요성을 제기했다.

다른 국민들보다 비속한 것에 사로잡히기 쉬운 독일인은 좀 더 심오한 철학에 의해 다시 생겨난 사고가 가장 고상하고 훌륭한 것을 만들어 내지 않았더라면 언어의 가장 아름다운 꽃이며 겉으로는 외국어인 듯하지만 모든 국민에게 똑같이 익숙한 그 천재라는 어휘를 없애버렸을지도 모른다.

†

앞에서 나는 독일의 문학사와 풍속사에서 잊혀질 수 없는 두 사람의 젊은 시절에 대해 얘기했다. 그러나 우리는 그들을 그 당시 같은 또래의 친구들과 어울려 그릇된 일상의 원리에 의해 오도되어 잘못된 길을 걸은 사람들로 알고 있다. 그러나 이제 그들을 직접 만난 통찰력 깊은 라바터가 파악한 대로 우리가 그들의 자연적인 모습과 본래의 특성을 평가하고 존중하여 소개하는 것은 당연한 일일 것이다. 그 방대하고 값비싼 관상학의 대작은 소수의 독자만이 입수할 수 있을 것이므로 두 슈톨베르크를 다룬 그 책의 제2부 30장의 244쪽을 여기에 그대로 소개하겠다.

여기서 우리가 초상화와 실루엣으로 보고 있는 젊은이들은 관상학적 묘사를 위해 초상화를 그리는 화가 앞에 당사자가 앉아 있듯 내 앞에 앉거나 선 최초의 사람들이다.

나는 평소에 그 고상한 사람들을 알고 있었다. 나는 자연스럽게, 또한 내 모든 지식을 가지고 그들의 특성을 관찰하여 묘사하려는 최초의 시도를 했다.

이것이 그 두 사람에 대한 전체적인 묘사이다.

먼저 동생에 대해

25살의 꽃다운 젊은이를 보라! 가볍게 떠다니고 헤엄치는 듯한 유연한 피조물! 그것은 누워 있지도 않고, 서 있지도 않고, 기대지도 않고, 날지도 않는다. 그것은 둥둥 떠다니거나 헤엄쳐 다닌다. 쉬기에는 너무 활력이 넘치고, 꼿꼿이 서 있기에는 너무 느슨하며, 날기에는 너무 무겁거나 부드럽다.

그리하여 그것은 땅에 닿지 않고 둥둥 떠다닌다! 그것의 전체적인 윤곽 속에는 축 늘어진 선도, 직선도, 팽팽하게 당겨진 선도, 완전히 둥근 선도, 심하게 굽은 선도 없다. 구석진 부분도 없고, 이마에 돌처럼 튀어나온 곳도 없다. 딱딱한 것도, 굳은 것도 없다. 격노하는 포악성도, 위협하는 권세도, 강철 같은 용기도 없다. 탄력이 있어 매혹적이지만 강철 같지는 않다. 굳건하고 탐구적인 깊은 사고도 없고, 느긋한 숙고도, 총명한 분별력도 없다. 한 손에는 저울을 꼭 쥐고 다른 손에는 칼을 든 추론가의 모습은 어디에도 없고, 시선과 판단에는 조금도 뻣뻣함이 없다! 그리고 지극히 빠른 이해력과 때 묻지 않은 진실함! 언제나 내면으로 느끼는 자이지만 결코 깊은 사색가는 아니다. 발명가도 아니고, 진리를 빨리 바라보고 빨리 인식하고 빨리 사랑하며 빨리 포착하는 사람도 아니고……영원히 떠다니는 자이며 주시자이고 이상주의자이고 미화자이다. 자신의 모든 이상의 형성자! 늘 자신이 보고자 하는 것을 보는 반쯤 도취된 자이다. 침울한 마음으로 속을 태우는 자도 아니고, 심하게 좌절하는 자도 아니다. 그러나 숙고하며 고상하고 힘찬 사람! 부드러운 '태양을 갈망하는 마음'을 지니고 대기 속을 이리저리 돌아다니고, 위로 날아오르려다가 내려오지만 땅에 떨어지지는 않는 자! 땅으로 돌진하여 '바윗덩이 시냇물'의 물결 속에 잠기고, '바위가 부딪히는 천둥소리' 속에서 소요한다. 그의 시선은 독수리의 불타는 시선이 아니다! 그의 이마와 코는 사자의 용맹이 없다! 그의 가슴은 싸움을 원하며 울부짖는 말의 결연함도 없다! 전체적으로는 코끼리의 부드러운 유연함이 많고…….

날카롭지도 모나지도 않은 오뚝한 코를 향해 돋아나온 그의 윗입술은 입을 다물면 다양한 취향과 예민한 감정을 나타낸다. 얼굴의 아래 부분은 육감성과 게으름과 주의 태만을 나타내고 있다. 옆얼굴의 전체 윤곽은 솔직함, 정직, 인간미를 나타내면서 동시에 유혹되기 쉬운 성격, 남이 아닌 자기만 피해를 보는 몹시 착한 경솔함을 나타내고 있다. 입의 가운데 선은 움직이지 않을 때에는 솔직하고 무계획하며 부드럽고 착한 사람을 나타내고, 움직일 때에는 애정 있고 감정이 섬세하고 지극히 매혹적이며 선량하고 고상한 사람을 나타낸다. 둥그런 눈꺼풀과 눈의 광채 속에는 호메로스는 자리하고 있지 않지만 호메로스를 가장 깊고 내밀하고 빠르게 느끼고 파악하는 자가 자리 잡고 있다. 서사시인은 없지만 송가시인이 자리하고 있다. 솟아나고 개조하고 미화하고 형성하고 떠다니고 모든 것을 영웅의 모습으로 바꾸고 신성화하는 천재다. 언제나 그런 둥글게 휜 반쯤 보이는 눈꺼풀은 계획에 따라 창작하고 천천히 작업하는 미술가보다는 섬세하게 느끼는 시인을 나타내며, 엄격한 사람이기보다는 사랑을 하는 사람임을 보여준다. 이 젊은이의 전체 모습은 너무 느슨하고 너무 퍼진 옆얼굴보다는 더 애교 있고 매력적이다. 앞얼굴은 조금만 움직여도 다감하고 조심성 있고 창조적이고 미숙한 내면적 선량함과 부드럽게 진동하고 부정을 싫어하고 자유를 갈망하는 활동성을 나타낸다. 그것은 한꺼번에 받고 끊임없이 받는 많은 인상들을 감추지 못한다. 그와 가까운 관계를 맺고 있는 모든 대상은 그의 뺨과 코를 붉게 변화시킨다. 명예와 관련된 곳에서는 처녀와 같은 수치심이 번개 같이 재빨리 부드럽게 움직이는 피부 위에 번진다.

얼굴색은 모든 것을 창조하고 모든 것을 없애버리는 천재의 창백한 빛도 아니고, 오만한 파괴자의 야성적으로 타오르는 불꽃색도 아니고, 수줍음 잘 타는 자의 우윳빛도 아니고, 강하고 질긴 자의 황색도 아니고, 천천히 열심히 일하는 노동자의 갈색도 아니다. 그러나 그의 전체적인 성격에 강인함과 나약함이 뒤섞여 있듯이 연한 붉은색과 자주색이 나타나 서로 조화롭게 뒤섞여 있다. 전체와 모든 특별한 모습들의 정신은 자유이며, 쉽게 앞으로 내밀리고 쉽게 뒤로 당겨지는 탄력 있는 활동성이다. 전체 얼굴의 전면과 머리의 자세에서는 관대함과 솔직한 쾌활함이 빛나고 있다. 느낌의 순결함, 취향의 우아함, 정신의 순수함, 영혼의 선량함과 고결함, 활동적인 힘, 강함과 약함의 감정이 전체 얼굴 속에 속속들이 파고들어 빛나고 있어 대담한 자긍심은 고상한 겸양 속에 녹아들고, 천성적인 자만심과 젊은이의 허영심은 전혀 무리 없이 자연스럽게 이 훌륭하게 작용하는 전체 속에서 사랑스럽게 흐릿해진다. 희끄무레한 머리칼, 키와 균형 잡히지 않은 몸집, 부드럽고 가벼운 걸음걸이, 가볍게 떠다니는 듯한 발걸음, 납작한 가슴, 주름살 없는 하얀 이마, 그 밖의 여러 가지 특징들이 이 사람에게 전체적으로 여성적인 모습을 나타낸다. 그럼으로써 내면의 탄력을 완화시키고, 계획적으로 모욕을 주고 비열한 짓을 할 마음을 영원히 품지 못하게 한다. 동시에 이 대담하고 정열적인 시인은 자유와 해방에 대한 참된 열망을 지니고 있지만 계획을 관철하는 확고하고 끈기 있는 사업가나 피비린내 나는 전쟁에서 불멸의 이름을 남길 사람은 아니다. 나는 이제 마지막에 와서야 가장 두드러진 특징에 대해 전혀 얘기하지 않았음을 깨달았다. 즉 고상하며 온갖 허례에서 벗어난 단순함! 어린애 같은 마음! 자신의 외적인 고귀한 신분에 대한 완전한 무관심! 경고와 질책은 물론 비난과 부당함까지도 받아들이고 참아내는 이루 말할 수 없는 온후한 마음씨에 대해 전혀 말하지 않았던 것이다.

그러나 그토록 많은 순수한 인간성을 지닌 선량한 사람에 대해 파악하고 느낀 것을 어떻게 다 말했다고 할 수 있으랴!

형에 대한 묘사

내가 동생에 대해 말한 많은 것이 형에 대해서도 말해질 수 있는 것이리라! 내가 알아낸 가장 두드러진 점은 이것이다. 즉 이 사람의 모습과 특성은 동생보다 더 압축되어 있고 덜 퍼져 있다는 것이다. 동생에게서는 모든 것이 더 깊고 평평한데, 형에게서는 모든 것이 더 짧고 넓고 둥글고 휘어져 있다. 동생에게서는 모든 것이 더 느슨한데, 형에게서는 더 팽팽하다. 이마가 그렇고, 코가 그렇고, 가슴이 그렇다. 더 압축되고, 활기 있고, 덜 넓으며, 더 집중된 힘과 활력이 있다! 애교와 온후함은 동생과 같다! 두드러진 솔직성은 없고, 오히려 교활함이 있지만 근본에 있어서나 실제로는 동생과 똑같이 성실하다. 동생처럼 부정과 악의를 몹시 싫어하고, 음모와 술수라고 말해지는 모든 것과 타협하지 않는다. 횡포와 압제에 대해 용납하지 않는 것도 똑같다. 모든 고귀하고 선량하고 위대한 것에 대한 순수하고 청렴한 감정도 똑같다. 우정과 자유에의 욕구도 똑같고, 감수성과 고상한 명예욕도 똑같다. 모든 선량하고 현명하고 단순하고 힘 있고 유명 무명의 잘 알려지거나 그렇지 않은 사람들에 대한 공평한 마음도 똑같다. 또한 경솔한 무분별함도 똑같다. 아니다! 꼭 같지만은 않다. 얼굴이 더 뚜렷하며 더 친밀하고 더 확실하고, 실무와 실제적 상담활동에 더 내면적이고 쉽게 발전시킬 수 있는 적합성을 갖추고 있다. 돌파해 나가는 용기도 더 많은데, 이것은 무엇보다도 현저히 튀어나온 둥그런 눈두덩이 나타내고 있다. 솟구치는 풍부하고 순수하며 고상한 시인의 감정은 없다. 동생에게 있는 생산적 힘의 신속한 날렵함도 없다. 그러나 깊은 내면은 생기 있고 올바르며 진실하다. 경쾌하게 아침햇살이 비치는 하늘을 둥둥 떠다니면서 형상들을 만드는 빛의 천재는 아니다. 내면의 힘이 많은 반면 표현력은 적은 듯하다! 힘차고 무서운 점은 많으나 화려하고 우아한 점은 적다. 그러나 그의 붓에는 색채도 매력도 결여되어 있지 않다. 기지와 쾌활한 기분이 더 많으며, 아주 익살스런 숲의 신이다. 이마, 코, 시선 등 모든 것이 아래로 향해 솟아나 있다. 외부에서 모은 것이 아닌 내면에서 솟아나온 독창적이며 온갖 생기를 주는 기지를 나타내는 결정적 표시들인 것이다. 대체로 이 사람의 모든 특성에서는 동생보다 더 돌출하고 모나고 공격적이며 저돌적이다! 어디에도 평탄함이 없고 느슨함이 없다. 내리깐 눈은 예외인데, 거기에서는 이

마와 코에서처럼 쾌락욕이 드러나 있다. 그 외에 모든 것이 압축되어 있는 이 이마와 이 시선에는 타고난 위대성, 강인함, 인간성의 욕구, 독립성, 단순성, 결단이 속일 수 없게 나타나 있다!

나는 다름슈타트에서 메르크에게 그 유쾌한 일행과 내가 곧 헤어질 것이라는 그의 예언이 맞아떨어진 데 대한 승리의 기쁨을 안겨준 다음 다시 프랑크푸르트로 가서 모든 사람들의 환대를 받았으며, 아버지도 나를 기분 좋게 맞아주었다. 물론 아버지는 내가 아이롤로로 내려가서 밀라노에 도착했다는 소식을 전하지 못한 것에 대해 말로 표현하지는 않았지만 불만을 느끼고 있었으며, 특히 그 험한 바위와 안개호수와 용의 동굴에 대해서는 조금도 관심을 보이지 않았다. 그리고 그는 적대감에서는 아니지만 가끔 나폴리를 보지 않은 자는 살았다고 할 수 없다는 것을 일깨워주었다.

나는 릴리와 만나는 것을 피하지 않았고 피할 수도 없었다. 우리 둘 사이의 상태는 소중하고 애정 어린 것이었다. 내가 들은 바로는 내가 없는 동안 그녀는 나와 헤어져야 하며, 내가 여행을 통해 완전히 의도적으로 그녀 곁을 떠난 것으로 내 입장을 충분히 해명한 것이므로 헤어지는 것이 더 필연적이며 더 쉬울 것이라는 설득을 당했다는 것이다. 그러나 그때까지의 모든 사정을 잘 알고 있는 도시와 시골의 클럽 친구들은 이상한 식으로 서로 떨어지게 된, 아직도 여전히 서로 사랑하는 우리 두 사람을 그대로 놔두지 않았다. 그것은 어떤 의미에서는 행복하게 죽은 자들과 불행하게 죽은 자들이 함께 만나는 저승과도 비교될 수 있는 저주스런 상태였다.

지나간 날들이 다시 돌아오는 듯한 순간들도 있었지만 곧 번갯불을 반짝이는 유령과도 같이 사라졌다.

친절한 사람들이 나한테 알려준 바에 의하면 릴리는 우리의 결합의 모든 장애요소들에 대해 듣고 나서 나에 대한 애정에서 그런 상황을 벗어던지고 나와 함께 미국으로 건너갈 계획을 하고 있다고 말했다는 것이다. 그 당시에 미국은 순간적인 상황으로 고통 받는 사람들에게 지금보다 더 좋은 낙원이었던 것 같다.

그러나 나의 희망을 부풀리도록 되어 있던 일이 오히려 희망을 억눌렀다. 그녀의 집에서 불과 몇 백 발짝밖에 떨어져있지 않은 아름다운 아버지의 집은 바다 건너 멀리 떨어진 불확실한 환경보다는 여전히 더 견딜 만한 좋은 조건이었던 것이다. 그러나 내가 그녀를 보면 모든 희망과 소망이 다시 일어나 마음속에서 새로운 동요가 일었던 것은 부인할 수 없다.

물론 누이동생의 원칙은 확고하게 우리의 결합은 안 된다는 것이었다. 누이동생은 가능한 한 모든 사려 깊은 감정으로 상황을 설명했을 뿐만 아니라 정말 처절할 정도의 강경한 편지로 언제나 더 힘차게 똑같은 설명을 했다. 그녀는 말했다.

"그런데 두 사람이 피할 수 없다면 참아야 해요. 그런 것은 참아야 할 일이지 선택해서는 안 되는 일이지요."

이런 비참한 온갖 상황 속에서 몇 달이 지나갔다. 주위의 모든 사람들이 우리의 결합에 반대했다. 그러나 그녀의 마음속에는 모든 것을 극복할 힘이 있다는 것을 나는 알고 있었고 믿었다.

사랑하는 두 사람은 각자의 상황을 깨닫고 단둘이 만나는 일을 피했다. 그러나 관례대로 모임에서 만나는 일은 피할 수 없었다. 내게는 가장 힘든 시험이 부과된 것이었고, 좀 더 자세히 설명하면 고상하게 느끼는 모든 영혼이 공감할 그런 것이었다. 일반적으로 우리는 새로이 알게 되고 새로이 애정관계가 맺어질 때에는 사랑하는 여인의 과거를 베일로 가리는 것임을 인정한다. 애정은 내력에는 관심을 두지 않으며, 번개처럼 순간적인 본능에서 일어나는 것이므로 과거도 미래도 알려고 하지 않는다. 그러나 내가 릴리와 가까운 사이가 된 것은 그녀가 자신의 어린 시절 얘기를 들려준 것이 동기가 되었다. 즉 그녀는 어렸을 때부터 많은 사랑과 호감을 일으켰고, 특히 번잡한 자기 집을 방문하는 낯선 손님들의 호감을 샀으며, 비록 아무런 결과나 관계가 생기지는 않았지만 그럼으로써 얼마나 즐거워했는지를 얘기해 주었었다.

진정으로 사랑하는 사람들은 지금까지 느껴온 모든 것을 오로지 현재의 행복의 준비로서, 자신들의 삶을 세우는 토대로서만 본다. 과거의 애정은 날이 밝으면서 사라져버리는 밤의 유령과 같이 여겨지는 것이다.

그러나 어떤 일이 일어났던가! 대목장이 돌아왔고, 그 유령 같은 사람들이 떼를 지어 모습을 나타냈다. 유명한 집의 거래인들이 점점 더 몰려들었고, 그들 중 이 사랑스런 딸에 대한 관심을 완전히 포기하려 하거나 포기할 수 있는 사람은 아무도 없다는 것이 금세 밝혀졌다. 젊은이들은 치근대지 않고 잘 아는 친구로서 나타났고, 중년 남자들은 어느 정도 정중한 예절을 갖춰 호감을 사고 어떻게든 유리한 요구를 하고 싶어 했다. 그 중에는 많은 부를 지니고 여유 있게 지내는 멋진 남자들도 있었다.

그러나 나이 든 신사들의 아저씨 같은 태도는 몹시 참을 수 없는 것이었다. 그들은 손을 내밀고 역겹게 쓰다듬으면서 키스까지 요구했으며, 릴리는 그들에게 뺨을 거절하지 않았다. 그녀는 모든 사람들을 공손하게 만족시키는 것을 아주 당연한 것으로 여겼다. 그러나 대화 역시 많은 걱정스런 기억을 불러일으켰다. 강이나 시골로 야유회를 갔던 일, 유쾌하게 끝난 여러 가지 모험들, 무도회와 저녁산책, 우스꽝스런 구혼자들을 조롱한 일 등 몇 년 동안의 결과를 일시에 거둬들인 가련한 애인의 가슴에 질투어린 분노만 일으키는 일들이 이야기되었던 것이다.

그러나 이런 번잡 속에서도 그녀는 친구를 소홀히 하지 않았다. 그녀는 내 쪽으로 몸을 돌릴 때면 내게 서로의 입장에 완전히 적합한 듯 여겨지는 가장 애정 어린 말을 몇 마디 해줄 줄 알았다.

아니다! 우리는 이제 아직도 기억 속에 남아있는 이 견딜 수 없는 고통에서 방향을 돌려 그 당시 나의 상태에 진정으로 적절한 위안을 가져다준 시로 옮겨가기로 한다.

「릴리의 정원」은 대략 이 시기의 작품일 것이다. 이 시는 그 당시의 섬세하고 다감한 상태를 표현하지 않고, 천성적인 격렬함으로 역겨움을 고조시키고 엉뚱하게 분노에 찬 모습에 의해 단념을 절망으로 변화시키고자 했으므로 여기에 삽입하지 않겠다.

오히려 다음의 시는 그 당시의 불행한 사랑의 우아함을 표현하고 있으므로 여기에 적어보겠다.

그대 시들어가는 귀여운 장미여,
나의 사랑은 그대를 키우지 못했노라.
아, 비통함에 넋을 잃은
절망한 자를 위해 피어나라!

서글피 지난날을 생각하노라.

천사여, 내 그대에 매달려
첫 꽃망울을 고대하며
아침 일찍 정원으로 걸어갔던 그때를.

모든 꽃, 모든 열매가
아직 그대의 발밑에 있고,
그대의 얼굴을 보면
가슴속에 희망이 고동치노라.

그대 시들어가는 귀여운 장미여,
나의 사랑은 그대를 키우지 못했노라.
아, 비통함에 넋을 잃은
절망한 자를 위해 피어나라!

오페라 『에르빈과 엘미레』는 골드스미스의 『웨이크필드의 목사』에 삽입된 사랑스런 담시에서 이루어진 것으로 우리에게 비슷한 일이 생기리라고는 예상치 못했던 화려한 청춘시절에 우리를 즐겁게 했었다.

나는 앞서 그 시기의 몇몇 시 작품들을 삽입한 바 있는데, 모두 함께 남아있게 되길 희망할 뿐이다. 행복한 연애시절의 계속되는 감동은 근심이 생김으로써 더욱 고조되어 노래들의 동기가 되었는데, 그 노래들은 전혀 과장된 것이 아니라 언제나 순간의 감정을 읊었다. 사교적인 축제의 노래로부터 아주 짧은 선사용 시에 이르기까지 모든 것이 생동감 있었고 교양 있는 사회에서 공감을 받았다. 처음에는 흥겹게, 그 다음에는 고통스럽게 읊어졌고, 마지막에는 어떤 행복의 절정도 슬픔의 심연도 시에 담기지 않은 것이 없었다.

처음으로 마음에 들어 며느리로 삼고 싶은 여자를 집에 들여놓는 일이 점점 더 곤란해진 아버지는 이런 모든 내적 외적 일들을 불쾌하게 여겼으므로 어머니가 현명하고 효과적으로 분위기를 돌릴 줄 알았다. 아버지가 어머니와 친밀하게 얘기할 때면 공주라고 부르곤 한 이 아가씨는 그러나 결코 아버지의 마음을 끌려고 하지 않았다.

그러는 동안 아버지는 일을 되는 대로 내버려두고 자신의 작은 법률사무를 꾸준히 이끌어나갔다. 아버지의 젊은 법률 친구인 노련한 서기는 아버지의 사무실에서 점점 더 기반을 넓혀나갔다. 알다시피 자리에 없는 사람은 소홀하게 취급되는 법이어서 그들은 내 갈 길을 가도록 했고, 내가 성공할 수 없는 토대 위에서 점점 더 확고한 기반을 세우려고 노력했다.

다행히도 나의 방향은 아버지의 생각이나 소원과 일치했다. 아버지는 나의 시적 재능을 폭넓게 이해했으며, 내 최초의 작품들이 얻은 호평에 무척 기뻐했고, 자주 새로운 일과 앞으로의 계획에 대해 얘기를 나누었다. 하지만 나는 사교적인 풍자시와 열정적인 시들에 대해서는 어떤 것도 아버지에게 알려서는 안 되었다.

나는 『괴츠 폰 베를리힝겐』에서 중요한 세계사의 상징을 내 방식에 따라 그려낸 다음 역사의 비슷한 전환점을 세심하게 살펴보았다. 네덜란드의 봉기가 내 주의를 끌었다. 『괴츠』 속에서는 무정부시대에는 선량하고 힘 있는 자가 중요성을 띤다는 망상 속에서 몰락하는 유능한 인물이 그려졌다. 『에그몬트』에서는 근거가 확고한 상태라도 엄격하고 정당성을 인정받는 독재정치 앞에서는 유지될 수 없다는 것이 묘사되었다. 나는 이 작품을 어떻게 써야 하고 어떻게 쓰려고 하는지에 대해 아버지와 열렬히 얘기를 나누었으므로 아버지는 내 머릿속에서 이미 완성된 이 작품이 종이에 쓰여 인쇄되고, 그것을 감탄하며 보고자 하는 억제할 수 없는 갈망을 갖게 되었다.

전에 내가 아직 릴리를 내 것으로 만들기를 희망했을 당시에 내 모든 활동을 시민적인 일의 통찰과 연습에 바친 것처럼 나는 지금은 나를 그녀와 떨어지게 한 무시무시한 간격을 정신과 영혼이 충만한 일로 채우게 되었다. 그래서 나는 본격적으로 『에그몬트』를 쓰기 시작했다. 그리고 『괴츠 폰 베를리힝겐』의 초고처럼 순서대로 쓰지 않고, 처음의 서두 부분에 이어 모든 연관관계를 고려하지 않고 곧장 중심장면들을 써나갔다. 되는 대로 작업을 해나가는 내 방식이 아버지의 과장이 아닌 밤낮 없는 독려를 받아 작품이 꽤 많이 진전되었다. 아버지는 그렇게 쉽게 시작된 일은 역시 쉽게 완성되리라고 믿고 있었다.

제20장

그렇게 나는 『에그몬트』를 계속 써나갔다. 그리고 그럼으로써 나의 열정적인 상태가 어느 정도 가라앉게 되었고, 한 유능한 예술가가 함께하여 많은 고통스런 시간을 견뎌내는 데에 도움을 주기도 했다. 내가 전 같으면 바랄 수도 없는 때에 영혼의 은밀한 평화를 얻게 된 것은 이미 자주 해왔듯이 실제적인 교양을 얻기 위한 막연한 노력 덕분이었다.

프랑크푸르트에서 태어나 파리에서 교육을 받은 게오르크 멜히오르 크라우스가 마침 짧은 여행에서 북독일로 돌아와 나를 방문했다. 나는 곧장 그와 어울리고 싶은 충동과 욕구를 느꼈다. 그는 쾌활한 도락가였으며, 그의 경쾌하고 명랑한 재능을 키우는 데에는 파리에서의 교육이 안성맞춤이었다.

그 당시 독일인들에게는 파리가 편안한 거주지였다. 필리프 하케르트*는 거기에서 명망을 얻고 부유하게 살고 있었다. 그가 풍경을 있는 그대로 그려서 수채화와 유화로 완성하는 충실한 독일적 수법은 프랑스인들

* 괴테는 나중에 풍경화가 하케르트(1737?1807)의 전기도 썼다.

이 몰두해온 실용적 기법과 대조를 이루어 매우 환영받았다. 동판화가로 크게 존경받았던 빌레는 독일인들에게 성공의 기반을 세웠다. 이미 많은 영향을 미치고 있던 그림은 자기 나라 사람들에게 적지 않은 도움을 주었다. 직접 자연을 따라 그리기 위한 기분 좋은 도보여행이 계획되어 좋은 결과를 준비하고 이루었다.

필리프 하케르트

부셰*와 와토**는 진정으로 천부적인 화가였으며, 두 사람의 작품은 시대의 감각과 정신에 이미 뒤처졌지만 여전히 최고의 존경을 받고 있었다. 그들은 새로운 경향으로 기울었고, 그저 장난삼아 시도해본 것이지만 열심히 활동했다. 가정 안에서 조용히 혼자 지낸 그로이체는 그런 시민적인 장면을 즐겨 그리면서 자기 작품에 도취되어 우아하고 경쾌한 화필을 즐겼다.

그런 모든 것을 우리의 크라우스는 자신의 재능 속에 아주 잘 받아들일 수 있었다. 그는 사교모임을 통해 사교적 교양을 쌓았으며, 우아한 가정

* 프랑스의 화가, 판화가, 도안가(1703~1770). 프랑스풍의 로코코 양식을 완벽하게 표현한 작품들을 제작했으며, 몰리에르의 작품집에 삽화를 그리기도 했다.

** 프랑스의 화가(1684~1721). 서정적인 매력과 우아함을 풍기는 로코코 양식으로 유명하다.

하케르트의 풍경화

의 정겨운 집단을 초상화식으로 묘사했다. 그는 풍경의 묘사에서도 적잖은 성공을 거두었다. 그것은 깨끗한 윤곽, 진한 붓칠, 부드러운 색채에 의해 정감 있게 받아들여졌다. 소박한 진실성이 내면의 감각을 만족시켰으며, 특히 그가 자연에 따라 묘사한 것을 곧장 그림으로 완성시키는 재능은 미술애호가를 즐겁게 했다.

그 사람은 아주 유쾌한 사교가였다. 늘 변함없는 쾌활함이 그를 따라다녔다. 그는 어디서나 비굴하지 않은 친절과 오만하지 않은 신중함을 보였다. 그는 모든 사람들 중 가장 활동적인 동시에 쾌활한 사람으로 어디서나 사랑받았다. 그러한 재능과 성격을 타고난 그는 곧 상류사회에 추천되어 특히 란 강가의 나사우 성의 폰 슈타인 남작에게 좋은 대우를 받았다. 그는 거기에서 재능이 풍부하고 무척 사랑스런 남작 딸의 미술공부를 돕고 여러 가지 방식으로 사교활동에 활기를 불어넣었다.

프랑수아 부셰

이 뛰어난 딸이 폰 베르테르 백작과 결혼한 후 이들 신혼부부는 이 미술가를 튀링겐에 있는 넓은 땅으로 데려갔다. 그래서 그는 바이마르에도 오게 되었다. 여기에서 그는 사람들에게 알려지고 인정을 받았으며, 교양이 높은 그곳 사람들은 그가 오래 머물러줄 것을 희망했다.

어디서나 활동적인 그는 프랑크푸르트로 돌아와 미술품 수집만을 즐겨온 내게 실제적인 그림연습을 하도록 자극했다. 미술애호가에게는 전문화가가 옆에 있는 것이 필요하다. 왜냐하면 애호가는 화가에게서 자신의 존재를 보충할 수 있으며, 애호가의 소원은 미술가에 의해 이루어지기 때문이다.

나는 천성적 소질과 연습으로 윤곽을 잘 그릴 수 있게 되었으며, 자연 그대로 눈앞에 보이는 것을 쉽게 그림으로 만들어냈다. 그러나 내게는 본질적인 조형적 능력과 잘 조화된 명암을 통해 윤곽에 실체를 부여하려는 참된 노력이 결여되어 있었다. 내가 모사한 것들은 형상의 흐릿한 암시에

와토의 목가적 풍경화

가까웠고, 내가 그린 인물들은 그림자를 던지지 않으면서 실제 몸체의 그림자 앞에서 놀라는 단테의 지옥에 나오는 경박한 허상들 같았다.

라바터의 관상학적 부추김—그가 모든 사람들에게 단지 관상을 관찰하게 할 뿐만 아니라 예술적이든 서투르든 실제로 얼굴 모습을 그대로 그리도록 강요하기도 했으므로 그런 극렬한 자극을 부추김이라고 불러도 될 것인데—에 의해 나는 내 친구들의 초상을 회색 종이 위에 검은 색과 흰색 분필로 묘사하는 연습을 했다. 실물과 닮게 그리기는 했지만 그것을 흐릿한 바탕에서 돋보이게 하려면 화가인 내 친구의 손을 필요로 했다.

크라우스가 여행에서 가지고 온 두터운 화첩을 들춰보면서 풍경이나 인물묘사를 가리킬 때 가장 즐겨 이야기한 것은 바이마르의 사회와 그 주변풍경이었다. 나도 거기에 즐겨 관심을 두었다. 많은 그림들을 그곳 사람들이 나를 만나고 싶어 한다는 반복적인 자세한 설명이 담긴 텍스트로 간주하며 보는 것은 젊은 나에게 기분 좋은 일이 아닐 수 없었다. 그는 그곳 사람들의 초상화를 보여주면서 그들의 인사와 초대를 즐겁게 전해주었다. 한 장의 잘 그려진 유화는 피아노 앞에 앉아있는 악장 볼프와 그의 뒤에서 노래 부를 준비를 하고 있는 그의 부인을 묘사하고 있었다. 이 그림을 그린 화가 자신이 이 소중한 부부가 나를 친절히 맞아줄 것이라고 절절하게 설명해주었다. 그의 스케치들 가운데에는 뷔르겔 주변의 숲과 산지를 그린 것들이 많았다. 한 성실한 산림감독관은 거기에서 자기 자신보다는 귀여운 딸들을 위해서 험한 바위와 수풀과 숲을 다리와 난간과 정겨운 오솔길을 통해 즐겁게 돌아다닐 수 있도록 해놓았다. 하얀 옷을 입은 여자들이 동반자들과 함께 기분 좋게 산책하는 그림이 보였다. 그 중 한 젊은 남자는 베르투흐라는 것을 알 수 있었는데, 그의 진정한 의도는 큰딸에 있음이 분명했다. 두 번째 젊은이를 크라우스로 여기고 그녀의 동생에 대해 애정이 싹트고 있다고 보아도 그는 불쾌해하지 않았다.

베르투흐는 빌란트의 제자로 지식과 활동에서 두각을 나타내 이미 대공의 추밀비서관으로 자리를 잡아 장래가 촉망되었다. 빌란트의 정직함과 쾌활함과 선량함은 온통 화제가 되었다. 그의 문학과 시에 있어서의 계획은 이미 상세하게 알려졌고, 〈메르쿠르〉가 전체 독일에 끼친 영향도 거론되었다. 또한 문학, 정치, 사교 분야의 많은 이름들도 등장했는데, 무조이스*, 키름스**, 베렌디스, 루데쿠스*** 등을 들 수 있다. 여자들로는 볼프의 부인, 사랑스런 딸과 명랑한 아들을 두고 있는 미망인 코체부에, 그

* 독일의 풍자작가, 동화작가(1735~1787). 널리 알려진 민담들을 고상하면서도 냉소적인 내용으로 각색해 인기를 끌었다.

** 바이마르의 궁정 서기관이었던 프란츠 키름스(1750?1826).

*** 이들 둘은 바이마르의 대공비인 안나 아마리아의 비서관이다.

밖의 여러 사람들이 명망을 받으며 특색 있게 거론되었다. 모든 것은 싱싱하고 활동적인 문학적 삶과 예술가적 삶에 관한 것이었다.

그렇게 젊은 대공이 돌아온 후 활동할 일이 하나하나 이야기되었다. 그런 일은 이미 여자 후견인*이 준비해놓았다. 그러나 중요한 일의 실행에 관한 것은 그런 임시 통치권의 의무이듯이 장래 통치자의 신념과 실행력에 위임되었다. 성의 화재로 인한 참담한 폐허는 새로운 활동의 기회로 간주되었다. 가동이 중단된 일메나우 광산은 많은 돈을 들여 깊은 갱도를 수리하면 다시 수익을 올릴 수 있음이 확실했다. 예나 대학은 시대감각에 좀 뒤떨어지고 유능한 교수들을 잃게 될 위기에 처해 있었다. 이런 많은 문제들은 숭고한 공동체의식을 자극했다. 사람들은 부흥하는 독일에서 다양한 분야의 발전을 촉진할 수 있는 유능한 인물들을 물색했다. 그리하여 힘차고 발랄한 젊은이가 소망할 수 있는 신선한 전망이 전반적으로 나타났다. 그런데 젊은 왕비를 건물의 품격을 갖추지 않은 전혀 다른 목적으로 매우 초라하게 지어진 집에 모시는 것은 비참하게 여겨졌다. 그리하여 에테르스부르크나 벨베데레나 그 밖의 유익한 별채와 같이 아름다운 지역에 세워진 별장들은 당장의 만족도 주고 그 당시 필수적이라고 여겨졌던 자연 속의 삶에서 생산적이고 즐겁게 활동할 수 있으리라는 희망도 주었다.

이 전기 속의 이야기가 진행되는 동안 우리는 어린이와 소년과 청년이 다양한 길을 통해 초감각적인 것에 접근하려고 노력하는 모습을 자세하게 보아왔다. 즉 처음에는 자연종교에 애착을 가졌다가 다음에는 확고하

---

* 대공비 안나 아마리아를 말함.

게 정착된 기성종교에 심취하고, 나아가 자신의 내면으로의 집중을 통해 스스로의 힘을 시험해본 다음 마침내 일반적 신앙에 기꺼이 헌신하게 되었던 것이다. 그는 이런 영역들의 중간에 끼어 이리저리 방황하고 추구하고 주변을 둘러보면서 어떤 것에도 속하고 싶지 않은 많은 것을 만났으며, 어마어마하고 파악할 수 없는 것에 대한 생각에서 달아나는 것이 상책이라는 것을 차츰 깨닫게 되었다. 그는 생명이 있든 없든, 영혼이 깃들어있든 없든 모든 자연 속에서 모순으로만 실증되며, 따라서 어떤 개념으로나 말로도 파악될 수 없는 무언가를 찾아냈다고 여겼다. 그것은 비이성적으로 보이므로 신이 아니고, 오성이 없으므로 인간도 아니며, 선을 행하므로 악마도 아니고, 종종 남의 불행을 기뻐하므로 천사도 아니었다. 그것은 연속성을 나타내지 않으므로 우연과 같고, 연관관계를 나타내므로 섭리와 같았다. 그것은 우리를 제한하는 모든 것을 한결같이 뚫고 들어갈 수 있는 듯했다. 그것은 우리의 존재의 필연적 요소들을 마음대로 지배하는 것 같았고, 시간을 축소하고 공간을 늘였다. 그것은 불가능한 것 속에만 나타나 가능한 것을 멸시하며 배척하는 것 같았다. 나는 모든 것들 사이에 뚫고 들어와 그것들을 분리하고 결합시키는 듯이 보이는 이 존재를 고대인들이나 비슷한 것을 느낀 사람들에 따라 악마적인 것이라고 불렀다. 나는 내 습관에 따라 상징의 뒤에 숨어서 이 무시무시한 존재에게서 달아나려고 했다.

세계사의 여러 부분들 중에서 내가 좀 더 세심하게 연구한 것은 나중에 네덜란드연방을 그토록 유명하게 한 사건이었다. 나는 근원을 열심히 탐구해서 가능한 한 직접적으로 알아내어 모든 것을 생생하게 재현해보려고 노력했다. 그 상황이 내게는 무척 극적으로 보였고, 주인공으로서 에

그몬트 백작이 내 눈에 띄었는데, 그의 주위에는 다른 인물들도 즐겨 몰려들었다. 그의 인간적인 기사로서의 위대성이 무척 내 마음에 들었다. 그러나 나의 목적에 따라 나는 그의 특성을 변화시켜야 했다. 그는 나이 든 남자보다는 젊은이로서 더 잘 어울리는 특성을 지녀야 했고, 가장보다는 독신자로서, 아무리 자유로운 사상을 지녔다 해도 여러 가지 상황으로 속박 받는 사람보다는 독립적인 사람으로서의 특성을 띠어야 했다. 나는 이렇게 머릿속에서 그를 젊게 만들고 모든 속박에서 벗어나게 한 후 그에게 무한한 삶의 활기와 스스로에 대한 한없는 믿음과 모든 사람을 끌어당기는 매력을 부여했다. 그리하여 그는 국민의 호의, 왕비의 잔잔한 애정, 자연 그대로의 처녀의 사랑, 탁월한 정치가들의 관심을 얻고, 나아가 그의 가장 큰 적의 아들까지도 끌어들일 수 있었다.

이 영웅을 돋보이게 하는 용감성은 그의 존재 전체의 토대를 이루고 있으며, 그것이 솟아오르는 바탕이다. 그는 위험을 모르며, 자신에게 다가오는 가장 큰 위험조차 보지 못한다. 우리는 우리를 포위하고 있는 적은 어떻게든 뚫고 나갈 수 있지만 국가전략의 그물을 뚫는 것은 훨씬 더 어렵다. 양쪽에서 활동하는 악마적인 것이 사랑하는 것을 몰락시키고 증오하는 것을 승리로 이끈 다음 모든 사람들의 소망과 일치하는 제3자가 나타나리라는 전망을 내보인 것이 물론 발표 직후는 아니지만 이 작품을 후일 적절한 시기에 호평을 받게 하고 오늘날까지도 호평이 계속되는 원인일 것이다. 그래서 나는 많은 사랑하는 독자들을 위해 내가 훨씬 나중에야 확신할 수 있었던 어떤 것을 곧 다시 얘기할 기회가 있을지 어떨지 모르므로 여기에서 이야기하고자 한다.

그 악마적인 것은 형체가 있는 것이든 없는 것이든 모든 것 속에서 나타날 수 있으며, 동물들에서는 특히 두드러지게 나타난다. 그러나 주로 인간과는 지극히 기이한 관계에 있어 도덕적 세계질서를 이루며, 여기에서는 양자가 서로 맞설 수는 없으나 교차하는 힘을 이루므로 우리는 한쪽을 날실로, 다른 한쪽을 씨실로 여길 수 있다. 여기에서 나타나는 현상들에는 무수한 이름들이 있다. 왜냐하면 모든 철학과 종교는 산문적으로나 시적으로 이 수수께끼를 풀고 이 문제를 궁극적으로 해결하려고 노력해왔으며 앞으로도 자유롭게 다룰 수 있도록 되어 있기 때문이다. 그러나 이 악마적인 것이 가장 무시무시하게 나타나는 것은 어떤 한 인간에게 전적으로 나타날 경우이다. 나는 일생 동안 때로는 가까이에서, 때로는 멀리에서 이런 것을 많이 관찰할 수 있었다. 그런 사람들은 정신에서도 재능에서도 가장 뛰어난 사람들인 것만은 아니며, 온정을 느끼는 경우는 드물다. 그러나 어떤 어마어마한 힘이 그들에게서 나와 모든 피조물들과 현상들에게 믿을 수 없는 힘을 행사한다. 그 힘의 작용이 얼마나 멀리에까지 뻗칠 것인지는 아무도 모른다. 도덕적 힘이 모두 합쳐져도 그들에 대항할 수는 없다. 지혜로운 사람들 일부가 그들을 기만자이며 현혹자라고 의심하려 해

게오르크 멜히오르 크라우스가 그린 괴테(1776)

도 소용이 없으며, 군중은 그들에게 이끌린다. 그들과 맞설 수 있는 동시대인은 드물거나 아예 없다. 그들이 싸움을 시작한 우주 자체 말고는 어떤 것에 의해서도 그들은 정복되지 않는다. 이런 견지에서 신을 제외하고는 신에 맞설 자는 없다는 기묘하고도 어마어마한 말이 생겨났을 것이다.

이런 고차원적인 고찰에서 다시 나의 작은 삶으로 돌아가기로 한다. 그러나 여기에서도 역시 적어도 악마적인 모습으로 옷을 차려입은 기이한 사건들이 일어났다. 나는 릴리 없이는 살 수가 없었기 때문에 고트하르트 산봉우리에서 이탈리아를 등지고 집으로 돌아왔다. 서로를 자기 것으로 소유하고 영원히 함께하려는 희망 위에서 이루어진 애정은 갑작스럽게 사라지지 않으며, 오히려 우리가 품고 있는 정당한 소망과 정직한 희망을 생각하면서 더 커져가는 것이다. 이런 경우 여자가 남자보다 더 빨리 결정을 내리는 것은 문제의 성격상 당연하다. 판도라의 자손인 아름다운 처녀들에게는 매혹하고 유혹하며, 애정에 의해서라기보다 반쯤 의도성을 띤 본능에 의해 대담하게 남자들을 몰려들게 한다. 그러나 자주 그들은 숭배자들이 몰려드는 것을 보고 놀라는 저 마술사의 제자처럼 위험에 빠진다. 그러면 결국 여기에서 선택이 이루어져야 하고, 궁극적으로 선택된 자는 신부를 집으로 데려가는 것이다.

그러나 여기서 선택이 방향을 제시하고, 선택하는 여인의 마음을 정하는 것은 얼마나 우연한 일인가! 나는 확신을 가지고 릴리를 단념했지만 사랑은 이 확신을 의심스럽게 했다. 릴리도 똑같은 마음으로 나와 헤어졌고, 나는 기분을 전환하려고 멋진 여행을 떠났던 것이다. 그러나 여행은 정반대의 작용을 했다. 나는 여행을 하고 있는 동안 그녀와 떨어져 있다고 생각했을 뿐 헤어졌다고 생각하지는 않았다. 온갖 추억과 희망과 소망들이 자유롭게 떠올랐다. 이제 나는 돌아왔고, 자유롭고 즐겁게 사랑하는 자들의 재회가 천국이듯 단지 이성에 의해서 작별한 두 사람의 재회는 참을 수 없는 연옥이며 지옥의 앞마당이었다. 나는 릴리가 살고 있는 환경으로 돌아왔을 때 우리의 관계를 방해한 불화를 두 배로 느꼈다. 내가 다시 릴리 앞에 나타났을 때 그녀가 내게서 사라졌다는 생각이 내 마음을 짓눌렀다. 그리하여 나는 다시 달아날 결심을 했다. 더없이 고마운 일은 때마침 바이마르의 젊은 대공 부부가 카를스루에에서 프랑크푸르트로 와서 여러 차례 나를 초대했고 그들을 따라 바이마르로 갈 수 있게 된 것이었다. 나에 대한 대공 부부의 너그럽고 믿음에 찬 태도는 여전히 변함없었고, 나도 이에 대해 열렬히 감사를 표했다. 처음 보았을 때부터 느낀 대공에 대한 신뢰감, 오직 겉모습에 의해서지만 오랫동안 알아온 대공 부인에 대한 존경심, 나에게 자유분방하게 대해준 빌란트에게 내가 개인적으로 친밀감을 나타내 보이면서 반쯤은 무례하고 반쯤은 우연하게 저지른 실수를 직접 용서받겠다는 소망은 정열이 없는 청년에게라도 출발을 자극하고 실행에 옮기게 할 충분한 이유가 되었을 것이다. 게다가 나는 어떤 길을 택하든, 아버지가 날마다 이야기해준 훌륭한 예술과 자연의 천국을 연상시키는 남국으로든, 뛰어난 인물들의 사회가 나를 초대한 북국으로든 릴리에게서 달아나야만 했던 것이다.

이제 젊은 대공 부부가 돌아가는 길에 프랑크푸르트에 도착했다. 대공의 마이닝겐의 궁정인도 동시에 와 있었다. 나는 이 사람과 젊은 대공을 수행한 추밀고문관 폰 뒤르크하임에게서 매우 친절하게 영접을 받았다. 그러나 이때 내가 아직 어려서 기이한 사건이 예외 없이 일어났는데, 나는 어떤 오해 때문에 비록 꽤 유쾌하긴 하지만 믿을 수 없는 낭패에 빠졌다. 바이마르와 마이닝겐의 대공 일가는 같은 여관에 들었다. 나는 식사에 초대를 받았다. 내 마음속에는 바이마르의 궁정이 자리하고 있어 마이닝겐 측에서 나에 대해 관심을 두고 있으리라고는 상상하지 못했고, 자세히 알아볼 생각도 하지 않았다. 나는 단정한 옷차림을 하고 '로마 황제관'으로 갔으나 바이마르 대공 일행의 방은 텅 비어 있었다. 나는 그들이 마이닝겐 일행에게 갔으리라 여기고 그쪽으로 가서 친절하게 영접을 받았다. 나는 내가 방문한 때가 식사 전이거나 아마도 함께 식사를 하고 있는 중이라고 생각하고 식사가 끝나기를 기다렸다. 그런데 바이마르의 수행원들이 갑자기 움직였고 나도 그들을 따라갔다. 그러나 그들은 방으로 들어가지 않고 곧장 층계를 내려가 자신들의 마차에 올라탔으며, 나는 혼자서 거리에 남게 되었다. 나는 재치 있고 현명하게 사정을 알아보고 결말을 지으려 하지 않고 내 굳어진 방식대로 곧장 집으로 돌아왔다. 집에서는 부모님이 후식을 들고 있었다. 아버지는 고개를 저었고, 어머니는 가급적 부드럽게 나를 위로해주려고 했다. 어머니가 저녁에 말해준 바로는 내가 외출했을 때 아버지는 내가 평소 바보가 아닌데도 상대가 나를 조롱하거나 모욕을 주려고 할 때 알아채지 못하는 것이 너무나 이상하다고 말했다는 것이다. 그러나 나는 이 말에 동요하지 않았다. 왜냐하면 나는 곧 폰 뒤르크하임을 만났기 때문이다. 그는 타고난 부드러운 태도로 점잖게 농담을 섞어가며 나를 비난하면서 답변을 요구했다. 나는 꿈에서 깨어났고, 희망도 기대도 하지 않았던 초대에 대해 정중하게 감사를 표하고 용서를 빌 수 있는 기회를 얻었다.

그래서 나는 그 친절한 제안을 충분하게 검토하여 수락한 다음 이렇게 합의했다. 즉 나는 스트라스부르에서 완성하게 되어있는 란다우식 마차를 기다리며 카를스루에에 남아있는 한 기사를 정해진 날에 프랑크푸르트로 오도록 해서 그와 함께 곧장 바이마르로 출발할 준비를 하기로 한 것이다. 젊은 대공 부부에게서 받은 유쾌하고 정중한 작별인사와 궁신들의 친절한 태도는 이번 여행을 최고로 기대하게 했으며, 도로까지도 편안한 여행을 위해 평탄하게 된 듯 보였다. 그러나 이번에도 우연한 일 때문에 그토록 간단한 일이 뒤얽히고, 격정에 의해 혼란을 일으켜 거의 완전히 무산되어야 했다. 나는 곳곳에 작별인사를 하고 출발일을 알린 다음 부지런히 짐을 꾸리고 인쇄되지 않은 작품들도 잊지 않고 챙기고 나서 앞서 말한 그 친구가 새 마차를 타고 와서 나를 새 지방, 새 환경으로 데려갈 시간을 기다리고 있었다. 시간이 가고 날이 갔으며, 나는 두 번 작별인사를 하지 않기 위해, 또한 밀려드는 방문객들에게 뒤덮이지 않기 위해 출발일 아침부터 내가 집에 없다고 알려두었다. 그리하여 나는 집에서, 그리고 내 방안에서 조용히 있음으로써 특별한 상황에 처하게 되었다. 그러나 홀로 좁은 공간에 있는 것은 언제나 내게 뭔가 유익한 점이 있었으므로 나는 그런 시간을 이용할 필요를 느끼면서 『에그몬트』를 계속 써내려가 거의 완성하기에 이르렀다. 나는 이것을 아버지에게 읽어주었다. 아버지는 이 작품에 특별한 애착을 느꼈고, 이 작품에 의해 자식의 명성이 높아지는 것을 바랐기 때문에 이것이 완성되어 인쇄되기를 무엇보다도 원했다. 아버지에게는 그렇지 않아도 그런 안정과 새로운 만족이 필요했다. 왜냐하면 그는 마차가 오지 않는 것을 아주 예사롭지 않게 해석했기 때문이다. 그는 이번에도 모든 일을 단지 꾸며낸 것으로 여겼고, 란다우식 새 마차를 믿지 않았으며, 남아있다는 기사를 가공인물로 생각했다. 그는 이런 것을 내게 간접적으로만 알렸지만 모든 일을 나의 무례함에 따라 내가 바라던 명예 대신 치욕을 줌으로써 나를 상심시키고 모욕하기 위해 만들어낸 궁정인들의 짓궂은 장난으로 봄으로써 아버지 자신과 어머니를 더욱 괴롭혔다. 나도 처음에는 굳게 믿고 친구들에게도 낯선 사람들에게도, 그 밖의 사교적인 혼잡에도 방해받지 않고 그런 혼자만의 시간을 갖게 된 것을 기뻐했고, 마음속의 불안이 없지는 않았지만 힘차게 『에그몬트』를 써나갔다. 그리고 이런 기분이 이 작품에도 좋은 영향을 준 것 같다. 많은 정열이 요동치는 작품은 전혀 정열이 없는 사람에 의해서는 쓰일 수 없는 것이다. 그렇게 일주일이 지났고, 나는 얼마가 지났는지도 알지 못했으며, 이렇게 완전히 갇혀있는 것이 답답하게 느껴지기 시작했다. 수년 전부터 넓은 하늘 밑에서 살아가는 데 습관이 되었고, 솔직하게 관심사를 주고받는 관계에 있는 친구들과 어울리고, 내가 헤어질 계획은 하고 있지만 가까워질 수 있는 가능성이 있는 한 나를 힘차게 끌어당기는 애인 옆에 있는 등 이 모든 것이 나를 불안하게 하여 비극에 대한 흥미가 줄어들고, 초조감으로 시적 창작력이 사라질 위험에 처했다. 나는 이미 며칠 저녁은 집에 머물러있을 수가 없었다. 나는 긴 외투로 몸을 감싸고 시내를 이리저리 배회하고, 친구들 및 친지들 집을 지나갔으며, 릴리의 창가로도 다가갔다. 그녀는 길모퉁이 집의 아래층에 살고 있었다. 녹색 커튼이 내려져 있었으나 등불은 평소의 장소에 놓여있음을 잘 알 수 있었다. 곧 그녀가 피아노를 치며 노래를 부르는 소리가 들려왔다. 그것은 1년 전쯤 내가 그녀에게 지어준 〈그대는 어찌 이다지도 내 마음을 잡아끄는가!〉라는 노래였다. 그녀는 그 노래를 전보다 더 인상 깊게 부르는 것처럼 여겨졌고, 나는 한 마디 한 마디를 분명하게 들을 수 있었다. 나는 밖으로 내민 들창에 최대한 가까이 귀를 대었다. 나는 그녀가 노래를 끝낸 다음 자리에서 일어나는 것을 커튼에 보이는 그림자로 볼 수 있었다. 그녀는 이리저리 걸어 다녔으나 두터운 커튼을 통해 그녀의 사랑스런 모습의 윤곽을 포착하는 것은 헛된 일이었다. 내가 떠나야겠다는, 나의 존재로 그녀를 힘들게 하지 않아야겠다는, 그래서 그녀를 정말로 단념해야겠다는 확고한 생각과 내가 다시 나타날 때 어떤 유별난 소동이 일어날 것인지에 대한 상상이 나로 하여금 그토록 사랑하는 여인 곁을 떠날 결심을 할 수 있게 했다.

또 며칠이 지나갔고, 카를스루에에서는 마차가 지연되는 이유를 알리는 편지 한 통도 오지 않아 아버지의 추측은 점점 더 사실성을 얻어갔다. 창작은 중단되었고, 아버지는 내 마음을 혼란스럽게 하는 불안에 함께하며 좋은 생각을 해내어 내게 제안했다. 즉 일은 돌이킬 수 없게 되었으니 짐도 꾸려져 있는 만큼 돈과 소개장을 줄 테니 이탈리아로 가라는 것이었다. 그리고 곧장 출발할 결심을 하라는 것이었다. 나는 중요한 일이기에 회의도 하고 주저도 하면서 마침내 일정한 시일 내에 마차나 소식이 오지 않으면 출발하기로 마음을 정했다. 나는 먼저 하이델베르크로 간 다음 거기에서 이번에는 스위스를 통과하지 않고 그라우뷘덴이나 티롤을 지나 알프스를 넘어가고자 했다.

혼자서도 쉽게 그릇된 곳으로 이끌리는 젊은이가 나이 든 사람의 열정에 찬 오판에 의해 잘못된 길을 가게 되는 경우 기묘한 일이 일어날 것임은 당연하다. 그러나 그럼으로써 젊은이에게나 전반적인 인생에게는 전쟁이 끝난 후 비로소 전략을 배우게 되는 격이 되는 것이다. 순수한 업무상의 과정에서는 이런 우연한 일이 쉽게 해명될 수 있을지 모르지만 마치 카드를 나눠주기 전에 섞음으로써 우연이 작용할 수 있는 여지를 남겨두듯이 우리는 너무 기꺼이 오류를 가지고 당연한 진실에 맞서려고 한다. 그리하여 바로 악마적인 것이 즐겨 작용하는 요소가 발생하며, 우리가 악마적인 것의 접근을 예감하면 할수록 그것은 우리에게 더 나쁘게 작용한다.

마지막 날이 지나고, 나는 다음날 아침 출발하게 되어 있었다. 그때 나는 막 스위스에서 돌아온 친구 파사반트를 다시 한 번 만나보고 싶었다. 내가 끝까지 비밀로 해서 우리의 친밀한 관계를 손상시키게 되면 그는 충분히 화를 낼 만하기 때문이었다. 그래서 나는 모르는 사람을 통해 그에게 밤에 정해진 장소로 나오도록 알렸다. 나는 외투로 몸을 감싸고 그보다 먼저 도착했다. 그도 곧 나타났으며, 만나자는 요청만으로도 이상하게 생각했던 그는 거기에 나와 있는 사람을 보고 더욱 깜짝 놀랐다. 그의 기쁨은 놀람과 다름없었고, 의논도 상담도 생각할 여지없이 그는 나의 이탈리아 여행에 대해 축복을 빌었다. 우리는 헤어졌고, 나는 다음날 아침 일찍 이미 산길에 들어섰다. 내가 하이델베르크로 간 것은 여러 가지 이유에서였다. 당연한 한 가지 이유는 내가 그 기사 친구가 카를스루에에서 하이델베르크를 경유하여 온다는 얘기를 들었기 때문이다. 그래서 나는 도착하자마자 우체국에 가 그 기사와 마차의 특징을 알려주고 그곳을 지나게 될 그 기사에게 전달해달라며 편지를 써주었다. 두 번째 이유는 감정적인 것이었는데, 나와 릴리와의 이전의 관계와 연관되어 있었다. 즉 우리가 애정을 고백하고, 양가 부모님들 사이에서 우리의 진지한 결합의 중개자였던 델프 부인이 거기에 살고 있었던 것이다. 나는 독일을 떠나기 전에 참을성 있고 관대하며 소중한 그녀와 다시 한 번 모든 얘기를 나눌 수 있게 된 것을 커다란 행복으로 여겼다. 나는 환대를 받았고 여러 가정에 소개되었는데, 산림감독 주임인 폰 브레데의 집에서도 영접을 잘 받았다. 부부는 점잖고 편안함을 주는 사람들이었고, 딸은 프리데리케를 닮았다. 마침 포도 수확기였고 날씨가 좋아 아름다운 라인 강과 네카 강의 계곡에서 내게 알자스에서의 온갖 느낌이 다시 솟아올랐다. 그 시절 나는 나와 타인에게서 신기한 일을 체험했다. 그러나 모든 것은 아직 생성 중에 있으며 아직 내 삶에서 아무 결실도 이루어지지 못했다. 그리고 내가 인식한 무한한 것은 오히려 나를 더 혼란스럽게 했다. 그러나 나는 사교에서는 전과 다름이 없었고, 오히려 더 기분 좋게 즐기게 되었다. 나는 이 자유로운 하늘 아래서, 쾌활한 사람들 가운데에서 전과 같은 즐거움을 다시 찾았는데, 그것은 젊은이에게는 언제나 새롭고 매력적으로 존재한다. 아직 사라지지 않은 지난날의 사랑이 가슴속에 남아있던 나는 그것을 숨겼음에도 뜻하지 않게 동정을 일으켰고, 곧 이 사람들에게도 친숙해지고 없어서는 안 되는 사람이 되었다. 그리고 나는 며칠 저녁을 함께 떠들어대고 나서는 여행을 계속하려는 계획을 하고 있다는 것도 잊었다. 델프 부인은 교활하지 않은 사람이었으며, 언제나 일거리를 갖고 있었고, 다른 사람들에게도 일을 시키면서 이런 저런 목적을 관철하려고 했다. 그녀는 내게 돈독한 우정을 느끼고 있었다. 그녀는 내가 자기 집에서 지내고 있어 내가 머무는 데에는 온갖 편의를 마련해주는 반면 내가 여행을 떠나는 것은 방해할 수 있는 입장이었으므로 가능한 한 나를 더 오래 머물도록 유도했다. 그녀는 내가 이야기를 릴리에게로 돌리려고 하면 기대했던 것보다 그다지 좋아하지도 관심을 나타내지도 않았다. 그녀는 오히려 그런 사정으로 헤어지려는 우리 두 사람의 계획을 찬양했고, 피할 수 없는 것은 단념해야 하며, 불가능한 것은 잊어버려야 하고, 삶의 새로운 관심사를 찾아나서야 한다고 주장했다. 본래 계획적으로 살아가는 그녀는 이 일도 우연에 맡기지 않으려 했고, 내 장래의 인생을 이미 머릿속에 설계하고 있었다. 이런 것으로 보아 그녀가 이렇게 나를 하이델베르크로 초대한 것은 겉보기와는 달리 아무런 의도가 없지는 않은 것임을 알 수 있었다.

즉 예술과 학문을 위해 많은 공헌을 한 선제후 카를 테오도르는 아직 만하임에 거주하고 있었다. 그리고 궁정은 구교인데 나라는 신교였으므로 신교 측은 힘 있고 유망한 사람들로 세력을 강화하려고 했던 것이다. 그러나 나는 어떻든 간에 이탈리아에 가서 예술방면의 통찰력을 길러야 했고, 그 동안에 나 자신을 위해 노력하고자 했다. 그리고 내가 돌아오면 지금 싹트기 시작한 브레데 양의 나에 대한 애정이 자랐는지 사라졌는지, 명문가와의 결합이 새로운 조국에서 나와 나의 행복을 세울 수 있는 유익한 것인지를 증명하게 될 것이었다.

모든 것을 거절하지는 않았지만 계획을 세우지 않는 나의 성격은 계획성 있는 델프 부인과는 완전히 합치될 수 없었다. 나는 순간의 즐거움은 즐겼지만 자나 깨나 릴리의 모습이 눈앞에 어른거려 내 마음에 들거나 내 기분을 돋우는 다른 모든 것들과 혼합되었다. 그러나 나는 긴 여행계획의 중요성을 마음속에서 일깨우고 조용하고 정중하게 작별을 하고 며칠 안으로 계속 여행길에 오를 결심을 했다.

델프 부인은 밤늦게까지 자신의 계획과 사람들이 나를 위해 하려는 일을 하나하나 설명해주었고, 나는 그런 생각에 대해 감사하게 경의를 표할 수밖에 없었다. 물론 일부 사람들이 나와 궁정에서 얻게 될 나의 총애를 이용해서 자신들의 위치를 강화하려는 의도를 가지고 있다는 것을 전혀 모를 수는 없었다. 우리는 1시에 헤어졌다. 나는 오랜 시간은 아니지만 깊은 잠을 잤고, 집 앞에 와 멈춘 우편마부의 나팔소리에 잠에서 깼다.

곧 델프 부인이 등불을 들고 편지를 가지고 내 침대 앞에 나타났다. 그녀는 말했다.

"편지가 왔어요! 읽어보세요. 그리고 무슨 내용인지 말해주세요. 틀림없이 바이마르에서 온 것일 거예요. 초대장이거든 응하지 말고 우리가 나눈 얘기를 기억해주세요."

나는 그녀에게 등불을 달라고 부탁하고 15분간만 혼자 있게 해달라고 말했다. 그녀는 불만스러운 듯 나갔다. 나는 편지를 개봉하지 않고 잠시 멍하니 앞을 바라보았다. 그 속달우편은 프랑크푸르트에서 온 것이었다. 봉인도 필적도 내게 낯익은 것이었다. 그 기사 친구는 역시 그곳에 도착한 것이었고, 나를 초대했다. 불신과 불확실성이 우리를 너무 서두르게 했던 것이다. 어째서 확실하게 약속한 사람이 오는 것을 느긋하게 마음 놓고 기다리지 못했던가? 그 사람의 여정도 여러 가지 우연한 일들에 의해 늦어질 수 있었던 것 아닌가? 나는 눈이 번쩍 뜨이는 것 같았다. 지나가버린 친절, 은총, 믿음이 내게서 다시 생생하게 떠올랐다. 나는 이상하게도 옆길로 빠져버린 내 변덕이 부끄러웠다. 이제 나는 편지를 뜯었고, 모든 것이 당연하게 쓰여 있었다. 제때에 오지 못했던 나의 동반자는 우리가 그를 기다렸듯 스트라스부르에서 오게 되어있는 새 마차를 날마다 시시각각 기다리고 있었던 것이다. 그리고 그는 업무로 만하임을 경유하여 프랑크푸르트에 와서 내가 없자 깜짝 놀랐던 것이다. 그는 속달로 급히 편지를 보내 일이 어떻게 잘못되었는지를 알았으면 즉시 돌아와 달라면서 나 없이 바이마르로 돌아가서 수모를 당하고 싶지 않다고 밝혔던 것이다.

나의 이성과 감정이 곧장 이쪽으로 기울었지만 내 새로운 방향 또한 이에 못지않게 중요한 의미가 있었다. 아버지는 내게 훌륭한 여행계획을 세워주었고 작은 책자도 건네주었으며, 그럼으로써 나는 준비하고 즉석에서 쉽게 안내를 받을 수 있었다. 지금까지 한가한 시간에는 그 여행만큼 낙이 되는 것은 없었고, 최근의 짧은 여행에서도 마차 속에서 그것만을 생각했다. 어려서부터 이야기와 온갖 종류의 그림들에 의해 알게 된 이탈리아의 멋진 대상들이 내 마음속에 모여들었고, 릴리와 단호하게 헤어졌으므로 이런 것들에 접근하는 것이야말로 내게 더없이 소망스런 일이었다.

나는 그 사이 옷을 입고 방안을 이리저리 거닐었다. 엄숙한 여주인이 들어왔다. 그녀는 "어떻게 하실 건가요?"라고 외쳤다. 나는 이렇게 대답했다.

"이제 아무 말도 하지 말아주세요. 나는 돌아가기로 결심했습니다. 그 이유는 나 혼자서 충분히 생각해봤으며, 반복해봤자 아무 의미도 없을 겁니다. 결국에는 결심을 해야 하는데, 그것을 가장 관계가 있는 당사자가 아니면 누가 하겠습니까?"

나는 동요했고, 그녀도 마찬가지였다. 그래서 격한 장면이 벌어졌지만 나는 하인에게 우편마차를 불러달라고 명령함으로써 그것을 끝냈다. 나는 여주인에게 진정하라고 부탁하고, 어제 저녁 모임에서 장난으로 한 작별인사가 현실로 변했다고 여기라고 부탁했지만 소용없었다. 또한 이번 방문은 단순한 인사를 위한 짧은 방문으로 볼 수 있으며, 나의 이탈리아 여행은 단념한 것이 아니고, 이곳에 돌아오는 것도 포기한 것이 아니라고 말해도 소용없었다. 그녀는 아무 말도 들으려 하지 않았고, 이미 동요된 나를 점점 더 불안하게 했다. 마차가 문 앞에 섰고, 짐이 실렸고, 마부는 지루할 때면 늘 부는 신호를 울렸다. 나는 박차고 나왔지만 그녀는 아직도 나를 놓아주려 하지 않았다. 그녀는 지금의 모든 사정을 세심하게 설명했고, 나는 마침내 흥분하여 격정적으로 에그몬트의 말을 외쳤다.

"자, 자, 그만 하시오! 보이지 않는 정령에게 채찍질을 당하듯 시간이라는 태양의 말은 우리 운명의 가벼운 마차를 끌고 달려가는 것이오. 우리는 용감하게 고삐를 움켜쥐고 좌우로 방향을 바꾸고 바위도 피하고 절벽도 피하면서 수레바퀴를 조종해나가는 수밖에 없소. 어디로 가는지 누가 알겠소? 어디서 왔는지도 기억하지 못하거늘."

해설

독창적이면서도 매우 의미심장한 현상인 동시에 그 현상의 의미를 확인하는 데 도움이 될 완벽한 수단이라고 할 수 있는 이 괴테 자서전은 외국문학 연구자들과 그들에게 영향을 미친 유럽 세계를 알고 이해하기를 염원하는 모든 이들에게 한 가지 커다란 문제를 제기하고 있다. 사려 깊고 진지한 4백만 명의 교양인들 사이에서도 뛰어난, 아니, 차라리 가장 유명할 뿐 아니라 지적으로도 가장 큰 영향력을 발휘해온 이 인물은 그 자신에 대한 우리의 탐구심을 자극할 뿐 아니라 우리에게 미치는 그의 지적인 영향력을 우리가 수용할지 여부와 그의 명성을 찬양할지 여부를 결정하도록 우리에게 요구하고, 또 만약 우리가 그런 영향력을 수용하고 찬양한다면 어느 정도로 그래야 할지를 우리 스스로 결정하도록 촉구한다. 이 요구에는 언젠가 답이 주어질 것이고, 거기에 힘입어 우리는 괴테의 자서전을 읽으면서 그의 진정한 성격을 알고 판단할 수 있게 될 것이다. 그럴 가능성은 충분하다. 오래전부터 유럽 전역에 알려진 그의 이름은 바야흐로 유럽의 모든 비평가들의 비상한 관심을 그의 작품들에 쏠리게 만들고 있다. 유럽 어디서나 그에 대한 진지한 연구가 이루어지고 있고, 더구나 프랑스에서는 그 연구 열기가 대단해서 그의 본성과 정신의 중요성을 다룬 주목할 만한 몇 가지 연구 결과들은 이미 널리 알려져 있는 것으로 보인다.*

우리가 그렇게 발표된 흥미로운 견해에 관심을 보이는 것도 당연하겠지만 그런 관심이 지나치지 않게 주의하는 일 역시 우리의 몫임은 의심할 나위없다. 유럽대륙 전역에서 괴테에 대한 찬탄의 감정을 찾아볼 수 있는데, 그것은 물론 대단하고 흥미로운 사실이긴 해도 우리마저 그런 감정에 미혹되어서는 안 될 것이다. 우리 영국인들은 아직 그런 감정에 휩쓸리지 않았을 뿐 아니라, 앞으로도 그런 감정에 맹목적으로 빠져들기보다는 사려 깊게 관찰하거나, 아니면 좀 더 호의적으로 말해서, 완전히 초연한 태도를 견지할 것이다. 우리가 이해할 수 있는 명성이란 확실한 귀감이 아니라 귀감이 될 가능성을 지닌 것에 불과하다. 그런 명성은 한 인물에게 우연히 주어지는 것일 뿐 그 인물의 필연적인 속성이 아니다. 그것은 마치 빛과 같아서 새로운 사물을 거의 또는 전혀 만들지 못하고 기껏해야 기존의 사물을 가시화할 수 있을 뿐이다. 따라서 그것은 대개 무지한 백성의 눈을 미혹하는 거짓 광휘에 불과하다. 말하자면 그것은 무가치한 조약돌을 찬란하고 다채로운 빛을 발하는 다이아몬드로 착각하게 만드는 변덕스럽고 피상적인 반짝임에 불과하다는 말이다. 아무리 위대한 인간도 결국은 인간이기는 마찬가지다. 따라서 그가 타고난 장점과 약점도 비록 그것들이 그의 의식 깊숙이 잠재되어 있거나 아니면 세상에 드러나서

* 뒤발의 희곡『잔(盞)』과 관련비평 참조. 〈글로브 Globe〉 Nos. 55, 64(1826)에 실린 에세이들도 참조할 수 있다.

찬양되거나 상관없이 결국 인간의 약점과 장점이기는 마찬가지이다. 그것은 누구나 부정할 수 없는 엄연한 진실임에도 사랑이나 증오, 찬탄이나 비난의 감정에 휘둘리기 쉬운 우리는 대부분 그것을 쉽사리 망각하기도 잘 한다. 그런데 문제는 심지어 악행조차 지나친 찬사를 받는 분위기에 휩쓸려 "악행을 일삼는 군중"에게 따끔한 비판을 가할 용기를 가진 사람이 거의 없다는 데 있다. 그렇지 않고 다행히 그렇게 용감한 사람이 있다면, 설령 그의 발언권이 미미하여 세인들의 관심을 끌기 힘들지라도, 그는 마땅히 군중의 미망에 대한 비판의 목소리를 높여야할 것이다. 왜냐하면 그가 그런 발언을 통해서 누군가의 목숨을 살릴 수 있거나 또 다른 구명활동을 도울 수 있다면 그가 기울인 노력에 대한 보답도 충분히 주어질 것이기 때문이다.

우리는 이런 생각을 바탕으로 우리 앞에 놓인 이 사안들을 고려함으로써 그것들의 정면과 배면 양방향에서 작용하는 또 다른 영향력을 독자들에게 상기시켜야할 것이다. 우리가 흔히 짐작하듯이 영국의 외국문학 비평가들은 모든 정신에 잠복하여 암약해온 '독창성'에만 이끌리는 가련한 욕망에 사로잡힌 나머지 괴테를 긍정하기보다 부정하기가 더 쉬울 것이다. 오직 영국인들만을 위해 글을 쓴다는 기분에 휩싸인 작가가 실제로 존재한다면, 영국인을 제외한 모든 이들에게 그 매력은 더 이상 따져볼 필요도 없이 극히 동일하게 느껴질 것이다. 또한 실제로는 모종의 소규모 비밀결사 따위를 위한 글을 쓰면서도 영국을 대표하는 글을 쓴다는 착각에 빠진 자의 글이라도 때에 따라서는 이런저런 사람들의 관심을 자극할 수 있을 것이다. 그러나 그렇게 고립된 정신상태에서 제대로 된 글을 쓰기란 애초부터 불가능하다. 바야흐로 빠른 배들 덕분에 가능해진 무역은 모든 국가를 하나로 묶을 수 있게 되었고 그에 따라 유럽도 갈수록 하나의 문화권으로 변하고 있다. 우리가 만약 이 문화권에서 괴테를 옹호하는 사람들의 수를 따져본다면 그를 반대하는 사람들보다 두 배는 더 많을 것이고, 아니, 어쩌면 1백 배 이상 많을지도 모른다. 독일뿐 아니라 프랑스와 이탈리아에서도 결과는 마찬가지로 나올 것이다. 슐레겔*과 셸링**의 지지자들뿐 아니라 만초니***와 스탈****의 지지자들도 물론 마찬가지일 것이다. 그래서 독창성에 사로잡힌 편견은 비난하는 사람들을 기만할 수도 있다. 또한 우리들 가운데 괴테에 관한 지식을 우리나라(영국)의 일반적인 비평가들만큼 가지고 있는 사람이라면 누구라도 유럽의 대중을 계몽하기 위한 활동에 나설 수 있을 것인데, 이것은 어찌 보면 모순적인 활동처럼 보일지라도, 괴테의 또 다른 장점들을 평가할 때면 결코 망각되는 법이 없는 영웅적 자질을 드러내 보이는 활동일 것이다.

그런 사례에 대한 우리의 견해는 고백컨대 대다수 사람들의 견해와 어느 정도 일치하는 면이 있다. 괴테가 그처럼 대단한 명성을 얻은 것도 우리에게는 일리가 있는 것으로 보인다. 그가 그의 고국에서 발휘하는 영향력도 대단하지만 우리 영국을 비롯한 다른 모든 유럽국가에 미치는 영향력도 그만큼 크기는 마찬가지다. 아니, 오히려 더 클지도 모르겠다. 여기서 당장 구체적인 이유를 설명하려면 끝도 없겠지만, 이러한 견해를 뒷받

---

* 독일의 학자, 비평가(1767~1845).

** 독일의 철학자, 교육자(1775~1854).

*** 이탈리아의 시인, 소설가(1785~1873).

**** 정식 이름은 안네-루이제-게르마니네 네커 바로네 드 스탈-홀슈타인(1766~1817), 별칭은 마담 드 스탈로 프랑스계 스위스의 작가, 정치선전가, 사교계의 좌담가.

침하는 본질적인 근거만큼은 간단히 밝힐 수 있을 듯하다. 우리는 괴테의 자서전을 통해서 고상하고 고대적인 의미의 한 예술가를 발견한다. 그런 예술가란 이탈리아 미술의 거장들이나 영국 시세계를 창도한 시의 아버지들처럼 오래된 예술가를 의미한다. 그래서 우리는 모든 의미에서 우리 시대에 속하는 이 예술가가 창조한 작품들의 유래를 추적하면서 먼 과거의 신성한 영혼과 통하는 어떤 것, 우리는 이미 오래전에 망각해버린 어떤 것, 아니, 그토록 자주 그리고 애써 강조되듯이 지금 세계에서는 더 이상 복원될 수 없는 어떤 것을 발견한다고 말하곤 한다.

그것이 아니라면, 그래서 괴테의 자서전 속에서 우리가 우리 시대를 대표하는 가장 충격적인 작가를 발견한다고, 좀 더 엄밀히 말해서 철학자들이 위인이라고 부를 수 있는 그런 예술가를 발견한다고 말한다면, 아마도 우리는 우리가 생각하는 의미에 좀 더 가까이 접근한 셈이리라. 그는 귀족도 평인도 아니고 자유인도 노예도 아니며 무신론자도 독실한 신자도 아니다. 그는 이 모든 성격을 한 몸에 아우르는 순수한 연합체로서 가장 탁월한 인간이라고 할 수 있다. 따라서 그는 '명석하고 보편적인 위인'이기도 하다. 괴테의 시는 단편적인 재능의 소산도 정신적인 수공예품도 아니다. 그것은 완전히 조화로운 인간의 목소리이다. 더구나 그 목소리는 너무나 조화로워서 그의 시를 형성하는 풍요로운 인격과도 생생하고 생명력 넘치는 조화를 이룬다. 뛰어난 행동이나 말을 하는 사람이라면 누구나 시인으로 불릴 수 있다. 마찬가지로 뛰어난 시인이라면 누구나 뛰어난 행동과 말을 한다. 그러나 괴테는 그것도 모자라서 우리에게는 천부적으로 타고난 깊고 넓은 재능과 시야에다가 모든 인간이 겪을 수 있는 경험과 동정심까지 두루 구비한 인물로도 보인다. 그런 점은 그에게 문학을 빛내는 거장으로서뿐 아니라 수많은 사람들의 존경을 받는 당대의 스승이자 귀감으로도 존경받을 만한 충분한 자격을 부여한다. 왜냐하면 그런 천부적인 재능에 더하여 그는 자신의 교양과 예술을 향상시키기 위한 노력을 멈추지 않았고, 성실하고 근면하며 진지한 태도로 새로운 삶의 방식과 글쓰기 방법에 대한 연구에 몰두했기 때문이다. 이런 괴테에 비견할만한 시인이라면 영국의 워즈워스*가 유일할 것이다. 우리의 시각에서 보면 이것은 당연한 결과이다. 우리는 이처럼 유연하고 아름다운 선율을 자랑하는 그의 시적 상상력 속에서 이 시대에 알맞은 '지혜'가 구현된다고 생각한다. 그 아름답고 종교적인 지혜는 오래전부터 사람들을 감동시켜온 어떤 요소를 통해서 오늘날에도 모든 영혼에게 말을 걸 수 있다. 그런 지혜는 또한 이토록 경직되고 불신이 만연한 공리주의 시대에도 비현실적인 세계가 아닌 보이지 않는 세계가 발하는 어렴풋한 빛을 여전히 우리에게 던져준다. 그리하여 우리는 그런 실질적이고 이상적인 세계에 다시 합류할 수 있고, 사람들은 그렇게 얻은 자명한 지식을 생활과 사업을 통해서 다시 종교와 통합시킬 수 있다.

그것이 바로 괴테의 시가 우리에게 주는 확신 내지 설득력이다. 우리가 만약 이런 견해를 진실로 입증할 수 있었다면, 그리고 심지어 우리가 사유를 통해서 도달한 그 견해를 그만큼 자명하고 일관되게 표명할 수 있었다면, 우리가 옹호하는 괴테도 사려 깊은 모든 사람들로부터 최선의 관심을 충분히 모을 수 있었을 것이다. 그러나 불행히도 그것은 입증할 수 있는 주제가 아니다. 한 시인의 장점과 성격은 논리적으로 설명될 수 없고

* 영국의 낭만주의 시인(1770~1850).

다만 개인적으로 취합될 수 있는 것들이기에, 그런 경우에 한해서 그 시인의 작품들을 심층적이고 신중하게 검토한다면 그의 장점과 성격도 분명히 드러날 것이다. 그럼에도 괴테의 세계는 모든 면에서 우리의 세계와는 상이하기 그지없다. 그만큼 우리는 그의 세계를 이해하려면 많은 노력을 기울여야 한다. 왜냐하면 우리 스스로 그의 특이한 관점을 어느 정도라도 구비하지 않는다면 비록 영국인이라도 그리고 심지어 창의적이고 개방적이며 탐구적인 정신의 소유자라도 그를 정확히 연구하기가 매우 어렵다는 사실을 우리는 익히 기억하고 있고 또 그만큼 그런 사실을 망각하기도 잘하기 때문이다. 특히 경직되고 단호하며 우월감 강한 영국인이라면 그런 연구 자체를 거의 하기 힘들지 모른다. 그러나 최고급 독자에게 도움이 될 만한 설명들이라면 그런 어려움을 상당량 덜어줄 것이고, 이면에 가려진 아름다움들도 전면에 드러낼 수 있을 것이다. 그리하여 연구자가 현실에서 취하는 입장에 부합하는 방침들은 그런 연구에 적합한 영역으로 충실히 그를 인도할 것이다. 그럼에도 이 모든 것은 연속적이고 구체적인 작업일 수밖에 없다. 우리가 그런 작업을 수행한다면 그것은 때로는 영국의 한 외국문학 평론잡지가 수행하는 최고의 작업들과 다름없으리라. 그러더라도 우리가 현재 기울이고 있는 노력은 그 범위가 너무 협소한 나머지 한계를 가질 수밖에 없다. 우리는 당장 괴테를 더 유명하게 만들기는커녕 기껏해야 그가 유명세를 탈만한 가치가 있는 인물임을 증명할 수 있을 뿐이다. 또 잘해봤자 그에 대한 약간의 지식을 습득할 수 있는 방도를 지적하는 정도에 만족할 수밖에 없을 것이다. 지금은 그의 문학세계 전반의 성격과 발전과정을 간단히 일별하는 것만으로도, 그리고 그것들을 이해하는 데 도움이 되는 그의 대표작 한두 개만 읽어보는 것만으로도 충분하다. 어느 날 괴테의 관상을 자세히 살펴본 프랑스의 한 저명한 외교관은 이렇게 말했다고 한다.

"이 사람은 불굴의 의지로 치열하게 살아온 사나이입니다."

작가로서든 사상가로서든 혹은 생기 넘치는 활동적인 남성으로서든 괴테의 인생은 그가 타고난 뛰어난 모든 재능을 연단시키는 진정 성실하고 줄기찬 노력으로 점철된 것이었다. 게다가 그의 성공적인 작품들로부터 취합해볼 수 있듯이, 그렇게 지성, 영혼, 도덕성을 발달시킨 그의 이력은 그의 작품들을 찾아 읽는 우리에게 적잖은 기쁨과 이익을 선사한다. 그는 또한 그의 시대에 새로운 신기원을 열어젖히는 모든 중요한 사건들에 깊숙이 개입하고 그렇게 도래하던 새로운 환경을 가장 먼저 조명함으로써 그 시대가 필요로 하던 지침과 위안을 제공했다. 이러한 그의 문학 인생은 크게 두 가지 상이한 현상을 초래했다. 그리하여 한편으로는 오랫동안 수많은 아류작들이 나오면서 새롭고 독창적인 그의 작품들을 직간접적으로 모방해왔고, 우리도 그만큼 그의 작품들에 익숙해졌지만, 다른 한편으로는 오늘날에도 여전히 독창적이고 어쩌면 훨씬 더 귀중한 가치를 지녔을 그의 작품들의 진면모를 제대로 아는 사람이 드문 것이 오늘의 현실이다. 흥미로운 사실은 그의 작품들과 관련된 이 두 가지 모순적인 현상이 서로 맞물려 있다는 것이다. 특기할 사항은 이처럼 강한 모순에 휩싸인 첫 번째 현상이 실제로는 두 번째 현상과 가장 밀접한 관계를 맺고 있다는 사실이다. 왜냐하면 괴테는 정신적 난국에 처한 그의 시대의 아픔과 고민을 더 크고 깊이 실감하고 안타까워했을 뿐 아니라, 앞서 언급했다시피 그의 재능과 노력으로 그런 시대적 아픔과 고민을 극복했고, 나아가서는 남들에게도 그것들을 극복하는 방법을 예시해주었다. 한때 우리는 어둠에 묻혀 있는 그를 발견했지만 지금은 빛 속에 있는 그를 발견한다. 또한 그는 한때 불신자였으나 지금은 신자이다. 그러나 그는 무엇보다도 그의 불신을 부정하기보다는 아예 그 불신의 실체를 철저히 연구하고 규명함으로써, 그리고 그런 연구를 통해서 불신하기를 중단하거나 회개하기보다는 그 연구를 끝까지 결연하게 수행함으로써 신자가 되었다. 그것은 흥미롭고 특이한 사례로 우리 시대에는 그런 사례를 찾아보기가 거의 힘들다. 그런데 이 사나이는 한때 그에게 어둠, 부정, 좌절만 안겨주던 세계를 그처럼 호의적으로 그리고 심지어 장엄하고 사랑스럽게 바라볼 수 있는 호방한 시야를 어떻게 획득할 수 있었을까? 이토록 고상하고 진실한 정신 속에서 성자에 대한 믿음은 어떻게 회의주의자의 명철함과 통일될 수 있었을까? 이를테면, 페늘롱의 정신처럼 경건한 정신과 볼테르의 정신처럼 명랑하고 풍자적이며 기민한 정신은 어떻게 그처럼 부드럽고 조화롭게 혼합될 수 있었을까?

괴테의 초기 대표작들인 『괴츠 폰 베를리힝겐』과 『젊은 베르테르의 슬픔』은 독일에서는 물론 외국에서도 커다란 반향을 일으키며 대단한 인기를 얻었다는 사실은 이미 잘 알려져 있다. 비슷한 시기에 발표된 이 두 작품은 독일에서 그를 일약 문학계의 명사로 만들었고, 바이마르 영주 카를 아우구스트* 공작의 후원을 받는 계기로 작용함으로써 이후 그의 개인적인 삶의 행로에도 결정적인 영향을 미쳤다. 공작의 초청을 받아 바이마르로 거처를 옮긴 시인 괴테는 이후 문학뿐 아니라 정치와 관련된 다양한 과업을 수행하다가 1832년 죽을 때까지 54년간 그곳에 살았다. 그렇게

* 작센바이마르아이제나흐 대공국의 초대 군주(1757~1828).

하여 그가 유럽에 끼친 영향력은 독일에 끼친 영향력 못지않게 강력한 것이었다.

한 명의 작가를 이런 견지에서 관찰해 보면, '이후 유럽의 문학에 더욱 심대한 영향을 끼친 두 권의 책에 정확한 이름을 부여하기란 24세의 젊은 작가가 수행한 이 두 건의 창작활동과 그 결과물에 이름을 부여하기보다 어려울 것이다.' 『젊은 베르테르의 슬픔』은 세상 모든 남자들의 마음을 사로잡음과 동시에 그들이 오랫동안 듣기를 갈망했던 말을 해주고 있는 듯이 보였다. 그러나 그 말과 똑같은 말은 이전부터 누누이 반복되었다. 그 말은 모든 언어로 말해지고 모든 음역의 음표로 불리었기에 그 말이 내는 소리는 기쁨보다는 싫증만 배가시켜왔던 셈이다. 의심과 감상, 구애, 사랑, 우정, 자살, 절망 같은 것들은 이미 오래전에 문학의 기본품목으로 전락했다. 그래서 독일에서는 오랫동안 유행하다가 잠잠해진 문학적 전염병이 다른 나라에서는 다양한 형태로 변모하면서 반복적으로 나타났고, 그런 곳이라면 어디서나 그 병이 초래한 수많은 좋은 결과와 나쁜 결과가 발견될 것이다. 『괴츠 폰 베를리힝겐』은 『철수(鐵手) 고트프리트 폰 베를리힝겐의 역사극』과 함께 폭발적이지는 않았지만 대단히 각광을 받는 행운을 누렸다. 『괴츠 폰 베를리힝겐』은 이후 무수히 태어난 기사도 연극들, 중세를 배경으로 한 문학작품들, 복고적인 시극들의 아버지가 되었다. 그

1774년에 출간된『젊은 베르테르의 슬픔』타이틀 페이지

것들은 이미 오래전에 쇠퇴했지만 그것들이 활성화되던 시대와 세대에는 그래도 대단히 각광을 받았던 만큼, 그런 선구적인 괴테의 작품이 오늘날의 우리에게 끼치는 영향은 어쩌면 훨씬 더 강력할지 모른다. 월터 스콧 경*의 문학도 바로 『괴츠 폰 베를리힝겐』을 영어로 번역하는 일에서 출발했다. 그래서 만약 훈련이나 교육을 통해서 천재와 소통할 수 있다고 가정한다면, 우리는 이러한 괴테의 작품을 스콧 경이 다른 모든 작품에 기울인 것과 다름없는 창조력으로 『마미온』(1808)과 『호수의 여인』(1810)을 집필한 최초의 동기로 간주할 수 있을 것이다. 그야말로 한 알의 씨앗이 거목으로 자랄 수 있는 땅에 정확히 떨어진 셈이다! 왜냐하면 만약 다른 땅보다 그 땅의 토양이 더 건강하지도 견실하지도 않았다면, 그 씨앗이 다른 어떤 나무보다도 더 높고 거대하게 자랄 리는 없었을 것이기 때문이다. 그 덕분에 지구상의 모든 나라에서 매년 그 나무의 열매를 수확할 수 있는 것이다.

'그러나 확신도 이익도 거의 주지 못하는 이 영혼의 후손들을 일단 무시하고, 그것들을 탄생시킨 동기들 가운데, 아니면 적어도, 현대문학이 거대한 변화의 기로에 서 있다는 신호들 가운데 독보적인 자리를 차지하는 『괴츠 폰 베를리힝겐』과 『젊은 베르테르의 슬픔』만 살펴보아도 충분할 것이다. 『괴츠 폰 베를리힝겐』은 신진 비평가들의 관심을 과거에 창조된 아름다운 작품들로 쏠리게 만들었다. 그에 비해 『젊은 베르테르의 슬픔』은 현대인들의 정신세계에 심대한 영향을 미치는 일단의 감정들을 최

* 스코틀랜드의 소설가, 시인, 역사가, 전기작가(1771~1832).

초로 더욱 정확하게 묘사하기 위한 노력의 소산이었다. 우리 시대의 진부한 시단(詩壇)은 그런 감정들에 대해서 아무런 설명도 해준 바가 없고 또 어쩌면 결코 설명하지도 못할 것이다. 그 감정들은 행동으로 전환될 수 없는 열정에서 비롯된 것들인 동시에 대개는 교양은 있지만 나태하고 믿음 없는 우리와 같은 세대에 속하는 것들이기 때문이다. 비록 이 작품이 이른바 질풍노도라는 과장된 태도를 선보이고 무절제한 방종이나 광란을 조장하는 듯이 보이는데도 쉽사리 배격당하지 않고 대단한 찬사를 받는 이유도 바로 그런 치밀한 감정묘사를 위한 노력에서 찾을 수 있다.'

시종일관 암울하고 불안으로 동요하는 분위기를 자아내는 『젊은 베르테르의 슬픔』은 인생에 대한 쓰라린 비탄에 바쳐지고 있다. 그리고 맹목적인 애정과 슬픈 애착심으로 과거를 뒤돌아보는 듯한 『괴츠 폰 베를리힝겐』의 정서는 괴테의 다른 여러 작품들에서도 찾아볼 수 있다. 예를 들면, 『공범들』에서도 그런 정서를 찾아볼 수 있다. 괴테는 이 작품을 쓰면서 최초로 파우스트를 떠올렸지만, 그 구상이 구체적으로 실현된 것은 그의 인생이 더욱 고요해진 말년에 가서였다. 하여간 『젊은 베르테르의 슬픔』은 거칠고 난폭하면서도 열정적이고 쾌활하기도 했던 청년기 괴테의 대표작으로 손꼽을 수 있다. 이 작품과 안팎으로 결부된 관계들을 살펴보면 작가와 그가 대상으로 삼은 독자들 모두를 이해하는 데 도움이 될 것이다.

지금에 와서 돌이켜보건대 그동안 감상주의에 관한 낡은 학설들에 익숙하다 못해 거의 질릴 지경에 이른 우리로서는 『젊은 베르테르의 슬픔』이 세상에 처음 나왔을 당시만 해도 그것을 커다란 반향을 일으킬 정도로 흥미진진한 작품으로 평가하기는 힘들었을 것이다. 그러나 곧 모든 것이 새로운 의미를 갖게 되었다. 독일에서는 물론 대부분의 유럽 국가들에서도 아직 폭발적이지는 않지만 그래도 대단히 큰 인기를 누렸다. 그즈음 독일문학도 부분적으로나마 오랜 동면에서 깨어나고 있었다. 순식간에 심오한 교훈과 깊은 성찰에 대한 욕구가 비등했다. 그러나 창조적인 영혼은 이미 한 세기 전에 거의 멸종했다고 해도 과언이 아니었다. 그러나 이후에 등장한 람러, 라베너, 겔러트 같은 작가들은 상당히 세련된 문체를 구사한 바 있다. 클롭슈토크의 시집 『메시아』(1749)는 큰 반향을 일으켰고 어쩌면 독일에서는 단순한 한 권의 시집 이상의 대접을 받았을 것이고 외국에서 대단한 인기를 누렸다. 레싱은 사람들로 하여금 문학에 대해서 좀 더 깊고 진지한 흥미를 가질 수 있도록 그들의 정신을 고양시켰고, 결정적으로는 이전보다 더 힘차고 더 열렬하며 더 호방한 문체를 도입하기 시작했다. 독일인들은 그런 시인을 경계했다. 어쩌면 그들은 시인이 더 자유분방하고 강력하게 그들을 자극해주기를 기대하거나, 아니면 적어도 그런 자극을 기꺼이 수용할 태세를 완비하고 시인으로부터 마음에서 마음으로 전해지는 말을 듣기 원했는지도 모른다. 괴테의 자서전도 바로 그런 시인을 모범으로 내세우고 있다.

아니나 다를까, 그즈음 자족감에 젖은 듯 고요하기만 하던 다른 나라들의 문학도 동일한 요구에 휩싸이고 있었다. 그동안 독일을 비롯한 대부분의 나라에서 문학은 세련된 형식에 비해 내용은 지겹기 그지없는 겉만 화려한 속빈 강정에 불과했다. 그런 문학은 어떤 영혼도 데울 수 없는 그림 속의 불과 마찬가지였다. 문학은 이미 사명감을 상실한 지 오래였다. 그런 문학은 더 이상 자연을 비추는 거울 역할을 하지 못했고, 다채롭게 빛나는 상징들로 표상되던 살아있는 인간들의 정열도 희망도 슬픔도 기쁨도 더 이상 표현하지 못했다. 그러나 『오트란토의 성』, 『에피고니아드』, 『레오니다스』의 배경이 되는 먼 옛날의 전통적인 세계에서, 명철하고 냉엄한 영웅들 사이에서, 그리고 눈부시고 고결하며 결백한 아름다움들 사이에서 화려한 의상과 웅변술은 아무런 가치도 없다. 사람들은 문학이라면 독자의 심장을 카라타쿠스*나 카토**의 심장만큼 대담하고 굳세게 부풀리면서도 엘리자와 아델라이데가 젖어든 슬픔에 빠뜨릴 수 있어야 마땅하다고 생각한다. 그러나 심장은 결코 대담하게 부풀거나 슬퍼지기 위해 서둘지 않았다. 일부 문학작품은 독자들의 영웅숭배 감정을 자극하고 또 간간히 양심적인 독자들로 하여금 '억지로나마' 몇 방울의 눈물을 흘리게 만들 수도 있었을 것이다. 그러나 그런 작품들은 피상적인 정신의 산물에 불과했다. 더구나 조금이라도 진지한 양심적인 독자라면 그런 작품들은 애초부터 생산되지 말아야 했다고 생각했을 것이다. 그 시절에 그런 작품을 쓸 수 있는 영국 시인은 골드스미스밖에 없었다. 순수하고 투명하며 천재적인 그의 정신은 진정 심오하거나 강건했다. 그의 소설 『웨이크필드의 목사』(1766)는 모든 근대 전원문학작품 가운데 지금까지 최고의 작품으로 남아있다. 그만한 작품은 이제 더 이상 나오지 않고 있고 나온 적도 없다. 그 시대의 대표작가로 회자되었던 그레이***의 시나 존슨****

* 카락타쿠스(Caractacus)라고도 씀. 켈트어로는 카라독(Caradoc), ?~?: 1세기 중엽에 활동한 브리튼 섬의 부족 트리노반테스족의 왕.

** 별칭은 젊은 카토(Cato the Younger), 로마의 정치가(서기전 95~서기전 46).

*** 영국의 시인(1716~1771).

**** 영국의 시인, 비평가, 수필가, 사전편찬자(1709~1784).

의 산문을 고려하더라도 이 사실은 변함없다. 무척이나 공들여 만든 모자이크 같은 그레이의 시들은 인생이나 진정한 세련미라고 거의 찾아볼 수 없을 정도로 경직되고 딱딱한 인상을 풍긴다. 진실한 감정과 그것을 표현하려는 모든 자유의 몸부림조차 지나친 허식과 겉도는 꾸밈말의 희생물로 전락하고 만다. 그래서 우리가 다소 강한 어조로 강조하는 그의 문학적 활기도 실제로는 우아함에만 경도된 나머지 과장된 허식으로 전락하기 십상일 뿐 아니라 본질적으로도 심장과는 무관한 열성에 불과하여 단순한 목소리나 몸짓보다도 더 미미해 보인다. 열기와 활력이 가득한 그의 『서간집』이 없었다면 우리는 대부분 그레이가 천재적인 시인이었다는 사실을 의심했을 것이다. 아니, 어쩌면 그가 실존인물인지 아닌지조차 의심했을지 모르고, 더욱이 마치 스위프트의 소설 『걸리버 여행기』에 나오는 라푸타 섬의 철학자들 못지않은 시행착오를 수천 번이나 감내하면서까지 더욱 교묘한 '시 쓰는 직기(織機)'를 발명하기 위해 애쓴 시인이었다는 사실은 도저히 믿지 못할 것이다. 그에 비해 존슨의 산문은 진실하고 또 실제로도 호소력이 있을 뿐 아니라 실천적인 의미도 풍부하다. 분주하게 돌아가는 생활세계에서 살아가는 사람들의 동기와 관심사, 인간관계와 대화 전반에 대해 그보다 철저히 연구한 사람은 드물 것이다. 그러나 그는 우리들 대부분이 알고 있는 훨씬 더 바쁘면서도 지루하고 단조로운 세계를 거의 본 적이 없었다. 그는 오직 기업가들을 위한 그리고 기업가가 되기 위한 교육만 받았다. 그가 배울 수 있었던 최고의 미덕은 근검절약이었다. 그래서 그는 우리의 본성 가운데서도 좀 더 섬세한 부분에 대해서, 즉 본질적으로 그리고 엄밀하게는 이른바 우리가 느끼는 최고의 감정과 기쁨과 쓰라린 슬픔과 의심과 사랑과 종교가 머무는 문학에 속하는 본성의 일부에 대해서 아무 말도 할 수 없었다. 늘 궁핍과 곤란에 시달리는 우리에게 그는 아무런 구제책도 처방도 제시할 수 없었다. 가난했던 보즈웰*처럼 당장 할 수 있는 일이라곤 인내밖에 없는 사람을 그가 만나더라도 그는 기껏해야 이런 말밖에 해주지 못했을 것이다.

"존경하는 선생, 유행에 휩쓸리는 선생의 마음을 청소하기 위한 노력을 멈추지 마십시오."

과거의 철학적 이론이 선택한 노선은 이런 경향과 조응했고, 중독성이 강한 이런 경향의 영향력도 배가시켰다. 아니, 어쩌면 그런 영향력이 발휘될 수 있게끔 탈취한 노선이었다고 말해야 더 정확할지 모르겠다. 개인적으로는 명철하고 겸손한 정신에 인내력과 경건함마저 겸비하여 차라리 종교적 인간으로까지 여겨진 로크**는 오히려 세계에서 종교를 추방하는 데 앞장섰다. 그는 인간이 상상하는 것들에 형태를 부여하는 방식으로 정신에도 가시성을 부여하면서, 정신을 마치 분할과 재결합이 가능한 혼합물이나 가공처리한 정제염 같은 것으로 혹은 진기한 논리적 결합물의 일종으로 간주했다. 그 결과 정신은 그동안 비록 눈에 보이지는 않으나 실존하는 것으로 믿겨온 영적이고 신비한 신성을 상실하기 시작했다. 그때까지도 그런 신성은 우리의 시각이 충분히 발달하기만 하면 눈으로도 "볼 수" 있는 어떤 것이라는 인식이 암묵적으로 통용되고 있었다. 그렇다면 과연 누가 그것을 보았고 또 그것을 볼 수 있었던 사람은 누구였을까? 그리하여 그것은 정도에 따라 어떤 의문으로도, 모종의 관계로도, 막연

* 영국의 전기 작가(1740~1795). 스코틀랜드 출신으로 새뮤얼 존슨의 친구이다. 『새뮤얼 존슨의 생애』(2권, 1791)를 썼다.

** 영국의 철학자(1632~1704).

한 가능성으로도 변모하다가 최근에 와서는 개연성이 큰 허구로 변했다. 로크의 행보를 좇았던 프랑스인은 '위장이 위액을 분비하듯이 뇌는 생각을 분비한다'는 사실을 발견했다. 그렇다면 종교와 시를 포함한 모든 고상하고 영웅적인 감정의 소산들은 과연 무엇으로 간주되었을까? 그것들은 주로 망상으로 아니면 오류나 해로운 착각으로 치부되었다. 물론 실제로 시는 아직 쓸모가 있었기 때문에 가치 있는 것으로 여겨지고 있었다. 사람들은 위안거리를 원했고 시를 읽으며 그런 위안을 즐겨 구했다. 극장은 저녁이 되면 멋들어진 사교장으로 변했다. 거기서는 누구나 풍자적이고 유익한 교훈을 담은 가장 감동적인 시를 낭송하려고 애썼다. 그러나 '존재의 꿈을 아름답고 화려하게 윤색할 수 있는' 생일축시나 결혼축시나 애가가 아닌 즉흥시는 일절 낭송할 수 없었다. 좀 더 정확하게는, 사람들의 상상력을 자극하여 원대한 목적의식을 부추기는 시는 낭송하지 말아야했다. 그에 비해 이따금 낭송되는 티르타이오스* 풍의 시는 상당한 저력을 발휘하기도 했다. 그런 시가 법률에 의해 대량생산이 허용되는 아편이나 스카치위스키처럼 인간에게 유용한 자극제로 평가되지 못할 이유가 어디 있겠는가? 그러니까 그 당시에도 시는 유용한 것으로 취급당했다는 사실만은 확실하다.

그러나 종교가 받는 대우는 그보다 더 나쁘면 나빴지 좋지는 않았다. 볼테르와 그의 제자들의 눈에는 종교는 없어도 상관없는 것, 아니, 차라리 있어봐야 골치만 아픈 것으로 보였다. 그런데 지금은 그의 추종자들조차 사실 그가 너무 지나치게 급진적이었다고 생각한다. 그들이 보기에

---

* 서기전 650년경 스파르타에서 활동한 그리스의 비가시인.

종교는 시민의 도덕성에 대한 커다란 규제력을 발휘함으로써 사회질서를 유지하는, 특히 최소한 지배계급이 느끼는 명예감을 결여한 하층계급만이라도 통제할 수 있는, 유용한 도구라 할 수 있었다. 그에 따라 종교는 경찰과 사법기관에 상당히 도움이 되기 때문에 확고하게 유지되어야 "마땅한" 것으로 판단되었다. 그러나 종교에 대한 그런 묵인은 최근에 와서야 이루어진 일이다. 볼테르가 활동할 당시에는 오직 종교 자체를 아니면 적어도 그 뿌리와 가지만이라도 어떻게 최대한 신속하고 안전하게 제거할 것이냐 하는 것만이 문제였다. 그런데 미신이라는 위험한 밀림을 탐험하면서 그런 미신을 지구상에서 영원히 퇴치하기를 염원했던 이 무신론자들의 정신을 활성화시킬 수 있었던 것은 오히려 종교적 열광의 빛, 그러나 이후 세속적 불순물이 가미되면서 그 위력을 점점 상실함으로써 우리가 진리에 대한 열광과 사랑의 빛이라고 부르게 된 그런 빛이었을 것이다. 개인적이고 조야한 혹은 사악한 불순물이 섞이면서 세속화되고 오염되면서 미약해진 이 빛은 적어도 생각하는 사람이라면 유럽에서 한 때나마 체험할 수 있었던 빛이었다. 그리하여 종교적 신앙과 관련 있는 것은 무엇이나 비하되고 손상되는 것을 면치 못했다. 그러나 파괴자와 부정자가 느끼는 희열은 결코 순수한 희열이 아니기 때문에 순식간에 사라지기 마련이다. 볼테르는 그런 밀림에 대담하고 능숙하게 불을 질렀다. 그 불빛은 천상까지 밝혔다. 그 불길은 선동가들의 원기를 북돋우고 그들에게 온기를 선사했다. 그러나 불행히도 그 온기는 지속되지 못했다. 강렬한 빛과 열기를 발하던 이 불길도 오래지 않아 잦아들고 말았다. 그 와중에 밀림도 사실상 괴멸되어버렸다. 더구나 그 밀림에 가득하던 식물, 은신처, 신록 역시 온 데 간 데 없이 사라졌다. 그곳에 남은 것은 시커멓고 오싹한 재의 늪밖에 없었고, 그 늪은 한 동안 세상에서 가장 거대한 악마처럼 보였다.

그렇게 곤란하기 그지없는 상황이 유럽 전역으로 확산되는 와중에도 일반인들의 마음속에 이미 독일의 거장으로 자리 잡고 있던 괴테가 문단에 처음으로 모습을 드러낸 것이다. 그 당시에는 인간의 고상한 본성은 모조리 의심의 열풍에 말라죽거나 확산되는 불신앙의 불길에 소멸되고 있었다. 과거 최고의 풍미를 자랑하는 열매를 맺던 생명의 나무가 무성하던 곳이 황량하고 쓸쓸한 불모지로 전락하고 있었다. 그런 상황에서도 사람들은 하루 벌어 하루 먹는 일상에서도 충분한 재미를 찾을 수 있는 듯이 보였다. 신체의 오감도 만족시키고, 또 제대로 활동하는 데는 실로 엄청난 원력이 필요하지만 하여간 그나마 활동을 멈추지 않고 있던 유일한 정신감각이라 할 수 있는 허영심을 만족시킬 수 있는 자원들 역시 아직은 부패하지 않고 있었다. 그런 사람들은 이후에도 그랬듯이 대체로 자기생활에 만족을 느끼며 살았고, 또 비록 불만스런 구석이 다소 있는 세상일지라도 그런대로 살 만한 곳이라고 생각하며 살았다. 그들은 세상에서 이런저런 물건이나 얼마간의 안락, 재미있는 오락거리 따위를 간간히 얻을 수도 있었다. 특히 그 즈음 2~3년 동안에는 살인사건도 거의 발생하지 않아 전전긍긍할 필요도 없어졌다. 그러나 '마음의 병'을 앓는 사람들이 주로 타고나는 독실한 신앙심은 조상으로부터 물려받은 피치 못할 천성이었다. 그런 사람들에게 세계라는 소란스런 광장은 모든 것이 불만스럽고 허무한 공간에 불과했다. 그들은 인생에 대해서도 아무런 기대를 하지 않았다. 불행한 사실은 오늘날의 우리도 그런 감정을 전혀 느끼지 않는다고는 결코 말할 수 없다는 것이다. 하지만 우리는 여기서 그들에 대한 묘사를 중단할 필요가 있다. 독일인들은 어느 정도 벗어난 것으로 보이는 그런 불신앙 상태는 지금도 거대한 악몽처럼 유럽 전역으로 세력을 확장하고 있다. 유럽 각국은 저마다 다른 고유의 풍토에 맞추어 확산하고 있는 이 악몽에서 비롯된 모든 도덕적 문제들 가운데 최우선적인 문제가 그런 악몽을 떨쳐버리거나 극복할 대책을 강구하는 것이라는 데 공감하고 있다. 정부들은 자연스럽게 그런 대책강구에 가장 먼저 나서고 있고 철학자들이 그 뒤를 잇고 있다.

실러*는 시인이란 그의 고국의 시민일 뿐 아니라 그의 시대의 시민이기도 하다고 말했다. 일반인들의 관심과 흥미를 끄는 모든 것이 그에게는 훨씬 더 흥미로운 것으로 여겨졌을 것이다. 모든 이들의 가슴을 뒤흔드는 격심하고 애절하며 열렬한 불만에 사로잡힌 한 영혼의 이름 모를 불안과 맹목적인 고투는 괴테를 거의 절망지경으로 몰아갔다. 모든 것이 그렇게 느껴졌다. 오직 그만이 그런 절망에 목소리를 부여할 수 있었다. 바로 여기에 그가 대중의 인기를 얻을 수 있었던 비결이 있다. 심오하면서도 민감한 심정의 소유자인 그는 모든 이들이 느끼는 것을 훨씬 더 예민하게 수천 번이라도 거듭 느낄 수 있었다. 그를 시인으로 만든 타고난 창조력 덕분에 그는 그런 감정들을 눈에 보이는 형태로 구현하고 각 감정마다 주소와 이름을 부여했다. 그렇게 그는 그의 세대를 대표하는 인물이 될 수 있었다. 『젊은 베르테르의 슬픔』은 주인공 또래의 생각 많은 남자라면 누구나 겪었고 또 겪고 있을 어둡고 뿌리 깊은 고통의 절규에 불과하다. 이 작품은 불행을 묘사하고 불평불만을 열정적으로 발설한다. 그러나 전 유럽에서 이 작품에 응답하는 심장 박동소리와 목소리가 일제히 울려 퍼진

* 독일의 대문호, 극작가, 시인, 문학이론가(1759~1805).

다. 실제로 이 작품은 고통을 치료하기 위한 어떤 처방도 제시하지 않는다. 사실 이 작품은 생각보다 훨씬 특이하고 훨씬 과격한 모험정신을 그리고 있기 때문에 그의 당대가 아닌 다른 시대에 좀 더 고도화된 문화에서나 제대로 수용될 수 있었다. 그러나 지금은 극히 미약해진 이런 고통의 목소리조차 당시에는 모든 이들이 열광적으로 받아들였고 진심으로 절실히 공감했다. 바이런*이 그 특유의 거칠고 조야한 어조로 표현한 인생의 권태, 우울, 폭발적인 분노가 비록 그의 시대의 수많은 영국인들의 심금을 울렸을지라도 지금은 그 모든 것이 더 이상 새롭지도 않을뿐더러 오히려 낡고 진부하게만 여겨진다면, 우리는 이 『젊은 베르테르의 슬픔』을 마치 미지의 영역에서 들려오는 목소리처럼 열렬히 환영할 만한 것으로 판단할 수 있을 것이다. 격심한 전율을 일으키는 비통한 장송곡 같은 이 작품의 절규는 유럽인들의 귀를 멀게 할 때까지 유럽 각국으로 울려 퍼졌다. 왜냐하면 이 작품은 핵심적이고 완전한 문학정신 속에 스스로를 주입함으로써 감상주의자들을 양산했기 때문이다. 세상 어디서나 분노에 휩싸여 사납게 날뛰고 울부짖는 그들에게 이 작품은 때로는 희망의 빛을 선사하기도 했지만 최악의 경우에는 자연마저 녹초로 만들어 고갈시켜버렸다. 그리하여 그 애절한 작품은 결국 비생산적인 노역에 불과한 것으로 밝혀졌다. 독일에서는 목소리 크고 사나우며 격정적인데다가 눈물도 많은 부류에 속하는 장송곡 합창대 같은 이 사람들은 권력자들(Power-men)이라고 불렸다. 그러나 그 후 이들은 모두 오랫동안 마치 병든 닭처럼 자신의 안위만을 위해 울었다. 바이런은 우리 영국의 감상주의

* 영국의 낭만파 시인, 풍자가(1788~1824).

자였고 권력자였다. 그는 유럽에서도 같은 부류의 사람들 가운데 가장 강력한 권력자요 가장 포악한 자인 동시에 가장 우울한 자였고, 또 최종적으로는 그런 사람이 되고 싶었을지도 모른다. 그런데 그런 경우에 '손으로 눈물을 훔치며 애처롭게 흐느껴 운다'고 좋을 게 뭐가 있겠는가? 더구나 '마치 개가 으르렁거리거나 원숭이가 꽥꽥거리며 덤빌 때처럼' 악의에 차서 화를 내거나 고함을 지른들 또 무엇이 좋을까? 우리가 물려받을 땅이나 유산 같은 우리의 존재조건에 불만을 품고 이의를 제기한들 우리가 더 성공하거나 더 실패할 까닭이 어디 있겠는가? 또한 우리가 맞서 싸운 악들을 상대로, 그것도 태초부터, 사투를 벌여온 수많은 위인들이 영원히 존경받을 일을 행하고 또 존경받는 인물이 될 수 있었던 것은 무슨 까닭인가?

회의주의 철학에다가 마치 '우울증환자가 코바늘뜨개질을 하는 듯한 증세'까지 동반하고 있는 『젊은 베르테르의 슬픔』과 20여년 후에 출간된 괴테의 두 번째 소설 『빌헬름 마이스터의 수업시대』(1824) 사이에는 가장 중요하고 커다란 하나의 차이가 존재한다. 『빌헬름 마이스터의 수업시대』는 모든 면에서 더 정력적으로 활동했던 괴테 생애의 후반기에 속하는 작품이어서, 사람들에게 선사하는 감동은 비록 완전히 순수하지는 않더라도 실로 완벽다고 말할 수는 있다. 이 작품의 집필 기간은 무려 10년이나 되지만 여러 차례의 퇴고를 거치는 과정에서 적절한 선견지명이 가미되었다. 하나의 예술작품으로 이 작품을 고려하면 이 작품은 많은 화제를 제공할 것이지만, 지금은 그것들을 모두 짚고 넘어갈 여유가 없다. 여기서는 그 작품을 주로 작가의 인생을 이해하는 데 도움이 되는 일종의 이력서로만 간주할 것이다. 이런 관점에서 보면 확실히 이 작품은 앞서 출간된 그의 좀 더 대중적인 작품들에 비해서 우리의 관심을 가장 많이 끌 만한 작품으로 보인다. 왜냐하면 절망적인 자살로 끝나는『젊은 베르테르의 슬픔』이 안고 있던 문제가 이 작품 속에서 해결되기 때문이다. 고결한 열정을 지녔어도 머물 곳을 못 찾고 세상을 정처 없이 방랑하던 빌헬름 마이스터가 결국 도착하는 곳은 이미 예견된 바대로 자신의 고향이었다. 그는 고향에서 오랫동안 그의 삶을 위협하던 파괴적인 것들과도 화해를 하고 어울려 살 수 있게 된다. 그리하여 무정부상태는 평화상태로 바뀌었다. 한때 우울하고 불안했던 영혼은 이제 평온을 찾고 희망과 활력이 넘쳐나면서 풍요로운 결실을 거둔다. 그러나 가장 중요한 문제는 이 평화가 필연성에 굴복함으로써 획득된 것이냐 아니면 환상이 만든 것이냐 여부에 있었다. 그렇게 몇 년 동안 대부분의 사람들이 빠져 있던 무기력증이 축복처럼 보이기도 했지만, 실제로 그것은 전혀 축복이 아니었기에 심지어 쉼 없는 전투가 파괴나 속박보다 더 낫다고 생각하는 사람들도 있었다. 이런 평화는 '로마를 황량한 불모지로 만들고는 그것을 평화라고 일컬었던' 갈가쿠스* 치하의 로마인들이 처했던 평화와 같은 종류일 것이다. 이리하여 열렬하고 드높은 야망을 품은 젊은이가 세상에서 가장 조용하고 과묵한 사내로 성장했다. 그러나 그의 열정은 줄어들기는커녕 갈수록 뜨거워졌고 그의 야망 역시 더욱 뚜렷해짐과 동시에 더욱 드높아졌다. 왜냐하면 그는 자신의 불신을 정복했기 때문이다. 그의 이상은 구체적인 현실 위에 확립되었다. 이제 그는 더 이상 막막한 어둠이나 몽상 속에서 떠돌 필요가 없었고, 진정한 무대 위에서, 진정한 토대 위에서, 인

* 로마를 침공한 칼레도니아(스코틀랜드의 옛 이름)의 수장. 서기 85년 몬스그라피우스 전투에서 로마 장군 아그리콜라(40~93)에 패퇴.

간들이 이해를 다투고 사업을 벌이는 확고한 현실 위에서 빛나는 세계를 그의 거처로 삼을 수 있었다.

이 작품에서 등장인물들인 야르노의 회의주의, 베르너의 상업정신, 로타리오와 백부의 고요하면서도 세련된 인격, 하르페르의 유래 없는 열정, 필리나의 경쾌하고 동물적인 쾌활함, 그리고 신비롭고 아름다워서 거의 영적인 분위기를 자아내는 미뇽의 본성이 무리 없이 어울리는 모습은 커다란 감동을 자아낸다. 이 모두가 정의롭고, 각자에게 맞는 내용과 형식에 따라 모두가 자유로운 삶을 누린다. 게다가 온화한 심성에 희망과 믿음이 가득한 주인공 빌헬름도 이처럼 흥미롭고 다양한 인물들을 편력하면서 자신만의 예술세계를 완성하기 위해 진력한다. 이들이 한데 어우러져 다채롭고도 완벽한 조화를 이루면서 모든 것을 비출 수 있는 깨끗한 시(詩)의 거울로 구현된다. 우리는 이 거울을 통해서 가장 고귀한 것과 가장 비속한 것을 동시에 아우르고 싶어 하는 한 청년의 인생과 사업, 열정과 목적들이 얼마나 아름답고 소중한 의미를 지닌 것인지 엿볼 수 있다. 이제 시와 산문은 더 이상 따로 놀지 않는다. 시인의 눈은 그만큼 열려있다. 덕분에 그는 다양한 색깔을 가진 존재의 변화들을 알아보고, 그런 변화에 가려져 희미하지만 시인의 눈에는 뚜렷이 보이는 존재의 사랑스러움과 깊은 의미를 발견한다. 왜냐하면 그의 열린 눈이 '개봉한 비밀'은 이제 그에게는 더 이상 비밀일 수 없고, 그리하여 우주는 선(善)으로 '가득하다'는 것과 존재하는 모든 것은 아름답다는 것을 그가 알았기 때문이다.

문학적 장점이나 단점과는 무관하게 우리가 이 작품에서 발견할 수 있는 것은 괴테가 이후에 발표한 다른 모든 작품들에서도 어느 정도 분명히 드러나는 정신적 기질이다. 우리는 이런 기질을 드러내는 작품을 희귀한 현상으로 평가하는데, 만약 우리 시대에도 그런 작품이 존재하다면 그 작품의 가치는 모든 연구자들이 달려들어 연구열을 올릴 만큼 높이 평가될 것이다. 한때 누구보다도 암울하고 고립적인데다가 의심이 많았던 이 정신이 어떻게 그런 고귀하고 격정적인 기질을 획득할 수 있었을까? 우리들 가운데 그가 활동하던 이런저런 분야에서 그런 기질을 획득하거나 그 기질을 스스로 강화시킬 수 있는 사람이 과연 몇 명이나 될까? 이것들은 지금까지 아무도 제기한 적이 없는 질문들이다.

이들 질문에 답한다거나 답할 엄두를 내는 것조차 우리의 한계를 훨씬 벗어나는 일이다. 더구나 장기간에 걸친 부지런한 연구와 학습 및 재학습을 거듭하지 않는 사람이 그런 질문에 대답하겠다는 희망은 그저 희망에 불과하다는 것도 우리는 알고 있다. 그러나 우리는 그동안 괴테를 주목하면서 그의 도덕적 확신들을 밝히기 위한 결코 간과할 수 없는 특별한 사업에 심혈을 기울인 것도 사실이다. 우리는 그가 자신만의 예술세계를 구축해온 인물이라고 언급한 바 있다. 그는 사리사욕에 무관심한 숭고하면서도 거의 종교적이다시피 한 사랑으로 예술을 바라보았고 그것을 확신할 수 있는 최고의 선 그러나 오직 그 자체로 좋은 선(善)으로 만들기 위해 진력했다.

괴테처럼 자유자재로 글을 쓰는 재능을 타고난 사람이 시인의 존엄성을 표현하고 외부환경에 좌우되지 않는 타고난 독립성을 드러내기란 결코 힘든 일이 아닐 것이다. 따라서 우리는 그 시인의 감흥들이 거듭 표현되고 때로는 그의 작품들을 통해서 훨씬 더 우아하고 훨씬 더 뚜렷하게 강조된다는 것을 발견한다. 그러나 이런 감흥들을 그의 침착하고 실질적인 설득력에 적용시키고 또 어느 정도라도 느끼고 믿게 만드는 것은 예나 지금이나 시인의 드높은 사명감과 재능이었고 또 그래야 마땅할 것이다.

지금은 거의 잊혀진 이 고대의 숭고하고 보편적인 인간성이야말로 경박하고 우스꽝스러우며 졸렬하고 불경하기 그지없는 이 시대의 시인이 딛고 서야할 창작기반일 것이다. 착잡하고 소심하며 비겁하고 용렬하지만 소란스럽기는 이루 말할 수 없는 이 시대에 '빛을 던지는 귀감이 될 만한' 시인이라면, 아마도, 오래전부터 우리를 비추어왔지만 우리가 부정했던 찬란한 가능성의 빛으로, 그토록 온화하면서도 신성한 빛으로 이 '넝마주이 시대'를 밝힘으로써 우리를 조금이나마 더 아름답게 만들 수 있을지도 모른다. 물론 전심전력을 다해 그런 가능성의 빛을 모색하기란 결코 쉬운 일이 아니다. 더구나 특히 괴테 같은 시인처럼 일생을 그런 가능성을 실현하는 데 바치기란, 물론 그럴 수 있다고 장담할 수는 있는 자가 많을지라도 실행에 옮길 자는 극히 드물, 실로 가장 고귀하고 가장 힘겨운 모험에 속하는 것이었다. 우리는 이 모험을, 그것이 칭찬받거나 비난받거나 상관없이, 단지 일개 작가로서 그때까지 그가 선보인 다른 모든 진기한 모험보다 훨씬 더 진기한 모험이라고 생각한다. 만일 그것이 어떤 의미에서 괴테와 관련하여 언급할 만한 대표적인 사례라면 우리는 그가 단순히 독자를 즐겁게 하는 시인이자 매력적인 가인(歌人)에 머물지 않고 윤리학자나 철학자만큼 심오하고 위대한 학생이자 관찰자이자 모방자이기도 했다고 평가할 수 있을 것이다. 말하자면 그런 모험이 그의 인생을 대표할 만한 '확률'을 조금이라도 가지고 있다면 우리가 그것을 연구할 만한 가치가 충분하다고밖에 생각할 수 없다는 말이다. 바로 이런 점만 감안하더라도 우리가 여기서 그의 인생을 음미하고 토론할 만한 가치는 충분하다. 그만큼 『빌헬름 마이스터의 수업시대』는 우리 시대의 선구적인 천재의 성숙한 작품이다. 그래서 다른 여러 가지 면에서 보더라도 괴테에 훨씬 못 미칠 뿐 아니라 같은 수준의 작품을 쓰려면 몇 년이 걸릴지도 모를 다른 천재들이 단 몇 주에 걸쳐 급조한 미숙한 작품들과 이 작품은 애초부터 차원이 다르다고 생각하는 사람도 있을 것이다.

여기서 『빌헬름 마이스터의 수업시대』가 독일에서 처음 선보일 당시 영국에서보다 훨씬 더 각광을 받았다는 사실도 언급해둘 만한 가치가 있을 것이다. 실제로 잘 알려진 괴테 작품의 주인공들 가운데 이 작품의 주인공만은 유별나게 튀어보였다. 그에 비해 다른 작품들의 주인공들은 대동소이했다. 비평계는 일제히 당혹감에 빠져들어 유감을 표시했다. 사방에서 공개적으로 아니면 은밀히 불평불만이 쏟아졌다. 비평가들이라면 누구나 이렇다 저렇다 한 마디씩이라도 덧붙이지 않으면 안 될 듯한 분위기가 팽배했다. 그러나 실제로는 무슨 말이 더 필요한지를 아는 이는 하나도 없었다. 당시 슐레겔이 주간하던 유력지 〈캐릭터〉를 살펴봐도 이 작품을 직접 언급하는 글은커녕 이 작품과 조금이라도 연관이 있을 듯한 결정적인 언급조차 찾아볼 수 없고, 이후에도 그렇기는 마찬가지였다. 오히려 『젊은 베르테르의 슬픔』에 대한 열광이 극적으로 잦아들고 말았다는 사실에 대한 유감의 글만 몇 편 실렸을 뿐이다. 그마저도 들릴락 말락한 모기소리 같아서 차라리 '저열'하고 '우둔'해보일 지경이었다. 물론 궁지에 몰린 '미덕'을 지키느라 『빌헬름 마이스터의 수업시대』에 대해 과감한 지지의사를 표한 평자도 없진 않았다. 이 작품을 지지하기보다는 막후에서 비난했던 노발리스*가 우리에게는 제일 신기해 보이는 이유도 바로 이런 당시의 분위기 때문이다. 그는 이 작품을 공리주의자의 작품으로

---

* 본명은 프라이헤르 폰 하르덴베르크(1772~1801). 독일의 낭만주의 시인, 이론가.

간주한 것이 틀림없다! 그의 단편들 곳곳에서 발견되는 신랄한 촌평들을 보면 그는 이 작품을 문체가 단조롭고 기계적이며 계산적이고 무미건조한데다가 등장인물들조차 하나같이 공리주의적인 인물 일색이라는 이유로 비난했음을 알 수 있다. 그리하여 우리 영국인들에게 괴테는 또다시 신비한 위인으로 부상한다. 그러니만큼 모두가 그를 반가이 맞이할 수는 없으리라! 그런 점에서 선량하고 심오하며 고상한 노발리스는 우리에게 최상의 선물을 가져다 준 셈이다. 만일 우리의 기억이 정확하다면, 티크* 가 우리에게 알려주듯이, 그토록 비판적이었던 노발리스조차 이 작품을 끊임없이 되돌아보면서 검토에 검토를 거듭할 수밖에 없었기 때문이다.

괴테는 72세(1821)에 『빌헬름 마이스터의 편력시대』를 출간했다. 『젊은 베르테르의 슬픔』을 25세에 출간했으니 『빌헬름 마이스터의 수업시대』는 앞의 두 작품이 출간된 시기의 거의 중간쯤에 출간된 셈이다. 이들 작품의 출간 시기를 포함하는 약 50년 동안은 그의 인생의 대외활동과 내면세계 모든 면에서 가장 중요한 시기이도 했다. 이처럼 다양한 분위기를 자아내는 이 작품들을 살펴보면 그의 도덕성이 커다란 변화를 겪었음을 알 수 있다. 그 과정은 그의 내면적인 구속, 의심, 불만이 자유, 믿음, 명철한 행동력으로 바뀌는 과정이었다. 특히 이 시기에 출간된 작품들의 등장인물들은 누구나 다소 의식적으로 정신적인 인간성을 획득해가고, 그중에 어떤 인물들은 어느 정도의 사고력과 감성도 소유하고 있지만, 대개는 상처받고 황폐한 나머지 의식적으로 극심한 고통과 치열한 갈등에 휩싸여 있기 때문에, 적에게 승리하기보다는 아예 패배하거나 적과의 치명적

* 독일의 작가, 비평가(1773~1853).

인 타협에 의식을 내맡기지 않는 한 그런 변화를 성공적으로 이끌 가능성은 거의 없는 것으로 보인다. 우리가 흔히 말하듯, 갑옷을 걸친 사람이라고 해서 전사(戰士)답게 보이는 사람은 드물고 설령 그런 사람이 있더라도 실전에서 승리를 거두는 사람은 더욱 드물다. 영국 시인들 가운데 죽을 때까지 가장 철저하고 인간적으로 이런 투쟁을 치렀던 시인은 바이런이 거의 유일할 것이다. 그러나 그는 여전히 승리가 의심스러운 상황에서, 아니면 기껏해야 승리의 초입에 들어선 시점에서 죽었다. 그런 반면 우리가 앞서 견해를 피력했다시피, 이 방면에서 괴테는 당대의 그 누구보다도 완벽한 성공을 거두었다. 아니, 가장 엄밀한 의미에서 괴테야말로 그런 성공을 거둔 유일한 시인이었다고 말해도 거의 무방할 것이다. 다름 아닌 바로 이런 이유 때문에 우리는 그의 정신의 역사와 그 전개과정이 마땅히 주목받을 만한 가치가 있다고 감히 말할 수 있는 것이다. 그의 견해들, 그의 사고방식, 그의 내면세계의 전체 풍경은 동시대인들의 비상한 관심을 끌기에 충분한 연구대상이었음이 분명하다. 그의 문학이 받은 관심은 당대의 다른 작가들의 문학이 받은 일반적인 관심과는 차원이 다를 만큼 유별났다. 물론 여기서 불충분하게 언급된 이런 사실만으로 그의 성공을 확실히 입증하기는 힘들겠지만 적어도 그것에 대한 이견의 폭만큼은 최대한 줄일 수 있을 것이다. 그럼에도 그의 문학에 대한 충분한 연구가 이루어지기만 한다면, 그런 사실들이 정확하고 충분한 그리고 필시 극히 중요한 의미를 가진 사실들임이 밝혀질 것이다.

물론 다른 사람들도 그와 같은 정신을 가지고 있다면 이런 변화를 겪고 승리를 거둘 수 있을 것이다. 그러나 천부적인 통찰력과 우아하고 힘찬 목소리를 타고나서 인간 존재의 가장 밝은 면에서 가장 어두운 면에 이르기까지 모두 공부하여 가장 현명해지고, 그것들을 모두 체험하여 가장 복잡해진, 풍요롭고 고결한 정신, 그런 정신에 대해서 여기서는 더 이상 거론하지 않을 것이다. 이 모든 것을 알려면 충분한 관심을 기울여 그의 작품들을 탐독하는 수밖에 다른 도리가 없을 것이다. 또한 수천 가지 풍부한 의미로 가득한 괴테의 극시, 서정시, 교훈시에 대해서도 여기서 우리가 할 수 있는 말은 하나도 없다. 그러나 문학은 물론이려니와 고대 및 현대 예술의 모든 장르와 수많은 학문분야에서 우리는 그를 만날 것이다. 그런 덕분에 우리는 우리를 포함한 모든 인간들이 그에게 얼마나 큰 빚을 지고 있는지 가늠할 수 있을 또 다른 기회를 잡을 수 있을 것이라는 희망을 가질 수 있으리라.

그럼에도 우리는 시를 짓는 그의 독창적인 재능의 원류를 밝히고 또 그가 그만한 예술세계를 구현할 만한 거장이었음을 입증하는 데 유용한 두 가지 중요한 증거를 제시할 수 있다. 여기서 우리는 그의 작품들을 이미 잘 아는 사람들의 판단이나 초심자들의 이해에 도움이 될 수도 있다는 견지에서 이 증거들을 간략하게나마 언급할 수 있을 것이다. 첫 번째 증거는 그의 독창성을 상징하는 지성이다. 그의 지성은 그가 품었을 의견이나 감정에 '형태'와 '생명력'을 항구적으로 부여할 수 있는 지구력은 물론이려니와 이 작업을 결코 그르치지 않는 정확성마저 구비하고 있었다. 가장 넓은 의미에서 볼 때 우리는 이 작업의 성사여부야말로 시인이 안고 있던 거대하고 본질적인 문제였을 것이라고 생각한다. 그러나 우리는 여기서 단순히 은유적이거나 수사학적인 표현을 사용할 의사는 없다. 그런 표현들은 피상적인 관심의 소산에 불과하거나 때로는 그것들을 수단으로 (우리의 사고체계 내에) 건설되었을 사상체계의 골격에 지나지 않기 때문이다.

물론 괴테보다 더 유명한 작가는 없을지라도 암시나 비유적인 표현을 괴테보다 더 풍부하게 구사하는 작가는 많을 것이다. 그래도 우리는 괴테의 표현력이 바로 그의 지성의 핵심에 속한다는 것을 안다. 그런 능력은 마치 퀄스*나 버니언**을 연상시키는 그 특유의 은밀하고 절묘한 경구, 우화, 기발한 발상 등을 음미해보면 발견할 수 있다. 또한 그의 순수하고 진정한 개성이 가득 밴 작품들인 『파우스트』, 『타소』, 『미뇽』은 형식이나 시각적 장치 등 모든 면에서 셰익스피어의 『아리엘』과 『햄릿』을 연상시킨다. 시인의 상상력은 보이지 않는 사물들의 형상을 '구상'하고 그의 펜은 그 형상들을 구체적으로 '묘사'한다. 괴테는 이러한 천부적인 재질을 타고났으며, 그 수준 또한 우리가 짐작하듯이 대단히 높다.

두 번째 증거는, 그가 습득한 예술적 솜씨가 우리에게 증명하고 또 그 솜씨가 그의 독창적인 예술역량을 우리에게 보여주는 바와 같이, 그는 그지없이 다채로우면서도 보편적인 정신의 소유자여서 매너리즘으로부터도 완전히 자유롭다는 사실이다. 우리가 괴테의 오성과 기질은 물론 심지어 그의 글쓰기 방식조차 시종일관 독보적인 독창성을 견지하고 있다는 사실을 알려면 그의 작품들을 적어도 몇 년은 읽어야 할 것이다. 얼핏 보면 그의 문체는 지극히 단순해 보인다. 그 주된 이유는 그의 문체가 침착하고 명쾌한 반면 결코 평범하지 않기 때문일 것이다. 아니 차라리 가장 비범한 문체이기 때문이라고 말해야 정확할 것이다. 우리는 흔히 누구나 그 문체를 흉내 낼 수 있다고 생각하지만 사실은 아무도 흉내 낼 수 없

---

* 영국의 종교시인(1592~1644).

** 잉글랜드의 유명한 목사이자 설교가(1628~1688)로서 청교도 종교관을 매우 독특하게 표현한 『천로역정』(1678)의 저자.

다. 이런 이유 때문에, 무릇 모든 작가의 작품들이 다 그렇듯 그의 작품들 속에도 필시 그의 성격이 기록되어 있을지라도, 그의 작품들 속에서 그가 건설한 일종의 정신적 건축물이나 그의 기질, 매력, 개인적인 특기 같은 것을 발견하기 어려운 것이다. 필리나와 클란첸, 메피스토펠레스와 미뇽 같이 그의 작품 속에서 자유롭게 살아 움직이는 인물들에 대한 그의 태도가 냉담해 보이거나 각별해 보이는 이유도 바로 여기에 있을 것이다. 따라서 그는 이러저러하게 규정될 수 있는 인물이라기보다는 보는 이의 시각에 따라 이렇게도 저렇게도 보일 수 있는 인물이다. 우리는 자기분야에서 일가를 이룬 예술의 거장이라면 누구나 이런 성격을 가지고 있으리라고 생각한다. 특히 모든 위대한 시인들은 확실히 그러할 것이다. 셰익스피어와 호메로스도 바로 그런 시인들이었다! 셰익스피어의 작품을 처음 읽든 스무 번이나 재독하든 셰익스피어라는 인간을 제대로 이해하거나 판단할 수 있는 사람이 있을까? 그는 멜로디의 땅에서 우리를 향해 걸어오는 일종의 '목소리'이다. 그러니까 잉글랜드 스트랫퍼드어폰에이번* 이라는 소도시의 낡은 벽돌집은 우리에게 세상에서 가장 풀기 어려운 수수께끼를 던진 셈이다. 또한 『일리아스』에 등장하는 호메로스는 어떤가? 그는 '목격자'이다. 그는 목격했고, 그가 목격한 것을 세상에 알렸다. 우리는 그의 이야기를 듣고 믿지만 그를 보지는 않는다. 오늘날 이 두 시인을 비교해보면, 둘의 천재성은 달랐지만 그 성실성만큼은 둘 다 정직하게 진심을 기록했다는 점에서 똑같았음을 알 수 있다. 가깝게는 장 파울**과

* 셰익스피어의 출생지로 알려져 있음.

** 독일의 소설가로 본명은 요한 파울 프리드리히 리히터(1763~1825).

바이런도 같은 방식으로 비교할 수 있다. 빛나는 조명등 같은 파울은 우리가 그의 작품들 가운데 가장 가벼운 작품조차 다 읽기도 전에 이미 그의 작품이 담고 있는 광범위하고 풍부하며 진솔하고 이색적인 의미들을 비추기 시작하고, 급기야는 자신의 관심 주제보다 자신을 훨씬 잘 묘사한다. 바이런은 한 술 더 떠서 아예 자신밖에 묘사하지 않았던 시인이라고 할 수 있다. 따라서 아직까지는 한 시인의 정신과 역량을 평가하고 그의 예술적 기량과 완벽함에 대한 자부심을 가늠할 수 있는 가장 확실하고 정확한 방법은 이런 비교법밖에 없다는 것이 우리의 생각이다. 이런 방법으로 여러 가지 사항을 비교해보면 현재 괴테에 버금가는 작가는 어디서도 찾아볼 수 없을 것이다.

토머스 칼라일

옮긴이의 말

이 책은 괴테가 자신의 출생에서부터 청년기까지의 성장과정을 돌아보며 노년에 쓴 자전적 작품이다. 괴테는 이 책을 20년에 걸쳐 완성했다. 그는 1811년(62세)에 제1부를 완성한 후 제2부는 1812년에, 제3부는 1814년에, 마지막 제4부는 세상을 뜨기 전해인 1831년에 완성했고 사후에 출판되었다.

괴테는 꼼꼼하고 엄격한 성격의 아버지와 감수성이 풍부하고 명랑한 어머니 밑에서의 가정환경의 묘사를 시작으로 7년전쟁(1756~1763)에 의해 프랑스의 지배를 받게 된 집안과 사회의 혼돈스런 삶, 그레첸과의 15살의 첫사랑, 라이프치히 대학에서의 자유분방한 첫 유학시절, 병 때문에 고향에 돌아와 하게 된 요양생활, 신비주의와 연금술에의 심취, 어머니의 친구인 클레텐베르크 부인과의 교류를 통한 경건주의 신앙에의 접근, 스트라스부르에서의 두 번째 유학과 헤르더와의 교류를 통해 새로이 눈뜬 문학관, 시골 목사의 딸 프리데리케와의 목가적인 사랑과 이별, 고향에서의 변호사 개업, 제국고등법원의 실습생으로서 몇 달 동안 머물렀던 베츨라르에서의 생활, 『젊은 베르테르의 슬픔』의 모티브가 된 샤를로

요한 카스파르 괴테
북독일 혈통의 은퇴한 법률가인 아버지는 지적이며 도덕적 엄격성을 지니고 있었다.

테 부프와의 아픈 사랑, 고향에서의 릴리와의 사랑과 이별, 스위스로의 도피여행 등 유년과 청년시절의 삶을 장편소설과도 같이 그리고 있다.

괴테가 청년기 이후를 그린 자전적 작품들(『이탈리아 기행』, 『프랑스 종군기』, 『연대기』 등)에는 종교적 성찰이 거의 없고, 사랑에 대해서는 전혀 언급되지 않고 있는 데 반해 이 작품은 그의 삶의 모든 가능성들을 두루 다루고 있다. 따라서 이 작품에서는 다른 작품들과 비교할 수 없을 만큼 많은 모티브들이 풍부하고 다채롭게 얽혀있다. 괴테는 이 작품에서 젊은 시절만을 묘사하고 있지만 그것이 청년기 이후 인생 전체에 끼친 중요한 영향을 내보이고 있으며, 젊은 시절이야말로 자신의 존재적 본질이 가장 뚜렷하게 부각된 시기였음을 나타내고 있다. 마치 성장소설과도 같은 이 작품은 내면적 욕구를 지닌 자아와 그 욕구를 촉진하거나 저지하는 복잡한 조건들을 지닌 외부세계 사이의 힘겨루기를 통해 이야기가 펼쳐지며, 결국 위험과 유혹 속에서 승리하고 성공하는 삶의 기록이다.

자서전의 가치를 내용의 사실성에 둔다면 이 작품은 회의적으로 보일 수도 있다. 예를 들어 사실성의 측면에서 모범적인 자서전으로 평가될 수 있는 이순신의 난중일기가 현장성과 즉시성으로 독자의 절대적 신뢰를 받고 있다면 노년에 20년이란 긴 세월에 걸쳐 지난 시절을 더듬어 쓴 이 작품은 충분히 조작과 가공의 개연성을 안고 있다고 볼 수 있는 것이다.

이 작품의 사실성에 관한 학자들의 견해는 출판 이후 최근까지 큰 변화를 겪었고, 현재도 계속 논란이 되고 있다. 19세기 중반의 초기 수용자들은 이 작품을 실증주의적 원칙에 충실한 개인사적 기록으로 받아들였으며, 주저 없이 '문화사적 또는 작품사적 정보의 원천'으로 이용했다. 그러나 19세기 말부터 학자들은 이 작품의 내용 중 사실과 부합되지 않는 많은 기록상의 오류들이 있다는 점을 지적하게 되었다. 특히 프리드리히 군돌프(1880~1931)가 1916년 자신의 저서 『괴테』에서 이 작품의 역사학적 가치를 부인하고 문학예술적 성격을 강조한 이후, 이 자서전에 대한 학자들의 견해는 이전과는 반대 방향으로 치닫게 되었고, 마침내 이 작품 전체가 하나의 픽션이며, 거기에 포함된 진술들 중 안심하고 사실로 받아들일 수 있는 것은 거의 하나도 없다는 견해가 오랫동안 지배하게 되었다.

카타리네 엘리자베트 괴테
아버지와는 반대로 낙독일 출신인 어머니는 자유분망한 예술적 감성을 지니고 있었다.

그러나 옮긴이는 이 작품의 사실성 여부에 그다지 가치를 두고 싶지 않다. 글로 쓰인 모든 것은 어차피 완벽한 사실이 될 수 없을뿐더러 문학 속에 들어온 전기는 그 자체로 가공적인 예술작품이 되는 것이기 때문이다. 따라서 이 작품은 한 인간의 인생에 관한 진솔한 기록물인 동시에 창조적 예술작품이라는 이원적 의미로 받아들여야 할 것이다.

이 책에서는 한 개인의 삶의 조각들을 엿볼 수 있는 동시에 그 개인을 에워싼 가깝고 먼 공간들의 상황 또한 파악할 수 있다. 따라서 이 책은 한 위대한 독일인의 성장사이면서 독일과 유럽의 사회사 내지 문화사로서의 가치를 지니고 있다고 할 수 있다. 이런 관점에서 옮긴이는 이 책에서 흥미롭게 얻을 수 있으리라 여겨지는 몇 가지 사실들을 소박하게 소개하고자 한다.

우선 사회상의 측면에서 보자. 이 책에는 귀족임에도 불구하고 얼굴이 곰보인 인물들이 많이 소개되어 있다. 여기에서 당시에 천연두가 대대적으로 유행했으며 의학적 치료술이 미비했음을 엿볼 수 있다. 반면 백내장 수술이 매우 쉽고도 성공적으로 이루어지고 있는 사례를 통해 안과수술 영역에서 뛰어난 기술이 발전하였음을 짐작케 한다. 우리나라로 치면 조선시대 중기이므로 흥미 있는 비교가 가능할 것이다.

한편 왕의 대관식이 오랜 기간 동안 준비하고 상상할 수 없을 만큼 화려하고 웅대하게 거행되었다는 것, 그리고 이 와중에 벌어졌던 선제후들을 정점으로 한 각 영방들의 알력과 세력다툼의 양상을 간접적으로 파악할 수 있다.

또한 청년 괴테가 여러 여인들을 만나며 자신을 성숙시켜갔던 애정의 행로를 흥미 있게 엿볼 수 있으며, 『젊은 베르테르의 슬픔』, 『괴츠 폰 베를리힝겐』 등 여러 작품들이 쓰이게 된 동기나 배경에 대한 지식도 얻을 수 있다. 그리고 오늘날 우리에게도 잘 알려진 사람들을 포함해서 그 시대에 활동했던 여러 유명 인사들의 면면도 흥미롭게 살필 수 있다.

한편 괴테의 대문호다운 탁월한 비유나 표현을 맛볼 수 있는 것도 이 책이 주는 즐거움 중의 하나이다. 예를 들면 변절자와 지조 있는 자를 나비와 꽃에 비유한 것은 경탄할 만하다. 나비는 애벌레 때 자신을 단단한 껍질로 소중히 감싸서 보호하고 키워준 번데기를 미련 없이 박차고 나와 그것과 인연을 끊고 마음껏 날아다니지만 꽃은 화려하게 피어나 전성기가 되어도 자기를 키워준 줄기를 떠나지 않고 끝까지 남아 열매로 결실을 맺는다는 것이다.

첫 이탈리아 여행 중 로마의 한 여관에서 밖을 내다보는 괴테의 뒷모습

그러나 무엇보다도 이 책이 우리에게 소중한 것은 우리가 한 위대한 인물의 어린 시절과 청년기의 면모를 총체적으로 살펴봄으로써 참된 인간성과 지혜로운 삶에 대한 차분한 성찰의 계기로 삼을 수 있다는 점일 것이다.

물론 괴테는 이 책에서 때때로 지나치게 상대를 폄하하거나 자기과시적인 입장을 드러내기도 한다. 새로운 인물이 등장할 때마다 수식어 나열 경쟁이라도 하듯 지나치게 외모에 대한 묘사를 늘어놓는가 하면, 핵심에서 벗어난 잡설들을 장황하게 떠벌이기도 한다. 또는 처음에는 거창하게 시작했다가 슬그머니 말머리를 돌려버리기도 한다. 그럴 때마다 독자들은 괴테의 글에서 불쾌감을 느낄 수도 있을 것이다. 하지만 이 모든 것이 위대한 작가만이 부릴 수 있는 오만이리라. 그는 우리에게 참을성을 갖고 자신의 글을 읽고 나서 남는 무언가를 기대하고 있는지도 모르겠다.

이 작품의 원본은 '결정적 비평판'이라고 세계적으로 이름이 나 있는 함부르크의 크리스티안 베그너 출판사의 12권으로 된 이른바 '함부르크판 괴테 전집'의 제9권과 10권에 수록되어 있는 『나의 인생. 시와 진실 Aus meinem Leben. Dichtung und Wahrheit』을 택했다.

독자의 이해를 돕기 위해 낯선 인물이나 용어, 개념에 대해서는 주를 달아 설명을 해놓았으니, 이것은 원본에는 없는 것이다.

한편 이 작품이 너무 방대한 분량인 점을 감안하여 전체적인 내용의 대강을 파악할 수 있도록, 또한 처음부터 끝까지 자세히 읽어나가기가 여의치 않은 독자를 위해 다양한 내용 중 관심부분을 선별하여 찾아 읽을 수 있도록 세부내용 색인을 부록으로 실었으니 유익하게 이용하기 바란다.

아무쪼록 이 책이 영원한 고전으로서 독자에게 무한한 정신적 자양분이 되기를 희망한다.

옮긴이 이관우

연보

1749년 8월 28일 독일 마인 강변의 프랑크푸르트에서 출생. 아버지인 요한 카스파르 괴테는 법학을 전공하였고, 궁정 평의원이었으며 엄격한 편이었다. 어머니 카타리네 엘리자베트는 시장의 딸이며 예술을 좋아하고 명랑한 성격이었다.

1750년 (1세) 누이동생 코르넬리아 태어나다(다른 여동생과 남동생은 출생 후 바로 사망하였음).

1757년 (8세) 외조부모에게 새해의 시를 보냄. 괴테의 시 중 가장 오래된 것임.

1759년 (10세) 프랑스 군대가 프랑크푸르트 시를 점령. 군정 장관이 1년 이상이나 괴테 집에 숙박함. 그 계기로 프랑스 연극을 접하게 되고, '파우스트' 전설에 대해 알게 되다.

1763년 (14세) 연상의 소녀 그레첸을 사랑하게 되나 이듬해 사이가 끊어지다.

1765년 (16세) 아버지의 뜻에 따라 9월 말, 라이프치히 대학에 들어감. 그곳에서 법률학을 전공하다.

1766년 (17세) 친구 슐로서가 찾아온 것을 계기로 포도주점에 드나들다가 주인의 딸 아네테에게 사랑을 고백하다.

1768년 (19세) 객혈 증상으로 인해 학업을 중단하고 프랑크푸르트로 돌아옴. 대학에서 썼던 작품들은 대개 괴테 자신이 파기해 버렸으나 시 『공범들』은 귀향 후 완성시킴. 경건파의 클레텐베르크 부인과 교제하다.

1770년 (21세) 병에서 회복. 학업을 계속하기 위해 3월부터 1771년 여름 사이에 스트라스부르에 체류함. 요한 고트프리트 헤르더를 만나 민요와 문학관에 대해서 큰 감화를 받다. 제젠하임에서 목사의 딸 프리데리케 브리온과 사랑에 빠짐.

1771년 (22세) 변호사 시험에 합격하고, 귀향하여 개업을 함. 희곡 『괴츠』와 『파우스트』를 착상하다.

1772년 (23세) 아버지의 권유로 베츨라르 고등법원에서 견습함. 케스트너의 약혼녀 샤를로테 부프를 사랑하게 되다.

1773년 (24세) 희곡 『괴츠 폰 베를리힝겐』 출간. 시 「마호메트」, 「프로메테우스」 등을 『프랑크푸르트 학예보』에 기고하다.

1774년 (25세) 샤를로테와의 관계를 바탕으로 『젊은 베르테르의 슬픔』을 4주 만에 집필하고 출간하다. 이 소설로 괴테는 독일에서 가장 유명한 작가가 되었으며, 그 해 독일에서는 청년들이 베르테르의 노란 조끼를 입고 자살소동을 벌임. 라인 강 하류지방을 여행하던 중, 마인츠에서 바이마르 공 카를 아우구스트와 처음으로 만나게 되다.

1775년 (26세) 릴리 쇠네만과 약혼했으나 그 해 파혼함. 5월부터 7월까지 스위스 여행. 11월, 카를 아우구스트의 초청으로 바이마르에 가다. 질풍노도운동과의 결별함.

1776년 (27세) 1월 7일 슈타인 부인에게 처음으로 편지를 써 보내고 애정관계가 시작됨. 추밀원의 일원으로 임명됨. 일메나우의 광산을 개발하고 이것을 계기로 광물학을 연구함. 슈타인 부인에 대한 시, 희곡 등을 집필하다.

1777년 (28세) 누이동생 코르넬리아 사망. 11월부터 12월까지 하르츠를 여행. 『빌헬름 마이스터의 연극적 사명』을 집필하기 시작하다.

1778년 (29세) 5월에 베를린을 방문. 시 「달에 비치다」 등을 창작.

1778년 (29세) 산문극 『이피게니에』를 완성하고 상연. 9월부터 이듬해 1월까지 바이마르 공과 스위스를 여행하고, 돌아오는 길에 슈투트가르트에서 카를 사관학교를 방문하여 학생이었던 프리드리히 실러와 처음으로 대면하게 되다.

1780년 (31세) 바이마르로 돌아와서 신축한 바이마르 극장을 열다. 희곡 『타소』 집필 시작.

1782년 (33세) 내무대신이 되어 귀족 칭호를 받게 됨. 부친 사망. 『마왕』, 『마이스터』 속고. 『젊은 베르테르의 슬픔』 개작.

1784년 (35세) 해부학을 연구하여 인간의 간악골(間顎骨)을 발견해내지만 전문가에게는 묵살 당함.

1785년 (36세) 식물학을 연구함. 『빌헬름 마이스터의 연극적 사명』을 탈고하다.

1786년 (37세) 6월 괴테 전집에 관해서 게셴출판사와 계약함. 9월에 상인 멜러라고 자칭하고 이탈리아로 떠남.

1787년 (38세) 운문형으로 개작한 작품 『타우리스 섬의 이피기니에』를 집필. 시극 『에그몬트』 완성.

1788년 (39세) 정무를 그만두고 학예와 광산 감독에 집중함. 16세 연하의 크리스티아네 불피우스와 동거함. 괴테의 주선으로 실러는 예나 대학 역사학 교수로 취임함. 서정시 『로마의 비가』를 발표하다.

1789년 (40세) 12월 아들 아우구스트가 태어남. 7월 14일 프랑스 대혁명 일어나다. 시극 『타소』 완성.

1790년 (41세) 두개골의 척추설을 발견하고, 해부학, 식물학 등의 자연과학 연구에 몰두함. 괴테 저작집 출간. 『파우스트 단편』을 발표함.

1791년 (42세) 9월 아우구스트 공을 수행해 프랑스 원정에 참가함. 그의 이 체험이 나중에 『프랑스 종군기』로 나오게 됨. 종군 중에도 색채론을 연구함.

1793년 (44세) 1월 루이 16세 처형. 5월부터 7월까지 마인츠 포위군에 종군함. 풍자시 『여우 라이네케』 등 혁명에서 취재한 작품을 발표하다.

1794년 (45세) 7월 식물의 원형에 대해서 토론한 것을 계기로 실러와의 친교가 시작됨. 『빌헬름 마이스터의 수업시대』 개작에 착수.

1796년 (47세) 『헤르만과 도로테아』 집필 시작. 『빌헬름 마이스터의 수업시대』 출간.

1797년 (48세) 6월에 『파우스트』의 테마를 씀. 『헤르만과 도로테아』 완성. 7월부터 11월까지 남부 독일과 스위스를 여행하다.

1798년 (49세) 개축 극장을 실러의 『발렌슈타인』과 그 서곡으로 열고, 괴테는 직접 연출을 담당함. 실러의 독려로 『파우스트』를 계속 집필함.

1801년 (52세) 안면단독으로 고생함.

1803년 (54세) 리마가 와서 아들의 가정교사 겸 그의 비서가 됨. 헤르더가 사망함.

1804년 (55세) 『빙켈만 론』 집필.

1805년 (56세) 신장염을 심하게 앓음. 5월에 실러가 사망함. 8월에 『실러의 조종(弔鐘)에 대한 발문』을 쓰고 실러의 기념제전을 하다.

1806년 (57세) 4월, 『파우스트』 제1부를 완성하다. 8월, 신성로마제국이 멸망하고, 10월에는 나폴레옹이 바이마르로 입성함. 10월에 크리스티아네 불피스와 교회에서 정식으로 결혼함.

1807년 (58세) 2월부터 11월까지 출판업자 프롬만의 집에 머물며 양녀 미나 헤르츠리프를 사랑함. 『방랑시대』, 『판도라』 집필을 시작하다.

1808년 (59세) 『파우스트』 제1부 출간. 어머니가 사망하다. 나폴레옹과의 회견이 이뤄짐.

1809년 (60세) 『친화력』 출판. 자서전 집필 개시. 뒤러의 판화와 전기를 연구함.

1810년 (61세) 『색채론』을 완성하다.

1811년 (62세) 자서전 『나의 생애에서; 시와 진실』 제1부 간행.

1812년 (63세) 오스트리아 여제 마리아 루도비카와 베토벤을 만나다. 12월 패퇴하는 도중 바이마르를 통과하면서 나폴레옹이 괴테에게 경의를 표함. 『시와 진실』 제2부 간행.

1813년 (64세) 철학자 쇼펜하우어를 알게 됨.

1814년 (65세) 3월 나폴레옹이 패배하고 파리가 함락됨. 마인 강과 라인 강 유역을 여행함. 『시와 진실』 제3부 간행. 『에피메니데스의 각성』을 발표하다.

1815년 (66세) 국무대신이 되다. 나폴레옹 세인트헬레나 섬에 유배됨. 고타 판 괴테전집 20편을 개시함.

1816년 (67세) 8월 부인 크리스티아네 사망. 잡지 〈예술과 고대〉 1호 발행. 『이탈리아 기행』 제1부 간행.

1817년 (68세) 극장 총감독직에서 은퇴함. 아들 아우구스트의 결혼. 『이탈리아 기행』 제2부 간행. 『자연과학 일반에 관하여, 특히 형태학에 대해』 출판.

1818년 (69세) 손자 출생. 시 「한밤중」 발표.

1819년 (70세) 『서동시집』을 출간하다.

1820년 (71세) 『방랑시대』, 『온순한 크세니엔』 속고.

1821년 (72세) 『빌헬름 마이스터의 편력시대』 제1부 출간.

1822년 (73세) 만초니의 『나폴레옹 찬가』 번역. 『색채론』에 관한 강의를 베를린 대학에서 시작. 『프랑스 종군기』, 『마인츠 공방전』 출판.

1823년 (74세) 6월부터 9월까지 보헤미아에 체류, 6월에 요한 페터 에커만의 첫 내방이 이루어짐. 마리엔바트 피서지에서 18세 소녀 울리케 폰 레베초를 만나고 사랑에 빠짐. 시 『마리엔바트의 비가』를 지음.

1824년 (75세) 『젊은 베르테르의 슬픔』 출판 50주년 기념판을 위해서 시를 씀. 4월에 바이런이 죽자 바이런에 대한 여러 기사를 씀.

1825년 (76세) 3월 바이마르 궁정극장이 타버림. 마지막 괴테 전집출판을 고타출판사와 10만 탈라로 계약함.

1826년 (77세) 괴테 전집 출판이 1831년까지 40권, 1833년부터 1842년까지 20권 증보되기로 결정됨. 『파우스트』 제2부 집필에 주력하다.

1827년 (78세) 1월 슈타인 부인 사망함. 실러의 묘지가 카를 아우구스트 공작의 산소에 개장됨.

1828년 (79세) 『실러와의 편지』를 출간함.

1829년 (80세) 8월 생일 축하로 바이마르와 프랑크푸르트에서 각각 『파우스트』 초연. 『제2차 로마체류』를 집필함.

1830년 (81세) 아들 아우구스트 로마에서 객사하다. 괴테 각혈함. 『시와 진실』 제4부에 착수하고 전집 완성됨.

1831년 (82세) 『파우스트』 제2부를 완성하고 봉인하다. 사후에 발표할 것을 희망하는 내용을 유서로 작성. 8월 일메나우에서 마지막 생일을 축하함.

1832년 (83세) 3월 14일 마차 산보로 마지막 외출함. 3월 16일 감기가 발병한 후, 그 달 22일 2시 반 "더 많은 빛을!"이라는 말을 남기고 생을 마감함. 3월 26일 카를 아우구스트 공 집안 묘역의 실러 옆에 나란히 묻힘.

세부내용 색인

제1장

제2장

제3장

제4장

제5장

제6장

제7장

제8장

제9장

제10장

제11장

제12장

제13장

제14장

제15장

제16장

제17장

제18장

제19장

제20장

괴테 자서전

나의 인생, 시와 진실

초판(양장) 1쇄 | 2013년 5월 25일
개정판 1쇄 | 2021년 3월 30일
2쇄 | 2024년 1월 15일

지은이 | 요한 볼프강 폰 괴테
옮긴이 | 이관우
편 집 | 김재범
디자인 | S-design
펴낸곳 | 써네스트
펴낸이 | 강완구
출판등록 | 2005년 7월 13일 등록번호 제2017-000293호
주 소 | 서울시 마포구 망원로 94, 203호
전 화 | 02-332-9384 팩 스 | 0303-0006-9384
이메일 | sunestbooks@yahoo.co.kr
홈페이지 | www.sunest.co.kr
ISBN 979-11-90631-21-1 03850 값 32,000원
* 〈우물이 있는 집〉은 써네스트의 인문브랜드입니다.